Biblioteca Universale Rizzoli

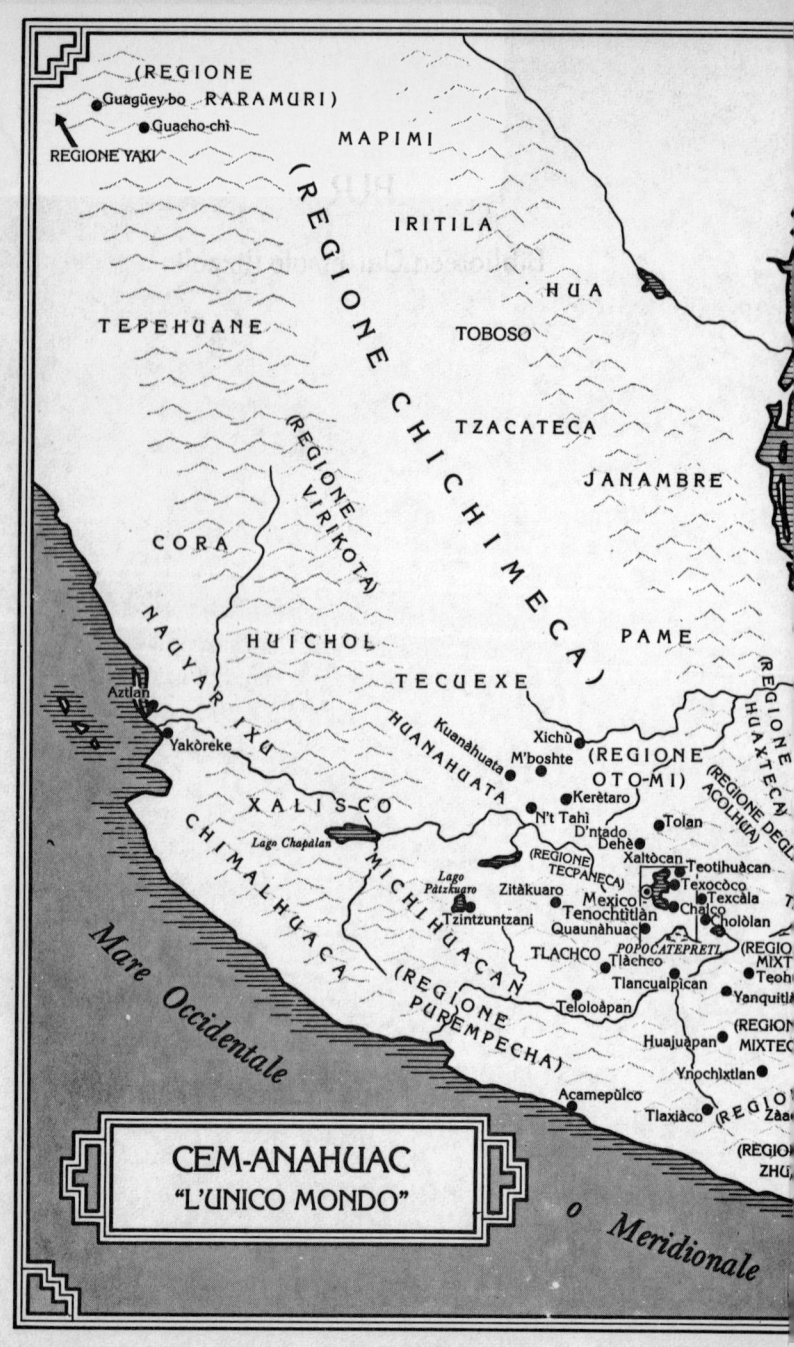

CEM-ANAHUAC
"L'UNICO MONDO"

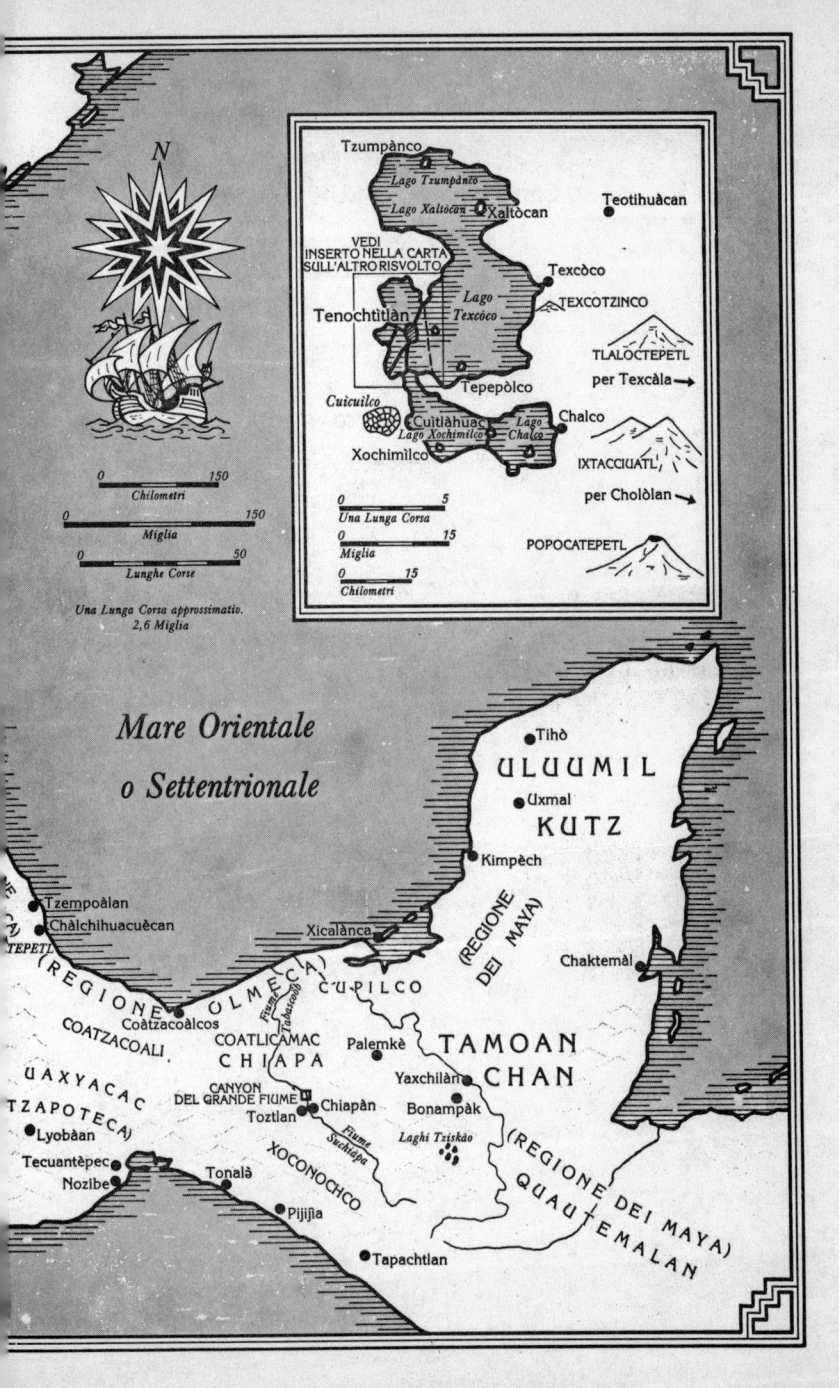

Gary Jennings in BUR

GARY JENNINGS

L'Azteco

BUR

NARRATIVA

ISBN 88-17-11315-8

Titolo originale dell'opera:
Aztec

Traduzione di Bruno Oddera

Prima edizione BUR: ottobre 1984
Prima edizione Superbur: settembre 1986
Trentesima edizione Bur Narrativa: maggio 2005

a Zyanya

Tu dici dunque che a perire son destinato
Come i fiori che sempre ho amato
Nulla del nome mio dovrà restare,
Nessuno la mia fama potrà ricordare?
Ma son giovani i giardini che ho seminati,
i canti che cantai sempre saranno intonati!

HUÈXOTZIN
Principe di Texcòco
circa 1484

IN CEM-ANÀHUAC YOYÓTLI

IL CUORE DELL'UNICO MONDO

LA PLAZA CENTRALE DI TENOCHTÌTLAN, 1521

(sono indicati soltanto i monumenti più importanti, e/o quelli menzionati nel testo)

1 La Grande Piramide
2 Il tempio di Tlaloc
3 Il tempio di Huitzilopòchtli
4 L'ex tempio di Huitzilopòchtli, successivamente (dopo il completamento della Grande Piramide, 1487) il Coateocàli, o tempio di numerose divinità minori nonché di dei acquisiti da altre nazioni
5 La pietra di Tixoc
6 La Tzompàntli, o Mensola dei Teschi
7 Il cortile delle danze cerimoniali Tlachtli
8 La piattaforma della Pietra del Sole
9 Il tempio di Tezcatlipòca
10 Il Muro del Serpente
11 La Casa del Canto
12 Il Serraglio
13 Il palazzo di Axayàcatl, successivamente di Cortés
14 Il palazzo di Ahuìtzotl, devastato dall'alluvione, 1499
15 Il palazzo di Motecuzòma I
16 Il palazzo di Motecuzòma II
17 Il tempio di Xipe Totec
18 Il tempio dell'Aquila

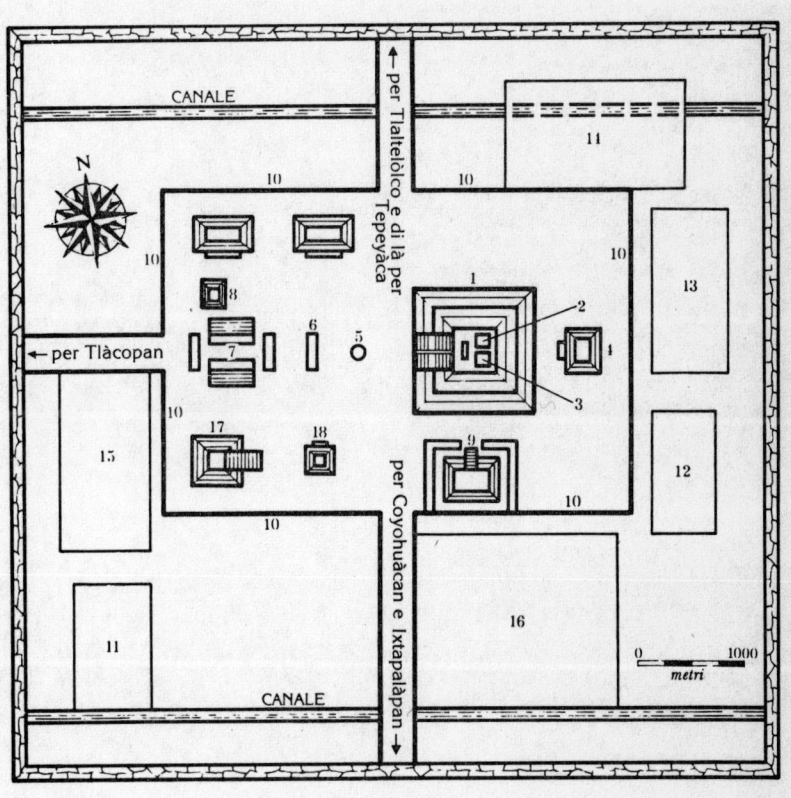

CANALE

← per Tlatelòlco e di là per Tepeyàca

10

10

N

10

10

10

11

10

13

1

2

4

3

← per Tlàcopan

8

6

5

7

10

10

17

18

9

12

10

15

per Coyohuàcan e Ixtapalapan →

16

11

CANALE

0   1000
metri

L'Azteco

CORTE DI CASTIGLIA
VALLADOLID

*Al Legato e Cappellano di Sua Maestà,
Don Fray Juan de Zumàrraga, di recente
nominato Vescovo della Sede del Messico
nella Nuova Spagna, un incarico:*

Affinché meglio possiamo conoscere la nostra colonia della Nuova Spagna, le sue singolarità, le ricchezze sue, le genti che la popolano, e le credenze e i riti e le cerimonie da esse ivi celebrate, desideriamo essere informati di tutto ciò che gli Indios caratterizzò nel corso della loro esistenza in quel paese prima che giungessero le nostre forze di liberazione, ambasciatori, evangelizzatori e colonizzatori.

Ordiniamo, per conseguenza, che voi vi informiate presso gli anziani Indios (avendo prima fatto pronunciare ad essi il giuramento onde garantirne la veridicità) per quanto concerne la storia del loro paese, dei loro governi, delle tradizioni, delle costumanze, eccetera. In aggiunta alle notizie che vi procurerete da testimoni, ordinerete che consegnati vi siano tutti gli scritti, le tavolette o gli altri documenti di quei tempi trascorsi che confermare possano quanto verrà detto, e ordinerete ai vostri frati missionari di ricercare e richiedere i detti documenti tra gli Indios.

Trattandosi di questione importantissima e necessarissima affinché un peso venga tolto dalla coscienza di Sua Maestà, vi ordiniamo di provvedere allo svolgimento della predetta ricerca con tutta la prontezza, accuratezza e diligenza possibili, e di redigere con gran copia di particolari il vostro resoconto.

(ecce signum) CAROLUS R ✠ I

*Rex et Imperator
Hispaniae Carolus Primus
Sacri Romani Imperi Carolus Quintus*

11

I H S

✠

S. C. C. M.

*Alla Sacra e Cesarea Maestà Cattolica
l'Imperatore Don Carlos, Nostro Signore e Re:*

Possano la grazia, la pace e l'affettuosa benevolenza di Nostro Signore Gesù Cristo essere con Vostra Maestà Don Carlos, per divino volere eternamente augusto Imperatore; e con la stimatissima Regina Madre Doña Juana, insieme alla Maestà Vostra Sovrani di Castiglia, di Léon di Aragòn, delle Due Sicilie, di Gerusalemme, di Navarra, di Granada, di Toledo, di Valencia, di Galizia, di Maiorca, di Siviglia, di Sardegna, di Còrdova, di Còrecega, di Murcia, di Jaén, dei Caraibi, di Algeciras, di Gibilterra, delle Isole Canarie, delle Indie, delle isole e terre del Mare Oceano; Conti delle Fiandre, del Tirolo, et cetera.

Fortunatissimo ed Eccellentissimo Principe: da questa città di Tenochtìtlan-Mexìco, capitale del dominio vostro della Nuova Spagna, in questo giorno dodicesimo dopo l'Assunzione, nell'anno di Nostro Signore mille cinquecento venti e nove, saluti.

Non più di diciotto mesi sono trascorsi, Vostra Maestà, da quando noi, sebbene gli ultimi dei vostri vassalli e sudditi, ubbidimmo al volere della Maestà Vostra assumendo questa triplice carica di Vescovo del Messico, Protettore degli Indios e Inquisitore Apostolico, compiti riuniti tutti nella nostra sola e povera persona. Nove mesi appena sono trascorsi dal nostro arrivo in questo Nuovo Mondo, ove molte e strenue fatiche ci aspettavano.

In armonia con il mandato delle predette cariche, ci siamo impegnati con zelo onde «istruire gli Indios nel dovere loro di avere e adorare l'Unico Vero Dio, che è in Cielo, e per Grazia del Quale le creature tutte vivono e sono mantenute» — e parimenti «di rendere edotti gli Indios di quella Invincibilissima e Cattolicissima Maestà, l'Imperatore Don Carlos, cui, per volere della Divina Provvidenza, il mondo intero deve ubbidire, servendolo».

12

Inculcare questi insegnamenti, Sire, si è dimostrato lungi dall'essere facile o rapido. Esiste tra i nostri compatrioti spagnoli, qui, un detto da lungo tempo preesistente all'arrivo nostro: «Gli Indios non possono udire se non attraverso le natiche». Ma noi ci sforziamo di tener presente che questi miserabili e spiritualmente impoveriti Indios — o Aztechi, come quasi tutti gli spagnoli si riferiscono, ormai, a tale loro particolare tribù o nazione in questi luoghi — sono inferiori a tutto il rimanente genere umano, ragion per cui, nella pochezza loro, meritano la tollerante indulgenza nostra.

Oltre a provvedere all'istruzione degli Indios — che esiste solamente un Unico Dio nel Cielo, e l'Imperatore sulla terra, del quale essi tutti sudditi sono divenuti e che tutti devono ubbidire — e oltre a occuparci di molteplici altre questioni ecclesiastiche e civili, abbiamo tentato di soddisfare la personale richiesta rivoltaci dalla Maestà Vostra: di preparare al più presto un resoconto sulla situazione di questa *terra paena incognita*, sulle abitudini e consuetudini di vita degli abitatori suoi, le costumanze et cetera in precedenza esistenti in questo paese arretrato.

La reale *cedula* della Nobilissima Maestà Vostra specifica che noi, nel preparare la cronaca, ci informiamo «presso gli anziani Indios». Ciò ha necessitato una lunga ricerca, inquantoché la distruzione totale di questa città ad opera del Capitano Generale Hernàn Cortés ci ha lasciato ben pochi Indios anziani cui richiedere una credibile storia oralmente tramandata. Gli operai stessi che attualmente ricostruiscono la città sono principalmente donne e fanciulli, gli stolti e i vecchi rimbambiti non in grado di battersi durante l'assedio, e i bruti villici arruolati nelle circostanti campagne. Zotici e tangheri tutti.

Ciononondimeno riusciti siamo a stanare un *unico* anziano Indio (dell'età di circa sessantré anni) in grado di fornirci il resoconto desiderato. Questo *Mexicatl* — egli rifiuta sia l'appellativo di Azteco, sia quello di Indio — possiede un alto grado di intelligenza (per la sua razza), sa esprimersi con chiarezza, ha quell'istruzione precedentemente consentita in questi luoghi, ed è stato, ai tempi suoi, scrivano di quella che passa per scrittura tra queste genti.

Nel corso dell'esistenza sua egli ha avuto numerose occupazioni oltre a quella di scrivano: è stato guerriero, cortigiano, mercante girovago, persino una sorta di emissario degli ultimi governanti di questi luoghi presso i primi liberatori castigliani qui giunti, e tali compiti di inviato consentito gli hanno di impadronirsi in modo passabile della lingua nostra. Sebbene il suo castigliano incespichi di rado, noi, naturalmente, desideriamo l'esattezza in ogni particolare. Abbiamo perciò trovato un interprete, un ragazzo adolescente che conosce notevolmente bene il nàhuatl (come questi Aztechi chiamano il loro gutturale linguaggio formato da lunghe e sgraziate parole). Nella stanza degli interrogatori abbiamo inoltre fatto sedere quattro dei nostri scrivani. Questi frati sono esperti nell'arte della scrittura rapida mediante caratteri, conosciuta come annotazioni Tironiane, l'arte impiegata a Roma per trascrivere sotto forma di memorandum ogni frase del Santo Padre, e inoltre per trascrivere qualsiasi cosa venga detta nel corso di colloqui tra molte persone.

Abbiamo invitato l'Azteco a prendere posto e a narrarci la storia della vita sua. I quattro frati, laboriosamente intenti a vergare i loro ghirigori Tironiani, non hanno, da allora in poi, perduto una sola delle parole che cadono dalle labbra dell'Indio. *Cadono?* Preferibile è dire: parole che si riversano a torrenti, di volta in volta ripugnanti o corrosive. Presto potrete rendervi conto di quello che intendiamo dire, Sire. Sin dal primo momento in cui ha aperto bocca, l'Azteco ha manifestato assenza di rispetto per la nostra persona, la veste nostra, la nostra carica quale missionario personalmente prescelto di Vostra Maestà Venerabile, un'assenza di rispetto che costituisce una implicita offesa per la persona stessa del nostro Sovrano.

Le prime pagine del racconto dell'Indio seguono immediatamente dopo questa premessa esplicativa. Sigillato e destinato soltanto agli occhi Vostri, Sire, il plico contenente il manoscritto partirà da Tezuìtlan de la Vera Cruz posdomani, affidato al Capitano Sànchez Santovenã, comandante della caravella *Gloria*.

La saggezza, la sagacia e il discernimento della Cesarea Maestà Vostra essendo universalmente note, ci rendiamo conto di rischiare il Vostro imperiale scontento con la presunzione di far precedere da un *caveat* le pagine allegate, ma, nella nostra veste episcopale e apostolica, sentiamo tale obbligo su di noi. Siamo sinceramente desiderosi di attenerci alla cedola di Vostra Maestà, di inviare un rapporto veridico su tutto ciò che merita di conoscere di questo paese. Ma altri, oltre a noi stessi, diranno alla Maestà Vostra che gli Indios sono creature spregevoli, nelle quali difficilmente si riscontrano sia pur soltanto vestigia di umanità; creature che non hanno una comprensibile lingua scritta; che non hanno mai avuto leggi scritte, ma soltanto barbare tradizioni e costumanze; che sono state e sono ancor oggi dedite a ogni sorta di intemperanza, paganesimo, ferocia e lussuria carnale; che, fino a non molti anni or sono, hanno torturato e massacrato i loro stessi simili in nome di una « religione » bastarda.

Non ci è possibile credere che da questo Azteco arrogante, o da qualsiasi altro indigeno, per quanto capace di esprimersi, possa venirci un rapporto degno di nota o edificante. Né riusciamo a credere che il nostro Santificato Imperatore Don Carlos possa non rimanere scandalizzato dagli iniqui, lascivi ed empi balbettamenti di questo altezzoso esemplare di una razza pusillanime. Ci riferiamo alle pagine accluse come alla prima parte della cronaca dell'Indio. Ma ferventemente ci auguriamo che essa sarà altresì, per volere della Maestà Vostra, l'ultima.

Possa Dio Nostro Signore proteggere e preservare la preziosa vita, la molto regale persona e il cattolicissimo stato di Vostra Maestà per innumerevoli anni, con l'ampliamento dei regni e dei domini Vostri, come il Vostro cuore regale desidera.

Di Vostra S.C.C.M., il sempre fedele servo e cappellano,

(*ecce signum*) Fr. Juan de Zumàrraga

Vescovo del Messico
Inquisitore Apostolico
Protettore degli Indios

INCIPIT

La cronaca narrata da un anziano Indio della tribù comunemente denominata Aztechi, il racconto del quale è rivolto a Sua Eccellenza il Reverendissimo Juan de Zumàrraga, Vescovo del Messico, e trascritto *verbatim ab origine* da

Fr. Toribio Vega de Aranjuez
Fr. Jeronimo Munõz G.
Fr. Domingo Villegas y Ybarra
Alonso de Molina, *interpres*

DIXIT

Mio signore

Perdonami, mio signore, se non conosco i titoli ufficiali e onorifici che ti spettano, ma confido di non correre il rischio che tu,
mio signore, ti ritenga offeso. Sei un uomo, e non un solo uomo
tra tutti gli uomini ch'io ho conosciuto nel corso della mia vita si
è mai risentito sentendosi dare del signore. Dunque, mio signore...

O forse eccellenza?
Ayyo, è un titolo anche più illustre... quello che noi di queste
terre chiameremo un ahuaquàhuitl, un albero dalla grande ombra. Eccellenza ti chiamerò, pertanto. Tanto più mi colpisce il
fatto che un personaggio di così eminente eccellenza abbia voluto convocare uno come me per dire parole alla presenza di Tua
Eccellenza.

Ah, no, Eccellenza, non protestare se sembro adulare Tua Eccellenza... È risaputo ovunque nella città, e questi tuoi servitori,
qui, mi hanno chiaramente spiegato, quale uomo augusto tu sia,
Eccellenza, mentre io non sono altro che un logoro straccio, uno
sfilacciato relitto di quello che ero un tempo. Tu, Eccellenza, sei
vestito e agghindato e sicuro di te come si conviene alla tua vistosa supremazia, mentre io sono soltanto io.

Ma Tua Eccellenza desidera ascoltare che cosa io ero. Anche
questo mi è stato spiegato. Tua Eccellenza desidera sapere che
cosa il mio popolo, questa terra, le nostre esistenze erano negli
anni trascorsi, nei covoni degli anni prima che piacesse al re di
Tua Eccellenza e ai suoi portatori di croce, e portatori di balestre, di liberarci dalla schiavitù della barbarie.

È esatto, questo? Allora Tua Eccellenza non mi chiede una
facile cosa. Come posso, in questa piccola stanza, con il mio piccolo intelletto, con il poco tempo che gli dei, che il Signore Id-

dio può avermi assegnato per giungere al termine del mio cammino e dei miei giorni, come posso evocare la vastità di quello che era il nostro mondo, la varietà delle sue genti, gli eventi dei covoni su covoni di anni?

Pensati, immaginati, raffigurati, Eccellenza, come quell'albero dalla grande ombra. Vedine mentalmente l'immensità, i rami possenti e gli uccelli tra essi, il fogliame lussureggiante, la luce del sole sulle foglie, la freschezza che l'albero getta su una casa, una famiglia, la ragazza e il ragazzo che erano mia sorella e me stesso. Potrebbe, Tua Eccellenza, comprimere quell'albero dalla grande ombra nella ghianda minuscola che il padre di Tua Eccellenza ficcò un tempo tra le gambe di tua madre?

Yya ayya, ti sono dispiaciuto e ho sgomentato gli scrivani. Perdonami, Eccellenza. Avrei dovuto supporre che le copule in privato degli uomini bianchi con le loro donne bianche devono essere diverse — svolgersi con maggiore delicatezza — di quelle che li ho veduti imporre alle nostre donne in pubblico, con la forza. E, senza dubbio, la copula cristiana che generò Tua Eccellenza dovette esserlo anche di più.

Sì, sì, Eccellenza, desisto.

Ma Tua Eccellenza si rende conto della difficoltà in cui mi trovo. Come fare in modo che Tua Eccellenza scorga a prima vista la differenza tra noi inferiori di *allora* e voi superiori di *adesso*? Forse un piccolo esempio basterà, e poi non dovrai più darti la pena di ascoltare ancora.

Guarda, Eccellenza, i tuoi scrivani: nella nostra lingua « coloro che conoscono la parola ». Sono stato io stesso scrivano e ben ricordo quanto era faticoso mettere su pelle di daino o su carta di fibra o su carta di corteccia anche soltanto le ossa spolpate delle date e degli accadimenti storici, con una qualche misura di precisione. A volte riusciva difficile persino a me leggere a voce alta le mie stesse figure, senza incespicare, dopo gli appena pochi momenti necessari perché i colori si asciugassero.

Ma i tuoi conoscitori di parole ed io ci siamo esercitati, aspettando l'arrivo di Tua Eccellenza, e sono meravigliato, sono colpito dallo stupore, a causa di ciò che uno qualsiasi dei tuoi reverendi scrivani può fare. Può scrivere e rileggere a me non soltanto la sostanza di ciò di cui io parlo, ma persino ogni singola parola, e con tutte le intonazioni, e le pause e le enfasi del mio discorso. Lo riterrei un talento della memoria e della mimica — anche noi avevamo i nostri *rammentatori* di parole — se egli non mi dicesse, non mi dimostrasse, non mi provasse, che tutto è scritto là, sul suo foglio di carta. Mi congratulo con me stesso, Eccellenza, per aver imparato a parlare la tua lingua con quel poco di capacità che la mia povera mente e la mia povera lingua possono conseguire, ma la vostra scrittura sarebbe al di là delle mie possibilità.

Nella nostra scrittura con immagini, parlavano i colori stessi, i colori cantavano o piangevano, i colori erano necessari. Ne avevamo molti: rosso sangue, oro, ocra, verde ahuàcatl, blu turchese, il giallo-rosso della gemma del giacinto, il grigio argilla, il nero mezzanotte. Ma anche tanti colori non erano sufficienti per cogliere ogni singola parola, per non parlare delle sfumature e degli abili giri di frase. Eppure ognuno dei tuoi conoscitori di parole può fare proprio questo: registrare per sempre ogni sillaba, con una singola penna d'oca anziché con una manciata di canne e pennelli. E, cosa meravigliosissima, con *un solo colore*, il decotto nero ruggine che, mi dicono, è inchiostro.

Benissimo, Eccellenza, eccotela in una ghianda la differenza tra noi Indios e voi uomini bianchi, tra la nostra ignoranza e la vostra conoscenza, tra i nostri antichi tempi e i vostri nuovi giorni. Riuscirò a convincere Tua Eccellenza del fatto che il mero tratto di una penna d'oca ha dimostrato il diritto del tuo popolo a dominare e il fato del nostro popolo, di essere dominato? Senza dubbio, Tua Eccellenza non richiede altro da noi Indios: la conferma del fatto che la conquista del vincitore è decretata, non già dalle sue armi e dai suoi artifizi, e neppure dal suo Dio Onnipotente, ma dall'innata superiorità della sua natura rispetto a esseri inferiori come noi. Tua Eccellenza può non avere ulteriormente bisogno di me o delle mie parole.

Mia moglie è anziana e inferma e priva di cure. Non posso affermare che si affligga non avendomi al suo fianco, ma la mia assenza la irrita. Malata e irascibile com'è, l'irritazione non le giova. Né giova a me. Pertanto, con sinceri ringraziamenti a Tua Eccellenza, per l'accoglienza di Tua Ecccellenza a questo vecchio rottame, ti auguro...

Le mie scuse, Eccellenza. Come tu fai rilevare, non ho il permesso di Tua Eccellenza di andarmene quando voglio. Sono al servizio di Tua Eccellenza fino a quando...

Di nuovo le mie scuse. Non mi sono accorto di aver ripetuto «Tua Eccellenza» più di trenta volte nel corso di questo breve colloquio, né di averlo detto con un qualsiasi particolare tono di voce. D'ora in poi mi sforzerò di moderare il rispetto e l'entusiasmo nei confronti dei tuoi titoli onorifici, Señor Vescovo, e di attenermi a un tono di voce irreprensibile. E, come tu ordini, continuerò.

Ma che cosa devo dire, adesso? Che cosa dovrei fare ascoltare alle tue orecchie?

Lunga è stata la mia vita, in confronto alla misura delle nostre esistenze. Non morii nell'infanzia, come accade a tanti dei nostri bambini. Non morii in battaglia o nei sacri sacrifici, come tanti hanno volontariamente fatto. Non soccombetti per aver ecceduto nelle libagioni, o per essere stato aggredito da una bestia feroce, o per il marciume invadente dell'Essere Divorato dagli Dei. Non sono morto per aver contratto una delle paventate malattie che arrivano con le vostre navi, e a causa delle quali tante migliaia su migliaia sono periti. Ho vissuto persino più a lungo degli dei, che per sempre erano stati esenti dalla morte, e che per sempre sarebbero dovuti essere immortali. Ho vissuto per più di un intero covone di anni, così da vedere e fare e imparare e ricordare molto. Ma nessun uomo può sapere tutto, sia pure del proprio tempo, e la vita di questo paese cominciò ere incommensurabilmente lunghe prima della mia. Soltanto del mio tempo posso parlare, soltanto il mio tempo posso riportare a una parvenza di vita nel tuo inchiostro nero ruggine.

« *V'era uno splendore di lance, uno splendore di lance!* »

Un vecchio della nostra isola di Xaltòcan soleva cominciare sempre in questo modo i suoi racconti di battaglie. Noi ascoltatori rimanevamo incantati all'istante, e avvinti, anche se quella che lui descriveva poteva essere una battaglia secondarissima e anche se il racconto, una volta esaurite le premesse e raggiunte le conclusioni di tutto, era forse molto banale e non meritava di essere narrato. Ma il vecchio era molto abile nel rivelare subito i momenti culminanti e più irresistibili di un episodio, per poi allontanarsene andando avanti e indietro. Diversamente da lui, io posso soltanto cominciare dall'inizio e continuare attraverso il tempo, proprio come ho vissuto.

Quanto ora dichiarerò e affermerò è tutto accaduto. Mi limiterò a narrare i fatti come si sono svolti, senza invenzioni e senza falsità. Bacio la terra. Che è come dire: lo giuro.

✠

Oc ye nechca — come direste voi « Tanto tempo fa »... la nostra era una terra ove nulla si muoveva più rapidamente di quanto potessero correre i nostri veloci messaggeri, tranne quando erano gli dei a muoversi, e non esisteva suono più forte del grido che potevano lanciare i nostri chiama-da-lontano, tranne quando erano gli dei a parlare. Nel giorno al quale noi diamo il nome di Sette Fiori, nel mese del Dio Ascendente, nell'anno del Tredicesimo Coniglio, il dio della pioggia Tlaloc stava parlando con la sua più forte voce, in un tonante temporale. Trattavasi di una cosa alquanto inconsueta, poiché la stagione delle piogge sarebbe dovuta ormai essere alla fine. Gli spiriti tlalòque che servono il dio Tlaloc sferravano colpi con i lori biforcuti bastoni di luce, squarciando i grandi barili di nubi, che così si frantumavano con rombi e brontolii e riversavano i loro violenti scrosci di pioggia.

Nel pomeriggio di quel giorno, nel tumulto di quel temporale, in una piccola casa sull'isola di Xaltòcan, io uscii da mia madre e cominciai così a morire.

Per rendere più chiara questa cronaca — come vedi, mi sono dato la pena di imparare anche il vostro calendario — ho calcolato che il giorno in cui nacqui sarebbe stato il dodicesimo giorno del mese da voi denominato settembre, nell'anno al quale date il numero mille quattro cento sessanta e sei. Fu durante il regno di Motecuzòma Oluicamìna, che significa il Signore Iracondo, Colui che Lancia Frecce nel Cielo. Era il nostro Uey-Tlatoàni, o Riverito Oratore, il titolo da noi attribuito a colui che voi chiamereste re o imperatore. Ma il nome di Motecuzòma, o di chiunque altro, non significava molto per me, allora.

In quel momento, ancor caldo dell'utero, rimasi indubbiamente più colpito venendo subito immerso in un vaso colmo d'acqua tanto gelida da togliere il respiro. Nessuna levatrice si è mai data la pena di spiegarmi la ragione di tale consuetudine, ma si fa questo, suppongo, in base alla teoria che se il neonato riesce a sopportare quello choc spaventoso riuscirà a sopravvivere a tutte le malattie dalle quali può essere assediato durante l'infanzia. In ogni modo, io strillai, probabilmente, nel modo più vociferante mentre la levatrice mi avvolgeva nelle fasce, mentre mia madre districava le mani dalla corda a nodi, legata al letto, cui si era afferrata rimanendo in ginocchio per partorirmi sul pavimento, e mentre mio padre avvolgeva accuratamente il reciso cordone ombelicale intorno a un piccolo scudo da guerra in legno, scolpito da lui.

Questo pegno egli lo avrebbe dato al primo guerriero Mexìcatl nel quale si fosse imbattuto, e il dovere del soldato sarebbe stato quello di conficcare l'oggetto in qualche punto nel primo campo di battaglia ove avesse avuto l'ordine di combattere. Successivamente il mìo tonàli — il fato, la fortuna, il destino, comunque voi vogliate chiamarlo — mi avrebbe dovuto spronare in eterno a dedicarmi alla carriera militare, quella più onorata tra le occupazioni per la nostra classe sociale, e a cadere in battaglia, quella più onorevole tra le morti, per gli uomini come noi. Dico «avrebbe dovuto» perché, sebbene il tonàli mi abbia più volte fatto cenno o spronato in direzioni bizzarre, e anche al combattimento, io non ho mai realmente anelato a battermi o a morire di morte violenta prima del mio tempo.

Potrei ricordare che, secondo la costumanza concernente le neonate, il cordone ombelicale di mia sorella Nove Canne era stato seppellito, nemmeno due anni prima, sotto il focolare nella stanza in cui nascemmo entrambi. Il cordone sepolto di lei era avvolto intorno a un minuscolo arcolaio in argilla; in questo modo ella avrebbe dovuto crescere come una buona, operosa e noiosa massaia. Ma non fu così. Il tonàli di Nove Canne risultò essere capriccioso e imprevedibile quanto il mio.

Dopo che ero stato immerso e fasciato, la levatrice si rivolse direttamente a me con la massima solennità — ammesso che con i miei strilli le avessi consentito di farsi udire. Non ho certo bisogno di far rilevare che non sto riferendo alcuno di questi eventi alla mia nascita basandomi sui ricordi. Conosco però tutte le consuetudini. Quanto mi disse la levatrice quel pomeriggio, lo udii in seguito ripetere a un gran numero di neonati, ma sempre soltanto ai bambini di sesso maschile. Era uno dei tanti riti ricordati e mai trascurati sin da tempi immemorabili: gli antenati da tempo defunti tramandavano, mediante i vivi, la loro saggezza ai nuovi nati.

La levatrice si rivolse a me chiamandomi Settimo Fiore. Quel nome datomi il giorno della nascita lo avrei portato fino a quando fossi sopravvissuto ai pericoli dell'infanzia, fino a quando fossi arrivato ai sette anni, età dopo la quale si poteva presumere che avrei continuato a crescere, per cui sarebbe stato possibile darmi un nome più confacente a un adulto.

Ella disse: «Settimo Fiore, bambino mio amatissimo e teneramente fatto venire alla luce, ecco le parole che molto tempo fa ci furono dette dagli dei. Tu sei nato a questa madre e a questo padre soltanto per essere un guerriero e un servitore degli dei. Questo luogo nel quale sei appena venuto al mondo non è la tua vera casa».

E poi soggiunse: «Settimo Fiore, tu sei promesso al campo di battaglia. Il tuo primo dovere è quello di dar da bere al sole il sangue dei tuoi nemici, e di nutrire la terra con i cadaveri degli avversari. Se il tuo tonàli è forte, rimarrai con noi e in questo luogo soltanto per breve tempo. La tua vera casa sarà nel paese del nostro dio sole Tonatìuiù».

E disse ancora: «Settimo Fiore, se crescerai per morire come uno xochimìqui — uno di quegli uomini così fortunati da meritare la Morte Fiorita, in guerra o nei sacrifici — vivrai ancora nell'eternamente felice Tonatìucan, l'aldilà del Sole, e servirai

Tonatìu per sempre e per sempre, ed esulterai al servizio di lui ».

Ti vedo trasalire, Eccellenza. Altrettanto avrei fatto io, se avessi allora potuto comprendere tale luttuoso benvenuto nel mondo, o le parole pronunciate dai vicini e dai parenti accorsi in gran numero per vedere il nuovo arrivato, e ognuno dei quali si chinò su di me con il saluto tradizionale: «Sei giunto per soffrire. Per soffrire e sopportare». Se i bambini nascessero in grado di capire simili parole di benvenuto, tornerebbero a insinuarsi nell'utero e di nuovo rimpicciolirebbero fino alle dimensioni del seme.

Senza dubbio siamo venuti in questo mondo per soffrire e sopportare; quale essere umano ha mai potuto evitarlo? Ma le parole della levatrice sul mio destino di guerra e di sacrificio erano una mera ripetizione, come il verso del merlo poliglotta. Ho udito molte altre di tali arringhe edificanti, da mio padre, dai miei maestri, dai nostri sacerdoti — e dai tuoi — e tutti non fanno che stupidamente echeggiare quanto essi stessi hanno udito per generazioni, molto indietro nel tempo. Quanto a me, ho finito con il persuadermi che i da tempo defunti non erano più savi di noi, anche mentre vivevano, e che l'essere periti non ha aggiunto alcun lustro alla loro saggezza. Le parole pontificali dei defunti le ho sempre considerate yca mapilxocoìtl, come diciamo noi, con il dito mignolo — «con un grano di sale», come dice il vostro adagio.

Cresciamo e guardiamo in basso, invecchiamo e ci guardiamo indietro. *Ayyo*, ma quale felicità essere un bambino, essere un fanciullo! Vedere tutte le strade e tutte le giornate estendersi in avanti, e in alto, e in lontananza, senza che una sola di esse, ancora fosse stata mancata, o sprecata o avesse dato luogo a pentimenti. Tutto nel mondo nuovo e mai veduto, come fu un tempo per Ometecùtli e Omecìuatl, la coppia di nostro Signore e nostra Signora, le prime creature di tutto il creato.

Senza alcuna fatica ricordo, richiamo alla mente, odo di nuovo nelle orecchie rese sorde dall'età i suoni dell'alba sulla nostra isola Xaltòcan. Talora mi destavo al richiamo dell'Uccello Mattiniero, il Pàpan, che emetteva le sue quattro note «papaquìqui, papaquìqui!» — ordinando al mondo «levati, canta, danza, sii felice!». Altre volte mi destavo agli ancor più mattinieri suoni mattutini di mia madre che macinava il granturco sulla pietra métlatl, o era intenta a lavorare e foggiare la pasta di farina di granturco, che cuoceva poi, formando i grandi e sottili dischi di pane tlàxcala — quelle che voi chiamate adesso tortillas. V'erano persino mattine in cui mi destavo prima di tutti tranne i sacerdoti del sole Tonatìu. Disteso nell'oscurità, potevo udirli, nel tempio sulla sommità della modesta piramide nella nostra isola, emettere i rauchi belati soffiando nella tromba-conchiglia, mentre bruciavano incenso e, come vuole il rito, torcevano il collo a una quaglia (perché quell'uccello è maculato come una notte stellata), e mentre cantilenavano rivolti al dio: «Vedi, così muore la notte. Vieni ora a prestare le tue cortesi fatiche, oh ingioiellato, oh aquila che in alto si libra, vieni ora a illuminare e riscaldare l'Unico Mondo...»

Senza fatica alcuna, senza sforzarmi, rammento i caldi mezzogiorni, quando Tonatìu il Sole, con tutto il vigore del fiore dell'età, ferocemente brandiva le sue lance fiammeggianti mentre, ritto, calcava il tetto dell'universo. In quell'ora di mezzogiorno, senza ombre, azzurra e oro, le montagne intorno al lago Xaltòcan sembravano così vicine da potersi toccare. In effetti, questi possono essere i più remoti dei miei ricordi — non potevo avere molto più di due anni, e ancora non avevo la benché minima idea delle distanze — poiché il giorno e il mondo ansimavano tutto attorno a me, e io desideravo il contatto di qualcosa di fresco. Ricordo ancora il mio stupore infantile quando tendevo il braccio e non riuscivo a toccare il blu della montagna rivestita di foreste che si profilava così limpida e vicina dinanzi a me.

Senza fatica ricordo inoltre il termine delle giornate, quando Tonatìu avvolgeva intorno a sé il mantello del sonno fatto di piume brillanti, e si coricava sul proprio soffice letto di multicolori petali di fiore, e tra essi scivolava nel sonno. Scompariva alla nostra vista nel Luogo Oscuro, Mìctlan. Dei quattro mondi dell'aldilà nei quali i nostri defunti potevano dimorare, Mìctlan era il più remoto, la dimora degli estremamente e irrimediabilmente morti, il luogo ove *nulla* accade o è mai accaduto e mai accadrà. Era compassionevole da parte di Tonatìu il fatto che, per qualche tempo (un tempo soltanto assai breve in confronto a quanto egli ci prodigava), ci concedesse ancora la sua luce (una luce soltanto fioca, offuscata dal sonno di lui) fino al Luogo Oscuro degli irrimediabilmente morti.

Intanto, nell'Unico Mondo — a Xaltòcan, in ogni caso, il solo mondo ch'io conoscessi — le pallide nebbie azzurrognole si alzavano dal lago, per cui le sempre più nere montagne tutto attorno sembravano galleggiare su di esso, tra le acque rosse e il cielo viola. Poi, subito al di sopra dell'orizzonte, ove Tonatìu era scomparso, splendeva per qualche tempo Omexòchitl, la stella della sera, Fiore Successivo. Quella stella veniva, Fiore Successivo veniva sempre, veniva ad assicurarci che, sebbene la notte si oscurasse, non dovevamo temere che *quella* notte conducesse all'oblio tenebroso del Luogo Oscuro. L'Unico Mondo viveva, e sarebbe vissuto ancora per qualche tempo.

Senza fatica ricordo le notti, e una notte in particolare. Metzli la luna aveva terminato il suo mensile pasto di stelle, ed era pienamente sazia, ingozzata fino alla massima rotondità e luminosità, per cui la figura del coniglio-nella-luna sembrava nitidamente incisa come qualsiasi scultura del tempio. Quella notte — dovevo avere, credo, tre o quattro anni — mio padre mi portò sulle spalle, tenendomi strettamente con le mani intorno alle caviglie. I lunghi passi di lui mi condussero attraverso fredda luminosità e ancor più fredda oscurità: il chiaro di luna variegato e l'ombra di luna sotto gli estesi rami e le foglie piumate dei «più antichi tra gli antichi» alberi, i cipressi ahuehuétque.

Ero allora grandicello abbastanza per aver sentito parlare delle cose terribili che si celavano nella notte, subito al di là della visuale di una persona. V'erano Choacacìuatl, la Donna Piangente, la prima di tutte le madri a morire nel parto, colei che vagabonda in eterno, che in eterno piange il bambino perduto e la propria perduta vita; e i torsi senza nome, senza testa, senza membra, che in qualche modo riuscivano a gemere mentre si torcevano ciechi e impotenti al suolo. C'erano i crani separati dal corpo e scarnificati che passavano, all'altezza della testa, nell'aria, dando la caccia ai viaggiatori raggiunti dalla notte nel corso dei loro viaggi. Se un mortale intravedeva una qualsiasi di tali cose, sapeva essere quello un sicuro presagio di tremenda sventura.

Alcuni altri abitatori delle tenebre non dovevano essere così estremamente temuti. V'era, ad esempio, il dio Yoàli Ehécatl, Vento Notturno, che passava a folate lungo le strade di notte, cercando di ghermire qualsiasi incauto essere umano avventuratosi nelle tenebre. Ma Vento Notturno era capriccioso come tutti i venti. A volte afferrava una persona per poi lasciarla libera e, se questo accadeva, il desiderio più caro di quella persona veniva esaudito, insieme a una lunga vita nel corso della quale goderlo. Così, nella speranza di mantenere sempre il dio in quell'umore indulgente, il nostro popolo aveva, molto tempo prima, eretto panchine di pietra in vari crocevia dell'isola, sulle quali il Vento Notturno potesse riposare nel corso dei suoi andirivieni imprevedibili. Come dicevo, ero grandicello abbastanza per conoscere e paventare gli spiriti delle tenebre. Ma quella notte, appollaiato sulle larghe spalle di mio padre, sentendomi temporaneamente più alto di un uomo, i capelli sfiorati dalle fruscianti fronde di cipresso, il viso accarezzato dalle chiazze di luce lunare, non mi sentivo affatto spaventato.

Senza fatica ricordo quella notte in quanto, per la prima volta, mi veniva consentito di osservare una cerimonia implicante un sacrificio umano. Era soltanto un rito di importanza secondaria, poiché veniva celebrato per rendere omaggio a una divinità assai minore: Atlàua, il dio dei cacciatori di uccelli. (A quei tempi, il lago Xaltòcan brulicava di anatre e oche che, nel corso delle loro stagioni di migrazioni, sostavano lì per riposare e nutrirsi... e per nutrire noi.) Così, in quella notte di luna ben sazia, all'inizio della stagione degli uccelli acquatici, uno xochimìqui soltanto, un solo uomo, sarebbe stato ritualmente ucciso per la maggior gloria del dio Atlàua. E l'uomo non era, tanto per cambiare, un prigioniero di guerra recantesi alla propria Morte Fiorita con esultanza o con rassegnazione, ma un volontario che vi si recava alquanto mestamente.

«Sono già morto» aveva detto ai sacerdoti. «Boccheggio come un pesce tolto dall'acqua. Il mio torace si sforza di risucchiare sempre e sempre più aria, ma l'aria non mi nutre più. Le membra mi si indeboliscono, la vista mi si oscura, la testa mi gira, perdo i sensi e cado. Preferisco morire di colpo anziché guizzare qua e là come un pesce finché, in ultimo, non sarò strozzato.»

L'uomo era uno schiavo venuto dalla nazione Chinantèca, lontana al sud. Quelle genti erano, e sono tuttora, preda di una curiosa malattia che sembra serpeggiare nel sangue della loro stirpe. Noi e loro la chiamavamo la Malattia Dipinta, e voi spagnoli chiamate adesso i Chinantèca il Popolo Pinto, perché la pelle di un infermo si copre di chiazze bluastre. Il corpo dell'infermo diviene a poco a poco incapace di servirsi dell'aria che respira, e pertanto muore di soffocamento, esattamente nello stesso modo di un pesce tolto dall'elemento che lo sostenta.

Mio padre ed io giungemmo sulla sponda del lago, ove due pali robusti erano stati conficcati a una certa distanza l'uno dall'altro. La notte circostante era illuminata da fuochi entro urne e resa fumosa dall'incenso che ardeva. Al di là della bruma danzavano i sacerdoti di Atlàua: uomini anziani, neri dappertutto, le loro vesti nere, le loro facce annerite e i lunghi capelli impastati con oxitl, il nero catrame di pino che i nostri cacciatori di uccelli si spalmano sulle gambe e sulla parte inferiore del corpo per proteggersi dal freddo quando entrano a guado nell'acqua dei laghi. Due dei sacerdoti suonavano la musica rituale con flauti ricavati da tibie umane, mentre un altro batteva su un tamburo. Era, quest'ultimo, un tamburo di tipo speciale, particolarmente adatto all'occasione: una gigantesca zucca fatta seccare, riempita parzialmente con acqua, per cui galleggiava semisommersa nella parte poco profonda del lago. Percosso con femori, il tamburo contenente acqua emetteva un sonoro rataplan che veniva echeggiato dai monti invisibili al di là del lago.

Lo xochimìqui venne condotto nella cerchia di luce fumosa.

Era nudo, non portava nemmeno quel minimo maxaltl che avvolge di solito i lombi e le parti intime di un uomo. Anche nella baluginante luce delle fiamme riuscii a vedere che il corpo di lui non era color carne chiazzato di bluastro, ma di un blu spento maculato soltanto qua e là dal color della carne. Si trovava, a braccia e gambe divaricate, tra i due pali sulla sponda, una caviglia e un polso legati a ciascun palo. Un sacerdote, agitando una freccia come Colui che Guida i Canti agita il bastone, cantilenò un'invocazione:

«Il fluido vitale di quest'uomo doniamo a te, Atlàua, mescolato con l'acqua vitale del nostro diletto lago Xaltòcan. Lo offriamo a te, Atlàua, affinché tu possa in cambio degnarti di mandare i tuoi stormi di preziosi uccelli acquatici nelle reti dei nostri uccellatori...» E così via.

L'invocazione si protrasse abbastanza a lungo per annoiare me, se non Atlàua. Poi, senza alcun preavviso e senza alcuno svolazzo rituale, il sacerdote, all'improvviso, abbassò la freccia e la conficcò con tutta la sua forza, dal basso in alto, rigirandola, nei bluastri organi genitali dell'uomo. La vittima, per quanto potesse aver ritenuto di desiderare quella liberazione dalla vita, lanciò un urlo. Sbraitò un urlo, ululò un urlo che cancellò il suono dei flauti, del tamburo e del cantilenare. L'uomo urlò, ma non gridò a lungo.

Il sacerdote, con la freccia insanguinata, tracciò una croce sul petto della vittima, per indicare il bersaglio, e tutti gli altri sacerdoti saltellarono in circolo intorno all'uomo, ognuno con un arco e molte frecce. Man mano che ognuno di essi passava dinanzi allo xochimìqui, conficcava una freccia nell'ansimante petto azzurrognolo dell'uomo. Una volta terminati i saltellamenti e una volta esaurite le frecce, l'uomo morto parve un esemplare ingrandito di quell'animale che noi chiamiamo Piccolo orso dagli aculei. La cerimonia non si protrasse ancora a lungo. Il corpo venne staccato dai pali e legato, mediante una corda, dietro l'acàli di un uccellatore issato sulla sabbia. L'uccellatore portò a remi la canoa avanti sul lago, fuori della nostra vista, rimorchiando il cadavere fino a quando non fosse affondato grazie all'acqua che penetrava attraverso gli orifizi naturali e gli squarci causati dalle frecce. Così Atlàua ricevette il sacrificio.

Mio padre mi issò di nuovo sulle spalle e tornò indietro con i suoi lunghi passi attraverso l'isola. Mentre sobbalzavo, in alto e protetto e al sicuro, giurai a me stesso un giuramento fanciullesco e arrogante. Se mai il mio tonàli avesse voluto che venissi prescelto per la Morte Fiorita del sacrificio, sia pure ad un dio straniero, non avrei urlato, qualsiasi cosa potesse essermi fatta, qualsiasi sofferenza avessi dovuto sopportare.

Sciocco bambino. Credevo che morte significasse soltanto morire, e morire male o coraggiosamente. In quel momento, nella mia comoda e non minacciata tenera esistenza, mentre, su spalle robuste, venivo portato a casa verso un dolce sonno dal quale mi sarei destato al mattino udendo il verso dell'Uccello Mattiniero, come avrei potuto sapere che cos'è in realtà la morte?

Come credevamo a quei tempi, l'eroe ucciso al servizio di un potente signore, o sacrificato per onorare una divinità, poteva star certo della vita eterna nel più splendido degli aldilà, ove sarebbe stato ricompensato con il dono della beatitudine per tutta l'eternità. E ora il Cristianesimo ci dice che possiamo sperare tutti nella vita eterna in un Paradiso altrettanto splendido. Ma rifletti. Anche il più eroico degli eroi che muoia per la più onorevole delle cause, anche il più devoto martire cristiano che perisca nella certezza di salire in Paradiso, non conosceranno mai più la carezza del chiaro di luna di *questo* mondo, variegato sul loro viso mentre passeggiano sotto i fruscianti cipressi *terreni*. Un piacere da nulla... così insignificante, così semplice, così comune... eppure impossibile a conoscersi ancora.

Tua Eccellenza si mostra spazientito. Perdonami, Senõr Vescovo, se la mia intelligenza di un tempo abbandona a volte la via diritta per vagare lungo sentieri tortuosi. So che non potrai considerare un resoconto strettamente storico alcune cose da me dette, e alcune altre cose delle quali ti parlerò. Ma chiedo la tua sopportazione, in quanto non so se avrò mai un'altra occasione di dirle. E, per quanto io possa dire, non dirò mai tutto ciò che potrebbe essere detto...

Riportando di nuovo i pensieri a ritroso, verso la mia fanciullezza, non posso affermare che fossi stato in qualsiasi modo eccezionale per i nostri luoghi e i nostri tempi, in quanto ero soltanto, più o meno, un bambino normale. Il numero del giorno e il numero dell'anno della mia nascita furono numeri considerati né fortunati né sfortunati. Non nacqui durante un qualsiasi portento nel cielo — una eclisse che morde la luna, ad esempio, la quale avrebbe potuto analogamente mordere me con un labbro leporino, o farmi definitivamente ombra sulla faccia con una scura voglia. Non avevo alcuna delle caratteristiche fisiche che il nostro popolo considerava difetti antiestetici nel maschio: non capelli ricciuti, né orecchie a sventola, non il doppio mento né una fossetta in esso, non sporgenti denti da coniglio, e il mio naso non era né schiacciato né troppo pronunciato e a becco; non avevo l'ernia ombelicale né alcuna vistosa verruca. Fortuna più grande di ogni altra per me, i capelli mi crescevano neri e lisci: non avevano ciuffi voltati all'insù o di sghembo.

Il compagno della mia fanciullezza, Chimàli, possedeva una di queste chiome ribelli, e per tutta la sua tenera età tenne prudentemente, persino timorosamente, i ciuffi tagliati corti e appiccicati mediante l'oxitl. Rammento che una volta, nei nostri primi anni, dovette portare una zucca sulla testa per un giorno intero. Gli scrivani sorridono; farò meglio a spiegare.

Gli uccellatori di Xaltòcan catturavano anatre e oche, nella maniera più pratica e in gran numero, tendendo grandi reti su pali qua e là, nelle acque poco profonde e rosse del lago, poi causando rumori violenti per indurre gli uccelli spaventati a spiccare il volo, e impadronendosi di quelli che rimanevano impiegliati nelle reti. Ma noi ragazzi di Xaltòcan avevamo il nostro scaltro sistema. Tagliavamo la sommità di una zucca rotonda o di una zucca a fiasco molto grande, la svuotavamo di ciò che conteneva e praticavamo in essa un foro attraverso il quale poter vedere e respirare. Ci infilavamo la zucca sul capo, poi ci avvicinavamo carponi come cani al punto ove anatre e oche se ne stavano placidamente posate sul lago. Poiché i nostri corpi rimanevano invisibili sott'acqua, gli uccelli sembravano non trovare mai alcunché di allarmante nel lento avvicinarsi di una o due zucche che galleggiavano. Potevamo avvicinarci quanto bastava per afferrare le zampe di un uccello e tirarlo sotto con uno strattone. Non sempre era facile; anche una piccola alzavola può lottare validamente contro un ragazzetto; ma in generale riuscivamo a tenere gli uccelli sott'acqua finché affogavano e si afflosciavano. La manovra di rado disturbava il resto dello stormo a galla nei pressi.

Chimàli ed io impiegammo una giornata dedicandoci a questo divertimento, e avevamo ormai un rispettabile mucchietto di anatre ammonticchiato a riva quando ci stancammo e decidemmo di smettere. Ma poi scoprimmo che tutto il nostro sguazzare qua e là aveva sciolto la sostanza dalla quale erano trattenuti i capelli del mio amico, e che un ciuffo gli sporgeva verso l'alto sulla nuca, come la penna portata da alcuni dei nostri guerrieri. Ci trovavamo all'estremità dell'isola più lontana dal nostro villaggio, e questo significava che Chimàli avrebbe dovuto attraversare l'intera Xaltòcan con quell'aspetto.

« *Ayya, pochèoa!* » egli esclamò. L'espressione si riferisce soltanto al passaggio di maleodorante aria intestinale, ma si trattava di un'imprecazione abbastanza veemente, da parte di un bimbetto di otto anni, per meritargli una frustata con rami spinosi se un adulto si fosse trovato lì a udirla.

« Possiamo tornare indietro nell'acqua » gli suggerii « e nuotare tutto intorno all'isola se rimarremo abbastanza lontani dalla riva. »

« Forse ci riusciresti tu » disse Chimàli. « Io sono tanto sfiatato e pieno d'acqua che affonderei all'istante. Se invece aspettassimo fino a quando farà buio per tornare a casa? »

Dissi: « Alla luce del giorno corri il rischio di imbatterti in qualche sacerdote che noterebbe il tuo ciuffo di capelli ritti. Al buio corri il pericolo di imbatterti in qualche mostro di gran lunga più terribile, come Vento Notturno. Ma decidi tu e io farò come vorrai ».

Ci mettemmo a sedere e riflettemmo per qualche tempo, ponendoci pigramente tra i denti formiche mellifere. Si trovavano dappertutto sul terreno, in quella stagione, e avevano l'addome gonfio di nettare. Prendevamo gli insetti e ne mordicchiavamo la parte posteriore per spremerne un goccio di soave miele. Ma ogni gocciolina era minuscola, e, per quante formiche potessimo mordicchiare, stavamo cominciando a essere affamati.

« Ho trovato! » esclamò infine Chimàli. « Mi metterò sulla testa la zucca per tutto il tragitto fino a casa. »

E fece proprio questo. Naturalmente, non ci vedeva troppo bene attraverso il foro per l'occhio, per cui dovetti guidarlo, e inoltre eravamo notevolmente ostacolati dai nostri fardelli di anatre morte, bagnate e pesanti. Per conseguenza, Chimàli incespicava molto spesso e cadeva, oppure finiva fra i tronchi degli alberi o rotolava nei fossati lungo la strada. Per fortuna la zucca che aveva intorno al capo non andò mai in pezzi. Tuttavia, io risi di lui lungo tutta la strada e i cani gli latrarono contro, e siccome il crepuscolo discese prima che fossimo arrivati a casa, lo stesso Chimàli stupiva, forse, e terrorizzava chiunque, passando, lo scorgesse nella semioscurità.

Ma, sotto altri aspetti, non sarebbe stato il caso di ridere. Esistevano validi motivi perché Chimàli fosse sempre molto attento e cauto con la sua capigliatura ribelle. Ogni ragazzo con un ciuffo come il suo, vedi, era particolarmente preferito dai sacerdoti quando avevano bisogno di un maschio giovane per i sacrifici. Non domandarmi il perché. Nessun sacerdote me lo ha mai spiegato. Ma, d'altro canto, quale sacerdote ci ha mai dato una spiegazione credibile delle norme irragionevoli che ci obbliga a rispettare, o della paura, il rimorso, la vergogna che dobbiamo subire quando, a volte, le eludiamo?

Non intendo dare l'impressione che noi tutti, giovani o anziani, conducessimo un'esistenza di costante apprensione. Tranne alcune arbitrarie stravaganze, come la predilezione dei sacerdoti per i fanciulli dai capelli arruffati, la nostra religione e i preti che la interpretavano non ci imponevano troppe, o troppo onerose richieste. Né così facevano le altre autorità. Dovevamo ubbidienza ai nostri capi e governatori, naturalmente, e avevamo determinati obblighi nei confronti dei nobili pìpiltin, e inoltre ascoltavamo i consigli dei nostri savi tlamatìntin. Ma io ero nato nella classe media della nostra società, i macehuàltin, «i fortunati», così denominati perché parimenti esenti dalle gravose responsabilità delle classi superiori e dagli impieghi abietti cui erano soggette le classi inferiori.

Ai nostri tempi esistevano poche leggi — deliberatamente poche, affinché ogni uomo potesse tenerle presenti tutte nella mente e nel cuore e non potesse avvalersi del pretesto dell'ignoranza per non attenersi ad esse. Le leggi non erano scritte, come le vostre né affisse in luoghi pubblici, come le vostre, per cui un uomo deve consultare continuamente il lungo elenco di editti, di norme e di regolamenti, per confrontare ogni sua minima azione con i «devi» e «non devi». In base ai vostri criteri, le nostre poche leggi potranno sembrare fiacche o bizzarre, e le pene per chi le violava eccessivamente severe. Ma le nostre leggi miravano al bene di tutti, e tutti, conoscendo le conseguenze spaventose per chi trasgrediva, si attenevano ad esse. Coloro che le ignoravano... scomparivano.

Un esempio. Stando alle leggi che voi avete portato dalla Spagna, un ladro è punito con la morte. Così era anche ai nostri tempi. Ma, in base alle vostre leggi, l'uomo affamato che ruba qualcosa da mangiare è un ladro. Non così ai nostri tempi. Una delle nostre leggi stabiliva che, in ogni campo di granturco seminato lungo una strada pubblica, i primi quattro filari di piante lungo la strada stessa fossero a disposizione dei viandanti. Ogni viaggiatore affamato poteva prendere tante pannocchie di granturco quante ne richiedeva il suo stomaco vuoto. Ma l'uomo che avidamente cercava di arricchirsi e saccheggiava quel campo di granturco per riempire un sacco allo scopo di tesoreggiarlo o di venderlo, se sorpreso nell'atto, moriva. Così, quest'unica legge garantiva due cose buone: che il ladro veniva guarito definitivamente dalla tendenza ai furti, e che l'uomo affamato non moriva di fame.

Le nostre vite erano regolate non tanto dalle leggi quanto da antiche costumanze e tradizioni. Quasi tutte queste costumanze e tradizioni concernevano il comportamento degli adulti o dei clan o di intere comunità. Ma, anche da fanciullo non ancora cresciuto al di là del nome di Settimo Fiore, io venni reso consapevole dell'importanza attribuita tradizionalmente al fatto che un uomo fosse coraggioso, forte, prode, un accanito lavoratore, e onesto, e che una femmina fosse modesta, casta, dolce, un'accanita lavoratrice e non invadente.

Il tempo che non trascorrevo divertendomi con i miei giocattoli — quasi tutti armi da guerra in miniatura e modellini degli attrezzi occorrenti al mestiere di mio padre — e il tempo che non impiegavo trastullandomi con Chimàli e Tlatli e altri bambini press'a poco della mia stessa età, lo passavo in compagnia di mio padre, quando egli non stava lavorando nella cava. Anche se, naturalmente, lo chiamavo Tete, come tutti i fanciulli infantilmente chiamavano il loro genitore, il nome di lui era Tepetzàlan, che significa Valle, dal luogo basso tra i monti del continente ove era nato. Poiché egli torreggiava di molto sulla statura media dei nostri uomini, quel nome, datogli all'età di sette anni, suonava alquanto ridicolo nell'età adulta. Tutti i nostri vicini e i suoi compagni di lavoro nella cava lo chiamavano con nobili nomignoli: Manciata di Stelle e Colui che fa di sì con il capo, e così via. Invero egli doveva abbassare di molto la testa per arrivare alla mia statura, quando mi rivolgeva le tradizionali omelie, da padre a figlio. Se per caso mi sorprendeva a imitare con impudenza l'andatura strascicata del vecchio spazzino gobbo del nostro villaggio, il babbo mi diceva, in tono severo:

«Bada bene a non burlarti dei vecchi, dei malati, dei mutilati, o di chiunque sia stato preso da qualche follia o si sia macchiato di qualche colpa. Non offendere e non disprezzare costoro, ma umiliati dinanzi agli dei e trema nel timore che possano causarti la stessa disgrazia.»

O, se io davo prova di scarso interesse per ciò che tentava di insegnarmi, o per il suo mestiere — e da qualsiasi fanciullo macehuàli che non aspirasse all'arte della guerra ci si aspettava di vederlo seguire le orme del padre — si chinava verso di me e diceva, molto seriamente:

«Non rifuggire da qualsiasi fatica gli dei ti assegnino, figlio mio, ma sii soddisfatto. Prego che gli dei possano concederti meriti e fortuna, ma, qualsiasi cosa possano darti, accoglila con gratitudine. Seppure dovesse trattarsi di un piccolo dono, non schernirlo, poiché gli dei possono toglierti anche quel poco. E se si trattasse di un grande dono, forse di qualche talento importante, non esserne orgoglioso e non vantartene, ma rammenta che gli dei devono aver negato quel tonàli a qualcun altro il quale avrebbe potuto averlo».

A volte, senza alcun movente discernibile, e con la grossa faccia che diveniva lievemente accesa, mio padre pronunciava un breve sermone che non rivestiva per me alcun significato. Diceva qualcosa di questo genere:

«Vivi con purezza e non essere dissoluto, altrimenti farai adirare gli dei, che ti copriranno di infamia. Dominati, figlio mio, finché non avrai conosciuto la fanciulla che gli dei ti destinano in moglie, poiché gli dei sanno come disporre ogni cosa nel modo opportuno. Soprattutto, non divertirti mai con la moglie di un altro uomo».

Sembrava un'esortazione superflua, poiché io vivevo con purezza. Come ogni altro Mexìcatl — eccezion fatta per i sacerdoti — mi bagnavo due volte al giorno in acqua calda e insaponata, nuotavo spesso nel lago, e periodicamente eliminavo con il sudore gli altri miei cattivi succhi residui nel nostro piccolo bagno a vapore simile a un forno. Mi lavavo i denti, sera e mattina, con un miscuglio di miele d'api e cenere bianca. Quanto a sollazzarmi, non conoscevo alcun uomo nell'isola che avesse una moglie della mia età, e inoltre nessuno di noi ragazzi accoglieva le bambine nei nostri giochi.

Tutti questi predicozzi da padre a figlio erano altrettante recitazioni imparate a mente, tramandate, parola per parola, di generazione in generazione, come il discorso tenuto dalla levatrice in occasione della mia nascita. Soltanto per questi predicozzi mio padre Tepetzàlan parlava a lungo; egli era infatti, altrimenti, un uomo taciturno. Nello strepito della cava sarebbe stato inutile parlare, e in casa l'incessante e stizzoso chiacchericcio di mia madre gli concedeva ben poche possibilità di inserire una parola. Tete non se ne curava. Preferiva sempre l'azione alle ciance, e mi insegnava di gran lunga di più con l'esempio che con i discorsi pappalleschi. Se mio padre difettava in qualche modo delle doti che ci si aspettano dai nostri uomini — forza, coraggio, e così via — la sua manchevolezza consisteva soltanto nel fatto che si lasciava tartassare e tiraneggiare dalla mia Tene.

Mia madre era la femmina più atipica tra tutte coloro che appartenevano alla nostra classe sociale a Xaltòcan: la meno modesta, la meno docile, la meno ritrosa. Era una stridula virago, la tiranna della nostra piccola famiglia e il flagello di tutti i nostri vicini. Ma si vantava di essere il modello della perfezione femminile, e ne conseguiva, così, che viveva in uno stato di perpetua e irosa insoddisfazione nei confronti di tutto ciò che la circondava. Se dalla mia Tene imparai qualcosa di utile, questo qualcosa consistette nel sentirmi talora insoddisfatto *di me stesso.*

Ricordo che fui punito corporalmente da mio padre in una sola occasione, nella quale avevo abbondantemente meritato il castigo. A noi ragazzi era consentito — e addirittura venivamo incoraggiati in questo — uccidere uccelli come corvi e cornacchie, che venivano a beccare nei nostri orti, e vi riuscivamo ser-

vendoci di cerbottane di canna che lanciavano pallottole foggiate con l'argilla. Ma un giorno, assecondando un qualche impulso
malizioso e perverso, scagliai una pallottola contro la piccola
quaglia addomesticata che tenevamo in casa. (In quasi tutte le
case esisteva una di queste quaglie, per distruggere gli scorpioni
e altri insetti molesti.) Poi, tanto per aggravare la mia colpa,
tentai di incolpare dell'uccisione dell'uccello il mio amico Tlatli.

Non occorse molto tempo a mio padre per scoprire la verità.
Mentre l'eliminazione dell'inoffensiva quaglia sarebbe potuta
essere punita soltanto con un lieve castigo, non così poteva essere per la colpa severamente proibita della *menzogna*. Il mio Tete dovette infliggermi il castigo prescritto per aver « parlato sputo e catarro » come noi definivamo ogni bugia. Trasalì egli stesso
mentre mi puniva: perforandomi il labbro inferiore con una
grossa spina di agave e lasciandovela fino all'ora di coricarsi.
Ayya ouì ya, il dolore, la mortificazione, il dolore, le lacrime del
rimorso, il dolore!

Il castigo lasciò in me un'impressione così duratura da impri-
mere a sua volta la propria impronta sugli archivi del nostro
paese. Se tu hai veduto la nostra scrittura per immagini, avrai
notato figure di persone o di altre creature con un piccolo simbolo arrotolato, simile a una pergamena, che emana da esse.
Quel simbolo rappresenta un *nàhuatl*, vale a dire una lingua, o
linguaggio, o discorso, o suono. Indica che la figura sta parlando, o sta emettendo una qualche sorta di suono. Se il *nàhuatl* è
qualcosa di più della solita spirale, e vi viene aggiunto il simbolo
di una farfalla o di un fiore, allora questo significa che la figura
sta recitando poesie o cantando. Quando divenni io stesso scrivano, aggiunsi un altro perfezionamento alla nostra scrittura per
immagini: il *nàhuatl* trafitto da una spina di agave, e ben presto
tutti i nostri scrivani lo adottarono. Quando vedi quel simbolo
davanti a una figura, puoi essere certo che stai contemplando
l'immagine di una persona intenta a mentire.

I castighi più frequentemente decisi da nostra madre venivano inflitti senza alcuna esitazione, senza alcun rimorso e senza
compassione di sorta; sospetto addirittura che ella traesse un
qualche piacere dal causare sofferenza, oltre a correggere. Le
sue punizioni possono non avere lasciato alcuna traccia nella
storia di questo paese scritta per immagini, come i simboli della
lingua e della spina, ma senza dubbio influenzarono la storia
della mia vita e della vita di mia sorella. Rammento di aver veduto, una sera, fustigare ferocemente la natiche di mia sorella

con un fascio di ortiche, facendole diventare color rosso fuoco, perché ella si era resa colpevole di immodestia. E dovrei spiegare che «immodestia» non significava necessariamente per noi ciò che, come è palese, significa per voi uomini bianchi: una ostentazione indecente del corpo nudo.

Per quanto concerne il vestiario, noi bambini di entrambi i sessi andavamo in giro completamente nudi, tempo permettendo, fino all'età di quattro o cinque anni. In seguito coprivamo le nostre nudità con un lungo rettangolo di ruvida stoffa, che annodavamo su una spalla per poi drappeggiarlo intorno al corpo fino a metà coscia. Al raggiungimento dell'età adulta — vale a dire a tredici anni — noi ragazzi cominciavamo a portare un perizoma maxtlatl, sotto il mantello esterno, un perizoma di tessuto più fine. Press'a poco alla stessa età — a seconda di quando avevano il primo mestruo — le fanciulle indossavano la gonna e la blusa femminili, oltre a un indumento intimo alquanto simile a quello che voi chiamate pannolino.

Scusami se parlo di particolari trascurabili, ma sto cercando di precisare quando vi fu quella punizione di mia sorella. Nove Canne era divenuta qualche tempo prima Tzitzitlìni — il nome significa «il suono di piccoli campanelli tintinnanti» — e pertanto aveva superato l'età di sette anni. Tuttavia, io vidi le sue parti basse percosse sin quasi ad essere scorticate, e questo significa che non portava alcun indumento intimo, che non aveva ancora tredici anni. E che cosa aveva fatto per meritare quella fustigazione? La sola cosa di cui si era resa colpevole consisteva nell'aver mormorato, in tono sognante: «Qdo un suono di tamburi e di musica. Chissà dove stanno danzando, questa notte?» Per nostra madre questa era immodestia. Tzitzi anelava alle frivolezze, mentre si sarebbe dovuta applicare davanti a un telaio, o fare qualcos'altro di altrettanto tedioso.

Conosci il chili? Quel baccello di cui ci servivamo nei nostri cibi? Sebbene siano piccanti in misura diversa, tutti i vari tipi di chili bruciano a tal punto sulla lingua, sono tanto pungenti e infuocati che non è un caso se il loro nome deriva dalla nostra parola il cui significato è «affilato» o «appuntito». Come ogni cuoca, mia madre adoperava i chili nei soliti modi, ma se ne serviva anche in un altro modo che esito a menzionare in quanto i tuoi Inquisitori dispongono già di un numero sufficiente di strumenti di tortura.

Un giorno, quando avevo quattro o cinque anni, me ne stavo seduto con Tlatli e Chimàli nel cortile di casa nostra, intento al gioco dei fagioli. Non si trattava del gioco d'azzardo degli adulti, che talora è costato a una famiglia ogni possesso, o ha causato una mortale faida familiare. No, noi tre bambini ci eravamo limitati a tracciare un circolo sulla polvere, ponendo al suo centro un fagiolo saltatore per ciascuno; il gioco consisteva nello stare a vedere di chi sarebbe stato il primo fagiolo che, posto in moto dal calore del sole, sarebbe saltato fuori del cerchio. Il mio fagiolo tendeva ad essere pigro, ed io inveii contro di esso bofonchiando alcune imprecazioni. Forse dissi «Pochèoa!» o qualcosa del genere.

All'improvviso mi ritrovai a testa in giù e sollevato da terra, la mia Tene mi aveva afferrato per le caviglie. Vidi le facce capovolte di Chimàli e di Tlatli, le loro bocche aperte e gli occhi spalancati per lo stupore, prima di essere portato in casa e sul focolare ove si cucinava. Mia madre modificò la presa, in modo da avere libera una delle mani, poi, con essa, gettò sul fuoco un certo numero di chili rossi essiccati. Quando cominciarono a crepitare e a emettere un denso fumo giallo, la mia Tene mi riafferrò per le caviglie e mi tenne sospeso a testa in giù tra quelle acri esalazioni. Lascio il poco che segue alla tua immaginazione, ma credo che soltanto per poco non morii. So che per un buon mezzo mese, in seguito, gli occhi continuarono a lagrimarmi ininterrottamente, impedendomi quasi di vedere; né riuscivo a trarre un respiro senza provare la sensazione di inalare fiamme e silici.

Eppure dovevo ritenermi fortunato, poiché le nostre costumanze non imponevano a un ragazzo di trascorrere molto tempo in compagnia della madre e a questo punto io escogitai ogni pretesto per non restare con lei. La evitai, da allora in poi, come il mio amico Chimàli evitava i sacerdoti dell'isola. Anche quando ella veniva a cercarmi per affidarmi qualche lavoro o mandarmi a fare una commissione, potevo sempre rifugiarmi nella sicurezza della collina con le fornaci che bruciavano calce. I lavoratori della cava ritenevano che non si dovesse mai consentire ad alcuna donna di avvicinarsi alle fornaci, altrimenti la qualità della calce sarebbe stata rovinata, e nemmeno mia madre osava salire su quella collina.

Ma la povera Tzitzitlìni non conosceva alcun rifugio del genere. In armonia con le costumanze e con il suo tonàli, una fanciulla doveva imparare le fatiche femminili e di una moglie — cucinare, filare, tessere, cucire, ricamare — per cui mia sorella era costretta a trascorrere l'intera giornata sotto lo sguardo penetrante e l'agile lingua di nostra madre. La lingua di lei non trascurava alcuna occasione di tenere una delle tradizionali prediche da madre a figlia. Alcune di esse, che Tzitzi mi riferiva, erano state escogitate, ne convenimmo, (chissà da quale antenata tanto tempo prima) più a beneficio della madre che della figlia.

« Bada sempre, ragazza, a servire gli dei e a confortare i tuoi genitori. Se tua madre chiama, non indugiare così da farti chiamare due volte, ma accorri all'istante. Quando ti viene ordinato di fare qualcosa, non rispondere con insolenza e non mostrare alcuna riluttanza nell'ubbidire. Anzi, se la tua Tene chiama un'altra Tene, e quell'altra non arriva subito, vai *tu stessa* a vedere che cosa occorre, e provvedi tu stessa, e provvedi bene. »

Altre prediche erano le prevedibili ammonizioni che invitavano alla modestia, alla virtù, alla castità, e nemmeno Tzitzi o io potevamo trovarvi da ridire. Sapevamo che quando lei avesse compiuto i tredici anni, e fino a quando non ne avesse avuti forse venti e due e fosse stata opportunamente maritata, nessun uomo avrebbe potuto anche soltanto rivolgerle la parola in pubblico, né a lei sarebbe stato consentito parlare agli uomini.

« Se, in un luogo pubblico, incontri qualche passibile giovane, fingi di non vederlo e non fare alcun cenno che possa infiammarne la passione. Guardati dalle sconvenienti familiarità con gli uomini, non cedere agli impulsi più spregevoli del cuore, o alla lussuria che insozza il tuo carattere come il fango insozza l'acqua. »

Tzitzitlìni, probabilmente, non avrebbe mai disubbidito a un così ragionevole divieto. Ma, quando giunse all'età di dodici anni, senza dubbio alcune sensazioni sessuali cominciarono ad agitarsi in lei, insieme a una certa curiosità concernente il sesso. Forse per celare quelle che ella considerava sensazioni inverecconde e inesprimibili cercò di dare sfogo ad esse nell'intimità, nella solitudine e in segreto. Io so soltanto che un giorno nostra madre tornò a casa inaspettatamente, dopo essersi recata al mercato, e sorprese Tzitzi distesa sul suo giaciglio, nuda dalla vita in giù e intenta a compiere un atto il cui significato io non compresi per qualche tempo. Venne sorpresa intenta a trastullarsi con le proprie parti tipìli, servendosi a tale scopo di un piccolo fuso di legno.

Tu stai mormorando qualcosa, Eccellenza, e avvolgi intorno a te l'abito talare, come per proteggerti. Ti ho in qualche modo offeso dicendo schiettamente quello che accadde? Ho badato bene a non servirmi delle parole più rozze per dirlo. E devo presumere, poiché i termini volgari abbondano in entrambe le nostre lingue, che gli atti cui si riferiscono non siano inconsueti in tutti e due i popoli.

Per punire la colpa commessa da Tzitzitlìni contro il proprio corpo, la nostra Tene l'afferrò e afferrò il recipiente del chili in polvere, e perfidamente strofinò il bruciante chili su quelle esposte e tenere parti tipìli. Sebbene soffocasse gli urli della figlia con le coperte del giaciglio, io li udii e mi precipitai correndo nella stanza e balbettai: «Devo andare in cerca del medico?»

«No! Nessun medico!» scattò mia madre, rivolta a me. «Quello che tua sorella ha fatto è troppo vergognoso per essere conosciuto fuori di queste mura!»

Tzitzi soffocò i singhiozzi e aggiunse la sua invocazione: «Non ho un grande male, fratellino. Non chiamare nessun medico. Non parlare di questo con nessuno, nemmeno con Tete. Cerca di fingere che anche tu non ne sai niente, ti supplico».

Avrei potuto ignorare nostra madre la tiranna, ma non la mia diletta sorella. Anche se non conoscevo allora il motivo di quel rifiuto di essere curata, lo rispettai, e uscii dalla stanza per crucciarmi e meravigliarmi in solitudine.

Volessero gli dei che, ignorandole entrambe, avessi fatto *qualcosa*! Io credo, in base a quanto accadde in seguito, che la crudeltà inflitta da nostra madre in tale occasione, e intesa a conculcare gli appena destatisi impulsi sessuali di Tzitzi, ebbe l'effetto esattamente opposto. Io credo che, a partire da quel momento, le parti tipìli di mia sorella cominciarono a bruciare come la mia gola ustionata da chili, ardenti e avide, e smaniose di essere placate. Ecco perché, ritengo, non sarebbero trascorsi molti anni prima che la cara Tzitzitlìni andasse «a cavalcioni della strada», come diciamo noi di una donna depravata e promiscua. Era quello il più sordido e squallido abisso nel quale un'onesta fanciulla Mexìcatl potesse precipitare — o così pensai finché non seppi del fatto ancor peggiore che, in ultimo, toccò a mia sorella.

Come si comportò in seguito, quello che divenne, e come finì con l'essere chiamata, lo dirò al momento opportuno. Ma ora voglio aggiungere una sola cosa. Voglio dire che per me ella è sempre stata, e sempre rimarrà, Tzitzitlìni: il suono di piccole campanelle tintinnanti.

IHS

✠

S. C. C. M.

Alla Sacra e Cesarea Maestà Cattolica,
l'Imperatore Don Carlos, Nostro Signore e Re:

Possa la serena e benefica luce di Nostro Signore Gesù Cristo splendere in eterno su Vostra Maestà Don Carlos, divinamente fatto Imperatore, eccetera, eccetera.

Augustissima Maestà: da questa Città di Mexìco, capitale della Nuova Spagna, in questa vigilia della Festa di San Michele e di tutti gli Angeli, nell'anno di Nostro Signore mille cinquecento venti e nove, saluti.

Vostra Maestà ordina che continuiamo a inviare altre parti della cosiddetta Storia Azteca «con la stessa rapidità con cui le pagine vengono compilate». Ciò angosciosamente stupisce e offende il vostro bene intenzionato cappellano, Sire. Noi non ci sogneremmo, nemmeno per tutti i regni dei dominî di Vostra Maestà, di contestare i desideri e le decisioni del Sovrano nostro. Ma ritenevamo di avere esposto con grande chiarezza, nella nostra precedente lettera, le nostre obiezioni a questa cronaca — che diviene ogni giorno più detestabile — e speravamo che le raccomandazioni del Vescovo delegato dalla stessa Maestà Vostra, non sarebbero state ignorate con tanta noncuranza.

Siamo a conoscenza dell'interessamento della Vostra Graziosa Maestà alle informazioni più minuziose concernenti anche il più remoto dei vostri sudditi, affinché vi sia possibile più saggiamente e con maggiori benefici governarli tutti. Invero, abbiamo apprezzato tale interessamento degno di lode sin dal primissimo compito che la Maestà Vostra volle affidarci personalmente: lo sterminio delle streghe della Navarra. Quella provincia un tempo dissidente è divenuta, dopo la sublime e prodigiosa eliminazione con il fuoco, una delle più ubbidienti e remissive sotto la sovranità della Maestà Vostra. Il vostro umile servitore intende dimostrarsi altrettanto assiduo nello sradicare tutti gli antichi mali di queste più nuove province — mettendo il morso al vizio e applicando gli speroni alla virtù — e inducendo così anche queste genti a sottomettersi a Vostra Maestà e alla Santa Croce.

Senza dubbio, nulla può essere intrapreso agli ordini della Maestà Vostra, che non venga benedetto da Dio, e, altrettanto indubbiamente, la Potentissima Maestà Vostra dovrebbe conoscere gli aspetti di questo paese, poiché esso è così sconfinato e meraviglioso che Vostra Maestà può benissimo denominarsi suo Imperatore con non minore orgoglio di quanto faccia nei confronti della Germania, la quale, per Grazia di Dio, è ora anch'essa un possedimento della Maestà Vostra.

Ciò nonostante, nel rivedere la trascrizione di questa istoria di quella che è attualmente la Nuova Spagna, Dio solo sa quanto siamo stati tormentati e offesi e nauseati dalla non conculcabile loquacità del narratore. L'Azteco è un Eolo con un otre di venti inesauribile. Non potremmo lamentarci di questo se si limitasse a quanto gli è stato domandato: vale a dire un resoconto alla maniera di San Gregorio di Tours e di altri classici storici — nomi di personaggi illustri, brevi compendi delle loro carriere, date importanti, luoghi, battaglie, eccetera.

Ma questa cateratta umana non sa astenersi dalle proprie divagazioni sugli aspetti più sordidi e repellenti della storia del suo popolo e della propria. Lo concediamo, questo Indio era un pagano fino al battesimo, non più di pochi anni or sono. Le atrocità infernali che commise, e alle quali assistette in precedenza nella sua vita, dobbiamo caritatevolmente ammettere che furono compiute nell'ignoranza della moralità cristiana, e che dovrebbero essere perdonate. Eppure, egli è ora, almeno nominalmente, cristiano. Verrebbe fatto di aspettarsi da lui, se proprio *deve* indugiare sugli episodi più bestiali della vita sua e dei tempi suoi, che manifestasse una decente e umile contrizione, adeguata agli orrori descritti con così lascivi particolari.

Ma egli se ne guarda bene. Non riconosce alcun orrore in queste enormità. Non si degna nemmeno di arrossire delle tante offese arrecate a Nostro Signore e alla comune decenza, offese con le quali frastorna le orecchie dei nostri reverendi frati-scrivani; idolatria, pretese di magia, superstizioni, sete di sangue e spargimenti di sangue, atti osceni e contro natura, altri peccati tanto laidi che noi ci asteniamo qui anche dal nominarli. Se non fosse che la Maestà Vostra ordina di esporre tutto «con abbondanza di particolari» non consentiremmo ai nostri scrivani di consegnare alcune parti della narrazione dell'Azteco alla definitività della pergamena.

Ciò nonostante, il servo di Vostra Maestà non ha ancora mai disubbidito a un ordine del Re. Tenteremo di considerare le perniciose farneticazioni dell'Indio semplicemente come una prova del fatto che, durante la sua vita, l'Avversario predispose per lui molte specie di tentazioni e di cimenti, Dio permettendo per il rafforzamento dell'anima Azteca. Questa, rammentiamo a noi stessi, è una non piccola prova della grandezza di Dio, poiché Egli sceglie non già i savi e i forti, ma gli sciocchi e i deboli affinché siano, in ugual misura, gli strumenti e i beneficiari della Sua misericordia. La legge divina, rammentiamo a noi stessi, ci obbliga ad essere maggiormente tolleranti nei confronti di coloro sulle cui labbra il latte della Fede non si è ancora asciugato, più che con quelli i quali lo hanno già assorbito e vi sono assuefatti.

Pertanto tenteremo di contenere il nostro disgusto. Terremo l'Indio con noi e gli consentiremo di continuare a riversare i suoi detriti di fogna, almeno fino a quando non saremo edotti della reazione di Vostra Maestà a queste altre pagine della storia di lui. Per fortuna, in questo momento non urgono servigi diversi da parte dei cinque che si occupano dell'Azteco. E la sola ricompensa della creatura consiste nel fatto che le consentiamo di dividere il nostro semplice vitto, nonché in una stuoia di paglia per dormire in uno sgabuzzino inutilizzato vicino al chiostro, quelle notti in cui non porta gli avanzi della nostra mensa alla moglie che, a quanto pare, è malata, e non rimane accanto a lei per assisterla.

Ma confidiamo tutti che potremo presto liberarci dell'Azteco e degli immondi miasmi dai quali, lo sentiamo, è circondato. Sappiamo che quando leggerete le pagine seguenti, Sire — indescrivibilmente più orripilanti della prima parte — condividerete la nostra ripugnanza e griderete: «Basta con queste sozzure!», così come Davide gridò: «Non pubblicate, per evitare che gli infedeli esultino!» Avidamente — anzi no, ansiosamente — aspetteremo, da parte della Maestà Vostra, all'arrivo della prossima nave, l'ordine di distruggere tutte le pagine compilate nel frattempo e di scacciare dai nostri sacri recinti questo riprovevole barbaro.

Possa Dio Nostro Signore vegliare sulla Eccellentissima Maestà Vostra e conservarla per lunghi anni nella Sua sacra missione.

Di Vostra S. C. C. M., il fedele e devoto cappellano,

(*ecce signum*) Zumàrraga

ALTERA PARS

Sua eccellenza non è oggi presente, miei signori scrivani? Devo continuare, allora? Ah, capisco. Egli leggerà con comodo le pagine delle mie parole.

Benissimo. Consentitemi dunque di interrompere, per il momento, la cronaca eccessivamente personale della mia famiglia e di me stesso. Onde evitare in voi l'impressione che io stesso, e le poche altre persone da me menzionate, vivessimo in una sorta di isolamento, separate dal resto dell'umanità, consentitemi di prospettarvi una visuale più ampia. Nella mia mente e nei miei ricordi mi allontanerò e mi discosterò di un passo, per così dire, affinché voi possiate meglio rendervi conto dei rapporti tra noi e il nostro mondo come un tutto. Il mondo che chiamavamo Cem-Anàhuac, vale a dire l'Unico Mondo.

I vostri eploratori hanno già in precedenza scoperto che esso è situato tra due sconfinati oceani a est e a ovest. Le umide Terre Calde lungo i margini degli Oceani non si estendono di molto nell'interno prima di salire in alto e divenire torreggianti catene montuose, con un alto pianoro tra quelle situate a est e quelle situate a ovest. Questo pianoro si trova tanto vicino al cielo che l'aria vi è rarefatta e pulita e di una scintillante trasparenza. I nostri giorni, qui, sono quasi sempre miti come in primavera, anche durante la stagione delle piogge di mezza estate, finché non giunge l'asciutto inverno, quando Tititl, dio dei più brevi giorni dell'anno, decide di rendere alcune giornate fredde, o anche gelide fino alla sofferenza.

La parte più popolata di tutto l'Unico Mondo è l'ampia depressione a forma di conca nel pianoro, quella che voi denominate adesso Valle del Messico. Qui sono disseminati i laghi che rendono questa regione così attraente per lo stanziamento umano. In realtà, esiste un solo enorme lago, ristretto in due punti da contrafforti di alture, per cui vengono a formarsi tre vaste distese d'acqua collegate da passaggi lievemente più stretti. Il più piccolo e il più meridionale di questi laghi è d'acqua dolce, alimentato da limpidi torrenti che provengono dallo scioglimento delle nevi sulle montagne. Il lago più settentrionale, ove io trascorsi i miei primi anni, è d'acqua rossiccia e salmastra, perché lo circondano terre ricche di minerali che lasciano filtrare in esso i loro sali. Il lago centrale, il Texcòco, più vasto degli altri due messi insieme e formato da una mescolanza delle loro acque dolci e salse, è pertanto solo lievemente salmastro.

Nonostante il fatto che esiste un solo lago — o tre se si preferisce — lo abbiamo sempre diviso con cinque nomi. Solamente il lago dal colore bruno, il lago Texcòco, ha un unico nome. Il lago meridionale e il più cristallino, viene chiamato Xochimilco nella sua parte superiore: il Giardino Fiorito, perché quella regione alberga piante preziose in tutte le terre circostanti. Nella sua parte inferiore il lago ha nome Chalco, dalla nazione Chalca che con esso confina. Il lago più settentrionale, sebbene anch'esso un'unica distesa d'acqua, è analogamente diviso. La popolazione che vive su Tzumpànco, l'Isola a Forma di Teschio, ne chiama la metà superiore lago Tzumpànco. La popolazione della mia natia Xaltòcan, Isola dei Topi Campagnoli, denomina la loro parte lago Xaltòcan.

In un certo senso, potrei paragonare questi laghi ai nostri dei — ai nostri dei di un tempo. Ho udito voi cristiani lagnarvi a causa della «moltitudine» delle nostre divinità maschili e femminili, che presiedono ad ogni sfaccettatura della natura e del comportamento umano. Vi ho uditi lamentarvi perché non riuscite mai a orizzontarvi nelle complicazioni del nostro gremìto Pantheon e a capirle. Tuttavia, ho contato e paragonato. Non credo che facessimo conto su tante divinità importanti e minori quante le vostre — il Signore Iddio, il Figlio Gesù, lo Spirito Santo, la Vergine Maria — più tutti quegli altri Esseri Superiori che voi chiamate Angeli e Apostoli e Santi, e ognuno dei quali protegge qualche singola sfaccettatura del *vostro* mondo, delle vostre vite, dei vostri tonàltin, e persino ogni singolo giorno del calendario. In verità, io credo che riconoscessimo un minor numero di divinità; ma attribuivamo a ciascuna delle nostre compiti più diversi.

Per il geografo esiste un solo lago, qui nella valle. Per il barcaiolo che faticosamente spinge con le pagaie la sua acàli vi sono tre vaste distese d'acqua collegate. Per le persone che vivono sui laghi o intorno ad essi, ne esistono cinque, distinte con nomi diversi. Nello stesso modo, nessuno dei nostri dei e nessuna delle nostre dee aveva un solo volto, una sola responsabilità, un solo nome. Al pari del nostro lago, o dei tre laghi, un solo dio poteva impersonare una trinità di aspetti...

Questo vi fa accigliare, reverendi frati? Benissimo, un dio potrebbe avere *due* aspetti, o cinque. O venti.

A seconda della stagione: quella piovosa o quella asciutta, quella dei giorni lunghi o quella dei giorni brevi, il tempo della semina o il tempo della mietitura — e a seconda delle circostanze: guerra o pace, abbondanza o carestia, governanti buoni o crudeli... i compiti di un singolo dio variavano, e così variava il suo atteggiamento nei nostri confronti e così variava il nostro modo di adorarlo o festeggiarlo o placarlo. Per prospettare la cosa sotto un altro punto di vista, le nostre vite, i raccolti e i trionfi o le sconfitte in battaglia potevano dipendere dal temperamento o dagli umori fuggevoli del dio. Egli poteva essere, come i tre laghi, amaro o dolçe, o blando e indifferente, come preferiva.

Nel frattempo, sia l'umore dominante del dio, sia gli accadimenti nel nostro mondo potevano essere veduti in modo diverso dai diversi adoratori di quel dio. La vittoria per un esercito è la sconfitta per l'altro, non è forse così? Pertanto il dio o la dea potevano essere considerati al contempo capaci di premiare e di punire, esigenti e prodighi, benèfici e malèfici. Se vi rendete conto di tutte le infinite possibili combinazioni delle circostanze, dovreste essere in grado di capire la varietà di attributi che vedevamo in ogni divinità, la varietà degli aspetti che esse assumevano e l'ancor più grande varietà di nomi che assegnavamo a ciascuna di esse — adorandole, rispettandole, sentendoci grati o timorosi.

Ma non starò a insistere su questo argomento. Consentitemi di tornare dal mistico al fisico. Parlerò di cose dimostrabili per i cinque sensi che anche i bruti animali posseggono.

L'isola di Xaltòcan è, in realtà, una roccia gigantesca e quasi compatta che si leva ben lontano dalla riva, nel lago rosso e salmastro. Se non fosse per tre sorgenti naturali di acqua dolce che gorgoglia fuori della roccia, l'isola non sarebbe mai stata popolata, ma ai miei tempi manteneva forse duemila persone suddivise tra venti villaggi. E la roccia era il nostro sostegno in più di un senso, essendo fatta di arenaria tenèxtetl, un bene prezioso. Nel suo stato naturale, questa forma di arenaria è molto tenera e può essere facilmente estratta anche con i nostri rozzi attrezzi di legno, di pietra, di rame smussato e di fragile ossidiana, di tanto inferiori ai vostri, fatti di ferro e acciaio. Mio padre era un maestro cavatore, uno dei tanti che comandavano i lavoratori meno esperti. Ricordo una delle volte in cui mi condusse nella sua cava per darmi delucidazioni sul mestiere che faceva.

«Tu non puoi vederle» mi disse «ma, qua e là, corrono le nàturali fessure e striature di questo particolare strato della pietra. Sebbene rimangano invisibili allo sguardo inesperto, imparerai a individuarle. »

Non dovevo riuscirvi mai, ma egli non cessò di sperare. Stetti a osservarlo mentre segnava la superficie della pietra con tratti di nero oxitl. Altri lavoratori vennero — erano resi pallidi dalla polvere incrostata — a conficcare con martelli cunei di legno nelle minuscole crepe segnate da lui. Poi versarono acqua sui cunei. Tornammo a casa e trascorsero alcuni giorni durante i quali gli operai tennero quei cunei ben zuppi affinché si gonfiassero ed esercitassero una pressione all'interno della pietra. Poi mio padre ed io tornammo alla cava. Restammo sull'orlo e guardammo in basso. Mio padre disse: «Sta' attento, adesso».

Si sarebbe detto che la pietra avesse aspettato la sua presenza e il suo consenso, poiché, del tutto all'improvviso, e come di propria iniziativa, la parete della cava emise un rombo lacerante e si spaccò. Una parte di essa piombò giù poderosamente a enormi frammenti cubici, mentre altre parti si staccarono a lastroni quadrati che caddero tutti intatti nelle reti di corda tese per accoglierli prima che si frantumassero sul fondo. Scendemmo, e mio padre li esaminò soddisfatto.

«Basterà squadrarli un po' con asce» disse «levigarli con un miscuglio di polvere di ossidiana e d'acqua, e questi» additò i cubi di arenaria «costituiranno perfetti blocchi per costruzione, mentre questi altri» — i lastroni grandi quanto il pavimento di casa nostra e spessi come il mio braccio — «serviranno come rivestimenti. »

Feci scorrere la mano sulla superficie di uno dei blocchi, che mi arrivava all'altezza del petto. Era al contempo cerea e polverosa.

«Oh, sono così teneri per qualsiasi impiego non appena si staccano dal resto della roccia» disse mio padre. Passò l'unghia del pollice sul blocco e vi lasciò incisa una graffiatura profonda. «Ma, dopo essere rimasti per qualche tempo esposti all'aria aperta, si solidificano, diventano duri e imperituri come il granito. Tuttavia questa nostra pietra, finché è ancora friabile e lavorabile, può essere scolpita con qualsiasi altra pietra più dura, o tagliata con una corda per segare impregnata di tritume di ossidiana. »

Quasi tutta l'arenaria della nostra isola veniva trasportata nelle regioni interne al di là della sponda del lago, o nella capitale, per costruire mura e pavimenti e soffitti di edifici. Ma, a causa della facile lavorabilità della pietra fresca, nelle cave faticavano assiduamente anche scultori. Questi artisti sceglievano i blocchi più belli e, finché erano ancora teneri, li scolpivano ricavandone statue dei nostri dei, dei nostri governanti e di altri eroi. Lavoravano i lastroni di arenaria più perfetti ricavandone architravi con bassorilievi e fregi per decorare templi e palazzi. Inoltre, servendosi dei frammenti residui di pietra, gli artisti scolpivano i piccoli penati, tesoreggiati ovunque dalle famiglie. In casa nostra avevamo figurette di Tonatìu e Tlaloc, naturalmente, della dea del granturco Chicomecòatl e della dea del focolare Chàntico. Anche mia sorella Tzitzi possedeva la propria statuetta personale di Xochiquètzal, dea dell'amore e dei fiori, cui si rivolgevano in preghiera tutte le giovani fanciulle affinché facesse loro trovare un marito confacente e affettuoso.

I più piccoli frammenti di pietra e gli altri detriti delle cave venivano bruciati nelle fornaci che ho menzionato e dalle quali usciva polvere di calce, un altro bene prezioso. Essa è essenziale per la calcina impiegata allo scopo di cementare l'uno sull'altro i blocchi di un edificio. Se ne ricava inoltre gesso per intonacare e mascherare edifici costruiti con materiali meno nobili. Mescolata con acqua, la calce viene impiegata per sgusciare le pannocchie del granturco che le nostre donne macinano ricavandone la farina per le tortillas tlaxcàltin e altri cibi. La calce veniva adoperata persino, da una certa categoria di donne, come cosmetico; con essa si schiarivano i capelli neri o castani, facendoli diventare di un innaturale colore giallo, come quello di alcune delle vostre donne.

Naturalmente gli dei non danno nulla che sia del tutto esente da un pagamento; e, di quando in quando, esigevano da noi un tributo in cambio della ricchezza di arenaria che estraevamo da Xaltòcan. Si diede il caso ch'io mi trovassi nella cava di mio padre il giorno in cui gli dei decisero un sacrificio.

Portatori in gran numero stavano sollevando un blocco enorme di pietra appena tagliata su per il lungo piano inclinato, simile a una conchiglia ricurva, che saliva a spirale dal fondo alla sommità della cava. Facevano questo con la pura forza muscolare, mediante una fascia che passava intorno alla fronte di ciascun uomo ed era collegata alla rete di corde dalla quale il blocco veniva trascinato. In qualche punto in alto su quella rampa, il blocco scivolò troppo vicino al bordo, o venne fatto penzolare da qualche irregolarità del piano inclinato. Qualsiasi cosa fosse accaduta, esso, adagio e implacabilmente si spostò di lato. Si udirono molte grida e, se i portatori non si fossero immediatamente tolti le fasce dal capo, sarebbero precipitati oltre l'orlo insieme al blocco. Ma un uomo che si trovava molto più in basso non udì, nello strepito della cava, le grida di avvertimento. Il blocco gli piombò addosso, e uno degli spigoli, simile a un'ascia di pietra, lo tagliò esattamente in due, all'altezza della vita.

Il blocco di arenaria aveva scavato una così profonda intaccatura, sul fondo della cava, da rimanervi confitto in equilibrio sul proprio orlo spigoloso. Pertanto mio padre e gli altri uomini accorsi sul luogo della sciagura riuscirono senza difficoltà a rovesciarlo da un lato. Constatarono, non senza stupore, che la vittima degli dei era ancora viva, e persino in sé.

Inosservato a causa del parapiglia, mi avvicinai e vidi l'uomo tagliato in due. Dalla vita in su il corpo di lui, nudo e sudato, era intatto, senza alcuna ferita. Ma la vita, ampliata e appiattita dall'enorme peso, faceva sì che il corpo di lui ricordasse, in un certo qual modo, un'ascia e uno scalpello. Il masso lo aveva al contempo sezionato — pelle, carne, visceri, colonna vertebrale — e suturato, per cui non si vedeva nemmeno una goccia di sangue. Sarebbe potuto essere una bambola di pezza tagliata trasversalmente al centro e poi ricucita lungo il taglio. La metà inferiore, che ancora portava il perizoma, giaceva separata da lui, anch'essa compressa, nettamente suturata e senza traccia di sangue; ma le gambe guizzavano lievemente, e quella metà stava abbondantemente urinando e defecando.

L'enorme lesione doveva avere tramortito a tal punto tutti i nervi recisi che l'uomo non sentiva alcun dolore. Alzò la testa e contemplò con blanda meraviglia se stesso tagliato in due. Per evitargli quello spettacolo, gli altri si affrettarono con tenerezza a portarlo — la metà superiore di lui — a una certa distanza e ad appoggiarlo contro la parete della cava. Egli fletté le braccia, aprì e chiuse le mani, voltò sperimentalmente la testa da un lato e dall'altro, poi disse, in tono reverenziale:

«Posso ancora muovermi e parlare. Vi vedo tutti, compagni miei. Posso toccarvi con le mani e sentirvi. Odo i colpi degli attrezzi. Sento il sapore amarognolo della polvere di calce. Vivo ancora. Questo è un fatto miracoloso».

«Lo è» disse mio padre, brusco. «Ma non può durare a lungo, Xìcama. È persino inutile mandare a chiamare un medico. Avrai bisogno di un sacerdote. Di quale dio, Xìcama?»

L'uomo rifletté per un momento. «Tra poco, quando non mi sarà possibile fare altro, saluterò forse tutti gli dei. Ma, finché sono in grado di parlare, preferirei scambiare qualche parola con la Divoratrice di Lordure.»

Il suo desiderio venne riferito fino alla sommità della cava, e di là un messaggero fu inviato di corsa a chiamare un sacerdote della dea Tlazoltèotl, o Divoratrice di Lordure. Nonostante il nome poco gradevole, ella era un dea quanto mai pietosa. A lei i morenti confessavano tutti i loro peccati e i loro misfatti e altrettanto facevano, molto spesso, anche gli uomini sani, quando si sentivano particolarmente sgomenti, o sconfortati, da qualcosa che avevano fatto — affinché Tlazoltèotl potesse inghiottire le loro colpe, dopodiché le colpe stesse scomparivano come se non fossero mai state commesse. In questo modo non seguivano l'uomo, e non potevano pesare contro di lui, né assillarne i ricordi, in quel qualsiasi aldilà ove egli era diretto.

Mentre aspettavamo il sacerdote, Xìcama continuò a distogliere lo sguardo da se stesso, dal punto nel quale il suo corpo sembrava essere conficcato in una fenditura del fondo roccioso della cava, e parlò con calma, quasi allegramente, a mio padre. Gli disse cose da riferire ai suoi genitori, alla vedova e ai figli orfani, diede suggerimenti riguardo a ciò che avrebbero potuto fare dei suoi pochi possessi, e si domandò a voce alta come se la sarebbe cavata la sua famiglia, una volta scomparso colui che l'aveva mantenuta.

«Non stàre a crucciarti» disse mio padre. «Il tuo tonàli vuole che gli dei ti accolgano in cambio della prosperità per noi che restiamo. In segno di gratitudine per il sacrificio di te stesso, noi e il Signore Governatore compenseremo adeguatamente la tua vedova.»

«Allora potrà godere di una eredità rispettabile» disse Xìcama, con sollievo. «Ed è una donna ancor giovane e bella. Ti prego, Testa che Annuisce, persuadila a rimaritarsi.»

«Lo farò. Desideri altro?»

«No» rispose Xìcama. Si guardò attorno e sorrise. «Non avrei mai creduto che mi sarei rammaricato vedendo per l'ultima volta questa tetra cava. Lo sai, Testa che Annuisce? Anche questa fossa di pietra sembra adesso bella e invitante. Le bianche nubi lassù, poi il cielo azzurro, poi la pietra bianca qui attorno... è come se vi fossero nubi sopra e sotto l'azzurro. Vorrei, però, poter vedere gli alberi verdi al di là dell'orlo...»

«Li vedrai,» promise mio padre «ma dopo che avrai terminato con il sacerdote. Faremo bene a non correre il rischio di spostarti fino a quel momento.»

Il sacerdote giunse, tenebroso nelle sue svolazzanti vesti nere, con i neri capelli incrostati di sangue e la faccia, mai lavata, scura di sudiciume. Era la sola tenebra e oscurità che deturpasse il limpido azzurro e il biancore dai quali Xìcama si doleva di doversi congedare. Tutti gli altri uomini si allontanarono per lasciare soli i due. (E mio padre mi scorse tra gli altri, e irosamente mi ordinò di andarmene; non era quello uno spettacolo che si addicesse a un ragazzo.) Mentre Xìcama era occupato con il sacerdote, quattro uomini sollevarono la fetida e ancor sussultante

48

metà inferiore del suo corpo, per portarla alla sommità della cava. Uno di loro vomitò durante il tragitto.

Xìcama, evidentemente, non aveva condotto un'esistenza molto scellerata; non gli occorse molto tempo per confessare a Divoratrice di Lordure qualsiasi cosa si pentisse di aver fatto o si rammaricasse di non aver fatto. Dopo che il sacerdote lo ebbe assolto in nome della dea ed ebbe pronunciato tutte le parole rituali e compiuto tutti i gesti rituali, si tenne ritto in disparte. Quattro altri uomini sollevarono, con somma cautela, la parte ancora vivente di Xìcama e la portarono, con tutta la rapidità che era possibile senza scuoterla, su per il piano inclinato, verso l'orlo della cava.

Si sperava che egli potesse continuare a vivere quanto bastava per arrivare al villaggio e dire addio alla famiglia e rendere omaggio a quella qualsiasi divinità che, personalmente, preferisse. Ma, in qualche punto lungo la rampa a spirale, il corpo compresso di lui cominciò ad aprirsi, lasciando sfuggire sangue, e la colazione che egli aveva fatto e varie altre sostanze. Xìcama smise di parlare e di respirare, e chiuse gli occhi e non riuscì mai a rivedere i verdi alberi.

Parte dell'arenaria di Xaltòcan già da molto tempo era stata impiegata per costruire l'icpac tlammanacàli e i teocàltin della nostra isola, o, come voi li chiamate, la nostra piramide e i numerosi templi. Una parte di tutta la pietra estratta veniva sempre tenuta in disparte per le tasse che versavamo alla tesoreria nazionale, e per il tributo annuo al Riverito Oratore e al suo Consiglio di Parlatori. (Lo Uey-Tlatoàni Motecuzòma era morto quando io avevo tre anni, e, in quell'anno, il governo e il trono erano passati al figlio di lui Axayàcatl, Faccia d'Acqua.) Un'altra parte ancora della pietra veniva riservata per il profitto del nostro tecùtli, o governatore, e di alcuni altri nobili di alto rango, nonché per le spese dell'isola: la costruzione di canoe destinate ai trasporti via acqua, l'acquisto di schiavi adibiti alle fatiche più umili, le paghe degli uomini che lavoravano nella cava, e così via. Ma rimaneva ancora molta pietra da esportare e da barattare.

Essa consentiva di pagare le merci importate a Xaltòcan e di procurarsi la valuta di scambio che il nostro tecùtli divideva tra i sudditi a seconda del loro censo e dei loro meriti. Il tecùtli autorizzava inoltre tutta la popolazione dell'isola — tranne, naturalmente, gli schiavi e gli appartenenti ad altre classi umili — a costruire le proprie case con l'arenaria disponibile. Così Xaltòcan differiva da quasi tutte le altre comunità di queste terre, ove le abitazioni erano costruite, il più delle volte, con mattoni seccati al sole, o con legno o canne, o dove molte famiglie potevano pigiarsi in un solo grande edificio comune, o addirittura vivere entro caverne sui fianchi delle alture. Sebbene la casa della mia famiglia fosse di tre sole stanze, essa era addirittura *pavimentata* con lisci lastroni di arenaria bianca. Non esistevano molti palazzi, nell'Unico Mondo, che potessero vantarsi di essere costruiti con materiale migliore. L'impiego che facevamo della nostra pietra per costruire significava, inoltre, che l'isola non veniva spogliata degli alberi come tante altre località popolate della valle.

Ai miei tempi, il nostro governatore era Tlauquècholtzin, il Signore Airone Rosso, un uomo i cui remoti antenati avevano figurato tra i primi coloni Mexìca dell'isola; l'uomo dal rango più elevato tra la nostra nobiltà locale. Come voleva la consuetudine, in quasi tutti i distretti e in quasi tutte le comunità, egli ricopriva a vita la carica di nostro tecùtli, quale rappresentante del Consiglio dei Parlatori presieduto dal Riverito Oratore, e quale governante dell'isola, delle sue cave, del lago circostante, e di ognuno di coloro che lì dimoravano tranne, in qualche misura, i sacerdoti, i quali sostenevano di dovere fedeltà soltanto agli dei.

Non tutte le comunità erano così fortunate, per quanto concerneva il governatore, come la nostra Xaltòcan. Ci si aspettava che chi apparteneva alla nobiltà conducesse un'esistenza all'altezza della sua posizione sociale — vale a dire che *fosse* nobile — ma non tutti lo erano. E nessun pili nato nella nobiltà poteva mai essere retrocesso a una classe inferiore, per quanto ignobile fosse il suo comportamento. (Poteva, però, se le sue azioni venivano ritenute ingiustificabili dai pìpiltin suoi pari, essere privato della carica, o anche essere messo a morte da loro.) Potrei anche aggiungere che, sebbene quasi tutti i nobili siano tali per essere nati da nobili genitori, non era impossibile che un comune cittadino potesse essere elevato a quella classe superiore.

Ricordo due uomini di Xaltòcan che, da macehuàltin divennero pìpiltin e ricevettero un reddito cospicuo per tutta la vita. Colòtic-Mitzli, un anziano ex guerriero, si era dimostrato all'altezza del proprio nome, Feroce Leone di Montagna, compiendo grandi imprese d'armi in qualche guerra dimenticata contro un nemico di molto tempo prima. Quelle imprese gli avevano lasciato cicatrici tali che egli era spaventoso a vedersi, ma gli avevano altresì meritato l'ambìto suffisso tzin al nome: Mitzin, Signore Leone di Montagna. L'altro uomo era Quali-Améyatl, o Buona Fontana, un giovane architetto dai modi miti, le cui imprese non erano state più degne di nota di quella dell'aver progettato alcuni giardini del palazzo del governatore. Ma Améyatl era tanto bello quanto Mitzin era laido, e, mentre lavorava a palazzo, egli aveva conquistato il cuore di una fanciulla a nome Gocciadirugiada, che si dava il caso fosse la figlia del governatore. Quando la sposò, divenne Améyatzin, il Signore Fontana.

Ho cercato di chiarire che il nostro Signore Airone Rosso era cordiale e generoso; ma, soprattutto, si trattava di un uomo giusto. Quando la figlia di lui Gocciadirugiada si stancò del Signore Fontana, dalle umili origini, e venne sorpresa in atto adultero con un pili di sangue nobile, Airone Rosso ordinò che entrambi, lei e l'uomo, venissero messi a morte. Molti degli altri nobili chiesero che alla giovane donna fosse risparmiata la vita, bandendola invece dall'isola. Persino il marito giurò che, quanto a *lui*, perdonava l'adulterio della moglie, e che se ne sarebbe andato con Gocciadirugiada in qualche remoto paese. Ma il governatore non si lasciò commuovere, sebbene sapessimo tutti che voleva un gran bene alla figlia.

Disse: «Verrei considerato ingiusto se, per la mia bambina, dovessi ignorare una legge che viene applicata contro gli altri miei sudditi». E al Signore Fontana disse: «Il popolo sosterrebbe un giorno che tu perdonasti mia figlia per deferenza nei confronti della mia carica, e non di tua spontanea volontà». E ordinò che ogni altra donna e fanciulla di Xaltòcan si recasse al palazzo per assistere all'esecuzione di Gocciadirugiada. «In particolare tutte le fanciulle nubili» disse «poiché i loro succhi scorrono intensamente, ed esse potrebbero essere propense a simpatizzare con la relazione di mia figlia, o persino a invidiarla. Che rimangano scosse dalla morte di lei, così da pensare invece alla gravità delle conseguenze.»

Così mia madre si recò all'esecuzione e condusse con sé Tzitzitlìni. Disse che la fedifraga Gocciadirugiada e il suo amante erano stati strozzati con corde mimetizzate come ghirlande di fiori, sotto gli occhi del popolino, e che la giovane donna non aveva affrontato coraggiosamente il castigo: terrorizzata, si era dibattuta supplicando. Il marito tradito, Buona Fontana, aveva pianto per lei, ma il Signore Airone Rosso era rimasto a guardare inespressivo. Tzitzi non disse nulla dello spettacolo. Mi raccontò, tuttavia, di aver conosciuto al palazzo il fratello minore della condannata, il figlio di Airone Rosso, Pactli.

«Mi ha fissato a lungo» disse con un fremito «e ha sorriso scoprendo i denti. Puoi credere a una cosa simile, in un giorno come questo? Il suo è stato uno sguardo che mi ha fatto venire la pelle d'oca.»

Sarei disposto a scommettere che Airone Rosso non sorrise, quel giorno. Ma potete capire perché tutta la popolazione dell'isola stimava tanto il nostro governatore così imparzialmente giusto. In verità, speravamo tutti che il Signore Airone Rosso vivesse fino a una tardissima età, poiché ci rendeva inquieti e infelici la prospettiva di essere governati da quel suo figlio, Pactli. Il nome significa Gioia, un nome mal posto se mai ne è esistito uno. Era stato un marmocchio malvagio e dispotico prima ancora di cingere il perizoma della virilità. Quell'odioso rampollo di un padre tanto nobile non frequentava, naturalmente, alcun ragazzo della classe media, come me e Tlatli e Chimàli, e d'altronde aveva un anno o due più di noi. Ma, mentre la bellezza di mia sorella fioriva, e Pactli cominciava a manifestare nei suoi riguardi un crescente interesse, Tzitzi ed io finimmo con il condividere un odio tutto particolare nei riguardi di lui. In ogni modo, tutto questo si trovava ancora nel futuro.

Nel frattempo, la nostra era una comunità prospera e tranquilla e serena. Noi che avevamo la grande fortuna di vivere in essa, non dovevamo logorare le nostre energie e il nostro spirito soltanto per sopravvivere. Potevamo contemplare orizzonti situati al di là della nostra isola, mirare ad altezze superiori a quelle della nostra nascita. Potevamo sognare, come facevano i miei amici Chimàli e Tlatli. Entrambi i loro padri erano scultori nelle cave, e quei due ragazzi, diversamente da me, aspiravano a dedicarsi alla stessa arte dei genitori, ma più ambiziosamente di quanto avessero fatto loro.

«Voglio diventare uno scultore *più bravo*» disse Tlatli, raschiando un frammento di pietra tenera che, in effetti, stava cominciando a somigliare a un falcone, l'uccello del quale egli aveva avuto il nome.

Tlatli continuò: «Le statue e i fregi scolpiti qui a Xaltòcan partono sulle grandi canoe da carico, non firmati, senza che gli artisti dai quali sono stati creati siano riconosciuti. I nostri padri non ottengono più merito, per l'arte loro, di una schiava che intreccia stuoie con le canne del lago. E perché? Perché le statue e i fregi che scolpiamo qui sono tanto anonimi quanto quelle stuoie di canne. Ogni Tlaloc, ad esempio, è esattamente uguale a tutti i Tlaloc che sono sempre stati scolpiti a Xaltòcan da quando i padri dei padri dei nostri padri li scolpivano».

Osservai: «Allora devono essere come li vogliono i sacerdoti di Tlaloc».

«Ninotkancuìcui in tlamacàzque» grugnì Tlatli. «Mi pulisco i denti davanti ai sacerdoti». Poteva essere cocciuto e irremovibile quanto qualsiasi statua di pietra. «Voglio eseguire sculture diverse da tutte quelle che sono state fatte fino ad ora. E non due delle mie sculture saranno mai simili l'una all'altra. Però saranno tutte così riconoscibili come opera mia che la gente esclamerà: "*Ayyo*, una statua di Tlatli!". Non dovrò neppure firmarle con il mio simbolo del falcone!»

«Vuoi scolpire qualcosa di bello come la Pietra del Sole» dissi io.

«Più bello della Pietra del Sole» disse lui, cocciuto. «Mi stuzzico i denti davanti alla Pietra del Sole.» E questo mi parve davvero audace, poiché avevo veduto la Pietra'del Sole.

Ma il nostro comune amico Chimàli volgeva lo sguardo verso orizzonti ancor più lontani di quelli di Tlatli. Intendeva perfezionare a tal punto l'arte della pittura da renderla indipendente da qualsiasi scultura sottostante. Sarebbe divenuto un pittore di immagini su pannelli e di affreschi murali.

«Oh, colorerò le grosse statue di Tlatli, se lui vorrà» disse. «Ma la scultura richiede soltanto colori piatti, in quanto la sua forma e la modellatura conferiscono ai colori luce e ombra. Inoltre, sono stanco dei soliti e immutabili colori di cui si servono altri pittori e affrescatori. Sto cercando di mescolare nuove tinte tutte mie: colori che io possa modulare nelle trasparenze e nelle sfumature, così da dare l'illusione della profondità.» Fece gesti eccitati, modellando l'aria. «Quando vedrete i miei dipinti, penserete che abbiano forma e sostanza, anche se non le posseggono affatto, anche se non hanno altra dimensione di quella del pannello stesso.»

«Ma a quale scopo?» domandai.

«Quale scopo hanno la baluginante bellezza e le forme di un colibrì?» domandò lui. «Senti. Immagina di essere un sacerdote di Tlaloc. Invece di trascinare un'enorme statua del dio della pioggia nella piccola sala del tempio, rendendola per conseguenza ancora più angusta, i sacerdoti di Tlaloc possono semplicemente farmi dipingere sulla parete un ritratto del dio, come io immagino che sia... e con uno sconfinato paesaggio piovoso che si estende alle sue spalle. La sala sembrerà allora incommensurabilmente più vasta di quanto sia in realtà. *Ecco* il vantaggio delle sottili e piatte pitture rispetto alle grossolane ed enormi sculture.»

«Bene,» dissi a Chimàli «uno scudo di solito *è* abbastanza sottile e piatto.» La mia era soltanto una battuta. Chimàli significa scudo, e lo stesso Chimàli era un ragazzo magro e allampanato.

Sorridevo con indulgenza dei progetti ambiziosi e delle grandiose vanterie dei miei amici. O forse ne ero un pochino invidioso, perché essi sapevano quel che volevano diventare e che cosa volevano fare, e io no. La mia mente non aveva ancora concepito alcuna idea sua, e nessun dio aveva ancora ritenuto opportuno inviarmi un segno. Sapevo con certezza soltanto due cose. L'una era che non volevo estrarre e sollevare pietra in qualche cava rumorosa, polverosa, minacciata da dio. L'altra era che, qualsiasi carriera avessi deciso di tentare, *non* intendevo tentarla a Xaltòcan o in qualsiasi altro buco di provincia.

Se gli dei fossero stati disposti a consentirmelo, avrei corso i miei rischi nel luogo più ricco di sfide, ma potenzialmente più remunerativo dell'Unico Mondo, nella stessa capitale di Uey-Tlatoàni, ove l'emulazione, tra gli uomini ambiziosi, era più spietata, e ove soltanto i più degni riuscivano a distinguersi... nella splendida, nella meravigliosa, nella spaventosa città di Tenochtìtlan.

✠

Se ancora non sapevo quale sarebbe stata la mia vita di lavoro, sapevo per lo meno dove si sarebbe svolta, e lo avevo saputo sin dal mio primo e unico viaggio laggiù, il viaggio essendo stato il dono fattomi dal babbo in occasione del mio settimo compleanno, il giorno in cui mi era stato dato il nome.

Prima di tale evento, i miei genitori, con me a rimorchio, si erano recati a consultare il tonalpòqui residente nell'isola, ovvero il conoscitore del tonàlmatl, il libro tradizionale dei nomi. Dopo avere separato tutte le sovrapposte pagine del libro — occupavano quasi per intero il pavimento della stanza — il vecchio veggente scrutò a lungo, muovendo le labbra, ogni accenno alla disposizione delle stelle e alle pie azioni riferite al giorno Settimo Fiore e al mese Dio Ascendente e all'anno Tredicesimo Coniglio. Poi annuì, ricompose con reverenza il libro, accettò il compenso — una pezza di bel tessuto di cotone — mi spruzzò con la sua speciale acqua consacrante e proclamò essere il nome destinatomi Chicòme-Xochitl Tliléctic-Mixtli, per commemorare il temporale che aveva infuriato durante la mia nascita. D'ora in avanti sarei stato ufficialmente conosciuto come Settimo Fiore Nuvola Scura, e, non ufficialmente, chiamato Mixtli.

Rimasi abbastanza soddisfatto del nome — un nome virile — ma non mi colpì molto il rituale mediante il quale era stato prescelto. Anche all'età di sette anni, io, Nuvola Scura, avevo alcune opinioni tutte mie. Dissi, a voce alta, che chiunque vi sarebbe potuto riuscire, io stesso avrei potuto scegliere il nome, e più rapidamente e più a buon mercato, dopodiché fui azzittito severamente.

Nelle prime ore del mattino di quel compleanno di grande momento, fui condotto al palazzo e il Signore Airone Rosso in persona benevolmente e cerimoniosamente ci accolse. Mi accarezzò sul capo e disse, con paterno buon umore: «Un altro *uomo* cresciuto per la gloria di Xaltòcan, eh?». Poi, di suo pugno, tracciò i simboli del mio nome — i sette trattini, il simbolo del fiore con tre petali, la sfera color grigio-argilla che stava a significare una nuvola scura — sul tocayàmatl, il registro ufficiale di tutti gli abitatori dell'isola. Quella pagina sarebbe rimasta fino a quando avessi vissuto a Xaltòcan, per essere eliminata soltanto se fossi morto o se fossi stato bandito per qualche colpa mostruosa, o se avessi deciso di trasferirmi definitivamente altrove. Mi domando: da quanto tempo la pagina con il nome di Settimo Fiore Nuvola Scura è scomparsa da quel libro?

Normalmente, vi sarebbero stati molti altri festeggiamenti il giorno dell'attribuzione del nome, come era accaduto nel caso di mia sorella: tutti i vicini e i parenti accorsi con doni, mia madre che cucinava e serviva un lauto banchetto di cibi speciali, gli uomini che fumavano tubi di picìetl, i vecchi che si ubriacavano di octli. Ma non mi importò di rinunciare a tutto questo, poiché mio padre mi aveva detto: «Un carico di fregi per templi parte oggi diretto a Tenochtìtlan, e c'è posto a bordo per te e per me. Inoltre, giunge notizia di una grande cerimonia che avrà luogo nella capitale, la celebrazione di qualche nuova conquista o qualcosa del genere... e *questo* sarà il modo con il quale festeggeremo il tuo onomastico, Mixtli». Così, dopo non più di un bacio di congratulazione sulla gota da parte di mia madre e di mia sorella, seguii il babbo fino al pontile di carico delle cave.

Su tutti i nostri laghi v'è un traffico costante di canoe che vanno e vengono in ogni direzione, come orde di quegli insetti che camminano sull'acqua. Erano, per la maggior parte, le piccole acàltin degli uccellatori o dei pescatori, ricavate da un singolo tronco d'albero svuotato, e aventi la forma di un baccello di fagioli. Ma altre arrivavano a grandi dimensioni, come le gigantesche canoe da guerra per sessanta uomini; e la nostra acàli da carico consisteva di otto canoe quasi altrettanto grandi, legate tutte insieme, fianco a fianco. Il carico di pannelli di arenaria scolpita era stato accuratamente disposto a bordo, ogni pannello avvolto con spesse stuoie di fibra per proteggerlo.

Con un simile carico e un'imbarcazione così poco maneggevole, navigammo, naturalmente, molto adagio, sebbene mio padre fosse uno degli oltre venti uomini che pagaiavano (o spingevano, dove l'acqua era poco profonda). A causa della rotta ricurva — a sud-ovest attraverso il lago Xaltòcan, a sud nel lago Texcòco, quindi di nuovo a sud-ovest verso la città — dovemmo percorrere circa sette delle distanze che noi chiamavamo una-lunga-corsa, e ognuna delle quali equivaleva approssimativamente a una delle vostre leghe spagnole. Sette leghe di navigazione, dunque, e la nostra enorme canoa di rado viaggiava più rapidamente di quanto possa camminare un uomo. Ci allontanammo dall'isola molto prima di mezzogiorno, ma era notte alta quando ci ormeggiammo a Tenochtìtlan.

Per qualche tempo il panorama non ebbe alcunché di fuori del comune: il lago colorato di rosso che conoscevo così bene. Poi la terra si avvicinò a entrambi i lati mentre scivolavamo attraverso lo stretto meridionale, e l'acqua intorno a noi si schiarì a poco a poco, assumendo un color bigio quando emergemmo nel vasto lago di Texcòco. L'acqua si estendeva fino a una tale lontananza, a est e a sud di noi, che la terra al di là di essa era soltanto una chiazza confusa, scura e seghettata, all'orizzonte.

Scivolammo per qualche tempo in direzione sud-ovest, ma Tonatìu, il sole, si stava adagio avvolgendo nella radiosità della sua veste per dormire quando i rematori fecero forza all'indietro sull'acqua per fermare la goffa imbarcazione davanti alla Grande Diga. Quella barriera consiste in una duplice palizzata di tronchi d'albero conficcati nel fondo del lago, e lo spazio tra le due file parallele di tronchi è colmato con terra pressata e sassi. Ha lo scopo di impedire alle onde del lago, sollevate dal vento da est, di allagare la bassa città-isola. Nella grande diga vi sono chiuse situate a intervalli e gli uomini addetti alla manutenzione le tengono aperte quasi con qualsiasi tempo. Ma, naturalmente, il traffico diretto verso la capitale è considerevole sul lago, per cui la nostra imbarcazione da carico dovette aspettare per qualche tempo nella fila prima di potersi insinuare attraverso il varco.

In quel momento, Tonatìu distese le buie coltri della notte sul proprio giaciglio e il cielo divenne color porpora. Le montagne a occidente, direttamente davanti a noi, parvero a un tratto nettamente profilate e prive di dimensioni come se fossero state ritagliate da carta nera. Sopra di esse vi fu un timido ammiccare e poi un audace rifulgere di luce: Fiore Successivo ci assicurava di nuovo che quella era soltanto un'altra delle innumeri notti, non l'ultima e l'eterna.

«Spalanca bene gli occhi, adesso, figlio Mixtli!» gridò mio padre dal proprio posto alle pagaie.

Come se Fiore Successivo fosse stata un fuoco di segnalazione, una seconda luce apparve, quest'altra bassa sotto il profilo frastagliato delle nere montagne. Poi vidi un altro punto luminoso, e un altro ancora, e venti su venti di più. E così contemplai Tenochtìtlan per la prima volta in vita mia: non una città di torri di pietra, di ricche costruzioni in legno e di vividi colori, ma una città di luce. Man mano che le lampade e le lanterne e le candele e le torce venivano accese — dietro le aperture delle finestre, per le vie, lungo i canali, sulle terrazze e i cornicioni e i tetti degli edifici — i separati puntini luminosi diventavano grappoli, i grappoli si fondevano formando linee di luce, e le linee tracciavano i profili della città.

Gli edifici stessi, veduti da quella distanza, erano bui e indistinti nei contorni, ma le luci, *ayyo le luci*! Gialle, bianche, rosse, color giacinto, con tutte le varie tinte della fiamma, qua e là una verde o una blu, ove sul fuoco che ardeva sopra l'altare di qualche tempio era stato sparso sale o limatura di rame. E ognuna di quelle perle luminose, ognuno di quei grappoli, ognuna di quelle fasce di luce splendeva due volte, in quanto trovava il proprio brillante riflesso nel lago. Anche le strade rialzate di pietra che collegano l'isola alla sponda erano illuminate da lanterne appese a pali disposti a intervalli per tutta la loro lunghezza sull'acqua. Dal nostro acàli potevo vedere soltanto le due strade rialzate dirette a nord e a sud della città. Ognuna sembrava una sottile catenella vividamente ingioiellata intorno alla gola della notte, con la città in mostra tra esse, uno splendido pendaglio, anch'esso fulgidamente tempestato di gioielli, sul petto della notte.

«Tenochtìtlan, Cem-Anàhuac Tlali Yolòco» mormorò mio padre. «È davvero il Cuore e il Centro dell'Unico Mondo.» L'incantesimo mi aveva dominato a tal punto da impedirmi di accorgermi che egli si era unito a me sulla prora della nostra imbarcazione da carico. «Guarda a lungo, figlio Mixtli. Potrai contemplare questa meraviglia, e molte altre meraviglie, più di una volta. Ma della prima volta si fa sempre, e in eterno, una sola esperienza.»

Senza che io battessi ciglio o distogliessi lo sguardo dallo splendore, continuammo, anche troppo adagio, ad avvicinarci. Mi distesi su una stuoia di fibra e guardai e guardai, finché, mi vergogno di dirlo, le palpebre mi si chiusero di loro iniziativa e mi addormentai. Non ricordo affatto quelli che dovettero essere considerevoli frastuono e trambusto e movimento quando approdammo, né ricordo che mio padre mi portò di peso in una vicina locanda per barcaioli, ove rimanemmo durante la notte.

Mi destai su un giaciglio preparato sul pavimento di una stanza qualsiasi, ove mio padre e alcuni uomini erano distesi a loro volta, ancora russando, sui rispettivi giacigli. Rendendomi conto che ci trovavamo in una locanda, e ricordando dov'*era* la locanda stessa, balzai in piedi per sporgermi dall'apertura della finestra e per un momento fui preso dal capogiro nel vedere a quale altezza mi trovavo dalla sottostante pavimentazione in pietra. Non ero mai stato prima di allora all'interno di un edificio collocato sopra un altro edificio. O almeno pensai che si trattasse di questo finché, più tardi, mio padre non mi mostrò, dall'esterno, che la nostra stanza si trovava al primo piano della locanda.

Alzai gli occhi verso la città al di là della zona dei moli. Splendeva, pulsava, balenava bianca nella prima luce del sole. Mi rese orgoglioso della mia isola natia, poiché quegli edifici che non erano costruiti con bianca arenaria avevano una bianca itonacatura di gesso, ed io sapevo che quasi tutto il materiale proveniva da Xaltòcan. Naturalmente, gli edifici erano affrescati e decorati con fasce e pannelli di pitture dai vividi colori e di mosaici, ma l'effetto dominante fu quello di una città tanto bianca — quasi argentea — da ferirmi gli occhi.

Le luci della sera prima erano ormai tutte spente. Soltanto il fuoco ancora languente di un tempio, di ogni palazzo della città, da ognuno dei punti più elevati, svettava un'asta di bandiera, e su ogni asta una bandiera sventolava. Non erano quadrate o triangolari come i vessilli in battaglia; erano fiamme molte volte più lunghe di quanto fossero larghe. E tutte bianche, tranne gli stemmi colorati che su di esse figuravano. Ne riconobbi alcuni: quello della città stessa, quello del Riverito Oratore Axayàcatl, quelli di alcuni dei... ma gli altri non mi erano familiari: gli stemmi dei nobili locali e dei particolari dei della città, supposi.

Le bandiere di voi uomini bianchi sono sempre rettangoli di tessuto, spesso imponenti per i loro stemmi complicati, ma pur sempre semplici stracci che, o pendono flosci sulle aste, o sventolano e schioccano petulanti come il bucato di una contadina appeso ad asciugare su spine di cactus. All'opposto, quelle fiamme incredibilmente lunghe di Tenochtìtlan erano tessute con piume di uccelli, piume dalle quali i calami venivano eliminati, per cui soltanto il piumino più lieve era impiegato per tesserle. Non dipinte né colorate, le fiamme erano tessute in modo intricato con i colori naturali delle piume: piume di airone per lo sfondo bianco, e, per le tinte, i vari rossi delle are, dei cardinali e dei parrocchetti, i vari blu delle ghiandaie e degli aironi, i gialli dei tucani e dei tanagridi. *Ayyo*, vi assicuro, bacio la terra, si trovavano là tutti i colori e le iridescenze che possono provenire soltanto dalla natura viva e non dai vasetti per mescolare i colori dell'uomo.

Ma, cosa più meravigliosa d'ogni altra, quelle fiamme non pendevano flosce e non schioccavano sventolando: galleggiavano. Non c'era vento, quel mattino. Ma i movimenti della gente per le vie e degli acàltin nei canali bastavano a smuovere correnti d'aria sufficienti per sostenere quèlle fiamme enormemente lunghe eppur prive di peso o quasi. Simili a grandi uccelli che non fossero disposti a volar via, ma si accontentassero di librarsi

58

sognanti nell'aria, le fiamme si tendevano in tutta la loro lunghezza. E quelle migliaia di strisce fatte di piume si ondulavano con dolcezza, silenziose, magicamente, sopra tutte le torri e i pinnacoli della magica città insulare.

Osando sporgermi perigliosamente molto all'infuori dell'apertura della finestra, avevo potuto vedere, lontani a sud-est, i due picchi vulcanici chiamati Popocatèpetl e Ixtaccìuatl. La Montagna che Brucia Incensi e La Donna Bianca. Sebbene cominciasse allora la stagione asciutta e le giornate fossero calde, entrambe le montagne erano incappucciate di bianco — la prima neve ch'io avessi mai veduto — e l'incenso che ardeva nelle profondità interne del Popocatèpetl emanava un azzurro pennacchio di fumo che galleggiava sopra il vulcano pigramente come le fiamme piumate galleggiavano sopra Tenochtìtlan. Mi affrettai ad allontanarmi dalla finestra per destare mio padre. Doveva essere stanco e desideroso di sonno, ma si alzò senza lagnarsi, con un sorriso di comprensione per la mia smania di uscire e di esplorare la città.

Poiché la responsabilità dello scarico e della consegna delle pietre lavorate ricadeva sull'apposito incaricato, mio padre ed io avevamo l'intera giornata tutta per noi. Egli aveva una sola faccenda da sbrigare — l'acquisto di alcune cose ordinate dalla mamma, ho dimenticato quali — e pertanto, anzitutto, ci dirigemmo a nord, verso Tlaltelòlco.

Come voi sapete, reverendi frati, quella parte dell'isola — che voi chiamate adesso Santiago — è separata dal lembo meridionale soltanto mediante un ampio canale scavalcato da numerosi ponti. Ma Tlaltelòlco fu per molti anni una città indipendente, con il proprio governante, ed essa, impudentemente, continuò a tentar di superare Tenochtìtlan come città principale di Mexìca. Le illusioni di superiorità di Tlaltelòlco furono per lungo tempo tollerate in modo divertito dai nostri Riveriti Oratori. Ma quando l'ultimo governante di quella città, Moquìhuix, ebbe la sfrontatezza di erigere un tempio a piramide più alto di qualsiasi altro nei quattro quartieri di Tenochtìtlan, lo Uey-Tlatoàni Axayàcatl giustamente si irritò. E ordinò ai suoi stregoni di molestare quell'ormai intollerabile vicina.

Se le storie sono veridiche, una faccia scolpita nella pietra, su una parete della sala del trono di Moquìhuix, improvvisamente gli parlò. La frase fu talmente offensiva per la sua virilità che Moquìhuix afferrò una clava da guerra e polverizzò la scultura. Poi, quando andò a coricarsi con la sua Prima Signora, anche le labbra delle parti tipìli di lei gli parlarono, negandone la virilità. Questi fatti, oltre a rendere Moquìhuix impotente persino con le sue concubine, molto lo spaventarono, ma ancora egli non volle sottomettersi al Riverito Oratore. Così, all'inizio dello stesso anno in cui io compii il viaggio in occasione del mio onomastico, Axayàcatl si era impadronito di Tlaltelòlco con la forza delle armi, scaraventando giù, personalmente, Moquìhuix dalla sommità della sua piramide di venuto su dal niente e fracassandogli il cranio. E, per l'appunto quei pochi mesi dopo, quando mio padre ed io visitammo Tlaltelòlco, sebbene essa continuasse ad essere una bella città, con templi e palazzi e piramidi, si accontentava di essere considerata il quinto «quartiere» di Tenochtìtlan, l'appendice, sede di mercato, della più grande città.

L'immensa estensione del mercato all'aperto parve a me vasta quanto tutta la nostra isola di Xaltòcan, e più ricca, e più popolata, e di gran lunga più rumorosa. Passaggi liberi suddividevano la zona del mercato in quadrati ove i mercanti esponevano le loro mercanzie su panche o su teli distesi al suolo, e ogni quadrato, o meglio ogni quadrato formato da quadrati, era destinato a un genere diverso di mercanzie. V'erano i settori per gli orafi e per coloro che lavoravano l'argento, per chi lavorava le piume, per coloro che vendevano verdure e condimenti, carne e bestiame vivo, tessuti e oggetti in cuoio, schiavi e cani, terraglie e pentole di rame, medicine e cosmetici, cordami, cordoni e filo, rauchi uccelli e scimmie e altri animaletti. Ah, be' quel mercato è stato ripreso, e voi senza dubbio lo avete veduto. Anche se mio padre ed io vi giungemmo nelle prime ore del mattino, lo trovammo già gremito di compratori. Quasi tutti erano macehuàltin come noi, ma non mancavano i signori e anche le nobili dame, che imperiosamente additavano le merci desiderate e lasciavano ai servi, dai quali erano accompagnate, il compito di contrattare.

Fummo fortunati arrivando presto, o almeno lo fui io, poiché v'era un banchetto, nel mercato, che vendeva una merce tanto deperibile da essere destinata a scomparire prima della metà mattinata, senz'altro la più delicata tra tutte le cibarie là esposte. Trattavasi di neve. Era stata portata per dieci lunghe corse dalla cresta dell'Ixtaccìuatl, mediante staffette di rapidi messaggeri che avevano corso nel gelo della notte, e il mercante la conservava entro spessi vasi d'argilla, sotto mucchi di stuoie di fibra. Una porzione di quella neve costava venti fagioli di cacao. Si trattava di un'intera giornata di paga del lavoratore medio ovunque nella nazione Mexìca. Con quattrocento fagioli di cacao si poteva acquistare per la vita uno schiavo passabilmente robusto e sano. Pertanto la neve costava assai di più, in base al peso, di qualsiasi altra cosa offerta sul mercato di Tlaltelòlco, anche dei più costosi gioielli esposti sui banchetti degli orafi. Poche persone, a parte i nobili, potevano permettersi di gustare quel raro rinfresco. Ciò nonostante, disse l'uomo della neve, egli riusciva sempre a vendere ogni mattina il quantitativo di cui disponeva, prima che si sciogliesse.

Mio padre borbottò pro-forma: «Ricordo i Tempi Duri. Nell'anno Un Coniglio, il cielo scaricò neve per sei giorni consecutivi. La neve non soltanto era gratuita per chiunque la volesse, ma costituiva una calamità». Naturalmente, però, si calmò subito e disse al venditore, il quale difficilmente avrebbe potuto infischiarsene di più: «Be', poiché è l'onomastico del ragazzo...».

Si tolse da tracolla la borsa e contò i venti fagioli di cacao. Il mercante li esaminò uno per uno allo scopo di accertarsi che non fossero un falso di legno scolpito, oppure fagioli svuotati all'interno e appesantiti con terra. Poi scoprì uno dei vasi di argilla, ne tolse una cucchiaiata della preziosa ghiottoneria, la pigiò entro un cono fatto con una foglia arrotolata, vi versò sopra uno schizzo di qualche dolce sciroppo, e me la porse.

Ne staccai un avido morso e per poco non me lo lasciai cadere di bocca, tanto rimasi stupito dal suo gelo. Mi aveva fatto dolere gli incisivi inferiori e la fronte, eppure si trattava della cosa più deliziosa che avessi mai gustato nella mia giovane vita. Porsi la neve a mio padre affinché la gustasse. Vi passò su, una sola volta, la lingua, e ovviamente l'apprezzò tanto quanto me, ma finse di non volerne ancora. «Non morderla, Mixtli» disse. «Leccala, affinché duri di più.»

Quando ebbe acquistato ciò che desiderava mia madre e mandato il tutto, per mezzo di un portatore, sulla nostra barca, lui ed io ci incamminammo di nuovo a sud, verso il centro della città. Sebbene molti dei comuni edifici di Tenochtìtlan fossero alti due e anche tre piani — e quasi tutti resi ancor più alti perché costruiti su palafitte allo scopo di evitare l'umidità — l'isola stessa non è in alcun punto più alta della statura di due uomini rispetto al livello delle acque del lago Texcòco. Pertanto esistevano a quei tempi quasi tanti canali quante erano le strade, canali che attraversavano in lungo e in largo la città. In certi punti un canale e una strada correvano affiancati; la gente che camminava a piedi poteva conversare con la gente sulle barche. In certi angoli vedevamo turbe di persone che andavano indaffarate su e giù davanti a noi; in altri scorgevamo canoe scivolar via. Alcune di quelle imbarcazioni venivano noleggiate a passeggeri, e portavano in giro per la città le persone indaffarate più rapidamente di quanto avrebbero potuto spostarsi a piedi. Altre canoe erano le alcàtin private dei nobili e si distinguevano per essere abbondantemente dipinte e decorate, ed anche perché avevano tende che riparavano dal sole. Le vie erano di liscia argilla ben compressa e indurita; i canali avevano argini in muratura. Nei molti punti in cui le acque di un canale si trovavano quasi allo stesso livello della strada, i ponti potevano essere fatti girare da un lato quando passava un'imbarcazione.

Così come la rete di canali faceva, in pratica, del lago Texcòco una parte della città, le tre strade principali facevano sì che la città stessa fosse parte della terraferma. Là ove queste ampie strade si allontanavano dall'isola, divenivano larghe strade rialzate in pietra, percorrendo le quali ci si poteva recare in una qualsiasi di cinque diverse città situate lungo la sponda, al nord, a ovest e al sud. Esisteva un altro collegamento che non era una strada rialzata, ma un acquedotto. Sosteneva un canale aperto fatto di tegole ricurve, più ampio e più profondo di quanto possano aprirsi le due braccia di un uomo; esso porta tutt'ora alla città l'acqua dolce della sorgente di Chapultèpec sulla terraferma a sud-ovest.

Poiché tutte le strade del paese e tutte le vie d'acqua dei laghi convergevano lì a Tenochtìtlan, mio padre ed io assistemmo a una incessante sfilata del commercio della nazione Mexìca, nonché di altre nazioni. Dappertutto intorno a noi si trovavano portatori che arrancavano sotto il peso dei carichi poggiati sulle loro spalle e sostenuti da cinghie che passavano intorno alla fronte. Ovunque vedevamo canoe di tutte le dimensioni, sulle quali si ammonticchiavano alte le mercanzie dirette a Tlaltelòlco, o di là provenienti, nonché i tributi dei popoli sottomessi, che affluivano ai palazzi, alla Tesoreria, ai magazzini della nazione.

Soltanto i cesti di frutta multicolore potevano dare un'idea della portata del commercio. C'erano guavas e cuori di bue dei territori Otomì al nord, ananassi provenienti dalle terre Totonàca sul mare orientale, papaie gialle venute da Michihuàcan, all'ovest, papaie rosse del Chiapàn, molto più a sud, nonché, mandata dalle regioni Tzapotèca, più vicine a sud, la marmellata delle prugne Tzapòtin, che danno il nome a quelle terre.

Sempre dalle regioni Tzapotèca venivano i sacchi di quei piccoli insetti essiccati dai quali si ricavano numerosi vividi colori rossi. Dal vicino paese di Xochimìlco giungevano fiori e piante, specie più numerose di quante io potessi credere esistessero. Dalle giungle situate all'estremo sud arrivavano gabbie piene di uccelli coloratissimi, oppure balle delle loro piume. Dalle Terre Calde, sia all'est, sia all'ovest, provenivano sacchi di cacao per produrre la cioccolata, nonché i baccelli delle orchidee nere dai quali si ricava la vaniglia. Dalla sponda sud-orientale degli Olmèca affluiva il prodotto che dava il nome a quelle genti: le òli, strisce di elastica gomma da intrecciare per farne le dure palle impiegate nel nostro gioco del tlachtli. Persino la nazione nostra rivale di Texcàla, eterna nemica di noi Mexìca, mandava la sua preziosa copàli, la resina aromatica dalla quale si ricavano profumi e incenso.

Da tutte le parti giungevano sacchi e panieri di granturco e fagioli e cotone; e grappoli di starnazzanti e vivi huaxolòme (i grossi, neri uccelli dai rossi bargigli che voi chiamate gallipavos) nonché ceste contenenti le loro uova; e poi gabbie con i cani techìchi, che non latrano, non hanno pelo e sono edibili; e quarti di cervi e di cinghiali, e conigli; e anfore colme della limpida e dolce linfa della pianta maguey, o della più densa e bianca fermentazione di quel succo, la bevanda che inebria chiamata octli...

Mio padre mi stava additando tutte queste cose e me ne diceva i nomi, quando una voce lo interruppe: «Contro appena due fagioli di cacao, mio signore, ti parlerò delle strade e dei giorni che si celano dietro l'onomastico di tuo figlio Mixtli».

Mio padre voltò la testa. Accanto al suo gomito, e non molto più alto del suo gomito, si trovava un uomo che somigliava parecchio egli stesso a un fagiolo di cacao. Non indossava altro che un lacero e sudicio perizoma, e aveva la pelle dello stesso colore del cacao; un bruno così scuro da sembrare quasi viola. La faccia di lui era increspata e corrugata come il fagiolo. Poteva essere stato molto più alto in passato, ma una vecchiaia che nessuno sarebbe stato in grado di calcolare lo aveva incurvato e deformato e rattrappito. Ora che ci penso doveva avere lo stesso mio aspetto attuale. Porse una mano scimmiesca, con il palmo in su, e ripeté: «Soltanto due fagioli, signore».

Mio padre scosse la testa e rispose, compìto: «Per conoscere il futuro mi reco da un veggente».

«Ti sei mai rivolto a uno di quei veggenti» domandò l'uomo curvo «il quale ti abbia riconosciuto all'istante come maestro cavatore a Xaltòcan?»

Mio padre parve stupito e farfugliò: «Ma tu *sei* un veggente. Possiedi il dono della visione. Allora perché...?»

«Perché mi aggiro coperto di stracci, tendendo la mano? Perché dico il vero, e le persone apprezzano poco la verità. I veggenti mangiano i funghi sacri e sognano sogni per te perché così possono farti pagare di più in cambio dei loro sogni. Mio signore, hai le nocche penetrate da polvere di calce, ma i tuoi palmi non sono stati resi callosi dal piccone di un operaio o dallo scalpello di uno scultore. Capisci? La verità costa così poco che posso anche rivelarla per niente.»

Io risi, e altrettanto fece mio padre, che disse: «Sei un divertente vecchio imbroglione. Ma noi abbiamo molto da fare altrove...»

«Aspetta...» disse l'uomo, insistente. Si chinò per scrutarmi negli occhi, e non dovette chinarsi troppo. Io ricambiai lo sguardo di lui senza batter ciglio.

Si poteva presumere che il vecchio mendicante e impostore si fosse nascosto accanto a noi quando il babbo mi aveva comprato la neve insaporita, e fosse riuscito a cogliere l'accenno al mio significativo settimo compleanno, e ci avesse scambiati per bifolchi spendaccioni giunti nella grande città e facile a gabbarsi. Ma, molto tempo dopo, quando gli eventi mi indussero a spremermi il cervello per ricordare le parole esatte che aveva pronunciato...

Egli mi frugò con lo sguardo negli occhi e mormorò: «Ogni veggente può vedere lontano lungo le strade e i giorni. Anche se scorge qualcosa che effettivamente si avvererà, l'evento è sicuramente remoto nella distanza e nel tempo, e non avvantaggia né minaccia il veggente stesso. Ma il tonàli di questo ragazzo è quello di osservare da presso le cose e i fatti di questo mondo, di vedere tutti vicino e chiaro e di conoscere per quello che davvero significa».

Si raddrizzò. «Potrà sembrare a tutta prima uno svantaggio, figliolo, ma il vedere le cose da vicino in questo modo potrebbe consertirti di discernere verità che i veggenti trascurano. Se tu dovessi approfittare di questo talento, esso potrebbe renderti ricco e grande.»

Mio padre sospirò con pazienza e frugò nella borsa.

«No, no» disse l'uomo. «Non sto profetizzando ricchezza e fama a tuo figlio. Non gli prometto la mano di una bellissima principessa, né l'inizio di un illustre lignaggio. Il ragazzo Mixtli vedrà la verità, sì. Ma, sfortunatamente, *dirà* altresì la verità che gli sarà consentito di vedere. E ciò apporta, il più delle volte, calunnie anziché ricompense. Per una predizione così ambigua, mio signore, non chiedo alcun compenso.»

«Accetta questo, comunque» disse mio padre, premendogli nel palmo un singolo fagiolo di cacao. «Ma non predire altro per noi, vecchio.»

Al centro della città il traffico commerciale era scarso, ma tutti i cittadini che non avevano cose urgenti di cui occuparsi stavano cominciando a riunirsi nella grande plaza per la cerimonia della quale mio padre aveva sentito parlare. Egli domandò ad un passante di che cosa si trattasse, e l'uomo disse: «Oh, bella, ma dell'inaugurazione della Pietra del Sole, naturalmente, per festeggiare l'annessione di Tlaltelòlco». Quasi tutte le persone lì riunite erano uomini comuni come noi, ma v'era altresì un numero di pìpiltin sufficiente per popolare una città di dimensioni medie abitata soltanto da nobili. In ogni modo, mio padre ed io eravamo arrivati prima volutamente. Sebbene vi fossero già più persone nella plaza di quanti siano i peli di un coniglio, esse non riempivano di certo tutto quel vasto spazio. C'era posto abbastanza per consentirci di girellare qua e là e di vedere le varie cose che potevano essere vedute.

A quei tempi, la plaza centrale di Tenochtìtlan — In Cem-Anàhuac Yoyòtli, Il Cuore dell'Unico Mondo — non aveva lo splendore da stordire la mente che avrei ammirato in occasione di visite successive. Ancora non era stato costruito, per delimitarla, il Muro del Serpente. Il Riverito Oratore Axayàcatl risiedeva ancora nel palazzo del suo defunto padre Motecuzòma, mentre un palazzo nuovo veniva costruito per lui diagonalmente di fronte sulla plaza. La nuova Grande Piramide, iniziata da quel Primo Motecuzòma, non era stata ancora completata. Le sue oblique pareti di pietra e le scalinate dai parapetti a forma di serpente terminavano molto più in alto delle nostre teste, e all'interno si poteva vedere spuntare la sommità della precedente, più piccola piramide, che veniva così racchiusa e ampliata.

Ma la plaza era già abbastanza imponente per un ragazzo di campagna come me. Mio padre mi disse di averla una volta attraversata in linea retta contando i passi, mettendo un piede davanti all'altro; misurava, quasi esattamente, seicento dei suoi piedi. Quell'intero immenso spazio — un seicento piedi di un uomo da nord a sud e da est a ovest — era pavimentato con marmo, una pietra ancor più bianca dell'arenaria di Xaltòcan, e levigata e liscia e lucente come uno specchio tezcatl. Molte persone lì presenti quel giorno, se calzavano sandali le cui suole erano fatte di un tipo di cuoio scivoloso, dovettero toglierseli e camminare a piedi nudi.

I tre più ampi viali della città, ognuno di essi largo abbastanza perché potessero camminarvi venti uomini affiancati, cominciavano lì, dalla plaza, e se ne allontanavano in direzione nord, ovest e sud, per divenire tre strade rialzate altrettanto ampie che giungevano sino alla terraferma. La plaza stessa non era allora ricca di templi, altari e monumenti come lo sarebbe stata negli anni successivi. Ma vi si trovavano già modesti teocàltin contenenti statue delle divinità più importanti. Vi si trovava già la sorta di mensola scolpita sulla quale erano esposti i teschi dei più illustri xochimìque sacrificati all'una o all'altra di quelle divinità. V'era il campo di pallone privato del Riverito Oratore, nel quale si svolgevano speciali partite rituali di tlachtli.

Vi si trovava inoltre la Casa del Canto, che conteneva comodi alloggi e sale di esercitazione per quegli eminenti musicanti, cantori e danzatori che si esibivano in occasione delle festività religiose nella plaza. La Casa del Canto non è stata, come tutti gli altri edifici sulla plaza, completamente distrutta insieme al resto della città. Restaurata, è adesso, fino a quando la vostra cattedrale, la Chiesa di San Francesco, non sarà finita, la sede diocesana e la residenza temporanea del vostro Signor Vescovo. Proprio in una delle stanze della Casa del Canto ci troviamo seduti adesso, miei signori scrivani.

Mio padre supponeva, non a torto, che un ragazzetto di sette anni difficilmente sarebbe stato affascinato da monumenti religiosi o architettonici, e pertanto mi condusse verso l'esteso edificio nell'angolo sud-est della plaza. Ospitava la collezione Uey-Tlatoàni di animali e uccelli selvatici, e anch'esso non era ancora così vasto come lo sarebbe stato negli anni seguenti. Lo aveva iniziato il defunto Motecuzòma, il cui proposito era quello di esporre al pubblico un esemplare di tutte le creature della terra e dell'aria viventi nelle varie regioni di tutto questo paese. L'edificio era suddiviso in innumerevoli stanze — alcune semplici cubicoli, altre vere e proprie sale — i rigagnoli alimentati da un vicino canale facevano sì che un continuo scorrere d'acqua eliminasse i rifiuti da ogni locale. Ogni stanza si apriva sul corridoio percorso dai visitatori, ma ne era separata mediante reti, o, in taluni casi, da robuste sbarre di legno. Esisteva un locale per ogni creatura, o per quelle specie diverse di creature che potevano vivere insieme amichevolmente.

«Fanno sempre tanto strepito?» urlai a mio padre, per vincere i ruggiti, i miagolii e le strida.

«Non lo so» egli rispose. «Ma in questo momento alcuni degli animali sono famelici, in quanto, deliberatamente, per qualche tempo nessuno li ha nutriti. Vi saranno sacrifici durante la cerimonia e i resti delle vittime finiranno qui, come carne per i giaguari e coguari, per i lupi coyòtin e gli avvoltoi tzopilòtin.»

Stavo osservando il più grande animale originario delle nostre terre — il laido e voluminoso e pigro tapiro; agitava verso di me il grugno prensile, quando una voce familiare disse: «Mastro cavatore, perché non fai vedere al ragazzo la sala tequàni?»

Era l'uomo scuro di pelle e curvo che avevamo incontrato prima per la strada. Mio padre gli scoccò un'occhiata di esasperazione e domandò: «Continui a seguirci, vecchio seccatore?»

L'uomo fece una spallucciata. «Mi sono limitato a trascinare qui le mie vecchie ossa per assistere all'inaugurazione della Pietra del Sole». Poi additò una porta chiusa in fondo al corridoio e mi disse: «Là dentro, ragazzo mio, vi sono veri spettacoli. Animali umani di gran lunga più interessanti di questi bruti. Una donna tlacaztàli, ad esempio. Sai che cos'è una tlacaztàli? Una persona completamente bianca dappertutto, pelle e capelli e così via, tranne gli occhi, che sono rosa. E v'è un nano, con soltanto metà della testa, che mangia...»

«Zitto!» gli impose mio padre, in tono severo. «Questo è un giorno che il ragazzo si deve godere. Non voglio sconvolgerlo con la vista di quei pietosi scherzi di natura.»

«Ah, bene» disse il vecchio. «A qualcuno piace contemplare i deformi e mutilati.» Volse gli occhi balenanti verso di me. «Ma quei mostri continueranno a trovarsi qui, giovane Mixtli, quando tu sarai diventato abbastanza maturo e abbastanza superiore per burlarti di loro e tormentarli. Anzi, credo che allora vi saranno ancor più curiosità nella sala tequàni, curiosità senza dubbio ancor più edificanti e divertenti per te.»

«Vuoi tacere?» sbraitò mio padre.

«Perdonami, mio signore» disse il vecchio gobbo, ingobbendosi ulteriormente e facendosi ancor più piccolo. «Consentimi di fare ammenda per la mia impertinenza. È quasi mezzogiorno e la cerimonia comincerà presto. Se ci incamminiamo subito e troviamo buoni posti, forse potrò spiegare a te e al ragazzo alcune cose che altrimenti potreste non capire.»

La plaza era ormai gremita fino a traboccare e la gente vi si pigiava spalla contro spalla. Non saremmo mai riusciti ad avvicinarci alla Pietra del Sole, se non fosse stato che adesso, all'ultimo momento, stava altezzosamente arrivando un sempre maggior numero di nobili, portati su piccole sedie dorate e imbottite. La folla degli uomini comuni e delle classi inferiori si separò senza un mormorio per lasciarli passare, e l'uomo scuro di pelle si insinuò audacemente dietro ad essi, seguito da noi, finché non venimmo a trovarci quasi tanto avanti quanto le prime file dei veri notabili. Ciò nonostante, io mi sarei trovato pigiato nella ressa e nell'impossibilità di vedere, se mio padre non mi avesse issato su una spalla. Egli abbassò gli occhi sulla nostra guida e disse: «Posso sollevare anche te, vecchio».

«Ti ringrazio per tanta premura, mio signore» disse lui, con un mezzo sorriso, «ma sono più pesante di quanto sembro.»

Gli occhi di tutti erano fissi sulla Pietra del Sole, posta per l'occasione su una terrazza, tra le due ampie scalinate della non ancor completata Grande Piramide. Ma la Pietra era sottratta alla nostra vista da un mantello di splendente cotone bianco. Io mi accontentai di ammirare i nobili in arrivo, poiché le loro sedie-lettighe e i loro costumi meritavano di essere veduti. Tanto gli uomini quanto le donne portavano mantelli interamente tessuti con piume, alcuni di essi multicolori, altri di una sola tinta brillante. I capelli delle dame erano tinti di viola, come voleva la consuetudine in un simile giorno, ed esse tenevano alte le mani per mostrare gli anelli con ciondoli e con festoni che avevano alle dita. Ma i signori sfoggiavano molti più ornamenti delle dame. Tutti avevano diademi o nappine d'oro e ricche piume sul capo. Alcuni sfoggiavano medaglioni d'oro appesi alle catene che portavano intorno al collo, e braccialetti d'oro o di pietre preziose che perforavano i lobi delle orecchie, o le narici, o il labbro inferiore, o tutte queste parti del corpo.

«Ecco che giunge l'Alto Tesoriere» disse la nostra guida. «Ciuacòatl, la Donna Serpente, seconda nel comando subito dopo lo stesso Riverito Oratore.»

Guardai, ansioso di vedere una donna serpente; che immaginavo dovesse essere una creatura simile a quegli «animali umani» cui non mi era stato consentito di avvicinarmi. Ma si trattava semplicemente di un altro pili, uomo per giunta, e si distingueva soltanto perché vestiva in modo ancor più sfarzoso degli altri nobili. Lo spillone di lui era tanto pesante da abbassargli il labbro inferiore come se stesse facendo il broncio. Tuttavia si trattava di uno spillone fatto ingegnosamente: un serpente d'oro in miniatura, costruito in modo che si torceva e faceva saettare la propria minuscola lingua fuori e dentro mentre l'Alto Tesoriere dondolava sulla portantina.

La nostra guida rise di me; aveva notato la mia delusione. «Donna Serpente è soltanto un titolo, ragazzo, non una descrizione» disse. «Ogni Alto Tesoriere è sempre stato chiamato Ciuacòatl, anche se, probabilmente, nessuno di loro saprebbe dire perché. Secondo la mia teoria è così perché sia i serpenti, sia le donne si avvolgono strettamente intorno a qualsiasi tesoro possano possedere.»

Poi la folla nella piazza, che aveva continuato a mormorare, tacque all'improvviso: lo stesso Uey-Tlatoàni era apparso. In qualche modo, era giunto non veduto, oppure doveva essersi nascosto prima in qualche posto, poiché ora, tutto a un tratto, venne a trovarsi in piedi accanto alla Pietra del Sole. Il viso di Axayàcatl rimaneva celato dagli spilloni confitti nel labbro inferiore, nel naso e nelle orecchie, e lasciato in ombra dalla corona, simile a una vampata solare, di piume scarlatte di macaw, che formava un arco ininterrotto sopra il capo di lui, dall'una all'altra spalla. E nemmeno un granché del resto del suo corpo rimaneva visibile. Il mantello d'oro e di verdi penne di pappagallo scendeva fino ai piedi. Sul petto egli aveva un grande medaglione minuziosamente lavorato, il perizoma era fatto di morbido cuoio rosso, e i piedi di lui calzavano sandali apparentemente d'oro massiccio, fermati fino all'altezza delle ginocchia mediante cinghie dorate.

Secondo la costumanza, noi tutti nella plaza avremmo dovuto

salutarlo con il tlalqualìztli: inginocchiandoci, cioè, e toccando il terreno con un dito per poi portarlo alle labbra. Ma non esisteva, semplicemente, lo spazio per poter fare questo; la folla si limitò a emettere una sorta di sonoro sfrigolio formato da suoni sibilanti. Il Riverito Oratore Axayàcatl ricambiò il saluto silenziosamente, chinando la spettacolare corona di penne scarlatte e alzando il bastone di comando, in mogano e oro.

Era circondato da un'orda di sacerdoti che, con le loro sudicie vesti nere, le nere facce incrostate di sporcizia, e i lunghi capelli impastati di sangue, formavano un tetro contrasto con l'eleganza vistosa di Axayàcatl. Il Riverito Oratore ci spiegò l'importanza della Pietra del Sole, mentre i preti cantilenavano preghiere e invocazioni ogni qual volta egli si interrompeva per riprendere fiato. Non riesco, adesso, a ricordare le parole di Axayàcatl, e probabilmente non le capii tutte, allora. Ma il significato era sostanzialmente questo: mentre la Pietra del Sole raffigurava effettivamente il sole Tonatìu, ogni onoranza ad essa rivolta sarebbe andata altresì al dio più importante di Tenochtìtlan, Huitzilopòchtli, Colibrì del Sud.

Ho già detto che i nostri dei potevano assumere aspetti e nomi diversi. Ebbene, Tonatìu *era* il sole, e il sole è indispensabile, poiché senza di esso ogni forma di vita sulla terra perirebbe. Noi di Xaltòcan, così come le genti di molte altre comunità, ci limitavamo ad adorarlo in quanto sole. Tuttavia, sembrava ovvio che il sole richiedeva nutrimento per rimanere forte, incoraggiamento affinché continuasse le sue fatiche quotidiane... e che cosa avremmo potuto dargli di più vivificante e di più ispiratore di quanto esso dava a noi? Vale a dire la stessa vita umana? Ecco perché il buon dio sole assumeva anche l'altro aspetto, quello del feroce dio della guerra Huitzilopòchtli, che guidava noi Mexìca in tutte le nostre battaglie e razzie per impadronirci di prigionieri destinati a quell'indispensabile sacrificio. Sotto questo minaccioso aspetto di Huitzilopòchtli egli veniva soprattutto adorato a Tenochtìtlan, in quanto lì venivano progettate e dichiarate tutte le nostre guerre e lì venivano riuniti i guerrieri. Sotto un altro nome ancora, quello di Tezcatlipòca, Specchio che Arde Senza Fiamma, il sole era il dio principale della nazione con noi confinante, il paese degli Acòlhua. E io ho finito con il sospettare che innumerevoli altre nazioni da me mai visitate — anche nazioni situate al di là del mare attraverso il quale veniste voi spagnoli — debbano analogamente adorare questo stesso Dio Sole, sia pure attribuendogli qualche altro nome, a seconda se lo vedono sorridere o accigliarsi.

Mentre L'Uey-Tlatoàni continuava a parlare, e i sacerdoti continuavano a cantilenare in contrappunto, e numerosi musi canti cominciavano a suonare con flauti, con ossa nodose e con pelli di tamburo, mio padre ed io venimmo privatamente edotti della storia della Pietra del Sole dalla nostra anziana guida color cacao.

« A sud-est di qui si trova la regione dei Chalca. Quando il defunto Motecuzòma ne fece una nazione vassalla, venti e due anni or sono, i Chalca furono logicamente costretti a offrire un degno tributo ai vittoriosi Mexìca. Due giovani fratelli Chalca si offrirono volontariamente di creare una scultura monumentale per ciascuno, da porre qui, nel Cuore dell'Unico Mondo. Scelsero pietre simili, ma soggetti diversi, e lavorarono separati, e nessuno, tranne ciascun fratello, vide mai quanto veniva scolpito ».

« Ma senza dubbio le loro mogli avranno dato un'occhiata furtiva » disse mio padre, che aveva quel genere di moglie.

« Nessuno diede mai un'occhiata » ripeté il vecchio « in tutti quei venti e due anni durante i quali essi lavorarono scolpendo e dipingendo i massi — periodo nel corso del quale divennero di mezza età e Motecuzòma si recò nell'altro mondo. Poi avvolsero separatamente le loro opere completate con stuoie di fibra, e il Signore dei Chalca arruolò forse mille robusti portatori affinché trasportassero le sculture qui nella capitale. »

Indicò con un gesto l'oggetto tuttora nascosto sulla terrazza sopra di noi. « Come vedete la Pietra del Sole è immensa, alta il doppio della statura di due uomini, ed enormemente pesante: il peso di trecento e venti uomini messi insieme. L'altra pietra era press'a poco uguale. Furono trasportate lungo sentieri accidentati e per tratti ove non esistevano sentieri. Furono fatte scorrere su tronchi rotolanti, trascinate su slitte di legno, traghettate al di là di fiumi su zattere possenti. Pensate soltanto alle fatiche, al sudore, alle ossa rotte e ai molti uomini che caddero morti quando non poterono più sopportare la spossatezza o le scudisciate sferzanti di coloro che li sorvegliavano. »

« Dov'è l'altra pietra? » domandai, ma venni ignorato.

« Infine giunsero ai laghi di Chalco e Xochimìlco, che attraversarono su zattere, fino alla grande strada rialzata che corre a nord fino a Tenochtìtlan. A partire da quel punto il cammino era ampio e diritto, non più di due lunghe corse fino a questa plaza. Gli artisti emisero un sospiro di sollievo. Avevano faticato tanto e molti altri uomini avevano faticato duramente, ma i monumenti si trovavano ormai in vista della loro destinazione... »

La folla intorno a noi si lasciò sfuggire una sorta di suono soffocato. I venti uomini circa il cui sangue avrebbe quel giorno consacrato la Pietra del Sole si erano allineati e il primo di essi stava salendo i gradini della piramide. Non aveva l'aspetto di un guerriero nemico catturato, era semplicemente un uomo tarchiato, press'a poco della stessa età di mio padre; portava soltanto un pulito perizoma bianco, e sembrava smarrito e infelice, ma saliva di propria volontà, non legato e senza che le guardie lo costringessero. Rimase in piedi lassù sulla terrazza e osservò flemmatico la folla, mentre i preti facevano oscillare i loro incensieri fumanti ed eseguivano movimenti rituali con le mani e i bastoni. Poi un sacerdote afferrò lo xochimìqui, con dolcezza lo fece voltare e lo aiutò a distendersi su un blocco di fronte al monumento velato. Il blocco era una singola pietra, alta fino alle ginocchia, foggiata un poco come una piramide in miniatura, per cui quando l'uomo giacque appoggiato ad essa, il suo corpo si inarcò e il torace sporse verso l'alto, quasi fosse avido della lama.

Giaceva visibile a noi nel senso della lunghezza, le braccia e le gambe trattenute da quattro aiutanti dei sacerdoti, e dietro di lui si teneva ritto il primo sacerdote, il carnefice, impugnando il largo coltello di nera ossidiana, quasi a forma di cazzuola. Prima che il sacerdote avesse potuto muoversi, l'uomo lì inchiodato alzò la testa ciondolante e disse qualcosa. Altre parole vennero scambiate tra gli uomini sulla terrazza, poi il sacerdote consegnò la lama ad Axayàcatl. La folla emise suoni di stupore e di perplessità. A quella vittima particolare, per qualche motivo, doveva essere concesso l'alto onore di venire uccisa dallo stesso Uey-Tlatoàni?

Axayacàtl non esitò né annaspò. Con la stessa perizia di qualsiasi sacerdote, affondò la punta del coltello nel petto dell'uomo, sul lato sinistro, subito sotto il capezzolo e tra due costole, poi allargò la ferita con la lama del coltello, quindi ruotò di lato la larga lama per separare le costole e allargare ulteriormente lo squarcio. Con l'altra mano frugò nell'apertura bagnata e rossa, afferrò il cuore illeso che ancora pulsava e lo strappò dai legami dei vasi sanguigni. In quel momento soltanto lo xochimìqui emise il primo suono di dolore — una sorta di singhiozzo — e l'ultimo suono della sua vita.

Mentre il Riverito Oratore teneva alto l'oggetto lucente, gocciolante, di un rosso violaceo, un sacerdote, in qualche punto, diede uno strattone a una corda nascosta, il velo cadde dalla Pietra del Sole, e la folla gridò un concertato « *Ay-y-yo-o!* » di ammirazione. Axayàcatl si voltò, si sporse verso l'alto e schiacciò il cuore della vittima contro il centro stesso della pietra circolare, sulla bocca di Tonatìu là scolpita. Premette e strofinò il cuore finché esso si ridusse soltanto a una macchia sulla pietra e nulla rimase a lui nella mano. Mi è stato detto, dai sacerdoti, che un donatore del cuore di solito viveva abbastanza a lungo per vedere come finisse il proprio organo vitale. Ma *quel* donatore non aveva potuto vedere molto. Quando Axayàcatl ebbe terminato, il sangue e la carne spiaccicata rimasero scarsamente visibili, perché il volto scolpito del Sole era dipinto con un colore assai simile a quello del sangue.

«La cosa è stata fatta con destrezza» disse l'uomo curvo al fianco di mio padre. «Ho veduto spesso un cuore continuare a battere così vigorosamente da saltar via dalle dita del carnefice. Ma credo che questo particolare cuore fosse già stato spezzato.»

Lo xochimìqui giaceva ormai immobile, a parte il fatto che la pelle gli guizzava qua e là, come la pelle di un cane tormentato dalle mosche. I sacerdoti ne fecero rotolare il cadavere giù dalla pietra e poi, senza alcuna cerimoniosità, giù dalla terrazza, mentre una seconda vittima arrancava su per la gradinata. Axayàcatl non onorò alcun altro degli xochimìque, ma li lasciò tutti ai preti. Mentre la processione continuava e il cuore estratto da ciascun uomo veniva impiegato per ungere la Pietra del Sole, io scrutai attentamente la massiccia scultura, così da poterla descrivere al mio amico Tlatli, il quale, sin da allora, aveva cominciato a esercitarsi in quell'arte ricavando figurette simili a bambole da pezzi di legno.

Iyo ayyo, reverendi frati, se soltanto aveste potuto vedere la Pietra del Sole! Lè vostre facce esprimono disapprovazione a causa della cerimonia inaugurale; ma se aveste veduto anche soltanto una volta la pietra, vi sareste resi conto che quella scultura valeva quanto era costata in fatica e anni e vite umane.

Il semplice fatto che qualcuno fosse riuscito a lavorarla sembrava incredibile, poiché si trattava di porfido, una pietra dura quanto il granito. Al centro si vedeva il volto di Tonatìu, con gli occhi spalancati e fissi, la bocca aperta, mentre, a ciascun alto del capo, artigli ghermivano i cuori umani che costituivano il suo cibo. Intorno ad essi figuravano i simboli delle quattro ere del mondo dalle quali è stata preceduta l'era in cui viviamo adesso, e un cerchio comprendente i simboli dei nostri venti nomi dei giorni, e un altro cerchio con simboli alternati di giade e turchese, le pietre rare più stimate tra tutte quelle che si trovano nelle nostre terre. Intorno ad esso un altro cerchio dei raggi del sole diurno che si alternavano con quelli delle stelle notturne. E, a circondare il tutto, due sculture del Serpente di Fuoco del Tempo, le loro code alla sommità della pietra, i loro corpi disposti intorno ad essa e le teste che si univano alla base. In una sola pietra, quell'unico artista aveva catturato tutto il nostro universo, tutto il nostro tempo.

La pietra era dipinta a colori vividi, meticolosamente applicati in quei precisi punti ai quali ciascun colore si confaceva. Ciò nonostante, la vera abilità del pittore era soprattutto manifesta là ove nessun colore era stato applicato. Il porfido è una pietra che contiene frammenti di mica, feldspato e quarzo. Ovunque si trovasse uno di questi pezzettini di roccia cristallina, l'artista lo aveva lasciato scoperto. E così, mentre la Pietra del Sole veniva illuminata dallo splendore di mezzogiorno dello stesso Tonatìu, quei minuscoli e puri gioielli facevano balenare verso di noi un'intensa luce solare, di tanti splendenti colori. L'intera, grande scultura sembrava non tanto colorata quanto *illuminata dall'interno*. Ma suppongo che avreste dovuto vederla in tutto il suo vero sfarzo per crederlo. O con gli occhi più limpidi e nella luce più chiara di cui io potevo godere a quei tempi. O forse con la mentalità di un impressionabile e ancora retrogrado ragazzetto pagano...

In ogni modo, riportai l'attenzione della scultura alla nostra guida, che stava continuando la storia interrotta del faticoso viaggio sin lì compiuto dalle due opere d'arte.

« La strada rialzata non aveva mai sopportato, prima di allora, un simile peso. Le due formidabili sculture dei due fratelli stavano avanzando sui loro rulli di tronchi, una dietro l'altra, quando la strada cedette sotto il loro immane peso, e la prima pietra avvolta finì sul fondo del lago Texcòco. I portatori che spingevano la seconda — questa Pietra del Sole — si fermarono subito prima dell'orlo della voragine. La scultura venne di nuovo calata su una zattera e fatta galleggiare intorno all'isola fino alla plaza nella quale ci troviamo. Essa soltanto, così, si è salvata, affinché noi potessimo oggi ammirarla. »

« Ma l'altra? » domandò mio padre. « Dopo tutte le fatiche che era costata, non si sarebbe potuto faticare ancora un poco per ricuperarla? »

« Oh, si faticò, mio signore. I più esperti tuffatori si immersero uno dopo l'altro fino al fondo del lago. Ma il fondale del lago Texcòco è una melma soffice e forse senza fondo. I tuffatori la sondarono con lunghe aste, ma non riuscirono mai a individuare la scultura. La grande pietra, qualsiasi cosa raffigurasse, doveva essere affondata di spigolo. »

« Qualsiasi cosa raffigurasse? » gli fece eco mio padre.

« Nessuno, tranne l'artista che la scolpì, ha mai posto gli occhi su di essa. Può essere stata ancora più magnifica di questa » e il vecchio additò la Pietra del Sole « ma non lo sapremo mai. »

« Non potrà dirlo l'artista? » domandai io.

« Non lo ha mai detto. »

Insistetti. « Be', non potrebbe scolpirne un'altra uguale? » Una fatica di venti e due anni mi sembrava allora meno lunga di quanto mi sembrerebbe adesso.

«Forse potrebbe, ma non lo farà mai. Considerò il disastro una prova del suo tonàli, un segno del fatto che gli dei avevano respinto l'offerta. Proprio a lui il Riverito Oratore ha parlato poco fa, con la Morte Fiorita nella mano. L'artista respinto si è offerto come primo sacrificio alla Pietra del Sole.»

«All'opera del fratello» mormorò mio padre. «Ma del fratello che ne è stato?»

«Riceverà onori e ricchi doni e lo -tzin aggiunto al suo nome» rispose la nostra guida. «Ma il mondo intero si porrà per sempre un interrogativo, e così lui. Non potrebbe esservi un'opera più sublime ancora della Pietra del Sole, invisibile sotto la melma del lago Texcòco?»

Con il tempo, in effetti, il mistero, esaltato dal mito, finì con l'essere tesoreggiato più della realtà tangibile. La scultura perduta venne denominata In Huehuetòtetl — La Pietra Più Venerabile — e la Pietra del Sole fu considerata soltanto un mediocre sostituto. Il fratello superstite non scolpì mai alcun'altra opera. Divenne un ubriacone octli, un pietoso relitto di uomo, ma serbò ancora sufficiente amor proprio, per cui, prima di disonorare irrimediabilmente il suo nuovo e nobile titolo, anch'egli si offrì volontariamente come vittima in una cerimonia sacrificale. E quando venne ucciso dalla Morte Fiorita, anche il suo cuore non sfuggì dalla mano del carnefice.

Ah, be', la stessa Pietra del Sole è scomparsa e perduta da otto anni a questa parte, sepolta sotto le macerie quando il Cuore dell'Unico Mondo venne distrutto dalle vostre barche di guerra e dalle palle di cannone, dagli arieti e dalle frecce infuocate. Ma forse un giorno la vostra stessa ricostruita nuova Città di Mexìco verrà rasa al suolo a sua volta, e si riscoprirà la Pietra del Sole splendente tra le rovine. E forse anche — *aquin ixnèntla?* — riapparirà un giorno anche La Più Venerabile Pietra.

Mio padre ed io tornammo a casa quella notte sulla nostra multipla acàli, ora carica di altre merci trovate dall'incaricato del trasporto. Avete ascoltato i più importanti e i più memorabili eventi di quella giornata, di quel festeggiamento del mio settimo compleanno e del mio onomastico. Fu, credo, il più felice degli onomastici della mia vita, e ne ho avuti più della mia parte.

✠

Sono contento di aver potuto vedere Tenochtìtlan allora, poiché non la rividi mai più nello stesso modo. Non mi riferisco soltanto al fatto che la città si ingrandì e cambiò, e nemmeno alla circostanza che vi tornai meno inesperto e non più impressionabile. Intendo dire, letteralmente, che non vidi mai più *nulla* così chiaramente con i miei due occhi.

Ho già parlato prima del fatto che riuscivo a discernere il coniglio scalpellato sulla luna, e Fiore Successivo nel cielo del crepuscolo, e i particolari degli stemmi sulle bandiere di piume a Tenochtìtlan, e ogni intricato particolare della Pietra del Sole. Cinque anni dopo quel mio settimo compleanno, non sarei riuscito a scorgere Fiore Successivo nemmeno se qualche Dio del cielo avesse teso una cordicella da agrimensore tra la stella e i miei occhi. Metzli, la Luna, anche quando era piena e più vivida, divenne soltanto una vaga chiazza giallo-bianca, la cui rotondità, un tempo così netta, si intravedeva indistintamente nel cielo.

Per farla corta, dall'età di sette anni in poi cominciai a perdere la vista. La cosa fece di me una sorta di fenomeno alquanto raro, ma in nessun senso invidiabile. Tranne i pochi ciechi sin dalla nascita, o coloro che lo divengono in seguito a una ferita o a una malattia, quasi tutti gli appartenenti al nostro popolo posseggono la vista acuta delle aquile e degli avvoltoi. La mia vista sempre meno chiara costituiva un fenomeno praticamente ignoto tra noi, ed io me ne vergognavo, non ne parlavo e cercavo di tutelare quel doloroso segreto. Quando qualcuno additava e diceva: «Guarda là!» esclamavo: «Ah, sì!», pur non sapendo se avrei dovuto spalancare gli occhi o abbassarli.

La miopia non mi colpì all'improvviso; venne a poco a poco, ma inesorabilmente. All'età di nove o dieci anni potevo vedere con la stessa chiarezza di chiunque altro, ma soltanto fino alla distanza di forse due braccia. Più in là di così, i contorni delle cose cominciavano a offuscarsi, come se le stessi guardando attraverso una pellicola d'acqua trasparente, ma deformante. A una distanza maggiore — ad esempio quando contemplavo qualche paesaggio dalla cima di una collina — tutti i singoli contorni si confondevano a tal punto che gli oggetti sembravano mescolarsi e fondersi e il paesaggio stesso non era altro per me che una distesa di amorfe chiazze di colore dai disegni eccentrici. Ma per lo meno, in quegli anni, quando ancora vedevo bene fino alla distanza di due braccia, potevo muovermi qua e là senza inciampare o urtare contro le cose. Quando mi ordinavano di andare a prendere qualcosa in una delle stanze di casa nostra, riuscivo a trovare l'oggetto senza dover brancolare.

Tuttavia, la portata della mia visuale continuò a diminuire e si ridusse a forse un braccio di nitidezza prima che arrivassi al tredicesimo compleanno; né ormai riuscivo più a fingere abbastanza bene perché la cosa passasse inosservata agli altri. Per qualche tempo, suppongo, la mia famiglia e gli amici mi credettero semplicemente goffo, o negligente, o forse anche un po' stupido. E in quel periodo, con la perversa vanità della fanciullezza, avrei preferito essere giudicato tonto anziché invalido. Ma poi, inevitabilmente, divenne manifesto a tutti che ero manchevole nel più necessario dei cinque sensi. La mia famiglia e gli amici si comportarono in modi diversi nei confronti dello scherzo di natura rivelatosi all'improvviso tra loro.

Mia madre attribuì il difetto al ramo della famiglia dalla parte del babbo. Sembrava che una volta, uno zio, ubriacatosi di octli, avesse afferrato un recipiente che conteneva un liquido analogamente biancastro, ingurgitandone tutto il contenuto prima di accorgersi che si trattava del potente e caustico xocòyatl, utilizzato per pulire e sbiancare l'arenaria molto sudicia. Era riuscito a sopravvivere e non aveva bevuto mai più liquori; ma era rimasto cieco per tutto il resto della vita e, stando alla teoria di mia madre, quel disastroso retaggio era stato tramandato a me.

Mio padre non incolpò nessuno e non fece supposizioni, ma mi consolò un po' troppo allegramente: «Be', per essere un mastro cavatore basta vedere da vicino, Mixtli. Non incontrerai alcuna difficoltà nel cercare le sottili crepe e le fessure della roccia».

I miei coetanei — e i fanciulli, come gli scorpioni, trafiggono istintivamente, selvaggiamente — mi gridavano: «Guarda là!».

Io socchiudevo gli occhi e dicevo: «Ah, sì».

«È una cosa davvero straordinaria a vedersi, no?»

Socchiudevo gli occhi ancor più disperatamente, e dicevo: «Eh, sì, proprio così».

Loro scoppiavano a ridere e gridavano, beffardi: «Non c'è un bel niente da vedere laggiù, Tozàni!»

Anche altri, intimi amici miei come Chimàli e Tlatli, esclamavano a volte: «Guarda laggiù!», ma poi si affrettavano a soggiungere: «Un rapido messaggero sta andando di corsa verso il palazzo del Signore Airone Rosso. Indossa il mantello verde delle buone notizie. Deve esserci stata in qualche posto una battaglia vittoriosa».

Mia sorella Tzitzitlìni parlava poco, ma faceva in modo di accompagnarmi ogni qual volta ero costretto a recarmi lontano, o in luoghi non familiari. Mi teneva per mano, come se quello fosse stato semplicemente il gesto affettuoso di una sorella maggiore, e, senza darlo a vedere, mi guidava intorno a qualsiasi ostacolo ch'io non riuscissi a scorgere prontamente sul mio cammino.

Tuttavia, gli altri fanciulli erano così numerosi, e mi chiamavano Tozàni con tanta insistenza, che ben presto anche i loro genitori cominciarono a rivolgersi a me nello stesso modo — irriflessivamente e non scortesemente — e in ultimo tutti mi chiamarono così, tranne mia madre, mio padre e mia sorella. Anche quando mi fui adattato allo svantaggio e riuscii a non essere più così goffo, e gli altri non ebbero più molte occasioni di accorgersi della miopia che mi affliggeva, ormai il soprannome era rimasto. Il mio vero nome, pensavo, Mixtli, che significava Nuvola, mi si addiceva, ironicamente, più di un tempo, eppure divenni Tozàni.

Il tozàni è l'animaletto che voi chiamate talpa, una creatura la quale preferisce vivere sottoterra, al buio. Quando, raramente, esce all'aperto, rimane abbagliata dalla luce del giorno, e chiude i minuscoli occhi. Non ci vede e non le importa di vedere.

A me invece importava moltissimo, e per molto tempo, in quei miei teneri anni, compassionai me stesso. Non sarei mai diventato un giocatore di tlachtli, con la speranza dell'alto onore di potermi esibire un giorno nel campo del Riverito Oratore, in una partita rituale dedicata agli dei. Se fossi diventato un guerriero non avrei mai potuto sperare di meritarmi un giorno la nomina a cavaliere. In effetti, per poter sopravvivere anche soltanto un giorno al combattimento, avrei dovuto godere della protezione speciale degli dei. E, quanto a guadagnarmi da vivere, a mantenere una mia famiglia... oh, be', non volevo lavorare nelle cave, ma di quale altro mestiere sarei stato capace?

Mi trastullai malinconicamente con la possibilità di divenire una sorta di lavoratore girovago. Ciò avrebbe potuto condurmi in ultimo al sud, nel lontano paese dei Maya, e avevo saputo che i medici Maya conoscevano cure miracolose anche per le più disperate malattie degli occhi. Forse laggiù sarei stato guarito, e avrei potuto tornare a casa trionfante e con gli occhi splendenti, come un imbattibile giocatore di tlachtli, o un eroe in battaglia, o addirittura cavaliere di uno dei tre ordini.

Ma poi la visione confusa che mi aggrediva parve rallentare il proprio avvicinarsi fermandosi alla distanza del braccio teso. Non fu realmente così, ma, dopo quei primi anni, il suo ulteriore progresso divenne meno percettibile. Oggi, a occhio nudo, non riesco a distinguere la faccia di mia moglie se si trova più in là di un palmo dalla mia. La cosa conta poco, adesso che sono vecchio, ma contava moltissimo quando ero giovane.

Ciò nonostante, pian piano mi rassegnai e mi adattai a quelle limitazioni. Lo strano uomo di Tenochtìtlan aveva detto il vero predicendo che il mio tonàli sarebbe consistito nel guardare da presso, nel vedere le cose vicine e chiare. Rallentai, necessariamente, il passo e spesso rimanevo immobile e scrutavo invece di limitarmi a guardare superficialmente. Quando gli altri si affrettavano, io aspettavo. Quando gli altri correvano, io mi muovevo con deliberata cautela. Imparai a distinguere tra movimenti meditati e semplice moto, tra azione voluta e mera attività. Quando gli altri, impazienti, vedevano soltanto un villaggio, io vedevo la gente che vi abitava. Quando gli altri vedevano gente, io vedevo persone. Quando gli altri si limitavano a un'occhiata a qualche straniero e salutavano con un cenno e proseguivano in fretta, io mi accertavo di guardarlo da vicino, e in seguito ero in grado di disegnare ogni sua fattezza, per cui anche un abile artista come Chimàli esclamava: «Oh bella, Talpa, hai colto quell'uomo, e nella sua viva realtà!»

Cominciai a notare cose che, credo, sfuggivano alla maggior parte delle persone, per quanto potessero avere acuta la vista. Avete mai notato *voi*, miei signori scrivani, che il granturco cresce più in fretta durante la notte di quanto cresca durante il giorno? Avete mai notato che ogni pannocchia di granturco ha un numero pari di file di chicchi? O almeno quasi ogni pannocchia. Ma trovarne una con un numero dispari di file è un accadimento di gran lunga più raro del trovare un quadrifoglio. Avete mai notato che non due dita — non due delle vostre, né due di ogni appartenente all'intera razza umana, se i miei studi possono essere considerati una prova valida — hanno esattamente lo stesso disegno di circonvoluzioni e di curve infinitesimalmente incise sui polpastrelli? Se non mi credete, paragonate le vostre, paragonatele le une con le altre. Io aspetterò.

Oh, so bene che non v'era alcunché di significativo, o di proficuo, nel fatto ch'io notassi queste cose. Erano soltanto particolari banali e di poco conto sui quali esercitare la mia nuova tendenza a guardare da presso e ad esaminare con cura. Ma tale necessità resa virtù, accomunata alla mia attitudine a riprodurre esattamente le cose che riuscivo a vedere, fece sì, in ultimo, ch'io mi interessassi alla scrittura con immagini del nostro popolo. Non esisteva alcuna scuola, a Xaltòcan, che insegnasse una materia così astrusa, ma io cercai ogni brandello di scrittura che mi riuscì di trovare, studiandolo attentamente e sforzandomi di interpretarne il significato.

La scrittura numerica, credo, chiunque riuscirebbe a interpretarla facilmente. Il simbolo della conchiglia che significa zero, i trattini o le dita per significare uno, le bandiere per venti, i piccoli alberi per cento. Ma ricordo il fremito che provai un giorno riuscendo, per la prima volta, a interpretare una *parola* scritta con immagini.

Mio padre, recatosi per affari dal governatore, mi condusse con sé, e, allo scopo di tenermi occupato mentre loro parlavano in una stanza privata, il governatore mi fece sedere nell'ingresso e mi consentì di guardare il registro di tutti i suoi sudditi. Cercai per prima la pagina concernente me. Sette trattini, il simbolo del fiore, la nuvola grigia. Poi, con somma cautela, passai ad altre pagine. Alcuni dei nomi erano facili a capirsi quanto il mio, semplicemente perché li conoscevo bene. Non molto prima della mia pagina v'era quella di Chimàli, e, naturalmente, riconobbi il suo nome: tre dita, la testa dal becco d'anatra, simbolo del vento, i due viticci intrecciati che rappresentano fumo alzantesi da un disco frangiato di piume — Yei-Ehècatl Pocuìa-Chimàli: Tre Venti Scudo Fumante.

I disegni più frequentemente ripetuti erano facili a distinguersi. In fin dei conti avevamo soltanto venti nomi per onomastici. Ma all'improvviso fui colpito dalla non così immediatamente manifesta ripetizione di elementi come quella del nome di Chimàli e del mio. Una pagina verso il fondo, e pertanto disegnata da recente, mostrava sei trattini, poi una forma simile a quella di un girino ritto sulla testa, quindi il simbolo del becco d'anatra e infine il disegno a tre petali. *Potevo leggere il nome!* Sei Piogge Fiore del Vento, la sorellina di Tlatli, che appena la settimana prima aveva festeggiato l'apposizione del nome alla nascita.

Con un po' meno di cautela, adesso, voltai le rigide pagine, avanti e indietro, esaminandole a entrambi i lati delle pieghe, in cerca di altre ripetizioni e di altri simboli riconoscibili che riuscissi a coordinare. Il governatore e mio padre uscirono subito dopo che avevo faticosamente interpretato un altro nome, o che mi ero illuso di averlo interpretato. Con un misto di timidezza e di orgoglio, dissi:

«Scusami, Signore Airone Rosso. Vorresti avere la bontà di dirmi se ho ragione, se su questa pagina sta scritto il nome di una persona chiamata Due Canne Canino Superiore Giallo?».

Egli guardò e disse di no, che non era vero. Dovette vedere il mio viso rabbuiarsi, poiché spiegò, paziente:

«La pagina dice Due Canne *Luce* Gialla, il nome di una lavandaia qui a palazzo. Le Due Canne sono un simbolo ovvio. E giallo, coztic, è facile a indicarsi, semplicemente impiegando quel colore, come tu hai indovinato. Ma tlanixtèlotl, "luce" o, più precisamente, "l'elemento occhio"... come si può tracciare l'immagine di qualcosa di così insostanziale? Ho disegnato invece un dente, tlanti, per rappresentare non già il significato, ma il suono del tlan all'inizio del mondo, e poi l'immagine di un occhio, ixtelòlotl, che serve a chiarire il significato del tutto. Capisci, ora? Tlanixtèlotl. Luce.»

Annuii, sentendomi alquanto deluso e stupido. La scrittura per immagini era qualcosa di più del semplice riconoscere il disegno di un dente. Nel caso che non me ne fossi reso conto, il governatore chiarì la cosa:

«Scrivere e leggere sono per le persone addestrate in queste arti, figlio di Tepetzàlan.» E mi diede una pacca sulla spalla, da uomo a uomo. «Richiedono molto apprendimento e molta pratica, e soltanto la nobiltà ha tempo libero per così lunghi studi. Ma ammiro il tuo spirito di iniziativa. A qualsiasi occupazione tu voglia dedicarti, giovanotto, dovresti riuscire bene.»

Credo che il figlio di Tepetzàlan avrebbe dovuto ascoltare la chiara allusione del Signore Airone Rosso, e accontentarsi del mestiere di Tepetzàlan. Debole di vista e privo di doti com'ero per occupazioni più ambiziose o più avventurose, avrei potuto condurre un'esistenza priva di eventi, ma mai a pancia vuota, come un'autentica talpa di cavatore. Un'esistenza meno soddisfacente, forse, di quella che, caparbiamente, mi ostinai a perseguire, ma che mi avrebbe portato strade di gran lunga più lisce e giorni più tranquilli di quelli che dovevo conoscere seguendo il mio diverso cammino. In questo stesso momento, miei signori, potrei rendermi utile contribuendo alla costruzione della vostra Città di Mexìco. E, se Airone Rosso non si era sbagliato valutando le mie capacità, forse potrei farne una città più bella di quella che stanno costruendo i vostri architetti e muratori importati.

Ma lasciamo correre, lasciamo correre tutto questo, come io stesso lasciai correre... noncurante dell'ordine implicito del Signore Airone Rosso, noncurante del sincero orgoglio di mio padre per il proprio mestiere e dei suoi tentativi di insegnarmelo, noncurante delle tormentose lagnanze di mia madre, perché stavo mirando a più di quanto mi fosse stato destinato nella vita.

Infatti il governatore mi aveva fornito un altro indizio, e un indizio che *non* avrei potuto ignorare. Mi aveva rivelato che la scrittura per immagini non sempre significava quello che sembrava, ma anche il suono che suggeriva. Non più di questo. Tuttavia la cosa fu abbastanza illuminante, e abbastanza allettante per indurmi a continuare a cercare altri esempi di scrittura — sulle pareti del tempio, sul rotolo dei tributi dell'isola, nel palazzo, o su qualsiasi carta portata da mercanti di passaggio — e a fare seriamente del mio meglio, nonostante l'ignoranza, per interpretarli.

Mi recai persino dall'anziano tonalpòqui che con tanta disinvoltura mi aveva dato il nome, quattro anni prima, e gli domandai se potessi cogitare sul suo venerabile libro dei nomi, quando non veniva impiegato. Egli non avrebbe potuto indietreggiare con maggior violenza se gli avessi chiesto di servirmi di una delle sue nipoti come concubina quando non era altrimenti occupata. Mi oppose un rifiuto, informandomi del fatto che l'arte di conoscere il tonàlmatl era riservata ai discendenti di tonalpòque, e non a sconosciuti e presuntuosi marmocchi. Poteva darsi che così fosse. Ma, sono disposto a scommetterlo, o ricordava la mia asserzione che avrei potuto dare un nome a me stesso bene quanto lui, oppure — come è più probabile — si trattava di un vecchio impostore spaventato, non più capace di leggere il tonàlmatl di quanto potessi leggerlo io allora.

Poi, una sera, mi imbattei in uno straniero. Chimàli e Tlatli ed io e alcuni altri ragazzi avevamo giocato insieme per tutto il pomeriggio, e pertanto Tzitzitlìni non si trovava con me. Su una sponda molto lontana dal nostro villaggio trovammo il vecchio scafo sfondato e fradicio di una acàli e fummo così assorbiti dal gioco di fingerci barcaioli che venimmo colti di sorpresa quando Tonatìu diede, con il cielo rosso, il preavviso che stava accingendosi a coricarsi. Avevamo una lunga strada da percorrere per fare ritorno a casa, e Tonatìu si coricò più rapidamente di quanto noi riuscissimo a camminare, per cui gli altri ragazzi si misero al trotto. Alla luce del giorno avrei potuto seguirli, ma il crepuscolo *e* la mia vista limitata mi costrinsero a proseguire più adagio, stando bene attento a dove mettevo i piedi. Probabilmente gli altri non si accorsero neppure della mia assenza; in ogni modo, ben presto mi lasciarono indietro.

Giunsi a un crocicchio e là c'era una panca di pietra. Non ero più passato da quella parte da qualche tempo, ma a un tratto ricordai che su quella panca figuravano numerosi simboli incisi, e dimenticai ogni altra cosa; dimenticai che l'oscurità era ormai quasi troppo fitta per consentirmi di vedere le incisioni e tanto meno di decifrarle. Dimenticai la ragione per cui la panca si trovava lì. Dimenticai tutte le cose nascoste in agguato che avrebbero potuto avventarsi su di me con il calar della notte. Udii persino il verso di un gufo, in qualche punto nei pressi, e non prestai alcuna attenzione a quel presagio di pericolo. Si trovava lì qualcosa da leggere, o da tentare di leggere, e non potevo andare oltre senza provarci.

La panca era lunga abbastanza perché un uomo potesse sdraiarvisi, ammesso che potesse giacere comodamente sui rilievi delle incisioni nella pietra. Mi chinai verso i segni, li fissai, li seguii con le dita, oltre che con gli occhi, passai dall'uno all'altro e dall'altro a quello successivo... e per poco non finii lungo disteso sul grembo di un uomo che sedeva lì. Balzai indietro come se fosse stato incandescente a toccarsi, e balbettai qualche parola di scusa.

« *M-mixpantzìnco*. Alla tua augusta presenza... »

Abbastanza compìto, ma stancamente, egli mi diede la risposta tradizionale: « *Ximopanòlti*. Fa' il comodo tuo... »

Poi ci fissammo per qualche momento. Egli vide soltanto, presumo, un ragazzetto un po' sudicio, sui dodici anni, che socchiudeva gli occhi. Quanto a me, non potei vederlo nei particolari, in parte perché era ormai quasi notte, in parte perché avevo spiccato un balzo, allontanandomi parecchio da lui. Ma potei rendermi conto che non era dell'isola, o almeno che io non lo conoscevo. Indossava un mantello di buona stoffa anche se mal ridotto a furia di viaggiare; inoltre aveva i sandali consumati dal lungo cammino e la pelle, color rame, coperta dalla polvere della strada.

« Come ti chiami, ragazzo? » egli mi domandò infine.

« Be', mi chiamano Talpa... » presi a dire.

« Questo posso crederlo, ma non è il tuo vero nome. » Prima che avessi potuto aggiungere una parola, mi pose un'altra domanda: « Che cosa stavi facendo un momento fa? ».

« Stavo leggendo, Yanquìcatzin. » Non so davvero che cosa di lui mi avesse indotto a dargli del Signore Straniero. « Leggevo gli scritti sulla panca. »

« Davvero » disse lui, con quella che parve una stanca incredulità. « Non ti avrei mai creduto un giovane nobile erudito. Che cosa dicono gli scritti? Sentiamo. »

« Dicono: "Dal popolo di Xaltòcan, un luogo di riposo per il Signore Vento Notturno". »

« Te lo ha detto qualcuno. »

« No, Signore Straniero. Scusami, ma... vedi? » Mi avvicinai quanto bastava per additare. « Questa figura a becco d'anatra, qui, significa vento. »

« Non è un becco d'anatra » scattò l'uomo. « Quella è la tromba attraverso la quale il dio soffia i venti. »

« Oh? Grazie per avermelo detto, mio signore. In ogni modo, significa ehécatl. E questo segno, qui... tutte queste palpebre chiuse... significa yoàli. Yoàli Ehécatl, il Vento Notturno. »

« Sai davvero leggere? »

« Un pochino, mio signore. Non molto. »

« Chi ti ha insegnato? »

« Nessuno, Signore Straniero. Non c'è nessuno a Xaltòcan

che possa insegnare l'arte. È un peccato, perché mi piacerebbe imparare di più.»

«Allora devi andare altrove.»

«Immagino di sì, mio signore.»

«Ti consiglio di farlo subito. Mi stanca sentirmi leggere. Vattene altrove, ragazzo chiamato Talpa.»

«Oh. Sì. Certo, Signore Straniero. *Mixpantzìnco.*»

«*Ximopanòlti.*»

Mi voltai una sola volta per dargli un'ultima occhiata. Ma si trovava al di là della portata della mia vista corta, oppure si era semplicemente alzato e allontanato.

A casa venni accolto da un coro formato da padre, madre e sorella, che espressero al contempo preoccupazione, sollievo, costernazione e ira essendo io rimasto fuori così a lungo, solo, nella perigliosa oscurità. Ma persino mia madre si azzittì quando ebbi detto di essere stato trattenuto dallo straniero curioso. Si azzittì e lei e Tzitzi fissarono mio padre con gli occhi sbarrati. E mio padre, con gli occhi sbarrati, fissò me.

«Lo hai incontrato» disse, rauco. «Hai incontrato il dio e ti ha lasciato andare. Il dio Vento Notturno.»

Per tutta una notte insonne tentai, senza molto successo, di vedere l'impolverato, stanco e imbronciato viandante come un dio. Ma, se *davvero* egli era stato Vento Notturno, allora, diceva la tradizione, il desiderio del mio cuore doveva essere esaudito. Esisteva una sola difficoltà. A meno che non si trattasse di voler imparare a leggere e a scrivere, non sapevo quale *fosse* il desiderio del mio cuore. E non lo seppi finché non venne esaudito, se è questo che ottenni.

✠

Accadde un giorno mentre stavo lavorando al primo compito di apprendista assegnatomi nella cava di mio padre. Non era un compito faticoso; ero stato nominato guardiano della grande cava quando tutti gli operai posavano gli attrezzi e tornavano a casa per il pasto di mezzogiorno. Non che vi fossero grandi pericoli di furti da parte di esseri umani; ma, se gli attrezzi fossero rimasti lì non sorvegliati, piccoli animali selvatici sarebbero potuti venire a rosicchiare i manici e le impugnature di legno, a causa del sale contenuto nel sudore degli operai e assorbito dal legno stesso. Un singolo orsetto spinoso poteva rosicchiare un intero e duro piede di porco d'ebano durante l'assenza di chi se ne serviva. Fortunatamente, la mia mera presenza bastava a tenere a bada le creature avide di sale, poiché intere legioni di esse avrebbero potuto invadere la cava senza essere vedute dai miei occhi di talpa.

Quel giorno, come sempre, Tzitzitlìni giunse di corsa da casa portandomi il pasto di mezzogiorno. Si liberò scalciando dei sandali e sedette con me sull'orlo erboso, illuminato dal sole, della cava, cicalando allegramente mentre io mangiavo la mia porzione di piccoli e spinosi pesci bianchi del lago, ognuno dei quali arrotolato e cotto entro una tortilla. Me li aveva portati avvolti in un tovagliolo ed erano ancora caldi del fuoco. Anche mia sorella sembrava accaldata, notai, sebbene la giornata fosse fresca. Aveva la faccia accesa e continuava a farsi vento entro la scollatura quadrata della blusa, tenendola staccata dai seni.

I pesci arrotolati nelle tortillas avevano un sapore acidulo, lieve ma insolito. Mi domandai se fosse stata Tzitzi, anziché nostra madre, a cucinarli, e se ella stesse cianciando così in fretta soltanto allo scopo di impedirmi di prenderla in giro perché, a quanto pareva, non sapeva cucinare. Ma il sapore non era sgradevole, ed io avevo una gran fame, e mi sentii del tutto satollo quando ebbi finito. Tzitzi mi propose di distendermi per digerire il pasto comodamente; avrebbe vigilato lei contro gli orsetti spinosi.

Mi distesi supino e contemplai le nubi che un tempo avevo veduto così nitidamente profilate contro il cielo; ora non erano altro che vaghe chiazze bianche fra altrettanto vaghe chiazze azzurre. Ormai mi ero abituato a questo. Ma, a un tratto, qualcosa di più preoccupante cominciò ad accadere alla mia vita. Il bianco e il blu presero a ruotare, dapprima adagio, poi più rapidamente, come se un qualche dio, lassù in alto, si fosse messo a rimestare il cielo con un mestolo per la cioccolata. Sorpreso, feci per drizzarmi a sedere, ma, all'improvviso, mi prese un capogiro tale che ricaddi sull'erba.

Mi sentivo insolitamente strano e dovetti emettere qualche strano suono, poiché Tzitzi si chinò su di me e mi guardò in faccia. Per quanto fossi stordito, ebbi l'impressione che ella avesse *aspettato* di veder accadere qualcosa in me. Aveva la punta della lingua stretta tra i vividi denti bianchi e gli occhi socchiusi di lei mi scrutavano come se stessero cercando un qualche segno. Poi le sue labbra sorrisero maliziose, la punta della lingua le leccò, e gli occhi di lei si spalancarono, con una luce quasi di trionfo. Ella fece un commento concernente i miei occhi, e la sua voce parve, stranamente, giungermi come un'eco lontana.

« Le pupille ti sono diventate molto grandi, fratello mio. » Ma continuava a sorridere e pertanto io non vidi alcun motivo di allarmarmi. « Hai le iridi quasi non più marrone, ma completamente nere. Che cosa vedi, con quegli occhi? »

«Vedo te, sorella mia» risposi, e mi accorsi di avere la voce impastata. «Ma, in qualche modo, sembri diversa. Sembri...»

«Sì?» mi incoraggiò lei.

«Sembri così bella» dissi. Non potei fare a meno di dirlo.

Come nel caso di tutti i ragazzi della mia età, ci si aspettava che disdegnassi e disprezzassi le ragazze — seppure mi fossi degnato di notarle — e, naturalmente, la propria sorella doveva essere disprezzata più di chiunque altra. Ma io sarei stato consapevole della bellezza di Tzitzitlìni, anche se la cosa non fosse stata menzionata così spesso alla mia presenza da tutti gli adulti, sia donne sia uomini, che trattenevano il respiro vedendola per la prima volta. Nessuno scultore sarebbe mai riuscito a catturare la grazia flessuosa del suo giovane corpo, poiché pietra o argilla non possono muoversi, e lei dava sempre l'illusione di essere in movimento fluente, anche quando rimaneva del tutto immobile. Nessun pittore sarebbe riuscito a mescolare l'esatto colore fulvo-dorato della pelle di lei, o il colore dei suoi occhi: bruno-cerbiatta screziato d'oro...

Ma quel giorno, qualcosa di magico si era aggiunto a tutto ciò, ed ecco perché io non avrei potuto rifiutarmi di riconoscere la sua bellezza, anche se tale fosse stata la mia intenzione. La magia era visibile ovunque intorno a lei, un'aura simile a quella della bruma di gioielli d'acqua nel cielo, quando il sole spunta immediatamente dopo una pioggia.

«Vi sono colori» dissi, con la voce curiosamente impastata. «Fasce di colore, come la bruma dei gioielli d'acqua. Tutto attorno al tuo viso, sorella mia. Un bagliore rosso... e più all'esterno un bagliore viola... e... e...»

«Guardarmi ti dà piacere?» domandò lei.

«Sicuro. È così. Sì. Piacere.»

«Allora taci, fratello mio, e lascia che io ti dia piacere.»

Ansimai. Mi aveva infilato la mano sotto il mantello. E, rammentate, mancava un anno appena all'età in cui avrei dovuto portare il perizoma. Di norma, il gesto audace di mia sorella sarebbe dovuto sembrarmi una violazione oltraggiosa della mia intimità, solo che, in qualche modo, non parve tale in quel momento, e, comunque, mi sentivo troppo intorpidito per poter alzare le braccia e respingerla. Non provai quasi niente, a parte il fatto che parvi crescere in una parte del mio corpo la quale non era mai percettibilmente cresciuta prima di allora. Ma, nello stesso modo, anche il corpo di Tzitzi stava cambiando. I suoi giovani seni di solito apparivano soltanto come rilievi modesti sotto la blusa, ma ora, quando si inginocchiò chinandosi su di me, vidi che aveva i capezzoli gonfi; sporgevano come punte di piccole dita contro il tessuto sottile che li copriva.

Riuscii ad alzare la testa appesantita e, con gli occhi offuscati, contemplai il mio tepùli nella mano di lei che lo stava manipolando. Non mi ero mai sognato di pensare, prima di allora, che il mio membro potesse sfoderarsi dalla propria pelle quasi per tutta la sua lunghezza. Era quella la prima volta in cui vedevo più della punta e dell'imbronciata piccola bocca dell'organo che si rivelava adesso, con la pelle esterna ritratta all'indietro, come una rossa asta dall'estremità bulbosa. Sembrava più che altro un fungo vistoso che sporgesse dalla salda stretta di Tzitzi.

«Oèya, yoyolcatìca» mormorò lei, il viso rosso quasi quanto il mio membro. «Cresce, diventa vivo. Vedi?»

«Tòton... tlapeztia» dissi io, con il respiro corto, «diventa caldo... bruciante...»

Con la mano libera, Tzitzi si alzò la gonna e ansiosamente, annaspando, slacciò l'indumento intimo simile a un pannolino. Dovette allargare le gambe per toglierlo completamente, ed io vidi la tipìli di lei, così vicina da apparire chiara anche alla mia vista. Sempre, in passato, non aveva avuto altro, tra le gambe, che una sorta di piega, o fossetta, strettamente chiusa, e anche quella quasi impercettibile perché offuscata da un chiaro groviglio di peli sottili. Ma ora la fessura si stava aprendo di per sé, come...

Ayya. Fray Domingo ha rovesciato e rotto il calamaio. E ora ci lascia, sgomentato, senza dubbio, dal piccolo incidente.

Durante questa interruzione, potrei accennare al fatto che ad alcuni dei nostri uomini e delle nostre donne cresce appena una traccia di ymàxtli, vale a dire il pelo in quel punto nascosto tra le gambe. Ma quasi tutta la nostra razza non è affatto pelosa in quel posto, o in qualsiasi altro punto del corpo, eccezion fatta per la crescita lussureggiante sulla testa. Anche i nostri uomini hanno pochissimo pelo sulla faccia, e chi ne ha in abbondanza viene considerato sfigurato. Le madri bagnano ogni giorno il viso dei loro bambini maschi con acqua di calce bollente, e, in quasi tutti i casi — come nel mio, ad esempio — questa cura impedisce che a un uomo cresca per tutta la vita la barba.

Fray Domingo non torna. Devo aspettare, miei signori, o continuare?

Benissimo. Allora tornerò a tanto tempo fa, sulla cima di quel colle così lontano, ove giacevo stordito e mi meravigliavo mentre mia sorella si stava dando da fare per approfittare dello stato in cui mi trovavo.

Come stavo dicendo, la fessura della tipìli di lei si apriva di per sé, diventava un fiore in boccio, mostrando rosei petali contro l'immacolata pelle bruna in quel punto, e i petali, inoltre, luccicavano come se fossero stati cosparsi di rugiada. Immaginai che il fiore appena sbocciato di Tzitzitlìni emettesse una lieve fragranza muschiosa, come quella della calendola. E nel frattempo, tutto attorno a mia sorella, intorno al viso, e al corpo e alle parti appena scoperte di lei, continuavano a pulsare e a baluginare quelle inesplicabili fasce e onde di vari colori.

Ella mi tirò su il mantello, togliendolo di mezzo, poi sollevò una delle esili gambe per mettersi a cavalcioni della parte inferiore del mio corpo. Si mosse in modo incalzante, ma con il tremito del nervosismo e dell'inesperienza. Con una vibrante e piccola mano tenne e puntò il mio tepùli. Con l'altra parve voler aprire, divaricandoli ulteriormente, i petali del fiore tipìli. Come ho detto prima, Tzitzi aveva già fatto una certa pratica servendosi di un fuso di legno nello stesso modo con il quale voleva ora servirsi di me, ma continuava ad essere chiusa e stretta, dentro, dalla membrana chitòli. Quanto a me, il mio tepùli non si avvicinava di certo alle dimensioni di quello di un uomo. (Sebbene sappia ora che le prestazioni di Tzitzi contribuirono ad affrettarlo verso proporzioni mature — o di più, se altre donne hanno detto il vero.) In ogni modo, Tzitzi era ancora verginalmente stretta, e il mio membro doveva essere per lo meno più grande del surrogato di un sottile fuso.

Per conseguenza vi fu un momento di tormentosa delusione. Gli occhi di mia sorella erano strettamente chiusi, ella respirava come il corridore in una gara e desiderava disperatamente che accadesse qualcosa. L'avrei aiutata, se avessi saputo di che cosa doveva trattarsi, e se non fossi stato così stordito in ogni parte del corpo, tranne quella. Poi, bruscamente, la soglia cedette. Tzitzi ed io gridammo simultaneamente, io di stupore, lei per quello che poteva essere piacere o dolore. Con mia somma meraviglia, e senza che fossi ancora riuscito a ben capire in quale modo, mi trovavo *entro mia sorella*, avviluppato da lei, riscaldato e inumidito da lei, e poi dolcemente massaggiato da lei, quando ella cominciò a muovere il corpo su e giù, con un ritmo lento.

Ero sopraffatto dalla sensazione che si diffondeva dal mio caldamente serrato e lentamente accarezzato tepùli fino ad ogni altra parte di me stesso. La bruma di gioielli d'acqua intorno a Tzitzi parve divenire più luminosa ed espandersi, racchiudendo anche me. Potevo sentirla farmi vibrare e solleticarmi dappertutto. Mia sorella ospitava in se stessa più di una piccola parte del mio corpo; mi sentivo totalmente assorbito in lei, entro Tzitzitlìni, nel suono dei piccoli campanelli tintinnanti. La delizia si intensificò finché pensai che non avrei più potuto sopportarla.

E infine culminò in un'esplosione ancor più deliziosa, in una sorta di soffice straripare, come quello di un baccello di pianta da lattice, quando si spacca e sparge al vento la sua bianca lanuggine. In quello stesso momento, Tzitzi emise un lungo e sommesso gemito, un gemito che io stesso, per quanto ignorante, per quanto conscio soltanto a mezzo nel soave delirio, riconobbi come la sua estatica distensione.

Poi si afflosciò mollemente sull'intera lunghezza del mio corpo, e i lunghi e morbidi capelli di lei mi avvolsero la faccia. Giacemmo così per qualche tempo, entrambi ansimando forte. Pian piano mi resi conto che gli strani colori si stavano attenuando e scomparivano, e che il cielo, in alto, aveva smesso di ruotare. Senza alzare la testa per guardarmi, Tzitzi disse contro il mio petto, molto sommessamente e timidamente: «Sei dispiaciuto, fratello mio?»

«*Dispiaciuto!*» esclamai, e spaventai una quaglia, facendola alzare in volo dall'erba vicino a noi.

«Allora possiamo rifarlo?» ella mormorò, sempre senza guardarmi.

Riflettei. «Ma è *possibile* rifarlo?» domandai. La domanda non era stupida fino ad essere esilarante come può sembrare; la posi per comprensibile ignoranza. Il mio membro era scivolato fuori di lei, umidamente freddo, floscio e piccolo come lo avevo sempre conosciuto. Difficilmente posso essere deriso per aver pensato che forse, al maschio, era consentita una singola esperienza come quella in tutta la vita.

«Non voglio dire adesso» rispose Tzitzi. «Gli operai stanno per tornare. Ma un altro giorno?»

«*Ayyo*, ogni giorno, se possiamo!»

Ella si sollevò sulle braccia e mi contemplò in viso, di nuovo con un sorriso malizioso sulle labbra. «Non dovrò imbrogliarti, la prossima volta?»

«Imbrogliarmi?»

«I colori che hai veduto, il capogiro e lo stordimento. Ho fatto una cosa peccaminosissima, fratello mio. Ho rubato uno dei funghi dalla loro urna, nel tempio a piramide, e l'ho cucinato insieme ai pesci arrotolati.»

Aveva commesso qualcosa di audace e di pericoloso, oltre che di peccaminoso. I piccoli funghi neri venivano denominati teonanàcatl, «carne degli dei», il che sta ad attestare quanto rari e preziosi fossero. Provenivano, con grandi spese, da qualche sacra montagna nel profondo interno delle terre Mixtèca, e dovevano essere mangiati soltanto da certi sacerdoti e da certi veggenti di professione, e solamente in occasioni speciali, quando si rendeva necessario predire il futuro. Tzitzi, senza dubbio, sarebbe stata uccisa sul posto, se sorpresa a rubare uno di quei sacri funghi.

« No, non fare questo mai più » dissi. « Ma perché lo hai fatto? »

« Perché volevo fare... quello che abbiamo fatto poco fa... e temevo che tu potessi opporre resistenza se ti fossi reso conto con chiarezza di quello che desideravo. »

Avrei opposto resistenza? Me lo domando. Non resistetti allora, né ogni altra volta in seguito, e trovai ogni successiva esperienza altrettanto deliziosa, anche senza che i colori e la vertigine la intensificassero.

Sì, mia sorella ed io ci accoppiammo innumerevoli volte negli anni che seguirono, finché io rimasi a casa nostra — ogni volta che ne avemmo la possibilità — durante l'interruzione per il pasto alla cava, su tratti deserti della sponda del lago, due o tre volte persino in casa, mentre entrambi i nostri genitori erano assenti per quello che, lo sapevamo con certezza, sarebbe stato un periodo di tempo sufficientemente lungo. Imparammo tutti e due a non essere così goffi nell'atto, ma, naturalmente, eravamo inesperti — nessuno di noi avrebbe mai pensato di tentare quei trasporti con chiunque altro — per cui non potevamo insegnarci un granché a vicenda. Molto tempo trascorse anche soltanto prima della scoperta che la cosa poteva essere fatta con me sopra, anche se, in seguito, inventammo numerose varianti.

Ora mia sorella scivolò giù da me e si stiracchiò voluttuosamente. Entrambi i nostri ventri erano bagnati da una piccola chiazza del sangue uscito dalla rottura della chitòli di lei, e da un altro liquido, il mio omìcetl, bianco come octli, ma più vischioso. Tzitzi affondò una manciata d'erba secca nella piccola giara d'acqua che aveva portato insieme al mio pasto, e lavò e pulì entrambi affinché non restassero tracce rivelatrici sulle vesti. Poi si rimise l'indumento intimo, lisciò la gonna spiegazzata, mi baciò sulle labbra, disse « grazie » — una parola che avrei dovuto pronunciare io per primo —, avvolse la giara dell'acqua nell'apposito tessuto e corse via, giù per il pendio erboso, saltellando allegramente.

In quel momento, miei signori scrivani, e in quel modo, terminarono le strade e i giorni della mia fanciullezza.

I H S

✠

S.C.C.M

Alla Sacra, Cesarea, Cattolica Maestà
l'Imperatore Don Carlos, Nostro Sovrano:

Eminentissima Maestà, da questa Città di Mexìco, capitale della Nuova Spagna, in questo giorno d'Ognissanti dell'anno di Nostro Signore mille cinquecento venti e nove, saluti.

Nell'inviare, dietro richiesta della Maestà Vostra, un'altra parte ancora della storia dell'Azteco, questo vostro servo necessariamente ubbidiente, ma ancor riluttante, vi chiede il consenso di citare Varius Geminus, nell'occasione in cui avvicinò l'imperatore *suo* con una *vexata quaestio*: « Chiunque osi parlare dinanzi a te, oh Cesare, non conosce la tua grandezza; chiunque non osi parlare dinanzi a te, non conosce la tua bontà ».

Pur potendo esporci al pericolo di arrecare offesa e di essere rimproverati, vi esortiamo, Sire, di concederci il consenso di rinunciare a questa disgustosa impresa.

Avendo la Maestà Vostra letto di recente la precedente parte del manoscritto consegnata nelle Vostre regali mani, e perciò la blanda e quasi gioiosa confessione dell'Indio di avere commesso il peccato abominevole dell'incesto — un atto condannato in tutto il mondo conosciuto, sia nelle contrade civilizzate, sia in quelle selvagge; un atto esecrato persino da popoli degenerati come i baschi, i greci e gli inglesi; un atto proibìto anche dalla esigua *lex non scripta* rispettata dai barbari compatrioti dell'Indio; e, per conseguenza, un atto che non può essere da noi perdonato soltanto perché commesso prima che il peccatore venisse a conoscenza della moralità cristiana... per tutti i motivi di cui sopra ci eravamo fiduciosamente aspettati che la Pia Maestà Vostra sarebbe rimasta sufficientemente sgomenta per ordinare la cessazione immediata dell'oratoria dell'Azteco, se non la fine dell'Azteco stesso.

Ciò non di meno, il fedele pastore della Maestà Vostra non ha mai disubbidito a un ordine del suo signore. Alleghiamo le ulteriori pagine compilate dopo l'invio delle ultime. E manterremo gli scrivani e l'interprete all'odiosa occupazione ad essi imposta, per compilare altre pagine ancora, fino a quando il Nobilissimo Imperatore nostro non riterrà opportuno concedere che cessino. Ci limitiamo a supplicarvi e a esortarvi, Sire, dopo che la Maestà Vostra avrà letto quest'altra parte della storia della vita dell'Azteco — poiché contiene passi tali da nauseare Sodoma — di riconsiderare l'ordine che la cronaca venga continuata.

Possa la pura illuminazione di Nostro Signore Gesù Cristo, guidare sempre Vostra Maestà, questo è il devoto augurio del devotissimo missionario legato di Vostra S. C. C. M.

(*ecce signum*) Zumàrraga

TERTIA PARS

Nel periodo del quale ho parlato, quando mi affibbiarono il soprannome di Talpa, frequentavo ancora le scuòle. Ogni sera al tramonto, al termine della giornata di lavoro, io e tutti gli altri ragazzi al di sopra dei sette anni di età, di tutti i villaggi e i luoghi abitati di Xaltòcan, ci recavamo o alla Casa dell'Irrobustimento, oppure, ragazzi e ragazze insieme, alla Casa per l'Apprendimento delle Buone Maniere.

Nella scuola precedente, noi ragazzi eravamo stati sottoposti a severe esercitazioni fisiche, ci avevano insegnato il gioco del tachtli con la palla e i primi rudimenti dell'impiego di armi da guerra. In quest'ultima scuola, a noi e alle ragazze della nostra stessa età, veniva insegnato un compendio della storia della nostra nazione e di altri paesi, insieme ad alcune altre più complete nozioni sulla natura dei nostri dei e sulle numerose feste ad essi dedicate; ci insegnavano inoltre le arti del canto rituale, della danza, e dell'impiego di strumenti musicali per la celebrazione di tutte quelle cerimonie religiose.

Soltanto in quelle telpochcàltin, o scuole inferiori, noi del volgo venivamo a trovarci da pari a pari con i figli della nobiltà, e persino con alcuni dei più palesemente intelligenti o più meritevoli figli degli schiavi. Questa istruzione elementare, che poneva l'accento sulla cortesia, la religiosità, la grazia e la destrezza, era considerata un insegnamento sufficiente per noi fanciulli della classe media, e un vero onore per quella manciata di figli di schiavi degni e capaci di recepire qualsiasi insegnamento.

Ma nessuno dei ragazzi schiavi, e ben pochi di noi appartenenti alla classe media — e *mai* una fanciulla, anche se figlia di nobili — poteva aspirare a un'istruzione superiore a quella impartita dalle Case delle Buone Maniere e dell'Irrobustimento. I figli dei nostri nobili di solito lasciavano l'isola per frequentare una delle calmècactin, in quanto non esisteva alcuna scuola del genere a Xaltòcan. Questi istituti di istruzione superiore avevano come direttori nonché come insegnanti sacerdoti appartenenti a un ordine speciale, e i loro allievi imparavano a divenire sacerdoti essi stessi, oppure funzionari del governo, o scrivani, storici, artisti, medici, o comunque professionisti in qualche altro ramo. Entrare in una calmècac non era proibito ai ragazzi della classe media, ma l'iscrizione e il vitto in quelle scuole costavano troppo perché quasi tutte le famiglie della nostra classe sociale potessero permetterselo, a meno che un ragazzo non venisse accettato gratuitamente, per essersi particolarmente distinto nella scuola inferiore.

E devo confessare che io non mi distinsi affatto, sia nella Casa per l'Apprendimento delle Buone Maniere, sia nella Casa dell'Irrobustimento. Quando entrai a far parte per la prima volta del corso di musica nella Casa delle Buone Maniere, rammento, il Maestro dei Ragazzi mi invitò a cantare qualcosa, per poter giudicare le doti della mia voce. Cantai, ed egli ascoltò e poi disse: «Una cosa mirabile a udirsi, ma non credo che si tratti di canto. Ti metteremo alla prova con uno strumento».

Quando risultò che ero altrettanto incapace di estrarre un motivo dal flauto a quattro fori, o una qualsiasi sorta di armonia dai tamburi variamente accordati, il Maestro, esasperato, mi mise in una classe ove veniva insegnata una delle danze dei principianti, il Serpente Tonante. Ogni danzatore spicca un piccolo balzo in avanti, con un suono schioccante, poi fa un giro completo su se stesso, si accovaccia flettendo un ginocchio e gira di nuovo in questa posizione, per poi spiccare un nuovo rumoroso balzo in avanti. Quando una fila di ragazzi e ragazze compie questi movimenti uno dopo l'altro, ne vien fuori un ininterrotto rombo rotolante e l'effetto visivo è quello di un lungo serpente che strisci con curve sinuose. O tale dovrebbe essere.

«Questo è il primo Serpente Tonante ch'io abbia mai veduto con un bernoccolo!» gridò la Maestra delle Ragazze.

«Esci da quella fila, Malìnqui!» urlò il Maestro dei Ragazzi.

A partire da quel momento io divenni per lui Malìnqui, il Bernoccolo. E in seguito, quando gli allievi della nostra scuola si esibirono in pubblico, nelle cerimonie sulla piazza della piramide dell'isola, il mio solo apporto alla musica e alle danze consistette nel suonare un tamburo di guscio di tartaruga con due piccole corna di cervo, o nel far cozzare l'una contro l'altra due chele di granchio tenute una in ciascuna mano. Fortunatamente, mia sorella manteneva alto l'onore della famiglia in quelle occasioni, essendo sempre lei la danzatrice che si esibiva in un assolo. Tzitzitlìni poteva danzare senza alcuna musica e, ciò nonostante, dare agli spettatori l'impressione di udire musica ovunque intorno a loro.

Stavo cominciando a persuadermi di non possedere proprio alcuna personalità; oppure ne possedevo tante che non sapevo quale accogliere come realmente mia. In casa ero stato Mixtli, la Nuvola. Per tutti gli altri, a Xaltòcan, cominciavo ad essere noto come Tozàni, la Talpa. Nella Casa delle Buone Maniere ero Malìnqui, il Bernoccolo. E nella Casa dell'Irrobustimento divenni ben presto Poyaùtla, l'Avvolto nella Nebbia.

Per grande fortuna non difettavo di muscoli come di talenti musicali, poiché avevo ereditato la statura e la robustezza di mio padre. A quattordici anni ero più alto dei miei compagni di scuola che ne contavano sedici. E presumo che anche una persona completamente cieca riuscirebbe a fare le flessioni e i salti e gli esercizi di sollevamento pesi. Così il Maestro di Atletica non trovò niente da ridire nella mia ginnastica finché non cominciammo a impegnarci negli sport a squadra.

Se il gioco del tachtli avesse consentito di servirsi delle mani e dei piedi, avrei potuto giocarlo meglio, in quanto uno muove le mani e i piedi quasi istintivamente. Ma la dura palla òli può essere colpita soltanto con le ginocchia, i fianchi, i gomiti e le natiche, e, seppure io riuscivo a scorgere la palla, la vedevo soltanto come una fioca chiazza, ulteriormente offuscata dalla sua velocità. Per conseguenza, sebbene noi giocatori portassimo protezioni sulla testa, fasce protettive di spesso cuoio intorno ai fianchi, alle ginocchia e ai gomiti, e spesse imbottiture di cotone su tutto il resto del corpo, io riportavo continuamente lividi causati dai colpi della palla.

Peggio ancora, soltanto di rado riuscivo a distinguere i miei compagni di squadra dai giocatori della squadra avversaria. Nelle rare occasioni in cui rimandavo la palla con il ginocchio o il fianco, era molto probabile che essa finisse attraverso quello sbagliato dei bassi archi di pietre, le mete all'altezza del ginocchio che, in base alle complicate regole del gioco, vengono spostate continuamente da un punto all'altro alle estremità del campo. Quanto a infilare la palla in uno dei verticali anelli di pietra situati in alto, al centro dei due muri che delimitano il campo — la qual cosa significa la vittoria immediata, per quanti goal possano già essere stati segnati da entrambe le squadre — è questa un'impresa quasi impossibile a compiersi, anche soltanto per caso, da parte dei giocatori più esperti. Per me, avvolto nella nebbia, sarebbe stata miracolosa.

Non trascorse molto tempo prima che il Maestro di Atletica rinunciasse a me come giocatore nella squadra. Mi venne assegnato il compito di occuparmi della giara dell'acqua e del mestolo dei giocatori, nonché delle spine e delle cannucce per succhiare mediante le quali, al termine di ogni partita, il medico della scuola eliminava la rigidità dei giocatori estraendo il turgido e nero sangue dai loro lividi.

Poi c'erano i giochi di guerra e l'istruzione con le armi, agli ordini di un anziano e sfregiato cuachic, un «vecchia aquila», il titolo spettante a chi abbia già dato prova del proprio valore in battaglia. Il nome di questo maestro era Extli-Quani, o Ghiotto di Sangue, ed egli doveva avere quasi cinquant'anni. In questi esercizi, a noi ragazzi non era consentito portare le penne o gli altri ornamenti dei veri guerrieri, né di dipingerci come loro. Avevamo però scudi di legno o di vimini rivestiti in cuoio, di dimensioni adeguate a noi ragazzi, e indossavamo gli stessi indumenti dei soldati in battaglia. Erano fatti di cotone dalle spesse imbottiture, venivano induriti immergendoli nella salamoia, e ci coprivano dal collo ai polsi e alle caviglie. Ci consentivano una ragionevole libertà di movimenti, e si riteneva che ci proteggessero dalle frecce — per lo meno dalle frecce scoccate da una certa distanza — ma, *ayya!* indossarli per poco più di un breve periodo di tempo significava soffrire il caldo e sentirsi prudere dappertutto e diventare madidi di sudore.

«Per prima cosa imparerete le grida di battaglia» disse Ghiotto di Sangue. «In combattimento, naturalmente, sarete accompagnati dalle trombe-conchiglie e dai tamburi tonanti o dai tamburi gementi. Ma a questi strumenti devono aggiungersi le vostre voci che invocano urlando il massacro, nonché il suono dei vostri pugni e delle armi contro gli scudi. So per esperienza, ragazzi miei, che un travolgente clamore di strepito può costituire un'arma di per sé. Può scuotere la mente di un uomo, tramutargli il sangue in acqua, indebolirgli i tendini, persino vuotargli la vescica e gli intestini. Ma dovrete essere *voi* a causare lo strepito, e lo troverete doppiamente efficace: incoraggerà la vostra decisione in battaglia, terrorizzando al contempo il nemico.»

E così, per settimane, prima ancora di impugnare una finta arma, urlammo lanciando le rauche strida dell'aquila, i grugniti rochi del giaguaro, i versi lungamente protratti del gufo, gli *alalalala* del pappagallo.

Imparammo a saltellare con una simulata avidità di battaglia, a minacciare con ampi gesti, a far paura con smorfie, a battere sugli scudi con un tambureggiante unisono, finché essi rimanevano imbrattati dal sangue delle nostre mani.

Alcune altre nazioni disponevano di armi diverse da quelle sulle quali facevamo conto noi Mexìca, e alcuni gruppi di nostri guerrieri erano equipaggiati con armi aventi scopi particolari; inoltre, ogni singolo soldato poteva sempre decidere di servirsi di quella qualsiasi arma nel cui impiego era divenuto più abile. Queste altre armi comprendevano la fionda di cuoio per lanciare sassi, la scure di pietra non affilata, adoperata come mazza, la mazza massiccia con taglienti frammenti di ossidiana, la lancia a tre punte munite di sporgenze ricurve alle estremità così da infliggere ferite a squarcio, o la spada ricavata semplicemente dal muso seghettato del pesce-sega. Ma le armi fondamentali dei Mexìca erano quattro.

Per l'avvicinamento iniziale al nemico e il primo combattimento a distanza c'erano l'arco e le frecce. Noi allievi ci esercitammo a lungo con frecce che in punta avevano soltanto soffici sferette di òli anziché tagliente ossidiana. Ad esempio, un giorno il Maestro dispose in fila circa venti di noi e disse:

«Supponete che il nemico si trovi in quella macchia di cactus nopàli». Indicò quella che, per la mia nebulosa visuale, era soltanto una chiazza verde lontana un centinaio di lunghi passi. «Voglio che tendiate al massimo le corde degli archi, e voglio che le frecce abbiano un'angolazione verso l'alto, esattamente verso il punto intermedio tra il sole e l'orizzonte sotto ad esso. Pronti? Assumete una posizione stabile. Ora mirate nella direzione dei cactus. E ora scoccate le frecce.»

Si udì un suono sibilante, poi i ragazzi emisero un gemito tutti insieme. Ognuna delle frecce era andata a conficcarsi nel terreno formando un raggruppamento rispettabilmente compatto e alla stessa distanza, di circa cento lunghi passi, dalla macchia di cactus. Ma questo soltanto grazie al fatto che Ghiotto di Sangue aveva specificato la forza del tiro e l'angolazione. I ragazzi gemevano perché avevano tutti ugualmente e disastrosamente sbagliato la direzione del bersaglio; le frecce erano cadute lontano alla sinistra dei cactus. Sbirciammo il Maestro, aspettando che ci spiegasse come avevamo potuto mirare così male.

Egli indicò con un ampio gesto i vessilli di battaglia quadrati e rettangolari, le cui aste erano conficcate qua e là nel terreno intorno a noi. «A che cosa servono quelle bandiere?» domandò.

Ci guardammo a vicenda. Poi Pactli, figlio del Signore Airone Rosso, rispose: «Sono i vessilli che devono essere portati sul campo di battaglia dai comandanti dei nostri rispettivi reparti. Se veniamo a trovarci sparpagliati durante lo scontro, i vessilli ci indicano dove raggrupparci».

«Esatto, Pactzin» approvò Ghiotto di Sangue. «E ora quell'altra bandiera, quella lunga fiamma di piume, a che serve?» domandò.

Vi fu un nuovo scambio di occhiate, poi Chimàli si azzardò a dire, timidamente: «La portiamo per dimostrare la nostra fierezza di essere Mexìca».

«Questa è una risposta sbagliata» disse il Maestro «ma virile, e pertanto non ti frusterò. Ma osservate quella fiamma, ragazzi miei, come galleggia nel vento.»

Guardammo tutti. Non v'era brezza bastante, quel giorno, per mantenere la fiamma parallelamente al suolo. Essa pendeva ad angolo verso il terreno e...

«Il vento sta soffiando a sinistra rispetto a noi!» gridò un altro ragazzo, eccitato. «*Non* abbiamo mirato male! È stato il vento a portare le frecce lontano dal bersaglio!»

«Se mancate il bersaglio» disse il Maestro, in tono asciutto, «vuol dire che *avete* mirato male. Incolpare il vento non è una giustificazione. Per mirare giusto, dovete tener conto della forza e della direzione con cui Ehècatl sta soffiando nella sua tromba dei venti. Ecco lo scopo della fiamma di piume. La direzione nella quale pende vi mostra da quale parte il vento porterà le vostre frecce. L'altezza alla quale pende vi mostra la forza con cui il vento le farà deviare. Ora marciate tutti sin là e ricuperate le frecce. Una volta fatto questo, voltatevi, mettetevi in riga e mirate me. Il primo ragazzo che mi colpirà sarà esonerato per dieci giorni dalle frustate, anche da quelle che più si meriterà.»

(Non marciammo, corremmo verso le frecce e, molto festosamente, le rilanciammo indietro contro il cuachic, ma nessuno di noi lo colpì.)

Per il combattimento a distanza più ravvicinata di un tiro di freccia v'era il giavellotto, una stretta e appuntita lama di ossidiana all'estremità di una corta asta. Non essendo guidato da penne, doveva, per essere preciso e per avere forza di penetrazione, venire scagliato con il massimo della forza.

«Per conseguenza non scagliate il giavellotto senza un aiuto» disse Ghiotto di Sangue «ma con questo bastone da lancio atlàtl. A tutta prima vi sembrerà un sistema goffo, ma, dopo molta pratica, sentirete l'atlàtl per quello che è, un'estensione del vostro braccio e un raddoppiamento della vostra forza. E, anche alla distanza di trenta lunghi passi, riuscirete a perforare con il giavellotto un albero spesso quanto un uomo. Immaginate dunque, ragazzi miei, che cosa accadrà quando lo scaglierete contro un *uomo*.»

V'era inoltre la lancia lunga, con una più larga e più massiccia punta di ossidiana, per vibrare colpi, spingere, trapassare prima che il nemico giungesse realmente vicino. Ma, per l'inevitabile combattimento corpo a corpo, esisteva la spada chiamata maquàhuitl. Il nome ha un suono abbastanza innocuo, «il legno da caccia», ma si trattava dell'arma più terribile e letale di cui disponessimo.

Il maquàhuitl era un'asta piatta di durissimo legno, lunga

quanto il braccio di un uomo e larga quanto la mano di un uomo, e su entrambi gli orli, per tutta la sua lunghezza, erano inserite affilate schegge di ossidiana. L'impugnatura della spada risultava lunga abbastanza per consentire di maneggiare l'arma con una sola mano o con entrambe, ed era lavorata accuratamente, in modo da adattarsi alla perfezione alla presa di chi se ne serviva. Le schegge di ossidiana non venivano semplicemente incuneate nel legno; tanto dipendeva da quella spada che alla sua costruzione contribuiva anche la stregoneria. Le schegge venivano cementate solidamente mediante una colla magica fatta di òli liquido, di preziosa e profumata resina di copàli, e di sangue fresco donato dai sacerdoti del dio della guerra Huitzilopòchtli.

L'ossidiana forma una punta di freccia o di lancia, o il filo di una spada, dall'aspetto minaccioso, lucente come cristallo di quarzo, ma nera come l'aldilà Mìctlan. Opportunamente scheggiata, la pietra è così tagliente che può incidere sottilmente come fa talora uno stelo d'erba, o squarciare in profondità come qualsiasi mazza. L'unico punto debole della pietra è la sua fragilità: può frantumarsi contro lo scudo dell'avversario o contro la spada di lui. Ma, nelle mani di un combattente addestrato, il maquàhuitl dal doppio filo di ossidiana riesce a tranciare la carne e le ossa di un uomo come se fossero un ciuffo di erbacce — e in una guerra combattuta a fondo, come Ghiotto di Sangue non si stancava mai di rammentarci, il nemico non è altro che erba da falciare.

Così come le nostre frecce da esercitazione, giavellotti e lance avevano la punta di resina di òli, e altrettanto innocue venivano rese le maquàhuime. L'asta era di legno leggero e tenero, per cui la spada si spezzava quando sferrava un colpo troppo violento. E, in luogo delle schegge di ossidiana, lungo i due fili si trovavano soltanto ciuffi di piumino. Prima che due allievi si impegnassero in un duello con la spada, il Maestro colorava quei ciuffi con una vernice rossa, per cui ogni colpo ricevuto faceva spicco vividamente come una vera ferita, e il segno durava altrettanto a lungo di una ferita. In brevissimo tempo io finii con l'essere intersecato da segni di ferite, sulla faccia e sul corpo, e provavo un estremo imbarazzo facendomi vedere in pubblico. Fu allora che chiesi un'udienza privata al nostro cuachic. Era un vecchio spietato, duro come l'ossidiana, e probabilmente ignorante in qualsiasi cosa, tranne la guerra, ma non si trattava di uno stupido zotico.

Piegai le ginocchia nel gesto di chi bacia la terra, poi, sempre inginocchiato, dissi: «Maestro Ghiotto di Sangue, tu già sai che la mia vista è povera. Stai sprecando tempo e pazienza, temo, cercando di insegnarmi ad essere un soldato. Se questi segni sul mio corpo fossero vere ferite, sarei morto già da lunga pezza».

«E con questo?» disse lui, gelido. Poi si accosciò al mio stesso livello. «Avvolto nella Nebbia, ti racconterò di un uomo che incontrai una volta nel Quatemàlan, la regione del Bosco Intricato. Quelle genti, come forse tu sai, sono tutte timorose della morte. L'uomo in questione rifuggiva da ogni minimo sospetto di pericolo. Evitava anche i rischi più naturali della vita. Si rintanava in una comoda sicurezza. Si circondava di medici e sacerdoti e stregoni. Mangiava soltanto i cibi più nutrienti, e andava avidamente in cerca di ogni pozione per mantenere a lungo la vita della quale sentisse parlare. Nessun uomo era mai stato più circospetto di lui con la propria salute. Egli viveva soltanto per continuare a vivere.»

Aspettai il resto, ma non disse altro, e pertanto domandai: «Che cosa fu di lui, Maestro Cuachic?»

«Morì.»

«Questo è tutto?»

«Che altro accade a qualsiasi uomo? Non ricordo neppure più il suo nome. Nessuno ricorda assolutamente niente di lui, a parte il fatto che visse e poi morì.»

Dopo un altro silenzio, dissi: «Maestro, so che, se verrò ucciso in guerra, la mia morte nutrirà gli dei, ed essi mi ricompenseranno ampiamente nell'altro mondo, e forse il mio nome non sarà dimenticato. Ma non potrei rendermi in qualche modo utile a *questo* mondo, e per qualche tempo, prima di giungere al momento della morte?»

«Devi soltanto sferrare un colpo efficace in battaglia, ragazzo mio. Poi, anche se verrai ucciso un attimo dopo, avrai fatto *qualcosa* della tua vita. Più di tutti quegli uomini che si limitano a faticare per esistere, finché gli dei si stancano di osservarne la futilità e li spazzano via, nell'oblio.» Ghiotto di Sangue si alzò. «Tieni, Avvolto nella Nebbia, questa è la mia maquàhuitl. Mi ha servito a lungo e bene. Limitati a sentirne il peso.»

Ammetterò che provai un fremito impugnando per la prima volta una vera spada, e non un'arma-giocattolo di legno di sughero e piumino. Pesava in modo atroce, ma il suo stesso peso diceva: «Io sono potere».

«Vedo che riesci a sollevarla e a brandirla con una sola mano» osservò il Maestro. «Non molti ragazzi della tua età ci riuscirebbero. Ora vieni qui, Avvolto nella Nebbia. Questo è un robusto nopàli. Sferragli un colpo micidiale.»

Il cactus era vetusto e grosso quasi quanto un albero. I suoi lobi verdi e spinosi sembravano pagaie, e il tronco, dalla corteccia marrone, era largo quasi quanto la mia vita. Sferrai sperimentalmente un colpo con la maquàhuitl, servendomi soltanto della mano destra, e il filo di ossidiana affondò nel legno del cactus con un avido *tciunk!* A strattoni liberai la lama, afferrai l'impugnatura con entrambe le mani, portai la spada molto indietro rispetto a me, poi colpii con tutte le mie forze. Mi ero aspettato che la lama affondasse più profondamente, ma rimasi davvero stupito quando trapassò completamente l'intero tronco, facendone zampillare la linfa come sangue incolore. Il nopàli piombò giù con un tonfo, e il Maestro ed io dovemmo balzar via agilmente per evitare la massa di aguzze spine.

«*Ayyo*, Avvolto nella Nebbia!» esclamò, ammirato, Ghiotto di Sangue. «Qualsiasi altra cosa possa mancarti, hai la forza di un guerriero nato!»

Arrossii di orgoglio e di piacere, eppure non potei fare a meno di dire: «Sì, Maestro, posso colpire e uccidere. Ma la mia vista offuscata? Se dovessi colpire l'uomo sbagliato? Uno dei nostri?»

«Nessun cuachic al comando di guerrieri inesperti ti metterebbe mai in condizione di fare questo. In una Guerra dei Fiori, potrebbe assegnarti ai Legatori che portano le corde per legare i prigionieri nemici, affinché possano essere condotti al sacrificio. Oppure, in una vera guerra, potresti essere assegnato agli Spacciatori della retroguardia, i cui coltelli liberano misericordiosamente quei camerati e quegli avversari rimasti feriti sul terreno, dopo che la battaglia se li è lasciati indietro.»

«Legatori e Spacciatori» mormorai. «Non sono certo compiti eroici che possano meritarmi una ricompensa nell'aldilà.»

«Hai parlato di *questo* mondo» mi rammentò severamente il Maestro «e di servigi, non di eroismo. Anche il più umile può servire. Rammento quando marciammo nell'insolente città di Tlaltelòlco, per annetterla alla nostra Tenochtìtlan. I guerrieri di quella città si batterono contro di noi per le strade, naturalmente; ma donne, fanciulli e vecchi barcollanti salirono sui tetti delle case e scagliarono contro di noi grossi sassi, nidi pieni di vespe irritate, e persino manciate dei loro stessi escrementi.»

A questo punto, miei signori scrivani, farò bene a chiarire che, tra i diversi tipi di guerre combattute da noi Mexìca, la battaglia per la conquista di Tlaltelòlco aveva rappresentato un caso eccezionale. Il nostro Riverito Oratore Axayacatl aveva semplicemente ritenuto necessario soggiogare quella città altezzosa, per privarla di un governo indipendente e per costringerne la popolazione a sottomettersi alla nostra grande capitale insulare di Tenochtìtlan. Ma, in genere, le nostre guerre contro altri popoli non miravano alla conquista, per lo meno non come i vostri eserciti, che hanno occupato tutta questa Nuova Spagna facendone un'abietta colonia della vostra patria.

No, potevamo sconfiggere e umiliare un'altra nazione, ma non cancellarla dalla superficie della terra. Ci battevamo per dimostrare la nostra potenza e per esigere tributi dai meno potenti di noi. Quando una nazione si arrendeva e giurava fedeltà a noi Mexìca, procedevamo a un inventario delle sue risorse e dei suoi prodotti — oro, spezie, òli, qualsiasi altra cosa — e, a partire da quel momento, essa doveva, ogni anno, consegnarne determinati quantitativi al nostro Riverito Oratore. Inoltre imponevamo un obbligo di coscrizione per i suoi combattenti, nel caso in cui si fossero resi necessari per marciare insieme a noi Mexìca.

Ma quella nazione conservava il proprio nome e la propria sovranità, il proprio governante, i sistemi di vita cui era assuefatta e la forma di religione che preferiva. Non imponevamo alcuna delle nostre leggi e delle nostre costumanze, né alcuno dei nostri dei. Il dio della guerra Huitzlopòchtli, ad esempio, rimaneva il *nostro* dio. Sotto la sua guida, i Mexìca erano un popolo distinto dagli altri e superiore agli altri, e noi non intendevamo condividere quel dio, né consentire che venisse condiviso. Era anzi tutto l'opposto. In molti dei paesi sconfitti scoprivamo nuovi dei, o nuove manifestazioni degli dei a noi già noti, e, se ci piacevano, i nostri eserciti portavano in patria copie delle loro statue da collocare nei templi.

Devo dirvi, inoltre, che vi furono nazioni dalle quali non *riuscimmo* mai a esigere tributi o fedeltà. Ad esempio, confinante con noi ad est v'era Cuautexcàlan, la Terra dei Dirupi delle Aquile, da noi denominata, semplicemente, Texcàla, I Dirupi. Non so per quale motivo, voi spagnoli decideste di chiamare quel paese Tlaxcàla, il che è ridicolo, in quanto tale parola significa soltanto tortilla.

Texcàla era accerchiata completamente da paesi alleati tutti con noi Mexìca, e costretta pertanto ad esistere come un'isola circondata dalla terraferma. Ma Texcàla si rifiutò ostinatamente di sottomettersi, sia pure in minima misura, e ciò significava che le era impedito di importare molte cose necessarie alla vita. Se i Texcaltèca non avessero, sia pure a malincuore, scambiato con noi la sacra resina copàli, della quale il loro territorio rivestito di foreste era ricco, non avrebbero avuto nemmeno il sale con cui insaporire i loro cibi.

Così stando le cose, il nostro Uey-Tlatoàni limitò severamente il commercio tra noi e i Texaltèca — sempre nella speranza di indurli alla sottomissione — per cui quel popolo ostinato continuò a subire umilianti privazioni. Dovettero razionare il loro scarso raccolto di cotone, ad esempio, e questo significò che an-

101

che i loro nobili furono costretti a portare mantelli tessuti soltanto con una traccia di cotone mescolata a ruvida canapa o a fibre di maguey; indumenti che, a Tenochtìtlan, sarebbero stati indossati soltanto dagli schiavi e dai fanciulli. Potete ben capire che a Texcàla veniva albergato un odio feroce contro noi Mexìca, e, come vi è noto, esso ebbe, in ultimo, conseguenze spaventose per noi, per i Texaltèca, e per tutti gli abitanti di quella che è adesso la Nuova Spagna.

« E intanto » mi disse il Maestro Ghiotto di Sangue, il giorno in cui conversammo, « in questo momento i nostri eserciti sono disastrosamente alle prese con un'altra nazione recalcitrante, all'ovest. Il tentativo del Riverito Oratore di invadere Michihuàcan, la Terra dei Pescatori, è stato respinto nel modo più ignominioso. Axayàcatl si aspettava una facile vittoria, in quanto quei Purèmpecha sono sempre stati armati con lame di rame, eppure hanno respinto, sconfitti, i nostri eserciti. »

« Ma come mai, Maestro? » domandai. « Una razza non guerriera che maneggia tenere spade di rame? Come ha potuto opporre resistenza a noi invincibili Mexìca? »

L'anziano soldato alzò le spalle. « Non bellicosi i Purèmpecha possono esserlo, eppure si battono abbastanza ferocemente per difendere la loro patria Michihuàcan di laghi e di fiumi e di bene irrigate terre agricole. Inoltre si dice che abbiano scoperto un qualche metallo magico da essi mescolato con il rame mentre è ancora fuso. Quando il miscuglio viene forgiato per farne lame, diviene tanto duro che la nostra ossidiana si affloscia come carta di corteccia contro di esso. »

« Pescatori e contadini » mormorai « che battono i soldati di mestiere di Axayàcatl... »

« Oh, tenteremo ancora, ci puoi scommettere » disse Ghiotto di Sangue. « Questa volta Axayàcatl voleva soltanto potere accedere a quelle acque ricche di pesce e a quelle fertili vallate. Ma ora vorrà conoscere il segreto del metallo magico. Sfiderà di nuovo i Purèmpecha, e, quando lo farà, i suoi eserciti necessiteranno di ogni uomo in grado di marciare. » Il Maestro si interruppe, poi soggiunse, significativamente: « Anche un vecchio cuàchictin dalle giunture rigide come me, anche coloro che potranno servire soltanto come Legatori e Spacciatori, anche gli storpi e gli avvolti nella nebbia. Abbiamo il dovere di addestrarci e irrobustirci e di essere pronti, ragazzo mio ».

In realtà, poi, Axayàcatl morì prima di aver potuto organizzare una nuova invasione di Michihuàcan, che fa parte di quella da voi ora denominata Nuova Galizia. Grazie ai Riveriti Oratori che seguirono, noi Mexìca e i Purèmpecha riuscimmo a vivere con una sorta di diffidente reciproco rispetto. E non ho certo bisogno di rammentarvi, reverendi frati, che il più macellatore dei vostri comandanti, Beltràn de Guzmàn, sta *ancor* oggi cercando di annientare le bande dure a morire dei Purèmpecha intorno al lago Chapàlan e in altri angoli remoti della Nuova Galizia che rifiutano tuttora di arrendersi al vostro Re Carlos e al vostro Signore Iddio.

Ho parlato delle nostre guerre punitive, così come si svolgevano. Sono certo che anche il vostro Guzmàn assetato di sangue possa capire quel genere di guerra, sebbene sia certo, altresì, che egli non possa mai concepire una guerra — come lo furono quasi tutte le nostre — la quale lascia sopravvivere indipendenti le nazioni sconfitte. Ma consentitemi ora di parlare delle nostre Guerre dei Fiori, perché esse riescono incomprensibili a *tutti* voi uomini bianchi. «Come possono esservi state» vi ho uditi domandare «tante guerre non provocate e inutili tra nazioni amiche? Guerre che nessuna delle parti cercava mai di *vincere*?»

Farò del mio meglio per spiegare.

Ogni genere di guerra era, naturalmente, gradito ai nostri dei. Ogni guerriero, morendo, versava il proprio sangue, l'offerta più preziosa che un essere umano potesse fare. In una guerra punitiva, la vittoria decisiva era l'obiettivo, e così entrambe le parti si battevano per uccidere o per essere uccise. Il nemico era, come si esprimeva il mio vecchio Maestro, erba da falciare. Veniva catturato soltanto un numero relativamente scarso di prigionieri, destinati a una successiva cerimonia sacrificale. Ma, sia che un guerriero perisse sul campo di battaglia o sull'altare di un tempio, la sua veniva considerata una Morte Fiorita, onorevole di per sé e soddisfacente per gli dei. La sola difficoltà — prospettandosi la cosa dal punto di vista degli dei — consisteva nel fatto che le guerre punitive non erano abbastanza frequenti. Sebbene fornissero molto sangue nutriente per gli dei e facessero sì che molti soldati potessero servire gli dei nell'aldilà, tali guerre erano soltanto sporadiche. Gli dei potevano essere costretti ad aspettare e a digiunare e ad essere assetati per molti anni tra un conflitto e l'altro. Questo dispiaceva ad essi e, nell'anno Un Coniglio, ce lo fecero sapere.

Accadde circa dodici anni prima della mia nascita, ma mio padre se ne ricordava in modo vivido e ce ne parlava spesso con molti tristi scuotimenti della testa. Quell'anno, gli dei inviarono sull'intero nostro pianoro l'inverno più rigido mai conosciuto. Oltre ai gelidi freddi e ai venti taglienti che uccisero prematuramente molti poppanti, molti anziani malaticci, i nostri animali domestici, e persino le bestie selvatiche, vi fu una nevicata di sei giorni che distrusse tutti i raccolti invernali sul terreno. Nei cieli notturni divennero visibili luci misteriose, fasce verticali di luci dalle tinte fredde, che mio padre descriveva come «gli dei minacciosamente in cammino nei cieli, senza che niente di loro fosse visibile, tranne i mantelli tessuti con piume di airone bianche e verdi e azzurre».

Ma questo fu solamente l'inizio. La primavera non ci portò soltanto la fine del freddo, ma una calura rovente; seguì la stagione delle piogge, che, tuttavia, non portò pioggia; la siccità uccise le messi e il bestiame come già aveva fatto la neve. E nemmeno questa fu la fine. Gli anni successivi furono altrettanto spietati nel loro alternarsi di gelo e calura e assenza di pioggia. Con il freddo, i nostri laghi divennero ghiaccio; con la calura si restrinsero, diventarono tiepidi, e anche amaramente salsi, per cui i pesci morivano e galleggiavano a pancia in su e ammorbavano l'aria con il loro fetore.

Cinque o sei anni continuarono in questo modo: gli anni cui gli anziani della mia gioventù si riferivano come ai Tempi Duri. *Iya ayya*, dovettero essere tempi davvero terribili, poiché le nostre genti, i nostri fieri ed eretti macehuàltin, si ridussero a vendersi schiavi. Vedete, altre nazioni al di là di questo pianoro, sui monti del sud e nelle Terre Calde costiere non erano state devastate dalla catastrofe climatica. Offrivano in baratto parte dei loro ancora opulenti raccolti, ma non era, questa, generosità, poiché essi ben sapevano che nulla avevamo da offrire in cambio, tranne noi stessi. Quegli altri popoli, specie gli inferiori a noi e i nostri nemici, erano anche troppo lieti di acquistare «gli spavaldi Mexìca» come schiavi e di umiliarci ulteriormente pagando soltanto un prezzo crudele e misero.

Il baratto normale consisteva in cinquecento pannocchie di granturco contro un maschio in età lavorativa, e in quattrocento pannocchie contro una femmina in età di generare. Se una famiglia disponeva di un fanciullo vendibile, lo cedeva, si trattasse di un maschio o di una femmina, affinché gli altri potessero mangiare. Se in una famiglia esistevano soltanto bambini piccoli, il padre vendeva se stesso. Ma per quanto tempo avrebbe potuto sopravvivere, un qualsiasi gruppo familiare, con quattrocento o cinquecento pannocchie di granturco? E, una volta che esse fossero state mangiate, chi o cosa rimaneva da vendere? Anche se i Tempi Buoni avessero dovuto ricominciare all'improvviso, come poteva sopravvivere la famiglia senza un padre che lavorasse? E in ogni modo i Tempi Buoni non venivano...

Questo accadde durante il regno del Primo Motecuzòma, che, nel tentativo di alleviare l'infelicità del suo popolo, vuotò tanto il tesoro nazionale quanto il suo personale, e infine vuotò tutti i magazzini e i granai della capitale. Quando ogni riserva venne esaurita, quando tutto finì, tranne i Tempi Duri che continuavano a imperversare, Motecuzòma e la sua Donna Serpente riunirono il Consiglio Parlante degli anziani e addirittura chiamarono veggenti e indovini per averne il parere. Non potrei giurarlo, ma si dice che la riunione così si svolse:

Un canuto stregone, che aveva impiegato mesi studiando le ossa sparpagliate e consultando i sacri libri, annunciò solennemente: «Mio Signore Oratore, gli dei ci hanno ridotti alla fame per dimostrare che anch'*essi* sono affamati. Non vi è più stata una guerra dopo l'ultima nostra incursione nella Texcàla, e questo accadde nell'anno Nona Casa. Da allora vi sono state soltanto rare offerte di sangue agli dei. Alcuni prigionieri tenuti in riserva, l'occasionale trasgressore della legge, di quando in quando un adolescente o una vergine. Gli dei stanno chiedendo, molto manifestamente, più nutrimento».

«Un'altra guerra?» cogitò a voce alta Motecuzòma. «Anche i nostri più forti guerrieri sono ormai troppo indeboliti per poter marciare fino ad una frontiera nemica, e non parliamo di attraversarla.»

«È vero, Riverito Oratore, ma esiste il modo per celebrare un sacrificio in massa...»

«Massacrare il nostro popolo prima che muoia di fame?» domandò, sardonico, Motecuzòma. «Sono tutti talmente scarni e rinsecchiti che l'intera nazione, probabilmente, non fornirebbe una coppa di sangue.»

«Giusto, Riverito Oratore. E in ogni modo, questo sarebbe un tale gesto di mendicità che gli dei, probabilmente, non lo accetterebbero. No, Signore Oratore, quello che occorre è una guerra, ma un *genere* diverso di guerra...»

Questa, o così mi è stato detto, e così io ritengo, fu l'origine delle Guerre Fiorite, ed ecco come venne organizzata la prima di esse:

Le potenze più formidabili e più centralmente situate in questa vallata costituivano una Triplice Alleanza: noi Mexìca, con la nostra capitale sull'isola di Tenochtìtlan, gli Acòlhua con la loro capitale a Texcòco sulla sponda orientale del lago, e i Tecpanèca con la loro capitale a Tlàcopan sulla sponda occidentale. Esistevano tre popoli meno importanti a sud-est: i Texaltèca, dei quali ho già parlato; gli Huexotin con la loro capitale a Huexotzìnco; e gli un tempo possenti Tya Nuü — o Mixtèca, come li chiamavamo noi — il cui regno si era ridotto fino a consistere in poco più della capitale, Cholòlan. I primi erano nostri nemici, come ho detto; gli ultimi due erano stati resi da tempo nostri pagatori di tributi e, lo gradissero o no, nostri alleati occasionali.

Tutte queste nazioni, però, come noi dell'Alleanza, erano state devastate dai Tempi Duri.

Motecuzòma, dopo aver parlato con il Consiglio, conferì anche con i governanti di Texcòco e Tlàcopan. I tre riuniti insieme compilarono e inviarono una proposta ai tre governanti nelle città di Texcàla, Cholòlan e Huexotzìnco. Essenzialmente, la proposta diceva qualcosa di questo genere:

«Facciamo tutti guerra per poter sopravvivere. Siamo popoli diversi, ma stiamo subendo gli stessi Tempi Duri. Gli uomini savi dicono che abbiamo una sola speranza di resistere; saziare e placare gli dei con sacrifici di sangue. Per conseguenza proponiamo che gli eserciti delle nostre tre nazioni si incontrino in combattimento con gli eserciti delle vostre tre nazioni, sulla pianura neutrale di Acatzìnco, sicuramente situata lontano a sudovest di tutti i nostri territori. Il combattimento non avrà luogo per la conquista di territorio, né per la supremazia nel governare, né per massacro, né per saccheggio, ma soltanto per la cattura di prigionieri da destinare alla morte fiorita. Quando tutte le forze partecipanti al combattimento avranno catturato un sufficiente numero di prigionieri da sacrificare ai loro dei, ciò verrà reciprocamente reso noto ai comandanti e la battaglia immediatatamente avrà termine».

Questa proposta, che voi spagnoli dite di trovare incredibile, risultò gradita a tutti gli interessati — compresi i guerrieri che voi avete chiamato «stupidamente suicidi» perché si battevano senza alcuno scopo apparente, tranne l'estremamente probabile e improvvisa fine delle loro vite. Bene, ditemi, quale dei vostri soldati di mestiere rifiuterebbe un qualsiasi pretesto di battaglia, preferendo i tediosi e monotoni doveri di guarnigione in tempo di pace? Per lo meno, i nostri guerrieri erano stimolati dalla consapevolezza che, se fossero morti in combattimento, o sull'altare di un dio estraneo, si sarebbero meritati la gratitudine di tutto il popolo per avere soddisfatto gli dei, oltre a meritarsi il divino dono della vita nella beatitudine dell'aldilà. E, in quei Tempi Duri, mentre tanti perivano ingloriosamente di fame, un uomo era tanto più giustificato preferendo morire per un colpo di spada o trafitto dal coltello del sacrificio.

Così fu progettata la prima battaglia, e venne combattuta come previsto, sebbene raggiungere la pianura di Acatzìnco richiedesse una faticosa e lunga marcia da qualsiasi punto, per cui tutti e sei gli eserciti dovettero riposare un giorno o due prima che venisse dato il segnale di iniziare le ostilità. Sebbene le intenzioni fossero state diverse, grande fu il numero degli uomini uccisi: alcuni inavvertitamente, per un caso o un incidente; altri perché essi stessi, o i loro avversari, si erano battuti con ec-

106

cessiva esuberanza. È difficile per un guerriero, addestrato ad uccidere, astenersi dal dare la morte. Ma quasi tutti, come era stato convenuto, colpirono con la parte piatta dei maquàhuitl, e non con il filo di ossidiana. Gli uomini così storditi non vennero finiti dagli Spacciatori, ma rapidamente immobilizzati dai Legatori. Dopo due giorni appena, i preti-cappellani, che marciavano con ciascun esercito, decisero essere, il numero dei prigionieri catturati, sufficiente per soddisfare loro e i loro dei. Uno dopo l'altro, i comandanti spiegarono le bandiere convenute, i gruppi di uomini ancora alle prese sulla pianura si disimpegnarono, i sei eserciti tornarono a riunirsi e stancamente fecero ritorno in patria, conducendo gli ancor più stanchi prigionieri.

Questa prima, sperimentale, Guerra dei Fiori venne combattuta a mezza estate, che normalmente è altresì la stagione delle piogge di mezzo, ma che, in quei Tempi Duri, era soltanto un altro degli interminabili periodi di calura e siccità. E un secondo accordo era stato preventivamente raggiunto dai sei governanti delle sei nazioni: che tutti avrebbero sacrificato i prigionieri nelle sei capitali, lo stesso giorno. Nessuno ricorda la cifra esatta, ma io presumo che parecchie migliaia di uomini morirono quel giorno a Tenochtìtlan, a Texcòco, a Tlàcopan, a Texcàla, a Cholòlan, a Huexotzìnco. Consideratela una coincidenza, se volete, reverendi frati, poiché il Signore Iddio non c'entrava, ovviamente, ma quel giorno i barili delle nubi spezzarono finalmente i loro sigilli, la pioggia si riversò su tutto questo esteso pianoro, e i Tempi Duri terminarono.

Quello stesso giorno, nelle sei città, molte persone provarono per la prima volta dopo anni la piacevole sensazione della pancia piena, quando si furono saziati con i resti degli xochimìque sacrificati. Gli dei si accontentarono semplicemente di essere nutriti con i cuori strappati dal petto delle vittime e ammonticchiati sugli altari; non sapevano che farsene del resto dei cadaveri, ma la gente lì riunita lo sapeva. Così, man mano che il cadavere di ciascuno xochimìque rotolava giù, ancor caldo, dalla ripida gradinata di ciascun tempio a piramide, i tagliatori di carne in attesa là sotto lo tagliavano nelle sue parti edibili, distribuendole poi all'avida folla che gremiva, in attesa, ciascuna piazza.

I crani venivano spaccati per estrarne il cervello, le braccia e le gambe venivano sezionate in pezzi maneggevoli, si tagliavano i genitali e le natiche, si estraevano il fegato e i reni. Queste porzioni di cibo, anziché essere lanciate a caso alla turba sbavante, venivano distribuite con un mirabile senso pratico, e la plebaglia aspettava con ammirevole moderazione. Per ragioni ovvie, il cervello era destinato ai sacerdoti e agli uomini savî, le braccia e le gambe muscolose andavano ai guerrieri, gli organi genitali alle giovani coppie sposate, mentre le meno significative natiche e le viscere venivano distribuite alle donne incinte, alle madri che allattavano e alle famiglie con molti figli. Quel che restava, vale a dire i crani, le mani, i piedi e i toraci, essendo più di ossa che di carne, lo si accantonava per fertilizzare i campi.

Quel banchetto di carne fresca poté essere o meno un ulteriore vantaggio previsto da coloro che avevano predisposto la Guerra Fiorita, non lo so. Tutti i vari popoli di quelle terre avevano divorato da tempo tutta la cacciagione esistente, tutto il pollame e tutti i cani allevati per servire da cibo. Avevano divorato lucertole, insetti e cactus. Ma non si erano mai cibati dei parenti e dei vicini periti a causa dei Tempi Duri. Forse si era trattato di uno spreco irragionevole di cibo disponibile, eppure, in ogni nazione, la gente affamata aveva preferito liberarsi dei propri simili morti per fame seppellendoli o bruciandoli, a seconda delle costumanze. Ora, però, grazie alla Guerra dei Fiori, disponeva in abbondanza di cadaveri di nemici che non erano parenti — anche se si trattava di nemici soltanto in seguito a una voluta definizione — e pertanto non ebbe rimorsi nel cibarsene.

Dopo le guerre che seguirono non si verificò mai più un così immediato macellare e ingozzarsi. Poiché non si presentò di nuovo la necessità di placare una fame così frenetica e generalizzata, i sacerdoti stabilirono regole e riti relativi al consumo della carne dei prigionieri. I guerrieri vittoriosi dei successivi combattimenti si limitarono a staccare morsi simbolici dalle parti muscolose dei loro nemici defunti e a cibarsene cerimoniosamente. La maggior parte della carne veniva suddivisa tra le persone realmente povere — il che significava in genere gli schiavi — o data in pasto agli animali in quelle città che, come Tenochtìtlan, vantavano un pubblico serraglio.

La carne umana, come la carne di quasi ogni altro animale, se opportunamente appesa, stagionata e cotta a fuoco vivo, è gustosa e sostanziosa, quando non ne esiste altra. Tuttavia, così come è dimostrabile che il matrimonio tra persone strettamente imparentate nelle nostre famiglie nobili non dava luogo a una prole eccezionale, ma anzi accadeva frequentemente l'opposto, credo si possa analogamente dimostrare che gli esseri umani i quali si nutrono soltanto dei loro simili sono destinati a un analogo declino. Se la discendenza di una famiglia migliora in seguito al matrimonio con estranei, così il sangue di un uomo non può non essere migliorato dall'ingestione di carni di altri esseri. Pertanto, una volta superati i Tempi Duri, la pratica di divorare gli xochimìque uccisi divenne — per tutti tranne i poveri disperati e degenerati — soltanto una delle tante osservanze religiose e una delle meno importanti.

Ma quella prima Guerra dei Fiori fu talmente efficace — si fosse trattato o meno di una coincidenza — che le stesse sei nazioni continuarono a combatterne altre, a intervalli regolari, allo scopo di salvaguardarsi da un futuro scontento degli dei e da ogni ritorno dei Tempi Duri. Noi Mexìca, d'altronde, trovammo assai poco necessario questo stratagemma, poiché Motecuzòma, e i Riveriti Oratori che gli succedettero non lasciarono di nuovo trascorrere anni tra le *vere* guerre. In seguito furono rari i periodi nei quali non avemmo un esercito in campo e non aumentammo il numero dei popoli che ci dovevano tributi. Ma gli Acòlhua e i Tecpanèca, avendo poche ambizioni di questo genere, erano costretti a dipendere dalle Guerre dei Fiori per procurare Morti Fiorite ai loro dei. E così, Tenochtìtlan essendo stata la promotrice, essa continuò volentieri a prendervi parte: la Triplice Alleanza contro i Texaltèca, i Mixtèca e gli Huèxotin.

Ai guerrieri importava poco. Si trattasse di una Guerra Punitiva, o di una Guerra Fiorita, un uomo aveva la stessa probabilità di morire. Ma era altrettanto probabile che venisse acclamato come un eroe, o che, addirittura, gli si conferisse uno degli ordini di cavaliere, se lasciava un numero ragguardevole di nemici morti sul campo contestato, o se ne portava vivi in numero considerevole dalla pianura di Acatzìnco.

«Sappi infatti questo, Avvolto nella Nebbia» disse il Maestro Ghiotto di Sangue, il giorno del quale ho parlato. «Nessun guerriero, in una guerra vera o in una Guerra dei Fiori deve mai aspettarsi di essere contato tra i caduti o i prigionieri. Deve aspettarsi di sopravvivere alla guerra e di tornare come un eroe. Oh, non starò a nasconderti la verità, ragazzo mio. Può benissimo morire, sì, nel momento stesso in cui è entusiasmato da queste aspettative. Ma se va in battaglia *senza* aspettarsi la vittoria della sua parte, e la gloria per sé, è *certo* che morirà.»

Cercai di fargli capire, pur senza sembrare troppo pusillanime, che non avevo paura di morire, ma neppure anelavo alla morte. In qualsiasi sorta di guerra, ovviamente non sarei stato destinato ad alcun compito più importante di quello di Legatore o Spacciatore. Compiti di quel genere, feci rilevare, sarebbero potuti essere affidati altrettanto bene alle donne. Non sarei potuto essere un po' più utile per la nazione Mexìca, e per l'intera umanità, se mi fosse stato consentito di esercitare i miei altri talenti?

«Quali altri talenti?» grugnì Ghiotto di Sangue.

Questo mi indusse a tacere per un momento. Ma poi gli feci

osservare che se, ad esempio, fossi riuscito a rendermi padrone della scrittura per immagini, avrei potuto accompagnare l'esercito come storico delle battaglie. Mi sarebbe stato possibile restarmene in disparte, magari su qualche dominante sommità di un'altura e fare la descrizione della strategia, della tattica e dell'esito di ogni battaglia, a edificazione dei futuri comandanti.

Il vecchio soldato mi scoccò un'occhiata di esasperazione. «Prima dici che non ci vedi abbastanza per batterti faccia a faccia con un nemico. Poi affermi che saresti in grado di seguire l'intera e confusa azione di due eserciti nell'atto di scontrarsi. Avvolto nella Nebbia, se stai cercando di essere esonerato da questo corso di addestramento con le armi, risparmia il fiato. Non potrei esimertene nemmeno se volessi. Nel tuo caso ho una particolare responsabilità. »

«Una responsabilità? » gli feci eco, interdetto. «Una responsabilità affidatati da chi, Maestro? »

Si accigliò, irritato, come se io lo avessi colto in fallo, poi grugnì: «Una responsabilità che impongo io a me stesso. Sono sinceramente persuaso che ogni uomo dovrebbe fare l'esperienza di almeno una guerra, o come minimo di una battaglia, nel corso della sua vita. Perché, se riuscirà a sopravvivere, potrà assaporare più riccamente e appieno il resto della sua esistenza. E ora basta con queste chiacchiere. Mi aspetto di vederti sul campo, come sempre, al crepuscolo di domani ».

Me ne andai, allora, e, nei giorni e nei mesi che seguirono, continuai a frequentare le lezioni e ad addestrarmi al combattimento. Non sapevo che cosa mi riservasse il futuro, ma di una cosa ero certo. Se fossi stato assegnato a qualche compito indesiderabile, esistevano due modi per evitarlo: o dimostrarmene incapace, o dare la prova del fatto che ero troppo bravo. E gli abili scrivani, per lo meno, non venivano considerati erba destinata a cadere sotto la falce dell'ossidiana. Ecco perché, pur frequentando senza lagnarmi i corsi sia della Casa per l'Irrobustimento, sia della Casa per l'Apprendimento delle Buone Maniere, per mio conto mi davo da fare ancor più intensamente e febbrilmente per penetrare i segreti dell'arte della conoscenza mediante le parole scritte.

✠

Farei il gesto di baciare la terra, Eccellenza, se questa costumanza venisse ancora osservata. Mi limito invece a raddrizzare le mie vecchie ossa e ad alzarmi in piedi, come questi frati, per salutare il tuo arrivo.

È un onore il fatto che la presenza di Tua Eccellenza favorisca di nuovo il nostro piccolo gruppo, ed è un onore sentirti dire che hai esaminato le pagine sulle quali è stata trascritta la mia storia fino ad ora. Ma tu, Eccellenza, poni domande penetranti relative a certi eventi in esse descritti, e devo confessare che queste tue domande mi inducono ad abbassare le palpebre in preda all'imbarazzo e, sì, persino a una certa vergogna.

Sì, Eccellenza, mia sorella ed io continuammo a goderci reciprocamente in ogni occasione durante quegli anni di crescita dei quali ho parlato di recente. E, sì, Eccellenza, sapevamo che stavamo peccando.

Probabilmente, Tzitzitlìni lo aveva saputo sin dall'inizio, ma io ero più giovane, e pertanto solo a poco a poco mi resi conto che stavamo facendo qualcosa di male. Nel corso degli anni ho capito che le nostre femmine l'hanno sempre saputa più lunga, sui misteri del sesso, e molto prima di tutti noi maschi. Sospetto che si possa dire altrettanto delle femmine di tutte le razze, compresa la vostra. Infatti sembrano propense, sin dalla più giovane età, a bisbigliare tra loro, e a scambiarsi tutti quei segreti che scoprono del loro corpo e del corpo degli uomini, nonché a frequentare la compagnia di anziane vedove e di vecchiacce rugose le quali — forse perché i loro succhi si sono prosciugati da un pezzo — sono allegramente o maliziosamente ansiose di istruire le giovani vergini nelle astuzie, nelle trappole e negli inganni femminili.

Mi rammarico di non conoscere ancora sufficientemente a fondo la mia nuova religione cristiana, così da essere informato su tutte le norme e i divieti a questo riguardo, sebbene possa già arguire che essa deplora ogni manifestazione di sessualità tranne qualche occasionale copula tra marito e moglie cristiani, al solo scopo di generare un bambino cristiano. Ma anche noi pagani rispettavamo alcune leggi e un gran numero di tradizioni concernenti il comportamento sessuale lecito.

Una fanciulla doveva rimanere vergine finché non si maritava, e inoltre veniva incoraggiata a non sposarsi giovane, poiché la *nostra* religione riconosceva che lo spazio vitale e le risorse del paese in cui viviamo sarebbero stati posti a dura prova da una messe più che moderata di bambini in ogni generazione. Oppure una fanciulla poteva decidere di non maritarsi, ma di entrare a far parte dell'auyanìme, i cui servigi ai nostri guerrieri erano una legittima occupazione femminile, anche se non precisamente nobile. Oppure, se la ragazza difficilmente avrebbe potuto maritarsi perché troppo brutta o per qualche altro difetto,

111

poteva divenire una maàtitl pagata e andare a cavalcione delle strade. Alcune fanciulle si mantenevano vergini per potersi assicurare l'onore del sacrificio in qualche cerimonia che richiedesse la verginità; e altre per poter servire tutta la vita, come le vostre suore, quali inservienti dei sacerdoti del tempio — sebbene si facessero supposizioni sulla natura dei loro servigi e sulla durata della verginità.

La castità prima del matrimonio non era altrettanto richiesta ai nostri uomini, poiché essi avevano sempre a loro disposizione le compiacenti maàtime e le schiave, volenti o nolenti; e comunque, la verginità di un uomo difficilmente può essere provata o confutata. Né può esserlo quella della donna, sono in grado di confidare — come mi confidò Tzitzi — se ella ha il tempo di prepararsi prima della notte nuziale. Vi sono vecchie che allevano piccioni nutrendoli con i semi rosso-scuri di certi fiori noti soltanto ad esse; poi vendono le uova di questi uccelli alle giovani donne che vogliono simulare la verginità. Un uovo di piccione è piccolo abbastanza per poter essere nascosto in profondità entro la donna e il suo guscio è tanto fragile che lo sposo eccitato lo rompe senza accorgersene; inoltre il tuorlo di queste uova dei piccioni allevati appositamente ha lo stesso preciso colore del sangue. Le vecchie, poi, vendono alle donne un unguento astringente, ricavato dalle bacche del cespuglio da voi chiamato spincervino, un unguento che può far chiudere il più allentato e beante orifizio, rendendolo stretto come quello di una vergine...

Come tu ordini, Eccellenza, cercherò di astenermi dal fornire troppi particolari specifici.

La violenza carnale era un reato del quale non si sentiva parlare spesso tra la nostra gente, per tre motivi. In primo luogo, riusciva quasi impossibile commetterlo senza essere scoperti, poiché quasi tutte le nostre comunità erano tanto piccole che ognuno conosceva tutti gli altri e gli estranei facevano troppo spicco. Inoltre, trattavasi di un reato alquanto inutile, in quanto v'erano in abbondanza maàtime e donne schiave per soddisfare le necessità realmente urgenti di un uomo. Infine, lo stupro veniva punito con la morte. E così l'adulterio, e così il cuilònyotl, l'atto sessuale tra uomo e uomo, e così il patlachùia, l'atto sessuale tra donna e donna. Ma questi reati, sebbene probabilmente non rari, di rado venivano scoperti, a meno che i colpevoli non fossero sorpresi in flagrante nell'atto. I peccati di questo genere, come la verginità, non sono dimostrabili.

Dovrei chiarire che mi limito ora a parlare delle pratiche vietate o evitate tra noi Mexìca. Eccezion fatta per le libertà sessuali e le ostentazioni consentite durante alcune nostre cerimonie della fecondità, noi Mexìca eravamo alquanto austeri se paragonati ad altri popoli. Rammento che quando viaggiai per la prima volta tra i Maya, molto più a sud di qui, rimasi scandalizzato dall'aspetto di alcuni dei loro templi, le cui grondaie avevano la forma del tepùli di un uomo. Durante la stagione delle piogge non facevano che orinare senza posa.

Gli Huaxtèca, che risiedono a nord-est, sulla sponda del mare orientale, sono straordinariamente volgari nelle cose del sesso. Ho veduto laggiù fregi di templi scolpiti con raffigurazioni delle molte posizioni che un uomo e una donna possono assumere. E ogni uomo Huaxtècatl, il cui tepùli fosse più grosso del normale, poteva aggirarsi, anche in pubblico, anche quando si recava in luoghi più civilizzati, senza portare il perizoma. Questo vanaglorioso pavoneggiarsi faceva sì che gli uomini Huaxtèca godessero di fama di un'aggressiva virilità, fama che poteva anche non essere meritata. Tuttavia, le volte in cui guerrieri Huaxtèca fatti prigionieri sono stati posti in vendita nel mercato degli schiavi, ho veduto le nostre nobildonne Mexìca — sia pure velate e ai margini della folla — fare cenni ai loro servi affinché acquistassero questo o quell'altro Huaxtècatl.

I Purèmpecha di Michihuàcan, all'ovest rispetto a qui, sono più permissivi, o indulgenti, nelle cose del sesso. Ad esempio, l'atto sessuale tra uomo e uomo non soltanto non è punito, ma viene condonato e accettato. Figura persino nella loro scrittura per immagini. Forse tu sai che il simbolo della tipìli di una donna è il disegno della conchiglia di una chiocciola. Bene, per scrivere dell'atto tra due maschi, i Purèmpecha, spudoratamente, disegnavano l'immagine di un uomo nudo con una conchiglia di chiocciola che copriva i suoi veri organi.

Quanto all'atto tra mia sorella e me — la vostra parola è incesto? — sì, Eccellenza, ritengo che fosse vietato in ogni nazione conosciuta. E, sì, noi rischiavamo la morte se fossimo stati scoperti. Le leggi prescrivevano forme di esecuzione particolarmente spaventose per la copula tra fratello e sorella, tra padre e figlia, tra madre e figlio, tra zio e nipote, e così via. Ma questi accoppiamenti erano proibiti soltanto per noi macehuàltin, che costituivamo la maggioranza della popolazione. Come ho fatto rilevare in precedenza, v'erano famiglie nobili che si sforzavano di conservare la purezza del loro sangue, come la definivano, limitando i matrimoni *soltanto* ai parenti stretti, sebbene non si sia mai avuta la prova che ciò migliorasse una qualsiasi generazione successiva. E naturalmente, né la legge, né la tradizione, né la gente in generale attribuiva molta importanza a quanto accadeva nella classe degli schiavi: stupri, incesti, adulteri, qualsiasi cosa.

Ma tu vuoi sapere in qual modo mia sorella ed io evitammo di essere scoperti durante il lungo indulgere al peccato. Be', essendo stati così severamente puniti da nostra madre per colpe di gran lunga più trascurabili, avevamo imparato entrambi ad essere estremamente furtivi. Vi fu un periodo nel quale rimasi lontano da Xaltòcan per mesi e mesi di seguito, e anelavo naturalmente a Tzitzitlìni, e lei anelava a me. Ma, ad ogni ritorno a casa, mi limitavo a posarle un bacio fraterno sulla gota, poi ci mettevamo a sedere discosti uno dall'altra, celando il tumulto interiore, mentre io riferivo ai miei genitori, e ad altri parenti e amici avidi di notizie, tutto quel che avevo fatto nel mondo al di là della nostra isola. Poteva trascorrere un giorno, potevano anche trascorrere parecchi giorni prima che Tzitzi ed io riuscissimo a trovare il modo di restare insieme nell'intimità, e in segreto, e senza correre alcun pericolo. Ah, ma poi, con quale frenesia ci spogliavamo, quanto erano impazienti le nostre carezze, e quanto esplosiva la prima distensione, mentre giacevamo sul pendio del nostro piccolo segreto vulcano in risveglio... successivamente le carezze diventavano meno frettolose, le esplosioni più dolci e squisite.

Ma quelle mie assenze dall'isola vennero in seguito. Nel frattempo, mia sorella ed io non venimmo sorpresi nell'atto. Naturalmente, sarebbe stata una calamità per noi se, come i cristiani, ad ogni accoppiamento, o in uno di essi, avessimo concepito un bambino. Tale possibilità non mi era mai neppure passata per la mente; quale ragazzo potrebbe immaginare di diventare padre? Ma Tzitzi era una femmina, molto assennata in queste cose, e aveva adottato precauzioni contro tale eventualità. Quelle vecchie cui ho già accennato vendevano di nascosto alle fanciulle non sposate — così come la vendevano apertamente i nostri farmacisti alle coppie coniugate che non volevano generare un bambino ogni volta, andando a letto insieme — una polvere ricavata, macinandolo, dal tlatlaohuèhuetl, che è quel tubero simile a una patata dolce, ma cento volte più grosso; il tubero che voi chiamate in spagnolo barbasco. Qualsiasi donna che ingerisca quotidianamente una dose di barbasco in polvere non corre alcun pericolo di concepire un indesiderato...

Perdonami, Eccellenza, non immaginavo di dire qualcosa di sacrilego. Rimettiti a sedere, ti prego.

Devo riferire che per lungo tempo continuai a correre personalmente un rischio, anche quando mi trovavo lontano da Tzitzi. Durante i corsi militari al crepuscolo, nella Casa per l'Irrobustimento, squadre formate da sei od otto ragazzi venivano inviate con regolarità in campi remoti o in boschetti, ove fingevano di «montare di guardia contro un attacco alla scuola». Si trattava di un compito noioso e noi, di solito, ingannavamo il tempo giocando a patòli con fagioli saltatori.

Ma poi uno dei ragazzi — ho dimenticato chi — scoprì l'atto solitario. Non fu né timido né egoista per quanto concerneva la sua scoperta, e immediatamente insegnò quell'arte a tutti noi. Da quel momento in poi, i ragazzi non portarono più con sé fagioli choloàni, quando andavano a montare di guardia; il necessario per i giochi faceva parte del loro corpo. Infatti, la cosa si riduceva soltanto a questo: a un gioco. Organizzavamo gare e facevamo scommesse sulla quantità di omìcetl che riuscivamo a eiaculare, sul numero di volte che riuscivamo a farlo, una dopo l'altra, e sul tempo necessario tra un'erezione e l'altra. Era un po' come nella nostra più giovane età, quando avevamo gareggiato per vedere chi riuscisse a sputare o a orinàre più lontano e più abbondantemente. Ma in queste nuove gare io mi trovavo a repentaglio.

Vedi, spesso mi recavo a quei giochi non molto tempo dopo un abbraccio a Tzitzi e, come potrai facilmente immaginare, il mio serbatoio di omìcetl era alquanto svuotato, per non parlare della mia capacità di erezione. Per conseguenza le mie eiaculazioni erano pochissime e soltanto un debole gocciolio se paragonate a quelle degli altri ragazzi; e, il più delle volte, non riuscivo affatto a fare erigere il tepùli. Per qualche tempo i compagni mi dileggiarono e si burlarono di me, ma poi cominciarono a guardarmi con occhi preoccupati, e persino compassionevoli. Alcuni dei ragazzi più pietosi mi suggerirono rimedi... mangiare carne cruda, sudare a lungo nel bagno a vapore, cose del genere. I miei due migliori amici, Chimàli e Tlatli, avevano scoperto che riuscivano a provare sensazioni di gran lunga più sconvolgenti quando ognuno manipolava il tepùli dell'altro, anziché il proprio. Pertanto mi proposero...

Sozzure? Oscenità? Ti lacera le orecchie ascoltarmi? Mi spiace se sgomento Tua Eccellenza — e voi, miei signori scrivani — ma non riferisco questi eventi per oziosa prurigginosità. Hanno tutti un riferimento con eventi meno banali che si determinarono in seguito, e che furono la conseguenza di tutto ciò. Se vuoi ascoltarmi?

In ultimo, alcuni dei ragazzi più grandicelli ebbero l'idea di mettere i loro tepùltin là dove sarebbero dovuti essere messi. Alcuni nostri compagni, compreso Pactli, il figlio del governatore, andarono in esplorazione nel villaggio più vicino alla nostra scuola. Là trovarono, e assunsero al loro servizio, una schiava di venti e qualche anno, forse di trent'anni. Alquanto opportunamente, il nome di lei era Tetèo-Temacàliz, che significa Dono degli Dei. In ogni caso, ella fu un dono per i posti di guardia, nei quali, da allora in poi, si recò quasi ogni giorno.

Pactli aveva l'autorità per imporle quei servigi, ma non credo che con Tetèo-Temacàliz fossero necessarie le imposizioni. Infatti ella dimostrò di essere una partecipante volenterosa, e persino vigorosa, ai giochi sessuali. *Ayya*, immagino che la povera bagascia avesse le sue ragioni. Sul naso di lei si trovava un comico rigonfiamento, e inoltre aveva un corpo tozzo, con grosse cosce che sembravano fatte di pasta per il pane; immagino che non nutrisse molte speranze di poter sposare sia pure un uomo appartenente alla sua stessa classe tlacòtli. Pertanto si diede a quella nuova vocazione di cavalcatrice di strade con libidinoso abbandono.

Come ho detto, in ogni determinata sera, potevano esservi da sei a otto ragazzi nei posti di guardia sui campi. Dopo che Dono degli Dei aveva accontentato ognuno di loro, il primo del gruppo era pronto per un nuovo turno, e la faccenda ricominciava daccapo. Sono certo che la lasciva Dono degli Dei avrebbe potuto continuare per tutta la notte. Ma, dopo qualche tempo di questa attività, finiva con l'essere traboccante di omìcetl, viscido e appiccicoso, e cominciava a emanare un odore di pesce andato a male, per cui i ragazzi smettevano di loro iniziativa e la rimandavano a casa.

Ma lei si trovava di nuovo lì il pomeriggio del giorno seguente, si spogliava nuda, divaricava ben bene le gambe, e ansimava tanto era impaziente di cominciare. Io non avevo preso parte alcuna a questi amplessi, e mi ero limitato a stare a guardare, finché una sera Pactli, dopo aver finito di servirsi di Dono degli Dei, le bisbigliò qualcosa, e lei venne dove sedevo io.

«Tu sei Talpa» disse, lasciva, «E Pactzin mi dice che ti trovi in difficoltà.» Fece movimenti per tentarmi, la sua tipìli dalla labbra mollicce direttamente di fronte alla mia faccia ardente. «Forse la tua lancia gradirebbe di esser tenuta entro di me, e non nel pugno, tanto per cambiare.» Farfugliai che in quel momento non avevo alcuna necessità di lei, ma non potevo protestare troppo, con sei o sette dei miei compagni seduti lì attorno a sogghignare della mia sconfitta.

«*Ayyo!*» esclamò lei, dopo avermi sollevato con entrambe le mani il mantello e sciolto il perizoma. «Il tuo è un membro scelto, giovane Talpa!» Lo fece sobbalzare sul palmo. «Anche non ridestato, è più grosso del tepùli di qualsiasi altro dei ragazzi più grandi di te. Persino di quello del nobile Pactzin.» Gli altri, lì attorno, risero e si diedero di gomito. Io non alzai gli occhi verso il figlio del Signore Airone Rosso, ma capii che, grazie a Dono degli Dei, mi ero appena fatto un nemico.

«Senza dubbio» ella continuò «un grazioso macehuàli non vorrà negare il piacere a un'umile tlacùtli. Consentimi di munire di un'arma il mio guerriero.» Mi mise il membro tra i suoi grossi e flaccidi seni, li premette l'uno contro l'altro con un braccio, e cominciò a massaggiarmi con essi. Non accadde niente. Mi fece allora altre cose, attenzioni delle quali non aveva degnato nemmeno Pactli. Egli si voltò, minacciosamente rabbuiato in viso, e si allontanò a gran passi da noi. Continuò a non accadere niente, sebbene Dono degli Dei mi avesse anche...

Sì, sì, mi affretto a concludere l'episodio.

Dono degli Dei rinunciò, infine, irritata. Mi gettò di nuovo il tepùli contro il ventre, e disse, petulante: «L'altezzoso cucciolo di guerriero vuole conservare la verginità, senza dubbio per una donna della sua classe». Sputò a terra, mi lasciò bruscamente, afferrò un altro ragazzo, lottando lo fece cadere, poi cominciò a inarcarsi come il cervo punto da un'ape...

Bene.

Sua Eccellenza mi aveva chiesto di parlare di sesso e peccato, non è forse così, reverendi frati? Ma sembra che non riesca mai ad ascoltare a lungo senza diventare viola in faccia come la sua veste, e senza andare altrove. Vorrei almeno che sapesse a cosa miravo. Ma naturalmente — me ne stavo dimenticando — Sua Eccellenza potrà leggerlo quando sarà più calmo. Posso continuare, allora, miei signori?

Chimàli venne a sedersi accanto a me e disse: «Io non sono stato uno di quelli che hanno riso di te, Talpa. Questa donna non eccita nemmeno me».

«Non si tratta tanto del fatto che è brutta e sciatta» dissi io. E riferii a Chimàli quanto mi aveva detto di recente mio padre: della malattia nanàua, che può venire da rapporti sessuali non puliti, la malattia che affligge tanti dei vostri soldati spagnoli e che essi, fatalisticamente, chiamano "il frutto della terra".

«Le donne che si servono con decenza del loro sesso non devono essere temute» dissi a Chimàli. «Le auyanìme dei nostri guerrieri, ad esempio, si mantengono pulite, e vengono visitate con regolarità dai medici dell'esercito. Ma le maàtime che allargano le gambe per chiunque, e per qualsiasi numero, è preferibile evitarle. La malattia viene dalle parti impure, e questa creatura... chi può sapere quali squallidi schiavi accontenti prima di venire da noi? Se per caso tu resti contagiato dalla nanàua, non ci sono cure. Può marcirti il tepùli fino a farlo cadere, e può im-

117

putridirti anche il cervello, finché diventi un annaspante e balbettante idiota.»

«Ma è proprio vero, Talpa?» domandò Chimàli, cinereo in viso. Guardò il ragazzo e la donna che sussultavano sudati sul terreno. «E io che stavo per possederla a mia volta, soltanto perché non volevo essere schernito! Ma preferisco essere non virile anziché un idiota.»

Andò subito a informare Tlatli. Poi dovettero spargere la voce, poiché la coda in attesa diminuì, dopo quella sera, e nel bagno a vapore vidi spesso i miei compagni esaminarsi in cerca di sintomi della malattia. La donna finì per essere chiamata con una variante del suo nome: Tetèo-Tlayo, Rifiuto degli Dei. Ma alcuni ragazzi continuarono, noncuranti, ad accoppiarsi con lei, e uno di essi fu Pactli. Il mio disprezzo nei suoi riguardi doveva essere manifesto quanto l'avversione di lui nei miei, poiché egli mi avvicinò, un giorno e disse, minacciosamente:

«Sicché la Talpa tiene troppo alla propria salute per insudiciarsi con una maàtitl? So che questo è soltanto un pretesto per giustificare la tua misera impotenza, ma implica una critica del *mio* modo di comportarmi, e sta bene attento a non calunniare il tuo futuro fratello». Lo fissai a bocca aperta. «Sì, prima di marcire, come tu predici, intendo sposare tua sorella. Anche se diventerò un idiota impestato e annaspante, lei non potrà rifiutare un nobile. Ma preferirei che venisse a me volentieri. Quindi ti dico, futuro fratello: non far mai sapere a Tzitzitlìni dei miei spassi con Rifiuto degli Dei. Altrimenti ti ucciderò.»

Si allontanò a gran passi senza aspettare la risposta che, in ogni caso, non sarei riuscito a dargli in quel momento. Ero ammutolito per lo spavento. Non che temessi Pactli personalmente, in quanto ero, sia pure di poco, il più alto di tutti e, probabilmente, anche il più forte. Ma, se pure egli fosse stato un nanerottolo smidollato, era pur sempre il figlio del nostro tecùtli, e ora mi portava rancore. Il fatto è che io avevo vissuto in preda alla trepidazione sin da quando i ragazzi avevano cominciato a darsi ai loro solitari giochi sessuali, e poi ad accoppiarsi con Rifiuto degli Dei. Le mie misere esibizioni, e la derisione che dovevo subire, queste situazioni imbarazzanti non tanto ferivano la mia vanità di adolescente quanto mi impaurivano sin nelle viscere. *Dovevo* davvero essere ritenuto impotente e non virile. Pactli era stupido quanto prepotente; ma, se avesse dovuto anche soltanto cominciare a sospettare la ragione vera della mia sessualità apparentemente debole — vale a dire il fatto che io la stavo prodigando altrove — non sarebbe stato così stupido da non domandarsi dove ciò potesse accadere. E, sulla nostra piccola isola, non gli sarebbe occorso molto tempo per accertare che io non potevo avere convegni con alcuna femmina, tranne...

Tzitzitlìni aveva destato per la prima volta l'interessamento di Pactli quando era appena una fanciulla in boccio, allorché si era recata al palazzo per assistere all'esecuzione dell'adultera principessa sorella di lui. Più di recente, alla Festa primaverile del Grande Risveglio, Tzitzi aveva guidato le danzatrici nella plaza della piramide... e Pactli, vedendola danzare, era rimasto profondamente colpito. Dopo quel momento, aveva fatto in modo di incontrarla ripetutamente in pubblico, rivolgendole la parola, una violazione delle buone maniere da parte di qualsiasi uomo, anche un pili. Di recente, inoltre, aveva escogitato pretesti per venire a casa nostra, due o tre volte, «a parlare di questioni concernenti la cava con Tepetzàlan», ed era stato necessario farlo entrare. Ma la gelida accoglienza di Tzitzi, e il non celato disprezzo di lei nei suoi riguardi, sarebbero dovuti bastare a far sì che qualsiasi altro giovane non si facesse vedere mai più.

Invece ora l'abietto Pactli mi diceva che avrebbe *sposato* Tzitzi. Tornai a casa dalla scuola, quella sera e, mentre sedevamo intorno al telo della cena, e dopo che nostro padre aveva ringraziato gli dei per il cibo posto dinanzi a noi, bruscamente parlai:

«Pactli mi ha detto oggi che intende prendere in moglie Tzitzitlìni. Non ha detto forse, né se lei lo accetterà, né se la famiglia darà il consenso. Ha detto semplicemente che intende farlo e che lo farà».

Mia sorella si irrigidì e mi fissò. Si passò, con leggerezza, una mano sul viso, come fanno sempre le nostre donne quando accade qualcosa di inatteso. Nostro padre parve essere a disagio. Nostra madre continuò placidamente a mangiare e, altrettanto placidamente, disse: «Ne ha parlato, Mixtli, sì. Pactzin terminerà presto la scuola primaria, ma deve ancora frequentare per alcuni anni la scuola calmècac prima di poter prendere moglie».

«Non può prendere in moglie Tzitzi» dissi io. «Pactli è un essere stupido, avido, corrotto...»

Mia madre si sporse oltre il telo e mi schiaffeggiò, con forza. «Questo per avere parlato irrispettosamente del nostro futuro governatore. Chi sei tu, qual è il tuo alto rango per poter diffamare un nobile?»

Inghiottendo parole più forti, dissi: «Non sono il solo in quest'isola a sapere che Pactli è un depravato e spregevole...»

Ella mi schiaffeggiò di nuovo. «Tepetzàlan» disse a nostro padre. «Ancora una parola da questo ribelle giovanotto, e dovrai provvedere tu a castigarlo.» Poi, rivolta a me, soggiunse: «Quando il figlio pili del Signore Airone Rosso sposerà Tzitzitlìni, anche noi tutti diventeremo pìpiltin. Quali sono le *tue* grandi prospettive, senza un mestiere, e con la tua sola, inutile pretesa di studiare parole per immagini, perché tu possa apportare una simile fortuna alla tua famiglia? »

Nostro padre si schiarì la voce e disse: « Non mi importa tanto dello -tzin aggiunto ai nostri nomi, quanto della scortesia e dell'infamia. Rifiutare qualsiasi richiesta di un nobile... e soprattutto rifiutare l'onore che ci fa Pactli chiedendo la mano di nostra figlia, sarebbe un insulto per lui e per noi un'onta della quale non potremmo mai liberarci. Volendo sopravvivere, dovremmo lasciare Xaltòcan ».

« No, non voi » Tzitzi parlò per la prima volta, e con fermezza. « Me ne andrò io. Se quella bestia degenerata di Pactli... Non alzare la mano su di me, madre. Sono una donna adulta, e ti colpirei a mia volta. »

« Sei mia figlia, e questa è casa mia! » urlò nostra madre.

« Ragazzi, che cosa vi ha preso? » ci esortò nostro padre.

« Io dico soltanto questo » continuò Tzitzi. « Se Pactli mi chiederà e voi acconsentirete, né voi né lui mi vedrete mai più. Me ne andrò per sempre da quest'isola. Se non riuscirò ad avere in prestito o a rubare un'acàli, me ne andrò a nuoto. Se non riuscirò a raggiungere la terraferma, affogherò. Né Pactli né alcun altro uomo mi toccheranno mai; soltanto un uomo al quale io possa concedere *me stessa*. »

« In tutta Xaltòcan... » sibilò nostra madre « non esiste altra figlia così ingrata, così disubbidiente e tracotante, così... »

Questa volta venne tacitata da nostro padre, che disse, e lo disse con solennità: « Tzitzitlìni, se le tue parole non filiali fossero state udite fuori di queste mura, nemmeno io potrei perdonarti o evitarti il giusto castigo. Verresti spogliata e percossa e ti raperebbero il capo. Sarebbero i nostri stessi vicini a far questo, se non io, per dare un esempio ai loro figli ».

« Mi dispiace, padre » disse lei in tono fermo. « Devi scegliere. Una figlia irrispettosa o nessuna figlia. »

« Ringrazio gli dei di non dover scegliere questa sera. Come ha fatto rilevare tua madre, alcuni anni dovranno passare prima che il giovane Signore possa prendere moglie. Non parliamone più, dunque, per il momento, nell'ira o altrimenti. Molte cose possono accadere tra oggi e allora. »

Nostro padre aveva ragione. Molte cose sarebbero potuto accadere. Io non sapevo se Tzitzi avesse pensato sul serio tutto ciò che aveva detto, e non ebbi modo di domandarglielo né quella sera, né il giorno dopo. Non osammo scambiarci più di uno sguardo di preoccupazione e di desiderio di quando in quando. Ma, si fosse attenuta o meno alla sua decisione, le prospettive erano desolanti. Se fosse fuggita da Pactli, l'avrei perduta. Se avesse ceduto, rassegnandosi a sposarlo, l'avrei perduta ugualmente. Se fosse finita sul suo letto, conosceva le arti per persuaderlo che era vergine. Ma se, prima di allora, il mio comportamento avesse indotto Pactli a sospettare che un altro l'aveva conosciuta per primo — e proprio *io* tra tutti — la furia di lui sarebbe stata monumentale, la sua vendetta inconcepibile. In qualsiasi laido modo egli avesse deciso di colpirci, Tzitzi ed io saremmo stati perduti una per l'altro.

Ayya, molte cose *accaddero*, e una di esse fu questa: quando mi recai nella Casa per l'Irrobustimento, il giorno seguente al crepuscolo, trovai il mio nome e quello di Pactli sul progamma di Ghiotto di Sangue, come se la cosa fosse stata voluta da un qualche ironico dio. E quando la ñostra squadra si recò nel luogo assegnato tra gli alberi, Rifiuto degli Dei si trovava là, già nuda, distesa e pronta. Tra lo stupore di Pactli e degli altri nostri compagni, immediatamente mi strappai di dosso il perizoma e mi gettai su di lei.

Feci la cosa il più goffamente possibile, un'esibizione calcolata per far credere agli altri ragazzi che era quella la prima volta per me, e un'esibizione che, probabilmente, diede alla sgualdrina tanto poco piacere quanto a me. Allorché ritenni che il tentativo si fosse protratto abbastanza a lungo, mi accinsi a separarmi da lei, ma poi la ripugnanza prevalse e le vomitai dappertutto sulla faccia e sul corpo nudo. I ragazzi scoppiarono in una risata e, ridendo, si rotolarono a terra. Persino la miserabile Rifiuto degli Dei fu in grado di rendersi conto dell'insulto. Raccolse le vesti, coprì alla meglio con esse le proprie nudità, poi corse via e non tornò mai più.

✠

Non molto tempo dopo questo episodio, quattro altri avvenimenti di un certo rilievo si determinarono in rapida successione. O almeno così ricordo che accaddero.

Accadde che il nostro Uey-Tlatoàni Axayàcatl morì — molto giovane — per le conseguenze di ferite infertegli nelle battaglie contro i Purèmpecha — e suo fratello Tixoc, Altra Faccia, salì sul trono di Tenochtìtlan.

Accadde che io, insieme a Chimàli e a Tlatli, completai quel corso di studi consentitoci a Xaltòcan. Ero ormai considerato «istruito».

Accadde che il governatore dell'isola mandò un messaggero,

una sera, a casa nostra, per convocarmi immediatamente al suo palazzo.

E accadde che, in ultimo, fui separato da Tzitzitlìni, mia sorella e il mio amore.

Ma farò bene a riferire questi fatti con maggiori particolari nel giusto ordine del loro verificarsi.

Il cambiamento del governante non influenzò molto le vite di noi nelle province. E invero, anche a Tenochtìtlan, ben poco si ricordò, in seguito, del regno di Tixoc, a parte il fatto che, come i suoi due predecessori, egli fece continuare i lavori alla Grande Piramide man mano più alta nel Cuore dell'Unico Mondo. Tixoc aggiunse inoltre un tocco architettonico tutto suo a quella Plaza. Fece estrarre e scolpire la Pietra della Battaglia, un massiccio e basso cilindro di roccia vulcanica, che venne posto, simile a una pila di immense tortillas, tra la piramide incompiuta e il piedestallo della Pietra del Sole. La Pietra della Battaglia era alta quasi quanto un uomo e aveva un diametro di circa quattro passi. Sul suo bordo si trovavano sculture in bassorilievo di guerrieri Mexìca tra i quali spiccava lo stesso Tixoc, impegnato in combattimento e mentre catturava prigionieri. La superficie piatta della pietra serviva da piattaforma per una sorta di pubblico duello al quale molto tempo dopo, e in modo insolito, mi si sarebbe presentata l'occasione di assistere.

Di più immediato interesse per me, in quel periodo, fu il termine della mia istruzione. Non appartenendo alla nobiltà, non avevo, naturalmente, il diritto di continuare in una calmècac di studi superiori. E i miei precedenti come Malìnqui il Bernoccolo in una delle nostre scuole, e come Poyaùtla l'Avvolto nella Nebbia nell'altra, difficilmente erano stati di natura tale da indurre una delle scuole situate sulla terraferma a invitarmi a frequentarla gratuitamente.

Ad amareggiarmi in modo particolare era il fatto che, mentre invano anelavo alla possibilità di imparare qualcosa di più delle nozioni banali che i nostri tepochcàltin potevano impartirci, i miei amici Chimàli e Tlatli, ai quali non importava un fico di ricevere un'istruzione superiore, *furono* invitati entrambi da due diverse calmècactin — entrambe situate a Tenochtìtlan, la destinazione che io sognavo. Durante gli anni nella Casa per l'Irrobustimento, a Xaltòcan, si erano distinti come giocatori di thactli e come guerrieri principianti. Anche se un elegante nobiluomo avrebbe potuto sorridere delle «raffinatezze» che i due ragazzi avevano assimilato nella Casa per l'Apprendimento delle Buone Maniere, ciò nonostante essi erano riusciti a brillare anche in questo campo, disegnando costumi e scenari originali per le cerimonie celebrate nei giorni festivi.

«È un vero peccato che tu non possa venire con noi, Talpa» disse Tlatli, e parve abbastanza sincero, ma non per questo meno felice a causa della propria fortuna. «Potresti andare tu a tutte le lezioni più noiose e lasciare noi due liberi di dedicarci ai nostri studi.»

Infatti, secondo le condizioni con le quali erano stati accettati, entrambi i ragazzi, oltre a imparare dai sacerdoti calmècac sarebbero divenuti altresì gli apprendisti di artisti di Tenochtìtlan: Tlatli di un maestro scultore, Chimàli di un maestro pittore. Io ero certo che nessuno di loro due avrebbe prestato molta attenzione alle lezioni di storia, lettura, scrittura, far di conto e così via, proprio le materie cui tenevo di più. In ogni modo, prima di partire, Chimàli disse: «Ecco un dono di arrivederci per te, Talpa. Tutti i miei colori e le cannucce e i pennelli. Ne avrò di migliori in città, e a te potranno servire per esercitarti nella scrittura».

Sì, stavo continuando a studiare per mio conto le arti di leggere e di scrivere, anche se la possibilità di divenire un conoscitore delle parole sembrava ormai disperatamente remota, e il mio trasferimento a Tenochtìtlan un sogno che non si sarebbe mai avverato. Mio padre, dal canto suo, disperava ormai ch'io potessi diventare uno zelante cavatore, ed io, inoltre, ero troppo avanti negli anni per potermi limitare a sorvegliare la cava e a scacciare gli animali. Così, ormai da qualche tempo, mi stavo guadagnando il mantenimento e contribuivo a mandare avanti la famiglia lavorando come un comune garzone di fattoria.

Naturalmente, a Xaltòcan non esisteva alcunché di simile a una fattoria. Non disponevamo di sufficiente terreno superficiale arabile per i raccolti come quello del granturco, che richiede terra profonda per nutrirsi e crescere. Pertanto a Xaltòcan, come in tutte le comunità delle isole, coltivavamo la maggior parte delle verdure su quelle ampie e sempre più vaste chinàmpa, che voi denominate orti galleggianti. Ogni chinàmitl è una zattera di tronchi e rami d'albero intrecciati, ormeggiata alla sponda del lago, sulla quale si distende poi un carico dopo l'altro del suolo più fertile trasportato dalla terraferma. Man mano che le piante diffondono le loro radici, una stagione dopo l'altra, e man mano che le nuove radici si intrecciano con quelle vecchie, esse finiscono, in ultimo, con il fare presa sul fondo del lago, tenendo saldamente la zattera sul posto. Altri orti vengono allora predisposti e ormeggiati lì accanto. Ogni isola abitata in tutti i laghi, compresa Tenochtìtlan, ha un ampio anello, o un'ampia frangia, di questi chinàmpa. Su alcune delle isole più fertili è difficile discernere dove finisca la terra creata da Dio e dove comincino i campi creati dall'uomo.

Non occorre più della vista di una talpa o dell'intelletto di una talpa per coltivare questi orti, per cui io coltivavo quelli appartenenti alla mia famiglia e ai nostri vicini nella nostra parte dell'isola. Il lavoro non era impegnativo; disponevo di tempo libero in abbondanza. Lo impiegavo — e impiegavo il dono di Chimàli — disegnando parole mediante immagini, abituandomi a rendere i simboli complicati più semplici, più stilizzati, di dimensioni più piccole. Per quanto la cosa potesse sembrare improbabile, continuavo a nutrire la segreta speranza che quell'istruzione impartita a me stesso potesse migliorare le mie sorti nella vita. Sorrido di compatimento, adesso, ricordandomi adolescente, seduto su una zattera di terriccio, tra il granturco, i fagioli e i chili che stavano germogliando — e i fetidi fertilizzanti costituiti da visceri di animali e da teste di pesci — mentre scribacchiavo per esercitarmi e sognavo sogni maestosi.

Ad esempio, mi trastullavo con l'ambizione di diventare un mercante girovago pochtèca, e di poter viaggiare, così, nelle regioni dei Maya, ove alcuni medici facitori di miracoli mi avrebbero ridato la vista, e ove, nel frattempo, sarei diventato ricco grazie alla mia scaltra abilità nel commerciare. Oh, escogitai un gran numero di progetti per fare, di un insignificante quantitativo di mercanzie, un patrimonio torreggiante, progetti ingegnosi ai quali, ne ero certo, nessun mercante aveva mai pensato nei tempi passati. Il solo ostacolo che si frapponesse al successo garantito — come Tzitzi mi faceva rilevare con tatto quando le confidavo alcune delle mie idee — consisteva nel fatto che non possedevo neppure il minimo capitale necessario, secondo i miei calcoli, per cominciare.

E poi, un pomeriggio, al termine della giornata di lavoro, uno dei messaggeri del Signore Airone Rosso apparve alla porta di casa nostra. Indossava un mantello di colore neutro, che significava notizie né buone né cattive, e disse educatamente a mio padre: «Mixpantzìnco».

«Ximopanòlti» rispose mio padre, invitandolo con un gesto ad entrare.

Il giovane, che aveva all'incirca la mia stessa età, mosse un solo passo all'interno della casa e disse: «Il Tecùtli Tlauquècloltzin, mio e vostro padrone, richiede la presenza al palazzo di tuo figlio Chicòme-Xochitl Tlilèctic-Mixtli».

Mio padre e mia sorella parvero stupiti e sconcertati. Come me, ritengo. Ma non mia madre. Ella gemette: «*Iya ayya*, sapevo che il ragazzo avrebbe un giorno offeso i nobili o gli dei o...»

Poi si interruppe per domandare al messaggero: «Quale guaio ha combinato Mixtli? Non è affatto necessario che il Signore Airone Rosso si prenda il disturbo di frustarlo o di fargli qualsiasi altra cosa venga decretata. Provvederemo volentieri noi stessi al castigo».

«Non mi risulta che qualcuno abbia fatto qualcosa» rispose il messaggero, adocchiandola sospettosamente. «Io posso soltanto eseguire l'ordine. Condurlo con me senza indugi.»

Ed io, senza indugi, lo accompagnai, preferendo qualsiasi cosa potesse aspettarmi al palazzo, a qualsiasi cosa potesse aver concepito l'immaginazione di mia madre. Ero curioso, sì, ma non riuscivo a farmi venire in mente alcun motivo per tremare. Se la convocazione fosse giunta prima, avrei temuto che il maligno Pactli potesse avere inventato qualche accusa contro di me. Ma il giovane Signore se n'era andato due o tre anni prima, in una camèlcac di Tenochtìtlan che accettava soltanto i rampolli di famiglie di governanti, destinati a governare essi stessi. Pactli, successivamente, aveva fatto ritorno a Xaltòcan soltanto per brevi vacanze scolastiche. In tali occasioni era venuto a far visite a casa nostra, ma sempre durante le ore lavorative, quando io non mi trovavo lì, per cui non lo avevo più veduto dai tempi in cui ci eravamo fuggevolmente divisi Rifiuto degli Dei.

Il messaggero rimase rispettosamente alcuni passi dietro di me quando io entrai nella sala del trono del palazzo e mi chinai per compiere il gesto di baciare la terra. Accanto al Signore Airone Rosso sedeva un uomo che non avevo mai veduto prima di allora nell'isola. Sebbene lo sconosciuto occupasse una sedia più bassa, com'era opportuno, sminuiva notevolmente la consueta aria di importanza del nostro governatore. Anche la mia vista da talpa riuscì a notare che indossava un vivido mantello di piume e che sfoggiava ornamenti di una ricchezza quale nessun nobiluomo di Xaltòcan poteva ostentare.

Airone Rosso disse al visitatore: «La richiesta era: fare di lui un uomo. Bene, le nostre Case per l'Irrobustimento e per l'Apprendimento delle Buone Maniere hanno fatto tutto il possibile. Eccolo».

«Mi è stato ordinato di sottoporlo a una prova» disse lo sconosciuto. Tirò fuori un piccolo rotolo di carta di corteccia e me lo porse.

«Mixpantzìnco» dissi a entrambi i nobili, prima di srotolarlo. Non vi figurava nulla che potessi riconoscere come un testo; soltanto una singola fila di parole per immagini, e le avevo già vedute.

«Sai leggerlo?» domandò lo sconosciuto.

«Ho dimenticato di accennare a questo» disse Airone Rosso,

come se fosse stato lui stesso a insegnarmi. «Mixtli può leggere alcuni semplici segni con una buona misura di comprensione.»

Dissi: «Questo posso leggerlo, miei signori. Dice...»

«Non importa» mi interruppe lo sconosciuto. «Limitati a dirmi: che cosa significa la faccia dal becco d'anatra?»

«Ehècatl, il vento, mio signore.»

«Niente altro?»

«Ecco, mio signore, insieme all'altra figura, le palpebre chiuse, significa vento notturno. Ma...»

«Sì? Parla, giovanotto.»

«Se il mio signore vuole scusare l'impertinenza, questa figura non rappresenta un becco d'anatra. È la tromba del vento attraverso la quale il dio dei venti...»

«Basta così.» Lo straniero si rivolse ad Airone Rosso. «È lui, signor governatore. Ho il tuo permesso, allora?»

«Ma certo, ma certo» disse Airone Rosso, molto ossequiosamente. Poi, rivolgendosi a me, soggiunse: «Questi è il Signore Forte Osso, Donna Serpente di Nezahualpìli, Uey-Tlatoàni di Texcòco. Il Signore Forte Osso ti porta l'invito personale del Riverito Oratore di andare a risiedere e a studiare e a servire nella corte di Texcòco».

«Texcòco!» esclamai. Non vi ero mai stato, né ero mai stato in alcun luogo della regione Acòlhua. Non conoscevo nessuno, laggiù, né alcun Acòlhua poteva mai aver sentito parlare di me... non certamente il Riverito Oratore Nezahualpìli, che, in tutte quelle terre, era secondo, per potere e prestigio, soltanto a Tixoc, lo Uey-Tlatoàni di Tenochtìtlan. Ero talmente allibito che, senza riflettere, e ineducatamente, esclamai: «*Perché?*»

«Non è un ordine» disse in tono brusco la Donna Serpente di Texcòco. «Sei invitato, e puoi accettare o rifiutare. Ma non sei stato invitato per porre domande sull'offerta.»

Farfugliai qualche parola di scusa, e il Signore Airone Rosso venne in mio aiuto, dicendo: «Scusa il giovane, mio signore. Sono certo che egli sia perplesso quanto lo sono stato io da parecchi anni a questa parte... per il fatto che un personaggio altolocato come Nezahualpìli ha degnato della sua attenzione proprio questo ragazzo tra tanti macehuàltin».

La Donna Serpente si limitò a grugnire, e pertanto Airone Rosso continuò: «Non mi è mai stato spiegato in alcun modo l'interessamento del tuo padrone per questo particolare individuo della gente comune, ed io mi sono astenuto dal porre domande. Naturalmente, ricordo il tuo precedente governante, quell'albero dalla grande ombra, il savio e cortese Coyote che si Affretta, e rammento come fosse solito viaggiare solo nell'Unico Mondo, senza farsi riconoscere, alla ricerca di persone stimabili che meritassero i suoi favori. L'illustre figlio di lui, Nezahualpìlli, segue forse le stesse benevole orme del padre? E, se è così, che cosa vide, in nome del cielo, nel nostro giovane suddito Tlìlèctic-Mixtli?»

«Non posso dirlo, Signore Governatore.» Il tono dell'altero nobile, nei confronti di Airone Rosso, fu quasi di brusco rimprovero, come quando si era rivolto a me. «Nessuno pone domande sugli impulsi e le intenzioni del Riverito Oratore. Nemmeno io, la sua Donna Serpente. E ho altri compiti da assolvere oltre ad aspettare che un irresoluto adolescente decida se è disposto ad accettare un prodigioso onore. Io farò ritorno a Texcòco, giovanotto, domani allo spuntare di Tezcatlipòca. Verrai con me o no?»

«Verrò, naturalmente, mio signore» risposi. «Devo soltanto metter insieme qualche indumento, alcuni fogli, alcuni colori. A meno che debba portare qualcosa di particolare?» Aggiunsi audacemente queste parole, nella speranza di potergli strappare un accenno al *perché* dovevo partire, e alla *durata* della mia assenza.

Egli si limitò a rispondere: «Tutto il necessario ti verrà fornito».

Airone Rosso disse: «Trovati qui, sul pontile del palazzo, Mixtli, al sorgere di Tonatìu».

Il Signore Forte Osso sbirciò, gelido, dapprima il governatore, poi me, e disse: «Farai bene ad abituarti, giovanotto, a chiamare il dio sole Tezcatlipòca, d'ora in poi».

Da ora e *per sempre*? mi domandai, mentre mi affrettavo a tornare a casa, solo. Stavo per divenire un Acòlhuatl adottivo per il resto della mia vita, e un convertito agli dei Acòlhua?

Quando riferii alla mia famiglia in attesa che cosa era accaduto, mio padre esclamò, eccitato: «Vento Notturno! Proprio come ti dissi io, figlio mio Mixtli! Fu il dio Vento Notturno colui che incontrasti sul tuo cammino anni fa. E sarà Vento Notturno, adesso, a soddisfare il desiderio del tuo cuore».

Tzitzi sembrava preoccupata e disse: «Ma se fosse un'astuzia? Se per caso a Texcòco dovessero semplicemente necessitare di uno xochimìqui di una certa età e di una certa statura, per qualche particolare sacrificio...?»

«No» intervenne, brusca, nostra madre. «Mixtli non è abbastanza bello, o aggraziato, o virtuoso, per essere stato particolarmente prescelto in vista di una qualsiasi cerimonia che io conosca.» Si espresse come se fosse irritata perché quella situazione era stata sottratta al suo imperio. «Ma senza dubbio v'è qualcosa di sospetto in tutto ciò... Rovistando tra le parole dipinte e oziando nel chinàmpa, Mixtli non può aver fatto niente per at-

127

trarre l'attenzione sia pure di un mercante di schiavi, e tanto meno di una corte regale. »

Osservai: «Dalle parole pronunciate a palazzo, e dall'esempio di scrittura che aveva il Signore Forte Osso, credo di poter dedurre alcune cose. Quella notte al crocicchio non mi imbattei in alcun dio, ma in un viaggiatore Acòlhuatl, forse in un cortigiano dello stesso Nezahualpìli, mentre noi ci limitammo a supporre che fosse Vento Notturno. Durante gli anni trascorsi da allora, anche se non conosco il perché, da Texcòco sono stato tenuto d'occhio. In ogni modo, sembra ora che io debba frequentare una calmècac a Texcòco, ove mi insegneranno l'arte della conoscenza delle parole. Diventerò uno scrivano, come ho sempre desiderato. O almeno» conclusi, con una spallucciata, «questo è ciò che io suppongo. »

«E chiami tutto questo una coincidenza?» disse mio padre, severamente. «È altrettanto probabile, figlio Mixtli, che tu abbia davvero incontrato Vento Notturno, scambiandolo per un mortale. Gli dei, come gli uomini, possono viaggiare camuffati e non riconosciuti. E l'incontro è stato proficuo per te. Non sarebbe male ringraziare Vento Notturno. »

«Hai ragione, padre Tepetzàlan. Così farò. Sia stato o meno, Vento Notturno, direttamente coinvolto, egli è, quando vuole, colui che esaudisce i desideri del cuore, e quanto sta per accadere è il desiderio del mio cuore. »

«Ma soltanto uno dei desideri del mio cuore» dissi a Tzitzi, quando infine potemmo restare soli per un momento. «Come posso abbandonare il suono dei campanellini tintinnanti? »

«Se hai un po' di buon senso, te ne andrai di qui danzando e lanciando grida di gioia» disse lei, con una praticità tutta femminile, ma senza alcuna percettibile inflessione di allegria nella voce. «Non puoi trascorrere tutta la vita strappando erbacce, Mixtli, e inventandoti futili ambizioni, come quella di divenire un mercante. Comunque possa essere accaduto tutto ciò, hai ora un avvenire, un avvenire più luminoso di quello che sia mai stato offerto a qualsiasi macehuàli di Xaltòcan. »

«Ma se Vento Notturno, o Nezahualpìli, o chiunque altro sia stato hanno potuto dirigere un'occasione dalla mia parte, potrebbero esservene altre, ancora migliori. Ho sempre sognato di andare a Tenochtìtlan, non a Texcòco. Posso ancora rifiutare l'offerta — lo ha detto il Signore Forte Osso — e posso aspettare. Perché non dovrei? »

«Perché possiedi buon senso, Mixtli. Mentre mi trovavo ancora nella Casa per l'Apprendimento delle Buone Maniere, la Maestra delle ragazze ci disse che Tenochtìtlan può essere il forte braccio della Triplice Alleanza, ma che Texcòco ne è la mente. Non esistono soltanto pompa e potere alla corte di Nezahualpìli. V'è là un lungo retaggio di poesia e cultura e saggezza. La Maestra disse inoltre che, di tutte le terre ove si parla il nàhuatl, il popolo di Texcòco è quello che parla la forma più pura della nostra lingua. Quale destinazione migliore per chi aspira a divenire uno studioso? Devi andare, e andrai. Inoltre, se davvero godi della protezione del Riverito Oratore, chi può sapere quali grandi progetti egli abbia per te? Quando parli della possibilità di rifiutare l'invito, sai benissimo di dire assurdità.» Ella abbassò la voce. «E soltanto a causa mia.»

«A causa di noi due.»

Tzitzi sospirò. «Dovevamo crescere, prima o poi.»

«Ho sempre sperato che saremmo cresciuti insieme.»

«Possiamo ancora e sempre sperare. Tornerai qui in occasione delle festività. Allora potremo stare insieme. E quando avrai terminato gli studi, be', potrai forse diventare ricco e potente. Potresti diventare Mixtzin, e un nobile può sposare chiunque egli voglia.»

«Spero di diventare un abile conoscitore delle parole, Tzitzi. Questa è un'ambizione sufficiente per me. E pochi scrivani sono in grado di fare qualcosa che dia loro il diritto allo -tzin.»

«Be'... forse ti manderanno a lavorare in qualche lontana provincia Acòlhua ove non sarà noto che tu hai una sorella. Non dovrai fare altro che mandarmi a chiamare, ed io verrò. La sposa da te prescelta nella tua isola natia.»

«Ma questo potrebbe essere soltanto tra molti anni» protestai. «E tu ti stai già avvicinando all'età del matrimonio. Nel frattempo, anche il maledetto Pactli tornerà a Xaltòcan per le vacanze. Tu sai bene che cosa vuole, sai che quanto vuole pretende, e che quanto pretende non può essergli negato.»

«Negato no, ma rinviato forse» disse lei. «Farò del mio meglio per scoraggiare il Signore Pactli. Ed egli sarà forse meno insistente nelle sue pretese» Tzitzi mi sorrise coraggiosamente «ora che io avrò un parente e un protettore alla più potente corte di Texcòco. Dunque vedi? Devi andare.» Il suo sorriso divenne tremulo. «Gli dei hanno disposto che noi dobbiamo separarci per qualche tempo, allo scopo di non dover essere separati per sempre.» Poi il sorriso si attenuò, scomparve, ed ella pianse.

L'acàli del Signore Forte Osso era di mogano, riccamente scolpita, coperta da una tenda frangiata, decorata con gli emblemi di giada e con i vessilli di piume che proclamavano il suo rango. Superò la città di Texcòco sulla sponda del lago — quella che voi spagnoli chiamate adesso San Antonio de Padua — e proseguì, per circa una lunga corsa più a sud, verso una collina di altezza media che si levava direttamente dalle acque del lago. «Texcotzìnco» disse la Donna Serpente, la prima parola che mi avesse rivolto nel corso dell'intera traversata mattutina da Xaltòcan. Socchiusi le palpebre per scrutare la collina, poiché sull'altro lato di essa si trovava la dimora di campagna di Nezahualpìli.

La grande canoa scivolò verso un pontile solidamente costruito, i rematori sollevarono le pagaie, e il timoniere balzò a terra per ormeggiarla. Aspettai che il Signore Forte Osso venisse aiutato a sbarcare dai suoi uomini, poi mi arrampicai io stesso sul pontile, con il cesto di vimini nel quale avevo riposto le mie cose. Laconica, la Donna Serpente additò una scalinata di pietra che, dal pontile, tortuosamente saliva su per il pendio della collina, e disse: «Da quella parte, giovanotto», le sole altre parole rivoltemi quel giorno. Esitai, domandandomi se la cortesia non mi imponesse di aspettare, ma Forte Osso stava sorvegliando i suoi uomini intenti a scaricare dall'acàli tutti i doni inviati dal Signore Airone Rosso allo Uey-Tlatoàni Nezahualpìli. Così mi issai su una spalla la cesta e arrancai, solo, su per i gradini.

Alcuni di essi — blocchi di pietra lavorata — erano stati disposti dall'uomo, altri semplicemente scavati nella viva roccia della collina. Dopo il tredicesimo gradino trovai un ampio pianerottolo di pietra ove si trovavano una panchina per riposare e la statuetta di un qualche dio che non riuscii a riconoscere; la rampa successiva saliva ad angolo da quel pianerottolo. Altri tredici gradini, e di nuovo un pianerottolo. Così continuai a zigzagare su per la collina, e poi, al cinquantaduesimo gradino, venni a trovarmi su una terrazza, vasta e piana, scavata nel pendio; vi abbondavano fiori multicolori di un lussureggiante giardino. Quel cinquantaduesimo gradino mi aveva portato dinanzi a un vialetto lastricato in pietra che io seguii nel suo comodo serpeggiare tra aiuole fiorite, sotto splendidi alberi, al di là di ruscelletti tortuosi e di gorgoglianti cascatelle, finché il sentiero stesso ridivenne una scala. Di nuovo tredici gradini e di nuovo un pianerottolo con una panchina e una statua...

Il cielo era andato annuvolandosi da qualche tempo, e a questo punto venne la pioggia, nel solito modo dei giorni della nostra stagione piovosa... un temporale che sembrava la fine del mondo: molte saette pluriforcute, un tambureggiare di tuoni, e un diluvio che sembrava non dovere aver mai fine. Eppure terminò, dopo non più tempo di quello che un uomo avrebbe potuto impiegare per un piacevole pisolino pomeridiano; in tempo perché Tonatìu, o Tezatlipòca, splendesse di nuovo su un mondo bagnato e scintillante, lo facesse fumigare, e di nuovo lo prosciugasse e lo riscaldasse prima del tramonto. Quando la pioggia cominciò, io mi ero già riparato su uno dei pianerottoli la cui panca era protetta da un tetto di paglia. Aspettando che il temporale terminasse, meditai sul significato numerico della gradinata zigzagante e l'ingegnosità di chi l'aveva progettata mi indusse a un sorriso.

Come voi uomini bianchi, noi in queste terre ci attenevamo a un calendario annuo basato sul sole che attraversa il cielo. Così il nostro anno solare, al pari del vostro, consisteva di trecentosessantacinque giorni, e noi ci servivamo di quel calendario a tutti i fini normali: esso ci diceva quando si dovevano seminare determinati semi, quando ci si doveva aspettare la stagione delle piogge, e così via. Dividevamo quell'anno solare in diciotto mesi di venti giorni ciascuno, più i nemontèmtin — i « giorni senza vita », i « giorni vuoti » — i cinque giorni necessari per completare i trecento e sessanta e cinque dell'anno.

Tuttavia, osservavamo anche un altro calendario, basato non già sulle escursioni del sole durante il giorno, ma sull'apparizione notturna della vivida stella alla quale avevamo dato il nome del nostro antico dio Quetzalcòatl, o Serpente Piumato. A volte Quetzalcòatl serviva come Fiore Successivo, che splendeva immediatamente dopo il tramonto; altre volte si spostava sul lato opposto del cielo, ove diveniva l'ultima stella visibile all'alzarsi del sole, che cancellava tutte le altre. Uno qualsiasi dei nostri astronomi potrebbe spiegarvi tutto ciò con nitidi disegni, ma io non sono mai stato molto abile in astronomia. So, tuttavia, che i movimenti delle stelle non sono casuali come possono apparire, e che il nostro calendario cerimoniale era basato, in qualche modo, sui moti della stella cui avevamo dato il nome di Quetzalcòatl. Quel calendario era utile anche alla nostra gente comune, per dare un nome ai bambini quando nascevano. I nostri storici e i nostri scrivani se ne servivano per datare gli accadimenti importanti e la durata dei regni dei nostri governanti. Quel che più conta, i veggenti lo utilizzavano per divinare il futuro, per porre in guardia contro imminenti calamità, per scegliere i giorni fausti nei quali iniziare imprese di grande momento.

Nel calendario divinatorio, ogni anno conteneva duecento e sessanta giorni, giorni che avevano nome attribuendo i numeri da uno a tredici ai venti segni tradizionali: coniglio, canna, coltello, e così via... e ciascun anno solare veniva esso stesso chiamato con il numero e il segno cerimoniali del suo primo giorno. Come potete arguire, i nostri calendari solare e rituale non facevano che sovrapporsi, e uno di essi restava indietro rispetto all'altro, o lo precedeva. Ma se vi darete la pena di eseguire il necessario calcolo, constaterete che si equilibravano con un uguale numero di giorni dopo cinquanta e due dei comuni anni solari. L'anno della mia nascita era denominato Tredicesimo Coniglio, ad esempio, e nessun anno successivo ebbe quello stesso nome fino al compimento del mio cinquantaduesimo.

Così, per noi, cinquanta e due era un numero significativo — un covone di anni, lo chiamavamo — poiché quei tanti anni erano simultaneamente riconosciuti da entrambi i calendari, e poiché quei tanti anni erano più o meno quanto l'uomo, in media, poteva aspettarsi di vivere, a parte gli incidenti, le malattie o la guerra. La scalinata di pietra che saliva tortuosa su per la Collina Texcotzìnco, con i tredici gradini tra i pianerottoli, denotava i tredici numeri rituali, e con i cinquantadue gradini fra le terrazze denotava un covone di anni. Quando io giunsi infine sulla cima del colle avevo contato cinquecento e venti gradini. Complessivamente, stavano a rappresentare due degli anni cerimoniali di duecento e sessanta giorni ciascuno, e, analogamente, rappresentavano dieci covoni di cinquanta e due anni. Sì, era ingegnosissimo.

Quando la pioggia cessò, continuai a salire. Non salii su per tutto il resto di quelle scale con un'unica corsa a testa bassa, anche se sono certo che vi sarei riuscito, a quei tempi della mia energia giovanile. Mi soffermai su ognuno dei rimanenti pianerottoli, ma soltanto quanto bastava per accertare se sarei riuscito a riconoscere il dio o la dea la cui statua là si trovava. Ne conoscevo forse una metà: Tezcatlipòca, il sole, massima divinità degli Acòlhua; Quetzalcòatl, del quale ho già parlato; Ometecùli e Omecìuatl, la Coppia del nostro Signore e della nostra Signora...

Mi soffermai più a lungo nei giardini. Sulla terraferma il suolo era vasto, lo spazio illimitato, e Nezahualpìli amava evidentemente i fiori, i fiori dappertutto. I giardini sui pendii della collina erano disposti in aiuole ordinate, ma le terrazze non erano delimitate da muri. Pertanto i fiori traboccavano generosamente oltre gli orli, e le varietà rampicanti scendevano, con le loro vivide corolle, sin quasi alla terrazza sottostante. So che vidi ogni fiore da me precedentemente veduto nella mia esistenza, oltre a innumerevoli specie mai viste, e molte di queste ultime dovevano essere state fatte arrivare costosamente da paesi lontani. Mi resi conto inoltre, a poco a poco che le numerose vasche di ninfee, i laghetti dai luminosi riflessi, i vivai di pesci, i ruscelletti chiocciolanti e le cascatelle, erano tutto un sistema d'acque alimentato, grazie alla forza della gravità, da qualche sorgente in cima alla collina.

Se anche il Signore Forte Osso stava salendo dietro di me, non lo vidi mai. Ma, su uno dei più alti giardini a terrazza, mi imbattei in un altro uomo, che oziava su una panchina di pietra. Mentre mi avvicinavo quanto bastava per vederlo con chiarezza — la pelle rugosa color marrone come una noce di cacao, il lacero perizoma che era il suo unico indumento — ricordai di averlo già incontrato. Egli si alzò, per quanto glielo consentiva il suo corpo ingobbito e rattrappito. Ero diventato più alto di lui.

Gli rivolsi il tradizionale e compìto saluto, ma poi dissi, probabilmente in un tono più rude di quanto avessi voluto: «Credevo che tu fossi un mendicante Tlaltelòlco, vecchio. Che cosa fai qui?»

«Un uomo senza casa si trova a suo agio ovunque nel mondo» disse lui, come se si trattasse di qualcosa di cui andar fieri. «Mi trovo qui per darti il benvenuto nel paese degli Acòlhua.»

«Tu!» esclamai, poiché il grottesco ometto sembrava, in quel giardino lussureggiante, un'escrescenza, ancor più di quanto lo fosse sembrato tra la pittoresca folla del mercato.

«Ti aspettavi forse di essere accolto dal Riverito Oratore in persona?» egli domandò, con un sorriso beffardo che scoprì vuoti tra i denti. «Benvenuto nel palazzo di Texcotzìnco, giovane Mixtli. O giovane Tozàni, giovane Malìnqui, giovane Poyaùtla, come preferisci.»

«Molto tempo fa conoscevi il mio nome. Ora conosci tutti i miei soprannomi.»

«Un uomo che ha il talento di saper ascoltare può udire anche cose non ancora espresse. Avrai ancora altri nomi nel tempo a venire.»

«Sei davvero un veggente, allora, vecchio?» domandai, echeggiando, inconsciamente, le parole pronunciate anni prima da mio padre. «Come sapevi che sarei venuto qui?»

«Ah, la tua venuta qui» disse lui. «Mi vanto di aver avuto una piccola parte nel predisporla.»

«Allora sai molte cose più di me. Ti sarei grato se volessi darmi qualche spiegazione.»

«Sappi, allora, che non ti avevo mai veduto prima di quel giorno a Tlaltelòlco, quando udii dire che era il tuo onomastico. Per mera curiosità colsi l'occasione e ti osservai da vicino. Quando esaminai i tuoi occhi, vi scorsi l'imminente e crescente perdita della vista da lontano. Trattasi di un'afflizione sufficientemente rara per far sì che la tipica forma del globo oculare malato consenta una facile diagnosi. Fui in grado di predire con certezza che eri destinato a vedere le cose vicine e vere.»

«Dicesti anche che avrei parlato veridicamente di quelle cose.»

Egli alzò le spalle. «Sembravi abbastanza sveglio, per un marmocchio, da consentire di predirti con sicurezza che saresti diventato passabilmente intelligente. Un uomo che è costretto dalla vista debole a osservare da vicino ogni cosa a questo mondo, e a osservarla con buon senso, è inoltre, di solito, propenso a descrivere il mondo quale esso è realmente.»

«Sei uno scaltro, vecchio imbroglione» dissi sorridendo. «Ma che cosa ha a vedere, tutto ciò, con il fatto che sono stato convocato a Texcòco?»

«Ogni Capo di Stato, ogni principe, ogni governatore sono circondati da collaboratori servili e da uomini savi, ma arrivisti, i quali dicono ciò che i capi vogliono udire, o ciò che loro vogliono far udire. Un uomo che dica soltanto il vero è una rarità tra i cortigiani. Io ritenni che tu saresti diventato tale rarità, e che le tue capacità sarebbero state meglio apprezzate a una corte alquanto più nobile di quella di Xaltòcan. Pertanto, lasciai cadere una parola qua e là...»

«E tu» dissi io, incredulo, «godi dell'ascolto di un uomo come Nezahualpìli?»

Egli mi scoccò un'occhiata che, in qualche modo, mi fece sentire di nuovo molto più piccolo di lui. «Ti dissi molto tempo fa — e non l'ho forse dimostrato già? — che anch'io parlo veridicamente, e a mio svantaggio, mentre potrei facilmente atteggiarmi a onnisciente messaggero degli dei. Nezahualpìli non è cinico come te, giovane Talpa. Egli ascolta anche il più umile degli uomini, se quell'uomo dice il vero.»

«Mi scuso» dissi, dopo un momento. «Dovrei ringraziarti, vecchio, non dubitare di te. E ti sono sinceramente grato per...»

Respinse la mia gratitudine con un gesto. «Non l'ho fatto soltanto per te. Di solito traggo ogni vantaggio dalle mie scoperte. Limitati a fare in modo di rendere fedeli servigi allo Uey-Tlatoàni, e ci saremo meritati entrambi la ricompensa. Ora va'.»

«Ma dove devo andare? Nessuno me lo ha detto, nessuno mi ha spiegato a chi devo presentarmi. O dovrei semplicemente arrivare in cima a questa collina e sperare di essere riconosciuto?»

«Sì. Il palazzo si trova dall'altro lato, e tu sei atteso. Se poi lo stesso Oratore ti riconoscerà, quando vi incontrerete, non saprei dirtelo.»

«Non ci siamo *mai* visti» mi lagnai. «Non è possibile che ci riconosciamo.»

«Oh? Be', ti consiglio di ingraziarti Tolàna-Tecìuapil, la Dama di Tolan, poiché ella è la prediletta tra le sette mogli di Nazahualpìli. L'ultima volta che le contai, egli aveva inoltre quaranta concubine. Pertanto là al palazzo vi sono circa sessanta tra figli e figlie del Riverito Oratore. Dubito che anche lui sappia esattamente quanti sono. Potrebbe scambiarti per il frutto dimenticato di uno dei suoi vagabondaggi in paesi stranieri, un figlio tornato soltanto adesso. Ma verrai accolto in modo ospitale, Talpa, non temere.»

Mi voltai, poi tornai a girare sui calcagni. «Non potrei prima rendermi in qualche modo utile a te, venerando? Forse potrei aiutarti a salire in cima alla collina?»

Egli disse: «Ti ringrazio per la gentile offerta, ma indugerò qui ancora per qualche tempo. È preferibile che tu salga e superi la cima della collina da solo, poiché dall'altro lato ti aspetta tutto il resto della tua vita».

Queste parole avevano un suono portentoso, ma io vi scorsi una piccola pecca e sorrisi della mia perspicacia. «Senza dubbio la vita mi aspetta ugualmente, ovunque possa recarmi da qui, e sia che vada solo o meno.»

L'uomo color cacao sorrise a sua volta, ma ironicamente. «Sì, alla tua età aspettano molte possibili vite. Puoi andare in qualsiasi direzione tu voglia. Puoi andare solo o in compagnia. I compagni possono seguirti per un lungo o per un breve tratto. Ma, al termine della tua vita, per quanto gremite possano esserne state le strade e le giornate, avrai imparato ciò che tutti debbono imparare. E sarà ormai troppo tardi per ricominciare daccapo, troppo tardi per qualsiasi cosa tranne i rimpianti. Quindi impara adesso. Nessun uomo ha ancora mai vissuto più di una vita, e quella vita l'ha sempre scelta lui stesso, e l'ha vissuta quasi sempre solo.» Si interruppe e mi fissò negli occhi. «Sentiamo, allora, Mixtli, in quale direzione andrai da qui, e in quale compagnia?»

Mi voltai di nuovo e proseguii su per la collina, solo.

IHS

✠

S.C.C.M.

Alla Sacra, Cesarea e Cattolica Maestà,
l'Imperatore Don Carlos, Nostro Sovrano:

Virtuosissima Maestà, nostro sagace Monarca: dalla Città di
Mexìco, capitale della Nuova Spagna, in questa Festa, nell'anno di Nostro Signore mille cinquecento venti e nove, saluti.

Con il cuore greve, ma la mano sottomessa, il vostro cappellano, una volta di più, inoltra alla Maestà Imperiale Vostra, come
di nuovo gli è stato ordinato, un'altra parte degli scritti dettati
fino ad oggi dall'Azteco qui residente, o Asmodeus, come il servo di Vostra Maestà è sempre più propenso a pensare a lui.
Questo umile uomo di chiesa può comprendere l'ironico commento della Maestà Vostra, che la cronaca dell'Indio è « di gran
lunga più illuminante delle fanfaronate che ascoltiamo senza
posa dal di recente nominato Marquès, lo stesso Señor Cortés,
che attualmente ci favorisce con la presenza sua a Corte ». E anche un Vescovo afflitto e imbronciato può rendersi conto dell'i-
ronica allusione di Vostra Maestà, quando scrivete « le comunicazioni dell'Indio sono le prime da noi ricevute dalla Nuova
Spagna che *non* mirino a ottenere un titolo, o la concessione di
una vasta distesa delle terre conquistate, o un prestito ».
Ma, Sire, noi rimaniamo allibiti quando ci riferite che la Vostra stessa Regale Persona *e i cortigiani vostri* sono « completamente rapiti e affascinati dalla lettura a voce alta di queste pagine ». Confidiamo di non prendere alla leggera i nostri doveri
quali sudditi della Eminentissima Maestà Vostra, ma i nostri altri sacri giuramenti ci obbligano a porvi in guardia con la massima solennità, *ex officio et de fides*, contro ogni altra indiscrimi-
nata divulgazione di questo osceno racconto.
Vostra Maestà è astuta e difficilmente può non aver notato
come le precedenti pagine si siano riferite — con noncuranza,
senza rimorso e pentimento — a peccati quali l'omicidio, l'in-
fanticidio, il suicidio, l'antropofagia, l'incesto, il meretricio, la
tortura, l'idolatria e la violazione del Comandamento che impo-

ne di onorare il padre e la madre. Se, come è stato detto, i peccati di ognuno di noi sono ferite della nostra anima, l'anima di questo Indio deve sanguinare da ogni poro.

Ma, nell'eventualità che le insinuazioni più astute fossero in qualche modo sfuggite all'attenzione della Maestà Vostra, consentiteci di far rilevare che lo scurrile Azteco ha osato insinuare come il suo popolo vanti una qualche vaga discendenza da una coppia di Nostro Signore e Nostra Signora, una parodia pagana di Adamo ed Eva. Egli insinua inoltre che *noi Cristiani stessi* siamo idolatri e adoriamo un intero pantheon paragonabile alla brulicante schiera di demoni adorata dal popolo suo. Con altrettanta empietà egli ha lasciato capire che Santi Sacramenti quali il Battesimo e l'Assoluzione mediante la Confessione, e persino la richiesta della Grazia prima del pasto, venivano osservati in queste terre, antecedentemente e indipendentemente da qualsiasi conoscenza di Nostro Signore e della concessione Sua dei Sacramenti. Forse il più laido dei suoi sacrilegi consiste nell'asserire, come Vostra Maestà leggerà tra non molto, che uno dei precedenti governanti pagani di questi popoli *nacque da una vergine*!

In questa più recente lettera, la Maestà Vostra pone incidentalmente una domanda. Sebbene noi stessi abbiamo ascoltato di quando in quando la storia dell'Indio — e anche se continueremo ad essere presenti, tempo permettendo, allo scopo di porgli domande specifiche o di chiedergli chiarimenti su alcuni dei suoi commenti che abbiamo letto — dobbiamo deferentemente ricordare a Vostra Maestà che il Vescovo del Mexìco ha altri pressanti doveri, i quali gli impediscono di verificare o di smentire personalmente le vanterie e le asserzioni di questo fanfarone.

Tuttavia, la Maestà Vostra chiede delucidazioni concernenti una delle più oltraggiose asserzioni di lui, e noi sinceramente ci auguriamo che la richiesta sia soltanto un altro dei divertenti lazzi del nostro gioviale Sovrano. In ogni modo, dobbiamo rispondere: No, Sire, nulla sappiamo delle proprietà che l'Azteco attribuisce alla radice denominata barbasco. Non possiamo confermare che essa «varrebbe il proprio peso in oro» quale prodotto per il commercio spagnolo. Nulla sappiamo a proposito del fatto che «taciterebbe le chiacchiere delle dame di Corte». L'insinuazione stessa che Nostro Signore Iddio possa aver creato un vegetale efficace nell'evitare il concepimento della vita umana cristiana ripugna alla nostra sensibilità ed è un affronto a...

Perdonate la macchia d'inchiostro, Sire. La nostra agitazione influenza la mano che impugna la penna. Ma *satis superque*...

Come dispone Vostra Maestà, i frati e il giovane fratello laico continueranno a riempire queste pagine finché — con il tempo, così preghiamo — la Maestà Vostra ordinerà che esonerati siano da un così penoso dovere. O fino a quando essi stessi non potranno più reggere al compito. Riteniamo di non violare il segreto del confessionale limitandoci a osservare che, in questi ultimi mesi, le confessioni dei fratelli sono divenute quanto mai incredibili, tali da far gelare il sangue ad udirsi e tali da rendere necessarie le penitenze più gravi per l'assoluzione.

Possa il Nostro Redentore e Maestro, Gesù Cristo, essere sempre la consolazione e la difesa di Vostra Maestà contro tutte le astuzie del nostro Avversario, ecco la costante preghiera del cappellano di S.C.C.M.

(ecce signum) Zumàrraga

QUARTA PARS

L'altro versante della collina era ancora più bello di quello orientato verso il lago Texcòco. Il pendio degradava dolcemente, i giardini si ondulavano in basso, sotto di me, ora geometrici, ora irregolari, scintillanti di stagni e fontane e piscine. V'erano vaste distese di prati verdi sui quali pascolavano numerosi cervi addomesticati. Si vedevano boschetti d'alberi ombrosi e talora un albero si levava solitario, potato così da formare la statua vivente di qualche animale o uccello. Verso i piedi della collina si trovavano molti edifici, grandi e piccoli, ma tutti mirabilmente proporzionati e situati a comoda distanza l'uno dall'altro. Mi parve persino di riuscire a distinguere persone riccamente vestite che si aggiravano lungo i viali tra gli edifici, o in ogni modo vedevo chiazze dai vividi colori, in movimento. Il palazzo del Signore Airone Rosso a Xaltòcan era un edificio accogliente e abbastanza imponente, mai il palazzo dello Uey-Tlatoàni Nezahualpìli a Texcotzìnco formava un'intera e indipendente *città* pastorale.

La sommità del colle, ove mi trovavo io, era rivestita dai «più vetusti tra i vetusti» cipressi, alcuni tronchi dei quali risultavano talmente grossi che forse nemmeno dodici uomini a braccia tese sarebbero riusciti a circondarli; erano inoltre talmente alti che le loro foglie piumose, di un verde-grigio, si confondevano con l'azzurro del cielo. Mi guardai attorno e, sebbene fossero abilmente nascoste da cespugli, scorsi le tubazioni di argilla che irroravano quei giardini e portavano l'acqua alla città sottostante. A quanto potei giudicare, le tubazioni venivano da una più alta montagna lontana a sud-est, dalla quale senza dubbio, portavano l'acqua di qualche pura sorgente e la distribuivano lasciando che cercasse il proprio livello.

Siccome non seppi resistere alla tentazione di indugiare e di ammirare i vari giardini e parchi attraverso i quali discesi, il tramonto era ormai molto vicino quando infine venni a trovarmi tra gli edifici ai piedi della collina. Percorsi i viali di ghiaia bianca, dai bordi fioriti, incontrando molte persone: nobiluomini e nobildonne dai ricchi mantelli, cavalieri con copricapi piumati, anziani gentiluomini dall'aspetto distinto. Ognuno di loro benevolmente mi rivolse una parola o un cenno di saluto, come se io facessi parte della compagnia, ma mi sentii troppo timido per domandare ad una qualsiasi di quelle distinte persone a chi dovessi rivolgermi esattamente. Poi mi imbattei in un giovane all'incirca della mia stessa età, che sembrava non essere impegnato da una qualsiasi incombenza urgente. Se ne stava in piedi accanto a un giovane cervo, le cui corna cominciavano appena a spuntare, e pigramente gli sfregava le protuberanze tra le orecchie. Forse le corna non ancora cresciute prudono; in ogni modo, il cervo sembrava apprezzare quelle attenzioni.

« Mixpantzìnco, fratello » mi salutò il giovane. Io supposi che fosse uno dei figli di Nezahualpìli, e lui suppose la stessa cosa. Ma poi notò il cesto che stavo portando e disse: « Tu sei il nuovo Mixtli? »

Risposi affermativamente e ricambiai il saluto.

« Io sono Huexotl » disse lui; la parola significa salice. « Abbiamo già almeno tre altri Mixtli, qui, e pertanto dovremo pensare a un nome diverso per te. »

Poiché non sentivo una gran necessità di un altro nome ancora, cambiai discorso. « Temo di non aver mai veduto cervi aggirarsi come questi tra le persone, liberi e senza alcun timore. »

« Li accogliamo quando sono cerbiatti. I cacciatori li trovano, di solito quando una madre è stata uccisa, e li portano qui. Si trova sempre una balia con i seni gonfi ma nessun bambino da allattare per il momento, e la donna allatta allora il cerbiatto. Credo che crescano tutti persuasi di *essere* persone. Sei appena arrivato, Mixtli? Gradiresti mangiare? Riposarti? »

Risposi sì, e sì, e sì. « Davvero non so che cosa dovrei fare, qui. E neppure so dove andare. »

« La Prima Signora di mio padre lo saprà. Vieni, ti condurrò da lei. »

« Ti ringrazio, Huèxotzin » dissi, chiamandolo *Signore* Salice, poiché, ovviamente, avevo indovinato: era uno dei figli di Nezahualpìli, e pertanto un principe.

Mentre attraversavamo i vasti giardini del palazzo, con il giovane cervo che camminava tra noi, il principe mi spiegò che cosa fossero i molti edifici accanto ai quali passavano. Un immenso palazzo a due piani delimitava su tre lati un cortile centrale a giardini. L'ala sinistra, mi disse Salice, conteneva la sua stanza e quelle degli altri figli del re. Nell'ala destra abitavano le quaranta concubine di Nezahualpìli. Nella parte centrale si trovavano gli appartamenti per i consiglieri e i saggi del Riverito Oratore, i quali lo seguivano sempre, sia che egli si trovasse in città o nella dimora di campagna; nonché gli appartamenti per altri tlamatìntin: filosofi, poeti, uomini di scienza, la cui opera l'Oratore incoraggiava. Nei giardini circostanti si trovavano piccoli padiglioni dalle colonne di marmo, nei quali un tlamatìni poteva ritirarsi se voleva scrivere o inventare o fare predizioni o meditare in solitudine.

Il palazzo vero e proprio era un edificio enorme e mirabilmente ornato quanto qualsiasi palazzo di Tenochtìtlan. Alto due piani, con una facciata lunga almeno mille piedi, vi si trovavano la sala del trono, le sale del Consiglio Parlante, saloni da ballo per i divertimenti a corte, alloggi per gli uomini del corpo di guardia, la sala della giustizia, ove lo Uey-Tlatoàni si incontrava, a intervalli regolari, con quelli dei suoi sudditi che erano in difficoltà o avevano lagnanze da esporgli. V'erano inoltre gli appartamenti di Nezahualpìli e quelli delle sue sette consorti.

«Complessivamente trecento stanze» disse il principe. Poi mi confidò, con un sorriso: «E ogni sorta di passaggi segreti e di scale nascoste. Così mio padre può far visita a una moglie o all'altra senza che le rimanenti si ingelosiscano».

Allontanammo il cervo ed entrammo passando per la grande porta centrale; i cavalieri di sentinella a ciascun lato scattarono sull'attenti, con la lancia tenuta verticalmente, mentre noi passavamo. Salice mi condusse attraverso una sala spaziosa sulle cui pareti si trovavano arazzi di piume, poi su per un ampio scalone in pietra e lungo una galleria dai tappeti di giunchi, fino all'appartamento elegantemente arredato della matrigna. Pertanto, la seconda persona che conobbi fu quella Tolàna-Teciuapil cui aveva accennato il vecchio sulla collina, la Prima Signora, e la più nobile di tutte le nobildonne degli Acòlhua. Stava conversando con un giovane dalle sopracciglia irsute, ma si voltò per rivolgerci un sorriso invitante e per farci il gesto di entrare.

Il Principe Salice le disse chi ero ed io mi chinai accingendomi a baciare la terra. La Signora di Tolàn, con la sua stessa mano, gentilmente mi fece rialzare dalla posizione in ginocchio, poi, a sua volta, mi presentò all'altro giovane: «Il maggiore dei miei figli, Ixtlil-Xochitl». Immediatamente ricaddi giù, per baciare di nuovo la terra, poiché questa terza persona da me conosciuta sino ad ora era il Principe della Corona, Fiore Nero, colui che sarebbe succeduto a Nezahualpìli, sul trono di Texcòco. Stavo cominciando a provare un po' di capogiro, e non soltanto a furia di prosternarmi. Ecco che io, il figlio di un comune cavatore, stavo facendo la conoscenza dei tre più eminenti personaggi dell'Unico Mondo, e tutti uno di seguito all'altro. Fiore Nero salutò con un cenno del capo, fissandomi di sotto le nere sopracciglia, poi lui e il fratellastro uscirono dalla stanza.

La prima Signora mi squadrò dall'alto in basso, mentre io la studiavo furtivamente. Non riuscii a indovinarne l'età, ma doveva essere molto avanti negli anni di mezzo, sulla quarantina come minimo, per avere un figlio dell'età del Principe della Corona, Fiore Nero; eppure il viso di lei era liscio e bello e cortese.

«Mixtli, non è vero?» disse. «Ma abbiamo già tanti Mixtli tra i giovani e, oh, io *sono* così negata nel ricordare i nomi.»

«Taluni mi chiamano Tozàni, mia signora.»

«No, tu sei molto più grosso di una talpa. Sei un giovane alto di statura e diventerai più alto ancora. Ti chiamerò Testa che Annuisce.»

«Come vuoi tu, mia signora» dissi, reprimendo un sospiro di rassegnazione. «Questo è anche il soprannome di mio padre.»

«Allora riusciremo tutti e due a ricordarcelo, non ti sembra? Ora seguimi e ti mostrerò il tuo alloggio.»

Doveva aver tirato il cordone di un campanello o qualcosa del genere, poiché, quando uscimmo dalla sala, la stava aspettando una portantina sorretta da due robusti schiavi. L'abbassarono affinché ella potesse salire e mettervisi a sedere, poi la portarono lungo la galleria, giù per le scale (badando bene a tenerla orizzontalmente), fuori del palazzo e nel crepuscolo man mano più fitto. Un altro schiavo li precedeva di corsa tenendo alta una torcia di pino, e un altro ancora correva più indietro, con il vessillo del rango della dama. Io trotterellavo accanto alla portantina. Quando fummo giunti all'edificio con le due ali, già mostratomi prima da Salice, la Signora di Tolàn mi condusse all'interno, su per una scala e, voltando a numerosi angoli, molto avanti nell'ala sinistra.

«Eccoci arrivati» disse, e spalancò una porta fatta di pelli tese su una cornice di legno e rese rigide mediante una vernice. La porta non era semplicemente appoggiata, ma imperniata su incavi in alto e in basso. Lo schiavo portò dentro la torcia per farmi luce, ma io mi limitai a fare capolino nella stanza e a dire in tono incerto: «Sembra che non ci sia nessuno, mia signora».

«Ma certo. È riservata a te.»

«Pensavo che in una calmècac tutti gli allievi dormissero insieme in una stanza comune.»

«Lo credo, ma questo è un edificio annesso al palazzo e qui tu alloggerai. Il Signore mio Marito disprezza quelle scuole e i loro maestri sacerdoti. Tu non ti trovi qui per frequentare una calmècac.»

«Non per frequentare...! Ma, mia signora, credevo di essere venuto per studiare...»

142

«E così sarà, e studierai molto intensamente, ma in compagnia dei fanciulli del palazzo, i figli di Nezahualpìli e dei suoi nobili. I nostri ragazzi non hanno come maestri sudici preti fanatici, ma uomini saggi scelti dal Signore mio Marito, ogni insegnante già noto per la *sua* opera, qualsiasi disciplina possa inculcarvi. Qui potrai non imparare molte stregonerie o invocazioni agli dei, Testa che Annuisce, ma imparerai cose reali, vere e utili, che faranno di te un uomo degno del mondo. »

Se già non la stavo contemplando a bocca aperta, questo accadde un momento dopo, quando vidi lo schiavo aggirarsi qua e là con la torcia e accendere candele di cera d'api poste su mensole applicate alle pareti. Balbettai: «Un'intera stanza tutta per me?» e poi lo schiavo passò, attraverso un arco, in *un'altra* stanza, ed io rimasi a bocca aperta. «Due addirittura? Oh, mia signora, ma questo alloggio è vasto quasi quanto l'intera casa della mia famiglia! »

«Ti abituerai agli agi» ella disse, e sorrise. Dovette quasi spingermi dentro. «Questa è la stanza ove studierai. Quell'a ra è la tua camera da letto. Al di là di essa c'è lo stanzino igienico. Prevedo che anzitutto ti servirai di quello, per lavarti dopo il viaggio. Devi soltanto tirare il cordone del campanello e il tuo servo verrà ad aiutarti. Mangia bene e dormi bene, Testa che Annuisce. Ti rivedrò presto. »

Lo schiavo la seguì fuori della stanza e chiuse la porta. Mi spiacque di veder andar via una dama così cortese, ma ne fui anche lieto, perché ora avrei potuto esplorare il mio alloggio, davvero come una talpa, scrutandone da presso miopicamente tutto l'arredamento e tutte le comodità. Nella stanza da studio si trovavano un basso tavolo e una sedia bassa icpàli con cuscino, un cassettone di vimini nel quale avrei potuto riporre indumenti e libri, un braciere di roccia di lava già pieno di ceppi mizquitl, e uno specchio di tezcatl levigato — il raro e limpido cristallo che riflette un'immagine nitida, non quello più economico e scuro nel quale la tua faccia è appena fiocamente visibile. Vi si trovava inoltre l'apertura della finestra, coperta da una stuoia di canne che poteva sollevarsi arrotolandosi e ricadere e richiudersi mediante un sistema di cordicelle.

La camera da letto non conteneva un giaciglio di canne intrecciate, ma una piattaforma sollevata, e su di essa si trovavano dieci o dodici spesse trapunte, imbottite, a quanto pareva, con piumino; in ogni modo formavano una pila che sembrava soffice quanto una nube. Al momento di dormire, avrei potuto infilarmi fra le trapunte, scegliendo lo strato a seconda della morbidezza che volevo sotto di me e del tepore che desideravo sopra.

Non riuscii invece a capire tanto facilmente lo scopo dello stanzino igienico. V'era un incavo piastrellato nel pavimento, entro il quale sedermi e lavarmi, ma non vi si trovavano giare colme d'acqua. Inoltre vidi un ricettacolo sul quale sedersi per i bisogni naturali del corpo, ma era solidamente fissato al pavimento e ovviamente non poteva essere svuotato dopo ogni impiego. Sia sopra il bagno, sia sopra il vaso per gli escrementi si trovava un tubo dalla forma strana che sporgeva dalla parete, ma nessuno dei due versava acqua o serviva ad altri scopi ch'io riuscissi a capire. Non avrei mai creduto di dovere essere costretto a chiedere istruzioni per lavarmi e andare di corpo; ma, dopo avere studiato per qualche tempo, interdetto, quegli apparati, andai a tirare il cordone del campanello sopra il letto e aspettai, con un certo imbarazzo, l'arrivo del talcòtli assegnatomi.

Il ragazzetto dal viso fresco che si affacciò sulla soglia della stanza disse, disinvolto: «Sono Cozcatl, mio signore, e ho nove anni, e servo tutti i giovani signori nei sei appartamenti su questo lato del corridoio».

Cozcatl significa Colletto Ingioiellato, un nome alquanto pomposo per un marmocchio come lui, ma non ne risi. Poiché un tonalpòqui datore di nomi non si sarebbe mai degnato di consultare i libri della divinazione per un fanciullo nato da schiavi, anche se i suoi genitori avessero potuto permetterselo, nessun bambino del genere aveva mai un vero nome registrato. Lui stesso o i genitori ne sceglievano uno a caso, e poteva essere quanto mai inappropriato, come dimostrava l'esempio di Dono degli Dei. Cozcatl sembrava ben nutrito, non aveva sul corpo segni di percosse, non si faceva piccolo dinanzi a me e indossava un corto mantello bianco e immacolato, oltre al perizoma che di solito costituiva l'unico indumento di uno schiavo. Pertanto supposi che tra gli Acòlhua, o per lo meno al palazzo, le classi inferiori venissero trattate bene.

Il ragazzetto reggeva con entrambe le mani un enorme vaso di terraglia colmo di fumigante acqua calda e pertanto io mi scostai rapidamente e lui lo portò nello stanzino igienico e ne versò il contenuto entro la vasca incassata nel pavimento. Mi evitò inoltre l'umiliazione di dovergli chiedere che mi mostrasse come funzionavano gli impianti igienici. Anche se Cozcatl mi scambiava per un vero nobile, poteva aver supposto che qualsiasi nobile proveniente dalle province non fosse assuefatto a tanti lussi, e in tal caso avrebbe avuto ragione. Senza aspettare domande da parte mia, spiegò:

«Puoi raffreddare l'acqua del bagno fino alla temperatura che preferisci, mio signore, in questo modo». Additò la tubazione che sporgeva dal muro. Era attraversata, all'estremità, da un altro e più corto tubo infilato in essa verticalmente. Egli si limitò a far girare questo più corto tubo, e da esso zampillò limpida acqua fredda.

«Il tubo lungo porta l'acqua dalla conduttura principale. Quello corto ha un foro da un lato e quando lo giri facendo combaciare il foro con il tubo lungo, l'acqua può scorrere a volontà. Quando avrai terminato di fare il bagno, mio signore, dovrai soltanto togliere quel tappo di òli sul fondo, e l'acqua scorrerà via attraverso un'altra tubazione sottostante.»

Indicò poi il vaso curiosamente fissato al pavimento e disse: «L'axixcàli funziona nello stesso modo. Quando ti sarai liberato in esso, devi soltanto girare il tubo corto in alto, e uno zampillo d'acqua porterà via i rifiuti attraverso quel foro nel fondo.»

Prima, non avevo nemmeno notato il foro, e a questo punto, con inorridita ignoranza, domandai: «Gli escrementi cadono nella stanza sottostante?»

«No, no, mio signore. Come l'acqua del bagno, finiscono in una tubazione che li porta lontano. In uno stagno dal quale gli uomini del concime dragano i fertilizzanti destinati ai campi coltivati. Ora andrò a ordinare che venga preparato il pasto serale del mio signore, così da poterti servire quando avrai fatto il bagno.»

Mi sarebbe occorso qualche tempo per liberarmi delle abitudini rustiche e per imparare i modi della nobiltà, riflettei, mentre sedevo al tavolo nella mia stanza e consumavo la cena: coniglio alla griglia, fagioli, tortillas e fiori di zucca fritti nella pastella... *con cioccolata come bevanda*. Là da dove venivo, la cioccolata era stata una speciale ghiottoneria, gustata una o due volte all'anno, e soltanto lievemente insaporita. Qui, la spumosa e rossa bevanda — di prezioso cacao, miele, vaniglia e semi scarlatti di achìyotl, il tutto macinato e sbattuto insieme così da formare una densa spuma — abbondava come acqua di sorgente e bastava chiederla. Mi domandai quanto tempo avrei impiegato per liberarmi dell'accento di Xaltòcan, per riuscire a parlare il forbito nàhuatl di Texcòco, e per «abituarmi agli agi» — come si era espressa la Prima Signora — disinvoltamente.

Con il tempo potei rendermi conto che nessun nobile, nemmeno un nobile onorario o temporaneo come me, doveva mai fare qualcosa egli stesso. Quando un nobile alzava una mano per liberare il fermaglio sulla spalla del proprio magnifico mantello di piume, non faceva altro che allontanarsi da quel capo di vestiario, il quale non cadeva mai sul pavimento. Un servo era sempre presente per toglierglielo di dosso, *e il nobile sapeva che lì vi sarebbe stato qualcuno.* Se un nobiluomo fletteva le gambe per sedersi, non guardava mai dietro di sé — anche se si afflosciava a un tratto, involontariamente, per aver bevuto octli in eccesso. Ma non cadeva mai. Una sedia icpàli gli veniva infilata sotto, invariabilmente, *e lui sapeva che la sedia sarebbe stata lì.*

Mi domandai: la gente nobile veniva forse al mondo con una così maestosa sicurezza, oppure avrei potuto acquisirla anch'io, con la pratica? Esisteva un solo modo per accertarlo. Alla prima occasione — ho dimenticato quale — entrai in una stanza gremita di signori e di dame, feci gli opportuni saluti, poi sedetti con tranquilla disinvoltura e senza guardarmi indietro. La icpàli venne a trovarsi sotto di me. Non mi voltai neppure per vedere da dove fosse venuta. Seppi allora che una sedia — o qualsiasi altra cosa io volessi *e mi aspettassi* dai miei inferiori — sarebbe sempre stata lì. Questo piccolo esperimento mi insegnò una cosa che non dimenticai mai. Per ottenere il rispetto, la deferenza e i privilegi riservati alla nobiltà, dovevo soltanto osare di *essere* un nobile.

La mattina dopo il mio arrivo, lo schiavo Cozcatl venne con la colazione e con una bracciata di vesti nuove per me, più vesti di quante avessi mai indossato e logorato in tutta la mia vita trascorsa. C'erano perizoma e mantelli di lucido cotone bianco, mirabilmente ricamati. C'erano sandali di ricco e morbido cuoio, compreso un paio dorato da calzare per le cerimonie, con lacci che mi arrivavano quasi alle ginocchia. La Signora di Tolàn aveva mandato persino una piccola fibbia in oro e eliotropio per il mantello che, fino a quel momento, mi ero limitato ad annodare sulla spalla.

Quando ebbi indossato uno di questi eleganti indumenti, Cozcatl mi condusse di nuovo nei giardini del palazzo e mi indicò gli edifici adibiti a scuola, nei quali si trovavano le aule. I corsi disponibili erano più numerosi che in una calmècac. Mi interessavano soprattutto, naturalmente, quelli concernenti la conoscenza delle parole, la storia, la geografia, e via dicendo. Ma, se avessi voluto, mi sarebbe stato possibile, inoltre, frequentare corsi sulla poesia, sui lavori in oro e in argento, sul modo di intrecciare le piume, sul taglio delle gemme e su varie altre arti.

« I corsi che non richiedono attrezzi e banchi di lavoro si svolgono al chiuso soltanto con il maltempo » disse la mia piccola guida. « Nelle belle giornate come questa, i Signori Maestri e i loro studenti preferiscono lavorare all'aperto. »

Vidi i gruppi, seduti sui prati o riuniti intorno ai padiglioni di marmo. L'insegnante di ogni corso era un uomo anziano, che si distingueva per il mantello giallo, ma gli allievi si diversificavano l'uno dall'altro: ragazzi e uomini di varie stature ed età, e, qua e là, anche una fanciulla, o una donna, o uno schiavo, seduti lievemente in disparte.

« Gli studenti non vengono suddivisi per età? » domandai.

« No, mio signore, ma per la loro capacità. Alcuni sono molto più avanti in una materia che in un'altra. Quando comincerai a frequentare i corsi, sarai interrogato da Ciascun Signore Insegnante, per stabilire a quale dei suoi corsi potrai meglio adattarti — se, ad esempio, tra i Principianti, i Discenti, gli Alquanto Dotti, e così via. Egli ti classificherà a seconda delle conoscenze che già possiedi e a seconda di come giudicherà la tua capacità di imparare altro. »

« E le femmine? Gli schiavi? »

« Ogni figlia di nobile può frequentare i corsi, fino al massimo livello, se ne possiede la capacità e lo desidera. Agli schiavi è consentito studiare entro i limiti della loro particolare occupazione. »

« Tu stesso ti esprimi molto bene, per essere un così giovane tlacòtli. »

« Grazie, mio signore. Ho studiato fino ad imparare bene il nàhuatl, il comportamento e i rudimenti dell'economia domestica. Quando sarò più grande potrò forse chiedere di frequentare altri corsi, nella speranza di poter diventare un giorno Maestro delle Chiavi in qualche nobile dimora. »

Dissi, grandioso, espansivo, generoso: « Se mai avrò una nobile dimora, Cozcatl, ti prometto questa carica ».

Nei miei pensieri non intendevo « se », ma « quando ». Non mi limitavo più a desiderare pigramente di salire in alto sulla scala sociale, mi stavo già raffigurando la cosa. Mi trovavo lì, in quel parco stupendo, con il mio servo al fianco, mi ergevo in tutta la mia statura, con le belle vesti nuove, e sorridevo pensando al grand'uomo che sarei diventato. Ora siedo qui tra voi, miei reverendi padroni, curvo e rinsecchito sotto gli stracci che mi coprono, e sorrido del borioso giovane simulatore che ero.

Il Signore Insegnante di storia, Neltìtica, che sembrava vecchio abbastanza per avere *sperimentato* l'intera storia, annunciò alla classe: « Abbiamo oggi con noi un nuovo studente pìltontli, un Mexìcatl che verrà chiamato Testa che Annuisce ».

Ero talmente compiaciuto di essere stato presentato come un nuovo studente « nobile », che non trasalii udendo il soprannome.

« Forse, Testa che Annuisce, vorrai essere così cortese da farci un breve compendio della storia del tuo popolo Mexìca... »

« Sì, Signore Insegnante » risposi fiducioso. Mi alzai e tutti gli allievi voltarono la faccia verso di me, osservandomi. Mi schiarii la voce e ripetei quanto mi era stato insegnato nella Casa per l'Apprendimento delle Buone Maniere:

«Sappiate, allora, che il mio popolo dimorava originariamente in una regione situata lontano a nord di queste terre. Era Aztlan, il Luogo degli Aironi Nivei, e a quei tempi la mia gente si faceva chiamare gli Aztlantlàca o gli Aztèca, il Popolo degli Aironi. Ma Aztlan era un paese inospitale, e il massimo dio degli Aztèca, Huitzilopòchtli, parlò loro di una regione più dolce che si trovava al sud. Disse che il viaggio sarebbe stato lungo e difficile, ma che avrebbero riconosciuto la loro nuova patria, una volta giuntivi, vedendo laggiù un cactus nopàli sul quale si sarebbe trovata appollaiata un'aquila dorata. Così gli Aztèca abbandonarono tutte le loro belle case, e i palazzi e le piramidi e i templi e i giardini, e si incamminarono verso sud».

Qualcuno degli allievi ridacchiò.

«Per il viaggio occorsero covoni su covoni di anni, e gli Aztèca dovettero attraversare le terre di molti altri popoli. Alcuni erano ostili: si batterono e tentarono di ricacciare gli Aztèca. Altri si dimostrarono ospitali e consentirono agli Aztèca di riposare tra loro, talora per breve tempo, talora per molti anni, e quei popoli furono ricompensati con l'insegnamento della nobile lingua, delle arti e delle scienze note soltanto agli Aztèca.»

Qualcuno degli allievi mormorò, e qualcun altro rise sommessamente.

«Quando gli Aztèca giunsero infine in questa valle, vennero cortesemente accolti sulla sponda occidentale del lago, dal popolo Tecpanèca, che assegnò loro Chapultèpec come luogo di riposo. Gli Aztèca vissero su quella Collina delle Cavallette mentre i loro sacerdoti continuavano a esplorare la valle cercando l'aquila sul nopàli. Orbene, nel dialetto Tecpanèca della nostra lingua, il cactus nopàli viene denominato tenòchtli, per cui quel popolo chiamò gli Aztèca i Tenòchca, e, con il tempo, gli Aztèca stessi assunsero il nome di Popolo del Cactus. Poi, come Huitzilopòchtli aveva promesso, i sacerdoti trovarono il segno — un'aquila dorata appollaiata su un cactus — e lo trovarono su un'isola non ancora popolata del lago. Tutti i Tenòchca-Aztèca immediatamente e gioiosamente si traferirono da Chapultèpec su quell'isola.»

Qualcuno degli allievi rise apertamente.

«Nell'isola edificarono due grandi città, chiamata l'una Tenochtìtlan, Luogo del Popolo del Cactus, e l'altra Tlaltelòlco, il Luogo Roccioso. Mentre stavano edificando le città, i Tenochca notarono come, ogni notte, potessero vedere dalla loro isola la luna Metztli rispecchiata nelle acque del lago. Così, denominarono inoltre la loro nuova dimora Mexitli-Xictli, Nel Mezzo del-

la Luna. Con l'andare del tempo abbreviarono il nome in Mexì-
tli, quindi in Mexìco, e in ultimo finirono con il chiamare se
stessi Mexìca. Come loro emblema adottarono il simbolo dell'a-
quila appollaiata sul cactus, e l'aquila ha nel becco il simbolo,
simile a un nastro, che significa guerra. »

Numerosi miei compagni di corso stavano ormai ridendo, ma
io continuai.

« Poi i Mexìca cominciarono a estendere il loro dominio e la
loro influenza, e molti popoli hanno beneficiato di ciò, sia come
Mexìca adottivi, sia come alleati, sia come associati nei commerci. Hanno imparato ad adorare i nostri dei, o varianti di
quelle divinità, e ci hanno consentito di appropriarci dei loro
dei. Hanno imparato a contare con la nostra aritmetica e a segnare il tempo in base ai nostri calendari. Ci versano contributi
in prodotti e in oro, per paura dei nostri eserciti invincibili. Parlano la nostra lingua perché rispettano la superiorità di noi Mexìca. I Mexìca hanno creato la più possente civiltà mai conosciuta in questo mondo, e Mexìco-Tenochtìtlan ne è il centro —
In Cem-Anàuach Yoyòtli, Il Cuore dell'Unico Mondo. »

Baciai la terra per onorare l'anziano Signore Insegnante Neltitìca e sedetti. I miei compagni di corso stavano agitando tutti
una mano per chiedere il permesso di parlare e al contempo da
essi si levava un clamore di suoni che andavano dalle risate ai
versi di derisione. Il Signore Insegnante gesticolò imperiosamente e la classe sedette immobile e silenziosa.

« Grazie, Testa che Annuisce » disse educatamente il Maestro. « Mi ero domandato quale versione dei fatti gli insegnanti
Mexìca insegnassero di questi tempi. Della storia tu conosci
abissalmente poco, giovane signore, e quel poco che sai è errato
quasi in ogni particolare. »

Mi alzai di nuovo, la faccia ardente come se fossi stato
schiaffeggiato. « Signore Insegnante, tu mi hai chiesto un breve
compendio. Posso approfondire con altri particolari. »

« Sii così cortese da risparmiarmeli » disse lui. « E in cambio
io ti farò la cortesia di correggere uno solo dei particolari già
espostici. Le parole Mexìca e Mexìco non derivarono da Metzli,
la Luna. » Mi invitò con un gesto a rimettermi a sedere, e si rivolse all'intera classe:

« Giovani signori e studentesse, questo dimostra quanto vi ho
detto molte volte prima d'ora. Siate scettici riguardo alle molte
versioni della storia del mondo che è probabile possiate udire,
poiché alcune di esse sono tanto zeppe di incredibili invenzioni
quanto di vanità. Non solo, ma io non ho ancora mai conosciuto
uno storico... non ho mai conosciuto alcuno studioso di professione che sapesse immettere nel suo lavoro la sia pur minima

traccia di umorismo, o di licenziosità o di scherzosità. Non ne
ho mai conosciuto uno che non ritenesse la sua particolare materia, il più importante e il più serio tra tutti gli studi. Orbene, io
ammetto l'importanza delle opere erudite... ma l'importanza deve proprio avere sempre la faccia accigliata di un'austera solennità? Gli storici possono essere persone serie, e la storia può essere talora tanto tetra da rattristare. Ma sono gli *uomini* a fare
la storia, e non di rado gli uomini, facendola, giocano burle o si
abbandonano a stramberie. La vera storia dei Mexìca lo conferma
ma».

Di nuovo si rivolse direttamente a me. «Testa che Annuisce, i
tuoi antenati Aztèca non portarono un bel niente in questa vallata: né antica saggezza, né arti, né scienze, né cultura. Non portarono altro che se stessi: un popolo scansafatiche, ignorante,
nomade, che si copriva con lacere pelli di animali brulicanti di
insetti e che adorava un odioso e bellicoso dio del massacro e
dello spargimento di sangue. Questa canaglia era disprezzata e
respinta da ogni altra nazione già progredita in questi luoghi.
Avrebbe mai potuto, un qualsiasi popolo civile, gradire l'invasione di rozzi accattoni? Gli Aztèca non si stabilirono in quell'i-
sola nella parte paludosa del lago perché il dio aveva indicato
loro un qualche segno, e nemmeno vi si stabilirono gioiosamente. Vi si rifugiarono perché non sapevano in quale altro luogo
andare e perché nessun altro si era mai sognato di rivendicare
quel foruncolo di terra circondato da paludi.»

I miei compagni di classe mi osservavano con la coda dell'occhio. Cercai di non trasalire nonostante le parole di Neltitìca.

«Non edificarono immediatamente né grandi città, né altro:
dovettero impiegare tutto il tempo e tutte le energie di cui disponevano soltanto per trovare qualcosa di cui cibarsi. Non era
loro consentito di pescare, perché i diritti di pesca appartenevo-
no alle nazioni circostanti. Così, per lungo tempo, i tuoi antenati
sopravvissero — riuscirono a malapena a sopravvivere — ciban-
dosi di cose rivoltanti come vermi e insetti d'acqua, nonché delle viscide uova di quelle creature, e dell'unica pianta edibile che
crescesse in quella miserabile palude. Era il mexìxin. Il comune
crescione d'acqua, un'erba ruvida e dal sapore amarognolo. Ma,
se anche i tuoi antenati non possedevano altro, Testa che Annuisce, erano dotati di un mordace senso dell'umorismo. Essi cominciarono a chiamare se stessi, con bieca ironia, i Mexìca.»

Bastò questo nome a fare scaturire un'altra saputa risatina
dalla classe. Neltitìca continuò:

«In ultimo, i Mexìca escogitarono il sistema chinàmitl per
coltivare in modo decente. Ma anche allora coltivarono per se
stessi soltanto il minimo indispensabile di prodotti agricoli-base:

granturco e fagioli. I loro chinàmpa venivano utilizzati soprattutto per fare crescere verdure ed erbe più rare — pomodori, salvia, coriandoli, patate dolci — che i loro potenti vicini non potevano darsi la pena di coltivare. E i Mexìca li barattavano contro ciò che è indispensabile alla vita: gli attrezzi e i materiali da costruzione e i tessuti e le armi che le nazioni della terraferma non sarebbero state altrimenti disposte a fornire. Da allora in poi progredirono rapidamente verso la civiltà, la cultura e la potenza militare. Ma non dimenticarono mai l'umile erba che li aveva nutriti all'inizio, il mexìxin, e non rinunciarono mai, in seguito, al nome derivato da essa. Mexìca è ora un nome conosciuto e rispettato o temuto in tutto il nostro mondo, ma significa soltanto...»

Fece una pausa voluta, sorrise, e la mia faccia tornò a imporporarsi mentre l'intera classe gridava, in coro:

«*Il Popolo dell'Erba!*»

«Mi risulta, giovane signorino, che tu hai imparato da solo qualcosa in fatto di conoscenza della lettura e della scrittura» disse il Signore Insegnante di Conoscenza delle Parole, in tono alquanto sarcastico, come se ritenesse impossibile una simile autoerudizione. «E mi risulta che hai portato esempi del tuo lavoro.»

Rispettosamente gli porsi la lunga striscia di carta di corteccia, più volte piegata, della quale ero fierissimo. L'avevo disegnata con estrema cura e dipinta con i colori vibranti donatimi da Chimàli. Il Signore Insegnante prese il compatto libro e cominciò adagio a spiegarne le pagine.

Era il resoconto di uno degli episodi famosi della storia dei Mexìca, quando essi erano arrivati per la prima volta nella valle, allorché la nazione più potente era quella dei Culhua. Il capo dei Culhua, Coxcox, aveva dichiarato guerra al popolo di Xochimìlco e invitato i nuovi venuti Mexìca a battersi quali suoi alleati. Una volta vinta la guerra, quando i guerrieri Culhua tornarono con i loro prigionieri Xochimìlca, i Mexìca non ne portarono alcuno e Coxcox li accusò di viltà. Al che, i guerrieri Mexìca aprirono i loro sacchi e li vuotarono formando una montagna di orecchie — tutte orecchie sinistre — che avevano tagliato alla moltitudine di Xochimìlca da essi sconfitti. Coxcox rimase stupefatto, e lieto, e, da allora in poi, i Mexìca furono considerati combattenti temibili.

Credevo di essere riuscito a raffigurare molto bene l'episodio, specie con la mia resa meticolosa delle innumerevoli orecchie sinistre e dell'espressione di stupore sulla faccia di Coxcox.

151

Aspettai, quasi raggiante di autoapprovazione, che il Signor Insegnante lodasse la mia fatica.

Ma egli si stava accigliando mentre separava le pagine del libro e volgeva lo sguardo da un lato all'altro della striscia piegata; infine disse: «In quale direzione dovrei leggere questo?»

Interdetto, risposi: «A Xaltòcan, mio signore, apriamo le pagine verso sinistra. Affinché, cioè, possiamo leggere ogni riquadro da sinistra a destra».

«Sì, sì!» scattò lui. «Noi *tutti*, per consuetudine, leggiamo da sinistra a destra. Ma il tuo libro non indica in alcun modo che così si dovrebbe fare.»

«Indicazioni?» dissi io.

«Supponi che ti venga ordinato di scrivere una iscrizione da leggersi in qualche altro senso, sul fregio o sulla colonna di un tempio, ad esempio, ove l'architettura impone che venga letta da destra a sinistra, o anche dall'alto al basso.»

Non avevo mai pensato a una possibilità di questo genere, e lo dissi.

Egli esclamò, spazientito: «Quando uno scrivano raffigura due persone, o due dei, che conversano, logicamente essi debbono trovarsi faccia a faccia. Ma esiste una norma fondamentale. La maggioranza delle figure *deve essere voltata nella direzione in cui va letto lo scritto*».

Credo che deglutii udibilmente.

«Non ti sei mai reso conto di questa che è la più semplice tra le regole della pittura per immagini?» mi domandò lui, sarcastico. «E hai la sfrontatezza di mostrarmi il tuo lavoro?» Me lo rilanciò, senza nemmeno ripiegarlo. «Quando domani assisterai alla prima lezione di conoscenza delle parole, unisciti a quella classe laggiù.»

Additò, sul prato, una classe che si stava riunendo intorno a uno dei padiglioni, ed io mi rabbuiai in viso mentre l'orgoglio evaporava in me. Anche da lontano ero riuscito a vedere che tutti gli allievi erano alti la metà di me e avevano la metà dei miei anni.

Fu mortificante dover sedere tra *marmocchi* — ed essere costretto a cominciare sin dall'inizio, tanto al corso di storia quanto a quello di conoscenza delle parole — come se non mi fosse mai stato insegnato proprio niente, come se non mi fossi mai affatto esercitato per imparare qualcosa.

Trovai pertanto consolante scoprire che lo studio della poesia — per lo meno — non era suddiviso in Principianti, Discenti, Alquanto eruditi, e così via, e che io non sarei stato assegnato all'inizio del corso. Esisteva un solo gruppo di aspiranti poeti, ed esso comprendeva studenti molto più anziani e studenti molto più giovani di me. Tra loro si trovavano sia il giovane Principe Salice, sia il fratellastro maggiore di lui, il Principe della Corona Fiore Nero; v'erano inoltre altri nobili, anche di età molto avanzata; v'erano sia fanciulle, sia donne della nobiltà; e schiavi, più numerosi di quanti ne avessi veduti in qualsiasi altro corso.

Sembra che non conti chi sia a scrivere una poesia; e che non conti il genere di poesia: un tributo a qualche dio o eroe, un lungo resoconto storico, un canto d'amore, un lamento, o qualcosa di scherzoso. Inoltre la poesia stessa non viene giudicata a seconda dell'età, del sesso, della posizione sociale, dell'istruzione e dell'esperienza del poeta. Una poesia esiste, semplicemente, o non esiste. O ha vita, o non è mai esistita. Viene composta e ricordata, oppure dimenticata rapidamente come se non fosse mai stata scritta. In quel corso io mi accontentai di starmene seduto ad ascoltare, timoroso di cimentarmi in un qualsiasi mio tentativo poetico. Soltanto molti, molti anni dopo si diede il caso ch'io componessi una poesia e la udissi in seguito recitare da sconosciuti. Sicché, quella era vissuta, ma si trattava di una poesia brevissima e non oserei definirmi per questo un poeta.

Quanto più vividamente ricordo del corso di poesia è la prima volta che vi assistetti. Un illustre visitatore era stato invitato dal Signore Insegnante a leggere le proprie opere, ed egli stava appunto per cominciare quando io arrivai e sedetti su un argine erboso, dietro la ressa degli allievi. Non potevo vederlo con chiarezza da quella distanza, ma riuscii a distinguere che era di statura media e di corporatura ben proporzionata, che aveva press'a poco la stessa età della Signora di Tolàn e indossava un mantello di cotone riccamente ricamato e trattenuto da una fibbia d'oro, ma nessun altro ornamento per indicare la sua carica o la sua classe sociale. Pertanto ritenni che egli fosse un poeta di professione così ricco di talento da essersi meritato una pensione e un posto a corte.

Egli spostò vari fogli di carta di corteccia che aveva in mano e ne diede uno al ragazzo schiavo che sedeva a gambe incrociate ai suoi piedi, tenendo in grembo un tamburo in miniatura. Poi annunciò, con una voce che, sebbene non alta, giungeva lontano: « Con il permesso del Signore Insegnante, miei giovani signori e studentesse, non vi reciterò oggi le mie opere, ma quelle di un poeta di gran lunga più grande e più savio. Mio padre».

« *Ayyo*, con il mio permesso e il mio più grande *piacere*» disse il Signore Insegnante, annuendo benevolmente. Anche gli allievi mormorarono un *ayyo* collettivo di approvazione, come se tutti,

153

lì, già conoscessero i versi del padre-poeta cui egli aveva accennato.

In base a quanto vi ho già detto a proposito della nostra scrittura per immagini, reverendi frati, vi sarete resi conto che essa non si prestava alla poesia. I nostri poemi vivevano venendo ripetuti oralmente, o non vivevano affatto. Chiunque ascoltasse una poesia e la gradisse, la imparava a mente e la ripeteva a qualcun altro, che a sua volta poteva ripeterla. Allo scopo di aiutare gli ascoltatori a impararle a memoria, le poesie venivano di solito composte in modo tale che le sillabe delle parole avessero un ritmo regolare e anche in modo che gli stessi suoni si ripetessero con regolarità al termine di ogni verso.

Sui fogli di corteccia del visitatore figurava soltanto un numero di parole bastante a far sì che la memoria non gli venisse meno, omettendo un verso, e sufficiente per rammentargli di sottolineare qua e là un parola o un passo che il poeta suo padre aveva ritenuto degni di particolare attenzione. Quanto ai fogli che egli consegnò allo schiavo tamburino, vi figuravano soltanto tocchi di pennello: molti piccoli tratti di colore, alcuni dei quali più lunghi, variamente commisti e variamente intervallati. Essi dicevano allo schiavo quale ritmo battere con la mano sul tamburo, come accompagnamento alla recitazione del poeta: a volte un mormorio, a volte un netto sottolineare le parole, a volte un pulsare sommesso, come un cuore che battesse nelle pause tra i versi.

Le poesie che il visitatore recitò e cantò e cantilenò quel giorno erano tutte felicemente composte e soavemente cadenzate, ma tutte lievemente soffuse di malinconia, come quando l'inizio dell'autunno comincia a insinuarsi nell'estate. Dopo quasi un covone di anni, e senza parole per immagini che mi aiutino a ricordare, né un tamburo per segnare i ritmi e le pause, riesco ancora a ripeterne una:

> *Composi una canzone per lodare la vita,*
> *Un mondo luminoso, come il quetzal piumato;*
> *Cieli color turchese, luce del sole ardita,*
> *ruscelli di giada, di un prato il verde sfumato...*
>
> *Ma può fondersi l'oro e spezzarsi la giada,*
> *rosse diventan le foglie, il forte tronco si ammala,*
> *appassiscono i fiori, nera diviene la biada,*
> *presto tramonta il sole, buia la notte cala,*
> *svanisce la bellezza, i nostri amori gelano,*
> *ci abbandonan gli dei, i loro templi tremano...*
>
> *Perché questo mio canto trafigge come una lama?*

Quando la recitazione ebbe termine, la folla rispettosamente attenta degli ascoltatori si alzò e si disperse. Alcuni cominciarono a passeggiare soli, ripetendo più o più volte una o parecchie delle poesie, per fissarsene le parole nella mente. Io fui uno di costoro. Altri si raggrupparono intorno al visitatore, baciarono la terra per onorarlo e gli prodigarono lodi e ringraziamenti. Stavo passeggiando circolarmente sull'erba, a capo chino, ripetendo tra me e me la poesia che ho appena ripetuto a voi, quando fui avvicinato dal giovane Principe di Salice.

«Ti ho udito, Testa che Annuisce» egli disse. «Anche a me questa poesia è piaciuta più di ogni altra. E me ne ha portata una seconda alla mente. Mi faresti la cortesia di ascoltarla?»

«Sarei onorato di essere il primo ad udirla» risposi, ed ecco i versi che egli recitò:

> *Tu dici dunque che a perire son destinato*
> *Come i fiori che sempre ho amato.*
> *Nulla del nome mio dovrà restare,*
> *Nessuno la mia fama potrà ricordare?*
> *Ma son giovani i giardini che ho seminati,*
> *I canti che cantai, sempre saranno intonati!*

Dissi: «Mi sembra una buona poesia, Huéxotzin, e sincera. Il Signore Insegnante ti farebbe senza dubbio un cenno di approvazione». E non mi stavo limitando ad adulare da schiavo un principe, poiché avrete notato che ho ricordato anche questa poesia per tutta la vita. «In effetti» continuai «potrebbe quasi essere stata composta dallo stesso grande poeta le cui opere abbiamo ascoltato oggi.»

«Yya, suvvia, Testa che Annuisce» mi rimproverò lui. «Nessun poeta del nostro tempo uguaglierà mai l'incomparabile Nezahualcòyotl.»

«Chi?»

«Non lo sapevi? Non hai riconosciuto mio padre in colui che ha recitato le poesie? Egli ha letto le opere di *suo* padre, mio nonno, il Riverito Oratore Coyote che Digiuna.»

«Cosa? L'uomo che ha recitato le poesie è Nezahualpìli?» esclamai. «Ma non portava alcun emblema della sua carica. Né la corona, né il mantello di piume, né il bastone del comando, o il vessillo...»

«Oh, ha le sue eccentricità. Tranne che nelle occasioni ufficiali, mio padre non veste mai come gli altri Uey-Tlatoàni. Crede che un uomo dovrebbe fare sfoggio soltanto dei segni dei suoi conseguimenti. Medaglie vinte e cicatrici di ferite riportate in battaglia, non orpelli ereditati, o acquistati o avuti in seguito a un matrimonio. Ma dici sul serio quando affermi di non averlo conosciuto? Vieni!»

Tuttavia, a quanto parve, Nezahualpìli disapprovava anche che la gente manifestasse troppo apertamente l'ammirazione nei suoi riguardi. Quando il Principe ed io ci fummo aperti a gomitate un varco tra la ressa degli studenti, egli si era già allontanato.

La Signora di Tolàn non mi aveva mentito avvertendomi che avrei studiato duramente in quella scuola, ma non starò ora a tediarvi, reverendi frati, con resoconti delle mie fatiche quotidiane, con gli eventi mondani delle mie giornate, e con i covoni di compiti che portavo nel mio alloggio al termine di ogni giorno. Mi limiterò a dirvi che imparai l'aritmetica, e il modo di tenere i libri dei conti e di calcolare i cambi dei vari tipi di moneta in circolazione — tutte capacità che mi sarebbero state utilissime negli anni a venire. Imparai inoltre la geografia di queste regioni, anche se allora non si *sapeva* molto di alcuna delle terre situate immediatamente al di là della nostra, come avrei accertato in seguito, esplorando per mio conto.

Trassi soprattutto profitto e piacere dagli studi della conoscenza delle parole e divenni sempre più abile nella lettura e nella scrittura. Ma credo che mi furono quasi altrettanto utili i corsi di storia, anche quando confutavano le credenze e le vanterie più care ai Mexìca. Il Signore Insegnante Neltitìca ci prodigava generosamente il suo tempo, accordando persino lezioni private ad alcuni di noi. Ne rammento una, che impartì a me e ad un ragazzo giovanissimo a nome Poyec, figlio di uno dei numerosi nobili di Texcòco.

«C'è un vuoto doloroso nella storia dei Mexìca» disse il maestro «simile all'ampio squarcio che un terremoto può aprire nella terra.»

Stava preparando una poquìetl per fumare mentre avrebbe parlato. Trattasi di un tubo sottile d'una qualche sostanza come l'osso o la giada, inciso con ornamenti, e munito di un bocchino ad una estremità. Nell'aperta estremità opposta vengono inserite una cannuccia secca o un pezzo di carta arrotolata entro le quali si comprimono ben bene le foglie secche finemente tritate della pianta picìetl, talora mescolate con erbe e spezie per aggiungere sapore e fragranza. Colui che si serve del tubo lo tiene tra le dita e accende l'estremità della cannuccia o della carta. Esse e ciò che contengono bruciano adagio riducendosi in cenere, mentre l'uomo porta di quando in quando il bocchino alle labbra per succhiare il fumo, inalarlo e poi soffiarlo fuori.

Dopo avere acceso la poquìetl con una brace del braciere,

Neltitìca disse: «Appena un covone di anni or sono, l'allora Riverito Oratore dei Mexìca Itzcòatl, Serpente di Ossidiana, concluse la Triplice Alleanza dei Mexìca, degli Acòlhua e dei Tecpanèca, con i Mexìca, naturalmente, come alleato dominante. Dopo essersi così assicurato il predominio per il suo popolo, Serpente di Ossidiana ordinò che tutti i libri dei tempi trascorsi venissero bruciati e che si scrivessero nuovi resoconti per glorificare il passato Mexìca, per dare ai Mexìca uno spurio, antico passato».

Contemplai il fumo azzurrognolo che si levava dalla poquìetl e mormorai: «Libri... bruciati...» Stentavo a credere che anche uno Uey-Tlatoàni potesse aver avuto l'ardire di distruggere qualcosa di prezioso, di insostituibile e di inviolabile come il libri.

«Serpente di Ossidiana così decise» continuò il Signore Insegnante «per far credere al suo popolo che i Mexìca erano, e sempre erano stati, i veri custodi dell'arte e della scienza, e affinché, per conseguenza, si persuadessero che il loro dovere era quelli di imporre la civiltà ad ogni popolo inferiore. Ma anche i Mexìca non possono ignorare le prove che altre e più grandi civiltà esistettero qui molto tempo prima del loro arrivo. Pertanto hanno escogitato leggende fantasiose allo scopo di spiegare tali prove.»

Poyec ed io riflettemmo al riguardo, poi il ragazzo osservò: «Vuoi dire cose come Teotihuàcan? Il Luogo Ove gli Dei si Riunirono?»

«Ecco un ottimo esempio, giovane Pòyectzin. Quella città non è altro, adesso, che un cumulo di rovine invase dalle erbacce, ma ovviamente fu un tempo più grande e popolosa di quanto Tenochtìtlan possa mai sperare di essere.»

Dissi: «Ci è stato insegnato, Signore Insegnante, che venne costruita dagli dei, quando si riunirono tutti per decidere di creare la terra e i suoi popoli e tutte le cose viventi...»

«Naturale che vi è stato insegnato questo. Ogni grande cosa non creata dai Mexìca non deve essere attribuita ad alcun altro essere mortale.» Soffiò fuori un pennacchio di fumo dalle narici. «Anche se Serpente di Ossidiana cancellò la trascorsa storia dei Mexìca, non poté bruciare le biblioteche della nostra Texcòco e di altre città. Abbiamo ancora i documenti che riferiscono com'era questa vallata molto tempo prima dell'arrivo degli Aztèca-Mexìca. Serpente di Ossidiana non poteva cambiare tutta la storia dell'Unico Mondo.»

«E queste storie rimaste intatte» domandai «... di quanto indietro risalgono nel tempo?»

«Non certo sufficientemente lontano. Noi non pretendiamo

157

di possedere resoconti che risalgono alla Coppia del Signore e della Signora. Quei due furono i primi abitatori del mondo, e vennero poi tutti gli altri dei, e quindi una razza di giganti.» Neltitìca aspirò cogitabondo alcune boccate di fumo dalla poquìetl. «Questa leggenda dei giganti, sapete, può essere vera. Un antico osso consumato dal tempo venne disseppellito da un contadino ed è conservato tutt'ora a Texcòco — l'ho veduto io stesso — e i chirurghi dicono che si tratta senza alcun dubbio di un femore. Ebbene, esso è lungo quanto io sono alto.»

Il piccolo Poyec rise nervosamente e disse: «Non mi piacerebbe incontrare l'uomo al quale apparteneva quel femore».

«Bene» continuò il Signore Insegnante «dei e giganti sono cose sulle quali devono cogitare i sacerdoti. A me preme la storia degli uomini, specie dei primi uomini in questa vallata, coloro che edificarono città come Teotihuàcan e Tolàn. Poiché tutto ciò che possediamo lo abbiamo ereditato da loro.» Aspirò l'ultima boccata di fumo e tolse dalla poquìetl l'estremità bruciata della cannuccia contenente il picìetl. «Potremo non sapere mai perché scomparvero, o quando, sebbene le travi annerite dal fuoco dei loro edifici in rovina facciano pensare che siano stati scacciati da predoni. Forse dai selvaggi Chichimèca, il Popolo Cane. Possiamo interpretare ben poche della pitture murali tutt'ora esistenti, delle sculture e degli scritti per immagini, e nessuna di queste cose ci dice anche soltanto il nome di quel popolo scomparso. Ma esse furono eseguite con tanta arte che noi, rispettosamente, denominiamo coloro i quali le eseguirono i Toltèca, i Maesti Artigiani, e, per covoni di anni, abbiamo tentato di uguagliare i loro conseguimenti.»

«Ma» osservò Poyec «se i Toltèca sono scomparsi da tanto tempo, non vedo come potremmo avere imparato da loro.»

«Imparammo perché alcuni singoli individui dovettero sopravvivere, anche quando quel popolo, come nazione, scomparve. Dovettero esservi alcuni superstiti che si rifugiarono nelle forre tra le alte montagne o nelle fitte foreste. E questi Toltèca duri a morire dovettero sopravvivere nascosti, e anche preservare, forse, alcuni dei loro libri delle conoscenze, nella speranza di tramandare la loro civiltà mediante i figli, e i figli dei figli, mentre si incrociavano con altre tribù. Sfortunatamente, le sole altre popolazioni in questa regione, a quei tempi, erano del tutto primitive: gli stolti Otomì, i frivoli Purèmpecha, e, s'intende, l'onnipresente Popolo Cane.»

«Ayya» esclamò il giovane Poyec. «Gli Otomì non hanno ancora neppure imparato l'arte della scrittura. E i Chichimèca, ancor oggi, si cibano dei loro escrementi.»

«Ma anche tra i barbari può esservi un pugno di individui eccezionali» osservò Neltitìca. «Dobbiamo presumere che i Toltèca scelsero con cura gli individui con i quali accoppiarsi, e che i loro figli e nipoti fecero altrettanto, così da mantenere almeno alcune stirpi superiori. Sarebbe stato un sacro retaggio familiare tramandare di padre in figlio ciò che ognuno ricordava delle antiche conoscenze toltèche. Finché, in ultimo, dal nord, cominciarono a giungere in questa vallata nuovi popoli, anch'essi primitivi, ma capaci di riconoscere e apprezzare e utilizzare quel tesoro di conoscenze. Nuovi popoli con la volontà di riattizzare le braci per così lungo tempo conservate e di farne scaturire la fiamma.»

Il Signore Insegnante si interruppe per infilare una nuova cannuccia nella poquìetl. Molti uomini fumavano la poquìetl perché, dicevano, il fumo manteneva la loro mente limpida e sana. Presi anch'io quell'abitudine, più avanti negli anni, e la trovai di grande aiuto nel cogitare. Ma Neltitìca fumava più di qualsiasi altro uomo io abbia mai conosciuto, e quell'abitudine doveva spiegare la sua straordinaria saggezza e la sua lunga vita.

Ora egli continuò: «I primi a giungere dal nord furono i Culhua. Poi vennero gli Acòlhua, i miei antenati e i tuoi, Pòyectzin. Quindi tutti gli altri stabilitisi intorno al lago: i Tecpanèca, gli Xochimìlca e così via. Allora, come adesso, si attribuivano nomi diversi e soltanto gli dei sanno da dove vennero originariamente, ma tutte queste genti giunsero qui parlando l'uno o l'altro dialetto della lingua nàhuatl. E qui, in questo bacino lacustre, cominciarono a imparare, dai discendenti degli scomparsi Toltèca, quello che restava delle antiche arti e capacità Toltèca.»

«Non può essere avvenuto tutto in un giorno» osservai «o in un covone di anni.»

«No, e forse nemmeno in molti covoni di anni» disse Neltitìca. «Ma quando l'apprendimento deve aver luogo, in vasta misura, mediante elusivi brandelli di informazioni, a furia di tentativi e di errori, e grazie all'imitazione delle rovine... be', allora quanto più numerosi sono i popoli impegnati a imparare, tanto più rapido è il progresso generale. Fortunatamente, qui Culhua e Acòlhua e Tecpanèca, e tutti gli altri poterono comunicare mediante una lingua comune, e agirono tutti insieme. Nel frattempo, scacciarono a poco a poco le popolazioni inferiori da questa regione. I Purèmpecha si recarono a ovest, gli Otomì e i Chichimècha si trasferirono a nord. Rimasero le nazioni ove si parlava il nàhuatl, e progredirono, in fatto di conoscenze e capacità, press'a poco con lo stesso ritmo. Questi popoli, soltanto dopo aver conseguito una certa misura di civiltà, smisero di appoggiarsi vicendevolmente e cominciarono a gareggiare per la su-

premazia. Fu allora che giunsero gli ancora primitivi Aztèca.»
Il Signore Insegnante volse lo sguardo su di me.

«Gli Aztèca, o Mexìca, si stabilirono in una società già ben sviluppata, ma una società che cominciava a separarsi in frammenti rivali. E riuscirono così a sopravvivere finché Coxcox, dei Culhua, accondiscese a nominare uno dei suoi nobili, che si chiamava Acamapìchtli, loro primo Riverito Oratore. Acamapìchtli insegnò loro l'arte della conoscenza delle parole, e quindi tutte le altre arti già condivise dalle nazioni insediate da tempo nella regione. I Mexìca erano avidi di imparare e sappiamo adesso come si servirono delle loro nuove conoscenze. Sfruttarono le rivalità delle fazioni di altri popoli in queste regioni, ponendole le une contro le altre, divenendo alleati ora delle une ora delle altre, finché, in ultimo, riuscirono a conquistare essi stessi la supremazia militare su tutti gli altri popoli.»

Il piccolo Poyec di Texcòco mi scoccò un'occhiata, come se fosse stata mia la colpa dell'aggressività dei miei antenati, ma Neltitìca continuò a parlare, spassionatamente come si addice a uno storico obiettivo:

«Sappiamo come abbiano prosperato i Mexìca dopo di allora. Hanno superato di gran lunga, per ricchezza e influenza, quelle altre nazioni che un tempo li disprezzavano, considerandoli insignificanti. La loro Tenochtìtlan è la più ricca e la più opulenta città costruita dai tempi dei Toltèca. Sebbene nell'Unico Mondo si parlino innumerevoli lingue, gli eserciti Mexìca che si spingono lontano, e i loro mercanti ed esploratori, hanno fatto del nostro nàhuatl la seconda lingua di ogni popolo dai deserti del settentrione alle giungle del meridione».

Il Signore Insegnante dovette scorgere la traccia di un sorriso compiaciuto sul mio viso, poiché così concluse:

«Questi conseguimenti dovrebbero essere, ritengo, un vanto sufficiente per i Mexìca, ma essi hanno voluto, a tutti i costi, una gloria ancora più grande. Hanno riscritto i loro libri di storia, cercando di persuadere se stessi, ed altri, di essere sempre stati la nazione più importante in questi luoghi. I Mexìca possono illudere se stessi, e forse anche trarre in inganno gli storici e le generazioni a venire. Ma ritengo di avere sufficientemente dimostrato che questi usurpatori *non* sono la grande rinascita Toltèca».

La Signora di Tolàn mi invitò a prendere la cioccolata nei suoi appartamenti, ed io andai avidamente, con un interrogativo che ribolliva entro di me. Allorché entrai, suo figlio, il Principe della Corona, era presente; tacqui, pertanto, mentre parlavano di problemi di secondaria importanza concernenti l'amministrazione del palazzo. Ma, non appena vi fu una sosta nel loro colloquio, trovai l'audacia di porre la domanda.

« Tu sei nata a Tolàn, mia signora, e quella era un tempo una città Toltèca. Sei tu, dunque, una toltècatl? »

Sia lei, sia Fiore Nero, parvero stupiti; poi ella sorrise. « Chiunque sia nato a Tolàn, Testa che Annuisce — chiunque e ovunque — sarebbe orgoglioso di poter vantare sia pure una goccia soltanto di sangue Toltèca. Ma, in tutta sincerità, *ayya*, io non posso. A memoria d'uomo, Tolàn ha sempre fatto parte del territorio Tecpanèca e pertanto io discendo da una stirpe Tecpanèca, sebbene sospetti che la nostra famiglia abbia potuto includere, molto tempo fa, uno o due Otomìtl, prima che quella razza venisse scacciata. »

Dissi, deluso: « Non v'è *alcuna* traccia dei Toltèca, a Tolàn? »

« Per quanto concerne la popolazione, chi può dirlo con certezza? Per quanto concerne il luogo, sì, vi sono le piramidi e le terrazze di pietra e i cortili delimitati da mura. Le piramidi sono state corrose dall'erosione, le terrazze sono sbilenche e cadenti, e le mura sono in parte crollate. Ma la squisita disposizione delle loro pietre è tuttora visibile, così come sono visibili i bassorilievi e alcun frammenti di pitture qua e là. Le cose più imponenti e meno consumate dal tempo, però, sono le statue. »

« Degli dei? » domandai.

« Non credo, perché hanno tutte lo stesso volto. Sono tutte delle stesse dimensioni e della stessa forma, scolpite in modo semplice e realistico, non nello stile involuto di oggi. Si tratta di colonne cilindriche, come se un tempo avessero sostenuto qualche tetto massiccio. Ma le colonne sono scolpite con le forme di esseri umani ritti in piedi, ammesso che tu riesca a immaginare esseri umani alti tre volte di più di qualsiasi uomo a noi noto. »

« Forse rappresentano i giganti che vissero sulla terra dopo gli dei » suggerii, ricordando il femore mostruoso del quale ci aveva parlato Neltitìca.

« No , credo che rappresentino gli stessi Toltèca, soltanto raffigurati molto più grandi del vero. Le loro facce non sono severe, né brutali, né altezzose, come ci si potrebbe aspettare da dei o da giganti. Hanno un'espressione di serena vigilanza. Molte delle colonne sono cadute, rotolando e spargendosi più in basso, ma altre rimangono ancora in piedi sulle alture e contemplano le campagne come se fossero pazientemente e tranquillamente in attesa. »

« In attesa di che cosa, secondo te, mia signora? »

« Forse del ritorno dei Toltèca. » Fu Fiore Nero a rispondere, ed egli fece seguire la risposta da un'aspra risata. « Forse aspettano di vederli sbucar fuori da dove si sono nascosti durante tutti questi covoni di anni. Venendo, possenti e furenti, a sconfiggere noi intrusi, a rivendicare queste terre che un tempo erano loro. »

« No, figlio mio » disse la Prima Signora. « Non furono mai un popolo guerriero, né vollero esserlo, e questa fu la loro rovina. Se *potessero* tornare, tornerebbero in pace. »

Sorseggiò la cioccolata e fece una smorfia; la spuma si era afflosciata. Ella tolse dal tavolo accanto a sé il frullino fatto da grandi e piccoli anelli di legno separati l'uno dall'altro e legati mediante cordicelle all'asse centrale, l'intero strumento abilmente ricavato da un singolo pezzo di cedro aromatico. Mise il frullino nella propria tazza e, tenendo l'asse tra i palmi, fece ruotare rapidamente gli anelli finché il rosso liquido non tornò ad essere spumoso e denso. Dopo un altro sorso, ella leccò via la spuma dal labbro superiore e mi disse:

« Recati qualche volta nella città di Teotihuàcan, Testa che Annuisce, e osserva quel che rimane laggiù dei dipinti murali. Soltanto uno di essi raffigura un guerriero Toltècatl, il quale si limita a giocare alla guerra. La sua lancia non ha lama, ma soltanto un ciuffo di piume in punta, e le frecce di lui terminano con gomma òli, come quelle impiegate per insegnare ai ragazzi il tiro con l'arco ».

« Sì, mia signora, ho impiegato io stesso quelle frecce, esercitandomi nei giochi di guerra. »

« Dagli altri affreschi murali potrai dedurre che i Toltèca non offrivano mai sacrifici umani ai loro dei, ma soltanto farfalle, fiori, quaglie e così via. I Maestri Artigiani erano un popolo pacifico, perché i loro dei erano divinità gentili. Uno di essi era quel Quetzalcòatl tuttora adorato da tutte le nazioni, ovunque. È la concezione Toltèca del Serpente Piumato ci dice molte cose di *loro*. Chi mai, se non un popolo savio e cortese, avrebbe potuto tramandarci un dio che così armoniosamente fonde la possanza e la bontà? La più spaventosa, ma anche la più aggraziata di tutte le creature, il serpente, rivestito non già di dure scaglie, ma del soffice e meraviglioso piumaggio dell'uccello quetzal tototl. »

Dissi: « Mi è stato insegnato che il Serpente Piumato visse davvero, un tempo, in queste regioni, e che un giorno tornerà ».

« Sì, Testa che Annuisce, a quanto possiamo arguire dai resti della scrittura Toltèca, Quetzalcòatl visse effettivamente, un tempo. Fu un Uey-Tlatoàni di tempi antichissimi, o comunque i Toltèca potessero chiamare i loro governanti, e dovette essere un governante buono. Si dice che fu egli stesso escogitare la scrittura, i calendari, le carte delle stelle, i numeri che impieghiamo oggi. Si dice persino che ci lasciò la ricetta della ahua-

162

camòli e di tutte le altre salse molli, sebbene, senza dubbio, io non riesca a immaginare Quetzalcòatl intento a lavorare come un cuoco in cucina.»

Sorrise e scosse la testa, poi ridivenne seria. «Dicono che, durante il suo regno, nei campi dei contadini non cresceva soltanto cotone bianco, ma cotone di tutti i colori, come se fosse stato già tinto, e che ogni singola pannocchia di granturco era tanto grande quanto poteva essere portata da un uomo. Dicono che non esistevano deserti, ai suoi tempi, ma che frutta e fiori crescevano ovunque in abbondanza, e che l'aria veniva profumata da tutte le loro fragranze commiste...»

Domandai: «È possibile che egli torni ancora tra noi, mia signora?».

«Ecco, stando alle leggende, Quetzalcòatl, in qualche modo, non intenzionalmente, commise un peccato tanto spaventoso — o fece *qualcosa* che violava a tal punto i suoi nobili criteri di comportamento — da abdicare volontariamente al trono. Si recò sulla sponda dell'oceano orientale e costruì una zattera di penne intrecciate, dicono taluni, o di serpenti vivi intrecciati. Con le ultime parole che rivolse agli afflitti Toltèca, si impegnò a tornare, un giorno. Poi si allontanò remando e scomparve al di là dell'orizzonte dell'Oceano, a est. Da allora, il Serprente Piumato è divenuto l'unico dio riconosciuto da tutte le nazioni e da tutti i popoli a noi noti. Ma, da quel giorno sono scomparsi anche tutti i Toltèca, e Quetzalcòatl deve ancora tornare.»

«Ma potrebbe essere tornato, può darsi che lo sia» osservai. «I sacerdoti dicono che gli dei, non di rado, camminano tra noi inosservati.»

«Come il Signore mio Padre» disse Fiore Nero, ridendo. «Tuttavia, credo che sarebbe àlquanto difficile non osservare il Serpente Piumato. La ricomparsa di un dio così singolare sarebbe senza alcun dubbio sensazionale. Stanne certo, Testa che Annuisce, se mai Quetzacòatl dovesse tornare, con o senza il suo seguito di Toltèca, lo riconosceremmo.»

Ero partito di Xaltòcan verso la fine della stagione delle piogge, nell'anno del Quinto Coltello e, a parte il fatto che anelavo spesso alla presenza di Tzitzitlìni, gli studi e il godimento della vita al palazzo mi avevano preso a tal punto che quasi non mi ero accorto del rapido scorrere del tempo. Rimasi francamente stupito quando il mio compagno di studi, il Principe Salice, mi informò che di lì a due giorni sarebbe stato il primo dei nemotèmtin, i cinque giorni senza vita. Dovetti contare sulle dita per convincermi che mi trovavo lontano da casa da oltre un anno intero, e che il termine di un nuovo anno si stava avvicinando.

«Ogni attività è sospesa durante i cinque giorni vuoti» disse il giovane principe. «Pertanto quest'anno approfitteremo dell'occasione per trasferirci con l'intera corte nel nostro palazzo a Texcòco e prepararci a festeggiare laggiù il mese di Cuàhuitl Ehua.»

Trattavasi del primo mese del nostro anno solare. Il suo nome significa L'Albero Viene Sollevato, e si riferisce alle molte e complesse cerimonie durante le quali i popoli di tutte le nazioni solevano supplicare il dio della pioggia, Tlaloc, chiedendogli di far sì che l'imminente stagione delle piogge estive ci portasse acqua in abbondanza.

«Inoltre tu vorrai trovarti con la tua famiglia, in tale occasione» continuò Salice. «Pertanto ti chiedo di accettare in prestito la mia acàli personale, che ti condurrà laggiù. Te la rimanderò verso la fine di Cuàhuitl Ehua, e potrai così raggiungerci alla corte di Texcòco.»

Tutto questo era molto improvviso, ma accettai esprimendogli gratitudine per tanta premura.

«Una sola cosa» egli disse. «Potrai essere pronto a partire domattina? Tu capisci, Testa che Annuisce, i miei rematori vorranno essere certi di poter esser di ritorno a casa prima che incomincino i giorni senza vita.»

✠

Ah, il Señor Vescovo! Una volta di più sono lieto, e onorato, di vedere Tua Eccellenza tornare a far parte del nostro piccolo gruppo. E, una volta di più, mio signore, il tuo indegno servo è tanto audace da rivolgerti un rispettoso saluto e il benvenuto.

... Sì, capisco, Eccellenza. Dici che fino ad ora non ho parlato sufficientemente dei riti religiosi del mio popolo; dici di volere particolarmente sentir parlare di persona del nostro superstizioso timore dei giorni vuoti; e di voler ascoltare tu stesso la mia descrizione dei riti pagani di esortazione, nel mese successivo, al dio della pioggia. Capisco, mio signore, e farò in modo che le tue reverende orecchie odano tutto. Se con questa vecchia mente dovessi divagare ricordando, o se questa vecchia lingua dovesse omettere con troppa noncuranza un qualsiasi particolare importante, non esitare, ti prego, Eccellenza, a interrompermi con domande o richieste di delucidazioni.

Sappi, dunque, che nel sest'ultimo giorno dell'anno della Sesta Casa l'acàli scolpita e imbandierata e munita di tenda del Principe Salice mi ricondusse ad un pontile di Xaltòcan. La mia

164

splendida imbarcazione con sei rematori umiliò alquanto la scoperta canoa a due remi del Signore Airone Rosso che, quello stesso giorno, analogamente riportava a casa suo figlio dalla scuola, per il mese cerimoniale di Cuàhuitl Ehua. Io ero inoltre notevolmente meglio vestito di quel principotto provinciale, e Pactli, involontariamente, mi fece con adulazione un cenno di saluto prima di riconoscermi e prima che il viso gli si raggelasse.

A casa mia fui accolto come un eroe di ritorno dalla guerra. Mio padre mi batté le mani sulle spalle, che ormai quasi uguagliavano le sue in altezza e larghezza. Tzitzitlìni mi cinse con entrambe le braccia in una stretta che sarebbe potuta sembrare semplicemente da sorella a chi non avesse notato le unghie di lei affondarmi dolcemente, ma in modo significativo, nella schiena. Persino mia madre parve ammirata, soprattutto del costume che indossavo. Deliberatamente, avevo deciso di mettermi il mantello più mirabilmente ricamato, con la fibbia di eliotropio sulla spalla, e di calzare i sandali dorati i cui lacci arrivavano sin quasi alle ginocchia.

Amici e parenti e vicini giunsero in gran numero per contemplare a bocca aperta il vagabondo di ritorno. Tra essi, fui lieto di constatarlo, si trovavano Chimàli e Tlatli che, entrambi, avevano chiesto un passaggio da Tenochtìtlan sulle acàltin che trasportavano blocchi di arenaria e che tornavano all'isola per restare agli ormeggi durante i giorni senza vita. Le tre stanze e il cortile della mia famiglia, che mi parvero ora essersi curiosamente rimpicciolite, traboccano di visitatori. Non attribuisco ciò alla mia popolarità personale, ma al fatto che la mezzanotte avrebbe segnato l'inizio dei giorni vuoti, durante i quali non poteva svolgersi alcuna attività sociale.

Non molte delle persone lì riunite, eccezion fatta per mio padre e per alcuni altri cavatori, si erano mai allontanate dalla nostra isola; erano pertanto logicamente ansiose di sentir parlare del mondo esterno. Tuttavia, posero poche domande; parvero accontentarsi di ascoltare me e Chimàli e Tlatli che ci scambiavano il racconto delle esperienze fatte nelle rispettive scuole.

«Scuole!» sbuffò Tlatli. «È ben poco il tempo che abbiamo per studiare. Ogni giorno gli abominevoli sacerdoti ci destano all'alba affinché scopiamo e facciamo le pulizie nei nostri alloggi e in tutte le stanze dell'intero edificio. Poi dobbiamo recarci al lago per coltivare i chinàmpa della scuola e per cogliere granturco e fagioli destinati alla cucina. Oppure recarci nell'entroterra a spaccare legna per i fuochi sacri o a tagliare rovi maguey e a riempire sacchi con essi.»

Dissi: «Posso capire il cibo e la legna da ardere. Ma perché i rovi?»

« Per le penitenze e i castighi, amico Talpa » grugnì Chimàli. « Basta trasgredire alla più piccola regola e un sacerdote ti costringe a trafiggerti ripetutamente. I lobi delle orecchie, i pollici e le braccia persino le parti intime. Io sono punto dappertutto. »

« Ma soffre anche chi si comporta in modo perfetto » soggiunse Tlatli. « Un giorno sì e uno no sembra che sia la festa dell'uno o dell'altro dio, compresi molti che non ho mai sentito nominare, e ogni ragazzo deve spargere sangue per le offerte sacrificali. »

Uno degli ascoltatori domandò: « Quando lo trovate il tempo per studiare? »

Chimàli fece una smorfia. « Quel poco tempo che c'è non ci consente di combinare molto. I sacerdoti insegnanti non sono uomini eruditi. Non sanno niente, tranne quanto sta scritto nei testi, e quei libri sono antichi e macchiati e si stanno sbriciolando, ridotti a brandelli di corteccia. »

Tlatli disse: « Chimàli ed io siamo fortunati, però. Non per studiare sui libri abbiamo deciso di partire, e pertanto la cosa non ci turba molto. Inoltre, trascorriamo quasi tutte le giornate negli studi dei nostri maestri d'arte, che non perdono tempo con le ciance religiose. Ci fanno lavorare duramente, e perciò impariamo *sul serio* ciò che siamo andati a imparare. »

« Imparano anche alcuni altri ragazzi » osservò Chimàli. « Quelli che lavorano come noi da apprendisti... con medici, tessitori di piume, musicanti, e così via. Ma compatisco quelli che sono andati a imparare pura erudizione, come la conoscenza delle parole. Quando non si trovano impegnati dai riti, dalle mortificazioni sanguinose e da fatiche servili, ricevono lezioni da preti ignoranti quanto i loro allievi. Puoi ritenerti fortunato. Talpa, di non essere finito in una calmècac. C'è ben poco da imparare in quelle scuole, a meno che uno non voglia diventare prete egli stesso. »

« E nessuno » disse Tlatli, rabbrividendo, « può voler diventare sacerdote di qualsiasi dio, a meno che non sia disposto a non godersi mai, nemmeno una volta nella vita, il sesso, o una bevuta di octli, o anche semplicemente un bagno. E a meno che non gli piaccia sul serio torturarsi, oltre a veder soffrire gli altri. »

Avevo un tempo invidiato Tlatli e Chimàli, quando, indossato il mantello, erano partiti per le loro diverse scuole. Ora eccoli lì, sempre con lo stesso mantello indosso, e toccava a loro invidiarmi. Non ebbi bisogno di dire una sola parola dell'esistenza lussuosa che conducevo alla corte di Nezahualpìli. Rimasero sufficientemente colpiti quando feci osservare che i nostri libri di testo erano dipinti su pelle di daino affumicata, affinché durassero di più, e quando accennai all'assenza di interruzioni religiose, alle poche norme e alla scarsa severità, nonché alla disponibilità degli insegnanti nel dare lezioni private.

«Pensa un po'!» mormorò Tlatli. «Insegnanti che hanno *studiato* quello che insegnano!»

«Libri di testo di pelle di daino!» mormorò Chimàli.

Vi fu una certa agitazione tra le persone più vicine alla porta, e all'improvviso Pactli entrò a gran passi, come se avesse deliberatamente calcolato l'ora del suo arrivo per fare sfoggio del prodotto superlativo del tipo di calmècac più raffinato e prestigioso. Numerose persone caddero in ginocchio per baciare la terra in onore del figlio del loro governatore, ma non c'era spazio perché tutti potessero fare questo.

«*Mixpantzìnco*» lo salutò mio padre, in tono incerto.

Ignorandolo, e senza curarsi di dargli la risposta tradizionale, Pactli rivolse la parola direttamente a me. «Sono venuto a chiedere il tuo aiuto, giovane Talpa.» Mi porse una striscia di carta di corteccia piegata e disse, nel modo più cameratesco di cui era capace: «Mi risulta che i tuoi studi sono dedicati soprattutto all'arte della conoscenza delle parole, e ti chiedo di darmi un parere su questa mia fatica prima ch'io torni a scuola e la sottoponga al giudizio del mio Signore Insegnante». Ma, mentre mi parlava, volse lo sguardo verso mia sorella. Doveva essere penoso per il Signore Gioia (poiché tale era il significato del suo nome), pensai, doversi servire di *me* come un pretesto per farci visita, prima che la mezzanotte gli rendesse impossibile venire da noi.

Sebbene a Pactli non importasse un fico del mio parere sul suo scritto — stava contemplando apertamente con bramosia mia sorella, adesso — aprii le pagine piegate e dissi, in tono annoiato: «In quale direzione dovrei leggere questo?»

Numerose persone parvero allibite dal tono della mia voce, e Pactli grugnì come se lo avessi percosso. Mi fissò irosamente e rispose, a denti stretti: «Da sinistra a destra, Talpa, come ben sai».

«Di solito da sinistra a destra, sì, ma non sempre» dissi io. «La prima e la più fondamentale regola della scrittura — e a quanto pare tu non l'hai afferrata — vuole che la maggior parte dei personaggi da te raffigurati sia voltata nella direzione in cui va letto lo scritto.»

Dovevo sentirmi insolitamente insuperbito dall'eleganza del mio modo di vestire, dal fatto che ero appena arrivato da una Corte infinitamente più colta di quella di Pactli, e dall'essere al centro dell'attenzione in una casa piena di amici e di parenti — altrimenti è probabile che non avrei osato ignorare le convenzioni del servilismo. Senza darmi la pena di esaminare ulteriormente lo scritto, lo piegai e glielo restitui.

Hai mai notato, Eccellenza, come lo stesso stato d'animo di furia possa fare assumere un colorito diverso alle diverse persone? La faccia di Pactli era diventata quasi paonazza, quella di mia madre quasi bianca. Tzitzi si passò con leggerezza la mano sulla bocca, in un gesto di stupore, ma poi rise, e altettanto fecero Tlatli e Chimàli. Pactli volse lo sguardo furente da me a loro, poi fissò circolarmente tutti i presenti, la maggior parte dei quali parve desiderare di poter assumere ancora un altro colore: quello invisibile dell'aria trasparente. Ammutolito dalla furia, il Signore Gioia schiacciò la carta di corteccia nel pugno e uscì a gran passi, dando rudi spallate a coloro che non erano riusciti immediatamente a spostarsi per lasciarlo passare.

Quasi anche tutti gli altri lì presenti se ne andarono subito, come se, così facendo, avessero potuto in qualche modo dissociarsi dalla mia insubordinazione. Addussero il pretesto della più o meno grande distanza delle loro case dalla nostra, e dissero che volevano affrettarsi a tornarvi prima dell'oscurità per accertare che non una sola brace nei loro focolari fosse stata lasciata accidentalmente accesa. Mentre era in corso questa partenza in massa, sia Chimàli, sia Tlatli mi rivolsero sorrisi di incoraggiamento, Tzitzi mi strinse la mano, mio padre parve affranto, e mia madre raggelata come se fosse rivestita di brina. Ma non tutti se ne andarono. Alcuni degli ospiti furono abbastanza coraggiosi per non trepidare a causa della spavalderia che avevo ostentato, ostentandola per giunta, proprio alla vigilia dei giorni senza vita.

Durante i cinque giorni che stavano per cominciare, vedi, fare *qualsiasi cosa* veniva considerato una avventatezza, ovviamente inutile, e forse pericolosa. Quei giorni non erano veri giorni; erano soltanto un necessario varco tra l'ultimo mese del precedente anno Xiutecùtli e il primo mese del successivo anno Cuàhuitl Ehua; non esistevano come giorni. Per conseguenza, cercavamo di rendere impercettibile più che potevamo la nostra stessa vita. Era quello il periodo dell'anno in cui gli dei diventavano pigri e sonnecchiavano; persino il sole era scialbo e freddo e basso nel cielo. Nessuna persona ragionevole avrebbe fatto qualcosa che turbasse il languore degli dei e potesse incorrere nel pericolo della loro irritazione.

Così, durante i cinque giorni vuoti, ogni lavoro cessava. Ogni attività veniva sospesa, a parte i compiti più essenziali e inevitabili. Tutti i fuochi e le luci nelle case si spegnevano. Non si cucinava e venivano serviti soltanto pasti leggeri e freddi. La gente non viaggiava, né faceva visite né si riuniva in gruppi. Mariti e mogli si astenevano dal congiungimento carnale. (Se ne astenevano inoltre, o adottavano precauzioni, nove mesi prima di nemontèmtin, poiché un bambino nato durante i giorni senza vita di rado sopravviveva ad essi.) In tutte le nostre terre, pertanto, la maggior parte delle persone rimaneva in casa e si dedicava a modi insignificanti per ingannare il tempo, come affilare gli strumenti o rammendare le reti; oppure, più semplicemente, se ne restava seduta e si annoiava.

Poiché i giorni vuoti erano così nefasti, fu soltanto naturale, presumo, che la compagnia rimasta in casa nostra, quella sera, parlasse di presagi e di portenti. Chimàli, Tlatli ed io sedemmo in disparte e continuammo a paragonare le nostre esperienze nelle rispettive scuole, ma io udii anche parte di quanto dicevano gli anziani.

«Proprio un anno fa Xopan è passata addosso alla sua bimbetta che stava strisciando in cucina. Avrei potuto dirle che cosa aveva fatto al tonàli della bambina. La bimba non è cresciuta di un dito in tutto l'anno, da quando venne calpestata. Rimarrà nana, aspettate e vedrete.»

«Un tempo ridevo della cosa, ma ora so che le antiche leggende sui sogni sono vere. Una notte sognai che un'anfora d'acqua si rompeva, e, proprio il giorno dopo, morì mio fratello Xìcama. Ucciso nella cava, ve ne ricorderete.»

«A volte le terribili conseguenze non si determinano per così lungo tempo che si può dimenticare quale azione avventata le ha provocate. Come la volta in cui, anni fa, ammonii Teoxìhuitl a fare attenzione con la scopa, allorché la vidi passarla sopra i piedi del suo figlioletto che stava giocando sul pavimento. E, manco a dirlo, quel ragazzo finì con lo sposare una vedova anziana quasi quanto sua madre Teoxìhuitl. Divenne lo zimbello del villaggio.»

«Una farfalla volò in tondo in tondo sopra il mio capo. Soltanto un mese dopo ebbi la notizia. La mia unica sorella Cuepòni era morta in casa sua a Tlàcoìan, quello stesso giorno. Ma naturalmente avrei già dovuto capirlo vedendo la farfalla, poiché si trattava della mia più stretta e cara parente.»

Non potei fare a meno di riflettere su due cose. L'una fu che tutti, a Xaltòcan, parlavano davvero una lingua quanto mai poco raffinata, in confronto al nàhuatl al quale mi ero abituato di recente. L'altra fu che, di tutti i presagi dei quali stava parlando la compagnia, non ve n'era uno solo che sembrasse presagire qualcosa di diverso dalla sfortuna, il lutto, l'infelicità o il disastro. Poi venni distratto da Tlatli, il quale mi riferì qualcosa che aveva imparato dal suo Signore Insegnante di scultura.

«Gli esseri umani sono le sole creature che abbiano il naso. No, non ridere, Talpa. Di tutte le creature viventi delle quali abbiamo eseguito sculture, soltanto gli uomini e le donne hanno un naso che non sia semplicemente parte del muso o del becco, un naso che sporge dalla faccia. Così, poiché scolpiamo le nostre statue con un gran numero di particolari decorativi, il mio maestro mi ha insegnato a scolpire sempre gli essere umani con un naso esagerato alquanto. In questo modo, chiunque osservi la statua più complicata, anche se ignora tutto dell'arte, può capire, sin dalla prima occhiata, che la statua stessa rappresenta una creatura umana e non un giaguaro, o un serpente, o, se vuoi, la dea acquatica dalla faccia di rana Chàlchihuiltìcue.»

Annuii e accantonai quell'idea nella memoria. In seguito feci anch'io altrettanto nelle mie scritture per immagini, e molti altri scrivani, successivamente, imitarono il mio modo di disegnare uomini e donne con nasi vistosi. Se tutto il nostro popolo è condannato a scomparire dalla terra come il Toltèca, confido che potranno almeno sopravvivere i libri da noi scritti. I futuri lettori della scrittura per immagini potranno forse pensare erroneamente che ogni abitatore di queste terre avesse un naso a becco di falco come i Maya, ma per lo meno non dovrebbero stentare a distinguere le figure umane da quelle di animali o di dei dall'aspetto animalesco.

«Grazie a te, Talpa, ho escogitato una firma unica per i miei dipinti» disse Chimàli, con un timido sorriso. «Altri artisti firmano le loro opere con i simboli dei loro nomi, ma io mi servo di questa.» Mi mostrò una tavoletta, grande press'a poco quanto un sandalo, disseminata su tutta la superficie da innumerevoli, minuscoli frammenti di tagliente ossidiana. Trasalii e rimasi inorridito quando batté con forza la mano sinistra aperta sulla tavoletta e poi, sempre sorridendo, me la mostrò affinché vedessi il sangue che sgorgava dal palmo e da ogni dito. «Possono esservi altri pittori a nome Chimàli, ma tu, Talpa, mi hai dimostrato che non esistono due mani uguali.» La sua era ormai completamente coperta di sangue. «Pertanto dispongo di una firma che non potrà mai essere imitata.»

Fece schioccare la mano aperta sulla massiccia anfora dell'acqua, accanto a noi. Sulla superficie di un color marrone spento del vaso apparve una scintillante impronta rossa. Viaggia in queste regioni, Eccellenza, e vedrai quella stessa impronta su molti affreschi murali nei templi e nei palazzi. Chimàli dipinse un numero prodigioso di opere prima di smettere di lavorare.

Lui e Tlatli furono gli ultimi ospiti a uscire da casa nostra, quella sera. Si trattennero, volutamente, finché non udimmo i tamburi e le trombe-conchiglia, dalla piramide del tempio, annunciare l'inizio del nemontèmtin. Mentre mia madre correva qua e là per la casa spegnendo tutte le lampade, i miei amici sgattaiolarono via per arrivare alle loro abitazioni prima che i colpi di tamburo e i belati cessassero. Fu temerario da parte loro... se i giorni vuoti erano pericolosi, potevano esserlo molto di più le notti senza luci; ma essi, indugiando all'ultimo momento, mi avevano evitato il castigo a causa dell'offesa arrecata al Signore Gioia. Né mio padre né mia madre potevano prendere un'iniziativa grave come un castigo nei giorni successivi, e, quando i nemotèmtin finirono, la cosa era stata dimenticata.

Quei giorni, però, non furono del tutto privi di eventi per me. Tztzi si appartò con me, l'indomani, e mi bisbigliò, in tono incalzante: «Devo andare a rubare un altro fungo sacro?»

«Empia sorella» sibilai, anche se non irosamente. «Giacere insieme è proibito persino a marito e moglie, in questo periodo.»

«*Soltanto* a marito e moglie. Per te e per me è sempre proibito e pertanto non corriamo più rischi del solito.»

Prima che avessi potuto dire qualcos'altro, si avvicinò alla grande giara d'argilla, alta fino alla vita, che conteneva la riserva d'acqua per la famiglia, quella stessa sulla quale Chimàli aveva impresso la propria impronta rossa di sangue. Ella la spinse con tutte le sue forze, la giara cadde, si ruppe, e l'acqua inondò il pavimento di arenaria. Nostra madre accorse tempestosamente nella stanza e si abbandonò a una delle sue tirate contro Tzitzitlìni. Stupida ragazzaccia.. ci è voluto un giorno intero per rimpire quella giara... l'acqua sarebbe dovuta durare per tutti i nemontèmtin... non ne abbiamo una sola altra goccia in casa, né abbiamo alcun altro recipiente di queste dimensioni...

Imperturbabile, mia sorella disse: «Mixtili ed io possiamo andre alla sorgente con le più grandi delle vecchie giare, e, tra tutti e due, portare altrettanta acqua con un solo tragitto».

Nostra madre non giudicò molto valida quella proposta, e pertanto continuò a lungo a strillare, ma in realtà non aveva altra scelta, e in ultimo ci lasciò andare. Ognuno di noi uscì di casa con una panciuta giara a due manici in ciascuna mano, ma, alla prima occasione, le posammo.

L'ultima volta ho descritto Tzitzi com'era nella prima adolescenza. Ma ormai aveva raggiunto la pienezza dello sviluppo e, naturalmente, fianchi e natiche le si erano riempiti, assumendo aggraziate curve femminili. Ognuno dei seni traboccava dalla mia mano a coppa. I capezzoli erano più eretti, con areole di maggior diametro e di un colore rosso-bruno scuro che spiccava contro il fulvo chiaro della pelle circostante. Tzitzi si eccitava, inoltre, ancor più rapidamente, se possibile, delle volte precedenti, ed era più lussuriosa nelle reazioni e nei movimenti. Nel breve intervallo che ci concedemmo tra la casa e la sorgente, giunse almeno tre volte al momento culminante. La sua accresciuta capacità di passione, e la percettibile maturazione del corpo di lei, mi consentirono di intravedere per la prima volta la verità e le mie esperienze con altre donne negli anni successivi la confermarono. Pertanto considero ormai la cosa non già un'ipotesi, ma una teoria dimostrata, e si tratta di questo:

La sensualità di una donna è direttamente proporzionale al diametro e al colore scuro delle areole. Per quanto bello possa essere il suo viso, per quanto ben fatte le forme, e indipendentemente dalla sua disponibilità o dall'apparente freddezza. Questi aspetti possono essere ingannevoli, anche deliberatamente da parte della donna. Ma esiste quest'unico indizio certo della sensualità della sua indole e, allo sguardo esperto, non esiste arte della cosmesi che possa nasconderlo o contraffarlo. La donna che abbia una vasta e scura areola intorno ai capezzoli, ha invariabilmente il sangue ardente, anche se potrebbe desiderare che fosse altrimenti. La donna senza areole — con appena residui di capezzoli, come un uomo — è inevitabilmente fredda, anche se, in buona fede, può ritenersi diversa, o anche se si comporta spudoratamente per sembrare sensuale. E, naturalmente, vi sono gradazioni per quanto concerne l'estensione e il colore delle areole, e soltanto con l'esperienza si può imparare a valutarle. Così, all'uomo basta un'occhiata al seno nudo della donna e, senza perdite di tempo, né pericolo di delusioni, può giudicare quanto appassionatamente ella...

Tua Eccellenza vuole che io concluda con questo argomento. Oh, be', senza dubbio ne ho parlato soltanto perché si tratta della *mia* teoria. Mi è sempre piaciuta, e mi è sempre piaciuto metterla alla prova, e mai una sola volta è stata smentita. Continuo a pensare che il rapporto tra la sensualità di una donna e le areole dovrebbe trovare qualche utile applicazione pratica fuori della camera da letto.

Yyo ayyo! Sai, Eccellenza, mi viene in mente, in questo momento, che la tua Chiesa potrebbe essere interessata. Potrebbe avvalersi della mia teoria come di un rapido e semplice esame per la scelta di quelle fanciulle più portate per natura a divenire suore nei vostri...

Desisto, sì, mio signore.

Mi limiterò ad accennare al fatto che, quando Tzitzi ed io tornammo infine a casa barcollanti con le quattro pesanti giare colme d'acqua, venimmo aspramente rimproverati da nostra madre per essere rimasti così a lungo fuori di casa in un giorno come quello. Mia sorella che, appena poco tempo prima, si era comportata come un giovane e selvaggio animale — guizzando, ansimando e artigliandomi nella sua estasi — ora mentì con la stessa noncuranza e disinvoltura di qualsiasi prete:

«Non puoi rimproverarci per avere oziato o perduto tempo. C'erano altre persone andate ad attingere acqua alla sorgente. E siccome in questi giorni ogni raggruppamento è proibito, Mixtli ed io abbiamo dovuto aspettare il nostro turno da lontano, e avvicinarci a poco a poco. Non ci siamo gingillati affatto.»

Al temine degli squallidi giorni vuoti, l'intero Unico Mondo emise un gran sospiro di sollievo. Io non so esattamente che cosa tu intenda, Eccellenza, quando borbotti di «una parodia della Quaresima», ma il primo giorno del mese L'Albero Viene Innalzato, vi fu una generale esplosione di allegria. Per tutti i giorni che seguirono vennero organizzati festeggiamenti privati nelle più grandi dimore dei nobili e degli uomini comuni benestanti, nonché nei templi dei vari villaggi, festeggiamenti durante i quali i padroni di casa e gli ospiti, i sacerdoti e i fedeli, si abbandonarono agli eccessi dei quali erano stati privati nei giorni nemontèmtin.

Questi festeggiamenti preliminari sarebbero potuti essere un po' scoraggiati, quell'anno, poiché ci giunse la notizia che era morto il nostro Uey-Tlatoàni Tixoc. Ma il suo regno era stato il più breve nella nostra storia di governanti Mexìca, e il meno degno di nota. Corse, invero, la voce che egli fosse stato segretamente avvelenato: o dagli anziani del suo Consiglio, spazientiti dal fatto che Tixoc non aveva voluto organizzare nuove campagne militari, o dal fratello di lui Ahuìtzotl, Mostro d'Acqua, l'erede al trono, e per giunta impaziente di dimostrare quanto brillante sarebbe potuto essere il suo regno. In ogni modo, Tixoc era stato un personaggio così sbiadito che non mancò molto a nessuno e non venne pianto. Pertanto la nostra grande cerimonia per lodare e supplicare il dio della pioggia Tlaloc, svoltasi nella piazza della piramide centrale di Xaltòcan, festeggiò inoltre l'ascesa al trono del nuovo Riverito Oratore Ahuìtzotl.

I riti non ebbero inizio finché Tonatìu non fu scivolato nel sonno sul suo giaciglio a occidente, per evitare che il dio del tepore potesse vedere ed essere geloso delle onoranze tributate al dio della pioggia suo fratello. Poi, ai margini della plaza e sui pendii circostanti, cominciarono a riunirsi tutti gli abitanti dell'isola, tranne i troppo anziani e i troppo giovani, i troppo malati e incapaci, nonché coloro che dovevano restare in casa per occuparsi di loro. Non appena il sole fu tramontato, la piazza, e la piramide, e il tempio situato sulla sommità di quest'ultima, cominciarono a riempirsi di sacerdoti dalle nere vesti, indaffarati negli ultimi preparativi: accendere la moltitudine di torce, i fuochi artificialmente colorati e gli incensieri che soavemente fumigavano. La pietra sacrificale sulla sommità della piramide non sarebbe stata impiegata, quella notte. Era stata invece portata — ai piedi della piramide, ove ognuno degli astanti poteva guardarvi dentro — una immensa vasca di pietra, colma d'acqua santificata precedentemente mediante speciali incantesimi.

Man mano che l'oscurità infittiva, anche i folti alberi ai lati della piramide e dietro ad essa si lluminarono: innumerevoli piccole lampade a stoppino baluginavano, come se gli alberi stessero ospitando tutte le lucciole del mondo. I rami cominciarono a oscillare, gremiti di bambini: ragazzi e ragazze molto giovani e piccoli, ma agili, che indossavano costumi amorevolmente confezionati dalle loro madri. Alcune delle bimbette erano avvolte da globi di carta rigida, dipinti così da rappresentare vari frutti; altre indossavano gorgiere o gonne di carta tagliata e dipinta in modo da raffigurare vari fiori. I ragazzi erano ancor più vistosamente vestiti: alcuni di loro coperti di piume incollate, così da sembrare uccelli, altri con ali translucide di carta oleata, in modo da impersonare api e farfalle. Nel corso degli eventi di tutta quella notte, i bambini-uccelli e i bambini-insetti continuarono a saltare acrobaticamente di ramo in ramo, fingendo di « sorbire il nettare » delle bambine-frutti e delle bambine-fiori.

Quando la notte fu realmente calata su di noi, e l'intera popolazione dell'isola si trovò lì riunita, l'alto sacerdote di Tlaloc apparve sulla sommità della piramide. Soffiò nella sua tromba-conchiglia emettendo uno squillo, poi alzò imperiosamente le braccia e il clamore della folla cominciò a scemare. Egli continuò a tenere alte le braccia finché nella plaza non regnò il silenzio assoluto. Poi le abbassò e, in quell'attimo, lo stesso Tlaloc parlò con un assordante rombo di tuono — ba-ra-RUUM! — che continuò a risuonare e a ripercuotersi. Lo strepito fece effettivamente vibrare le foglie degli alberi, il fumo dell'incenso, le fiamme dei fuochi, il respiro stesso che, con un ansito, avevamo aspirato nei polmoni. Non si trattava davvero di Tlaloc, naturalmente, ma del formidabile « tamburo-tuono », denominato altresì « il tamburo che estirpa il cuore ». La sua tesa e spessa pelle di serpente veniva freneticamente martellata con bacchette di òli. Il suono del tamburo-tuono può essere udito a due lunghe corse di distanza, per cui è facile immaginare l'effetto sulle persone raggruppate nelle immediate vicinanze.

Quel pauroso pulsare continuò finché sentimmo che anche la carne stessa stava, a furia di vibrare, per staccarsi dalle nostre ossa. Poi diminuì gradualmente, divenendo sempre e sempre più sommesso, finché si confuse con le pulsazioni del più piccolo tamburo-dio, il quale si limitò a mormorare mentre l'alto sacerdote cantilenava le consuete formule di saluto e di invocazione al dio Tlaloc. A intervalli egli si interrompeva affinché la folla potesse rispondere in coro — come i frequentatori delle vostre chiese dicono « Amen » — con un a lungo protratto verso del gufo, « huu-uu-uuuu... ». Altre volte egli si interrompeva mentre i sacerdoti suoi sottoposti si facevano avanti, frugando tra le vesti, togliendone piccole creature acquatiche — una ranocchia, una salamandra axòlotl, una serpe — le tenevano in alto, contorcentisi, per poi inghiottirle intere e vive.

L'alto sacerdote concluse il canto iniziale, urlando forte quanto più poteva, con le antiche parole: « *Tehuan tiezquiàya in ahuèhuetl, in pochotl, TLÀLOCTZIN!* » — che significano « Vorremmo trovarci sotto il cipresso, sotto l'albero ceiba, Signore Tlaloc! », ed equivalgono a dire: « Chiediamo la tua protezione, il tuo dominio sull'uso ». E, a quell'urlo, sacerdoti in ogni punto della plaza gettarono sulle urne del fuoco nuvole di farina di granturco finemente macinata, che esplose con secchi scoppiettii e una vampata abbacinante, come se una saetta biforcuta fosse caduta tra noi. Il *ba-ra*-RUUUM!, il tamburo-tuono, ci investì di nuovo e continuò a vibrare finché parve smuoverci e farci battere i denti sulle mascelle.

Ma di nuovo, pian piano, si acquietò, e, quando le nostre orecchie riuscirono a udire una volta di più, sentimmo la musica suonata con il flauto di argilla a forma di patata dolce, e con le « zucche sospese », di forme diverse, che emettono suoni differenti quando vengono colpite con bastoncini; nonché con il flauto fatto di cinque canne di lunghezza diversa, legate l'una accanto all'altra; mentre, sullo sfondo di tutti questi suoni, il ritmo veniva scandito dal « forte osso » una mascella di cervo con i denti, sui quali veniva fatta scorrere una bacchetta. Con la musica vennero i danzatori, uomini e donne che, in circoli concentrici, eseguirono la Danza delle Canne. Avevano, legati alle caviglie, alle ginocchia e ai gomiti, secchi baccelli di semi, che, cozzando gli uni contro gli altri, bisbigliavano e frusciavano ad ogni loro movimento. Gli uomini indossavano costumi color blu-acqua, e ognuno impugnava una canna spessa quanto il suo polso e lunga quanto il suo braccio. Le donne indossavano bluse e gonne del color verde chiaro delle canne giovani, e a guidarle era Tzitzitlìni.

I danzatori, maschi e femmine, eseguirono movimenti aggraziati e intrecciati, al ritmo dell'allegra musica. Le donne agitavano le braccia, sinuosamente, sopra il capo, e pareva di vedere l'ondeggiare delle canne nella brezza. Gli uomini agitavano le loro grosse canne, e si poteva udirne il fruscio secco nella brezza. Poi la musica si levò più forte e le donne si raggrupparono al centro della plaza, danzando sempre nello stesso punto, mentre gli uomini si disponevano in cerchio intorno a loro, e facevano il gesto di lanciare con le loro grosse canne. Si poté vedere, allora, che oguna di esse non era una singola canna, ma una canna che ne racchiudeva una piccola, la quale ne racchiudeva una piccola, la quale ne racchiudeva a sua volta una ancora più piccola, e così via.

Quando un uomo faceva il movimento di lanciare, tutte le canne interne scivolavano fuori da quella che egli impugnava, divenendo una lunga linea ricurva e sempre più sottile, la cui punta si incontrava con quella di tutte le altre. Le danzatrici venivano così ad essere sovrastate da una fragile cupola di canne, e la folla intenta a guardare si lasciò sfuggire di nuovo un «Huuu-huu-huu» di ammirazione. Poi, con un abile movimento del polso, gli uomini fecero tornare *indietro* tutte quelle canne l'una entro l'altra e nelle loro mani. L'abile trucco venne ripetuto ancora e ancora, con varianti, come quando gli uomini si disposero su due file e ognuno laciò la propria lunga canna verso quella dell'uomo di fronte e le canne formarono una galleria ad arco attraverso la quale passarono, danzando, le donne...

Una volta terminata la Danza delle Canne, vi fu un intermezzo comico. Nella piazza illuminata dai fuochi strisciarono e zoppicarono tutti i vecchi che soffrivano di qualche malattia delle ossa e delle giunture. Questi disturbi li costringono a tenersi, sempre, più o meno curvi e a zoppicare, ma, per qualche motivo, divengono particolarmente dolorosi durante i mesi delle piogge. Così i vecchi e le vecchie faticosamente si presentavano alla cerimonia per danzare al cospetto di Tlaloc nella speranza che, con l'arrivo della stagione piovosa egli si impietosisse, questa volta, e diminuisse le loro sofferenze.

Avevano intenzioni comprensibilmente serie, ma la danza non poteva non essere grottesca, e gli spettatori cominciarono dapprima a ridacchiare, poi risero clamorosamente, finché i danzatori stessi si resero conto della propria comicità. Uno dopo l'altro cominciarono a fare i buffoni, esagerando l'assurdità del loro zoppicare o barcollare. In ultimo presero a saltellare carponi, come rane, o a spostarsi diagonalmente come granchi, o ad allungare gli uni verso gli altri gli incartapecoriti colli rugosi, come le gru nel periodo degli accoppiamenti... e la folla tutto attorno rise a più non posso. Gli anziani danzatori si lasciarono prendere a tal punto dall'entusiasmo e continuarono così a lungo con le loro laide ed esilaranti stramberie che i sacerdoti dovettero allontanarli quasi a forza. Potrà interessare Tua Eccellenza sapere che quell'agile ginnastica non induceva mai Tlaloc ad essere clemente con uno qualsiasi degli storpi vecchi... all'opposto, molti di loro erano costretti a rimanere definitivamente a letto, da quella notte in poi... eppure gli stolti vecchi ancora in grado di muoversi ricominciavano a danzare un anno dopo l'altro.

Venne poi la danza delle auyanìme, le donne i cui corpi erano riservati al servizio dei soldati e dei cavalieri. La danza che eseguivano era denominata quequezcuìcatl, «danza solleticante», perché destava sensazioni tali tra gli spettatori, maschi e femmine, giovani e vecchi, che spesso bisognava impedire loro con la forza di precipitarsi tra le danzatrici e di fare qualcosa di davvero oltraggiosamente irrispettoso. La danza era talmente esplicita nei movimenti che — sebbene fossero soltanto le auyanìme a danzare, e ben distanziate da ogni altro — veniva fatto di giurare che avessero invisibili e nudi compagni maschi con i quali...

Be', dunque, dopo che le auyanìme furono uscite dalla plaza — ansimanti, sudate, con i capelli arruffati e le gambe deboli e vacillanti — si presentarono, tra l'avido rullare del tamburo-dio, un bambino e una bambina, entrambi sui quattro anni, su una lettiga decorata sorretta da sacerdoti. Siccome il defunto e non compianto Riverito Oratore Tixoc era stato noncurante per quanto concerneva le guerre, non si disponeva di alcun bambino catturato in qualche altra nazione per il sacrificio di quella notte, e pertanto i sacerdoti avevano dovuto farsi vendere i due bimbetti da due famiglie di schiavi del posto. I quattro genitori sedevano quasi in prima fila nella plaza e stettero a guardare orgogliosi mentre i bambini passavano varie volte davanti a loro facendo ripetutamente il giro della piazza.

Sia i genitori sia i bambini avevano un valido motivo per essere fieri, in quanto il bimbetto e la bimbetta erano stati acquistati entrambi molto tempo prima per essere ben curati e ben nutriti. Ora, grassocci e vivaci, salutavano allegramente con la mano i genitori e chiunque altro tra la folla facesse loro cenni di saluto. Erano meglio vestiti di quanto avrebbero mai potuto sperare di essere, in quanto indossavano il costume che rappresentava gli spiriti tlalòque addetti al servizio del dio della pioggia. I loro piccoli mantelli erano del cotone più fine, di un colore azzurro-verde, ricamati con gocce di pioggia in argento; avevano inoltre, sulle scapole, ali di carta color bianco-nuvola.

Come sempre era accaduto in ogni precedente cerimonia in onore di Tlaloc, i due bambini non sapevano niente del comportamento che ci si aspettava da loro. L'eccitazione, i colori, le luci e la musica li rendevano così felici che venivano scossi entrambi da risatine incessanti e voltavano la testa di qua e di là sorridendo radiosi come il sole. Questo, naturalmente, era proprio l'opposto di ciò che avrebbero dovuto fare. E pertanto, come sempre, i sacerdoti che reggevano la lettiga dovettero protendersi, furtivamente, e pizzicare loro le natiche. I bimbetti rimasero a tutta prima interdetti, poi sentirono il dolore. Il bambino e la bambina cominciarono dapprima a lamentarsi, poi si misero a piangere e infine a strillare, come era opportuno. Quanto più avessero strillato, infatti, tanto più numerosi sarebbero stati i temporali. Quante più lacrime avessero versato, tanta più pioggia sarebbe venuta.

La folla si unì al loro pianto, come ci si aspettava e come tutti venivano incoraggiati a fare, anche gli uomini adulti e gli incalliti guerrieri, finché le colline circostanti echeggiarono di gemiti e di singhiozzi e gli schiocchi delle mani battute sul petto. Ogni altro tamburo e ogni strumento musicale contribuirono, a questo punto, al pulsare del tamburo-dio e agli ululati della folla, mentre i sacerdoti deponevano la lettiga al lato opposto della vasca di pietra colma d'acqua accanto alla piramide. Così incredibilmente alto era il frastuono generale che, probabilmente, nemmeno l'alto sacerdote riuscì a udire le parole da lui cantilenate mentre sollevava i bambini e li alzava, uno alla volta, verso il cielo, affinché Tlaloc potesse vederli e approvarli.

Poi due sacerdoti assistenti si avvicinarono, l'uno con un piccolo vaso, l'altro con un pennello. L'alto sacerdote chinò sul bambino e sulla bambina e, sebbene nessuno potesse udire, tutti sapevano che egli stava dicendo adesso ai bimbetti di mettersi le maschere affinché l'acqua non entrasse loro negli occhi mentre avrebbero nuotato nella vasca sacra. Stavano ancora tirando su con il naso, senza sorridere, le gote bagnate di lacrime; ma non protestarono allorché il sacerdote sparse in abbondanza òli liquido sui loro visetti, tranne le bocche simili a boccioli di fiore. Non riuscimmo a scorgerne le espressioni quando l'alto sacerdote voltò loro le spalle per cantilenare, di nuovo non udito, l'ultima invocazione a Tlaloc, chiedendo al dio di accettare il sacrificio, e di mandare in cambio una generosa stagione delle piogge, e via dicendo.

Gli assistenti sollevarono un'ultima volta il bambino e la bambina, poi l'alto sacerdote rapidamente spalmò il liquido vischioso sulla parte inferiore dei loro visetti, coprendo bocca e narici, e gli assistenti lasciarono cadere le due piccole vittime nella vasca, ove l'acqua gelida solidificò all'istante la gomma. Vedi, Eccellenza, la cerimonia richiedeva che i sacrificati morissero *nell'*acqua, ma non *dell'*acqua. Pertanto non affogarono, ma soffocarono adagio dietro le spesse, inamovibili, non lacerabili maschere di òli, mentre si dibattevano disperatamente nella vasca e affondavano, e riaffioravano, e tornavano ad affondare, e la folla gemeva luttuosa e tamburi e strumenti continuavano la loro cacofonia invocante il dio. I bambini sguazzavano e si dibattevano sempre più debolmente, finché, dapprima la bambina, poi il bimbetto, smisero di muoversi e galleggiarono, appena vagamente visibili, subito sotto il pelo dell'acqua, mentre alla superficie affioravano le loro bianche ali, aperte e immobili.

Assassinio a sangue freddo. Eccellenza? Ma si trattava di bambini schiavi. Sia il bimbo, sia la bimbetta, avrebbero condotto, altrimenti, esistenze da bruti, e forse si sarebbero accoppiati, una volta arrivati all'età adulta, generando altri bruti. Al termine della vita, sarebbero morti senza avere conseguito alcuno scopo, languendo, per una squallida eternità, nelle tenebre e nel nulla di Mìctlan. Perirono invece per onorare Tlaloc e per beneficare noi che continuammo a vivere, e quella morte meritò loro, per sempre, una vita felice nel verde lussureggiante dell'aldilà di Tlàlocan.

Barbare supersitizioni, Eccellenza? Ma la stagione delle piogge che seguì fu generosa come anche un Cristiano avrebbe potuto implorarla, e ci apportò un copiosissimo raccolto.

Crudele? Straziante? Be', sì... Sì, o almeno così *io* ricordo, poiché quella fu l'ultima, felice e sacra festività che Tzitzitlìni ed io dovevamo goderci insieme.

✠

Quando l'acàli del Principe Salice tornò a prendermi, giunse a Xaltòcan soltanto molto tempo dopo mezzogiorno, perché quella era la stagione dei forti venti, e i rematori dovettero affrontare una traversata turbolenta. E altrettanto turbolenta fu la traversata di ritorno... il lago formava onde corte ma alte, dalle cui creste il vento strappava e scaraventava via spruzzi pungenti, per cui attraccammo al pontile di Texcòco soltanto quando il sole si trovava già a metà strada dal suo giaciglio.

Sebbene gli edifici e le vie della città cominciassero già lì ai pontili, quel quartiere era soltanto una frangia di industrie e di abitazioni lacustri: cantieri ove si costruivano canoe, botteghe che vendevano reti, corde, ami, e così via; case di barcaioli, di pescatori, di uccellatori. Il centro della città si trovava forse di una lunga corsa più avanti nell'entroterra. Poiché nessuno era venuto ad aspettarmi dal Palazzo, i rematori di Salice si offrirono di venire con me per una parte della strada e di aiutarmi a portare i miei fagotti: alcuni altri indumenti, un'altra serie di colori donatami da Chimàli, un cestino di dolciumi preparati da Tzitzi.

Quegli uomini mi lasciarono ad uno ad uno, man mano che giungevamo dalle parti ove abitavano. Ma l'ultimo mi disse che, se mi fossi limitato a camminare sempre diritto, non avrei potuto non riconoscere il palazzo nella grande piazza centrale. L'oscurità era ormai fitta e non si vedevano molte persone in giro in quella notte ventosa, ma le vie erano illuminate. Ogni casa sembrava essere munita di lampade a olio di noce di cocco, o ad olio ahuàcatl o ad olio di pesce, o funzionanti con quel qualsiasi altro olio che i proprietari potevano permettersi. La luce di quelle lampade si riversava attraverso le aperture delle finestre, anche di quelle chiuse da graticci, o da tende di tessuto o da ripari di carta oleata. Inoltre, a quasi tutti gli angoli delle strade si trovava una torcia accesa: alti pali con ceste di ottone alla sommità piene di ceppi di pino in fiamme, dai quali il vento strappava scintille e, di quando in quando, grosse gocce di resina ardente. Quei pali erano infilati attraverso fori aperti entro il pugno di statue in pietra di vari dei, in posizione eretta o accosciata.

Non avevo camminato a lungo quando cominciai a sentirmi stanco; stavo reggendo troppi fagotti, e il vento continuava a investirmi con raffiche violente. Non senza sollievo scorsi una panchina di pietra nell'oscurità sotto un albero tapachìni dai fiori rossi. Mi lasciai cadere su di essa con gratitudine e vi rimasi seduto per qualche tempo, godendomi le docce dei petali scarlatti che le folate staccavano dall'albero. Poi mi accorsi che il sedile della panchina sotto di me era inciso da un disegno. Mi bastò cominciare a seguirlo con le dita — senza nemmeno cercare di guardarlo, tenuto conto dell'oscurità — per rendermi conto che si trattava di scrittura con immagini, e per sapere che cosa diceva.

«Un luogo di riposo per il Signore Vento Notturno» dissi a voce alta, sorridendo tra me e me.

«Stavi leggendo esattamente la stessa cosa» disse una voce dalle tenebre «quando ci incontrammo su un'altra panchina, alcuni anni or sono.»

Trasalii per lo stupore, poi socchiusi le palpebre, cercando di scorgere la sagoma all'altra estremità del sedile. Di nuovo l'uomo indossava un mantello e calzava sandali di buona qualità, sebbene consumati a furia di camminare. Di nuovo era talmente coperto dalla polvere delle strade che le sue fattezze color del rame rimanevano indistinte. Ma ora io ero probabilmente altrettanto impolverato, oltre ad essere considerevolmente cresciuto, e mi meravigliò il fatto che egli fosse riuscito a riconoscermi. Quando mi fu possibile ritrovare la voce, dissi:

«Sì, Yanquìcatzin, è una coincidenza straordinaria».

«Non dovresti rivolgerti a me dandomi del Signore Straniero» egli grugnì, burbero come lo ricordavo. «Qui sei *tu* lo straniero.»

«È vero, mio signore» riconobbi. «E qui ho imparato a leggere qualcosa di più dei semplici simboli sulle panchine lungo le strade.»

«Lo spero bene» disse lui, asciutto.

«Di questo devo ringraziare lo Uey-Tlatoàni-Nezahualpìli» spiegai. «Grazie al suo generoso invito, ho potuto approfittare di molti mesi di istruzione superiore nei corsi della sua Corte.»

«E che cosa fai per meritarti questi favori?»

«Be' sarei disposto a fare *qualsiasi cosa*, poiché sono grato al mio benefattore e ansioso di ripagarlo. Ma devo ancora conoscere il Riverito Oratore, e nessuno mi incarica di fare qualcos'altro, oltre a studiare. Questo mi fa sentire a disagio, poiché penso di essere soltanto un parassita.»

«Forse Nezahualpìli si è limitato ad aspettare. Per vedere se ti dimostrerai degno di fiducia. Per sentirti dire che sei disposto a fare qualsiasi cosa.»

«È vero. Qualsiasi cosa potesse chiedermi.»

«Credo che, in ultimo, ti toccherà qualcosa.»

«Lo spero, mio signore.»

Restammo seduti per qualche tempo in silenzio, udendo soltanto gli ululati del vento tra gli edifici, simili a quelli di Chocacìuatl, la Donna Piangente, che vagabonda in eterno. Infine l'uomo impolverato disse, in tono sarcastico:

«Sei ansioso di renderti utile a Corte, ma intanto rimani seduto qui, e il palazzo si trova laggiù». Fece un gesto, nella direzione della strada. Venivo congedato bruscamente come quell'altra volta.

Mi alzai, presi i fagotti e dissi, in tono alquanto piccato: «Come mi suggerisce il mio impaziente signore, vado. *Mixpantzìnco*».

«*Ximopanòlti*» rispose lui, con una voce strascicata e indifferente.

Mi fermai sotto il palo della torcia, all'angolo successivo, e mi guardai indietro, ma la luce non arrivava abbastanza lontano per illuminare la panchina. Se lo straniero impolverato dal viaggio sedeva ancora laggiù, non riuscii a distinguerne le forme. Vidi soltanto un piccolo turbine rosso di petali tapachìni che danzavano lungo la strada, sospinti dal vento notturno.

Giunsi infine al palazzo e trovai il ragazzo schiavo Cozcatl in attesa di mostrarmi il mio alloggio. Il palazzo a Texcòco era di gran lunga più vasto di quello a Texcotzìnco — doveva contenere un migliaio di stanze, in quanto non esisteva spazio sufficiente al centro della città perché potessero sorgergli attorno tutti i necessari edifici annessi. Ciò nonostante, anch'esso era circondato da estesi terreni, e, anche nel bel mezzo della sua capitale, Nezahualpìli non voleva privarsi dei giardini, dei pergolati, delle fontane e così via.

V'era persino un labirinto di siepi, che occupava un terreno vasto abbastanza per essere coltivato da dieci famiglie. Era stato piantato da qualche antenato regale molto tempo prima, e da allora aveva continuato a crescere, sebbene venisse sempre tenuto accuratamente potato. Ormai si trattava di viali di parallele e impenetrabili siepi di rovi, alte due volte la statura di un uomo, viali che zigzagavano e si incrociavano e seguivano una direzione opposta. Esisteva soltanto un unico varco nella parete formata dalla siepe èsterna, e si diceva che chiunque passasse di là trovava, dopo aver vagabondato a lungo, una piccola radura erbosa al centro del labirinto, mentre scoprire la via per tornare indietro risultava impossibile. Soltanto l'anziano capo giardiniere del palazzo la conosceva, un segreto tramandato di padre in figlio nella sua famiglia, e tradizionalmente tenuto nascosto anche allo Uey-Tlatoàni. Pertanto a nessuno era consentito entrare nel labirinto senza avere come guida il vecchio giardiniere, a meno che un delinquente non venisse mandato là come una forma di castigo. L'occasionale trasgressore della legge riconosciuto colpevole, veniva condannato ad essere introdotto solo e nudo nel labirinto, sotto la minaccia di una punta di lancia, se necessario. Dopo un mese circa, il giardiniere entrava e portava fuori quel che restava del corpo reso scheletrico dalla fame, trafitto dai rovi, beccato dagli uccelli e mangiato dai vermi.

Il giorno dopo il mio ritorno, stavo aspettando l'inizio di una lezione quando venni avvicinato dal giovane Principe Salice. Dopo avermi dato il benvenuto a corte, egli disse, in tono noncurante: «Mio padre sarebbe lieto di vederti nella sala del trono, non appena tu vorrai, Testa che Annuisce.»

Non appena io avessi voluto! Quanto cortesemente il supremo nobile degli Acòlhua convocava alla sua presenza l'umile straniero che aveva approfittato della sua ospitalità! Naturalmente uscii seduta stante dall'aula e seguii quasi di corsa le gallerie del palazzo, per cui avevo il fiato corto quando caddi su un ginocchio, infine, sulla soglia dell'immensa sala del trono, feci il gesto di baciare la terra e dissi: «Sono alla tua augusta presenza, Riverito Oratore».

«*Ximopanòlti*, Testa che Annuisce.» Quando rimasi curvo in quell'umile posizione, egli disse: «Puoi alzarti, Talpa». E quando mi alzai, pur rimanendo dove mi trovavo, soggiunse: «Puoi venire qui, Nuvola Scura». Mentre mi avvicinavo, adagio e rispettosamente, disse, sorridendo: «Hai tanti nomi quanti ne ha un uccello che sorvola tutte le nazioni dell'Unico Mondo e viene chiamato diversamente da ogni popolo». Con uno scacciamosche che aveva in mano indicò una delle tante sedie icpàltin disposte a semicerchio di fronte al trono e disse: «Accomodati».

La sedia di Nezahualpìli non era né più lussuosa né più imponente di quella, corta di gambe, sulla quale presi posto io ora, ma si trovava su una pedana e fui pertanto costretto ad alzare gli occhi per guardarlo. Egli sedeva senza incrociare le gambe sotto di sé, ma con le gambe languidamente allungate e le caviglie accavallate. Sebbene alle pareti della sala del trono figurassero arazzi di piume e pannelli con dipinti, nella sala stessa non si trovava alcun altro arredamento, eccezion fatta per il trono, quelle sedie basse destinate ai visitatori e, direttamente di fronte allo Uey-Tlatoàni, un tavolo basso di nera onice sul quale era posto, voltato verso di lui, un teschio umano bianco e lustro.

«Lo ha fatto mettere lì mio padre, Coyote Digiunante» disse Nezahualpìli, notando che lo osservavo. «Non so perché. Forse si tratta di qualche suo nemico sconfitto che egli contemplava con esultanza. O di qualche amata perduta, che non riusciva a smettere di piangere. Oppure lo teneva lì per la stessa ragione che induce me a tenervelo.»

Domandai: «E quale sarebbe, Signore Oratore?»

«In questa sala entrano inviati che portano minacce di guerra o offerte di trattati di pace. Vi entrano persone cariche di lagnanze e postulanti che chiedono favori. Quando queste persone si rivolgono a me, i loro volti possono essere deformati dall'ira o alterati dall'infelicità o sorridenti di simulata devozione. Perciò, mentre le ascolto, io non guardo i loro volti, bensì il teschio.»

Riuscii soltanto a domandare: «Perché, mio signore?»

«Perché *quella* è la faccia umana più pulita e più sincera. Né belletti né mascheramenti, né scaltrezza né smorfie, nessuna astuta strizzatina d'occhio e nessun sorriso per ingraziarsi i miei favori. Soltanto un immutabile e ironico ghigno che schernisce la preoccupazione di ogni uomo vivente per le cose a parer suo urgenti. Quando un visitatore mi esorta a prendere un provvedimento qui e subito, io temporeggio, dissimulo, fumo una o due poquìetl, e intanto contemplo a lungo quel teschio. Mi rammenta che le parole da me pronunciate possono senz'altro vivere più a lungo della mia carne, continuando a durare nel tempo sotto forma di saldi decreti... ma con quali conseguenze sugli altri che vivranno? *Ayyo*, questo teschio mi è stato più volte utile, ponendomi in guardia contro decisioni impazienti o impulsive.» Nezahualpìli volse lo sguardo dal teschio a me, e rise. «Quando costui viveva, per quello che ne so, poteva essere un idiota farfugliante, ma, morto e silenzioso, è davvero un savio consigliere.»

Dissi: «Credo, mio signore, che nessuno consigliere possa essere utile, se non con un uomo così assennato da ascoltare i consigli».

«Considero queste tue parole un complimento, Testa che Annuisce, e ti ringrazio. Ora sentiamo, sono stato assennato facendoti venire qui da Xaltòcan?»

«Non posso dirlo, mio signore. Non so perché tu lo abbia fatto.»

«Sin dai tempi di Coyote Digiunante, la città di Texcòco è famosa come centro della conoscenza e della cultura, ma non è detto che un centro del genere debba necessariamente autoperpetuarsi. Anche le più nobili famiglie possono generare figli stolti o pigri — potrei nominarne alcuni dei miei — e perciò non esitiamo a far venire talenti da altri luoghi, e neppure a infondere nel nostro sangue sangue straniero. Tu sembravi promettente, ecco perché ti trovi qui.»

«Per restarvi, Signore Oratore?»

«Questo dipenderà da te, o dal tuo tonàli, o da circostanze che né tu né io possiamo prevedere. Ma gli insegnanti hanno presentato rapporti positivi su di te, e pertanto ritengo giunto il momento in cui devi prendere più attivamente parte alla vita della corte.»

«Avevo sperato di potere in qualche modo ripagare la tua generosità, mio signore. Vuoi dire che dovrà essermi assegnata qualche utile mansione?»

«Se a te piacerà. Durante la tua recente assenza ho preso un'altra moglie. Si chiama Chàlchiunènetl, Bambola di Giada.»

Non dissi nulla e mi domandai confusamente se avesse cambiato discorso per qualche motivo. Ma egli continuò:

«È la figlia maggiore di Ahuìtzotl. Un dono che egli mi ha fatto per celebrare la sua ascesa al trono come nuovo Uey-Tlatoàni di Tenochtìtlan. La fanciulla è una Mexìcatl come te. Ha quindici anni, un'età tale da poter essere una tua sorella minore. La cerimonia nuziale è già stata celebrata, ma, naturalmente, la consumazione fisica del matrimonio sarà rinviata fino ad una maggiore maturità di Bambola di Giada».

Tacqui, anche se sarei stato in grado di dire, al savio Nezahualpìli, qualcosa a proposito delle capacità fisiche di alcune adolescenti Mexìca.

Egli continuò: «Le è stato assegnato un piccolo esercito di ancelle, e dispone inoltre dell'intera ala est, con gli appartamenti per sé, per i servi, e con la cucina personale; un palazzo in miniatura. Pertanto nulla le mancherà in fatto di agi, servigi e compagnia femminile. Tuttavia mi domando se tu non acconsentiresti, Testa che Annuisce, a entrare a far parte del suo seguito. Sarebbe bene per lei avere almeno una compagnia maschile, e un fratello Mexìcatl. Al contempo tu serviresti anche me: istruendo la fanciulla nelle nostre costumanze, insegnandole il nostro linguaggio texcòco, preparandola ad essere una consorte della quale io possa andar fiero».

Risposi, evasivamente: «Chàlchiunènetzin potrebbe non gradire che io venga nominato suo tutore, Signore Oratore. Una fanciulla può essere caparbia, indomabile, gelosa della propria libertà...»

«Come io ben so» sospirò Nezahualpìli. «Ho due o tre figlie press'a poco della stessa età. E Bambola di Giada, essendo la figlia principessa di uno Uey-Tlatoàni e la consorte regina di un altro, sarà probabilmente ancor più vivace. Non condannerei nemmeno il mio peggior nemico ad essere il custode di una giovane femmina focosa. Ma credo, Talpa, che tu la troverai, come minimo, piacevole a contemplarsi.»

Doveva aver tirato qualche momento prima il nascosto cordone di un campanello, poiché fece ora un gesto ed io mi voltai e vidi un'esile fanciulla, riccamente vestita con gonna, blusa e copricapo da cerimonia, che adagio, ma regalmente, si stava avvicinando alla pedana. Il viso di lei era la perfezione stessa, il portamento fiero, gli occhi modestamente abbassati.

«Mia cara,» disse Nezahualpìli «questi è Mixtli, del quale ti ho parlato. Gradiresti averlo nel tuo seguito, come compagno protettore?»

«Se il Signore mio Marito lo desidera, io ubbidisco. Se il giovane è consenziente, sarò lieta di considerarlo come un mio fratello maggiore.»

Le palpebre dalle lunghe ciglia si alzarono, ed ella mi fissò, e gli occhi di lei erano come pozze profonde e insondabili nella foresta. Scoprii, in seguito, che si metteva abitualmente negli occhi gocce di un succo ricavato dall'erba camopalxìhuil, un succo che dilatava grandemente le iridi, rendendole lustre come gioielli. La costringeva inoltre a evitare le luci vivide, anche la luce del giorno, nella quale gli occhi dilatati di lei vedevano male quanto i miei.

«Bene, allora» disse il Riverito Oratore, stropicciandosi, soddisfatto, le mani. Mi domandai, non senza qualche apprensione, per quanto tempo avesse conferito con il teschio suo consigliere prima di decidere quella sistemazione. A me disse:

«Ti chiedo soltanto di darle una guida e consigli fraterni, Testa che Annuisce. Non mi aspetto che tu corregga o punisca la Dama Bambola di Giada. Sarebbe, in ogni caso, un reato capitale, da parte di un uomo comune, alzare sia la voce sia la mano contro una nobildonna. Né mi aspetto che tu faccia il carceriere o la spia o il divulgatore delle sue confidenze. Ma sarei lieto, Talpa, se tu dedicassi alla tua nuova sorella il tempo che riuscirai a trovare dopo i corsi e gli studi. Per servirla con la stessa discrezione e dedizione con le quali servi me o la Prima Signora Tolàna-Tecìuapil. Ora andate, giovani; *ximopanòlti*; e fate conoscenza l'una con l'altro».

Ci prosternammo com'era doveroso e uscimmo dalla sala del trono. Nel corridoio, Bambola di Giada mi sorrise soavemente, e disse: «Talpa, Testa che Annuisce, Mixtli, quanti nomi hai *tu*?»

«La mia dama può chiamarmi comunque le piaccia.»

Ella sorrise ancor più soavemente e sfiorò con la punta di un dito delicatamente affusolato il proprio piccolo mento appuntito. «Credo che ti chiamerò...» Sorrise sempre più soavemente e disse, con una dolcezza simile a quella del vischioso sciroppo maguey: «Credo che ti chiamerò Qualcuìe».

Questa parola è la seconda persona singolare imperativa del verbo «portare» e viene sempre pronunciata con energia e in tono imperioso: «Portalo!» Il cuore mi divenne greve. Se il mio nuovo nome doveva essere «Portalo!», le mie apprensioni riguardo a quell'incarico sembravano giustificate. E avevo ragione. Sebbene continuasse a esprimersi con quella voce sciropposa come il maguey, la giovane regina rinunciò ad ogni parvenza di modestia, docilità e sottomissione, e disse, molto regalmente:

«Non dovrai rinunciare ad alcuna delle tue lezioni durante il giorno, Portalo! Tuttavia, vorrò che tu sia disponibile ogni sera, e pronto a eseguire i miei ordini, se necessario, anche durante la notte. Porterai se non ti dispiace tutte le tue cose nell'appartamento situato di fronte al mio nel corridoio». Senza aspettare che io dicessi una sola parola di assenso, e senza pronunciare ella stessa una qualsiasi parola cortese di congedo, mi voltò le spalle e si allontanò.

Bambola di Giada. Aveva avuto il nome dal minerale chalchìhuitl che, pur non essendo raro e non avendo alcun valore intrinseco, veniva apprezzato dal nostro popolo perché ha il colore del Centro di Ogni Cosa. Diversamente da voi spagnoli, che conoscete soltanto le quattro direzioni di quella da voi chiamata rosa dei venti, noi ne individuavamo cinque e le designavamo con colori diversi. Come voi, avevamo l'est, il nord, l'ovest e il sud, rispettivamente chiamati le direzioni del rosso, del nero, del bianco e del blu. Ma avevamo altresì il verde: che indicava il centro della rosa dei venti, per così dire... il luogo in cui un uomo *si trovava* in ogni determinato momento, e tutto lo spazio sopra quel punto, fino al cielo, e tutto ciò che si trova sotto fino al mondo sotterraneo Mìctlan. Pertanto il colore verde era importante per noi, e consideravamo preziosa la pietra verde chalchì-huitl, e soltanto una fanciulla di nobile lignaggio e di altissima posizione poteva essere stata opportunamente chiamata Bambola di Giada.

Come la giada, quella fanciulla regina era un qualcosa da trattare con il massimo rispetto e la più grande cautela. Come una bambola era squisitamente fatta, era bellissima, era l'opera di un'arte divina. Ma, come una bambola, non possedeva né una coscienza umana, né rimorsi. E, anche se io non riconobbi immediatamente il presentimento, come una bambola era destinata a rompersi.

✠

Devo ammettere che mi godetti alquanto la sontuosità del mio nuovo alloggio. Tre stanze e, nello stanzino igienico, un bagno a vapore personale. Il giaciglio nella camera da letto era una pila di trapunte ancor più alta del solito e su di essa si trovava un'enorme coperta fatta di centinaia di minuscole pelli di scoiattolo sbiancate e cucite insieme. Sul tutto pendeva un baldacchino a frangia e, dal baldacchino stesso, scendeva una sottilissima e quasi invisibile tenda a rete, che io avrei potuto chiudere intorno al giaciglio per tener lontane zanzare e falene.

Il solo inconveniente dell'appartamento consisteva nel fatto che esso distava molto dagli altri affidati allo schiavo Cozcatl. Ma, quando lo feci rilevare a Bambola di Giada, il piccolo Cozcatl venne immediatamente esonerato da tutti gli altri suoi doveri e assegnato soltanto a me. Il ragazzo era fierissimo di questa promozione. E persino io mi sentii il giovane signore viziato. E in seguito, quando Bambola di Giada ed io cademmo in disgrazia, dovevo essere lieto che Cozcatl fosse sempre rimasto con me e lealmente pronto a testimoniare a mio favore.

Poiché dovevo rendermene conto ben presto: se Cozcatl era il mio schiavo, io ero lo schiavo di Bambola di Giada. Sin da quella prima sera, quando una delle ancelle mi fece entrare nel vasto appartamento, le prime parole della giovane regina furono:

«Sono lieta che tu sia stato dato a me, Portalo! Poiché stavo cominciando ad annoiarmi indicibilmente, rinchiusa e isolata come un qualche raro animale». Cercai di eccepire in qualche modo per quanto concerneva la parola «dato», ma ella mi ignorò. «Ho saputo da Pitza» e indicò l'anziana ancella che rimaneva in attesa dietro la panchetta con cuscini di lei «che sei abile nel catturare le sembianze di una persona sulla carta.»

«Mi permetto di vantare, mia signora, il fatto che non poche persone hanno riconosciuto se stesse e si sono riconosciute a vicenda nei miei disegni. Ma è passato qualche tempo da quando mi esercitavo in quest'arte.»

«Ti eserciterai con me. Pitza, attraversa il corridoio e di' a Cozcatl di portare gli strumenti di cui Portalo! avrà bisogno.»

Il ragazzetto mi portò alcuni gessetti e numerosi fogli di carta di corteccia, quelli marrone e meno preziosi, non rivestiti di calce, dei quali mi servivo per le prime bozze della scrittura a immagini. Ad un mio gesto, il ragazzo andò ad accovacciarsi in un angolo della vasta stanza.

Dissi, in tono di scusa: «Tu sai che non ci vedo troppo bene, mia signora. Posso avere il tuo consenso di sedermi accanto a te?»

Accostai una sedia bassa alla panchetta, e Bambola di Giada tenne la testa eretta e ferma, gli occhi splendidi fissi su di me, mentre io eseguivo uno schizzo. Quando ebbi terminato e le consegnai il foglio, ella non lo degnò di uno sguardo, ma lo porse, oltre la propria spalla, all'ancella.

«Pitza, sono io questa?»

«Sino alla fossetta stessa nel mento, mia signora. E nessuno potrebbe non riconoscere questi occhi.»

La giovane regina si degnò allora di esaminare il disegno, e annuì e soavemente mi sorrise. «Sì, sono io. Sono molto bella. Grazie, Portalo! e ora sentiamo, sai disegnare anche i corpi?»

«Be', sì, le articolazioni delle membra, le pieghe delle vesti, le insegne e gli emblemi che indicano il rango...»

«Non mi interessa ciò che si trova all'esterno. Mi riferisco al corpo. Avanti, disegna il mio.»

L'ancella Pitza si lasciò sfuggire un grido soffocato e Cozcatl rimase a bocca aperta mentre Bambola di Giada balzava in piedi e, senza timidezza né esitazione, si toglieva tutti i gioielli e gli ornamenti, i sandali, la blusa, la gonna, e, infine, l'ultimo indumento intimo rimasto. Pitza si allontanò e affondò la faccia imporporata nei tendaggi accanto alla finestra; quanto a Cozcatl, il ragazzo parve incapace di qualsiasi movimento mentre la giovane regina tornava a reclinarsi sulla panchetta.

Agitato com'ero, lasciai cadere parte del necessario per disegnare dal mio grembo al pavimento, ma riuscii a dire, e in tono severo: «Mia signora, questo è quanto mai disdicevole».

«*Ayya*, la tipica pudicizia dell'uomo del volgo» esclamò lei, e rise di me. «Devi imparare, Portalo!, che per una nobildonna è cosa normalissima essere nuda, o fare il bagno, o soddisfare qualsiasi bisogno alla presenza di schiavi. Maschi o femmine, potrebbero essere cervi addomesticati, o quaglie, o anche falene nella stanza, per quello che importa essere veduti da loro.»

«Io non sono uno schiavo» dissi in tono sostenuto. «Il fatto ch'io veda la mia signora spogliata, la regina dello Uey-Tlatoàni, verrebbe considerata una licenza criminosa, un reato capitale. E coloro che *sono* schiavi possono parlare.»

«Non i miei. Temono la mia ira più di quella di qualsiasi legge o di qualsiasi signore. Pitza, mostra a Portalo! la schiena.»

L'ancella piagnucolò, ma, senza voltarsi, si tolse la blusa affinché io vedessi le piaghe sanguinanti causate da una qualche frusta. Sbirciai Cozcatl, per accertarmi che anch'egli vedesse e capisse.

«Ora» disse Bambola di Giada, rivolgendomi lo sciropposo sorriso maguey, «avvicinati pure quanto vorrai, Portalo!, e disegnami tutta.»

Così feci, sebbene la mano mi tremasse al punto che spesso dovevo cancellare e ridisegnare una linea. Il tremito non era causato soltanto dallo sgomento e dall'apprensione. La vista di Bambola di Giada completamente nuda avrebbe fatto tremare, credo, qualsiasi uomo. Ella sarebbe potuta essere chiamata più appropriatamente Bambola d'Oro, poiché l'oro era il colore del suo corpo, ogni superficie del quale, ogni curva, ogni fessura, ogni piega e ogni incavo sembravano perfetti come se fossero stati creati da un costruttore di bambole Toltècatl. Potrei anche accennare al fatto che i capezzoli, con le loro areole, erano scuri e di dimensioni generose.

La disegnai nella posa che aveva assunto: completamente distesa sui cuscini della panchetta, tranne una gamba che, negligentemente, scendeva fino al pavimento; teneva le braccia dietro il capo per dare ai seni una inclinazione ancor più provocante. Anche se non potei fare a meno di vedere — di imprimermi nella mente, dovrei dire — certe parti di lei, confesso che il mio pudico senso del decoro mi indusse a farle apparire alquanto offuscate nel disegno. E Bambola di Giada si lagnò di questo quando le consegnai il ritratto terminato.

«Non sono altro che una chiazza confusa tra le gambe! Sei schizzinoso, Portalo!, o ignori, semplicemente, l'anatomia femminile? Senza dubbio, la parte più sacrosanta del mio corpo merita la massima attenzione per i particolari!»

Si alzò dalla panchetta e venne a piazzarsi, a gambe divaricate, davanti a me, che ero rimasto sulla bassa sedia. Con un dito seguì i contorni di ciò che ora sfoggiò e coscienziosamente descrisse. «Vedi? Come si uniscono, queste tenere labbra rosee, qui sul davanti per avvolgere questa piccola protuberanza xacapìli che sembra una perla rosea e... ooh!... è estremamente sensibile al contatto più lieve. »

Stavo sudando abbondantemente, l'ancella Pitza si era in pratica avvolta nei tendaggi e Cozcatl continuava a sembrare definitivamente paralizzato in quella sua posizione accovacciata nell'angolo.

« Ora finiscila di soffrire pudicamente, Portalo! » disse la fanciulla regina. « Non avevo l'intenzione di stuzzicarti, ma piuttosto di mettere alla prova la tua abilità nel disegno. Ho un compito da affidarti. » Si voltò per inveire contro l'ancella. « Pitza, piantala di nascondere la testa! Vieni a rivestirmi. »

Mentre l'ancella la stava rivestendo, domandai: « La mia signora desidera che disegni il ritratto di qualcuno? »

« Sì. »

« Di chi, mia signora? »

« Di chiunque » ella rispose, ed io battei le palpebre interdetto. « Vedi, quando passeggio nei giardini del palazzo, o vado in città sulla portantina, non sarebbe degno di una dama, da parte mia, additare e dire *quello*. Inoltre le gocce che metto negli occhi a volte mi abbacinano, per cui potrei non vedere qualche persona davvero avvenente. Mi riferisco agli uomini, s'intende. »

« Agli uomini? » le feci stupidamente eco...

« Voglio che porti con te i fogli e i gessetti ovunque tu possa andare. Ogni volta che incontrerai qualche uomo bellissimo, dovrai metterne il viso e la figura sulla carta per me. » Si interruppe e ridacchiò. « Non è necessario che tu lo spogli. Voglio tanti ritratti di uomini diversi quanti riuscirai a procurarmene. Ma nessuno deve sapere perché lo stai facendo e per chi. Se dovessero rivolgerti domande, limitati a rispondere che lo fai per esercitarti nella tua arte. » Mi gettò i due disegni che avevo appena eseguito. « È tutto. Puoi andartene, Portalo!, e non tornare finché non avrai un fascio di ritratti da mostrarmi. »

Non ero, anche allora, così ottusamente inesperto da non sospettare che cosa implicasse l'ordine di Bambola di Giada. Ma cercai di escludere il sospetto dai miei pensieri per concentrarmi e svolgere il compito affidatomi con tutta l'abilità di cui ero capace. La maggiore difficoltà consisteva nel cercare di supporre che cosa una fanciulla di quindici anni potesse considerare « bello » in un uomo. Poiché non mi era stato suggerito alcun criterio, mi limitai a schizzare di nascosto ritratti di principi e cavalieri e guerrieri ed atleti ed altri nerboruti giovani. Ma quando tornai dalla regina, con Cozcatl che reggeva la pila di fogli di corteccia, capricciosamente avevo posto sopra agli altri un disegno eseguito a memoria... di quell'uomo curvo e gobbo e color cacao che, in modo così strano, seguitava ad apparire nella mia vita.

Ella arricciò il naso, ma mi sorprese dicendo: «Tu credi di scherzare e di fare il birichino, Portalo! Eppure ho udito bisbigli, tra le donne, stando ai quali si possono provare delizie tutte particolari con i nani, i gobbi, o anche» e sbirciò Cozcatl «con un ragazzetto il cui tepùli è piccolo come il lobo dell'orecchio. Un giorno, quando mi sarò stancata di ciò che è comune...»

Esaminò i fogli, poi si interruppe e disse: «*Yyo ayyo!* Questo, Portalo!, ha sopracciglia audaci. Chi è?»

«È il Principe della Corona Fiore Nero.»

Si acciglió graziosamente. «No, potrebbero derivarne complicazioni.» Continuò a studiare attentamente ogni disegno, poi disse: «E questo?»

«Non ne conosco il nome, mia signora. È un messaggero veloce che talora vedo correre qua e là portando dispacci.»

«Ideale» ella disse, con quel suo sorriso. Additò il disegno e soggiunse: «Portalo!» Questa volta non si stava limitando a pronunciare il mio nome, ma il verbo imperativo: «Portamelo!»

Avevo timorosamente previsto qualcosa del genere, ma, ciò nonostante, divenni madido di sudore gelido. Con estrema diffidenza e in tono ufficiale dissi:

«Mia Signora Bambola di Giada, ho avuto l'ordine di servirti e sono stato ammonito a non criticarti o punirti. Ma, se interpreto bene le tue intenzioni, ti esorto a riflettere. Tu sei la vergine principessa del più grande Signore di tutto l'Unico Mondo, e la vergine e sposata regina di un Signore a sua volta grande... Umilierai due Riveriti Oratori, e la tua stessa nobile persona, divertendoti con qualche altro uomo prima di giungere sul letto del Signore tuo Consorte».

Mi aspettavo che impugnasse da un momento all'altro la frusta della quale si serviva con gli schiavi; invece stette ad ascoltarmi, sempre con quel suo sorriso esasperante. Poi rispose:

«Potrei dirti che la tua impertinenza deve essere punita. Ma mi limiterò a farti osservare che Nezahualpìli è più anziano di mio padre e che la sua virilità, a quanto pare, è stata esaurita dalla Signora di Tolàn, nonché da tutte le sue altre mogli e concubine. Egli mi tiene rinchiusa qui mentre, senza alcun dubbio, sta disperatamente mettendo alla prova medicine e incantesimi che gli induriscano il vecchio e floscio e avvizzito tepùli. Ma perché dovrei gettar via gli impulsi, e i succhi e il fiore della mia bellezza, in attesa dei suoi comodi o della sua capacità? Se vuole rinviare i doveri coniugali, farò in modo io stessa che siano rinviati davvero a lungo. E poi, quando lui *ed io* saremo pronti, puoi star certo che riuscirò a convincere Nezahualpìli di donarmi a lui intatta e vergine e timorosa dell'esperienza quanto qualsiasi fanciulla».

Ritentai. Feci davvero del mio meglio per dissuaderla, anche se in seguito, ritengo, nessuno lo credette mai.

«Mia signora, rammenta chi sei, e la stirpe dalla quale discendi. Sei la nipote del venerato Motecuzòma, ed egli *nacque* da una vergine. Il padre di lui lanciò una gemma nel giardino della sua diletta. Ella se la mise in seno e, in quel momento, concepì il bambino Motecuzòma, prima ancora di essersi sposata o accoppiata con il padre della creatura. Pertanto tu hai un retaggio di purezza e verginità che non dovresti insozzare...»

Mi interruppe con una risata. «Sono commossa, Portalo!, della tua preoccupazione. Ma avresti dovuto tenermi questa predica quando avevo nove o dieci anni. Quando *ero* vergine.»

Troppo tardi mi venne in mente di voltarmi verso Cozcatl e di dire: «Faresti meglio... puoi andare, adesso, ragazzo».

Bambola di Giada disse: «Conosci le sculture scolpite dai bestiali Huaxtèca? I busti lignei con l'enorme membro maschile? Mio padre Ahuìtzotl ne tiene uno appeso alla parete di una galleria del nostro palazzo, come curiosità per stupire o divertire gli amici. Interessa anche le donne. È stato reso liscio e lustro da tutte coloro che lo hanno maneggiato con ammirazione, passando. Nobildonne. Ragazze schiave. Io stessa».

Dissi: «Credo proprio che non mi interessi saperlo...» Ma ella ignorò la mia protesta.

«Dovetti trascinare un grosso cofano contro la parete e salirvi in piedi per arrivare alla scultura. E mi occorsero molti giorni penosi, perché, dopo ognuno dei miei primi tentativi, dovetti riposare e aspettare che la mia inadeguata tipìli smettesse di dolermi. Ma insistetti e fu un giorno di trionfo quello in cui riuscii a introdurre appena la punta dell'enorme aggeggio. A poco a poco, lo feci penetrare sempre più entro di me. Ho avuto forse cento uomini dopo di allora, ma non uno di essi mi ha mai dato la sensazione che provavo in quei giorni battendo il mio piccolo ventre contro quella rozza scultura Huaxtèca.»

La esortai. «Non dovrei sapere niente di queste cose, mia signora.»

Bambola di Giada fece una spallucciata. «Non cerco giustificazioni per la mia indole. Questo genere di sollievo è qualcosa di cui non posso fare a meno, e devo averlo spesso, e lo *avrò*. Mi servirei anche di te, a tale scopo, Portalo! Tu non manchi di attrattive. E non mi denunceresti mai, perché, lo so bene, ubbidirai all'ordine di Nezahualpìli di non fare la spia. Ma ciò non ti impedirebbe di confessare la *tua stessa* colpa, se ci accoppiassimo, e ciò significherebbe la rovina per entrambi. Perciò...»

Mi consegnò il disegno che avevo eseguito del messaggero veloce, il quale non sospettava di nulla, e un anello tolto dal suo dito. «Dagli questo. È stato il dono nuziale del mio consorte, e non ne esistono di uguali.»

L'anello era di oro rosso, con un enorme smeraldo dal valore incalcolabile. Pietre preziose come quella venivano portate molto raramente da mercanti che si avventuravano lontano, fino alla terra di Quautemàlan, l'estremo limite meridionale dei nostri commerci; e lo smeraldo non proveniva nemmeno da laggiù, ma da qualche regione il cui nome era ignoto, situata indescrivibilmente più lontano al sud di Quautemàlan. L'anello era uno di quelli fatti per essere portati sulla mano tenuta verticalmente, il cerchietto essendo adornato da pendagli di giada che apparivano in tutto il loro splendore quando la mano di chi lo portava veniva tenuta per l'appunto in quella posizione. Doveva essere stato foggiato su misura del dito medio di Bambola di Giada. Riuscii a malapena a infilarlo sul mio mignolo.

«No, non devi metterlo» mi ammonì la fanciulla. «E nemmeno lui. Un anello come questo verrebbe riconosciuto da chiunque lo vedesse. Egli deve semplicemente tenerlo nascosto su di sé, e poi, stanotte a mezzanotte, mostrarlo all'uomo di guardia alla porta est. Vedendo l'anello, la sentinella lo farà entrare. Pitza si troverà in attesa subito al di qua della porta, per condurlo da me.»

«Stanotte?» dissi. «Ma devo prima rintracciare di nuovo il messaggero, mia signora! Può essere stato mandato chissà dove.»

«Stanotte» insistette lei. «Già da troppo tempo sono stata privata del sollievo.»

Non so che cosa mi avrebbe fatto se non avessi trovato l'uomo, ma lo trovai, e lo avvicinai come se fossi stato un giovane nobile con un messaggio da affidargli. Deliberatamente non gli rivelai il mio nome, e fu lui a dire: «Sono Yeyac-Netzlin, al servizio del mio signore».

«Al servizio di una dama» lo corressi. «Ella desidera che tu ti rechi da lei al palazzo, stanotte a mezzanotte.»

Il giovane parve turbato e osservò: «È estremamente difficile portare correndo un messaggio lontano, di notte, mio signore...» Ma poi lo sguardo di lui cadde sull'anello che tenevo nel palmo. Spalancò gli occhi, allora, e disse: «A *questa* dama, naturalmente, né mezzanotte né Mictlan potrebbero impedirmi di rendere un servigio».

«È un servigio che richiede discrezione» dissi io, con un sapore agro in bocca. «Mostra questo anello all'uomo di guardia alla porta est, per essere fatto entrare.»

«Odo e ubbidisco, giovane signore. Sarò là.»

E là si recò. Rimasi desto ad ascoltare accanto alla porta del mio appartamento finché udii Pitza condurre Yeyac-Netzlin, in punta di piedi, lungo il corridoio. In seguito, non udii altro, e pertanto non so quanto a lungo si trattenne, e neppure come se ne andò. Né mi misi nuovamente in ascolto nei successivi convegni, e, di conseguenza, non so neppure quante volte venne. Comunque un mese trascorse prima che Bambola di Giada, sbadigliando per la noia, mi chiedesse di disegnarle altri possibili nuovi consorti, e pertanto Yeyac-Netzlin, a quanto pare, l'aveva soddisfatta in quel periodo di tempo. Il nome del messaggero veloce, opportunamente, significava Lunghe Gambe, e forse egli era anche in altre parti dotato in fatto di lunghezza.

Anche se, nel corso di quel mese, Bambola di Giada non avanzò pretese sul mio tempo, non sempre io mi sentii tranquillo. Il Riverito Oratore veniva ogni otto o nove giorni a fare una visita di cortesia alla sua principessa-regina in teoria vezzeggiata e paziente, ed io ero spesso presente nell'appartamento, e mi sforzavo di non sudare visibilmente durante quei colloqui. Potevo soltanto domandarmi perché mai, in nome di tutti gli dei, Nezahualpìli non si rendesse conto di essere sposato con una femmina matura e pronta per essere immediatamente assaporata da lui. O sarebbe accaduto questo, o ella avrebbe approfittato di qualsiasi altro uomo.

I gioiellieri che trafficano nella giada affermano essere facile trovarla nelle rocce più comuni, in quanto essa annuncia la propria presenza e disponibilità. Basta semplicemente recarsi in campagna nelle prime ore dell'alba, essi dicono, e si vedrà una roccia, qua e là, emanare un lieve ma inequivocabile vapore il quale annuncia fieramente: «C'è giada, qui dentro. Venite a prenderla». Come la pietra pregiata della quale aveva il nome, Bambola di Giada emanava a sua volta un qualche indefinibile vapore, o essenza, o vibrazione, che diceva ad ogni maschio: «Sono qui. Vieni e prendimi». Poteva mai essere che Nezahualpìli fosse il solo uomo del creato a non sentire l'ardore e la disponibilità di lei? Poteva mai essere che egli fosse davvero impotente e indifferente come aveva detto la giovane regina?

No. Quando li vedevo e li ascoltavo insieme, mi rendevo conto che egli stava dando prova di una considerazione e di un ritegno da gentiluomo. Poiché Bambola di Giada, nonostante la sua perversa riluttanza ad accontentarsi di un solo amante, si mostrava a *lui* non già come una fanciulla nel fiore della femminilità, ma come un'adolescente delicata e immatura, intempestivamente costretta a un matrimonio di convenienza. In occasione delle sue visite, non era affatto la Bambola di Giada così nota a me ed agli schiavi e presumibilmente a Yeyac-Netztlin. Indossava abiti che nascondevano le sue curve provocanti e la facevano apparire esile e fragile come una bambina. In qualche modo, riusciva a reprimere la consueta aura di fragrante sessualità, per non parlare delle altrettanto consuete arroganza e irascibilità. Mai una sola volta si serviva del villano nome Portalo!, quando si rivolgeva a me. In qualche modo, riusciva a tenere nascosta la vera Bambola di Giada... topco petlacàlco, come diciamo noi di un segreto, « nel sacco, nella scatola ».

Alla presenza del suo Signore non si distendeva languidamente su un divano e neppure prendeva posto su una sedia. Si inginocchiava ai piedi di lui, le ginocchia pudicamente accostate, gli occhi modestamente bassi, e parlava con una vocetta mite e infantile. Sarebbe riuscita a ingannare anche me, inducendomi a crederla una bambina di non più di dieci anni, se non avessi saputo quello che era già stata sin da quell'età.

« Troverai, spero, la tua vita meno monotona » disse Nezahualpìli « ora che hai Mixtli come compagno. »

« *Ayyo*, sì, mio Signore » rispose lei, con un sorriso tutto fossette. « È un accompagnatore inestimabile. Mixtli mi mostra cose e me le spiega. Ieri mi ha condotta nella biblioteca delle opere del tuo onorato padre, e ha recitato per me alcune delle sue poesie. »

« E ti sono piaciute? » domandò lo Uey-Tlatoàni.

« Oh, certo, ma credo che mi piacerebbe anche di più ascoltare alcune delle tue, mio Signore e Marito. »

Nezahualpìli, pertanto, recitò per noi alcune delle sue composizioni poetiche, anche se con l'opportuna modestia: « Suonano meglio, naturalmente, quando mi accompagna il tamburino ». Una di esse, in lode del tramonto, terminava così:

> *... come di fiori un mazzo splendente,*
> *il nostro dio radioso e ardente,*
> *lo splendido sole, affonda in un vaso*
> *di gioielli sfarzosi, ed è l'occaso.*

« Bellissima » sospirò Bambola di Giada. « Mi fa sentire un po' malinconica. »

« Il tramonto? » domandò Nezahualpìli.

« No, mio Signore, l'accenno al Dio. So che, con il tempo, conoscerò tutti gli dei del tuo popolo. Ma, nel frattempo, non ho intorno a me alcuna delle divinità cui sono assuefatta. Oserei troppo chiedendo al mio Riverito Consorte il permesso di far situare in queste stanze alcune statue degli dei prediletti dalla mia famiglia? »

« Mia cara, piccola Bambola, » disse lui, in tono indulgente, « puoi fare e avere tutto ciò che ti rende felice e mitiga la tua nostalgia della patria. Ti manderò Pixquitl, lo scultore della Corte, e potrai ordinargli di scolpire qualsiasi dio cui il tuo dolce cuore aneli. »

Quella volta, quando egli fu uscito dall'appartamento, Nezahualpìli mi fece cenno di seguirlo. Andai, sempre silenziosamente imponendo ai pori della mia pelle di restar chiusi, poiché mi aspettavo senz'altro di essere interrogato su quel che faceva Bambola di Giada quando non si recava nelle biblioteche. Con mio grande sollievo, invece, il Riverito Oratore si informò soltanto su quel che facevo io.

« È un fardello troppo gravoso per te, Talpa » domandò cortesemente « dedicare tanto tempo alla tua sorella minore? »

« No, mio Signore » mentii. « Ella è tanto premurosa da non ostacolare i miei studi. Soltanto la sera conversiamo, o passeggiamo nel palazzo, o vagabondiamo in città. »

« Quando parli con lei » egli disse « ti pregherei di tentare in qualche modo di correggerne l'accento Texcòco! Incoraggiarla a esprimersi con maggiore eleganza, Testa che Annuisce. »

« Sì, mio Signore, ci proverò. »

Egli continuò: « Il tuo Signore Insegnante della Conoscenza delle Parole mi dice che hai fatto inoltre rapidi e ammirevoli progressi nell'arte della scrittura per immagini. Potresti forse dedicare parte del tuo tempo per mettere in pratica queste tue capacità? »

« Ma certo, mio Signore! » esclamai avidamente, con ardore. « Il tempo *lo troverò*. »

Così iniziai, infine, la mia carriera di scrivano, e fu, in vasta misura, grazie al padre di Bambola di Giada, Ahuìtzotl. Immediatamente dopo essere stato incoronato Uey-Tlatoàni di Tenochtìtlan, Ahuìtzotl aveva drammaticamente dato prova della sua prodezza come governante dichiarando guerra agli Huaxtèca sulla costa di nord-est. Personalmente al comando di un esercito formato da Mexìca, Acòlhua e Tecpanèca, egli aveva combattuto e vinto la guerra in meno di un mese. Gli eserciti erano tornati con immense quantità di bottino e la nazione sconfitta aveva dovuto, come sempre, impegnarsi a versare tributi annui. Sia il bottino, sia i tributi dovevano essere divisi, come voleva la consuetudine, fra la Triplice Allenza: due quinti tanto a Tenochtìtlan quanto a Texcòco, un quinto a Tlàcopan.

Il compito assegnatomi da Nezahualpìli consisteva nel tenere un registro che elencasse i tributi già ricevuti dagli Huaxtèca e quelli ancora da versare, nonché nel segnare le altre mercanzie — turchesi, cacao, mantelli di cotone, gonne e bluse, tessuti di cotone in pezza — in registri diversi nei quali si teneva conto delle merci man mano che venivano depositate in vari magazzini a Texcòco. Era un lavoro che poneva a frutto la mia conoscenza sia della scrittura per immagini, sia dell'aritmetica, ed io mi dedicai ad esso con sommo piacere e con la coscienziosa decisione di far bene.

Ma, come ho già detto, anche Bambola di Giada si avvaleva delle mie capacità, e di nuovo ella mi convocò per ordinarmi di riprendere la ricerca di «begli uomini» e di farne schizzi. Colse l'occasione, inoltre, per lagnarsi dell'*incapacità* dello scultore di Corte.

«Come mi ha consentito il Signore mio Marito, ho ordinato questa statua, impartendo istruzioni precise a quel vecchio stolto di scultore che mi ha mandato. Ma guardala, Portalo!, è una mostruosità.»

La guardai: una figura maschile in grandezza naturale foggiata con l'argilla, dipinta con colori realistici e indurita cuocendola nel forno. Non raffigurava alcun dio dei Mexìca ch'io riuscissi a riconoscere, ma v'era in essa un qualcosa di familiare.

«Si ritiene che gli Acòlhua siano tanto esperti nelle arti» continuò la fanciulla, con disprezzo, «ma non è vero, Portalo! Il loro primo scultore ufficiale è spaventosamente inetto in confronto ad alcuni artisti assai meno rinomati le cui opere ho veduto nel mio paese. Se Pixquitl non farà meglio di questa la prossima statua, manderò a chiamare a Tenochtìtlan quegli artisti sconosciuti, quei Mexìca, e lo svergognerò. Va' a dirglielo!»

Sospettai che la fanciulla si stesse limitando a predisporre un pretesto per far venire non già artisti, ma alcuni suoi ex amanti da lei ricordati teneramente. Ciò nonostante, andai in cerca dello scultore di corte Pixquitl e lo trovai nel suo studio situato sotto il livello del suolo. Vi echeggiavano gli scoppiettii del fuoco che ardeva nel forno di cottura, il martellare e lo scalpellare della pietra da parte dei suoi allievi e apprendisti. Dovetti urlare per far sì che egli udisse la lagnanza e la minaccia di Bambola di Giada.

«Ho fatto del mio meglio» disse l'anziano artista. «La giovane regina non ha voluto nemmeno dirmi il nome del dio da lei prescelto, affinché potessi basarmi su altre statue o su dipinti di lui. Per lavorare, ho potuto far conto soltanto su questo.»

E mi mostrò un disegno a gesso su carta di corteccia: il mio ritratto di Yeyac-Netztlin. Ero interdetto all'estremo. Perché mai Bambola di Giada avrebbe dovuto ordinare la statua di un dio — di qualsiasi divinità potesse trattarsi — e chiedere che

197

venisse scolpita con le sembianze di un mero e mortale messaggero veloce? Ma, prevedendo che ella mi avrebbe rimproverato, ingiungendomi di badare agli affari miei, non glielo domandai.

Nella successiva serie di disegni, inclusi deliberatamente, e non soltanto per essere faceto, un ritratto del legittimo consorte di Bambola di Giada, il Riverito Oratore Nezahualpìli. Ella si limitò a sbuffare sprezzante di me e del ritratto, mentre lo gettava da una parte. Lo schizzo che scelse questa volta fu quello di un giovane giardiniere del palazzo, a nome Xali-Otli, e a lui io consegnai l'anello e impartii le istruzioni il giorno dopo. Al pari del suo predecessore, l'uomo non era nobile, ma parlava il nahuàtl con l'accento Texcòco ed io sperai — poiché sarei stato esonerato di nuovo per qualche tempo dal servire la dama — che potesse essere *lui* a continuare a migliorare la pronuncia di Bambola di Giada, come desiderava Nezahualpìli.

Quando ebbi terminato di registrare i tributi Huaxtèca, consegnai gli elenchi al vice-tesoriere incaricato di queste cose; egli lodò molto il mio lavoro con il proprio superiore, la Donna Serpente, e il Signore Forte Osso, a sua volta, fu così cortese da fare un buon rapporto su di me a Nezahualpìli. Dopodiché il Riverito Oratore mi mandò a chiamare per domandarmi se avrei gradito cimentarmi in un lavoro simile a quello che state facendo voi, reverendi frati. Vale a dire mettere per iscritto le parole pronunciate nella sala ove lo Uey-Tlatoàni si riuniva con il suo Consiglio, nonché nella sala della giustizia, ove concedeva udienze agli Acòlhua meno importanti che venivano a porre richieste e a presentare lagnanze.

Naturalmente accettai l'incarico con gioioso entusiasmo, e, anche se a tutta prima non risultò facile e commisi errori, in ultimo venni lodato anche per questa fatica. Devo dire, immodestamente, che avevo già conseguito una considerevole scorrevolezza, capacità e precisione nel tracciare le immagini della scrittura. Ora dovevo imparare a scrivere i simboli *rapidamente*, anche se, naturalmente, non sarei mai potuto diventare uno scrivano rapido come uno qualsiasi di voi, miei signori. Nel corso di quelle riunioni del Consiglio e di quelle udienze v'era di rado un momento in cui qualcuno non pronunciasse parole da trascrivere, e spesso numerose persone parlavano contemporaneamente. Per mia fortuna, il sistema adottato — come nel caso vostro — consisteva nel mettere simultaneamente al lavoro due o più scrivani esperti, per cui ciò che sfuggiva all'uno veniva probabilmente colto dall'altro.

Imparai presto a scrivere soltanto i simboli che riferivano esclusivamente le parole più importanti del discorso di ognuno, e anche quelle in forma concisa. In seguito, con calma, mi sforzavo di ricordare e inserire il resto, poi copiavo il tutto in bella forma e aggiungevo i colori che rendevano il testo pienamente comprensibile. Questo metodo, oltre a migliorare la rapidità della mia scrittura, migliorò anche la mia memoria.

Trovai utile, inoltre, escogitare una serie di quelli che potrei definire simboli concisi, nei quali era compressa tutta una sequela di parole. Ad esempio, mi limitavo a tracciare un circoletto, che rappresentava una bocca aperta, in luogo della lunga premessa con la quale ogni uomo e ogni donna si rivolgevano allo Uey-Tlatoàni, pronunciando anche la frase più insignificante: «Alla tua augusta presenza, mixpantzìnco, mio Signore Riverito Oratore Nezahualpìli...» E se qualcuno parlava ora di eventi recenti, ora di eventi remoti, io distinguevo tra essi disegnando alternativamente i semplici simboli che rappresentano un poppante e un avvoltoio. Il poppante, vedete, stava a significare «nuovo» e identificava gli eventi recenti. L'avvoltoio, avendo la testa calva, stava a significare «vecchio» e identificava gli eventi lontani.

Ah, be', tutte queste rievocazioni possono rivestire un qualche interesse professionale per colleghi scrivani come voi, reverendi frati, ma in realtà io parlo di queste cose perché non sopporto di dover parlare di altre... come la mia successiva convocazione nell'appartamento della Signora Bambola di Giada.

«Voglio una nuova faccia» disse, sebbene sapessimo entrambi che non una *faccia* le serviva, in realtà. «E non intendo aspettare che tu disegni tutta una nuova serie di schizzi. Fammi vedere di nuovo quelli che hai già disegnato.» Glieli portai, ed ella li esaminò rapidamente, limitandosi a una semplice occhiata a ognuno di essi, finché si fermò e disse: «Questo. Chi è?»

«Uno schiavo che ho veduto nel palazzo» risposi. «Credo che venga impiegato come portatore di lettighe.»

«Portalo!» mi ordinò, consegnandomi l'anello con lo smeraldo.

«Mia signora» protestai. «*Uno schiavo?*»

«Quando il mio appetito incalza, non sto a fare la schizzinosa» disse lei. «D'altronde, gli schiavi sono spesso molto abili. Quei miserabili non osano rifiutarsi di compiere anche le cose più degradanti che vengono loro richieste.» Mi rivolse quel suo sorriso soave e vischioso. «E quanto più un uomo è privo di spina dorsale, tanto più può contorcersi come un rettile.»

Prima che avessi potuto sollevare altre obiezioni, Bambola di Giada mi condusse in una alcova ricavata nella parete e disse:

«Ora guarda questa. La seconda statua di un dio che ho ordinato a quel cosiddetto primo scultore, Pixquitl».·

«Questo non è un dio» esclamai, allibito, mentre contemplavo la nuova scultura. «Questo è il giardiniere Xali-Otli. »

Ella disse con una voce gelida, in tono di avvertimento: «Per quanto concerne te e chiunque altro a Texcòco, questo è un oscuro dio adorato dalla mia famiglia a Tenochtìtlan. Ma non importa. Hai per lo meno riconosciuto il viso. Sarei disposta a scommettere che nessun altro ci riuscirebbe, tranne forse sua madre. Quel vecchio Pixquitl è assolutamente incapace. Ho mandato a chiamare gli artisti Mexìca dei quali ti ho parlato. Verranno immediatamente dopo la festa di Òchpanìztli. Va' a dire a Pixquitl che voglio uno studio separato e privato approntato per loro, fornito di tutte le attrezzature delle quali potranno necessitare. Poi trova lo schiavo. Dagli l'anello e impartiscigli le solite istruzioni».

Quando parlai di nuovo con lo scultore, egli disse, stizzosamente: «Posso soltanto ripetere che ho fatto del mio meglio con il disegno fornitomi. Ma questa volta, almeno, ella mi ha dato anche un teschio su cui lavorare».

«Cosa? »

«Oh, sì, è molto più facile avvicinarsi a una buona somiglianza, scolpendo, quando si dispone delle vere ossa sulle quali modellare l'argilla. »

Non volendo credere a ciò di cui avrei dovuto rendermi conto molto prima, balbettai: «Ma... ma... Maestro Pixquitl... nessuno potrebbe possedere il teschio di un dio».

Egli mi rivolse un lungo sguardo con i suoi occhi di vecchio, dalle palpebre grevi: «So soltanto che mi è stato dato il teschio di un maschio adulto morto di recente, e che la struttura del teschio era molto simile alle fattezze del disegno consegnatomi, con la precisazione che trattavasi dell'immagine di un qualche dio di secondaria importanza. Non sono un sacerdote e non posso contestare l'autenticità del dio; e non sono nemmeno un idiota e pertanto non contraddico una regina imperiosa. Eseguo il lavoro che mi viene ordinato, e in questo modo sono riuscito a conservare intatto fino ad oggi il *mio* cranio. Capisci? »

Annuii, ammutolito. Avevo capito, infine, e anche troppo bene.

Il maestro continuò: «Farò preparare lo studio per i nuovi artisti che devono arrivare tra poco. Ma, devo dirlo, non invidio nessuno impiegato in questo modo dalla Signora Bambola di Giada. Non me stesso. Non loro. Non te ».

Nemmeno io invidiavo la mia situazione — il lenone di un'assassina — ma ormai ero di gran lunga troppo coinvolto e non vedevo come avrei potuto districarmi. Andai in cerca dello schiavo e lo trovai. Si chiamava Niez-Hueyuotl, nella solita maniera pateticamente presuntuosa dei nomi degli schiavi: «Io Apparterrò alla Grandezza». A quanto parve non riuscì ad appartenervi, poiché non trascorse molto tempo prima che Bambola di Giada mi convocasse di nuovo.

«Avevi ragione, Portalo!» disse. «Scegliere uno schiavo può essere deludente. Costui aveva cominciato a illudersi e a volersi comportare come un essere umano.» Rise. «Be', tra non molto sarà un dio, ed è più di quanto avrebbe potuto mai aspettarsi. Ma questo fa sì che mi renda conto di una cosa. Il Signore mio Consorte potrebbe in ultimo cominciare a domandarsi come mai io abbia soltanto statue di dei nei miei appartamenti. Dovrei avere per lo meno una dea. Tra i tuoi ultimi disegni ho veduto una donna graziosa. Va' e portami quel ritratto.»

Andai, anche se con il cuore stretto. Mi pentii di avere mostrato quello schizzo alla giovane regina. Lo avevo eseguito senza alcun motivo, tranne l'ammirazione nei confronti della donna, quando ella aveva attratto la mia attenzione. Effettivamente, attraeva gli sguardi di molti uomini, e accendeva nei loro occhi curiosità o desiderio. Ma Nemalhuìli era una donna già maritata, la moglie di un prospero tessitore di piume nel mercato degli artigiani di Texcòco. La bellezza di lei non consisteva soltanto nel viso animato e luminoso. I suoi gesti erano sempre fluenti e dolci, il portamento era fiero, e le labbra avevano invariabilmente un sorriso per tutti. Nemalhuìli sembrava irradiare una indomabile felicità. E il suo nome era appropriato; significa, infatti: Qualcosa di Delicato.

Bambola di Giada studiò il ritratto e, non senza sollievo da parte mia, disse: «Non posso mandare te da lei, Portalo! Significherebbe venir meno alle buone maniere e potrebbe causare uno scandalo indesiderato. Manderò una delle mie schiave».

Ma questo non pose fine, come avevo sperato, al mio coinvolgimento. La prima cosa che mi sentii dire in seguito dalla giovane regina fu: «La donna Nemalhuìli verrà qui stanotte. E questa sarà la prima volta — lo crederesti? — in cui indulgerò a rapporti con una del mio sesso. Voglio che tu sia presente, con il necessario per disegnare, e che documenti questa avventura, così, in seguito, potrò vedere le varie cose che avremo fatto».

Naturalmente, rimasi sgomento da una simile idea, per tre ragioni. In primo luogo, e soprattutto, ero furente con me stesso perché, senza volerlo, avevo coinvolto Qualcosa di Delicato. Sebbene la conoscessi soltanto di vista e di fama, la stimavo moltissimo. In secondo luogo, ed egoisticamente, non avrei più potuto, dopo quella notte, affermare che non sapevo *con certez-*

za quali cose accadessero nell'appartamento della mia signora. In terzo luogo, mi causava una certa ripugnanza la prospettiva di essere costretto ad assistere ad atti che sarebbero dovuti essere privati. Ma non potevo rifiutare in alcun modo, e devo confessare che, tra i miei stati d'animo, non mancava una perversa curiosità. Avevo udito pronunciare la parola patlachùia, ma non riuscivo a immaginare in qual modo *potessero* sollazzarsi insieme due femmine.

Qualcosa di Delicato arrivò, allegra e vivace come sempre anche se, com'era comprensibile, un po' smarrita a causa di quell'incontro clandestino a mezzanotte. Ci trovavamo in estate e l'aria all'aperto non era affatto gelida, ma lei portava una mantellina quadrata sulle spalle. Forse le era stato ordinato di nascondere il viso con essa mentre veniva al palazzo.

« Mia signora » disse cortesemente, interrogativa, volgendo lo sguardo dalla giovane regina a me, che sedevo con un fascio di fogli di corteccia in grembo. Non era stato possibile nascondere con discrezione la mia presenza, in quanto la miopia imponeva che mi trovassi nelle immediate vicinanze se dovevo documentare quanto stava per accadere.

« Non badare allo scrivano » disse Bambola di Giada. « Bada soltanto a me. Anzitutto, devo essere certa che tuo marito non sa niente di questa visita. »

« Niente, mia signora. Dormiva quando sono uscita. La tua ancella mi ha ordinato di non dirgli nulla, ed io ubbidito, pensando che tu potessi avere bisogno di me per... be', per qualcosa che non riguardava gli uomini. »

« È proprio così » disse colei che la ospitava, sorridendo smorfiosamente tanto era soddisfatta. Quando gli occhi della donna mi sbirciarono di nuovo in tralice, Bambola di Giada scattò: « Ti ho detto di ignorare quell'individuo. È come un mobile. Non vede non ode. Non esiste ». Poi abbassò la voce, che divenne un mormorio persuasivo: « Mi è stato detto che tu sei una delle più belle donne di Texcòco. Come vedi, mia cara, sono bella anch'io. Ho pensato che avremmo potuto piacevolmente paragonare i nostri pregi fisici ».

Così dicendo si sporse e, con le sue stesse mani, sollevò la mantellina, in modo che il taglio centrale si sfilasse dal capo di Nemalhuìli. L'ospite parve logicamente stupìta nel vedere far questo personalmente da una regina. Ma poi l'espressione di lei divenne scandalizzata e interdetta quando, subito dopo, Bambola di Giada le sfilò la lunga blusa, lasciandola nuda dalla vita in su.

Soltanto i suoi grandi occhi si mossero. Scattarono una volta di più su di me, come quelli di una daina braccata e atterrita, che invocasse aiuto rivolgendosi ad uno dei cacciatori dai quali era inseguita. Ma io finsi di non vedere e mantenni un'espressione impassibile, fissando, in apparenza, il disegno appena iniziato, e credo che Qualcosa di Delicato non mi guardò più. A partire da quel momento riuscì, evidentemente, a fare come le era stato detto: a fingere che io non fossi presente, o che fossi, addirittura, inesistente. Se la povera donna non fosse riuscita a cancellarmi dalla propria consapevolezza, credo che sarebbe morta, quella notte, di vergogna.

Mentre ella rimaneva in piedi a seno nudo, immobile come se fosse già divenuta una statua, Bambola di Giada si tolse la blusa, adagio, in modo seducente, come avrebbe potuto fare per eccitare un uomo indifferente. Poi si avvicinò, finché i due corpi quasi si sfiorarono. Qualcosa di Delicato aveva forse dieci anni più della fanciulla regina ed era un palmo più alta di statura.

«Sì,» disse Bambola di Giada «hai bellissimi seni. Soltanto che» e finse di fare il broncio «i capezzoli sono timidi e si tengono chiusi come boccioli. Non possono inturgidirsi e sporgere come i miei?» Si sollevò in punta di piedi, spinse un poco in avanti la parte superiore del corpo ed esclamò: «Oh, guarda, combaciano esattamente! I nostri seni corrispondono in modo perfetto, mia cara. Non potrebbe essere così anche per il resto di noi?»

E premette le labbra sulle labbra di Qualcosa di Delicato. La donna non chiuse gli occhi né cambiò minimamente espressione, ma le gote di Bambola di Giada si incavarono. Dopo un momento ella portò indietro il capo appena quanto bastava per dire, deliziata: «Ecco, anche i tuoi capezzoli *possono* crescere, lo sapevo! Non li senti spiegarsi contro i miei?» Si sporse in avanti per un nuovo bacio esplorativo, e questa volta Qualcosa di Delicato chiuse gli occhi, quasi temendo che qualcosa di non voluto potesse trasparire da essi.

Le due donne rimasero così, immobili, sufficientemente a lungo perché io riuscissi a catturare la loro immagine: Bambola di Giada sempre in punta di piedi, ed entrambe senza toccarsi in alcun punto, tranne la bocca e i seni. Poi la fanciulla portò la mano sulla gonna di Qualcosa di Delicato, all'altezza della vita, e, con destrezza ne aprì il fermaglio, per cui essa cadde, frusciante, sul pavimento. Io ero abbastanza vicino per scorgere il guizzo appena percettibile dei muscoli della donna, mentre stringeva, protettivamente, le lunghe gambe. Dopo un momento, Bambola di Giada slacciò la propria gonna, lasciando che le scivolasse ai piedi. Non portava niente sotto e pertanto rimase ora completamente nuda, tranne i sandali dorati. Ma quando premette il corpo, in tutta la sua lunghezza, contro quello di

Qualcosa di Delicato, si accorse che la donna, come ogni femmina onesta, indossava ancora un indumento intimo.

Bambola di Giada indietreggiò di un passo, la contemplò al contempo con divertimento, tenerezza e blanda irritazione, poi disse, soavemente: «Non ti toglierò l'ultima tua pudica difesa, Qualcosa di Delicato. E non ti chiederò neppure di farlo. Farò in modo che tu *voglia* togliertela».

La fanciulla regina prese la donna per mano e tirò, per cui ella si mosse; attraverso la stanza verso il grande e soffice letto a baldacchino. Vi si sdraiarono, senza coprirsi, ed io mi avvicinai con i gessetti e i fogli di corteccia.

Ebbene, sì, Fray Jerònimo, c'è di più. In fin dei conti ero presente, vidi ogni cosa, e non ho dimenticato nulla. Ma naturalmente, se questo è il tuo desiderio, puoi fare a meno di restar qui ad ascoltare.

Potrei dire a voi, reverendi scrivani rimasti, che ai miei tempi ho assistito a molti stupri. Ho veduto soldati, nostri e vostri, prendere con la violenza donne catturate. Ma, in tutta la mia vita, non ha mai visto una femmina così violentata nell'anima oltre che nelle parti sessuali, così insidiosamente, completamente, rovinosamente e orrendamente violentata come lo fu Qualcosa di Delicato da Bambola di Giada. E a far sì che la scena restasse nel mio ricordo, più profondamente impressa di qualsiasi stupro di donna a opera di un uomo, fu il fatto che la fanciulla adolescente manipolò la donna maritata senza mai ricorrere, neppure per un momento, alla forza o all'imperio, ma soltanto mediante dolci contatti e carezze che, in ultimo, portarono Qualcosa di Delicato a un parossismo tale da renderla non più responsabile del proprio comportamento.

Potrebbe essere opportuno a questo punto, da parte mia, ricordare che, nella nostra lingua, quando parliamo di sedurre una donna, diciamo: «L'accarezzo con fiori...»

Qualcosa di Delicato giacque supina e volutamente indifferente per qualche tempo, e fu soltanto Bambola di Giada ad agire. Si servì soltanto delle labbra, della lingua e della punta appena delle dita. Se ne servì sulle palpebre chiuse e sulle ciglia della donna, sui lobi delle orecchie di lei, sull'incavo della gola, sull'incavo tra i seni, su tutto il suo corpo nudo per quanto era largo e lungo, sulla fossetta dell'ombelico, e su e giù sulle gambe. Ripetutamente si servì della punta di un dito o della lingua per tracciare lente spirali intorno all'uno o all'altro dei seni di Qualcosa di Delicato, prima di stuzzicare, in ultimo, o leccare il capezzolo indurito ed eretto. La fanciulla non tornò a baciare appassionatamente la donna, ma continuò a interrompere i suoi altri solleticamenti soltanto per fare sfrecciare voluttuosamente la lingua sulla bocca chiusa di lei. E, a poco a poco, le labbra di Qualcosa di Delicato, come i suoi seni, divennero gonfie e accese. La pelle, di un color rame-chiaro, a tutta prima liscia, cominciò ad accapponarsi dappertutto e a tremare, in certi punti.

Bambola di Giada, di quando in quando, era costretta a interrompere le carezze e ad avvinghiarsi strettamente alla donna, contorcendo il corpo. Qualcosa di Delicato, anche con gli occhi chiusi, non poteva fare a meno di sentire e di sapere che cosa stesse accadendo alla fanciulla. Soltanto una statua di pietra sarebbe potuta non esserne influenzata, anche la donna più virtuosa, più riluttante, più spaventata, non è una statua. Quando la giovane regina cominciò, una volta di più, a fremere indifesa, Qualcosa di Delicato si lasciò sfuggire una sorta di suono tubante, come potrebbe fare una madre con il proprio bambino sofferente. Abbassò le mani per sollevare il capo di Bambola di Giada dal proprio seno, la costrinse a portarglielo contro il viso e, per la prima volta, fu lei stessa a baciare. Con le labbra, dischiuse a forza quelle della fanciulla, le sue gote si infossarono profondamente, un gemito soffocato scaturì da entrambe le bocche affondate l'una nell'altra, entrambi i corpi palpitarono insieme, e la donna abbassò una mano per strappare via l'indumento intimo che si frapponeva tra essi.

In seguito, Qualcosa di Delicato giacque di nuovo immobile, tornò a chiudere gli occhi e si morse il dorso della mano, ma questo non impedì che le sfuggisse un singhiozzo. Bambola di Giada, una volta cessati gli ansiti, fu di nuovo la sola a muoversi sul letto disfatto. Ma anche la donna era adesso nuda, vulnerabile in ogni sua parte, e la fanciulla disponeva di più punti ai quali prodigare le sue tenerezze. Per qualche tempo, Qualcosa di Delicato tenne le gambe strettamente unite. Ma poi, adagio, a poco a poco, la donna, come se non avesse niente a che vedere nella cosa, lasciò che i muscoli si allentassero, che le gambe si rilassassero, e le allargò un poco, e poi un altro poco ancora...

Bambola di Giada affondò la testa tra esse, cercando quella che mi aveva una volta descritto come «la piccola perla rosea». La cosa continuò per qualche tempo, e la donna, come se venisse torturata, emise molti e diversi suoni sommessi, e infine ebbe un sussulto violento. Quando si fu riavuta, dovette decidere che, essendosi ormai abbandonata fino a quel punto, nessun altro abbandono avrebbe potuto umiliarla ulteriormente. Infatti Qualcosa di Delicato cominciò a fare a Bambola di Giada quello che la fanciulla stava ancora facendo a lei. Questo diede luogo a una varietà di accoppiamenti. A volte le due femmine erano avvinghiate in un abbraccio come uomo e donna, baciandosi bocca su bocca mentre strofinavano le pelvi l'una contro l'altra. A volte assumevano la posizione opposta sul letto, ognuna abbracciando i fianchi dell'altra e servendosi della lingua come di un simulacro in miniatura, ma molto più agile, del membro di un uomo. Talora giacevano in modo che le cosce si sovrapponevano e soltanto la parte inferiore del corpo si sfiorava, sforzandosi di portare in contatto, con un reciproco attrito, le piccole perle rosee.

In questa posizione mi rammentarono la leggenda che narra come venne creato il genere umano. Si diceva che, dopo le ere durante le quali la terra era stata popolata soltanto dagli dei, dapprima, e poi da giganti, gli dei stessi avevano deciso di lasciare il mondo agli uomini. Poiché non esisteva allora alcuna di queste creature, gli dei dovettero crearle, e così fecero, foggiando alcuni uomini e un ugual numero di donne. Ma li crearono male, poiché quei primi esseri umani avevano corpi che terminavano sotto la vita con una sorta di liscia protuberanza. Stando alla leggenda, gli dei avevano avuto l'intenzione di nascondere pudicamente gli organi genitali; ma è difficile crederlo, in quanto dei e dee non sono certi noti per la loro pudicizia.

In ogni modo, questi primi esseri potevano saltellare qua e là sui moncherini dei loro corpi, e godersi tutte le bellezze del mondo che avevano ereditato, ma non potevano godersi a vicenda. E volevano questo poiché, nascosti o meno, i loro diversi sessi si attraevano a vicenda potentemente. Per la fortuna del futuro genere umano, questi primi esseri riuscirono a trovare il modo di sormontare l'ostacolo. Spiccavano alti balzi, un uomo e una donna insieme, e, a mezz'aria, affondavano l'uno nell'altra l'estermità inferiore del corpo, così come si accoppiano, volando taluni insetti. Come riuscissero, esattamente, ad accoppiarsi, là leggenda non lo dice, né dice in qual modo le donne partorissero i bambini così concepiti. Partorirono, comunque, e la generazione successiva risultò dotata di gambe e di organi sessuali accessibili. Contemplando Bambola di Giada e Qualcosa di Delicato in quella posizione, mentre con movimenti incalzanti strofinavano l'una contro l'altra le loro parti tipìli, non potei fare a meno di pensare a quei primi esseri umani e alla loro determinazione nel copulare, sebbene non possedessero nulla con cui farlo.

Dovrei accennare al fatto che la donna e la fanciulla, per quanto intricate potessero essere le posizioni che assumevano, e per quanto avidamente si accarezzassero a vicenda, non si dimenavano e non sobbalzavano tanto quanto fanno un *uomo* e una donna allorché sono impegnati in quell'atto. I loro movimenti erano sinuosi, non spigolosi; aggraziati e non rozzi. Molte volte, sebbene alcune parti di loro dovessero essere senza alcun dubbio invisibilmente impegnate, esse mi sembravano immobili come se stessero dormendo. Poi, l'una o l'altra fremeva, o si irrigidiva, o sussultava o si contorceva. Perdetti il conto, ma so che Qualcosa di Delicato e Bambola di Giada arrivarono a molti più momenti culminanti di quelli che entrambe sarebbero riuscite a raggiungere anche con l'uomo più virile e resistente.

Tra l'una e l'altra di quelle piccole convulsioni, tuttavia, rimasero nelle loro svariate pose sufficientemente a lungo per consentirmi di eseguire numerosi disegni dei loro corpi, separati l'uno dall'altro o allacciati. Se alcuni di quei disegni risultarono confusi o tracciati con tratti tremolanti, la colpa non fu delle modelle, se non in quanto la loro ginnastica turbava l'artista. Anch'io non ero una statua. Ripetutamente, mentre le osservavo, venni percorso da fremiti e per due volte il mio indisciplinato membro...

Ma ora ecco che Fray Domingo ci lascia, e precipitosamente. È strano come un uomo possa essere sfavorevolmente influenzato da certe parole, un altro uomo da parole diverse. Credo che le parole evochino immagini differenti nelle varie menti. Anche nella mente di impersonali scrivani, che dovrebbero ascoltarle soltanto come suoni e registrarle soltanto come segni sulla carta.

Forse, stando così le cose, dovrei astenermi dal descrivere le altre cose che la fanciulla e la donna fecero nel corso di quella lunga notte. Ma infine si separarono l'una dall'altra, esauste, e giacquero fianco a fianco, ansimando affannosamente. Le loro labbra e le parti tipìli erano straordinariamente gonfie e rosse; la loro pelle luccicava di sudore, di saliva e di altre secrezioni; i loro corpi erano maculati, come la pelliccia del giaguaro, dai segni dei morsi e dei baci.

Silenziosamente mi alzai dal mio posto accanto al letto e, con le mani tremanti, misi insieme i disegni sparpagliati intorno alla sedia. Quando mi fui ritirato in un angolo della stanza, anche Qualcosa di Delicato si alzò e, muovendosi stancamente, debolmente, come chi sia appena guarito da una malattia, si rivestì adagio. Evitò di guardarmi, ma io vidi ugualmente che lacrime le striavano la faccia.

«Vorrai riposare» le disse Bambola di Giada, e diede uno strattone al cordone del campanello sopra il letto. «Pitza ti accompagnerà in una camera privata.» Qualcosa di Delicato stava ancora piangendo silenziosamente quando la schiava assonnata la condusse fuori della stanza.

Domandai, con la voce malferma: «E se lo dicesse al marito?»

«Non sopporterebbe di dirglielo» rispose la giovane regina, sicura di sé. «E non glielo dirà. Fammi vedere i disegni.» Glieli diedi, e lei li studiò minuziosamente, ad uno ad uno. «Sicché sono questi gli aspetti che assume la cosa. Squisiti. E io che credevo di aver provato ogni sorta di... È un vero peccato che il mio Signore Nezahualpìli mi abbia assegnato soltanto serve bruttine. Credo che terrò a mia disposizione Qualcosa di Delicato per parecchio tempo.»

Fui lieto di sentirglielo dire, poiché sapevo che, altrimenti, il fato della donna sarebbe stato ben diverso, e rapido. La fanciulla mi restituì i disegni, poi si stiracchiò e sbadigliò voluttuosamente. «Sai una cosa, Portalo? Credo proprio che sia stato meglio di tutti i miei godimenti dopo quell'antico oggetto Huaxteca del quale ero solita servirmi.»

Sembrava logico, pensai, tornando nel mio alloggio. Una donna non può non sapere, meglio di qualsiasi uomo, come eccitare il corpo di un'altra donna. Soltanto una femmina può conoscere così intimamente tutte le più segrete, celate, tenere, sensibili superfici e tutti i recessi del proprio corpo e, per conseguenza, anche di un'altra donna. Ne conseguiva, quindi, che un *uomo* poteva perfezionare i propri talenti sessuali — poteva intensificare il suo godimento e quello di ogni compagna femminile — conoscendo le stesse cose. Impiegai pertanto molto tempo studiando i disegni e imprimendomi nella memoria le intimità alle quali avevo assistito e che anche i disegni non potevano riprodurre.

Non ero fiero della parte che avevo avuto nella degradazione di Qualcosa di Delicato, ma sono sempre stato persuaso che un uomo dovrebbe imparare e trarre profitto anche quando rimane coinvolto nelle azioni più riprovevoli.

✠

Non intendo dire con questo che la violenza fatta a Qualcosa di Delicato sia stata l'evento più riprovevole cui abbia mai partecipato in vita mia. Un altro mi aspettava quando tornai a Xaltòcan in occasione della festa di Ochpanìztli.

Questa parola significa Scopare la Strada e si riferisce ai riti religiosi celebrati per essere certi che il raccolto imminente del granturco sia buono. I festeggiamenti avevano luogo nel nostro undicesimo mese, verso la metà del vostro agosto, e consistevano in vari riti che culminavano tutti con la messa in scena della nascita del dio del granturco, Centéotl. Era questo un momento delle cerimonie affidato esclusivamente alle donne; tutti gli uomini, anche la maggior parte dei sarcedoti, si limitavano ad essere spettatori.

Tutto cominciava con le più venerabili e virtuose mogli e vedove di Xaltòcan che andavano in giro munite di scope appositamente fatte di penne, scopando tutti i templi e i luoghi sacri dell'isola. Poi, sotto la direzione delle inservienti femminili del tempio, erano le donne a provvedere tutti i canti, le danze e la musica nella notte culminante. Una vergine prescelta tra le fanciulle dell'isola impersonava Teteoìnan, la madre di tutti gli dei. Il momento conclusivo della notte era la parte che ella recitava sulla sommità della piramide — tutta sola, senza alcun compagno dell'altro sesso — fingendo di essere deflorata e fecondata, poi di sopportare le doglie del parto e di partorire. In seguito veniva posta a morte con frecce dalle donne arciere, che si prestavano al compito con zelante dedizione, ma con scarsa abilità, per cui di solito la vergine periva di una morte tremenda, dopo una protratta agonia.

Naturalmente, aveva sempre luogo una sostituzione all'ultimo momento, poiché noi non sacrificavamo mai una delle nostre fanciulle, a meno che, per qualche singolare ragione, ella non si ostinasse volontariamente a perire. Pertanto, di solito, non era la vergine che impersonava Teteoìnan a morire, in realtà, ma qualche eliminabile schiava, o qualche prigioniera catturata nel corso di una guerra contro un altro popolo. Per il semplice atto del morire non era necessario che si trattasse di una vergine, e talora accadeva che fosse una donna molto anziana ad essere spacciata quella notte.

Quando, dopo essere stata goffamente punta, e graffiata e trafitta da innumerevoli frecce, la donna era finalmente morta, alcuni sacerdoti prendevano parte per la prima volta alla cerimonia. Uscivano dal tempio della piramide, nel quale si erano nascosti dietro di lei, e, ancora quasi invisibili a causa delle loro nere vesti, trascinavano il cadavere all'interno del tempio. Là, rapidamente, staccavano la pelle da una delle cosce. Un sacerdote si poneva sul capo quel berretto conico di pelle umana e balzava fuori del tempio tra una folata di musica e di canti. Il giovane dio del granoturco, Centèotl, era nato. Egli saltellava giù per i gradini della piramide, si univa alle danzatrici, e la danze continuavano per tutta la notte.

Riferisco adesso tutte queste cose perché presumo che la cerimonia, quell'anno, si svolse come in tutti gli anni precedenti. Devo presumerlo perché non mi trattenni ad assistervi.

Il generoso Principe Salice mi aveva prestato di nuovo la sua acàli e i suoi rematori, ed io, giunto a Xaltòcan, constatai che anche gli altri — Pactli, Chimàli e Tlatli — erano tornati a casa dalle loro lontane scuole per quella festività. Il ritorno di Pactli, in realtà, era definitivo, avendo egli appena completato il corso di studi nella calmècac. Questo mi preoccupava. Egli non avrebbe avuto adesso alcuna occupazione, a parte aspettare che il padre, Airone Rosso, morisse e lasciasse libero il trono. Nel frattempo Pactli avrebbe potuto impiegare tutto il suo tempo e tutte le sue energie per assicurarsi la moglie che desiderava — la mia non consenziente sorella — con l'aiuto dell'alleata più fedele sulla quale potesse contare, mia madre avida di un titolo.

Ma mi tormentò una preoccupazione più immediata. Chimàli e Tlatli erano così ansiosi di parlarmi che stavano aspettando sul pontile, quando la canoa venne ormeggiata, e ballonzolavano per l'entusiasmo. Cominciarono subito a parlare, a gridare e a ridere entrambi prima ch'io avessi posto piede a terra.

« Talpa, è accaduta la cosa più meravigliosa! »

« Siamo stati invitati per la prima volta, Talpa, a eseguire opere d'arte in un altro paese! »

Mi occorse qualche momento, e dovetti urlare a mia volta, prima di riuscire a capire quel che volevano dirmi. Quando vi riuscii, rimasi sbigottito. I miei due amici erano gli « artisti Mexìca » dei quali mi aveva parlato Bambola di Giada. Dopo quella vacanza non sarebbero tornati a Tenochtìtlan; avrebbero accompagnato me a Texcòco.

Tlatli disse: « Io dovrò scolpire statue e Chimàli dovrà dipingerle in modo che sembrino vive. Così diceva il messaggio della Signora Bambola di Giada. Pensa un po'! La figlia di uno Uey-Tlatoàni e la consorte di un altro Riverito Oratore! Senza dubbio, nessun altro artista della nostra età è mai stato così onorato ».

Chimàli disse: « Non avevamo idea che le nostre opere a Tecnochtìtlan fossero state vedute dalla Signora Bambola di Giada! »

Tlatli esclamò: « Vedute e ammirate a tal punto da convocarci e farci compiere un viaggio di così numerose lunghe corse! Quella dama deve avere buon gusto ».

Dissi, con una voce fievole: « La dama ha numerosi gusti ».

I miei amici si resero conto che non ero molto contagiato dal loro entusiasmo, e Chimàli osservò, quasi in tono di scusa: « Questo è il nostro primo, vero incarico, Talpa. Le statue e i dipinti da noi eseguiti in città erano soltanto ornamenti del nuovo palazzo costruito da Ahuìtzotl, e noi non venivamo più considerati né meglio pagati dei muratori. Questo messaggio dice invece che avremo persino un nostro studio privato, completamente attrezzato, là ad aspettarci. È logico che siamo esultanti. C'è qualche motivo per cui non dovremmo esserlo? »

Tlatli domandò: «La Signora è forse una tiranna che ci costringerà a lavorare fino a morire di fatica?»

Avrei potuto fargli osservare che aveva detto succintamente la verità parlando di «morire»; invece mormorai: «Quella dama è talora eccentrica. Ma avremo tutto il tempo di parlare di lei. Ora sono stanchissimo perché ho lavorato molto anch'io».

«Ma certo» disse Chimàli. «Lascia che ti portiamo noi il bagaglio, Talpa. Va' a salutare la tua famiglia, mangia e riposati. Poi dovrai dirci tutto di Texcòco e della corte di Nezahualpìli. Non vogliamo presentarci laggiù come provinciali ignoranti.»

Mentre andavamo verso casa mia, i due continuarono a cicalare allegramente di quanto li aspettava, ma io tacqui pensando, assorto, alle loro prospettive. Sapevo benissimo che i delitti di Bambola di Giada sarebbero stati, in ultimo, scoperti. Quando questo fosse accaduto, Nezahualpìli si sarebbe vendicato di tutti coloro che avevano favorito o coperto gli adulterii della fanciulla, e gli assassinii per nascondere gli adulterii, e le statue per gloriarsi degli assassinii. Nutrivo una qualche esile speranza di poter essere giustificato, in quanto avevo agito attenendomi strettamente agli ordini dello stesso marito di lei. Gli altri servi e complici di Bambola di Giada avevano eseguito gli ordini *di lei*. Non avrebbero potuto disubbidirle, ma questo non avrebbe meritato loro alcuna pietà da parte del disonorato Nezahualpìli. I loro colli si trovavano già entro il cappio inghirlandato con fiori: il collo della schiava Pitza, della sentinella alla porta, e forse quello del Maestro Pixquitl, e presto quelli di Tlatli e di Chimàli...

Mio padre e mia sorella mi diedero il benvenuto con abbracci affettuosi, mia madre con un abbraccio tiepido — che giustificò spiegando come le sue braccia fossero stanche e intorpidite per aver maneggiato tutto il giorno una scopa in vari templi. Continuò dilungandosi sui preparativi delle donne dell'isola in vista della cerimonia in onore di Ochpanìztli, ma io udii ben poco in quanto stavo cercando di escogitare un'astuzia per recarmi solo in qualche posto con Tzitzi. Non ero soltanto desideroso di mostrarle alcune delle cose imparate osservando Bambola di Giada e Qualcosa di Delicato. Volevo parlarle, altresì, della mia equivoca situazione alla corte di Texcòco e chiedere il suo consiglio riguardo a ciò che avrei dovuto fare, seppure avrei dovuto farlo, per evitare l'imminente arrivo laggiù di Chimàli e Tlatli.

L'occasione non si presentò mai. La notte discese mentre nostra madre continuava a lagnarsi a causa delle fatiche che la necessità di Scopare la Strada le aveva imposto. Discese la nera notte e, insieme ad essa, vennero i preti dalle nere vesti. Giunsero in quattro e giunsero per mia sorella.

Senza nemmeno rivolgere uno «*mixpantzìnco*» al capo della famiglia — i sacerdoti disprezzavano invariabilmente le normali cortesie — uno di essi domandò, senza rivolgersi a nessuno in particolare: «È questa l'abitazione della fanciulla Chiucnàui-Acatl Tzitzitlìni?» La voce di lui era impastata e gloglottante come quella del tacchino gallipavo, e si stentava a distinguere le parole. Questo accadeva con molti preti, poiché uno dei loro diversivi penitenziali consisteva nel forarsi la lingua e nell'allargare di quando in quando il foro facendovi passare attraverso canne, o corde o rami di rovi.

«È mia figlia» disse nostra madre con un gesto orgoglioso nella direzione di Tzitzi. «Nove Canne il Suono di Campanellini Tintinnanti.»

«Tzitzitlìni» disse il sudicio vecchio, rivolgendosi direttamente a lei «siamo venuti a informarti che sei stata prescelta per l'onore di impersonare la dea Teteoìnan nell'ultima notte di Ochpanìztli.»

«No» disse mia sorella, muovendo le labbra, anche se non ne scaturì alcun suono. Fissò i quattro uomini dalle lacere vesti nere, mentre si passava sul viso una mano tremante. La sua pelle fulva aveva assunto il colore dell'ambra più chiara.

«Devi venire con noi» disse un altro sacerdote. «Vi sono alcune formalità preliminari.»

«No» ripeté Tzitzi, questa volta a voce alta. Si voltò a guardarmi e l'impatto degli occhi di lei mi fece quasi trasalire. Erano sbarrati, terrorizzati, neri e senza fondo come quelli di Bambola di Giada quando si serviva della droga che dilatava le pupille. Mia sorella ed io sapevamo entrambi quali fossero le «formalità preliminari», un esame fisico compiuto dalle inservienti dei sacerdoti per accertare che l'onorata fanciulla fosse davvero vergine. Come ho già detto, Tzitzi conosceva gli espedienti per sembrare impeccabilmente vergine e per ingannare anche la più sospettosa delle esaminatrici. Ma non aveva avuto alcun preavviso dell'improvviso arrivo dei preti, nessun motivo per prepararsi, e ora non avrebbe avuto il tempo di farlo.

«Tzitzitlìni,» disse nostro padre, in tono di rimprovero, «nessuna ragazza oppone un rifiuto al tlamacàzqui, o all'invito che egli porta. Sarebbe una villania nei confronti del sacerdote, una manifestazione di disprezzo nei confronti della delegazione di donne che ti ha accordato questo onore, e inoltre, e questo sarebbe di gran lunga peggio, insulteresti la stessa dea Teteoìnan.»

«Inoltre irriteresti il nostro stimato governatore» intervenne nostra madre. «Il Signore Airone Rosso è già stato avvertito della scelta della vergine di quest'anno, e così suo figlio Pàctlit-zin.»

«Nessuno ha avvertito me!» esclamò Tzitzi, con un'ultima vampata di ribellione.

Lei ed io sapevamo adesso *chi* l'aveva proposta per l'imperso-nificazione di Teteoìnan, senza consultarla e senza chiedere il suo consenso. E sapevamo inoltre il *perché*. Tutto questo acca-deva affinché nostra madre potesse vantarsi, per interposta per-sona, dell'esibizione di Tzitzi; affinché nostra madre potesse far-si bella dell'approvazione dell'intera isola; affinché la pantomi-ma pubblica dell'atto sessuale eseguita da sua figlia potesse in-fiammare ulteriormente la lussuria del Signore Gioia; e affinché egli fosse più che mai disposto a elevare la nostra famiglia alla nobiltà in cambio della ragazza.

«Miei Signori Sacerdoti,» supplicò Tzitzi «davvero non sono adatta. Non so interpretare una parte. Non *quella* parte. Sarei goffa, e tutti mi deriderebbero. Svergognerei la dea...»

«Questo è completamente falso» disse uno dei quattro. «Ti abbiamo veduta danzare, fanciulla. Vieni con noi. E subito.»

«I preliminari richiedono soltanto pochi momenti» disse no-stra madre. «Va', Tzitzi, e quando tornerai, parleremo del co-stume che indosserai. Sarai la più sfarzosa Teteoìnan dalla qua-le sia mai stato generato l'infante Centèotl.»

«No» tornò a dire mia sorella, ma con voce fioca, mentre di-speratamente cercava un pretesto. «È... è il periodo critico della luna per me...»

«Non puoi rifiutarti!» latrò uno dei sacerdoti. «Nessun prete-sto può essere accettato. Vieni, fanciulla, o ti porteremo via con la forza.»

Lei ed io non avemmo neppure il modo di salutarci, poiché si presumeva che ella sarebbe rimasta assente soltanto per breve tempo. Avvicinandosi alla porta, seguita da presso dai quattro maleodoranti vecchi, Tzitzi si voltò per rivolgermi uno sguardo disperato. Quasi mi sfuggì, poiché mi stavo guardando attorno nella stanza in cerca di un'arma, di qualsiasi cosa che potesse servirmi come arma.

Giuro, se avessi avuto a portata di mano la maquàhuitl di Ghiotto di Sangue, mi sarei aperto, vibrando fendenti, un varco tra sacerdoti e genitori — erbe da falciare — e noi due saremmo fuggiti al sicuro in qualche luogo, in qualsiasi luogo. Ma non vidi niente di affilato o di pesante a portata di mano, e sarebbe stato futile da parte mia attaccare con le nude mani. Avevo allo-ra vent'anni, ero un uomo adulto, e sarei riuscito a prevalere contro tutti e quattro i sacerdoti, ma mio padre, irrobustito dal lavoro, avrebbe potuto trattenermi senza alcuna fatica. Inoltre la mia ribellione, senza alcun dubbio, avrebbe dato luogo a sospetti, domande, verifiche, e la condanna sarebbe calata su di noi...

Più e più volte, dopo di allora, mi sono domandato: non sarebbe stata, tale condanna, preferibile a quello che accadde? Una riflessione analoga mi balenò nella mente anche in quel momento, eppure titubai, esitai. Forse perché sapevo — in un angolo vile della mia mente — che non ero coinvolto nella critica situazione di Tzitzi, e che probabilmente non lo sarei stato? Fu questo a indurmi a titubare e a esitare? O forse mi avvinghiai alla disperata speranza che ella riuscisse ancora a ingannare le esaminatrici... che non corresse ancora il pericolo del disonore? Per questo titubai ed esitai? O fu semplicemente il mio immutabile e inevitabile tonàli — o quello di lei — a farmi titubare, a farmi esitare? Non lo saprò mai. So soltanto che titubai ed esitai, e il momento proprizio per agire passò mentre Tzitzi scompariva, con la sua guardia d'onore di sacerdoti simili ad avvoltoi, nelle tenebre.

Non tornò a casa, quella notte.

Restammo alzati ad aspettarla, fino a molto tempo dopo l'ora in cui ci si coricava di solito, fino a molto tempo dopo lo squillo della tromba-conchiglia del tempio, e non parlammo affatto. Mio padre sembrava preoccupato, senza dubbio a causa della figlia, e a causa dell'inconsueto protrarsi delle «formalità preliminari». Mia madre sembrava a sua volta preoccupata, senza dubbio a causa del fatto che il suo piano accuratamene predisposto per entrare a far parte della nobiltà poteva in qualche modo essere fallito. In ultimo, tuttavia, rise e disse: «Ma certo. I sacerdoti non rimanderebbero Tzitzi a casa in piena notte. Le vergini del tempio le avranno assegnato una stanza in cui riposare. Siamo stupidi vegliando e aspettandola. Andiamo a letto.»

Mi gettai sul mio giaciglio, ma non dormii. Temevo che se le esaminatrici avessero constatato la non verginità di Tzitzi — e come avrebbero potuto non constatarla? — i preti potessero approfittare con rapacità della circostanza. Tutti i sacerdoti di tutti i nostri dei erano teoricamente impegnati dal giuramento del celibato, ma nessuna persona razionale credeva che davvero lo rispettassero. Le donne del tempio avrebbero veridicamente dichiarato che Tzitzi si era presentata a loro già priva della membrana chitòli e della vagina verginalmente stretta. Ciò poteva essere attribuito soltanto a sue precedenti licenziosità. Una volta uscita dal tempio, qualsiasi cosa potesse esserle accaduta nel frattempo, ella non sarebbe stata in grado di provare alcuna accusa contro i sacerdoti.

Mi agitai in preda allo strazio sul giaciglio, mentre immaginavo quei sacerdoti abusare di lei per tutta la notte, uno dopo l'altro, e lietamente chiamare tutti gli altri preti di tutti gli altri templi dell'isola. Non perché qualcuno di loro fosse sessualmente famelico; presumibilmente si godevano a sazietà le donne del tempio. Ma, come voi stessi, reverendi frati, potete aver osservato tra i vostri religiosi, le donne che dedicavano la loro esistenza al servizio del tempio di rado avevano volti o forme tali da rendere un uomo normale delirante di desiderio. I preti dovevano godersi appieno quella notte, ricevendo un dono di carne fresca e giovane da parte della fanciulla più desiderabile di Xaltòcan.

Li vedevo gettarsi sul corpo indifeso di Tzitzi, a orde, come avvoltoi su un indifferente cadavere. Battendo le ali come avvoltoi, sibilando come avvoltoi, muniti di artigli come avvoltoi, neri come avvoltoi. Erano tenuti a rispettare un altro giuramento: non togliersi mai le vesti, una volta pronunciati i voti sacerdotali. Ma, anche se avessero violato quel giuramento, per gettarsi nudi su Tzitzi, i loro corpi sarebbero stati ugualmente neri e coperti di croste e fetidi, non essendo mai stati lavati dopo il sacerdozio.

Spero che tutto ciò sia stato soltanto un parto della mia febbrile immaginazione. Spero che la mia bellissima e adorata sorella non trascorse quella notte come una carogna dilaniata da avvoltoi. Ma nessun prete parlò mai, in seguito, del soggiorno di lei nel tempio, per confermare o per smentire la mia fantasticherie, e Tzitzi non tornò a casa la mattina dopo.

Venne un sacerdote, uno dei quattro della sera prima, e la faccia di lui rimase inespressiva mentre egli si limitava a riferire: «Vostra figlia non può rappresentare Teteoìnan nelle cerimonie. Ha, a un certo momento, conosciuto carnalmente almeno un uomo».

«*Yya aouiya ayya!*» gemette mia madre. «È sempre stata una così brava ragazza. Non posso credere...»

«Forse» disse loro blandamente il sacerdote «vorrete offrire vostra figlia per il sacrificio.»

Domandai al prete, a denti stretti: «Dove si trova?»

In tono indifferente, rispose: «Quando le esaminatrici l'hanno trovata insoddisfacente, abbiamo riferito, com'era naturale, al palazzo del governatore che bisognava cercare un'altra candidata. Al che, dal palazzo, hanno richiesto che Nove Canne Tzitzitlìni venisse portata là, stamane, per un colloquio con...»

«Pactli!» esclamai.

«Sarà desolato» disse mio padre, scuotendo malinconicamente la testa.

«Sarà infuriato, idiota!» scattò mia madre. «Noi tutti subiremo le conseguenze della sua ira per colpa di quella bagascia di tua figlia!»

Dissi: «Andrò immediatamente al palazzo».

«No» intervenne con fermezza il sacerdote. «La corte si rende conto, senza alcun dubbio, della vostra preoccupazione, ma il messaggio era molto preciso: soltanto la figlia di questa famiglia sarebbe stata fatta entrare. Due donne del nostro tempio la stanno accompagnando là. Nessuno di voi può chiedere udienza finché non sarà convocato.»

Tzitzi non tornò a casa quel giorno. E nessun altro venne a farci visita, poiché l'intera isola doveva ormai aver saputo del disonore toccato alla nostra famiglia. Nemmeno le donne incaricate dei preparativi della cerimonia vennero a prendere mia madre perché andasse a scopare con loro. Questa prova del fatto che le sarebbe stato dato l'ostracismo, da quelle stesse donne che ella si era aspettata di poter guardare, di lì a non molto, dall'alto in basso, la rese ancor più vociferante e stridula del solito. Ella trascorse quella squallida giornata rimproverando mio padre perché aveva consentito a Tzitzi di «sfrenarsi», e rimproverando me perché, senza dubbio, l'avevo presentata a qualche «perfido» amico mio, consentendo che uno di essi la corrompesse. L'accusa era ridicola, ma mi suggerì un'idea.

Sgattaiolai fuori di casa e andai in cerca di Chimàli e di Tlatli. Mi accolsero con un certo imbarazzo e con goffe parole di commiserazione.

Dissi: «Uno di voi può aiutare Tzitzitlìni, volendo».

«Se c'è qualcosa che possiamo fare, la faremo, naturalmente» rispose Chimàli. «Sentiamo, Talpa.»

«Tu sai che per molti anni l'insopportabile Pactli ha assediato mia sorella. Lo sanno tutti. E ora tutti sanno che ella ha preferito a lui qualcun altro. E così il Signore Gioia è stato fatto apparire accecato e inebetito dall'amore, per aver corteggiato una fanciulla che lo disprezzava. Al solo scopo di salvare il proprio orgoglio ferito, egli si rifarà con lei dell'umiliazione subìta, e può riuscirvi in qualche modo orribile. Uno di voi è in grado di impedirglielo.»

«In qual modo?» domandò Tlatli.

«Sposando Tzitzi» risposi.

Nessuno saprà mai quanto mi trafisse il cuore pronunciare queste parole, perché, in realtà, significavano: «Rinuncio a lei. Portamela via». I miei due amici vacillarono lievemente e mi fissarono sbalorditi, spalancando gli occhi.

«Mia sorella ha sbagliato» continuai. «Non posso negarlo. Ma voi la conoscete entrambi da quando eravamo bambini e sapete senza dubbio che non è una licenziosa sgualdrina. Se riuscirete a perdonarle il passo falso che ha fatto, e a credere che si sia decisa a questo soltanto per evitare la sgradita prospettiva del matrimonio con il Signore Gioia, allora vi renderete conto di non poter trovare donna più casta, fedele e virtuosa. Posso fare a meno di aggiungere che, probabilmente, non trovereste mai una fanciulla più bella di lei.»

I due si scambiarono uno sguardo imbarazzato. Difficilmente avrei potuto biasimarli. Questa proposta radicale doveva averli colpiti con la stessa fulmineità da stordire di una saetta scagliata da Tlaloc.

«Voi siete la sola speranza di Tzitzi» dissi in tono incalzante. «Pactli l'ha ora in suo potere, come una fanciulla ritenuta vergine e palesatasi all'improvviso non più tale. Può accusarla di essere andata a cavalcioni delle strade. Può addirittura mentire e affermare che lei gli si era promessa e che gli è stata deliberatamente infedele. Questo equivarrebbe a un adulterio, ed egli potrebbe persuadere il Signore Airone Rosso a condannarla a morte. Ma non sarebbe in grado di fare questo a una donna legittimamente maritata o impegnata al matrimonio.»

Fissai intensamente negli occhi Chimàli, poi Tlatli. «Se uno di voi si facesse avanti e chiedesse pubblicamente la sua mano...» Abbassarono entrambi gli occhi, evitando il mio sguardo. «Oh, lo so. Occorrerebbe un certo coraggio, e la cosa vi assoggetterebbe a un po' di derisione. Uno di voi verrebbe creduto colui che l'ha sverginata. Ma il matrimonio sarebbe l'espiazione di tale colpa, e salverebbe lei da qualsiasi cosa potrebbe farle Pactli. Sarebbe la salvezza di mia sorella, Chimàli. Sarebbe una nobile azione, Tlatli. Vi supplico e vi esorto entrambi.»

«Non possiamo, Talpa. Nessuno di noi due può.»

Ero atrocemente deluso e addolorato, ma, più ancora, mi sentivo interdetto. «Se aveste detto che non volete, potrei capire. Ma... non *potete*?»

Si trovavano fianco a fianco davanti a me, il tarchiato Tlatli e l'esile Chimàli. Mi guardarono compassionevoli, poi si voltarono l'uno verso l'altro, ed io non riuscii a capire che cosa si celasse nel loro reciproco sguardo. Esitanti, incerti, alzarono entrambi una mano e afferrarono quella dell'altro, e le loro dita si intrecciarono. Mentre rimanevano lì in piedi, ora, tenendosi per mano, costretti da me a confessare un legame che non avevo mai neppure remotamente sospettato, tornarono a fissarmi. Lo sguardo proclamava una fierezza colma di sfida.

«Oh» dissi, sconfitto. Dopo un momento, soggiunsi: «Perdonatemi. Quando mi avete opposto un rifiuto, non avrei dovuto insistere».

Tlatli disse: «Non ci dispiace che tu lo sappia, Talpa, ma non gradiremmo che la cosa venisse risaputa da tutti».

Ritentai: «Ma, in questo caso, non sarebbe vantaggioso per uno di voi ammogliarsi? Voglio dire, limitarsi alla cerimonia formale. E in seguito...»

«No, non potrei» disse Chimàli, con pacata ostinazione. «E non lo consentirei nemmeno a Tlatli. Sarebbe una debolezza, sarebbe come insozzare quel che proviamo l'uno per l'altro. Prospettati la cosa in questo modo, Talpa: supponi che qualcuno ti chiedesse di sposare uno di noi.»

«Be', questo sarebbe contrario a tutte le leggi e le costumanze, e scandaloso. Mentre si tratterebbe esattamente dell'opposto se uno di voi prendesse in moglie Tzitzi. Soltanto *nominalmente*, Chimàli, e in seguito...»

«No» disse lui, e poi soggiunse, forse sinceramente: «Siamo spiacenti, Talpa».

«Lo sono anch'io» sospirai, voltandomi e andandomene.

Ma decisi che sarei tornato da loro e avrei insistito ancora con quella proposta. Dovevo persuadere uno dei due che la cosa sarebbe stata vantaggiosa per tutti. Avrebbe liberato mia sorella da ogni pericolo, avrebbe tacitato tutte le possibili supposizioni sui rapporti fra Tlatli e Chimàli e sui rapporti fra Tzitzi e me. I miei amici avrebbero potuto condurla apertamente con loro quando fossero venuti a Texcòco, portandola invece segretamente a me, per me. Quanto più ci riflettevo, tanto più il piano mi sembrava ideale per tutti gli interessati. Chimàli e Tlatli *non potevano* continuare a rifiutare il matrimonio con il pretesto egoistico che in qualche modo, esso avrebbe offuscato il loro amore. Li avrei persuasi... se necessario con la minaccia brutale di denunciarli come cuilòntin. Sì, sarei tornato da Tlatli e da Chimàli.

Ma le cose si misero in modo che non tornai da loro. Era già troppo tardi.

Anche quella notte, Tzitzi non tornò a casa.

Nonostante tutto, dormii, e non sognai avvoltoi, bensì Tzitzi e me stesso e l'enorme giara che conteneva la riserva d'acqua per la famiglia e sulla quale figurava l'impronta insanguinata della mano di Chimàli. Nel sogno tornai ai giorni ormai morti nei quali Tzitzi aveva cercato un pretesto che ci consentisse di allontanarci insieme da casa. Ella aveva rovesciato e rotto la giara. L'acqua si riversava ovunque sul pavimento e schizzava in alto, fino alla mia faccia. Mi destai nel cuor della notte e constatai che avevo la faccia bagnata di lacrime.

La convocazione al palazzo del governatore giunse la mattina dopo e non fu, come ci si sarebbe potuti aspettare, per il capo della famiglia, per mio padre Tepetzàlan. Il messaggero annunciò che i Signori Airone Rosso e Gioia richiedevano l'immediata presenza di mia madre. Mio padre sedette avvilito e silenzioso, a capo chino, evitando di guardarmi, per tutto il tempo mentre aspettavamo il ritorno di lei.

Quando tornò, ella era pallida in viso e aveva le mani trementi mentre si toglieva lo scialle dal capo e dalle spalle, ma i suoi modi parvero sorprendentemente animosi. Non era più la donna esasperata per essere stata privata di un titolo, e non era neppure la madre afflitta. Ci disse: «Sembra che abbiamo perduto una figlia, ma non abbiamo perduto tutto».

«Perduto una figlia *in qual modo*?» domandai.

«Tzitzi non è mai arrivata al palazzo» disse mia madre, senza guardarmi. «È sfuggita alle donne del tempio che la scortavano ed è corsa via. Naturalmente, il povero Pàctlizin è quasi fuori di sé a causa dell'intero corso degli eventi. Quando le donne gli hanno riferito la fuga, ha ordinato che la si cercasse in tutta l'isola. Un uccellatore dice che la sua canoa è scomparsa. Ricorderai» ella soggiunse, rivolta a mio padre, «che tua figlia, una volta, minacciò di fare proprio questo. Di rubare un'acàli per fuggire sulla terraferma.»

«Sì» disse lui, cupamente.

«Be', sembra che lo abbia fatto. È impossibile stabilire in quale direzione sia andata, e pertanto Pactli ha rinunciato con riluttanza a cercarla. Ha il cuore spezzato quanto noi.» Questa era così manifestamente una menzogna che mia madre si affrettò a continuare prima ch'io potessi interromperla. «Dobbiamo considerare Tzitzitlìni perduta per sempre per noi. È fuggita, come aveva detto. Per sempre. La colpa di tutto è soltanto sua. E non oserà mostrare di nuova la faccia a Xaltòcan.»

Dissi: «Non credo affatto a tutto questo».

Ma lei mi ignorò e continuò, rivolgendosi a mio padre:

«Come Pactli, il governatore condivide il nostro dolore, ma non ci ritiene responsabili del pessimo comportamento di una figlia riottosa. Mi ha detto: "Ho sempre rispettato Testa che Annuisce". E mi ha detto: "Vorrei fare qualcosa per alleviare la sua delusione e la sua perdita". E mi ha detto: "Credi che Testa che Annuisce accetterebbe la promozione a Capo di tutte le cave?".»

Mio padre rialzò di scatto la testa china e disse: «Cosa?»

«Queste sono le precise parole pronunciate da Airone Rosso: a capo di tutte le cave di Xaltòcan. Ha detto: "Non posso cancellare l'onta subìta dall'uomo, ma questo può dimostrare la considerazione che ho per lui".»

Ripetei: «Non credo a una parola di tutto questo». Il Signore

Airone Rosso non aveva mai parlato, prima, di mio padre chiamandolo Testa che Annuisce, ed io dubitavo che addirittura conoscesse il soprannome di Tepetzàlan.

Continuando a ignorare le interruzioni, mia madre disse al babbo: «Siamo stati sfortunati con nostra figlia, ma siamo fortunati avendo un simile tecùtli. Chiunque altro avrebbe potuto bandirci tutti. Pensa: il figlio di Airone Rosso è stato schernito e offeso da nostra figlia... e, ciò nonostante, egli ti offre questo pegno di compassione».

«Capo di tutte le cave...» mormorò mio padre, con l'aria di essere stato colpito sulla testa da uno dei massi di arenaria. «Sarei il più giovane che sia mai...»

«Accetterai?» domandò mia madre.

Mio padre balbettò: «Be'... be'... è una piccola ricompensa per aver perduto una figlia amata, per quante colpe ella possa...»

«Accetterai?» ripeté mia madre, in tono più aspro.

«È una mano tesa con amicizia...» continuò a mormorare lui. «Opporre un rifiuto... dopo che il mio signore è già stato offeso una volta... significherebbe offenderlo di nuovo, e anche di più...»

«*Accetterai?*»

«Be'... sì. Devo. Accetterò. Non potrei fare altrimenti. Ti sembra?»

«Bene!» esclamò mia madre, molto soddisfatta. Si stropicciò le mani come se avesse appena sbrigato qualche lavoro sudicio e disgustoso. «Potremo non essere mai nobili, grazie alla sgualdrina il cui nome non pronuncerò mai più, ma saliremo comunque di un gradino tra i macehuàltin. E, poiché il Signore Airone Rosso è disposto a ignorare la nostra onta, anche tutti gli altri la ignoreranno. Possiamo ancora tenere la testa alta, anziché chinarla per la vergogna. E ora» ella concluse con vivacità «devo uscire di nuovo. Le donne della delegazione mi stanno aspettando perché vada a scopare con loro la piramide del tempio.»

«Verrò con te per un tratto di strada, cara» disse mio padre. «Credo che darò un'occhiata alla cava occidentale, mentre i cavatori sono in vacanza. Sospetto da un pezzo che il Capo-cava, laggiù, abbia trascurato uno strato interessante...»

Mentre uscivano insieme, mia madre si voltò sulla soglia della porta per dire: «Oh, Mixtli, vuoi radunare le cose di tua sorella e riporle in qualche posto? Chissà, un giorno potrebbe mandare qualcuno a ritirarle».

Sapevo che Tzitzi non avrebbe mai voluto né potuto mandare nessuno, ma feci come mi era stato ordinato e misi in alcune ceste tutto ciò che sapevo essere suo. Soltanto una cosa non misi nelle ceste e non nascosi: la statuetta, che ella teneva accanto al giaciglio, di Xochiquètzal, dea dell'amore e dei fiori, la dea cui si rivolgevano in preghiera le fanciulle chiedendo una felice vita coniugale.

Solo in casa, solo con i miei pensieri, tradussi la versione di mia madre in quello che ero certo fosse accaduto nella realtà. Tzitzi non era sfuggita alle donne che la sorvegliavano. Esse l'avevano debitamente consegnata a Pactli, nel palazzo. Lui, infuriato — e in quale modo cercai di non immaginarlo — aveva ucciso mia sorella. Suo padre poteva aver approvato pienamente l'esecuzione, ma era un uomo notevolmente giusto e non gli sarebbe stato possibile passar sopra a un'uccisione a sangue freddo, senza un processo e una condanna legale. Per il Signore Airone Rosso restavano aperte due sole strade: o far processare suo figlio, o mettere a tacere l'intero episodio. Così lui e Pactli — e, sospettavo, colei che era da un pezzo la complice di Pactli, mia madre — avevano escogitato la storia della fuga di Tzitzi su una canoa rubata. E, per appianare ancor meglio le cose, per evitare domande o nuove ricerche della fanciulla, il governatore aveva gettato un'offa a mio padre.

Dopo aver riposto le cose di Tzitzi, misi via le mie, portate da Texcòco. L'ultimo oggetto che sistemai nella cesta di vimini portatile fu la statuetta di Xochiquètzal. Mi misi poi in spalla la cesta e uscii di casa per non tornarvi mai più. Quando mi diressi verso la sponda del lago, una farfalla mi accompagnò per un tratto di strada e varie volte svolazzò circolarmente intorno al mio capo.

Fui così fortunato da trovare un pescatore irriverentemente deciso a continuare a lavorare durante i festeggiamenti di Ochpanìtztli e che si stava accingendo a pagaiare lontano da riva per aspettare il pesce bianco del lago, quando affiora al crepuscolo. Accettò di portarmi fino a Texcòco contro un compenso di gran lunga superiore a quanto avrebbe guadagnato pescando per un'intera notte.

Mentre attraversavamo il lago, gli domandai: «Hai sentito parlare di un pescatore, o di un uccellatore che abbiano perduto la canoa, di recente? O di un'acàli che si sia staccata dagli ormeggi o sia stata rubata?»

«No» rispose.

Mi voltai a guardare l'isola, illuminata dal sole e serena nel pomeriggio d'estate. Sembrava galleggiare sull'acqua del lago come sempre aveva, e avrebbe, fatto; ma non avrebbe conosciuto mai più «il suono di campanellini tintinnanti»... né si sarebbe mai accorta di una così insignificante assenza. Il Signore Airone Rosso, il Signore Gioia, mia madre e mio padre, i miei amici

Chimàli e Tlatli, e tutti gli altri abitanti di Xaltòcan, avevano già deciso di dimenticare.

Ma non io.

« Come, Testa che Annuisce! » esclamò la Signora di Tolàn, la prima persona che incontrai andando verso il mio appartamento nel palazzo. « Sei tornato presto dalle vacanze in patria. »

« Sì, mia signora. Xaltòcan non sembra più la patria per me. E inoltre ho molte cose da sbrigare qui. »

« Vuoi dire che hai sentito la nostalgia di Texcòco? » ella mi domandò, sorridendo. « Allora dobbiamo essere riusciti a farci amare da te, qui. Sono felicissima di poterlo pensare, Testa che Annuisce. »

« Te ne prego, mia signora, » dissi, rauco, « non chiamarmi più in questo modo. Ne ho vedute anche troppe di teste che annuiscono. »

« Oh? » fece lei, e il suo sorriso si spense mentre mi scrutava. « Ti chiamerò come tu vorrai, allora. »

Pensai alle molte che dovevo fare, e le dissi: « Tlilèctic-Mixtli è il nome che mi fu dato dal libro della divinazione e delle profezie. Chiamami con il mio nome. Nuvola Scura ».

I H S

✠

S. C. C. M.

Alla Sacra, Cesarea, Maestà Cattolica,
l'Imperatore Don Carlos, Nostro Sovrano:

Nobilissima e potentissima Maestà, nostro Signore e Sovrano: dalla Città di Mexìco, capitale della Nuova Spagna, in questo giorno della Festa dei Dolori, nell'anno di Nostro Signore mille e cinquecento e venti e nove, saluti.

Ci rammarichiamo di non poter accludere, con queste ultime pagine da noi raccolte del manoscritto, i disegni che la Maestà Vostra richiede nella più recente lettera: «quei disegni di persone, specie di donne, eseguiti dal narratore della vicenda e cui si fa cenno in questa cronaca». Lo stesso anziano Indio, quando viene interrogato per sapere ove si trovino, ride dell'idea che scarabocchi così volgarmente indecenti possano essere stati conservati per tutti questi anni; se anche avessero avuto un qualsiasi valore, non si sarebbero salvati dopo un così lungo periodo di tempo.

Ci asteniamo dal deplorare le oscenità che i disegni suddetti si proponevano di documentare, in quanto siamo certi che essi, se anche disponibili, nulla avrebbero detto alla Maestà Vostra. Sappiamo che il senso estetico della Vostra Imperiale Maestà è assuefatto a opere d'arte come quelle del Maestro Matsys, il cui ritratto di Erasmo, ad esempio, è inequivocabilmente riconoscibile. Le persone raffigurate negli sgorbi di questi Indios di rado sono riconoscibili sia pur soltanto come essere umani, tranne che in pochi affreschi e bassorilievi più rappresentativi.

Vostra Sublime Maestà ha precedentemente ordinato al suo cappellano di procurare «scritti, tavolette o altri documenti» per comprovare gli episodi narrati in queste pagine. Ma possiamo assicurarVi, Sire, che l'Azteco esagera immensamente quando parla di scrivere e leggere, di disegnare e dipingere. Questi selvaggi mai crearono o possedettero o conservarono una qualsiasi documentazione della loro storia, a parte alcune carte piegate, alcuni pannelli e alcune pelli con una moltitudine di figure primitive, quali potrebbero essere scarabocchiate da bambini. Esse risultano imperscrutabili ad ogni occhio civilizzato, ed erano utili agli Indios solamente come ausili mnemonici per i loro «uomini savi», i quali utilizzavano tali scarabocchi per ridestare la propria memoria quando, oralmente, riferivano la storia della loro tribù o del loro clan. Una dubbia sorta di storia nel migliore dei casi.

Prima dell'arrivo del vostro servo in queste terre, i frati francescani, inviati qui cinque anni prima da Sua Santità il defunto Papa Adriano, già avevano rastrellato ogni parte delle campagne nei pressi della capitale. Questi buoni fratelli ritirarono da ogni edificio ancora in piedi che potesse essere considerato sede di un archivio, molte migliaia di «libri» degli Indios, ma senza in alcun modo disporne, in attesa di direttive superiori.

Ragion per cui, quale Vescovo delegato della Maestà Vostra, noi stessi esaminammo le «biblioteche» confiscate, e non un solo documento vi trovammo che contenesse altro se non figure pretenziose e grottesche. Per la maggior parte trattavasi di figure da incubo: bestie, mostri, falsi dei, demoni, farfalle, rettili, e altre creature di natura ugualmente volgare. Alcune di tali figure pretendevano di rappresentare esseri umani, ma — come in quell'assurdo stile dell'arte figurativa denominato dai bolognesi *caricatura* — gli esseri umani risultavano indistinguibili dai porci, dai somari, dalle gurguli, o da qualsiasi altro mostro che possa essere concepito dall'immaginazione.

Poiché non esisteva un solo «libro» nel quale scorgere non si potessero pure superstizioni e fantasticherie ispirate dal demonio, ordinammo che le migliaia e migliaia di opere e pergamene venissero ammonticchiate nella principale piazza del mercato di questa città di Tlatelòlco, e ivi bruciate e ridotte in cenere, e le ceneri stesse disperse. Riteniamo essere stata questa l'opportuna fine di cotali mementi pagani, e dubitiamo che altri ne restino in tutte le regioni della Nuova Spagna sin qui esplorate.

Va detto, Sire, che gli Indios presenti al rogo, pur *professandosi* tutti Cristiani, ormai spudoratamente, e in somma misura, ostentarono rincrescimento e angoscia; e addirittura essi piansero mentre contemplavano la pira, come altrettanti *veri* Cristiani avrebbero potuto fare contemplando la dissacrazione e la distruzione di altrettante Sacre Scritture. Consideriamo ciò la prova del fatto che queste creature ancora non sono state convertite al Cristianesimo di vero cuore, come noi e come la Santa Madre Chiesa ci augureremmo. Pertanto questo umilissimo servo della Vostra Molto Pia e Devota Maestà ha tuttora, e avrà in avvenire, molti e urgenti doveri episcopali attinenti alla più intensa propagazione della Fede.

Esortiamo la Maestà Vostra a comprendere che tali doveri devono avere la precedenza sul nostro incarico di ascoltare e guidare il loquace Azteco, se non nei nostri sempre più rari momenti liberi. Esortiamo inoltre la Maestà Vostra a comprendere la necessità che talora noi inoltriamo un plico di pagine senza una lettera di commento, e che talora lo inoltriamo, per giunta, senza che le pagine stesse siano state da noi lette.

Possa il Nostro Signore Iddio preservare la vita ed espandere il regno della Vostra Sacra Maestà per molti anni a venire, questa è la sincera prece del Vescovo del Mexìco di Vostra S. C. C. M.

(ecce signum) Zumàrraga

QUINTA PARS

Il mio piccolo schiavo, il ragazzo Cozcatl, mi accolse a Tex-còco con non simulati piacere e sollievo, poiché, come ebbe a dirmi, la mia partenza per una breve vacanza aveva straordina-riamente irritato Bambola di Giada, il cui malumore si era sfo-gato su di lui. Sebbene ella già disponesse di un gran numero di ancelle, si era appropriata anche di Cozcatl, facendolo sgobbare per lei, o correre al trotto, o rimanere immobile in piedi per es-sere fustigato, per tutto il tempo durante la mia assenza.

Egli alluse agli scopi ignobili di alcuni degli incarichi e delle commissioni che aveva sbrigato per lei, e inoltre, in seguito alle mie insistenze, rivelò infine che la donna a nome Qualcosa di Delicato aveva bevuto xocòyatl corrosivo dopo essere stata nuovamente convocata nell'appartamento della dama — e là era morta, mandando bava dalla bocca e in preda a convulsioni causate dalla sofferenza. Dopo il suicidio di Qualcosa di Delica-to — in qualche modo tuttora ignorato fuori delle stanze della giovane Regina — Bambola di Giada aveva dovuto dipendere, per i suoi convegni clandestini, da compagni di letto procurati da Cozcatl e dalle ancelle. Mi parve di capire che quei compa-gni fossero stati meno soddisfacenti degli altri procurati da me in precedenza. Tuttavia Bambola di Giada non richiese imme-diatamente i miei servigi e nemmeno ordinò a una schiava di at-traversare il corridoio per portarmi un saluto o per dare a vede-re in qualche modo che ella sapeva del mio ritorno e se ne com-piaceva. Era impegnata dai festeggiamenti Ochpanìtzli che, na-turalmente, si stavano svolgendo a Texcòco come in ogni altra località.

Poi, una volta terminate le celebrazioni, Tlatli e Chimàli arri-varono al palazzo, come previsto, e Bambola di Giada interven-ne personalmente per farli alloggiare, accertandosi che il loro studio fosse fornito di argilla e strumenti e colori, e impartendo a entrambi istruzioni particolareggiate sul lavoro che dovevano svolgere. Deliberatamente, io non mi feci vedere al loro arrivo. Quando, uno o due giorni dopo, ci incontrammo per caso in un giardino del palazzo, mi limitai a un brusco saluto ed essi risposero farfugliando qualche parola con diffidenza.

In seguito li incontrai di frequente, in quanto il loro studio era situato negli scantinati sotto l'ala del palazzo assegnata a Bambola di Giada, ma sempre mi limitai a un cenno del capo mentre passavo. Avevano avuto nel frattempo numerosi colloqui con la loro protettrice e potei rendermi conto che la prima esultanza per quanto concerneva il nuovo lavoro era diminuita in misura considerevole. Sembravano adesso, in effetti, nervosi e timorosi. Ovviamente avrebbero voluto parlare con me della situazione precaria nella quale erano venuti a trovarsi, ma io, freddamente, scoraggiavo ogni approccio. Ero molto impegnato da una mia occupazione: stavo eseguendo un particolare disegno che intendevo offrire a Bambola di Giada quando ella mi avesse convocato, in ultimo, alla sua presenza, ed era un compito assai difficile quello che mi ero imposto. Doveva essere il ritratto del giovane più irresistibilmente bello che avessi mai disegnato, e doveva somigliare a qualcuno che esisteva realmente. Strappai molti falsi inizi e quando, infine, fui riuscito a eseguire uno schizzo soddisfacente, impiegai ancora molto tempo modificandolo ed elaborandolo finché fui certo che il disegno finito avrebbe affascinato la giovane regina. Come effettivamente accadde.

«Ah, ma è *più che bello*, è *meraviglioso*!» ella esclamò, quando le consegnai il ritratto. Lo studiò ancora per qualche momento e mormorò: «Se fosse una donna, sarebbe Bambola di Giada». Non avrebbe potuto fare un più bel complimento. «Chi è?»

Dissi: «Si chiama Gioia».

«*Ayyo*, e dovrebbe darne. Dove lo hai scovato?»

«È il Principe della Corona nella mia isola natia, mia Signora. Pàctlitzin, figlio di Tlauquècholtzin, il tecùtlì di Xaltòcan.»

«E, rivedendolo, hai pensato a me e ne hai disegnato le sembianze. Quanto sei stato caro, Portalo! Posso quasi perdonarti di avermi lasciata per tanti giorni. Ora va' e conducilo qui.»

Risposi, sinceramente: «Temo che non verrebbe, se fossi io ad invitarlo, mia signora. C'è della ruggine tra Pactli e me. Tuttavia...».

«Allora non fai questo nel suo interesse» mi interruppe la fanciulla. «Mi domando perché dovresti farlo nel mio.» Quei suoi occhi senza fondo si posarono su di me sospettosamente. «È vero che non ti ho mai maltrattato, ma non puoi neppure provare un grande affetto per me. Perché, allora, questa improvvisa e non richiesta generosità?»

«Cerco di prevenire i desideri e gli ordini della mia Signora.»

Senza fare commenti ella tirò il cordone del campanello e, quando un'ancella accorse, le ordinò di condurre lì Chimàli e Tlatli. Giunsero, con un'aria trepidante, e Bambola di Giada mostrò loro il disegno. «Anche voi due venite da Xaltòcan. Riconoscete questo giovane?»

Tlatli esclamò: «Pactli!» E Chimàli disse: «Sì, questi è il Signore Gioia, mia Signora, ma...»

Gli scoccai un'occhiata facendogli chiudere la bocca prima che avesse potuto aggiungere: «Ma il Signore Gioia non ha mai avuto un aspetto così nobile». E non mi curai del fatto che Bambola di Giada aveva sorpreso lo sguardo.

«Capisco» disse altezzosamente, come se mi avesse colto in flagrante. «Voi due potete andare.» Quando furono usciti dalla stanza, mi disse: «Hai accennato a una certa ruggine tra voi due. Qualche squallida rivalità romantica, immagino, e il giovane nobile avrà avuto la meglio. Sicché ora, scaltramente, tu gli organizzi l'ultimo appuntamento, *sapendo* che sarà davvero l'ultimo».

Volutamente guardando, al di là di lei, le statue, eseguite dal Maestro Pixquitl, del messaggero veloce Yeyac-Netztlin e del giardiniere Xali-Otli, sorrisi come un cospiratore e dissi: «Preferisco pensare che sto rendendo un favore a tutti e tre, alla mia Signora, al mio Signore Pactli e a me stesso».

Ella rise allegramente. «Sia dunque così, allora. Credo di doverti un favore, adesso. Ma bisognerà che tu lo faccia venire qui.»

«Mi sono preso la libertà di preparare una lettera» dissi, mostrandogliela, «e su una pelle di daino regalmente bella. Con le consuete istruzioni: a mezzanotte, alla porta est. Se tu vorrai apporvi il tuo nome e accludere l'anello, posso quasi garantire che il giovane signore verrà con la stessa canoa dalla quale gli sarà consegnato il messaggio.»

«Mio scaltro Portalo!» esclamò lei, mettendo la lettera su un tavolo basso sul quale si trovavano un vasetto di colore e una cannuccia per scrivere. Essendo una fanciulla Mexìca, ella non conosceva, naturalmente, l'arte della lettura e della scrittura; ma poiché era nobile, sapeva almeno tracciare i simboli del proprio nome. «Tu sai dove è ormeggiata la mia alcàli personale. Porta questa lettera al timoniere e ordinagli di partire all'alba. Voglio Gioia la notte di domani.»

Tlatli e Chimàli avevano aspettato fuori nel corridoio per fermarmi, e Tlatli disse, con una voce tremula: «Ti rendi conto di quello che stai facendo, Talpa?»

E Chimàli, con una voce un po' ferma, soggiunse: «Sai che

cosa potrebbe esservi in serbo per il Signore Pactli? Vieni a vedere».

Li seguii giù per la scala di pietra fino al loro studio rivestito in pietra. Era bene attrezzato, ma, trovandosi sotto il livello del suolo, illuminato giorno e notte da lampade e torce, faceva pensare a una prigione sotterranea. Gli artisti avevano lavorato contemporaneamente a varie statue, due delle quali riconobbi. Quella dello schiavo Io Apparterrò alla Grandezza era ormai completamente scolpita, in dimensioni naturali, e Chimàli aveva già cominciato a dipingere l'argilla con i suoi colori speciali.

«Molto realistica» osservai, e dicevo sul serio. «La Signora Bambola di Giada ne sarà soddisfatta.»

«Oh, be', cogliere la somiglianza non è stato difficile» rispose Tlatli, modestamente. «Ho potuto lavorare, infatti, basandomi sul tuo eccellente disegno e sul vero teschio.»

«Ma nei miei disegni non vi sono i colori» dissi io «e anche il Primo Scultore Pixquitl si è dimostrato incapace di ricrearli. Chimàli, plaudo al tuo talento.»

Anche questa volta ero sincero. Le statue di Pixquitl erano state dipinte con i soliti colori piatti: un uniforme color rame chiaro per tutte le superfici di pelle scoperte, un nero immutabile per i capelli, e così via. Le tonalità di cui si serviva invece Chimàli per la carnagione variavano come quelle di una persona vivente: il naso e le orecchie in tonalità appena un pochino più scure del resto della faccia, le gote un po' più rosee. Persino il nero dei capelli splendeva qua e là con riflessi castani.

«Dovrebbe figurare ancor meglio quando sarà stata cotta nel forno» disse Chimàli. «I colori si fondono maggiormente. Oh, e guarda qui, Talpa.» Mi condusse dietro la statua e additò. In fondo al mantello di argilla dello schiavo, Tlatli aveva inciso il suo simbolo del falcone. Più in basso si trovava l'impronta rosso-sangue della mano di Chimàli.

«Sì, inequivocabile» dissi, senza alcuna inflessione nella voce. Passai alla statua successiva. «E questa deve essere Qualcosa di Delicato.»

Tlatli disse, a disagio: «Credo, Talpa, che preferiremmo non conoscere i nomi dei... ehm... dei modelli».

«In questo caso non si è trattato soltanto del nome» osservai.

Soltanto il capo e le spalle della donna erano modellati con l'argilla, ma si trovavano alla stessa altezza raggiunta nella vita, poiché erano sostenuti da ossa, da tutte le ossa di lei, dal suo stesso scheletro, mantenuto eretto mediante un paletto posteriormente.

«Mi sta causando difficoltà» disse Tlatli, come se parlasse di un blocco di pietra nel quale aveva trovato una pecca insospettata. Mi mostrò un disegno, quello che avevo schizzato nella piazza del mercato, il primo ritratto del viso di Qualcosa di Delicato eseguito da me. «Il tuo disegno e il teschio mi sono stati utilissimi per scolpire la testa. E la colòtli, l'armatura, fa sì che il corpo abbia le proporzioni giuste, ma...»

«L'armatura?» domandai.

«Il sostegno interno. Ogni scultura in argilla o in cera deve essere sostenuta da un'armatura, così come un molle cactus viene sostenuto dalla struttura interna legnosa. Per una figura umana quale armatura può essere migliore dello stesso scheletro?»

«Quale, infatti?» dissi io. «Ma spiegami una cosa, come ti procuri gli scheletri dei soggetti?»

Chimàli rispose: «Li procura la Signora Bambola di Giada, dalla propria cucina personale».

«Dalla *cucina*?»

Chimàli distolse lo sguardo da me. «Non domandarmi come sia riuscita a persuadere i suoi schiavi cuochi e sguatteri. Ma sta di fatto che essi scorticano la pelle, estraggono le viscere e raschiano via la carne dal... dal modello... senza smembrarlo. Poi fanno bollire quel che rimane in grandi vasche colme d'acqua di calce. Devono interrompere la bollitura prima che i legamenti e i tendini delle giunture si dissolvano, per cui rimangono ancora brandelli di tessuti che dobbiamo raschiare via. Ma gli scheletri ci giungono interi. Oh, possono staccarsi la parte di un dito, o una costola, però...»

«Però, sfortunatamente» continuò Tlatli «anche gli scheletri completi non ci indicano affatto come fosse imbottito e quali curve avesse l'esterno del corpo. Per quanto concerne la figura di un uomo posso tirare a indovinare, ma il caso di una donna è diverso. Sai, i seni, e i fianchi, e le natiche.»

«Erano sublimi» mormorai, ricordando Qualcosa di Delicato. «Venite nel mio appartamento. Vi darò un altro disegno che mostra intera la vostra modella.»

Nell'alloggio, ordinai a Cozcatl di preparare cioccolata per tutti. Tlatli e Chimàli si aggirarono nelle tre stanze, commentando con esclamazioni ogni raffinatezza e ogni lusso, mentre io cercavo tra la collezione di disegni e ne toglievo quello che mostrava Qualcosa di Delicato da capo a piedi.

«Ah, completamente nuda» disse Tlatli. «Questo è l'ideale per i miei scopi.» Si sarebbe detto che stesse valutando un campione di buona argilla di marna.

Anche Chimàli esaminò il disegno della morta e disse: «Davvero, Talpa, i tuoi disegni sono abilmente particolareggiati. Se tu rinunciassi a tratteggiare soltanto *linee* e imparassi a lavorare con le luci e le ombre della pittura, potresti diventare un vero artista. Anche tu potresti donare bellezza al mondo».

Risi aspramente. «Come ad esempio statue modellate su scheletri bolliti?»

Tlatli sorseggiò la cioccolata e disse, in tono difensivo: «Non abbiamo ucciso noi quelle persone, Talpa. E non sappiamo perché la giovane regina voglia conservarle. Ma rifletti. Se fossero state semplicemente seppellite o bruciate, non sarebbero ormai altro che putridume o cenere. Noi, per lo meno, le eterniamo. E, sì, facciamo del nostro meglio per tramutarle in oggetti di bellezza».

Dissi: «Io sono uno scrivano. Non abbellisco il mondo. Mi limito a descriverlo».

Tlatli tenne in alto il ritratto di Qualcosa di Delicato. «Hai eseguito questo, ed è una cosa bellissima.»

«D'ora in poi non disegnerò altro che immagini di parole. Ho disegnato il mio ultimo ritratto.»

«Quello del Signore Gioia» tirò a indovinare Chimàli. Si guardò attorno furtivamente, per accertarsi che il mio schiavo non fosse a portata di udito. «Devi sapere che stai esponendo Pactli al rischio di finire nelle vasche in cucina.»

«Lo spero con tutto il cuore» risposi. «Non lascerò passare impunita la morte di mia sorella.» Poi scagliai contro Chimàli le sue stesse parole: «Sarebbe una debolezza, sarebbe come insozzare quello che provavamo l'uno per l'altra».

I due ebbero almeno la buona grazia di abbassare la testa per alcuni momenti di silenzio, prima che Tlatli parlasse ancora:

«Ci esporrai tutti al pericolo di essere scoperti, Talpa».

«Lo correte già, questo pericolo. Io lo sto correndo da un pezzo. Avrei potuto dirvelo prima che veniste.» Feci un gesto nella direzione del loro studio. «Ma avreste creduto a quello che sta accadendo qui?»

Chimàli protestò. «Le vittime sono soltanto persone comuni e schiavi. La loro scomparsa potrebbe non essere mai notata. Ma Pactli è il Principe della Corona di una provincia Mexìca!»

Scossi la testa. «Il marito di questa donna nel disegno... ho saputo che è impazzito, mentre cercava di scoprire che cos'era accaduto alla moglie diletta. Potrà non rinsavire mai. E persino gli schiavi non possono semplicemente sparire. Il Riverito Oratore li sta già facendo cercare dalle sue guardie e svolge inchieste sulla misteriosa scomparsa di numerose persone. La scoperta della verità sarà soltanto una questione di tempo. Potrebbe accadere domani notte, se Pactli sarà puntuale.»

Sudando visibilmente, Tlatli disse: «Talpa, non possiamo consentirti di...»

«Non potete impedirmelo. E, se cercherete di fuggire, se cercherete di avvertire Pactli o Bambola di Giada, verrò a saperlo all'istante, e all'istante mi rivolgerò allo Uey-Tlatoàni. »

Chimàli disse: «Toglierà la vita a te come a tutti gli altri. Perché fare questo a me e a Tlatli, Talpa? Perché fare una cosa simile a te stesso? »

«La responsabilità della morte di mia sorella non ricade soltanto su Pactli. È anche mia e vostra. Sono disposto a espiare con la vita, se questo è il mio tonàli. E anche voi due dovete confidare nella fortuna. »

«Fortuna! » Tlatli alzò di scatto entrambe le mani. «Quale fortuna? »

«Esiste una valida probabilità. Ritengo che anche Bambola di Giada abbia abbastanza buon senso per non uccidere un principe dei Mexìca. Penso che si limiterà a trastullarsi con lui per qualche tempo, forse per lungo tempo, e poi lo rimanderà in patria con le labbra sigillate da una promessa. »

«Sì» mormorò Chimàli, cogitabondo. «Può corteggiare il pericolo, ma non il suicidio. » Si rivolse a Tlatli. «E, mentre lui si troverà qui, noi avremo il tempo di terminare le statue già iniziate. Poi potremo sostenere che ci aspettano lavori urgenti altrove... »

Tlatli ingurgitò quel che restava della cioccolata. «Vieni! Lavoreremo giorno e notte. Dobbiamo terminare ogni cosa ed essere in grado di chiedere il consenso di andarcene prima che la giovane regina si stanchi del nostro principe. »

Con questa speranza, si precipitarono fuori del mio appartamento.

Non avevo mentito con loro, mi ero limitato a non accennare a un particolare dei miei preparativi. Avevo detto il vero facendo osservare che Bambola di Giada non sarebbe forse stata disposta a uccidere un principe suo ospite. Questa era una possibilità molto reale. E per tale motivo, nel caso di quell'ospite particolare, avevo apportato una piccola modifica alla consueta formulazione dell'invito. Come diciamo noi nella nostra lingua, di uno che merita il castigo, «egli sarebbe stato distrutto con fiori ».

È possibile che gli dei conoscano tutti i nostri progetti e sappiano come si concluderanno prima ancora del loro inizio. Gli dei sono maliziosi e gioiscono gingillandosi con i piani degli uomini. Di solito preferiscono complicarli, come potrebbero imbrogliare la rete di un uccellatore, od ostacolarli, in modo che i piani stessi non ottengano alcun risultato. Molto di rado gli dei intervengono a favore di un qualche degno scopo. Ma credo che, quella volta, esaminarono il mio piano e dissero tra loro: «Questa tenebrosa macchinazione escogitata da Nuvola Scura, è così ironicamente bella! Rendiamola, ironicamente, ancora migliore.»

L'indomani, a mezzanotte, tenni l'orecchio accostato al lato interno della porta finché non ebbi udito Pitza e l'ospite arrivare ed entrare nell'appartamento di fronte al mio. Socchiusi allora lievemente la porta per udire meglio. Mi aspettavo una qualche empia esclamazione da parte di Bambola di Giada quando ella avesse paragonato per la prima volta la faccia brutale di Pactli al mio ritratto idealizzato. Ma non mi ero aspettato quello che udii: il grido penetrante di vero spavento da parte della fanciulla, e poi il suo isterico chiamarmi per nome: «Portalo! Vieni qui immediatamente, *Portalo*!».

Sembrava una reazione alquanto esagerata anche da parte di chi si trovava al cospetto del detestabile Gioia. Spalancai la porta, uscii e vidi una sentinella armata di lancia subito al di là di essa e un'altra al lato opposto del corridoio, davanti alla porta della giovane regina. Entrambi gli uomini rispettosamente fecero scattare le lance in posizione verticale, mentre uscivo, e nessuno dei due cercò di impedirmi di entrare nell'altro appartamento.

Bambola di Giada si trovava in piedi subito al di là della soglia. Aveva la faccia contorta e brutta e quasi bianca a causa dello spavento. Ma, a poco a poco, la furia la rese quasi paonazza mentre ella cominciava a sbraitare contro di me: «Che commedia è mai questa, figlio di un cane? Credi forse di poter combinare luridi scherzi a mie spese?»

Continuò in questo modo, a squarciagola. Mi voltai verso Pitza e l'uomo che ella aveva accompagnato... e, nonostante tutto il mio smarrimento non potei fare a meno di scoppiare in una sonora e lunga risata. Avevo dimenticato la miopia di Bambola di Giada, causata dalla droga. Ella doveva avere attraversato di corsa tutte le stanze e i corridoi del suo appartamento per abbracciare l'avidamente atteso Signore Gioia, e doveva essersi trovata quasi addosso al visitatore prima che la vista corta le consentisse di scorgerlo con chiarezza. Lo spavento doveva essere stato davvero tale da strappare un urlo a chi non lo aveva mai veduto prima di allora. La presenza dell'uomo era una sorpresa sconcertante anche per me, ma risi anziché urlare, essendo avvantaggiato perché conoscevo il rattrappito e ingobbito vecchio color cacao.

Avevo formulato la lettera a Pactli in modo tale da essere certo che il suo arrivo non passasse inosservato. Ma non riuscivo a capire in qual modo, o perché, al posto di Pactli fosse venuto il vecchio vagabondo, e non sembrava quello il momento opportuno per domandarlo. D'altro canto, non riuscivo a smettere di ridere.

«Sleale! Imperdonabile! Spregevole!» stava gridando la fanciulla, tra le mie sghignazzate, e Pitza cercava di nascondersi nelle pieghe dei tendaggi più vicini, e l'uomo color cacao agitava la lettera scritta su una pelle di daino e diceva: «Ma questa è la tua firma, non è vero, mia Signora?»

Ella interruppe gli insulti scagliati a me per voltarsi verso di lui e ringhiare: «Sì! Ma puoi anche soltanto supporre che fosse indirizzata a un miserabile accattone seminudo? E ora chiudi quella bocca sdentata!». Poi tornò a voltarsi di scatto dalla mia parte. «Deve essere una burla, visto che ti fa ridere così convulsamente. Confessalo e sarai soltanto scorticato a furia di frustate. Ma, se continuerai a ridere in questo modo, giuro...»

«E naturalmente, mia Signora» insistette il vecchio «riconosco nella lettera la scrittura per immagini del mio caro amico Talpa, qui.»

«Ti ho detto *di tacere*! quando avrai intorno al collo la ghirlanda fiorita, rimpiangerai amaramente ogni fiato che hai sprecato! Inoltre il suo nome è Portalo!»

«Oh, davvero? Si addice.» Gli occhi socchiusi del vecchio si volsero su di me, e il loro balenare non fu affatto amichevole. Smisi di ridere. «Ma la lettera dice chiaramente, mia Signora, che devo trovarmi qui, a quest'ora, portando questo anello, e...»

«Non *portando* l'anello!» urlò lei, quanto mai imprudentemente. «Vecchio e spregevole simulatore, sostieni anche di saper leggere? L'anello doveva essere tenuto nascosto! E invece tu devi averlo ostentato dappertutto a Texcòco... *yya ayya!*» Digrignò i denti e di nuovo si voltò di scatto verso di me. «Ti rendi conto di quelle che possono essere state le conseguenze della tua burla, indescrivibile zotico? *Iya ouiya*, ma morirai con la più lenta delle agonie!»

«Come può essere una burla, mia Signora?» domandò il vecchio curvo. «Stando a questo invito, tu dovevi aspettare qualcuno. E mi sei corsa incontro così gioiosamente per accogliermi...»

«Per accogliere te? *Te?*» gridò la fanciulla, tendendo le braccia in avanti, come se avesse voluto respingere materialmente ogni cautela. «Sarebbe forse disposta, la più schifosa e affamata baldracca del fronte del porto di Texcòco, a giacersi con *te*?» Una volta di più si voltò dalla mia parte. «Portalo! *Perché hai fatto questo?*»

«Mia Signora» dissi, parlando per la prima volta, e pronunciando con dolcezza le dure parole, «ho pensato più volte che il tuo Signore Marito non avesse sufficientemente soppesato le

234

frasi quando mi ordinò di servire la Signora Bambola di Giada, e di servirla senza mai obiettare. Ma ero tenuto ad ubbidire. Come tu stessa mi facesti rilevare una volta, mia Signora, non potevo denunciare la tua perfidia senza disubbidire sia a te, sia a lui. In ultimo sono stato costretto a far sì che tu tradissi te stessa, con un'astuzia. »

Ella indietreggiò di un passo da me e mosse le labbra silenziosamente mentre il suo viso acceso dall'ira ricominciava a impallidire. Occorse qualche tempo prima che le parole scaturissero. « Mi hai... raggirata? Questa... questa non è una burla? »

« Non è la sua burla, in ogni caso, ma la mia » disse il vecchio gobbo. « Mi trovavo sulla sponda del lago quando un giovane elegantemente vestito e cosparso di unguenti e profumato è sbarcato dalla tua acàli personale, mia Signora, e fieramente si è diretto verso il palazzo, con questo anello ben visibile e riconoscibile al dito mignolo della grossa mano. Sembrava una flagrante indiscrezione, se non una trasgressione. Ho chiamato guardie che gli togliessero l'anello e poi la lettera. E ho portato io l'uno e l'altra in vece sua. »

« Tu... tu... con quale autorità... come *osi* immischiarti? » farfugliò lei. « Portalo! Quest'uomo è un ladro confesso. Uccidilo! Ti ordino di uccidere quest'uomo seduta stante, affinché io possa vedere! »

« No, mia Signora » dissi, sempre con dolcezza, perchè stavo cominciando ad avere compassione di lei. « Questa volta disubbidisco. Credo che tu abbia finalmente rivelato la tua vera personalità a una terza persona. Credo di essere esonerato da ogni obbligo di ubbidienza. Credo che non ucciderò più. »

Ella girò fulmineamente sui tacchi e spalancò la porta del corridoio. Aveva forse l'intenzione di fuggire, ma quando la sentinella, là fuori, si voltò verso di lei, bloccando il passaggio, disse in tono aspro: « Guardia, ho qui un ladro e un traditore. Quel mendicante, vedi, sta portando il mio anello rubato. E quest'uomo del volgo ha disubbidito a un mio esplicito ordine. Voglio che tu li arresti entrambi e... ».

« Chiedo scusa, mia Signora » borbottò l'uomo. « Ma ho già ricevuto ordini dallo Uey-Tlatoàni. Ordini diversi. »

Bambola di Giada rimase a bocca aperta.

Dissi: « Guardia, prestami la lancia, per un momento ».

L'uomo esitò, poi me la porse. Mi avvicinai alla vicina alcova, quella ove si trovava la statua del giardiniere Xali-Otli, e, con tutte le mie forze, conficcai la punta della lancia sotto il mento della scultura. La testa dipinta si staccò, piombò sul pavimento e rotolò mentre l'argilla cotta si spaccava e si sgretolava. Quando la testa urtò e si fermò contro la parete opposta, era ormai un nudo, bianco e lucente teschio, la faccia più pulita e più onesta dell'uomo. Il mendicante color cacao stette a guardare, inespressivo. Ma le immense pupille di Bambola di Giada parvero, a questo punto, averle divorato completamente gli occhi. Erano liquide e nere pozze di terrore. Restituii la lancia all'uomo di guardia e gli domandai: «Quali sono, allora, gli ordini che hai avuto?»

«Tu e il tuo ragazzo schiavo dovete rimanere nel vostro alloggio. La giovane regina e le sue ancelle devono restare in questo. Sarete sorvegliati tutti durante la perquisizione delle stanze, e fino a nuovi ordini del Riverito Oratore.»

Dissi al vecchio color cacao: «Vuoi unirti a me nella mia prigionia per breve tempo, o venerando, e gradire magari una tazza di cioccolata?»

«No» disse lui, distogliendo quasi a forza lo sguardo dal nudo teschio. «Ho l'ordine di riferire sugli eventi di questa notte. Credo che il Signore Nezahualpìli disporrà ora per una perquisizione più estesa... degli studi degli scultori e di altri luoghi.»

Feci il gesto di baciare la terra. «Allora auguro la buonanotte, vecchio, mia Signora.» Ella mi fissò, ma non credo che mi vide.

Rientrai nel mio alloggio e vidi che veniva perquisito dal Signore Forte Osso e da alcuni altri consiglieri personali del Riverito Oratore. Avevano già trovato i disegni di Bambola di Giada e di Qualcosa di Delicato abbracciate.

Dici di essere presente alla seduta di oggi, mio Signore Vescovo perché ti interessa sapere come si svolgessero i nostri processi. Ma non è certo necessario che io ti descriva il processo di Bambola di Giada. Tua Eccellenza lo troverà minuziosamente esposto negli archivi della Corte di Texcòco, se vorrà darsi la pena di esaminare quei libri. Tua Eccellenza lo troverà inoltre descritto nelle storie di altri paesi, ed anche nelle leggende popolari del volgo, poiché lo scandalo viene tutt'ora ricordato e narrato, specie dalle nostre donne.

Nezahualpìli invitò al processo i governanti di tutte le nazioni vicine, e tutti i loro uomini savi tlamatìntin, e tutti i loro tecùtlin, anche della più insignificante provincia. Li invitò persino a condurre le consorti e le dame di corte. Fece questo in parte per dimostrare pubblicamente che neppure la più nobile per nascita delle donne poteva peccare impunemente. Ma vi fu anche un altro motivo. L'imputata era figlia del più potente governante dell'Unico Mondo, l'irascibile e bellicoso Riverito Oratore Ahuìtzotl dei Mexìca. Invitando lui e tutti i più alti esponenti di ogni nazione, Nezahualpìli cercò inoltre di dimostrare che l'azione giudiziaria veniva condotta con assoluta equità. Per questo motivo Nezahualpìli sedette appartato durante il processo. Delegò gli interrogatori degli imputati e dei testimoni a due persone non interessate, la sua Donna Serpente, il Signore Forte Osso, e un giudice tlamatìni a nome Tepìtzic.

L'aula del tribunale di Texcòco era gremita al massimo della sua capacità. Fu forse la più grande accolta di governanti — amici, neutrali, nemici — mai riunitasi nello stesso luogo. Soltanto Ahuìtzotl era assente. Egli non avrebbe potuto esporsi all'onta di essere osservato e compatito e deriso mentre la colpa di sua figlia veniva inesorabilmente rivelata. In sua vece, mandò la Donna Serpente di Tenochtìtlan. Tra i tanti altri Signori che intervennero, tuttavia, v'era il governatore di Xaltòcan, il padre di Pactli, Airone Rosso. Egli sedette e sopportò la propria umiliazione, a capo chino, durante l'intero processo. Le poche volte che alzò gli occhi tristi e arrossati, quei vecchi occhi si fissarono su di me. Credo che egli stesse rammentando una frase rivoltami molto tempo prima, quando aveva commentato le mie ambizioni di fanciullo: «A qualsiasi occupazione tu voglia dedicarti, giovanotto, dovresti riuscire bene».

Gli interrogatori di tutte le persone interrogate furono prolissi e particolareggiati e tediosi, e spesso ripetitivi. Ricordo soltanto le domande e le risposte più pertinenti da riferire a Tua Eccellenza. I due principali imputati erano, naturalmente, Bambola di Giada e il Signore Gioia. Egli fu chiamato per primo e avanzò, pallido e tremante, per pronunciare il giuramento. Tra le molte altre parole rivoltegli dagli inquirenti vi furono queste che seguono.

«Tu sei stato fermato dalle guardie del palazzo, Pàclitzin, nell'ala assegnata alla regale Signora Chàlchiunènetzin. È un reato capitale da parte di qualsiasi maschio non autorizzato a entrare, per qualsiasi ragione, o con qualsiasi pretesto, negli appartamenti riservati alle dame di corte. Ne eri consapevole?»

Egli deglutì udibilmente e rispose, con voce fioca, «Sì» e suggellò la propria condanna.

Toccò poi a Bambola di Giada essere chiamata e, tra le innumerevoli domande postele ve ne fu una cui ella diede una risposta tale da far trattenere il respiro al pubblico. Fu il giudice Tepìtzic a parlare:

«Tu hai ammesso, mia Signora, che erano i lavoranti nella tua cucina personale a uccidere i tuoi amanti e a prepararne gli scheletri per il processo di conservazione. Riteniamo che nemmeno i più vili degli schiavi si sarebbero prestati a questo se non costretti con estrema crudeltà. A quale persuasivo sistema ricorrevi?»

Con la vocina mite di una bimbetta, ella rispose: «Già molto tempo prima mandai le mie guardie nella cucina ad accertarsi che i lavoranti non toccassero affatto cibo, e che neppure assaggiassero quanto cucinavano per me. Li affamai finché non furono disposti a fare... qualsiasi cosa avessi ordinato. Dopo aver eseguito una volta i miei ordini ed essersi in tal modo saziati, non ebbero bisogno di altre persuasioni o minacce o della presenza delle guardie...»

Le altre parole di lei si perdettero nel subbuglio generale. Il mio piccolo schiavo Cozcatl stava vomitando e dovette essere portato fuori dell'aula per qualche tempo. Sapevo quel che provava e anche il mio stomaco si rivoltò lievemente. I nostri pasti, infatti, erano venuti da quella stessa cucina.

Toccò quindi a me essere chiamato, come complice principale di Bambola di Giada. Feci un resoconto completo di ciò che mi ero prestato a fare per lei, senza nulla omettere. Quando cominciai a parlare di Qualcosa di Delicato, fui interrotto da un nuovo subbuglio nella sala. Il vedovo impazzito di quella donna dovette essere trattenuto dalle guardie, poiché si lanciò avanti, deciso a strozzarmi, e venne trascinato fuori mentre urlava e si dibatteva e spruzzava saliva. Allorché fui giunto al termine della mia deposizione, il Signore Forte Osso mi fissò con aperto disprezzo e disse:

«Una confessione sincera, per lo meno. Hai qualcosa da dire a tua giustificazione o difesa?»

Risposi: «Niente, mio signore».

Al che si udì un'altra voce. «Se lo scrivano Nuvola Scura rifiuta di difendersi» disse Nezahualpìli «posso, miei signori giudici, dire poche parole a sua giustificazione?» I due accusatori acconsentirono con riluttanza, poiché non volevano, ovviamente, che io venissi discolpato; ma non potevano opporre un rifiuto allo Uey-Tlatoàni.

Nezahualpìli disse: «Sempre, mentre serviva la Signora Bambola di Giada, questo giovane ha agito, per quanto poco giudiziosamente, in base ai miei ordini espliciti di servire ciecamente la dama e di accontentarla qualsiasi cosa potesse chiedergli. Ammetto di essermi espresso male impartendogli queste disposizioni. È stato dimostrato inoltre che Nuvola Scura si è avvalso, in ultimo, del solo mezzo a sua disposizione per rivelare la verità sulla dama adultera e omicida. Se così non fosse stato, miei signori giudici, avremmo potuto processarla per il massacro di un numero di gran lunga maggiore di vittime.»

Il giudice Tepìtzic grugnì: «Delle parole del nostro Signore Nezahualpìli sarà tenuto conto al momento di deliberare». Poi tornò a fissarmi con occhi severi. «Ho soltanto un'altra domanda da porre all'imputato. Ti sei *tu*, Tlilèctic-Mixtli, mai giaciuto con la Signora Bambola di Giada?»

Risposi: «No, mio signore».

Sperando, evidentemente, di avermi colto in una menzogna che sarebbe equivalsa alla mia condanna, gli accusatori chiamarono a testimoniare il mio schiavo Cozcatl e gli domandarono: «Il tuo padrone ha mai avuto rapporti sessuali con la Signora Bambola di Giada?».

Egli rispose, con una voce pigolante: «No, miei signori».

Tepìtzic insistette: «Ma ne ha avuto ogni possibilità».

Cozcatl dichiarò, ostinato: «No, miei signori. Ogni qual volta il mio padrone rimaneva a lungo in compagnia della signora, io gli ero sempre accanto. Né il mio padrone, né alcun altro uomo della corte si sono mai giaciuti con la signora, tranne uno. Questo accadde durante l'assenza del mio padrone, recatosi in vacanza, una notte in cui la signora non aveva potuto procurarsi un compagno venuto di fuori».

I giudici si sporsero in avanti. «Qualcuno del palazzo? Chi?»

Cozcatl rispose: «Io» e i giudici tornarono ad appoggiarsi agli scranni.

«*Tu?*» disse Forte Osso. «Quanti anni hai, schiavo?»

«Ho appena compiuto undici anni, mio signore.»

«Parla più forte, ragazzo. Vorresti dirci che hai servito sessualmente l'imputata di adulterio? Che effettivamente ti sei accoppiato con lei? Che hai un tepùli capace di...?»

«Il mio tepùli?» squittì Cozcatl, scandalizzato fino ad avere l'impertinenza di interrompere il giudice. «Miei signori, quel membro mi serve soltanto per fare acqua! Servii la mia dama, come ella mi ordinò, con la bocca. Non avrei mai toccato una nobildonna con qualcosa di indecente come il *tepùli*...»

Se anche aggiunse qualcos'altro, le parole di lui vennero soffocate dallo scoppio di risate degli spettatori. Persino i due giudici dovettero fare uno sforzo per mantenersi impassibili. Fu il solo allegro momento di sollievo in quella tetra giornata.

Tlatli fu uno degli ultimi complici ad essere interrogato. Ho dimenticato di accennare al fatto che, la notte in cui le guardie di Nezahualpìli perquisirono lo studio, Chimàli era assente. Né Nezahualpìli né i suoi consiglieri avevano mai avuto motivo di sospettare l'esistenza di un altro artista. A quanto pareva, nessuno degli altri imputati avevano pensato, in seguito, a menzionare Chimàli, ed evidentemente Tlatli era sempre riuscito a fingere di aver lavorato solo.

Forte Osso disse: «Chicuàce-Cali Ixtac-Tlatli, ammetti che alcune statue accolte come prova sono state foggiate da te?»

«Sì, miei signori» egli disse, con fermezza. «Difficilmente avrei potuto negarlo. Potete vedere su di esse la mia firma: il simbolo inciso della testa di un falcone e, sotto ad esso, l'impronta della mia mano insanguinata.» Cercò con lo sguardo i miei occhi e mi esortò a tacere, come se stesse dicendo: «Risparmia la *mia* donna». Ed io tacqui.

In ultimo, i due accusatori si ritirarono in una stanza privata per deliberare. Tutti gli altri presenti al processo si riversarono con sollievo fuori della vasta, ma ormai soffocante sala, per respirare una boccata d'aria fresca o per fumare una poquìetl nel giardino. Noi imputati restammo, ciascuno con una guardia armata all'erta al nostro fianco, ed evitammo accuratamente di guardarci.

Non molto tempo trascorse prima che i giudici rientrassero e la sala tornasse a riempirsi. La Donna Serpente, il Signore Forte Osso, pronunciò la consueta formula introduttiva: «Noi, gli esaminatori, abbiamo deliberato esclusivamente in base alle prove e alle testimonianze qui presentate, e siamo pervenuti alle decisioni senza malizia o favori, senza l'intervento di alcun'altra persona, con il solo aiuto di Tònantzin, la dolce dea della legge, della misericordia e della giustizia».

Prese un foglio della carta più fine e, consultandolo, disse anzitutto: «Troviamo che lo scrivano imputato, Chicòme-Xochitl Tlilèctic-Mixtli, merita il proscioglimento per il fatto che le sue azioni, sebbene colpevoli, non sono state malintenzionate, e per giunta egli le ha riscattate consentendo che i colpevoli espiassero. Tuttavia...» Forte Osso scoccò un'occhiata al Riverito Oratore, poi fissò me irosamente, «... proponiamo che l'imputato prosciolto venga bandito da questo regno come straniero che ha abusato della nostra ospitalità».

Bene, non starò a dire che fui soddisfatto. Ma Nezahualpìli avrebbe potuto facilmente consentire ai giudici di trattarmi con la stessa severità riservata agli altri. La Donna Serpente consultò di nuovo il foglio e continuò: «Troviamo colpevoli le seguenti persone dei numerosi crimini ad esse imputati: azioni nefande, perfide e detestabili agli occhi degli dei». Lesse l'elenco di nomi: il Signore Gioia, la Signora Bambola di Giada, gli scultori Pixquitl e Tlatli, il mio schiavo Cozcatl, due sentinelle che si erano alternate nei turni di notte alla porta est del palazzo, Pitza la schiava di Bambola di Giada e numerose altre ancelle, tutti i cuochi e gli sguatteri della cucina. Il giudice così concluse il suo cantilenare: «Per quanto concerne tutte queste persone ritenute colpevoli, non raccomandiamo né severità né clemenza.

Sarà il Riverito Oratore a stabilire la pena per ciascuna di esse».

Nezahualpìli si alzò adagio in piedi. Parve profondamente assorto per un momento, poi disse: «Come propongono i miei signori, lo scrivano Nuvola Scura sarà bandito da Texcòco e da tutti i territori degli Acolhua. Perdono lo schiavo ritenuto colpevole, Cozcatl, tenuto conto della sua tenera età, ma anch'egli sarà analogamente esiliato da queste terre. Il nobile Pàctlitzin e la nobile Chàchiunènetzin saranno giustiziati in privato ed io lascerò che il modo di metterli a morte venga deciso dalle nobili dame della corte di Texcòco. Tutti gli altri ritenuti colpevoli dai signori giudici sono condannati ad essere giustiziati pubblicamente mediante l'icpacxòchitl, senza alcuna possibilità di ricorrere a Tlazoltèotl. I loro cadaveri, insieme ai resti delle vittime, verranno bruciati su una pira comune».

Esultai per il fatto che il piccolo Cozcatl era stato risparmiato, ma compassionai gli altri schiavi e appartenenti alla gente comune. L'icpacxòchitl era la corda per la strangolazione inghirlandata di fiori, una morte terribile già di per sé. Ma Nezahualpìli aveva altresì negato loro la possibilità del sollievo di confessarsi con un sacerdote di Tlazoltèotl. Questo significava che le loro colpe non sarebbero state inghiottite dalla dea Divoratrice di Lordure e, poiché in seguito sarebbero stati cremati insieme alle loro vittime, questo significava che sarebbero andati con il peso della colpa in quel qualsiasi altro mondo cui fossero stati destinati, e che, per tutta l'eternità, sarebbero stati tormentati da un rimorso intollerabile.

Cozcatl ed io fummo scortati dalle guardie nel mio appartamento, e là una di esse grugnì: «Cos'è mai questo?». Sulla superficie esterna della porta dell'alloggio, all'altezza del mio capo, figurava un segno — l'impronta di una mano insanguinata — silenzioso memento del fatto che io non ero il solo colpevole ad essermi sottratto vivo alla giustizia, quel giorno; il chiaro avvertimento del fatto che Chimàli non intendeva lasciar passare invendicato il suo lutto.

«Qualche burlone di cattivo gusto» dissi, fingendo, con una spallucciata, di non attribuire alcuna importanza alla cosa. «Farò lavare la porta dal mio schiavo.»

Cozcatl portò nel corridoio un'anfora d'acqua e una spugna, mentre io aspettavo, in ascolto, subito al di qua della porta. Non trascorse molto tempo e udii la scorta che riportava anche Bambola di Giada nel suo appartamento. Non mi fu possibile udire i passi dei minuscoli piedi di lei tra quelli più pesanti dei soldati. Ma Cozcatl, quando rientrò con l'anfora colma d'acqua divenuta rosea, disse:

«La dama è giunta piangente, padrone. E insieme alla scorta v'era un sacerdote di Tlazoltèotl».

Riflettei a voce alta: «Se sta già confessando i propri peccati affinché vengano inghiottiti, questo significa che non le rimane molto tempo». Effettivamente, gliene restava pochissimo. Soltanto poco dopo udii la porta riaprirsi, mentre ella veniva condotta verso l'ultimo appuntamento della sua vita.

«Padrone» disse Cozcatl, timidamente, «tu ed io siamo entrambi fuoricasta, adesso.»

«Sì.» sospirai.

«Quando verremo banditi...» si torse le piccole mani incallite dalle fatiche «... mi condurrai con te? Come tuo schiavo e servo?»

«Sì» risposi, dopo aver riflettuto per qualche momento. «Mi hai servito lealmente, e non ti abbandonerò. Ma in verità, Cozcatl, non ho la più pallida idea di dove potremo andare.»

Il ragazzo ed io, tenuti rinchiusi nell'appartamento, non assistemmo ad alcuna delle esecuzioni. Ma appresi in seguito i particolari del castigo inflitto al Signore Gioia e alla Signora Bambola di Giada, e tali particolari possono interessare Tua Eccellenza.

Il sacerdote della Divoratrice di Sozzure non diede neppure alla fanciulla il modo di liberarsi completamente con la dea. Simulando bontà, le offrì una tazza di cioccolata — «Per calmarti i nervi, figliola mia» — nella quale aveva versato un infuso della pianta toloàtzin, che è un potente sonnifero. Bambola di Giada era probabilmente già addormentata prima ancora di aver riferito sia pur soltanto i misfatti del suo decimo anno, per cui andò verso la morte ancora gravata da molte colpe.

Venne portata nel labirinto del palazzo del quale ho già parlato, e là spogliata di tutte le sue vesti. Poi il vecchio giardiniere, il solo a conoscere i sentieri segreti, la trascinò fino al centro del labirinto, ove già si trovava il cadavere di Pactli.

Il Signore Gioia era stato precedentemente consegnato ai cuochi e agli sguatteri della cucina condannati a morte, i quali avevano ricevuto l'ordine di fare un'ultima cosa prima di essere giustiziati. Non so se misero prima misericordiosamente a morte Pactli, ma ne dubito, in quanto non avevano alcun motivo di essere generosi nei suoi confronti. Lo scorticarono completamente, tranne la testa e gli organi genitali, lo sventrarono ed eliminarono tutte le carni del suo corpo. Quando rimase soltanto lo scheletro — non uno scheletro molto ripulito, ma ancora festonato da brandelli di tessuti — si servirono di qualcosa, forse di una bacchetta inserita, per irrigidire e far erigere il suo tepùli.

Questo macabro cadavere venne portato nel labirinto mentre Bambola di Giada si trovava ancora con il sacerdote.

La fanciulla si destò nel cuor della notte e al centro del labirinto, trovandosi nuda e con la tipìli piacevolmente impalata, come in tempi più felici, da un organo maschile tumescente. Ma le dilatate pupille di lei dovettero rapidamente adattarsi al pallido chiaro di luna, per cui ella vide la cosa spaventosa che stava abbracciando.

Quanto accadde in seguito può solamente essere supposto. Bambola di Giada, senza alcun dubbio, si liberò con un balzo inorridito dell'amante e fuggì urlando da quell'ultimo amplesso. Dovette correre nel labirinto, ancora e ancora, ma i tortuosi sentieri sempre la riportarono accanto al teschio e alle ossa e al tepùli eretto del defunto Signore Gioia. E ogni volta che tornava lì, ella dovette trovarlo sempre e sempre più brulicante di formiche e mosche e scarafaggi. In ultimo i suoi resti dovettero essere talmente coperti da quegli indaffarati divoratori di carogne, che Bambola di Giada ebbe certo l'impressione di vedere il cadavere contorcersi nel tentativo di alzarsi in piedi e di seguirla. Quante volte corse, quante volte si gettò contro le pareti di rovi che non cedevano, quante volte si ritrovò a incespicare sulla carogna del Signore Gioia, nessuno lo saprà mai.

Quando il giardiniere la portò fuori, la mattina dopo, ella non era più bella. Aveva il viso e il corpo lacerati dai rovi e insanguinati. Non possedeva più le unghie. Il cuoio capelluto si intravedeva qua e là, ove ciuffi di capelli erano stati strappati. L'effetto della droga per gli occhi era cessato e le pupille di lei si riducevano a puntini quasi invisibili nei globi oculari gonfi e fissi. Aveva la bocca spalancata in un urlo silenzioso. Bambola di Giada era sempre stata così vanesia e orgogliosa della propria bellezza, che sarebbe rimasta mortificata e sconvolta vedendosi così laida. Ma ormai non poteva più curarsene. In qualche momento, quella notte, e in qualche punto nel labirinto, il cuore di lei, terrorizzato e martellante, era infine scoppiato.

Quando tutto fu finito e a Cozcatl e a me venne consentito di uscire dall'appartamento, le guardie ci dissero che non potevamo frequentare i corsi, che non dovevamo avvicinare alcuno dei nostri conoscenti nel palazzo e conversare con essi, e che io non potevo riprendere il mio lavoro di scrivano nella Sala del Consiglio. Dovevamo aspettare, facendoci vedere il meno possibile, in attesa che il Riverito Oratore decidesse come e dove mandarci in esilio.

Così trascorsi alcuni giorni senza far niente, limitandomi a passeggiare lungo la sponda del lago, a sferrare calci ai ciottoli, a compatire me stesso e a piangere le alte e ambiziose mete che mi ero proposto giungendo per la prima volta in quel paese. Uno di quei giorni, assorto nei miei pensieri, lasciai che il crepuscolo mi sorprendesse lontano sulla sponda, e mi voltai per affrettarmi a tornare al palazzo prima del calare delle tenebre. A metà strada, dalla città, vidi un uomo seduto su un macigno, un uomo che non si trovava lì quando ero passato prima. Era identico a come lo avevo veduto incontrandolo nelle due occasioni precedenti: stanco di viaggiare a piedi, pallido e con le fattezze quasi cancellate da uno strato della polvere alkali che si trova lungo le sponde del lago.

Dopo che ci fummo scambiati cortesi saluti, dissi: «Di nuovo giungi al crepuscolo, mio signore. Vieni da lontano?»

«Sì» rispose lui, tetro, «da Tenochtìtlan, ove si sta preparando una guerra.»

Osservai: «Lo dice come se si trattasse di una guerra contro Texcòco».

«Non è stata dichiarata, ancora, ma è quello che sarà. Il Riverito Oratore Ahuìtzotl ha infine terminato di costruire quella Grande Piramide, e progetta una cerimonia di inaugurazione imponente come non se ne sono mai vedute; a tal fine gli occorrono innumerevoli prigionieri per il sacrificio. Pertanto si propone di dichiarare una nuova guerra contro Texcàla.»

Non mi parve, questa, una gran novità. Dissi: «Allora gli eserciti della Triplice Alleanza si batteranno fianco a fianco, una volta di più. Perché hai parlato di una guerra contro Texcòco?»

L'uomo impolverato rispose cupamente: «Ahuìtzotl afferma che quasi tutte le sue forze Mexìca e i suoi alleati Tecpanèca sono ancora impegnati nei combattimenti all'ovest, nel Michihuàcan, e non possono essere inviati a est, contro Texcàla. Ma questo è soltanto un pretesto poco persuasivo. Ahuìtzotl si è risentito molto a causa del processo e dell'esecuzione di sua figlia».

«Non negare che lo abbia meritato.»

«Questo lo rende ancor più iroso e vendicativo. Così ha stabilito che Tenochtìtlan e Tlàcopan invieranno soltanto forze simboliche contro i Texaltèca, e che il grosso dell'esercito dovrà essere fornito da Texcòco.» L'uomo coperto di polvere scosse la testa. «Dei guerrieri che si batteranno e moriranno per catturare i prigionieri destinati al sacrificio sulla Grande Piramide, forse novanta e nove su ogni cento saranno uomini Acòlhua. Questo è il modo di Ahuìtzotl per vendicare la morte di Bambola di Giada.»

Osservai: «Chiunque può rendersi conto come non sia giusto che debbano essere gli Acòlhua a sopportare il peso della guerra. Senza dubbio, Nezahualpìli potrebbe rifiutare».

«Sì, potrebbe» riconobbe il viaggiatore, con la sua voce stanca. «Ma questa sarebbe la fine della Triplice Alleanza... e forse indurrebbe l'irascibile Ahuìtzotl a dichiarare una *vera* guerra contro Texcòco.» In tono ancor più malinconico, egli continuò: «Inoltre, Nezahualpìli può ritenere di dover in qualche modo espiare per aver fatto giustiziare quella fanciulla».

«Cosa?» esclamai io, indignato. «Dopo le offese che ha ricevuto da lei?»

«Anche di queste può ritenersi in parte responsabile. Per averla trascurata, forse. E così anche altri potrebbero sentire una certa responsabilità.» Gli occhi del viandante erano su di me, ed io mi sentii a un tratto a disagio. «Per questa guerra, Nezahualpìli avrà bisogno di ogni uomo che riuscirà a trovare. Senza dubbio, gradirà volontari, e probabilmente annullerà qualsiasi debito d'onore dal quale essi possano sentirsi legati.»

Deglutii e dissi: «Mio signore, vi sono uomini che non possono essere di alcuna utilità in una guerra».

«Allora possono morire in essa» dichiarò lui, reciso. «Per la gloria, per penitenza, per liberarsi di un obbligo, per una lieta esistenza successiva nell'aldilà dei guerrieri, o per qualsiasi altra ragione. Ti ho udito una volta parlare della tua gratitudine nei confronti di Nezahualpìli, e della tua volontà di dimostrarla.»

Seguì un lungo silenzio tra noi. Infine, quasi cambiando casualmente discorso, l'uomo impolverato disse, come chi parla del più e del meno: «Corre voce che te ne andrai presto da Texcòco. Potendo scegliere, dove ti recheresti?»

Riflettei a lungo, e le tenebre calarono dappertutto intorno a noi, e il vento notturno cominciò a ululare sul lago; infine dissi: «In guerra, mio signore. Andrò in guerra».

✠

Era uno spettacolo che meritava di essere veduto: il grande esercito in formazione sull'aperto terreno a est di Texcòco. La pianura era irta di lance, splendente di vividi colori, e ovunque il sole balenava sulle punte e le lame di ossidiana. Dovevano trovarsi là, complessivamente, quattro o cinquemila uomini, ma, come aveva previsto l'uomo impolverato, i Riveriti Oratori Ahuitzotl dei Mexìca e Chimalpopòca dei Tecpanèca avevano inviato soltanto cento uomini ciascuno, e quei guerrieri difficilmente potevano considerarsi i migliori, in quanto trattavasi, per la maggior parte, di veterani oltre il limite dell'età e di reclute inesperte.

Con Nezahualpìli al comando della battaglia, tutto era organizzazione ed efficienza. Enormi bandiere di piume designavano i contingenti principali tra le migliaia di Acòlhuà e le insignificanti centinaia di uomini venuti da Tenochtìtlan e da Tlàcopan. Multicolori bandiere di stoffa indicavano le singole compagnie agli ordini di vari cavalieri. Vessilli più piccoli contrassegnavano le squadre comandate da sottufficiali cuàchictin. Si vedevano altre bandiere intorno alle quali si radunavano i non combattenti: gli uomini incaricati di trasportare cibo, acqua, corazze e armi di ricambio; i medici, i chirurghi e i sacerdoti di vari dei; i tamburini e i trombettieri; e i distaccamenti di Spacciatori e Legatori che dovevano ripulire il campo di battaglia.

Sebbene dicessi a me stesso che mi sarei battuto per Nezahualpìli, e sebbene mi vergognassi della scarsa partecipazione dei Mexìca a quella guerra, essi erano, tutto sommato, i miei compatrioti. Pertanto andai ad offrirmi volontario al loro capo, l'unico comandante Mexìcatl sul campo, un Cavaliere della Freccia a nome Xococ. Egli mi squadrò dall'alto in basso e disse, con riluttanza: «Bene, per quanto tu possa essere inesperto, sembri almeno fisicamente più prestante di chiunque altro in questo reparto, tranne me. Presentati al cuachic Extli-Quani».

Il vecchio Extli-Quani! Ero così lieto di riudirne il nome che mi recai quasi di corsa verso il guidone accanto al quale egli stava sbraitando, rivolto a un gruppo di giovani soldati dall'aria afflitta. Aveva un copricapo di piume, una scheggia d'osso infilata nel setto nasale e reggeva uno scudo dipinto con i simboli che denotavano il suo nome e il suo grado. Mi inginocchiai e sfiorai il terreno nel gesto simbolico di baciare la terra, poi gli misi un braccio sulle spalle, come se egli fosse stato un parente da tempo perduto di vista, gridando estasiato: «Maestro Ghiotto di Sangue! Esulto nel rivederti!»

Gli altri soldati sbarrarono gli occhi. La faccia dell'anziano cuachic diventò paonazza ed egli mi respinse rudemente ringhiando: «Toglimi le mani di dosso! Per le palle di pietra di Huitzilopòchtli, l'esercito è cambiato dall'ultima volta che sono sceso in campo! Vecchi tremolanti e brontoloni, giovincelli foruncolosi, e ora anche *costui*! Arruolano i cuilòntin, adesso? Per uccidere il nemico *baciandolo*?»

«Sono io, Maestro!» gridai. «Il comandante Xococ mi ha detto di unirmi alla tua squadra.» Mi occorse un momento per rendermi conto che Ghiotto di Sangue doveva avere insegnato a centinaia di allievi, ai suoi tempi. E a lui occorse qualche momento per frugare nei propri ricordi e ripescarmi in qualche remoto angolino.

246

«Ma certo, Avvolto nella Nebbia!» esclamò, anche se non con l'esultanza della quale avevo dato prova io. «Fai parte della mia squadra? Gli occhi ti sono guariti, allora? Ci vedi bene, adesso?»

«Be', no» dovetti ammettere.

Egli calpestò ferocemente una formichina. «La prima volta che presto servizio attivo dopo dieci anni» borbottò «ed ecco che cosa mi capita. Forse sarebbe preferibile un cuilòntin. Ah, be', Avvolto nella Nebbia, mettiti in riga con gli altri miei topolini.»

«Sì, Maestro Cuachic» dissi in tono scattante e militaresco. Poi sentii uno strattone al mantello e ricordai Cozcatl, che mi era sempre rimasto alle calcagna. «Che ordini hai per il giovane Cozcatl?»

«Per chi?» domandò lui, guardandosi attorno interdetto. Soltanto quando ebbe abbassato gli occhi il suo sguardo si posò sul ragazzetto. «Per *lui*?» esplose.

«È il mio schiavo» spiegai. «Il mio servo personale.»

«*Silenzio nelle file!*» sbraitò Ghiotto di Sangue, rivolto sia a me, sia ai suoi soldati che avevano cominciato a ridacchiare. Poi l'anziano cuachic camminò in circolo per qualche tempo, allo scopo di calmarsi. Infine venne a schiaffare la sua grossa faccia contro la mia. «Avvolto nella Nebbia, soltanto alcuni cavalieri e nobili hanno diritto ai servigi di un attendente. Tu sei uno yaoquìzqui, una nuova recluta, il grado più basso che esista. E non solo ti presenti con tanto di servo, ma colui che tu porti è questo omuncolo di marmocchio!»

«Non posso abbandonare Cozcatl» dissi. «Ma non darà mai alcun fastidio. Non puoi assegnarlo ai capellani, o a qualche altra retroguardia ove possa rendersi utile?»

Ghiotto di Sangue grugnì: «E io che credevo di essermi sottratto a quella scuola per combattere in una bella guerra riposante! E va bene. Omuncolo, presentati là ove vedi quel guidone nero e giallo. Dì al furiere che Extli-Quani ti ha assegnato alle cucine. E ora, Avvolto nella Nebbia» soggiunse Ghiotto di Sangue soavemente, persuasivo, «ammesso che l'esercito Mexìca sia organizzato in modo soddisfacente per te, vediamo se ricordi qualcosa dell'addestramento alla battaglia.» Io e tutti gli altri soldati trasalimmo quando egli urlò: «*Canaglia bastarda...* IN FILA PER QUATTRO... SERRATE I RANGHI!»

Avevo imparato, nella Casa per l'Irrobustimento, che addestrarsi ad essere un guerriero era di gran lunga diverso dai giochi infantili ai soldati. Ora imparai che tanto i giochi quanto l'addestramento erano pallide imitazioni della guerra vera. Tanto per accennare a una delle scomodità che i narratori di gloriose epopee militaresche sono soliti omettere, esistono la sporcizia e il fetore. Nei giochi o a scuola, dopo una giornata di faticose esercitazioni, mi ero sempre goduto il piacevole sollievo di una abluzione e di una buona sudata nel bagno a vapore. Lì non esisteva niente di tutto ciò. Al termine di una giornata di addestramento eravamo sudici, e tali restavamo, e puzzavamo. Altrettanto puzzavano le fosse delle latrine scavate per i nostri bisogni corporali. Odiavo il mio odor di sudore asciugatosi sulla pelle e di indumenti non lavati tanto quanto il fetore dei piedi sporchi e delle feci. Consideravo la sporcizia e il puzzo l'aspetto più laido della guerra. Per il momento, almeno, prima di essere *stato* in guerra.

Ma c'è dell'altro. Ho udito veterani lagnarsi perché anche nella stagione nominalmente asciutta, un guerriero può star certo del fatto che Tlaloc, malignamente, renderà ogni battaglia tanto più difficile e intollerabile con piogge che inzuppano gli uomini dall'alto e risucchiano i piedi nel fango, in basso. Ebbene, quella era la stagione delle piogge, e Tlaloc mandò acquazzoni incessanti nel corso di tutti gli svariati giorni che noi impiegammo esercitandoci con le armi e provando le varie manovre che si prevedeva avremmo dovuto attuare sul campo di battaglia. Pioveva ancora, e i nostri mantelli sembravano pesi morti, e i sandali erano massicci e pesanti grumi di fango, e il morale degli uomini disastroso quando infine partimmo per Texcàla.

Quella città si trovava tredici lunghe corse a est-sud est. Se il tempo fosse stato decente vi saremmo potuti arrivare con due giorni di marce forzate. Ma saremmo giunti con il fiato corto e sfiniti, per affrontare un nemico che non aveva avuto altro da fare tranne riposarsi in attesa del nostro arrivo. Pertanto, tenuto conto delle circostanze, Nezahualpìli ordinò che il trasferimento avesse luogo meno rapidamente, in quattro giorni, per consentirci di giungere relativamente non fiaccati.

Durante i primi due giorni arrancammo direttamente a est, così da dover scalare e attraversare soltanto i versanti più bassi della catena montuosa vulcanica che, più a sud, si ergeva nei ripidi picchi denominati Tlaloctèpetl, Ixtacciuatl e Popocatèpetl. Poi voltammo a sud-est, procedendo direttamente verso la città di Texcàla. Per tutto il tragitto continuammo ad affondare nel fango, tranne quando scivolavamo e slittavamo su terreno roccioso bagnato. Non mi ero mai spinto così lontano fuori della mia isola, e mi sarebbe piaciuto contemplare il paesaggio. Ma, anche se la vista limitata non me lo avesse impedito, sarebbe stato l'eterno velo della pioggia a impedirlo. Durante quel viaggio, vidi poco più dei piedi incrostati di fango degli uomini che arrancavano adagio davanti a me.

Non marciavamo ostacolati dal peso dell'armatura di battaglia. Oltre a quelli consueti, indossavamo un indumento pesante chiamato tlamaîtl, da portare quando faceva freddo, e nel quale ci avvolgevamo la notte. Ogni uomo aveva inoltre un sacchetto di pinòli — granturco macinato e addolcito con miele — e un piccolo otre di cuoio contenente acqua. Ogni mattina, prima di iniziare la marcia, e di nuovo durante la sosta a metà giornata, mescolavamo i pinòli con acqua, ricavandone un pasto nutriente, anche se non molto soddisfacente, di polenta atòli. Ogni sera, quando ci fermavamo, dovevamo aspettare che i più appesantiti reparti della sussistenza ci raggiungessero. Ma poi le truppe incaricate degli approvvigionamenti distribuivano ad ogni uomo un pasto caldo e sostanzioso, compresa una tazza di densa, nutriente e corroborante cioccolata calda.

Quali che potessero essere i suoi altri compiti, Cozcatl mi serviva sempre con le sue mani il pasto serale e spesso riusciva a procurarmi una porzione maggiore di quella regolamentare o a passarmi di nascosto un dolce o un frutto rubati. Alcuni altri uomini della squadra di Ghiotto di Sangue borbottavano o mi schernivano perché venivo così coccolato, e pertanto io cercavo debolmente di rifiutare gli extra portatimi da Cozcatl.

Egli mi ammoniva: «Non agire nobilmente e non importi privazioni, padrone. Non stai togliendo niente ai tuoi camerati di queste colonne dell'avanguardia. E non sai, inoltre, che gli uomini più ben nutriti sono quelli che rimangono più lontani dai combattimenti? I portatori e i cucinieri e le staffette. E per giunta sono quelli che più si vantano del loro servizio militare. Vorrei soltanto poter portare sin qui di nascosto un pentolone d'acqua calda. Perdonami, padrone, ma puzzi in modo atroce».

In seguito, nel piovoso e grigio pomeriggio del quarto giorno, quando ci trovavamo ancora ad almeno una lunga corsa da Texcàla, i nostri esploratori scorsero le truppe Texaltèca in attesa e si affrettarono a tornare indietro per riferire a Nezahualpìli. Il nemico ci stava aspettando, in forze, all'altro lato di un fiume che avremmo dovuto attraversare. Nella stagione asciutta, quel fiume non era probabilmente più di un ruscello poco profondo, ma, dopo tanti giorni di pioggia incessante, costituiva adesso un ostacolo formidabile. Sebbene non arrivasse ancora più che all'anca nel punto più profondo, scorreva rapidamente ed era più largo, da riva a riva, di un tiro d'arco. Il piano nemico era ovvio. Guadando il fiume, avremmo rappresentato bersagli in lento movimento, nell'impossibilità sia di servirci delle armi, sia di schivare quelle nemiche. Con le loro frecce e i loro giavellotti scagliati dall'atlatl, i Texaltèca prevedevano di decimarci e demoralizzarci prima ancora che fossimo riusciti a raggiungere l'opposta riva del corso d'acqua.

Si narra che Nezahualpìli sorrise e disse: «Benissimo. La trappola è stata così ben predisposta, sia dal nemico, sia da Tlaloc che non dobbiamo deludere nessuno dei due. Domattina cadremo in essa».

Impartì all'esercito l'ordine di fermarsi per la notte là ove si trovava, ancora ben lontano dal fiume, e a tutti i cavalieri comandanti e ai sottufficiali ordinò di riunirsi intorno a lui per ricevere le necessarie disposizioni. Noi semplici soldati sedemmo o ci accosciammo o ci sdraiammo sul terreno zuppo, mentre gli uomini della sussistenza cominciavano a preparare il pasto serale, un lauto pasto, in quanto l'indomani mattina non avremmo nemmeno avuto il tempo di mangiare l'atòli. Gli armieri disposero le pile delle armi di riserva, pronte per essere distribuite, a seconda delle necessità, l'indomani. I tamburini tesero le pelli dei tamburi, allentate dall'umidità. I medici e i preti-cappellani prepararono farmaci e strumenti per operare, incenso e libri di incantesimi, così da essere pronti, l'indomani, sia a curare i feriti, sia ad ascoltare, a nome della Divoratrice di Lordure, le confessioni dei morenti.

Ghiotto di Sangue tornò dal rapporto al comando mentre stava avendo luogo la distribuzione del rancio e della cioccolata. Disse: «Dopo aver mangiato, indosseremo il costume da battaglia e ci armeremo. Poi, una volta discesa l'oscurità, ci porteremo sulle posizioni assegnateci, e dormiremo là, poiché dobbiamo essere desti di buon'ora».

Mentre stavamo mangiando, ci spiegò il piano di Nezahualpìli. All'alba, un intero terzo del nostro esercito, in assetto di guerra, con tanto di tamburini e trombe-conchiglia, avrebbe marciato audacemente fino al fiume ed entro il fiume, come ignorando che sull'altra riva lo aspettava un qualsiasi pericolo. Quando il nemico avesse cominciato a scoccare frecce e a lanciare giavellotti, gli attaccanti si sarebbero dispersi, sguazzando qua e là, per dare l'impressione della sorpresa e del caos. Non appena la pioggia di armi fosse divenuta intollerabile, gli uomini avrebbero girato sui tacchi, fuggendo da dove erano venuti, apparentemente posti in rotta e sbaragliati. Nezahualpìli riteneva che i Texaltèca sarebbero stati tratti in inganno dallo scompiglio, entusiasmandosi a tal punto, grazie al trionfo apparentemente facile, da non pensare al fatto che poteva trattarsi di un'astuzia.

Nel frattempo, il resto dell'esercito di Nezahualpìli sarebbe rimasto in attesa, nascosto tra le rocce, tra i cespugli, tra gli alberi a entrambi i lati del lungo passaggio che conduceva al fiume. Non un solo uomo doveva mostrarsi o servirsi delle armi fino a quando le nostre forze «in ritirata» non avessero attratto l'intero esercito Texcàla al di qua del fiume. I Texaltèca si sarebbero così trovati a correre lungo un corridoio tra due nascoste pareti di guerrieri. Allora Nezahualpìli, intento a osservare da un punto elevato, avrebbe fatto cenno ai tamburini, e dai tamburi sarebbe stato dato un rullante segnale. Gli uomini a entrambi i lati del luogo dell'imboscata sarebbero balzati in piedi per chiudere le due pareti del corridoio e intrappolare il nemico tra esse.

Un anziano soldato della squadra, con i capelli grigi, domandò: «E noi dove saremo assegnati?»

Ghiotto di Sangue grugnì malinconicamente: «Quasi tanto indietro e al sicuro quanto i cucinieri e i preti».

«Cosa?» esclamò il veterano. «Abbiamo arrancato faticosamente sin qui e non saremo neppure abbastanza vicini per *udire* il cozzare dell'ossidiana?»

Il nostro cuachic alzò le spalle. «Be', sai bene quanto vergognosamente pochi siamo. Non possiamo certo incolpare Nezahualpìli se ci nega di aver parte nella battaglia, tenuto conto del fatto che egli sta conducendo la guerra di Ahuìtzotl. Il nostro cavaliere Xòcoc lo ha esortato, chiedendogli che ci facesse almeno marciare con il primo schieramento, entrando nel fiume e servendo da esca per i Texaltèca — con ogni probabilità saremmo stati i primi ad essere uccisi — ma Nezahualpìli ci ha rifiutato anche questa possibilità di gloria.»

Personalmente, ero alquanto lieto di saperlo, ma l'altro soldato continuò a protestare, ingrugnito. «Dobbiamo starcene qui come stronzi, allora, in attesa di scortare i vittoriosi Acòlhua e i loro prigionieri a Tenochtìtlan?»

«Non proprio» rispose Ghiotto di Sangue. «Potremmo catturare anche noi uno o due prigionieri. Alcuni Texaltèca rimasti in trappola potrebbero infrangere i due schieramenti dei guerrieri Acòlhua. Le nostre compagnie Mexìca e Tecpaneca si schiereranno a ventaglio a ciascun lato, a nord e a sud, come una rete per accalappiare chiunque possa sfuggire all'imboscata.»

«Saremo fortunati se riusciremo a catturare qualche coniglio» borbottò il soldato dai capelli grigi. Si alzò e disse rivolto a noi: «Voi tutti yaoquizque che vi battete per la prima volta, sappiate questo: prima di mettere la corazza andate tra i cespugli e vuotatevi ben bene gli intestini. Avrete le budella molli, non appena i tamburi cominceranno a rullare, e non vi sarà alcuna possibilità, allora, di togliersi di dosso quella pesante imbottitura».

Si allontanò per seguire il suo stesso consiglio, ed io feci altrettanto. Mentre mi accosciavo, lo udii farfugliare lì accanto:

«Quasi mi ero dimenticato di questo», e sbirciai dalla sua parte. Egli tolse dalla borsa un piccolo oggetto avvolto con carta. «Un nuovo padre orgoglioso me lo ha dato affinché lo seppellissi nel campo di battaglia» disse. «Si tratta del cordone ombelicale e del piccolo scudo di guerra del bambino che gli è appena nato.» Lasciò cadere il minuscolo involto, lo calcò con i piedi sotto il fango, poi si accosciò per orinarvi e defecarvi sopra.

Bene, pensai tra me e me, ecco fatto quanto concerne il tonàli di quel bimbetto. E mi domandai se anche il mio scudo natale e il mio cordone ombelicale fossero stati trattati nello stesso modo.

Mentre noi soldati semplici ci infilavamo a fatica la corazza di cotone imbottito, i cavalieri stavano indossando i loro vistosi costumi, ed erano splendidi a vedersi. Esistevano tre ordini di cavalieri: quelli del Giaguaro e dell'Aquila, nei quali un guerriero poteva essere accolto per essersi distinto in guerra, e quello della Freccia, cui appartenevano coloro che erano divenuti abili tiratori e avevano ucciso un gran numero di nemici con quella che è la più imprecisa tra le armi.

Un Cavaliere del Giaguaro portava una vera pelle di giaguaro come una sorta di mantello, con la grossa testa del felino al posto dell'elmo. Il cranio dell'animale era stato eliminato, naturalmente, ma ne restavano i denti incollati al loro posto, per cui le zanne superiori si incurvavano sulla fronte del cavaliere, mentre quelle inferiori si inarcavano all'insù sopra il mento. Quanto alla corazza, essa era colorata come una pelle di giaguaro: fulva, a chiazze marrone. Un Cavaliere dell'Aquila portava a mo' di elmo una testa di aquila ingrandita, fatta di legno e di cartapesta, coperta di vere piume d'aquila, il cui becco aperto si incurvava sopra la fronte di lui e sotto il mento. Anche la corazza di questi cavalieri era coperta con piume d'aquila, mentre il mantello di penne aveva, più o meno, la foggia di ali ripiegate. Un Cavaliere della Freccia portava un elmo foggiato come la testa di qualsiasi uccello egli preferisse — purché fosse meno nobile dell'aquila — e la corazza veniva rivestita con le stesse piume che egli preferiva per guidare le frecce.

Tutti i cavalieri avevano scudi di legno, di cuoio o di vimini rivestiti di piume, e queste piume venivano disposte secondo disegni a mosaico colorati, il disegno di ciascun cavaliere essendo il simbolo del suo nome. Molti di essi erano divenuti noti per il coraggio e la prodezza e pertanto costituiva un atto di audacia da parte loro andare in battaglia esibendo i simboli sugli scudi. Senza dubbio, sarebbero stati cercati e attaccati da qualche soldato nemico, egli stesso desideroso di esaltare il proprio nome, «colui che ha battuto il grande Xococ», o chiunque altro potesse essere. Noi yaoquìzque portavamo scudi disadorni, e la nostra corazza era uniformemente bianca finché non diventava uniformemente imbrattata di fango. Non ci era consentito alcuno stemma, ma qualche soldato più anziano si metteva penne tra i capelli o si striava la faccia con colori, per rendere almeno noto che non si stava battendo per la prima volta.

Una volta indossata la corazza, io e numerosi altri soldati novellini ci portammo più indietro, dai sacerdoti, che sbadigliarono ascoltando le nostre confessioni necessariamente frettolose a Tlazoltèotl, e ci diedero poi una medicina per impedire che ci dimostrassimo vili nella battaglia imminente. Io non credevo realmente che un qualsiasi intruglio mandato giù nello stomaco potesse dominare la paura che esiste nella mente e nei piedi recalcitranti; ma, remissivo, bevvi un sorso della pozione: fresca acqua piovana nella quale si trovavano mescolati argilla bianca, ametista in polvere, foglie della pianta cannabis, fiori di sanguinella, del cespuglio di cacao o dell'orchidea a campana. Quando tornammo a raggrupparci intorno al vessillo di Xococ, il cavaliere Mexìcatl disse:

«Sappiate questo: lo scopo della battaglia di domani è quello di impadronirci di prigionieri da sacrificare a Huitzilopòchtli. Dobbiamo colpire con le armi di piatto, per stordire, per prendere uomini vivi». Si interruppe, poi soggiunse, minacciosamente: «Tuttavia, sebbene questa sia per noi semplicemente una Guerra dei Fiori, per i Texaltèca non lo è. Essi si batteranno per la loro vita, e per toglierla a noi. Gli Acòlhua soffriranno più di tutti... o si assicureranno il massimo della gloria. Ma io voglio che tutti voi, miei uomini, ricordiate: se doveste imbattervi in un nemico in fuga, avete l'ordine di catturarlo. Egli ha l'ordine di uccidervi».

Dopo questo discorso non molto incoraggiante, ci condusse nella piovosa oscurità — ognuno di noi armato con una lancia e con un maquàhuitl — verso nord, ad angolo retto rispetto alla precedente direzione di marcia, lasciando a intervalli gruppi di uomini. La squadra di Ghiotto di Sangue fu la prima ad essere distaccata, e quando gli altri Mexìca ebbero proseguito, il cuachic ci impartì alcune ulteriori istruzioni:

«Quelli di voi che si sono già battuti e hanno in precedenza catturato un prigioniero, sanno di dover catturare il prossimo senza alcun aiuto, altrimenti saranno considerati non virili. Tuttavia, voi nuovi yaoquìzque, se avrete la possibilità di catturare il vostro primo prigioniero, potrete invocare l'aiuto di cinque al massimo delle nuove reclute, e il merito della cattura sarà attribuito ugualmente a tutti. Ora seguitemi... qui c'è un albero. Tu, soldato, arrampicati e nasconditi tra i rami... E tu, laggiù, accovacciati tra quel cumulo di rocce... Avvolto nella Nebbia, tu mettiti dietro questo cespuglio...»

E così venimmo disseminati formando una lunga linea in direzione nord, distanziati l'uno dall'altro di un centinaio di passi o più. Anche quando fosse dilagata nel cielo la luce del giorno, nessuno di noi sarebbe stato in vista dell'altro, ma ci saremmo trovati tutti a portata di voce. Dubito che molti di noi abbiano dormito quella notte, tranne forse gli incalliti veterani. So con certezza che io non dormii, poiché il cespuglio riusciva a nascondermi soltanto se rimanevo accosciato sui calcagni. La pioggia continuò, anche se più sottile. Il mantello si inzuppò completamente, poi si inzuppò anche la corazza di cotone imbottito, fino a divenire così viscida e greve da farmi pensare che non sarei riuscito a rimettermi in piedi quando fosse giunto il momento.

Dopo quello che parve un covone d'anni di sofferenza, udii suoni sommessi in direzione sud, alla mia destra. Il grosso delle truppe Acòlhua doveva accingersi ad avanzare, una parte per predisporre l'imboscata, un'altra per gettarsi tra i denti stessi dei Texaltèca. Quello che udivo era un sacerdote-cappellano, intento a cantilenare la preghiera tradizionale prima della battaglia, anche se soltanto alcune parole della stessa giungevano sino alle mie orecchie così da lungi:

«Oh, possente Huitzilopòchtli, dio delle battaglie, una guerra sta per iniziare... Scegli adesso, oh grande dio, coloro che devono uccidere, coloro che devono essere uccisi, coloro che debbono essere catturati come xochimìque, affinché tu possa bere il sangue del loro cuore... Oh, signore della guerra, ti esortiamo a sorridere su coloro che periranno in questo campo di battaglia o sul tuo altare... Fa che vadano direttamente nella casa del sole, a vivere ancora, amati e onorati, tra i prodi dai quali sono stati preceduti...»

*Ba-ra-*RUUUM! Irrigidito com'ero, trasalii con violenza udendo il tuono concertato degli innumerevoli «tamburi che strappano il cuore». Nemmeno la pioggia soffocante che frusciava tutto attorno riusciva a ridurne il rombo da terremoto in modo che non scuotesse le ossa. Sperai che l'orrendo strepito non spaventasse le truppe Texcàla, inducendole a fuggire prima che potessero essere adescate nell'accerchiamento a sorpresa predisposto da Nezahualpìli. Al tuono dei tamburi si unirono i lunghi gemiti e i gridi da anatra e i belati delle trombe-conchiglie, poi l'intero strepito cominciò pian piano a diminuire mentre i musicanti precedevano la parte-trappola dell'esercito lontano da me, seguendo la direzione di marcia verso il fiume e il nemico in attesa.

Con le nubi sature di pioggia in pratica a portata di braccio sopra di noi, la giornata non incominciò portandoci alcunché di simile all'aurora, ma divenne soltanto appena percettibilmente più chiara. La luce fu sufficiente, comunque, per consentirmi di vedere che il cespuglio dietro il quale ero rimasto accosciato e ingobbito per tutta la notte era soltanto un avvizzito huixàchi quasi privo di foglie, che non avrebbe potuto nascondere nemmeno uno scoiattolo terricolo. Avrei dovuto cercare un posto migliore in cui celarmi, e avevo ancora tutto il tempo per farlo. Mi alzai ingranchito, impugnando la maquàhuitl e trascinando la lancia, in modo che non fosse visibile al di sopra dei cespugli circostanti, e mi allontanai di lì a lunghi balzi, piegato in due.

Una cosa non potrei dirvi ancor oggi, reverendi frati, nemmeno se doveste sottopormi alle persuasioni dell'Inquisizione: il motivo per cui andai proprio nella direzione che decisi di seguire. Per trovare un altro nascondiglio avrei potuto indietreggiare, o spostarmi a entrambi i lati, e sarei rimasto ugualmente a portata di voce degli altri soldati della mia squadra. Andai invece più avanti, in direzione est, verso il luogo ove la battaglia sarebbe cominciata di lì a non molto. Posso soltanto presumere che qualcosa in me stesse dicendomi: «Ti trovi sull'orlo della tua prima guerra, Nuvola Scura, forse dell'unica guerra alla quale potrai mai prendere parte. Sarebbe un peccato restarne ai margini, un peccato non sperimentare di essa tutto quel che potresti».

Tuttavia non mi avvicinai al fiume ove gli Acòlhua affrontarono i Texaltèca. Non udii neppure gli strepiti della battaglia finché gli Acòlhua, simulando costernazione, indietreggiarono dal fiume e il nemico, come Nezahualpìlli aveva sperato, li inseguì in forze. Mi giunsero allora i muggiti e gli ululati delle grida di guerra, gli urli e le imprecazioni dei feriti e, soprattutto, i sibili delle frecce e le vibrazioni dei giavellotti. Tutte le nostre finte armi alla scuola, innocuamente spuntate, non avevano causato alcun suono particolare. Ma quelli che udivo adesso erano veri missili, con punte e lame di tagliente ossidiana, e, come se esultassero nella loro intenzione e capacità di apportare la morte, *cantavano* fendendo l'aria. Sempre, in seguito, ogni qual volta disegnai una storia che includeva una battaglia, rappresentai le frecce, le lance e i giavellotti, insieme al simbolo arricciolato che significa canto.

Non andai mai più in là del luogo da cui giungeva lo strepito della battaglia; a tutta prima da destra, davanti a me, ove gli eserciti si erano incontrati sul fiume e poi si spostò più lontano, sempre sulla destra, mentre gli Acòlhua fuggivano e i Texaltèca si lanciavano all'inseguimento. Poi i tamburi del segnale di Nezahualpìli tuonarono bruscamente affinché il corridoio accostasse le proprie pareti, e il tumulto dei suoni della battaglia si moltiplicò e aumentò di volume: il cozzare secco di arma contro arma, i tonfi molli delle armi sui corpi, le paurose grida di guerra simili a ululati di coyote, i grugniti da giaguaro, i versi da aquila, i richiami da gufi. Riuscii a raffigurarmi gli Acòlhua che cercavano di moderare i loro colpi e le loro stoccate, mentre i Texaltèca disperatamente si battevano con tutte le loro forze e la loro capacità, e senza alcuna tema di uccidere.

Mi augurai di poter vedere, poiché quella doveva essere un'esibizione istruttiva della bravura degli Acòlhua nel battersi. Tenuto conto della natura della battaglia, la loro *doveva* essere la bravura più grande. Mi si trovava terreno ondulato tra me e il luogo dello scontro, oltre a cespugli e a gruppi di alberi, nonché ai grigi tendaggi della pioggia, e, naturalmente, alla mia vista corta. Avrei potuto tentare di avvicinarmi ulteriormente, ma me lo impedì un colpetto esitante sulla spalla.

Restando sempre protettivamente rannicchiato, mi voltai, puntai la lancia e per poco non trafissi Cozcatl prima di averlo riconosciuto. Il ragazzo rimase in piedi, anch'egli ingobbito, con un dito ammonitore sulle labbra. Grazie al fiato che avevo trattenuto, sibilai: «Cozcatl, maledizione a te! Che cosa stai facendo qui?»

Egli bisbigliò: «Seguo te, padrone. Ti sono rimasto vicino per tutta la notte. Mi son detto che avresti potuto aver bisogno di un paio d'occhi migliori».

«Peste impertinente! Non ho ancora...»

«No, padrone, non ancora» disse lui. «Ma tra poco sì, invece. Uno dei nemici si sta avvicinando. Ti avrebbe veduto prima che tu fossi riuscito a scorgere lui.»

«Cosa? Un nemico?» Mi accovacciai ancor di più.

«Sì, padrone. Un Cavaliere del Giaguaro, con tutti i suoi ornamenti. Deve essersi sottratto all'imboscata combattendo.» Cozcatl corse il rischio di alzare la testa quanto bastava per dare una rapida occhiata. «Credo che speri di potersi spostare circolarmente per poi piombare di nuovo contro i nostri uomini da una direzione inaspettata.»

«Guarda di nuovo» dissi in tono incalzante. «Indicami esattamente dove si trova e da quale parte sta andando.»

Il piccolo schiavo di nuovo si alzò e si abbassò. Poi disse: «Si trova forse una quarantina di lunghi passi davanti a te sulla sinistra, padrone. Si sta muovendo adagio e curvo; non sembra però essere ferito, ma soltanto circospetto. Se proseguirà da quella parte, passerà tra i due alberi situati dieci lunghi passi proprio davanti a te ».

Con queste indicazioni, anche un cieco sarebbe riuscito a intercettare il nemico. Dissi: « Mi avvicinerò a quegli alberi. Tu rimani qui e tienilo d'occhio senza farti vedere. Se noterà il mio movimento, te ne accorgerai. Lancia un grido e poi fuggi nelle retrovie ».

Lasciai lì la lancia e il mantello e presi soltanto la maquàhuitl. Strisciando rasente a terra, quasi quanto un serpente, avanzai finché i due alberi si profilarono fuori della pioggia. Sotto ad essi si trovavano erba alta e bassi cespugli attraverso i quali erano rimaste, quasi impercettibili, le tracce del passaggio di un cervo. Dovetti presumere che il Texaltèca in fuga stesse seguendo quelle tracce. Non udii alcun grido di avvertimento da parte di Cozcatl, e pertanto dovevo essere riuscito a mettermi in posizione inosservato. Mi accosciai sui calcagni alla base di un albero, tenendo il tronco tra me e l'uomo che si avvicinava. Impugnando la maquàhuitl con entrambe le mani, la portai dietro la spalla, parallela al terreno, e la tenni così equilibrata.

Oltre al bisbiglio frusciante della pioggia udii soltanto il più lieve crepitio d'erba e di ramoscelli smossi. Poi un piede imbrattato di fango, entro un infangato sandalo la cui suola era orlata da artigli di giaguaro, venne posato sul terreno proprio davanti al mio nascondiglio. Un attimo dopo, il secondo piede venne a trovarsi davanti ad esso. L'uomo, ora al riparo tra gli alberi, doveva avere corso il rischio di raddrizzarsi in tutta la sua statura per dare un'occhiata in giro e orizzontarsi.

Vibrai la spada dal filo di ossidiana, come l'avevo vibrata una volta contro un tronco di nopàli, e il cavaliere parve rimanere sospeso in aria per un attimo prima di piombare al suolo lungo disteso. I piedi entro i sandali rimasero ove si erano trovati prima, nettamente troncati sopra le caviglie. Gli fui addosso con un balzo, scalciai via la maquàhuitl che ancora impugnava, gli premetti sulla gola la punta della spada e ansimai le parole rituali rivolte dal catturatore al suo prigioniero. Ai miei tempi non pronunciavamo una frase rozza come « Ti ho preso! ». Dicevamo sempre, cortesemente, come io dissi al cavaliere caduto: « Sei il mio figlio diletto ».

Egli ringhiò irosamente: « Allora siimi testimone! Maledico tutti gli dei e tutta la loro progenie! »

Ma questo sfogo era comprensibile. In fin dei conti, si trattava di un Cavaliere dell'alto ordine del Giaguaro, ed era stato abbattuto — in un suo momento di imprudenza — da un giovane e ovviamente inesperto soldato appartenente al più umile dei ranghi, quello degli yaoquìzqui. Sapevo bene che, se ci fossimo affrontati faccia a faccia, egli avrebbe potuto facilmente farmi a pezzi, fettina per fettina. Lo sapeva anche lui ed era paonazzo in faccia per la rabbia e digrignava i denti. In ultimo, tuttavia, la rassegnazione prese il posto dell'ira, ed io lo udii rispondere con le parole tradizionali della resa: «Sei il mio riverito padre».

Ritirai l'arma che gli avevo puntato contro il collo; egli si drizzò a sedere e contemplò, come di sasso, i moncherini delle gambe dai quali il sangue zampillava, e i suoi due piedi che ancora aspettavano pazientemente, quasi esangui, l'uno accanto all'altro sulle tracce del cervo, davanti a lui. Il costume del Cavaliere del Giaguaro, sebbene fradicio di pioggia e infangato, continuava ad essere splendido. La pelle maculata che scendeva dalla fiera testa impiegata come elmo era foggiata in modo che le zampe anteriori dell'animale servissero come maniche, per cui gli artigli cozzavano intorno ai polsi dell'uomo. La caduta non aveva spezzato la cinghia che gli assicurava lo scudo rotondo e vividamente piumato all'avambraccio sinistro.

Si udì di nuovo un fruscio tra i cespugli, e Cozcatl ci raggiunse, dicendo sommessamente, ma con orgoglio: «Il mio padrone ha fatto il primo prigioniero di guerra, senza alcun aiuto».

«Non voglio che muoia» dissi io, ancora ansimante — per l'eccitazione, adesso, non per la stanchezza. «Sta sanguinando abbondantemente.»

«Forse si potrebbe stringere un laccio intorno ai moncherini» suggerì l'uomo, nel nàhuatl dallo spiccato accento dei Texcàla.

Cozcatl, rapidamente, sfilò i lacci di cuoio dai propri sandali ed io li avvolsi strettamente intorno a entrambe le gambe del prigioniero, subito sotto il ginocchio. L'abbondante emorragia si ridusse a un gocciolare. Mi rialzai tra gli alberi, guardai e ascoltai come aveva fatto il cavaliere. Rimasi alquanto stupito da ciò che udii, non molto, in verità. Il rombo della battaglia, a sud, si era ridotto a non più di uno schiamazzo simile a quello di una gremita piazza del mercato, una babele di voci nella quale si inserivano ordini sbraitati. Ovviamente, durante la nostra piccola schermaglia, la battaglia si era conclusa.

Dissi al tetro prigioniero, con l'intenzione di consolarlo: «Non sei il solo ad essere stato catturato, figlio mio diletto. Sembra che tutto il tuo esercito abbia subìto una sconfitta». Egli si limitò a grugnire. «Ora ti porterò ove possano curarti le ferite. Credo di poter reggere il tuo peso.»

«Sì, peso meno, adesso» disse lui, sardonicamente.

Mi chinai voltandogli le spalle e mi misi sotto le braccia le sue gambe accorciate. Egli mi allacciò il collo con le braccia, e lo scudo con lo stemma mi coprì il petto come se fosse stato mio.

Cozcatl aveva già raccattato il mantello e la lancia; ora prese anche lo scudo di vimini e la maquàhuitl insanguinata. Postosi queste cose sotto le braccia, afferrò i piedi del prigioniero uno in ciascuna mano, e mi seguì mentre mi incamminavo sotto la pioggia. Arrancai verso il mormorante bailamme di voci, a sud, ove i combattimenti erano finalmente cessati, e ove supponevo che il nostro esercito stesse rimettendo un qualche ordine nella confusione. A metà strada, incontrai gli altri della squadra, mentre Ghiotto di Sangue li stava riunendo, dai loro vari appostamenti notturni, per riportarli verso il grosso dell'esercito.

«Avvolto nella Nebbia!» urlò il cuachic. «Come hai osato abbandonare il tuo posto? Dove sei andato a...?» Poi l'urlo cessò, ma la bocca di lui rimase aperta, ed egli spalancò quasi altrettanto gli occhi. «Che possa essere dannato al Mìctlan! Guardate cosa ha portato il mio più caro allievo! Devo informare il comandante Xococ!» E corse via.

I miei commilitoni osservarono me e il trofeo con timore reverenziale e con invidia. Uno di loro disse: «Ti aiuterò a portarlo, Avvolto nella Nebbia».

«No!» ansimai, con il poco fiato che ancora mi restava. Nessun altro doveva attribuirsi, sia pur soltanto in parte, il merito della mia impresa.

E così, reggendo sulle spalle l'imbronciato Cavaliere del Giaguaro, seguito dall'esultante Cozcatl e scortato da Xococ e da Ghiotto di Sangue giubilanti a entrambi i miei lati, raggiunsi infine il grosso dei due eserciti, nel luogo ove la battaglia si era conclusa. Su un'alta asta sventolava la bandiera della resa, alzata dai Texaltèca: un quadrato di ampie maglie dorate, simile a un lembo di rete d'oro.

La scena non era di festeggiamento e neppure di placida esultanza per la vittoria. Quasi tutti i guerrieri di entrambi gli schieramenti che non avevano riportato gravi ferite, o che erano feriti soltanto lievemente, giacevano in atteggiamento di estrema spossatezza. Altri, sia Acòlhua, sia Texaltèca, non giacevano immobili, ma si dimenavano e si contorcevano, urlando o gemendo un caotico coro di «Yya, yyaha, yya ayya ouiya», mentre i medici si aggiravano tra essi con le loro medicine e i loro unguenti, e i sacerdoti passavano dall'uno all'altro con i loro farfugliamenti. Alcuni uomini illesi aiutavano i medici, mentre altri si aggiravano qua e là ricuperando armi sparse, cadaveri e parti di cadaveri mutilati: mani, braccia, gambe, persino teste. Sarebbe stato difficile per un estraneo capire quali degli uomini, in quella carneficina, fossero vincitori, e quali gli sconfitti. Ovunque aleggiavano gli odori commisti del sangue, del sudore, dei corpi sudici, dell'orina e delle feci.

Zigzagando mentre camminavo mi guardai attorno; cercavo qualcuno di grado elevato cui potessi consegnare il prigioniero. Ma la notizia mi aveva preceduto. Mi trovai a un tratto di fronte al capo di tutti i capi, lo stesso Nezahualpìli. Vestiva come avrebbe dovuto vestire uno Uey-Tlatoàni: portava un immenso copricapo di penne disposte a ventaglio e indossava un lungo mantello di piume multicolori; ma sotto ad esso aveva la corazza piumata e imbottita di un Cavaliere dell'Aquila, ed essa era spruzzata di sangue. Anziché limitarsi a comandare da lungi, Nezahualpìli aveva preso parte al combattimento. Xococ e Ghiotto di Sangue si fermarono rispettosamente parecchi passi dietro di me, mentre Nezahualpìli mi salutava con una mano alzata.

Lasciai scivolare a terra il prigioniero, feci uno stanco gesto di presentazione e dissi, con l'ultimo fiato che mi restava: «Mio Signore... questi... questi è il mio diletto figlio».

«E questi» disse il cavaliere, ironicamente, accennando a me con la testa, «questi è il mio riverito padre. Mixpatzìnco, Signore Oratore.»

«Ben fatto, giovane Mixtli» disse il comandante. «Ximopanòlti, Cavaliere del Giaguaro Tlaui-Colotl.»

«Ti saluto, vecchio nemico» disse il prigioniero al mio Signore. «È questa la prima volta che ci incontriamo fuori della frenesia della battaglia.»

«E l'ultima, sembra» disse lo Uey-Tlatoàni, inginocchiandoglisi accanto socievolmente. «È un peccato. Mi mancherai. Sono stati stupendi i duelli che abbiamo sostenuto, tu ed io. Invero facevo ansiosamente conto su un altro che non venisse impedito dall'intervento dei nostri sottoposti.» Sospirò. «Talora, perdere un degno avversario rattrista quanto la perdita di un buon amico.»

Ascoltai questo dialogo non poco stupito. Fino a quel momento non avevo osservato lo stemma ricamato con piume sullo scudo del prigioniero: Tlaui-Colotl. Il nome, Scorpione Armato, non significava niente per me, ma ovviamente doveva essere illustre nel mondo dei soldati di mestiere. Tlaui-Colotl era uno di quei cavalieri dei quali ho parlato: un uomo che godeva di una rinomanza tale da riflettersi su colui il quale lo avesse, in ultimo, sconfitto.

Scorpione Armato disse a Nezahualpìli: «Ho ucciso quattro dei tuoi cavalieri, vecchio nemico, per sottrarmi combattendo alla tua maledetta imboscata. Due Aquile, un Giaguaro e una Freccia. Ma se avessi saputo che cosa aveva in serbo per me il mio tonàli», e mi scoccò un'occhiata di divertito disprezzo, «avrei consentito che fosse uno di loro ad uccidermi».

«Ti batterai contro altri cavalieri prima di morire» gli disse, consolante, il Riverito Oratore. «Provvederò io a questo. Ora pensiamo a curare le tue ferite.» Si voltò e gridò qualcosa a un medico che si stava occupando di un uomo lì accanto.

«Un momento solo, mio Signore» disse il medico. Era chino su un guerriero Acòlhuatl il cui naso era stato asportato da un fendente, ma fortunatamente ricuperato, anche se alquanto schiacciato e infangato da tutti i piedi che vi erano passati sopra. Il chirurgo lo stava ricucendo sullo squarcio nella faccia del soldato, servendosi di una spina maguey come ago e di uno dei suoi lunghi capelli come filo. Il naso riappiccicato sembrava ancora più laido dello squarcio. Infine il medico, frettolosamente, lo spalmò con una pasta di miele salato, poi venne rapido verso il mio prigioniero.

«Togligli i lacci che ha sulle gambe» disse a un soldato che lo assisteva; poi, a un altro: «Va' a prendere in quel fuoco laggiù una bacinella delle braci più ardenti». I moncherini di Scorpione Armato ricominciarono a sanguinare, dapprima adagio; poi il sangue sgorgò abbondante, e stava zampillando quando l'assistente del chirurgo tornò con una grande e poco profonda bacinella piena di braci incandescenti sopra le quali guizzavano fiammelle.

«Mio signore medico,» disse Cozcatl, volenteroso, «ecco qui i piedi.»

Il chirurgo grugnì esasperato. «Portali via. I piedi non possono essere riapplicati come nasi tumefatti.» Poi soggiunse, rivolto al ferito: «Uno alla volta o tutti e due contemporaneamente?»

«Come vuoi tu» rispose Scorpione Armato, con indifferenza. Non aveva mai gridato né si era una sola volta lasciato sfuggire un gemito di dolore, e non gemette neppure adesso, mentre il medico afferrava i moncherini, uno in ciascuna mano, e ne affondava le estremità sanguinanti entro la bacinella di braci ardenti. Cozcatl si voltò e fuggì per sottrarsi a quella vista. Il sangue sfrigolò e formò una nuvola rosea di fetido vapore. La carne crepitò ed emanò un meno fetido fumo azzurrognolo. Scorpione Armato osservò quanto stava accadendo con la stessa calma del medico, che tolse ora dalle braci infuocate i moncherini carbonizzati e anneriti. La cauterizzazione aveva chiuso i vasi recisi e il sangue non scorreva più. Il medico applicò abbondantemente un unguento risanatore: cera d'api mescolata con tuorli di uova di uccelli, con la linfa della corteccia di ontano e delle radici del barbasco. Poi si alzò in piedi e riferì: «Quest'uomo non corre alcun pericolo di morire; ma alcuni giorni dovranno passare prima che si riprenda dalla debolezza per aver perduto troppo sangue».

Nezahualpìli disse: «Che la lettiga di un nobile venga preparata per lui. L'eminente Scorpione Armato precederà la colonna dei prigionieri». Quindi si rivolse a Xococ, lo fissò freddamente e disse:

«Noi Acòlhua abbiamo perduto oggi molti uomini e altri ancora ne moriranno, a causa delle ferite, prima che torniamo in patria. Il nemico ha subìto quasi le stesse perdite, ma i prigionieri superstiti sono tanti, quasi quanto i nostri superstiti guerrieri. Il loro numero ammonta a migliaia. Il tuo Riverito Oratore Ahuìtzotl dovrèbbe essere soddisfatto di ciò che abbiamo fatto per lui e per il suo dio. Se egli e Chimalpopòca di Tlàcopan avessero mandato veri eserciti, con tutti gli effettivi, ci sarebbe stato senz'altro possibile avanzare e conquistare l'intero paese dei Texcàla». Fece una spallucciata. «Ah, be'. Quanti prigionieri hanno fatto i tuoi Mexìca?»

Il Cavaliere Xococ spostò il proprio peso da un piede all'altro, tossì, additò Scorpione Armato e·farfugliò: «Signore, stai vedendo l'unico. Forse i Tecpanèca hanno catturato alcuni dispersi. Ancora non lo so. Ma dei Mexìca» e accennò a me «non soltanto questo yaoquìzqui...»

«Non è più uno yaoquìzqui, come ben sai» disse in tono piccato Nezahualpìli. «La sua prima cattura fa di lui uno iyac per grado. E questo singolo prigioniero... lo hai udito dire che ha ucciso oggi quattro cavalieri Acòlhua. Consentimi di aggiungere: Scorpione Armato non si è mai dato la pena di contare le proprie vittime il cui rango fosse inferiore a quello di cavaliere. Ma probabilmente ha ucciso, ai suoi tempi, centinaia di Acòlhua, Mexìca e Tecpanèca.»

Ghiotto di Sangue parve sufficientemente colpito per mormorare: «Avvolto nella Nebbia è davvero un eroe».

«No» dissi io. «Non è stato in realtà il colpo della mia spada, ma un colpo di fortuna, e non vi sarei potuto riuscire senza Cozcatl, e...»

«Ma è successo» disse Nezahualpìli, tacitandomi. Poi, rivolto a Xococ, continuò: «Il tuo Riverito Oratore può voler compensare il giovane con qualcosa di più del rango iyac. In questo scontro, egli solo ha tenuto alta la reputazione dei Mexìca in fatto di valore e spirito di iniziativa. Propongo che tu lo presenti personalmente ad Ahuìtzotl, consegnando inoltre una lettera che scriverò io stesso».

«Come tu ordini, mio Signore» disse Xococ, baciando, quasi letteralmente, la terra, «Siamo molto fieri del nostro Avvolto nella Nebbia.»

«Allora chiamalo con qualche altro nome! E ora basta con questi indugi. Fa' schierare le tue truppe, Xococ. Nomino te e loro Legatori e Spacciatori. Muovetevi!»

Xococ considerò l'ordine come uno schiaffo in pieno viso, e lo era, ma sia lui, sia Ghiotto di Sangue, si allontanarono, ubbidienti, di corsa. Come ho già detto in precedenza, i Legatori erano coloro che o legavano o prendevano in custodia i prigionieri, affinché nessuno fuggisse. Gli Spacciatori si aggiravano ovunque nel campo di battaglia, e più in là, cercando e trafiggendo a morte quei feriti che non avevano speranza alcuna di salvarsi. Ciò fatto, ammonticchiavano e bruciavano i cadaveri, alleati e nemici insieme, ognuno con un frammento di giada in bocca o in mano.

Per qualche momento, Nezahualpìli ed io restammo soli insieme. Egli disse: «Hai compiuto qui, oggi, un'azione di cui andar fiero... e di cui vergognarti. Hai reso innocuo l'uomo più temibile tra tutti i nostri avversari in questo campo di battaglia. E hai portato un nobile cavaliere a un'ignobile fine. Anche quando Scorpione Armato giungerà nell'aldilà degli eroi, la sua eterna beatitudine avrà eternamente un sapore amaro, poiché tutti i suoi camerati sapranno come egli sia stato ridicolmente sconfitto da una comune recluta inesperta e miope».

«Mio Signore» dissi «ho fatto solamente quanto ritenevo fosse giusto.»

«Come in precedenza» disse lui, e sospirò. «Lasciando agli altri l'amaro in bocca. Non ti rimprovero, Mixtli. Già molto tempo fa venne predetto che il tuo tonàli era quello di riconoscere la verità tra le cose di questo mondo, e di rendere nota la verità. Vorrei chiederti una sola cosa.»

Chinai il capo e dissi: «Il mio Signore non deve chiedere niente a uno del volgo. Ordina e viene ubbidito».

«Quanto sto per chiederti non può essere ordinato. Ti esorto, Mixtli, ad essere d'ora in avanti prudente, guardingo addirittura nel considerare ciò che è giusto e vero. Queste cose possono tagliare crudelmente quanto qualsiasi lama di ossidiana. E, al pari della lama, possono falciare anche l'uomo che le maneggia.»

Poi mi voltò le spalle, bruscamente, chiamò un messaggero veloce e gli disse: «Indossa un mantello verde e intrecciati i capelli nel modo che significa buone notizie. Prendi uno scudo nuovo e pulito e una maquàhuitl. Corri a Tenochtìtlan e, avvicinandoti al palazzo, brandisci lo scudo e la spada lungo il maggior numero possibile di strade, affinché il popolo possa esultare e gettare fiori sul tuo cammino. Fai sapere ad Ahuìtzotl che ha la vittoria e i prigionieri desiderati».

Le poche parole che seguono, Nezahualpìli non le rivolse al messaggero, ma a se stesso: «Che la vita e la morte e il nome stesso di Bambola di Giada siano ora dimenticati».

✠

Nezahualpìli e il suo esercito si separarono dagli altri di noi, laggiù, per tornare da dove erano venuti. I contingenti Mexìca e Tecpanèca, con me e con la lunga colonna di prigionieri, andarono direttamente a ovest, lungo la via più breve per Tenochtìtlan: attraverso il passo tra la vetta del Tlaloctèpetl e quella dell'Ixtaccìuàtl, e di là lungo la sponda meridionale del lago Texcòco. Fu una lenta marcia, in quanto molti dei feriti dovevano zoppicare, o, come Scorpione Armato, essere trasportati. Ma non fu un viaggio difficoltoso. In primo luogo, la pioggia era finalmente cessata; ci godemmo giornate assolate e notti miti. In secondo luogo una volta superato l'assai accidentato passo di montagna, la marcia si svolse sulle piatte distese salate lungo il lago, con l'acqua che bisbigliava serenamente alla nostra destra, e i pendii rivestiti da fitte foreste, anch'esse bisbiglianti, alla nostra sinistra.

Questo vi sorprende, reverendi frati? Sentirmi parlare di foreste così vicine alla città? Ah, sì, anche così breve tempo addietro, l'intera valle del Mexìco verdeggiava abbondantemente di alberi: cipressi antichissimi, numerose specie di querce, pini a foglia corta e a foglia lunga, allori, acacie, lauri, mimose. Non so niente del vostro paese, la Spagna, miei signori, né della vostra provincia, la Castiglia, ma devono essere terre brulle e desolate. Vedo i vostri boscaioli spogliare una di queste verdi alture per ricavarne legname e legna da ardere. La privano completamente di ogni pianta e degli alberi cresciuti per covoni di anni. Poi indietreggiano per ammirare il grigio e nudo versante che rimane, e, nostalgicamente, sospirano: «Ah, la Castiglia!»

Giungemmo infine sul promontorio tra i laghi Texcòco e Xochimìlco, in quello che restava delle regioni un tempo vaste del popolo Culhua. I reparti si inquadrarono in bell'ordine per fare buona figura mentre attraversavamo la città di Ixttapalàpan, e, allorché ce la fummo lasciata indietro, Ghiotto di Sangue mi disse: «È già passato qualche tempo dall'ultima volta che vedesti Tenochtìtlan, non è vero?»

«Sì» risposi. «Circa quattordici anni.»

«La troverai cambiata. Grande come non mai. Diverrà visibile dalla prossima salita della strada.» Allorché giungemmo in

cima a quella salita, egli fece un gesto ampio e disse: «Guarda!»
Potei vedere, naturalmente, la grande isola-città, più avanti,
bianca e splendente come la rammentavo, ma non riuscii a distinguere alcun particolare... tranne che, quando socchiudevo
gli occhi, sembrava esservi un qualcosa di ancora più splendidamente bianco. «La Grande Piramide» disse Ghiotto di Sangue,
in tono rispettoso. «Dovresti essere fiero perché il tuo valore
contribuirà a inaugurarla e consacrarla.»

All'estremità del promontorio entrammo nella città di Mexicaltzìnco e da essa una strada rialzata ci condusse, attraverso
l'acqua, a Tenochtìtlan. La strada di pietra era larga abbastanza perché potessero transitarvi venti uomini affiancati, molto
comodamente, ma noi disponemmo i prigionieri per quattro, con
sentinelle a intervalli lungo la colonna. Non ci regolammo in
questo modo per rendere la sfilata più lunga e imponente, ma
perché il ponte era gremito, a entrambi i lati, dalla popolazione
della città venuta a salutare il nostro arrivo. La gente applaudiva, gridava emettendo il verso del gufo e ci copriva di fiori come
se la vittoria fosse stata esclusivamene opera di noi pochi Mexìca e Tecpanèca.

A metà distanza dalla città, la strada rialzata si ampliava,
formando una vasta piattaforma che sosteneva il forte di Acachinànco; una difesa contro qualsiasi invasore che avesse tentato di arrivare a Tenochtìtlan da quella parte. Il forte, sebbene
sostenuto completamente da piloni, era vasto quasi quanto le
due città che avevamo appena attraversato sulla terraferma,
messe insieme. Anche le truppe della guarnigione ci diedero il
benvenuto — facendo rullare i tamburi e squillare le trombe,
lanciando grida di guerra, percuotendo con le lance gli scudi —
ma io potei guardare quegli uomini soltanto con sprezzante
compatimento perché non avevano preso parte con noi alla battaglia.

Mentre io e gli altri in testa alla colonna stavamo entrando
nella grande plaza centrale di Tenochtìtlan, la coda della nostra
colonna di prigionieri sfilava ancora fuori di Mexicaltzìnco, due
lunghe corse e mezzo dietro di noi. Nella plaza, il Cuore dell'Unico Mondo, noi Mexìca ci allontanammo dalla colonna, affidandola ai soldati Tecpanèca. Essi fecero voltare a sinistra i prigionieri, conducendoli lungo il viale e poi lungo la strada rialzata che porta a ovest, a Tlàcopan. Si sarebbero accampati in
qualche luogo della terraferma, fuori di quella città, fino al giorno stabilito per la consacrazione della piramide.

La piramide. Mi voltai a guardarla e rimasi a bocca aperta
come avrei potuto fare da bambino. Nel corso della mia vita
avrei veduto le più grandi icpac tlamanacàltin, mai però una co-

sì luminosamente splendida e nuova. Era il più alto edificio di Tenochtìtlan e dominava l'intera città. Si trattava di uno spettacolo maestoso per coloro che avevano occhi in grado di vederlo da lontano, al di là dell'acqua, dalla sponda del lago, poiché i due templi sulla sommità si levavano con fiera arroganza, magnificamente più in alto di ogni altra cosa visibile tra la città e le montagne dell'entroterra. Tuttavia, ebbi poco tempo per contemplarli, o per contemplare ogni altro nuovo edificio costruito dall'ultima volta che ero stato nel Cuore dell'Unico Mondo. Un paggetto venuto dal palazzo si aprì a gomitate un varco tra la ressa, domandando ansiosamente dove fosse il Cavaliere della Freccia Xococ.

«Sono qui» disse Xococ, in tono di importanza.

Il paggio disse: «Il Riverito Oratore Ahuìtzotl ordina che tu ti rechi da lui immediatamente, mio signore, e che tu conduca da lui lo iyac a nome Tlilèctic-Mixtli».

«Oh» fece Xococ, in tono stizzito. «Benissimo. Dove sei, Avvolto nella Nebbia, cioè Iyac Mixtli? Vieni con me.» In cuor mio pensai che avremmo dovuto lavarci e fare un bagno a vapore e procurarci vesti pulite prima di andare alla presenza dello Uey-Tlatoàni, ma lo accompagnai senza protestare. Mentre il paggio ci guidava tra la folla, Xococ mi impartì istruzioni: «Prosternati umilmente e con grazia, ma poi scusati e ritirati, affinché il Riverito Oratore possa ascoltare il mio resoconto della vittoria».

Tra i nuovi aspetti della plaza si trovava il Muro del Serpente, che la circondava. Costruito in pietra, rivestito con liscio intonaco bianco, era due volte più alto di un uomo e la sua sommità si ondulava come un serpente. Il muro, sia dal lato sulla piazza, sia da quell'altro, era costellato da una serie di pietre sporgenti, ognuna delle quali scolpita e dipinta così da rappresentare una testa di serpente. Il muro si interrompeva poi in tre punti, ove i tre ampi viali conducevano a nord, a ovest e a sud della plaza. E a intervalli si trovavano in esso grandi porte di legno attraverso le quali si accedeva agli edifici più importanti all'esterno.

Uno di questi ultimi era il nuovo palazzo costruito per Ahuìtzotl, al di là dell'angolo nord-ovest del Muro del Serpente. Vasto senz'altro quanto quello di ogni altro precedente governante di Tenochtìtlan, vasto come il palazzo di Nezahualpìli a Texcoco, e ancor più decorato e lussuoso. Essendo stato costruito così di recente, lo abbellivano tutti gli stili dell'arte più nuova, né vi mancavano tutte le più moderne comodità. Ad esempio, le stanze dell'ultimo piano avevano botole nei soffitti che potevano essere fatte scorrere per lasciar entrare la luce del giorno quando il tempo era bello.

Forse la caratteristica più vistosa del palazzo a quadrilatero consisteva nel fatto che esso sorgeva a cavallo di uno dei canali della città. Pertanto era possibile entrarvi sia dalla plaza, attraverso il Muro del Serpente, sia in canoa. Un nobiluomo oziante sulla sua enorme canoa rivestita con cuscini — o un comune barcaiolo che spingesse pagaiando un carico di patate dolci — potevano seguire quell'itinerario deliziosamente ospitale, ovunque fossero diretti. Durante il tragitto sarebbero passati lungo un corridoio vasto come una caverna, con abbacinanti e nuovi affreschi murali, poi attraverso il lussureggiante cortile a giardini di Ahuìtzotl, e infine in una sala altrettanto cavernosa, piena di imponenti statue appena scolpite, prima di ritrovarsi nel canale pubblico.

Il paggio ci condusse, quasi di corsa, nel palazzo passando per la porta che si apriva nel Muro del Serpente, quindi lungo gallerie, voltando più volte agli angoli, e infine in una sala adornata esclusivamente con armi da caccia e da guerra appese alle pareti. Pelli di giaguari, di gattopardi, di coguari e di alligatori servivano da tappeti e rivestivano bassi scranni e panche. Ahuìtzotl, un uomo dalla corporatura tozza, dal cranio e dalla faccia quadrati, sedeva sul trono situato su una pedana. Il trono era completamente rivestito dalla folta pelliccia di uno degli orsi giganteschi delle montagne settentrionali molto più in là di queste terre, la temibile bestia che voi spagnoli chiamate orso pardo, o orso grigio. La testa massiccia dell'animale si profilava sopra quella dello Uey-Tlatoàni e la bocca aperta in un ringhio rivelava denti lunghi quanto le mie dita. La faccia di Ahuìtzotl, subito sotto ad essa, non era meno feroce.

Il paggio, Xococ ed io ci prosternammo nel gesto di baciare la terra. Quando Ahuìtzotl, in tono brusco, ci invitò a rialzarci, il Cavaliere della Freccia disse: «Come tu hai ordinato, Riverito Oratore, ho condotto qui lo iyac a nome...».

Ahuìtzotl lo interruppe bruscamente. «Porti inoltre una lettera di Nezahualpìli. Daccela. Quando farai ritorno alla sede del tuo comando, Xococ, segna sul registro che lo Iyac Mixtli è stato promosso per nostro ordine al rango di tequìua. Puoi andare.»

«Ma, mio Signore» disse Xococ, esterrefatto, «non vuoi ascoltare da me il rapporto sulla battaglia dei Texcàla?»

«Che cosa puoi saperne, tu? A parte il fatto che hai marciato di là sin qui, per poi tornartene in patria? Lo ascolteremo dal Tequìua Mixtli, che si è battuto in essa. Abbiamo detto che sei congedato, Xococ. Va'.»

Il cavaliere mi scoccò un'occhiata d'odio e uscì indietreggiando dalla sala. Quasi non me ne accorsi, essendo io stesso in preda a una sorta di stordimento. Dopo aver militato nell'esercito per meno di un mese, ero già stato promosso a un grado per conseguire il quale la maggior parte degli uomini sarebbe stata costretta a battersi in molte guerre. Il rango di tequìua, che significa « animale da preda » veniva conferito di solito a coloro che avevano ucciso o catturato almeno quattro nemici in battaglia.

Mi ero recato a quel colloquio con Ahuìtzotl assai meno che volentieri, non sapendo cosa potessi aspettarmi, in quanto avevo avuto rapporti così stretti con la defunta figlia dello Uey-Tlatoàni e con la sua rovina. Ma sembrava che egli non mi avesse collegato a quello scandalo; esisteva un certo vantaggio, nell'avere un nome come Mixtli. Mi sentii sollevato constatando che Ahuìtzotl mi osservava con tutta la benevolenza consentita dalle sue fattezze torve e severe. Inoltre mi affascinava il suo modo di esprimersi. Era la prima volta che udivo un uomo riferirsi a se stesso dicendo « noi » e « nostro ».

« La lettera di Nezahualpìli » disse Ahuìtzotl, dopo averla letta, « è notevolmente più lusinghiera per te, giovane soldato, di quanto lo sia per noi. Egli propone con ironia che, la prossima volta, gli mandiamo alcune compagnie di scrivani bellicosi come te, in luogo di frecce spuntate come Xococ. » Ahuìtzotl sorrise nel modo migliore che gli era possibile, somigliando come non mai alla testa dell'orso sopra il trono. « Sostiene inoltre che, con forze sufficienti, questa guerra avrebbe potuto domare definitivamente il turbolento paese dei Texaltèca. Tu sei d'accordo? »

« Difficilmente potrei dissentire, mio signore, con un comandante esperto come il Riverito Oratore Nezahualpìli. So soltanto che le sue tattiche hanno sconfitto un intero esercito a Texcàla. Se avessimo potuto portare avanti l'offensiva, tutte le successive difese sarebbero state inevitabilmente sempre e sempre più deboli. »

« Tu sei conoscitore delle parole » disse Ahuìtzotl. « Puoi scrivere per noi un resoconto particolareggiato degli ordini impartiti e dei movimenti delle diverse forze impegnate? Accompagnato da carte comprensibili? »

« Sì, mio Signore Oratore. Posso farlo. »

« Allora fallo. Hai sei giorni di tempo prima che incomincino le cerimonie per la consacrazione del tempio, quando ogni lavoro cesserà e a te spetterà il privilegio di condurre il tuo illustre prigioniero alla Morte Fiorita. Paggio, di' al castaldo del palazzo di assegnare un appartamento confacente a quest'uomo e di procurargli tutto ciò che gli occorrerà per il suo lavoro. Puoi ritirarti, Tequìua Mixtli. »

Le stanze assegnatemi risultarono essere accoglienti e comode quanto quelle che avevo avuto a Texcòco; ed essendo esse situate al primo piano, ebbi il vantaggio di un lucernario per il mio lavoro. Il castaldo mi offrì anche un servo, ma io mandai invece il paggio in cerca di Cozcatl e poi ordinai a Cozcatl di procurare a entrambi un cambio di vestiti, mentre io facevo abluzioni e il bagno a vapore, ripetutamente.

Anzitutto, disegnai la carta. Occupava numerose pagine piegate e, aperta, era notevolmente lunga. La iniziai con il simbolo della città di Texcòco, poi tracciai le piccole impronte nere che indicavano l'itinerario del nostro viaggio a est da quella città, con disegni stilizzati di montagne e così via per mostrare ognuna delle nostre soste notturne; infine disegnai il simbolo del fiume, ove la battaglia era stata impegnata. Lì situai il simbolo universalmente riconosciuto della vittoria schiacciante: il disegno di un tempio in fiamme — sebbene in realtà non avessimo né veduto né distrutto alcun teocàli — nonché il simbolo della nostra cattura dei prigionieri: il disegno di un guerriero che ne afferrava un altro per i capelli. Tracciai infine le impronte, ora nere, ora rosse, per indicare catturatori e catturati durante la marcia a ovest verso Tenochtìtlan.

Senza mai uscire dall'appartamento e consumandovi tutti i pasti, completai la carta in due giorni. Poi mi accinsi a compilare il più complesso resoconto della strategia e della tattica dei Texaltèca e degli Acòlhua, per quanto, almeno, avevo potuto osservarle e capirle. Una volta, a mezzogiorno, Cozcatl entrò nella mia assolata stanza di lavoro e chiese il permesso di interrompermi.

Disse: « Padrone, è arrivata una grande canoa da Texcòco; è ormeggiata adesso nel giardino del cortile. Il timoniere dice che porta cose tue ».

Fui lieto di saperlo. Andandomene dal palazzo di Nezahualpìli per unirmi alle truppe, avevo ritenuto opportuno non portare con me le belle vesti e gli altri doni fattimi prima della decisione di bandirmi. In ogni caso, difficilmente avrei potuto portarli in guerra. E così, sebbene Cozcatl avesse avuto in prestito indumenti per entrambi, in realtà non possedevo altro, ormai, che i perizoma, i sandali e il pesante tlamàitin portati andando in guerra e tornandone, e ormai estremamente malcolci. Dissi al ragazzo:

« È un gesto gentile e probabilmente dobbiamo ringraziare per questo la Signora di Tolàn. Spero che ella abbia mandato anche il tuo guardaroba. Fatti aiutare da un tamèmi del palazzo per portare qui i fagotti ».

Quando egli risalì, accompagnato dal timoniere della canoa e da un'intera fila di affaticati tamèmime, rimasi talmente stupito che dimenticai completamente il lavoro. Non avevo mai posseduto l'enorme quantità di cose che i servi portarono e ammonticchiarono nelle stanze. Un fagotto grande e uno piccolo, bene avvolti in stuoie protettive, erano riconoscibili. Le mie vesti e altri oggetti si trovavano in quello più grande, compreso il ricordo della povera Tzitzi, la statuetta della dea Xochiquètzal. Il fagotto più piccolo conteneva gli indumenti di Cozcatl. Ma non riuscivo a spiegarmi gli altri fagotti e involti, e protestai dicendo che doveva essere stato commesso qualche errore per quanto concerneva la loro consegna.

Il timoniere rispose: «Signore, ognuno di essi ha un'etichetta. Non è questo il tuo nome?»

Lo era, infatti. Ogni singolo involto aveva, ben fissata, una carta di corteccia sulla quale figurava il mio nome. V'erano molti Mixtli, da quelle parti, e non pochi Tlilèctic-Mixtli. Ma su quelle etichette figuravano le mie complete generalità: Chicòme-Xochitl Tlilèctic-Mixtli. Chiesi a tutti i presenti di aiutarmi ad aprire gli involti affinché, se dal contenuto fosse risultato che era stato commesso un errore, i servi potessero richiuderli e riportarli indietro. E, se prima ero rimasto sconcertato, ben presto trasecolai.

Una balla di stuoia di fibra, aperta, rivelò una pila ordinata di quaranta mantelli da uomo, del più fine cotone, e riccamente ricamati. Un'altra conteneva lo stesso numero di gonne femminili tinte in cremisi con il costoso colorante ricavato da insetti. Da una terza balla emerse lo stesso numero di bluse da donna, con complicate lavorazioni a mano in filigrana, per cui risultavano quasi trasparenti. Un altro fagotto ancora conteneva una pezza di tessuto di cotone che, se lo avessimo srotolato, sarebbe stato largo due braccia e lungo forse duecento passi. Sebbene quel tessuto fosse bianco e non ricamato, non aveva cuciture, ed era pertanto inestimabile soltanto per la fatica che aveva richiesto, forse due anni di lavoro di un tessitore paziente. La balla più pesante risultò contenere frammenti di itzetl, scabri e non lavorati sassi di ossidiana.

I tre fagotti più leggeri erano più preziosi di tutti gli altri, in quanto contenevano non già mercanzie, ma valuta. L'uno era un sacco con due o tremila fagioli di cacao. Un altro sacco conteneva due o trecento pezzi di stagno e rame, foggiati come lame di scuri in miniatura, e ognuno dei quali valeva ottocento fagioli di cacao. Nel terzo involto si trovavano quattro calami di penne, ciascun translucido calamo chiuso mediante un tappo di resina òli e riempito di scintillante e pura polvere d'oro.

Dissi al barcaiolo: «Vorrei che *non* si trattasse di uno sbaglio, ma ovviamente lo è. Riporta tutto indietro. Questa fortuna deve far parte del tesoro di Nezahualpìli».

«Niente affatto» disse lui, cocciuto. «È stato lo stesso Riverito Oratore a ordinarmi di portare qui tutto questo, ed egli ha assistito personalmente al carico sulla canoa. Indietro devo portare soltanto un messaggio nel quale sia detto che tutto è stato debitamente consegnato. Con i simboli della tua firma, mio signore, se non ti dispiace.»

Ancora non riuscivo a credere a quello che i miei occhi vedevano e a quanto veniva detto alle mie orecchie; tuttavia, non avrei certo potuto protestare ancora. Sempre stordito, gli consegnai il messaggio e lui e i servi si ritirarono. Cozcatl ed io, rimanendo in piedi, contemplammo tutte quelle ricchezze. Infine il ragazzo disse:

«Può trattarsi soltanto di un ultimo dono, padrone, da parte dello stesso Signore Nezahualpìli».

«Può essere» ammisi. «Egli mi fece educare affinché divenissi un cortigiano al palazzo e poi dovette, per così dire, lasciarmi andare alla deriva. Ed è un uomo di coscienza. Pertanto ora, forse, ha voluto fornirmi i mezzi per dedicarmi a un'altra occupazione.»

«Occupazione!» squittì Cozcatl. «Vuoi dire lavoro, padrone? Perché mai dovresti lavorare? C'è abbastanza, qui, per consentirti di vivere negli agi fino all'ultimo dei tuoi giorni. Tu, con una moglie, una famiglia, uno schiavo devoto.» Maliziosamente, soggiunse: «Una volta dicesti che avresti costruito una dimora da nobile e fatto di me il Maestro delle Chiavi».

«Tieni a freno la lingua» risposi. «Se la mia sola aspirazione fosse stata l'ozio, avrei potuto consentire a Scorpione Armato di mandare *me* all'altro mondo. Ora dispongo dei mezzi per fare molte cose. Devo soltanto decidere quale preferisco.»

Non appena completato il rapporto sulla battaglia, il giorno prima della consacrazione della piramide, discesi al pianterreno, cercando la sala di Ahuìtzotl decorata della piramide, discesi al pianterreno, cercando la sala di Ahuìtzotl decorata con trofei, la sala ove mi ero incontrato la prima volta con lui. Ma il castaldo, con un'aria agitata, mi intercettò e si fece consegnare il rapporto.

«Il Riverito Oratore sta ricevendo numerosi notabili, giunti da regioni remote per la cerimonia» disse, e parve frenetico. «Ogni palazzo intorno alla piazza è gremito di governanti stranieri e dei loro seguiti. Non so davvero come o dove potremo ospitarne molti altri. Ma farò in modo che Ahuìtzotl abbia questo tuo resoconto non appena gli sarà possibile leggerlo in tranquillità. Ti convocherà per un nuovo colloquio quando la situazione sarà tornata alla normalità. » E si allontanò rapidamente.

Poiché mi trovavo al pianterreno, mi aggirai nelle sale accessibili al pubblico, soltanto per ammirare l'architettura e le decorazioni. In ultimo venni a trovarmi nella grande sala delle statue, al cui centro scorreva il canale. Sulle pareti e sul soffitto brillavano i riflessi luminosi dell'acqua. Mentre mi trovavo lì, passarono numerose imbarcazioni da carico, e i rematori ammirarono — come stavo facendo io — le numerose sculture di Ahuìtzotl e delle consorti, del dio protettore Huitzilopòchtli, e di numerosi altri dei e dee. Erano quasi tutte opere eccellenti, eseguite con estrema abilità; su ognuna di esse figurava inciso il falcone, il simbolo del defunto scultore Tlatli.

Ma, come egli stesso si era vantato, molti anni prima, le opere di Tlatli difficilmente necessitavano della firma; le sue statue di divinità erano invero molto diverse da quelle imitate e riprodotte da generazioni di scultori meno immaginosi. La visione del tutto personale di lui appariva soprattutto manifesta nel modo con il quale aveva scolpito Coatlìque, la dea madre del dio Huitzilopòchtli. La massiccia statua di pietra era almeno un terzo più alta di me e, mentre alzavo gli occhi per contemplarla, sentii la pelle accaponarmisi tanto essa era irrealmente magica.

Essendo Coatlìque, in fin dei conti, la madre del dio della guerra, quasi tutti gli artisti precedenti l'avevano rappresentata con torve fattezze, ma, per le forme, era sempre stata riconoscibile come *donna*. Non così stavano le cose, invece, secondo la concezione di Tlatli. La sua Coatlìque non aveva testa. Sopra le spalle si incontravano due grosse teste di serpente, quasi stessero baciandosi, sostituendo il viso della dea: il loro singolo occhio visibile faceva sì che Coatlìque avesse uno sguardo iroso, le loro bocche combacianti davano a Coatlìque un'unica larga bocca piena di zanne e dal sogghigno orribile. Ella portava una collana alla quale erano appesi un teschio, mani umane troncate e cuori umani strappati dal petto. La parte inferiore del corpo di lei era coperta soltanto da serpenti contorcentisi, e i piedi avevano la forma di zampe artigliate di qualche immensa bestia. Si trattava dell'immagine unica e originale di una divinità femminile, ma di una divinità spaventosa, ed io credo che soltanto un uomo cuilòntli il quale aveva in odio le donne, avrebbe potuto scolpire una dea così orribilmente mostruosa.

Uscii da quella sala seguendo il canale, sotto i salici piangenti i cui rami si curvavano su di esso, nel cortile a giardino, ed entrai poi in un'altra sala al lato opposto del palazzo, una sala le cui pareti erano decorate da affreschi. Raffiguravano soprattutto le imprese militari e civiche di Ahuìtzotl prima che egli fosse salito sul trono e dopo: Ahuìtzotl che primeggiava in varie battaglie, Ahuìtzotl che dirigeva gli ultimi lavori per il completamento della Grande Piramide. Ma quegli affreschi erano vivi, non rigidi; brulicavano di particolari e risultavano colorati con arte. Come avevo previsto, superavano ogni altro dipinto moderno. Infatti, e avevo previsto anche questo, ognuno di essi era firmato, nell'angolo destro in basso, dall'impronta insanguinata della mano di Chimàli.

Mi domandai se egli fosse già tornato a Tenochtìtlan, e se ci saremmo incontrati, e in qual modo, in tal caso, egli mi avrebbe ucciso. Poi andai in cerca del piccolo schiavo Cozcatl e gli impartii istruzioni:

«Tu conosci di vista l'artista Chimàli, e sai che ha validi motivi per volermi morto. Domani io avrò molti doveri da compiere, e pertanto non potrò continuare a guardarmi alle spalle temendo la presenza di un assassino. Voglio che tu ti aggiri tra la folla e venga ad avvertirmi se vedrai Chimàli. Nella ressa e nella confusione di domani, egli potrebbe sperare di riuscire a pugnalarmi inosservato, per poi allontanarsi senza aver destato sospetti».

«Non ci riuscirà se lo vedrò prima io» dichiarò Cozcatl con ferma devozione. «E te lo prometto, se egli sarà presente, lo vedrò. Non mi sono già reso utile prima d'ora, padrone, sostituendomi ai tuoi occhi?»

Risposi: «È vero, figliolo. E la tua vigilanza e la lealtà non rimarranno senza un compenso».

✠

Sì, Eccellenza, so che ti preme in modo particolare conoscere le nostre precedenti costumanze religiose, e che è questo il motivo della tua presenza qui, oggi. Sebbene io non sia mai stato un sacerdote, e non abbia mai avuto molta simpatia per i preti, ti spiegherò la consacrazione della Grande Piramide — in qual modo si svolse, e il suo significato — come meglio potrò.

Se anche quella non fu la più sfarzosa, la più seguita e la più imponente consacrazione nella storia dei Mexìca, senza dubbio superò tutte le altre alle quali mi fu dato di assistere ai miei tempi. Il Cuore dell'Unico Mondo era una massa compatta di persone, di tessuti colorati, di profumi, di pennacchi piumati, di carne, d'oro, di calura corporea, di gioielli, di sudore. Uno dei motivi di tanta ressa consisteva nel fatto che le vie di accesso avevano dovuto essere mantenute aperte — mediante cordoni di guardie a braccetto che si sforzavano di arginare la folla tumultuante — affinché le colonne di prigionieri potessero avvicinarsi alla piramide e salire fino all'altare sacrificale. Ma il pigia-pigia degli spettatori era dovuto altresì al fatto che lo spazio disponibile nella plaza veniva di gran lunga ridotto dai numerosi nuovi templi costruiti nel corso degli anni, per non parlare della mole sempre più estesa della stessa Grande Piramide.

Poiché Tua Eccellenza non l'ha mai veduta, farei forse meglio a descrivere anzitutto quella icpac tlamanacàli. La base era quadrata, cento e cinquanta passi da uno spigolo all'altro, e i quattro lati si inclinavano verso il basso salendo, finché la sommità piatta della piramide misurava sessanta passi per lato. La scala che saliva sul lato anteriore, ovvero quello esposto ad ovest, era formata in realtà da due gradinate, una per le persone in ascesa e uná per quelle che scendevano, separate da una cunetta ornamentale che consentiva al sangue di scorrere verso il basso. Cinquanta e due alti gradini conducevano a una terrazza che circondava la piramide a un terzo della sua altezza. Poi, un'altra rampa di cento e quattro gradini portava alla piattaforma sulla sommità, con i templi e gli edifici annessi. A ciascun lato di ogni tredicesimo gradino trovavasi la statua in pietra di qualche dio, maggiore o minore, il cui pugno reggeva un'alta asta alla cui sommità galleggiava una bandiera di candide piume.

A chi veniva a trovarsi proprio ai piedi della Grande Piramide, gli edifici sulla sommità rimanevano invisibili. Di laggiù si potevano vedere le due ampie gradinate che salivano e sembravano man mano restringersi e condurre ancor più in alto di quanto giungessero in realtà fino al cielo azzurro, o, in altri momenti, fino al sole nascente. Uno xochimìqui che arrancava su per la gradinata verso la propria Morte Fiorita doveva davvero avere l'impressione di ascendere ai cieli stessi degli alti dei.

Ma, una volta giunto sulla sommità, vi trovava anzitutto la piccola pietra sacrificale, anch'essa a forma di piramide, e dietro ad essa vedeva i due templi. In un certo senso, quei teocàltin rappresentavano la guerra e la pace, poiché il tempio sulla destra era la dimora di Huitzilopòchtli, cui si doveva la nostra prodezza militare, mentre in quello sulla sinistra vi albergava Tlaloc, cui dovevamo le messi e la prosperità in tempo di pace. Forse sarebbe stato opportuno un terzo teocàli per il dio Tonatìu, ma egli aveva già un proprio santuario, su una piramide più modesta in un altro punto della plaza, così come lo avevano numerosi altri dei importanti. Esisteva inoltre, nella plaza, il tempio nel quale si allineavano le immagini di numerose divinità delle nazioni a noi soggette.

I nuovi templi di Tlaloc e di Huitzilopòchtli, in cima alla nuova Grande Piramide, non erano altro che stanze quadrate in pietra, ognuna delle quali conteneva una vuota statua in pietra della divinità, con la bocca aperta per accogliere il nutrimento. Ma ciascun tempio era reso più alto e più imponente da una torreggiante facciata in pietra; su quella di Huitzilopòchtli erano state scolpite decorazioni spigolose dipinte di rosso, mentre su quella di Tlaloc figuravano decorazioni a linee curve, dipinte in azzurro. La piramide stessa era, in misura predominante, di un bianco splendente e quasi argento, ma i due corrimano a forma di serpente, a ciascun lato delle duplici gradinate, erano stati dipinti a squame da rettile rosse, azzurre e verdi, e le loro grosse teste di serpente, che si protendevano alla base della piramide, erano completamente rivestite di lamine d'oro.

Quando la cerimonia ebbe inizio, alla prima luce del giorno, gli alti sacerdoti di Tlaloc e Huitzilopòchtli, con tutti i loro assistenti, si stavano dando da fare intorno ai templi sulla sommità della piramide, sbrigando le cose che i preti sono soliti sbrigare all'ultimo momento. Sulla terrazza intorno alla piramide si trovavano gli ospiti più illustri: il Riverito Oratore di Tenochtìtlan, Ahuìtzotl, naturalmente, insieme al Riverito Oratore di Texcòco, Nezahualpìli, e al Riverito Oratore di Tlàcopan, Chimalpopòca. V'erano inoltre i governanti di altre città, province e nazioni giunti dagli estesi domini dei Mexìca, dalle terre degli Tzapotèca, da quelle dei Mixtèca, da quelle dei Totonàca, da quelle degli Huaxtèca, nonché da nazioni i cui nomi io neppure conoscevo, allora. Non era presente, s'intende, quel governante implacabilmente ostile, il vecchio Xicotènca di Texcàla, ma si trovava lì Yquìngare di Michihuàcan.

Pensa, Eccellenza, se il vostro Capitano-Generale Cortés fosse giunto nella plaza, quel giorno, avrebbe potuto sgominarci con un solo rapido e facile massacro di quasi tutti i nostri legittimi capi. Gli sarebbe stato possibile proclamarsi, seduta stante, in pratica, il Signore di tutta quella che è attualmente la Nuova Spagna, e i nostri popoli, privi di una guida, difficilmente avrebbero potuto opporglisi. Sarebbero stati come un animale decapitato che può soltanto sussultare e scalciare futilmente. Ci sarebbero state risparmiate in vasta misura, ora me ne rendo conto, l'infelicità e le sofferenze che sopportammo in seguito. Ma *yyo ayyo!* Quel giorno celebrammo la potenza dei Mexìca, senza nemmeno sospettare l'esistenza di creature come gli uomini bianchi, e supponendo che le nostre strade e i nostri giorni conducessero ad un illimitato futuro. Invero, rimanevano ancora dinanzi a noi alcuni anni di vigore e di gloria, e pertanto sono lieto

275

— anche sapendo quello che so — sì, sono lieto del fatto che nessun intruso straniero guastò quella splendida giornata.

La mattina venne dedicata ai divertimenti. Vi furono molti canti e danze da parte delle compagnie di questa stessa Casa del Canto nella quale ci troviamo adesso, Eccellenza, e si trattava di artisti di gran lunga più professionalmente abili di tutti quelli da me veduti o ascoltati a Texcòco o a Xaltòcan, anche se non una delle donne uguagliava la grazia della mia perduta Tzitzitlìni. V'erano gli strumenti familiari: il singolo tamburo-tuono, i numerosi tamburi-dei, i tamburi ad acqua, le zucche sospese, i flauti di canne e quelli ricavati da tibie. Ma i cantori e i danzatori venivano accompagnati altresì da altri strumenti molto complessi, che io non avevo mai veduto altrove. Uno di essi era denominato «le acque gorgheggianti» e trattavasi di un flauto che emetteva le proprie note gorgoglianti attraverso una giara colma d'acqua, con un effetto di eco. Esisteva poi anche un altro flauto, fatto di argilla, foggiato in modo da somigliare a uno spesso piatto, e colui che lo suonava non muoveva né le labbra né le dita; spostava la testa tutto attorno soffiando nell'imboccatura, per cui una pallina d'argilla, all'interno del flauto, rotolava chiudendo l'uno o l'altro foro intorno all'orlo. E, naturalmente, di ognuno di questi strumenti esistevano molti esemplari. L'insieme della loro musica doveva venire udito da chiunque fosse rimasto a casa, in ogni comunità intorno ai cinque laghi.

I musicanti, i cantori e i danzatori si esibivano sui gradini più bassi della piramide e in uno spazio sgombrato per loro proprio davanti ad essa. Ogni qual volta si stancavano e dovevano riposarsi, venivano sostituiti da atleti. Uomini robusti sollevavano pietre dal peso podigioso, o si lanciavano a vicenda belle fanciulle quasi nude, come se fossero state leggere quanto piume. Gli acrobati superavano i grilli e i conigli con i loro balzi e le loro capriole. Oppure salivano gli uni sulle spalle degli altri, dapprima dieci uomini, poi venti, poi quaranta contemporaneamente, formando imitazioni umane della stessa Grande Piramide. Buffi nani eseguivano pantomime grottesche e indecenti. Giocolieri facevano ruotare in alto un numero incredibile di palle del tlachtli, passandole da una mano all'altra e formando disegni intricati e ricurvi...

No, Eccellenza, non intendo far credere che i divertimenti mattutini fossero un mero diversivo (come tu dici) per alleviare l'orrore imminente (come tu ti esprimi), e non so che cosa tu intenda mormorando le parole «panem et circenses». Tua Eccellenza non deve pensare che questa allegria fosse, in qualsiasi senso, irriverente. Ognuno di coloro che si esibivano dedicava la propria particolare capacità o il proprio talento agli dei che onoravamo quel giorno. Se le esibizioni non erano malinconiche, ma scherzose, questo accadeva per far sì che gli dei si trovassero nello stato d'animo adatto e accogliessero con gratitudine le nostre successive offerte.

Tutto ciò che venne fatto quel mattino era, in qualche modo, in rapporto con le nostre credenze, o costumanze o tradizioni religiose, anche se il rapporto stesso può non apparire immediatamente manifesto a un osservatore straniero come Tua Eccellenza. Ad esempio, vi furono i tocotìne, dietro invito, dalle terre dei Totonàca sulla costa dell'oceano, ove la loro caratteristica esibizione era stata inventata... o forse ispirata dagli dei. Essa consisteva nell'erigere un tronco d'albero straordinariamente alto e nell'inserirlo entro un foro appositamente aperto nella pavimentazione di marmo della plaza. Un uccello vivo era stato posto in quel foro e veniva spiacciato dal peso del tronco, così che il suo sangue desse ai tocotìne l'energia necessaria per volare. Sì, per volare.

Il tronco d'albero, una volta eretto, era alto quasi quanto la Grande Piramide. Alla sua sommità si trovava una minuscola piattaforma di legno, non più grande del cerchio formato dalle braccia di un uomo. Avvolta intorno al tronco, per tutta la sua lunghezza, c'era una rete lasca di corde robuste. Cinque Totonàca si arrampicarono fino alla sommità del tronco, l'uno con un flauto e un piccolo tamburo legati al perizoma, e gli altri quattro senza alcun peso tranne una grande abbondanza di piume colorate. In effetti, erano completamente nudi, tranne le piume incollate alle loro braccia. Una volta giunti sulla piattaforma, i quattro uomini piumati sedettero, in qualche modo, sull'orlo di legno, mentre il quinto, adagio e precariamente si alzava in piedi e rimaneva al centro.

Là, su quello spazio angusto, rimase, alto da dare le vertigini; poi batté un piede, quindi l'altro, e infine cominciò a danzare, accompagnandosi con il flauto e con il tamburo. Il tamburo lo batteva con una mano, mentre le dita dell'altra chiudevano i fori del flauto che egli stava suonando. Sebbene tutti coloro che guardavano dal basso nella piazza trattenessero il respiro e tacessero, la musica giungeva sino a noi soltanto come le più esili note flautate e il più esile rullare. Nel frattempo, gli altri quattro tocotìne si stavano cautamente annodando corde assicurate al tronco intorno alle caviglie, ma noi non potevamo accorgercene tanto si trovavano in alto. Quando furono pronti, l'uomo intento a danzare fece un cenno, una qualche sorta di segnale, ai musicanti nella piazza.

Ba-ra-RUM! Vi fu un'esplosione tonante di musica e rulli di tamburi che fece sussultare tutti gli spettatori, e in quello stesso attimo, i quattro uomini sulla piattaforma sussultarono a loro volta... ma balzando nel vuoto. Si lanciarono verso l'esterno e aprirono le braccia, piumate da cima a fondo. Ognuno degli uomini era rivestito dalle piume di un uccello diverso: un'ara rossa, un martin pescatore azzurro, un pappagallo verde, un tucano giallo e teneva aperte le braccia simili ad ali. Quel primo balzo portò i tocotìne lontano dalla piattaforma, ma poi le corde annodate intorno alle caviglie li tirarono indietro con uno strattone. Sarebbero ricaduti tutti contro il tronco se non fosse stato per il modo ingegnoso con il quale le corde erano attorcigliate. L'iniziale balzo in avanti degli uomini si tramutò in un lento ruotare intorno al palo, ognuno degli uomini equidistante dagli altri e ognuno sempre immobile nella posizione aggraziata di un uccello che si libra ad ali aperte.

Mentre l'uomo alla sommità continuava a danzare e i musicanti in basso suonavano un accompagnamento squillante, cullante, pulsante, i quattro uomini-uccello continuarono a ruotare, e, man mano che le corde si svolgevano a poco a poco dal tronco, ruotarono sempre e sempre più lontano e, man mano, si abbassavano, planando su e giù l'uno dopo l'altro, come se anch'essi stessero danzando, ma in tutte le dimensioni del cielo.

La corda di ciascun uomo era avvolta tredici volte intorno al tronco per tutta la sua lunghezza. All'ultimo giro, quando il corpo di ogni tocotìne stava seguendo la traiettoria più ampia e più rapida, sfiorando quasi la pavimentazione della plaza, l'uomo inarcava il corpo e portava avanti le ali contro l'aria — esattamente nello stesso modo di un uccello che stia per posarsi — per cui erano anzitutto i piedi di lui a toccare il terreno, dopodiché la corda si allentava ed egli si fermava dopo una breve corsa. Tutti e quattro i tocotìne eseguirono questa manovra contemporaneamente. Poi uno di essi tese la corda affinché il quinto uomo si lasciasse scivolar giù fino alla plaza.

Se tu, Tua Eccellenza, hai letto qualcuna delle spiegazioni da me date in precedenza delle nostre credenze, ti sarai ormai reso conto che l'esercizio dei tocotìne non era semplice esibizione acrobatica, ma che ogni suo aspetto rivestiva un certo significato. I quattro uomini volanti erano in parte rivestiti di piume, in parte nudi, come Quetzacoàtl, il Serpente Piumato. I quattro uomini che ruotavano, con l'uomo intento a danzare al loro centro, rappresentavano i cinque punti cardinali: nord, est, ovest, sud e centro. I tredici giri di ogni corda corrispondevano ai tredici giorni e ai numeri di anni del nostro calendario rituale. E quattro volte tredici fa cinquanta e due, il numero di anni di un covone di anni. Esistevano anche riferimenti più sottili... la parola tocotìne significa «i seminatori»... ma non starò a dilungarmi su queste cose, perché mi rendo conto che Tua Eccellenza è più ansioso di udir descrivere la parte sacrificale della cerimonia di consacrazione.

La sera prima, dopo essersi confessati tutti con i sacerdoti della Divoratrice di Sozzure, i prigionieri Texàlteca erano stati trasferiti al perimetro dell'isola e suddivisi in tre gruppi affinché potessero raggiungere la Grande Piramide lungo i tre ampi viali che conducevano alla plaza. Il primo prigioniero ad avvicinarsi, molto più avanti degli altri, fu il mio: Scorpione Armato. Altezzosamente aveva rifiutato di recarsi alla Morte Fiorita su una lettiga, ma giunse con le braccia sulle spalle di due premurosi cavalieri come lui, sebbene si trattasse, naturalmente, di Mexìca. Scorpione Armato ciondolava tra essi, con i resti delle gambe penzolanti come radici rosicchiate. Io mi trovavo alla base della piramide e là mi unii ai tre e li accompagnai su per la gradinata fino alla terrazza ove aspettavano tutti i nobili.

Al mio figlio diletto, il Riverito Oratore Ahuìtzotl disse: «Come nostro xochimìqui di più alto rango e di più grande distinzione, hai l'onore di recarti per primo alla Morte Fiorita. Tuttavia, in quanto Cavaliere del Giaguaro dalla lunga e nobile fama, puoi scegliere invece di batterti per la vita sulla Pietra della Battaglia. Qual è il tuo desiderio?»

Il prigioniero sospirò. «Io non ho più una vita, mio signore. Ma sarebbe piacevole per me battermi un'ultima volta. Se la scelta mi è consentita, scelgo allora la Pietra della Battaglia.»

«Decisione degna di un guerriero» disse Ahuìtzotl. «E verrai onorato con degni avversari, nostri cavalieri del più alto rango. Guardie, aiutate l'illustre Scorpione Armato a salire sulla Pietra e armatelo per un combattimento corpo a corpo.»

Andai a vedere. La Pietra della Battaglia, come ho già avuto occasione di dire, costituiva l'unico contributo alla plaza dell'ex Uey-Tlatoàni Tixoc: era quel largo e basso cilindro di pietra vulcanica situato tra la Grande Piramide e la Pietra del Sole. Veniva riservata a qualsiasi guerriero che meritasse il privilegio di morire come aveva vissuto, combattendo ancora. Ma al prigioniero che sceglieva di duellare sulla Pietra della Battaglia si richiedeva che non lottasse contro un solo avversario. Se, con l'astuzia o con la prodezza, riusciva a prevalere su un uomo, un altro Mexìcatl sostituiva quest'ultimo, e poi un altro e un altro ancora... quattro in tutto. Uno di essi non poteva non ucciderlo... o almeno così si erano sempre conclusi, in passato, quei duelli.

A Scorpione Armato venne fatta indossare la completa corazza di battaglia, di cotone imbottito, oltre all'elmo e alla pelle di giaguaro. Poi venne posto sulla pietra ove, non avendo i piedi, non poteva neppure tenersi ritto. Il suo avversario, armato con una maquàhuitl dal filo di ossidiana, usufruiva del vantaggio di poter balzare sul piedestallo o balzarne giù, nonché quello di poter attaccare da qualsiasi direzione. A Scorpione Armato vennero date due armi con cui difendersi ma trattavasi di misere cose. L'una era semplicemente un bastone di legno per parare i colpi dell'attaccante. L'altra era una maquàhuitl, ma una di quelle innocue, impiegate dai soldati novellini negli addestramenti: le schegge di ossidiana erano state tolte e sostituite con ciuffi di piumino.

Scorpione Armato si accovacciò accanto a un orlo della pietra, in una posizione di quasi rilassata aspettativa, con la spada non tagliente nella mano destra e il bastone impugnato con la sinistra e appoggiato sul grembo. Il suo primo avversario fu uno dei Cavalieri del Giaguaro che lo avevano aiutato a entrare nella plaza. Il Mexìcatl balzò sulla Pietra della Battaglia alla sinistra di Scorpione Armato, vale a dire sul lato più lontano dall'arma offensiva, la maquàhuitl. Ma Scorpione Armato lo colse di sorpresa. Non si servì neppure dell'arma; si avvalse invece del bastone difensivo. Lo vibrò, con forza, lungo un arco diretto verso l'alto. Il Mexìcatl, che non poteva certo aver previsto di essere attaccato con un semplice bastone, venne colpito sotto il mento. La mascella gli si fratturò ed egli cadde privo di sensi. Vi furono, tra la folla, mormorii di ammirazione e altri imitarono il verso del gufo a mo' di applauso. Scorpione Armato si limitò a restare dove si trovava, con il bastone languidamente appoggiato alla spalla sinistra.

Il secondo a duellare con lui fu l'altro Cavaliere del Giaguaro che lo aveva sorretto. Supponendo, com'era logico, che la vittoria del prigioniero fosse stata soltanto un capriccio della sorte, balzò anch'egli sulla pietra alla sinistra di Scorpione Armato, con la lama di ossidiana pronta a colpire, gli occhi fissi sulla maquàhuitl dell'uomo accovacciato. Questa volta il prigioniero colpì dall'alto in basso con il bastone, al di sopra della mano del cavaliere che impugnava l'arma, e lo fece piombare tra le orecchie della testa del giaguaro che serviva da elmo al Mexìcatl. L'uomo stramazzò all'indietro dalla Pietra della Battaglia, con il cranio fratturato, e morì prima di poter essere soccorso da un medico. I mormorii e i versi degli spettatori aumentarono.

Il terzo avversario fu un Cavaliere della Freccia, che giustamente diffidò del non del tutto innocuo bastone del Texaltècatl. Balzò sulla pietra dal lato destro e vibrò al contempo la maquàhuitl. Scorpione Armato alzò di nuovo il bastone, ma soltanto per deviare di lato il colpo di spada. Questa volta si servì anche della maquàhuitl, anche se in modo insolito. Ne affondò la dura punta smussata, verso l'alto, con tutta la sua forza, entro la gola del Cavaliere della Freccia. La spada schiacciò quella sporgenza cartilaginosa che voi spagnoli chiamate «la noce del collo». Il Mexìcatl cadde, si contorse e morì soffocato, proprio lì sulla Pietra della Battaglia.

Mentre le guardie ne portavano via il cadavere, la folla impazzì e lanciò urla e versi di incoraggiamento... non per i suoi cavalieri Mexìca, ma per il Texaltècatl. Anche i nobili in alto sulla piramide si aggiravano qua e là e conversavano eccitati. A quanto potevano ricordare tutti i presenti, nessun prigioniero, sia pure valido in tutte le membra, era mai riuscito a prevalere contro tre avversari.

Ma il quarto era colui che lo avrebbe ucciso di certo, poiché il quarto avversario era uno dei nostri rari combattenti mancini. In pratica tutti i guerrieri si servivano della mano destra, avevano imparato a combattere con la destra e in questo modo si erano battuti per tutta la vita. Pertanto, come è ben noto, un guerriero rimane perplesso e confuso quando viene a trovarsi di fronte a un avversario mancino il quale è, in effetti, una sua immagine speculare intenta a colpirlo.

L'uomo mancino, un Cavaliere dell'Ordine dell'Aquila, non balzò frettolosamente sulla Pietra della Battaglia. Si apprestò al duello con placidità, sorridendo crudelmente e fiduciosamente. Scorpione Armato rimase nella stessa posizione, il bastone impugnato con la sinistra, la maquàhuitl logicamente nella destra. Il Cavaliere dell'Aquila, impugnando la spada con la sinistra, fece una finta per distrarre l'avversario, poi balzò avanti. In quell'attimo, Scorpione Armato si mosse con la stessa destrezza dei giocolieri di quel mattino. Lanciò di poco in aria bastone e maquàhuitl e li riafferrò cambiandoli di mano. Il cavaliere Mexìcatl, di fronte a quello sfoggio di capacità da ambidestro, fermò l'affondo, come per indietreggiare e ripensarci. Ma non ne ebbe la possibilità.

Scorpione Armato abbatté lama e bastone contemporaneamente sul polso sinistro del cavaliere, fece un movimento a torsione e la maquàhuitl cadde dalla mano del suo avversario. Tenendo il polso del Mexìcatl inchiodato tra le due armi di legno, come nel forte becco di un pappagallo, Scorpione Armato si sollevò per la prima volta dalla propria posizione accovacciata per inginocchiarsi con i moncherini sotto di sé. Esercitando una forza incredibile, fece compiere un nuovo movimento rotatorio alle due armi, e il Cavaliere dell'Aquila ruotò insieme ad esse e stramazzò supino. Immediatamente il Texaltècatl appoggiò il filo della lama di legno sulla gola dell'uomo. Posta una mano a ciascuna estremità della spada, vi si appoggiò pesantemente; l'uomo sussultò sotto di lui ed egli alzò la testa per guardare in alto i nobili sulla piramide.

Ahuìtzotl, Nezahualpìli, Chimalpopòca e gli altri sulla terrazza conferirono tra loro, esprimendo con i gesti ammirazione e meraviglia. Poi Ahuìtzotl si portò verso il margine della piattaforma e fece un movimento con la mano, dal basso in alto. Scorpione Armato si reclinò all'indietro e tolse la maquàhuitl dal collo del suo avversario. Quest'ultimo si drizzò a sedere, tremante, massaggiandosi la gola, con un'espressione al contempo incredula e imbarazzata. Lui e Scorpione Armato furono portati insieme sulla terrazza. Io li accompagnai, colmo d'orgoglio per il mio figlio diletto. Ahuìtzotl gli disse:

«Scorpione Armato, hai compiuto qualcosa di inaudito. Hai lottato per la vita sulla Pietra della Battaglia, più svantaggiato di chiunque altro ti abbia preceduto, e hai avuto la meglio. Questo fanfarone che hai sconfitto per ultimo prenderà il tuo posto come xochimìqui del primo sacrificio. Tu sei libero di tornare nella tua Texcàla».

Scorpione Armato scosse la testa con decisione. «Anche se potessi tornare in patria con le mie gambe, Signore Oratore, non lo farei. Ogni prigioniero, una volta catturato, è un uomo destinato, dal suo tonàli e dagli dei, alla morte. Disonorerei la mia famiglia, i cavalieri miei compagni e l'intera Texcàla se tornassi disonorevolmente vivo. No, mio Signore, ho avuto quel che desideravo — un ultimo combattimento — ed è stato un bel combattimento. Lascia vivere il tuo Cavaliere dell'Aquila. Un guerriero mancino è troppo raro e inestimabile per dover essere sacrificato.»

«Se questo è il tuo desiderio» disse lo Uey-Tlatoàni «allora vivrà. Siamo disposti ad accogliere ogni altro tuo desiderio. Non hai che da parlare.»

«Desidero che mi sia ora consentito di andare alla mia Morte Fiorita e nell'aldilà dei guerrieri.»

«Concesso» disse Ahuìtzotl, e poi, con magnanimità «il Riverito Oratore Nezahualpìli ed io stesso saremo onorati di portarti lassù.»

Scorpione Armato parlò ancora una sola volta, rivolto a colui che lo aveva catturato, a me, per porre, come voleva la costumanza, la domanda consueta: «Ha, il mio riverito padre, qualche messaggio che vorrebbe io comunicassi agli dei?»

Sorrisi e risposi: «Sì, figlio mio diletto. Di' agli dei che vorrei soltanto vederti ricompensato nella morte come hai meritato nella vita. Possa tu vivere la più ricca delle vite ultraterrene, per sempre e per sempre».

Egli annuì, poi, con le braccia sulle spalle dei due Riveriti

Oratori, venne portato, su per i rimanenti gradini, fino al blocco di pietra. I sacerdoti lì riuniti, resi quasi frenetici dall'esultanza a causa dei fausti eventi accompagnatisi a quel primo sacrificio della giornata, si agitarono molto facendo oscillare turiboli, gettando coloranti del fumo nei bracieri e cantilenando invocazioni agli dei. Al guerriero Scorpione Armato vennero accordati due ultimi onori. Fu lo stesso Ahuìtzotl ad affondare il coltello di ossidiana. Il cuore, strappato dal petto, venne consegnato a Nezahualpìli, che lo prese su un piccolo vassoio, lo portò nel tempio di Huitzilopòchtli e lo mise nella bocca aperta del dio.

Con ciò terminava la mia partecipazione alle cerimonie, almeno fino al banchetto di quella sera, e pertanto discesi dalla piramide e mi tenni da un lato. Dopo la morte di Scorpione Armato, tutto il resto fu alquanto deludente, a parte la pura portata del sacrificio: migliaia di xochimìque, più di quanti avessero mai avuto l'onore della Morte Fiorita in un sol giorno.

Fu Ahuìtzotl a mettere il cuore del secondo prigioniero nella bocca della statua di Tlaloc, poi lui e Nezahualpili ridiscesero sulla terrazza della piramide. Anch'essi e gli altri governanti si appartarono e, una volta stancatisi di guardare, parlarono pigramente tra loro degli argomenti che possono trattare i Riveriti Oratori. Nel frattempo, le tre lunghe file di prigionieri percorrevano adagio i viali Tlàcopan, Ixtapalapan e Tepeyàca, entravano nel Cuore dell'Unico Mondo, passavano tra la ressa incalzante degli spettatori e, uno dietro l'altro, gli uomini salivano la gradinata della piramide.

I cuori dei primi xochimìque, forse i primi duecento, vennero cerimoniosamente immessi nelle bocche di Tlaloc e di Huitzilopòchtli, finché il vuoto interno delle statue non poté più contenerne e le labbra dei due dei sbavarono sangue. Naturalmente, i cuori pigiati entro le cavità delle statue sarebbero, con il tempo marciti, liquefacendosi e facendo posto per altri cuori. Ma quel giorno, poiché i sacerdoti disponevano di una sovrabbondanza di cuori, quelli estirpati successivamente vennero gettati entro grandi conche in attesa. Allorché le conche furono colme di cuori ancora fumiganti — alcuni di essi ancora debolmente pulsanti — gli assistenti dei sacerdoti le presero, discesero frettolosamente nella plaza dalla Grande Piramide e corsero lungo le strade dell'isola. Consegnarono l'eccesso di cuori ad ogni altra piramide, ad ogni tempio e ad ogni statua di divinità sia a Tenochtìtlan, sia a Tlaltelòlco ed anche — man mano che il pomeriggio trascorreva — ai templi nelle città sulla terraferma.

I prigionieri continuavano a salire ininterrottamente la gradinata destra della piramide, mentre i corpi squarciati di coloro dai quali erano stati preceduti rotolavano giù per la gradinata a sinistra, spinti a calci dai sacerdoti più giovani, disposti a intervalli lungo la scala, e mentre nella cunetta intermedia scorreva incessante il sangue, che formava poi pozze sotto i piedi della folla nella plaza. Dopo circa i primi duecento xochimìque, i sacerdoti rinunciarono ad ogni pretesa in fatto di cerimoniale. Misero da parte i turiboli e le bandiere e le bacchette sacre e non cantilenarono più mentre si davano da fare con la stessa rapidità e indifferenza di Spacciatori in un campo di battaglia, la qual cosa significa che non potevano agire in modo molto pulito.

La frettolosità con la quale i cuori umani erano stati inseriti nella bocca delle statue aveva imbrattato di sangue l'interno di entrambi i templi, al punto che le pareti, i pavimenti e persino i soffitti ne erano rivestiti. Il sangue in eccesso scorreva fuori delle porte, unendosi all'altro che si riversava dalla pietra sacrificale, finché l'intera sommità della piramide ne venne inondata. Inoltre molti prigionieri, per quanto grande fosse la rassegnazione con la quale andavano incontro al loro fato, vuotavano involontariamente la vescica e le viscere al momento di sottoporsi al coltello. I sacerdoti — presentatisi quel mattino con le consuete vesti di un nero-avvoltoio, con i capelli unti e il corpo non lavato — erano divenuti coaguli in movimento, scarlatti e rossicci, di sangue raggrumato, di muco secco e di escrementi.

Alla base della piramide, i tagliatori di carne lavoravano altrettanto freneticamente e disastrosamente. A Scorpione Armato e a numerosi altri cavalieri Texaltèca avevano tagliato la testa, per farla bollire e ricavarne il teschio; i teschi sarebbero poi stati allineati sull'apposita mensola nella palza, il cui scopo era quello di commemorare gli xochimìque più illustri. Da quegli stessi cadaveri avevano staccato le cosce, per il brodo del banchetto di quella sera in onore dei guerrieri vittoriosi. Man mano che altri cadaveri rotolavano fino a loro, i tagliatori di carne ne staccavano soltanto le parti più scelte, da distribuire immediatamente agli animali del serraglio nella plaza, o da salare e affumicare per essere distribuite successivamente a quegli stessi animali, oppure a povera gente o a schiavi senza padrone che richiedessero un soccorso del genere.

I corpi mutilati venivano poi portati frettolosamente, dai garzoni dei macellai, fino al canale più vicino, quello che scorreva sotto il viale Tepeyàca. Là li si ammonticchiava su canoe da carico, che partivano poi verso vari punti della terraferma, le coltivazioni di fiori a Xochimìlco, gli orti e le fattorie in altre località intorno ai laghi, ove i cadaveri sarebbero stati sepolti per servire da fertilizzanti. Un'altra e più piccola acàli accompagnava ogni flottiglia. Trasportava minuscoli frammenti di giada —

troppo piccoli per poter essere impiegati altrimenti — ognuno dei quali sarebbe stato posto nella bocca o in un pugno di ciascun defunto prima di sotterrarlo. Non negavamo mai ai nostri nemici sconfitti quel talismano di pietra verde, necessario per essere ammessi nell'aldilà.

E ancora la processione dei prigionieri continuava. Dalla sommità della Grande Piramide, un miscuglio di sangue e di altre sostanze scorreva a torrenti tali che, dopo qualche tempo, la cunetta tra le due gradinate non poté contenerlo tutto. Si riversava, simile a una cascata lenta e vischiosa, giù per gli stessi gradini, dilagava tra i cadaveri che rotolavano giù, bagnava i piedi dei vivi che salivano, facendone scivolare e cadere parecchi. Infine cominciò a scorrere giù per le lisce pareti della piramide, su tutti e quattro i lati. Dilagò sull'intera superficie del Cuore dell'Unico Mondo. Quel mattino avevamo veduto splendere la Grande Piramide come la conica vetta rivestita di neve del Popocatèpetl. Nel pomeriggio essa parve un piatto di petto di pollo sul quale il cuoco avesse prodigalmente versato una densa e rossa salsa moli. Sembrò quello che era in effetti: un lauto pasto per dei famelici.

Un abominio, Eccellenza?

A farti inorridire e a nausearti, credo, è il gran numero di uomini posti a morte in quell'occasione. Ma come è possibile, mio Signore, porre un limite alla morte che non è un'entità, bensì un vuoto? Come è possibile moltiplicare il nulla per un qualsiasi numero noto all'aritmetica? Quando muore un solo uomo, l'intero universo vivente finisce, per quanto lo concerne. Ogni altro uomo e ogni altra donna in esso esistenti cessano del pari di essere: persone amate ed estranei, ogni fiore, ogni nuvola, ogni brezza, ogni sensazione e ogni stato d'animo. Eccellenza, il mondo e ogni sia pur minima cosa in esso muoiono ogni giorno per qualcuno.

Ma quali demoniaci dei, tu domandi, potrebbero approvare l'annientamento di un così grande numero di uomini in un singolo e indiscriminato massacro? Be', il tuo Signore Iddio, in primo luogo...

No, Eccellenza, non credo di aver bestemmiato. Mi limito a ripetere quanto mi è stato detto dai frati missionari che mi hanno istruito nei rudimenti della storia cristiana. Se hanno riferito la verità, il vostro Signore Iddio si dispiacque, una volta, a causa della crescente corruzione degli esseri umani da Lui stesso creati, e pertanto li affogò *tutti* in un grande diluvio. Lasciò in vita soltanto un barcaiolo e sua moglie affinché ripopolassero la terra. Ho sempre pensato che il Signore Iddio fece una scelta alquanto curiosa, in quanto il barcaiolo era incline all'ubriachezza e i suoi figli tendevano a un comportamento che giudicherei per lo meno strano, mentre tutta la loro progenie venne divisa da rivalità litigiose.

Anche il nostro mondo, e ogni essere umano in esso, furono distrutti una volta — e anch'essi, va rilevato, da un'inondazione disastrosa — non essendo gli dei soddisfatti degli uomini. Tuttavia la nostra storia può risalire indietro nel tempo più della vostra, poiché i sacerdoti ci dicevano che questo mondo era stato precedentemente ripulito dell'umanità in altre tre occasioni: la prima volta da giaguari che divorarono ogni creatura, la seconda da tempeste di vento che tutto distrussero, e la terza da una pioggia di fuoco che cadde dal cielo. Questi cataclismi si determinarono, naturalmente, a covoni e covoni d'anni di distanza uno dall'altro, e anche il più recente, la grande alluvione, accadde tanto tempo fa che nemmeno il più savio tlamatìni sarebbe in grado di calcolarne esattamente la data.

Pertanto gli dei hanno quattro volte creato il nostro Unico Mondo, popolandolo con esseri umani, e quattro volte hanno dichiarato la creazione un insuccesso, cancellandola e ricominciando daccapo. Noi qui, ora, tutti noi viventi, costituiamo il quinto esperimento degli dei. Ma, stando ai sacerdoti, viviamo precariamente come gli sfortunati che ci precedettero, poiché gli dei decideranno di nuovo, un giorno, di porre termine al mondo e ad ogni creatura vivente... la prossima volta mediante terremoti devastatori.

Nessuno è in grado di sapere quando potranno cominciare. Noi di questo paese abbiamo sempre ritenuto possibile che i terremoti vengano durante i cinque giorni vuoti al termine dell'anno, e per questo ci mettiamo in evidenza il meno possibile in quel periodo. Pareva ancor più probabile che il mondo potesse finire al termine di un anno quanto mai significativo, il cinquantaduesimo di un covone di anni. Pertanto, in tali periodi, ci umiliavamo, e pregavamo per la sopravvivenza, e compivamo sacrifici ancor più numerosi e celebravamo la cerimonia del Nuovo Fuoco.

Così come non sapevamo quando aspettarci i terremoti che avrebbero posto termine al mondo, ignoravamo in qual modo i precedenti uomini sulla terra avessero causato l'ira degli dei sotto forma di giaguari, venti, fuoco e inondazioni. Ma sembrava logico supporre che quegli uomini non avessero sufficientemente adorato e onorato i loro creatori, o fatto ad essi bastanti offerte di nutrimento. Ecco perché, ai nostri tempi, ci sforzavamo in tutti i modi di non essere inadeguati sotto tali aspetti.

E pertanto, sì, massacrammo innumerevoli xochimìque per

onorare Tlaloc e Huitzilopòchtli il giorno della consacrazione della Grande Piramide. Ma cerca di vedere le cose come le vedevamo noi, Eccellenza. Nessun uomo diede più della propria vita. Ognuno di quelle migliaia di prigionieri morì, quella volta, come gli sarebbe accaduto in ogni caso nella vita. E, così morendo, perì nel modo più nobile e per la più nobile ragione che conoscessimo. Se mi è consentito citare di nuovo i frati missionari, Eccellenza, benché non rammenti le loro precise parole, sembra che esista una fede analoga tra i cristiani. Che nessun uomo può manifestare un affetto più grande di quando sacrifica la propria vita per gli amici.

Grazie all'istruzione impartitaci dai missionari, noi Mexìca sappiamo adesso che, anche quando facevamo cose giuste, le facevamo per le ragioni sbagliate. Ma sono spiacente di dover rammentare a Tua Eccellenza che esistono ancora altre nazioni, in queste terre, non soggiogate e non incluse nei domìni cristiani della Nuova Spagna, e ove i non illuminati continuano a credere che la vittima sacrificata soffra soltanto fuggevolmente il dolore della Morte Fiorita prima di entrare in una felice ed eterna vita nell'aldilà. Questi popoli non sanno niente del Signore Iddio cristiano, il quale non limita l'infelicità alle nostre brevi esistenze sulla terra, ma la infligge altresì nell'aldilà dell'Inferno, ove i tormenti sono eterni.

Oh sì, Eccellenza, so bene che l'Inferno è destinato soltanto alla moltitudine di uomini malvagi i quali meritano l'eterno tormento, e che pochi e scelti uomini virtuosi godranno una gloria sublime chiamata Paradiso. Ma i tuoi missionari predicano che, anche per i Cristiani, il felice Paradiso è un luogo angusto, difficile a raggiungersi, mentre il terribile Inferno è sconfinato e vi si entra facilmente. Dopo quella che mi convertì, ho frequentato molte missioni e sono entrato in un gran numero di chiese, e ho finito con il persuadermi che il Cristianesimo sarebbe più allettante per i pagani se i preti di Tua Eccellenza riuscissero a descrivere le delizie del Paradiso vividamente e con la stessa esultanza della quale danno prova indugiando sugli orrori dell'Inferno.

A quanto pare Tua Eccellenza non si cura di ascoltare i miei non sollecitati suggerimenti, e tanto meno di confutarli o discuterli; preferisce invece andarsene. Oh, be', io sono soltanto un novizio, come Cristiano, e probabilmente presuntuoso nell'esprimere pareri non ancora maturati. Lascerò cadere l'argomento della religione e parlerò d'altro.

La Festa dei Guerrieri, tenuta in quella che era allora la sala dei banchetti, in questa stessa Casa del Canto, la sera della consacrazione della Grande Piramide, ebbe, sì, alcuni aspetti religiosi, ma soltanto di importanza secondaria. Si riteneva allora che noi vincitori, nutrendoci con le cosce lessate dei prigionieri sacrificati, assimilassimo parte della forza e dello spirito combattivo di quegli uomini. Ma era vietato ad ogni «riverito padre» nutrirsi con le carni del «figlio diletto». In altre parole, nessuno poteva divorare parte del prigioniero che aveva catturato egli stesso perché, in termini religiosi, questo sarebbe stato un impensabile incesto. E così, anche se tutti gli altri guerrieri si accapigliarono per assicurarsi una fetta dell'incomparabile Scorpione Armato, io dovetti accontentarmi delle carni della coscia di qualche altro meno stimato cavaliere nemico.

Com'era la carne, miei signori? Ah, be', abbondantemente insaporita con spezie e ben cucinata e servita con contorni in abbondanza: fagioli e tortillas e pomodori al forno, nonché cioccolata come bevanda e...

La carne umana *nauseante*, miei signori? Ma no, è tutto l'opposto! Risultò essere saporitissima e tenera e gradita al palato. Poiché l'argomento desta a tal punto la vostra curiosità, vi dirò che la carne umana cucinata ha esattamente lo stesso sapore di quella che voi chiamate carne di porco, vale a dire della carne cotta di quelle bestie importate e denominate, nella vostra lingua, maiali. Invero, sono state le somiglianze in fatto di consistenza e sapore a far correre la voce che voi spagnoli e i vostri porci siate strettamente imparentati, e che tanto gli spagnoli quanto i maiali propaghino la loro specie mediante reciproci rapporti sessuali, se non sposandosi tra loro.

Yya, non fate quella faccia, reverendi frati! Non ho mai prestato fede a questa voce, poiché ho potuto rendermi conto che i vostri maiali sono soltanto animali domestici imparentati con i nostri cinghiali, e credo che anche uno spagnolo non sarebbe disposto a copulare con uno di essi. Naturalmente, la carne dei vostri maiali è molto più saporita e tenera di quella fibrosa e dal sapore di selvatico dei nostri cinghiali non addomesticati. Ma il sapore accidentalmente analogo della carne di porco e di quella umana è probabilmente il motivo per cui le nostre classi inferiori si cibano con tanta avidità della carne di porco, ed è inoltre, con ogni probabilità, la ragione per cui hanno accolto l'importazione dei vostri maiali assai più entusiasticamente di quanto abbiano gradito, ad esempio, l'importazione della Santa Chiesa.

Com'era soltanto giusto, gli invitati al banchetto di quella sera consistevano quasi esclusivamente dei guerrieri Acòlhua giunti a Tecnochtìtlan al seguito di Nezahualpìli. V'erano pochi cavalieri Chimapopòca dei Tecpanèca, e quanto a noi Mexìca eravamo soltanto in tre: io stesso e i miei immediatamente superiori nel campo di battaglia, il cuachic Ghiotto di Sangue e il Cavaliere della Freccia Xococ. Uno degli Acòlhua presenti era il soldato al quale avevano riappiccicato successivamente il naso troncatogli durante la battaglia. Il naso si era però staccato di nuovo. Egli ci disse, malinconicamente, che l'operazione eseguita dal medico non era riuscita; il naso aveva cominciato a poco a poco ad annerirsi, per poi cadere. Gli assicurammo tutti che il suo aspetto non era molto peggiore senza di esso di quanto lo fosse stato con il naso riappiccicato; ma si trattava di un uomo cortese, e si tenne lontano da noi per non guastarci l'appetito.

Per ogni ospite esisteva una donna auyanìmi, vestita in modo seducente, che gli serviva bocconcini tolti dai vassoi, caricava con piciètl le cannucce per fumare, le accendeva, versava cioccolata e octli. In seguito quelle donne si ritirarono con ognuno di noi nelle piccole camere da letto munite di tende, tutto attorno alla sala principale. Vedo la disapprovazione sulle vostre facce, miei signori scrivani, eppure è questo che accadde, in effetti. Quel banchetto di carne umana e il successivo godimento di copulazioni casuali... si svolsero proprio qui, in questa ormai sacra sede diocesana.

Confesso di non ricordare tutto quello che accadde, poiché quella notte fumai la mia prima poquiètl, anzi più di una, e bevvi molto octli. Avevo timidamente gustato altre volte il succo fermentato di maguey, ma quella fu la prima occasione in cui ne bevvi a sufficienza per obnubilarmi i sensi. Rammento che i guerrieri lì riuniti si vantarono parecchio delle loro imprese nella recente guerra e nelle guerre trascorse, e ricordo che vi furono molti brindisi alla mia prima vittoria e alla mia rapida promozione. A un certo punto i tre Riveriti Oratori ci onorarono brevemente con la loro presenza, e vuotarono una tazza di octli con noi. Rammento vagamente di avere ringraziato Nezahualpìli — in modo ebbro e disgustosamente adulatore e forse incoerente — per il suo dono di mercanzie e di denaro, ma non ricordo la risposta di lui, anche se una risposta vi fu.

In ultimo, e senza alcuna esitazione, grazie forse allo octli, mi ritirai in una delle camere da letto con la mia auyanìmi. Rammento che si trattava di una giovane donna quanto mai avvenente, con i capelli artificialmente colorati nel rosso-giallo del giacinto. Risultò essere straordinariamente abile in quella che era, in fin dei conti, la sua occupazione nella vita: dare piacere ai guerrieri vittoriosi. E così, oltre alle solite cose, me ne insegnò alcune altre del tutto nuove per me, e debbo dire che soltanto un soldato nel fiore degli anni, del vigore e dell'agilità sarebbe stato in grado di fare a lungo la propria parte in quelle acrobazie, o di sostenere la parte avuta in esse dalla donna. In cambio l'«accarezzai con i fiori », vale a dire che applicai a lei alcune delle arti sottili cui avevo assistito durante la seduzione di Qualcosa di Delicato. La auyanìmi, ovviamente, apprezzò tali attenzioni, e molto se ne meravigliò. Essendosi accoppiata sempre e soltanto con uomini, e con uomini alquanto rozzi, non aveva mai sperimentato prima di allora quei particolari titillamenti — e credo che fu lieta di impararli e di aggiungerli al proprio repertorio.

Infine, sazio di sesso, di fumo, di cibo e di bevande, decisi che mi avrebbe fatto piacere restare solo per qualche tempo. La sala del banchetto era satura di aria viziata, di fumo, dell'odore dei cibi avanzati, del sudore degli uomini e delle torce cosparse di pece che ardevano, e tutto ciò mi rivoltava lo stomaco. Uscii dalla Casa del Canto e mi diressi a passi malfermi verso il Cuore dell'Unico Mondo. Là le mie narici vennero aggredite da un fetore ancor più intollerabile e lo stomaco mi si rivoltò del tutto. La plaza era gremita da schiavi che raschiavano e lavavano via il sangue incrostato dappertutto. Pertanto rasentai all'esterno il Muro del Serpente finché non venni a trovarmi davanti alla porta del serraglio visitato, tanto tempo prima, con mio padre.

Una voce disse: « Non è chiuso. Gli animali si trovano tùtti nelle gabbie e comunque ingozzati e torpidi. Vogliamo entrare?"

Anche a quell'ora tarda, dopo che la mezzanotte era passata da un pezzo, non mi meravigliai molto vedendolo: l'uomo curvo e avvizzito, color cacao, colui che era stato a sua volta presente nel serraglio quell'altra volta, e presente, successivamente, in altri momenti della mia vita. Farfugliai un saluto con la voce impastata, ed egli disse:

« Dopo una giornata trascorsa godendoci i riti e i piaceri degli esseri umani, mettiamoci in comunione con quelle che chiamiamo bestie ».

Lo seguii nel serraglio e percorremmo il corridoio tra le gabbie e i cubicoli. Tutti gli animali carnivori erano stati ben saziati con la carne dei sacrifici, ma l'acqua che scorreva costantemente nei canali di scolo aveva portato via quasi ogni traccia e ogni odore dei pasti. Qua e là un coyote, o un giaguaro, o uno dei grossi serpenti costrittori aprì un occhio sonnacchioso, sbirciandoci, e poi lo richiuse. Anche soltanto pochi degli animali notturni erano desti — pipistrelli, opossum, scimmie urlatrici — e queste bestie sembravano a loro volta languide e si limitavano a emettere versi e grugniti sommessi.

Dopo qualche tempo, il mio compagno disse: « Hai percorso una lunga strada in breve tempo, Portalo! »

« Mixtli » lo corressi.

«Mixtli di nuovo, allora. Ti trovo sempre con un nome diverso e sempre intento a seguire una nuova e diversa carriera. Tu sei come quel mercurio di cui si servono gli orafi. Adattabile ad ogni forma, ma restio a mantenerne una per lungo tempo. Bene, hai fatto ora la tua esperienza della guerra. Vuoi diventare un militare di carriera?»

«No di certo» risposi. «Tu sai bene che non ho la vista abbastanza acuta per questo. E credo di non avere nemmeno lo stomaco adatto.»

Egli fece una spallucciata. «Oh, bastano poche battaglie perché un soldato divenga coriaceo e il suo stomaco non si ribelli più.»

«Non mi riferivo allo stomaco per battersi, ma allo stomaco per i festeggiamenti successivi. In questo momento mi sento del tutto...» E ruttai sonoramente.

«La tua prima sbornia» fece lui, con una risata. «Un uomo si abitua anche a questo, te lo assicuro. Anzi, spesso si gode le ubriacature, fino al punto da averne bisogno.»

«Credo che preferirei evitarlo» dissi io. «Di recente ho sperimentato troppe prime volte, e troppo in fretta. Ora gradirei soltanto un po' di riposo, senza incidenti e agitazione e turbamenti. Credo che riuscirò a persuadere Ahuìtzotl ad assumermi come scrivano del palazzo.»

«Carta di corteccia e vasetti di colore» fece lui, in tono sprezzante. «Mixtli, di queste cose potrai occuparti quando sarai vecchio e decrepito come me. Lasciale in serbo in attesa degli anni in cui le energie ti basteranno soltanto per scrivere i tuoi ricordi. Fino ad allora accumula avventure ed esperienze da ricordare. Ti raccomando vivamente i viaggi. Recati in luoghi lontani, conosci altre genti, gusta cibi esotici, goditi ogni tipo di donne, contempla paesaggi non familiari, vedi cose nuove. E questo mi ricorda, a proposito... l'altra volta, quando ci trovavamo qui, non andasti a vedere i tequàntin. Vieni.»

Aprì una porta ed entrammo nella sala degli «animali umani», gli scherzi di natura e i mostri. Non si trovavano entro le gabbie come le vere bestie. Ognuno di loro viveva in quella che sarebbe stata una piacevole e piccola stanza privata — a parte il fatto che era priva della quarta parete, per cui gli spettatori come noi potevano guardar dentro e vedere i tequàntin intenti a quella qualsiasi attività cui potevano dedicarsi per riempire la loro inutile esistenza e i giorni vuoti. A quell'ora della notte, tutti coloro davanti ai quali passammo stavano dormendo sui loro giacigli. C'erano gli uomini e le donne completamente bianchi — bianchi di pelle e di capelli — con un aspetto impalpabile come quello del vento. C'erano i nani e i gobbi, e altri esseri deformi in modo ancor più orrido.

«Come mai si trovano qui?» bisbigliai con discrezione.

Il mio compagno disse, senza darsi la pena di abbassare la voce: «Vengono di loro iniziativa, se sono stati resi grotteschi da qualche incidente. Oppure sono i loro stessi genitori a portarli, se nascono deformi. Se il tequàni vende se stesso, il prezzo viene versato ai genitori, o a chiunque altro egli indichi. E il Riverito Oratore paga con munificenza. Vi sono genitori che pregano, letteralmente, gli dei, chiedendo di generare un mostro, per poter arricchire. Il tequàni stesso, naturalmente, non sa che farsi delle ricchezze, in quanto ha tutto ciò che gli occorre finché vivrà. Ma alcuni di costoro, i più bizzarri, costano davvero un patrimonio. Come questo nano, ad esempio».

Il nano stava dormendo, ed io fui alquanto lieto di non vederlo desto, poiché aveva soltanto mezza testa. Dalla mascella superiore, con denti frastagliati, alla clavicola, non esisteva niente — né mandibola né pelle — niente se non la trachea bianchiccia posta a nudo, i rossi muscoli, i vasi sanguigni e l'esofago; quest'ultimo si apriva dietro i denti e tra le piccole gote gonfie, da scoiattolo. Il mostro giaceva con quell'orribile mezza testa reclinata all'indietro e respirava con suoni gorgoglianti e sibilanti.

«Non può né masticare né inghiottire» disse la mia guida «e pertanto il cibo deve deve essere versato entro la parte superiore dell'esofago. Poiché deve reclinare la testa molto all'indietro per poter essere nutrito, non vede ciò che gli viene dato, e molti visitatori, qui, gli giocano tiri crudeli. Possono fargli ingurgitare uno spinoso frutto tonal, o un purgante violento, o anche qualcosa di peggio. Molte volte per poco egli non è morto, ma è talmente avido e stupido che continua ad arrovesciare la testa all'indietro davanti a chiunque faccia gesto di offrirgli qualcosa.»

Rabbrividii e passai alla cameretta successiva. Il tequàni là dentro non sembrava essere addormentato, poiché l'unico occhio che possedesse rimaneva aperto. Là ove si sarebbe dovuto trovare l'altro occhio v'era soltanto pelle liscia. La testa era calva e inoltre priva di collo; si collegava direttamente alle strette spalle e da esse ad un torso a forma di cono che poggiava sulla propria gonfia base solidamente come una piramide, in quanto le gambe non esistevano. Le braccia avevano una lunghezza normale, ma le dita di entrambe le mani erano fuse insieme, come le pinne di una tartaruga verde.

«Costei viene chiamata la donna-tapiro» disse l'uomo bruno, ed io feci un gesto ammonitore, invitandolo a parlare a voce più bassa. «Oh, non è necessario che ci sorvegliamo» disse lui.

«Con ogni probabilità sta dormendo profondamente. Uno degli occhi è completamente coperto dalla pelle, e l'altro non possiede palpebre. E del resto questi tequàntin si abituano ben presto a sentir parlare di loro dai visitatori. »

Non avevo alcuna intenzione di fare commenti su quella misera creatura. Potei rendermi conto del motivo per cui le era stato dato il nome del tapiro dal muso prensile: il naso della donna era un'appendice simile a una proboscide, che penzolava nascondendole la bocca, se pure una bocca esisteva. Ma, se il mio compagno non me lo avesse detto, non l'avrei riconosciuta come una femmina. La testa non era quella di una donna, e nemmeno di un essere umano. Non si scorgevano affatto i seni nei rotoli di ciccia mollicci e bianchicci che formavano quell'immobile piramide di corpo. La creatura mi fissava con l'unico occhio che non poteva mai chiudere.

«Il nano senza mandibola nacque tristemente conciato così» disse la mia guida «ma costei era una donna adulta quando venne ridotta in questo modo da non so quale incidente. Si suppone, a causa dell'assenza delle gambe, che l'incidente sia stato causato da qualche strumento tagliente, e, a giudicare dal resto di lei, che vi sia stato, inoltre, un incendio. Non sempre la carne brucia in un incendio, sai. A volte si limita a diventare molle, ad allungarsi, a fondersi, per cui può essere foggiata e modellata come...»

Sentii il mio stomaco rovesciarsi in preda alla nausea, e dissi: «In nome della compassione. Non parlare a voce alta davanti a questa cosa. Davanti a lei».

«A *lei*!» grugnì l'uomo, quasi lo avessi divertito. «Fai sempre il galante con le donne, non è così?» Puntò il dito verso di me, come in un gesto di accusa. «Sei appena uscito dall'amplesso di una bellissima *lei*.» Poi additò la donna-tapiro. «E ora vorresti accoppiarti con quest'altro essere che definisci come una *lei*?»

Il solo pensarvi rese incontenibile la nausea. Mi piegai in due e là, davanti alla mostruosa massa vivente, vomitai tutto quel che avevo mangiato e bevuto quella notte. Quando mi fui infine vuotato ed ebbi ripreso fiato, sbirciai con aria di scusa quell'occhio fisso. Non so se l'occhio mi vide, o se era semplicemente infiammato, ma ne scaturì una singola lacrima. Il mio accompagnatore se n'era andato, non lo vidi più, e riattraversai allora il serraglio e uscii.

Ma v'era in serbo qualcos'altro di spiacevole per me, quella notte, giunta ormai alle prime ore dell'alba. Quando fui arrivato dinanzi alla grande porta del palazzo di Ahuìtzotl, la sentinella disse: «Scusami, Tequiua Mixtli, ma il medico di corte ha aspettato il tuo ritorno. Ti spiacerebbe recarti da lui prima di andare nel tuo appartamento? »

L'uomo mi accompagnò fino all'alloggio del medico. Bussai e trovai il chirurgo desto e vestito di tutto punto. La sentinella ci salutò entrambi e tornò al suo posto di guardia. Il medico mi osservò con un'espressione nella quale si accomunavano curiosità, compassione e ipocrisia professionale. Per un momento pensai che volesse prescrivermi un rimedio contro la nausea dalla quale continuavo ad essere infastidito. Invece domandò: « Il ragazzo Cozcatl è il tuo schiavo, vero? »

Risposi affermativamente e domandai se si fosse ammalato.

« Ha avuto un incidente. Non mortale, sono lieto di dirlo, ma neppure di poco conto. Quando la folla nella plaza ha cominciato a disperdersi, è stato veduto privo di sensi accanto alla Pietra della Battaglia. Forse si era avvicinato troppo a coloro che duellavano. »

I miei pensieri non erano tornati una sola volta a Cozcatl dopo che lo avevo incaricato di stare attento a un qualsiasi indizio della presenza di Chimàli. Dissi: « È stato ferito, allora, signore Medico? »

« Gravemente ferito » rispose lui « e ferito in un modo bizzarro. » Tenne lo sguardo su di me mentre toglieva dal tavolo una pezzuola macchiata di sangue, ne apriva le pieghe e l'avvicinava a me per consentirmi di vedere che cosa contenesse: un membro maschile immaturo, con il sacchetto degli olòltin, pallido e molliccio ed esangue.

« Come il lobo di un orecchio » mormorai.

« Cosa? » domandò il medico:

« Dici che non è una ferita mortale? »

« Be', tu o io potremmo considerarla tale » rispose asciutto il medico. « Ma il ragazzo non ne morirà, no. Ha perduto una certa quantità di sangue e sembra, a giudicare dai lividi e da altri segni sul corpo di lui, che sia stato calpestato, forse dalla folla in movimento. Tuttavia vivrà, e speriamo che non si affligga troppo per la perdita di qualcosa della cui importanza non ha mai avuto modo di rendersi conto. Il taglio è stato netto. Si cicatrizzerà nello stesso periodo di tempo che occorrerà al ragazzo per riprendersi dalla perdita di sangue. Ho fatto in modo che la ferita, chiudendosi, lasci una necessaria, piccola apertura. Ora Cozcatl si trova nel tuo appartamento, Tequiua Mixtli, ed io mi sono permesso di metterlo sul tuo più soffice letto, anziché nel suo giaciglio. »

Ringraziai il medico e mi affrettai a salire. Cozcatl giaceva supino nel bel mezzo del mio letto di molte trapunte, con la prima trapunta su di sé. Aveva il viso acceso da una lieve febbre e il respiro affrettato. Molto adagio, per non destarlo, lo scoprii. Era nudo, eccettuata la benda tra le gambe, tenuta ferma mediante una fasciatura intorno ai fianchi. Aveva lividi sulla spalla, ove era stato agguantato da una mano mentre veniva manovrato il coltello. Il medico si era riferito ad « altri segni », ma io non ne vidi alcuno... finché Cozcatl, probabilmente sentendo il freddo dell'aria notturna, mormorò qualcosa nel sonno e si girò mostrandomi la schiena.

« La tua vigilanza e la tua lealtà non rimarranno senza un compenso » avevo detto al ragazzo, non sospettando certo in che cosa il compenso sarebbe consistito. Il vendicativo Chimàli si era trovato davvero tra la folla, quel giorno, ma, essendo io rimasto quasi sempre in una posizione molto in vista, non aveva potuto aggredirmi. Aveva invece veduto, riconosciuto e aggredito il mio schiavo. Ma perché ferire un servo così giovane e relativamente privo di valore?

Poi ricordai la strana espressione sulla faccia del medico e mi resi conto che egli doveva aver pensato quanto senza dubbio aveva pensato anche Chimàli. Chimàli doveva avere supposto che il ragazzo fosse per me quello che Tlatli era stato per lui. Se l'era presa con Cozcatl non già per privarmi di uno schiavo sacrificabile, ma allo scopo di mutilare il mio supposto cuilòntli, in un modo calcolato freddamente per sconvolgermi, per schernirmi.

Tutte queste riflessioni mi passarono nella mente quando vidi, nitidamente impressa sulla schiena di Cozcatl, all'altezza dell'esile vita, la familiare impronta rossa di Chimàli; soltanto che, questa volta, il sangue non era suo.

Poiché era ormai tanto tardi, o tanto presto, che l'aperto lucernario nel soffitto stava cominciando a impallidire — e poiché sia il capo, sia lo stomaco, continuavano a dolermi orribilmente — sedetti accanto al letto d'infermo di Cozcatl, senza nemmeno tentare di appisolarmi ma cercando invece di riflettere.

Ricordai il perfido Chimàli negli anni che avevano preceduto la sua perfidia, negli anni in cui mi era ancora amico. Aveva avuto egli stesso all'incirca la stessa età di Cozcatl nella memorabile sera in cui lo avevo accompagnato a casa, attraverso Xaltòcan, con la zucca sulla testa per nascondere i capelli a ciuffi. Ricordai come mi avesse commiserato quando era partito per la calmècac mentre io restavo nell'isola, e come mi avesse fatto dono dei suoi colori composti in modo particolare...

Questo mi indusse a pensare all'altro inatteso dono ricevuto appena pochi giorni prima. Ognuno degli oggetti che lo formavano aveva un grande valore, tranne una cosa che, apparentemente, non valeva nulla, per lo meno lì a Tenochtìtlan. Si trattava del fagotto contenente frammenti di ossidiana non lavorati, frammenti che era possibile procurarsi facilmente e a basso costo nel vicino canyon del Fiume dei Coltelli, a breve distanza a nord-est della città. Tuttavia, quei rozzi frammenti sarebbero stati valutati quasi quanto la giada nelle nazioni situate più a sud, che non disponevano di analoghi giacimenti di ossidiana con la quale foggiare attrezzi e armi. E quel fagotto «privo di valore» mi indusse, a sua volta, a rammentare alcune delle mie ambizioni e delle mie idee di tanto tempo prima, quando ero stato un sognante contadinello nel chinàmpa di Xaltòcan.

Allorché dilagò la luce piena del mattino, mi lavai silenziosamente, mi pulii i denti e indossai una veste pulita. Discesi al pianterreno, trovai il castaldo del palazzo e gli chiesi di poter essere ricevuto al più presto dallo Uey-Tlatoàni. Ahuìtzotl fu così cortese da concedermi un'udienza, e non dovetti aspettare molto prima di essere ammesso alla sua presenza nella sala del trono adornata con trofei di caccia.

Per prima cosa egli mi disse: «Sappiamo che il tuo piccolo schiavo è finito ieri sulla traiettoria della lama di una spada».

Risposi: «Così sembra, Riverito Oratore, ma guarirà».

Non avevo alcuna intenzione di denunciare Chimàli, o di chiedere che lo si cercasse, o anche soltanto di menzionarne il nome. Ciò avrebbe reso necessario rivelare alcuni particolari fino ad ora ignorati degli ultimi giorni della figlia di Ahuìtzotl — particolari che coinvolgevano Cozcatl e me, oltre a Chimàli. Avrebbero potuto riaccendere l'angoscia e l'ira paterne di Ahuìtzotl, e non era affatto escluso che egli facesse giustiziare me e il ragazzo prima ancora di inviare soldati in cerca di Chimàli.

Lo Uey-Tlatoàni disse: «Ci dispiace. Gli incidenti non sono rari tra coloro che assistono a duelli. Saremo lieti di assegnarti un altro schiavo finché il tuo rimarrà invalido».

«Ti ringrazio, Signore Oratore, ma non mi occorre un servo. Sono venuto a chiederti un altro favore. Essendo entrato in possesso di una modesta eredità, vorrei investirla tutta in mercanzie e tentar di vedere se avrò successo come mercante.»

Mi parve di vedere le labbra di lui incurvarsi. «Mercante? Con un banchetto nella piazza del mercato a Tlaltelòlco?»

«No, no, mio signore. Un pochtècatl, un mercante girovago.»

Egli si riappoggiò alla pelle d'orso e mi osservò in silenzio. Quanto gli stavo chiedendo equivaleva a una promozione, in fatto di condizione civile, approssimativamente uguale a quella concessami in fatto di grado militare. Sebbene i pochtèca appartenessero teoricamente tutti al volgo come me, ne costituivano la classe più elevata. Se erano fortunati e scaltri nei loro commerci, potevano diventare più ricchi della maggior parte dei nobili pìpiltin, e godere di quasi altrettanti privilegi. Erano esentati da molte delle leggi comuni e assoggettati soprattutto alle proprie leggi, stabilite e fatte applicare da loro stessi. Avevano persino un dio particolare, Yacatecùtli, il Signore Che Guida. E mantenevano gelosamente limitato il loro numero; non riconoscevano come pochtècatl chiunque chiedesse di diventarlo.

«Ti è stato conferito un grado militare che ti consente il comando» disse infine Ahuìtzotl, in tono alquanto brusco. «E vorresti rinunciarvi per caricarti sulle spalle un fardello di mercanzie di scarso valore e per calzare sandali dalla suola spessa? Dobbiamo ricordarti, giovanotto, che noi Mexìca siamo una nazione di prodi guerrieri e non di servizievoli mercanti?»

«Forse la guerra ha perduto in parte la sua utilità, Signore Oratore» risposi, sfidando il suo cipiglio. «Sono convinto che al giorno d'oggi i nostri mercanti girovaghi facciano più di tutti i nostri eserciti per estendere l'influenza dei Mexìca e per apportare ricchezze a Tenochtìtlan. Essi rendono possibili i commerci con nazioni di gran lunga troppo lontane per poter essere facilmente soggiogate, ma ricche di materie prime e di mercanzie che sono dispostissime a barattare o a vendere.»

«A sentire te, sembra che commerciare sia facile» mi interruppe Ahuìtzotl. «Consentici di dirti che il commercio è stato spesso pericoloso quanto l'arte militare. Le spedizioni dei pochtèca partono di qui con carichi dal valore considerevole, e non di rado sono state attaccate da selvaggi o da banditi prima ancora di giungere alle previste destinazioni. E spesso, una volta giunte alla meta, hanno veduto semplicemente confiscare le loro mercanzie, senza ricevere alcunché in cambio. Per questi motivi siamo costretti a fare scortare le spedizioni da considerevoli distaccamenti di truppe affinché le proteggano. E ora dicci: perché dovremmo continuare a inviare eserciti di bambinaie, anziché di saccheggiatori?»

«Con tutto il rispetto, credo che il Riverito Oratore conosca già il perché» risposi. «Nel caso di queste truppe-bambinaie, come tu le definisci, Tenochtìtlan si limita a fornire gli uomini armati. I pochtèca portano, oltre alle mercanzie, le vettovaglie e tutto ciò che è necessario per ciascun viaggio, oppure acquistano quanto occorre lungo il cammino. Diversamente da un esercito, non devono depredare e saccheggiare e farsi nuovi nemici man mano che procedono. Non appena raggiunta la meta, svolgono i loro commerci proficui, poi tornano in patria con la scorta di soldati e versano una tassa ingente alla tesoreria della tua Donna Serpente. Ai banditi lungo l'itinerario viene data una severa lezione per cui rinunciano a insidiare le strade di traffici. I popoli dei paesi lontani si rendono conto che il commercio è anche nel loro interesse e non soltanto nel nostro. Ogni spedizione che riesce a fare ritorno facilita il viaggio di quella successiva. Con il tempo, ritengo, i pochtèca potranno fare a meno della scorta armata delle tue truppe. »

Ahuìtzotl domandò, in tono piccato: « E che cosa sarà dei nostri combattenti quando Tenochtìtlan rinuncerà a estendere i propri dominî? Quando i Mexìca non si sforzeranno più di espandere la loro potenza, ma si limiteranno a rimanere inerti e a rimpinguarsi con i commerci? Quando i Mexìca, un tempo rispettati e temuti, diventeranno un branco di mercanti sempre intenti a litigare a causa dei pesi e delle misure? »

« Il mio Signore esagera, per dare una lezione a questo venuto su dal niente » dissi, esagerando a mia volta, volutamente, in fatto di umiltà. « Lascia che i tuoi combattenti si battano e i tuoi mercanti esercitino i loro commerci. Lascia che gli eserciti soggioghino le nazioni che si trovano alla loro portata, come la vicina Michihuàcan. Lascia che i mercanti leghino a noi le nazioni più lontane con i vincoli del commercio. Tra gli uni e gli altri, Signore Oratore, non vi saranno mai limiti al mondo conquistato e dominato dai Mexìca. »

Ahuìtzotl mi osservò di nuovo, tacendo, questa volta, ancora più a lungo. E nello stesso modo parve guardarmi la testa del feroce orso sopra il trono di lui. Infine lo Uey-Tlatoàni disse: « Benissimo, ci hai esposto le ragioni per le quali ammiri la professione dei mercanti girovaghi. Puoi ora esporci alcune delle ragioni per le quali la professione stessa verrebbe avvantaggiata se tu la esercitassi? »

« La professione no, non ne sarebbe avvantaggiata » risposi con franchezza. « Ma posso esporre alcune delle ragioni in seguito alle quali potrebbero esserne avvantaggiati lo Uey-Tlatoàni e il suo Consiglio. »

Egli inarcò le sopracciglia cespugliose. « Diccele allora. »

« Sono uno scrivano ben preparato, e la maggior parte dei mercanti girovaghi non lo è. Essi conoscono soltanto i numeri e il modo di tenere i conti. Come il Riverito Oratore ha potuto constatare, sono in grado di disegnare carte precise e di fare descrizioni particolareggiate con la scrittura per immagini. Posso tornare dai miei viaggi con interi libri che parlino di altre nazioni, dei loro arsenali e magazzini, delle loro difese e dei punti deboli in esse... » Le sopracciglia di lui si erano riabbassate mentre parlavo. Ritenni opportuno concludere con umiltà. « Naturalmente mi rendo conto di dover anzitutto persuadere gli stessi pochtèca del fatto che ho le qualifiche necessarie per essere accettato nella loro chiusa associazione...»

Ahuìtzotl disse, asciutto: «Dubitiamo che si ostinerebbero a lungo contro un candidato proposto dallo Uey-Tlatoàni. Non chiedi altro, allora? Che ti proponiamo come pochtècatl?»

«Se non dispiace al mio Signore, gradirei prendere con me due compagni. Chiedo che mi venga assegnato non già un reparto di soldati, ma il cuachic Extli-Quani come scorta militare. Soltanto quell'uomo, ma lo conosco da tempo e ritengo che sarà sufficiente. Chiedo inoltre di poter condurre con me il ragazzo Cozcatl. Dovrebbe essere in grado di intraprendere il viaggio quando io sarò pronto.»

Ahuìtzotl alzò le spalle. «Per quanto concerne il cuachic daremo ordine che venga distaccato dal servizio attivo. È troppo vecchio, ormai, del resto, per poter fare qualcosa di più utile della bambinaia. Per quanto concerne lo schiavo, ti appartiene già, e puoi disporre di lui a tuo piacere.»

«Vorrei che non mi appartenesse più, mio signore. Desidererei offrirgli la libertà quale modesto compenso dopo l'incidente che gli è toccato ieri. Chiedo che il Riverito Oratore lo elevi ufficialmente dalla condizione di tlacòtli a quella di libero macehuàli. Egli mi accompagnerà non già come schiavo, ma come libero socio con una partecipazione nell'impresa.»

«Faremo preparare da uno scrivano il documento dell'emancipazione» disse Ahuìtzotl. «Nel frattempo, non possiamo astenerci dall'osservare che questa sarà la spedizione commerciale più bizzarramente composta mai partita da Tenochtìtlan. Dove intendi recarti, con il tuo primo viaggio?»

«Fino alla terre dei Maya, Signore Oratore, e ritorno, se gli dei lo consentiranno. Extli-Quani è già stato laggiù, ed è questa una delle ragioni per cui lo voglio con me. Spero che torneremo con cospicui guadagni da condividere con la tesoreria del mio Signore. Sono certo, inoltre, che faremo ritorno con un gran numero di informazioni interessanti e utili per il mio Signore.»

Non dissi che speravo inoltre, fervidamente, di tornare con la vista riportata all'acutezza di un tempo. La fama dei medici Maya era la ragione più importante per la quale avevo scelto come nostra destinazione il loro paese.

«Le tue richieste sono accolte» disse Ahuìtzotl. «Aspetterai di essere convocato e ti presenterai nella Casa dei Pochtèca per sostenere l'esame.» Si alzò dal trono, rivestito con la pelle dell'orso grigio, per far capire che il colloquio era terminato. «Ci interesserà parlare ancora con te, pochtècatl Mixtli, al tuo ritorno. Se tornerai.»

Salii di nuovo al pianterreno, rientrai nel mio appartamento e vi trovai Cozcatl desto, seduto sul letto, il viso nascosto tra le mani mentre piangeva a dirotto come se la sua vita fosse giunta al termine. Be', per buona parte era effettivamente finita. Ma, non appena fui entrato ed egli, alzati gli occhi, mi vide, ebbe dapprima un'espressione di smarrito stupore, poi di estasiato riconoscimento. Infine, un sorriso radioso splendette attraverso le lacrime.

«Credevo che tu fossi morto!» gemette, scivolando giù di sotto la trapunta e zoppicando dolorosamente verso di me.

«Torna subito a letto!» gli ordinai, sollevandolo di peso e portandovelo, mentre lui si ostinava a dirmi:

«Qualcuno mi ha afferrato alle spalle, senza darmi il tempo di fuggire o di gridare. Quando ho ripreso i sensi, più tardi, e il medico ha detto che non eri tornato a palazzo, ti ho creduto morto. Ho pensato che mi avessero ferito per impedirmi di avvertirti. E infine, quando mi sono destato sul tuo letto, poco fa, e ho veduto che ancora non eri qui, ho avuto la *certezza* della tua...»

«Zitto, ragazzo» dissi, mentre lo rimettevo sotto la trapunta.

«Ma ti sono venuto meno, padrone» piagnucolò. «Ho lasciato passare il tuo nemico.»

«No, non è stato così. Chimàli si è limitato a ferire te, e non me, questa volta. Ti devo molto, e farò in modo che il debito venga pagato. Una cosa posso prometterti: quando giungerà il momento in cui avrò Chimàli in mio potere, sarai *tu* a decidere il castigo confacente per lui. E ora» soggiunsi, a disagio «ti sei reso conto... di come ti ha ferito?»

«Sì» rispose il ragazzo, mordendosi il labbro per impedire che tremasse. «Quando è accaduto, ho sentito soltanto un dolore terribile, e sono svenuto. Il buon medico ha lasciato che continuassi ad essere privo di sensi mentre lui... mentre faceva quel che poteva. Ma poi mi ha messo sotto il naso qualcosa che aveva un odore penetrante e sono rinvenuto starnutendo. E ho visto... dove mi aveva ricucito.»

«Mi dispiace» mormorai. Non mi venne in mente altro da dire.

Cozcatl fece scorrere una mano sotto la trapunta, tastandosi con cautela, poi domandò, timidamente: «Questo significa che sono una femmina, adesso, padrone?»

«Che idea ridicola!» esclamai. «No di certo!»

«Devo esserlo» disse lui, tirando su con il naso. «Ho veduto tra le gambe una sola femmina spogliata, la signora che fu la nostra padrona a Texcòco. Quando ho visto me stesso... qui sotto... prima che il medico applicasse le bende... era tale quale l'aspetto che avevano le parti intime di *lei*.»

«Non sei una femmina» dissi con fermezza. «Lo sei molto meno di quel vigliacco di Chimàli, che accoltella aggredendo alle spalle, come soltanto una donna potrebbe fare. Figuriamoci, vi sono stati molti guerrieri che hanno subìto la tua stessa ferita in combattimento, Cozcatl, e hanno continuato ad essere guerrieri virilmente forti e feroci. Alcuni, anzi, sono diventati eroi ancor più formidabili e famosi, dopo, di quanto lo fossero stati prima.»

Egli insistette: «Allora perché il medico... e perché anche tu, padrone... sembrate tanto rattristati per questo?»

«Be'» risposi «significa che non potrai mai generare un figlio.»

«Oh?» fece lui, e, con mio stupore, parve rasserenarsi. «Questo non è molto importante. A me non è mai piaciuto essere un bambino. E non mi importa molto farne altri. Ma... significa anche che non potrò mai essere un marito?»

«No... non necessariamente» risposi, esitando. «Dovrai soltanto cercarti la moglie adatta. Una donna comprensiva. Una donna disposta ad accontentarsi di quei piaceri coniugali che potrai darle. E tu desti piacere a quell'innominabile signora a Texcòco, no?»

«Lei così disse.» Cozcatl ricominciò a sorridere. «Grazie per avermi rassicurato, padrone. Poiché sono schiavo, e, per conseguenza, non posso possedere uno schiavo, mi *piacerebbe* poter avere un giorno una moglie.»

«A partire da questo momento, Cozcatl, tu non sei più schiavo, ed io non sono più il tuo padrone.»

Il sorriso si dileguò e un'espressione allarmata si diffuse sulla faccia del ragazzo. «Che cosa è accaduto?»

«Niente. Solo che tu sei ora il mio amico ed io sono il tuo.»

Cozcatl disse, con la voce tremula: «Ma uno schiavo senza padrone è una ben povera cosa. Una creatura senza radici e indifesa».

Risposi: «No, se ha un amico con il quale divide la vita e le fortune. Io posseggo un piccolo patrimonio, adesso, Cozcatl. Lo hai veduto. E ho progetti per accrescerlo, non appena tu sarai in grado di viaggiare. Ci recheremo al sud, in paesi stranieri, come pochtèca. Che cosa te ne pare? Arricchiremo insieme, e tu non sarai mai più povero, o senza radici, o indifeso. Ho appena chiesto al Riverito Oratore di approvare questa mia iniziativa. Gli ho chiesto inoltre il documento ufficiale nel quale sarà scritto che Cozcatl non è più il mio schiavo, ma il mio socio e amico».

Di nuovo vi furono lacrime e un sorriso, contemporaneamente, sul volto del ragazzo. Egli mi mise sul braccio una delle piccole mani — per la prima volta mi toccava senza il mio ordine o il mio permesso — e disse: «Gli amici non hanno bisogno di documenti per sapere di esserlo».

✠

La comunità dei mercanti di Tenochtìtlan aveva, non molti anni prima, eretto un proprio edificio destinato a servire sia da magazzino per le merci di tutti coloro che ne facevano parte, sia da luogo di riunione, con uffici, biblioteche, archivi e così via. La Casa dei Pochtèca era situata non lontano dal Cuore dell'Unico Mondo, e, sebbene più piccola di un palazzo, non mancava di alcuna comodità. Vi si trovavano una cucina e una sala da pranzo per servire pranzi e rinfreschi agli appartenenti all'associazione e ai mercanti di passaggio, nonché alloggi al piano di sopra per quei visitatori che giungevano da lontano e si trattenevano una notte o più a lungo. V'erano molti servi, uno dei quali, piuttosto altezzosamente, mi fece entrare, il giorno della convocazione, e mi condusse nella lussuosa sala ove tre anziani pochtèca aspettavano di sottopormi all'esame.

Ero venuto disposto ad essere opportunamente deferente nei confronti dell'augusta accolta, ma non ad esserne intimidito. Anche se feci il gesto di baciare la terra di fronte agli esaminatori, mi raddrizzai subito e, senza guardarmi alle spalle, sganciai la fibbia del mantello e sedetti. Né il mantello né io cademmo a terra. Il servo, per quanto potesse essere stato colto di sorpresa dai modi autorevoli di un uomo comune come me, riuscì, in qualche modo, ad afferrare l'indumento e al contempo a spingere avanti, fulmineamente, una sedia icapàli.

Uno dei tre anziani ricambiò il mio saluto con il mero movimento di una mano, e ordinò al servo di portare cioccolata per tutti. Poi tutti e tre gli uomini, immobili, mi osservarono per qualche tempo, come se stessero misurandomi con gli occhi. Indossavano i più semplici dei mantelli, senza nessunissimo ornamento, alla maniera dei pochtèca, la cui tradizione era quella di passare il più possibile inosservati, di non mettersi in vista e di non ostentare in alcun modo la loro ricchezza e la loro importanza sociale, anzi di essere persino furtivi al riguardo. Tuttavia, la modestia nel vestire veniva un pochino smentita dal fatto che quei tre erano tutti quasi oleosamente grassi a furia di mangiar bene e di vivere comodamente. E due di loro fumavano poquìèltin infilate in bocchini d'oro cesellato...

«Ti presenti con referenze eccellenti» disse uno dei tre, in tono risentito, quasi gli dispiacesse di non poter respingere seduta stante la mia candidatura.

«Ma devi disporre di un capitale adeguato» disse un altro. «Che cosa possiedi?»

Gli consegnai l'elenco, già preparato, delle diverse mercanzie e del denaro di cui potevo disporre. Mentre sorseggiavano la spumosa cioccolata, in quell'occasione insaporita e profumata con il fiore di magnolia, si passarono di mano in mano la lista.

«Apprezzabile» disse uno dei tre.

«Ma non opulento» disse un altro.

«Quanti anni hai?» mi domandò il terzo.

«Venti e uno, miei signori.»

«Sei molto giovane.»

«Ma questo non può essere uno svantaggio, spero» dissi io.«Il grande Coyote Digiunante aveva appena sedici anni quando divenne Riverito Oratore di Texcòco.»

«Presumendo che tu non aspiri a un trono, giovane Mixtli, quali sono i tuoi progetti?»

«Bene, miei signori, ritengo che i ricchi tessuti, i mantelli ricamati e così via, difficilmente potrebbero essere acquistati da gente di campagna. Li venderò ai nobili di questa città, in grado di pagare il prezzo che valgono. Poi investirò il ricavato in tessuti più comuni e più pratici, in coperte di pelo di coniglio, cosmetici e pozioni medicinali, in tutto ciò che è possibile procurarsi soltanto qui. Poi porterò tali mercanzie al sud e le baratterò contro ciò che è possibile trovare soltanto in altre nazioni.»

«È quello che noi tutti andiamo facendo da anni» osservò uno degli uomini, affatto colpito. «E inoltre tu non accenni affatto alle spese del viaggio. Ad esempio parte del ricavato dovrà essere speso per assumere una colonna di tamèmime.»

«Non ho l'intenzione di assumere portatori» dissi io.

«Davvero? Hai un numero sufficiente di compagni per provvedere al trasporto di tutte le merci e alle altre fatiche? Ma questo è un modo stupido di economizzare, giovanotto. Ogni tamèmi viene pagato con un tanto al giorno. Avendo dei compagni, dovrai dividere gli utili.»

Dissi: «Vi saranno soltanto due persone, oltre a me, a partecipare a questa impresa».

«Tre uomini?» osservò il più vecchio, in tono sprezzante. Poi batté un dito sull'elenco. «Soltanto per portare l'ossidiana, tu e i tuoi due amici crollerete prima di aver percorso la strada rialzata sud.»

Pazientemente, spiegai: «Non intendo trasportare alcunché,

né assumere portatori, in quanto acquisterò schiavi da adibire a tali fatiche».

Tutti e tre gli uomini scossero la testa con un'aria di compatimento. «Con quello che costa un solo schiavo robusto, potresti pagare un intero gruppo di tamèmime.»

«Che però» feci rilevare «dovrei nutrire e calzare e vestire. Per tutto il viaggio fino al sud e ritorno.»

«Ma i tuoi schiavi cammineranno a pancia vuota e a piedi nudi? Davvero, giovanotto...»

«Man mano che mi libererò delle mercanzie trasportate dagli schiavi, venderò anche gli schiavi stessi. Dovrebbero essere pagati bene nei paesi ove abbiamo catturato o arruolato tanti lavoratori del posto.»

Gli anziani parvero lievemente sorpresi, come se un'idea del genere fosse del tutto nuova per loro. Tuttavia uno di essi disse: «E poi eccoti laggiù, nel profondo e solitario sud, senza portatori né schiavi per trasportare in patria quanto avrai acquistato».

Risposi: «Mi propongo di acquistare soltanto quelle mercanzie che valgono molto pur occupando poco posto o pesando pochissimo. Non cercherò, come fanno molti pochtèca, giada, o gusci di tartaruga, o pesanti pelli di animali. Gli altri mercanti acquistano tutto ciò che viene loro offerto semplicemente *perché* hanno i portatori da pagare e da sfamare, e tanto vale quindi caricarli di fardelli. Io non baratterò le mie mercanzie contro altro che coloranti rossi e le piume più rare. Potranno occorrere molte deviazioni e molto tempo per trovare queste cose particolari. Ma anche io da solo potrei riportare in patria un sacchetto colmo di prezioso colorante, o una balla compatta di piume quetzal tototl, ed essa basterebbe a rifondere mille volte tutto il mio investimento».

I tre uomini mi guardarono, anche se a malincuore, con un nuovo rispetto. Uno di loro ammise: «Hai riflettuto a lungo su questa impresa».

Dissi: «Be', sono giovane. Forte abbastanza per un viaggio faticoso. E dispongo di molto tempo».

Uno degli uomini rise ironicamente. «Tu pensi, allora, che noi siamo sempre stati vecchi e obesi e sedentari?» Aprì il mantello, mostrandomi quattro cicatrici increspate nella carne del fianco destro. «Le frecce degli Huichol, quando mi avventurai tra le loro montagne del nord-ovest, tentando di acquistare i talismani Occhio-di-Dio.»

Un altro sollevò dal pavimento il mantello per mostrarmi che aveva un piede solo. «Il morso di un serpente nauyàka nelle giungle Chiapa. Il veleno uccide prima che si possa respirare dieci volte. Dovetti amputare immediatamente, di mio pugno e con la mia stessa maquàhuitl.»

Il terzo si chinò affinché potessi vedergli il cocuzzolo della testa. Ciò che avevo scambiato per una zazzera di capelli bianchi era in realtà soltanto una frangia intorno a una calvizie tutta a cicatrici rosse e corrugate. «Mi recai nel deserto del nord, in cerca dei germogli del cactus peyotl, che fanno sognare. Passai tra le popolazioni di quei cani di Chichimèca, tra quegli altri cani selvatici che sono i Teochichimèca, persino tra i cani rabbiosi Zàcachichimèca. Ma in ultimo finii tra gli Yake e, in confronto a quei barbari, tutti gli altri cani di popoli sono come conigli. Riuscii a salvare la pelle, ma qualche selvaggio Yaki sta portando ora il mio scalpo appeso a una cintola festonata con le capigliature di molti altri uomini.»

Umiliato, dissi: «Miei signori, mi meraviglio delle vostre avventure, rispetto il vostro coraggio, e spero soltanto di potere un giorno avvicinarmi alla vostra grandezza di abili pochtèca. Sarebbe un onore per me poter essere annoverato tra i più modesti iscritti all'associazione, e vi sarei grato se voleste rendermi partecipe di una saggezza e di un'esperienza così duramente acquisite».

I tre uomini si scambiarono un'altra occhiata. Uno di loro mormorò: «Che cosa dite voi?» e gli altri due annuirono. Il vecchio scotennato si rivolse poi a me:

«Il tuo primo viaggio come mercante sarà necessariamente il vero esame che deciderà se puoi essere accettato. Sappi, infatti, questo: non tutti i pochtèca novizi tornano anche soltanto dal primo tentativo. Noi faremo tutto il possibile per aiutarti a preparare ogni cosa a dovere. Il resto dipenderà da te».

Dissi: «Grazie, miei signori. Farò tutto ciò che mi suggerite e ascolterò qualsiasi consiglio vogliate darmi. Se disapprovate il piano che mi propongo di attuare...»

«No, no» rispose uno di loro. «È lodevolmente originale e audace. Fare in modo che parte della mercanzia porti il resto della mercanzia. Heh-heh.»

«Modificheremmo il tuo piano soltanto in questo senso» disse un altro. «Hai ragione affermando che le tue mercanzie lussuose possono essere vendute meglio qui a Tenochtìtlan. Ma non dovresti perdere il tempo necessario per venderle ad una ad una.»

«No, non perdere tempo» esclamò il terzo. «Una lunga esperienza e consultazioni con i veggenti e con gli indovini ci hanno consentito di stabilire che la data più propizia per iniziare una spedizione è il giorno Un Serpente. Oggi è Cinque Case, e pertanto... vediamo... il giorno Un Serpente figurerà sul calendario tra esattamente venti e tre giorni. Sarà il solo giorno Un Serpente della stagione asciutta di quest'anno, che, credimi, è la sola stagione adatta per recarsi al sud.»

Il primo uomo tornò a parlare. «Porta qui da noi i tuoi ricchi tessuti e abiti. Ne calcoleremo il valore e ti daremo il giusto equivalente in mercanzie più facili a vendersi. Potremo vendere qui, e con tutta calma, le mercanzie lussuose. Detrarremo soltanto una piccola parte del loro valore, come tuo contributo iniziale al nostro dio Yacatecùtli e alla manutenzione dell'edificio di questa associazione.»

Ebbi, forse, un attimo appena di esitazione. Egli disse, inarcando le sopracciglia: «Giovane Mixtli, non diffidare dei tuoi colleghi. Se ognuno di noi non fosse scrupolosamente onesto, nessuno in questo mestiere riuscirebbe a guadagnare, o anche soltanto a sopravvivere. La nostra filosofia è molto semplice. E sappi anche un'altra cosa: dovrai trattare con la stessa onestà anche i selvaggi più ignoranti delle regioni più retrograde. Poiché, ovunque tu possa recarti, qualche altro pochtècatl ti avrà preceduto o verrà dopo di te. E soltanto se ognuno si comporterà onestamente potranno gli altri essere ammessi in una comunità... o anche andarsene vivi».

Avvicinai il vecchio Ghiotto di Sangue con qualche cautela, aspettandomi in parte che esplodesse e bestemmiasse alla prospettiva di fare da bambinaia ad un pochtècatl novellino e avvolto nella nebbia e ad un ragazzo convalescente. Invece, non senza stupore da parte mia, egli si mostrò più che entusiasta.

«Io? La tua sola scorta armata? E affideresti le vostre due vite e il vostro patrimonio a questo vecchio sacco di vento e di ossa?» Batté le palpebre varie volte, sbuffò, poi si soffiò il naso nella mano, con le dita. «E come potrei rifiutare di fronte a una simile prova di fiducia?»

Dissi: «Non te lo proporrei se non sapessi che sei molto di più di un sacco di vento e di ossa».

«Bene, il dio della guerra sa che non voglio saperne di un'altra campagna farsesca come quella di Texcàla. E non potrei fare altro — ayya! — che tornare a insegnare nella Casa per l'Irrobustimento. Ma ayyo! rivedere quelle terre lontane...» Volse lo sguardo verso l'orizzonte meridionale. «Per le palle di granito del dio della guerra, sì! Ti ringrazio per la proposta e l'accetto con letizia, giovane Nebbia...» Poi tossicchiò. «Ehm... padrone?»

«Socio» dissi. «Tu ed io e Cozcatl ci divideremo in parti uguali ciò con cui torneremo. E spero che vorrai chiamarmi Mixtli.»

«Allora, Mixtli, lascia che sia io a provvedere ai primi preparativi. Lascia che vada ad Azcapotzàlco per acquistare gli schiavi. Sono una vecchia volpe nel giudicare i muscoli, e so bene come sono soliti truffare quei mercanti, capaci persino di pigiare cera d'api fusa sotto la pelle di un gracile torace.»

«E a quale scopo?» esclamai.

«La cera indurisce e dà a un uomo i gonfi muscoli pettorali di un volatore tocotìni, oppure fa venire alle donne seni come quelli delle leggendarie tuffatrici in cerca di perle che abitano nell'Isola delle Femmine. Naturalmente, alla prima giornata calda, quelle tette penzolano fino alle ginocchia. Oh, non preoccuparti, non acquisterò alcuna schiava. A meno che la situazione al sud non sia cambiata in modo drastico, non ci mancheranno le cuoche e le lavandaie ben disposte... pronte anche a scaldarci il letto.»

Così Ghiotto di Sangue prese i calami pieni di polvere d'oro e si recò al mercato degli schiavi di Azcapotzàlco, sulla terraferma e, dopo alcuni giorni di attenti esami e di contrattazioni, tornò indietro con dodici uomini validi e robusti. Non due di essi appartenevano alla stessa tribù o provenivano dal recinto dello stesso mercante di schiavi; era, questa, una precauzione adottata dal mio amico per evitare che alcuni di quegli uomini si conoscessero o fossero amanti cuilòntin, capaci di cospirare per ammutinarsi o per fuggire. Vennero tutti con un nome già assegnato, ma non potevamo darci la pena di ricordarli, e pertanto ci limitammo a chiamarli Ce, Ome, Yeyi, e così via, vale a dire i numeri Uno, Due, Tre, fino a Dodici.

Durante quei giorni di preparativi, il medico della corte di Ahuìtzotl consentì a Cozcatl di alzarsi dal letto per periodi man mano più lunghi, e infine tolse i punti e le bende, e gli prescrisse servizi da compiere. Ben presto il ragazzo ridivenne sano e animato come prima, e la sola cosa a ricordare la ferita da lui riportata era il fatto che doveva accosciarsi come una donna per urinare.

Procedetti allo scambio delle mercanzie nella Casa dei Pochtèca, consegnando la mia roba di grande valore e ottenendone in cambio sedici volte tanta, ma più a buon mercato e più facilmente vendibile. Poi dovetti scegliere e acquistare l'equipaggiamento e le provviste per la nostra spedizione, e i tre anziani dai quali ero stato esaminato furono anche troppo lieti di aiutarmi. Sospetto che si divertissero e rivivessero i bei tempi mentre discutevano a non finire sulla resistenza delle corde di fibre di maguey rispetto a quelle di canapa, mentre contrapponevano i vantaggi degli otri per l'acqua fatti con pelli di cervo (otri che non perdono nemmeno una goccia del loro contenuto) a quelli delle giare di argilla (che ne perdono una parte per evaporazione, ma, di conseguenza, mantengono sempre fresca l'acqua), mentre mi spiegavano le carte alquanto rozze e imprecise che mi avevano prestato, e mentre mi davano ogni sorta di esperti consigli.

« L'unico cibo che trasporta se stesso è il cane techìchi. Portane con te una muta numerosa. Mixtli, Si procureranno per loro conto il nutrimento e l'acqua da bere, ma al contempo sono troppo mansueti e paurosi per diventare selvatici. Quella di cane non è la carne più saporita, certo, ma sarai lieto di averne a tua disposizione quando non troverai niente cui dare la caccia. »

« Quando ucciderai qualche animale selvatico, Mitli, non sarà necessario che tu ne faccia stagionare a lungo la carne affinché diventi tenera e più gustosa. Basterà che tu l'avvolga nelle foglie di un albero papaya e si frollerà e diverrà saporita in una sola notte. »

« Sta' in guardia dalle donne nelle regioni ove vi sono state razzie degli eserciti Mexìca. Alcune di esse sono state talmente maltrattate dai nostri soldati, e li odiano a tal punto che, deliberatamente, hanno lasciato contagiare le loro parti intime dalla tremenda malattia manàua. Queste donne sono disposte ad accoppiarsi con qualsiasi Mexìcatl di passaggio pur di avere la loro vendetta, facendo sì che, in ultimo, egli senta marcire il proprio tepùli e anche il cervello. »

« Se dovessi restare senza carta di corteccia per tenere i conti, non devi fare altro che cogliere le foglie di qualsiasi vite. Scrivi su di esse con un ramoscello appuntito e i graffi bianchi sulle foglie verdi risulteranno duraturi come i segni del colore sulla carta. »

Molto presto, il mattino del giorno Un Serpente, partimmo da Tenochtìtlan: Cozcatl, Ghiotto di Sangue ed io... nonché i dodici schiavi sotto i fardelli legati con corde, e la muta di cagnetti grassocci che ci saltellavano tra i piedi. Ci incamminammo lungo la strada rialzata che conduce a sud attraverso il lago. Alla nostra destra, a ovest, sul punto più vicino della terraferma, campeggiava il monte Chapultèpec. Sulla sua parete rocciosa, il primo Motecuzòma aveva fatto scolpire le proprie sembianze in dimensioni gigantesche, e ogni successivo Uey-Tlatoàni si era affrettato ad emularne l'esempio. Stando a quanto si diceva, l'immenso ritratto di Ahuìtzotl, lassù, era quasi terminato, ma noi non riuscimmo a distinguere alcun particolare di alcuno dei bassorilievi sulla roccia perché la parete della montagna non era ancora illuminata dalla luce del giorno. Eravamo nel nostro mese di Panquetzalìztli, quando il sole sorge tardi, e molto a sudest, direttamente dietro il picco del Popocatèpetl.

Non appena venimmo a trovarci sulla strada rialzata, non si riusciva a vedere niente in quella direzione, tranne la consueta nebbia mattutina, resa splendente dalla luce colore opale dell'alba imminente. Ma, adagio, la nebbia si diradò e, a poco a poco, il vulcano massiccio, ma dalla bella forma, divenne visibile, come se stesse spostandosi in avanti dal proprio eterno luogo e venisse verso di noi.

Quando il velo della nebbia si disperse completamente, la montagna apparve chiara in tutta la sua possanza. Il cono rivestito di neve irradiò un alone luminoso, grazie al sole che si trovava dietro ad esso. Poi, in apparenza dal cratere stesso, Tonatìu balzò in alto, e il giorno spuntò, mentre il lago riluceva e tutti i circostanti territori venivano inondati da pallida luce dorata e da pallide ombre viola. In quello stesso istante, il vulcano che brucia incenso esalò uno sbuffo di fumo azzurro, e il fumo salì nel cielo e si gonfiò assumendo la forma di un immenso fungo.

Doveva essere un fausto presagio per il nostro viaggio: il sole che splendeva sulla cresta nevosa del Popocatèpetl e la faceva scintillare come bianca onice adornata da tutte le pietre preziose del mondo, mentre la montagna stessa ci salutava con quel fumo che saliva pigramente, dicendo:

«Voi partite, gente mia, ma io resto, come sempre ho fatto e sempre farò, un faro per guidarvi nel ritorno sicuro».

I H S

☧

S. C. C. M.

Alla Sacra, Cesarea e Cattolica Maestà,
l'Imperatore Don Carlos, Nostro Signore e Re:

Regale e Imperiale Maestà, nostro Riverito Sovrano: dalla Città di Mexìco, capitale della Nuova Spagna, in questo secondo giorno dopo la Domenica dell'Ascensione, dell'anno di Nostro Signore mille cinquecento trenta, saluti.

Per quanto concerne la richiesta nella più recente lettera della Stimatissima Maestà Vostra, dobbiamo confessare di non essere in grado di precisare a Vostra Maestà il numero esatto dei prigionieri Indios sacrificati dagli Aztechi in quella occasione, allorché «consacrarono» la Grande Piramide più di quarant'anni addietro. La piramide è scomparsa da tempo, ormai, così come ogni documentazione sulle vittime di quella giornata, seppure ne venne mai tenuto conto.

Il nostro Azteco di quell'evento, all'evento stesso presente, non è a sua volta in grado di precisare il numero delle vittime più che parlando di «migliaia», ma è possibile che il vecchio ciarlatano esageri la cifra, allo scopo di fare apparire più importanti storicamente il giorno in questione e l'edificio. Coloro che ci hanno preceduto, i frati missionari francescani, hanno diversamente valutato il numero dei sacrifici in quella giornata, tra le quattromila e le *ottomila* vittime. Ma anche quei buoni fratelli possono avere esagerato la cifra, influenzati forse, inconsapevolmente, dalla pura ripugnanza di fronte a un simile evento, o forse per far sì che noi, il loro nuovo Vescovo, ci rendessimo conto dell'innata bestialità della popolazione indigena.

Difficilmente potrebbe esserci necessaria una qualsiasi esagerazione per persuaderci della ferocia e della depravazione istintive negli Indios. Crediamo in esse prontamente, poiché abbiamo la prova quotidiana di questo narratore, la cui presenza sopportiamo per ordine della Magnificentissima Maestà Vostra. Negli ultimi mesi, le poche cose di un qualche valore o di un qualche interesse che egli ha detto sono state deprecabilmente sommerse dalle laide e veneree divagazioni di lui. Egli ci ha nauseati interrompendo le descrizioni di cerimonie dalle intenzioni solenni, di viaggi significativi e di eventi importanti, al solo ed unico scopo di indugiare su qualche momentanea lussuria — la propria o quella di chiunque altro — e di minuziosamente descrivere il soddisfacimento, in tutti i modi fisicamente possibili, e in modi preferibilmente infecondi, non di rado disgustosi e corrotti, compresa quella perversione della quale San Paolo disse: «Che essa non venga neppure nominata tra voi».

Tenuto conto di quanto abbiamo appreso da lui dell'indole degli Aztechi, possiamo prontamente credere che essi *sarebbero stati* capacissimi di massacrare ottomila dei loro simili sulla Grande Piramide, e in un sol giorno, ma rimane il fatto che una simile impresa è impossibile. Anche se i preti-carnefici mai si fossero fermati, avrebbero dovuto uccidere cinquantacinque uomini in ogni minuto nel corso di quelle ventiquattr'ore, vale a dire quasi un uomo al secondo. Ed è difficile dare credito anche alle valutazioni minori del numero delle vittime. Avendo noi stessi una certa esperienza in fatto di esecuzioni in massa, troviamo difficile credere che un popolo primitivo come questo possa essere riuscito a eliminare le molte migliaia di cadaveri prima che essi andassero in putrefazione causando una pestilenza nell'intera città.

Tuttavia, sia stato il numero dei massacrati quel giorno di ottomila vittime, o di un decimo di tale cifra, o anche di un centesimo o di un millesimo di tale cifra, è comunque esecrabile per ogni Cristiano, e orribile per ogni persona civilizzata, il fatto che tanti uomini siano dovuti morire in nome di una falsa religione e per la gloria di idoli demoniaci. Ragion per cui, in seguito ai nostri incitamenti e ordini, Sire, nei diciassette mesi trascorsi dal nostro arrivo qui, sono stati distrutti cinquecento e trenta e due templi di dimensioni diverse, dalle costruzioni complesse come le alte piramidi ai semplici altari eretti entro caverne naturali. Sono stati distrutti oltre ventuno mila idoli di varie dimensioni, dai mostruosi monoliti scolpiti alle piccole statuette di argilla. A nessuno di tali idoli sarà mai più sacrificato un essere umano, e noi continueremo a cercarne e a distruggerne altri man mano che si espanderanno i confini della Nuova Spagna.

Se anche non fosse questo il mandato e lo scopo del nostro uffizio, tratterebbesi ugualmente della nostra prima intenzione: estirpare e sconfiggere il demonio in quel qualsiasi aspetto che esso può assumere qui. A tale riguardo richiamiamo la particolare attenzione della Maestà Vostra sulla più recente asserzione del nostro cronista azteco — nelle pagine ora inviatevi — l'asserzione secondo cui certi pagani, nella parte meridionale di questa Nuova Spagna, avevano già riconosciuto una sorta di unico Dio Onnipotente, e quello che parrebbe essere un duplicato della Santa Croce, molto tempo prima della venuta di missionari della nostra Madre Chiesa. Il cappellano di Vostra Maestà è propenso ad accogliere questa informazione con una certa misura di dubbio; francamente, perché assai poco stimiamo l'informatore.

In Spagna, Sire, nei nostri uffici quale Inquisitore Provinciale di Navarra, e quale Guardiano dei miscredenti e dei mendicanti nell'Istituto della Riforma di Abrojo, ci trovammo di fronte a troppi incorreggibili reprobi per non riconoscerne un altro, quale che possa essere il colore della pelle. Costui, nei rari momenti in cui non è ossessionato dai demoni della concupiscenza, manifesta tutti i più comuni difetti e tutte le fallibilità degli uomini — nel suo caso alcune volte madornali — nonché altre manchevolezze ancora. Noi lo consideriamo falso e ipocrita quanto quegli spregevoli ebrei Marranos della Spagna, che si sono fatti battezzare e vengono nelle nostre chiese e persino mangiano carne di porco, ma continuano a mantenere e a praticare in segreto il loro proibito culto giudaico.

Ciò nondimeno, ad onta dei nostri sospetti e delle nostre riserve, ci sforziamo di mantenere una mente aperta. Se questo odioso vecchio non sta capricciosamente mentendo e non si sta burlando di noi, in tal caso, la pretesa devozione di quella nazione meridionale per un essere onnipotente e per un sacro simbolo cruciforme potrebbero costituire una anomalia che riveste un interesse autentico dal punto di vista dei teologi. Per conseguenza abbiamo inviato una missione di frati domenicani in quella regione affinché indaghi sul preteso fenomeno e, a tempo debito, riferiremo i risultati alla Maestà Vostra.

Nel frattempo, Sire, possano il Nostro Signore Iddio e Gesù Cristo Suo Figlio, prodigalmente benedire l'Ineffabile Maestà Vostra, affinché voi felicemente riusciate in tutte le vostre imprese e benevolmente possiate considerare il leale servo della Vostra S. C. C. M.

(*ecce signum*) Zumàrraga

SEXTA PARS

Credo di ricordare ogni singolo episodio, di ogni singolo giorno di quella mia prima spedizione, tanto all'andata quanto al ritorno. Nei viaggi successivi non attribuii più importanza alcuna ai piccoli disagi e anche ad alcuni di quelli più gravosi, ai piedi coperti di vesciche e alle mani callose, al tempo afoso e caldo da snervare o tormentosamente gelido, ai cibi talora nauseanti con i quali mi nutrivo e all'acqua putrida con la quale mi dissetavo, o anche alla non rara e completa mancanza di cibo e d'acqua. Imparai a rendere insensibile me stesso, come un sacerdote in stato di trance dopo aver ingerito droghe, imparai a sopportare senza neppure accorgermene i tanti squallidi giorni e le tante strade lungo le quali nulla accadeva, i periodi in cui non restava altro da fare se non marciare faticosamente sempre più avanti, attraverso regioni prive di ogni interesse, senza colori né varietà.

Ma in quel primo viaggio, e semplicemente perché trattavasi del primo per me, ogni più trascurabile oggetto e accadimento mi parvero interessanti, anche gli stenti e i fastidi occasionali e coscienziosamente annotai ogni cosa nel resoconto della spedizione scritto per immagini. Il Riverito Oratore Ahuìtzotl, al quale consegnai quelle carte di corteccia al nostro ritorno, senza dubbio ne trovò alcune parti difficili a decifrarsi, a causa del fatto che avevano subìto le devastazioni delle intemperie, delle immersioni nei corsi d'acqua da noi guadati, e del fatto che non di rado erano state macchiate dal mio sudore. Essendo Ahuìtzotl, allora, un viaggiatore di gran lunga più esperto di me, probabilmente egli sorrise, inoltre, di quei molti passi dei miei resoconti che ingenuamente ponevano in risalto quanto è comune e delucidavano l'ovvio.

Ma quei paesi e quei popoli stranieri stavano già cominciando a cambiare, sin da allora, tanto tempo fa, a causa dell'arrivo di noi pochtèca e di altri esploratori e della conseguente diffusione di oggetti e costumanze e idee e parole mai prima conosciute.

313

Al giorno d'oggi, con i vostri soldati spagnoli, i vostri colonizzatori, i vostri missionari che si spingono ovunque, senza dubbio gli indigeni di quelle regioni stanno cambiando al punto da divenire irriconoscibili anche ai loro stessi occhi. Pertanto, qualsiasi altra cosa meno duratura io possa aver compiuto nel corso della mia esistenza, sarei lieto di poter pensare che ho lasciato, per i futuri studiosi, una documentazione dell'aspetto che avevano quelle altre terre, e di come erano le loro popolazioni, negli anni in cui rimanevano ancora, in una vasta misura, ignote all'Unico Mondo.

Se, mentre vi descriverò quel primo viaggio, miei signori, doveste trovare alcune mie descrizioni di paesaggi, di persone o di eventi alquanto vaghe nei particolari, dovete incolpare di ciò la mia vista limitata. Se, d'altro canto, descriverò vividamente talune cose che, a vostro parere, non dovrei aver veduto, potrete star certi che i particolari sono desunti dai ricordi di viaggi successivi nelle stesse località, durante i quali ebbi la possibilità e il modo di vedere più da vicino e più chiaramente.

Nel corso di un lungo viaggio, tenendo conto sia dei tratti difficoltosi, sia di quelli facili, una colonna di uomini carichi poteva percorrere in media circa cinque lunghe corse tra l'alba e il tramonto. Il primo giorno di marcia noi coprimmo soltanto la metà di tale distanza, limitandoci a seguire la lunga strada rialzata fino a Coyohuàcan, sulla terraferma a sud, e fermandoci molto prima che il sole tramontasse per trascorrere la notte là, in quanto la tappa del giorno successivo non sarebbe stata facile. Come sapete, questa regione del lago è situata in una conca. Uscirne, in qualsiasi direzione, significa salire e superarne l'orlo. E i monti situati al sud, al di là di Coyohuàcan, sono i più precipiti tra tutti quelli che circondano la depressione.

Alcuni anni fa, quando i primi soldati spagnoli giunsero in questa regione, e quando io avevo cominciato a capirne in parte la lingua, uno di essi, osservando una fila di tamémime che arrancava con fardelli sulle spalle e cinghie intorno alla fronte, mi domandò: «Perché, in nome di Dio, questi stupidi bruti non hanno mai pensato di servirsi delle ruote?»

Non sapevo molto bene, allora, che cosa significasse «in nome di Dio», ma sapevo benissimo che cos'erano le ruote. Da bimbetto avevo avuto un piccolo giocattolo di argilla a forma di armadillo, che tiravo dietro di me legato a una cordicella. Poiché le zampe dell'armadillo non potevano logicamente, muoversi, il giocattolo era montato su quattro piccole ruote di legno per renderlo mobile. Lo dissi allo spagnolo ed egli domandò: «Perché diavolo, allora, nessuno di voi si serve, per trasportare mer-

ci, di ruote come quelle dei nostri cannoni e dei nostri affusti?»
La domanda mi parve stupida, lo dissi, e venni schiaffeggiato
per la mia insolenza.

Conoscevamo l'utilità delle ruote, poiché spostavano carichi
pesanti all'esterno, come la Pietra del Sole, facendoli rotolare su
tronchi posti sotto e davanti ad essi. Ma quei rulli non sarebbero
stati efficaci per carichi meno pesanti, e inoltre non esistevano
in queste terre animali come i vostri cavalli e muli e somari, per
trainare veicoli su ruote. I nostri soli animali da tiro eravamo
noi stessi, e un tamèmi dai forti muscoli poteva trasportare un
peso pari quasi alla metà del suo, per lunghi percorsi, senza alcuna fatica. Se avesse posto quello stesso peso su ruote, per
spingerlo o per trainarlo, sarebbe stato semplicemente ostacolato dal peso in più delle ruote stesse, le quali lo avrebbero posto
più che mai in difficoltà su terreno accidentato.

Ora voi spagnoli avete costruito molte strade e i vostri animali svolgono tutto il lavoro mentre i carrettieri viaggiano o camminano senza trasportare alcun carico, e sono disposto ad ammettere che una colonna di venti carri pesanti trainati da quaranta cavalli è uno spettacolo imponente. La nostra piccola colonna di tre mercanti e dodici schiavi non era, senza alcun dubbio, altrettanto imponente. Ma noi trasportavamo tutte le mercanzie e quasi tutti i viveri per il viaggio sostenendone il peso
con le spalle e con le gambe, e godevamo di almeno due vantaggi: non avevamo bestie voraci da nutrire e da accudire, e le fatiche rendevano *noi* ogni giorno più robusti.

Invero, l'imperioso ed esigente Ghiotto di Sangue fece sopportare a tutti noi molto più delle fatiche indispensabili. Ancor
prima della partenza di Tenochtìtlan, e in seguito durante ogni
sosta serale, condusse gli schiavi — e Cozcatl e me stesso, quando non eravamo diversamente occupati — ad addestrarsi con le
lance delle quali eravamo tutti muniti. (Quanto a lui, disponeva
di un formidabile armamento personale consistente in una lunga
lancia, in un giavellotto con il bastone per lanciarlo, nella maquàhuitl, in un coltello corto, nell'arco e in una faretra piena di
frecce.) Non fu difficile per Ghiotto di Sangue convincere gli
schiavi del fatto che noi li avremmo trattati meglio di qualsiasi
bandito il quale potesse «liberarli», e che pertanto avevano validi motivi per aiutarci a respingere ogni eventuale attacco. Di
conseguenza, bisognava che egli mostrasse loro come dovevano
fare.

Dopo aver trascorso la notte in una locanda a Coyohuàcan ripartimmo la mattina dopo di buon'ora perché Ghiotto di Sangue disse: «Dobbiamo attraversare il deserto di Cuicuìlco prima

che il sole salga alto nel cielo». «Cuicuìlco» significa Luogo del
Soave Canto, e forse era tale un tempo, ma ormai non lo è più.
Trattasi adesso di un deserto di roccia grigio-nera, di ondulazioni e increspature e pieghe di roccia bucherellata come se fosse
segnata dal vaiolo. A giudicare dal suo aspetto potrebbe essere
stata la spumeggiante cascata di un fiume immobilizzata e an-
nerita dalla magia di qualche stregone. In realtà si tratta di una
colata di lava del vulcano, Xitli, spento ormai da tanti di quei
covoni di anni che soltanto gli dei sanno quando entrò in eruzione e cancellò il Luogo del Soave Canto. Quest'ultimo era ovviamente una città abbastanza grande, ma non è possibile sapere
chi l'avesse costruita e chi vi abitasse. Il solo edificio ancora visibile è una piramide, sepolta a mezzo sull'orlo estremo della
pianura di lava. Non è a sezione quadrata come quasi tutte le
piramidi in questi paesi. La piramide di Cuicuìlco, o quello che
se ne può vedere, è un conico sovrapporsi di terrazze rotonde.

La squallida e nera piana, anche se un tempo vi echeggiarono
canti soavi, non è più un luogo in cui indugiare durante il giorno, poiché le rocce di lava porosa risucchiano il calore del sole e
lo restituiscono raddoppiato o triplicato. Anche nella frescura di
quelle prime ore del mattino, tanto tempo fa, il deserto non era
un posto piacevole da attraversare. Nulla, nemmeno uno stelo
d'erba, vi cresceva, non si udivano i cinguettii di un solo uccello
e l'unico suono che ci giungesse era lo strepito cavernoso dei nostri passi, come se avessimo camminato sulle immense e vuote
giare per l'acqua di giganti scomparsi.

Ma, per lo meno, in quel tratto della tappa, camminammo
eretti. Il resto della giornata lo trascorremmo tutti o ingobbiti in
avanti, mentre faticavamo su per il fianco di una montagna, o
reclinati all'indietro mentre scendevano dall'altro lato, per poi
ingobbirci di nuovo in avanti allo scopo di scalare la montagna
successiva. E poi ancora un'altra e un'altra. Naturalmente, non
v'era alcunché di pericoloso e neppure di realmente difficile nel-
l'attraversamento di quelle prime catene montuose, poiché ci
trovavamo nella regione ove tutte le vie dei traffici dal sud convergevano su Tenochtìtlan e moltitudini di viaggiatori precedenti avevano già scelto i sentieri più facili, segnalandoli con i loro
passi. Ciò nonostante, per uno inesperto come me si trattava di
una fatica monotona che spremeva sudore, indolenziva la schiena e stancava i polmoni. Quando finalmente ci fermammo per
la notte nella locanda di un villaggio situato in alto nella valle
Xochimìlca, persino Ghiotto di Sangue era tanto stanco che si
limitò a pochi momenti appena di addestramento con le armi.
Poi lui e gli altri mangiarono e si gettarono sui loro giacigli.

Sarei andato anch'io a dormire se non avessero alloggiato lì, quella notte, anche i portatori di una pochtèca che stava tornando in patria, e il cui viaggio si era svolto in alcune delle regioni ove io intendevo recarmi, per cui tenni aperte le palpebre cascanti mentre conversavo con il pochtècatl, un uomo di mezza età, ma robusto e duro come il cuoio. La sua colonna era una di quelle più lunghe, con forse un centinaio di portatori e altrettanti guerrieri Mexìca di scorta, ragion per cui sono certo che egli guardasse la nostra con tollerante disprezzo. Ma era ben disposto nei riguardi di un principiante. Consentì che spiegassi le mie rozze carte, ne corresse numerosi particolari, là ove erano vaghe o sbagliate, e vi segnò i luoghi ove si poteva trovare acqua potabile e così via. Poi disse:

«Ho potuto acquistare proficuamente una certa quantità del prezioso color carminio degli Tzapotèca, ma ho sentito parlare di un colore ancor più raro, un viola. Qualcosa che è stato appena scoperto».

Osservai: «Non c'è alcunché di nuovo nel viola».

«Un viola ricco e *permanente*» disse lui, con pazienza. «Un viola che non sbiadisce e non diventa un brutto verde. Se questo colore esiste davvero, sarà riservato soltanto ai più alti nobili. Diventerà ancor più prezioso degli smeraldi o delle piume del quetzal tototl.»

Annuii. «Nessuno ha mai saputo, prima d'ora, dell'esistenza di un viola davvero permanente. Potrebbe essere venduto a qualsiasi prezzo si chiedesse. Ma non hai cercato di stabilire da dove provenissero le voci al riguardo?»

L'uomo scosse la testa. «Ecco lo svantaggio di una colonna numerosa. Non si può deviarla facilmente dagli itinerari di marcia noti, né è possibile distaccarne a caso una parte. Sono troppo ingenti le ricchezze materiali in gioco perché si possa andare in cerca dell'immateriale.»

«La mia piccola colonna può andare dove vuole» dissi allusivamente.

Mi fissò per qualche momento, poi fece una spallucciata. «Potrà trascorrere molto tempo prima che torni da quelle parti.» Si chinò sulla mia carta e tamburellò con il dito su un punto situato in prossimità della costa del grande oceano meridionale. «Fu qui, a Tecuantèpec, che un mercante Tzapotècatl mi parlò del nuovo colore. Non che abbia detto molto. Accennò a una popolazione feroce e inavvicinabile chiamata Chòntaltin. Questa parola significa semplicemente Gli Stranieri, e che razza di popolo può farsi chiamare Gli Stranieri? Il mio informatore accennò inoltre alle lumache. Lumache! Io ti domando: lumache e stranieri... c'è forse qualcosa di sensato in tutto questo? Ma se sarai disposto a correre rischi in base a indizi così frammentari, giovanotto, ti auguro buona fortuna.»

La sera seguente giungemmo nella cittadina che era, ed è tutt'ora, la più bella e la più ospitale delle terre Tlahuìca. Si trova su un alto pianoro, e i suoi edifici non sono pigiati l'uno contro l'altro, ma ben distanziati e nascosti gli uni agli altri da alberi e cespugli ed altra ricca vegetazione, ragione per cui la cittadina ha nome Circondata dalla Foresta, o Quaunàhuac. Questo nome melodioso, i vostri bifolchi dalla lingua impastata lo hanno deformato nel ridicolo e umiliante Cuernavaca, o Corna-di-vacca, ed io spero che non saranno mai perdonati per questo.

La cittadina stessa, le circostanti montagne, l'aria cristallina, il clima di quei luoghi, tutto laggiù è talmente invitante che Quaunàhuac è sempre stata un prediletto soggiorno estivo per i ricchi nobili di Tenochtìtlan. Il primo Motecuzòma si fece costruire nelle vicinanze una modesta dimora di campagna, e, successivamente, altri governanti Mexìca la ampliarono, tramutandola in un palazzo che, per dimensioni e per lusso, rivaleggiava con qualsiasi altro della capitale e li superava tutti di gran lunga per l'estensione dei suoi mirabili giardini. Mi risulta che il vostro Capitano Generale Cortés si è appropriato del palazzo come sua residenza. Potrò forse essere scusato, miei signori frati, se osserverò con disprezzo che il suo essersi stabilito a Quaunàhuac potrebbe essere la sola ragione legittima per avere svilito il nome della città.

Sebbene la nostra piccola colonna fosse giunta laggiù ben prima del tramonto, non sapemmo resistere alla tentazione di trattenerci e riposarci quella notte tra i fiori e le fragranze di Quaunàhuac. Ma tornammo ad alzarci prima del sole e proseguimmo per lasciarci alle spalle quel che restava della catena montuosa.

In ogni località ove alloggiammo in qualche locanda per viaggiatori, a noi tre capi della colonna — me stesso, Cozcatl e Ghiotto di Sangue — vennero assegnati cubicoli per dormire separati e relativamente comodi, mentre gli schiavi si pigiavano in una grande stanza-dormitorio già gremita da altri portatori russanti; le balle delle nostre mercanzie venivano poste in stanze sicure e sorvegliate, e i cani andavano a frugare nei cumuli di immondizie ammonticchiati nei cortili delle cucine.

Durante i primi cinque giorni del viaggio continuammo a trovarci nella regione dalla quale si irradiavano, partendo da Tenochtìtlan, le vie dei traffici, per cui esistevano numerose locande opportunamente situate per le soste notturne. Oltre a fornire letti, magazzini, bagni caldi e pasti passabili, ogni locanda procurava altresì donne a pagamento. Poiché non avevo più posseduto una donna da circa un mese, sarei potuto essere interessato, se non fosse stato per il fatto che tutte quelle maatìme erano quanto mai brutte, e comunque evitavano di civettare persino con me e dedicavano le loro strizzatine d'occhio e i loro gesti invitanti agli uomini delle colonne di ritorno.

Ghiotto di Sangue spiegò: «Sperano di poter sedurre gli uomini che sono in viaggio da tempo, gli uomini che hanno dimenticato qual è l'aspetto di una donna davvero graziosa e non possono aspettare di mettersi con le beltà di Tenochtìtlan. Tu ed io potremmo essere abbastanza affamati per gradire una maàtitl al ritorno, ma per il momento ti consiglierei di non sprecare energie e denaro. Vi sono donne, ove siamo diretti, disposte a vendere i loro favori per un'inezia, e molte di esse sono anche belle. *Ayyo*, aspetta di banchettare, con gli occhi e con gli altri sensi sulle donne del Popolo delle Nubi!»

La sesta mattina del nostro viaggio uscimmo dalla regione ove convergevano le vie dei traffici. A un certo momento, nel corso di quella mattinata, attraversammo un confine invisibile ed entrammo nelle terre impoverite dei Mixtéca, o dei Tya Nuü, come si facevano chiamare, gli Uomini della Terra. Sebbene quella nazione non fosse ostile ai Mexìca, non era neppure propensa ad adottare provvedimenti per proteggere i pochtéca che viaggiavano, o a costruire locande e rifugi per essi, o a impedire che la popolazione si avvantaggiasse criminosamente, come poteva, delle colonne dei mercanti.

«Ci troviamo ora nella regione ove è più probabile incontrare banditi» ci avvertì Ghiotto di Sangue. «Si celano nei pressi, sperando di tendere imboscate ai mercanti che giungono da Tenochtìtlan, o vi sono diretti.»

«Perché proprio qui?» domandai. «Perché non più a nord, ove le vie dei traffici si uniscono e le colonne sono più numerose?»

«Proprio per questa ragione. Laggiù le colonne di portatori viaggiano spesso insieme e sono troppo ben difese per poter essere attaccate da qualcosa di meno di un esercito. Qui, le colonne dirette al sud si sono ormai separate, e quelle di ritorno non si sono ancora incontrate e unite. Naturalmente, noi non siamo caccia grossa, ma non per questo un gruppo di banditi ci ignorerà.»

Così Ghiotto di Sangue andò avanti solo, per precederci di molto. Cozcatl mi disse che soltanto a intermittenza riusciva a scorgere l'anziano soldato come un puntino lontano quando stavamo attraversando una pianura estremamente vasta e priva di alberi o di cespugli. Ma il nostro esploratore non gridò alcun avvertimento e la mattinata trascorse mentre seguivamo un sentiero ancora ben visibile, ma polveroso fino a soffocarci. Tirammo su i mantelli per coprirci naso e bocca, ma la polvere continuò ugualmente a farci lagrimare gli occhi e a rendere faticoso il respiro. Poi il sentiero si arrampicò su per la collinetta e trovammo Ghiotto di Sangue ad aspettarci seduto a metà pendio, con le armi ben disposte l'una accanto all'altra sull'erba polverosa, pronte per essere impiegate.

« Fermatevi qui » disse sommessamente. « Sapranno già che state arrivando, dalla nuvola di polvere, ma non possono ancora avervi contati. Sono in otto, otto Tya Nuü, e non tipi delicati, accovacciati proprio sul sentiero, là ove passa attraverso un boschetto e la vegetazione di sottobosco. Ci mostreremo a loro in undici. Se fossimo di meno non avremmo alzato tanta polvere. Sospetterebbero un inganno e sarebbero più difficili a trattarsi. »

« A trattarsi *come*? » domandai. « E che cosa intendi con "ci mostreremo in undici"? »

Egli mi invitò con un gesto a tacere, salì sulla sommità del poggio, si distese, strisciò e scomparve per un momento, poi tornò indietro sempre strisciando, si rialzò e venne a raggiungerci.

« Adesso se ne possono vedere soltanto quattro » disse, e sbuffò sprezzante. « Un vecchio trucco. È mezzogiorno, e pertanto quei quattro stanno fingendo di essere umili viaggiatori Mixtéca, intenti a riposare sotto gli alberi e a preparare qualcosa da mettere sotto i denti. Cortesemente, vi inviteranno a partecipare al pasto e, quando sarete diventati tutti amici e vi troverete seduti intorno al fuoco, intenti a conversare amabilmente, con le armi lasciate in disparte, gli altri quattro manigoldi nascosti si avvicineranno... e *yya ayya*! »

« Che cosa faremo, allora? »

« Esattamente la stessa cosa. Imiteremo la loro imboscata, ma circondandoli più da lontano. Alcuni di noi, voglio dire. Vediamo. Quattro e Dieci e Sei, voi siete i più grossi e i più abili con le armi. Deponete il carico e lasciatelo qui. Tenete soltanto le lance e venite con me. » Ghiotto di Sangue, quanto a lui, prese la maquàhuitl, lasciando le altre armi dove si trovavano. « Mixtli, tu e Cozcatl e gli altri proseguite direttamente verso la trappola, come se non foste stati avvertiti. Accettate l'invito di quegli uomini a sostare, a riposarvi e a mangiare. Soltanto, non mostratevi troppo stupidi e fiduciosi, altrimenti anche questo potrebbe insospettirli. »

Ghiotto di Sangue impartì poi, sommessamente, istruzioni ai tre schiavi armati, istruzioni che io non udii. Quindi lui e Dieci

320

scomparvero intorno a un lato della collina, Quattro e Sei intorno all'altro. Guardai Cozcatl e sorridemmo entrambi per incoraggiarci a vicenda. Agli altri nove schiavi dissi: «Avete udito. Limitatevi a eseguire i miei ordini e non dite una parola. Ripartiamo».

Continuammo a salire in fila per uno fino alla sommità della collina e scendemmo dall'altro lato. Quando avvistammo i quattro uomini, alzai un braccio per salutare. Stavano alimentando con rami secchi un fuocherello appena acceso.

«Benvenuti, compagni viaggiatori!» gridò uno di loro, mentre ci avvicinavamo. Parlava il Nàhuatl, e sorrise ambilmente. «Consentitemi di dirvi che abbiamo camminato per molte lunghe corse lungo questo maledetto sentiero, e abbiamo trovato qui l'unico luogo all'ombra. Volete dividerlo con noi? E magari gradire un boccone del nostro modesto cibo?» Sollevò due lepri morte, reggendole per le lunghe orecchie.

«Ci riposeremo, e volentieri» dissi io, invitando gli altri, con un gesto, a disporsi come più gradivano. «Ma quelle due scarne bestiole difficilmente basteranno per quattro di voi. In questo momento altri dei nostri portatori sono stati mandati a caccia. Forse ci porteranno il necessario per un pasto più lauto, e sarete voi a dividerlo con noi.»

Il sorriso di colui che aveva parlato cedette il posto a un'espressione risentita, ed egli disse, in tono di rimprovero: «Ci prendi per banditi. Ecco perché ti affretti a parlare del numero dei tuoi uomini. Questo dimostra ostilità, e dovremmo essere noi a diffidare: siamo soltanto in quattro contro undici. Propongo che mettiamo tutti da parte le armi».

Simulando la massima ingenuità, egli slacciò e gettò lontano da sé la maquàhuitl con la quale era armato. I suoi tre compagni grugnirono e fecero altrettanto. Io sorrisi amichevolmente, appoggiai la lancia a un albero e feci un cenno ai miei uomini. Con ostentazione, si liberarono a loro volta delle armi. Sedetti poi all'altro lato del fuoco, di fronte ai quattro Mixtéca, due dei quali stavano infilzando con rami verdi le lepri scuoiate, dalle lunghe zampe, per poi collocarle sopra le fiamme.

«Dimmi, amico,» così mi rivolsi a colui che era apparentemente il capo «com'è il sentiero da qui verso sud? C'è qualcosa da cui dovremmo stare in guardia?»

«Oh, sicuro!» rispose lui, con un balenare negli occhi. «I banditi abbondano. La povera gente come noi non ha niente da temere da loro, ma direi che voi state trasportando merce di valore. Faresti bene ad assumerci affinché vi accompagnamo e vi proteggiamo.»

Risposi: «Ti ringrazio per l'offerta, ma non sono così ricco da potermi permettere un seguito di guardie. Dovrò accontentarmi dei miei portatori ».

« I portatori non valgono niente come guardie, e, senza guardie, sarai derubato di certo. » Pronunciò queste parole in tono reciso, come se la sua asserzione fosse incontestabile, ma poi si espresse con un tono di beffarda lusinga nella voce: « Ho un'altra proposta da farti. Non mettere a repentaglio le tue mercanzie lungo il cammino, affidale in custodia a noi e potrai proseguire senza essere molestato ».

Risi.

« Credo, giovane amico, di poterti persuadere che questo sarebbe nel tuo interesse. »

« Ed io credo, amico, che sia ormai giunto per me il momento di richiamare i miei portatori dalla caccia. »

« Fallo » disse lui, beffardo. « O consentimi di chiamarli in vece tua. »

Dissi: « Ti ringrazio ».

Per un attimo parve un po' interdetto. Ma dovette decidere che contavo di sfuggire alla sua trappola con pure vanterie. Lanciò un alto grido di richiamo e, al contempo, lui e i suoi tre compagni si gettarono verso le armi. Ma, nello stesso momento, Ghiotto di Sangue, Quattro, Sei e Dieci, balzarono tutti simultaneamente sul sentiero, da punti diversi tra gli alberi. I Tya Nuü si immobilizzarono stupiti, tutti in piedi, e tutti con la maquàhuime alzata, simili a statue di guerrieri pronti a entrare in azione.

« Una buona caccia, Maestro Mixtli! » tuonò Ghiotto di Sangue. « E vedo che abbiamo ospiti. Bene, portiamo abbastanza per tutti, e ne avanzerà. » Lasciò cadere quel che portava, e altrettanto fecero gli schiavi. Ognuno di loro gettò a terra una testa umana mozzata.

« Suvvia, amici, sono certo che sappiate distinguere la carne di buona qualità quando la vedete » disse Ghiotto di Sangue, in tono gioviale, agli altri banditi. Essi erano indietreggiati in una posizione difensiva, tutti addossati allo stesso grande albero, ma sembravano alquanto scossi. « Mollate le armi e non siate timidi. Su, venite e mangiate di buon appetito. »

I quattro si guardarono attorno nervosamente. Noi tutti ci eravamo ormai armati. Trasalirono quando Ghiotto di Sangue alzò la voce fino a un urlo tonante: « *Ho detto di mollare le spade!* » Le mollarono. « *Ho detto di avvicinarvi!* » Si avvicinarono alle teste mozzate che giacevano ai piedi di lui. « *Ho detto di mangiare!* » Trasalirono raccattando i resti dei loro defunti compagni e andando verso il fuoco. « No, non ho detto di *cucinare*! »

tuonò lo spietato Ghiotto di Sangue. «Il fuoco è per le lepri, e le lepri sono per noi. Ho detto di *mangiare*!»

Così i quattro uomini si accosciarono ove si trovavano e cominciarono miseramente a rosicchiare. Su una testa umana cruda v'è ben poco che si possa masticare facilmente, tranne le labbra, le gote e la lingua.

Ghiotto di Sangue disse agli schiavi: «Prendete le loro maquàhuime e distruggetele. Frugate nelle borse di questi banditi e vedete se hanno qualcosa di cui valga la pena di impadronirsi».

Sei prese le spade e, una alla volta, le vibrò contro una roccia finché i loro fili di ossidiana si frantumarono riducendosi in polvere. Dieci e Quattro perquisirono i banditi, frugando anche tra le pieghe dei perizoma che indossavano. Non trovarono altro che l'essenziale per viaggiare: bastoncini per accendere il fuoco e esca di muschio, ramoscelli per pulirsi i denti e così via.

Ghiotto di Sangue disse: «Quelle lepri sul fuoco sembrano pronte. Comincia a trinciarle, Cozcatl». Poi si voltò, latrando ai Tya Muü: «Ehi, *voi*! È maleducazione lasciarci mangiare soli! Continuate finché mangeremo noi!»

Tutti e quattro i disgraziati avevano vomitato parecchie volte quanto erano già riusciti a mandar giù, ma fecero come era stato loro imposto, strappando via con i denti le ultime cartilagini di quelle che erano state le orecchie, e dei nasi. Lo spettacolo era tale da guastare qualsiasi appetito potessimo avere avuto sia io, sia Cozcatl. Ma il granitico vecchio soldato e i nostri dodici schiavi si gettarono con voracità sulla carne di lepre arrostita.

Infine Ghiotto di Sangue si avvicinò al punto ove sedevamo Cozcatl ed io, voltando le spalle ai banditi, si asciugò la bocca unta con il dorso della mano callosa e disse: «Potremmo portare i Mixtéca con noi come schiavi, ma qualcuno dovrebbe sorvegliarli continuamente per evitarne il tradimento. Secondo me non ne vale la pena».

Dissi: «Allora puoi ucciderli, per quello che me ne importa. Del resto, sembrano già quasi morti sin d'ora».

«No-o» rispose Ghiotto di Sangue, cogitabondo, succhiandosi un molare. «Propongo di lasciarli liberi. I banditi non si servono di messaggeri veloci, né di uomini che chiamano da lontano, ma hanno un qualche loro sistema per scambiarsi informazioni sui soldati da evitare e sui mercanti da assalire. Se questi quattro se ne andranno liberi e racconteranno quel che gli è capitato, altre bande simili alla loro potrebbero pensarci su due volte prima di attaccarci.»

«Sì, potrebbe senz'altro essere così» dissi all'uomo che, non molto tempo prima, si era definito un vecchio sacco di vento e di ossa.

Andammo a ricuperare i fardelli di Quattro, Sei e Dieci, nonché le altre armi di Ghiotto di Sangue, e proseguimmo. I Tya Nuü non corsero via immediatamente per frapporre una maggiore distanza tra loro e noi. Nauseati ed esausti, si limitarono a restare seduti ove li lasciammo, troppo deboli anche per gettar via le teste umane insanguinate, pelose e ormai brulicanti di mosche che avevano in grembo.

Il tramonto di quella giornata ci trovò nel bel mezzo di una valle verdeggiante e amena, ma totalmente disabitata: nessun villaggio, nessuna locanda, non il più piccolo rifugio costruito dall'uomo. Ghiotto di Sangue continuò a farci marciare finché giungemmo dinanzi a un ruscelletto d'acqua limpida, e lì ci mostrò il modo di accamparci. Per la prima volta, in quel viaggio, ci servimmo dei bastoncini e dell'esca per accendere il fuoco, e sulle fiamme cuocemmo il pasto serale o meglio furono gli schiavi Dieci e Tre a provvedere a questo. Noi togliemmo le coperte dai fardelli per preparare i giacigli, tutti anche troppo consapevoli del fatto che non esistevano mura intorno all'accampamento, né un tetto sopra ad esso, che non eravamo un esercito numeroso capace di difendersi, che intorno a noi esistevano soltanto la notte e le creature notturne, e che il diọ Vento Notturno stava soffiando gelido.

Dopo che avevamo mangiato, rimasi in piedi al margine dell'alone luminoso del fuoco e scrutai le tenebre; l'oscurità era talmente fitta che, anche se fossi stato in grado di vedere, non avrei veduto niente. Non splendeva la luna, e, se c'erano stelle, rimanevano impercettibili per me. Non era come la mia unica campagna militare, quando gli eventi avevano condotto me e molti altri in una terra straniera. In questo luogo ero venuto di mia volontà, e in questo luogo sentivo di essere un vagabondo, un vagabondo insignificante, e temerario, per giunta, più che coraggioso. Nelle notti trascorse sotto le armi vi era sempre stato un gran brusio di conversazioni, di rumori e di movimenti, vi era stata la consapevolezza di esser circondato da una folla. Ma quella notte, alle mie spalle, nel bagliore del nostro singolo fuoco da campo, udivo soltanto qualche parola occasionale e sommessa, i suoni smorzati degli schiavi che pulivano gli utensili, aggiungevano legna sul fuoco e disponevano erba secca sotto le nostre coperte. Udivo, inoltre, i cani che si disputavano gli avanzi del nostro pasto.

Davanti a me, nelle tenebre, non esisteva la benché minima traccia di attività o di presenza umana. Era come se stessi spingendo lo sguardo sino al confine del mondo senza scorgere un solo altro essere umano, o un qualsiasi indizio del fatto che un altro essere umano era mai esistito. Dalla notte che si spalancava dinanzi a me, il vento portava alle mie orecchie un solo suono, forse il suono più solitario e desolato che si possa udire: l'ululato remoto e appena percettibile di un coyote che gemeva come se stesse piangendo qualcosa di perduto e di scomparso.

Di rado in vita mia ho sentito la solitudine, anche quando ero più solo. Ma quella notte la sentii mentre — deliberatamente, per accertare se riuscissi a sopportarla — voltavo le spalle all'unica luce e all'unico tepore esistenti nel mondo e contemplavo l'ignoto tenebroso e vuoto e indifferente.

Poi udii Ghiotto di Sangue ordinare: «Dormite come dormireste in casa vostra o in una qualsiasi camera da letto, completamente nudi. Toglietevi tutti gli indumenti, altrimenti sentirete *davvero* il gelo domattina, credetemi».

Cozcatl parlò, cercando, ma senza riuscirvi, di esprimersi in tono scherzoso: «E se venisse un giaguaro e dovessimo fuggire?»

Serio in faccia, Ghiotto di Sangue rispose: «Se verrà un giaguaro, ragazzo, posso assicurarti che fuggirai senza badare alla tua nudità. E del resto un giaguaro divorerebbe i tuoi vestiti con lo stesso gusto con cui potrebbe divorare le carni tenere di un ragazzetto». Forse il vecchio soldato vide tremare il labbro inferiore di Cozcatl, poiché ridacchiò. «Non preoccuparti. Nessun felino si avvicina mai a un fuoco da campo acceso, e penserò io a fare in modo che il fuoco continui ad ardere.» Sospirò e soggiunse: «È un'abitudine acquisita nel corso di molte campagne. Ogni volta che il fuoco langue, mi sveglio. Lo alimenterò io».

Non trovai molto scomodo avvolgermi nelle due coperte, con appena un po' di erba secca pigiata tra il mio corpo nudo e il terreno duro e gelato, poiché, da un mese a quella parte, nell'appartamento al palazzo, avevo dormito sul sottile giaciglio di Cozcatl. Nel frattempo, invece, Cozcatl aveva riposato sul mio gonfio, soffice e caldo letto, ed evidentemente si era abituato agli agi. Infatti, quella notte, mentre russamenti e respiri stentorei giungevano dalle altre sagome infagottate nelle coperte intorno al fuoco, udii il ragazzo agitarsi irrequieto e rigirarsi sul duro giaciglio, cercando di trovare una posizione riposante e lamentandosi sommessamente quando non vi riusciva. Per cui, in ultimo, gli sibilai: «Cozcatl, porta qui le coperte».

Venne, con gratitudine, e utilizzando le sue coperte e le mie riuscimmo ad avere un giaciglio due volte più spesso e una protezione doppia dal freddo. Poi, siccome quei movimenti avevano raggelato entrambi i nostri corpi nudi, facendoci rabbrividire violentemente, ci affrettammo a infilarci nel letto improvvisato e a stringerci l'uno all'altro combaciando come due piatti: Cozcatl inarcò la schiena contro di me, allacciato dalle mie braccia. A poco a poco i brividi cessarono e Cozcatl mormorò: «Grazie, Mixtli», poi, ben presto, prese a respirare con la sommessa regolarità del sonno.

Io, invece, non riuscii ad addormentarmi. Man mano che il corpo mi si riscaldava contro il suo, altrettanto faceva la mia immaginazione. Non era come riposare accanto a un uomo, così come solevamo giacere noi soldati per tenerci al caldo e all'asciutto a Texcàla. E non era come giacere con una donna, come la notte del banchetto dei guerrieri. No, era come quando mi giacevo con mia sorella, ai tempi in cui per le prime volte, esploravamo e scoprivamo e sperimentavamo l'uno con l'altra, allorché ella non era stata più grande di quanto lo fosse adesso il ragazzo. Io ero cresciuto parecchio dopo di allora, sotto molti aspetti, ma il corpo di Cozcatl, così minuto e tenero, mi fece provare adesso la stessa sensazione che mi aveva dato Tzitzitlìni, premuta contro di me, quando anche lei era una bambina. Il tepùli si mosse e cominciò a spingersi verso l'alto tra il mio ventre e le natiche del ragazzo. Severamente ricordai a me stesso che Cozcatl *era* un ragazzo, e aveva appena la metà dei miei anni.

Ciò nonostante, cominciai a ricordare Tzitzi anche con le mani che, al di fuori della mia volontà, si mossero rievocativamente sul corpo del ragazzetto... sulle forme di lui non ancora muscolose e spigolose, così simili a quelle di una fanciulla, sulla pelle non ancora indurita, sulla lieve svasatura della vita, sull'addome infantilmente grassoccio, sulla soffice fessa tra le natiche, sulle esili gambe. E là, tra le gambe, non si trovava la rigida e spugnosa sporgenza delle parti maschili, bensì una liscia e invitante inclinazione. Le natiche del ragazzo mi si annidarono contro l'inguine mentre con il membro affondavo tra le cosce di lui, lungo il solco di soffice tessuto cicatrizzato che sarebbe potuto essere una chiusa tipìli; e ormai ero di gran lunga troppo eccitato per potermi astenere dal fare quello che feci subito dopo. Sperando di riuscirvi senza destarlo, cominciai a muovermi, molto, molto adagio.

«Mixtli?» bisbigliò il ragazzo, nel tono dello stupore.

Fermai il movimento e risi sommessamente, una risatina tremula, e a mia volta bisbigliai: «Forse, tutto sommato, avrei dovuto portare con me una schiava».

Egli scosse la testa e disse, sonnacchiosamente: «Se posso esserti utile in questo modo...» e si contorse all'indietro ancor più intimamente contro di me, stringendo le cosce intorno al tepùli, ed io ripresi il movimento.

Quando in seguito ci fummo addormentati entrambi, sempre rannicchiati l'uno contro l'altro, sognai un sogno prezioso di Tzitzitlìni, e credo che feci ancora quella cosa durante la notte, nel sogno con mia sorella, nella realtà con il ragazzetto.

« Credo di sapere perché Fray Toribio se n'è andato con tanta fretta e con tanto turbamento. Va a insegnare il catechismo a una classe di ragazzetti, non è così? »

Mi domandai se, nel corso di quella notte, fossi diventato un cuilòntli e se, da quel momento in poi, avrei desiderato soltanto i fanciulli, ma non dovetti crucciarmi a lungo per questo. Al termine della marcia dell'indomani giungemmo in un villaggio chiamato Tlancualpìcan; vantava una rudimentale locanda che offriva pasti, bagni, un dormitorio adeguato, ma nella quale restava libero un solo cubicolo privato in cui dormire.

« Io dormirò con gli schiavi » disse Ghiotto di Sangue. « La stanza prendetela tu e Cozcatl. »

So che la faccia mi si imporporò; capii infatti che il vecchio doveva avere udito qualcosa la notte prima: forse i crepitii dell'erba secca sotto di noi. Egli mi sbirciò e scoppiò in una sghignazzata, che soffocò poi, per dire:

« Sicché è stata la prima volta, nel corso del primo lungo viaggio del giovane mercante in regioni straniere. E ora egli dubita della propria virilità! » Scosse la testa brizzolata e rise di nuovo. « Consentimi di dirtelo, Mixtli. Quando hai davvero bisogno di una donna, e non ve n'è alcuna disponibile — o alcuna di tuo gusto — serviti di qualsiasi surrogato ti capiti. Capitò a me, nel corso di numerose marce militari, che i villaggi da noi attraversati avessero fatto fuggire e nascondere tutte le loro donne. Ci servivamo allora come donne dei guerrieri fatti prigionieri. »

Non so quale fu l'espressione sulla mia faccia, ma egli rise di nuovo di me, e continuò:

« Non fare quella smorfia. Figuriamoci, Mixtli, ho veduto soldati davvero smaniosi di sesso servirsi degli animali abbandonati dal nemico in fuga: cerbiatte, cagne della taglia più grossa. Una volta, nelle regioni dei Maya, uno dei miei uomini asserì di essersela fatta con una femmina di tapiro sorpresa nella giungla ».

Immagino che cominciai allora ad avere un'aria più sollevata, sebbene continuassi ad essere alquanto turbato, poiché egli concluse:

« Sii contento di avere un piccolo compagno, e che egli sia di tuo gusto, e che ti sia affezionato quanto basta per essere compiacente. Posso assicurarti che non appena una femmina allettante verrà a trovarsi sul tuo cammino, constaterai come i tuoi impulsi naturali non siano diminuiti affatto».

Ma, tanto per essere sicuro, feci una prova. Dopo il bagno e la cena nella locanda, percorsi avanti e indietro le due o tre vie di Tlancualpìcan, finché non ebbi notato una donna seduta su una finestra e veduto che voltava la testa mentre io passavo. Tornai indietro e mi avvicinai quanto bastava per accertare che stava sorridendo ed era, se non bella, senza dubbio non ripugnante. Non scorsi su di lei segni della malattia manàua: nessuna eruzione sulla faccia, i capelli folti e non radi; nessuna piaga intorno alla bocca, né in alcun altro punto del corpo, come potei ben presto verificare.

Avevo portato con me, a quello scopo, un pendaglio di giada di scarso valore. Glielo diedi, ed ella mi porse la mano per aiutarmi a entrare dalla finestra — in quanto suo marito giaceva ubriaco nell'altra stanza — e ci donammo a vicenda una più che generosa dose di godimento. Tornai alla locanda sicuro di due cose. Anzitutto che non avevo perduto affatto la mia capacità di desiderare e soddisfare una donna. E, in secondo luogo, che una donna esperta e ben disposta — a parer mio, e potevo basarmi, per giudicarlo, su qualche raffronto — era meglio equipaggiata, per quegli spassi, del sia pur più irresistibile e più grazioso dei ragazzi.

Oh, Cozcatl ed io dormimmo spesso insieme, dopo quella prima volta, quando alloggiavamo in una locanda ove il posto era limitato, o quando ci accampavamo all'aperto e decidevamo di coricarci sullo stesso giaciglio per il reciproco conforto. Tuttavia, mi servii sessualmente di lui soltanto di rado, le volte in cui, come aveva detto Ghiotto di Sangue, ero davvero bisognoso di un servigio di quel genere e non esisteva alcuna compagna disponibile, o alcuna compagna preferibile. Cozcatl escogitò vari modi per soddisfarmi, probabilmente perché si sarebbe annoiato limitandosi a una partecipazione sempre passiva. Ma non dirò altro di queste cose, e, in ogni modo, in ultimo smettemmo di farle; ma lui ed io non smettemmo mai di essere i più intimi degli amici durante tutti gli anni della sua vita e fino al giorno in cui egli decise di smettere di vivere.

✠

Il clima della stagione asciutta rimase ottimo per viaggiare, con giornate clementi e notti frizzanti, anche se, man mano che ci spingevamo più a sud, le notti divennero tiepide quasi quanto bastava per consentirci di dormire all'aperto senza coperte; le giornate poi, intorno a mezzogiorno, si fecero tanto calde da far sì che desiderassimo di poterci togliere di dosso ogni indumento e ogni fardello.

Era un territorio splendido quello che stavamo attraversando. Talora, al mattino, ci destavamo in un campo di fiori sui quali luccicava ancora la rugiada delle prime ore dell'alba, un campo di fulgidi gioielli estendentisi fino all'orizzonte in tutte le direzioni. I fiori potevano essere delle più numerose varietà e dei più diversi colori, oppure tutti uguali; a volte erano quelli più alti, le cui grandi corolle gialle si voltano sempre dalla parte del sole.

Mentre l'alba cedeva il passo al giorno, il nostro gruppo poteva attraversare ogni tipo immaginabile di terreno. Talora si trattava di una foresta dal fogliame tanto lussureggiante da impedire la crescita di qualsiasi vegetazione di sottobosco, per cui sotto gli alberi non si trovava altro che un tappeto di soffice erba dal quale i tronchi si levavano regolarmente intervallati come nel giardino di un nobiluomo curato da un maestro giardiniere. Oppure potevamo attraversare a guado freschi mari di felci piumate. O ancora, invisibili gli uni agli altri, ci aprivamo un varco a spallate attraverso folti di canne verdi e dorate, e attraverso erbe verdi e argentee che crescevano più alte di noi. Di quando in quando dovevamo scalare una montagna e, dalla sua vetta, si potevano vedere altre e più lontane montagne, i cui colori andavano attenuandosi, dal verde della più vicina al nebuloso azzurro-tortora di quelle remote.

L'uomo che si trovava in testa, chiunque egli fosse, veniva spesso fatto trasalire da indizi improvvisi di una vita insospettata tutto attorno a noi. Un coniglio selvatico si rannicchiava immobile come un ceppo finché il primo di noi per poco non lo calpestava, per poi rinunciare all'immobilità e balzare via. Oppure chi precedeva gli altri poteva analogamente spaventare un fagiano e indurlo a un volo tonante e così vicino da sfiorargli quasi la faccia. O mettere in fuga stormi di quaglie o di tortore, o un rapido uccello-corridore, che saettava via con i suoi singolari passi allungati. Molte volte un armadillo corazzato si scostava pigramente dal nostro itinerario, oppure esso veniva attraversato da una lucertola saettante... e, man mano che ci spingevamo sempre più a sud, le lucertole divennero iguana, alcuni di essi lunghi quanto Cozcatl era alto, e crestati e con lunghi bargigli, e vividamente colorati in rosso, verde e viola.

Quasi sempre c'era un falco che ruotava silenziosamente molto in alto sopra le nostre teste, spiando ogni animale di piccola taglia che il nostro passaggio potesse spaventare inducendolo al movimento e alla vulnerabilità oppure un avvoltoio altrettanto silenzioso, che sperava potessimo gettar via qualcosa di edibile. Nei boschi, scoiattoli volanti si lanciavano da un ramo all'altro, da quelli alti a quelli più bassi, e sembravano leggeri quanto i falchi e gli avvoltoi, ma non altrettanto silenziosi; ciangottavano irosamente contro di noi. Nelle foreste e nelle radure svolazzavano dappertutto o rimanevano posati intorno a noi vividi parrocchetti, colibrì simili a gemme, e le api nere prive di pungiglione e moltitudini di farfalle dai colori stravaganti.

Ayyo, c'era sempre colore... colore dappertutto... e le ore della metà giornata erano le più colorate, poiché splendevano come cofani di tesori appena aperti, colmi di ogni gemma e di ogni metallo pregiato dagli uomini e dagli dei. Nel cielo, che era color turchese, il sole avvampava come uno scudo rotondo di oro battuto. La sua luce splendeva sui comuni macigni, sui sassi e sui ciottoli, trasformandoli in topazi, in giacinti o in opali che noi chiamavamo pietre-lucciole; o in argento, o in ametiste, o in texcatl, le pietre-specchio; o in perle, che, naturalmente, non sono in realtà pietre, ma il cuore delle ostriche; o in ambra che, anch'essa, non è una pietra, bensì spuma resa solida. Tutta la vegetazione intorno a noi si trasformava in smeraldi e giade. Se ci trovavamo in una foresta, ove la luce del sole veniva screziata dalle foglie color smeraldo, camminavamo inconsciamente con cautela e delicatezza, così da non calpestare i preziosi dischi, e piatti e vassoi d'oro disseminati sotto i nostri piedi.

Al crepuscolo, tutti i colori cominciavano a divenire meno vibranti. I colori caldi divenivano freddi, persino i rossi e i gialli si diluivano nel blu, poi nel viola e nel grigio. Al contempo, una nebbia incolore cominciava a salire dalle fenditure e dalle concavità del terreno intorno a noi finché i suoi singoli filamenti si fondevano in una coltre dalla quale strappavamo ciuffi e riccioli continuando a camminare. Pipistrelli e uccelli notturni cominciavano a sfrecciare qua e là, inghiottendo, mentre volavano, insetti invisibili, e riuscendo magicamente a non urtare mai contro di noi, o contro i rami, o gli uni contro gli altri. Quando calavano le vere tenebre, continuavamo talora ad essere consapevoli della bellezza del paesaggio, sebbene non potessimo vederlo. Per molte notti ci addormentammo respirando il profumo inebriante di quei fiori bianchi come la luna che *soltanto* di notte dischiudono i loro petali ed emettono i loro sospiri soavi.

Se il termine di una marcia diurna coincideva con il nostro arrivo in qualche comunità Tya Nuü, trascorrevamo la notte sotto un tetto e tra pareti, che potevano essere di mattoni cotti al sole o di legno nei centri più popolati, o semplicemente di canne e paglia in quelli più piccoli. Di solito riuscivamo ad acquistare cibo decente e a volte persino ghiottonerie tipiche di quelle parti, nonché ad assumere donne che le cucinassero e le servissero. Potevamo pagare l'acqua calda per il bagno e, di quando in quando, usufruire a pagamento del bagno a vapore di una famiglia che disponesse di un simile lusso. Nelle comunità sufficientemente grandi e contro un compenso minimo, Ghiotto di Sangue ed io potevamo di solito trovare una donna per ciascuno e a volte anche a procurare una schiava ai nostri uomini, affinché se la godessero a turno.

In altrettante notti, tuttavia, l'oscurità ci raggiungeva nei territori deserti tra i luoghi popolati. Sebbene noi tutti ci fossimo ormai abituati a dormire sul terreno e avessimo sormontato l'inquietudine causata dal nero vuoto circostante, queste notti erano logicamente meno piacevoli. Il pasto serale poteva consistere semplicemente di fagioli e di funghi atòli, nonché un po' d'acqua da bere. Ma questa non era tanto una privazione quanto il non poter fare il bagno: essere costretti a coricarsi incrostati dalla sporcizia della giornata e tormentati dai pruriti a causa delle morsicature e delle punture degli insetti. A volte, però, eravamo così fortunati da accamparci nei pressi di un ruscello o di uno stagno, ove riuscivamo almeno a immergerci nell'acqua gelida. E a volte, inoltre, il pasto della sera comprendeva la carne di cinghiale, o di qualche altro animale selvatico, ucciso di solito da Ghiotto di Sangue, naturalmente.

Ma Cozcatl aveva preso l'abitudine di portare l'arco e le frecce dell'anziano soldato e di esercitarsi prendendo di mira alberi e cactus lungo il cammino fino a diventare molto abile con quell'arma. Poiché era fanciullescamente propenso a scoccare frecce contro qualsiasi cosa si muovesse, abbatteva di solito creature troppo piccole per sfamarci tutti — un fagiano o uno scoiattolo terricolo — e una volta costrinse l'intero nostro gruppo a sparpagliarsi in tutte le direzioni quando trafisse una puzzola a striature brune e bianche, con le conseguenze che potete immaginare. Ma un giorno, andando in esplorazione davanti alla colonna, mise in fuga un cervo che si riposava, lo colpì con una freccia e inseguì l'animale ferito finché non barcollò, e stramazzò e morì. Stava goffamente scuoiandolo con il suo piccolo coltello di selce quando lo raggiungemmo, e Ghiotto di Sangue disse:

«Risparmiati la fatica, ragazzo. Lascialo lì per i coyote e gli avvoltoi. Vedi, lo hai trafitto nelle viscere. Così il contenuto degli intestini si è riversato nella cavità addominale, guastando schifosamente la carne». Cozcatl parve avvilito, ma annuì quando il vecchio guerriero gli insegnò: «Di qualsiasi animale possa trattarsi, mira per colpire qui, o qui, al cuore o ai polmoni. Questo gli consente una morte più misericordiosa e fornisce a noi carne commestibile». Il ragazzo imparò la lezione e, di lì a non molto, ci procurò un buon pasto uccidendo con precisione e in modo pulito una cerbiatta.

Non appena sostavamo ogni sera, sia in un villaggio, sia in aperta campagna, lasciavo che fossero Ghiotto di Sangue, Cozcatl e gli schiavi ad accordarsi per il soggiorno o a preparare l'accampamento. Per prima cosa io tiravo fuori i colori e le carte di corteccia per annotare il resoconto del cammino percorso quel giorno: una carta del nostro itinerario, precisa quanto più mi era possibile, con l'indicazione dei punti di riferimento, della natura del terreno, e così via; oltre alla descrizione di ogni cosa straordinaria che avessimo veduta, o di ogni evento degno di nota che si fosse determinato. Se mi mancava il tempo di fare tutto questo prima che la luce venisse meno completamente, terminavo nelle prime ore della mattina seguente, mentre gli altri levavano il campo. Mi accertavo invariabilmente di scrivere la cronaca al più presto possibile, finché ricordavo ogni particolare pertinente. Il fatto che in quegli anni giovanili, io abbia così assiduamente esercitato la memoria può spiegare perché ancor oggi, nella vecchiaia, riesco a ricordare tante cose, e con tanta chiarezza... compresi molti episodi che vorrei si fossero offuscati nella mia mente scomparendo del tutto.

Nel corso di quel viaggio, inoltre, come nel corso di quelli successivi, perfezionai la mia conoscenza delle parole. Mi sforzai di imparare le nuove parole delle terre attraverso le quali passavamo, e il modo con il quale tali parole venivano concatenate dalle persone che le pronunciavano. Come ho avuto occasione di dire, la mia madrelingua, il nàhuatl, era già la lingua parlata comunemente lungo le vie dei traffici, e, quasi in ogni villaggio, anche nei più piccoli, i pochtèca riuscivano a trovare qualcuno che la conosceva sufficientemente. Quasi tutti i mercanti girovaghi si accontentavano di scovare uno di questi interpreti e di concludere tutti i loro affari per il suo tramite. Ogni mercante, nel corso della sua carriera, poteva contrattare con genti che parlavano tutte le lingue esistenti nei territori della Triplice Alleanza. E i mercanti, già assillati da tutte le preoccupazioni del commercio, ben di rado erano propensi a imparare una qualsiasi lingua straniera, e non parliamo poi di tutte.

Io, invece, *volevo* impararle, e sembrava che possedessi la capacità di riuscirvi senza troppa fatica. Questo, forse, perché avevo studiato le parole per tutta la vita, oppure perché, sin dall'adolescenza avevo udito i diversi dialetti e accenti del nàhuatl parlato a Xaltòcan, a Texcòco, a Tenochtìtlan, ed anche, per breve tempo, a Texcàla. I dodici schiavi della nostra colonna parlavano le loro diverse lingue, oltre alle poche parole di nàhuatl imparate durante la schiavitù, per cui io cominciai a imparare parole nuove da loro, additando questo o quell'altra cosa mentre stavamo marciando.

Non sostengo di avere imparato a parlare scorrevolmente e con disinvoltura tutte le lingue straniere che ci capitò di udire nel corso di quella spedizione. Soltanto dopo molti altri viaggi potrei dire che vi riuscii. Ma delle lingue dei Tya Nuü, degli Tzapotèca, dei Chiapa e dei Maya imparai quanto bastava per riuscire almeno a farmi capire quasi in ogni località. Questa capacità di comunicare mi consentì inoltre di imparare le costumanze e i modi locali, di conformarmi ad essi e, per conseguenza, di essere meglio accolto da ogni popolazione. Oltre a fare del viaggio un'esperienza più godibile, tale rispetto reciproco mi consentì di concludere affari migliori che se fossi stato uno dei soliti mercanti «sordi» e «muti», che contrattavano per il tramite di un interprete.

Citerò un esempio. Mentre attraversavamo una piccola catena montuosa, il nostro schiavo di norma balordo chiamato Quattro cominciò a dar prova di una inconsueta animazione, e persino di una sorta di allegra agitazione. Lo interrogai grazie a quello che avevo imparato della sua lingua, ed egli mi disse che il suo villaggio natio di Ynochìxtlan non distava molto da noi. Se n'era andato di là alcuni anni prima, in cerca di fortuna nel mondo esterno, era stato catturato da banditi e da essi venduto a un nobile Chalca, poi rivenduto numerose altre volte e infine compreso in un'offerta di tributi alla Triplice Alleanza, che lo aveva portato, in ultimo, nel mercato degli schiavi ove era stato notato da Ghiotto di Sangue.

Sarei venuto a conoscenza di tutto ciò abbastanza presto, anche senza sapere una sola parola della lingua. Poiché, al nostro arrivo a Ynochìxtlan, ci vennero incontro a lunghi balzi il padre, la madre, e due fratelli di Quattro, per accogliere il vagabondo da tempo perduto con lacrime e grida di gioia. Loro e il tecùtli o chagòola del villaggio — come si chiama da quelle parti un piccolo governante — mi esortarono a rivendere lo schiavo. Espressi comprensione per i loro sentimenti, ma feci rilevare che Quattro era il più robusto dei nostri portatori, in grado di reggere sulle spalle il pesante sacco di ossidiana. Il chagòola propose allora di acquistare sia l'uomo *sia* l'ossidiana, innegabilmente molto utile in quella regione, ove non esisteva la roccia per costruire attrezzi. Offrì, come equo baratto, un gran numero di scialli tessuti, l'unico prodotto del villaggio.

Ammirai gli scialli mostratimi poiché erano indumenti davvero belli e pratici. Ma dovetti dire agli abitanti del villaggio che avevo percorso soltanto un terzo del cammino fino al termine del viaggio, e che non intendevo ancora concludere affari in quanto non volevo altre mercanzie da trasportare sia all'andata sia al ritorno. Sarebbero riusciti a dissuadermi da questa decisione, poiché, in cuor mio, avevo già deciso di lasciare Quattro con la sua famiglia, anche a costo di donarlo; ma, non senza lieto stupore da parte mia, la madre e il padre di lui presero le mie difese.

«Chagòola,» dissero rispettosamente al capo del villaggio «osserva il giovane mercante. Ha una faccia cortese, ed è comprensivo. Ma nostro figlio gli appartiene legalmente e, senza dubbio, egli ha pagato un alto prezzo per acquistare un uomo come lui. Vuoi forse stare a contrattare sulla libertà di uno del tuo popolo?»

Non avevo ormai più niente da aggiungere. Mi limitai a tacere, con un'aria cortese e comprensiva, mentre la vociferante famiglia di Quattro faceva passare il suo chagòola per il mercanteggiatore spietato. Infine, con aria vergognosa, l'uomo accettò di attingere al tesoro del villaggio e di pagarmi in valuta anziché in mercanzie. Per l'uomo e per il sacco mi diede fagioli di cacao e pezzetti di stagno e di rame, assai meno pesanti a trasportarsi e assai più facilmente negoziabili dei frammenti di ossidiana. In breve, ottenni un buon prezzo, più del doppio di quanto avevo pagato lo schiavo. Una volta concluso il baratto, quando Quattro ridivenne un libero cittadino di Ynochìxtlan, l'intero villaggio esultò, dichiarò quella giornata festiva e volle a tutti i costi offrirci un alloggio per quella notte e un vero e proprio banchetto, al quale non mancarono cioccolata e octli. E senza pretendere alcun pagamento.

I festeggiamenti erano ancora in corso quando noi viaggiatori ci ritirammo nelle capanne assegnateci. Spogliandosi per coricarsi, Ghiotto di Sangue ruttò e mi disse: «Avevo sempre pensato che fosse poco dignitoso sia pur soltanto riconoscere il modo di esprimersi degli stranieri come un linguaggio umano. E giudicavo te uno scervellato perditempo, Mixtli, quando ti davi tanta pena per imparare nuove e barbare parole. Ma ora devo ammettere...» ruttò ancora, poderosamente, e si addormentò.

Può essere interessante per te, giovane Señorito Molina, nella tua veste di interprete, sapere che quando studiasti il nàhuatl imparasti, probabilmente, la più facile di tutte le nostre lingue indigene. Non intendo con questo disprezzare il tuo conseguimento — parli il nàhuatl in modo ammirevole, per essere uno straniero — ma se ti cimenterai in alcune delle nostre altre lingue, le troverai notevolmente più difficili.

Tanto per fare un esempio, tu sai che il nostro nàhuatl pone l'accento sulla penultima sillaba di quasi ogni parola, come sembra a me che faccia anche lo spagnolo. Può essere questa una ragione per cui non trovo insormontabile la vostra lingua sebbene, sotto altri aspetti, sia così diversa dal nàhuatl. Orbene, le genti più vicine a noi che parlano un'altra lingua, i Purempècha, accentuano quasi ogni parola sulla *terz*'ultima sillaba. Potrai averlo notato nei loro tuttora esistenti nomi di località: Pàtzkuaro e Kerèraro, e così via. La lingua degli Otomì, parlata a nord rispetto a noi, lascia ancor più interdetti perché può porre l'accento su *qualsiasi* sillaba delle parole. Direi che di tutte le lingue da me conosciute, compresa la vostra, la otomìte è la più maledettamente difficile a padroneggiarsi. Tanto per fare un esempio, ha due parole diverse per la risata dell'uomo e per quella della donna.

Durante tutta la mia esistenza avevo continuato ad avere, e a sopportare, nomi diversi. Ora siccome ero divenuto un viaggiatore e mi si parlava in molte lingue, ne acquisii anche altri, perché, naturalmente, Nuvola Scura veniva ovunque tradotto in modi diversi. Il popolo Tzapotèca, ad esempio, lo traduceva Zàa Nayàzù. Anche dopo che ebbi insegnato alla fanciulla Zyanya a parlare il nàhuatl scorrevolmente come me, ella continuò sempre a chiamarmi Zàa. Avrebbe potuto pronunciare facilmente la parola Mixtli, ma invariabilmente mi chiamava Zàa pronunciando il nome come un vezzeggiativo, e, sulle sue labbra, era il nome che io preferivo a tutti gli altri mai avuti...

Ma di questo parlerò al momento opportuno.

Vedo che stai aggiungendo altri piccoli segni alle parole già scritte, Fray Gaspar, cercando di segnare il modo con il quale le sillabe salgono e scendono in quel nome Zàa Nayàzù. Sì, salgono e scendono, quasi come un canto, ed io non so in qual modo si potrebbe rendere ciò nella vostra scrittura meglio che nella nostra.

Soltanto la lingua tzapotèca viene parlata in questo modo, ed è la più melodiosa tra tutte le lingue dell'Unico Mondo, così come gli uomini Tzapotèca sono i più belli e le loro donne le più sublimi. Dovrei inoltre aggiungere che Tzapotèca è il nome attribuito ad essi da altri popoli, a causa del fatto che il frutto tzapòte cresce con tanta abbondanza nel loro territorio. Il nome che essi stessi si danno è più evocativo delle altezze sulle quali vive la maggior parte di quel popolo: Ben Zàa, il Popolo delle Nubi.

Chiamano la loro lingua lòcchi. In confronto al nàhuatl ha

soltanto alcuni suoni diversi, i suoni compongono parole molto più brevi di quelle del nàhuatl. Ma tali pochi suoni assumono una infinità di significati, a seconda che vengano pronunciati senza accento, o con l'accento all'inizio o alla fine. L'effetto musicale non si limita ad essere un dolce suono; è necessario per la comprensione delle parole. Invero la cadenza è a tal punto parte necessaria della lingua che uno Tzapotècatl può fare a meno dei suoni *parlati* ed esprimersi — almeno entro i limiti di una semplice comunicazione — canticchiando, e fischiettando, soltanto la *melodia* della frase.

Ecco come ci rendemmo conto che ci stavamo avvicinando al territorio del Popolo delle Nubi, e nello stesso modo vennero a saperlo anche quelle genti. Udimmo un fischio stridulo e penetrante da una montagna che dominava il nostro cammino. Era una sorta di cinguettio prolungato, quale nessun uccello avrebbe potuto emettere, e, dopo un momento, venne ripetuto da un altro punto davanti a noi, identico in ogni modulazione. Dopo un altro momento ancora il fischio si ripeté, quasi inudibile, ma sempre uguale, in un punto diverso, lontano, molto lontano davanti a noi.

« Le vedette Tzapotèca » spiegò Ghiotto di Sangue. «Comunicano con fischi invece di gridare come le nostre scolte che chiamano da lontano. »

Domandai: « Perché vi sono vedette? »

« Ci troviamo adesso nella terra chiamata Uaxyàcac e il possesso di questa regione viene contestato da tempo tra i Mixtéca, gli Olméca e gli Tzapotèca. In certe località essi si mescolano o vivono amichevolmente fianco a fianco. In altre si punzecchiano a vicenda e compiono scorrerie gli uni ai danni degli altri. Pertanto è necessario identificare tutti i nuovi venuti. Quel messaggio fischiato probabilmente è già giunto ormai fino al palazzo a Zàachila, e senza dubbio avverte il loro Riverito Oratore che noi siamo Mexìca, che siamo pochtèca; dice inoltre quanti siamo e precisa forse anche le dimensioni e la forma dei fardelli che trasportiamo. »

Forse, uno dei vostri soldati spagnoli a cavallo, viaggiando rapidamente e spingendosi lontano sui nostri territori ogni giorno, troverebbe ciascun villaggio nel quale sostasse durante la notte nettamente diverso dal villaggio della notte precedente. Ma noi, che ci spostavamo adagio a piedi, non avevamo notato alcun brusco cambiamento tra l'uno e l'altro centro abitato. A parte l'aver veduto che, a sud della cittadina di Quaunàhuac, tutti sembravano aggirarsi a piedi nudi, tranne quando si vestivano per qualche festa locale, non scorgemmo grandi differenze tra una comunità e quella successiva. L'aspetto fisico delle persone, i loro costumi, la loro architettura, tutte queste cose cambiavano, sì, ma i cambiamenti erano di solito graduali e percettibili soltanto a intervalli. Oh, potevamo osservare qua e là, specie nei villaggi minuscoli, ove tutti gli abitanti si erano accoppiati tra loro per generazioni, che le persone differivano lievemente le une dalle altre essendo appena un poco più basse o più alte, più chiare o più scure di carnagione, più gioviali o più bisbetiche per indole. Ma, in generale, la popolazione tendeva a fondersi in modo indistinguibile da una località all'altra.

Ovunque gli uomini al lavoro non indossavano alcun indumento tranne un perizoma bianco, mentre, quando rimanevano in ozio, si coprivano con un mantello bianco. Le donne indossavano tutte la blusa bianca e la gonna consuete e, presumibilmente, il solito indumento intimo. Nel caso delle vesti per le grandi occasioni, il bianco veniva ravvivato da ricami fantasiosi, i cui disegni e i cui colori variavano da una località dall'altra. Inoltre, i nobili delle diverse regioni avevano gusti diversi per quanto concerneva i mantelli e le acconciature di piume, gli ornamenti per il naso, le orecchie e le labbra, i braccialetti, gli anelli portati alle caviglie e altri gioielli. Ma queste varianti potevano di rado essere osservate dai viaggiatori come noi; sarebbe stato necessario risiedere tutta la vita in un villaggio per riconoscere a prima vista l'abitante di un altro villaggio lungo il cammino.

O almeno tale era stata l'esperienza fatta da noi durante tutto il viaggio, fino al giorno in cui entrammo nel territorio Uaxyàcac, ove il primo fischio cinguettante dell'unicamente bella lingua lòochi ci avvertì come, all'improvviso, fossimo venuti a trovarci tra un popolo diverso da tutti quelli incontrati sin lì.

Trascorremmo la nostra prima notte nel territorio Uaxyàcac in un villaggio denominato Texìtla e, nel villaggio stesso, non v'era nulla che fosse particolarmente degno di nota. Le case risultavano costruite, come quelle cui ci eravamo assuefatti da qualche tempo a quella parte, con piccoli tronchi legati insieme mediante rampicanti, e avevano il tetto di paglia. Le vasche per lavarsi e i bagni a vapore erano di argilla cotta, come tutti gli altri veduti di recente. Il cibo che acquistammo risultò identico a quello servitoci nelle molte sere precedenti. Diversa era soltanto la gente di Texìtla. Mai, fino ad allora, eravamo entrati in una comunità ove tutti fossero così uniformemente piacevoli a guardarsi, e ove anche gli indumenti di ogni giorno venissero resi festivi da vividi colori.

«Oh, ma costoro sono bellissimi!» esclamò Cozcatl.

Ghiotto di Sangue non disse nulla perché, naturalmente, era

già stato da quelle parti. Il veterano si limitò ad assumere un'aria compiaciuta, da proprietario, come se avesse predisposto personalmente l'esistenza di Texìtla allo scopo di sbalordire me e Cozcatl.

E Texìtla non era semplicemente un'oasi isolata di persone avvenenti, come scoprimmo una volta giunti nella popolosa capitale di Zàachila, e come venne confermato allorché attraversammo gli altri territori Uaxyàcac. Ci trovavamo in un paese ove *tutte* le persone erano belle e avevano modi allegri come i loro indumenti. Il piacere che ritraevano gli Tzapotèca dai vividi colori era comprensibile, in quanto nel loro paese venivano prodotti i coloranti più fini. Quella era inoltre la zona più a nord nella quale prosperavano pappagalli, are, tucani e altri uccelli tropicali dal piumaggio splendente. Meno evidente risultava essere la ragione per cui gli stessi Tzapotèca erano esemplari così rimarchevoli del genere umano. Così, dopo uno o due giorni a Zàachila, domandai a un vecchio della città:

«Il tuo popolo sembra così superiore agli altri che ho conosciuto! Quale ne è la storia? Da dove è venuto?»

«Da dove è venuto?» esclamò lui, quasi disdegnasse la mia ignoranza. Era uno degli abitanti della città che parlavano il nàhuatl, fungeva regolarmente da interprete con i pochtéca di passaggio, e fu lui a insegnarmi le prime parole che imparai del lòochi. Si chiamava Gìigu Nashinyà, che significa Fiume Rosso, e aveva una faccia che sembrava una parete rocciosa corrosa dalle intemperie. Disse:

«Voi Mexìca raccontate che i vostri antenati giunsero da qualche luogo situato lontano a nord di quello che è adesso il vostro paese. I Chiapa dicono che i loro antenati ebbero origine in qualche luogo remoto a sud di quello che è ora il loro paese. E ogni altro popolo afferma di avere avuto origine in un luogo diverso da quello nel quale risiede. Ogni altro popolo tranne noi Ben Zàa. Noi non ci attribuiamo questo nome senza alcun motivo. *Siamo* realmente il Popolo delle Nubi, nato dalle nubi e dagli alberi e dalle rocce e dalle montagne di questa terra. Non giungemmo qui. Qui siamo sempre rimasti. Dimmi, giovanotto, hai mai veduto o fiutato il fiore-cuore?»

Risposi negativamente.

«Lo vedrai. Lo coltiviamo ora nei nostri cortili. Ha questo nome perché il suo bocciolo non dischiuso assume la forma del cuore umano. La padrona di ogni casa coglie un solo fiore alla volta, perché basta quell'unico fiore, schiudendosi, a profumare tutte le stanze. Ma un'altra caratteristica del fiore-cuore consiste nel fatto che, in origine, esso era selvatico, sulle montagne che tu vedi laggiù, e cresceva *soltanto* su quelle montagne di

Uaxyàcac. Come noi Ben Zàa, venne creato proprio qui, e come noi, prospera tutt'ora. Il fiore-cuore dà gioia quando lo si contempla e lo si odora, come sempre ha fatto. I Ben Zàa continuano a essere un popolo forte e vigoroso come sempre lo sono stati.

Echeggiai quanto aveva detto Cozcatl: «Un popolo bellissimo».

«Sì, bello quanto vivace» approvò il vecchio, senza alcuna simulata modestia. «Il Popolo delle Nubi si è sempre conservato tale mantenendosi puro Popolo delle Nubi. Eliminiamo ogni impurità che affiori o si insinui tra noi.»

Domandai: «Cosa? Come?»

«Se un bambino nasce malformato o intollerabilmente brutto, o dà prova di essere manchevole nel cervello, facciamo in modo che non possa vivere e crescere. Allo sfortunato infante viene negato il seno della madre, ed esso dimagrisce e muore quando vogliono gli dei. Anche i nostri vecchi vengono eliminati, quando diventano troppo brutti a vedersi, o troppo deboli per poter provvedere a se stessi, o quando la loro mente comincia a cedere. Naturalmente, l'immolazione dei vecchi è in genere volontaria, e ha luogo per il vantaggio di tutti. Anch'io, quando sentirò che il mio vigore e i miei sensi cominceranno ad affievolirsi, mi congederò da tutti e mi recherò nella Sacra Casa, per non essere veduto mai più.»

Osservai: «Sembra un provvedimento alquanto estremo».

«È un provvedimento estremo strappare le erbacce da un giardino? Potare i rami secchi in un frutteto?»

«Be'...»

Sardonicamente, egli disse: «Tu ammiri l'effetto, ma deplori i mezzi. Il fatto che preferiamo eliminare gli inutili e gli indifesi, i quali sarebbero altrimenti un fardello per i loro simili. Il fatto che decidiamo di lasciar morire i difettosi, evitando così che generino altre creature ancor più difettose. Giovane moralista, condanni forse anche il nostro rifiuto di generare bastardi?»

«Bastardi?»

«Siamo stati invasi ripetutamente dai Mixtèca e dagli Olmèca, nei tempi passati, e dai Mexìca in tempi più recenti, e subiamo le infiltrazioni striscianti delle piccole tribù intorno ai nostri confini, ma non ci siamo mai mescolati con alcuno di questi popoli. Anche se stranieri vengono tra noi, e persino vivono con noi, noi vietiamo, invariabilmente, che mescolino il loro sangue con il nostro.»

Dissi: «Non vedo come vi si possa riuscire. Gli uomini e le donne essendo quello che sono, difficilmente potete consentire i rapporti sociali con gli stranieri e proibire quelli sessuali».

«Oh, siamo umani» ammise il vecchio. «I nostri uomini gustano volentieri le donne di altre razze, e alcune delle nostre donne perversamente vanno a cavalcioni delle strade. Ma chiunque faccia parte del Popolo delle Nubi e prenda formalmente uno straniero come marito o come moglie, non appartiene più al Popolo delle Nubi. Questo basta, di solito, a scoraggiare i matrimoni con gente forestiera. Ma esiste un'altra ragione per cui tali matrimoni sono rari. Senza dubbio puoi capire qual è».

Scossi la testa con aria incerta.

«Hai viaggiato tra altri popoli. Ora guarda i nostri uomini. Guarda le nostre donne. In quale nazione fuori di Uaxyàcac potrebbero trovare una compagna o un compagno altrettanto ideali?»

Avevo già guardato, e la domanda era una di quelle che non hanno risposta. È vero che avevo conosciuto appartenenti ad altri popoli straordinariamente favoriti: la mia bellissima sorella Tzitzi, una Mexìca; la Signora di Tolàn, una Tecpanèca; il grazioso, piccolo Cozcatl, un Acùlhua. Ed è vero, inoltre, che non tutti gli Tzapotèca erano impeccabilmente imponenti. Ma non mi sarebbe stato possibile negare che, nella grande maggioranza, gli appartenenti a quel popolo avessero un viso e un corpo così suberbi da far sembrare quasi tutti gli altri esseri umani esperimenti primitivi e falliti degli dei.

Tra i Mexìca io ero ritenuto una rarità per la mia statura e la mia muscolatura; ma quasi tutti gli uomini Tzapotèca erano alti e robusti quanto me, e sui loro volti si leggevano tanto energia quanto sensibilità. Quasi ogni donna di quel popolo era ampiamente dotata di curve femminili, ma al contempo flessuosa come una bacchetta di salice, e aveva un viso degno di essere imitato dalle dee: occhi grandi e luminosi, naso diritto, una bocca fatta per essere baciata, una pelle immacolata e quasi trasparente. Zyanya era un'urna formosa di rame brunito, traboccante di miele e posta al sole. Tanto gli uomini quanto le donne incedevano fieramente e con grazia e parlavano il loro fluido lòchi in tono sommesso. I bambini erano squisiti, amabili e ben educati. Sono alquanto lieto del fatto che non mi fosse possibile uscire fuori di me stesso per vedere quale fosse il mio aspetto in confronto a queste altre creature. Ma gli altri stranieri che vidi nel territorio Uaxyàcac — quasi tutti Mixtéca immigrati — accanto al Popolo delle Nubi sembravano goffi e color fango e imperfettamente messi insieme.

Ciò nonostante, non sono del tutto un credulone. E pertanto presi con il dito mignolo, come diciamo noi, il racconto dell'anziano interprete Fiume Rosso sulle origini del suo popolo, il quale sarebbe sorto spontaneamente, e integro e splendido. Non potevo credere che il Popolo delle Nubi fosse stato creato da quelle montagne, già perfetto, come il fiore-cuore. Nessun'altra nazione aveva mai vantato un'origine così assurdamente impossibile. Ogni popolo *doveva* provenire da qualche altro luogo, non era forse così?

Tuttavia riuscivo a credere, grazie alla prova fornitami dai miei stessi occhi, che gli Tzapotèca avessero altezzosamente rifiutato ogni incrocio con stranieri, e che avessero difeso il migliore retaggio del loro sangue, anche quando ciò significava essere spietati nei confronti di persone amate. Ovunque e comunque potesse aver avuto realmente origine il Popolo delle Nubi, esso si era sempre rifiutato, in seguito, di perdere il proprio primato etnico. *Questo* potevo crederlo perché mi trovavo lì, ad aggirarmi tra loro: gli uomini ammirevoli e le donne desiderabili. *Ayyo*, le donne eminentemente, irresistibilmente, tormentosamente desiderabili!

✠

Come siamo soliti fare qui, Eccellenza, il signore scrivano mi ha appena letto l'ultima frase che pronunciai, per ricordarmi dove ci eravamo interrotti al termine dell'ultima seduta. Devo avere la temerità di supporre che Tua Eccellenza si sia unita a noi, oggi, aspettandosi di udire come violentai l'intera popolazione femminile di Zàachila?

No?

Se, come affermi, non ti stupirebbe sentirmelo dire, ma non ci tieni affatto, allora lascia che ti stupisca per davvero, Eccellenza. Anche se trascorremmo parecchi giorni a Zàachilà e nei dintorni, non toccai mai una sola donna, laggiù. Tutt'altro che tipico da parte mia, certo, come fa rilevare Tua Eccellenza. Ma io non affermo affatto di essermi gioiosamente e improvvisamente redento dalle mie abitudini libertine. Venni afflitto allora, piuttosto, da una nuova perversione. Non volevo alcuna delle donne che si potevano possedere, proprio perché erano *disponibili*. Si trattava di donne adorabili, e seducenti, e senza alcun dubbio abili — Ghiotto di Sangue sguazzò nella fornicazione per tutto il tempo in cui restammo là — ma la disponibilità stessa di quelle femmine mi induceva a rifiutarle. Quel che volevo, quel che desideravo e concupivo, era il possesso di una vera donna del Popolo delle Nubi: vale a dire di una donna che avrebbe indietreggiato inorridita da uno straniero come me. Si trattava di un dilemma. Volevo quello che non mi sarebbe stato possibile avere, e non ero disposto ad accontentarmi di meno. Pertanto non ne ebbi alcuna, e non posso dire niente a Tua Eccellenza delle donne di Zàachila.

Consentimi di parlarti un poco, invece, del territorio Uaxyàcac. Quella regione è un caos di montagne, di vette e di burroni; monti addossati ad altri monti; monti sovrapposti ad altri monti. Gli Tzapotèca, lieti di trovarsi isolati e protetti tra le loro montagne, di rado si erano azzardati ad avventurarsi fuori di quei bastioni, così come di rado avevano gradito che chiunque altro vi entrasse. Alle altre nazioni erano noti da tempo come «il popolo chiuso».

Tuttavia, il primo Uey-Tlatoàni Motecuzòma decise di estendere molto più a sud le vie dei traffici Mexìca e preferì farlo con la forza anziché ricorrere alle trattative diplomatiche. Nei primi mesi dell'anno della mia nascita, guidò un esercito nel territorio Uaxyàcac e, dopo aver causato un gran numero di vittime e molte devastazioni, riuscì in ultimo a far cadere mediante un assedio la capitale. Pretese libertà di passaggio per i pochtèca Mexìca e, naturalmente, impose al Popolo delle Nubi un tributo da versare alla Triplice Alleanza. Ma non disponeva di linee di comunicazione per mantenere un esercito occupante, e così, quando rientrò in patria con il grosso delle truppe, lasciò soltanto una guarnigione simbolica a Zàachila per far rispettare l'obbligo del tributo. Non appena si fu allontanato, gli Tzapotèca, ovviamente, massacrarono i guerrieri della guarnigione, ripresero i loro sistemi di vita e non versarono mai nemmeno uno straccio di cotone come tributo.

Ciò avrebbe causato nuove invasioni Mexìca da mettere il paese a ferro e fuoco — non per nulla Motecuzòma veniva chiamato Signore Furente — se non fosse stato per due ragioni. Gli Tzapotèca furono così assennati da mantenere la promessa secondo cui avrebbero consentito ai mercanti Mexìca di attraversare il paese senza essere molestati. E inoltre, in quello stesso anno, Motecuzòma morì. Il suo successore si accontentò delle concessioni fatte al commercio del paese Uaxyàcac e si rese conto della difficoltà di sconfiggere e occupare un territorio così remoto, se ne rese conto quanto bastava per non inviare altri eserciti. Pertanto non vi fu affetto, ma si ebbero una reciproca tregua e scambi commerciali tra i due paesi durante i vent'anni che precedettero il mio arrivo, e per alcuni anni ancora in seguito.

Il centro delle cerimonie religiose e la città più riverita dell'Uaxyàcac è l'antica Lyobàan, situata non lontano a est di Zàachila, e il vecchio Fiume Rosso condusse un giorno me e Cozcatl a visitarla. (Ghiotto di Sangue rimase a sollazzarsi in una auyanicàli, una casa di piacere.) Lyobàan significa Sacra Casa, ma noi Mexìca chiamiamo da molto tempo quella città Mìctlan, perché i Mexìca che l'hanno veduta sono persuasi trattarsi della via d'accesso, sulla terra, a quel tenebroso e lugubre aldilà.

Trattasi di una città piacevole a vedersi, ben conservata tenuto conto della sua grande antichità. Vi sono numerosi templi composti da molte stanze, e una di tali stanze è la più vasta che io abbia mai veduto con un tetto non sostenuto da una foresta di colonne. Le mura degli edifici, sia all'interno sia all'esterno, erano adornate da disegni profondamente scolpiti, simili a una tessitura pietrificata, che si ripetevano a non finire nei mosaici di arenaria bianca composti in modo intricato. Come non è certo necessario dire a Tua Eccellenza, quei numerosi templi della Sacra Casa costituivano la prova del fatto che il Popolo delle Nubi, al pari di noi Mexìca, e al pari di voi Cristiani, adorava tutta una serie di divinità. V'erano la vergine dea della luna, Bèu, e il dio giaguaro Béezye, e la dea dell'alba Tangu Yu, e non so quante altre divinità ancora.

Ma, diversamente da noi Mexìca, il Popolo delle Nubi credeva, come lo credete voi Cristiani, che tutti quegli dei e quelle dee fossero subordinati a un unico grande signore supremo, il quale aveva creato l'universo e dominava tutto ciò che si trova in esso. Al pari dei vostri angeli e santi e così via, quelle divinità minori non avrebbero potuto esercitare le loro singole e sacre funzioni — in effetti non avrebbero potuto esistere — senza il consenso e la sorveglianza del massimo dio di tutto il creato. Gli Tzapotèca lo chiamavano Uizye Tao, che significa Il Respiro Onnipotente.

I templi austeramente grandiosi sono soltanto il livello superiore di Lyobàan. Sorgono, infatti, intorno ad aperture nel terreno che conducono a grotte naturali e gallerie e caverne nel suolo sottostante, i luoghi di sepoltura prediletti dagli Tzapotèca da tempi immemorabili. In quella città sono sempre stati trasportati i loro nobili defunti, gli alti sacerdoti, e gli eroi di guerra, per essere cerimoniosamente seppelliti in loculi riccamente decorati e arredati sotto i templi.

Ma esisteva ed esiste tuttora spazio per la gente comune entro cripte ancor più profonde. Fiume Rosso ci disse che nessuno sapeva dove finissero le caverne, le quali sono tutte collegate e si susseguono sottoterra per innumerevoli lunghe corse, con festoni di pietra che pendono dalle volte e piedistalli di pietra che svettano dal basso. Disse che v'erano tendaggi di pietra e drappeggi dai disegni magici e meravigliosi, ma naturali: splendidi come cascate divenute di ghiaccio o imponenti come i Mexìca immaginano le grandi porte di Mìctlan.

«E non soltanto i defunti giungono nella Sacra Casa» soggiunse. «Come ti ho già detto, quando sentirò che la mia esistenza non più utile, verrò qui per scomparire.»

Stando a lui, ogni uomo e ogni donna, sia appartenenti al volgo o alla nobiltà, che fossero impediti dalla vecchiaia, o oppressi dalle sofferenze fisiche o da afflizioni morali, o stanchi della vita per una ragione qualsiasi, potevano chiedere ai sacerdoti di Lyobàan di essere volontariamente sepolti *vivi* nella Sacra Casa. Muniti di una torcia di pino, ma senza alcun cibo per nutrirsi, venivano fatti entrare attraverso una imboccatura delle caverne, subito dopo richiusa alle loro spalle. Vagabondavano poi nel labirinto di passaggi, finché la torcia o le loro stesse forze si spegnevano, o finché trovavano una caverna adatta o un luogo nel quale l'istinto diceva loro che qualche antenato vi si era già disteso per morire, trovandolo piacevole. Là i nuovi arrivati si componevano e aspettavano sereni, che lo spirito li abbandonasse per recarsi verso quella qualsiasi altra destinazione che lo aspettava.

Una cosa di Lyobàan mi lasciò interdetto: il fatto che quei più sacri tra i sacri templi fossero situati su piattaforme di pietra al livello del terreno e non sorgessero alla sommità di alte piramidi. Domandai al vecchio il perché.

«Gli antichi costruivano per la solidità, per resistere allo zyüü» rispose, servendosi di una parola che non conoscevo. Ma, un momento dopo, sia Cozcatl, sia io capimmo che cosa significava, poiché sentimmo il fenomeno, come se la nostra guida lo avesse evocato al solo scopo di istruirci.

«Tlalolìni» disse Cozcatl, con una voce che tremava come ogni altra cosa intorno a noi.

Noi che parliamo il nàhuatl lo chiamiamo tlalolìni, gli Tzapotèca lo chiamano zyüü, voi lo chiamate terremoto. Avevo già sentito la terra muoversi in passato, a Xaltòcan, ma là il movimento era stato un blando andare su e giù, e noi sapevamo che era soltanto il modo dell'isola di assestarsi più comodamente sull'instabile fondo del lago. Lì ove si trovava la Sacra Casa il movimento era diverso, un ondeggiare da un lato all'altro, come se la montagna fosse stata una piccola canoa su qualche lago agitato. E, proprio come mi è accaduto talora su acque tempestose, sentii la nausea sconvolgermi lo stomaco. Numerose pietre si staccarono in alto da un edificio e piombarono giù, rotolando per un tratto sul terreno.

Fiume Rosso le additò e disse: «Gli antichi costruivano solidamente, ma di rado passano molti giorni a Uaxyàcac senza uno zyüü, leggero o forte. Così, ora, costruiamo in genere in modo meno massiccio. Una casa di piccoli tronchi e di paglia non può ferire gravemente i suoi abitatori se crolla loro addosso, ed è inoltre facile ricostruirla ».

Annuii, con lo stomaco ancora così sconvolto che l'idea di aprire la bocca mi impauriva. Il vecchio sorrise con aria saputa.

« Ti ha toccato il ventre, eh? Scommetto che ti ha toccato anche un altro organo. »

Era vero. Chissà per quale ragione, avevo il tepùli eretto, ingorgato di sangue fino a raggiungere una tale lunghezza e grossezza che mi doleva.

« Nessuno sa perché » disse Fiume Rosso « ma lo zyuüu esercita una strana influenza su tutti gli animali e in particolare sugli esseri umani. Uomini e donne si eccitano sessualmente, e talora, quando le scosse sono violente, vengono eccitati a un punto tale da compiere atti osceni, e in pubblico. Quando i tremiti sono davvero forti e prolungati, persino i ragazzetti possono involontariamente eiaculare, e le bambine raggiungono una sussultante voluttà, come se fossero le più sensuali delle donne adulte, e naturalmente rimangono sconcertate da quanto loro accade. A volte, molto prima che il terreno cominci a muoversi, cani e coyote si mettono a uggiolare o a ululare, e gli uccelli svolazzano qua e là. Abbiamo imparato a capire dal loro comportamento quando sta per venire un tremito davvero pericoloso della terra. Minatori e cavatori corrono verso luoghi più sicuri, i nobili sgombrano i loro palazzi di pietra, i sacerdoti abbandonano i templi. Tuttavia, nonostante questo preavviso, scosse davvero violente possono causare gravi danni e molte vittime. » Non senza stupore da parte mia, tornò a sorridere. « Dobbiamo, ciò nonostante, ammettere che lo zyuüu dona di solito più vite di quante ne tolga. Dopo ogni tremore prolungato, una volta trascorsi i tre quarti di un anno, nascono numerosi bambini a pochi giorni di distanza l'uno dall'altro. »

Riuscivo a crederlo senz'altro. Il mio rigido membro sembrava un bastone che mi sporgesse dall'inguine. Invidiai Ghiotto di Sangue, che probabilmente stava rendendo la giornata memorabile in eterno in quella auyanicàli. Se mi fossi trovato nelle vie di Zàachila, avrei potuto far cessare la tregua tra i Mexìca e gli Tzapotèca spogliando e violentando la prima donna che avessi incontrata...

No, non è necessario dilungarsi su questo. Ma potrei dire a Tua Eccellenza perché, secondo me, un terremoto causa soltanto paura negli esseri inferiori, ma paura *ed* eccitazione sessuale negli esseri umani.

La prima notte in cui il nostro gruppo si era accampato all'aperto, all'inizio di quel lungo viaggio, avevo compreso e sentito per la prima volta il pauroso impatto delle tenebre, del vuoto e della solitudine nelle deserte campagne notturne, e in seguito ero stato dominato da un imperioso desiderio di copulare. Noi animali umani e animali inferiori ci spaventiamo quando veniamo a trovarci di fronte a un qualsiasi aspetto della natura che non riusciamo a capire e a dominare. Ma le creature inferiori non sanno che quanto paventano è la morte, poiché ignorano che cosa *sia* la morte. Noi esseri umani lo sappiamo. Un uomo può affrontare coraggiosamente la morte sul campo di battaglia o sull'altare. Una donna può correre il rischio di una morte onorevole partorendo. Ma non possiamo affrontare con altrettanto coraggio la morte che giunge con la stessa indifferenza di un pollice o di un indice allorché smorzano lo stoppino. Ciò che più paventiamo è l'estinzione capricciosa e priva di senso. E, nel momento in cui proviamo questo sconfinato terrore, il nostro istintivo impulso è quello di compiere l'atto più efficace a noi noto per preservare la vita. Un qualcosa di profondo nella nostra mente ci grida, con disperazione: «Ahuilnéma! Copula! Non può salvare la tua vita, ma può crearne un'altra». E così il tepùli dell'uomo si impenna, la tipìli della donna si schiude invitante, e i succhi genitali di entrambi cominciano a scorrere...

«Oh, be' questa è soltanto una teoria, e una teoria personale. Ma tu, Eccellenza, e voi, reverendi frati, dovreste avere, prima o poi, il modo di confermarla o di smentirla. Quest'isola di Tenochtìtlan-Mexìco poggia in modo ancor più malfermo di Xaltòcan sul fondale melmoso del lago, e, di quando in quando, si sposta, talora violentemente. Prima o poi, sentirete un convulso scuotersi della terra. Constaterete voi stessi, allora, che cosa sentirete nelle vostre reverende parti.

Il nostro gruppo non aveva in realtà alcun motivo per indugiare tanti giorni quanti ci trattenemmo a Zàachila e nei dintorni, a parte il fatto che si trattava di luoghi piacevolissimi in cui riposare prima di intraprendere la lunga e spossante scalata tra le montagne più avanti... e a parte il fatto che Ghiotto di Sangue, smentendo la propria età avanzata, sembrava deciso a non trascurare una sola delle beltà Tzapotèca accessibili. Quanto a me, mi limitai a visitare le località interessanti. E non cercai neppure di concludere affari; per una valida ragione, il prodotto locale più apprezzato, vale a dire il famoso colorante, era esaurito.

Voi lo chiamate carminio, e forse sapete che si ricava da un certo insetto, la nochétzli. Questi insetti vivono a milioni in immense piantagioni coltivate di quella particolare varietà di cactus nopàli della quale si nutrono. Maturano tutti nello stesso periodo e i coltivatori li raschiano via dai cactus chiudendoli in sacchi e li uccidono, o immergendo i sacchi stessi in acqua bollente, o appendendoli in un bagno a vapore, o esponendoli al sole ardente. In seguito, gli insetti vengono fatti seccare finché somigliano a semi raggrinziti, e sono poi venduti a peso. A seconda di come sono stati uccisi — bolliti, con il vapore o cotti dal sole — producono, quando vengono schiacciati, un colorante giallo-rosso giacinto, o un vivido scarlatto, o quel carminio particolarmente luminoso che non è possibile produrre in alcun altro modo. Vi dico tutte queste cose perché l'ultimo raccolto degli Tzapotèca era stato acquistato completamente da un mercante Mexìca giunto prima di noi e diretto al nord, quello stesso con il quale avevo conversato molto più indietro di lì, nella regione Xochimìlca; e ora non esisteva altro colorante per quell'anno, poiché non si può fare fretta nemmeno agli insetti più coccolati.

Ricordavo bene quanto mi aveva detto il mercante: che esisteva un nuovo e ancor più raro colorante viola, collegato in qualche modo, misteriosamente, con le lumache e con un popolo chiamato Gli Stranieri. Domandai all'interprete Fiume Rosso e a numerosi mercanti suoi amici che cosa sapessero della faccenda, ma si limitarono tutti a fissarmi inespressivi e ad echeggiare le mie parole: «Viola? Lumache? Stranieri?» Pertanto mi limitai a concludere un unico affare a Zàachila, e non fu uno di quelli che sarebbero potuti essere conclusi da un pochtécatl tipicamente avaro.

Il vecchio Fiume Rosso aveva fatto in modo che io potessi recarmi per una visita di cortesia dal Kosi Yela, il Bishòsu Ben Zàa, che significa Riverito Oratore del Popolo delle Nubi, e quel governante mi invitò cortesemente a visitare il palazzo, affinché potessi ammirarne il lussuoso arredamento. Due degli ornamenti che si trovavano nel palazzo destarono il mio avido interessamento. L'uno fu la Regina di Bishòsu, Pela Xila, una donna da fare perdere le bave a un uomo, ma io mi accontentai di baciare la terra per salutarla. Quando vidi l'altro ornamento, tuttavia — un arazzo di piume mirabilmente lavorato — decisi di averlo.

«Ma questo arazzo è opera di uno dei tuoi compatrioti» disse il mio anfitrione. Parve lievemente infastidito perché mi soffermavo a contemplare un manufatto Mexìcatl invece di lasciarmi sfuggire esclamazioni ammirate davanti ai prodotti del suo Popolo delle Nubi: gli arazzi screziati in modo interessante nella sala del trono, ad esempio, fatti di nodi colorati una prima volta, poi riannodati e nuovamente colorati, tutto questo varie volte di seguito.

Indicando l'arazzo che mi stava a cuore con un cenno del capo, dissi: «Consentimì di azzardare una supposizione, mio signore. L'artista che ha creato quest'opera con le piume era un viaggiatore a nome Chimàli».

Kosi Yuèla sorrise. « Hai ragione. Si è trattenuto qui per qualche tempo eseguendo schizzi dei mosaici di Lyobàan. E poi non gli è rimasto più nulla per pagare il proprietario della locanda, tranne questo arazzo. L'uomo lo ha accettato, anche se a malincuore, e in seguito è venuto a lagnarsi con me. Così l'ho rimborsato, poiché sono certo che un giorno l'artista tornerà a riscattare l'oggetto. »

« Confido anch'io che tornerà » dissi « poiché conosco Chimàli da molto tempo. È pertanto probabile che lo veda prima di te. Se me lo consenti, mio signore, sarò lieto di pagare il suo debito ritirando in cambio l'arazzo. »

« Ah, sarebbe cortese da parte tua » esclamò Bishòsu. « Un favore quanto mai generoso reso al tuo amico, e anche a noi ».

« Affatto » risposi. « Mi limito a ricambiare la tua cortesia nei suoi riguardi. E in ogni modo » — ricordai il giorno in cui avevo guidato fino a casa l'atterrito Chimàli con una zucca sulla testa — « non è questa la prima volta che aiuto il mio amico a districarsi a una temporanea difficoltà. »

Chimàli doveva essersi trattato bene durante il soggiorno alla locanda; regolare il suo conto mi costò una bella pila di pezzetti di stagno e di rame. Ma l'arazzo valeva senz'altro dieci, o anche venti volte tanto. Oggi varrebbe probabilmente cento volte tanto, in quanto quasi tutti i nostri lavori in piume sono stati distrutti, e in questi ultimi anni nessuno ne ha creati altri. O anche gli artisti che creavano con le piume sono stati distrutti, oppure hanno perduto ogni desiderio di creare la bellezza. Può darsi pertanto che Tua Eccellenza non abbia mai veduto uno di questi baluginanti arazzi.

Quell'arte era più delicata e difficile, e richiedeva più tempo dei dipinti, delle sculture o del lavoro da orafi. L'artista cominciava con un tessuto del cotone più fine, ben teso sopra una cornice di legno. Sul tessuto tracciava lievemente i contorni del disegno. Poi, diligentemente, riempiva tutti gli spazi con piume colorate, servendosi soltanto della parte piumosa, dopo avere eliminato·il calamo. Incollava, ad una ad una, migliaia e migliaia di piume, mediante una minuscola goccia di òli liquido. Alcuni cosiddetti artisti erano sciatti e noncuranti, e si servivano soltanto di piume di uccelli bianchi che tingevano con coloranti a seconda delle necessità, tagliandone e adattandone le forme ai punti più intricati del disegno. Ma il vero artista si avvaleva soltanto di piume dai colori naturali e sceglieva accuratamente le sfumature giuste tra tutte le loro gradazioni di tinta, e si serviva inoltre di piume grandi o piccole, dirette o ricurve, a seconda delle necessità del quadro. Ho detto « grandi », ma di rado, in uno qualsiasi di quei lavori, esisteva una piuma le cui dimensioni fossero maggiori di un petalo di rosa, mentre le più piccole non superavano la lunghezza di un ciglio umano. E l'artista poteva fare paragoni e scegliere tra una quantità di piume tale da colmare una stanza grande quanto quella in cui ci troviamo adesso.

Io non so perché, in quell'occasione, Chimàli avesse rinunciato ai suoi colori servendosi delle piume come mezzo per creare la scena di un bosco, ma l'aveva creata magistralmente. Nell'assoluta radura di una foresta, giaceva un giaguaro riposando tra fiori, farfàlle e uccelli. Ogni uccello là raffigurato era eseguito con le piume della sua specie, anche se ogni ghiandaia, ad esempio, richiedeva che Chimàli scegliesse tra le più minuscole piume azzurre di forse un centinaio di vere ghiandaie. Quanto alla vegetazione, non era riprodotta semplicemente mediante masse di piume verdi; sembrava che ogni singolo stelo d'erba e ogni foglia d'albero fossero una diversa piuma di un verde sottilmente diverso. Contai più di trenta minuscole piume che formavano una piccola farfalla giallina e bruna. La firma di Chimàli era il solo particolare dell'arazzo che avesse un colore uniforme e non modulato — composta con le piume dell'ara scarlatta —, mentre l'impronta della mano era modestamente piccola, meno della metà della grandezza naturale.

Portai l'arazzo nel nostro alloggio, lo diedi a Cozcatl e gli dissi di lasciarvi soltanto la mano scarlatta. Quando ebbe staccato ogni altra piuma, le ammonticchiai tutte, inestricabilmente mescolate, sul tessuto di fondo. Feci poi, con quest'ultimo, un fagotto, lo legai strettamente e lo riportai al palazzo. Kosi Yela non si trovava là, ma mi ricevette la sua regina Pela Xila ed io affidai a lei quel che restava dell'arazzo, dicendole:

« Mia signora, nell'eventualità che l'artista Chimàli dovesse tornare qui prima che io lo incontri, abbi la bontà di consegnargli questo. Digli che si tratta di un pegno: tutti gli altri suoi debiti saranno pagati nello stesso modo ».

Il solo sentiero che portasse a sud dopo Zàachila superava la catena montuosa denominata Tzempuüla, e in quella direzione proseguimmo per interminabili giorni e giorni. A meno che tu non abbia scalato montagne, Eccellenza, non saprei come spiegarti che cosa significhi arrampicarsi su per scoscesi pendii. Non saprei come farti sentire la tensione dolorosa dei muscoli e la stanchezza, i lividi e i graffi, il sudore che scorre abbondante e il sudiciume che raccoglie, lo stordimento delle grandi altezze e la sete indomabile causata dalla calura durante il giorno, l'occasionale caduta, con l'attimo di paura che blocca il cuore, le due scivolate all'indietro, ogni tre passi verso l'alto, la discesa altrettanto ardua e pericolosa... e in seguito nessuna pianura facilmente attraversabile, ma soltanto un'altra montagna...

Esisteva un sentiero, è vero, e pertanto non ci smarrimmo. Ma era stato tracciato da e per gli snelli e robusti uomini del Popolo delle Nubi, e nemmeno loro trovavano piacevole percorrerlo. Né si trattava di un sentiero percorso continuamente e immutabile, poiché tutte le montagne, laggiù, continuano a franare. In certi tratti attraversava slavine che si spostavano minacciosamente sotto i nostri sandali e minacciavano di franare completamente da un momento all'altro, travolgendoci. In altri punti era semplicemente un canalone rosicchiato dall'erosione e il cui fondo consisteva di un tritume di pietre nel quale affondavamo fino alle caviglie. In altri ancora sembrava una angusta scala a chiocciola di roccia, ogni cui gradino offriva spazio appena sufficiente per la punta di un piede. Altrove si riduceva a una mera sporgenza sul fianco della montagna, con una parete di nuda e liscia roccia, da un lato che sembrava smaniosa di spingerci tutti nell'altrettanto liscio abisso al lato opposto.

Molte delle montagne erano tanto alte che il sentiero ci conduceva a volte al di sopra del limite degli alberi. Lassù, tranne qualche rara chiazza di lichene sulle rocce, alcune erbe che spuntavano da una crepa, o un sempreverde stento e piegato dal vento, non esisteva vegetazione in quanto v'era pochissimo terriccio nel quale le piante potessero affondare le radici. Quelle cime erano state erose fino alla nuda roccia; si sarebbe detto che stessimo camminando lungo una costola dello scheletro della terra. Mentre arrancavamo su per quei picchi, respiravamo tutti affannosamente, come se volessimo rubarci a vicenda quel poco d'aria rarefatta che v'era.

Le giornate erano ancora calde, troppo calde per una fatica così estrema. Ma le notti, a quelle altezze, divenivano così rigide da far dolere il midollo entro le ossa. Se fosse stato possibile, avremmo viaggiato di notte, per far sì che il movimento ci riscaldasse, e dormito di giorno invece di faticare sotto i fardelli, sudando, ansimando e quasi perdendo i sensi. Ma nessun essere umano sarebbe riuscito a spostarsi su quelle montagne, nell'oscurità, senza rompersi come minimo una gamba e probabilmente l'osso del collo.

Soltanto due volte, in quel tratto del viaggio, giungemmo tra comunità umane. Una di esse fu Xalàpan, un villaggio della tribù Have, gente dalla pelle opaca, brutta e scortese. Ci accolsero scontrosamente e pretesero un compenso esorbitante per ospitarci, ma lo pagammo. Il pasto che ci servirono fu abominevole: un unto stufato di oleosa carne di opossum, ma ci impedì di intaccare le nostre provviste ormai ridotte. Le capanne che vennero sgombrate per noi erano fetide e infestate da parassiti, ma per lo meno ci difesero dai venti notturni delle montagne. Nell'altro villaggio, Nejàpa, fummo accolti in modo assai più cordiale, trattati con affettuosa ospitalità e ben nutriti; ci vennero persino vendute alcune uova da portar via quando fossimo ripartiti. Sfortunatamente, quella gente apparteneva al popolo Chinantéca, che, come ho detto molto tempo fa, era afflitto da quella da voi chiamata la malattia pinto. Sebbene sapessimo che non esisteva alcun pericolo di contagio — se non, forse, qualora ci fossimo giaciuti con le loro donne, e nessuno di noi fu tentato di fare questo — la sola vista di tutti quei corpi chiazzati di azzurro ci fece sentire quasi tormentati da pruriti e a disagio, a Nejàpa, come lo eravamo stati a Xalàpan.

Per le molte altre tappe cercammo di regolare il nostro passo, in base alla carta approssimativa di cui disponevo, in modo che potessimo accamparci durante la notte nelle valli tra le montagne. Di solito vi trovavamo almeno un rivoletto d'acqua potabile, un po' di crescione mexìxin, o qualche cavolo di palude o altre piante commestibili. Ma, quel che più contava, là in basso gli schiavi non dovevano far girare i bastoncini con cui accendere il fuoco per la metà di una notte, come accadeva nell'aria rarefatta delle grandi altezze, prima di riuscire a generare calore sufficiente perché il muschio che serviva da esca si accendesse, consentendoci di riscaldarci intorno a un fuoco da campo. Tuttavia, siccome nessuno di noi, tranne Ghiotto di Sangue, aveva mai percorso prima quel sentiero, e siccome anche lui non riusciva a ricordare esattamente tutte le salite e le discese, l'oscurità ci sorprendeva troppo spesso mentre stavamo scalando una montagna o scendendone.

In una di quelle notti, Ghiotto di Sangue disse: «Sono stufo di mangiare carne di cane e fagioli, e per giunta, dopo questa notte, ci rimarranno soltanto altri tre cani. Questa è una regione di giaguari. Mixtli, tu ed io rimarremo desti e cercheremo di trafiggerne uno con le lance. »

Esplorò i boschi intorno al luogo ove ci eravamo accampati finché non ebbe trovato un tronco morto e cavo, e, con la scure ne staccò una parte, un cilindro lungo press'a poco come il suo avambraccio. Prese la pelle di uno dei piccoli cani che lo schiavo Dieci stava facendo bollire in quel momento sul fuoco e la tese a una estremità del pezzo di tronco, legandola come una corda, come se avesse voluto costruire un rozzo tamburo. Poi praticò un foro al centro della pelle tesa in quel modo. Attraverso ad esso fece scorrere una lunga e sottile striscia di pelle e l'annodò in modo che non potesse scivolare. La striscia di pelle penzolò all'interno del pezzo di tronco cavo, nel quale Ghiotto di Sangue inserì una mano. Quando fece scorrere la dura unghia del pollice contro la striscia, il raschìo venne amplificato e risuonò come un ringhio soffiante, identico a quello del giaguaro.

«Se c'è una di quelle bestie qui attorno» disse l'anziano soldato «la sua innata curiosità farà sì che venga a indagare intorno al nostro fuoco. Ma si avvicinerà sottovento, e non di molto. Pertanto tu ed io andremo da quella parte finché non avremo trovato un posto adatto nel bosco. Tu rimarrai seduto e farai vibrare la striscia di pelle, Mixtli, mentre io mi nasconderò a comoda portata di lancia. Il fumo di legna portato dal vento dovrebbe bastare a coprire il nostro odore, e il suono che tu emetterai dovrebbe incuriosire il giaguaro quanto basta per indurlo a finirci addosso. »

Non ero precisamente incantato dalla prospettiva di servire da esca per un giaguaro, ma lasciai che Ghiotto di Sangue mi insegnasse il modo di fare funzionare il suo strumento, e il modo di emettere i suoni a caso e a intervalli irregolari: brevi grugniti e ringhi più prolungati. Una volta consumato il pasto, Cozcatl e gli schiavi si arrotolarono nelle coperte, mentre Ghiotto di Sangue ed io ci allontanavamo nella notte.

Quando il fuoco da campo fu appena un baluginio in lontananza, benché continuassimo a percepire lievemente l'odore del fumo, sostammo in quella che Ghiotto di Sangue disse essere una radura. Per quello che ne vedevo io, sarebbe potuta essere una caverna della Sacra Casa. Sedetti su un macigno, lui si allontanò di un tratto alle mie spalle e, quando il silenzio fu ridisceso, infilai la mano nel cilindro cavo e cominciai a fare scorrere l'unghia del pollice sulla striscia di pelle... un grugnito, una pausa, un grugnito e un ringhio, una pausa, tre irosi grugniti...

Sembrava a tal punto un grosso felino, stizzosamente brontolante mentre andava in cerca di preda, che mi si drizzarono i capelli sulla nuca. Senza volerlo, in realtà, ricordai alcuni episodi che avevo udito narrare da esperti cacciatori di giaguari. Il giaguaro, dicevano, non doveva mai avvicinarsi molto, furtivamente, alla preda. Aveva la capacità di ruttare con violenza, e il suo alito stordiva la vittima, facendola svenire e rendendola indifesa, anche da lontano. Il cacciatore che si serviva di frecce ne teneva sempre quattro in mano, essendo il giaguaro noto altresì perché sapeva schivare una freccia e, offensivamente, afferrarla tra i denti e farla a pezzi. Per conseguenza, il cacciatore doveva scoccare quattro frecce rapidamente, una dopo l'altra, sperando che una di esse giungesse al segno, essendo ben noto come non fosse possibile scoccare *più* di quattro frecce consecutivamente prima di essere sopraffatti dall'alito del felino.

Cercai di pensare ad altro eseguendo alcune variazioni e improvvisazioni con il pollice che raschiava... rapidi grugniti simili a divertiti ridacchiamenti, versi protratti simili a quelli che un felino avrebbe potuto emettere sbadigliando. Cominciai a credere che stavo diventando realmente abile in quell'arte, specie quando, in qualche modo, causai un nuovo tipo di grugnito dopo aver mollato la striscia di pelle e mi domandai se il congegno non sarebbe potuto essere adottato come un nuovo strumento musicale, e se io stesso non sarei potuto essere l'unico al mondo a saperlo suonare, in qualche cerimonia religiosa...

Poi alle mie orecchie giunse un altro grugnito, e mi strappai alle fantasticherie, inorridito, perché non ero stato io ad emetterlo. Mi pervenne inoltre, alle narici, una sorta di odore simile a quello dell'orina, e, nonostante la vista debole, mi parve di intravedere un lembo più scuro dell'oscurità spostarsi furtivamente alla mia sinistra provenendo da una direzione alle mie spalle. Nelle tenebre si udì di nuovo il grugnito, più forte, e con una nota interrogativa. Sebbene fossi quasi paralizzato, feci scorrere di nuovo l'unghia del pollice sulla striscia di pelle per produrre quello che speravo potesse essere un ringhio di benvenuto. Quale altra cosa avrei potuto fare?

Dalla mia sinistra si volsero verso di me due bagliori piatti, freddi, gialli... e una folata di vento improvviso e tagliente mi vibrò accanto alla gota. Credetti che fosse l'alito letale del giaguaro. Ma i bagliori gialli si spensero, e udii un urlo di gola rauco e lacerante, come quello di una donna sacrificata, accoltellata goffamente da un sacerdote inetto. L'urlo si interruppe, tramutandosi in un suono soffocato, gorgogliante, al quale si accompagnarono i sussulti di un corpo pesante che, evidentemente, artigliava i cespugli tutto intorno a sé.

«Mi spiace di aver dovuto consentirgli di avvicinarsi tanto a te» disse Ghiotto di Sangue, al mio fianco. «Ma dovevo vederne la fosforescenza degli occhi per poter mirare bene.»

«Che *cos'è* quella creatura?» domandai, poiché udivo ancora nelle orecchie lo spaventoso urlo umano e temevo che avessimo ucciso una donna aggirantesi nei pressi.

Lo strepito delle convulsioni cessò e Ghiotto di Sangue andò a vedere. Disse, in tono trionfante: «Proprio nel polmone! Mica male per avere scoccato la freccia tirando quasi a indovinare». Poi dovette tastare qua e là il corpo morto, poiché udii il borbottio di lui. «Che possa essere dannato al Mìctlan» e aspettai di sentirgli confessare che aveva trafitto qualche povera donna

Chinantécatl dalle chiazze blu, smarritasi nei boschi durante la notte. Invece egli si limitò a dire: «Vieni ad aiutarmi a trascinarlo fino all'accampamento». Così feci e, se si trattava di una donna, pesava quanto me e aveva le zampe posteriori di un felino.

Tutti gli uomini al campo, naturalmente, erano balzati in piedi fuori delle coperte, udendo quello strepito spaventoso. Ghiotto di Sangue ed io lasciammo cadere la preda, ed io potei vederla per la prima volta: un grosso felino fulvo, ma non maculato.

L'anziano soldato ansimò: «Si vede che... non sono più abile come un tempo. Credevo di aver costruito... lo strumento per chiamare i giaguari. Ma questo è un coguaro, un leone di montagna».

«Non importa» ansimai io. «La carne è altrettanto buona. E dalla pelle potrai ricavare un bel mantello.»

Naturalmente, nessuno dormì più, per il resto di quella notte. Ghiotto di Sangue ed io ci mettemmo a sedere e riposammo, pavoneggiandoci ammirati dagli altri; mi congratulai con lui per la sua prodezza, ed egli si congratulò con me per la mia impavida pazienza. Nel frattempo, gli schiavi scuoiarono l'animale, e alcuni di loro raschiarono la superficie interna della pelle, ripulendola, mentre gli altri tagliavano la carcassa in pezzi che si potessero trasportare. Cozcatl cucinò la colazione per tutti: un atòli di granturco sufficiente a rifornirci di energia per la nuova giornata, ma anche una ghiottoneria per festeggiare il successo della caccia. Tirò fuori le uova che avevamo conservato con cautela e tesoreggiato dopo la partenza da Nejàpa. Con un ramoscello perforò il guscio di ogni uovo, poi lo agitò per mescolare tuorlo e bianco. Quindi li mise a cuocere soltanto per pochi momenti sulle ceneri intorno al fuoco, e noi ne succhiammo il caldo e sostanzioso contenuto attraverso i fori.

Durante le soste delle due o tre notti successive banchettammo con la carne del coguaro, piuttosto fibrosa, ma saporitissima. Ghiotto di Sangue consegnò la pelle dell'animale allo schiavo più tarchiato, Dieci, affinché la portasse come una mantellina, ammorbidendola continuamente con le mani. Ma non ci eravamo dati la pena di cercare e strofinare sulla pelle corteccia di tannino, per cui ben presto, essa cominciò a puzzare in modo così rancido che ordinammo a Dieci di marciare parecchio lontano da noi. Inoltre, siccome per scalare montagna è necessario servirsi frequentemente di tutte e quattro le membra, Dieci ebbe di rado le mani libere per ammorbidire la pelle. Il sole la irrigidì, per cui fu come se il povero Dieci avesse sorretto, legata sulla schiena, una porta di cuoio verniciato. Ma Ghiotto di Sangue farfugliò cocciuto qualcosa a proposito della sua intenzione di ricavarne uno scudo, e rifiutò di consentire a Dieci di sbarazzarsene, per cui la pelle ci seguì durante tutto il resto del nostro viaggio sui monti Tzempuülà.

✠

Mi fa piacere che il Señor Vescovo Zumàrraga non si trovi con noi oggi, miei signori scrivani, poiché devo parlare di un incontro sessuale e so che Sua Eccellenza lo troverebbe sordido e ripugnante. Probabilmente diventerebbe di nuovo paonazzo. A dire il vero, sebbene da quella notte siano trascorsi più di quarant'anni, io stesso mi sento ancora a disagio ricordando, e ometterei l'episodio se non fosse che riferirlo è necessario per poter capire molti altri e più significativi fatti derivati, in seguito, da quello.

Quando il nostro gruppo di quattordici uomini discese infine le ultime e lunghe scarpate dei monti Tzempuüla, venimmo a trovarci di nuovo nel territorio Tzapotèca e in una città alquanto grande sulla riva di un ampio fiume. Voi la chiamate oggi Villa de Guadalcazar, ma a quei tempi, la città, il fiume, e tutta la distesa di terre circostanti si chiamavano, nel linguaggio lòochi, Layù Bèezyù, ovvero Il Luogo del Dio Giaguaro. Tuttavia, essendo quello il frequentato incrocio di parecchie vie di traffici, quasi tutti gli abitanti parlavano il nàhuatl come seconda lingua, e, molto spesso, si servivano del nome dato al posto da noi viaggiatori Mexìca: Tequantèpec, o semplicemente Colle del Giaguaro. Nessuno, né allora né adesso, tranne me, sembra aver mai ritenuto ridicolo dare il nome di Colle del Giaguaro anche all'ampio fiume e alla regione circostante, straordinariamente piatta.

La città si ritrovava ad appena cinque lunghe corse circa dal punto in cui il fiume si riversa nel grande oceano meridionale, e pertanto aveva attratto immigrati di numerosi altri popoli in quelle regioni costiere: Zoque, Nexìtzo, alcuni Huave e persino gruppi sradicati di Mixtèca. Per le vie si incontrava tutta una varietà di carnagioni, aspetti fisici, costumi, e accenti. Fortunatamente, tuttavia, il Popolo delle Nubi predominava, per cui quasi tutti gli abitanti della città erano superlativamente belli e maestosi come quelli di Zàachila.

Il pomeriggio in cui arrivammo, mentre il nostro gruppetto incespicava stancamente, ma impazientemente, sul ponte di corde che attraversava il fiume, Ghiotto di Sangue, con la voce resa rauca dalla polvere e dallo sfinimento, disse: «Vi sono alcune ottime locande più avanti, a Tecuantèpec».

«Quelle ottime possono aspettare» dissi io, stridulo. «Ci fermeremo alla *prima*.»

E così, stanchi e affamati, laceri e sudici e maleodoranti come preti, barcollammo oltre la porta della prima locanda che trovammo sul lato verso il fiume della città. E, da quella mia decisione impulsiva — così come i riccioli di fumo devono staccarsi da un bastoncino che gira vorticosamente per accendere il fuoco —, derivarono, inevitabilmente, tutti gli eventi di tutte le rimanenti strade e giornate della mia vita, e della vita di Zyanya, e della vita di persone che ho già menzionato, e di quella di persone che menzionerò, e anche della vita di una persona che non ebbe mai un nome.

Sappiate dunque, reverendi frati, che tutto incominciò in questo modo.

Dopo che noi tutti, compresi gli schiavi, ci eravamo lavati e avevamo fatto il bagno a vapore e proceduto quindi a nuove abluzioni, per poi indossare indumenti puliti, ordinammo cibo. Gli schiavi mangiarono all'aperto, nel cortile in penombra, ma Cozcatl, Ghiotto di Sangue ed io, facemmo stendere una tovaglia nella sala interna, illuminata da torce, con stuoie di giunchi sul pavimento. Ci ingozzammo di ghiottonerie appena arrivate dal vicino mare: ostriche crude, gamberetti lessi, rosei, e un rosso pesce di grandi dimensioni cotto al forno.

Una volta placata la fame che mi tormentava lo stomaco, notai la straordinaria bellezza della donna che ci serviva, e ricordai che ero capace di altri appetiti. Notai inoltre qualcos'altro di fuori del comune. Il proprietario della locanda apparteneva ovviamente a una razza immigrata: era un ometto di bassa statura, grasso, dalla pelle unta. Ma la donna dalla quale venivamo serviti e alla quale avevo impartito ordini in tono brusco era ovviamente della razza dei Ben Zàa: alta e flessuosa, con una pelle che splendeva come ambra e un viso tale da rivaleggiare con quello della Prima Signora del suo popolo, Pela Xila. Sembrava impensabile che ella potesse essere la moglie del proprietario della locanda. E, siccome difficilmente sarebbe potuta essere nata schiava o essere stata acquistata come schiava nel suo paese, ne dedussi che una qualche disgrazia l'avesse costretta a lavorare alle dipendenze di quel locandiere bifolco e straniero.

Era difficile valutare l'età di una qualsiasi donna adulta del Popolo delle Nubi — gli anni sembravano essere così cortesi con loro — specie giudicandone una bella e aggraziata come quella serva. Se avessi saputo che era tanto avanti negli anni da poter avere una figlia della mia età, forse non le avrei parlato. Non le avrei parlato, forse, comunque se Ghiotto di Sangue ed io non avessimo innaffiato il pasto con copiose bevute di octli. In ogni modo, quale che potesse essere stato l'impulso, quando la donna tornò ad avvicinarsi, fui abbastanza audace per alzare gli occhi su di lei e domandare:

« Come mai una donna dei Ben Zàa fatica per un uomo rozzo e inferiore a lei? »

Ella si guardò attorno per essere certa che il locandiere non si trovasse in quel momento nella stanza. Poi si inginocchiò e mi mormorò parole all'orecchio, rispondendo alla mia domanda con un'altra domanda, e una domanda quanto mai sorprendente, nella lingua nàhuatl:

« Giovane Signore Pochtècatl, vuoi una donna per questa notte? » Dovetti sbarrare gli occhi, poiché ella arrossì, divenendo di un color candela scuro, e abbassò i suoi. « Il locandiere ti fornirà una volgare maàtitl che ha cavalcato la strada da qui fino alla spiaggia dei pescatori, sulla costa. Consenti a me, giovane signore, di offrirti invece me stessa. Mi chiamo Giè Bele, che, nella tua lingua, significa Fiore di Fiamma. »

Dovetti rimanere stupidamente a bocca aperta, poiché ella mi fissò negli occhi e disse con fierezza: « *Diverrò* una maàtitl per il compenso, ma non lo sono ancora. Questa sarebbe la prima volta, dopo la morte di mio marito, che io... anche con un uomo del mio stesso popolo... »

Rimasi talmente commosso dal suo tono incalzante e imbarazzato che balbettai: « Ne... ne sarei lieto... »

Giè Bele tornò a guardarsi attorno. « Non farlo sapere al padrone della locanda. Esige una parte di ciò che viene pagato alle sue donne, e verrei percossa se lo frodassi di un cliente. Ti aspetterò fuori non appena farà buio, mio signore, e ci recheremo nella mia capanna. »

Frettolosamente tolse i nostri piatti vuoti e uscì dalla stanza proprio mentre il proprietario della locanda vi entrava con un'aria di importanza. Ghiotto di Sangue, che, naturalmente, aveva udito il dialogo, mi sbirciò in tralice e disse, sarcastico:

« La prima volta! Vorrei avere un fagiolo di cacao per ogni volta che una femmina mi ha detto la stessa cosa. E sarei disposto a tagliarmi uno dei testicoli ogni volta che risultasse vera ».

Il locandiere venne verso di noi, sorridendo con affettazione e stropicciandosi le mani grassocce, per domandare se volessimo un dolce con il quale concludere il pasto. « Forse un dolce da godervi con calma, miei signori riposando sui giacigli nelle vostre stanze. »

Risposi negativamente. Ghiotto di Sangue mi fissò iroso, poi sbraitò all'uomo tarchiato: « Sì, lo assaggerò! Per Huitzti, voglio gustare anche il suo !» e additò me con il pollice. «Mandali tutti e due nella mia stanza. E bada, i più prelibati che tu possa servire!»

Il proprietario della locanda mormorò, in tono ammirato: «Un signore dal nobile appetito» e sgattaiolò via. Ghiotto di Sangue continuò a fissarmi irosamente e disse, in tono esasperato:

«Imbecille di un perdibave! Questo è il *secondo* trucco che una femmina impara nel mestiere. Arriverai nella capanna e scoprirai che lei ha ancora il suo uomo, anzi che ne ha probabilmente due o tre, tutti gagliardi pescatori, e tutti ben contenti di conoscere il nuovo pesce preso all'amo. Ti deruberanno e ti calpesteranno riducendoti piatto come una tortilla».

Cozcatl osservò, timidamente: «Sarebbe un peccato se la nostra spedizione dovesse concludersi prima del tempo a Tecuantèpec.»

Non volli ascoltarli. Ero instupidito da qualcosa di più dell'octli. Ritenevo che la donna fosse una di quelle desiderate, ma inavvicinabili, a Zàachila: le donne caste che non si sarebbero mai insozzate con me. Anche se, come Giè Bele aveva detto, io sarei stato soltanto il primo di molti futuri amanti a pagamento, avrei pur sempre preceduto tutti gli altri. Eppure, per quanto potessi avere la mente annebbiata dalle bevute, dal desiderio e anche dall'imbecillità, mi rimase ancora abbastanza buon senso per domandarmi: perché proprio io?

«Perché sei giovane» ella disse, quando ci incontrammo fuori della locanda. «Sei tanto giovane che non puoi ancora avere conosciuto molte donne capaci di renderti impuro. Non sei bello quanto il mio defunto marito, ma potresti quasi essere scambiato per uno del popolo Ben Zàa. E inoltre sei un uomo ricco che può permettersi di pagare i propri piaceri.» Dopo che avevamo percorso un breve tratto in silenzio, domandò, con una voce esile: «Mi *pagherai*?»

«Certo» risposi con la voce impastata. Avevo la lingua tanto gonfia a causa dell'octli quanto l'aspettativa mi aveva fatto gonfiare il tepùli.

«Qualcuno deve pur essere il primo per me» disse la donna, come se stesse esponendo una delle realtà della vita. «Sono contenta di averti incontrato. Vorrei soltanto che potessero essere tutti come te. Sono vedova indigente con due figlie, per cui ormai non contiamo più che se fossimo schiave, e le mie figliole non avranno mai mariti come si deve del Popolo delle Nubi. Se avessi saputo che cosa riservava loro la vita, mi sarei guardata bene dall'allattarle, quando erano poppanti, ma è troppo tardi, ormai, per preferirle morte. Se vogliamo sopravvivere, devo fare questo... e anche loro dovranno imparare a farlo.»

«Perché?» riuscii a domandare. Siccome zigzagavo alquanto, camminando, ella mi afferrò il braccio per guidarmi, e ci inoltrammo negli scuri vicoli del più povero quartiere di abitazioni della città.

Giè Bele agitò la mano libera dietro la propria spalla e disse, malinconicamente: «La locanda apparteneva a noi, un tempo. Ma la vita di locandiere annoiava mio marito, ed egli non faceva che partire per certe sue spedizioni avventurose... sperando di trovare una fortuna che ci liberasse della locanda. Trovò alcune cose rare e bizzarre, mai niente di grande valore, però, e così ci indebitammo sempre e sempre più con il mercante che prestava e cambiava valuta. In occasione del suo ultimo viaggio, mio marito cercava qualcosa che lo entusiasmava molto. E così, per ottenere in prestito i fondi necessari, diede in pegno la locanda». La donna fece una spalluccia. «Come chi insegue il baluginio del fantasma Xtabai delle paludi, non tornò mai. Questo accadde quattro anni fa.»

«E ora quel mercante è il proprietario della locanda» mormorai io.

«Sì. È un uomo degli Zoque, a nome Wàyay. Ma la locanda non bastava a riscattare tutto il nostro debito. Il bishòsu di questa città è un uomo cortese, eppure, quando gli venne esposta la situazione, non ebbe scelta. Io rimasi impegnata con quell'uomo, costretta a faticare da mane a sera. Posso essere grata del fatto che non lo furono anche le mie figliole. Guadagnano quello che possono — cucendo, ricamando, facendo il bucato — ma quasi tutte le persone in grado di pagare per i lavori di questo genere hanno figlie o loro schiavi che possono sbrigarli.»

«Per quanto tempo dovrai servire questo Wàyay?»

Giè Bele sospirò. «In qualche modo, sembra che il debito non diminuisca mai. Cercherei di soffocare la ripugnanza e di offrire *a lui* il mio corpo, come pagamento parziale, ma è un eunuco.»

Grugnii, ironicamente divertito.

«Era in passato il sacerdote di qualche dio degli Zoque, e, come molti sacerdoti fanno, in preda all'estasi dei funghi si recise le proprie parti intime e le mise sull'altare. Ma se ne pentì immediatamente e abbandonò l'ordine. Tuttavia, aveva ormai accantonato abbastanza, grazie alle offerte dei credenti, per potersi mettere nel commercio.»

Grugnii di nuovo.

«Le ragazze ed io viviamo modestamente, ma ogni giorno diviene più difficile per noi tirare avanti. Se vogliamo sopravvivere...» Raddrizzò le spalle e soggiunse, con fermezza: «Ho spiegato alle mie figlie che cosa dobbiamo fare. Ora glielo mostrerò. Eccoci arrivati».

Mi precedette attraverso la porta, chiusa da una tenda, di una sgangherata capanna fatta con piccoli tronchi e dal tetto di paglia. Vidi una singola stanza dal pavimento di terra battuta, illuminata da un'unica lampada a olio di pesce e miseramente arredata. Riuscii a scorgere soltanto un giaciglio coperto da una trapunta, un braciere contenente carbone che ardeva debolmente, e alcuni indumenti femminili appesi ai rami tagliati dei tronchi che formavano le pareti.

«Le mie figlie» ella disse, additando due ragazze che si tenevano in piedi, addossate alla parete opposta.

Mi ero aspettato due piccole e sudicie marmocchie, che avrebbero adocchiato con timore reverenziale l'estraneo portato inaspettatamente a casa della madre. Ma una delle due aveva la mia stessa età; era alta quanto la madre e altrettanto ben fatta e bella di viso. L'altra contava forse tre anni di meno, ma uguagliava la sorella in fatto di bellezza. Entrambe mi fissarono con pensosa curiosità. Ero sorpreso, a dir poco, ma feci arditamente il gesto di baciare la terra per salutarle... e sarei caduto a faccia in giù se la più giovane non mi avesse afferrato e sostenuto.

Ridacchiò, pur non volendolo, e altrettanto feci io, ma poi smisi a un tratto, interdetto. Ben poche femmine Tzapotèca dimostrano la loro età finché non sono molto avanti negli anni. Ma quella ragazza ne aveva appena diciassette, o giù di lì, eppure sui neri capelli di lei si trovava una stupefacente striatura bianca che partiva dalla fronte, come un fulmine a mezzanotte.

Giè Bele spiegò: «Uno scorpione la punse lì quando era ancora una bimbetta che camminava carponi. Per poco non ne morì, ma poi la sola conseguenza duratura fu quella ciocca di capelli che, da allora, è sempre rimasta bianca».

«È... sono entrambe belle quanto la madre» farfugliai, galante. Ma l'espressione sulla mia faccia dovette tradire la costernazione avendo io scoperto che la donna era abbastanza avanti negli anni per poter essere mia madre, poiché Giè Bele mi rivolse uno sguardo preoccupato, quasi atterrito, e disse:

«No, ti prego, non pensare di poter prendere una di loro anziché me.» All'improvviso si sfilò la blusa dal capo, e subito arrossì così estesamente che il rossore le soffuse anche i seni nudi. «Prego, giovane signore! Ti ho offerto soltanto me stessa, non ancora le ragazze...» Parve scambiare il mio stordito silenzio per indecisione; rapidamente slacciò tanto la gonna quanto l'indumento intimo, lasciandoli cadere sul pavimento e rimanendo nuda di fronte a me e alle figlie.

Le sbirciai a disagio, con gli occhi, senza dubbio, spalancati quanto i loro. A Giè Bele dovette sembrare che stessi paragonando le mercanzie disponibili. Sempre implorandomi, «Ti prego! Non le mie ragazze. Serviti di *me*!» ella mi trascinò a forza accanto a sé sul giaciglio. Ero troppo scosso per opporle resistenza quando ella scostò da un lato il mio mantello e diede uno strattone al perizoma, dicendo, con il respiro corto: «Il proprietario della locanda ti chiederebbe cinque fagioli di cacao per una maàtitl, e ne terrebbe due per sé. Pertanto io te ne chiederò soltanto tre. Non è un prezzo equo?»

Continuavo ad essere troppo stordito per poter rispondere. Le parti intime di entrambi erano ormai scoperte e visibili alle ragazze, che le stavano fissando come se *non riuscissero* a distogliere lo sguardo, e la loro madre stava ora cercando di farmi rotolare su di lei. Forse le ragazze conoscevano il corpo della madre, e forse avevano anche veduto prima di allora un organo maschile eretto, ma io ero certo che non avessero mai veduto entrambe le cose insieme. Per quanto potessi essere brillo, protestai: «Donna! La lampada accesa! Le ragazze! Mandale almeno fuori mentre noi...»

«Lascia che vedano!» urlò, quasi, lei. «Si stenderanno su questo giaciglio le altre notti!» Aveva la faccia inondata di lacrime, e finalmente capii che non era così rassegnata alla prostituzione come aveva cercato di farmi intendere. Feci una smorfia alle ragazze, accompagnandola con un gesto violento. Parvero spaventate e sgattaiolarono fuori, al di là della tenda. Ma Giè Bele non se ne accorse e di nuovo gridò, quasi pretendesse da se stessa il massimo dell'abiezione: «Lascia che vedano che cosa dovranno fare!»

«Vuoi che altri vedano, donna?» ringhiai. «Che vedano il meglio, allora!»

Invece di stendermi sopra di lei, mi girai supino, al contempo la sollevai, la misi a cavalcioni su di me e la impalai fino all'elsa di me stesso. Dopo questo primo momento doloroso, Giè Bele mi si rilassò contro adagio e giacque acquiescente nel mio abbraccio, sebbene sentissi le lacrime di lei continuare a scorrermi sul torace nudo. Be', il culmine giunse subito e potentemente per me, ed ella dovette sentire senza dubbio lo zampillo dell'eiaculazione entro di sé, ma non si scostò come avrebbe fatto ogni altra donna pagata.

Ormai, anche il corpo di lei voleva il soddisfacimento, e credo che se le ragazze si fossero trovate ancora nella stanza non se ne sarebbe accorta, né si sarebbe preoccupata della dimostrazione particolareggiata consentita dalla posizione che avevamo assunto, né del suono bagnato di risucchiamento causato dal suo andare su e giù intorno al mio tepùli. Quando raggiunse l'orgasmo Giè Bele si impennò e si reclinò all'indietro, i capezzoli turgidi che puntavano verso l'alto, i lunghi capelli che mi sfioravano le gambe, gli occhi strettamente chiusi, la bocca aperta per emettere un grido miagolante simile a quello di un cucciolo di giaguaro. Poi si afflosciò di nuovo sul mio petto, il capo accanto al mio, e giacque così inerte che l'avrei creduta morta se non fosse stato per il suo respiro ad ansiti brevi.

Dopo qualche tempo, quando mi fui ripreso io stesso, un po' meno brillo grazie a quell'esperienza, divenni consapevole di un altro capo accanto al mio, al lato opposto. Mi voltai e vidi immensi occhi castani, sbarrati dietro le lussureggianti ciglia scure: il viso incantevole di una delle figlie. A un certo momento la ragazza doveva essere rientrata nella capanna e ora, inginocchiata accanto al giaciglio, mi stava osservando attentamente. Tirai la trapunta sulla nudità mia e della madre di lei, tuttora immobile.

«*Nu schishà skarù...*» prese a bisbigliare la ragazza. Poi, resasi conto che non capivo, continuò sommessamente in un incerto nàhuatl, e ridacchiò, dicendomi con aria colpevole: «Abbiamo guardato attraverso gli spiragli nella parete». Gemetti di vergogna e di imbarazzo; mi sento ardere ancor oggi, quando ci penso. Ma poi ella soggiunse, cogitabonda e seria: «Avevo sempre supposto che fosse una cosa brutta. Ma i vostri volti erano belli, come felici».

Sebbene non fossi in vena di filosofeggiare, le dissi, in un bisbiglio: «Non credo che sia mai davvero una cosa brutta. Ma è di gran lunga meglio quando la si fa con qualcuno che si ama». Soggiunsi: «E in privato, senza topolini che guardano dalle pareti».

Ella parve sul punto di dire qualcos'altro, ma all'improvviso il ventre le rumoreggiò, molto più forte di quanto fosse stata alta la sua voce. Assunse un'espressione pateticamente mortificata, cercò di fingere che la cosa non fosse accaduta, e si scostò un poco da me.

Esclamai: «Bambina, ma tu sei affamata!»

«Bambina?» Gettò la testa all'indietro, con petulanza. «Ho quasi la tua stessa età, vale a dire che sono grande abbastanza per... questo. Non sono una bambina.»

Scrollai la madre appisolata e domandai: «Giè Bele, quando hanno consumato un pasto, l'ultima volta, le tue figlie?»

Ella si mosse e disse, mestamente: «Mi è consentito sfamarmi con gli avanzi, alla locanda, ma non posso portare molto a casa».

«E mi hai chiesto tre fagioli di cacao!» esclamai, irosamente.

Avrei potuto farle osservare che sarebbe stato, piuttosto, nel mio diritto, pretendere un compenso, per essermi esibito davanti a un pubblico, o per avere istruito le due ragazze. Invece cercai brancolando il perizoma e la borsa cucita ad esso. « Prendi » dissi alla figlia, afferrandole le mani e mettendo in esse forse venti o trenta fagioli di cacao. « Tu e tua sorella andate ad acquistare cibo. Acquistate anche carbone per il fuoco. Tutto quello che vorrete e quanto potrete portare. »

Ella mi fissò come se le avessi riempito le mani con smeraldi. Impulsivamente si chinò e mi baciò sulla gota, poi balzò in piedi e di nuovo uscì dalla capanna. Giè Bele si sollevò su un gomito per scrutarmi in viso.

« Sei gentile con noi... e dopo che io mi sono comportata in questo modo. Ti prego, mi consentiresti di essere più gentile *con te*, adesso? »

Risposi: « Mi hai dato quello che ero venuto ad acquistare. Non sto cercando, ora, di comprare il tuo affetto ».

« Ma io voglio dartelo » insistette lei, e cominciò a farmi qualcosa che doveva essere noto soltanto al Popolo delle Nubi.

È davvero di gran meglio quando lo si fa con affetto... e in privato. Ed ella era così attraente che difficilmente un uomo avrebbe potuto saziarsi di lei e delle sue arti sottili. Ma eravamo in piedi e vestiti quando le ragazze tornarono, cariche di commestibili: un'intera ed enorme gallina spennata, un cesto di verdura, molte altre cose. Chiacchierando allegramente tra loro, si accinsero ad alimentare il fuoco nel braciere, e la più giovane delle due, cortesemente, chiese a sua madre e a me se volessimo cenare con loro.

Giè Bele rispose che avevamo entrambi già cenato alla locanda. Ora, disse, mi avrebbe riaccompagnato là e trovato qualche lavoro per tenersi occupata durante il resto della notte, in quanto, se si fosse messa a dormire, non sarebbe di certo riuscita ad alzarsi all'alba. Pertanto io augurai la buonanotte alle ragazze e le lasciammo a quello che, per quanto ne sapevo, poteva essere il loro primo pasto decente da quattro anni. Mentre Giè Bele ed io percorrevamo, tenendoci per mano, viuzze e vie che sembravano ancor più tenebrose di prima, pensai alle due fanciulle affamate, alla loro madre vedova e disperata, all'avido creditore Zoque... e infine dissi, bruscamente:

« Mi venderesti la tua casa, Giè Bele? »

« Cosa? » Ella trasalì a tal punto che le nostre mani si separarono. « Quella sgangherata baracca? Per farne che? »

« Oh, per ricostruirla e farne qualcosa di meglio, naturalmente. Se continuerò a commerciare, passerò certamente ancora di qui, forse spesso, e un alloggio mio sarebbe preferibile a una locanda affollata. »

Ella rise dell'assurdità di questa menzogna, ma finse di prenderla sul serio domandando: « E dove abiteremmo *noi*, si può sapere? »

« In qualche posto molto migliore. Pagherei un buon prezzo, sufficiente per consentirvi di vivere negli agi. E senza » soggiunsi con fermezza « che fosse necessario per le ragazze e per te andare a cavalcioni della strada ».

« Quanto... quanto mi offriresti? »

« Lo stabiliremo subito. Ecco la locanda. Accendi, per favore, le lampade nella stanza ove abbiamo cenato. E il necessario per scrivere... carta di corteccia e gesso basteranno. Intanto dimmi dove si trova la stanza di quel grasso eunuco. E non fare quella faccia spaventata, non sono più rimbecillito del solito. »

Mi rivolse un sorriso incerto e andò a fare quanto le avevo detto mentre io, con una lampada, andavo in cerca della stanza del proprietario e interrompevo i suoi russamenti sferrandogli un calcio violento al massiccio posteriore.

« Alzati e vieni con me » dissi, mentre lui farfugliava proteste risentito e sonnacchiosamente stupito. « Dobbiamo concludere un affare. »

« È il cuore della notte. Tu sei ubriaco. Vattene. »

Dovetti sollevarlo quasi di peso, e occorse qualche tempo per persuaderlo che non ero brillo, ma infine lo trascinai — mentre ancora cercava di annodarsi il mantello — nella camera che Giè Bele aveva illuminato per noi. Quando entrammo, lei si accinse a uscire.

« No, resta » dissi. « Questo riguarda tutti e tre. Grassone, va' a prendere tutti i documenti relativi alla proprietà della locanda, e ai debiti non ancora saldati. Sono qui per riscattare la garanzia. »

Sia l'uomo, sia la donna, mi fissarono con lo stesso sbalordimento, e Wàyay, dopo aver farfugliato altre proteste, disse: « Per questo mi hai tirato fuori dal letto? Vuoi acquistare la locanda, cucciolo presuntuoso? Potete andarvene a dormire tutti e due. Non ho l'intenzione di vendere ».

« Non è tua, e pertanto non puoi venderla » dissi. « Non sei il proprietario, ma il detentore di una garanzia. Quando avrò pagato il debito e tutti gli interessi, sarai un intruso qui. Va' e porta i documenti. »

Ero avvantaggiato su di lui, in quel momento, poiché sembrava ancora intontito dal sonno, ma quando ci accingemmo a esaminare le colonne di cifre scritte mediante trattini e bandierine e alberelli, egli ridivenne acuto ed esigente come lo era sempre stato nella carriera di sacerdote e poi di cambiavalute. Non starò a riferirvi, miei signori, tutti i particolari delle trattative, mi limiterò a ricordarvi che conosceva l'arte di manipolare i numeri, ed ero consapevole delle astuzie possibili in quell'arte.

Quanto il defunto marito ed esploratore si era fatto prestare in merci e valuta equivaleva a una somma rilevante. Tuttavia l'interesse che aveva promesso di pagare sul prestito non sarebbe dovuto essere eccessivo se non fosse intervenuto l'astuto metodo del cambiavalute per calcolarlo in modo composto. Non ricordo esattamente tutte le cifre in questione, ma posso farvi un esempio semplificato. Se presto a un uomo cento fagioli di cacao per un mese, ho il diritto di pretenderne in restituzione cento e dieci. Dopo due mesi egli deve restituirmene cento e venti. Dopo tre mesi cento e trenta, e così via. Ma l'astuzia di Wàyay era consistita nell'aggiungere l'interesse dei dieci fagioli di cacao al termine del primo mese, calcolando poi su questo *totale* di centodieci fagioli di cacao l'interesse successivo, per cui, al termine di due mesi, gli erano dovuti cento e venti *e uno* fagioli. La differenza può sembrare insignificante, ma cresce proporzionalmente ogni mese e, su somme ingenti, può aumentare in modo allarmante.

Chiesi che venissero rifatti tutti i calcoli sin dal primo prestito di Wàyay con la garanzia della locanda. *Ayya*, egli gemette, come doveva aver fatto riavendosi dalla disastrosa ebbrezza dei funghi, quando era stato sacerdote. Ma non appena gli proposi di fare giudicare la questione dal bishòsu di Tecuantépec, digrignò i denti e rifece i calcoli, controllato attentamente da me. Vi furono numerosi altri particolari su cui discutere, come ad esempio le spese e gli utili della locanda nei quattro anni durante i quali l'aveva amministrata. Ma infine, mentre l'alba stava spuntando, ci accordammo sulla somma in contanti dovutagli, ed io accettai di versargliela in polvere d'oro, pezzetti di rame e stagno e fagioli di cacao. Prima di pagarlo dissi:

«Hai dimenticato una piccola cosa. Sono in debito con te per l'alloggio del mio gruppo».

«Ah, sì» esclamò il vecchio e grasso imbroglione. «È stato onesto da parte tua ricordarmelo.» E aggiunse l'importo al conto.

Quasi avessi ricordato soltanto in quel momento, dissi: «Oh, c'è un'altra cosa».

«Sì?» fece lui, in tono di aspettativa, il gessetto a mezz'aria pronto per aggiungere un nuovo importo.

«Devi sottrarre la paga dovuta per quattro anni alla donna Giè Bele.»

«*Cosa?*» Mi fissò allibito. E mi fissò Giè Bele, ma con abbacinata ammirazione. «La paga?» disse lui, in tono di scherno. «La donna mi è stata assegnata come una tlacòtli.»

·«Se i tuoi conti fossero stati onesti questo non sarebbe accaduto. Osserva i calcoli riveduti. Il bishòsu ti avrebbe assegnato come garanzia la *metà* di questa proprietà. Tu non soltanto hai truffato Giè Bele, ma hai asservito una libera cittadina.»

«Va bene, va bene. Lasciami contare. Due fagioli di cacao al giorno...»

«Questa è una paga da schiavi. Tu hai usufruito dei servigi dell'ex proprietaria della locanda. Valgono senza dubbio la paga di una donna libera, vale a dire venti fagioli al giorno.» Egli si mise le mani tra i capelli e ululò. Soggiunsi: «Tu sei uno straniero a malapena tollerato a Tecuantèpec. Ella è una Ben Zàa, come il bishòsu. Se ti appellerai a lui...»

Immediatamente egli smise di protestare e cominciò a scrivere con frenesia, mentre gocce di sudore cadevano sulla carta di corteccia. Poi ululò *sul serio*.

«Più di venti e nove mila! Non esistono tanti fagioli su tutti i cespugli di cacao delle Regioni Calde!»

«Traducili in calami di polvere d'oro» gli suggerii. «Non sembrerà più una somma così ingente.»

«Ah no?» sbraitò lui, dopo aver eseguito il calcolo. «Ma se accedessi a una simile richiesta ci rimetterei anche il perizoma, in questo affare! Se deducessi tale somma, tu mi pagheresti meno della *metà* della somma che io diedi in *prestito* all'inizio!» La voce di lui era diventata acuta come uno squittio ed egli sudava come se stesse sciogliendosi.

«Sì,» dissi «questo concorda con le mie cifre. Come lo vuoi, il pagamento? Tutto in oro? O parte in stagno? O in rame?» Ero andato a prendere il mio fardello nella stanza che non avevo ancora occupato.

«Questa è un'estorsione!» si infuriò lui. «Questo è un furto!»

Nel fardello si trovava anche un piccolo pugnale di ossidiana. Lo presi e ne appoggiai la punta al secondo o al terzo mento di Wàyay.

«Si è *trattato* di un'estorsione e di un furto» dissi, nel mio tono di voce più gelido. «Hai derubato della sua proprietà una donna indifesa, poi l'hai costretta a faticare per te durante quattro lunghi anni, ed io so in quale situazione disperata era venuta a trovarsi. Mi attengo ai calcoli che tu stesso hai appena eseguito. Ti verserò la somma alla quale sei pervenuto...»

«Rovina!» sbraitò lui. «Devastazione!»

«Mi compilerai una ricevuta e su di essa scriverai che, in seguito al pagamento, non puoi più vantare alcun diritto su questa proprietà e su questa donna, ora e per sempre. Poi, davanti ai miei occhi, strapperai l'impegno firmato dal marito di Giè Bele. Quindi prenderai qualsiasi oggetto personale tu possa avere qui e te ne andrai da questa locanda. »

Egli fece un ultimo tentativo di sfidarmi. « E se rifiutassi? »

« Ti porterei dal bishòsu spingendoti con la punta di questo pugnale. Il furto viene punito con la garrota mediante la ghirlanda di fiori. E non so che cosa ti farebbero prima, per avere ridotto in schiavitù questa donna, in quanto non conosco le raffinatezze della tortura in questa nazione. »

Afflosciandosi, definitivamente sconfitto, egli disse: « Metti via quel pugnale. Conta il denaro ». Alzò la testa ordinando perentoriamente a Giè Bele: « Porta altra carta... » poi trasalì e il tono di lui divenne untuoso: « Ti prego, mia signora, portami carta, e colori, e una cannuccia per scrivere ».

Contai calami pieni di polvere d'oro e pile di pezzetti di stagno e di rame sulla tovaglia posta tra noi e nel fardello, quando ebbi terminato, non rimase quasi altro che filaccia. Dissi: « Intesta a me la ricevuta. Nella lingua di questo luogo il mio nome è Zàa Nayàzù ».

« Mai un uomo nefasto ha avuto un nome che più gli si addicesse » mormorò lui, mentre cominciava a tracciare le parole per immagini e a incolonnare i simboli dei numeri. E lavorando pianse, lo giuro.

Sentii sulla spalla la mano di Giè Bele e alzai gli occhi su di lei. Aveva faticato per tutto il giorno precedente e trascorso poi una notte insonne, senza parlare di altre cose, ma si teneva eretta, e gli occhi bellissimi splendevano e tutto il suo viso sembrava irradiare luce.

Dissi: « Non occorrerà molto tempo per compilare la ricevuta. Perché non vai a prendere le ragazze? Conducile a casa loro ».

Quando i miei soci si destarono e discesero per la colazione, Cozcatl sembrava riposato e di nuovo allegro, ma Ghiotto di Sangue aveva il viso alquanto contratto. Ordinò un pasto consistente soprattutto di uova crude. Poi disse alla donna: « Mandami anche il proprietario. Gli devo dieci fagioli di cacao ». E soggiunse: « Lussurioso spendaccione, e alla mia età! »

Giè Bele sorrise e disse: « Per quegli spassi... tu... non pagherai nulla, mio signore » e se ne andò.

« Eh? » grugnì Ghiotto di Sangue, seguendola con lo sguardo. « Nessuna locanda offre gratuitamente servigi di *quel* genere. »

Gli ricordai: « Cinico, vecchio borbottone, dicesti che non vi sono prime volte. Forse esistono, invece ».

« Tu puoi essere pazzo, e può esserlo anche lei, ma il locandiere... »

« A partire da questa notte, è *lei* la locandiera. »

«Eh?» tornò a grugnire lui. Disse *eh?* altre due volte, la prima quandò il vassoio della colazione gli venne portato dalla fanciulla insuperabilmente bella della mia stessa età, e la seconda quando la grande tazza di cioccolata spumosa gli fu servita dalla fanciulla insuperabilmente bella con la striatura simile a un bianco fulmine sui capelli neri.

«Che cosa è accaduto qui?» domandò Ghiotto di Sangue, sconcertato. «Ci siamo fermati in una locanda schifosa, in un misero locale mandato avanti da uno sporco Zoque e da una schiava...»

«E in una notte» disse Cozcatl, esprimendosi con un tono di voce altrettanto stupito, «Mixtli lo ha trasformato in un tempio pieno di dee.»

Il nostro gruppo si trattenne una seconda notte nella locanda e, mentre tutti dormivano, Giè Bele si introdusse furtivamente nella mia stanza, ancor più radiosa nell'appena ritrovata felicità di quanto lo fosse stata prima, e questa volta la passione del nostro amplesso non parve affatto simulata, o forzata, o in qualsiasi modo diversa da un atto di vero e reciproco amore.

Allorché io e gli altri ci mettemmo i fardelli sulle spalle e ci congedammo nelle prime ore della mattina, lei, e poi ognuna delle sue figlie, mi abbracciarono strettamente, mi coprirono la faccia con baci bagnati di lacrime e mi ringraziarono di tutto cuore. Mi voltai svariate volte, finché non riuscii a distinguere la locanda tra la chiazza confusa delle altre case.

Non sapevo quando sarei tornato, ma lì avevo gettato semi, e da quel momento in poi, per quanto lontano e a lungo potessi vagabondare, non sarei stato mai più uno straniero tra il Popolo delle Nubi, non più di quanto il più lontano viticcio di un rampicante possa separarsi dalle proprie radici nel terreno. Di questo ero certo. Non potevo sapere, invece, e nemmeno sognare, quali sarebbero stati i frutti di quei semi... se una lieta sorpresa o una tragedia distruttrice, ricchezza o povertà, felicità o dolore. Molto tempo doveva passare prima che potessi assaporare il primo di quei frutti, e molto più tempo ancora prima che maturassero tutti, uno alla volta, e di uno di essi non mi sono ancora nutrito completamente fino al suo amaro torsolo.

✠

Come voi sapete, reverendi frati, tutto questo territorio della Nuova Spagna è lambito a entrambi i lati da un immenso mare che si estende dalle coste fino all'orizzonte. Poiché i due mari sono situati più o meno direttamente a est e a ovest di Tenochtì-tlan, noi Mexìca ci siamo generalmente riferiti ad essi come agli oceani orientale e occidentale. Ma, da Tecuantèpec in avanti, la massa terrestre stessa si incurva verso est, per cui quelle acque vengono più esattamente denominate, laggiù, gli oceani setten-trionale e meridionale, mentre la terra si riduce a uno stretto e basso istmo che li separa. Non voglio dire con questo che un uo-mo possa tenersi in piedi tra i due oceani e sputare nell'uno o nell'altro a sua scelta. Il punto più stretto dell'istmo misura cir-ca cinquanta lunghe corse da nord a sud, un viaggio di una deci-na di giorni, ma facile essendo il terreno quasi ovunque piatto e non accidentato.

Tuttavia, nel corso di quel nostro viaggio, noi non stavamo an-dando da una costa all'altra. Ci dirigemmo a est, al di là delle li-sce pianure erroneamente denominate Colle del Giaguaro, con l'oceano meridionale sempre non lontano in qualche punto alla nostra destra, sebbene mai in vista del sentiero. Vedevamo li-brarsi in alto molto più di frequente gabbiani che avvoltoi. Ec-cettuata la calura opprimente di quelle terre basse, il cammino risultò facile, e persino monotono, senza alcunché da guardare tranne alta erba gialla e cespugli bassi e grigiastri. Procedeva-mo rapidamente, potevamo sfamarci grazie al gran numero di animali che si lasciavano uccidere facilmente — conigli selvati-ci, iguana, armadilli — e il clima era piacevole per gli accampa-menti notturni, per cui non dormimmo in alcuno dei villaggi del popolo Mixe, il cui territorio stavamo allora attraversando.

Avevo le mie buone ragioni per affrettarmi verso la meta, le terre dei Maya, ove avrei potuto finalmente cominciare a barat-tare le mercanzie che trasportavamo contro altre merci preziose da portare a Tenochtìtlan. I miei soci sapevano, naturalmente, qualcosa delle stravaganze che mi ero consentito di recente, ma io non avevo rivelato loro l'entità delle somme sborsate. Fino ad ora ero riuscito a concludere un solo affare vantaggioso durante il viaggio, quando avevo venduto lo schiavo Quattro ai suoi pa-renti, e questo molto tempo addietro. In seguito vi erano stati due soli altri acquisti, entrambi costosi e nessuno immediata-mente proficuo per noi. Avevo comprato l'arazzo di piume di Chimàli soltanto per il piacere soave di vendicarmi distruggen-dolo. Ad ancora più caro prezzo avevo acquistato una locanda per il piacere di donarla. La reticenza con i miei soci era causa-ta dalla vergogna che provavo non essendomi dimostrato un po-chtécatl molto scaltro.

Dopo svariati giorni di marce rapide e facili attraverso le pia-nure brunastre, scorgemmo il celeste pallido di montagne che cominciarono a levarsi alla nostra sinistra e poi, pian piano, si profilarono anche davanti a noi, divenendo di un più scuro blu-verde, e infine ricominciammo ad arrampicarci, addentrandoci, questa volta, in fitte foreste di pini, cedri e ginepri. Da quelle parti cominciammo a vedere le croci che sono sempre state ritenute sacre dalle svariate nazioni dell'estremo sud.

Sì, miei signori, quelle croci era .o praticamente identiche alla vostra croce cristiana. Al pari di essa un po' più alte che larghe; l'unica differenza consisteva nel fatto che la sommità e le braccia laterali avevano, alla loro estremità, un rigonfiamento alquanto simile a una foglia di trifoglio. Per quei popoli, il significato religioso della croce consisteva nel fatto che essa simboleggiava i quattro punti cardinali e il loro centro. Essa aveva però, altresì, un'utilità pratica. Ogni qual volta vedevamo una croce di legno alta fino alla vita conficcata in qualche luogo sotto ogni aspetto brullo e deserto, sapevamo che essa non imponeva «Siate rispettosi!» ma ci invitava con un «Siate lieti!», poiché indicava la presenza nelle vicinanze di ottima acqua limpida e potabile.

Le montagne divennero più ripide e accidentate, fino ad essere, in ultimo, formidabili come quelle dell'Uaxyàcac. Ma ormai noi eravamo scalatori più esperti, e non le avremmo trovate troppo scoraggianti se non fosse stato per il fatto che, oltre al freddo normale alle grandi altezze, venimmo aggrediti all'improvviso da un clima perfidamente gelido. Sì, anche in quelle terre meridionali era allora pieno inverno, e il dio Tititl dei giorni fu straordinariamente spietato con noi, quell'anno.

Arrancammo infagottati in tutti gli indumenti di cui disponevamo e con i sandali allacciati su pezze di tela avvolte intorno ai piedi e ai polpacci. Ma i venti taglienti come ossidiana penetravano anche quelle protezioni e sulle vette più alte il vento trascinava neve simile a frammenti di stagno. Fummo lieti, allora, di avere i pini tutto attorno a noi. Raccogliemmo la linfa che colava dai tronchi, la facemmo bollire finché i suoi olii irritanti non furono evaporati e finché non ebbe raggiunto la densità del vischioso e nero oxitl che respinge sia il freddo sia l'acqua. Poi ci spogliammo e spalmammo l'oxitl su tutto il nostro corpo prima di rivestirci. Tranne i punti liberi intorno agli occhi e alle labbra, eravamo neri quanto la notte, come è sempre stato raffigurato il cieco dio Itzcoliùqui.

Ci trovavamo allora nella regione di Chiapa e, quando cominciammo a giungere tra i loro sparsi villaggi di montagna, quell'aspetto grottesco causò qualche stupore. I Chiapa non si servono del nero oxitl, ma sono abituati a spalmarsi su tutto il corpo grasso di giaguaro, o di coguaro o di tapiro, per difendersi analogamente dai rigori del clima. Tuttavia le persone erano, per natura, scure quasi quanto noi; non nere, naturalmente, ma con la più scura pelle bruno-cacao che avessi mai veduto in una intera nazione. Secondo la tradizione dei Chiapa, i loro antichissimi antenati erano emigrati da qualche patria originaria situata molto più a sud, e la loro carnagione tendeva a confermare tale leggenda. A quanto pareva, avevano ereditato il colore della pelle di antenati ben cotti da un sole di gran lunga più feroce.

Noi viaggiatori avremmo *pagato* volentieri anche soltanto per un poco di quel sole. Quando ci inoltravamo nelle valli e nelle conche riparate dal vento, soffrivamo soltanto a causa del torpore e del letargo causati dal gelo. Ma allorché attraversavamo una montagna superando un passo, il vento tagliente vi sibilava come un nugolo di frecce scoccate attraverso la galleria di una caverna in modo tale per cui nessuna di esse potesse disperdersi e tutte colpissero il bersaglio. E quando non esisteva alcun passo, quando dovevamo arrampicarci fino alla cima di una montagna, lassù ci investiva neve asciutta o neve bagnata, oppure dovevamo superare alti strati di neve vecchia sul terreno o scivolarvi su. Eravamo tutti malconci, ma uno di noi sembrava essere più malconcio degli altri: lo schiavo Dieci era stato colpito da una malattia.

Non aveva mai pronunciato una parola per lagnarsi e non era mai rimasto indietro; pertanto non sospettavamo neppure che stesse male fino al mattino in cui il suo fardello, con i lacci che gli passavano intorno alla fronte, simile a una pesante mano, lo spinse, semplicemente, in ginocchio. Allorché lo liberammo dai lacci e dal peso, e lo voltammo a faccia in su, scoprimmo come ardesse a tal punto per la febbre che l'oxitl spalmato sulla sua pelle era stato letteralmente cotto e trasformato in una crosta secca su tutto il corpo di lui. Cozcatl gli domandò con sollecitudine se sentisse dolori particolarmente forti in qualche punto. Dieci rispose, nel suo stentato nàhuatl, che la testa sembrava essergli stata spaccata in due da una maquàhuitl, che si sentiva il corpo in fiamme e che ognuna delle giunture gli doleva, ma che, a parte questo, niente di particolare lo stava infastidendo.

Gli domandai se avesse mangiato qualcosa di insolito, o se fosse stato morso o punto da creature velenose. Disse di aver mangiato soltanto i pasti condivisi da noi tutti. E il solo incontro con animali lo aveva avuto con una creatura particolarmente innocua, sette od otto giorni prima, cercando di abbattere un coniglio selvatico per lo stufato serale. Sarebbe anche riuscito a catturarlo se il coniglio non lo avesse morsicato, per poi balzar via. Mi mostrò i segni rosa dei denti del roditore sulla mano, poi rotolò lontano da me e vomitò.

Spiacque sia a Ghiotto di Sangue, sia a Cozcatl, sia a me, che ad ammalarsi, di noi tutti, fosse stato proprio Dieci, perché gli eravamo affezionati. Dei nostri portatori, era stato il più mansueto e il più infaticabile. Aveva lealmente aiutato noi tutti a salvarci dai banditi Tya Nuü. Lui più spesso degli altri si era offerto volontariamente per il compito poco virile di cucinare. Era il più robusto degli schiavi dopo il tarchiato Quattro che avevamo venduto, e, da quel giorno in poi, aveva trasportato il fardello più pesante. Si era inoltre rassegnato con sottomissione a trasportare l'ingombrante e fetida pelle di coguaro; l'aveva ancora, in effetti, poiché Ghiotto di Sangue non voleva saperne di gettarla via.

Ci riposammo tutti, finché lo stesso Dieci fu il primo a rimettersi in piedi. Gli tastai la fronte e parve che la febbre fosse cessata. Osservai più attentamente la faccia bruno-scura di lui e dissi: « Ti conosco da più di un covone di giorni, ma soltanto adesso me ne rendo conto. Tu sei di questa regione dei Chiapa, non è così? »

« Sì, padrone » rispose debolmente. « Sono nato nella città capitale di Chiapàn. Ecco perché voglio proseguire. Spero che tu sarai così buono da vendermi laggiù. »

Pertanto sollevò il fardello, si passò di nuovo i lacci intorno alla fronte, e noi tutti riprendemmo il cammino; ma, al crepuscolo di quel giorno, egli stava barcollando in un modo pietoso a vedersi. Ciò nonostante, volle a tutti i costi continuare a marciare, e rifiutò ogni proposta di una nuova sosta o di un alleggerimento del suo carico. Non volle deporlo finché non trovammo una valle riparata dal vento, con una croce dalla quale era segnato un gelido torrente che scorreva in essa impetuoso; e là ci accampammo.

« Non abbiamo ucciso selvaggina di recente » disse Ghiotto di Sangue « e i cani sono finiti da un pezzo. Eppure Dieci dovrebbe mangiare qualcosa di nutriente e di fresco, non soltanto polenta atòli e fagioli che producono vento. Cominciate a far girare da Tre e da Sei bastoncini per accendere il fuoco. Impiegheranno tanto di quel tempo per riuscirvi che noi, nell'attesa, dovremmo poter abbattere qualcosa. »

Trovò un ramo verde-bianco, lo incurvò a cerchio, lo legò a un pezzo di tessuto quasi completamente frusto per formare una rozza rete e andò a mettere alla prova la sua abilità nel torrente. Tornò dopo qualche tempo, dicendo: « Vi sarebbe riuscito anche Cozcatl. Erano intorpiditi dal gelo » e ci mostrò un groviglio di pesci verde-argentei, nessuno dei quali più lungo di una mano, o più spesso di un dito, ma abbastanza numerosi per riempire la pentola dello stufato. Osservandoli, tuttavia, non fui tanto certo di volere che venissero cucinati, e lo dissi.

Ghiotto di Sangue respinse con un gesto le mie obiezioni. «Non importa se hanno un aspetto laido. Sono gustosi.»

«Ma sembrano mostruosi» si lagnò Cozcatl. «Ognuno di essi ha quattro occhi!»

«Sì, sono pesci molto scaltri, questi. Galleggiano subito sotto la superficie dell'acqua, cercando, con gli occhi superiori, insetti nell'aria, e attenti, con quelli inferiori, a prede nell'acqua. Forse cederanno al nostro infermo Dieci un po' della loro vitalità.»

Se questo accadde, riuscì soltanto a impedirgli di dormire per tutta la notte, come avrebbe avuto bisogno di fare. Io stesso mi destai varie volte e udii il malato agitarsi, tossire, sputare catarro e farfugliare in modo incoerente. Una o due volte riuscii a cogliere quella che mi sembrava una parola — «binkizàka» — e la mattina dopo mi appartai con Ghiotto di Sangue per domandargli se avesse idea di quel che significava.

«Sì, è una delle poche parole straniere che conosco» rispose lui, altezzosamente, come, se, così dicendo, le rendesse un favore. «I binkizàka sono creature per metà esseri umani, per metà animali. Mi è stato detto che trattasi della laida e disgustosa progenie di donne accoppiatesi innaturalmente con giaguari, o scimmie, o chissà quale altro animale. Quando odi un suono simile al tuono sulle montagne, ma non infuria alcun temporale, stai udendo i binkizàka che causano guai. Personalmente, credo che si tratti soltanto del rombo di frane o di cadute di macigni, ma tu sai bene quanto sono ignoranti gli stranieri. Perché questa domanda? Hai udito suoni strani?»

«Soltanto Dieci che parlava nel sonno. Credo che delirasse. Secondo me, è più gravemente malato di quanto supponessimo.»

E così, ignorando le lamentose proteste di lui, prendemmo il suo carico, lo dividemmo tra noi, e quel giorno gli facemmo portare soltanto la pelle del leone di montagna. Senza il fardello, egli camminò abbastanza bene, ma capivo quando veniva preso dai brividi, poiché curvava quella vecchia pelle indurita intorno ai già molteplici indumenti che indossava. Poi i brividi passavano, la febbre infuriava in lui, ed egli si toglieva di dosso la pelle e addirittura si slacciava le vesti per lasciar penetrare l'aria gelida. Inoltre respirava con un suono gorgogliante, quando non tossiva, e quello che espettorava era uno sputo dall'odore straordinariamente fetido.

Stavamo arrampicandoci, in direzione est, su per una montagna di considerevole altezza: e, una volta giunti sulla cima, constatammo di non poter proseguire. Venimmo a trovarci, infatti, sull'orlo di un canyon che si estendeva, a perdita di vista, a nord e a sud, il canyon dalle pareti più ripide che abbia mai veduto.

Era come un squarcio aperto nelle catene montuose da qualche dio infuriato che avesse menato colpi dall'alto del cielo con una maquàhuitl di dimensioni divine, vibrandola con tutta la sua possanza di dio. Era uno spettacolo tanto imponente da togliere il respiro, meraviglioso e deludente al contempo. Sebbene lì ove ci trovavamo noi imperversasse un vento gelido, quelle raffiche non penetravano mai, evidentemente, nel canyon, poiché le quasi perpendicolari pareti rocciose erano festonate da rampicanti e da fiori di ogni tinta. Sul fondo si trovavano foreste di alberi in fiore, e soffici prati, e un filo d'argento che sembrava, veduto da dove eravamo noi, il più piccolo dei ruscelli.

Non tentammo di scendere in quelle invitanti profondità, ma voltammo a sud e seguimmo l'orlo del canyon finché esso cominciò gradualmente ad abbassarsi. Al crepuscolo ci aveva condotti allo stesso livello di quel «ruscelletto», che aveva facilmente una larghezza di cento passi da una riva all'altra. Venni a sapere, in seguito, che trattavasi del fiume Suchiàpa, il più ampio, il più profondo, il più rapido di tutti i fiumi che scorrono nell'Unico Mondo. Quel canyon, tagliato dal fiume tra i monti Chiapak, è anch'esso eccezionale nell'Unico Mondo: si estende per cinque lunghe corse, e nel suo punto più basso, ha una profondità di quasi mezza lunga corsa.

Eravamo discesi su un pianoro ove l'aria risultò essere più tiepida e il vento parve meno impetuoso. Giungemmo poi in un villaggio, anche se misero. Aveva nome Toztlan, ed era grande appena quanto bastava per meritare un nome, e il solo cibo che i suoi abitanti furono in grado di fornirci consistette in una poltiglia fatta di gufo bollito, che mi rivolta ancor oggi, anche soltanto a pensarvi. Tuttavia a Toztlan esisteva una capanna abbastanza vasta perché potessimo dormirvi tutti al riparo per la prima volta dopo parecchie notti, e inoltre della popolazione del villaggio faceva parte una specie di medico.

«Sono soltanto un medico delle erbe» disse l'uomo, con l'aria di volersi scusare, in un esitante nàhuatl, dopo aver visitato Dieci. «Ho somministrato al paziente una purga, e non posso fare di più. Ma domani arriverete a Chiapàn, e là troverete molti famosi medici del polso.»

Non sapevo che cosa potessero essere i medici del polso; potevo soltanto sperare, per l'indomani, in un miglioramento rispetto al medico delle erbe. Prima che arrivassimo a Chiapàn, Dieci crollò e dovette essere portato sulla pelle di coguaro che egli stesso aveva portato per così lungo tempo. Facemmo a turno, quattro alla volta, reggendo la lettiga improvvisata per la pelle delle zampe agli angoli, mentre Dieci giaceva e si contorceva su di essa e — tra un accesso di tosse e l'altro — si lagnava con noi perché numerosi binkizàka gli si erano appollaiati sul petto, impedendogli di respirare.

«Uno di essi mi sta anche rosicchiando. Vedete?» E mostrò la mano. Si stava limitando a mostrare il punto nel quale era stato morsicato dall'innocuo coniglio selvatico; ma, per qualche ragione, esso si era ulcerato divenendo una piaga aperta. Noi portatori ci limitammo a dirgli che non vedevamo nessuno appollaiato su di lui, o intento a rosicchiarlo, e gli spiegammo che la difficoltà di respiro era causata soltanto dall'aria rarefatta su quell'alto pianoro. Noi stessi stentavamo tanto a respirare che nessuno riusciva a resistere a lungo alla lettiga e tutti dovevano farsi dare il cambio da qualcun altro.

Chiapàn non aveva affatto l'aspetto di una capitale. Era semplicemente un villaggio come tanti altri, situato sulla riva di un affluente del fiume Suchiàpa, ed io supposi che fosse la capitale soltanto perché si trattava del più grande tra tutti i villaggi della nazione Chiapa. Alcune case, inoltre, erano di legno o di mattoni cotti al sole, invece di essere esclusivamente le solite capanne di piccoli tronchi e di paglia; e per giunta nel villaggio si trovavano le rovine di due antiche piramidi.

Il nostro piccolo gruppo giunse nell'abitato barcollante per la stanchezza, chiedendo a gran voce dove si trovasse un medico. Un passante cortese diede ascolto alle nostre grida ovviamente incalzanti e si fermò per scrutare Dieci, a malapena in sé. Esclamò: «Macoboö!», e urlò, nella sua lingua, qualcos'altro che indusse due o tre altri passanti ad allontanarsi di corsa. Poi ci fece un gesto di invito e ci precedette trotterellando verso la casa di un medico che, a quanto potemmo arguire dai suoi gesti, parlava in qualche modo la lingua nàhuatl.

Quando giungemmo là, si era unita a noi una folla eccitata e cicalante. Sembra che i Chiapa non abbiano, come noi Mexìca, nomi del tutto personali. Sebbene ogni individuo abbia, logicamente, un nome che lo distingue, esso è accomunato a un cognome, come quelli di voi spagnoli, che rimangono immutati per tutte le generazioni di ogni famiglia. Lo schiavo che noi chiamavamo Dieci apparteneva alla famiglia Macoboö di Chiapàn, e il cittadino volenteroso, riconoscendolo, aveva gridato che qualcuno corresse ad avvertire i parenti di lui del suo ritorno nella «capitale».

Dieci non era sfortunatamente in grado di riconoscere uno qualsiasi dei Macoboö che accorsero e il medico — pur essendo visibilmente contento di avere tutta quella folla vociante davanti alla porta di casa sua — non poté farli entrare tutti. Quando i quattro di noi che portavano Dieci lo ebbero deposto sul pavimento di terra battuta, l'anziano dottore ordinò che dalla capanna uscissero tutti, tranne lui, la sua megera di moglie, che gli avrebbe fatto da assistente, il paziente, e me, cui avrebbe spiegato la cura apportandola. Si presentò a me come il dottore Maäsh e, in un nàhuatl non molto corretto, mi spiegò la teoria della medicina mediante il polso.

Tenne tra le dita il polso di Dieci Macoboö, mentre gridava il nome di ogni divinità, benefica e malefica, nella quale credono i Chiapa. Stando alle sue spiegazioni, quando avesse urlato il nome del dio che stava affliggendo il paziente, il cuore di Dieci avrebbe martellato e vi sarebbe stata un'accelerazione del polso. Allora il medico, conoscendo il dio responsabile della malattia, avrebbe saputo esattamente quale offerta sacrificale dovesse essere fatta per persuadere il dio stesso a rinunciare alle molestie. Avrebbe saputo inoltre con quali medicine porre riparo ai danni causati dal dio stesso.

Così, Dieci giacque lì, sulla pelle di coguaro, gli occhi chiusi e infossati nelle orbite, e il vecchio medico Maäsh gli afferrò il polso, si chinò su di lui e gli urlò in un orecchio:

«Kakàl, il dio luminoso!» quindi una pausa per dare tempo al polso di reagire, poi: «Tòtik, il dio tenebroso!», una nuova pausa e «Téo, la dea dell'amore!», e ancora «Antùn, il dio della vita!», e «Hachakyùm, il dio possente!», e così via, enumerando più dei e dee Chiapa di quanti io possa mai ricordarne. Infine il medico si accosciò sui calcagni e mormorò, apparentemente sconfitto: «Il polso è tanto debole che non posso essere certo della reazione a *qualsiasi* nome!»

Dieci gracidò a un tratto, senza aprire gli occhi: «Binkizàka mi ha morsicato!»

«Aha!» esclamò il medico Maäsh, illuminandosi in viso. «Non avrei mai pensato di nominare l'umile Binkizàka. Ed ecco che infatti il malato ha un foro nella mano!»

«Scusami, signore dottore» mi azzardai a dire. «Non è stato alcun Binkizàka. Lo ha morsicato un coniglio selvatico.»

Il medico alzò la testa per potermi fissare accigliato lungo il naso. «Giovanotto, gli stavo tenendo il polso quando *ha* detto "binkizàka", e so contare le pulsazioni quando le sento. Donna!» Battei le palpebre, ma si stava rivolgendo alla moglie. In seguito mi spiegò di averle detto: «Dovrò conferire con un esperto di divinità inferiori. Va' a chiamare il dottore Kamè.»

La megera corse fuori della capanna, aprendosi un varco a gomitate tra la folla che allungava il collo, e, pochi momenti dopo, ci raggiunse un altro uomo anziano. I medici Kamè e Maäsh si consultarono mormorando, poi tennero a turno per il polso il braccio inerte di Dieci, e gli urlarono «Binkizàka!» nell'orecchio. Poi tornarono ad appartarsi e a consultarsi e infine annuirono in segno di assenso. Il dottore Kamè latrò un altro ordine alla vecchia, che uscì di nuovo, frettclosamente. Il dottore Maäsh mi disse:

« Non ha scopo fare sacrifici ai binkizàka, in quanto sono per metà bestie e non capiscono i riti della propiziazione. Essendo questo un caso grave, il mio collega ed io abbiamo deciso di ricorrere al rimedio radicale consistente nell'eliminare la malattia del paziente bruciandola. Abbiamo mandato a prendere la Lastra del Sole, il tesoro più sacro del nostro popolo ».

La donna tornò con due uomini, i quali reggevano tra loro quella che, a prima vista, sembrava essere un semplice lastra di pietra quadrata. Vidi poi che la sua superficie superiore era intarsiata con giada disposta a forma di una croce. Sì, molto simile alla vostra croce Cristiana. Nei quattro spazi tra i bracci della croce la pietra era stata forata completamente, e in ognuno di quei fori si trovava un frammento di quarzo chipìlotl. Ma — e questo è importante per capire quanto seguì, miei signori — ognuno di quei cristalli di quarzo era stato lavorato e levigato così da essere perfettamente rotondo, nonché liscio e convesso a entrambe le estremità. Ognuno dei cristalli trasparenti nella Lastra del Sole sembrava una palla appiattita o un mollusco bivalve simmetrico all'estremo.

Mentre i due uomini appena giunti rimanevano in piedi reggendo la Lastra del Sole sopra il prostrato Dieci, la vecchia afferrò una scopa e, con il manico, praticò fori nella paglia del tetto, facendo penetrare attraverso ciascun foro un raggio del sole pomeridiano, finché, in ultimo, riuscì a praticare un foro il cui raggio di luce cadeva direttamente sul paziente. I due medici diedero strattoni alla pelle di coguaro per modificare la posizione di Dieci relativamente al raggio di sole e alla Lastra del Sole. Poi accadde una cosa quanto mai meravigliosa, ed io mi feci più vicino per vedere meglio.

Eseguendo gli ordini dei medici, i due uomini che sostenevano la pesante lastra di pietra la inclinarono in modo che il sole splendesse attraverso ad uno dei cristalli di quarzo lavorati e andasse a posarsi come una piccola chiazza rotonda di luce sulla mano ulcerata di Dieci. Poi, spostando su e giù la lastra nel raggio di sole, fecero in modo che la rotonda chiazza di luce si riducesse a un intenso *puntino* luminoso proprio sulla piaga. I due medici tennero ferma la mano inerte, e — potete credermi o no, come più vi piacerà — un ricciolo di fumo si alzò dalla laida ulcerazione. Dopo un momento ancora si udì un suono sfrigolante, e apparve una fiammella, quasi invisibile nella luminosità di quella luce intensificata. I medici spostarono adagio la mano, in modo che la fiamma causata dal sole passasse dappertutto sull'ulcerazione.

Infine uno di essi pronunciò una parola. I due uomini portarono la Lastra del Sole fuori della capanna, la vecchia cercò di richiudere, con il manico della scopa, i fori praticati nella paglia del tetto, e il dottore Maäsh mi fece cenno di chinarmi e guardare. L'ulcera era stata completamente cauterizzata, come con una bacchetta di rame incandescente. Mi congratulai con i due medici, sinceramente, in quanto non avevo mai veduto niente di simile prima di allora. Mi congratulai inoltre con Dieci, perché aveva sopportato la cauterizzazione senza un solo gemito.

« È triste a dirsi, ma non ha sentito niente » mormorò il dottore Maäsh. « Il paziente è morto. Avremmo potuto salvarlo se tu mi avessi detto del Binkizàka evitandomi l'inutile perdita di tempo per elencare tutti gli dei più importanti. » Anche nel suo incerto nàhuatl, il tono di lui era aspramente critico. « Siete tutti uguali quando necessitate di cure mediche. Mantenete un silenzio ostinato per quanto concerne i sintomi più importanti. Volete a tutti i costi che il medico *indovini* la malattia, e *poi* la guarisca, altrimenti non si è meritato il compenso. »

« Pagherò volentieri ogni compenso, signore dottore » risposi, in un tono di voce altrettanto piccato. « Ma ti spiacerebbe dirmi che cosa hai guarito? »

Fummo interrotti da una donnetta raggrinzita e scura di pelle che, entrata in quel momento nella capanna, disse timidamente qualcosa nella lingua locale. Il dottore Maäsh tradusse scontroso:

« Propone di pagare tutte le spese mediche se tu acconsentirai a venderle il cadavere invece di divorarlo, come fate di solito voi Mexìca con gli schiavi morti. È... era sua madre. »

Digrignai i denti e dissi: « Informala cortesemente che noi Mexìca non facciamo niente di simile. E le restituisco gratuitamente suo figlio. Mi spiace soltanto di non avverglielo potuto restituire vivo ».

Il volto addolorato della donna divenne un po' meno affranto mentre il medico parlava. Poi ella pose un'altra domanda.

« La nostra costumanza » tradusse lui « vuole che seppelliamo i morti con il giaciglio sul quale sono periti. Gradirebbe acquistare da te questa fetida pelle di leone di montagna. »

« È sua » dissi e, non so per quale ragione, mentii: « Fu suo figlio a uccider la bestia ». Feci in modo che il medico si meritasse il compenso come interprete, se non per altro, poiché narrai l'intero episodio della caccia, mettendo però Dieci al posto di Ghiotto di Sangue, e facendo credere che Dieci mi avesse coraggiosamente salvato la vita ponendo a repentaglio la sua. Al termine del mio racconto, la scura faccia della vecchia splendeva di orgoglio materno.

Ella disse qualcos'altro, e il medico tradusse malvolentieri: « Dice che se suo figlio è stato così fedele al giovane signore, allora tu devi essere un uomo buono e meritevole. I Macoboö ti sono indebitati in eterno. »

La vecchia chiamò poi quattro altri uomini in attesa all'esterno, presumibilmente i parenti Macoboö, ed essi portarono via Dieci sulla maledetta pelle della quale egli non si sarebbe ormai liberato *mai* più. Uscii dalla capanna dietro di loro e constatai che i miei soci erano rimasti lì a origliare. Cozcatl stava piagnucolando, ma Ghiotto di Sangue disse, sarcastico:

« Tutto questo è stato molto nobile. Ma ti è mai passato per la mente, mio buon giovane signore, che la nostra cosiddetta spedizione commerciale ha speso molto più di quanto sia ancora riuscita ad acquistare? »

« Ci siamo appena assicurati alcuni amici » dissi io.

Ed era infatti così. La famiglia Macoboö, molto numerosa, volle a tutti i costi ospitarci durante il soggiorno a Chiapàn, e fu prodiga in fatto sia di ospitalità, sia di adulazioni. Qualsiasi cosa potessimo chiedere ci venne concessa, con la stessa generosità con la quale io avevo donato loro il corpo dello schiavo morto. Credo che per prima cosa Ghiotto di Sangue, dopo un buon bagno e un pasto sostanzioso, chiese una delle più avvenenti cugine; so che a me ne venne data una assai bella, per il mio piacere. ma il primo favore chiesto da me fu che i Macoboö mi trovassero un abitante di Chiapàn in grado di capire e parlare il nàhuatl. E quando l'uomo in questione venne mandato da me, la prima cosa che gli dissi fu:

« Quei cristalli di quarzo nella Lastra del Sole non potrebbero essere impiegati, invece dei noiosi bastoncini e dell'esca, per accendere fuochi? »

« Oh, ma certo » disse lui, stupito perché avevo ritenuto necessario domandarlo. « Ce ne siamo sempre serviti per questo. Non mi riferisco a quelli della Lastra del Sole, poiché la Lastra del Sole è riservata a scopi cerimoniali. Forse avrai notato che i suoi cristalli sono grossi quanto il pugno di un uomo. Il quarzo limpido di tali dimensioni è tanto raro che, logicamente, i sacerdoti se ne appropriano e lo proclamano sacro. Ma un mero frammento è sufficiente per accendere il fuoco, purché sia opportunamente foggiato e levigato. »

Infilò la mano sotto il mantello e tolse dalle pieghe del perizoma un cristallo avente la stessa forma convessa del guscio di un mollusco, ma non molto più grande dell'unghia del mio pollice.

«Non ho certo bisogno di farti osservare, giovane signore, che funziona soltanto quando il dio Kakàl fa splendere attraverso ad esso la sua luce. Ma, anche di notte, può servire a un secondo scopo... per osservare da vicino piccole cose. Lascia che te lo dimostri».

Mi fece vedere come si potesse tenere il cristallo alla giusta distanza tra occhio e oggetto — ci servimmo, a tale scopo, dei ricami sull'orlo del mio mantello — ed io quasi sussultai quando essi mi apparvero tanto grandi da poterne contare i fili colorati.

«Dove ve li procurate, questi cristalli?» domandai, sforzandomi di fare in modo che la mia voce non suonasse troppo ansiosa.

«Il quarzo è una pietra molto comune su queste montagne» egli ammise francamente. «Ogni volta che qualcuno ne trova un bel frammento limpido, lo mette da parte finché non può portarlo qui a Chiapàn. In questa città risiede la famiglia Xibalbà, e soltanto tale famiglia ha sempre conosciuto, per tutte le sue generazioni, il segreto mediante il quale si ricavano dalla pietra grezza questi utili cristalli.»

«Oh, non è un oscuro segreto» disse il Maestro Xibalbà. «Non può essere paragonato alle conoscenze della stregoneria o della profezia.» Era stato l'interprete a presentarci, e ora tradusse mentre colui che lavorava i cristalli continuava noncurante: «Bisogna soprattutto conoscere la curvatura giusta da fare assumere al cristallo e avere poi la pazienza necessaria per molare e levigare ogni cristallo esattamente con quella curvatura».

Sperando di esprimermi con altrettanta noncuranza, dissi: «Sono una interessante novità. E utili per giunta. Mi meraviglio di non averli ancora veduti copiati dagli artigiani di Tenochtìtlan».

Il mio interpete fece osservare che, probabilmente, non vi era mai stato prima di allora alcun motivo per servirsi della Lastra del Sole alla presenza di viaggiatori provenienti da Tenochtìtlan. Poi tradusse le successive parole del Maestro Xibalbà.

«Ho detto, giovane signore, che non è un grande segreto lavorare i cristalli. Ma non ho detto che sia una cosa facile, o facilmente imitabile. Si deve sapere, ad esempio, come tenere la pietra esattamente centrata per la molatura. Fu il mio bisnonno Xibalbà a scoprire per primo il modo.»

Lo disse con orgoglio. Poteva *sembrare* noncurante per quanto concerneva i segreti della sua arte, ma io ero certo che non li avrebbe mai rivelati a nessuno, tranne alla propria progenie. Questo mi faceva perfettamente comodo: restassero pure, gli Xibalbà, i soli custodi del segreto; rimanessero pure, i cristalli, inimitabili; purché a me fosse consentito di acquistarne in numero sufficiente...

Fingendomi esitante, dissi: «Credo... ritengo... forse potrei riuscire a vendere queste cose come curiosità a Tenochtìtlan o a Texcòco. Non posso averne l'assoluta certezza... ma sì, forse agli scrivani, che potrebbero essere più precisi nel tracciare i particolari della loro scrittura per immagini...»

Gli occhi del maestro balenarono maliziosamente mentre mi veniva tradotta la sua risposta: «E quanti, giovane signore, pensi che potrebbero — ma forse non proprio — occorrertene?»

Sorrisi e rinunciai alle finzioni. «Dipenderebbe da quanti potresti fornirmene, e dal prezzo che chiederesti.»

«Tu vedi qui la mia intera riserva di materia prima fino ad oggi.» Indicò con un gesto la parete del suo laboratorio, che era tutta scaffali, dal tetto di paglia al pavimento di terra battuta; su ogni scaffale, posate su baccelli di cotone, si trovavano le pietre grezze del quarzo. Si distinguevano soltanto per la forma spigolosa a sei facce, con la quale uscivano dal terreno, e andavano, in fatto di dimensioni, da quelle della giuntura di un dito a quelle di una piccola pannocchia di granturco.

«Ecco quanto ho pagato per tutte le pietre grezze» continuò l'artigiano, porgendomi una carta di corteccia con numerose colonne di numeri e di simboli. Stavo calcolando mentalmente il totale quando egli soggiunse: «Da questo materiale posso ricavare sei ventine di cristalli finiti, dalle varie dimensioni».

Domandai: «Quando tempo occorrerebbe?»

«Un mese.»

«Venti giorni?» esclamai. «Pensavo che occorresse questo periodo di tempo per *un solo* cristallo!»

«Noi Xibalbà abbiamo avuto covoni di anni durante i quali fare pratica» disse lui. «E ho sette figli apprendisti che mi aiutano. Ho anche cinque figlie, ma, naturalmente, non è loro consentito toccare le pietre grezze perché, essendo femmine, potrebbero rovinarle.»

«Sei ventine di cristalli» cogitai a voce alta, attenendomi al suo modo provinciale di contare. «E quanto chiederesti per tale numero?»

«La somma che vedi segnata qui» egli rispose, indicando la carta di corteccia.

Interdetto, mi rivolsi all'interprete: «Forse non ho ben capito? Non aveva detto che questa era la somma pagata *da lui?* Per le pietre grezze?» L'interprete annuì e, per il suo tramite, di nuovo mi rivolsi all'artigiano dei cristalli.

«Ma questo è assurdo. Anche chi vende tortillas per la strada chiede più per esse di quanto abbia pagato per la farina di granturco.» Tanto lui quanto l'interprete sorrisero indulgenti e scossero la testa. «Maestro Xibalbà,» insistetti «sono venuto qui disposto a contrattare, sì, ma non a rubare. Te lo dico con schiettezza, sarei disposto a pagare anche otto volte questa somma, e ti pagherei volentieri sei volte la somma, e sarei felicissimo se ti accontentassi di quattro volte di più.»

La risposta di lui fu: «E io avrei l'obbligo di rifiutare».

«In nome di tutti i tuoi dei, e dei miei, *perché?*»

«Ti sei dimostrato amico dei Macoboö. Pertanto sei amico di tutti i Chiapa, e noi Xibalbà siamo Chiapa. No, non protestare ancora. Va', goditi il soggiorno tra noi. Consentimi di lavorare. E torna tra un mese a ritirare i cristalli.»

«Allora la nostra fortuna è già fatta!» esultò Ghiotto di Sangue, mentre si trastullava con il cristallo campione datomi dall'artigiano. «Non dobbiamo più viaggiare. Per il grande Huitztli, puoi vendere questi così, in patria, a qualsiasi prezzo chiederai!»

«Forse» dissi. «Ma dobbiamo aspettare un mese per averli, e disponiamo di altre mercanzie che possiamo ancora barattare, e, inoltre, ho un motivo personale per volermi recare tra i Maya.»

Egli borbottò: «Queste donne Chiapa sono scure di pelle, ma superano di gran lunga qualsiasi femmina si possa trovare tra i Maya».

«Vecchio libertino, non pensi mai ad altro che alle donne?»

Cozcatl, che non pensava affatto alle donne, mi esortò: «Sì, proseguiamo. Non possiamo essere arrivati così lontano senza vedere la giungla».

«Io penso anche al cibo» protestò Ghiotto di Sangue. «Questi Macoboö stendono un'ampia tovaglia per i pasti. E, per giunta, abbiamo perduto il solo nostro uomo capace di cucinare, perdendo Dieci.»

Dissi: «Tu ed io proseguiremo, Cozcatl. Lasciamo che questo pigro vecchio resti qui, se vuole, e si dimostri all'altezza del suo nome.»

Ghiotto di Sangue borbottò per qualche tempo, ma, come ben sapevo, il suo appetito di vagabondaggi era forte quanto tutti gli altri appetiti di lui. Ben presto si recò nella piazza del mercato per acquistare alcune cose che, a suo dire, ci sarebbero state necessarie nella giungla. Io andai di nuovo, nel frattempo, dal maestro Xibalbà e lo invitai a fare la sua scelta tra le nostre mercanzie, come caparra sul saldo in valuta. Di nuovo egli accennò alla sua numerosa progenie e fu lieto di scegliere un certo numero di mantelli, perizoma, bluse e gonne. La cosa fece piacere anche a me, essendo quelle le mercanzie più voluminose che trasportavamo. L'essercene liberati fece sì che due dei nostri schiavi fossero superflui; non incontrai alcuna difficoltà nel trovare persone disposte ad acquistarli lì a Chiapàn, e i loro nuovi padroni mi pagarono in polvere d'oro.

«Ora torneremo a far visita al medico» disse Ghiotto di Sangue. «A me già da tempo è stata data la protezione contro i morsi dei serpenti, ma tu e il ragazzo non siete ancora stati resi immuni.»

«Grazie per le tue buone intenzioni» dissi io. «Ma credo che non mi fiderei del dottore Maäsh nemmeno per curarmi un foruncolo sul deretano.»

Egli insistette: «La giungla brulica di serpenti velenosi. Quando ne calpesterai uno, ti augurerai di essere corso subito nella capanna dal medico Maäsh». Poi cominciò a enumerare sulle dita: «Vi sono il serpente dal mento giallo, il serpente corallo, il nauyáka...»

Cozcatl impallidì, ed io ricordai l'anziano mercante di Tenochtìtlan che aveva detto di essere stato morsicato da un serpente nauyáka e di aver dovuto mozzarsi un piede per non morire. Così Cozcatl ed io ci recammo dal dottore Maäsh, che tirò fuori un dente per ognuno dei serpenti menzionati da Ghiotto di Sangue, nonché altri tre o quattro denti. Con ognuno di essi ci punse la lingua appena quanto bastava per far uscire una goccia di sangue.

«Esiste un minuscolo residuo di veleno essiccato in ciascuno di questi denti» spiegò. «Avrete entrambi una modesta eruzione della pelle. Ma svanirà in pochi giorni e, in seguito, sarete protetti contro il morso di tutti i serpenti conosciuti. Tuttavia, v'è un'altra precauzione che dovete tener sempre presente.» Sorrise malignamente e continuò: «Da questo momento, e per sempre, anche i *vostri* denti sono letali come quelli di qualsiasi serpente. State attenti a chi morderete.»

✠

Partimmo così da Chiapàn non appena riuscimmo a strapparci all'insistente ospitalità dei Macoboö, e di quelle due cugine in particolare, giurando che saremmo tornati presto per essere di nuovo loro ospiti. Per poter proseguire in direzione est, noi e gli schiavi che restavano dovemmo scalare un'altra catena montuosa, ma il dio Tititl aveva ormai riportato il clima al tepore che si addice a quelle regioni, per cui l'ascesa non fu troppo sfibrante, anche se ci portò al di sopra del limite degli alberi. Sull'altro lato, il versante opposto ci condusse precipitosamente giù e sempre più giù dalle rocce rivestite di licheni delle grandi altezze al punto in cui cominciavano gli alberi, poi attraverso le fortemente aromatiche foreste di pini e cedri e ginepri. In seguito gli alberi familiari cominciarono a diradarsi man mano che venivano sostituiti da alberi diversi, mai veduti prima di allora, e questi ultimi sembravano battersi, per sopravvivere, contro i rampicanti e le liane che salivano e si incurvavano dappertutto su di essi.

Della giungla scoprii per prima cosa che la mia vista limitata non costituiva lì un grande svantaggio, in quanto le distanze non esistevano; tutto era ravvicinato. Alberi stranamente contorti, piante dalle gigantesche foglie verdi, felci torreggianti e piumose, e funghi mostruosi e spugnosi, tutto cresceva quasi a contatto, tutto premeva intorno a noi, in modo quasi soffocante. Il baldacchino del fogliame, in alto, era come una coltre di nubi verdi; sul suolo della giungla, anche a mezzogiorno, ci trovavamo in una verde luce crepuscolare. Ogni cosa che cresceva lì, anche i petali dei fiori, sembrava trasudare una vischiosità calda e umida. Sebbene quella fosse la stagione asciutta, l'aria stessa era densa e umida e spessa a respirarsi, come una nebbia chiara. La giungla sapeva di spezie, di muschio, di cose dolciastre troppo mature o putride; tutti gli odori di quella vegetazione lussureggiante affondavano le radici di un'antica putrefazione.

Tra le chiome degli alberi sopra di noi scimmie urlatrici e scimmie ragno lanciavano strilli, e innumerevoli pappagalli stridevano la loro indignazione contro noi intrusi, mentre altri uccelli di ogni colore immaginabile balenavano avanti e indietro come frecce ammonitrici. Ovunque nell'aria si vedevano sospesi colibrì non più grandi di api e ovunque svolazzavano farfalle grandi come pipistrelli. Intorno ai nostri piedi, nella vegetazione di sottobosco, frusciavano creature che si spostavano o fuggivano. Alcune di esse erano forse serpenti mortali, ma, per la massima parte, si trattava di esseri innocui: le piccole lucertole itazam, che corrono sulle zampe posteriori; le rane dalle grosse dita che si arrampicano sugli alberi; gli iguana multicolori, crestati, provvisti di giogaia; gli jaleb dalla pelliccia lustra e bruna, che si allontanavano di corsa soltanto per un breve tratto, per poi fermarsi e fissarci con gli occhi simili a perline. Anche i più grossi e più laidi animali di quelle giungle temono gli esseri umani: i grossi e goffi tapiri, gli irsuti capybara, i formichieri dagli artigli formidabili. A meno che uno non si inoltri incautamente nei corsi d'acqua ove si celano in agguato alligatori e caimani, anche queste bestie massicce e corazzate non sono pericolose.

Costituivamo più noi una minaccia per le creature del luogo di quanto lo fossero esse, quasi tutte, per noi. Durante il mese che trascorremmo nella giungla, le frecce di Ghiotto di Sangue ci procurarono parecchi pasti a base di jaleb, iguana, capybara o tapiri. Commestibili, miei signori? Oh, senz'altro. La carne dello jaleb è identica a quella dell'opossum; la carne dell'iguana è bianca e soda come quella dei crostacei di mare che voi chiamate aragoste; il capybara ha lo stesso sapore del più tenero coniglio, e la carne del tapiro è molto simile a quella del porco.

Il solo grosso animale che dovevamo temere era il giaguaro. In quelle giungle meridionali i felini sono più numerosi che in tutte le regioni temperate messe insieme. Naturalmente, soltanto un giaguaro troppo vecchio o troppo malato per poter dare la caccia a prede più veloci attacca un essere umano adulto senza essere provocato. Ma il piccolo Cozcatl sarebbe potuto essere una tentazione e pertanto non gli consentivamo mai di allontanarsi da un gruppo di noi adulti pronti a difenderlo. E allorché marciavamo in fila nella giungla, Ghiotto di Sangue ci faceva sempre tenere le lance verticalmente, puntate proprio sopra la nostra testa, poiché il modo prediletto di cacciare del giaguaro della giungla consiste semplicemente nello sdraiarsi su un ramo d'albero, in attesa di lasciarsi cadere su qualche incauta vittima che passi sotto di lui.

Ghiotto di Sangue aveva acquistato a Chiapàn due cose per ognuno di noi e non credo che, senza di esse, saremmo riusciti a sopravvivere nella giungla. L'una era una zanzariera leggera e delicatamente tessuta, nella quale ci drappeggiavamo spesso anche durante le marce diurne, tanto erano pestilenziali gli insetti alati. L'altra era una sorta di giaciglio chiamato gìshe, semplicemente una rete di corde sottili, foggiata, in un certo qual modo, come un baccello di fagioli, che potevamo appendere tra due tronchi vicini. Era talmente più comoda di un pagliericcio che io mi munii di una gìshe in tutti i miei successivi viaggi, per servirmene ovunque vi fossero alberi cui legarla.

Questi nostri giacigli sollevati dal suolo ci tenevano fuor di portata da quasi tutti i serpenti, e le zanzariere nelle quali ci avvolgevamo scoraggiavano almeno i pipistrelli che succhiano sangue, gli scorpioni e altre creature di scarsa iniziativa. Ma nulla poteva impedire alle creature più intraprendenti — le formiche, ad esempio — di servirsi delle corde delle nostre gìshe come di un ponte, e di insinuarsi poi sotto le zanzariere. Se per caso desideraste sapere com'è il morso di una formica-fuoco della giungla, reverendi frati, tenete uno dei cristalli del Maestro Xibalbà tra il sole e la vostra nuda pelle.

Ma esistevano cose ancora peggiori. Un mattino mi destai

sentendo qualcosa di opprimente sul petto; con cautela alzai la testa e vidi una grossa, nera e pelosa mano poggiata lì, una mano larga quasi due volte quanto la mia. «Se è una scimmia a tastarmi» pensai sonnacchiosamente «allora trattasi di una sconosciuta e nuova razza, più grande di un uomo.» Poi mi resi conto che la pesante creatura era una tarantola divoratrice di uccelli e che esisteva soltanto l'esile trama della zanzariera tra me e le sue ricurve mascelle. In nessun'altra mattina della mia vita sono mai saltato giù dal letto con tanta fulmineità, balzando lontano, fino alle ceneri del fuoco da campo, con un singolo salto e lanciando un urlo che fece saltar giù anche tutti gli altri con altrettanta alacrità.

Ma non tutto nella giungla è laido o minaccioso o pestilenziale. Per il viaggiatore che adotti precauzioni ragionevoli, la giungla può essere ospitale e persino bella. È facile procurarsi cacciagione commestibile e molte delle piante, una volta cotte, forniscono un cibo nutriente; anche alcuni funghi dall'aspetto orribile sono deliziosi a mangiarsi. V'è una liana spessa quanto un braccio, che sembra a vedersi crostosa e dura come argilla cotta; ma se ne tagliate un tratto lungo un braccio, lo trovate all'interno poroso come un favo d'api; ponetevelo verticalmente sopra il capo nella direzione della bocca e ne scorrerà una bevuta generosa dell'acqua più soave, più limpida, più fresca. Quanto alla bellezza della giungla, non saprei neppure cominciare a descrivere i vividi fiori che scorsi laggù; posso dire soltanto che, tra le loro migliaia e migliaia, non ne rammento nemmeno due della stessa forma e dello stesso colore.

Gli uccelli più sfarzosi che vedemmo furono le numerose varietà del quetzal, vividamente colorate, crestate e piumate in modo diverso. Ma soltanto di rado intravedemmo l'uccello più magnifico e più raro di ogni altro, il quetzal tototl, quello con penne caudali color smeraldo lunghe quanto le gambe di un uomo. Questo uccello va fiero del proprio piumaggio quanto qualsiasi nobiluomo che abbia in seguito la fortuna di portarlo. O così mi venne detto da una fanciulla Maya a nome Ix Ykòki. Ella disse che il quetzal tototl costruisce un nido globulare unico tra i nidi degli uccelli, in quanto ha due fori, uno per entrare e uno per uscire. In questo modo il tototl può introdursi nel nido attraverso uno di essi e andarsene passando per l'altro senza doversi voltare all'interno correndo il pericolo di spezzare una di quelle splendide penne della coda. Inoltre, disse Ix Ykòki, il quetzal tototl si nutre soltanto di piccoli frutti e bacche, che ghermisce in volo dagli alberi e dai rampicanti e che mangia sempre volando, anziché comodamente appollaiato su un ramo, per essere certo che il succo non goccioli, macchiando le pendule penne.

Poiché ho accennato alla fanciulla Ix Ykòki, posso anche far rilevare che, a parer mio, né lei né gli altri esseri umani là residenti accrescevano in misura considerevole la bellezza di quelle giungle.

Stando a tutte le leggende, i Maya erano stati un tempo una civiltà di gran lunga più ricca, più potente e più fastosa di quanto abbiamo mai potuto sognarci di essere noi Mexìca, e le rovine che rimangono delle loro antiche città costituiscono una prova formidabile della fondatezza di tali leggende. Esistono inoltre prove del fatto che i Maya possono avere imparato tutte le loro arti e capacità direttamente dagli impareggiabili Toltèca, prima che quei Maestri Artigiani se ne andassero. In primo luogo, i Maya adorano molti degli stessi dei Toltèca che noi Mexìca, a nostra volta, facemmo nostri in seguito. Il benefico Serpente Piumato, da noi denominato Quetzalcòatl, loro lo chiamano Kukulkàn. Il dio della pioggia, che noi chiamiamo Tlaloc, viene da essi denominato Chak.

Nel corso di quella spedizione e delle successive vidi i resti di molte città Maya e nessuno può negare che, quando fiorirono, dovevano essere imponenti. Nelle loro deserte plazas e nei cortili si possono vedere tuttora ammirevoli statue e fregi di pietra scolpita e facciate riccamente ornate e persino dipinti i cui vividi colori non si sono attenuati nel corso dei covoni su covoni di anni trascorsi da quando furono eseguiti. Notai soprattutto un particolare degli edifici dei Maya: aperture per le porte elegantemente rastremate in alto... una forma che i nostri moderni architetti non hanno mai tentato, o forse non sono mai stati capaci di imitare.

Occorsero a innumerevoli artisti e artigiani Maya molte generazioni e molte fatiche e cure affettuose per costruire e abbellire quelle città. Ora rimangono deserte, abbandonate, dimenticate. Non esiste alcun indizio del fatto che siano state assediate da eserciti nemici, o che abbiano subìto un sia pur lieve disastro naturale, eppure le migliaia dei loro abitanti, per qualche motivo, le abbandonarono tutte. E i discendenti di quegli abitanti sono oggi così ignoranti, e così indifferenti alla loro stessa storia che non sanno dire — e neppure supporre in modo plausibile — *perché* i loro antenati abbandonarono quelle città, e perché alla giungla venne consentito di invaderle e distruggerle. I Maya dei nostri tempi non sanno dire nemmeno perché *essi stessi*, che avrebbero dovuto ereditare tutta quella grandezza, vivono ora con rassegnazione in miserabili villaggi di capanne d'erba, ai margini delle città-fantasma.

Il dominio un tempo vasto, ma unito, dei Maya, governato in passato da una città capitale chiamata Mayapàn, è stato da tempo suddiviso in due regioni geograficamente diverse, settentrionale e meridionale. Io e i miei compagni stavamo viaggiando, allora, nella regione più degna di nota, la lussureggiante giungla denominata Tamoàn Chan, Terra delle Nebbie, che si estende all'infinito verso est dai confini del territorio Chiapa. A nord, ove viaggiai in un'occasione successiva, v'è la grande penisola che si protende nell'oceano settentrionale, il primo luogo nel quale i vostri esploratori spagnoli posero piede su queste terre. Direi che, dopo un'occhiata a quei poco invitanti deserti, avrebbero dovuto tornarsene in patria e non farsi vedere mai più.

Invece diedero a quella regione un nome ancor più assurdo del vostro Corno-di-Vacca per Quaunàhuac, o di Tortilla per quella che era un tempo Texcala. Allorché i primi spagnoli sbarcarono e domandarono: «Come si chiama questo luogo?», gli abitanti che, prima di allora, non avevano mai udito parlare lo spagnolo, risposero, del tutto logicamente: «Yectetàn», vale a dire, semplicemente: «Non ti capisco». Gli esploratori derivarono dalla parola il nome Yucatàn, e suppongo che la penisola continuerà ad essere chiamata in questo modo per sempre. Ma non dovrei ridere. Il nome attribuito dagli stessi Maya alla regione — Uluümil Kutz, o Terra dell'Abbondanza — è altrettanto ridicolo, o forse ironico, in quanto la maggior parte della penisola è squallidamente arida e non si presta per essere abitata dall'uomo.

Al pari della loro terra divisa, i Maya non sono più un popolo unito, sotto un unico governante. Si sono frazionati in un gran numero di tribù comandate da piccoli capi, e si disprezzano e si sminuiscono tutti a vicenda e, nella grande maggioranza, sono talmente scoraggiati e affondati nel letargo da vivere in quello che i loro antenati avrebbero giudicato uno squallore disgustoso. Eppure, ognuna di queste minuscole tribù si vanta di essere l'unica e vera discendenza della razza dominante dei Maya. Personalmente, io credo che gli antichi Maya sconfesserebbero ogni legame di sangue con esse.

Figuriamoci, i bifolchi non sanno nemmeno dirti i nomi delle città un tempo grandi dei loro antenati, ma danno ad esse qualsiasi nome, a loro piacimento. In una di queste città, sebbene sia ormai sommersa dalla giungla, si vedono una piramide che sembra toccare il cielo, e un palazzo con torri, e numerosi templi, eppure essa viene, poco immaginosamente, denominata Palemkè, la parola Maya che significa un qualsiasi banale «luogo sacro». In un'altra città, le gallerie interne non sono state ancora del tutto invase dalle liane e dai rampicanti che distruggono e, sulle loro pareti, si vedono affreschi abilmente dipinti che raffigurano guerrieri in battaglia, cerimonie a corte, e così via. I discendenti di quei guerrieri e di quei cortigiani, allorché si domanda loro che cosa sappiano del posto, scrollano con indifferenza le spalle e ne parlano come di Bonampàk, che significa soltanto «muri dipinti».

In Uluümil Kutz è una città lasciata quasi intatta dall'erosione, e potrebbe essere denominata Il Luogo della Bellezza Creata dall'Uomo, per onorare la complicata eppur delicata architettura dei suoi molti edifici; ma viene chiamata semplicemente Uxmal, che significa «tre volte costruita». Un'altra città è superbamente situata sulla cima di un colle e domina un ampio fiume nelle profondità della giungla. Vi contai le rovine, o le fondamenta, di almeno cento enormi edifici costruiti con blocchi di granito, e ritengo che essa debba essere stata il più maestoso tra *tutti* gli antichi centri Maya. Ma i miserabili che vivono adesso da quelle parti si limitano a chiamarla Yaxchilàn, che è come dire un posto in cui si trovano alcune «pietre verdi».

Oh, sono disposto ad ammettere che alcune delle tribù — in particolare gli Xiu nel settentrione della penisola e gli Tzotxil delle giungle meridionali — manifestano ancora una certa intelligenza e vitalità e un certo rispetto per il loro perduto retaggio. Riconoscono classi sociali a seconda della nascita e della posizione: nobili, medi, asserviti e schiavi. Coltivano ancora alcune arti degli antenati: i loro uomini savi conoscono la medicina e la chirurgia, l'aritmetica e il modo di calcolare il calendario. Conservano accuratamente le innumerevoli migliaia di libri scritti dai loro predecessori, sebbene la loro tanto scarsa conoscenza della propria storia mi induca a dubitare del fatto che anche i loro sacerdoti più eruditi si diano qualche volta la pena di leggere gli antichi testi.

Ma anche gli antichi, civilizzati e colti Maya si attenevano a certe costumanze che noi moderni non possiamo non considerare bizzarre — ed è deplorevole che i loro discendenti abbiano preferito perpetuare proprio tali eccentricità, lasciando invece cadere nel dimenticatoio molti aspetti più degni. Per un estraneo come me, è soprattutto grottesco ciò che i Maya considerano bellezza nel loro aspetto.

A giudicare dai più antichi dipinti e dalle sculture più antiche, i Maya hanno sempre avuto nasi a becco di falco e menti sfuggenti, e si sono eternamente sforzati di sottolineare tale somiglianza agli uccelli da preda. Intendo dire che i Maya, sia quelli di tempi lontani, sia quelli odierni, hanno volutamente deformato i loro figli sin dalla nascita. Un'assicella piatta viene legata alla fronte dei bambini e tenuta lì per tutta l'infanzia. Quando infine viene tolta, i bambini hanno una fronte ripidamente sfuggente quanto il mento, la qual cosa fa sì che il naso, già sporgente per natura, sembri più che mai un becco.

Ma non è tutto. Un fanciullo o una fanciulla Maya, per quanto possano essere nudi in ogni altra parte del corpo, portano sempre una pallottola di argilla o di resina appesa a una cordicella che passa intorno alla testa, in modo tale da farla penzolare proprio tra gli occhi. Questo allo scopo di far sì che i fanciulli crescano con gli occhi strabici, una caratteristica ritenuta dai Maya di ogni regione e di ogni classe sociale un altro aspetto di insuperata bellezza. Alcuni Maya, uomini e donne, hanno gli occhi *talmente* strabici da farmi pensare che soltanto il naso, simile a un dirupo roccioso tra essi, impedisca agli occhi stessi di fondersi. Ho detto che esistono molte cose bellissime nella giungla di Tamoàn Chan, ma non includerei tra esse la popolazione umana.

Probabilmente avrei ignorato tutte le poco attraenti femmine dal viso di falco se non fosse stato che, nel villaggio in cui trascorremmo la notte, un villaggio dei puliti Tzotxil, una ragazza parve guardarmi con voluta fissità, ed io supposi che fosse stata presa a prima vista dalla passione per me. Di conseguenza mi presentai con il mio ultimo nome: Nuvola Scura si dice Ek Muyal nella loro lingua, ed ella timidamente mi confidò di chiamarsi Ix Ykòki, o Stella della Sera. Soltanto allora, standole accanto in piedi, mi accorsi che era straordinariamente strabica, e mi resi conto che, con ogni probabilità, non mi aveva guardato affatto. Anche in quel momento, mentre ci trovavamo faccia a faccia, poteva fissare l'albero dietro di me, o il proprio piede nudo, o anche, forse, entrambe le cose contemporaneamente, per quello che ne sapevo io.

Questo mi sconcertò alquanto, eppure la curiosità mi indusse a persuadere Ix Ykòki a dormire, quella notte, con me. E non intendo dire che mi incendiasse la pruriginosa curiosità di sapere se una ragazza dagli occhi strabici potesse essere strana in modo interessante anche nei suoi altri organi. Si trattava, più semplicemente, del fatto che, da qualche tempo, andavo domandandomi se l'atto della copulazione, con *qualsiasi* femmina, fosse diverso in uno di quei giacigli sospesi, che dondolavano liberamente. Sono lieto di riferire che lo trovai non soltanto possibile, ma anche delizioso. Invero, ne fui talmente travolto che soltanto quando ci fummo separati sulla dondolante gìshe, esausti e in un bagno di sudore, mi accorsi di avere dato a Ix Ykòki un certo numero di baci d'amore, e che almeno uno di essi aveva fatto sgorgare una goccia di sangue.

Naturalmente, questo mi ricordò le parole ammonitrici del

medico Maäsh, quando egli mi aveva sottoposto alla cura contro i morsi dei serpenti; e, di conseguenza, rimasi desto per quasi tutto il resto della notte, in preda al tormento dell'apprensione. Aspettavo che Ix Ykòki venisse presa dalla convulsioni, o si irrigidisse adagio e divenisse gelida accanto a me, e mi domandavo quale castigo potessero infliggere gli Tztoxil agli assassini delle loro donne. Ma Ix Ykòki non fece nulla di più allarmante che russare per tutta la notte attraverso il suo grosso naso, e, la mattina dopo, balzò allegramente giù dal giaciglio sospeso, con gli strabici occhi splendenti.

Fui lieto di non avere ucciso la ragazza, ma anche la sua sopravvivenza mi preoccupò. Se quel pasticcione di vecchio medico del polso dal quale ci era stato detto che avevamo ora i denti velenosi si era limitato a riferire una delle stupende superstizioni del suo popolo, esisteva ogni probabilità che Cozcatl ed io non fossimo affatto protetti dai serpenti e che anche Ghiotto di Sangue non lo fosse mai stato. Avvisai pertanto i miei soci, e, da allora in poi, guardammo ancor più attentamente dove mettevamo i piedi e le mani inoltrandoci nella giungla.

Poco tempo dopo, conobbi un altro medico, uno di quelli che da tanto tempo desideravo trovare, e che ero venuto a cercare così lontano: uno dei medici Maya famosi per la loro abilità nel curare le malattie degli occhi. Si chiamava Ah Chel e apparteneva anch'egli alla tribù Tzotxil, e Toztxil significa Uomini Pipistrello, un nome che mi parve di buon augurio in quanto i pipistrelli sono le creature che ci vedono meglio al buio. Il dottore Ah Chel aveva altre due doti che me lo raccomandavano: parlava sufficientemente bene il nàhuatl e non era strabico. Credo che avrei diffidato alquanto di un medico degli occhi strabico.

Non mi tastò il polso, né invocò dei, né ricorse ad altri mistici metodi di diagnosi. Cominciò subito a mettermi negli occhi gocce di un succo ricavato dall'erba camopalxihuitl, per farmi dilatare le pupille e poter vedere al di là di esse. Mentre aspettavamo che il farmaco facesse effetto, parlai — forse soltanto per placare il nervosismo — e gli dissi del falso medico Maäsh, nonché delle circostanze della malattia e della morte di Dieci.

«La febbre del coniglio» dichiarò il dottore Ah Chel, annuendo. «Sii lieto del fatto che nessun altro del tuo gruppo abbia toccato quel coniglio selvatico infetto. La febbre non uccide di per sé, ma indebolisce a tal punto la vittima da farla soccombere a causa di un altro male che riempie i polmoni di un liquido denso. Il tuo schiavo sarebbe forse riuscito a sopravvivere se tu lo avessi portato giù dalle montagne, in un luogo ove gli fosse stato possibile respirare aria meno rarefatta e più ricca. Ma ora esaminiamo te.»

E tirò fuori un limpido cristallo, indubitabilmente uno di quelli lavorati dal Maestro Xibalbà, e scrutò da vicino entro l'uno e l'altro dei miei occhi, poi tornò a sedersi e disse, in tono reciso: «Giovane Ek Muyal, non hai alcuna malattia negli occhi».

«*Nessuna malattia?*» esclamai. E mi domandai se, tutto sommato, Ah Chel non fosse un simulatore quanto Maäsh. Dissi, a denti stretti: «Non c'è niente a parte il fatto che non riesco a vedere nulla con chiarezza al di là del mio braccio teso. E tu dici che questo non è una *malattia?*»

«Intendo dire che non si tratta di una malattia, o di un disturbo della vista, che io o chiunque altro possiamo guarire.»

Lanciai una delle bestemmie di Ghiotto di Sangue, e sperai di aver fatto trasalire il grande dio Huitzilopòchtli nelle sue parti intime. Ah Chel mi invitò, con un gesto, ad ascoltarlo.

«Vedi le cose offuscate a causa della *forma* dei tuoi occhi, ed essi sono nati in modo da essere così. Un globo oculare dalla forma inconsueta deforma la visione nello stesso modo di questo frammento di quarzo dalla forma insolita. Tieni il cristallo tra il tuo occhio e un fiore e vedrai il fiore con chiarezza, ma tienilo tra l'occhio e un giardino lontano e vedrai il giardino soltanto come una chiazza confusa di colori.»

Dissi, malinconicamente: «Non esiste alcuna medicina, alcuna chirurgia...?»

«Sono spiacente di doverti rispondere no. Se tu avessi la malattia che acceca, causata dalla mosca nera, allora sì, potrei guarirla con medicamenti. Se tu fossi afflitto da quello che chiamiamo il velo bianco, allora sì, potrei eliminarlo e consentirti di vedere meglio, anche se non in modo perfetto. Ma non esiste alcuna operazione che possa rendere il globo oculare più piccolo, senza distruggerlo completamente. Non scopriremo mai un rimedio del tuo disturbo, così come nessuno riuscirà mai a scoprire il luogo segreto nel quale gli alligatori invecchiati vanno a morire.»

Ancor più malinconico, mormorai: «Allora dovrò vivere per tutto il resto della mia esistenza nella nebbia, socchiudendo gli occhi come una talpa?»

«Be',» fece lui, non molto comprensivo nei confronti del mio autocompatimento, «potrai anche vivere il resto della tua esistenza ringraziando gli dei perché *non* sei del tutto reso cieco dal velo o dalla mosca nera o da qualche altra causa. Vedrai molte persone che lo sono.» Si interruppe un momento, poi soggiunse, pungente: «E loro non vedranno mai te».

Il verdetto del medico mi avvilì a tal punto che continuai ad essere di umore alquanto nero finché restammo a Tamoàn Chan e temo che non fui un compagno molto piacevole per i miei soci. Quando una guida della tribù Pokomàm, nell'estremo est della giungla, ci condusse a vedere i meravigliosi laghi di Tziskào, li contemplai freddamente come se il dio Maya della pioggia, Chak, li avesse creati per fare un affronto a me personalmente. Sono circa sessanta specchi d'acqua che vanno, per le dimensioni, dai piccoli stagni ai laghi rispettabili; non sono collegati in alcun modo, né li alimentano corsi d'acqua, eppure il loro livello non diminuisce mai nella stagione asciutta, né essi traboccano in quella delle piogge. Ma la loro caratteristica realmente degna di nota consiste nel fatto che non due di quei laghi hanno lo stesso colore.

Dal punto elevato ove ci trovavamo, dominando sei o sette di quelle distese d'acqua, la guida additò e disse, non senza orgoglio: «Guarda, giovane viaggiatore Ek Muyàl! Quello è verde-blu, quello color turchese, quello di un verde vivido come lo smeraldo, quello di un verde opaco come la giada, quell'altro ha il colore celeste pallido del cielo invernale...»

Borbottai: «Per il poco che riesco a vedere io potrebbero essere rossi come il sangue». E questo, inutile dirlo, non era assolutamente vero. La verità è che stavo vedendo tutto e tutti attraverso le tenebre dello sconforto.

Per qualche tempo cercai di ritrovare l'ottimismo facendo alcuni esperimenti con il cristallo ustionante del Maestro Xibalbà che avevo con me. Sapevo già come servisse per vedere le cose vicine ancor più vicine e più chiare, e pertanto cercai di fare in modo che mi aiutasse a vedere meglio anche le cose lontane. Provai a tenerlo accanto all'occhio mentre guardavo un albero, poi a tenerlo alla distanza del braccio teso, poi a diverse distanze intermedie. Inutile. Quando veniva orientato verso oggetti lontani da esso più di un palmo, il quarzo li rendeva ancor più confusi di quanto li vedessi io, e pertanto questi esperimenti intensificarono il mio sconforto.

Anche trattando con gli acquirenti Maya delle nostre mercanzie fui scontroso e imbronciato, ma fortunatamente la richiesta era tale che il mio comportamento scostante venne tollerato. Rifiutai in modo brusco le pelli di giaguaro, di gattopardo e di altri animali che mi vennero offerte, le piume di ara, di tucano e di vari uccelli. Volevo polvere d'oro, o valuta metallica, che però scarseggiavano in quelle regioni incivili. Pertanto feci sapere che avrei barattato le mercanzie di cui dispongo — i tessuti e gli indumenti, i gioielli e i gingilli, le medicine e i cosmetici — soltanto contro le piume del quetzal tototl.

In teoria, ogni uccellatore che entrasse in possesso di quelle penne lunghe come una gamba umana e color verde smeraldo, aveva l'obbligo, sotto pena di morte, di consegnarle immediatamente al capo della sua tribù, il quale se ne serviva, sia per adornarsi personalmente, sia come valuta per commerciare con altri capi dei Maya e con i più potenti governanti di altre nazioni. Ma in pratica, come non ho certo bisogno di dire, gli uccellatori consegnavano ai capi soltanto alcune di quelle piume rarissime e tenevano le altre per arricchirsi. E siccome io rifiutai recisamente qualsiasi baratto che non fosse contro le piume dei quetzal tototl, gli acquirenti dovettero affrettarsi ad andare a procurarsele... per cui ottenni quel che volevo.

Man mano che ci liberavamo delle mercanzie, vendetti gli schiavi dai quali erano state trasportate. In quella regione di gente pigra, anche i nobili non sapevano a quali lavori adibire gli schiavi, e tanto meno potevano permetterseli. Ma ogni capotribù ambiva a vantare la propria superiorità sui capi rivali, e il possesso di schiavi — anche se avrebbero potuto soltanto vuotargli la tesoreria e la dispensa — costituiva una vanteria legittima. Così, contro preziosa polvere d'oro, vendetti i nostri, imparzialmente, ai capi degli Tzotxil, dei Quiché e degli Zzeltal, due schiavi per ciascuno, e soltanto gli ultimi due tornarono con noi nel paese dei Chiapa. Uno di essi portava l'enorme, ma leggera balla di piume, mentre il carico dell'altro consisteva in quelle poche mercanzie non ancora barattate.

Come promesso, l'artigiano Xibalbà aveva i cristalli pronti in attesa del mio arrivo quando giungemmo a Chiapàn — complessivamente cento e venti e sette, di varie dimensioni — e, grazie alla vendita degli schiavi, potei pagarlo in pura polvere d'oro, come mi ero impegnato a fare. Mentre egli avvolgeva accuratamente ogni cristallo nel cotone, e poi li riponeva tutti insieme in un pezzo di tessuto per farne un involto, gli dissi, per il tramite dell'interprete:

« Maestro Xibalbà, questi cristalli fanno apparire più grandi gli oggetti guardati attraverso di essi. Non sei mai riuscito a lavorare un cristallo che possa fare apparire, invece, gli oggetti più piccoli? »

« Oh, sì » rispose sorridendo. « Persino il mio bisnonno si provò probabilmente a lavorare cristalli diversi da quelli che bruciano. Lo abbiamo fatto tutti. Lo faccio anch'io, soltanto per divertirmi. »

Gli spiegai quanto era limitata la mia vista, e soggiunsi: « Un medico Maya mi ha detto che i miei occhi si comportano sempre come se stessero guardando attraverso uno dei quarzi che ingrandiscono. Mi domandavo se, qualora riuscissi a trovare un cristallo che impicciolisce, e guardassi attraverso ad esso...»

Mi osservò con interessamento, si stropicciò il mento, poi fece: «Hmmm» e passò in casa sua dal retro del laboratorio. Tornò con un vassoio di legno suddiviso in caselle poco profonde, ognuna delle quali conteneva un cristallo. Erano tutti di forma diversa; alcuni di essi sembravano persino piramidi in miniatura.

«Li tengo soltanto come curiosità» disse l'artigiano. «Non hanno alcuna utilità pratica, ma ve ne sono alcuni con proprietà divertenti. Questo, ad esempio.» Prese una sbarretta con tre lati piatti. «Non è un quarzo, ma una sorta di arenaria trasparente. E non ho bisogno di levigare questa pietra; si separa spontaneamente lungo piani lisci. Tienila là, al sole, e vedi la luce che ti proietterà sulla mano.»

Così feci, aspettandomi, a mezzo, di trasalire a causa di una scottatura. Invece esclamai: «La nebbia dei gioielli d'acqua!» La luce del sole, attraverso il cristallo e finendo sulla mia mano, si trasformava; diveniva una fascia colorata, che andava dal rosso scuro, a un'estremità, passando per il giallo, il verde e l'azzurro, fino al viola più intenso; sembrava un minuscolo simulacro dell'arco colorato che si vede nel cielo dopo una pioggia.

«Ma tu non stai cercando trastulli» disse Xibalbà. «Prendi.» E mi diede un cristallo le cui due superfici erano concave; somigliava, in altre parole, a due piatti i cui fondi fossero stati cementati insieme.

Lo tenni sopra l'orlo ricamato dal mantello e il ricamo dell'orlo parve ridursi della metà. Alzai la testa, sempre tenendo il cristallo davanti a un occhio, e guardai l'artigiano. Le fattezze dell'uomo, prima offuscate, divennero di colpo nitide e precise, ma la faccia di lui sembrava così piccola da far pensare che, in quello stesso momento, egli fosse balzato lontano da me, uscendo dalla porta e recandosi al lato opposto della plaza.

«È una meraviglia» dissi, scosso. Posai il cristallo e mi stropicciai l'occhio. «Potevo *vederti*... ma così lontano...»

«Ah, allora quello impicciolisce troppo potentemente. Hanno una forza diversa. Prova questo.»

Il cristallo che mi diede era concavo soltanto da un lato; l'altra faccia risultava perfettamente piana. Lo portai con cautela all'altezza dell'occhio.

«Ci vedo» dissi, e lo dissi come se avessi recitato una preghiera di ringraziamento al più benevolo degli dei. «Vedo lontano e vicino. Ci sono macchie e ondulazioni, ma tutto il resto è chiaro e nitido come quando ero bambino. Maestro Xibalbà, tu hai fatto qualcosa che i celebrati medici Maya confessano di non saper fare. Mi hai restituito la *vista*!»

«E in tutti quei covoni di anni... credemmo sempre che queste cose fossero inutili...» mormorò lui, egli stesso in tono reverenziale. Poi parlò con animazione: «Sicché ti occorre un cristallo con una superficie piana e un'altra concava. Ma non puoi continuare a tenerlo sempre davanti a te in quel modo. Sarebbe come scrutare attraverso il foro di un nodo nel legno. Prova a portartela contro l'occhio.»

Così feci, ma lanciai un grido e poi mi scusai: «Duole come se l'occhio mi venisse strappato dall'orbita».

«È ancora troppo forte. E vi sono macchie e ondulazioni, dici. Devo quindi cercare una pietra senza pecche, più perfetta del quarzo migliore.» Sorrise e strofinò le mani, l'una contro l'altra. «Mi hai affidato il primo compito nuovo che gli Xibalbà abbiano mai avuto da generazioni. Torna domani.»

Traboccavo di eccitazione e di aspettativa, ma non dissi niente ai miei compagni, nell'eventualità che quell'esperimento così carico di speranze potesse non approdare a niente. Loro ed io eravamo di nuovo ospiti dei Macoboö, per la nostra grande comodità, e con sommo contento delle due cugine, e continuammo ad esserlo per sei o sette giorni. In questo periodo mi recai varie volte al giorno nel laboratorio di Xibalbà, mentre il maestro lavorava al cristallo più scrupolosamente esatto che gli fosse mai stato chiesto di creare. Si era procurato un topazio meravigliosamente limpido, e aveva cominciato a ricavarne un disco piatto la cui circonferenza era tale da coprirmi l'occhio dal sopracciglio allo zigomo. Il cristallo doveva rimanere piatto sul lato esterno, ma il preciso spessore e la curvatura della concavità interna potevano essere determinati soltanto sperimentalmente, facendomi guardare attraverso ad esso ogni volta che il maestro lo lavorava un po' di più.

«Posso continuare ad assottigliarlo e ad aumentare a poco a poco l'arco della curva» egli disse «finché arriveremo all'esatto potere riducente che ti occorre. Ma dobbiamo sapere con certezza quando lo raggiungeremo. Se dovessi assottigliare troppo, il cristallo sarebbe rovinato.»

Così continuai a tornare da lui per le prove, e quando un occhio cominciava a iniettarmisi di sangue per la fatica, passavamo all'altro e così via. Ma infine, con inesprimibile gioia, giunsero il giorno e il momento di quel giorno, in cui potei tenere il cristallo contro ciascun occhio, e vederci perfettamente. Tutto nel mondo era limpido e nettamente delineato, da un libro tenuto in posizione di lettura, agli alberi sul crinale della montagna al di là dell'abitato. Io ero in estasi, e quasi altrettanto in estasi era il Maestro Xibalbà, fierissimo della sua creazione senza precedenti.

Egli sottopose il cristallo a un'ultima levigatura mediante una pasta umida di non so quale fine argilla rossa. Poi lisciò lo spigolo del cristallo e lo montò in un robusto cerchietto di rame martellato che lo fermava saldamente; e questo cerchietto aveva una corta impugnatura mediante la quale avrei potuto tenere il cristallo davanti all'uno o all'altro occhio, e l'impugnatura era fissata a un laccio di cuoio che potevo tenere sempre intorno al collo, così da non perdere il topazio e da averlo in ogni momento a portata di mano. Portai lo strumento terminato nella casa dei Macoboö, ma non lo mostrai a nessuno e aspettai l'occasione propizia per sorprendere Ghiotto di Sangue e Cozcatl.

Quando il crepuscolo stava per cedere il posto alla notte, ci mettemmo a sedere nel cortile con la padrona di casa, la madre del defunto Dieci, e alcuni altri appartenenti alla famiglia, tutti noi uomini adulti fumando dopo il pasto serale. I Chiapa non fumano la poquìetl. Si servono invece di un vaso d'argilla nel quale sono stati praticati parecchi fori; vi pigiano dentro picìetl ed erbe fragranti, che accendono; poi, ognuno dei fumatori inserisce una lunga cannuccia vuota in uno dei fori nel vaso e tutti si godono una fumatina in comune.

«Da quella parte si sta avvicinando una splendida ragazza» mormorò Ghiotto di Sangue, puntando la cannuccia nella direzione della strada.

Riuscivo a malapena a distinguere il lontano accenno di qualcosa di chiaro che si muoveva nel crepuscolo, ma dissi: «Chiedimi di descriverla».

«Eh?» grugnì l'anziano soldato, poi inarcò le sopracciglia, sbirciandomi, e sarcasticamente si servì del mio nomignolo di un tempo. «Benissimo, Avvolto nella Nebbia, descrivila... così come la vedi.»

Portai il cristallo davanti all'occhio sinistro e la ragazza mi apparve nitidissima, anche in quella luce scarsa. Entusiasticamente, come un mercante di schiavi a una vendita, enumerai tutti i particolari visibili del fisico di lei... il colore della pelle, la lunghezza dei capelli intrecciati, le belle forme delle caviglie e dei piedi nudi, le fattezze regolari del viso, che era davvero bellissimo. Aggiunsi che i ricami della blusa erano nel cosiddetto stile dei vasi di argilla. «Porta inoltre» conclusi «un velo sottile sui capelli, e sotto ad esso ella ha intrappolato un certo numero di lucciole vive. Un ornamento che le si addice quanto mai.» Poi scoppiai a ridere vedendo l'espressione sulla faccia dei miei due soci.

397

Poiché potevo servirmi soltanto di un occhio alla volta, v'era una certa piattezza, un'assenza di profondità in ogni cosa che guardavo. Ciò nonostante, potevo vederci di nuovo *quasi* con la stessa chiarezza di quando ero stato bambino, e questo mi bastava. Potrei anche accennare al fatto che il topazio aveva un color-chiaro; allorché guardavo attraverso ad esso, vedevo ogni cosa apparentemente illuminata dal sole, anche nelle giornate grige; perciò, forse, il mondo mi appariva alquanto più bello di come lo vedevano gli altri. Ma, come scoprii quando guardai in uno specchio, l'impiego del cristallo non rendeva *me* affatto più bello, in quanto l'occhio dietro ad esso sembrava assai più piccolo dell'altro. Inoltre, siccome, ovviamente, tenevo il cristallo con la mano sinistra quando la destra era occupata, soffrii per qualche tempo di mal di capo. Ma ben presto imparai a tenere il topazio ora davanti a un occhio, ora davanti all'altro, e il mal di testa scomparve.

So, reverendi scrivani, che deve avervi divertiti questo mio cicalare così a lungo di uno strumento il quale non è affatto una novità per voi. Ma solamente molti anni dopo vidi un altro strumento come quello, in occasione del primo incontro con i primissimi spagnoli qui giunti. Uno dei frati cappellani, arrivati con il Capitano Generale Cortés portava *due* di questi cristalli, uno davanti a ciascun occhio, trattenuti da una montatura in cuoio che aveva legata intorno al capo.

Ma per me e per il suo artefice, quel topazio *era* un'invenzione inaudita. In effetti, egli rifiutò ogni compenso per le sue fatiche e non volle che gli pagassi nemmeno il topazio, che pure doveva essere stato costosissimo. Insistette nel dire che era stato compensato a iosa dalla fierezza per il suo conseguimento. E così, non avendo egli voluto accettare niente da me, lasciai alla famiglia Macoboö una certa quantità di piume di quetzal tototl da consegnargli quando 'io fossi ormai partito e sufficientemente lontano per impedirgli di rifiutarle... un quantitativo tale da fare forse, del Maestro Xibalbà, l'uomo più ricco di Chiapàn, come ritenevo che meritasse.

Durante la notte contemplavo le stelle.

Dopo essere stato per così lungo tempo profondamente scoraggiato, divenni all'improvviso comprensibilmente allegro, e dissi ai miei soci: «Ora che ho ritrovato la vista, mi piacerebbe vedere l'oceano!»

Erano così lieti del cambiamento intervenuto in me che non protestarono quando, partiti da Chiapàn, ci dirigemmo a sud, anziché a ovest, costretti ad attraversare un nuovo caos di aspre montagne e di montagne che erano vulcani addormentati. Ma le attraversammo senza alcun grave incidente, e scendemmo nel Paese Caldo lungo l'oceano, abitato dal Popolo Mame. Quella piatta regione viene denominata Xoconòchco e i Mame si dedicano alla coltivazione del cotone e alla produzione del sale per il commercio con altre nazioni. Il cotone viene coltivato sulla vasta e fertile distesa di terra grassa tra le rocciose montagne e le spiagge sabbiose. Era allora il pieno inverno e non esisteva alcunché di particolarmente bello in quei campi, ma in seguito tornai nella regione Xoconòchco durante la stagione più calda, quando i baccelli del cotone sono tanto grandi e abbondanti che anche le piante verdi sulle quali si trovavano rimangono invisibili e l'intera zona sembra pesantemente coperta di neve, anche mentre cuoce sotto il sole.

Il sale viene prodotto durante tutto l'anno, costruendo dighe intorno alle lagune poco profonde lungo la costa e lasciando che l'acqua evapori, poi setacciando il sale dalla sabbia. Il sale, essendo anch'esso bianco come neve, non è difficile a distinguersi dalla sabbia, in quanto tutte le spiagge della regione Xoconòchco hanno un color nero opaco; sono formate dal tritume di arenaria, dalla polvere e dalle ceneri eruttate dai vulcani nell'entroterra. Persino la spuma della risacca, lungo quel mare meridionale, non è bianca, ma assume un color grigio sporco causato dalla sabbia scura che essa solleva continuamente.

Poiché la raccolta sia del cotone, sia del sale, è una delle fatiche più dure e monotone, i Mame furono ben lieti di pagare un buon prezzo in polvere d'oro per l'acquisto dei nostri due ultimi schiavi e acquistarono inoltre le poche mercanzie che ci restavano. Questo lasciò me, Cozcatl e Ghiotto di Sangue senza alcun carico, tranne i nostri fardelli per viaggiare, il più piccolo involto contenente i cristalli e la voluminosa, ma non pesante, balla di piume, non un gran peso da portare senza aiuti. E, durante tutto il viaggio di ritorno, non venimmo una sola volta molestati dai banditi, forse perché avevamo un aspetto così diverso da quello delle consuete colonne dei pochtèca, o forse perché tutti i banditi esistenti avevano saputo del nostro incontro precedente e del suo esito.

Il cammino che seguimmo in direzione nord-ovest risultò facile, sempre lungo le piatte terre costiere, avendo alla nostra sinistra o le calme lagune, o la scrosciante risacca del mare, e, alla nostra destra, le alte montagne. Il clima risultò talmente mite che approfittammo di un tetto, durante la notte, in appena due villaggi — Pijijìa, nel paese dei Mame, e Tonalà, nel paese del Popolo Mixe — e soltanto per goderci il lusso di un bagno in acqua dolce e di una cena con i deliziosi prodotti marini locali: uova crude di tartaruga e stufato di carne di tartaruga, gamberetti lessati, crostacei di ogni genere crudi e cotti, e persino filetti, cotti a fuoco vivo, di un pesce che chiamavano yeyemìchi e che, mi dissero, è il più grande del mondo; per quanto mi concerne, posso soltanto testimoniare che è il più gustoso.

In ultimo, cominciammo a marciare direttamente a ovest, e, una volta di più, sull'istmo di Tecuantèpec, ma non passammo di nuovo per la città che ha lo stesso nome. Prima di arrivare laggiù, ci imbattemmo in un altro mercante, il quale ci disse che, se avessimo deviato lievemente a nord, avremmo trovato una via più facile attraverso i monti Tzempuüla di quella seguita all'andata. Mi sarebbe piaciuto rivedere la bella Giè Bele e inoltre, e non soltanto incidentalmente, indagare più a fondo per quanto concerneva i misteriosi produttori del colorante viola. Ma, dopo tutti quei vagabondaggi, sentivo fortemente, credo, la nostalgia della patria. So che i miei compagni la sentivano senz'altro, e mi lasciai persuadere da loro a seguire la direzione suggeritaci dal mercante. Questo itinerario aveva inoltre il vantaggio di condurci, per un lungo tratto, in una regione dell'Uaxyàcac che non avevamo attraversato prima. Tornammo sul sentiero già percorso soltanto dopo essere passati di nuovo per la città capitale di Zàachila.

Come per quanto concerneva la partenza di una spedizione commerciale, così determinati giorni del mese venivano considerati propizi per il ritorno. Pertanto, mentre andavamo avvicinandoci alla patria, rallentammo il passo e addirittura oziammo per un giorno in più nella piacevole cittadina tra i monti che ha nome Quaunàhuac. Quando infine superammo l'ultima ascesa, e apparvero i laghi e l'isola di Tenochtìtlan, continuai a sostare per ammirare il panorama attraverso il cristallo. La visione monoculare rendeva alquanto piatta l'estensione della città, ma si trattava pur sempre di qualcosa di rincuorante a vedersi: i bianchi edifici e palazzi che splendevano nel sole primaverile, quel che si poteva scorgere dei multicolori giardini sui tetti, le spirali di fumo azzurrognolo che salivano dagli altari e dai focolari, le bandiere di piume galleggianti quasi immote nell'aria tiepida, e la massiccia Grande Piramide dai templi gemelli che dominava l'intera scena.

Con orgoglio e letizia percorremmo infine la strada rialzata di Cayohuàcan ed entrammo nella formidabile città la sera del fausto giorno Una Casa, del mese da noi denominato il Grande Risveglio, nell'anno Nono Coltello. Eravamo rimasti in viaggio per cento e quaranta e due giorni, più di sette dei nostri mesi, e avevamo avuto molte avventure e veduto molti luoghi e popoli straordinari, ma fu ugualmente piacevole ritrovarci nel centro della potenza Mexìca, nel Cuore dell'Unico Mondo.

✠

Era vietato a qualsiasi pochtècatl riportare la propria colonna nella città alla luce del giorno, o ostentare vanagloriosamente il proprio arrivo, per quanto riuscita o proficua potesse essere stata la spedizione. Ma, anche se non fosse esistita una simile legge suntuaria, ogni pochtècatl si sarebbe reso conto che era prudente tornare senza ostentazioni. Non tutti, a Tenochtìtlan, si rendevano ancora conto del fatto che la prosperità di tutti i Mexìca dipendeva dai loro intrepidi mercanti girovaghi, e pertanto molte persone si risentivano per il fatto che i mercanti stessi traevano legittimi profitti dalla prosperità così apportata. Le classi nobili dominanti, in particolare, le cui ricchezze venivano dai tributi versati dalle nazioni sconfitte, insistevano nel dire che ogni pacifico commercio diminuiva la parte ad essi dovuta dei bottini di guerra, e pertanto inveivano contro il « mero commercio ».

Di conseguenza, ogni pochtècatl di ritorno faceva in modo da entrare in città vestito nel modo più umile, di entrarvi con la protezione del crepuscolo, e di fare in modo che i suoi portatori carichi di tesori lo seguissero sparpagliati, uno o due alla volta. Inoltre, la dimora nella quale il mercante rientrava era una casa relativamente modesta, anche se nei suoi armadi e bauli, e sotto i pavimenti, poteva a poco a poco accumularsi un patrimonio tale che gli *avrebbe* consentito di acquistare un palazzo tanto lussuoso da rivaleggiare con quello dello Uey-Tlatoàni. Non che per me e i miei soci fosse necessario entrare furtivamente a Tenochtìtlan: non avevamo alcun seguito di tamémime, e il nostro carico consisteva in due soli fardelli impolverati; quanto agli indumenti che indossavamo erano sudici e laceri, e inoltre non ci recammo in case che ci appartenessero, ma in una locanda per viaggiatori.

La mattina seguente, dopo parecchie abluzioni consecutive e parecchi bagni a vapore, mi misi in ghingheri e mi presentai al palazzo del Riverito Oratore Ahuìtzotl. Non essendo sconosciuto al castaldo, non dovetti aspettare a lungo prima che mi venisse concessa un'udienza. Baciai la terra per Ahuìtzotl, ma mi astenni dal portare il cristallo davanti a un occhio per vederlo meglio; temevo che un così grande signore potesse non gradire di essere osservato in quel modo. Comunque, conoscendone l'indole, potei presumere che fosse accigliato e torvo come sempre, feroce quanto l'orso grigio che adornava il suo trono.

«Siamo piacevolmente sorpresi di constatare che sei tornato intatto, Pochtècatl Mixtli» disse lui, brusco. «La tua spedizione ha avuto successo, allora?»

«Credo che sia stata proficua, Riverito Oratore» risposi. «Quando i pochtèca anziani avranno stimato il mio carico, potrai giudicarlo tu stesso dalla parte che spetterà alla tua tesoreria. Nel frattempo, mio signore, mi auguro che tu possa trovare interessante questa cronaca.»

Dopodiché consegnai a uno dei suoi assistenti i libri logorati dal viaggio che avevo così assiduamente compilato. Contenevano press'a poco lo stesso racconto che ho fatto a voi, reverendi frati. Omettevano particolari non essenziali come i miei rapporti con le donne, ma includevano descrizioni notevolmente più ampie di luoghi e comunità e popoli, nonché molte carte da me disegnate.

Ahuìtzotl mi ringraziò e disse: «Noi e il nostro Consiglio la esamineremo con la massima attenzione.»

Osservai: «Nell'eventualità che alcuni dei tuoi consiglieri possano essere anziani e deboli di vista, Signore Oratore, troveranno utile questo» e gli porsi uno dei cristalli. «Ne ho portato un certo numero da vendere, ma il più grande e il più luminoso è un mio dono allo Uey-Tlatoàni».

Non parve molto colpito finché non gli ebbi chiesto il permesso di avvicinarmi e di dimostrargli come il cristallo potesse essere impiegato per l'esame ravvicinato di parole per immagini o di qualsiasi altra cosa. Poi lo condussi accanto a una finestra aperta e, servendomi di un pezzo di corteccia, gli mostrai come potesse essere impiegato, inoltre, per accendere fuochi. Rimase affascinato e mi ringraziò a lungo.

Molto tempo dopo, mi venne detto che Ahuìtzotl portava la pietra per accendere il fuoco in ogni campagna militare alla quale prendesse parte, ma che si divertiva enormemente a impiegarla in modo meno pratico in tempo di pace. Quel Riverito Oratore è ricordato ancor oggi per la sua indole irascibile e per le sue capricciose crudeltà; il nome di lui è entrato a far parte della nostra lingua e ogni persona molesta viene ormai denominata una ahuìtzotl. Ma sembra che nel tiranno vi fosse altresì una tendenza agli scherzi infantili. A volte, conversando con uno dei suoi più fidi e dignitosi consiglieri, lo manovrava verso una finestra. Poi, inosservato, teneva il cristallo bruciante in modo da far cadere il puntino di luce solare dolorosamente ardente su qualche punto sensibile, come la parte posteriore di un ginocchio nudo. Dopodiché il Riverito Oratore rideva a più non posso vedendo l'uomo anziano e saggio spiccare un balzo come un giovane coniglio selvatico.

Dal palazzo tornai alla locanda, ove mi aspettavano Cozcatl e Ghiotto di Sangue, anch'essi vestiti a nuovo ed elegantemente, nonché i nostri due preziosi fardelli. Portammo questi ultimi alla Casa dei Pochtèca, e immediatamente venimmo introdotti alla presenza dei tre anziani che ci avevano aiutato a partire. Mentre venivano servite tazze di cioccolata profumata alla magnolia, Cozcatl aprì il fardello più voluminoso affinché ne venisse esaminato il contenuto.

« *Ayyo!* » esclamò uno dei vecchi. « Hai portato un rispettabile patrimonio soltanto in piume. Ora devi fare in modo che i nobili più ricchi ti offrano somme in polvere d'oro, fino ad aver raggiunto il massimo prezzo; e soltanto *allora* informerai il Riverito Oratore dell'esistenza di questo tesoro. Non fosse altro che per mantenere la propria supremazia in fatto di ornamenti, egli pagherà più della somma più alta che ti sarà stata offerta. »

« Come voi consigliate, miei signori » approvai, dopodiché feci cenno a Cozcatl di aprire il fardello più piccolo.

« *Ayya!* » esclamò un altro dei vecchi. « In questo caso, temo, sei stato eccessivamente impetuoso. » Con l'aria afflitta, rigirò tra le dita due o tre dei cristalli. « Hanno una forma graziosa e sono ben levigati, ma, mi rincresce dovertelo dire, non sono pietre preziose. Trattasi di frammenti di semplice quarzo, una pietra ancor più comune della giada. »

Cozcatl non riuscì a reprimere una risatina e Ghiotto di Sangue non nascose una smorfia saputa. Quanto a me, sorrisi mentre dicevo: « Ma osservate, miei signori », dopodiché mostrai loro le due proprietà dei cristalli, e all'istante i savi pochtècatl furono presi dall'esultanza.

« Incredibile! » esclamò uno di loro. « Hai portato a Tenochtìtlan qualcosa di assolutamente nuovo! »

« Dove li hai trovati? » domandò un altro. « No, non sognarti neppure di rispondere. E scusami se te l'ho domandato. Un tesoro così unico deve appartenere soltanto allo scopritore. »

Il terzo disse: « Offriremo i più grandi ai più alti nobili e... ».

Lo interruppi per far rilevare che tutti i cristalli grandi o piccoli, servivano ugualmente bene per ingrandire gli oggetti e accendere il fuoco, ma egli mi tacitò spazientito.

« Questo non conta. Ogni pili vorrà un cristallo di dimensioni adeguate al suo rango e alla sua boria. Ti suggerisco di vendere ognuno di essi a seconda del suo peso, chiedendo che le offerte partano da otto volte il peso stesso in oro. Con i pìpiltin che faranno a gara per accaparrarseli, guadagnerai notevolmente di più.»

Rimasi a bocca aperta per lo stupore. «Ma, miei signori, questo potrebbe fruttarci più del *mio* peso in oro! Anche dopo aver versato la parte spettante alla Donna Serpente e a questa onorata associazione... e anche dopo aver diviso in tre parti l'oro rimanente... ciò porrebbe tutti e tre noi tra gli uomini più ricchi di Tenochtìtlan!»

«E hai qualcosa da ridire al riguardo?»

Balbettai: «Dif-difficilmente sembra giusto. Trarre un così enorme profitto dalla nostra prima spedizione... e da comune quarzo, come voi stessi avete fatto rilevare... nonché da un prodotto che posso fornire in quantità. Sarei in grado di procurare un cristallo che brucia ad ogni più umile famiglia in tutti i dominî della Triplice Alleanza».

Uno degli anziani disse, in tono aspro: «Forse ne sei in grado; ma, se hai un briciolo di buon senso non lo farai. Hai detto che il Riverito Oratore possiede ora una di queste pietre magiche. Per il momento, soltanto altri cento e venti e sei nobili possono possedere un cristallo analogo. Ragazzo mio, essi farebbero offerte incredibili, anche se questi oggetti fossero di fango pressato! In seguito potrai andare a prenderne altri, da vendere ai rimanenti nobili, mai però più di questi pochi alla volta».

Cozcatl stava sorridendo radioso e, quanto a Ghiotto di Sangue, poco mancava che sbavasse. Dissi: «Senza dubbio non mi ostinerò ad oppormi alla possibilità di una considerevole ricchezza».

«Oh, voi tre ne spenderete senza indugio una parte» disse un altro degli anziani. «Hai accennato a quanto è dovuto alla tesoreria di Tenochtìtlan e al nostro dio Yacatecùtli. Forse non conosci la nostra tradizione in base alla quale ogni pochtècatl di ritorno — se rientra in patria con profitti cospicui — è tenuto a offrire un banchetto a tutti gli altri pochtèca che si trovino in città in quel momento.»

Sbirciai i miei soci ed essi annuirono senza esitazione, per cui dissi: «Con il più grande piacere, miei signori. Ma non siamo esperti in queste cose...»

«Sarò lieto di potervi essere di aiuto» lo stesso uomo. «Offrirete il banchetto la sera di dopodomani. Potrete approfittare, per l'occasione, delle sale di questo edificio. Penseremo noi, inoltre, a provvedere i cibi, le bevande, i musicisti, le danzatrici, la compagnia femminile, e, naturalmente, inviteremo tutti i legittimi pochtèca che sia possibile rintracciare, mentre voi potrete invitare qualsiasi altro ospite desideriate. E ora...» il vecchio alzò la testa con aria maliziosa «questo banchetto potrà essere modesto o stravagante, a seconda dei vostri gusti e della vostra generosità.»

Di nuovo consultai silenziosamente i miei soci, poi dissi, espansivo: «È il primo che offriamo. Dovrebbe bene augurare per il nostro successo. Poiché sei disposto ad essere così cortese, vorrei chiederti che ogni piatto, ogni bevanda, ogni divertimento siano i migliori possibili, indipendentemente dal costo. Facciamo in modo che questo banchetto sia memorabile».

Io, per lo meno, lo ricordai vividamente.

Anfitrioni e ospiti, eravamo tutti in ghingheri. Essendo divenuti pochtèca esperti e fortunati, Cozcatl, Ghiotto di Sangue ed io eravamo autorizzati a portare determinati ornamenti in oro con pietre preziose, per rendere nota la nostra nuova posizione nella vita. Ma ci limitammo a pochi e modesti gingilli. Io mi ero messo soltanto la fibbia di eliotropio per il mantello donatami molto tempo prima dalla Signora di Tolàn, e un unico, piccolo smeraldo nella narice destra. Ma indossavo un mantello del cotone più fine, riccamente ricamato. I sandali che calzavo erano di pelle di alligatore, allacciati fino alle ginocchia; i capelli, che avevo lasciato crescere durante il viaggio, erano fermati sulla nuca da un cerchietto intrecciato di cuoio rosso.

Nel cortile dell'edificio, le carcasse di tre cervi sfrigolavano e giravano sugli spiedi sopra un immenso strato di braci, e tutti gli altri cibi preparati erano altrettanto rari e abbondanti. Musicanti suonavano, ma non così forte da impedire le conversazioni. Un gruppo nutrito di splendide donne circolava tra la folla degli invitati e, di tanto in tanto, una di esse si esibiva in una danza aggraziata, accompagnata dalla musica. Tre schiavi della Casa dei Pochtèca non dovevano fare altro che servire noi tre soci e, quando non erano così occupati, rimanevano in piedi e agitavano sopra di noi immensi ventagli di piume. Venimmo presentati agli altri pochtèca, man mano che arrivavano, e ascoltammo resoconti dei loro viaggi e dei loro acquisti più degni di nota. Ghiotto di Sangue aveva invitato quattro o cinque dei suoi vecchi compagni d'arme, e ben presto furono tutti convivialmente ubriachi. Cozcatl ed io non conoscevamo nessuno a Tenochtìtlan da poter invitare, ma un ospite inatteso risultò essere una mia vecchia conoscenza.

Una voce accanto a me disse: «Talpa, tu non smetti mai di stupirmi». Mi voltai e vidi l'uomo raggrinzito, sdentato, dalla pelle color cacao, che era apparso in altri momenti importanti della mia vita. In questa occasione sembrava meno malconcio e meglio vestito, in quanto indossava, per lo meno, un mantello sopra il perizoma.

Risposi, con un sorriso: «Non sono più Talpa» e portai a un occhio il topazio, e lo vidi davvero con chiarezza. In qualche modo, così facendo, intuii che v'era in lui qualcosa di più familiare della semplice possibilità di riconoscerlo.

Egli sorrise in modo quasi demoniaco, dicendo: «Ti trovo, di volta in volta, una nullità, uno studente, uno scrivano, un cortigiano, un delinquente perdonato, un eroe di guerra. E ora ecco che sei diventato un prospero mercante... e gongoli con un occhio dorato».

Dissi: «Fosti tu, o venerabile, a consigliarmi di viaggiare in paesi stranieri. Perché non dovrei godermi il banchetto che festeggia la mia riuscita spedizione?»

«La tua?» domandò lui, beffardo. «Come sono stati tuoi tutti i trascorsi conseguimenti? Senza alcun aiuto? Compiuta da te solo?»

«Oh, no» dissi, sperando, con questa negazione, di parare le insinuazioni più tenebrose delle sue domande. «Troverai qui i miei soci in questa impresa.»

«Questa impresa! Ma sarebbe stata possibile senza il dono inatteso di mercanzie e capitale che investisti nel viaggio?»

«No» tornai a dire. «E ho tutte le intenzioni di ringraziare il donatore con una parte dei...»

«Troppo tardi» mi interruppe lui. «Ella è morta.»

«Ella?» gli feci eco, in tono inespressivo, poiché, naturalmente, avevo pensato al mio ex protettore, Nezahualpìli di Texcòco.

«La tua defunta sorella» mi disse lui. «Quel dono misterioso fu un lascito per te di Tzitzitlìni.»

Scossi la testa. «Mia sorella è morta, vecchio, come hai appena detto. E, senza dubbio, non ha mai posseduto un simile patrimonio da lasciare a me.»

Egli continuò, senza ascoltarmi: «Anche il Signore Airone Rosso di Xaltòcan morì durante i tuoi viaggi nel sud. Chiamò al proprio letto di morte un sacerdote della dea Tlazoltéotl, e una confessione sensazionale come quella che egli fece difficilmente sarebbe potuta essere stata tenuta segreta. Senza dubbio, numerosi dei tuoi illustri ospiti, qui, conoscono l'episodio, anche se sono troppo bene educati per parlartene».

«Quale episodio? Quale confessione?»

«Il modo con il quale Airone Rosso nascose l'atrocità del defunto figlio di lui Pactli per quanto concerneva tua sorella.»

«A me non fu mai sufficientemente nascosta» dissi con un ringhio. «E tu, meglio di chiunque, sai come mi vendicai perché la uccise.»

«Già, soltanto che Pactli non uccise Tzitzitlìni.»

Questo mi fece vacillare, riuscii soltanto a fissare il vecchio a bocca aperta.

«Il Signore Gioia la torturò e la mutilò, con il fuoco e il coltello e con perfida ingegnosità, ma il tonàli di lei non voleva che ella morisse di tali tormenti. Così Pactli la allontanò in fretta e furia dall'isola, con la complicità di suo padre, e, per lo meno, con la silenziosa acquiescenza dei genitori della fanciulla. Queste cose Airone Rosso le confessò alla Divoratrice di Sozzure, e allorché il sacerdote le rese note pubblicamente, causarono una sollevazione a Xaltòcan. Mi affligge doverti dire che anche il cadavere di tuo padre venne trovato sul fondo di una cava, dal cui orlo si era evidentemente lanciato. Tua madre, semplicemente e vilmente, fuggì. Nessuno sa dove, e questa è una fortuna per lei.» Il vecchio fece per voltarsi e andarsene, soggiungendo, in tono indifferente: «Credo che questo sia quanto è accaduto dopo la partenza e non altro. Vogliamo ora goderci...?»

«Aspetta!» gli dissi con ferocia, afferrando il nodo del mantello sulla spalla di lui. «Frammento ambulante delle tenebre del Mìctlan! Dimmi il resto! Che cosa fu di Tzitzitlìni? Come puoi affermare che quel dono mi venne da lei?»

«Lasciò a te l'intera somma che ricevette, e Ahuìtzotl pagò un prezzo generoso, quando ella vendette se stessa al suo serraglio, qui a Tenochtìtlan. Non volle, o non poté, dire da dove venisse e chi fosse, per cui era conosciuta dal volgo come la donna tapiro.»

Se non fosse stato che continuavo ad artigliargli la spalla, sarei potuto cadere. Per un momento, tutto e tutti intorno a me scomparvero ed io contemplai fissamente una lunga galleria di ricordi. Rividi la Tzitzitlìni che avevo tanto adorato: lei, dal viso incantevole, dalle forme perfette, dai movimenti flessuosi come un salice. Poi vidi quella cosa rivoltante e immobile nel serraglio dei mostri, e vidi me stesso vomitare, tanto mi inorridiva e infine la singola lacrima di dolore sgorgarle dall'unico occhio.

La voce con la quale parlai suonò cavernosa alle mie orecchie, come se davvero mi fossi trovato in una lunga galleria, allorché dissi, in tono di accusa: «*Tu sapevi*. Abominevole vecchio, sapevi prima ancora che Airone Rosso avesse confessato. E mi facesti restare in piedi dinanzi a lei... e accennasti alla donna con la quale mi ero appena giaciuto... e mi domandasti se mi sarebbe piaciuto...». Soffocai, quasi vomitando di nuovo soltanto nel ricordare.

«È bene che tu l'abbia veduta un'ultima volta» disse lui, con un sospiro. «Morì poco tempo dopo. Misericordiosamente, secondo me, anche se Ahuìtzotl si irritò moltissimo, avendo pagato così profumatamente...»

La vista mi tornò e mi accorsi che stavo scrollando il vecchio con violenza, e dicendo, alquanto follemente: «Non mi sarebbe mai stato possibile mangiare carne di tapiro nella giungla, se avessi saputo. Ma tu sei sempre stato informato. *In qual modo?*»

Non mi rispose. Si limitò a dire, blando: «Tutti ritenevano che la donna tapiro non potesse spostare quella sua massa di carne gonfia. Ma in qualche modo cadde a faccia in giù, per cui non riuscì più a respirare con il grugno da tapiro, e morì soffocata».

«Bene, ora tocca a te perire, maledetto profeta di disgrazie!» Dovevo essere fuori di me per il dolore, la ripugnanza e l'ira. «Tornerai nel Mìctlan dal quale sei venuto!» E mi aprii a forza un varco tra la ressa degli invitati al banchetto, udendolo dire, soltanto fiocamente:

«I custodi del serraglio continuano ad affermare che la donna tapiro non sarebbe potuta morire senza l'intervento di qualcuno. Era così giovane che avrebbe potuto vivere in quella gabbia per molti, molti anni...»

Trovai Ghiotto di Sangue e villanamente ne interruppi la conversazione con i suoi compagni d'arme: «Mi serve un'arma e non ho il tempo di andarla a prendere nel nostro alloggio. Hai il pugnale?»

Egli frugò sotto il mantello, verso il laccio posteriore del perizoma, poi disse, dopo un rutto: «Sarai tu a trinciare i cervi?»

«No» risposi. «Voglio uccidere qualcuno.»

«Già all'inizio della festa?» Estrasse la corta lama di ossidiana e strabuzzò gli occhi per vedermi meglio. «Vuoi uccidere qualcuno che conosco?»

Tornai a negare. «Soltanto un disgustoso ometto. Bruno e rugoso come un fagiolo di cacao. Nessuno lo rimpiangerà.» Tesi la mano. «Il pugnale, per piacere.»

«Nessuno lo rimpiangerà!» esclamò Ghiotto di Sangue, e non mi diede il pugnale. «Vorrei assassinare lo Uey-Tlatoàni di Texcòco? Mixtli, tu devi essere ubriaco come i proverbiali quattrocento conigli!»

«Senza dubbio qualcuno lo è!» scattai. «Finiscila di parlare a vanvera e dammi quel pugnale!»

«Nemmeno per sogno. Ho veduto l'uomo bruno quando è arrivato e conosco bene quel suo particolare camuffamento.» Ghiotto di Sangue rimise via il pugnale. «Ci onora, con la sua presenza, anche se preferisce intervenire camuffato. Qualsiasi fantastico rancore tu possa avere nei suoi riguardi, figliolo, non ti consentirò...»

«Camuffato?» dissi. «Travestito?»

Ghiotto di Sangue si era espresso con una freddezza sufficiente per calmarmi alquanto.

Uno dei soldati suoi ospiti disse: «Forse soltanto noi, che abbiamo più volte combattuto nelle campagne militari, con lui, possiamo saperlo. Nezahualpìli ama a volte aggirarsi camuffato in quel modo per osservare i suoi sudditi senza essere riconosciuto, e non dalla pedana del trono. Quelli di noi che lo hanno conosciuto abbastanza a lungo per accorgersene, non lo tradiscono.»

«Siete tutti deplorevolmente ubriachi» dissi io. «Conosco a mia volta Nezahualpìli e so, in primo luogo, che ha tutti i denti.»

«Un po' di oxitl per annerirne due o tre» disse Ghiotto di Sangue, dopo un altro rutto. «Linee di oxitl per simulare rughe sulla faccia scurita con olio di noce. Inoltre è abilissimo nel far sembrare il proprio corpo rattrappito e raggrinzito, e le mani nodose come quelle di un uomo vecchissimo...»

«Ma in realtà non gli occorrono né maschere né contorsioni» osservò l'altro. «Basta semplicemente che si cosparga con la polvere delle strade per sembrare un uomo mai veduto.» Il soldato ruttò a sua volta e soggiunse: «Se proprio ci tieni ad ammazzare un Riverito Oratore, stanotte, giovane signore anfitrione, fa' fuori Ahuìtzotl, e renderai un favore al mondo intero.»

Mi allontanai da loro sentendomi alquanto stupito e confuso, oltre a tutti gli altri miei stati d'animo di angoscia e d'ira e di... be', erano molti, e tumultuosi.

Andai di nuovo in cerca dell'uomo che era Nezahualpìli — o uno stregone o un dio malefico — non più con l'intenzione di pugnalarlo, ma di strappargli risposte a un gran numero di altri interrogativi. Non riuscii a trovarlo. Era scomparso, così com'erano scomparsi in me l'appetito e il desiderio di compagnia e di allegria. Sgattaiolai fuori della Casa dei Pochtèca, tornai alla locanda e cominciai a mettere in una piccola bisaccia soltanto le cose essenziali, delle quali non avrei potuto fare a meno viaggiando. Mi capitò sottomano la statuina di Tzitzi della dea dell'amore, Xochiquétzal, ma la mia mano si scostò di scatto da essa come se fosse stata incandescente. Non la misi nella bisaccia.

«Ti ho veduto uscire e ti ho seguito» disse il giovane Cozcatl, dalla porta della stanza. «Che cosa è accaduto? Che cosa stai facendo?»

Risposi: «Non me la sento di riferirti quello che è accaduto, ma sembra che lo sappiano tutti. Verrai a saperlo anche tu tra non molto. E, a causa di questo, me ne vado per qualche tempo».

«Posso venire con te?»

«No.»

Il viso ansioso gli si rabbuiò, e pertanto dissi: «Ritengo preferibile restare solo per qualche tempo, per decidere come dovrà essere il resto della mia vita. E non ti lascio, ormai, schiavo indifeso o senza padrone, come temevi un tempo. Sei padrone di te stesso e sei ricco. Riceverai parte del nostro patrimonio non appena gli anziani ce lo intesteranno. Ti incarico di tenere al sicuro la mia parte e queste altre cose che mi appartengono, fino al mio ritorno».

«Certo, Mixtli.»

«Ghiotto di Sangue rinuncerà al suo alloggio negli accampamenti militari. Forse tu e lui potrete acquistare o far costruire una casa... o due case, una per ciascuno. Tu potrai riprendere gli studi, o occuparti in qualche arte, o metterti in commercio. Ed io tornerò, prima o poi. Se tu e il nostro anziano protettore ve la sentirete, potremo compiere altri viaggi insieme.»

«Prima o poi» disse lui, malinconicamente, poi raddrizzò le spalle. «Bene, se proprio sei deciso ad andartene così all'improvviso, posso aiutarti nei preparativi?»

«Sì, puoi. Nella bisaccia e nella borsa cucita al perizoma terrò spiccioli sufficienti per le spese. Ma voglio altresì avere con me oro, nell'eventualità che mi capiti di trovare qualcosa di eccezionale... e la polvere d'oro voglio nasconderla in modo che qualsiasi bandito non riesca a trovarla facilmente.»

Cozcatl rifletté un momento, poi disse: «Alcuni viaggiatori fondono l'oro in pepite, e le nascondono nel retto».

«È un trucco che ogni bandito di strada conosce anche troppo bene. No, i capelli mi sono diventati lunghi e credo di poterne approfittare. Vedi, ho vuotato tutta la polvere d'oro contenuta nei calami su questo lembo di tessuto. Fanne un piccolo involto, Cozcatl, e vediamo di escogitare qualche sistema per applicarmelo alla nuca, come un impiastro nascosto dai capelli.»

Mentre terminavo di riempire la bisaccia, egli piegò più e più volte il tessuto, meticolosamente. Lo ridusse a un duttile involto, non più grande di una delle sue piccole mani, ma era talmente pesante che gli occorsero entrambe le mani per sollevarlo. Io sedetti, chinai il capo e lui me lo applicò sulla nuca.

«E ora, per fissarlo...» mormorò. «Vediamo...»

Lo fissò mediante una cordicella robusta che, legata a ciascuna estremità dell'involto, mi correva dietro le orecchie e poi sul cocuzzolo della testa. La fissai ulteriormente e la nascosi avvolgendomi intorno al capo una fascia come quelle intorno alle quali passano i lacci dei carichi, che annodai sulla nuca. Molti viaggiatori le portavano per tenere i capelli e il sudore lontani dagli occhi.

«È completamente invisibile, Mixtli, a meno che soffi il vento. Ma in tal caso potrai sempre nasconderlo coprendoti con il mantello. »

«Sì. Grazie, Cozcatl. E...» lo dissi rapidamente, poiché non sopportavo più alcun indugio, «... addio, per il momento. »

Non temevo affatto la Donna Piangente, o le tante altre presenze malevole che infestano le tenebre per tendere agguati ai viaggiatori incauti come me. Anzi, sbuffai irosamente pensando a Vento Notturno... e allo sconosciuto coperto di polvere, nel quale mi ero imbattuto così spesso in altre notti. Uscii dalla città e di nuovo percorsi la strada rialzata di Coyohuàcan, diretta al sud. Alla metà di essa, intorno al forte Acachinànco, le sentinelle rimasero non poco sorprese vedendo passare qualcuno a quell'ora della notte. Tuttavia, poiché ero ancora così elegantemente vestito non mi trattennero sospettandomi di essere un ladro o un fuggiasco. Si limitarono a pormi una o due domande per accertare che non fossi ubriaco e mi rendessi conto di quel che facevo, poi mi consentirono di proseguire.

Più avanti, voltai a sinistra sulla diramazione Mexicaltzìnco della strada rialzata, passai per quella cittadina addormentata e proseguii verso est, camminando tutta la notte. Quando l'aurora si affacciò all'orizzonte e altri viandanti mattinieri sulla strada cominciarono a rivolgermi saluti circospetti, adocchiandomi in modo strano, mi resi conto che dovevo offrire uno spettacolo insolito: un uomo vestito come un nobile, con sandali allacciati sino alle ginocchia, il mantello dalla fibbia preziosa, e l'ornamento di uno smeraldo nel naso, ma con un fardello da mercante e una bisaccia a tracolla e una fascia per assorbire il sudore sulla fronte. Mi tolsi gli oggetti preziosi e li misi nella bisaccia, poi rivoltai il mantello, in modo da nasconderne i ricami. L'involto applicato alla nuca fu un ingombro fastidioso per qualche tempo, ma finii con l'abituarmici, togliendomelo soltanto quando dormivo o facevo il bagno in privato.

Quel mattino proseguii verso est, sotto il sole nascente e ben caldo, senza sentire alcuna stanchezza o necessità di dormire, la mia mente tuttora un caotico tumulto di pensieri e ricordi. (Questo è l'aspetto più straziante del cordoglio: il fatto che esso evoca gli incalzanti ricordi dei tempi felici, per un raffronto cocente con lo strazio attuale.) Per quasi tutta quella giornata ripercorsi il cammino già seguito, lungo la sponda meridionale del lago Texcòco, insieme all'esercito vittorioso di ritorno dalla guerra nel Texcàla. Ma, dopo qualche tempo, quel cammino si discostò dal mio; mi allontanai dalla sponda del lago e venni a trovarmi in una regione che non avevo mai veduto.

Vagabondai per oltre un anno e mezzo, attraversando molti

411

nuovi paesi, prima di raggiungere qualcosa di simile a una destinazione. Per gran parte di tale periodo continuai ad essere talmente addolorato, miei signori scrivani, che non sarei ora in grado di riferirvi ogni cosa da me fatta e veduta. Se non fosse che ricordo ancor oggi molte parole delle lingue di quei luoghi remoti, mi riuscirebbe difficile, credo, ricostruire anche l'itinerario che seguii. Ma alcune scene e alcuni eventi rimangono ancora nel mio ricordo, così come alcuni vulcani di quei territori situati all'est si levano al di sopra dei luoghi circostanti e più bassi.

Mi inoltrai molto audacemente nel Cuautexcàlan, La Terra dei Dirupi dell'Aquila, la nazione nella quale ero entrato un tempo con un esercito invasore. Senza dubbio, se mi fossi dichiarato un Mexìcatl, non ne sarei uscito mai più. E sono altrettanto lieto di non essere perito nel Texcàla, poiché la gente, laggiù, ha una fede religiosa talmente semplicistica da essere ridicola. Credono tutti che, quando un qualsiasi nobile muore, egli conduca un'esistenza gioiosa nell'aldilà; le persone meno importanti, invece, quando muoiono, conducono un'esistenza miserabile. I grandi signori e le dame si limitano a liberarsi del loro corpo umano e a tornare indietro sotto forma di nubi leggere, o di uccelli dal radioso piumaggio, o di pietre preziose dal valore favoloso. I morti del volgo tornano indietro come scarafaggi stercorari, o furtive donnole, o fetide puzzole.

In ogni modo, non morii nel Texcàla, né venni riconosciuto come uno degli odiati Mexìca. Sebbene i Texaltéca siano sempre stati nostri nemici, non differiscono fisicamente da noi, e parlano la stessa lingua, ed io fui facilmente in grado di imitarne la lingua e di farmi passare per uno di essi. La sola cosa a pormi alquanto in vista nella loro terra era l'essere io un uomo giovane e sano, intatto e non mutilato. La battaglia nella quale ero stato coinvolto aveva decimato la popolazione maschile tra le età della pubertà e della senescenza. Ma esisteva pur sempre una nuova generazione di ragazzi che stavano crescendo. Crescevano imparando a odiare noi Mexìca e giurando di vendicarsi di noi; erano ormai adulti quando giungeste voi spagnoli, e sapete bene la forma che assunse la loro vendetta.

Tuttavia, mentre io vagabondavo pigramente nel Texcàla, tutto ciò rimaneva ancora lontano nel futuro. E il fatto che fossi uno dei pochi adulti ancora integri non mi causò alcuna difficoltà. All'opposto, fui bene accolto da numerose e seducenti vedove Texaltéca, i cui letti erano rimasti freddi per lungo tempo.

Di là mi diressi a sud, fino alla città di Cholòlan, capitale dei Tya Nuü e, in effetti, la più grande e unica concentrazione rimasta di quegli Uomini della Terra. Appariva chiaro che i Mixtèca, come venivano chiamati da tutti tranne che da loro stessi, avevano creato un tempo e conservato a lungo una civiltà invidiabilmente raffinata. Ad esempio, là a Cholòlan, vidi edifici antichissimi, prodigalmente adornati da mosaici simili a tessuti pietrificati, e gli edifici potevano essere soltanto i modelli originari dei templi costruiti in teoria dagli Tzapotéca nella Sacra Sede del Popolo delle Nubi, Lyobàan.

V'è inoltre, a Cholòlan, una montagna che, a quei tempi, aveva sulla vetta in tempio magnifico dedicano a Quetzalcòatl, un tempio quanto mai artisticamente abbellito con sculture colorate del Serpente Piumato. Voi spagnoli lo avete raso al suolo, ma, a quanto pare, sperate di recuperare parte della santità del luogo, poiché mi risulta che state costruendo al suo posto una chiesa cristiana. Consentitemi di dirvelo: la montagna in questione non è una montagna. È una piramide costruita dall'uomo con mattoni di fango cotti al sole, più mattoni di quanti peli esistano su un intero branco di cervi, mattoni insabbiati e rivestiti di vegetazione dai tempi dei tempi. Noi riteniamo che si tratti della piramide più antica di tutte quelle terre; e sappiamo, comunque, che è la più gigantesca mai costruita. Può somigliare adesso a una qualsiasi altra montagna, con alberi e cespugli, e può anche servire a elevare ed esaltare la vostra nuova chiesa, ma ritengo che il vostro Signore Iddio dovrebbe sentirsi a disagio su quell'altezza, così faticosamente innalzata per il culto di Quetzalcòatl e di nessun altro.

La città di Cholòlan era governata non da uno, ma da due uomini, con lo stesso potere. Venivano denominati Tlaquìach, il Signore di Ciò che è in Alto, e Talchiac, il Signore di Ciò che è in Basso, nel senso che si occupavano separatamente delle questioni spirituali e materiali. Mi dicono che i due erano spesso in contrasto e addirittura venivano alle mani, ma, quando giunsi io a Cholòlan, erano, almeno temporaneamente, uniti per qualche rancore di poco conto contro Texcàla, la nazione dalla quale ero appena arrivato. Ho dimenticato quale fosse il motivo del litigio, ma ben presto giunse lì anche una delegazione di quattro nobili Texaltéca, inviati dal loro Riverito Oratore Xicoténca, per discutere e dirimere la disputa.

I Signori di Ciò che è in Alto e di Ciò che è in Basso rifiutarono anche soltanto di concedere udienza agli inviati. Ordinarono invece alle loro guardie di palazzo di catturarli e mutilarli, per poi riportarli là donde erano venuti, in punta di lancia. Ai quattro nobili venne completamente scorticata la faccia, dopodiché si incamminarono barcollanti e gementi verso Texcàla, le teste ridotte a carne viva con due globi oculari, i volti niente altro che lembi di pelle penzolanti sul petto. Credo che tutte le mosche di

Cholòlan li seguirono verso nord, fuori della città. Siccome prevedevo che da un simile oltraggio potesse conseguire soltanto la guerra e siccome non ci tenevo affatto ad essere arruolato per combatterla, mi affrettai a partire a mia volta da Cholòlan, ma diretto a est.

Quando attraversai un altro confine invisibile e venni a trovarmi nella regione del Totonàca, sostai per un giorno e una notte in un villaggio ove la finestra della locanda mi consentì di contemplare il formidabile vulcano chiamato Citlaltèpetl, Montagna Stella. Mi accontentai di osservarlo da quella rispettosa distanza servendomi del cristallo di topazio per guardare in alto, dal caldo villaggio verdeggiante e fiorito, quella vetta ricoperta di ghiaccio e avvolta nelle nubi.

Il Citlaltèpetl è il monte più alto di tutto l'Unico Mondo, talmente alto che la calotta nevosa ne riveste l'intera terza parte superiore, tranne quando dal cratere trabocca un rigurgito di lava fusa o di ceneri ardenti facendo sì che la vetta della montagna sia per qualche tempo rivestita di rosso anziché di bianco. Mi dicono che è questo il primo indizio della terraferma visibile alle vostre navi quando giungono qui dal mare. Durante il giorno le loro vedette scorgono il cono nevoso, oppure, durante la notte, il bagliore del cratere, molto tempo prima che qualsiasi altra cosa della Nuova Spagna divenga visibile. Il Citlaltèpetl è antico quanto il mondo, ma ancor oggi nessun uomo, nato qui, o spagnolo, si è mai arrampicato sino alla sua cima. Se qualcuno dovesse mai riuscirvi, le stelle, passando, probabilmente lo trascinerebbero giù dal suo trespolo.

Giunsi fino all'altro confine delle terre Totonàca, la sponda dell'oceano orientale, in una baia piacevole denominata Chàlchihuacuécan, che significa Il Luogo delle Abbondanti Bellissime Cose. Vi accenno soltanto perché si trattò di una piccola coincidenza, anche se allora non poteva saperlo. In un'altra primavera, altri uomini avrebbero posto piede là, rivendicando quella terra alla Spagna e piantando su quelle sabbie una croce di legno e una bandiera con i colori del sangue e dell'oro, e chiamando il posto il luogo della Vera Croce: Vera Cruz.

Quella sponda oceanica era di gran lunga più bella e più accogliente della costa lungo lo Xoconòchco. Le spiagge non consistevano di nero tritume vulcanico, ma di finissime sabbie bianche o gialle, e talora persino di un color rosa corallo. L'oceano non era una turbolenza di cavalloni verde-neri, ma calmo, mormorante e di un cristallino blu-turchese. Si frangeva sulle sabbie con una candida spuma che bisbigliava appena e, in molti punti, era così poco profondo che io potevo allontanarmi a guado dalla spiaggia sin quasi a perdere di vista la terra prima che l'acqua mi arrivasse alla vita. A tutta prima la costa mi condusse quasi direttamente a sud; ma, dopo innumerevoli lunghe corse, essa comincia a incurvarsi formando un grande arco. Così, quasi impercettibilmente, finii con l'accorgermi che stavo procedendo a sud-est, poi direttamente a est, e infine a nord-est. Pertanto, come ho già detto, quello che noi di Tenochtìtlan chiamiamo oceano orientale è, più propriamente, l'oceano settentrionale.

Naturalmente, quella costa non è *tutta* spiagge sabbiose delimitate da palmizi; se così fosse stato, mi sarebbe sembrata monotona. Durante il mio lungo cammino giunsi varie volte dinanzi a fiumi che sfociavano nel mare, e dovetti accamparmi e aspettare che sopraggiungesse qualche pescatore o qualche traghettatore per condurmi sull'altra riva con la sua canoa scavata in un tronco. In altri luoghi constatai che la sabbia asciutta diventava umida sotto i sandali, e poi bagnata, per tramutarsi infine in paludi infestate da insetti, ove gli aggraziati palmizi venivano sostituiti da contorte mangrovie con nodose radici affioranti simili a gambe di vecchi. Per attraversare tali paludi mi accampavo, talora, e aspettavo il passaggio di una barca di pescatori che mi conducesse al di là di esse via mare. Ma altre volte le aggiravo nell'interno spingendomi sin dove le paludi stesse divenivano meno profonde, per essere in ultimo sostituite dalla terra asciutta, che mi consentiva di passare.

Rammento di aver provato uno spavento la prima volta che così mi regolai. La notte mi sorprese sul margine cedevole di una di queste paludi e stentai molto a trovare erba asciutta e ramoscelli a sufficienza per accendere un sia pur piccolo fuoco da campo. In effetti, era così esiguo, e mandava così poca luce che, quando alzai gli occhi, potei scorgere — tra le mangrovie festonate di muschi più avanti — un fuoco alquanto più luminoso del mio, che però ardeva con una innaturale fiamma azzurra.

«La Xtabai!» pensai immediatamentè, avendo udito narrare molti episodi della donna spettro che percorre quelle regioni, avvolta in una veste la quale emette una magica luminosità. Stando alle leggende, chiunque l'avvicini constata che la veste è soltanto un cappuccio nel quale nasconde il capo, mentre tutto il resto del corpo rimane nudo... e bello in modo seducente. L'uomo viene ineluttabilmente tentato di avvicinarsi ancor più, ma la donna spettro continua a indietreggiare lentamente, finché a un tratto l'altro scopre con sgomento di essersi inoltrato in sabbie mobili dalle quali non riesce più a districarsi. Mentre viene risucchiato dalle sabbie, e subito prima che anche il capo di lui vada sotto, la Xtabai lascia infine cadere il cappuccio e rivela il proprio volto, che è quello di un teschio dal sogghigno malevolo.

Servendomi del cristallo per vedere, osservai per qualche tempo la lontana e baluginante fiamma azzurra, e sentii la pelle lungo la spina dorsale accapponarmisi, finché, in ultimo, dissi a me stesso: «Ah, be', non oso dormire finché quella cosa rimane in agguato laggiù. Ma poiché sono stato preavvertito, forse potrò andare a darle un'occhiata, pur badando bene a non entrare nelle sabbie mobili».

Impugnando il coltello di ossidiana, mi spostai, rannicchiato, verso l'intrico di alberi e liane, e poi mi addentrai in esso. La luce azzurra mi aspettò. Tastai ogni punto del terreno con il piede prima di appoggiarvi il peso e, pur bagnandomi le ginocchia e lacerandomi il mantello sugli spini, non mi sorpresi mai ad affondare. La prima cosa insolita che notai fu un odore. Naturalmente, l'intera palude era alquanto fetida — acqua stagnante, ed erbe marcite, e funghi muffiti — ma quel nuovo odore era spaventoso: come quello delle uova marce; pensai tra me e me: «Perché un uomo dovrebbe avvicinarsi anche alla più bella Xtabai, se puzza in questo modo?» Ma proseguii, e infine venni a trovarmi davanti alla luce, e non si trattava di una donna spettro. Era una fiamma azzurra che non mandava fumo, alta fino alla mia vita, scaturente direttamente dal terreno. Non so che cosa fosse stato ad accenderla, ma ovviamente essa era alimentata dall'aria maleodorante emanata da una crepa del terreno.

Forse altri *sono* stati attratti verso la morte dalla luce, ma la Xtabai di per sé è abbastanza innocua. Non ho mai scoperto perché un'aria fetida debba bruciare, mentre l'aria comune non brucia. Ma, in numerose altre occasioni, mi imbattei di nuovo nel fuoco azzurro, percependo sempre lo stesso fetore, e, l'ultima volta che mi diedi la pena di indagare, trovai una nuova sostanza staordinaria quanto l'aria che brucia. Accanto alla fiamma Xtabai finii entro una sorta di melma vischiosa, e all'istante pensai: «Questa volta le sabbie mobili mi *hanno* catturato». Ma non era così. Ne uscii facilmente, mi riempii il palmo di quella sostanza bizzarra e la portai accanto al fuoco acceso.

Era nera, come l'oxitl che estraiamo dalla linfa di pino, ma più viscida che vischiosa. Quando l'avvicinai al fuoco per esaminarla, un grumo di essa cadde sulle fiamme, facendole guizzare più alte e più calde. Alquando soddisfatto di quella scoperta accidentale, gettai sul fuoco tutta la sostanza che avevo nella mano e, senza che io dovessi aggiungere un solo ramo secco, continuò ad ardere per tutta la notte, vividamente. Dopo di allora, ogni qual volta dovevo accamparmi accanto a una palude, non mi davo la pena di cercare legna secca; cercavo la nera melma che filtra dal terreno, ed essa mi procurava sempre un fuoco più ardente e una luce più chiara di quella di tutti gli òli dei quali siamo soliti servirci nelle lampade.

Mi trovavo allora nelle terre del popolo che noi Mexìca chiamavamo indiscriminatamente gli Olmèca, semplicemente perché quella era la regione che forniva quasi tutto l'òli da noi consumato. Ma la gente, laggiù, si divide, naturalmente, in varie nazioni — i Coàtzacoàli, i Coatlìcamac, i Cupìlco ed altre — ma le persone sono assai simili le une alle altre: ogni uomo adulto si aggira curvo sotto il peso del proprio nome, e ogni donna e ogni bambino non fanno altro che masticare. Farò meglio a chiarire.

Tra gli alberi tipici di quella regione ve ne sono due che, quando la loro corteccia viene spaccata, trasudano una linfa la quale si solidifica entro certi limiti. Un albero produce l'òli che noi utilizziamo, nella sua forma più liquida, come colla, e nella sua forma più dura ed elastica, per le palle del tlachtli. L'altro albero produce una resina più fluida, dal sapore dolciastro, denominata tzictli. Non serve assolutamente a niente, tranne che per essere masticata. E non intendo dire mangiata; non viene mai inghiottita. Quando perde il sapore o l'elasticità, la si sputa, per mettere in bocca un altro frammento da masticare, masticare e masticare. Soltanto le donne e i bambini fanno questo; da parte di un uomo la cosa verrebbe considerata effeminata. Ma ringrazio gli dei per il fatto che tale abitudine non è stata adottata altrove, in quanto fa sembrare le donne Olmèca, che sono, sotto ogni altro aspetto, molto attraenti, insulse come un lamantino dalle gote gonfie che mastica eternamente erbe di fiume.

Quanto agli uomini, possono non masticare la tzictli, ma hanno inventato un loro impedimento che, secondo me, è altrettanto imbecille. A un certo momento, in passato, hanno cominciato a portare emblemi con il loro nome. Un uomo ostentava sul petto un pendaglio di quel qualsiasi materiale che poteva permettersi, da una conchiglia marina all'oro, sul quale figuravano i simboli del suo nome affinché chiunque, passando, potesse leggerli. Così, lo sconosciuto che poneva una domanda a un altro sconosciuto poteva interpellarlo chiamandolo per nome. Inutilmente, forse, ma a quei tempi l'emblema del nome non era niente di peggio di un incoraggiamento alla cortesia.

Nel corso degli anni, tuttavia, il semplice pendaglio venne complicato in misura straordinaria. Ad esso si aggiungono ora un simbolo che indica l'occupazione di colui che lo porta: un mazzo di piume, ad esempio, se egli si occupa di quel commercio; e un'indicazione del suo rango nella nobiltà o nella classe media; poi altri pendagli con i simboli dei nomi dei genitori e dei nonni, o di ascendenti ancor più lontani; e ciondoli in oro, argento, o pietre preziose per ostentare la sua ricchezza; e un intrico di nastri colorati dai quali risulta se è scapolo, o ammogliato, o vedovo, o il padre di molti figli; e inoltre un emblema della sua prodezza in guerra; forse numerosi altri dischi con i nomi dei popoli la cui sconfitta egli abbia reso possibile combattendo insieme ad altri. Può avere tante di queste cianfrusaglie appese al collo da arrivargli fino alle ginocchia. Così, al giorno d'oggi ogni Olmécatl è costretto a camminare curvo e quasi nascosto da tale insieme di metalli preziosi, gioielli, piume, nastri, conchiglie, coralli. E nessuno sconosciuto *deve* mai porre domanda a chi non conosca; ogni uomo porta con sé, si può dire, la risposta a quasi qualsiasi cosa si possa voler sapere da lui o di lui.

Nonostante queste eccentricità, gli Olmèca non sono tutti stolti che trascorrono l'esistenza facendo scorrere la linfa degli alberi. Vengono altresì giustamente lodati per le loro arti, antiche o moderne. Sparse qua e là nelle regioni costiere si trovano le antiche e abbandonate città dei loro antenati, e alcune di quelle rovine sono stupefacenti. Mi colpirono in modo particolare le statue stupende, scolpite nella roccia di lava e attualmente sepolte fino al collo o al mento nel suolo e quasi completamente nascoste dalla vegetazione. La sola cosa che si riesca a scorgerne è la testa. Hanno quasi tutte espressioni assai realistiche di vigile truculenza, e tutte portano elmi che somigliano ai copricapi protettivi in cuoio dei nostri giocatori di tlachtli, per cui le statue possono rappresentare gli dei che inventarono il gioco. Dico dei, e non uomini, perché ognuna di quelle *teste*, per non parlare dei corpi inimmaginabili celati sottoterra, è di gran lunga troppo immensa per trovare posto nell'intera, tipica casa di un essere umano.

Vi sono inoltre numerosi fregi in pietra, e colonne, e così via, con sculture che rappresentano figure maschili nude — talune *molto* nude e *molto* maschili — che sembrano danzare, o essere ebbre, o in preda a spasimi, per cui ne deduco che gli antenati degli Olmèca dovevano essere un popolo allegro. E vi sono le statuette in giada, superbamente rifinite, anche nei particolari più minuziosi, sebbene sia difficile distinguere le più antiche da quelle recenti, in quanto esistono ancora numerosi artigiani, tra gli Olmèca, incredibilmente abili nell'incisione delle gemme.

Nel paese chiamato Cupìlco, e nella sua capitale, Xicalànca — mirabilmente situata su una stretta e lunga lingua di terra, con l'oceano di un azzurro chiaro che la lambisce da un lato, e una laguna verde chiaro dall'altro — trovai un orafo a nome

Tuxtem la cui specialità consisteva nel creare minuscoli uccelli o pesci, non più grandi della giuntura di un dito, ogni cui infinitesimale piuma o squama era d'oro e d'argento alternati. In seguito portai alcune delle sue opere a Tenochtìtlan, e gli spagnoli che le hanno vedute e ammirate — ne rimane ancora qualcuna — affermano non essere mai esistito alcun orafo, in quello da essi chiamato il Vecchio Mondo, che abbia eseguito qualcosa di altrettanto magistrale.

Continuai a seguire la costa e feci così il giro completo della penisola Maya e Uluümil Kutz. Vi ho già brevemente descritto quell'arida regione, miei signori, e non starò a sciupare parole per parlarne più a lungo; mi limiterò a menzionare il fatto che sulla sua costa occidentale rammento una sola cittadina grande abbastanza per poter essere definita tale: Kimpèch. E ne rammento un'altra sulla costa settentrionale: Tihò; e un'altra ancora sulla costa orientale: Chaktemàl.

Avevo lasciato ormai Tenochtìtlan da un anno. Pertanto cominciai, sia pur solo approssimativamente, a dirigermi verso la patria. Da Chaktemèl mi inoltrai nell'entroterra, in direzione ovest, attraversando la penisola. Avevo con me atòli e cioccolata e altre provviste per il viaggio in misura sufficiente, oltre a molta acqua da bere. Come ho detto, è quella una regione arida, dal clima nefasto, senza alcuna ben definibile stagione delle piogge. Attraversai la penisola nei primi giorni di quello che sarebbe il vostro mese di luglio, vale a dire il diciottesimo mese dell'anno dei Maya, quello denominato Kumkù — Colpo di Tuono — non già perché esso apporti temporali o la benché minima pioggia, ma perché quel mese è *talmente* asciutto che il suolo, già inaridito, produce un tuono artificiale di scricchiolii e brontolii mentre si restringe e si rattrappisce.

Forse quell'estate fu ancor più intensamente calda e secca del solito, poiché mi consentì una strana e, come è stato dimostrato, preziosa scoperta. Un giorno giunsi dinanzi a un piccolo lago di quella che sembrava essere la nera melma già trovata in precedenza nelle paludi Olméca e utilizzata per alimentare i fuochi da campo. Ma, allorché raccattai e lanciai un sasso nel lago, esso non vi penetrò; rimbalzò sulla superficie come se il lago stesso fosse fatto di òli rappreso. Esitante, poggiai un piede sulla nera sostanza e sentii che cedeva appena lievemente sotto il mio peso. Trattavasi di chapopòtli, un materiale simile alla resina dura, ma nero. Sciolto, veniva utilizzato per ricavarne torce che ardevano con una vivida fiamma, per colmare crepe degli edifici, come ingrediente di vari medicinali, come vernice impermeabile all'acqua. Ma non ne avevo mai veduto, prima di allora, un intero *lago*.

Sedetti sulla riva, mentre mangiavo un boccone, per contemplare la scoperta. E, mentre sedevo lì, la calura di Kumkù — che continuava a far scoppiare e rumoreggiare tutta la regione circostante — frantumò anche il lago di chapopòtli. La superficie si screpolò in tutte le direzioni, come se vi fosse stata sovrapposta una ragnatela, poi si spezzò in neri frammenti frastagliati, e questi ultimi si sollevarono e tra essi apparvero, e vennero spinte in alto, certe lunghe cose bruno-nerastre che sarebbero potute essere i rami e i ramoscelli di un albero sepolto da tempo.

Mi congratulai con me stesso per non essermi azzardato sul lago proprio nel momento in cui sarei potuto essere sbalestrato e probabilmente ferito dalle sue convulsioni. Ma, quando ebbi terminato di mangiare, tutto era di nuovo tranquillo. Il lago non aveva più una superficie piatta; era una distesa caotica di lucenti e neri frammenti, ma sembrava improbabile che potesse agitarsi ulteriormente, ed io ero curioso di accertare che cosa fossero gli oggetti spinti verso l'alto. Così, cautamente, misi di nuovo un piede su di esso e, quando ebbi constatato che non mi inghiottiva, avanzai prudentemente tra i neri blocchi e cocci, e accertai che gli oggetti emersi erano ossa.

Essendo rimaste sommerse nel chapopòtli, erano scure, e non più bianche come lo sono di solito le antiche ossa, ma avevano dimensioni inconcepibili, e questo mi ricordò che le nostre regioni erano state abitate un tempo da giganti. Tuttavia, pur avendo riconosciuto là una costola, qui un femore, mi resi conto, inoltre, che non appartenevano ad alcun gigante umano, ma a qualche animale mostruoso. Potei soltanto supporre che il chapopòtli fosse stato, molto tempo prima, liquido e che alcune creature, entratevi incautamente, ne fossero state risucchiate, e che poi, con il trascorrere delle ere, il liquido si fosse solidificato fino alla consistenza attuale.

Trovai due ossa ancor più gigantesche delle altre — o, a tutta prima, le scambiai per ossa. Ognuna era lunga quanto io sono alto, e cilindrica, ma spessa quanto la mia coscia ad una estremità, mentre a quella opposta si assottigliava fino ad una punta smussata non più grande del mio pollice. E ognuna di esse sarebbe stata ancora più lunga se non fosse cresciuta con graduali curve e controcurve, con una spirale assai esitante. Questi frammenti, come le vere ossa, avevano un colore bruno-nerastro a causa del chapopòtli nel quale erano rimasti sepolti. Li contemplai interdetto per qualche tempo prima di inginocchiarmi e di raschiare con il coltello la superficie di uno di essi, fino a rivelarne il colore naturale: uno splendente e caldo bianco-perlaceo.

Gli oggetti erano denti... lunghi denti simili alle zanne di un cinghiale. Ma, pensai tra me e me, se l'animale intrappolato era stato un cinghiale, doveva essersi trattato di un cinghiale degno dell'era dei giganti.

Mi rialzai e continuai a osservarli. Avevo veduto ornamenti per le labbra e per il naso e altri analoghi gingilli ricavati dai denti di orsi e squali e dalle zanne dei cinghiali di normali dimensioni, e sapevo che si vendevano a peso, come se fossero stati d'oro massiccio. Che cosa avrebbe potuto ricavare, mi domandai, un maestro incisore come il defunto Tlatli, da zanne di quelle dimensioni?

La regione circostante era scarsamente abitata e la cosa non può stupire, tenuto conto della sua aridità. Dovetti proseguire fino alla più verdeggiante e più accogliente terra dei Cupìlco prima di trovare il villaggio di qualche oscura tribù Olmèca. Gli uomini lavoravano tutti raccogliendo òli, ma non era quella la stagione in cui far scorrere la linfa, e pertanto rimanevano in ozio. Non dovetti offrire molto in pagamento perché quattro dei più robusti si prestassero a farmi da portatori. Per poco non mi abbandonarono, però, quando si resero conto di dove eravamo diretti. Il lago nero, dissero, era al contempo un luogo sacro e terribile, un luogo da evitare; pertanto dovetti aumentare la paga promessa prima che si decidessero a proseguire. Quando fummo giunti laggiù ed ebbi additato le zanne, si affrettarono a sollevarle, due uomini per ciascun dente, e poi ci allontanammo il più rapidamente possibile.

Li ricondussi, attraverso la regione di Cupìlco, fino alla sponda dell'oceano e poi, lungo quella lingua di terra, fino alla città capitale di Xicalànanca e nel laboratorio del maestro orafo Tuxtem. Parve sorpreso e non molto soddisfatto quando i miei portatori entrarono trotterellanti con i loro bizzarri carichi simili a tronchi. «Non scolpisco il legno» disse subito. Ma io gli spiegai che cosa dovevano essere, secondo me, i due oggetti, come li avessi trovati fortuitamente, e quanto grande potesse esserne la rarità. Toccò il punto che avevo raschiato su una zanna, vi indugiò con la mano, lo accarezzò, e gli occhi gli si illuminarono.

Congedai gli stanchi portatori con ringraziamenti e un piccolo compenso in più del pattuito. Poi dissi all'artista Tuxtem che desideravo assicurarmi i suoi servigi, ma che avevo soltanto l'idea più vaga riguardo a quanto volevo ricavasse dalla mia scoperta.

«Voglio lavori da poter vendere a Tenochtìtlan. Potrai tagliare i denti come più riterrai opportuno. Potrai forse scolpire i frammenti più grandi ricavandone statuette di dei e dee Mexìca. Di quelli più piccoli potresti fare cannucce poquìetl, pettini, impugnature ornamentali di pugnali. Anche dai frammenti più minuscoli si potrebbero ricavare ornamenti per le labbra, e così via. Ma lascerò la decisione a te, Maestro Tuxtem, e al tuo senso artistico. »

«Tra tutti i materiali che ho lavorato in vita mia» disse lui, con solennità, « questo è unico. Consente possibilità e pone sfide che, senza dubbio, non mi capiteranno mai più. Rifletterò a lungo e intensamente prima di tagliare anche soltanto un campione sul quale fare esperimenti con gli attrezzi e le sostanze per la rifinitura... » Si interruppe, poi, disse, quasi in tono di sfida: « Mi limiterò a precisarti questo: da me stesso e dal mio lavoro, quanto ho sempre preteso è, semplicemente: soltanto il meglio. Non sarà il lavoro di un giorno, giovane Signore Occhio Giallo, e neppure di un mese ».

«No, certo» riconobbi. «Se tu avessi detto che così era, mi sarei ripreso i trofei e me ne sarei andato. In ogni modo, non so quando passerò di nuovo per Xicalànca, e quindi puoi concederti tutto il tempo che ti occorrerà. Ora, per quanto concerne il compenso... »

«Sono indubbiamente stupido dicendo questo, ma considererei il più alto compenso che mai mi sia stato versato la semplice tua promessa di far sapere che i pezzi sono stati scolpiti da me, e la promessa di fare il mio nome. »

«È davvero stupido da parte tua, Maestro Tuxtem, sebbene lo dica ammirando l'onestà di cui dai prova. O stabilirai tu il prezzo, oppure accetterai questa mia offerta: rimarrà a te la ventesima parte, in peso, delle opere finite che eseguirai per me, o del materiale grezzo da lavorare come ti piacerà. »

«Una parte munifica. » Chinò il capo in segno di assenso. « Se anche fossi stato il più avido degli uomini, non avrei osato chiedere un compenso così umile. »

«E non temere» soggiunsi. «Sceglierò gli acquirenti delle tue opere con la stessa cautela di cui tu dai prova scegliendo gli attrezzi. Saranno soltanto persone degne di possedere queste cose. E a ognuno di loro verrà detto: quest'opera è stata eseguita dal Maestro Tuxtém di Xicàlanca. »

Sebbene il tempo fosse stato asciutto sulla penisola di Uluümil Kutz, nel Cupìlco era la stagione delle piogge, vale a dire il periodo più scomodo per viaggiare attraverso quelle Terre Calde, la cui vegetazione è quasi una giungla. Pertanto rimasi di nuovo sulle aperte spiagge mentre mi dirigevo a ovest, finché non giunsi nella cittadina di Coàtzacoàlcos, quella che voi chiamate adesso Espìritu Santo, il punto terminale, a quei tempi, della via dei traffici nord-sud attraverso lo stretto istmo di Tecuantèpec. Pensai tra me e me: l'istmo è quasi ovunque pianeggiante, non rivestito da fitte foreste, con un buona strada, per cui dovrebbe essere facile viaggiare, anche con piogge frequenti. E, all'altro lato dell'istmo, si trovava una locanda ospitale, con la mia adorabile Giè Bele del Popolo delle Nubi, e con la prospettiva di un riposo quanto mai ristoratore, prima ch'io proseguissi per Tenochtìtlan.

Così, a Coàtzacoàlcos voltai a sud. Talora viaggiai in compagnia di colonne di pochtèca o di singoli mercanti, e molti altri ne incontrammo che andavano nella direzione opposta. Ma un giorno stavo viaggiando da solo, e la strada era deserta, quando, giunto in cima a una salita, scorsi quattro uomini seduti sotto un albero dall'altro lato. Erano laceri, avevano l'aspetto di uomini brutali, e si misero in piedi adagio, con un'aria di aspettativa, mentre io mi avvicinavo. Ricordai i banditi nei quali mi ero già imbattuto una volta in passato, e misi la mano sul coltello di ossidiana, sotto la fascia del perizoma. Non potevo, in realtà, fare altro che proseguire, e *sperare* di poter passare accanto a loro limitandomi a uno scambio di saluti. Ma quei quattro non simularono affatto l'invito a partecipare al loro pasto, né chiesero di dividere le mie provviste, e nemmeno parlarono. Mi accerchiarono, semplicemente.

✠

Mi destai. O meglio, rientrai in me quanto bastava per rendermi conto che ero coricato, nudo, su un giaciglio, con una trapunta sotto di me, e un'altra che copriva la mia nudità. Mi trovavo in una capanna apparentemente priva di ogni altro arredamento e buia, tranne qualche barlume della luce del giorno filtrato dalle pareti di piccoli tronchi e dal tetto di paglia. Un uomo di mezza età si teneva inginocchiato accanto al giaciglio, e, dalle prime parole di lui, capii che era un medico.

« Il paziente si desta » disse, rivolto a qualcuno alle sue spalle. « Cominciavo a temere che potesse non riprendersi più da un così lungo torpore. »

« Allora vivrà » domandò una voce femminile.

« Be', per lo meno potrò cominciare a curarlo, cosa che sarebbe stata impossibile se fosse rimasto privo di sensi. Direi che è tornato a te appena in tempo. »

« Per poco non lo scacciavamo, tanto spaventoso era il suo

aspetto. Ma poi, attraverso il sangue e il sudiciume, ci è stato possibile riconoscere in lui Zàa Nayàzù. »

Tutto ciò non sembrava logico. In quel momento, non so come, non riuscivo a ricordare esattamente il mio nome, ma mi parve che fosse assai meno melodioso dei suoni cullanti pronunciati da quella voce femminile.

La testa mi doleva in modo atroce; sembrava che il suo contenuto fosse stato eliminato e sostituito con un macigno incandescente, e inoltre avevo il corpo indolenzito dappertutto. Quanto alla memoria, rimaneva vuota di molte altre cose, oltre al mio vero nome, eppure ero sufficientemente in me per rendermi conto di non essermi semplicemente ammalato di qualcosa; ero stato, in qualche modo, ferito. Avrei voluto domandare come, e dove mi trovavo, e in qual modo ero arrivato sin lì, ma non riuscivo a ritrovare la voce.

Il medico disse, alla donna che non potevo vedere: « Chiunque fossero quei banditi, intendevano sferrargli un colpo tale da ucciderlo. Se non fosse stato per la spessa benda che già portava, gli avrebbe spezzato il collo o frantumato il cranio come una zucca. Ma il colpo gli ha impresso una scossa crudele al cervello. Questa spiega l'abbondante emorragia dal naso. E, ora che ha aperto gli occhi, — osserva — la pupilla dell'uno è più grande di quella dell'altro».

Una ragazza si sporse oltre la spalla del medico e mi scrutò in viso. Anche nello stordimento, notai che il volto di lei era bello a contemplarsi e che i neri capelli dai quali veniva incorniciato avevano una striatura chiara risalente all'indietro dalla fronte. Ricordavo vagamente di averla già veduta e, non senza stupore, mi parve di trovare qualcosa di familiare anche in quel tetto di paglia che vedevo dal basso.

« Le pupille disuguali » disse la fanciulla. « È un brutto segno? »

« Pessimo » rispose il medico. « Significa che qualcosa non va all'interno della testa. Quindi, oltre a cercar di rinvigorire il corpo e di guarire i tagli e le ferite, dobbiamo fare in modo che la mente non venga sottoposta a sforzi o eccitazioni. Tienilo al caldo e fa' in modo che la capanna rimanga buia. Dagli il brodo e la medicina ogni volta che si desterà, ma non consentirgli per alcun motivo di drizzarsi a sedere e cerca di impedirgli anche di parlare. »

Stupidamente, cercai di dire al medico che ero del tutto incapace di parlare. Ma poi, all'improvviso, la capanna ridivenne ancor più buia ed io provai la sensazione sconvolgente di precipitare in una profonda tenebra.

Mi dissero in seguito che ero rimasto disteso lì per molti gior-

424

ni e molte notti, che i momenti di consapevolezza erano stati soltanto sporadici e brevi e che, tra gli uni e gli altri, il mio torpore era tanto profondo da causare serie preoccupazioni al medico. Nei momenti in cui rientravo in me rammento che a volte trovavo al mio fianco il dottore, ma sempre la fanciulla. Con un cucchiaio ella mi metteva in bocca un brodo caldo e gustoso, o una medicina dal sapore amaro, oppure lavava con una spugna quelle parti di me che riusciva a raggiungere senza spostare il corpo supino, o ancora vi spargeva un unguento che odorava di fiori. Il viso della ragazza era sempre lo stesso — bellissimo, preoccupato, con un sorriso che cercava di incoraggiarmi — ma stranamente, o così sembrava a me nello stordimento, talora su questi neri capelli si trovava la striatura bianca, e talora no.

Dovetti oscillare tra la vita e la morte, e dovetti scegliere, o gli dei mi concessero di scegliere, o il mio tonàli voleva che la scegliessi, la prima. Giunse infatti il giorno in cui mi destai con la mente alquanto schiarita, e alzai gli occhi verso il tetto bizzarramente familiare, e contemplai il viso della ragazza vicino al mio e la striatura chiara dei capelli, riuscendo a gracidare: «Tecuantèpec».

«Yàa» disse lei, e poi ripeté quel «sì», ma in nàhuatl: «Quema», e sorrise, Era un sorriso stanco, dopo la lunga veglia della notte e dopo che mi aveva assistito per tutto un giorno. Cominciai a domandare... ma lei mi mise un dito fresco sulle labbra.

«Non parlare. Il medico ha detto che non devi, per qualche tempo.» Si esprimeva in un nàhuatl esitante, meglio però di quanto ricordassi di averlo sentito pronunciare in precedenza in quella capanna. «Quando sarai ristabilito, potrai dirci che cosa ricordi di quanto è accaduto. Per il momento, ti dirò il poco che sappiamo noi.»

Un pomeriggio, stava distribuendo il becchime alla galline nel cortile della locanda, quando una sorta di apparizione era venuta barcollando verso di lei, non lungo la via dei traffici, ma dal nord, attraverso i campi deserti lungo il fiume. Sarebbe fuggita nella locanda e avrebbe barricato la porta, se la paralisi dello spavento non l'avesse tenuta immobile quanto bastava per intravedere qualcosa di familiare in quell'uomo nudo, incrostato di sudiciume e di sangue raggrumato. Sebbene fossi stato quasi morto, dovevo essermi diretto deliberatamente verso la locanda che ricordavo. Avevo la parte inferiore della faccia nascosta e il petto rivestito dal sangue che continuava a scorrermi dalle narici. Il resto del corpo era segnato dai graffi rossi dei rovi e maculato dai lividi di colpi o cadute. Le piante dei miei nudi piedi erano scorticate fino al vivo e incrostate di terra e di sassolini aguzzi. Ciò nonostante, ella mi aveva riconosciuto come il benefattore della sua famiglia, e si era affrettata a portarmi al riparo. Ma non nella locanda, poiché non avrei potuto riposarvi tranquillo. Era diventato, infatti, un locale animato e prospero, assai frequentato dai pochtèca Mexìca come me e questo, ella disse, spiegava perché parlasse meglio, ormai, il nàhuatl.

«Così ti portammo in questa nostra vecchia casa, ove avremmo potuto curarti senza che tu fossi disturbato dall'andirivieni degli avventori. E, in fin dei conti, la capanna è *tua*, adesso, se ricordi ancora di averla acquistata.» Mi invitò con un gesto a non parlare, e continuò: «Supponiamo che tu sia stato assalito da banditi. Giungesti qui senza alcun indumento indosso, e senza alcun fardello».

Una reminiscenza improvvisa mi allarmò. Con uno sforzo ansioso, alzai un braccio indolenzito e mi tastai il petto finché trovai con le dita il cristallo di topazio ancora appeso al laccio di cuoio... ed emisi un lungo sospiro di sollievo. Anche il più rapace dei predoni avrebbe probabilmente supposto che si trattasse del simbolo di un qualche dio e si sarebbe superstiziosamente astenuto dall'impadronirsene.

«Sì, non *avevi* altro indosso che quello» disse la fanciulla, vedendo il mio movimento. «E questo pesante involto, di qualsiasi cosa possa trattarsi.» Tolse di sotto il giaciglio l'involto di tela, dal quale penzolavano le cordicelle e la fascia per assorbire il sudore.

«Aprilo» dissi, con la voce rauca, dopo un così lungo silenzio.

«Non parlare» ripeté lei, ma mi ubbidì, e svolse con cautela, una dopo l'altra, le pieghe del tessuto. La polvere d'oro che apparve, alquanto impastata dal sudore, era tanto splendente che illuminò, quasi, il buio interno della capanna e le accese scintille dorate negli occhi scuri.

«Avevamo sempre supposto che tu fossi un giovane molto ricco» ella mormorò. Rifletté um momento, poi disse: «Ma ti sei accertato anzitutto di non aver perduto quel ciondolo. Prima dell'oro».

Non sapevo se sarei riuscito a farmi capire a gesti, ma, compiendo un nuovo sforzo, portai il cristallo davanti a un occhio e la contemplai attraverso il topazio per tutto il tempo in cui riuscii a tenerlo lì. D'altro canto, non sarei riuscito a parlare neppure volendo. Ella era bellissima; più bella di quanto l'avessi giudicata un tempo, o di quanto la ricordassi. Una delle cose che non riuscivo a ricordare era il nome di lei.

Quella striatura simile a un fulmine sui capelli attraeva lo sguardo, ma non accresceva in alcun modo un'avvenenza che afferrava il cuore. Le lunghe ciglia erano come le ali del più minuscolo colibrì nero. Le sopracciglia avevano la stessa curvatura delle ali tese di un gabbiano che si libra nell'aria. Persino le labbra si incurvavano come ali a ciascun angolo: una sorta di minuscola piega, che le dava l'aria di tesoreggiare in continuazione un sorriso segreto. Quando sorrideva davvero, tuttavia, il sorriso era fulgido; sorrise, infatti, in quel momento, forse dell'espressione attonita sulla mia faccia. Le pieghe si approfondirono, divenendo seducenti fossette, e la radiosità del viso di lei fu di gran lunga più splendente del mio oro. Se la capanna fosse stata gremita dalle persone più disperate — gente piangente e in lutto, o sacerdoti tetri anche nell'anima — tutti sarebbero stati costretti dal sorriso di lei a sorridere, nonostante tutto.

Il topazio mi cadde dalla debole mano, e la mano stessa ricadde al mio fianco, ed io scivolai non già in un nuovo torpore, ma in un sonno che risanava, ed ella mi disse, in seguito, che avevo dormito con un sorriso sulla faccia.

Ero felicissimo di essere tornato a Tecuantèpec, e di aver fatto la conoscenza della fanciulla — o di aver rinnovato la conoscenza — ma avrei voluto tornarvi in piena salute, in possesso di tutte le mie energie, e splendidamente vestito, come un giovane e prospero mercante. Invece ero costretto a letto e svuotato di succhi e flaccido, non molto piacevole a vedersi, in quanto coperto dalle croste dei numerosi tagli e graffi. Continuavo ad essere troppo debole per potermi nutrire da solo, o prendere da solo le medicine, che mi venivano somministrate da lei. E, se non volevo puzzare, per giunta, dovevo consentire persino che ella mi lavasse dappertutto.

« Questo non è decoroso » protestai. « Una fanciulla non dovrebbe lavare il corpo nudo di un uomo adulto. »

Ella rispose, placida: « Ti avevo già veduto nudo. E devi avere attraversato, completamente nudo, una metà dell'istmo. In ogni modo » e il suo sorriso divenne provocante « anche una fanciulla può ammirare il lungo corpo di un giovanotto avvenente ».

Dovetti arrossire, credo, dappertutto; ma, per lo meno, la debolezza mi evitò la mortificazione di vedere una parte del mio corpo impennarsi indiscreta al contatto di lei, facendola fuggire lontano da me.

Non più, dopo gli assai poco pratici sogni di Tzitzitlìni e miei quando eravamo giovanissimi, avevo preso in considerazione i vantaggi del matrimonio. Ma non occorsero lunghe contemplazioni da parte mia per indurmi a decidere che, probabilmente, in nessun altro luogo e mai più avrei trovato una sposa desiderabile come la fanciulla di Tecuantèpec. La ferita al capo era ancora tutt'altro che guarita appieno, e tanto i miei pensieri quanto i miei ricordi continuavano ad essere strambi; ma conservavo il ricordo delle tradizioni Tzapotèca... e sapevo come il Popolo delle Nubi avesse scarsi motivi per approvare le unioni con stranieri e ancor meno le desiderasse, e come chiunque di loro decidesse di unirsi a uno straniero fosse destinato a divenire per sempre un fuoricasta.

Ciò nonostante, quando il medico mi consentì infine di parlare quanto volevo, cercai di dire cose che mi rendessero attraente agli occhi della fanciulla. Sebbene fossi soltanto un disprezzato Mexìcatl, e in quel momento anche un rappresentante ridicolmente malconcio della razza, esercitai tutto il fascino di cui ero capace. La ringraziai per la bontà di cui aveva dato prova nei miei riguardi, la complimentai perché la sua generosità era pari alla sua bellezza, e pronunciai molte altre parole adulatrici e persuasive. Ma, tra una frase fiorita e l'altra, riuscii altresì ad accennare al considerevole patrimonio che ero già riuscito ad accumulare in ancor giovane età, mi dilungai sui progetti che avevo per incrementarlo ulteriormente e chiarii che la fanciulla la quale mi avesse sposato non si sarebbe trovata mai nel bisogno. Pur astenendomi sempre dal farle una esplicita proposta, mi consentii frasi allusive come: «Mi stupisce che una ragazza bella come te non sia maritata».

Ella sorrideva e rispondeva qualcosa come: «Nessun uomo mi ha mai incantata abbastanza per indurmi a rinunciare all'indipendenza».

Un'altra volta le dissi: «Ma senza dubbio saranno in molti a farti la corte».

«Oh, sì. Sfortunatamente, i giovani di Uaxyàcac hanno poche prospettive da offrire. Credo che anelino più a una parte della proprietà della locanda che possedere me.»

E in un'altra occasione ancora osservai: «Devi conoscere molti uomini desiderabili, con l'incessante andirivieni di viaggiatori nella locanda».

«Be', mi dicono di essere desiderabile. Ma tu sai che quasi tutti i pochtèca sono uomini anziani, troppo anziani per me, e oltretutto stranieri. In ogni modo, per quanto ardentemene possano corteggiarmi, sospetto sempre che abbiano già una moglie a casa, e probabilmente altre mogli al termine di ogni viaggio che compiono.»

Trovai il coraggio di dire: «Io non sono anziano. Non ho una moglie in nessun posto. Se mai dovessi prenderne una, sarebbe l'unica, e per tutta la mia vita».

Ella mi rivolse un lungo sguardo e, dopo aver taciuto per qualche momento, disse: «Forse avresti dovuto sposare Giè Bele. Mia madre».

Ripeto: la mia mente non era ancora come sarebbe dovuta essere. Fino a quel momento, o avevo confuso in qualche modo la fanciulla con la madre, oppure mi ero dimenticato completamente della madre. Senza dubbio, non avevo ricordato di essermi accoppiato con sua madre, e — *ayya*, quale onta! — alla presenza della fanciulla. Tenuto conto delle circostanze, ella doveva avermi giudicato il più lascivo dei fornicatori, poiché ora, all'improvviso, corteggiavo lei, la figlia di quella donna.

Riuscii soltanto a farfugliare, in preda a un imbarazzo terribile: «Giè Bele... ma ricordo... che è abbastanza anziana per essermi madre...»

Al che la fanciulla mi rivolse un nuovo lungo sguardo, e io non aggiunsi altro, e finsi di addormentarmi.

Torno a ripetere, miei signori scrivani, che la ferita mi aveva disastrosamente toccato la mente, e che essa tardava in modo esasperante a ritrovare la lucidità di un tempo. Questa è la sola possibile giustificazione delle frasi balorde che pronunciai. L'errore più grave, quello che ebbe le conseguenze più tristi e più durature, lo commisi quando dissi un mattino, alla fanciulla:

«Mi sono domandato come ci riesci, e perché».

«Come riesco a fare cosa?» volle sapere lei, con il suo sorriso gioioso.

«In certi giorni hai sui capelli una straordinaria striatura bianca lungo tutto il capo. In altri giorni come oggi non c'è.»

Involontariamente, nel gesto femmineo dello stupore, ella si passò una mano sul viso, e, per la prima volta, vi lessi lo sgomento. Per la prima volta, quelle piccole pieghe rivolte all'insù, agli angoli della bocca, simili ad ali, si incurvarono verso il basso. Rimase immobile, contemplandomi. Sono certo che la mia faccia tradisse soltanto smarrimento. Non riuscii a capire quale fosse lo stato d'animo di lei, ma quando infine parlò aveva un lieve tremore nella voce.

«Io sono Bèu Ribè» disse, e si interruppe, quasi aspettandosi che facessi qualche commento. «Significa, nella tua lingua, Luna in Attesa.» Tacque di nuovo, ed io dissi, sinceramente:

«È un bellissimo nome. Ti si addice alla prefezione».

Evidentemente, aveva sperato di sentirsi dire qualcos'altro. Mormorò: «Grazie», ma parve in parte adirata, in parte offesa. «È mia sorella minore, Zyanya, ad avere la striatura bianca sui capelli.»

Il colpo fu tale da lasciarmi ammutolito. Una volta di più, soltanto in quel momento mi tornò un altro ricordo: non vi era stata una sola figlia, ma due. Durante la mia assenza, la più giovane e la più piccola era cresciuta fino ad essere la gemella quasi identica della sorella maggiore. O meglio, *sarebbero* state quasi identiche senza la ciocca di capelli che distingueva la più giovane, la conseguenza — ricordai anche questo — della puntura di uno scorpione quando era bambina.

Stupidamente, non mi ero reso conto che a curarmi a turno erano due fanciulle ugualmente belle. Avevo finito con l'innamorarmi appassionatamente di quella che, nella mia confusione mentale, era stata creduta da me una sola, irresistibile fanciulla. E questo era potuto accadere soltanto perché, villanamente, avevo dimenticato di essere stato un tempo almeno un poco innamorato della madre, della loro madre. Se mi fossi trattenuto più a lungo a Tecuantèpec, durante il primo viaggio, quell'intimità avrebbe potuto facilmente fare di me il patrigno delle ragazze. E, cosa più spaventosa di ogni altra, durante i giorni della lenta convalescenza, avevo indiscriminatamente e al contempo, con lo stesso imparziale ardore, desiderato e corteggiato *entrambe* quelle che sarebbero potute essere le mie figliastre.

Desiderai morire. Mi augurai di essere morto nelle aride regioni dell'istmo. Mi augurai di non essere mai emerso dal torpore nel quale ero sprofondato per così lungo tempo. Ma potei soltanto evitare lo sguardo della fanciulla, e non dire altro. Bèu Ribè fece altrettanto. Provvide alle mie necessità con l'abilità e la tenerezza di sempre, ma evitando di voltare il viso verso di me, e, quando non vi fu alcun altro servigio da rendermi, se ne andò senza salutare. Quando tornò altre volte, quel giorno, per portare il cibo o la medicina, continuò ad essere taciturna e fredda.

Il giorno seguente era il turno della sorella minore, quella con la striatura bianca, ed io l'accolsi dicendole: «Buongiorno, Zyanya» e non accennai affatto alla mia sconsideratezza del giorno prima, poiché speravo ansiosamente di poter dare l'impressione di essermi limitato a un gioco scherzoso, di essermi sempre reso conto della diversità tra le due ragazze. Ma, naturalmente, lei e Bèu Ribè dovevano aver discusso a fondo la situazione e, nonostante tutta la mia speranzosa e allegra scherzosità, non riuscii a ingannare Zyanya più di quanto potreste aspettarvi. Mentre cicalavo, ella mi rivolse lunghi sguardi in tralice, sebbene l'espressione di lei sembrasse più divertita che irosa o offesa. Forse si trattava semplicemente dell'espressione che entrambe le ragazze avevano di solito: quella che sembrava tesoreggiare un sorriso segreto.

Ma sono dolente di dover riferire che non avevo ancora finito di commettere errori o di rimanere desolato a causa di nuove rivelazioni. A un certo momento domandai: «Tua madre si occupa continuamente della locanda, mentre voi ragazze venite ad aver cura di me? Pensavo che Giè Bele avrebbe potuto trovare un momento libero per venire a...»

«Nostra madre è morta» mi interruppe lei, e il viso le si sbiancò per un momento.

«Cosa?» esclamai. «Quando? Come?»

«Più di un anno fa. In questa stessa capanna, poiché non avrebbe potuto restare a letto alla locanda, tra tutta quella gente.»

«A letto?»

«Mentre aspettava l'arrivo del bambino.»

Dissi, debolmente: «Ebbe un bambino?»

Zyanya mi osservò con una certa preoccupazione. «Il medico ha detto che non dobbiamo turbare la tua mente. Ti dirò tutto quando sarai più forte.»

«Possano gli dei dannarmi al Mìctlan!» esplosi, con più energia di quanta avessi creduto di poter trovare in me. «Deve essere il *mio* bambino, non è così?»

«Be'...» disse lei, e trasse un profondo respiro. «Tu fosti il solo uomo con il quale ella si giacque dopo la morte di nostro padre. Sapeva come adottare le opportune precauzioni, ne sono certa. Perché, quando nacqui io, soffrì enormemente, e il medico le disse che dovevo essere l'ultima figlia. Ecco il perché del mio nome. Ma erano trascorsi tanti anni... forse credette di essersi ormai lasciata indietro l'età dei concepimenti. In ogni modo» Zyanya intrecciò le dita «sì, era stata resa incinta da uno straniero Mexìca, e tu sai che cosa pensa il Popolo delle Nubi di questi legami. Nostra madre non volle essere assistita da un medico o da una levatrice di Ben Zàa.»

«Morì per mancanza di cure?» domandai. «Perché il tuo popolo cocciuto rifiutò di assisterla?»

«Avrebbero potuto rifiutare, non lo so, ma lei non chiese di essere assistita. Un giovane viaggiatore Mexìca si era trattenuto alla locanda per un mese o più. Fu premuroso nei confronti del suo stato, si conquistò la fiducia di lei, e infine nostra madre gli confidò tutte le circostanze ed egli si mostrò sinceramente comprensivo come avrebbe potuto fare una donna. Disse che aveva studiato in una scuola calmécac e frequentato un corso nel quale venivano insegnati i rudimenti della medicina. Così, quando giunse il momento per lei, si offrì di aiutarla.»

«Quale aiuto le diede, se Giè Bele morì?» dissi io, maledicendo silenziosamente l'impiccione.

Zyanya fece una spallucciata di rassegnazione. «Era stata avvertita del pericolo. Ebbe un lungo travaglio e un parto difficile. Perdette una grande quantità di sangue e, mentre l'uomo cerca-

431

va di tamponare l'emorragia, il bambino morì soffocato dal cordone ombelicale. »

« *Morti* entrambi? » gridai.

« Mi dispiace. Hai voluto a tutti i costi sapere. Spero che non causerò una tua ricaduta per aver parlato. »

Bestemmiai di nuovo. « Possa finire nel Mìctlan! La creaturina... che cos'era? »

« Un maschio. Nostra madre aveva l'intenzione... se fossero vissuti... disse che l'avrebbe chiamato Zàa Nayàzù, come te. Ma naturalmente non vi fu alcuna cerimonia per l'attribuzione del nome. »

« Un maschio. Mio figlio » dissi, digrignando i denti.

« Ti prego, cerca di calmarti, Zàa » mormorò lei, rivolgendosi a me, per la prima volta, con affettuosa familiarità. Poi soggiunse, compassionevole: « Nessuno ne ebbe colpa. Dubito che uno qualsiasi dei medici avrebbe potuto far meglio del cortese straniero. Come dicevo, ella perdette molto sangue. Pulimmo la capanna, ma alcune tracce erano indelebili. Vedi? »

Scostò la tenda di tela sulla porta per far entrare un fascio di luce solare. La luce rivelò, sullo stipite di legno, la macchia assorbita là ove un uomo aveva lasciato l'impronta della propria mano insanguinata.

Non ebbi una ricaduta. Continuai a ristabilirmi, mentre la mente si liberava a poco a poco delle ragnatele e il corpo ricuperava peso e forza. Bèu Ribè e Zyanya continuavano a curarmi a turno, e, naturalmente, io badai bene a non dire più nulla ad entrambe che potesse essere interpretato come un corteggiamento. Invero, mi meravigliavo della loro tolleranza nell'avermi ospitato e nel prodigarmi tante attenzioni, tenuto conto del fatto che ero stato io la causa principale della morte prematura della loro madre. Quanto all'intrattenere una qualsiasi speranza di poter conquistare e sposare l'una o l'altra delle ragazze — sebbene, sinceramente e perversamente, continuassi ad amarle entrambe nella stessa misura — la cosa era divenuta impensabile. Il fatto che sarebbero potute divenire le mie figliastre era una questione di pura speculazione. Ma il fatto che avessi generato il loro mai vissuto fratellastro costituiva una realtà incontestabile.

Giunse il giorno in cui mi sentii abbastanza bene per ripartire. Il medico mi visitò e dichiarò che le pupille avevano riassunto le dimensioni normali. Ma insistette affinché concedessi agli occhi un po' di tempo per riabituarsi alla piena luce del giorno, e affinché lo facessi passeggiando all'aperto appena un poco di più ogni giorno. Bèu Ribè fece osservare che sarei stato più comodo se avessi trascorso quel periodo di adattamento nella locanda, in quanto rimaneva proprio allora una stanza libera. Accettai, e Zyanya mi portò alcuni indumenti del defunto padre. Per la prima volta, dopo non so più quanti giorni, indossai di nuovo un perizoma e un mantello. I sandali che mi aveva portato erano di gran lunga troppo piccoli per me, e pertanto le diedi un pizzico della mia polvere d'oro ed ella corse al mercato per acquistarne un paio della mia misura. E poi, a passi esitanti — poiché non ero in realtà tanto forte quanto avevo creduto — uscii per l'ultima volta da quella capanna stregata.

Non fu difficile capire perché la locanda fosse divenuta un luogo di sosta prediletto dai pochtèca e da altri viaggiatori. Ogni uomo che avesse buon senso e la vista buona non sarebbe potuto non essere lieto di alloggiare lì, se non altro per il privilegio della vicinanza di due bellissime locandiere quasi gemelle. Ma la locanda forniva altresì stanze pulite e comode, pasti di buona qualità, e un personale di servizio premuroso e sollecito. Questi miglioramenti erano stati apportati deliberatamente dalle ragazze, ma esse avevano altresì, senza alcun calcolo premeditato, permeato l'atmosfera con la loro sorridente allegria. Disponendo di un numero sufficiente di servi per tutte le fatiche da sguatteri e le pulizie, le fanciulle avevano soltanto compìti di sorveglianza, per cui vestivano sempre nel modo migliore, e sempre, così da accrescere l'impatto della loro bellezza identica sugli sguardi altrui, con tessuti delle stesse tinte. Anche se a tutta prima mi infastidirono gli sguardi concupiscenti e i complimenti scherzosi degli avventori, in seguito fui lieto che essi fossero tanto presi dalla loro ammirazione da non notare un giorno — come invece lo notai io — qualcosa di ancor più straordinario nelle vesti delle ragazze.

« Dove avete preso quelle bluse? » domandai alle sorelle, fuor di portata d'udito degli altri mercanti e viaggiatori.

« Le abbiamo acquistate al mercato » rispose Bèu Ribè. « Ma erano semplicemente bianche, quando le comprammo. I ricami li eseguimmo noi stesse. »

I « ricami » consistevano in un disegno lungo il bordo inferiore delle bluse e intorno alle scollature quadrate. Erano in quello che noi chiamavamo lo stile terraglie e che ho udito definire da alcuni dei vostri architetti spagnoli, in preda a manifesto stupore, fregi greci, sebbene non sappia che cosa siano questi fregi. E i disegni non erano stati eseguiti mediante un ricamo, ma semplicemente applicando colore; e il colore era un ricco, profondo, vibrante violetto.

Domandai: « Dove vi siete procurate la tinta per eseguirli? »

« Ah, quella » disse Zyanya. « Bella, vero? Tra gli oggetti di nostra madre trovammo una piccola fiaschetta in cuoio contenente una tintura di questo colore. Le era stata donata da nostro padre poco prima che scomparisse. Ce n'era appena abbastanza per queste due bluse, e non avremmo saputo che altro farne. » Esitò, parve lievemente afflitta e disse: «Credi che abbiamo fatto male, Zàa, impadronendocene per una frivolezza? »

Risposi: «Niente affatto. Tutte le cose belle dovrebbero essere riservate alle creature dotate di bellezza. Ma ditemi, le avete già lavate queste bluse? »

Le ragazze parvero interdette. «Be', sì, svariate volte. »

«Il colore non sbava, allora. E non sbiadisce. »

«No, è un'ottima tinta» disse Bèu Ribè, e poi mi rivelò ciò che avevo delicatamente sondato per sapere. «Questa è la ragione per cui perdemmo nostro padre. Si recò nel luogo donde proviene questa tinta, per acquistarla in grande quantità e ricavarne una fortuna, ma non tornò mai più. »

Dissi: «Questo è accaduto alcuni anni fa. Eravate forse troppo giovani per ricordare? Non fece per caso, vostro padre, il nome del luogo ove era diretto? »

«A sud-ovest, lungo la costa» rispose Bèu Ribè, accigliandosi mentre si concentrava. «Parlò delle solitudini dei grandi scogli, ove l'oceano si infrange e tuona. »

«Ove si trova una tribù di eremiti chiamati ”Gli Stranieri”» soggiunse Zyanya. «Oh, disse anche, te ne rammenti, Bèu?... Promise di portarci conchiglie levigate di lumache e di farne collane per noi. »

Domandai: «Sareste in grado di condurmi nelle vicinanze del luogo ove si recò lui? »

«Chiunque ne sarebbe capace» rispose la sorella maggiore, indicando con un gesto vago l'ovest. «La sola linea costiera rocciosa da queste parti si trova laggiù. »

«Ma il luogo esatto ove producono il colore violetto deve essere un segreto ben custodito. Nessun altro lo ha trovato da quando vostro padre andò a cercarlo. Voi riuscireste forse a ricordare, durante il viaggio, altri particolari rivelativi da lui. »

«Questo è possibile» rispose la sorella minore. «Ma, Zàa, noi dobbiamo mandare avanti la locanda. »

«Per molto tempo, mentre curavate me, l'avete diretta a turno. Senza dubbio una di voi può concedersi una vacanza. » Si scambiarono uno sguardo incerto, ed io insistetti: «Realizzerete il sogno di vostro padre. Che non era uno sciocco. Si può ricavare un patrimonio dal colorante violetto». Mi sporsi verso una pianta in vaso, lì accanto, ne staccai due ramoscelli, uno corto e uno lungo, e li tenni nel pugno in modo che ne sporgessero in ugual misura. «Ecco, scegliete. Quella di voi due che prenderà il più corto si sarà meritata una vacanza, e guadagnerà un patrimonio che divideremo tra noi tre.»

Le ragazze esitarono soltanto fuggevolmente, poi portarono avanti la mano e scelsero. Questo accadde circa quarant'anni or sono, miei signori, e ancor oggi non saprei dirvi chi di noi tre vinse o perdette nella scelta. Posso soltanto dire che il ramoscello più corto toccò a Zyanya. Si trattava di un minuscolo ramoscello da nulla, eppure tutte le nostre esistenze girarono su di esso in quell'attimo.

✠

Mentre le ragazze cuocevano e facevano asciugare polenta di pinòli e mescolavano polvere di cioccolata per le provviste, mi recai nella piazza del mercato di Tecuantèpec ad acquistare quanto altro era necessario per il viaggio. Nell'officina di un armiere soppesai e maneggiai varie armi, scegliendo infine una maquàhuitl e una corta lancia che meglio si adattavano al mio braccio.

Il fabbro domandò: «Il giovane signore si accinge ad andare incontro a pericoli?»

Risposi: «Mi reco nella regione dei Chòntaltin. Hai mai sentito parlare di loro?»

«*Ayya*, sì. Il laido popolo che risiede più avanti sulla costa. Chòntaltin è, naturalmente, una parola nàhuatl. Noi li chiamiamo gli Zyù, ma significa la stessa cosa: Gli Stranieri. In realtà sono soltanto Huave, una delle più squallide e bestiali tribù Huave. Gli Huave non hanno una vera loro terra, e per questo vengono chiamati ovunque Gli Stranieri. Noi tolleriamo che vivano a piccoli gruppi, qua e là, in luoghi che non si prestano ad alcun altro impiego.»

Dissi: «In alto sulle montagne, trascorsi una volta la notte in uno dei loro villaggi. Non sono un popolo molto socievole».

«Be', se hai dormito tra essi e ti sei destato vivo, vuol dire che trovasti una delle loro tribù benevole. Constaterai che gli Zyù sulla costa non sono così ospitali. Oh, possono darti caldamente il benvenuto... anche troppo caldamente. Amano arrostire e divorare i viandanti, tanto per variare la loro monotona dieta a base di pesce.»

Riconobbi che avevano l'aria di essere deliziosi, ma domandai quale fosse il modo più semplice e più spedito per arrivare da loro.

«Potresti dirigerti direttamente a sud-ovest, partendo da qui, ma incontreresti montagne durante il viaggio. Ti consiglierei di seguire il fiume a sud, fino all'oceano, e poi di proseguire a ovest lungo le spiagge. Oppure, nel nostro porto di pescatori di Nozibe, potresti trovare un barcaiolo disposto a portarti ancor più rapidamente per mare. »

E questo fu quanto facemmo Zyanya ed io. Se avessi viaggiato solo, non sarei stato tanto schizzinoso nella scelta di un itinerario facile. Tuttavia, dovevo scoprire che la ragazza era una robusta compagna di viaggio. Non pronunciò mai una sola parola per lagnarsi del maltempo, della necessità di accamparsi all'aperto, del doversi nutrire con cibi freddi o di non avere cibo disponibile, delle solitudini e delle bestie feroci che ci circondavano. Ma quel primo tratto, all'andata, fu piacevole e comodo. Ci bastò un giorno di gradevole passeggiata attraverso le piatte distese lungo il fiume fino al porto di Nozibe. Questa parola significa, semplicemente, Salso e il «porto» non era altro che un gruppo di tetti di fronde di palmizi poggiati su pali, ove i pescatori potevano starsene seduti all'ombra. La spiaggia era ingombra di reti stese affinché asciugassero, o per essere rammendate; c'erano canoe scavate in tronchi d'albero che andavano e venivano attraverso i frangenti, o si trovavano in secco sulla sabbia.

Trovai un pescatore che, non senza una certa riluttanza, ammise di avere occasionalmente visitato il tratto Zyù della costa e di avere talora accresciuto il risultato della sua pesca acquistando alcuni pesci catturati da loro; ammise inoltre di conoscere alcune parole della loro lingua. «Ma soltanto a malincuore mi consentono di recarmi tra loro» mi avvertì. «Una persona che non conoscono affatto li avvicinerebbe a suo rischio e pericolo.» Dovetti offrirgli un compenso cospicuo prima che acconsentisse a portarci lungo la costa fino a quella regione e ritorno, e a farmi da interprete laggiù... qualora mi fosse stato consentito di dire qualcosa. Nel frattempo Zyanya aveva trovato una tettoia di fronde di palmizi non occupata e aveva disteso sulla sabbia soffice le coperte che avevamo portato dalla locanda; dormimmo, quella notte, castamente separati.

Ripartimmo all'alba. La canoa si tenne vicina alla spiaggia, appena al di qua della linea dei frangenti e il pescatore pagaiò chiuso in un imbronciato silenzio mentre Zyanya ed io chiacchieravamo allegramente, additandoci a vicenda le visioni più splendenti dello scenario che si stava susseguendo sulla costa. I tratti di spiaggia erano come argento in polvere prodigalmente disteso tra il mare turchese e le palme da cocco color smeraldo, dalle quali sprizzavano via, non di rado, stormi di uccelli rossi come rubini e dorati. Man mano che procedevamo verso ovest, tuttavia, la sabbia luminosa si oscurò a poco a poco, passando dal grigio al nero e, al di là dei verdi palmizi, si levò una catena di vulcani. Alcuni di essi fumavano torvamente. Eruzioni violente, e terremoti, disse Zyanya, si determinavano spesso lungo quella costa.

Verso la metà del pomeriggio, il pescatore smise di tacere. «Ecco il villaggio Zyù nel quale mi reco» e agitò la pagaia mentre la canoa virava verso un gruppo di capanne sulla nera spiaggia.

«Ma no!» esclamò Zyanya all'improvviso, molto eccitata. «Mi hai fatto osservare, Zàa, che avrei potuto ricordare altre cose dette da mio padre. Ed è vero! Parlò della montagna che cammina nell'acqua!»

«Cosa?»

Ella additò a prora della canoa. Circa una lunga corsa al di là del villaggio Zyù, le nere sabbie terminavano bruscamente contro la formidabile parete di una montagna, un affioramento della catena montuosa situata più all'interno. Si levava come una muraglia attraverso la spiaggia, spingendosi molto lontano nell'oceano. Anche da quella distanza potei vedere, attraverso il cristallo, pennacchi e spruzzi d'acqua di mare che balzavano alti e candidi contro le asperità di macigni giganteschi.

«Guarda le enormi rocce rotolate giù dalla montagna!» esclamò Zyanya. «È quello il luogo del colore violetto! E là che dobbiamo andare!»

La corressi: «È là che devo andare io, ragazza mia».

«No» disse il pescatore, scuotendo la testa. «Il villaggio è già abbastanza pericoloso.»

Presi la maquàhuitl, la tenni bene in mostra, feci scorrere il pollice lungo il filo di ossidiana e dissi: «Farai sbarcare la ragazza qui. Dirai agli abitanti del villaggio che non deve essere molestata e che noi ripasseremo a prenderla prima dell'oscurità. Poi tu ed io ci dirigeremo verso la montagna che cammina sull'acqua».

Egli borbottò e predisse cose terribili, ma si diresse, attraverso la risacca, verso la spiaggia. Supposi che gli uomini Zyù fossero fuori a pesca, poiché soltanto alcune donne uscirono dalle capanne mentre giungevamo a riva. Erano sudicie creature, con il seno scoperto e i piedi nudi; indossavano soltanto laceri gonnellini e ascoltarono quel che disse il pescatore scoccando occhiate minacciose alla graziosa fanciulla giunta tra loro, ma non osarono alcun gesto minaccioso mentre io le osservavo. Non ero affatto contento di lasciare lì Zyanya, ma mi sembrava preferibile che condurla verso più gravi pericoli.

Quando il pescatore ed io ci fummo allontanati di nuovo dalla spiaggia, anche un uomo della terraferma come me avrebbe potuto rendersi conto che ogni sbarco sul versante della montagna dalla parte del mare era impossibile. La catasta di macigni, molti dei quali grandi come i palazzetti di Tenochtìtlan, si estendeva in modo proibitivo molto al largo tutto attorno ad essa. L'oceano si frangeva contro quegli scogli formando pareti verticali e torri e colonne di acqua bianca. Arrivavano incredibilmente giù con un rombo simile a quello di tutti i tuoni di Tlaloc che esplodessero contemporaneamente, finendo di nuovo nel mare e formando vortici formidabili, i quali risucchiavano così potentemente da scuotere anche alcuni di quei macigni grandi come case.

Il tumulto dell'oceano si estendeva tanto al largo che occorse tutta l'abilità del pescatore per portarci sani e salvi sulla spiaggia subito a est della montagna. Egli vi riuscì, comunque e, dopo che avevamo trascinato la canoa sulla sabbia, fuori di portata della risacca tumultuosa, dopo che avevamo finito di tossire e sputare l'acqua salata inghiottita, mi congratulai con lui sinceramente:

« Se sai prevalere con tanto coraggio contro questo mare scatenato, non puoi avere molto da temere da uno qualsiasi di quegli spregevoli Zyù ».

Questo parve incoraggiarlo, fino ad un certo punto, per cui gli diedi la lancia da portare e gli feci cenno di seguirmi. Avanzammo a gran passi lungo la spiaggia verso la parete della montagna e trovammo un versante sul quale potevamo inerpicarci. Ci condusse circa nel punto intermedio del crinale, tra il livello del mare e la cima, e di lassù potemmo vedere la spiaggia interrotta continuare sul lato a ovest. Ma voltammo a sinistra lungo il crinale roccioso finché venimmo a trovarci sul promontorio che dominava la vasta frangia di enormi rocce e la furia delle onde possenti. Mi trovavo nel luogo del quale aveva parlato il padre di Zyanya, ma sembrava improbabile che si potesse trovare lì un prezioso colore violetto... o anche fragili lumache, del resto.

Vidi invece un gruppo di cinque uomini che si stavano arrampicando verso di noi dalla parte dell'oceano. Trattavasi ovviamente di sacerdoti Zyù, poiché erano tanto sudici e sciatti e scarmigliati quanto i preti Mexìca, ma ancor più ineleganti poiché, in luogo delle lacere vesti, indossavano malconce pelli di animali, il cui rancido fetore ci raggiunse prima degli uomini stessi. Sembravano ostili tutti e cinque e, quando il primo latrò qualcosa nella sua lingua, le parole suonarono minacciose.

« Di' loro, e diglielo subito, » ordinai al pescatore « che sono venuto a offrire oro per acquistare parte del colore violetto. »

Prima che egli avesse potuto parlare, uno degli uomini grugnì: « Potere farne a meno. Parlare abbastanza loochi. Io sacerdote di Tiat Ndik, Dio del Mare, e questo suo luogo. Morirete per avere posto piede qui ».

Cercai di spiegare, con le più semplici parole loochi, che non sarei entrato in un territorio sacro se avessi potuto fare la proposta in qualsiasi altro luogo o modo. Lo esortai ad essere indulgente per quanto concerneva la mia presenza lì, e a prendere in considerazione la proposta. Sebbene i suoi quattro tirapiedi continuassero a fulminarmi con i loro sguardi, l'alto sacerdote parve lievemente placato dalla mia ossequiosità. In ogni caso, la successiva minaccia di lui contro la mia vita non fu più così perentoria:

« Tu andare via subito, Occhio Giallo, e forse andare via vivo ».

« Benissimo, ma prima che me ne vada vuoi almeno soddisfare la mia curiosità? Come c'entrano le lumache con il colore violetto? »

« Chachi? » Egli ripeté la parola loochi che significa lumache, senza capire, poi si rivolse, per una interpretazione, al pescatore, che ora tremava percettibilmente di paura.

« Ah, le ndik diok » disse poi il prete, avendo capito. Esitò, ma infine si voltò e mi fece cenno di seguirlo. Il pescatore e gli altri quattro Zyù rimasero sul crinale, mentre il primo sacerdote ed io scendevamo verso il mare. Fu una lunga discesa e le tonanti pareti e le colonne d'acqua bianca si alzarono sempre e sempre più alte intorno a noi, coprendoci di bianchi spruzzi spumosi. Ma giungemmo infine in una conca riparata tra i macigni massicci e in essa si trovava una pozza ove l'acqua si limitava a oscillare sciabordante, mentre l'oceano martellava e tuonava all'esterno.

« Sacro luogo di Tiat Ndik » disse il sacerdote. « Qui dio fa ascoltare sua voce. »

« La sua voce? » osservai. « Il rombo dell'oceano, vuoi dire! »

« Sua voce! » insistette l'uomo. « Per udire dovere mettere testa sotto. »

Senza mai distogliere lo sguardo da lui e tenendo la maquàhuitl a portata di mano, mi inginocchiai e abbassai la testa fino ad avere un orecchio sotto l'acqua sciabordante. A tutta prima, riuscii a udire soltanto le pulsazioni del cuore nell'orecchio, e questo è già di per sé un suono magico, ma poi udii un suono di gran lunga più strano, che incominciò sommessamente per divenire man mano più forte. Si sarebbe detto che qualcuno stesse fischiando sott'acqua — ammesso che sia *possibile* fischiare sott'acqua — e fischiasse una melodia più sottile di quelle che potrebbe suonare qualsiasi musicante umano. Ancor oggi, non riesco a paragonarla ad alcun altro suono che abbia mai udito in vita mia. In seguito decisi che doveva trattarsi di un vento il quale, seguendo i varchi e le crepe tra le rocce, al contempo veniva modulato in modo gorgheggiante e deviato sott'acqua. Le sue indicative bolle d'aria senza dubbio affioravano altrove e la pozza ne rivelava soltanto la musica ultraterrena. Ma in quel momento, e in quelle circostanze, ero abbastanza disposto a credere all'affermazione del prete, secondo cui *si trattava* della voce di un dio.

Nel frattempo il sacerdote si stava spostando intorno alla pozza, la scrutava da vari punti, e infine si chinò per affondare il braccio nell'acqua fino alla spalla. Cercò per un momento, tirò fuori il braccio e la mano e aprì quest'ultima affinché io vedessi, dicendo: «Ndik diok». Credo che quelle creature siano imparentate in qualche modo con le familiari lumache terricole, ma il padre di Zyanya aveva sbagliato promettendole una collana di gusci o conchiglie levigate. La viscida lumaca non aveva alcun guscio sul dorso, né alcun altro carattere distintivo ch'io riuscissi a scorgere.

Ma poi il sacerdote accostò il capo alla lumaca che aveva nel palmo e vi soffiò su con forza. Questo irritò evidentemente la creatura, poiché essa o gli urinò, o gli defecò nella mano: un piccolo grumo di sostanza color giallo chiaro. Il sacerdote rimise con cautela la lumaca marina sul suo scoglio subacqueo, poi tese verso di me il palmo a coppa affinché osservassi, ed io mi ritrassi dal fetore di quella sostanza giallina. Ma, con mia viva meraviglia, la chiazza che aveva nella mano cominciò a cambiare colore: passò a un giallo-verde, a un verde-azzurro e infine ad un blu-rosso che si intensificò e divenne più scuro fino a tramutarsi in un violetto vibrante.

Ghignando, l'uomo si protese e sfregò la sostanza sul davanti del mio mantello. La vivida chiazza continuava ad emanare un fetore abominevole, ma io riconobbi in essa il colore che non scemava mai né poteva essere lavato via. L'uomo tornò a gesticolare, invitandomi a seguirlo, e risalimmo il caos di rocce mentre, mediante segni con la mano e il suo laconico loochi, il sacerdote dava spiegazioni sulle ndik diok.

Gli uomini Zyù raccoglievano le lumache e ne provocano le essudazioni soltanto due volte all'anno, in giorni sacri scelti mediante una complessa divinazione. Sebbene agli scogli aderissero migliaia di lumache marine, ognuna di esse cedeva appena una quantità minuscola della sostanza. Pertanto gli uomini dovevano spingersi molto al largo tra quei cataclismi d'acque scroscianti, e tuffarsi in essi, per staccare le lumache, costringerle a espellere il loro escreto su una matassa di filo di cotone o entro una fiaschetta di cuoio, e poi riapplicare le creature, illese, agli scogli. Le lumache, infatti, dovevano essere mantenute vive per la successiva estrazione, mentre gli uomini non erano altrettanto indispensabili: in ciascuno di quei rituali ogni metà anno, da quattro a cinque tuffatori affogavano o venivano sfracellati contro gli scogli.

«Ma perché darsi tanta pena e sacrificare tanti vostri uomini e poi rifiutarsi di ricavarne un utile?» domandai, e riuscii a farmi capire dal sacerdote. Di nuovo egli mi fece cenno, mi condusse più avanti, in una viscida grotta, e disse, con fierezza:

«Nostro Dio del Mare, la cui voce tu avere udito. Tiat Ndik».

Era una rozza e goffa statua, in quanto consisteva soltanto di sassi rotondi accatastati: un grosso macigno per rappresentare l'addome, uno più piccolo per la testa. Ma l'intera e insignificante catasta di roccia inanimata aveva il colore dello splendente violetto. E tutto attorno a Tiat Ndik si accumulavano fiaschette colme di colorante e matasse di filo tinto con esso: un tesoro nascosto dal valore incalcolabile.

Quando fummo risaliti di nuovo fino al crinale, il rosso disco incandescente di Tonatìu stava cominciando ad affondare nel remoto oceano occidentale e faceva ribollire verso l'alto un vapore di nubi. Poi il disco scomparve e, per un attimo, vedemmo la luce di Tonatìu splendere attraverso il mare, là ove esso si assottiglia ai margini del mondo: un fuggevole e luminoso raggio color verde-smeraldo, niente di più. Il sacerdote ed io ci dirigemmo verso il punto ove avevamo lasciato gli altri, mentre lui continuava a spiegare: le offerte del colore violetto erano essenziali, disse, altrimenti Tiat Ndik non avrebbe più attratto i pesci nelle reti degli Zyù.

Ragionai: «In cambio di tutti questi sacrifici e di tutte queste offerte, il vostro dio del mare vi permette di condurre un'esistenza miserabile da pescatori. Consentitemi di portare il colore violetto sul mercato ed io vi darò tanto oro da poter acquistare una *città*. Una città in qualche luogo ameno e piacevole, traboccante di cibi di gran lunga migliori dei pesci, e con schiavi pronti a servirveli».

Egli rimase inflessibile. «Il dio mai consentirebbe. Color violetto non potere essere venduto.» Dopo un momento, soggiunse: «A volte noi non mangiare pesce, Occhio Giallo».

Sorrise e additò il punto in cui i quattro altri sacerdoti rimanevano in piedi intorno a un fuoco di legna. Il fuoco stava arrostendo due cosce umane appena troncate e infilzate sulla mia lancia. Non si vedeva traccia alcuna del resto del pescatore. Costringendo la mia faccia a non tradire in alcun modo la trepidazione che provavo, tolsi di sotto il perizoma l'involto pieno di

441

polvere d'oro e lo lasciai cadere al suolo tra me e l'alto sacerdote.

«Aprilo con cautela» dissi «affinché il vento non lo investa.» Mentre egli si inginocchiava e cominciava ad aprire l'involto, continuai: «Se potessi riempire la canoa con il vostro colore, riuscirei a riportarla qui quasi altrettanto piena d'oro. Ma offro questa quantità d'oro contro appena tante fiaschette quante potrò reggerne tra le due braccia».

Egli aveva ormai aperto l'involto e il mucchietto di polvere d'oro scintillò nella luce del tramonto e i quattro preti suoi colleghi si avvicinarono per guardare cupidamente al di sopra di lui. Egli fece scorrere tra le dita un po' di polvere d'oro, poi tenendo l'involto di tela con entrambe le mani, lo soppesò dolcemente per valutarne la quantità. Senza alzare gli occhi su di me, disse: «Tu dare tutto questo oro per il colore. Quanto dare per ragazza?»

«Quale ragazza?» domandai, anche se il cuore mi balzò in petto.

«Lei dietro di te.»

Mi limitai a una rapida occhiata all'indietro. Zyanya si trovava in piedi immediatamente alle mie spalle, con un'espressione turbata, e un po' più in là c'erano sei o sette altri Zyù che allungavano il collo per vedere l'oro al di là di lei e di me. Il prete continuava a rimanere in ginocchio e soppesava l'involto tra le mani quando io tornai a voltarmi e a vibrare la maquàhuitl. L'involto e le mani che lo afferravano piombarono al suolo, ma il sacerdote oscillò appena, fissando inorridito il sangue che zampillava dai moncherini dei polsi.

Gli altri preti e i pescatori accorsero con un movimento convergente — non so se per impadronirsi dell'oro o per soccorrere il loro capo — ma, in quello stesso attimo, girai sui tacchi, afferrai la mano di Zyanya, mi gettai tra la cerchia degli uomini e trascinai dietro di me la fanciulla in una corsa a perdifiato lungo il crinale e giù per la china orientale della montagna. Rimanemmo fuggevolmente nascosti ai turbinanti Zyù ed io deviai bruscamente a sinistra gettandomi tra alcuni macigni più alti delle nostre teste. Gli Zyù ci avrebbero inseguiti, aspettandosi che ci precipitassimo verso la canoa. Ma, anche se fossimo riusciti a raggiungerla e a trascinarla in mare, io non sapevo affatto come manovrare un'imbarcazione in mare aperto; gli inseguitori sarebbero probabilmente riusciti a raggiungerci entrando a guado nell'acqua dietro di noi.

Alcuni di loro passarono infatti, urlando, accanto al nostro temporaneo nascondiglio e corsero nella direzione della spiaggia, come avevo sperato. «Risaliamo, adesso!» dissi a Zyanya, ed ella non sprecò fiato per domandare perché, ma cominciò a risalire al mio fianco. Quasi tutto quel promontorio era nuda roccia, e dovemmo scegliere con cautela il nostro cammino tra fenditure e crepacci, per non essere visibili agli uomini più in basso. In alto c'erano, sulla montagna, alberi e cespugli tra i quali avremmo potuto più efficacemente far perdere le nostre tracce, ma quel verde rifugio si trovava ancora molto più in su, ed io temevo che gli uccelli ci tradissero indicando dove ci trovavamo. Sembrava che ad ogni passo spaventassimo, inducendoli a spiccare il volo, interi stormi di gabbiani, o pellicani, o cormorani.

Ma poi notai che gli uccelli non si alzavano soltanto intorno a noi, ma da ogni punto della montagna, anche gli uccelli non marini: parrocchetti, tortore, scriccioli delle rocce... cingottando e svolazzando qua e là senza meta. E non soltanto gli uccelli; animali di norma furtivi, o notturni, si stavano mettendo, stranamente, in evidenza: armadilli, iguana, serpenti dei dirupi — persino un gattopardo ci balzò accanto senza degnarci di uno sguardo — e tutti quegli animali, al pari di noi, stavano risalendo la china. Poi, sebbene mancasse ancora qualche tempo alla fine del crepuscolo e all'oscurità della notte, udii, in qualche punto sulle alture, il lamento lugubre di un coyote e, non molto più avanti di noi, uno stormo sinuoso di pipistrelli si riversò da qualche caverna ed io mi resi conto, allora, di ciò che stava per sopraggiungere: una delle convulsioni così frequenti lungo quella costa.

« Presto » ansimai, rivolto alla fanciulla. « Lassù. Là da dove stanno uscendo i pipistrelli. Deve essere una caverna. Gettiamoci là dentro. »

La trovammo proprio mentre gli ultimi pipistrelli ne stavano fuggendo, altrimenti non saremmo riusciti affatto a scorgerla: una galleria nella roccia larga appena quanto bastava perché potessimo insinuarci in essa, fianco a fianco. Quanto profondamente si addentrasse nella montagna non lo scoprii mai; ma, in qualche punto nell'interno, doveva esistere una vasta caverna, poiché i pipistrelli erano stati una moltitudine innumerevole, e, mentre giacevamo insieme nella rocciosa galleria, ci giunse di quando in quando, dalle più lontane profondità, una folata dell'odore dei loro escrementi, il guano. All'improvviso, tutto tacque all'esterno del cunicolo: gli uccelli dovevano essere volati lontano, e gli animali essersi rintanati al sicuro. Persino le cicale arboricole, che stridono ininterrottamente, tacevano.

La prima scossa fu violenta, ma anch'essa silenziosa. Udii Zyanya bisbigliare timorosamente: « Zyuüù » e l'allacciai e la tenni protettivamente stretta contro di me. Poi udimmo un lungo sommesso brontolio rotolante in qualche punto nell'entroterra. Uno dei vulcani della catena di montagne stava ruttando, se non eruttando, e con sufficiente violenza per scuotere la terra fino alla costa.

La seconda e la terza scossa, e non so quante altre ancora, si susseguirono con una così crescente rapidità da fondersi tutte in un movimento simultaneo, tale da dare il capogiro, di dondolamenti, sollevamenti e cedimenti. Era come se la ragazza ed io ci trovassimo incuneati entro un tronco cavo sobbalzante giù per un fiume di acque spumose. Lo strepito era forte in modo così assordante e prolungato che ci saremmo potuti trovare, altresì, all'interno di uno di quei tamburi il cui suono strappa il cuore, percosso da un sacerdote impazzito. Era il rombo della montagna che franava, fornendo un'altra parte di se stessa al caos di immensi macigni che già la circondava nel mare.

Mi domandai se Zyanya ed io saremmo finiti tra essi — in fin dei conti, i pipistrelli avevano preferito non restare lì — ma ormai non ci sarebbe più stato possibile strisciar fuori del cunicolo, anche se fossimo stati presi dal panico, tanto esso veniva ferocemente scosso. A un certo momento riuscimmo a strisciare un po' più indietro in esso, quando l'imboccatura della galleria, all'improvviso, si oscurò: un gigantesco frammento della cima della montagna era rotolato davanti ad essa. Fortunatamente per noi, continuò a rotolare, lasciando penetrare di nuovo la luce fioca del crepuscolo, anche se insieme a una nuvola di polvere che ci fece soffocare e tossire.

Poi la bocca mi si disseccò ancor di più, mentre udivo un rombo soffocante dietro di noi, all'*interno* della montagna. La vasta e vuota caverna dei pipistrelli stava crollando, la sua curva volta piombava giù a frammenti enormi, e probabilmente trascinava con sé tutto il peso della montagna sovrastante. Aspettai che anche il cunicolo si inclinasse e ci scaraventasse entrambi, i piedi in avanti, entro lo sfacelo stritolatore del mondo circostante. Avvolsi le braccia e le gambe intorno a Zyanya, e la tenni ancor più strettamente, con la misera speranza che il mio corpo potesse in qualche modo proteggerla quando saremmo scivolati entrambi entro le viscere macinatrici della terra.

Ma il cunicolo resistette e quella fu l'ultima scossa allarmante. Pian piano i sussulti e il rombo diminuirono, finché non udimmo altro che pochi suoni fuori della nostra tana: il rotolare prolungato di piccoli sassi e ciottoli che tardivamente seguivano giù per la china i più grossi macigni. Mi mossi, intenzionato a fare sporgere la testa fuori della galleria per vedere che cosa fosse rimasto della montagna, ma Zyanya mi trattenne.

«Non ancora» mi ammonì. «Vi sono spesso scosse successive.

Oppure può esservi qualche macigno in precario equilibrio, più in alto, sul punto di cadere. Aspetta un po'. » Aveva ragione, naturalmente, invitandomi alla prudenza, ma, poco tempo dopo, mi confessò che non era stata soltanto quella la ragione per cui aveva continuato ad avvinghiarsi a me.

Ho già accennato agli effetti di un terremoto sulla fisiologia e sui sentimenti degli esseri umani. So che Zyanya sentiva il mio tepùli gonfio ed eretto contro il proprio piccolo ventre. E, nonostante il tessuto della blusa di lei e quello del mio mantello tra noi, io potevo sentire i turgidi capezzoli della ragazza contro il petto.

A tutta prima ella mormorò: «Oh, no, Zàa, non dobbiamo... »

Poi disse: «Zàa, ti prego, no. Sei stato l'amante di mia madre... »

Disse ancora: «Sei stato il padre del mio fratellino. Tu ed io non possiamo... »

E, sebbene il respiro le fosse divenuto più rapido, continuò a dire: «Non è giusto... » finché pensò di dire, insieme all'ultimo ansito: «Ma ti è costato molto riscattarmi da quei selvaggi... » dopodiché si limitò ad ansimare silenziosamente finché cominciarono gli uggiolii e i gemiti di piacere. Poi, poco dopo, domandò, in un bisbiglio: «L'ho fatto bene? »

Se esiste qualcosa di positivo da dire a favore di un terremoto, osserverò che la singolare eccitazione da esso provocata consente a una ragazza vergine di godere la deflorazione, come non sempre accade. Zyanya era talmente deliziata dalla propria che non volle lasciarmi andare finché non ebbe goduto altre due volte e tale era il vigore causato in me dal terremoto che neppure ci disgiungemmo. Dopo ogni orgasmo il tepùli si afflosciava, naturalmente, ma ogni volta Zyanya stringeva non so quale circoletto di muscoli, là sotto, impedendomi di ritirarmi, e, non so come, faceva ondulare quei muscoli minuscoli, solleticando il membro, per cui esso ricominciava a gonfiarsi dentro di lei.

Avremmo anche potuto continuare, ma l'imboccatura del cunicolo si era ormai oscurata, lasciando intravedere un bizzarro grigio-rossastro, e io volevo esaminare la situazione prima che fosse notte piena, per cui strisciammo fuori e ci mettemmo in piedi. Il sole era tramontato da molto tempo, ma il vulcano, o il terremoto, avevano fatto sì che una nuvola di polvere si sollevasse a tal punto nel cielo da cogliere ancora i raggi di Tonatìu provenienti dal Mìtclan, o da quel qualsiasi altro luogo in cui il sole si trovava adesso. Il cielo, che sarebbe dovuto essere blu-scuro, era invece di un rosso luminoso, e rendeva rossa la striatura bianca sui capelli di Zyanya. Generava inoltre luce a sufficienza per consentirci di vedere intorno a noi.

L'oceano sembrava ribollire, né più né meno, e spumeggiare intorno a un'estensione assai più vasta di macigni. Il tratto di montagna su per il quale eravamo saliti risultava irriconoscibile, in certi punti reso più accidentato da nuovi cumuli di rocce, in altri spaccato così da formare profonde e ampie voragini. Più in alto di dove ci trovavamo noi, esisteva, nel fianco della montagna, una buia concavità, là ove la montagna stessa era crollata entro la caverna dei pipistrelli.

«Può darsi» riflettei a voce alta «che le frane abbiano stritolato tutti i nostri inseguitori, e forse anche il loro villaggio. Se non è accaduto questo, incolperanno certamente noi del disastro, e ci daranno ancor più vendicativamente la caccia.

«Incolpare *noi*?» esclamò Zyanya.

«Ho profanato il sacro luogo del loro più grande dio. Presumeranno che sia stato io a causarne l'ira.» Ci pensai su e soggiunsi: «Forse è vero». Poi tornai ad essere pratico. «Ma se resteremo a dormire in questo nascondiglio, per poi alzarci di buon'ora e partire prima dell'alba, credo che riusciremo a lasciarci indietro qualsiasi inseguitore. Una volta tornati, al di là della catena di montagne, a Tecuantèpec...»

«Ma riusciremo a tornare, Zàa? Non abbiamo provviste, non abbiamo acqua...»

«Ho sempre la maquàhuitl. E ho attraversato montagne più alte di quelle che si trovano tra qui e Tecuantèpec. Una volta tornati... Zyanya, non potremmo sposarci?»

Poté forse stupirla la precipitazione di quella proposta, ma non la stupì la proposta in sé. Disse, sommessamente: «Credo di avere già dato la risposta a questa domanda. Forse sono una spudorata, dicendolo, ma non posso incolpare soltanto lo zyuùù di... di quello che è accaduto».

Mormorai, sinceramente: «Io *ringrazio* lo zyuùù per averlo reso possibile. Ti ho desiderata per molto tempo, Zyanya».

«Tanto meglio, allora!» esclamò lei, con un sorriso luminoso, e aprì le braccia nel gesto che significa tutto è bene quel che finisce bene. Crollai il capo, lasciando capire che non era così semplice e il sorriso di lei scomparve, sostituito da un'espressione alquanto ansiosa.

Dissi: «Per me sei un tesoro più grande di quanto abbia mai potuto sperar di trovare. Ma non lo sono io per te». Ella fece per parlare, ma di nuovo scossi la testa. «Se mi sposerai, ti escluderai per sempre dal tuo Popolo delle Nubi. Non fare più parte di gente così unita e fiera e ammirevole non è un sacrificio da poco.»

Zyanya rifletté un momento, poi domandò: «Mi crederesti se ti dicessi che ne vali la pena?»

« No, » risposi « perché so meglio di quanto possa mai saperlo tu quali sono i miei pregi e i miei difetti. »

Ella annuì, come se si fosse aspettata una risposta del genere. « Allora posso dire soltanto che amo l'uomo Zàa Nayàzù più di quanto ami il Popolo delle Nubi. »

« Ma perché, Zyanya? »

« Credo di averti amato da quando... ma non stiamo a parlare del passato. Dirò soltanto che ti amo oggi e ti amerò domani. Perché il passato è già scomparso. L'oggi e il domani sono i soli giorni che possano mai esistere. E in ognuno di essi dirò che ti amo. Riesci a crederlo, Zàa? E potresti dire altrettanto? »

Le sorrisi. « Certo che posso, e così sarà. Ti amo, Zyanya. »

Lei ricambiò il sorriso e disse, alquanto maliziosamente: « Non so perché abbiamo dovuto discuterne. Sembra che fossimo predestinati, del resto, dal tuo tonàli, o dal mio, o da entrambi ». E addito prima il proprio petto, poi il mio. Il colore sparso dal prete su di me doveva essere stato ancora umido quando ci eravamo giaciuti insieme. Ognuno di noi aveva la stessa macchia violetta, lei sulla blusa, io sul mantello.

Risi, poi dissi, quasi malinconicamente: « Sono stato per lungo tempo innamorato di te, Zyanya, ora stiamo per diventare marito e moglie, eppure non ho mai pensato di domandarti qual è il significato del tuo nome ».

Quando me lo disse, credetti che scherzasse, e soltanto le sue solenni insistenze mi indussero infine a crederle.

Come senza dubbio vi sarete ormai resi conto, miei signori, tutti noi di tutte le nazioni avevamo nomi presi a prestito da qualcosa di esistente nella natura, o da qualche qualità naturale, o da una combinazione tra le due cose. Lo dimostra il mio stesso nome, Nuvola Scura, e lo dimostrano quelli delle altre persone di cui ho parlato: Qualcosa di Delicato, Ghiotto di Sangue, Stella della Sera, Fiore di Fiamma. Pertanto mi riuscì difficile credere che una fanciulla potesse avere un nome il quale non significava alcuna *cosa*. Zyanya è soltanto una parola semplice e comune e non significa niente al mondo tranne che sempre.

Sempre.

IHS

✠

S.C.C.M.

Alla Sacra, Cesarea, Cattolica Maestà
l'Imperatore Don Carlos, Nostro Signore e Sovrano:

Commendabilissima Maestà, nostro Mentore e Monarca: da
questa Città di Mexìco, capitale della Nuova Spagna, in questo
giorno di San Prospero, l'anno di Nostro Signore mille e cinquecento e trenta e uno, saluti.

Qui allegato come sempre, Sire, troverete l'ultimo sfogo del
nostro qui residente Azteco, che è anch'esso come sempre: poca
vis, ma molto *vomitus*. Risulta palese dalla più recente lettera
della Maestà Vostra che il nostro Sovrano continua a trovare
questo racconto tanto allettante da giustificare il fatto che cinque uomini buoni continuino ad essere costretti ad ascoltarlo e a
trascriverlo.

Potrà inoltre interessare alla Sacra Maestà Vostra sapere del
felice ritorno dei missionari Domenicani da noi inviati nella regione meridionale denominata Oaxaca per valutare l'asserzione
del nostro Azteco secondo cui gli Indios, laggiù avrebbero per
lungo tempo adorato un dominante dio degli dei, bizzarramente
noto come l'Alito Onnipotente, e inoltre che si sarebbero serviti
della croce come di un sacro simbolo.

Il Fratello Bernardino Minaya e i frati suoi compagni attesta-
no effettivamente di aver veduto in quella regione molte croci
apparentemente cristiane — in ogni caso croci aventi la forma
chiamata in araldica la *croix botonée* — ma asseriscono che esse non hanno alcun fine religioso, essendo considerate soltanto
pragmaticamente, nel senso che indicano la presenza di sorgenti
di acqua dolce. Per conseguenza, il vicario della Maestà Vostra
è propenso a considerare tali croci con agostiniano scetticismo.
A giudizio nostro, Sire, esse altro non sono che un'ulteriore manifestazione della sprezzante scaltrezza dell'Avversario. Ovviamente, prevedendo il nostro arrivo nella Nuova Spagna, il demonio si affrettò a insegnare a un certo numero di quei pagani a

profanamente imitare varie credenze e riti e sacri oggetti Cristiani, nella speranza di impedire e turbare il successivo insegnamento, da parte nostra, della Vera Fede.

Inoltre, per quanto i Domenicani hanno potuto arguire (essendo essi ostacolati da difficoltà linguistiche), l'Alito Onnipotente non è un dio, ma un alto stregone (o sacerdote, come vorrebbe il nostro cronista) che impera nelle cripte sotterranee delle rovine di quella città chiamata Mitla, e considerata in passato dagli indigeni la loro Sacra Casa. I frati, informati da noi delle sepolture pagane e delle immolazioni peccaminosamente sudicie di volontari in quel luogo, costrinsero lo stregone a consentire loro l'accesso alle cripte.

Come Teseo avventuratosi nel labirinto di Dedalo, srotolarono una corda dietro di sé mentre si inoltravano, alla luce delle torce, nelle molteplici caverne e nei tortuosi passaggi sotterranei. Furono assaliti dal fetore della carne marcia; calpestarono le ossa di innumerevoli scheletri placidamente seduti. Sfortunatamente, e diversamente da Teseo, si perdettero d'animo prima di avere percorso molte leghe. Quando vennero a trovarsi di fronte a topi giganteschi ipernutriti e a serpenti e ad altri consimili e laidi animali, la loro determinazione si dissolse nell'orrore e indietro tornarono, quasi ignominiosamente posti in rotta.

Una volta all'esterno, imposero, nonostante i lamenti e le proteste degli Indios, che le imboccature delle gallerie venissero definitivamente demolite ed ermeticamente chiuse facendovi rotolare molti macigni «per murare e in eterno nascondere quella porta di servizio dell'Inferno», come si esprime Fray Bernardino. La decisione era, manco a dirlo, giustificata e anche già da tempo necessaria, né criticata può essere, in quanto rammenta la Santa Caterina da Siena la quale pregò affinché il proprio impeccabile corpo disteso fosse per sempre sul Pozzo, e nessun altro misero peccatore potesse mai precipitarvi. Ciò nonostante ci rincresce che non si possa ormai più conoscere l'estensione vera di quella rete sotterranea di caverne e che mai più possano essere ricuperati i tesori senza alcun dubbio portati con sé dagli alti personaggi di quel popolo nelle tombe loro. Peggio, ancora, temiamo che la decisione impetuosa dei Domenicani poco possa aver contribuito a rendere gli Indios, in quella regione, più ricettivi alla Fede, o più ben disposti nei riguardi di noi che colà la portiamo.

Ci rammarichiamo inoltre di dover riferire che noi stessi non siamo molto più amati dai nostri compatrioti spagnoli qui nella Nuova Spagna. I funzionari della Maestà Vostra nell'Archivio della Corona concernente le Indie hanno forse già ricevuto comunicazioni di persone che si lagnano della nostra «intromissione» in questioni secolari. Dio solo sa che già a sufficienza si lagnano con noi, particolarmente i proprietari terrieri che impiegano un gran numero di braccianti Indios nelle loro fattorie e allevamenti di bestiame e piantagioni. Questi signori e proprietari hanno persino scherzato sul nostro nome, e ora irriverentemente a noi si riferiscono come al Vescovo Zurriago, «il Flagello». Questo perché, Sire, abbiamo osato denunciare dal pulpito la loro abitudine di far lavorare gli Indios letteralmente fino alla morte.

«E perché non dovremmo?» domandano. «Vi sono ancora approssimativamente quindicimila uomini rossi per ogni bianco in queste terre. Che male facciamo riducendo tale pericolosa disparità, specie se, così facendo, riusciamo a fare utilmente lavorare quei reietti?»

Gli spagnoli che assumono tale atteggiamento affermano di essere giustificati da un valido motivo religioso, che sarebbe: poiché noi Cristiani abbiamo strappato questi selvaggi al loro demoniaco culto e all'inevitabile condanna, poiché abbiamo portato loro la speranza della salvezza, conseguentemente gli Indios dovrebbero sentirsi in eterno obbligati nei confronti dei loro redentori. Il cappellano della Maestà Vostra non può negare l'esistenza di una logica nell'argomentazione, tuttavia noi non riteniamo che gli obblighi degli Indios li costringano a morire indiscriminatamente e arbitrariamente — di percosse, marchiature con ferri incandescenti, razioni da fame e altri maltrattamenti ancora — non senza dubbio, prima che siano stati battezzati e pienamente confermati nella Fede.

Poiché le documentazioni catastali e relative al censimento della Nuova Spagna sono necessariamente tuttora caotiche e incomplete, possiamo procedere a un calcolo soltanto grossolano del numero della popolazione indigena, passata e presente. Ma v'è motivo di ritenere che sei milioni di uomini rossi approssimativamente vivessero in precedenza entro i confini di quella che è ora la Nuova Spagna. Le battaglie della Conquista ne hanno logicamente eliminato un gran numero. Inoltre, in quel periodo e nei nove anni successivi, si ritiene che altri due milioni e mezzo di Indios sotto la sovranità spagnola siano periti di varie malattie, e Dio solo sa quanti altri ne siano morti nelle regioni non ancora conquistate, ed essi continuano a perire in gran numero, ovunque...

A quanto pare Nostro Signore si è compiaciuto di rendere la razza rossa singolarmente vulnerabile a certi morbi che, o così sembra, non erano in precedenza endemici in queste terre. Mentre la pestilenza delle grandi pustole era in passato qui nota (né la cosa può stupire, tenuto conto della generale licenziosità della popolazione), sembra che non esistessero un tempo le pestilenze dei bubboni, il morbo del colera, il vaiolo e il morbillo. Sia che queste malattie abbiano cominciato a manifestarsi casualmente in coincidenza con la sconfitta subìta dalle popolazioni o costituiscono un castigo ad esse inflitto dal Giudizio di Dio, esse decimano gli Indios con una virulenza di gran lunga maggiore di quella che l'Europa abbia mai conosciuto.

Ciò nonostante, questa perdita di vite, pur assumendo dimensioni dolorose, ha in ogni modo cause naturali, è un imperscrutabile atto di Dio, non può essere attribuita ai nostri compatrioti, né essi sono in grado di migliorare la situazione. Possiamo tuttavia porre termine alle deliberate uccisioni di uomini rossi ad opera degli spagnoli, e dobbiamo farlo. La Maestà Vostra ci ha conferito un'altra carica, oltre a quella di Vescovo e Inquisitore, e noi faremo valere il titolo di Protettore degli Indios, anche se ciò significherà sopportare il soprannome odioso di Flagello, attribuitoci dai nostri compatrioti.

Il fatto che gli Indios possano esserci utili, come mano d'opera poco costosa e sacrificabile, deve essere posposto al dovere di salvare le loro anime pagane. Il nostro successo in tale nobile missione è diminuito da ogni Indio che perisca non ancora Cristiano. Se troppi dovessero così perire, ne soffrirebbe il buon nome della Chiesa. E inoltre, se tutti questi Indios morissero, chi mai costruirebbe allora le nostre cattedrali e chiese e cappelle, i monasteri, i conventi, i chiostri e gli altari e le case di riposo e meditazione e ogni altro edificio cristiano, e dove sarebbero le masse dei nostri fedeli, e chi lavorerebbe e verserebbe le imposte e le decime per mantenere i servi di Dio nella Nuova Spagna?

Possa Nostro Signore Iddio preservare la Rinomatissima Maestà Vostra, esecutrice di tante sante opere, affinché possiate goderne i frutti nella luce della fulgida Gloria del Signore.

(*ecce signum*) Zumàrraga

SEPTIMA PARS

Tua Eccellenza si unisce forse a noi, oggi, per ascoltare come fu la mia vita coniugale?

Credo che troverai il racconto meno gremito di episodi — e, voglio sperare, meno irritante per la sensibilità di Tua Eccellenza — dei tempi tempestosi della mia giovane virilità. Anche se debbo riferire con rincrescimento che l'effettiva cerimonia del matrimonio con Zyanya venne oscurata da nubi temporalesche e tempestose, sono lieto di poter aggiungere che la maggior parte della nostra vita coniugale, in seguito, fu luminosa e placida. Non intendo dire con questo che sia mai stata monotona e noiosa; insieme a Zyanya ebbi molte altre avventure e molti momenti eccitanti; invero, la sua stessa presenza apportava eccitazione in ogni mia giornata. Inoltre, negli anni successivi al nostro matrimonio, i Mexìca giunsero al culmine della potenza, si avvalsero con energia del loro potere, ed io rimasi occasionalmente coinvolto in accadimenti che, ora me ne rendo conto, rivestirono una certa importanza. Ma erano allora per me e per Zyanya, e, ne sono certo, per la maggior parte della gente comune come noi, soltanto una sorta di affresco murale gremito di personaggi, dinanzi al quale vivevamo le nostre vite private, i nostri piccoli trionfi e le nostre irrilevanti, piccole felicità.

Oh, non che *noi* considerassimo ogni sia pur minimo aspetto del nostro matrimonio insignificante. Sin dall'inizio, domandai a Zyanya come riuscisse a ottenere quella rapida contrazione del piccolo circoletto di muscoli, nella sua tipìli, che rendeva così straordinariamente eccitante il nostro atto d'amore. Ella arrossì di timido piacere e mormorò: «Tanto varrebbe che tu mi domandassi come batto le palpebre. Succede, semplicemente, quando lo voglio. Non accade la stessa cosa con tutte le donne?»

«Non ho conosciuto tutte le donne» risposi «e non desidero affatto conoscerle ora che ho la migliore di ogni altra.»

Ma Tua Eccellenza non è interessata a particolari così domestici. Penso che sarebbe preferibile farti capire e apprezzare Zyanya paragonandola alla pianta che noi chiamiamo metl, sebbene, naturalmente, la pianta metl non sia affatto bella quanto lo era lei, e non ami, né parli o rida.

La pianta metl, Eccellenza, è quella pianta verde o azzurra, alta quanto un uomo, che voi ci avete insegnato a chiamare agave. Munifica e generosa e bella a vedersi, l'agave deve essere la pianta più utile che cresca in qualsiasi luogo. Le sue foglie lunghe, curve, resistenti come cuoio, possono essere tagliate e sovrapposte così da formare il tetto impermeabile di una casa. Oppure le foglie stesse possono essere triturate e ridotte in polpa, poi compresse e asciugate così da divenire carta. Oppure le fibre delle foglie possono essere separate e intrecciate così da formare ogni sorta di legame, dalle corde al filo. Il filo può essere tessuto e formare un tela ruvida ma utile. Le dure e aguzze spine che contornano ogni foglia possono servire come aghi, spille o chiodi. Fornivano ai nostri sacerdoti strumenti con i quali torturarsi e mutilarsi e mortificarsi.

I germogli delle foglie che crescono vicini al suolo sono bianchi e teneri e possono essere cucinati per ricavarne un dolce delizioso. Oppure possono essere essiccati e costituire un combustibile per un fuoco che arde a lungo e senza fumo nel focolare e la cui pulita e bianca cenere viene utilizzata per ogni cosa, dalla lisciatura della carta di corteccia al sapone. Taglia le foglie centrali dell'agave, estrai il cuore della pianta e, nella cavità, si raccoglierà la limpida linfa della pianta stessa. Essa è saporita e nutriente a bersi. Spalmata sulla pelle, impedisce le rughe, le infiammazioni e le macchie; le nostre donne se ne servono abbondantemente a tali scopi. I nostri uomini preferivano far fermentare il succo dell'agave, ricavandone l'octli che ubriaca, o il pulque, come lo chiamate voi. Ai nostri fanciulli la limpida linfa piaceva bollita e tramutata in sciroppo, che è quasi denso e dolce come il miele della api.

In breve, l'agave offre ogni parte e particella del proprio essere per il giovamento di noi che la coltiviamo e la curiamo. E Zyanya, oltre ad essere incomparabilmente di più, era alquanto simile a questa pianta. Buona in ogni sua parte, in ogni maniera, in ogni azione, e non soltanto per me. Sebbene, naturalmente, io mi godessi il meglio di lei, non conobbi mai un'altra persona che non l'amasse, non la stimasse e non l'ammirasse. Zyanya non era soltanto Sempre, era Tutto.

Ma non devo far perdere tempo a Tua Eccellenza con sentimentalismi. Consentimi di ricominciare a narrare i fatti nell'ordine con il quale accaddero.

Dopo la nostra fuga dagli Zyù assassini, e dopo che eravamo sopravvissuti al terremoto, occorsero a me e a Zyanya ben sette interi giorni per tornare a Tecuantèpec passando per l'entroterra. Sia che il terremoto avesse annientato i selvaggi, o avesse fatto loro credere che fossimo stati annientati noi — non so quale delle ipotesi sia la giusta — essi non ci inseguirono, né fummo altrimenti infastiditi, attraversando le montagne, se non, occasionalmente, dalla sete e dalla fame. Già molto tempo prima i predoni sull'istmo si erano impadroniti del mio cristallo per accendere il fuoco, e non possedevo gli appositi bastoncini, ma d'altro canto non soffrimmo mai la fame a un punto tale da indurci a divorare carne cruda. Trovammo frutti selvatici, e bacche, e uova di uccelli a sufficienza, tutte cose che potevamo mangiare crude, e che contenevano inoltre liquidi bastanti a dissetarci tra le rare sorgenti di montagna. La notte, ammonticchiavamo le foglie secche e dormivamo su di esse allacciati per riscaldarci a vicenda e consolarci vicendevolmente in altri modi.

Eravamo forse entrambi un po' più magri quando giungemmo di nuovo a Tecuantèpec; ed eravamo senz'altro laceri, con i piedi nudi e indolenziti, i sandali essendo andati in pezzi sulle rocce taglienti delle montagne. Entrammo nel cortile della locanda, stancamente e con gratitudine, e Bèu Ribè corse fuori per accoglierci con un'espressione sul viso che era un misto di preoccupazione, esasperazione e sollievo.

«Temevo che foste scomparsi, come nostro padre, e che non sareste tornati mai più!» disse, in parte ridendo, in parte in tono di rimprovero, mentre con ardore abbracciava prima Zyanya, poi me. «Non appena scompariste alla vista, dissi a me stessa che si trattava di un'avventura pazzesca e pericolosa...»

La voce le venne meno mentre volgeva lo sguardo dall'uno all'altro di noi, e, una volta di più, vidi quel suo sorriso perdere le ali. Si sfiorò la faccia, lievemente, con una mano, e ripeté: «Pazzesca... pericolosa...». Gli occhi di lei si spalancarono guardando più attentamente la sorella, e si inumidirono guardando me.

Sebbene abbia vissuto molti anni, e conosciuto molte donne, non so ancora in qual modo ognuno di loro possa, così istantaneamente e sicuramente, intuire quando un'altra si è giaciuta per la prima volta con un uomo, quando è passata per il mutamento irreversibile da fanciulla vergine a donna. Luna in Attesa osservò la sorella minore con un'espressione scandalizzata e delusa, e osservò me con ira e con risentimento.

Mi affrettai a dire: «Ci sposeremo».

Zyanya disse: «Speriamo che tu approverai, Bèu. Sei, in fin dei conti, la capo-famiglia.»

«Allora avresti potuto dirmi qualcosa prima!» esclamò la ragazza meno giovane, con una voce strozzata. «Prima di...» ma queste ultime parole parvero soffocarla. Poi gli occhi di Bèu non furono più umidi, bensì balenanti. «E non soltanto con uno straniero *qualsiasi*, ma con un Mexìcatl brutale che concupisce e va in fregola senza discriminazioni! Se tu non fossi stata così facilmente disponibile, Zyanya» la sua voce divenne ancor più alta e minacciosa «egli sarebbe tornato probabilmente con una sudicia femmina Zyù penzolante dal suo lungo e insaziabile...»

«*Bèu!*» balbettò Zyanya. «Non ti ho mai sentita parlare così. Per favore! So che la cosa potrà sembrarti improvvisa, ma, te lo assicuro, Zàa ed io ci amiamo.»

«Improvvisa? Me lo assicuri?» disse selvaggiamente Luna in Attesa, poi rivolse la sua ira contro di me. «Me lo *assicuri* anche tu? Non hai ancora assaggiato tutte le donne della famiglia!»

«*Bèu!*» la esortò di nuovo Zyanya.

Cercai di placarla, ma le mie parole parvero soltanto vili. «Non sono un nobiluomo dei pìpiltin. Posso avere una sola moglie.» Questo mi meritò da parte di Zyanya uno sguardo non molto più tenero delle occhiate furenti di sua sorella. Mi affrettai ad aggiungere: «Voglio che Zyanya divenga mia moglie. Sarei onorato, Bèu, se potessi considerarti mia sorella».

«Ah, benissimo! Ma soltanto per dire addio alla sorella! Vattene, allora e conduci con te... la tua *scelta*. Può ringraziarti se qui non ha più l'onore, né la rispettabilità, né un nome, né una casa. Nessun sacerdote dei Ben Zàa vi unirà in matrimonio.»

«Questo lo sappiamo» dissi. «Ci recheremo a Tenochtìtlan per la cerimonia.» Immisi fermezza nella mia voce. «Ma non sarà alcunché di vergognoso o di clandestino. Ci unirà in matrimonio uno degli alti sacerdoti della corte dell'Uey-Tlatoàni dei Mexìca. Tua sorella ha scelto uno straniero, sì, ma non un vagabondo incapace. E mi sposerà, con o senza la tua benedizione.»

Seguì un lungo e teso silenzio. Lacrime striavano i volti quasi identicamente turbati delle due ragazze, e il sudore rendeva madido il mio. Era come se ci fossimo trovati ai vertici di un triangolo, legati da filamenti invisibili di òli che divenivano sempre più impossibilmente tesi. Ma, prima che si spezzasero, Bèu allentò la tensione. Il viso di lei parve avvizzirsi, ella abbassò le spalle e disse:

«Mi dispiace. Ti prego di perdonarmi, Zyanya. E anche tu, fratello Zàa. Avete naturalmente la mia benedizione, e tutti i miei auguri affettuosi di felicità. Vi esorto a dimenticare le parole che ho pronunciato». Si sforzò di ridere di se stessa, ma la risatina si interruppe a mezzo. «È stato tutto improvviso, come avete detto. E così inaspettato. Non può capitare ogni giorno di perdere... una diletta sorella. Ma ora entrate. Ripulitevi, mangiate e riposate.»

Da quel giorno e fino ad oggi Luna in Attesa mi ha sempre odiato.

Zyanya ed io ci trattenemmo un'altra decina di giorni nella locanda, ma sempre mantenendo con discrezione una certa distanza tra noi. Come in passato, ella dormì nella stessa stanza con la sorella, ed io dormii nella mia, ed entrambi badammo bene a non ostentare mai in pubblico il nostro affetto. Mentre riprendendoci dalle fatiche della spedizione fallita, Bèu parve riaversi, a sua volta, dal dispiacere e dalla malinconia causati dal nostro ritorno. Aiutò Zyanya a scegliere tra le sue cose personali, e tra quelle che possedevano in comune, i pochi, cari e insostituibili oggetti che avrebbe portato con sé.

Poiché ero rimasto di nuovo senza anche soltanto un fagliolo di cacao, mi feci prestare dalle ragazze una modesta somma in valuta per le spese di viaggio, e un'altra somma che inviai mediante un messaggero, a Nozibe, per essere consegnata alla famiglia che lo sfortunato pescatore poteva aver lasciato priva di mezzi. Riferii inoltre l'episodio al bishòsu di Tecuantèpec, il quale disse che, a sua volta, avrebbe informato il Signore Kosi Yuela di quell'ultima barbarie commessa dagli spregevoli Zyù Huave.

Alla vigilia della nostra partenza, Bèu ci sorprese organizzando una festa in nostro onore, come quella che avrebbe potuto aver luogo se Zyanya si fosse unita in matrimonio con un uomo dei Ben Zàa. Vi parteciparono tutti i viaggiatori che alloggiavano nella locanda e tutti coloro che erano stati invitati tra gli abitanti della città. Vennero assunti musicanti per suonare, e danzatrici dagli splendidi costumi per esibirsi nella genda lizàa, che è la danza tradizionale, denominata «spirito di parentela», del Popolo delle Nubi.

Con almeno una parvenza di buoni rapporti ristabilita tra noi, Zyanya ed io ci congedammo da Bèu, la mattina dopo, scambiandoci baci solenni. Non ci recammo immediatamente e direttamente a Tenochtìtlan. Lei ed io, con una fardello per ciascuno, ci dirigemmo invece a nord, attraverso il piatto istmo, lungo lo stesso itinerario che avevo percorso per tornare a Tecuantèpec, e poiché avevo qualcun'altra oltre a me da proteggere, feci particolarmente attenzione agli scellerati in agguato lungo il sentiero. Tenni sempre la mano sull'impugnatura della maquàhuitl e mi guardai attorno molto attentamente ogni qualvolta il terreno si prestava a un'imboscata.

Non avevamo camminato per più di una lunga corsa, quando

Zyanya osservò, con semplicità, ma anche con una nota di eccitata aspettativa nella voce: «Pensa un po', sto per andare più lontano di quanto sia mai stata da casa mia».

Queste parole mi fecero gonfiare il cuore, e sentii che l'amavo ancor più di prima. Ella si stava azzardando in quello che era per lei uno sconfinato ignoto, e lo faceva con fiducia, perché protetta da me. Mi sentii colmare di orgoglio e di gratitudine perché il suo tonàli e il mio ci avevano uniti. Tutte le altre persone entrate nella mia vita erano ricordi recenti o lontani, ma Zyanya costituiva qualcosa di fresco e di nuovo, non ancor reso consueto dalla familiarità.

«Non avrei mai creduto» ella disse, allargando le braccia, «che potesse esistere una simile estensione di niente altro se non terra e terra!»

Anche contemplando lo squallido panorama dell'istmo poteva esclamare questo, facendomi sorridere e condividere il suo entusiasmo. Sarebbe stato sempre così, per tutti i nostri oggi e domani insieme. Avrei avuto il privilegio di farle conoscere cose prosaiche per me, ma nuove e sconosciute per lei. Ed ella, scoprendole per la prima volta e godendole, avrebbe fatto in modo che anch'io le vedessi come se fossero state splendidamente nuove ed esotiche.

«Guarda quel cespuglio, Zàa! È vivo, *consapevole*! Ed è spaventato, povera creatura! Vedi? Quando ne tocco un ramoscello chiude strettamente tutte le sue foglie e i suoi fiori, e rivela spine simile a bianche zanne.»

Sarebbe potuta essere una giovane dea nata di recente a Teteoìnan, madre delle divinità, e appena inviata giù dai cieli a fare la conoscenza della terra. Infatti, trovava misteri e meraviglie e delizie in ogni minimo particolare del mondo compresi anche me e anche lei stessa. Era animata e allegra quanto la mia immobile luce che splende entro uno smeraldo. E doveva stupirmi continuamente con i suoi inconsueti atteggiamenti nei confronti di cose che io davo per dimostrate.

«No, non ci spoglieremo» disse, la prima notte del viaggio. «Faremo l'amore, oh sì, ma vestiti, come sulla montagna.» Protestai, naturalmente, ma ella non cedette, e mi spiegò il perché: «Consentimi di conservare quest'ultimo, piccolo pudore fino a dopo le nostre nozze, Zàa. L'essere allora nudi, per la primissima volta insieme, renderà tutto nuovo e diverso come se non fosse mai accaduto prima».

Ripeto, Eccellenza, che un completo resoconto della nostra vita coniugale sarebbe quanto mai privo di aspetti drammatici, poiché i sentimenti come la contentezza e la felicità sono assai più difficili a comunicarsi con le parole di quanto lo siano i meri eventi. Posso soltanto dirti che io avevo allora venti e tre anni, e che Zyanya ne aveva venti, e gli innamorati di quell'età sono capaci di un affetto più estremo e duraturo di qualsiasi altro possano mai conoscere. In ogni caso, quella prima passione tra noi non diminuì mai; crebbe, anzi, in profondità e intensità, ma non saprei dirti il perché.

Ora che ci ripenso, però, Zyanya poté forse andare vicino all'esprimerlo con parole, quel giorno di tanto tempo fa in cui partimmo insieme. Uno di quei buffi uccelli chiamati rapidi corridori prese la fuga accanto a noi — il primo che ella avesse mai veduto — inducendola a dire, pensosamente: «Perché un uccello dovrebbe preferire la terra al cielo? Non sarebbe mai così per me, se avessi ali con cui volare. E per te, Zàa?»

Ayyo, lo spirito di lei aveva le ali, ed io partecipavo a quel gioioso anelito. Sin dall'inizio fummo camerati che condividevano ogni avventura. Amavamo l'avventura, e ci amavamo a vicenda. Nessun uomo e nessuna donna potrebbero mai chiedere agli dei qualcosa di più di quanto essi avevano dato a me e a Zyanya, tranne forse la promessa del suo nome: vale a dire che tutto questo fosse per sempre.

Il secondo giorno, raggiungemmo un gruppo di mercanti Tzapotèca diretti a nord, i cui portatori erano carichi dei gusci delle tartarughe a becco di falco. Sarebbero state vendute agli artigiani Olmèca, i quali, riscaldandoli e foggiandoli, ne avrebbero ricavato vari ornamenti e intarsi. I mercanti ci accolsero volentieri tra loro, e, anche se Zyanya ed io soli avremmo potuto viaggiare più rapidamente, per essere più sicuri restammo con essi e li accompagnammo fino alla loro destinazione, la città di Coàtzacoàlcos, crocicchio delle vie dei traffici.

Eravamo appena giunti nella piazza del mercato, laggiù — e Zyanya aveva cominciato, entusiasta, a svolazzare tra i banchetti carichi di merci e di tessuti — quando una voce familiare mi gridò: «Non sei morto, dunque! Abbiamo fatto strozzare quei bambini per niente?»

«Ghiotto di Sangue!» esclamai, felice. «E Cozcatl! Che cosa vi ha condotti in questi luoghi remoti?»

«Oh, la noia» rispose l'anziano guerriero, con un tono di voce tediato.

«Mente. Eravamo preoccupati a causa tua» disse Cozcatl, che non era più un ragazzetto, ma un adolescente tutto ginocchio e gomiti e imbarazzata goffaggine.

«Non preoccupati, *annoiati*!» insistette Ghiotto di Sangue. «Ho ordinato che mi venisse costruita una casa a Tenochtìtlan, ma la sorveglianza dei muratori e degli stuccatori non è un'occupazione edificante. Inoltre mi fecero capire che se la sarebbero cavata molto meglio senza le mie idee. E Cozcatl trovava gli studi nella scuola alquanto monotoni dopo tutte le sue avventure in paesi stranieri. Così il ragazzo ed io decidemmo di rintracciarti e di accertare che cosa avessi fatto in questi due anni. »

Cozcatl disse: « Non potevano essere sicuri di trovarti sulla pista giusta finché una volta giunti qui, vedemmo quattro uomini che cercavano di vendere alcuni oggetti di valore. E riconoscemmo la fibbia di eliotropio del tuo mantello ».

« Non riuscirono a spiegare in modo soddisfacente come fossero in possesso di questi oggetti » continuò Ghiotto di Sangue. « Così io li trascinai davanti al tribunale del mercato. Furono processati, riconosciuti colpevoli e giustiziati con la ghirlanda di fiori. Oh, be', meritavano senza dubbio quella fine per qualche altro misfatto. In ogni modo, eccoti la fibbia, il cristallo per accendere il fuoco, l'ornamento da mettere nel naso... »

« Avete fatto bene » dissi. « Mi derubarono e mi percossero. E mi credettero morto. »

« Anche noi, ma *speravamo* che non lo fossi » disse Cozcatl. « E non avevamo altro da fare. Così, da allora, ci siamo limitati a esplorare questa costa, avanti e indietro. E tu, Mixtli, che cosa hai fatto? »

« Ho esplorato anch'io » risposi. « In cerca di tesori, come sempre. »

« Ne hai trovato qualcuno? » grugnì Ghiotto di Sangue.

« Be', ho trovato una moglie. »

« Una moglie! » Si raschiò la gola e scaracchiò. « E noi temevamo che fossi soltanto morto. »

« Sempre lo stesso vecchio musone. » Risi. « Ma quando la vedrai... »

Mi guardai attorno nella piazza, la chiamai per nome e, dopo un momento, ella venne, regale quanto Pela Xila o la Signora di Tolàn, ma infinitamente più bella. In quel breve intervallo di tempo aveva già acquistato una blusa e una gonna nuova, e un nuovo paio di sandali, si era cambiata togliendosi le vesti insudiciate dal viaggio, e aveva comprato inoltre quello che noi chiamavamo un gioiello vivo — uno scarabeo dai molti colori iridescenti — appuntandoselo sulla striatura, simile a un fulmine, di bianchi capelli. Credo che la contemplai con la stessa ammirazione di Cozcatl e di Ghiotto di Sangue.

« Avevi ragione a rimproverarmi, Mixtli » ammise il vecchio. « *Ayyo*, una fanciulla del Popolo delle Nubi. È davvero un tesoro inestimabile! »

« Ti conosco, mia signora » le disse Cozcatl, galante. « Eri la più giovane dea in quel tempio travestito come una locanda. »

Quando ebbi fatto le presentazioni — e i miei due amici, ritengo, si innamorarono all'istante di Zyanya — dissi: «È una fortuna che ci siamo incontrati. Ero diretto a Xicalànca, ove ci aspetta ancora un altro tesoro. Credo che tra tutti e quattro potremo trasportarlo e non dovrò assumere portatori».

Così proseguimmo a comode tappe, attraverso quelle terre ove tutte le donne masticavano come dugonghi, e tutti gli uomini camminavano curvi sotto il peso dei loro nomi, fino alla città capitale, Cupilco, e al laboratorio di Maestro Tuxtem; e là egli ci mostrò i lavori che aveva ricavato dalla zanna gigantesca. Poiché sapevo qualcosa della qualità del materiale datogli su cui lavorare, non rimasi proprio *del tutto* colto di sorpresa quanto Zyanya, Cozcatl e Ghiotto di Sangue, allorché vedemmo ciò che Tuxtem aveva saputo farne.

Come richiesto da me, v'erano statuette di dei e dee dei Mexìca, alcune delle quali alte quanto la lunghezza del mio avambraccio; e inoltre impugnature scolpite di pugnali e pettini, oggetti, anche questi, suggeriti da me. Ma v'erano inoltre teschi aventi le dimensioni di quelli di bimbetti, incisi sui quali figuravano scene di antiche leggende. V'erano piccoli scrigni lavorati con arte e muniti di coperchio, fiale per profumo copàli, con relativo tappo dello stesso materiale. E poi medaglioni da portare sul petto, fibbie per mantelli, e fischietti, e spilloni sotto forma di minuscoli giaguari e gufi e squisite piccole donne nude e fiori e conigli e facce ridenti.

In molti di questi oggetti i particolari erano talmente minuti che potei opportunamente apprezzarli soltanto esaminandoli con il cristallo per vedere da vicino. Osservandoli in questo modo si riusciva a scorgere persino la tipìli di una fanciulla nuda non più grande di una spina di agave. In base alle istruzioni ricevute, Tuxtem non aveva sprecato un solo frammento o una sola scheggia. V'erano inoltre ornamenti per il naso, le orecchie e le labbra, nonché squisiti stuzzica-orecchie e stuzzicadenti. Tutti questi oggetti, grandi o piccoli, splendevano di un caldo bianco, quasi avessero posseduto una loro luce interna, o fossero stati scolpiti nella luna. Ed erano tanto soddisfacenti al tatto quanto alla vista, l'artigiano avendone levigato le superfici così da renderle come la pelle dei seni di Zyanya. Al pari della pelle di lei, invitavano: «Toccami, accarrezzami, palpami».

«Promettesti, giovane Signore Occhio Giallo» disse Tuxtem «che soltanto persone degne avrebbero posseduto questi oggetti. Consentimi la presunzione di scegliere la prima che li merita.»

Dopodiché si chinò baciando la terra in onore di Zyanya, poi si rialzò e le mise intorno al collo una delicata, sinuosa collana composta da centinaia di grani per ricavare i quali, da un singolo frammento di dura zanna, doveva avere impiegato una incalcolabile quantità di tempo. Zyanya sorrise radiosamente e disse: «Il Maestro Tuxtem mi onora, davvero. Mai più potranno esistere opere come queste. Dovrebbero essere riservate ai vostri dei».

«Io credo soltanto nel credibile» replicò l'artigiano. «Una splendida giovane donna con il fulmine sui capelli e un nome loochi che, lo so, significa Sempre, è una dea di gran lunga più credibile di tutte le altre.»

Tuxtem ed io ci dividemmo gli oggetti come ci eravamo accordati, poi io suddivisi la mia parte in quattro fardelli. La lavorazione aveva reso i pezzi meno voluminosi e pesanti di quanto lo fossero state le zanne originarie, per cui i fardelli risultarono così maneggevoli da consentire a me e ai miei compagni di trasportarli senza l'aiuto di portatori. Ci recammo anzitutto in un locanda di Xicalànca e prendemmo stanze. Poi riposammo, ci lavammo, cenammo e andammo a dormire.

L'indomani scelsi un oggetto tra i tanti dei quali ero appena entrato in possesso, una guaina per coltello, incisa con la scena di Qùetzalcòatl che si allontana pagaiando dalla sponda sulla sua zattera di serpi intrecciate. Quindi mi vestii come meglio potevo e, mentre Cozcatl e Ghiotto di Sangue accompagnavano Zyanya a vedere i luoghi interessanti di Xicalànca, mi recai al palazzo e chiesi un'udienza al nobile governatore dei Cupìlco, il Tabascoòb, come veniva lì chiamato. Da quel titolo — e non so il perché — voi spagnoli avete tratto un nuovo nome delle regioni che erano allora il paese Olmèca.

Il nobile mi ricevette alquanto cortesemente. Come quasi tutti gli uomini di altre nazioni, probabilmente non nutriva uno sviscerato affetto per noi Mexìca. Ma il suo paese viveva grazie al commercio, e i nostri erano i più numerosi tra tutti i mercanti.

Dissi: «Signore Tabascoòb, uno dei tuoi artigiani locali, il Maestro Tuxtem, ha eseguito di recente lavori d'arte unici dai quali prevedo di ricavare utili cospicui. Ma mi è sembrato opportuno che il primissimo pezzo dovesse essere donato al signore di queste terre. Pertanto ti offro questo oggetto a nome del mio signore, lo Uey-Tlatoàni Ahuìtzotl di Tenochtìtlan».

«Un gesto premuroso e un dono generoso» disse lui, esaminando la guaina con evidente ammirazione. «Una meravigliosa opera d'arte. Non ne ho mai veduta l'uguale.»

In campio, il Tabascoòb mi diede un piccolo calamo di polvere d'oro, da offrire al Maestro Tuxtem, e una collezione di creature marine disposte in una scatola — stelle di mare, cavallucci marini, una piuma di corallo, tutte rivestite in oro affinché si conservassero e fossero ancor più belle — per il Riverito Oratore Ahuìtzotl. Uscii dal palazzo ritenendo di aver compiuto almeno un piccolo passo per favorire buone relazioni tra Cupìlco e Tenochtìtlan.

Non mancai di dirlo ad Ahuìtzotl, quando gli feci visita immediatamente dopo il nostro arrivo nel Cuore dell'Unico Mondo. Speravo che il dono di buona amicizia del Tabascoöb potesse indurre il Riverito Oratore ad accedere più facilmente alla mia richiesta: che Zyanya ed io venissimo sposati da un sacerdote di alto rango al palazzo. Ma Ahuìtzotl si limitò a fissarmi con il suo sguardo più torvo e a grugnire:

«Osi venire a chiedere un favore a noi, dopo aver disubbidito ai nostri espliciti ordini?»

Poiché, sinceramente, non capivo, dissi: «Disubbidito, mio signore?»

«Quando ci portasti il resoconto della tua prima spedizione al sud, ti dicemmo di tenerti a disposizione per discuterne ulteriormente. Invece tu scomparisti, privando i Mexìca di un'occasione forse preziosa per muovere guerra. Ora torni, due anni dopo, due anni troppo tardi, a implorare il nostro appoggio per una bazzecola come il matrimonio!»

Ancora interdetto, risposi: «Senza dubbio, Signore Oratore, non mi sarei mai sognato di partire se avessi sospettato di farti cosa sgradita. Ma... *quale* occasione è andata perduta?»

«Le tue parole per immagini ci dissero come la vostra spedizione fosse stata attaccata da banditi.» La voce di lui si levò irosamente. «Non abbiamo mai lasciato passare invendicato un attacco ai nostri pochtèca in viaggio.» Era manifestamente più infuriato con me che con i banditi. «Se tu fossi stato presente per muovere l'accusa, avremmo avuto una valida giustificazione inviando un esercito contro i Mixtèca. Ma, non essendovi la vittima dell'aggressione...»

Mormorai scuse e chinai umilmente il capo, ma, al contempo feci un gesto di deprecazione. «I miserabili Mixtèca, mio Signore, posseggono poco di cui valga la pena di impadronirsi. Tuttavia, questa volta torno dai paesi stranieri con notizie di un popolo che davvero possiede qualcosa di prezioso, e che, per giunta, merita un castigo. Fui trattato da quella gente nel modo più crudele.»

«Da chi? Come? E che posseggono? Parla! Può essere che tu riesca a riscattarti nella nostra stima.»

Gli dissi come avessi scoperto il villaggio, barricato dalle rocce e dal mare, dei Chòntaltin, o Zyù, o Gli Stranieri, quella perfidamente appartata tribù degli Huave. Gli spiegai come soltanto quella gente sapesse dove e quando tuffarsi per cercare le lumache marine, e come quelle lumache disgustose producessero il meraviglioso colore violetto che non sbiadisce né stinge mai.

Gli feci osservare che un prodotto così eccezionale avrebbe avuto un valore incommensurabile sul mercato. Gli descrissi come fosse stata massacrata la mia guida Tzapotèca da Gli Stranieri e come Zyanya ed io ci fossimo sottratti miracolosamente alla stessa sorte. Mentre parlavo, Ahuìtzotl si alzò dal trono rivestito con la pelle dell'orso grigio e andò eccitato avanti e indietro nella sala.

«Sì» disse, con avido sorriso. «L'oltraggio ad uno dei nostri pochtèca giustificherebbe una spedizione punitiva, e il solo colore violetto la ripagherebbe ampiamente. Ma perché accontentarsi di punire soltanto quella misera tribù Huave? Nella regione Uaxyàcac esistono molti altri tesori che meritano di essere presi. Non più, dai lontani tempi del regno di mio padre, i Mexìca hanno umiliato quegli orgogliosi Tzapotèca.»

«Vorrei ricordare al Riverito Oratore» mi affrettai a dire «che neppure suo padre Motecuzòma riuscì a mantenere assoggettato molto a lungo un popolo così lontano. Per riuscirvi occorrerebbero guarnigioni permanenti in quel paese. E per mantenere le guarnigioni sarebbero necessarie estese linee di rifornimenti che è sempre possibile tagliare. Anche se un governo militare potesse essere imposto e mantenuto, costerebbe più di qualsiasi prevedibile compenso in fatto di saccheggi e tributi.»

Ahuìtzotl ringhiò: «Sembra che tu abbia sempre argomenti per impedire che i miei uomini conducano guerre virili».

«Non sempre, mio signore. In questo caso ti suggerirei di assicurarti l'alleanza degli Tzapotèca. Offri loro di battersi al fianco delle tue truppe quando muoverai contro i barbari Huave. Poi assoggetta quella tribù sconfitta a un tributo da versare non a te, ma al Signore Kosi Yuèla di Uaxyàcac... cedere a lui tutto il loro colorante violetto, da oggi e per sempre.»

«Cosa? Fare una guerra e rifiutarne i frutti?»

«Degnati di ascoltarmi, Signore Oratore. Dopo la vittoria firmerai un trattato in seguito al quale gli Uaxyàcac si impegneranno a vendere il colorante soltanto ai nostri mercanti Mexìca. In questo modo entrambe le nazioni se ne avvantaggeranno, poiché, naturalmente i nostri pochtèca rivenderanno il colorante a un prezzo di gran lunga maggiore. Tu avrai maggiormente legato a noi gli Tzapotèca mediante i vincoli di un accresciuto commercio... *e anche* per il fatto che si saranno battuti per la prima volta al fianco dei Mexìca in una comune impresa militare.»

Lo sguardo iroso di lui divenne riflessivo. «E, avendo combattuto una volta come nostri alleati, potrebbero farlo ancora, e ancora.» A questo punto si degnò di guardarmi quasi benevolmente. «L'idea è giusta. Impartiremo l'ordine di marciare non appena i nostri veggenti avranno individuato un giorno fausto per l'impresa. Tieniti pronto, Tequìua Mixtli, ad assumere il comando dei guerrieri che ti verranno assegnati. »

« Ma, mio signore, io sto per ammogliarmi! »

Mormorò: « *Xoquìui!* », che è una volgare imprecazione. « Puoi ammogliarti quando vuoi, ma un soldato è sempre assoggettato al richiamo, specie se ha un grado di comando. Inoltre sei tu, una volta di più, la parte lesa in questa faccenda. Costituisci il nostro pretesto per oltrepassare i confini dell'Uaxyàcac. »

« La mia presenza non sarà necessaria, Signore Oratore. Il pretesto è già predisposto. » Gli dissi di aver riferito le malefatte de Gli Stranieri al nobile governante di Tecuantèpec e, per il suo tramite, al signore bishòsu di quel paese. « Nessuno degli Tzapotèca nutre affetto per quella tribù abusiva di Huave, e pertanto la tua azione contro di essi non verrà ostacolata. Invero, non sarà probabilmente necessaria alcuna pressione perché Kosi Yuèla si unisca alle tue truppe nell'azione punitiva. » Mi interruppi poi soggiunsi, umilmente: « Spero di avere agito giustamente presumendo, in questo modo, di favorire gli interessi di Signori ed eserciti e nazioni. »

Per qualche momento non si udì alcun suono nella sala tranne quello di Ahuìtzotl che tamburellava con le grosse dita su una panca rivestita, sospettavo, con pelle umana. Infine egli parlò:

« Ci dicono che la tua futura sposa è una giovane dalla bellezza incomparabile. Benissimo. Nessun uomo che abbia già esemplarmente servito la nazione dovrebbe essere costretto ad anteporre il godimento della guerra al godimento della bellezza. Il matrimonio avrà luogo qui, nel salone da ballo della corte, che abbiamo appena fatto decorare a nuovo. Celebrerà un sacerdote del palazzo... il nostro sacerdote della dea dell'amore Xochiquètzal, direi, e non quello del dio della guerra Huitzilopòctli... e tutto il nostro seguito presenzierà alla cerimonia. Inviteremo tutti i tuoi colleghi pochtèca, tutti i tuoi amici, e chiunque altro tu vorrai. Consultati, soltanto, con i veggenti del palazzo, affinché possano stabilire una data propizia. Nel frattempo, tu e la tua donna vi aggirerete per la città, cercherete una dimora che vi piaccia, che non sia occupata, che il proprietario sia disposto a vendere, e quella casa sarà il dono di nozze di Ahuìtzotl per voi ».

All'ora stabilita, nel pomeriggio del giorno delle mie nozze, mi avvicinai nervosamente alla porta del gremito e rumoroso salone delle danze e mi soffermai sulla soglia quanto bastava per osservare la folla lì riunita attraverso il topazio. Poi, per vanità, lasciai ricadere il cristallo sotto le pieghe del nuovo e ricco mantello prima di entrare nella sala. Ma avevo già veduto che la nuova decorazione del vasto ambiente comprendeva affreschi murali ch'io sarei stato in grado di riconoscere anche se sprovvisti della firma dell'artista... e inoltre che tra le schiere di nobili, di cortigiani e di privilegiati rappresentanti del volgo si trovava un giovane alto nel quale, sebbene in quel momento mi voltasse le spalle, riconobbi l'artista stesso: Yei-Ehècatl Pocuìa-Chimàli.

Mi feci avanti tra gli invitati, alcuni dei quali in piedi, intenti a conversare e a bere da coppe d'oro; altri, in genere le nobildonne di corte, già inginocchiati o seduti intorno alle innumerevoli stoffe ricamate in oro distese sulle stuoie del pavimento. Quasi tutti i presenti mi batterono la mano sulla spalla o si protesero per accarezzarmi una mano, sorridendo e mormorando parole di congratulazione. Ma, come richiedeva la tradizione, io non risposi ad alcuno di quei gesti o ad alcuna di quelle parole. Mi portai nella parte anteriore del salone, ove il tessuto più elegante di ogni altro era stato disteso su un'alta pedana e ove un gruppo di uomini mi aspettava, tra essi lo Uey-Tlatoàni Ahuìtzotl e il sacerdote di Xochiquètzal. Mentre mi salutavano, i musicanti della Casa del Canto cominciarono a suonare una melodia sommessa.

Per la prima parte della cerimonia — quella che doveva riconoscermi entrato nella piena virilità — avevo chiesto ai tre anziani pochtèca di farmi l'onore, ed essi si trovavano già seduti sulla pedana. Poiché sul tessuto si trovavano sparsi vassoi di tamàltin bollente e anfore di potente octli, e poiché era prescritto che i Donatori si ritirassero immediatamente dopo il primo rituale, i tre vecchi si erano già abbondantemente serviti, per cui risultavano essere notevolmente ingozzati, ubriachi e mezzi addormentati.

Quando il silenzio fu disceso nella sala e si poté udire soltanto la musica sommessa, Ahuìtzotl e il sacerdote ed io restammo in piedi l'uno accanto all'altro. Sarebbe logico supporre che il sacerdote di una dea a nome Xochiquètzal fosse per lo meno pulito nelle sue abitudini, ma quel prete era professionalmente sciatto e non lavato e ripugnante come tutti gli altri. E, al pari di tutti gli altri, approfittò dell'occasione per rendere tediosamente lungo il suo discorso, infarcendolo con terribili ammonimenti sui trabocchetti del matrimonio, più che con un qualsiasi accenno alle sue gioie. Ma infine terminò e toccò ad Ahuìtzotl parlare ai tre vecchi rimbecilliti, che sedevano ai suoi piedi con sorrisi sdolcinati, rivolgendo loro poche e appropriate parole:

«Signori pochtèca, il mercante vostro collega desidera prendere moglie. Osservate questo xelolòni che vi porgo. È il simbolo del fatto che Chicòme-Xochitl Tlilèctic-Mixtli intende separarsi dai giorni della sua irresponsabile gioventù. Prendete e liberatelo affinché divenga un uomo adulto».

Quello dei tre senza scalpo prese lo xelolòni, che era una piccola accetta per impieghi domestici. Se fossi stato un comune uomo del volgo sul punto di prendere moglie, l'accetta avrebbe avuto un semplice e utilitaristico manico di legno e una parte tagliente di selce; quella aveva invece un manico di argento massiccio e la parte tagliente di bella giada. Il vecchio la brandì, ruttò sonoramente e disse:

«Abbiamo udito, Signore Oratore, noi e tutti i presenti abbiamo udito il desiderio del giovane Tlilèctic-Mixtli: che, a partire da questo momento, egli accetterà tutti i doveri, le responsabilità e i privilegi della virile età adulta. Sia dunque come tu e lui desiderate».

Fece, con l'accetta, il gesto ebbro e drammatico di troncare qualcosa... e quasi troncò di netto l'unico piede rimasto al collega morso in gioventù dal serpente. Poi tutti e tre si alzarono e portarono via il simbolico strumento tagliente, l'uomo con un solo piede penzolante e zoppicante tra gli altri due e tutti barcollanti mentre uscivano dalla grande sala. I Donatori erano appena scomparsi, che udimmo il clamore dell'arrivo di Zyanya al palazzo; la popolazione della città, pigiata all'esterno dell'edificio, le stava gridando: «Fanciulla felice! Fanciulla fortunata!»

Tutto era stato ben regolato, poiché ella giungeva proprio al tramonto, com'era opportuno. Il salone delle danze, che era andato facendosi man mano più buio durante la cerimonia preliminare, cominciò a splendere di luce dorata mentre i servi accendevano le torce di rami di pino che sporgevano ad angolo, a intervalli, dalle pareti affrescate. Quando tutto il vasto ambiente fu vividamente illuminato, Zyanya entrò per la porta principale, accompagnata da due dame del palazzo. Era consentito a una donna, in occasione delle sue nozze — e soltanto in quel momento della vita — farsi il più possibile bella servendosi di tutte le arti e di tutti i cosmetici di una cortigiana auyanìmi: tingendosi i capelli, schiarendosi la pelle, rendendosi più rosse le labbra. Ma Zyanya non aveva alcuna necessità di tali artifici e non se n'era servita. Indossava una semplice blusa e una gonna dal virgineo colore giallo pallido, e aveva scelto, per i tradizionali festoni di piume lungo le braccia e i polpacci, le lunghe penne di un qualche uccello bianco e nero, ovviamente per ripetere e accentuare il nero corvino striato di bianco della sua lunga e fluente chioma.

Le due donne la condussero sulla pedana, passando tra la folla mormorante e ammirata, e lei ed io venimmo a trovarci l'uno di fronte all'altra, Zyanya con un'aria timida, io con un'aria solenne, come richiedevano le circostanze. Il sacerdote tolse dalle mani di un assistente due strumenti e ne porse uno a ciascuno di noi: una catena d'oro dalla quale pendeva una sfera d'oro perforata al cui interno stava bruciando un po' di incenso copàli. Sollevai la mia e feci oscillare la sfera intorno a Zyanya, facendo sì che fragranti ondulazioni di fumo azzurrognolo rimanessero sospese nell'aria intorno alle spalle di lei. Poi mi ingobbii un poco, ed ella si alzò in punta di piedi per fare altrettanto con me. Il sacerdote riprese i turiboli e ci invitò a sedere l'uno accanto all'altra.

A questo punto si sarebbero dovuti fare avanti dalla folla i nostri parenti ed amici portando doni. Nessuno di noi due aveva parenti lì, e pertanto vennero solamente Ghiotto di Sangue, Cozcatl, e una delegazione della Casa dei Pochtèca. Tutti, a turno, baciarono la terra per onorarci e misero dinanzi a noi i loro diversi doni; per Zyanya capi di vestiario: bluse, gonne, scialli, e così via, tutti di primissima qualità; poi, anche per me, un assortimento di indumenti, nonché armi preziose: una maquàhuitl ben forgiata, un pugnale, un fascio di frecce.

Allorché i portatori dei doni si furono ritirati, toccò ad Ahuìtzotl e ad una delle nobildonne che scortavano Zyanya cantilenare a turno i tradizionali consigli paterni e materni alla coppia sul punto di sposarsi. Con una voce monotona e spassionata, Ahuìtzoltl mi ammonì, tra le altre cose, a non indugiare ancora a letto udendo il verso dell'Uccello Mattiniero, il pàpan, ma ad essere anzi già in piedi ed attivo. Quanto a colei che faceva la parte della madre di Zyanya, recitò un lungo elenco dei doveri della moglie, tutti, parve a me, compresa la ricetta preferita da quella dama per la preparazione del tamàltin. Come se si fosse trattato di un segnale, un servo portò un vassoio fumigante dei rotoli di polenta di granturco e carne, e lo posò dinanzi a noi.

Il sacerdote fece un gesto e Zyanya ed io prendemmo un tamàli ciascuno e ce lo mettemmo in bocca a vicenda, cosa che, se non si è mai provato, risulta tutt'altro che facile. Io finii con l'avere unto il mento, e Zyanya il naso, ma ognuno di noi riuscì per lo meno a prendere un boccone simbolico dell'offerta dell'altro. Mentre stavamo facendo questo, il sacerdote iniziò un'altra e banale arringa, con la quale non starò a tediarvi. La concluse chinandosi, prendendo un lembo del mio mantello e un lembo della blusa di Zyanya e annodandoli insieme.

Eravamo sposati.

La musica sommessa sbocciò all'improvviso, forte ed esultante, e un grido salì dagli invitati lì riuniti, mentre tutta la compassatezza del cerimoniale lasciava il posto alla convivialità. I servi corsero qua e là nella sala, distribuendo, sui vari riquadri di tessuto già distesi per la cena, vassoi di tamàltin e altre caraffe di octli e di cioccolata. Ci si aspettava che ogni ospite bevesse e si ingozzasse fino a quando le torce fossero rimaste accese, vale a dire all'alba, o fino a quando gli uomini fossero stramazzati, ubriachi fradici, per essere riportati a casa dalle loro donne o dagli schiavi. Zyanya ed io ci saremmo limitati a mangiare qualcosa, per poi essere accompagnati con discrezione — mentre tutti avrebbero finto che fossimo invisibili — nella camera nuziale, situata in un appartamento cedutoci da Ahuìtzotl al piano superiore del palazzo. Ma a questo punto ignorai le costumanze.

«Scusami un momento, mia cara» bisbigliai a Zyanya, e discesi dalla pedana mentre il Riverito Oratore e il sacerdote mi osservavano con occhi interdetti e con la bocca aperta che lasciava intravedere tamàltin masticato a mezzo.

Nel corso della mia lunga vita sono stato odiato, senza dubbio, da molte persone; non so da quante; la cosa non mi ha mai preoccupato abbastanza perché cercassi di ricordarle e di contarle. Ma avevo allora, quella sera, in quella sala, un nemico mortale, un nemico giurato e implacabile e già con le mani imbrattate di sangue. Chimàli aveva mutilato e assassinato persone a me care. La sua prossima vittima, prima ancora di me, sarebbe stata Zyanya. Intervenendo alle nostre nozze la minacciava e sfidava me a fare qualcosa per impedirlo.

Mentre mi aggiravo in cerca di lui, zigzagando tra i quadrilateri degli invitati seduti per cenare, il loro chiacchierio cessò, lasciando il posto a un meravigliato silenzio. Persino i musicanti abbassarono gli strumenti per osservarmi. Il silenzio nella sala venne infine interrotto dall'ansito collettivo dei presenti quando, con un manrovescio, feci volar via la coppa d'oro che Chimàli si stava portando alla bocca. Tintinnò musicalmente mentre rimbalzava su uno dei suoi affreschi.

«Non bere troppo» dissi, e tutti poterono udirmi. «Dovrai avere la mente chiara domattina. All'alba, Chimàli, nel bosco di Chapultèpec. Noi due soli, ma qualsiasi sorta e numero di armi tu voglia. Fino alla morte.»

Mi scoccò un'occhiata nella quale si mescolavano odio, disprezzo e un certo divertimento, poi guardò intorno a sé i convitati che sbarravano gli occhi. Una sfida privata avrebbe potuto respingerla, o imporre condizioni, o anche sottrarsi ad essa umiliandosi. Ma la mia sfida era stata preceduta dall'insulto di un colpo e tutti i più eminenti cittadini di Tenochtìtlan avevano veduto e udito. Egli fece una spallucciata, poi prese la coppa di octli di qualcun altro, la levò in un ironico saluto rivolto a me e disse, con chiarezza: «Chapultèpec. All'alba. Fino all'ultimo sangue». Vuotò la coppa, si mise in piedi e uscì a gran passi dalla sala.

Quando tornai sulla pedana, si riudì alle mie spalle il brusio e il chiacchierio degli invitati, anche se alquanto sommesso e allibito. Zyanya mi contemplò con occhi smarriti, ma debbo dire a suo merito che non fece domande, né si lagnò per il fatto che avevo tramutato un'occasione di letizia in qualcosa di diverso. Il sacerdote, però, mi fissò irosamente, accigliato, e prese a dire:

«Infausto all'estremo, giovane...»

«Taci!» ringhiò il Riverito Oratore, e il sacerdote chiuse la bocca. A me, Ahuìtzotl disse tra i denti: «L'essere entrato all'improvviso nella virilità responsabile e nel matrimonio ti ha dato alla testa».

Risposi: «No, mio signore. Sono sano di mente e ho valide ragioni per...»

«Ragioni!» mi interruppe lui, sempre senza alzare la voce, la qual cosa lo fece sembrare ancor più furente che se avesse sbraitato. «Ragioni per causare un pubblico scandalo alla tua festa di nozze? Ragioni per turbare una cerimonia organizzata per te come se fossi nostro figlio? Ragioni per aggredire un nostro cortigiano e un nostro ospite?»

«Sono spiacente se ho offeso il mio signore» dissi, ma soggiunsi, cocciuto: «Il mio signore mi giudicherebbe ancor più severamente se fingessi di ignorare un nemico che mi provoca con la sua presenza.»

«I tuoi nemici sono affar tuo. Il pittore di corte appartiene a noi. Tu minacci di ucciderlo. E, guarda da quella parte, ha ancora un'intera parete di questo salone da affrescare.»

Dissi: «Può ancora darsi che completi il lavoro, Signore Oratore. Chimàli era un combattente molto più abile di me, quando ci trovavamo insieme nella Casa per l'Irrobustimento».

«E così, anziché perdere il pittore di corte, perderemmo il consigliere e la vittima di un'aggressione in seguito al cui suggerimento, e nell'interesse della quale, ci stiamo accingendo a marciare in un paese straniero.» Sempre con quella voce bassa, misurata e minacciosa, disse: «Bada ora al mio ammonimento, e un ammonimento dello Uey-Tlatoàni chiamato Mostro d'Acqua non deve essere preso alla leggera. Se uno di voi due morirà domani — il nostro stimato pittore Chimàli, o il Mixtli che ci ha dato talora consigli preziosi — sarà Mixtli ad essere ritenuto responsabile. Sarà Mixtli a pagare, anche se dovesse essere lui a morire».

Adagio, affinché non potessi fraintendere quel che intendeva, volse lo sguardo minaccioso e iroso da me a Zyanya.

Ella disse, con una voce esile: «Dovremmo pregare, Zàa».
Ed io dissi, sinceramente, con fervore: «*Sto* pregando».
Il nostro appartamento conteneva tutto ciò che era necessario tranne un letto, che ci sarebbe stato fornito soltanto il quarto giorno dopo la cerimonia. Le giornate e le notti intermedie avremmo dovuto trascorrerle digiunando — astenendoci sia dal nutrimento, sia dalla consumazione del matrimonio — e pregando nel frattempo gli dei da noi prediletti, affinché potessimo essere buoni l'uno per l'altra e l'uno con l'altra, affinché il nostro matrimonio potesse essere felice.

Ma io ero silenziosamente impegnato in un diverso genere di preghiera. Stavo chiedendo, a quei qualsiasi dei esistenti, soltanto che Zyanya ed io potessimo sopravvivere l'indomani, così da rendere *possibile* il matrimonio. Avevo posto me stesso altre volte in situazioni pericolose, mai però in una situazione tale per cui, qualsiasi cosa potessi fare, non avrei trionfato. Se, per prodezza, o per pura fortuna, o perché lo decretava il mio tonàli, fossi riuscito a uccidere Chimàli, mi sarebbero rimaste allora due alternative. Avrei potuto tornare al palazzo e lasciare che Ahuìtzotl mi facesse giustiziare per essere stato l'istigatore del duello. Oppure avrei potuto fuggire, lasciando che il castigo — senza dubbio terribile — ricadesse su Zyanya. La terza prevedibile circostanza era che Chimàli uccidesse me, grazie alla sua superiore abilità con le armi, o perché io avrei evitato di ucciderlo, o perché il suo tonàli era più forte del mio. In tal caso, non potendo punire me, Ahuìtzotl avrebbe rivolto la propria ira contro la mia cara Zyanya. Il duello non poteva non dar luogo a una di queste eventualità, e ognuna di esse era impensabile. Eppure no, esisteva un'altra possibilità: se io avessi semplicemente evitato di recarmi nel bosco di Chapultèpec, all'alba...?

Mentre pensavo all'impensabile, Zyanya stava silenziosamente aprendo il poco bagaglio portato con noi. Il suo grido di gioia mi strappò alla tetra fantasticheria. Alzai la testa di tra le mani e vidi che aveva trovato, in una delle mie ceste, la statuetta di argilla della dea Xochiquètzal, quella che avevo sempre conservato dopo la disgrazia toccata a mia sorella.

«La dea che ci ha osservati mentre venivamo uniti in matrimonio» disse Zynya, sorridendo.

«La dea che ha creato te per me» dissi io. «Colei che governa l'amore e la bellezza. Nelle mie intenzioni la sua statuetta doveva essere un dono per te e una sorpresa.»

«Oh, lo è» disse lei, devotamente. «Tu non fai che sorprendermi.»

«Non tutte le mie sorprese sono state piacevoli per te, temo. Come la mia sfida a Chimàli, questa sera.»

«Non ne conoscevo il nome, ma mi sembra di aver già veduto quell'uomo. O qualcuno che gli somigliava molto.»

«Vedesti proprio lui, anche se, immagino, quella prima volta non aveva l'aspetto di un così elegante cortigiano. Consentimi di spiegare e spero che capirai perché ho dovuto turbare la nostra cerimonia nuziale, perché non ho potuto rimandare a dopo quello che ho fatto... e quello che ancora devo fare.»

La mia immediata spiegazione della statuetta di Xochiquètzal, pochi momenti prima — l'asserzione che volevo offrirgliela come ricordo delle nostre nozze — era la prima menzogna che avessi mai detto a Zyanya. Ma ora, parlando del mio passato, mentii ancora alcune volte per omissione. Incominciai con il primo tradimento di Chimàli, quando lui e Tlati si erano rifiutati di aiutarmi a salvare la vita di Tzitzitlìni, e lasciai alcuni vuoti nella spiegazione del *perché* la vita di mia sorella era stata in pericolo. Narrai in quale modo Chimàli, Tlatli ed io ci fossimo nuovamente incontrati a Texcòco, e, omettendo alcuni dei particolari più orribili, spiegai come avessi vendicato la morte di mia sorella. Come, o per misericordia o per debolezza, mi fossi accontentato di lasciar cadere la vendetta soltanto su Tlatli, consentendo a Chimàli di fuggire. E come, in seguito, egli avesse ripagato quel favore continuando a molestare me e i miei cari. Infine soggiunsi: «E tu stessa mi hai detto come egli finse di aiutare tua madre quando...»

Zyanya balbettò: «È lui il viaggiatore che assistette... che *assassinò* mia madre e tuo...?»

«Ecco perché, quando l'ho veduto prendere parte con arroganza alla nostra festa nuziale, ho deciso che non doveva più uccidere.»

Ella disse, quasi con ferocia: «Devi davvero affrontarlo, e prevalere su di lui, qualsiasi cosa abbia detto il Riverito Oratore, o qualsiasi cosa possa fare. Ma le guardie non potrebbero impedirti di uscire dal palazzo all'alba?»

«No. Ahuìtzotl non sa tutto quello che ho detto a te, ma sa che è una questione d'onore. Non mi tratterrà. Ma tratterrà te, invece. Ed è questo a turbare il mio cuore... non quello che potrebbe accadere a me, ma quanto potresti soffrire tu a causa della mia impetuosità.»

Zyanya parve risentirsi per queste mie parole. «Mi credi meno coraggiosa di te? Qualsiasi cosa possa accadere sul terreno del duello, e quali che possano esserne le conseguenze, aspetterò di buon grado. Ecco! L'ho detto. Se tu trattenessi la tua mano adesso, Zàa, non faresti che servirti di me come di un pretesto. Dopo una cosa simile non potrei più vivere con te. »

Sorrisi malinconicamente. La quarta e ultima possibilità mi era dunque preclusa. Scossi la testa e la presi con tenerezza tra le braccia. « No, » dissi con un sospiro « non tratterrò la mia mano. »

« Non ho mai pensato che lo avresti fatto » disse lei, con estrema naturalezza, come se, sposando me, avesse sposato un Cavaliere dell'Aquila. « Ora non rimane più molto tempo prima dell'alba. Sdraiati qui e lascia che io ti faccia da guanciale. Dormi finché puoi. »

Sembrava che avessi appena poggiato il capo sul suo seno soffice quando si udì bussare in modo esitante alla porta e la voce di Cozcatl avvertì: « Mixtli, il cielo impallidisce. È l'ora ».

Balzai in piedi, affondai la faccia in una bacinella d'acqua fredda, e ricomposi le mie vesti spiegazzate.

« Lui si è già recato all'ormeggio delle acàli » mi disse Cozcatl. « Forse ha l'intenzione di tenderti un'imboscata e di balzarti addosso. »

« Allora mi occorreranno soltanto armi per il combattimento ravvicinato, non armi da lanciare » dissi io. « Portami una lancia corta, un pugnale e una maquàhuitl. »

Cozcatl si affrettò ad allontanarsi ed io trascorsi alcuni momenti dolci-amari congedandomi da Zyanya, mentre lei pronunciava parole per rincuorarmi e assicurarmi che tutto sarebbe andato bene. La baciai un'ultima volta e discesi al pianterreno ove Cozcatl mi aspettava con le armi. Ghiotto di Sangue non era presente. Essendo stato il Maestro Cuachic e avendo insegnato sia a me sia a Chimàli nella Casa per l'Irrobustimento, sarebbe stato inopportuno da parte sua dare consigli o anche soltanto appoggio morale all'uno o all'altro di noi, comunque potesse pensarla per quanto concerneva l'esito del duello.

Le guardie del palazzo non ci impedirono in alcun modo di passare per la porta che, dal Muro dei Serpenti, conduceva al Cuore dell'Unico Mondo. Gli schiocchi dei nostri sandali sulla pavimentazione di marmo echeggiarono tra la Grande Piramide e i numerosi edifici meno imponenti. La plaza sembrava ancor più immensa del solito nella prima luce mattutina color dell'opale e nella solitudine, poiché non vi si trovavano altre persone che alcuni sacerdoti, i quali stavano andando a celebrare i riti dell'aurora. Uscimmo per il passaggio sul lato occidentale del Muro dei Serpenti e percorremmo le vie e varcammo i ponti sui canali fino alla riva dell'isola più vicina alla terraferma, e, una volta giunti all'ormeggio delle imbarcazioni, io requisii una delle canoe riservate agli impieghi della corte. Cozcatl volle a tutti i costi portarmi pagaiando al di là della non vasta distesa d'acqua, per impedirmi di stancare i muscoli.

La nostra acàli urtò contro la riva ai piedi del dirupo denominato Chapultèpec, nel punto in cui l'acquedotto scendeva dall'altura verso la città. In alto sopra le nostre teste, i volti scolpiti dei Riveriti Oratori Ahuìtzotl, Tixoc, Axayàcatl, e del primo Motecuzòma ci fissavano dalla roccia altrove naturalmente scabra. Un'altra canoa si trovava già lì, con la cima trattenuta da un paggio del palazzo, il quale additò il pendio di lato al dirupo e disse compìto: «Ti aspetta nel bosco, mio signore».

Dissi a Cozcatl: «Tu rimani qui con l'altro portatore delle armi. Saprai presto se avrò ulteriormente bisogno di te o no». Infilai il pugnale di ossidiana sotto la fascia del perizoma, impugnai la spada dal filo di ossidiana con la mano destra e la corta lancia dalla punta di ossidiana con la sinistra. Salii in cima al pendio e guardai verso il basso nella direzione del bosco.

Ahuìtzotl aveva cominciato a trasformare in un parco quella che era stata prima una selvaggia foresta. I lavori non sarebbero potuti essere completati prima di numerosi altri anni — i bagni, le fontane, le statue e così via — ma già la foresta era stata diradata, lasciando soltanto gli incalcolabilmente vetusti cipressi ahuehuètque, e il tappeto erboso e i fiori selvatici che crescevano sotto ad essi. Da dove mi trovavo io, il tappeto d'erba rimaneva del tutto invisibile, e i formidabili cipressi sembravano innalzarsi magicamente senza radici, dalla nebbia azzurro chiaro che scaturiva dal terreno contemporaneamente al sorgere di Tonatìu. Chimàli mi sarebbe rimasto ugualmente invisibile se avesse deciso di tenersi accovacciato in qualche punto sotto quella nebbia.

Invece, non appena mi fui portato il topazio davanti a un occhio, vidi che aveva deciso di spogliarsi completamente e di sdraiarsi nudo sul ramo di un cipresso che sporgeva dal tronco parallelamente al suolo, a un'altezza dal livello di quest'ultimo pari a circa una volta e mezza la mia statura. Anche il teso braccio destro di Chimàli, che impugnava una maquàhuitl, poggiava sul ramo, aderendo ad esso. Per un momento rimasi interdetto. Perché un'imboscata così facilmente visibile? E perché era spogliato?

Poi mi resi conto dell'intenzione di lui, e dovetti ghignare come un coyote. Al ricevimento della sera prima, Chimàli non mi aveva veduto servirmi in quel modo del cristallo, e ovviamente nessuno aveva pensato di informarlo del nuovo e artificiale miglioramento della mia vista. Si era tolte le vesti colorate affinché il colore della sua pelle si confondesse con il marrone del ramo di cipresso. Riteneva che sarebbe rimasto invisibile al vecchio Talpa, al compagno di studi Avvolto nella Nebbia, mentre io lo avrei cercato a tastoni tra gli alberi. Doveva limitarsi a giacere lì, al sicuro, fino al momento in cui io, avanzando esitante e quasi cieco, sarei infine passato sotto di lui. Allora avrebbe vibrato la maquàhuitl verso il basso, un solo colpo, ed io sarei morto.

Per un attimo, sentii che era quasi sleale da parte mia essermi servito del cristallo per individuare la posizione di lui. Ma poi pensai: deve esser stato molto contento della mia condizione: che ci incontrassimo soli. Una volta eliminatomi, avrebbe potuto rivestirsi e tornare in città e dire come ci fossimo affrontati coraggiosamente faccia a faccia e con quale selvaggio e cavalleresco duello ci fossimo battuti prima che egli riuscisse infine a prevalere su di me. Se ben conoscevo Chimàli, si sarebbe persino inflitto qualche piccolo taglio per rendere più credibile la sua versione dei fatti. Pertanto non provai altri rimorsi a causa di quanto stavo per fare. Lasciai scivolare di nuovo il topazio sotto il mantello, gettai al suolo la maquàhuitl e con entrambe le mani ben strette sull'asta dalla lancia tenuta orizzontalmente, discesi nel nebbioso bosco.

Camminai adagio e con circospezione, come egli avrebbe potuto aspettarsi dall'inetto combattente Avvolto nella Nebbia, le ginocchia flesse, gli occhi molto socchiusi, come una talpa. Naturalmente non andai diritto verso l'albero di lui, ma mi spostai nel bosco molto di lato rispetto ad esso. Ogni volta che mi avvicinavo a un tronco, mi protendevo il più possibile e menavo goffamente colpi con la lancia al lato opposto del tronco stesso prima di proseguire. Tuttavia, avevo preso mentalmente nota del nascondiglio di Chimàli e della posizione del ramo sul quale egli giaceva. Mentre mi avvicinavo a quel punto, cominciai a poco a poco a sollevare la lancia dalla posizione orizzontale finché la tenni quasi perpendicolarmente davanti a me, con la punta in alto, come Ghiotto di Sangue mi aveva insegnato a tenerla nella giungla, per scoraggiare i giaguari che giacessero in attesa di spiccare il balzo. Con l'arma in quella posizione, ero certo che egli non avrebbe potuto vibrare un colpo con la maquàhuitl davanti a me; avrebbe dovuto aspettare che la punta della lancia ed io fossimo passati un po' più oltre sotto di lui, per poi colpirmi alla nuca o al collo.

Mi avvicinai a quell'albero come avevo fatto con tutti gli altri, rannicchiato e a passi lenti, voltando continuamente la testa da un lato e dall'altro, guardando sempre davanti a me con gli occhi socchiusi e senza mai alzarli una sola volta. Non appena venni a trovarmi sotto il ramo, servendomi di entrambe le mani sferrai un colpo di lancia verso l'alto, con tutte le mie forze.

Poi, per un attimo, il cuore parve fermarmisi. La punta della lancia non toccò mai Chimàli ma si fermò subito prima di averne trafitto le carni; colpì, con un *ploc!*, il legno del ramo e l'urto si ripercosse, con una vibrazione da intorpidire, in entrambe le mie braccia. Ma Chimàli doveva avere vibrato la maquàhuitl nello stesso momento perdendo così la presa sul ramo e squilibrandosi. Infatti il colpo da me sferrato al ramo lo fece cadere ed egli piombò subito alle mie spalle, supino. Il respiro gli sfuggì frusciante dai polmoni, e la maquàhuitl gli saltò via dalla mano. Girai fulmineamente sui tacchi, lo colpii alla testa con l'asta della lancia e lui giacque inerte. Mi chinai, constatando che non era morto, ma che sarebbe rimasto privo di sensi ancora per qualche tempo. Mi limitai pertanto a impadronirmi della sua spada, tornai sulla china ricuperando la mia che avevo lasciato cadere e raggiunsi i due giovani portatori delle armi. Cozcatl lanciò un grido di gioia quando vide l'arma del mio avversario: «Sapevo che lo avresti ucciso, Mixtli!»

«Non l'ho ucciso» risposi. «L'ho lasciato privo di sensi, ma se rientrerà in sé non patirà niente di più di un violento mal di capo. *Se* rientrerà in sé. Ti dissi, molto tempo fa, che, una volta giunto il momento dell'esecuzione di Chimàli, avresti deciso tu il modo.» Sfilai il pugnale di sotto il perizoma e glielo consegnai. Il paggio ci osservava con un'espressione affascinata e inorridita al contempo. Indicai con un gesto a Cozcatl la direzione del bosco. «Troverai facilmente il punto in cui giace. Va' e dagli quello che merita.»

Cozcatl annuì, si incamminò su per la china e scomparve. Il paggio ed io aspettammo. Il ragazzo aveva la faccia sbiancata e alterata e continuava a deglutire sforzandosi di non vomitare. Quando Cozcatl tornò, prima ancora che fosse vicino abbastanza per poter parlare, vedemmo come il pugnale non fosse più di un nero lucente, ma di un vivido scarlatto.

Tuttavia egli scosse la testa, mentre si avvicinava, e disse: «L'ho lasciato vivere, Mixtli».

Esclamai: «Cosa! Perché?»

«Ho udito involontariamente, ieri sera, le parole minacciose del Riverito Oratore» disse lui, in tono di scusa. «Avendo Chimàli indifeso davanti a me, molto sono stato tentato, ma non l'ho ucciso. Poiché egli vive ancora, il Signore Oratore non potrà adirarsi *troppo* con te. A Chimàli ho tolto soltanto questi.»

Porse una mano stretta a pugno e l'aprì consentendomi di vedere i due globuli mucosamente lucenti e la flaccida appendice rosea tagliata, in modo frastagliato, circa a metà della sua lunghezza.

Dissi al paggio stravolto, che stava vomitando: «Hai udito. Egli vive. Ma gli occorrerà il tuo aiuto per tornare in città. Va' e ferma l'emorragia e aspetta che riprenda i sensi».

«Sicché l'uomo Chimàli vive» disse Ahuitzotl, gelido. «Ammesso che la sua possa essere chiamata vita. Sicché ti sei attenuto al nostro divieto di ucciderlo non uccidendolo *proprio* del tutto. Sicché ora ti aspetti, beatamente, che noi non ci risentiamo e non ci vendichiamo come promesso.» Prudentemente, io tacqui. «Ammettiamo che hai ubbidito alle nostre esplicite parole, ma avevi inteso benissimo la nostra *intenzione* inespressa, e allora? Come potrà mai esserci utile l'uomo, nelle sue attuali condizioni?»

Ero ormai rassegnato ad aspettarmi di essere fissato, in ogni colloquio con lo Uey-Tlatoàni, dallo sguardo iroso dei suoi occhi sporgenti. Altri si perdevano di coraggio e tremavano sotto quello sguardo spaventoso, ma io stavo cominciando ad abituarmici.

Dissi: «Forse se il Riverito Oratore volesse ora ascoltare le ragioni per cui ho sfidato il pittore di corte, il mio signore potrebbe essere propenso alla clemenza per quanto concerne il tragico esito del duello».

Egli si limitò a grugnire, ma io interpretai il grugnito come il permesso di parlare.

Gli raccontai press'a poco la stessa storia che avevo raccontato a Zyanya, omettendo soltanto *ogni* accenno agli eventi di Texcòco, in quanto avevano così intimamente coinvolto la sua defunta figlia. Allorché conclusi descrivendo come Chimàli avesse assassinato mio figlio appena partorito, e accennando inoltre al fatto che temevo per la donna appena sposata, lo Uey-Tlatoàni tornò a grugnire, poi meditò sulla situazione — o almeno così io dedussi dal suo accigliato silenzio — e infine disse:

«Non assumemmo l'artista Chimàli per, o nonostante, la sua spregevole amoralità, le sue tendenze sessuali, il suo carattere vendicativo, o la tendenza al tradimento. Lo assumemmo soltanto affiché eseguisse i dipinti, un'arte nella quale era più abile di qualsiasi altro pittore dei nostri tempi o dei tempi trascorsi. Tu puoi non avere ucciso l'uomo, ma senza dubbio hai fatto perire l'artista. Ora che gli sono stati strappati gli occhi, non può più dipingere. Ora che gli è stata tagliata la lingua, non può neppure insegnare ai nostri altri artisti il segreto per comporre quei colori unici inventati da lui».

Tacqui, limitandomi a pensare tra me e me, con soddisfazione, che Chimàli, senza voce e senza vista, non avrebbe nemmeno potuto rivelare al Riverito Oratore come fossi stato io a causare il pubblico disonore e l'esecuzione della figlia maggiore di lui.

Egli continuò, come se stesse riassumendo una causa a favore mio e al contempo contro di me: «Continuiamo ad essere infuriati nei tuoi riguardi, ma dobbiamo accettare come attenuanti le motivazioni che ci hai esposto del tuo comportamento. Dobbiamo rassegnarci al fatto che questa era una inevitabile questione d'onore. Dobbiamo inoltre riconoscere che tu ti sei sforzato di ubbidire al nostro ordine lasciando vivere l'uomo Chimàli; dal canto nostro, noi manteniamo quanto abbiamo detto. Sei esonerato da ogni castigo».

Dissi, con gratitudine e sinceramente: «Grazie, mio signore».

«Tuttavia, poiché abbiamo minacciato in pubblico, e l'intera popolazione sa ormai quanto è avvenuto, *qualcuno* deve espiare per la perdita del nostro pittore di corte.» Trattenni il respiro, pensando che senza dubbio si riferisse a Zyanya. Ma egli continuò, in tono indifferente: «Ci penseremo. Sarà qualche trascurabile nullità ad essere incolpata, ma tutti sapranno che non minacciamo a vuoto».

Lasciai sfuggire l'aria trattenuta nei polmoni. Per quanto la cosa possa sembrare spietata, non provavo in realtà un gran rimorso, né compassionavo troppo qualche ignota vittima, forse uno schiavo ribelle destinato a morire per il capriccio di quel tiranno.

Ahuìtzotl disse, concludendo: «Il tuo eterno nemico verrà scacciato dal palazzo non appena il medico avrà terminato di curargli le ferite. Chimàli, d'ora in avanti, dovrà vivere come un volgare mendicante di strada. Hai avuto la tua vendetta, Mixtli. Qualsiasi uomo preferirebbe morire anziché essere come tu hai ridotto Chimàli. Ora allontanati dalla nostra presenza prima che possiamo cambiare idea. Va' dalla tua donna, che si cruccia, presumibilmente, per te».

Senza dubbio Zyanya si crucciava, per sé oltre che per me, ma era una donna del Popolo delle Nubi; mai avrebbe tradito la propria preoccupazione alla presenza di chiunque facesse parte della corte. Quando entrai nell'appartamento, la placida espressione di lei non mutò finché non ebbi detto: «È fatto. Egli è finito ed io sono perdonato». Allora Zyanya pianse, e poi rise, e poi pianse di nuovo, e poi si gettò tra le mie braccia e si avvinghiò a me come se avesse voluto non lasciarmi andare mai più.

Dopo che le avevo riferito quanto era accaduto, disse: «Devi essere quasi morto di stanchezza. Coricati ancora e...»

«Mi coricherò» dissi «ma non per dormire. Devo confessarti

una cosa. Sembra che il sottrarmi per un pelo al pericolo abbia sempre un certo effetto su di me.»

«Lo so» mormorò lei, sorridendo. «Lo sento. Ma, Zàa, dovremmo pregare.»

Dissi: «Non esiste forma di preghiera più sincera dell'amore».

«Non abbiamo il letto.»

«La stuoia sul pavimento è più morbida del suolo di una montagna. E sono impaziente di vederti mantenere la promessa.»

«Ah, sì, rammento» disse. E adagio — non con riluttanza, ma in modo allettante — si spogliò per me, togliendosi tutto ciò che indossava tranne la collana bianco-perlacea che l'artigiano Tuxtem le aveva messo a Xicalànca.

Vi ho già detto, miei signori, che Zyanya era come una bell'anfora di rame brunito, traboccante di miele e collocata al sole? La bellezza del viso di lei la conoscevo già da tempo, ma la bellezza del corpo l'avevo conosciuta soltanto toccandolo. Ora, tuttavia, lo vidi e — ella aveva avuto ragione promettendolo — fu come se fosse stata la prima volta. Ardevo letteralmente dal desiderio di possederla.

Quando venne a trovarsi nuda di fronte a me, tutte le intime parti femminili di lei parvero protendersi in avanti e in alto, offrendosi ardentemente. I seni erano alti e impennati e sui loro globi color rame chiaro le areole color cacao sporgevano come globi più piccoli, e da esse si protendevano i capezzoli, chiedendo di essere baciati. Anche la tipìli sporgeva alta e in avanti, per cui, sebbene tenesse le lunghe gambe pudicamente accostate, quelle morbide labbra si separavano appena di poco sulla loro congiunzione superiore, lasciando intravedere la rosea perla della xacapìli, umida in quel momento, come una perla appena emersa dal mare...

Basta così.

Sebbene Sua Eccellenza non sia in questo momento presente e non possa pertanto essere costretto ad andarsene dalla consueta ripugnanza, non riferirò quanto accadde allora. Sono stato francamente esplicito per quanto concerne i rapporti con altre donne, ma Zyanya era la mia diletta moglie e credo che avaramente tesoreggerò quasi tutti i ricordi di lei. Di tutto ciò che ho posseduto nella vita, soltanto i ricordi mi restano. Credo, in effetti, che i ricordi siano il solo vero tesoro nel cui possesso sia lecito a un essere umano sperare sempre. E questo era il nome di lei: Sempre.

Ma sto divagando. E il nostro delizioso fare all'amore non fu l'ultimo evento di quella giornata così straordinariamente densa di fatti. Zyanya ed io giacevamo allacciati ed io stavo per addormentarmi, quando si udì bussare alla porta sommessamente, come aveva fatto in precedenza Cozcatl. Sperando nebulosamente di non essere chiamato a battermi di nuovo in duello, mi alzai a fatica, mi avvolsi nel mantello e andai a vedere. Era uno degli assistenti del castaldo.

« Perdonami se interrompo le tue preghiere, signore scrivano, ma un messaggero veloce ha portato una richiesta urgente da parte del tuo giovane amico Cozcatl. Ti chiede di recarti in tutta fretta nella casa del tuo vecchio amico Extli-Quani. Sembra che l'uomo sia morente.»

«Assurdo» dissi, con la voce impastata dal sonno. «Devi avere frainteso il messaggio.»

«Vorrei sperarlo, mio signore» disse lui, in tono sostenuto, « ma temo che non sia così.»

Assurdo, ripetei — tra me e me — ma cominciai frettolosamente a vestirmi mentre spiegavo a mia moglie quanto era accaduto. Assurdo, continuai a ripetere a me stesso. Ghiotto di Sangue non potrebbe mai morire. La morte non riuscirebbe ad affondare i denti in quel guerriero duro come il cuoio e tutto tendini. La morte non potrebbe mai succhiarne le linfe ancora vitali. Vecchio poteva esserlo, ma un uomo ancora così traboccante di appetiti virili non era anziano abbastanza per la morte. Ciò nonostante mi affrettai il più possibile e il servo aveva tenuto una acàli accostata, in attesa, alla sponda del canale in cortile, per condurmi, più rapidamente di quanto io avrei potuto correre, nel quartiere Mòyotlan della città.

Cozcatl aspettava sulla porta della casa non ancor terminata, e si torceva ansiosamente le mani. «Il sacerdote di Divoratrice di Sozzure si trova ora con lui, Mixtli» disse in un bisbiglio spaventato. «Spero che a Ghiotto di Sangue rimanga abbastanza fiato per congedarsi da te.»

«Allora è davvero morente?» gemetti. «Ma di che cosa? Era nel fiore della salute al banchetto, ieri sera. Ha mangiato come un intero stormo di avvoltoi. Ha seguitato a infilare la mano sotto le gonne delle ragazze che servivano gli ospiti. Come è possibile che qualcosa lo abbia colpito così fulmineamente?»

«Credo che i soldati di Ahuìtzotl colpiscano sempre fulmineamente.»

«Cosa?»

«Mixtli, credevo che le quattro guardie del palazzo fossero venute per me, a causa di quello che ho fatto a Chimàli. Invece mi sono passate accanto, gettandosi su Ghiotto di Sangue. Lui aveva la maquàhuitl a portata di mano, come sempre, e pertanto non ha ceduto senza battersi, e tre di quei quattro sanguinavano abbondantemente quando se ne sono andati. Ma un colpo di lancia ha squartato il vecchio.»

La consapevolezza mi fece scorrere un brivido gelido in tutto il corpo. Ahuìtzotl aveva promesso di far giustiziare una nullità sacrificabile in mia vece; la sua scelta doveva essere già stata fatta nel momento stesso in cui me lo diceva. Aveva definito, una volta, Ghiotto di Sangue troppo vecchio per qualcosa di più utile del farmi da balia nelle mie spedizioni commerciali. E ora si era espresso nel senso che *tutti* dovevano sapere come le sue minacce non fossero vuote. Bene, quel «tutti» includeva me. Mi ero congratulato con me stesso per essermi sottratto al castigo e avevo festeggiato l'evento sollazzandomi con Zyanya, proprio mentre accadeva *questo*. La cosa non era stata studiata soltanto per inorridirmi e addolorarmi. Era stata studiata per disperdere ogni illusione che potessi intrattenere per quanto concerneva l'essere io indispensabile, per ammonirmi a non ignorare mai più i desideri dell'implacabile despota Ahuìtzotl.

«Il vecchio lascia la casa e ogni altro suo possesso a te, ragazzo» disse una nuova voce. Era il sacerdote, materializzatosi sulla porta e rivoltosi a Cozcatl. «Ho trascritto il suo testamento e ne sarò testimone...»

Mi gettai dentro passandogli accanto e attraversai di corsa le stanze sulla facciata, giungendo nell'ultima. Le pareti di pietra non ancora intonacate erano spruzzate di sangue e il sangue aveva inzuppato il giaciglio del mio vecchio amico, sebbene io non riuscissi a scorgere alcuna ferita su di lui. Indossava soltanto un perizoma e giaceva bocconi, la testa brizzolata voltata dalla mia parte, gli occhi chiusi.

Mi gettai sul giaciglio accanto a lui noncurante del sangue che lo imbeveva, e dissi, in tono incalzante: «Maestro Cuachic, sono il tuo allievo, Avvolto nella Nebbia!»

Gli occhi si aprirono adagio. Poi uno di essi si richiuse fuggevolmente in un ammiccamento accompagnato da un debole sorriso. Ma i segni della morte si trovavano già lì: gli occhi, un tempo così penetranti, erano di uno scialbo color cenere intorno alle pupille, e il naso, un tempo carnoso, sembrava sottile e affilato come una lama.

«Sono disperato per questo» soggiunsi con voce strozzata.

«Non esserlo» disse lui fiocamente, e a brevi ansiti stentati. «Sono morto combattendo. Esistono modi peggiori. E mi sono stati evitati. Ti auguro... una fine altrettanto bella. Addio, giovane Mixtli.»

«Aspetta!» gridai, come se avessi potuto imporglielo. «È stato Ahuìtzotl a ordinare questo, perché ho sconfitto Chimàli. Ma tu non c'entravi affatto. Non hai nemmeno parteggiato per l'uno o per l'altro. Perché il Riverito Oratore avrebbe dovuto vendicarsi *su di te*? »

« Perché fui io » disse lui, faticosamente, « a insegnarvi ad uccidere. » Sorrise di nuovo, mentre chiudeva gli occhi. « Vi insegnai bene... non è così? »

Queste furono le sue ultime parole, e nessuno avrebbe potuto pronunciare un epitaffio più appropriato. Eppure io mi rifiutai di credere che Ghiotto di Sangue non avrebbe più parlato. Pensai forse che il respiro potesse essergli impedito dalla posizione in cui giaceva; avrebbe respirato meglio riposando più comodamente, supino. In preda alla disperazione, lo afferrai, lo sollevai, lo voltai, e tutti i visceri di lui si riversarono all'esterno.

✠

Sebbene piangessi Ghiotto di Sangue e ribollissi d'ira a causa del suo assassinio, riuscii a consolarmi in qualche modo perché Ahuìtzotl non avrebbe mai saputo. Nello scambio di colpo vendicativo contro colpo vendicativo, ero ancora avvantaggiato su di lui. Lo avevo privato di una figlia. Pertanto compii uno sforzo deciso per trangugiare la bile, per gettarmi il passato alle spalle, per accingermi speranzosamente a preparare un futuro esente da spargimenti di sangue, da crepacuori e rancori e pericoli. Zyanya ed io dedicammo le nostre energie alla costruzione di una casa tutta per noi. Il terreno che avevamo scelto era stato acquistato dal Riverito Oratore come dono di nozze. Io non avevo rifiutato l'offerta sul momento, e non sarebbe stata una buona politica da parte mia respingerla anche dopo i nostri dissensi, ma in realtà non avevo alcuna necessità di regali.

Gli anziani pochtèca avevano venduto i miei acquisti di piume e cristalli della prima spedizione con un così proficuo acume che, anche dopo aver diviso il ricavato con Cozcatl e con Ghiotto di Sangue, mi era rimasto abbastanza per condurre un'esistenza agiata senza dovere mai più impegnarmi nel commercio, e dedicarmi a qualsiasi altra attività. Ma, in seguito, la seconda consegna di mercanzie straniere aveva accresciuto astronomicamente la mia ricchezza. Se i cristalli per accendere il fuoco erano stati un considerevole successo commerciale, gli oggetti d'arte ricavati dalle zanne furono considerati, né più né meno, sensazionali e causarono una frenesia di offerte da parte dei nobili. I prezzi ricavati da tali oggetti avrebbero consentito a Cozcatl e a me di sistemarci definitivamente, qualora fosse stato questo il nostro desiderio, e di diventare obesi, compiaciuti di noi stessi e sedentari quanto gli anziani della Casa dei Pochtèca.

Il luogo scelto da Zyanya e da me per costruire la casa si trovava a Ixacuàlco, il più bel quartiere residenziale dell'isola, ma il terreno era occupato da una misera e piccola casupola di mattoni cotti al sole. Assunsi un architetto e gli dissi di demolirla e di costruire un solido edificio in arenaria che fosse una comoda casa e al contempo offrisse una vista piacevole ai passanti, ma senza alcuna ostentazione. Essendo il terreno, come tutti gli altri sull'isola, stretto e limitato, ordinai di conseguire la comodità costruendo in altezza. Chiesi specificamente un giardino pensile, impianti igienici con l'indispensabile acqua corrente e una falsa parete in una delle stanze, con ampio spazio nascosto dietro ad essa.

Nel frattempo, senza più consultarmi, Ahuìtzotl marciò a sud verso l'Uaxyàcac, non alla testa di un immenso esercito, ma di reparti scelti dei suoi più prodi guerrieri, appena cinquecento uomini al massimo. Lasciò a sostituirlo temporaneamente sul trono la Donna Serpente, ma condusse con sé, come comandante in seconda, un giovane il cui nome è familiare a voi spagnoli. Si trattava di Motecuzòma Xocòyotzin, che è come dire il Più Giovane Signore Motecuzòma; egli aveva, in effetti, un anno meno di me. Era il nipote di Ahuìtzotl, figlio del precedente Uey-Tlatoàni Axayàcatl, e pertanto pronipote del primo e grande Motecuzòma. Era stato, fino a quel momento, alto sacerdote del dio della guerra Huitzilopòchtli, ma, con quella spedizione, sperimentava per la prima volta la vera guerra. Doveva fare molte altre esperienze del genere, poiché lasciò il sacerdozio per diventare un soldato di mestiere, naturalmente con un elevato grado di comando.

Circa un mese dopo la partenza delle truppe, i messaggeri veloci di Ahuìtzotl cominciarono a giungere a intervalli in città e la Donna Serpente rese pubblicamente noti i loro rapporti. In base alle notizie di quei primi messaggeri, risultò manifesto che il Riverito Oratore stava attenendosi ai consigli datigli da me. Aveva preventivamente reso noto il suo avvicinarsi e, come io prevedevo, le sue truppe erano state bene accolte dal Bishòsu di Uaxyàcac, che aveva contribuito alla spedizione con lo stesso numero di guerrieri. Queste forze combinate di Mexìca e Tzapotèca avevano invaso le regioni costiere de Gli Stranieri e sconfitto questi ultimi, massacrandone tanti da indurre gli altri ad arrendersi e a rassegnarsi al tributo del loro colorante violetto per lungo tempo così gelosamente custodito.

Ma i messaggeri successivi portarono notizie meno liete. I Mexìca vittoriosi erano acquartierati a Tecuantèpec, mentre Ahuìtzotl e il governante suo alleato Kosi Yuela conferivano su questioni di stato. Quei soldati, essendo assuefatti da tempo al loro diritto al saccheggio, qualsiasi nazione sconfiggessero, rimasero scontenti e si adirarono venendo a sapere che il loro comandante cedeva l'unico bottino visibile — il prezioso colorante — al governante di quella stessa nazione. Pareva ai Mexìca di aver combattuto senza avvantaggiare nessuno tranne lo stesso paese da essi invaso. E poiché Ahuìtzotl non era il tipo di uomo da giustificare le proprie azioni con i suoi sottoposti, placandone così l'irrequietudine, i Mexìca si ribellarono, semplicemente, contro ogni disciplina militare. Si dispersero, ignorando i regolamenti, e si scatenarono a Tecauntèpec, saccheggiando, violentando e incendiando.

Questo ammutinamento avrebbe potuto far fallire le delicate trattative per stringere un'alleanza tra la nostra nazione e l'Uaxyàcac. Ma fortunatamente, prima che gli scatenati Mexìca avessero potuto uccidere qualche personaggio altolocato, e prima che le truppe Tzapotèca fossero intervenute — il che avrebbe significato una piccola guerra laggiù — Ahuìtzotl, urlando, riportò l'ordine tra la propria orda e promise che, immediatamente dopo il ritorno a Tenochtìtlan, avrebbe versato egli stesso ad ogni più insignificante yaoquizqui della spedizione, attingendo al proprio tesoro personale, una somma di gran lunga superiore a quella che potevano sperare di procurarsi dandosi ai saccheggi nel paese ospite. I soldati sapevano come Ahuìtzotl fosse un uomo di parola, e questo bastò per far cessare l'ammutinamento. Il Riverito Oratore versò inoltre a Kosi Yuela e al bishòsu di Tecuantèpec una cospicua indennità per i danni arrecati.

Le notizie della carneficina nella città natale di Zyanya preoccuparono, logicamente, lei e me. Nessuno dei messaggeri veloci fu in grado di dirci se nostra sorella Bèu Ribè, o la sua locanda, si fossero trovate sul cammino dei saccheggiatori. Aspettammo fino al ritorno di Ahuìtzotl e delle sue truppe, ed io mi informai tra gli ufficiali, ma ancora non riuscimmo ad accertare se fosse accaduto qualcosa a Luna in Attesa.

«Sono estremamente in ansia per lei, Zàa» disse mia moglie.

«Sembra che non sia possibile accertare alcunché, se non nella stessa Tecuantèpec.»

Ella soggiunse in tono esitante: «Potrei restare io qui e continuare a dirigere i lavori per la costruzione della nuova casa se tu prendessi in considerazione la possibilità di...»

«Non hai bisogno di chiedermelo. Avevo già previsto di tornare da quelle parti in ogni caso.»

Ella batté le palpebre, stupita. «Davvero? Perché?»

«Un affare non portato a termine» le dissi. «Avrei potuto rimandare, ma l'incertezza per quanto concerne Bèu mi impone di ripartire subito.»

Zyanya era fulminea nel capire e disse: «Vuoi tornare di nuovo sulla montagna che cammina nel mare! Non devi, amor mio! Quei barbari Zyù per poco non ti uccisero, l'ultima volta...!»

Le misi con dolcezza il dito indice sulle labbra. «Mi reco al sud per avere notizie di tua sorella, e questa è la verità, ed è l'unica verità che riferirai a chiunque possa farti domande. Ahuìtzotl non deve assolutamente venire a sapere che ho un'altra meta.»

Ella annuì, ma disse, addolorata: «Ora avrò due persone dilette per le quali crucciarmi».

«Io tornerò sano e salvo e mi occuperò di Bèu. Se le è stato fatto del male, provvederò affinché le venga resa giustizia. Oppure, se ella lo preferirà, la condurrò qui con me. E porterò, inoltre, alcune altre cose preziose.»

Naturalmente, Bèu Ribè era la mia massima preoccupazione e la ragione immediata che mi induceva a tornare nell'Uaxyàcac. Ma vi sarete ormai resi conto, reverendi scrivani, che stavo inoltre per attuare un piano studiato accuratamente. Quando avevo consigliato al Riverito Oratore quell'incursione contro Gli Stranieri nonché il tributo di tutto il colorante violetto da essi raccolto da allora in poi, mi ero ben guardato dal parlargli dell'enorme tesoro di quella sostanza già accantonato nella grotta del Dio del Mare. Grazie alle informazioni datemi dagli ufficiali di ritorno dalla spedizione sapevo che, anche sconfitti, Gli Stranieri non lo avevano consegnato, né avevano accennato alla sua esistenza. Ma io sapevo che esisteva e conoscevo la grotta ove era nascosto, e avevo fatto in modo che Ahuìtzotl domasse gli Zyù quanto bastava per consentirmi di andare laggiù e impadronirmi personalmente di una così favolosa ricchezza.

Avrei potuto condurre con me Cozcatl, ma anch'egli era preso dai lavori di costruzione della sua casa e dalla necessità di far completare quella ereditata da Ghiotto di Sangue. Pertanto mi limitai a chiedere il suo permesso di prendere in prestito alcuni capi di vestiario nel guardaroba dell'anziano soldato. Poi mi aggirai per la città e stanai sette degli ex compagni d'arme di Ghiotto di Sangue. Erano più giovani di quanto lo fosse stato lui, sebbene avessero alcuni anni più di me. Trattavasi di uomini ancora sani e robusti e quando, dopo aver fatto giurare loro il segreto, spiegai che cosa mi proponevo di fare, si dichiararono tutti ansiosi di prendere parte all'avventura.

Zyanya mi aiutò a diffondere la voce che partivo per accertare dove si trovasse sua sorella e che, trovandomi in viaggio, ne avrei approfittato anche per commerciare. E così, quando io e gli altri sette ci incamminammo verso sud lungo la strada rialzata Coyohuàcan, non causammo né commenti né curiosità. Naturalmente, se qualcuno ci avesse osservato con attenzione, si sarebbe meravigliato a causa del gran numero di cicatrici, di nasi storti e di orecchie a cavolfiore dei portatori che avevo scelto. E se avesse esaminato il contenuto dei lunghi fardelli avvolti con stuoie, apparentemente pieni di mercanzie, si sarebbe reso conto che vi si trovavano — oltre alle razioni per il viaggio e ai calami di polvere d'oro — soltanto scudi di cuoio, ogni sorta di armi più maneggevoli della lancia lunga, vari colori per le pitture di guerra, piume, e altre decorazioni per un esercito in miniatura.

Proseguimmo lungo la via dei traffici diretta al sud, ma soltanto finché non venimmo a trovarci molto al di là di Quaunàhuac. Poi voltammo bruscamente a destra, seguendo un sentiero assai meno frequentato diretto a ovest, la via più breve per arrivare al mare. Poiché questo itinerario ci conduceva, per la maggior parte del tragitto, attraverso le regioni più meridionali del Michihuàcan, saremmo venuti a trovarci in difficoltà se qualcuno ci avesse fermati per esaminare il contenuto dei fardelli. Saremmo stati scambiati per spie Mexìca, e immediatamente giustiziati, o forse non tanto immediatamente. Sebbene i numerosi tentativi di invasione da parte dei nostri eserciti, in tempi passati, fossero stati tutti respinti grazie alla superiorità delle armi dei Purèmpecha, fatte di un qualche metallo duro e tagliente, ogni Purèmpe continuava a restare in guardia contro qualsiasi Mexìcatl che entrasse nelle sue terre con moventi dubbi.

Potrei far rilevare che Michihuàcan, Terra dei Pescatori, era il nome dato al paese da noi Mexìca, mentre voi spagnoli lo chiamate ora Nuova Galicia, qualsiasi cosa ciò possa significare. Per i suoi abitanti, esso ha vari nomi a seconda delle varie località — Xalìsco, Nauyar, Ixù, Kuanàhuata, e altri ancora — ma complessivamente viene chiamato Tzintzuntzanì, Ove Si Trovano I Colibrì, dalla capitale con lo stesso nome. La lingua locale si chiama porè e, nel corso di quel viaggio e di viaggi successivi, la imparai il più possibile: le imparai, dovrei dire, in quanto il porè ha tanti e diversi dialetti locali quanti ne ha il nàhuatl. Conosco abbastanza bene il porè, in ogni modo, per domandarmi come mai voi spagnoli vi ostiniate a chiamare i Purèmpecha Tarascani. Sembra che abbiate derivato questo nome dalla parola porè taràskue, della quale un Purèmpe si serve per designare se stesso come un distaccato «lontano parente» di tutti gli altri popoli confinanti. Ma non importa. Ho avuto io stesso nomi diversi più che a sufficienza. E me ne venne dato un altro in quel paese, in quanto Nuvola Scura era Anikua Pakapeti in quella lingua.

Il Michihuàcan era ed è una regione vasta e ricca, ricca quanto lo è sempre stato il regno dei Mexìca. Il suo Uandàkuari, o Riverito Oratore, regnava su un paese — o per lo meno vi esigeva tributi — che andava dai frutteti di Xichù, nelle terre orientali Otomì, al porto mercantile di Patàmkuaro, sull'oceano orientale. E, sebbene i Purèmpecha stessero costantemente in guardia contro un'invasione militare da parte di noi Mexìca, non disdegnavano di barattare le loro ricchezze contro le nostre. I loro mercanti venivano nel nostro mercato di Tlaltelòlco. E persino mandavano ogni giorno messaggeri veloci a portare pesce fresco per il piacere dei nostri nobili. In cambio, ai nostri mercanti veniva consentito di viaggiare non molestati attraverso il Michihuàcan, come potemmo fare io e i miei sette portatori.

Se avessimo avuto l'intenzione di procedere a baratti durante il viaggio, ci sarebbe stato possibile entrare in possesso di molte cose preziose: perle cuore-dell'ostrica; vasellame dai ricchi smalti; utensili e ornamenti fatti di rame, argento, conchiglie e ambre; e i brillanti oggetti laccati che si potevano trovare soltanto nel Michihuàcan. Questi oggetti, di un nero intenso, decorati con oro e con altri colori, potevano richiedere mesi o anni di lavoro agli artigiani, in quanto variavano nelle dimensioni, da quelle di semplici vassoi a quelle di immensi paraventi pieghevoli.

Noi viaggiatori avremmo potuto procurarci qualsiasi prodotto locale tranne il metallo misterioso cui ho già accennato. A nessuno straniero veniva mai consentito anche soltanto di vederlo; persino le armi foggiate con quel metallo venivano tenute ben chiuse nelle armerie, per essere distribuite ai soldati soltanto in caso di necessità. Poiché i nostri eserciti Mexìca non avevano mai riportato una sola vittoria contro quelle armi, nessuno dei nostri guerrieri aveva potuto portar via dai campi di battaglia sia pur soltanto un pugnale purèmpe lasciato cadere da qualcuno.

Bene, non commerciai, ma io e i miei uomini gustammo alcuni prodotti alimentari del posto nuovi per noi, o soltanto di rado disponibili: il liquore di Tlàchco simile a miele, ad esempio. L'accidentata regione montuosa intorno a quella cittadina *ronzava*, letteralmente, tutto il giorno. Potevo immaginare di udire le vibrazioni causate dagli uomini che scavavano sottoterra l'argento locale, ma in superficie udivo senza alcun dubbio il ronzio degli sciami e dei nugoli delle api selvatiche tra gli innumerevoli fiori che sbocciano a quelle altezze. E, mentre gli uomini raschiavano la terra in cerca dell'argento sepolto, le loro donne e i loro figli lavoravano per raccogliere il miele dorato di quelle api. In parte si limitavano a filtrarlo e a renderlo limpido vendendolo poi come dolcificante. In parte lo lasciavano asciugare al sole finché diventava cristallino e ancora più dolce. Ma un'altra parte di quel miele la tramutavano — con un metodo mantenuto segreto come quello per rendere duro il metallo delle armi — in una bevanda che chiamavano chàpari e che era di gran lunga più deliziosa e di gran lunga più potente, per i suoi effetti, dell'acido octli che noi Mexìca conoscevamo così bene.

Poiché il chàpari, come il metallo, non veniva mai esportato dal Michihuàcan, io e i mei uomini, mentre ci trovavamo là, ne bevemmo tanto quanto potemmo. Banchettammo inoltre con i pesci di lago e di fiume del Michihuàcan, con le cosce di rana e con le anguillle, ogni qual volta trascorrevamo la notte in una locanda. In effetti, ci stancammo alquanto, dopo qualche tempo, di quella dieta acquatica, ma i Purempècha rispettano singolari divieti contro l'uccisione, in pratica, di ogni animale selvatico. Un Purèmpe non dà la caccia ai cervi in quanto crede che essi siano manifestazioni del dio sole, e questo perché, ai suoi occhi, le corna dei cervi maschi somigliano ai raggi del sole. Nemmeno gli scoiattoli possono essere catturati con trappole o uccisi con cerbottane, in quanto i sacerdoti Purempècha, sudici e sciatti come i nostri, venivano chiamati tiuìmencha, e questa parola significa «scoiattoli neri». Così, quasi tutti i pasti che consumammo nelle locande erano a base, se non di pesce, di pollame selvatico e domestico.

Ci veniva offerta più di una scelta, *dopo* che avevamo mangiato. Credo di aver già accennato all'atteggiamento dei Purempècha nei confronti delle abitudini sessuali. Uno straniero potrebbe definirle indecentemente libertine, o liberamente tolleranti, a seconda del proprio modo di pensare, ma senza dubbio esse accontentavano ogni possibile gusto. Ogni volta che avevamo terminato il pasto in una locanda, il proprietario domandava a me e ai miei portatori: «Gradite un dolce femminile o maschile?». Non ero io a rispondere in nome dei miei uomini; li pagavo abbastanza perché potessero scegliere quel che volevano. Ma, quanto a me, con Zyanya che mi aspettava a casa, non ero propenso a gustare ciò che veniva offerto in ogni paese da me visitato, come avevo fatto ai miei tempi di scapolo. Rispondevo invariabilmente al locandiere: «Né l'uno né l'altro, grazie» e l'uomo insisteva, allora, e strizzando l'occhio o arrossendo: «Preferiresti allora un frutto acerbo?»

Forse era realmente necessario, da parte di un viaggiatore in cerca di piaceri, specificare il tipo preciso di compagno di letto che voleva — donna o uomo adulti, ragazzetta o ragazzetto — in quanto nel Michihuàcan riesce talora difficile a uno straniero distinguere tra i sessi, poiché i Purempècha si attengono a un'altra singolare abitudine, o vi si attenevano a quei tempi. Le persone di ogni classe sociale più elevata degli schiavi si depilavano il corpo completamente. Radevano, o strappavano, o non so in quale altro modo, eliminavano tutti i capelli dalla testa, le sopracciglia intorno agli occhi, e ogni sia pur minima traccia di peluria sulle ascelle o tra le gambe. Uomini, donne e fanciulli non avevano assolutamente alcun pelo, tranne quelli delle ciglia. E, in contrasto con qualsiasi dissolutezza cui potessero abbandonarsi durante la notte, durante il giorno si aggiravano pudicamente avvolti in parecchi strati di mantelli o bluse; ecco perché riusciva difficile distinguere le femmine dai maschi.

A tutta prima supposi che la liscia e lustra assenza di peli dei Purempècha fosse dovuta a una loro singolare concezione della bellezza, o a una moda passeggera. Ma poteva anche darsi che si trattasse di una sorta di ossessione igienica. Studiando la loro lingua, scoprii che il porè ha almeno otto parole diverse per dire forfora, e altrettante per dire pidocchi.

Giungemmo, sulla costa, in un'immensa rada azzurra protetta da due avviluppanti braccia di terra contro gli assalti del mare agitato e delle tempeste. Là si trovava il villaggio portuale chiamato Patàmkuaro dai suoi abitanti e Acamepùlco dai nostri mercanti Mexìca; entrambi i nomi, sia quello porè sia quello nàhuatl, gli erano stati dati a causa delle grandi distese di canne e giunchi che vi crescevano. Acamepùlco era un porto di pescatori nonché un mercato per tutti coloro che risiedevano lungo la costa a est e a ovest e che vi si recavano con le canoe per vendere i prodotti del mare e della terra: pesci, testuggini, sale, cotone, cacao, vaniglia e altri prodotti tipici di quei paesi caldi. Avevo l'intenzione, questa volta, non già di noleggiare, ma di acquistare quattro spaziose canoe marine, e di imbarcarci tutti e otto su di esse pagaiando noi stessi, così da non avere testimoni. Ma questo risultò essere più facile a dirsi che a farsi. Le acàli a me familiari del nostro lago venivano ricavate facilmente dai tronchi di pini teneri che crescevano laggiù. Ma le canoe marine erano fatte con il legno di mogano formidabilmente pesante e duro, e potevano occorrere mesi per costruirle. Quasi tutte le canoe di Acamepùlco erano state impiegate per generazioni dalle stesse famiglie e nessuna famiglia intendeva venderle, in quanto ciò avrebbe significato sospendere ogni redditizia attività di pesca o di trasporti durante il periodo di tempo necessario per foggiare, scavare con il fuoco e levigare una nuova canoa. Ma riuscii infine ad acquistare le quattro che mi occorrevano, anche se occorsero deludenti giorni di trattative e molta più polvere d'oro di quanto avessi voluto spendere.

Inoltre, anche seguire la costa in direzione sud-est pagaiando in due su ciascuna di esse, non fu così facile. Avevamo tutti una certa esperienza in fatto di canoe lacustri, e anche i vasti laghi nell'entroterra potevano a volte essere resi tempestosi dal vento, ma ora ci trovavamo in acque che non conoscevamo, smosse dalle correnti e dalle maree anche con la bonaccia che, grazie agli dei, continuò per tutto il nostro viaggio. Numerosi di quei leali veterani, il cui stomaco non era mai stato sconvolto da tutti i nauseanti orrori della guerra, soffrirono miseramente il mar di mare per i primi due o tre giorni. Non io, forse perché ero già stato in mare in passato. Ma imparammo ben presto a non tenerci troppo vicini alla costa, ove i movimenti dell'acqua erano più violenti e imprevedibili. Anche se ci sentivamo tutti inquieti rimanendo a così grande distanza dall'Unico Mondo, restammo ben al di là delle prime ondulazioni dei frangenti, e ci limitammo a cavalcarli al tramonto per trascorrere poi le notti, con una sensazione di gratitudine, sulle soffici e ferme sabbie delle spiagge.

Quelle spiagge, come avevo già veduto accadere in passato, si oscurarono a poco a poco, passando da un bianco abbacinante al grigio smorto e poi al nero opaco delle sabbie vulcaniche. E infine vennero interrotte all'improvviso da un alto promontorio: la montagna che cammina nell'acqua. Grazie al topazio, la scorsi da lontano, ed essendo ormai il tardo pomeriggio impartii l'ordine di tornare sulla spiaggia.

Quando fummo seduti intorno al fuoco da campo, mi rivolsi ai sette uomini, spiegando di nuovo quel che avremmo dovuto fare l'indomani e aggiungendo: «Alcuni di voi potranno essere restii ad alzare la mano contro un sarcerdote, sia pure contro il sacerdote di un dio straniero. Non siatelo. Questi preti vi sembreranno disarmati e semplicemente irritati dalla nostra intrusione, e indifesi dinanzi alle nostre armi. Ma non è così. Se soltanto ne avessero la sia pur minima possibilità, ci massacrerebbero dal primo all'ultimo, e ci farebbero a pezzi come carne di cinghiale, per poi divorarci con loro comodo. Domani, dopo aver fatto quel che siamo venuti a fare, uccideremo. Uccideremo senza pietà, altrimenti correremmo il rischio di essere uccisi. Ricordatelo e ricordate i miei segnali».

Allorché ripartimmo cavalcando i frangenti, la mattina dopo, non eravamo più un giovane pochtècatl con i suoi sette portatori. Eravamo un distaccamento di sette temibili guerrieri Mexìca al comando di un non molto vecchio cuachic «vecchia aquila». Avevamo aperto i fardelli, mettendoci gli ornamenti di guerra e armandoci. Io avevo sullo scudo l'emblema di Ghiotto di Sangue e reggevo il suo piccolo stendardo e portavo sul capo la sua acconciatura. Il solo simbolo del suo grado che mancasse era l'osso infilato trasversalmente nel naso, ma il mio setto nasale non era mai stato perforato a tal scopo. Tutti i soldati indossavano, come me, armature imbottite, pulite e bianche. Si erano infilati penne tra i capelli raccolti a nodo sul cocuzzolo della testa, e avevano la faccia dipinta con disegni multicolori dall'aspetto feroce. Ognuno di noi era armato con una maquàhuitl, un pugnale e un giavellotto.

La nostra piccola flottiglia pagaiò audacemente verso l'alto promontorio, senza alcun tentativo di furtività, poiché volevamo che i guardiani ci vedessero arrivare. Ci videro, infatti, e ci aspettarono sul fianco della montagna: almento dodici dei perfidi preti Zyù, con le loro lacere vesti e le pellicce rappezzate. Non dirigemmo le canoe verso la spiaggia per un facile sbarco, ma pagaiammo direttamente verso di loro.

Non so se quella fosse un'altra stagione dell'anno, ma l'oceano, forse anche perché ci avvicinavamo da ovest alla montagna, risultò essere assai meno tumultoso di quanto lo fosse stato la volta in cui io e il pescatore Tzapotècatl ci eravamo avvicinati da est. Ciò nonostante, era pure sempre abbastanza agitato per far sì che noi navigatori inesperti potessimo frantumare le imbarcazioni e forse anche noi stessi contro i macigni, se alcuni dei sacerdoti, balzando di roccia in roccia ed entrando a guado nell'acqua, non avessero portato le canoe in piccole insenature protette. Naturalmente si comportarono in questo modo soltanto perché conoscevano e temevano i nostri costumi di guerrieri Mexìca, cosa sulla quale io avevo fatto conto.

Incuneammo al sicuro le canoe e lasciai lì uno dei soldati a sorvegliarle. Poi feci un ampio gesto che includeva i preti, oltre ai miei uomini, e ci portammo tutti, saltando di roccia in roccia, tra i tuoni e gli spruzzi della risacca, tra le nuvole e le sventagliate di spuma, sul pendio del promontorio. L'alto sacerdote del Dio del Mare si trovava là in piedi, le braccia conserte sul petto, per nascondere il fatto che non aveva più le mani. Ringhiò qualcosa nel suo dialetto huave. Quando mi limitai a inarcare le sopracciglia, passò al lòochi, e disse, irosamente:

« Per che altro voi Mexìca venire adesso? Noi soltanto i custodi di colore del dio, e voi già avuto colore ».

« Non tutto » dissi io, parlando la stessa lingua.

Parve lievemente scosso dalla brusca certezza con la quale mi ero espresso, ma insistette: « Non avere altro ».

« No, è il *mio* quello che avete » dissi. « Il violetto per il quale pagai molto oro, rammenti? Il giorno in cui feci *questo*. » Con un colpo di piatto della maquàhuitl, lo costrinsi ad aprire le braccia, per cui i moncherini divennero visibili. Egli mi riconobbe, allora, e la sua faccia demoniaca venne resa ancor più laida dalla furia impotente e dall'odio. Gli altri sacerdoti ai suoi fianchi si spostarono formando un cerchio minaccioso intorno a me e ai miei guerrieri. Erano in due contro ognuno di noi, ma noi tenemmo i giavellotti orizzontalmente, come un ispido circolo. Dissi al capo: «Portaci nella grotta del dio».

Mosse le labbra per un momento, forse sforzandosi di escogitare altre menzogne prima di rispondere: «Vostro esercito ha vuotato grotta di Tiat Ndik».

Feci cenno al soldato accanto a me. Egli affondò profondamente la punta del giavellotto nel ventre del prete in piedi alla sinistra del capo. L'uomo urlò, cadde e si rotolò a terra premendosi le mani sul ventre e continuando a urlare.

Dissi: «Questo è per dimostrarti che facciamo sul serio». Di nuovo mossi la mano e il soldato colpì di nuovo il caduto, questa volta trapassandogli il cuore e facendone tacere di colpo gli urli. «E ora» dissi all'alto sacerdote «andremo nella grotta.»

Egli deglutì e non disse altro; la dimostrazione era stata sufficiente. Con me e il mio giavellotto alle spalle, mentre i miei guerrieri pungolavano gli altri preti, ci precedette tra il caos di rocce, scendendo nella conca protetta ed entrando nella grotta. Provai un gran sollievo constatando che il luogo del dio non era crollato né era stato sepolto dal terremoto. Quando venimmo a trovarci davanti alla catasta di sassi violetti che simulavano una statua, additai le fiaschette di cuoio e le matasse di filo colorato ammonticchiate tutto attorno e dissi al capo: «Ordina ai tuoi assistenti di cominciare a portare tutto questo sulle nostre canoe». Egli deglutì di nuovo, ma tacque. «Diglielo» ripetei «o ti taglierò prima all'altezza dei gomiti, poi alla giuntura delle spalle, e poi altrove.»

Si affrettò a dire agli altri qualcosa nella loro lingua, e, qualsiasi cosa avesse detto, risultò persuasiva. Senza parlare, ma scoccandomi molte occhiate feroci, gli sciatti preti cominciarono a sollevare le fiaschette e le balle di filati. I miei uomini li accompagnarono dalla grotta alle canoe e ritorno per tutti i numerosi tragitti necessari. Nel frattempo, io e il sacerdote senza mani rimanemmo accanto alla statua, lui immobilizzato dalla punta del giavellotto che, tenuto verticalmente, lo punzecchiava sotto la mascella. Avrei potuto sfruttare questo intervallo di tempo per costringerlo a restituirmi l'involto pieno d'oro da lui toltomi la volta precedente, ma non lo feci. Preferivo lasciare l'oro, ovunque potesse trovarsi, come compenso per quanto stavo facendo. Questo mi faceva sentire un po' meno un saccheggiatore e un po' più un mercante che stesse concludendo un affare lievemente ritardato, ma legittimo.

Soltanto quando anche l'ultima delle fiaschette era stata portata fuori della grotta, il prete tornò a parlare, con l'odio nella voce. «Tu profanato anche prima questo sacro luogo. Tu infuriato Tiat Ndik e lui mandato Ziuuù a punire te. Farà ancora questo, o peggio. Offesa e furto non saranno perdonati. Dio del Mare non lascerà te andare libero con colore.»

«Oh, forse sì,» dissi, noncurante, «se io lascerò a lui un sacrificio di colore diverso.» E, ciò detto, spinsi in alto il giavellotto la cui punta penetrò, attraverso la mascella, e la lingua, e il palato, fino al cervello dell'uomo. Il sacerdote stramazzò supino, sangue rosso gli zampillò dalla bocca, ed io dovetti puntargli il piede contro il mento per strappare via l'arma.

Udii alle mie spalle un coro di grida costernate. I miei soldati stavano facendo entrare proprio in quel momento tutti gli altri preti nella grotta, ed essi avevano veduto il loro capo morto. Ma non dovetti impartire alcun ordine né fare alcun cenno agli uomini. Prima che i sacerdoti avessero potuto riaversi dallo sconvolgente stupore, per battersi o per fuggire, erano tutti morti.

Dissi: «Ho promesso un sacrificio a questa catasta di sassi, qui. Ammonticchiate i cadaveri tutto attorno ad essa».

Quando ebbero terminato, la statua del dio non era più violetta, ma di uno scarlatto lucente, e lo scarlatto si stava spandendo sul pavimento dell'intera grotta. Tiat Ndik, ritengo, dovette rimanere soddisfatto dell'offerta. Non sentimmo alcun terremoto mentre scendevamo verso le canoe. Nulla ostacolò il carico della preziosa merce, né la discesa in mare delle canoe, ora più pesanti. Nessun Dio del Mare sconvolse il suo elemento per impedirci di pagaiare al sicuro, molto al largo e intorno ai macigni disseminati in mare all'estremità del promontorio, e infine lontano dalla terra de Gli Stranieri. Senza alcun impedimento proseguimmo in direzione est lungo la costa, ed io non rimisi più piede sulla montagna che cammina nell'acqua né mai più la rividi.

Comunque, continuammo tutti e otto a indossare la tenuta da battaglia dei Mexìca durante i primi giorni che seguirono, mentre ci trovavamo ancora nelle acque Huave e Tzapotèca, mentre ci lasciavamo indietro Nozibe e gli altri villaggi sul mare, e le imbarcazioni dalle quali pescatori interdetti timidamente ci salutavano, e finché non ci fummo lasciati molto indietro l'istmo di Tecuantèpec e venimmo a trovarci al largo della regione del cotone Xoconòchco. Là approdammo, di notte, in un luogo solitario. Bruciammo le corazze e gli altri ornamenti di guerra, seppellimmo tutte le armi tranne le poche indispensabili e rifacemmo i fardelli per trasportare le fiaschette di cuoio e le matasse di filo.

Allorché ci allontanammo pagaiando di là, la mattina dopo, vestivamo di nuovo come un pochtècatl con i suoi portatori. Tornammo a riva più tardi quel giorno, del tutto apertamente, nel villaggio Mame di Pijijìa, ed io vendetti le canoe, anche se ad un prezzo miseramente basso, in quanto i pescatori del posto, come tutti gli altri lungo la costa, possedevano già le imbarcazioni ad essi necessarie. Dopo essere rimasti così a lungo in mare, io e i miei uomini constatammo che barcollavamo in modo ridicolo quando cercavamo di camminare. Così restammo due giorni a Pijijìa, per riabituarci alla terraferma, ed io ebbi alcune conversazioni interessanti con gli anziani dei Mame prima che ci rimettessimo in spalla i fardelli per dirigerci nell'entroterra.

Tu domandi, Fray Toribio, come mai ci fossimo dati tanta pena compiendo quel lungo viaggio vestiti dapprima come mercanti, poi come guerrieri, e infine di nuovo come mercanti.

Ecco, la popolazione di Acamepùlco sapeva che un mercante aveva acquistato, per sé e per i suoi portatori, canoe marine, e la popolazione di Pijijìa sapeva che un gruppo analogo aveva venduto canoe dello stesso tipo, ed entrambe le popolazioni potevano avere trovato strana la cosa. Ma queste cittadine distavano talmente l'una dall'altra da rendere improbabile la possibilità che i rispettivi abitanti potessero paragonare le loro impressioni; distavano inoltre tanto dalle capitali Tzapotèca e Mexìca da farmi temere assai poco che i pettegolezzi potessero giungere alle orecchie di Kosi Yuela o di Ahuìtzotl.

Inevitabilmente, gli Zyù avrebbero scoperto ben presto lo sterminio in massa dei loro sacerdoti e la scomparsa del colorante accumulato nella grotta del dio. Sebbene avessimo tacitato per sempre tutti i testimoni del saccheggio, tutto faceva pensare che altri Zyù sulla costa ci avessero veduti arrivare sulla sacra montagna o ripartire. Le loro proteste *sarebbero state* così clamorose da giungere, in ultimo, al bishòsu Kosi Yuela e al Riverito Oratore Ahuìtzotl e da infuriarli entrambi. Gli Zyù, tuttavia, potevano attribuire l'atrocità soltanto a un gruppo di guerrieri Mexìca in tenuta da battaglia. Kosi Yuela avrebbe forse sospettato Ahuìtzotl di un inganno per impadronirsi del tesoro, ma Ahuìtzotl poteva sinceramente asserire di non sapere nulla per quanto concerneva la presenza di incursori Mexìca in quella zona. Io puntavo sul fatto che la confusione sarebbe stata tale da impedire per sempre di collegare i guerrieri giunti via mare con i mercanti giunti anch'essi via mare, e di collegare gli uni e gli altri con me.

Il mio piano prevedeva che mi recassi da Pijijìa, attraverso le catene montuose, nella regione Chiapa. Ma, essendo i portatori così pesantemente carichi, non vidi alcuna necessità di assoggettarli a una simile fatica. Stabilimmo un giorno e un luogo in cui riunirci nelle deserte distese dell'istmo di Tecuantèpec; ciò avrebbe dato loro tutto il tempo per giungervi senza fretta. Dissi loro di evitare i villaggi e gli incontri con altri viaggiatori; una colonna di tamèmime carichi, senza un capo, avrebbe causato commenti, se non il loro arresto allo scopo di indagare. Così, non appena ci fummo sufficientemente allontanati da Pijijìa, i miei sette uomini si diressero a ovest, rimanendo sempre sulle pianure degli Xoconòchco, mentre io mi recavo a nord tra le montagne.

Discesi infine da esse nella misera città capitale di Chiapàn e mi recai immediatamente nel laboratorio del Maestro Xibalbà.

«Ah!» egli esclamò, felicissimo. «Immaginavo che saresti tornato e così ho acquistato tutto il quarzo che sono riuscito a trovare e ho lavorato molti altri cristalli che bruciano.»

«Sì, si vendono bene» gli dissi. «Questa volta, però, sono deciso a pagarti il loro effettivo valore *e* il compenso per il tuo lavoro.» Gli dissi inoltre come il topazio, migliorandomi la vista, avesse di gran lunga arricchito la mia vita, e gli espressi tutta la mia gratitudine.

Una volta riempito il fardello con i cristalli avvolti nel cotone, portavo quasi tanto peso quanto ognuno dei miei assenti portatori. Ma non mi trattenni a Chiapàn per ristorarmi e riposarmi; infatti, sarei stato ospitato dalla famiglia Macoboö e, in casa loro, avrei dovuto respingere le profferte delle due cugine, un comportamento non certo compìto da parte di un ospite. Pertanto pagai il Maestro Xibalbà con polvere d'oro e mi affrettai a ripartire.

Di lì ad alcuni giorni, dopo una breve ricerca, trovai il luogo lontano da ogni regione abitata, ove i miei uomini mi aspettavano, seduti intorno a un fuoco da campo, tra ossa ben spolpate di armadilli e iguana e via dicendo. Lì indugiammo soltanto quanto bastò perché io mi godessi una notte di buon sonno e perché uno dei veterani mi cucinasse il primo pasto caldo da quando mi ero separato da loro: un grasso fagiano arrostito a fuoco vivo.

Quando giungemmo nella periferia est della città di Tecuantèpec, potemmo vedere i segni dei saccheggi dei Mexìca, anche se quasi tutti i quartieri incendiati erano già stati ricostruiti. In effetti, la città ne aveva tratto un vantaggio. Esistevano adesso case decenti e solide là ove, in precedenza, avevo veduto soltanto squallidi tuguri... compreso quello che era stato un punto di riferimento così importante nella mia vita. Quando però attraversammo la città verso la periferia ovest, potemmo constatare che i soldati in rivolta non si erano spinti sin lì, a quanto pareva, con le loro devastazioni. La familiare locanda era intatta. Lasciai gli uomini nel cortile ed entrai gridando allegramente:

«Locandiera! Hai posto per uno stanco pochtècatl e i suoi portatori?»

Bèu Ribè uscì da qualche stanza interna, con un aspetto sano e vispo, e bella come sempre, ma, invece di salutarmi, si limitò a dire:

«I Mexìca non sono molto bene accetti qui, di questi tempi».

Risposi, sforzandomi ancora di essere cordiale: «Ma certo, Luna in Attesa, farai un'eccezione per tuo fratello Nuvola Scura. Tua sorella mi ha mandato sin qui per accertarsi che tu fossi sana e salva. Sono felice di constatare che la rivolta non ti ha toccata».

«Non mi ha toccata» disse lei, in tono neutro. «Sono lieta di constatare che sei felice, poiché è tua la colpa se i soldati Mexìca vennero qui. Tutti sanno che furono mandati a causa delle tue disavventure con gli Zyù e del fatto che non eri riuscito a impadronirti del colore violetto.»

Ammisi che questo era vero. «Ma non puoi incolpare me se...»

«Ho anch'io una buona parte di colpa!» esclamò lei, amareggiata. «Sono colpevole, in primo luogo, per averti ospitato in questa locanda!» Poi, a un tratto, parve afflosciarsi. «In ogni modo, mi sono ormai abituata da tempo al dileggio, no? Puoi avere una stanza, e sai già dove sistemare i portatori. I servi si occuperanno di te.»

Girò sui tacchi e andò a dedicarsi di nuovo alle sue faccende. Non era stata di certo, la sua, un'accogiienza esuberante, e nemmeno un'accoglienza da sorella, mi dissi. Ma i servi sistemarono i miei uomini, portarono le mercanzie nel magazzino e mi prepararono un pasto. Quando mi fui rifocillato, e mentre stavo fumando una poquìetl, Bèu attraversò la stanza. Ne sarebbe uscita se io non l'avessi fermata afferrandola per il polso e dicedole:

«Non mi faccio illusioni, Bèu. So che non mi puoi soffrire, e se i recenti tumulti Mexìca ti hanno indotta ad amarmi ancor meno...»

Ella mi interruppe, con le sopracciglia, simili ad ali, altezzosamente inarcate. «Odio? Amore? Questi sono sentimenti. Quale diritto ho mai io di provare un qualsiasi sentimento nei riguardi di te che sei il marito di mia sorella?»

«E sta bene» esclamai spazientito. «Disprezzami. Ignorami. Ma non vuoi dirmi qualcosa da riferire a Zyanya?»

«Sì. Dille che sono stata violentata da un soldato Mexìca.»

Sbalordito, lasciai la presa sul polso di lei. Cercai di farmi venire in mente qualcosa da dire, ma ella rise e continuò:

«Oh, non dire che ti dispiace. Credo di poter vantare ancora la verginità, poiché fu straordinariamente inetto. Con quel suo tentativo di umiliarmi, non fece altro che confermare il mio già disastroso parere per quanto concerne gli arroganti Mexìca».

Ritrovai la voce e chiesi: «Il nome di quell'uomo! Se già non è stato giustiziato, provvederò io».

«Credi forse che si sia presentato?» disse lei, ridendo di nuovo. «Penso che non fosse un soldato semplice, anche se non conosco tutte le vostre insegne militari, e inoltre la stanza era buia. Ma riconobbi il costume che fece indossare a *me*, per l'occasione. Fui costretta a spargermi fuliggine sulla faccia e a mettermi le vesti nere e muffite di un'assistente femminile del tempio.»

«Cosa?» esclamai, stupefatto.

«Non vi fu una gran conversazione tra noi, ma mi resi conto che la mera verginità non bastava per eccitarlo. Capii che riusciva a eccitarsi soltanto immaginando di violare il sacro e l'intoccabile.»

«Non ho mai sentito parlare di una simile...»

Luna in Attesa disse: «Non cercar di trovare giustificazioni per il tuo compatriota. E non hai neppure bisogno di commiserare me. Te l'ho detto: non era affatto tagliato per violentare donne. Il suo... credo che voi lo chiamiate tepùli... era tutto nodi e protuberanze e curvo. L'atto della penetrazione...»

«Ti prego, Bèu» dissi. «Raccontare queste cose non può essere piacevole per te.»

«Non è stata piacevole nemmeno l'esperienza» disse lei, freddamente, come se stesse parlando di qualcun'altra. «Una donna che, in seguito, deve sopportare l'onta di essere additata come la vittima di uno stupro, dovrebbe almeno essere violentata come si deve. Il tepùli storpiato di quell'uomo penetrò soltanto con la punta, o con il bulbo, o comunque lo chiamate. E nonostante tutti gli ansiti e i grugniti dell'individuo non volle restare dentro. Quando infine egli emise il succo, lo sentii soltanto scorrermi sulla gamba. Non so se esistano gradazioni di verginità, ma *credo* di potermi considerare ancora vergine. Credo inoltre che l'uomo si sia vergognato e si sia sentito ancora più mortificato di me. Non riuscì nemmeno a guardarmi negli occhi mentre tornavo a spogliarmi e lui ritirava quelle orribili vesti del tempio e le portava via con sé.»

Dissi, non sapendo che altro dire: «Senza dubbio non sembra che egli fosse...»

«Uno dei tipici, e virili maschi Mexìcatl? Come Zàa Naya-

496

zù? » Ella abbassò la voce, esprimendosi con un bisbiglio: «Dimmi sinceramente, Zàa, la mia sorellina è mai stata *realmente* soddisfatta nel letto nuziale? »

«Ti prego, Bèu. Questo è sconveniente. »

Ella bestemmiò: «*Gì zyabà!* Che cosa può mai essere sconveniente per una donna già disonorata? Se non vuoi dirmelo, perché non me lo dimostri? Provami di essere un marito soddisfacente. Oh, non arrossire e non voltarti. Rammenta, ti vidi già farlo una volta, ma mia madre non disse mai, in seguito, se fosse stato *piacevole* o no. Sarei lieta di saperlo, e in seguito a un'esperienza personale. Vieni in camera mia. Perché dovresti avere rimorsi nel servirti di una donna della quale si è già abusato? Non troppo abusato, naturalmente, ma...»

Con fermezza, cambiai discorso. «Ho detto a Zyanya che ti avrei portata con me a Tenochtìtlan se tu fossi stata sofferente o in pericolo. Abbiamo una casa con molte stanze. E ora te lo chiedo, Bèu. Se trovi intollerabile la tua situazione qui, vuoi venire a vivere con noi? »

«Impossibile!» scattò lei. «Vivere sotto il vostro tetto? Come potrei ignorarti, là, visto che mi hai lasciato capire di volere proprio questo? »

Incapace di dominarmi ancora, esclamai, alzando la voce: «Ho detto e fatto tutto quello che posso dire e fare. Mi sono scusato, ho espresso rammarico e comprensione e affetto fraterno. Ti ho offerto una casa comoda, in un'altra città ove tu possa tenere la testa alta e dimenticare quello che è stato. Ma tu rispondi soltanto con dileggi e scherni o malizia. Io partirò domattina, donna, e tu potrai venire con me o no, come vorrai! »

Non venne.

Nella capitale Zàachilà, per confermare il fatto che viaggiavo come mercante, feci di nuovo una visita di cortesia al bishòsu Ben Zàa, ed egli mi concesse un'udienza ed io dissi la mia menzogna: dissi che avevo vagabondato nel paese dei Chiapa ed ero venuto a sapere soltanto di recente gli avvenimenti nel mondo civilizzato, poi soggiunsi:

«Come il Signore Kosi Yuela avrà supposto, Ahuìtzotl portò i suoi uomini nell'Uaxyàcac soprattutto in seguito ai miei consigli. Sento pertanto di doverti delle scuse ».

Egli fece un gesto di noncurante indifferenza. «Se anche vi furono intrighi, non contano. Sono persuaso che il vostro Riverito Oratore sia venuto con buone intenzioni, mi ha fatto piacere che la lunga animosità tra le nostre nazioni sia infine cessata, e non ho niente da ridire contro il ricco tributo del colorante violetto. »

Obiettai: «Ma vi fu poi il riprovevole comportamento delle truppe di Ahuìtzotl a Tecuantèpec. Semplicemente in quanto Mexìcatl, devo scusarmi anche per questo».

«Non incolpo Ahuìtzotl. E non posso neppure incolpare molto gli uomini.»

Dovetti assumere un'espressione stupita. Egli spiegò: «Il vostro Riverito Oratore intervenne immediatamente per far cessare i disordini. Ordinò che i maggiori responsabili venissero giustiziati con la garrotta, e placò gli altri uomini con promesse che, ne sono certo, avrà mantenuto. Poi pagò per risarcire i danni, per lo meno tutti quelli che potevano essere risarciti. Le nostre nazioni sarebbero ora in guerra, probabilmente, se egli non fosse intervenuto in modo così rapido e onorevole. No, Ahuìtzotl era umilmente ansioso di ristabilire buoni rapporti».

Era la prima volta che udivo definire umile il collerico Ahuìtzotl, Mostro dell'Acqua. Kosi Yuela continuò:

«Ma v'era un altro uomo, un giovane, suo nipote. Costui aveva il comando dei Mexìca mentre erano in corso i colloqui tra Ahuìtzotl e me e fu allora che scoppiarono i disordini. Il giovane porta un nome che noi Ben Zàa abbiamo motivi storici per detestare... Si chiama Motecuzòma... e credo che considerasse una manifestazione di debolezza il trattato di alleanza concluso con noi da Ahuìtzotl. Ritengo che volesse il Popolo delle Nubi assoggettato ai Mexìca, e non posto sul loro stesso piano. Sospetto fortemente che fomentò quei disordini nella speranza di vederci nuovamente prendere per la gola. Se tu sei ascoltato da Ahuìtzotl, giovane viaggiatore, ti consiglierei di dirgli una parola di avvertimento per quanto concerne il nipote. Questo nuovo Motecuzòma venuto su dal nulla potrebbe, qualora avesse una posizione di potere, disfare tutto ciò che di buono sembra compiere suo zio».

✠

Sulla strada rialzata diretta a Tenochtìtlan, quando la città si profilò dinanzi a noi bianca e luminosa nel crepuscolo color tortora, mi feci precedere dai miei uomini, a gruppetti di due o di tre. Allorché posi piede sull'isola, la notte era discesa e la città splendeva di falò, di candele e di lampade. In quella illuminazione incostante potei vedere che la mia casa era stata terminata e che sembrava bella, ma non riuscii a scorgere tutti i particolari dell'esterno. Poiché poggiava su pilastri alti all'incirca quanto me rispetto al livello del suolo, dovetti salire una breve rampa di scale fino alla porta d'ingresso. Là fui fatto entrare da una donna di mezza età che non avevo mai veduto, ovviamente una schiava appena acquistata. Si presentò come Teoxìhuitl, o Turchese, e disse: «Quando i portatori sono arrivati, la padrona è salita al piano di sopra affinché tu fossi libero di provvedere agli uomini. Ti aspetta nella vostra stanza, padrone».

La donna mi fece entrare nella stanza al pianterreno, ove i miei sette uomini stavano divorando un pasto freddo che ella si era affrettata a servire. Dopo che i piatti erano stati posti anche davanti a me e che tutti avevamo placato la fame, gli uomini mi aiutarono a far ruotare la falsa parete di quella stanza e nascosero i fardelli dietro ad essa, ove già erano riposti alcuni dei miei beni. Versai poi la paga del ritorno e sborsai tanto più di quanto avessi promesso, poiché si erano comportati in modo ammirevole. Andandosene, mi salutarono tutti baciando la terra, dopo avermi fatto giurare che mi sarei servito di nuovo di loro nell'eventualità di altri miei progetti tali da poter piacere a sette veterani altrimenti condannati all'inerzia della pace...

Di sopra, trovai l'impianto igienico esattamente come avevo detto all'architetto che sarebbe dovuto essere: completo e in grado di svuotarsi con efficienza come quelli che avevo ammirato nei palazzi. Nell'adiacente bagno a vapore, la schiava aveva già riscaldato e disposto le pietre ardenti e, quando io ebbi terminato la prime abluzioni, versò acqua sulle pietre per farne scaturire le nuvole di vapore. Sudai lì per un pezzo, poi tornai a mettermi nella vasca del bagno finché non ebbi la certezza di essermi tolto dai pori tutta la polvere e il sudiciume e il cattivo odore del viaggio.

Allorché, nudo, passai per la porta di comunicazione, nella camera da letto, trovai Zyanya che, ugualmente nuda, giaceva supina in atteggiamento invitante, sulla pila di soffici trapunte del letto. Nella stanza v'era soltanto la fioca luce rossastra diffusa da un braciere, eppure essa posava riflessi sulla striatura chiara dei capelli di lei e delineava i suoi turgidi seni. Ognuno di essi era un rilievo mirabilmente simmetrico, con il più piccolo rilievo dell'areola alla sommità, né più né meno come il profilo del Popocatèpetl quale voi lo vedete da questa finestra, miei signori frati, un cono su un cono. No, certo, non v'è alcuna necessità che io vi parli di questi particolari. Lo faccio per spiegare perché il ritmo del mio respiro si modificò mentre mi avvicinavo a Zyanya, e perché pronunciai soltanto poche parole:

«Bèu è salva. Vi sono altre notizie, ma possono aspettare.»

«Lascia che aspettino» ella disse, e sorrise, e allungò una mano per afferrare la parte più sporgente di me.

Di conseguenza, soltanto qualche tempo dopo le parlai di Bèu Ribè: dissi che viveva e godeva di buona salute, ma era disperatamente infelice. Mi fa piacere che ci fossimo prima amati. Zyanya era in preda al consueto e duraturo languore della voluttà e del soddisfacimento che, oso sperare, rese meno intollerabili le mie parole. Le parlai dello sgradevole incontro di Bèu con il militare Mexìcatl e cercai di far sembrare la cosa — come del resto l'aveva fatta sembrare Bèu — più una farsa che una tragedia.

Conclusi: «Deve essere il suo ostinato orgoglio, credo, a indurla a restare là, a tenere la locanda. È decisa a non attribuire alcuna importanza a ciò che può pensare di lei la popolazione della città, si tratti di compatimento o di disprezzo. Non vuole andarsene da Tecuantèpec a nessun costo, nemmeno per vivere meglio, in quanto ciò potrebbe essere interpretato come un indizio del fatto che si è finalmente arresa».

«Povera Bèu» mormorò Zyanya. «Non possiamo fare proprio niente?»

Soffocando in me stesso quello che poteva essere il mio giudizio sulla «povera Bèu», riflettei e infine dissi: «Non vedo che cosa potrebbe indurla a cambiare idea se non una *tua* disgrazia. Se la sua unica sorella dovesse avere disperatamente bisogno di lei, credo che verrebbe. Ma non tentiamo né provochiamo gli dei. Non parliamo di disgrazie».

Il giorno dopo, quando Ahuìtzotl mi ricevette nella sua tetra sala del trono, ripetei la versione dei fatti da me escogitata: dissi di essere andato ad accertarmi che nulla di grave fosse capitato alla sorella di mia moglie durante il saccheggio di Tecuantépec, e di avere approfittato dell'occasione, mentre mi trovavo laggiù, per recarmi più a sud ad acquistare altri cristalli magici. Di nuovo gliene offrii cerimoniosamente uno, ed egli mi ringraziò senza troppo entusiasmo. Poi, prima di affrontare un argomento che, prevedevo, gli avrebbe fatto sporgere gli occhi dalle orbite, incendiando la sua irascibilità, dissi qualcos'altro per ammansirlo.

«Il viaggio, Signore Oratore, mi ha condotto nella regione costiera di Xoconòchco, da dove proviene quasi tutto il cotone e il sale che acquistiamo. Sono rimasto per due giorni tra il popolo Mame, nel villaggio principale di Pijijìa, e là gli anziani mi hanno convocato al consiglio. Desideravano che portassi un messaggio allo Uey-Tlatoàni dei Mexìca. »

Egli disse, in tono indifferente: «Riferisci il messaggio».

«Sappi anzitutto, mio signore, che la regione Xoconòchco non è una nazione, ma una vasta distesa di terre fertili abitata da vari popoli: i Mame, i Mixe, i Comitèca, e altre tribù ancora più piccole. Tutti i loro territori si sovrappongono, ed essi riconoscono ubbidienza soltanto ad anziani tribali come quelli di Pijijìa. La regione di Xoconòchco non ha una capitale centrale, né un governo, né un esercito permanente.»

«Interessante» mormorò Ahuìtzotl «ma non molto.»

Continuai: «A est della ricca e fertile Xoconòchco v'è la regione improduttiva della giungla di Quautemàlan, Il Bosco Intricato. Le genti del luogo, i Quichè e i Lacandòn, sono i resti degenerati dei Maya. Sono poveri e sudici e pigri, e, per conseguenza, li si è giudicati al di là del disprezzo. Tuttavia hanno trovato di recente l'energia per uscire dalla loro regione di Quautemàlan e per compiere scorrerie nella regione di Xoconòchco. Quei divoratori di carogne minacciano di accrescere il numero delle scorrerie, tramutandole in una guerra implacabile, a meno che i popoli Xoconòchco non accettino di versare massicci tributi di cotone e sale.»

«Tributi?» grugnì Ahuìtzotl, finalmente interessato. «Il *nostro* cotone e il nostro sale?»

«Sì, mio signore. Orbene, difficilmente possiamo aspettarci che pacifici coltivatori di cotone, e pescatori e vagliatori di sale riescano a organizzare una feroce difesa della loro terra. Tuttavia, sono fieri abbastanza per risentirsi a causa di queste pretese. Non sono disposti a cedere ai Quiché e ai Lacandòn quanto hanno fino ad ora proficuamente venduto a noi Mexìca. E pensano che il nostro Riverito Oratore dovrebbe ugualmente risentirsi.»

«Risparmiaci queste tue sottolineature di ciò che è ovvio» ringhiò Ahuìtzotl. «Che cosa hanno proposto quegli anziani? Che facciamo guerra per loro conto al paese Quautemàlan?»

«No, signore. Propongono di cederci la regione Xoconòchco.»

«*Cosa?*» Era sinceramente sbalordito.

«Se lo Uey-Tlatoàni accetterà le terre Xoconòchco come una nuova provincia, tutti i piccoli governanti rinunceranno alle loro cariche, tutte le singole tribù rinunceranno alla loro identità, e tutti giureranno fedeltà a Tenochtìtlan come Mexìca volontari. Chiedono due sole cose: di poter continuare a vivere e a lavorare come sempre hanno fatto, senza essere molestati, e di continuare a ricevere quanto basta per vivere, in cambio delle loro fatiche. I Mame parlano a nome di tutte le tribù vicine chiedendo che un nobile Mexicatl sia nominato governante e protettore della regione Xoconòchco e che una forte guarnigione di truppe Mexìca venga stabilita e mantenuta laggiù.»

Con un'aria, tanto per cambiare, soddisfatta, e persino abbacìnata, Ahuìtzotl mormorò, come tra sé e sé: «Incredibile. Una ricca regione, da prendere liberamente, e liberamente offerta.» A me disse, più cordialmente di quanto mi avesse mai rivolto la parola in passato: «Non sempre ci porti seccature e problemi giovane Mixtli».

Modestamente, io tacqui.

Egli continuò, come se stesse riflettendo a voce alta: «Sarebbe il più remoto dominio della Triplice Allenza. Disponendo laggiù di un esercito, avremmo gran parte dell'Unico Mondo tutto intero, da un mare all'altro, tra due mascelle. Le nazioni così circondate esiterebbero come non mai prima di molestarci, per evitare che le due mascelle scattino l'una contro l'altra e le schiaccino. Sarebbero in preda all'apprensione, docili, servili...»

Parlai di nuovo: «Se mi è lecito far rilevare un altro vantaggio, Signore Oratore, il nostro esercito si troverà lontano da qui, ma non dovrà far conto su colonne di rifornimenti provenienti da Tenochtìtlan. Gli anziani Mame mi hanno promesso che sarà mantenuto e rifornito senza parsimonia. I soldati vivranno bene, nell'abbondanza della regione Xoconòchco».

«Per Huitztli, lo faremo!» esclamò Ahuìtzotl. «Dobbiamo, naturalmente, sottoporre la proposta al nostro Consiglio, ma questa non sarà altro che una formalità.»

Dissi: «Il mio Signore potrebbe proporre al Consiglio anche quanto segue: una volta stabilita la guarnigione, ai soldati si consentirebbe di essere raggiunti dalle loro famiglie. Li seguirebbero i mercanti. E altri Mexìca ancora potrebbero decidere di lasciare queste gremite terre del Lago per stabilirsi in quella vasta regione Xoconòchco. La guarnigione diverebbe così il seme di una colonia, una più piccola Tenochtìtlan, e forse anche, un giorno, la seconda città in ordine di importanza dei Mexìca».

Egli disse: «Tu non sogni in piccolo, vero?»

«Forse mi sono consentito un'eccessiva libertà, Signore Oratore, ma dinanzi al Consiglio degli anziani Mame ho accennato alla possibilità di una colonizzazione. Lungi dall'obiettare, essi si riterrebbero onorati se la loro terra dovesse diventare, per così dire, la sede della Tenochtìtlan del sud.»

Egli mi osservò con approvazione e fece tamburellare le dita per un momento prima di parlare. «Secondo lo stato civile, tu non sei altro che un mercante conta-fagioli; e in fatto di grado militare, sei un mero tequiua...»

«Grazie alla generosità del mio Signore» dissi umilmente.

«Eppure tu — un nessuno — vieni ad offrirci un'intera provincia, più preziosa di tutte quelle che ci annettemmo mediante trattati, o ricorrendo alla forza, dai tempi del regno del nostro stimato padre Motecuzòma. Anche questo verrà sottoposto all'attenzione del nostro Consiglio.»

Dissi: «L'accenno a Motecuzòma, mio Signore, mi ricorda una cosa.» E gli riferii, a questo punto, quanto era più difficile a dirsi:

le dure parole pronunciate sul conto di suo nipote dal bishòsu Kosi Yuela. Come avevo previsto, Ahuìtzotl cominciò a fare gli occhiacci, a sbuffare e a divenire considerevolmente paonazzo, ma l'ira di lui non era rivolta contro di me. Disse, brusco:

«Sappi, allora. Come sacerdote, il giovane Motecuzòma ha rispettato senza esitazioni la più futile, la più banale e la più stupida superstizione imposta dagli dei. Ha tentato inoltre di annullare in se stesso e negli altri ogni manchevolezza e debolezza umana. Una volta, avendo pronunciato una parola che, a suo parere, sarebbe potuta riuscire sgradita agli dei, si perforò la lingua e, attraverso il foro, fece passare su e giù una cordicella alla quale aveva annodato venti grosse spine di agave. Un'altra volta, essendogli passato per la mente un *pensiero* osceno, perforò la propria verga e inflisse al tepùli lo stesso sanguinoso e orrendo castigo con la stessa cordicella di spine. Bene, ora che è diventato un militare, sembra altrettanto fanatico per quanto concerne il fare la guerra. A quanto pare, al suo primissimo comando, il cucciolo di coyote ha irrigidito i propri muscoli, disubbidendo agli ordini e causando il disordine...»

Ahuìtzotl si interruppe. Quando riprese a parlare, parve di nuovo che stesse riflettendo a voce alta. «Sì, è logico che egli aneli a dimostrarsi all'altezza del nome del nonno, Signore Iracondo. Al giovane Motecuzòma non fa piacere che regni la pace tra la nostra e le altre nazioni, in quanto ciò non gli consente di avere avversari da sfidare. Vuole esser rispettato e temuto come un uomo dal pugno di ferro e dalla forte voce. Ma un uomo deve avere in sé qualcosa di più di queste qualità. Altrimenti si farà piccolo quando verrà a trovarsi di fronte a un pugno più ferreo, a una voce più forte.»

Mi azzardai a dire: «La mia impressione, mio Signore, è che il bishòsu dell'Uaxyàcac paventi la possibilità di vedere un giorno il tuo truculento nipote Uey-Tlatoàni dei Mexìca».

A queste parole, Ahuìtzotl volse lo sguardo iroso verso di me. «Kosi Yuela morirà molto prima di doversi preoccupare a causa delle sue relazioni con un nuovo Uey-Tlatoàni. Noi abbiamo soltanto quaranta e tre anni e ci proponiamo di vivere a lungo. Prima di invecchiare e di rimbecillirci renderemo noto al Consiglio chi dovrà essere il nostro successore. Sul momento non ricordiamo quanti dei nostri figli siano di sesso maschile, ma senza dubbio tra essi vi è un altro Ahuìtzotl. Tieni presente, tequìua Mixtli, che quanto più forte suona un tamburo, tanto più esso è vuoto, e il suo solo scopo o la sua sola funzione consistono nel rimanere immobile e nell'essere percosso. Noi non faremo salire su questo trono un vuoto tamburo come nostro nipote Motecuzòma. *Rammenta le nostre parole!*»

Le rammentai e le rammento tuttora, con mestizia.

Occorse qualche tempo prima che il Riverito Oratore riuscisse a dominare la propria indignazione. Poi disse, sommessamente: «Ti ringraziamo, tequìua Mixtli pr l'opportunità di quella guarnigione nel remoto Xoconòchco. Sarà il prossimo incarico del giovane Signore Iracondo. Gli ordineremo di recarsi immediatamente al sud e di stabilire, organizzare e comandare quella base lontana. Sì, dobbiamo tenere occupato Motecuzòma — e sicuramente lontano da noi — altrimenti potremmo essere tentati di percuotere con pesanti bacchette di tamburo il nostro parente».

Trascorsero alcuni giorni, e il tempo che non passai a letto rinnovando la conoscenza con mia moglie, lo impiegai per abituarmi alla prima casa tutta mia. L'esterno era rivestito con luminosa arenaria bianca di Xaltòcan e decorato, soltanto modestamente, con alcuni disegni in rilievo, nessuno dei quali abbellito mediante colori. Per i passanti si trattava semplicemente della tipica casa di un pochtècatl prospero, sì, ma non *troppo*. All'interno, tuttavia, l'arredamento era il migliore che si potesse trovare e tutte le stanze sapevano di nuovo, e non di fumo, di cibarie, di traspirazione e dei litigi di precedenti inquilini. Le porte, tutte di cedro mirabilmente scolpito, giravano su cardini fissati in alto e in basso. Nelle pareti che davano verso l'esterno, davanti e dietro la casa, si aprivano finestre, tutte munite di persiane fatte di stecche che potevano essere arrotolate.

Il pianterreno — che, come ho già detto, non poggiava direttamente sul suolo — conteneva una cucina, una stanza separata per i pasti, e un'altra stanza nella quale avremmo potuto ricevere ospiti o io avrei potuto parlare di affari con i miei soci. Non esisteva spazio sufficiente per gli alloggi degli schiavi; Turchese si limitava a srotolare il suo giaciglio, una stuoia di giunchi intrecciati, sul pavimento della cucina dopo che noi eravamo andati a coricarci. Al primo piano si trovavano la nostra camera da letto e un'altra camera per gli ospiti, ciascuna con il proprio impianto igienico e il bagno a vapore, nonché una terza e più piccola camera da letto della quale non riuscii a capire lo scopo finché Zyanya, sorridendo timidamente, disse: «Un giorno potrebbe esservi un bambino, Zàa, o forse bambini. La stanza servirà a loro e alla bambinaia».

Il tetto della casa era a terrazza, circondato da una balaustrata, alta fino al petto, di pietre cementate in modo da lasciare aperti piccoli spazi disposti geometricamente. Sulla sua intera superficie era già stato disteso uno strato di fertile terra grassa chinàmpa, pronta per farvi crescere fiori, piante ombrose ed erbe aromatiche. La nostra casa non era alta, e la circondavano molte altre abitazioni, per cui non avevamo la vista del lago, ma vedevamo i due templi sulla sommità della Grande Piramide, e le vette del fumante vulcano Popocatèpetl e del vulcano addormentato Ixtaccìuatl. Zyanya si era limitata ad arredare le stanze al pianterreno e al primo piano, con lo stretto necessario: i letti di trapunte ammonticchiate, alcune ceste di vimini, alcune basse sedie e panche. A parte queste cose, le stanze echeggiavano vuote, i pavimenti di pietra splendevano senza tappeti e le bianche pareti intonacate a calce erano disadorne.

Ella disse: «Per quanto concerne i mobili più importanti, gli ornamenti, gli arazzi alle pareti... ho pensato che dovrebbe essere il padrone di casa a scegliere tutte queste cose».

Dando prova della stessa moderazione di una moglie rispettosa, aveva acquistato soltanto quell'unica schiava e si era accontentata dell'aiuto di Turchese in tutte le fatiche per rendere la casa abitabile. Io decisi però che dovevamo acquistare un'altra schiava la quale sbrigasse tutte le faccende quotidiane, cucinare, fare le pulizie e via dicendo, nonché uno schiavo che si occupasse del giardino pensile, facesse commissioni per me e così via. Per conseguenza acquistammo un uomo non più tanto giovane, ma ancora robusto, chiamato, alla maniera magniloquente della classe tlacòtli, Citlàli-Cuicàni, o Cantore di Stelle, nonché una giovane cameriera che si chiamava, contrariamente alle usanze degli schiavi, Quequelmìqui, vale a dire Sensibile al Solletico. Forse le avevano dato questo nome perché era molto propensa a ridacchiare senza alcun motivo.

Immediatamente li iscrivemmo tutti e tre — Turchese, Cantore di Stelle e Sensibile al Solletico — alla scuola appena fondata dal mio giovane amico Cozcatl, affinché vi studiassero durante le ore libere. La massima ambizione di Cozcatl, ai tempi in cui era stato egli stesso un fanciullo schiavo, consisteva nell'imparare le nozioni necessarie per arrivare al più alto incarico domestico in una casa di nobili, vale a dire quello di Custode delle Chiavi. Ma ormai egli era salito molto al di sopra di tale posizione, in quanto possedeva una bella casa tutta sua e un patrimonio cospicuo. Perciò aveva trasformato la propria abitazione in una scuola per educare i servi. Per farne, cioè, i migliori servi possibili.

Mi disse, con fierezza: «Ho assunto, naturalmente, maestri esperti per insegnare i lavori fondamentali... la cucina, il giardinaggio, il ricamo, qualsiasi cosa in cui gli allievi vogliano eccellere. Ma, quanto a me, insegno ad ogni allievo quei modi eleganti che altrimenti potrebbe imparare soltanto dopo una lunga esperienza, se non mai. Poiché ho lavorato in due palazzi, gli studenti mi ascoltano attentamente, sebbene siano quasi tutti più avanti negli anni di me».

«I modi eleganti?» dissi. «Per i semplici lavori domestici?»

«Affinché gli allievi *non* divengano semplicemente servi, ma membri preziosi e apprezzati di una famiglia. Insegno loro a comportarsi con dignità anziché con il solito pavido servilismo. Insegno a prevenire i desideri dei padroni ancor prima che vengano espressi. Un cameriere personale, ad esempio, impara a tenere sempre pronta una poquìetl da porgere al padrone se desidera fumare. Una governante impara a dire alla padrona quali fiori stanno per sbocciare in giardino, affinché la signora possa predisporne in anticipo la disposizione nelle stanze.»

Osservai: «Ma certo nessuno schiavo sarà in grado di pagarti per le lezioni».

«Be', no» ammise lui. «Attualmente tutti i miei allievi sono già a servizio, come i tre che mi hai mandato tu, e la retta viene pagata dai loro padroni. Ma le lezioni li renderanno talmente più capaci e più preziosi che finiranno con l'essere promossi a incarichi di maggiore responsabilità... oppure venduti per ricavare un utile... e questo significa che dovranno essere sostituiti. Prevedo una grande richiesta di diplomati dalla mia scuola. In ultimo, sarò in grado di acquistare schiavi al mercato per addestrarli, trovare loro un lavoro e dedurre poi il compenso che mi devono dalla loro paga.»

Annuii e dissi: «Sarà una buona cosa per i tuoi allievi, per i padroni e per te. È un'idea ingegnosa, Cozcatl. Non soltanto hai trovato un tuo posto nel mondo, ma ti sei scavato una nicchia completamente nuova, per la quale nessuno è più tagliato di te».

Rispose, umilmente: «Non vi sarei potuto riuscire se non fosse stato per te, Mixtli. Se non avessimo affrontato avventure insieme, probabilmente continuerei a sgobbare in qualche palazzo di Texcòco. Devo tutta la mia fortuna al tonàli, si tratti del tuo o del mio, che ha legato le nostre vite».

Ed io pure, pensai, mentre tornavo adagio a casa, ero molto indebitato con un tonàli contro il quale avevo un tempo imprecato considerandolo capriccioso, se non malevolo. Da esso mi erano stati dati dolori e lutti e infelicità. Ma, al contempo, quel tonàli aveva fatto di me un possidente, un uomo considerevolmente ricco, un uomo arrivato molto più in alto delle aspettative alla sua nascita, un uomo sposato con la più desiderabile tra le donne, e un uomo ancora abbastanza giovane per poter esplorare altre allettanti prospettive.

Mentre mi dirigevo pian piano verso la mia comoda casa e le braccia accoglienti di Zyanya, mi sentii indotto a rivolgere la gratitudine che provavo verso la supposta dimora celeste delle più importanti divinità. «Dei» dissi — mentalmente, non a voce alta — «se gli dei esistono, e siete voi quelli, vi ringrazio. A volte mi avete tolto con una mano mentre mi davate con l'altra. Ma, in complesso, mi avete dato molto più di quanto abbiate preso. Bacio la terra in vostro onore, dei.»

E gli dei dovettero essermi grati della gratitudine. Non perdettero tempo nel fare in modo che, entrando in casa, vi trovassi ad aspettarmi un paggio venuto a convocarmi a nome di Ahuìtzoltl. Mi concessi appena il tempo per dare a Zyanya un bacio frettoloso di saluto e di congedo, poi seguii il ragazzo lungo le vie verso il Cuore dell'Unico Mondo.

Era molto tardi, quella sera, quando di nuovo feci ritorno a casa; vestivo in modo diverso ed ero più che brillo. La nostra schiava Turchese, dopo avermi aperto la porta, dimenticò all'istante ogni padronanza di sé che potesse avere imparato alla scuola di Cozcatl. Contemplò a lungo la mia alquanto disordinata profusione di penne e piume, lanciò uno strillo penetrante e fuggì verso il fondo della casa. Zyanya accorse con un'aria ansiosa.

Disse: «Zàa, sei rimasto fuori così a lungo!» Poi, anch'ella con un gridolino, indietreggiò da me, esclamando: «Che cosa ti ha fatto quel mostro di Ahuìtzotl? Perché ti sta sanguinando il braccio? Che cosa ti sei messo ai piedi? Cos'è l'aggeggio che hai sul capo? Zàa, *di' qualcosa!*»

«Salve» farfugliai stupidamente, con un singulto.

«*Salve?*» mi fece eco lei, colta di sorpresa da quell'assurdità. Poi disse, in tono vivace: «Qualsiasi altra cosa tu possa essere, sei ubriaco» e si diresse in cucina. Mi lasciai cadere su una panca, ma balzai di nuovo energicamente in piedi — forse addirittura a una certa distanza dal pavimento — quando Zyanya mi versò sulla testa l'intero contenuto di un'anfora colma d'acqua tanto gelida da dare i brividi.

«Il mio elmo!» gridai, dopo avere smesso di tossicchiare e sputacchiare.

«Ah, è un elmo, eh?» disse Zyanya, mentre mi affannavo per togliermelo e per cercare di asciugarlo prima che l'acqua lo sciupasse. «Credevo che tu fossi nel gozzo di qualche uccello gigantesco.»

«Moglie mia,» dissi, con la maestosa serietà dei brilli, «avresti potuto rovinare questa nobile testa d'aquila. E adesso hai messo il piede su uno dei miei artigli. E inoltre guarda... guarda queste povere penne bagnate.»

«Le vedo. Le sto guardando» disse lei, con una voce strozzata, ed io mi resi conto che stava facendo tutto il possibile per non scoppiare a ridere. «Togliti questa stupida mascherata,

Zàa. Va' nel bagno a vapore e liberati sudando di una parte almeno dell'octli che hai bevuto. Lavati via il sangue dal braccio. Poi vieni a letto e dimmi... dimmi che cosa, in nome del cielo...» Ma non riuscì più a trattenersi e scoppiò in trillanti risatine.

«Stupida mascherata, figuriamoci!» dissi, sforzandomi di assumere un tono al contempo altezzoso e risentito. «Soltanto una donna potrebbe essere così insensibile alle insegne del sommo onore. Se tu fossi un uomo, ti inginocchieresti in preda a timore reverenziale e ammirazione, e ti congratuleresti con me. E invece no, vengo ignominiosamente infradiciato e deriso.» Dopodiché mi voltai e maestosamente presi a salire su per la scala, incespicando solo di quando in quando nei sandali dai lunghi artigli, per andare a sudare e a tenere il broncio nel bagno a vapore.

Così mi comportai con tetra spavalderia, così venni accolto con indulgente ilarità, in occasione di quello che sarebbe dovuto essere l'evento più solenne della mia vita sino ad allora. Non uno su dieci o venti mila dei miei compatrioti diveniva mai quello che ero divenuto io quel giorno — In Tlàmahuichihuàni Cuàutlic: un Cavaliere dell'Ordine dell'Aquila dei Mexìca.

Umiliai ulteriormente me stesso addormentandomi nel bagno a vapore e non mi accorsi affatto di essere portato altrove quando Zyanya e Cantore di Stelle mi tolsero in qualche modo di là e mi misero a letto. Pertanto, solamente la mattina dopo, quando rimasi a letto fino a tardi, sorseggiando cioccolata bollente nel tentativo di attenuare un tremendo mal di capo, riuscii a riferire in modo coerente a Zyanya quanto era accaduto al palazzo.

Ahuìtzotl si trovava solo nella sala del trono, quando il paggio ed io arrivammo, e disse, in tono brusco: «Il nostro nipote Motecuzòma è partito stamane da Tenochtìtlan, alla testa di un poderoso reparto che costituirà la guarnigione nello Xoconòchco. Come ti avevamo promesso, abbiamo parlato al Consiglio dell'azione ammirevole che hai svolto trattando l'acquisizione di quel territorio, ed è stato deciso che devi essere ricompensato».

Fece un cenno, il paggio si ritirò e, un momento dopo, la sala cominciò a riempirsi di altri uomini. Mi aspettavo che si trattasse della Donna Serpente e degli altri membri del Consiglio. Invece, guardando attraverso il topazio mi stupii nel constatare che erano tutti guerrieri — i più eletti tra i guerrieri — tutti Cavalieri dell'Aquila, in completa tenuta piumata da battaglia, con gli elmi a testa d'aquila, le frange di penne remiganti sulle braccia, e i sandali artigliati ai piedi.

Ahuìtzotl me li presentò ad uno ad uno — i più alti comandanti dell'Ordine dell'Aquila — e disse: «Hanno deciso, in seguito a una votazione, Mixtli, di elevarti, con un solo alto balzo, dal grado mediocre di tequìua a quello di cavaliere della loro nobile compagnia».

Dovevano essere rispettati vari rituali, naturalmente. Sebbene la sorpresa fosse stata tale, per me, da ammutolirmi, quasi mi sforzai di ritrovare la voce così da poter pronunciare i molti e prolissi giuramenti: che sarei rimasto fedele fino alla morte all'Ordine dell'Aquila e avrei combattuto per esso, per la supremazia di Tenochtìtlan, per il potere e il prestigio della nazione Mexìca, per la conservazione della Triplice Alleanza. Dovetti incidermi un taglio nell'avambraccio, e altrettanto dovettero fare tutti i cavalieri, affinché potessimo strofinare le braccia gli uni contro gli altri, mescolando così il nostro sangue in segno di fratellanza.

Indossai poi la corazza imbottita, con tutti i suoi ornamenti, in modo da avere braccia simili ad ampie ali, il corpo piumato dappertutto, i piedi con artigli robusti simili a quelli dell'aquila. Il momento culminante della cerimonia giunse quando mi venne posto sul capo l'elmo: la testa d'aquila. Era fatto di sughero, di carta di corteccia ruvida e di penne incollate con òli. Il becco spalancato sporgeva sopra la mia fronte e sotto il mento, e i brillanti occhi di ossidiana venivano a trovarsi in qualche punto sopra le orecchie. Poi mi furono consegnati gli altri emblemi del nuovo rango: il robusto scudo di cuoio con i simboli del mio nome formati da piume colorate, i colori per rendermi feroce la faccia, il monile d'oro per il naso, da portare non appena me la fossi sentita di farmi perforare il setto nasale...

Infine, alquanto pesantemente ostacolato, sedetti con Ahuìtzotl e gli altri cavalieri mentre i servi del palazzo imbandivano un banchetto opulento con molte anfore dell'octli migliore. Dovetti fingere di mangiare con buon appetito, poiché ormai ero talmente agitato ed eccitato da non sentirmela di toccare cibo. Non potei però evitare di bere rispondendo ai numerosi e vociferanti brindisi... in onore mio, in onore dei comandanti dell'Ordine dell'Aquila, lì presenti, in onore del nostro comandante supremo Ahuìtzotl, in onore dell'ancor più grande potere dei Mexìca... Dopo qualche tempo, perdetti il conto dei brindisi. Ecco perché, quando potei infine andarmene dal palazzo, avevo la mente non poco confusa e l'uniforme alquanto in disordine.

«Sono fiera di te, Zàa, e felice per te» disse Zyanya, non appena ebbi terminato di spiegare. «È davvero un grande onore. E ora, quale nobile impresa compirai, o mio marito guerriero? Quale sarà il tuo primo atto di valore come Cavaliere dell'Aquila?»

Risposi, debolmente: «Non dovevamo oggi andare ad acqui-

509

stare piante da fiori, mia cara? All'arrivo delle canoe da carico da Xochimìlco? Piante per il nostro giardino pensile?»

La testa mi doleva troppo perché potessi affaticare la mente, e pertanto non mi sforzai nemmeno di capire perché Zyanya, una volta di più, come la sera prima, fosse scoppiata in trillanti risatine.

✠

La nostra nuova casa significava una vita nuova per tutti coloro che vi abitavano, e avevamo così molte cose di cui occuparci. Zyanya continuava ad essere impegnatissima dal compito, evidentemente interminabile, di andare a vedere ciò che offrivano i banchetti nella piazza del mercato e i laboratori degli artigiani, in cerca della «stuoia adatta per il pavimento della stanza dei bambini» o di «una qualche statuetta per la nicchia in cima alle scale», o di qualcos'altro che sembrava sempre deluderla.

I miei contributi non sempre venivano accolti con lodi, come ad esempio la volta in cui portai a casa una piccola statua di pietra, appunto per quella nicchia in cima alle scale, e Zyanya la giudicò «laida». Be', lo era, in effetti, ma io l'avevo acquistata perché somigliava esattamente al bruno, raggrinzito e ingobbito vecchio, il camuffamento con il quale Nezohualpìli era stato solito avvicinarmi. In realtà la statua raffigurava Huehuetéotl, il Più Vecchio dei Vecchi Dei, così chiamato perché lo era. Anche se non più adorato da tutti, l'aziano Huehuetèotl, rugoso e sardonicamente sorridente, continuava ad essere venerato come il primo dio riconosciuto in questi paesi e noto da tempi immemorabili, molto prima di Quetzalcòatl o di uno qualsiasi dei successivi favoriti. Avendo Zyanya rifiutato di consentirmi di collocarlo ove i nostri ospiti avrebbero potuto vederlo, misi il Più Vecchio dei Vecchi Dei dalla mia parte del nostro letto.

I tre servi che avevamo, nelle ore libere durante i primi mesi al nostro servizio, frequentavano i corsi della scuola di Coxcatl, e con risultati percettibili. La piccola cameriera Sensibile al Solletico guarì dal vizio di ridacchiare ogni qual volta le si rivolgeva la parola, e si limitò a un modesto e servizievole sorriso. Cantore di Stelle divenne talmente premuroso da porgermi una poquìetl già accesa quasi ogni volta ch'io mi mettevo a sedere e così — per non mortificarne la sollecitudine — io fumavo molto più di quanto volessi.

L'occupazione alla quale mi dedicavo consisteva nel consolidare il mio patrimonio. Già da qualche tempo colonne di pochtèca giungevano a Tenochtìtlan dall'Uaxyacac, con fiaschette di colorante violetto e matasse di filo colorato, acquistate legalmente presso i depositi del bishòsu Kosi Yuela. Le avevano pagate, inutile dirlo, un prezzo esorbitante, e, naturalmente, chiedevano un prezzo ancor più esagerato rivendendole per il tramite dei mercanti di Tlaltelòlco. Ma i nobili Mexìca — e in particolare le loro donne — erano talmente avidi di quel colore unico da pagarlo a qualsiasi prezzo. E, non appena il colorante affluì legalmente sul mercato, io potei, con discrezione, e senza alcun pericolo di essere scoperto, mettere in vendita anche la mia scorta.

Vendetti il tesoro contro valuta che poteva più facilmente essere occultata o contro pietre preziose: giade lavorate, alcuni smeraldi e altre gemme, gioielli in oro, calami pieni di polvere d'oro. Ma Zyanya ed io tenemmo, per le nostre necessità, un quantitativo di colorante tale che ritengo possedevamo più vesti adornate con disegni violetti del Riverito Oratore e di tutte le sue consorti. *So* con certezza che la nostra era l'unica casa, a Tenochtìtlan, con tendaggi alle finestre completamente tinti in violetto; ma potevano vederli soltanto i nostri ospiti.

Venivano spesso a farci visita soprattutto vecchi amici: Cozcatl, di recente e più giustamente noto come Maestro Cozcatl; i miei soci in affari della Casa dei Pochtèca; l'uno o l'altro dei compagni d'arme di Ghiotto di Sangue che mi avevano aiutato a entrare in possesso del colorante. Ma avevamo fatto, inoltre, numerose conoscenze tra i nostri vicini di casa appartenenti a una classe superiore nel quartiere Ixacuàlco, nonché tra i nobili incontrati a corte... in particolare numerose nobildonne incantate dal fascino di Zyanya. Una di esse era la Prima Signora di Tenochtìtlan, vale a dire la prima moglie di Ahuìtzotl. Quando veniva a farci visita, conduceva spesso con sé il figlio maggiore, Cuautèmoc, Aquila Calante, il giovane signore che, con maggiori probabilità, sarebbe succeduto al padre sul trono. Sebbene la successione Mexìca non fosse immutabilmente patrilineare, come quella di alcune altre nazioni, il figlio maggiore era il primo candidato preso in considerazione dal Consiglio alla morte di uno Uey-Tlatoàni che non lasciasse un fratello pronto a succedergli. Pertanto Zyanya ed io trattavamo Cuautémoctzin e sua madre con l'opportuna deferenza; non nuoce essere in buoni rapporti con colui al quale ci si potrebbe dover rivolgere un giorno chiamandolo Riverito Oratore.

Di quando in quando, nel corso di quegli anni, un messaggero militare o un portatore di pochtèca giunti dal sud si consentivano una deviazione fino a casa nostra per portarci un messaggio di Bèu Ribè. Il messaggio era sempre lo stesso: ella continuava ad essere nubile, Tecuantèpec era sempre la stessa, la locanda continuava a prosperare, più che mai grazie agli accresciuti traffici da e per gli Xoconòchco. Ma la monotonia stessa di queste scarse notizie era sconfortante, in quanto Zyanya ed io potevamo soltanto presumere che Bèu rimanesse nubile non per sua scelta, ma perché non aveva corteggiatori.

E ciò sempre mi riportava alla mente l'esiliato Motecuzòma, poiché ero certo — anche se non lo dicevo mai, neppure a Zyanya — che fosse stato lui l'ufficiale Mexìcatl dalle strane inclinazioni, colpevole di aver devastato la vita di Bèu. Non foss'altro che per una questione di lealtà familiare, avrei dovuto, presumo, odiare quel Motecuzòma il Giovane. Semplicemente in base a quanto mi avevano detto Bèu e Ahuìtzotl, sarei dovuto essere sprezzante con un uomo mutilato in parte nel proprio membro e nei propri appetiti. Eppure nessuno, né io né alcun altro, avrebbe potuto negare che egli si comportasse da soldato occupando per noi lo Xoconòchco e favorendone il progresso.

Aveva situato la guarnigione militare praticamente sul confine del Quatemàlan, progettando e facendo costruire una salda fortezza, e i vicini paesi Quichè e Lacandòn osservavano senza dubbio con sgomento man mano che le sue mura si innalzavano e le pattuglie marciavano intorno ad esse. Infatti quelle misere genti non avevano più osato un'incursione fuori delle loro giungle, né si erano più mostrati minacciosi o spavaldi o, in qualsiasi modo, ambiziosi. Erano tornati ad essere, semplicemente, popoli squallidi e apatici e, per quanto mi consta, lo sono tutt'ora.

I vostri soldati spagnoli che per primi entrarono nello Xoconòchco manifestarono stupore trovandovi, così lontano da Tenochtìtlan, un così gran numero di popolazioni non imparentate con noi Mexìca — i Mame, i Mixe, i Comitèca e così via — che parlavano il nàhuatl. Sì, quella era la regione più remota nella quale si potesse dire: « Questo è suolo Mexìca ». Era inoltre, nonostante la lontananza dal Cuore dell'Unico Mondo, la nostra provincia forse più fedele, e ciò lo si doveva in parte al fatto che un gran numero di Mexìca si era trasferito nello Xoconòchco dopo l'annessione.

Ancor prima che la guarnigione di Motecuzòma avesse raggiunto il massimo degli effettivi, altri si erano stabiliti laggiù, cominciando a costruire abitazioni e botteghe e locande rudimentali e persino case di piacere. Trattavasi di immigrati Mexìca e Acòlhua e Tecpanèca in cerca di più vasti orizzonti e di maggiori possibilità di quelli che riuscivano a trovare nei territori di gran lunga più popolati della Triplice Alleanza. Quando il forte fu completamente costruito e armato, con la guarnigione al completo, esso proiettò la propria ombra protettiva su una cittadina di dimensioni ragguardevoli. Questa cittadina assunse il nome nàhuatl di Tapàchtlan, Luogo di Corallo, e, anche se non si avvicinò mai alla grandezza e allo splendore di Tenochtìtlan, continua ad essere la più grande e la più attiva comunità a est dell'istmo di Tecuantèpec.

Molti dei nuovi arrivati dal nord, dopo essersi trattenuti per qualche tempo a Tapàchtlan, o altrove nello Xoconòchco, andarono oltre. Io non ho mai viaggiato così lontano, ma so che, a est della giungla del Quautèmalan, vi sono estesi e fertili pianori e regioni costiere. E, al di là di esse, si trova un altro istmo, ancora più stretto di quello di Tecuantèpec, che si estende tortuosamente tra gli oceani settentrionale e meridionale, nessuno sa sin dove. Qualcuno insiste nel dire che in qualche punto, laggiù, un fiume collega i due oceani. Il vostro Capitano-Generale Cortès andò, invano, a cercarlo, ma qualche spagnolo può ancora trovarlo.

Sebbene gli emigranti diretti a ovest fossero soltanto singoli esploratori, o, tutt'al più, gruppi familiari, e anche se si stabilirono molto lontani gli uni dagli altri in quelle terre remote, mi si dice che hanno lasciato indelebilmente il loro segno sulle popolazioni indigene. Tribù mai originariamente o lontanamente imparentate con noi della Triplice Alleanza hanno ora il nostro stesso aspetto; parlano la nostra lingua nàhuatl, anche se sotto forma di dialetti corrotti; hanno adottato molte delle nostre costumanze e arti e divinità; e persino hanno ribattezzato i loro villaggi, e i monti e i fiumi con nomi nàhuatl.

Numerosi spagnoli, dopo aver viaggiato a lungo, mi hanno domandato: «Il vostro impero Azteco era davvero così vasto da confinare con l'impero Inca nel grande continente del sud?» Sebbene non abbia mai capito appieno la domanda, ho invariabilmente risposto: «No, miei signori». Non so bene a quale impero si riferiscano, né a quale continente, e non so che cosa sia un Inca. Ma so che noi Mexìca — o noi Aztechi, se volete — non abbiamo mai portato il nostro confine al di là dello Xoconòchco.

Non gli sguardi e gli interessi di tutti erano rivolti al sud, in quegli anni. Il nostro Uey-Tlatoàni, ad esempio, non ignorava gli altri punti cardinali. Gradii alquanto l'interruzione del mio andazzo quotidiano, sempre più domestico, quando un giorno, Ahuìtzotl mi convocò al palazzo per domandarmi se fossi disposto a svolgere una missione diplomatica nel Michihuàcan.

Disse: «Ci hai reso così grandi servigi nello Xoconòchco e nell'Uaxyàcac. Credi che potresti ora tentar di stabilire relazioni migliori tra noi e la Terra dei Pescatori?»

Risposi che avrei potuto tentare. «Ma perché, mio signore? I

Purempècha lasciano passare indisturbati nel loro paese i nostri viaggiatori e mercanti. E commerciano liberamente con noi. Che altro possiamo chiedere loro in fatto di relazioni?»

«Oh, pensa tu a qualcosa. Qualsiasi cosa che possa giustificare una tua visita al loro governante Uandàkuari, l'anziano Yquìngare.» Dovetti restare inespressivo, poiché si sporse in avanti per spiegare: «Le supposte trattative diplomatiche serviranno soltanto per mascherare la tua vera missione. Vogliamo che tu ci porti il segreto per produrre quel metallo superbamente duro che sconfigge le nostre armi di ossidiana».

Trassi un lungo respiro e, cercando di esprimermi in tono ragionevole, anziché apprensivo, dissi: «Mio signore, gli artigiani che sanno come forgiare quel metallo sono indubbiamente ben sorvegliati e non possono incontrarsi in alcun modo con stranieri i quali potrebbero indurli a rivelare il segreto».

«E il metallo stesso viene tenuto nascosto, non visibile ai curiosi» disse Ahuìtzotl, spazientito. «Sappiamo tutto questo. Ma sappiamo altresì che esiste un'eccezione a tale politica. I più intimi consiglieri dell'Uandàkuari e le sue guardie sono *sempre* armati con armi di quel metallo, per impedire qualsiasi attentato alla vita di lui. Se riuscirai a introdurti nel palazzo avrai modo di impadronirti di una spada, di un pugnale o di qualche altra arma. Non ci occorre altro. Se i nostri fabbri potranno avere anche soltanto una di quelle armi da studiare, riusciranno a scoprire come è composto il metallo.»

Sospirai e dissi: «Quello che il mio Signore ordina un Cavaliere dell'Aquila deve eseguirlo». Riflettei sulle difficoltà della missione affidatami e osservai: «Se devo recarmi laggiù soltanto per rubare, non mi occorre, in realtà, alcun complicato pretesto di trattative diplomatiche. Potrei essere semplicemente un inviato che porta un dono amichevole del Riverito Oratore Ahuìtzotl al Riverito Oratore Yquìngare».

Ahuìtzotl rifletté a sua volta, accigliandosi. «Ma che cosa?» domandò. «Nel Michiuàcan esistono tante cose preziose quante ne abbiamo qui. Dovrebbe trattarsi di qualcosa di cui egli non possa disporre, qualcosa di unico.»

Osservai: «I Purempècha sono molto inclini alle aberrazioni sessuali. Ma no. Lo Uandàkuari è anziano. Senza dubbio ha già provato ogni piacere ed ogni indecenza sessuale, ed è troppo sazio per...»

«*Ayyo!*» esclamò Ahuìtzotl in tono esultante. «Esiste un piacere che non può mai aver provato, e al quale non saprà resistere. Un nuovo texquàni che abbiamo appena acquistato per il nostro serraglio umano.»

Trasalii, visibilmente, ne sono certo, ma egli non se ne accorse e ordinò a un servo di andare a prendere la mostruosità in questione.

Stavo cercando di immaginare quale tipo di mostro umano avrebbe potuto fare erigere il tepùli sia pure del più osceno dei vecchi libertini, quando Ahuìtzotl disse: «Guarda, Cavaliere Mixtli. Eccole qui» ed io portai davanti a un occhio il topazio.

I volti delle due ragazze erano bruttini come tanti altri ch'io avevo veduti, ma difficilmente avrei potuto definirle mostruose, volendo essere caritatevole. Tutt'al più un po' insolite, in quanto si trattava di gemelle identiche. Ritenni che fossero sui quattordici anni circa e che appartenessero a qualche tribù Olmèca, in quanto stavano masticando entrambe tzictli, placidamente come una coppia di lamantini. Rimanevano in·piedi, spalla contro spalla, lievemente voltate l'una verso l'altra, ciascuna con un braccio al collo dell'altra. Le copriva una singola coperta, avvolta intorno ai loro corpi, dal petto al pavimento.

«Ancora non sono state esibite al pubblico» disse Ahuìtzotl «perché le cucitrici di corte non hanno terminato le bluse e le gonne speciali che occorrono per loro. Castaldo, togli la coperta.»

L'uomo così fece ed io sbarrai gli occhi vedendo le fanciulle nude. Non erano semplicemente gemelle, sembrava che, nell'utero, si fossero in qualche modo fuse insieme. Dall'ascella all'anca erano unite dalla stessa pelle, e tanto strettamente da non poter restare in piedi, mettersi a sedere, camminare o coricarsi se non voltate l'una verso l'altra. Per un momento mi parve che avessero soltanto tre mammelle tra tutte e due. Ma, quando mi avvicinai, vidi che la mammella di mezzo era formata in realtà da due seni normali premuti l'uno contro l'altro; riuscii a separarli con la mano. Esaminai le ragazze: quattro mammelle davanti, due coppie di natiche dietro. A parte i volti brutti e dall'espressione ottusa, non riuscii a scorgere alcuna deformità se non il tratto di pelle in comune.

«Non si potrebbe separarle?» domandai. «Resterebbero entrambe con una cicatrice, ma sarebbero autonome e normali.»

«A quale scopo?» grugnì Ahuìtzotl. «A che cosa potrebbero mai servire altre due sgualdrinelle Olmèca brutte di viso, masticatrici di tzicli? Insieme costituiscono una preziosa novità e possono condurre l'esistenza piacevole e oziosa di un texquàni. In ogni modo i nostri chirurghi sono pervenuti alla conclusione che non è possibile separarle. All'interno del lembo di pelle che le unisce condividono vene e arterie vitali. Ma — e sarà questo ad affascinare il vecchio Yquìngare — ogni ragazza ha la propria tipìli, ed entrambe sono vergini.»

«È un peccato che non siano belle» cogitai a voce alta. «Tuttavia hai ragione, mio Signore. La pura novità del loro aspetto dovrebbe compensare tale manchevolezza.» Mi rivolsi alle gemelle. «Avete un nome? Potete parlare?»

Risposero, nella lingua Coatlìcamac, e quasi all'unisono: «Io sono Sinistra». «Io sono Destra.»

Ahuìtzotl disse: «Ci proponevamo di presentarle al pubblico come la Coppia di Dame. Con il nome della dea Omecìuatl. Una sorta di facezia, capisci».

Dissi: «Se un dono inconsueto può rendere l'Uandàkuari più amichevole nei nostri confronti, la Coppia di Dame è tale dono, e volentieri io glielo porterò. Una sola raccomandazione, mio signore, per renderle più attraenti. Fa loro radere tanto i capelli quanto le sopracciglia. È questa la moda tra i Purèmpe».

«Strana moda» osservò Ahuìtzotl, in tono stupito. «I capelli sono la sola cosa attraente di queste ragazze. Ma sarà fatto. Preparati a partire non appena il loro corredo sarà stato completato.»

«Ai tuoi ordini, Signore Oratore. E spero che la presentazione della Coppia di Dame a quella corte causi tanto interesse da consentirmi di entrare in possesso inosservato di una delle armi di metallo nell'agitazione.»

«Non limitarti a sperarlo» disse Ahuìtzotl. «Fa' in modo che sia così!»

«Ah, le povere bambine!» esclamò Zyanya, quando le mostrai la Coppia di Dame. Mi meravigliò udirla esprimere compassione per loro, poiché chiunque altro avesse veduto Sinistra e Destra si era limitato a rimanere a bocca aperta o a ridacchiare, oppure, come Ahuìtzotl, le aveva considerate una merce vendibile, al pari della carne di qualche raro animale selvatico. Ma Zyanya le coccolò maternamente e teneramente per tutto il viaggio fino a Tzintzuntzanì, e continuò ad assicurare loro — come se fossero state abbastanza intelligenti per curarsene — che stavano andando verso una nuova e meravigliosa esistenza di libertà e di lussi. Quanto a me, presumevo che, effettivamente, si *sarebbero* trovate meglio nella relativa libertà di un palazzo di provincia, sia pure servendo come una sorta di invertibile concubina, che come un oggetto continuamente additato e deriso negli angusti limiti di un serraglio.

Zyanya mi accompagnò perché, quando le dissi di quest'ultima e quanto mai bizzarra ambasceria affidatami, volle a tutti i costi venire con me. Dapprima le opposi un «no» reciso, in quanto sapevo che nessuno del mio gruppo sarebbe vissuto più a lungo del momento in cui, com'era probabile, sarei stato sorpreso nell'atto di rubare una delle sacrosante armi di metallo. Ma Zyanya ragionò persuasivamente, dicendo che, se i sospetti del

516

nostro anfitrione fossero stati placati sin dall'inizio, io avrei avuto maggiori probabilità di avvicinarmi a una di quelle armi e di impossessarmene senza essere scoperto.

«E che cosa può esservi di meno sospetto» mi domandò «di marito e moglie che viaggiano insieme? E inoltre *mi piacerebbe* vedere il Michihuàcan, Zàa.»

La sua idea del marito con la moglie, riflettei, poteva effettivamente essere utile, anche se non si trattava dell'utilità che credeva lei. Per i libidinosi e licenziosi Purempècha, vedere un uomo che viaggiava con la sua solita compagna di ogni giorno — in quel paese ove gli sarebbe bastato chiedere per avere qualsiasi altra compagna o compagno di letto, o qualsiasi numero di compagni — significava considerare quell'uomo davvero tale da sbalordire. Mi avrebbero giudicato, con disprezzo, troppo impotente, stupido, privo di immaginazione e letargico perché potessi essere un ladro o una spia o qualcos'altro di pericoloso. Pertanto dissi di sì a Zyanya, e immediatamente ella cominciò a preparare i fardelli per il viaggio.

Ahuìtzotl mi mandò a chiamare ed io mi presentai al palazzo non appena le gemelle furono pronte a partire con il loro guardaroba. Ma, *ayya*, rimasi inorridito quando vidi le ragazze rapate completamente. Il cranio di entrambe aveva la stessa forma dei loro seni, era nettamente conico e affusolato fino ad essere appuntito, ed io mi domandai se quel mio consiglio non fosse stato uno spaventoso errore. Le teste calve potevano essere l'epitome della bellezza per un Purèmpe, ma le teste calve *appuntite*? Ah, be', ormai era troppo tardi per rimediare: calve sarebbero rimaste.

Inoltre, soltanto allora e tardivamente, si scoprì che nessuna delle normali portantine avrebbe potuto contenere Destra e Sinistra, e che sarebbe stato necessario costruirne una appositamente per loro, il che ritardò di alcuni giorni la nostra partenza. Ma Ahuìtzotl era deciso a non risparmiare spese per quella spedizione e così, quando infine partimmo, la nostra era una vera e propria processione.

Ci precedevano due guardie del palazzo, manifestamente disarmate, ma io sapevo che entrambi gli uomini erano esperti nel combattimento corpo a corpo senz'armi. Io non avevo altro che lo scudo con lo stemma di Cavaliere dell'Aquila, e la lettera di presentazione firmata dallo Uey-Tlatoàni Ahuìtzotl. Camminavo accanto alla portantina di Zyanya, sorretta da quattro schiavi, e interpretavo la parte del docile marito, richiamando l'attenzione di lei su questo o quell'altro aspetto del paesaggio. Dietro di noi veniva la portantina delle gemelle sostenuta da otto uomini. Questa portantina, costruita appositamente, non era una semplice sedia, ma una sorta di piccola capanna poggiata su pali, sovrastata da un tettuccio, con tende a entrambi i lati aperti. Seguivano i numerosi schiavi che trasportavano i nostri fardelli e panieri, nonché le provviste.

Tre o quattro giorni lungo la via occidentale dei traffici ci portarono in un villaggio chiamato Zitàkuaro, ove un posto di guardia alla periferia segnava la frontiera del Michihuàcan. Là sostammo mentre le guardie di confine Purempècha leggevano rispettosamente la lettera della quale ero latore e si limitavano a tastare, senza aprirli, i nostri numerosi fardelli. Parvero alquanto stupite allorché sbirciarono entro l'enorme lettiga e vi scorsero due identiche ragazze calve le quali viaggiavano una accanto all'altra in quella che sembrava essere una posizione scomoda all'estremo. Le guardie, comunque, non fecero commenti. Si limitarono a salutare cortesemente con la mano me e la mia signora, invitandoci a passare, con il nostro gruppo, attraverso Zitàkuaro.

In seguito non fummo più fermati, ma io ordinai che le tende della lettiga sulla quale viaggiava la Coppia di Dame venissero tenute accostate, in modo che chiunque ci avesse veduto passare non riuscisse a scorgerle. Sapevo che qualche messaggero veloce doveva aver già informato lo Uandàkari del fatto che ci stavamo avvicinando, ma volevo che il dono restasse misterioso il più possibile, affinché potesse essere una sorpresa per lui al nostro arrivo al palazzo. Zyanya diceva che ero crudele costringendo le due ragazze a compiere quel lungo viaggio senza vedere nulla del nuovo paese nel quale dovevano risiedere. Pertanto, ogni qual volta mostravo *a lei* qualcosa di interessante, fermava la colonna finché sulla strada non si trovava più alcun passante e poi andava ella stessa a sollevare la tenda delle gemelle affinché anche loro potessero ammirare il panorama. Continuò a comportarsi in questo modo attraverso tutto il Michihuàcan, esasperandomi alquanto poiché Destra e Sinistra erano del tutto apatiche e prive di qualsiasi curiosità per ciò che le circondava.

Il viaggio sarebbe stato tedioso per me se non avessi avuto la compagnia di Zyanya; ero lieto che ella mi avesse persuaso a consentirle di venire. Di quando in quando riusciva persino a farmi dimenticare la pericolosa missione che mi aspettava all'arrivo. Ogni volta che la nostra colonna superava una curva del sentiero o giungeva sulla sommità di un'altura, Zyanya vedeva invariabilmente qualcosa di nuovo per lei, e lo ammirava con esclamazioni di stupore e ascoltava, con una concentrazione fanciullesca, le mie spiegazioni.

La prima cosa a destare la sua attenzione, naturalmente, fu il gran numero di persone completamente depilate. Le avevo già parlato di questa costumanza, ma sentir descrivere una cosa non è come vederla. Fino a quando non si fu a poco a poco abituata, ella continuò a fissare i giovani che passavano accanto a noi e a mormorare: «Quello è un ragazzo. No, una ragazza...». E devo ammettere che la sua curiosità veniva ricambiata. I Purempècha erano abituati a vedere altre persone capellute e pelose, viaggiatori stranieri, gli appartenenti alle loro classi inferiori, e forse qualche cocciuto eccentrico, ma non avevano mai veduto una splendida donna dalla folta chioma, e, per giunta, con una vivida striatura bianca sui capelli. Pertanto, anch'essi guardavano con gli occhi spalancati e mormoravano.

V'erano altre cose da vedere, oltre alle persone. La regione del Michihuàcan che stavamo attraversando allora abbonda di montagne, come ogni altro territorio, ma lì le montagne sembrano trovarsi sempre all'orizzonte, come una mera cornice del territorio pianeggiante o dolcemente ondulato che racchiudono. Parte di tale territorio è rivestito da foreste, ma altrove trattasi soltanto di praterie con inutili eppure splendidi fiori selvatici. Vi sono anche, però, vaste e fertilissime fattorie. Distese incommensurabili coltivate a granturco, fagioli e chili, nonché frutteti di ahuàcatin o di più dolci frutti. Qua e là, nei campi, si levano i magazzini di mattoni cotti al sole ove vengono riposti semi e prodotti agricoli, magazzini conici, alquanto simili alle teste appuntite della Coppia di Dame.

In quelle regioni, anche le abitazioni più umili sono piacevoli a vedersi. Fatte tutte di legno, dato che il legno è così abbondante, vengono costruite senza calcina né corde di sostegno, ma mediante saldi incastri ingegnosamente tagliati nelle assi e nelle travi. Ogni casa ha un alto tetto appuntito, le cui gronde sporgono di molto tutto attorno, per dare più fresca ombra nella stagione calda, e per riparare dalla pioggia in quella piovosa; alcuni tetti, inoltre, sono fantasiosamente costruiti in modo da incurvarsi verso l'alto ai quattro angoli, formando civettuole punte ornamentali. Era allora la stagione delle rondini, e in nessun altro luogo al mondo esistono più rondini che nel Michihuàcan — svolazzano, palpitano, baluginano e scivolano nell'aria dappertutto — senza dubbio perché quelle gronde così estese offrono loro ripari ideali in cui nidificare.

Con i suoi boschi e i suoi fiumi, il Michihuàcan è una dimora ospitale per ogni sorta di uccelli. I fiumi rispecchiano i vividi e balenanti colori delle ghiandaie, degli acchiappamosche e degli uccelli pescatori. Nelle foreste, gli uccelli carpentieri causano uno strepito costante di tamburreggiamenti e picchiettii. Nelle acque basse dei laghi si vedono grandi aironi bianchi e blu, nonché gli ancor più grossi kuinko. Questi ultimi uccelli hanno un becco a forma di cucchiaio, forme piuttosto goffe e ridicole lunghe zampe. Tuttavia i kuinko sono superbi per il loro piumaggio color tramonto, e, quando un intero stormo si alza in volo contemporaneamente, è come vedere il vento divenire roseo e visibile.

La maggior parte della popolazione del Michihuàcan viveva nella moltitudine di villaggi situati intorno al grande Lago dei Giunchi, il Pàtzkuaro, oppure appollaiati sulle tante isolette di quel lago. Sebbene la gente di ogni villaggio ricavasse la maggior parte dei viveri con cui sostentarsi andando a pesca e a caccia, ogni villaggio aveva l'ordine dell'Uandàkuari di produrre o fornire un particolare bene o servizio utile per gli altri centri abitati. Una comunità produceva oggetti in rame lavorato, un'altra intrecciava i giunchi facendone stuoie, un'altra ancora forniva oggetti laccati, e così via. Il villaggio che aveva il nome del lago, Pàtzkuaro, era la sede del mercato di tutti questi diversi prodotti. Su un'isola situata al centro del lago, Xaràquaro, si trovavano templi e altari, ed era quello il centro cerimoniale per gli abitanti di ogni villaggio. Tzintzuntzanì, Ove Si Trovano I Colibrì, era la capitale e il cuore di tutta questa attività e pertanto non produceva altro che le decisioni, gli ordini e le leggi dalle quali veniva governata l'intera nazione. Consisteva interamente di palazzi, e vi risiedevano soltanto le famiglie nobili, i loro cortigiani, sacerdoti, servi e così via.

Mentre la nostra colonna si avvicinava a Tzintzuntzanì, la prima cosa costruita dall'uomo che vedemmo dalla distanza di parecchie lunghe corse, fu l'antica iyàcata, come viene denominata una piramide nella lingua porè, che si profilava sulle alture ad est dei palazzi dei nobili. Antica al di là di ogni immaginazione, non alta, ma allungata in misura stravagante, questa iyàcata — una curiosa mescolanza di edifici rotondi e quadrati — continuava ad essere un cumulo di pietra tale da ispirare timore reverenziale, sebbene già da molto tempo avesse perduto tutto il proprio rivestimento di lastroni di pietra, di bianca intonacatura e di pitture, e fosse molto sgretolata e invasa dalla vegetazione.

I numerosi palazzi di Ove Si Trovano I Colibrì, essendo tutti costruiti in legno, potevano essere meno imponenti dei palazzi in pietra di Tenochtìtlan, ma avevano ugualmente una loro sorta di grandiosità. Sotto le estese gronde dei loro tetti appuntiti e dagli angoli incurvati all'insù, erano tutti alti due piani, con il piano superiore completamente circondato da una galleria esterna. I poderosi tronchi di cedro che sostenevano questi edifici, le colonne e le balaustrate, le molte travi visibili sotto le gronde, tutto era elaboratamente scolpito a volute e a trafori. Ovunque gli artisti fossero riusciti ad arrivare, ricche lacche erano state laboriosamente applicate a mano. Ogni palazzo era decorato con prodigalità e splendeva di colori e d'oro laminato, ma naturalmente il palazzo dell'Uandàkuari faceva sembrare insignificanti tutti gli altri.

Messaggeri veloci avevano tenuto informato Yquìngare del fatto che ci stavamo avvicinando, per cui il nostro arrivo era previsto, e una gran folla di nobili con le loro dame aspettava di accoglierci. Ci eravamo portati, in precedenza, fino alla sponda del lago e là avevamo fatto tutti il bagno, indossando poi le vesti migliori. Giungemmo, sentendoci riposati, e con un'aria fiera, nel cortile dinanzi al palazzo — un giardino recintato da muri, con alti alberi ombrosi — ove io ordinai che le lettighe venissero deposte. Congedai le guardie e i portatori e gli uomini vennero accompagnati negli alloggi dei servi. Soltanto Zyanya, la Coppia di Dame ed io attraversammo il giardino fino all'enorme palazzo. Nella confusione generale di coloro che ci salutavano, turbinando intorno a noi, la bizzarra andatura delle gemelle passò inosservata.

Tra un mormorio di benvenuti e di chiacchiere, che non riuscivo a capire del tutto, venimmo fatti entrare, tra i tronchi di cedro del portone del palazzo, nella terrazza rivestita a tasselli di cedro, poi, per la grande porta spalancata, in un breve corridoio e infine nella sala di ricevimento di Yquìngare. Era immensamente lunga e ampia e alta due piani: simile al cortile interno della corte di Ahuìtzotl, ma con il tetto. Scale a ciascun lato salivano fino alla balconata interna che la circondava e sulla quale davano le stanze del piano superiore. L'Uandàkuari sedeva su un trono che consisteva semplicemente in una bassa sedia, ma la notevole distanza tra l'ingresso e il punto nel quale egli si trovava era stata studiata, ovviamente, per far sì che ogni visitatore si sentisse un supplice.

Per quanto fosse vasta, la sala era completamente gremita di dame e gentiluomini vestiti con eleganza, ma indietreggiarono tutti, da un lato e dall'altro, per consentirci di passare. Io, poi Zyanya, poi la Coppia di Dame, in lenta processione, ci avvicinammo solennemente al trono; portai il topazio davanti a un occhio appena quel tanto che bastava per osservare bene Yquìngare. Lo avevo veduto una sola volta prima di allora, all'inaugurazione della Grande Piramide e, a quei tempi, la mia vista era nebulosa. Egli era già vecchio allora, e adesso lo sembrava anche di più: un ometto raggrinzito. Poteva essere stata la sua assenza di capelli ad avere ispirato la moda tra il popolo di lui, ma egli non doveva servirsi di un rasoio di ossidiana per mantenere rasato il cranio. Era sdentato quanto calvo, e quasi privo della voce: ci augurò il benvenuto con un fioco e rauco bisbiglio, simile al crepitio di un baccello di semi quando si apre. Sebbene fossi lieto di liberarmi dell'ingombrante Coppia di Dame, provai un certo rimorso nell'affidare sia pure uno scherzo di natura alle mani scheletriche di quel vecchio e rinsecchito relitto di uomo.

Consegnai la lettera di Ahuìtzotl e lo Uandàkuari la consegnò a sua volta al figlio maggiore, ordinandogli stizzosamente di leggerla a voce alta. Avevo sempre pensato ai prìncipi come a uomini giovani; ma questo Principe della Corona Tzìmtzicha, se si fosse lasciato crescere i capelli, sarebbe stato brizzolato; ciò nonostante, suo padre continuava a impartirgli ordini come se egli non si fosse ancora messo il perizoma sotto il mantello.

« Un dono per me, eh? » gracidò il padre, quando il figlio ebbe terminato di leggere la lettera nella lingua porè. Volse gli occhi cisposi verso Zyanya, in piedi al mio fianco e fece schioccare le gengive. « Ah, potrebbe essere una novità, sì. Raparla completamente, tranne quel ciuffo bianco... »

Zyanya, inorridita, fece un passo indietro. Mi affrettai a dire: « Ecco il dono, mio Signore Yquìngare » e mi sporsi verso la Coppia di Dame. Le feci spostare direttamente davanti al trono e lacerai la veste di porpora senza alcuna cucitura che indossavano, dal collo all'orlo inferiore. La folla lì riunita si lasciò sfuggire un ansito vedendomi distruggere un tessuto così prezioso, poi se ne lasciò sfuggire un altro mentre la veste cadeva sul pavimento e le gemelle rimanevano nude.

« Per le palle piumate di Kurikàuri! » alitò il vecchio, servendosi del nome porè di Quetzalcòatl. Continuò dicendo qualcos'altro, ma la voce di lui si perdette nel vocìo delle esclamazioni stupefatte dei suoi cortigiani, ed io riuscii soltanto a vedere che un rivoletto di bava gli colava sul mento. Il dono era stato ovviamente gradito.

Tutti i presenti, comprese le numerose anziane mogli e concubine superstiti dell'Uandàkuari, ebbero modo, aprendosi un varco a gomitate, di avvicinarsi per vedere da vicino la Coppia di Dame. Alcuni uomini, e anche alcune donne, audacemente, allungarono una mano e palparono qualche parte dell'una o dell'altra ragazza. Quando la lubrica curiosità di tutti i presenti fu soddisfatta, Yquìngare gracidò un ordine che fece uscire dalla sala di ricevimento tutti quanti tranne lui, noi visitatori, il Principe della Corona e alcune robuste guardie piazzate agli angoli.

« Voglio mangiare, adesso » disse il vecchio, stropicciandosi le mani rinsecchite. « Devo prepararmi a dare una buona prova di me, eh? »

Il Principe Tzìmtzicha ripeté l'ordine a una delle guardie, che uscì. Un momento dopo, servi cominciarono a entrare e a disporre proprio lì una tovaglia, poi — quando Zyanya ebbe ricoperto alla meglio le gemelle con la veste lacerata — ci mettemmo a sedere tutti e sei. Riuscii a capire, dalla conversazione, che di norma al Principe della Corona non sarebbe stato consentito di mangiare contemporaneamente al padre, ma egli parlava con scorrevolezza il nàhuatl e ora si rese di quando in quando necessario come interprete ogni qual volta il vecchio o io non riuscivamo a esprimerci bene nella lingua dell'altro. Zyanya, nel frattempo, con un cucchiaio, aiutò la Coppia di Dame a mangiare. Erano altrimenti propense a mettersi in bocca disastrosamente, con le dita, anche la spuma di cioccolata, a masticare a bocca aperta, e, in genere, a nauseare chiunque altro fosse presente.

D'altro canto, le loro maniere non erano peggiori di quelle del vecchio. Dopo che ci era stato servito lo squisito pesce bianco che si trova soltanto nelle acque del lago Ràtzkuaro, egli disse, con un sorriso sdentato: «Mangiate. Godetevi il cibo. Quanto a me, io posso nutrirmi soltanto con latte».

«Latte?» ripeté Zyanya, interessandosi cortesemente. «Latte di cerbiatta, mio Signore?»

Poi le sue sopracciglia simili ad ali si inarcarono. Una donna molto grassa e molto calva entrò, si inginocchiò accanto all'Uandàkuari, sollevò la blusa e gli offrì una poppa enorme che, se avesse avuto fattezze, sarebbe potuta essere la sua stessa testa calva. Per tutto il resto del pasto, Yquìngare, quando non chiedeva particolari sulle origini e sull'acquisto della Coppia di Dame, continuò a succhiare dapprima un capezzolo simile a un naso, poi l'altro.

Zyanya evitò di guardarlo ancora, e altrettanto fece il Principe della Corona; si limitarono a spiluzzicare il cibo dai loro piatti d'oro. Le gemelle mangiarono di buon appetito, come facevano sempre, ed io pure mangiai, poiché non badavo tanto alla volgarità di Yquìngare quanto ad un'altra cosa. Sin dal primo momento, entrando nella sala, avevo notato come le guardie fossero armate di lance le cui punte avevano i riflessi del rame, ma di un rame dal colore stranamente scuro. Non mi era poi sfuggito che sia l'Uandàkuari, sia suo figlio, portavano corti pugnali dello stesso metallo appesi alla vita mediante lacci di cuoio.

Il vecchio si stava rivolgendo a me con uno sproloquio incoerente e obliquo che, sospettavo, avrebbe concluso domandandomi se non potessi procurargli una coppia di gemelli adolescenti così congiunti, ma di sesso *maschile*, quando Zyanya, come se non riuscisse più ad ascoltarlo, lo interruppe per domandare: «Che cos'è questa bevanda deliziosa?»

Il Principe della Corona parve felice dell'interruzione, si sporse oltre la tovaglia per dirle che si trattava di chàpari, ricavato dal miele delle api, un liquore molto potente; e soggiunse che, gustandolo per la prima volta, avrebbe fatto bene a non berne troppo.

«Meraviglioso!» esclamò lei, vuotando la tazza laccata. «Se il miele può essere così inebriante, come mai le api non sono sempre ubriache?» Ebbe un singulto e meditò, pensando evidentemente alle api, poiché quando l'Uandàkuari cercò di ricominciare con la sua sbavante domanda, Zyanya disse, a voce alta: «Forse lo sono. Chi potrebbe dirlo». E riempì un'altra tazza per sé e per me, facendole traboccare.

Il vecchio sospirò, succhiò un'ultima volta la tetta bavosa della balia e le rifilò una pacca schioccante per far capire a noi tutti che il pasto era terminato. Zyanya ed io ci affrettammo a vuotare la seconda tazza di chàpari. «Adesso» disse Yquìngare, muovendo la bocca in modo che naso e mento parvero toccarsi. Il figlio di lui balzò alle sue spalle per metterlo in piedi.

«Un momento, mio Signore» dissi «il tempo di impartire alcune istruzioni alla Coppia di Dame.»

«Istruzioni?» disse lui sospettosamente.

«Affinché siano compiacenti» dissi, come se fossi stato un esperto mezzano. «Affinché, essendo vergini, non si comportino con esasperante ritrosia.»

«Ah» gracidò lui, ricambiando il mio sorriso. «Sono vergini, oltretutto, eh? Compiacenza, ma certo, compiacenza, senz'altro.»

Zyanya e Tzìmtzicha mi scoccarono un'identica occhiata di disprezzo, mentre io mi appartavo con le gemelle e impartivo le istruzioni, le urgenti istruzioni appena escogitate. Fu difficile, poiché dovevo parlare in fretta e nella loro lingua di Coatlìmac, e per giunta le ragazze erano entrambe *molto* stupide. Ma infine annuirono tutte e due, esprimendo una sorta di vaga comprensione, ed io, con una spallucciata di speranza e di disperazione al contempo, le condussi verso l'Uandàkuari.

Senza protestare, lo seguirono su per una delle scale, lo aiutarono a salire, in effetti, simili a un granchio che aiutasse un rospo. Subito prima di essere giunto sulla balconata, il rospo si voltò e gridò qualcosa al figlio nella lingua porè, ma con una voce così rauca che non riuscii a cogliere una sola parola. Tzìmtzicha annuì, ubbidiente, al padre, poi si voltò per domandare se io e la mia dama fossimo disposti a ritirarci. Ella si limitò a un singulto, e pertanto fui io a rispondere affermativamente; era stata una lunga giornata. Seguimmo il Principe della Corona verso le scale all'altro lato della sala.

Avvenne così che, là a Tzintzuntzanì, per la prima e l'unica volta nella nostra vita coniugale, Zyanya ed io dormimmo con qualcun altro al fianco. Ma vi prego di ricordare, reverendi frati, che eravamo entrambi un pochino ebbri a causa del potente chàpari. In ogni modo, le cose non andarono precisamente come può sembrare, e farò del mio meglio per spiegarmi.

Prima di partire, avevo cercato di parlare a Zyanya della predilezione dei Purempècha per le pratiche sessuali immaginose, voluttuose e persino perverse. Ci eravamo accordati nel senso di non mostrarci stupiti, e nemmeno disgustati, qualsiasi proposta di quel genere avessero potuto farci i nostri anfitrioni, ma di rifiutare il più cortesemente possibile. O almeno, pensavamo di esserci accordati in questo modo. Ma quando l'ospitalità si manifestò in questo senso, e noi ci rendemmo conto di che cosa si trattava, la cosa stava già avendo luogo. E non ci rifiutammo perché — anche se, sia lei, sia io, non riuscimmo mai a stabilire in seguito se fosse stata perfida o innocente — risultò essere innegabilmente deliziosa.

Mentre ci precedeva verso il piano superiore, Tzìmtzicha si voltò, mi rivolse un'imitazione del mio lezioso sorriso da mezzano, e domandò: «Desiderano, il cavaliere e la sua dama, stanze separate, letti separati?»

«No di certo» risposi, e lo dissi in tono gelido, prima che egli potesse aggiungere: «Compagni diversi?» o qualche altra indecenza del genere.

«Una camera matrimoniale, allora, mio signore» disse lui, in tono abbastanza cordiale. «Ma talora» continuò, con noncuranza, come se stesse parlando del più e del meno, «dopo una faticosa giornata di viaggio, anche la coppia più devota può essere stanca. La corte di Tzintzuntzanì si riterrebbe negligente se i suoi ospiti dovessero sentirsi, ehm, troppo affaticati per indulgere l'uno con l'altro, sia pure per una sola notte. Di conseguenza, offriamo un'agevolazione denominata atànatanàrani. Accresce le capacità dell'uomo, la ricettività della donna, forse fino ad estremi che né l'uno né l'altra hanno mai goduto.»

La parola atànatanàrani, come meglio potei districarne i componenti, significa «un ammucchiarsi insieme». Ma, prima che avessi potuto domandargli in qual modo un ammucchiarsi insieme potesse accrescere qualsiasi cosa, egli ci aveva introdotti con un inchino nella nostra stanza, era uscito camminando all'indietro e aveva chiuso, facendola scorrere, la porta laccata.

La stanza, illuminata da una lampada, conteneva il più vasto, il più alto, il più soffice letto di trapunte sovrapposte che avessi mai veduto. In essa ci aspettavano inoltre due schiavi piuttosto anziani, un uomo e una donna. Li adocchiai con apprensione, ma si limitarono a chiederci il permesso di preparare il bagno. Adiacenti alla camera da letto si trovavano due stanzini, uno per ciascuno di noi, con vasca da bagno e bagno a vapore già pronto. Il servo mi aiutò per le spugnature nella vasca e in seguito mi passò la pomice sul corpo nel bagno a vapore, ma non fece altro, niente di equivoco. Supposi che gli schiavi, il bagno e il bagno a vapore fossero ciò cui si era riferito il Principe della Corona parlando di un'«agevolazione» detta atànatanàrani. In tal caso non si trattava d'altro che di comodità civilizzate, niente di osceno, ed erano state efficaci. Mi sentivo riposato, con un pizzicore sulla pelle, e più che «capace», come si era espresso Tzìmtzicha, di soddisfare mia moglie.

La schiava di lei e il mio schiavo uscirono dopo essersi inchinati, ed io uscii dallo stanzino e trovai la camera da letto buia. Tutti i tendaggi alle finestre erano stati accostati e qualcuno aveva spento la lampada a•olio. Di conseguenza ci occorse un momento per trovarci in quella vasta stanza, e un altro momento ancora per trovare l'immenso letto. La notte essendo calda, soltanto l'ultima trapunta era stata ripiegata all'indietro; ci infilammo sotto ad essa e giacemmo fianco a fianco, supini, accontentandoci, per il momento, di apprezzare semplicemente la morbidezza da nuvola sotto di noi.

Zyanya mormorò, sonnacchiosamente: «Sai, Zàa, mi sento ancora ebbra come un'ape». Poi ebbe un piccolo sussulto, e ansimò: «*Ayyo*, come sei impaziente! Mi hai colta di sorpresa».

Ero stato anch'io sul punto di esclamare la stessa cosa. Tastai là ove una piccola mano mi stava toccando con dolcezza — la mano *di lei*, avevo supposto — ed esclamai, meravigliato: «Zyanya!» proprio mentre ella diceva:

«Zàa, sento... c'è un *bambino*, qui sotto. Si sta trastullando con la mia... si trastulla con me».

«Ne ho uno anch'io» dissi, quasi con timore reverenziale. «Ci stavano aspettando, sotto la trapunta. Che cosa facciamo?»

Prevedevo che ella mi avrebbe detto: «Sferragli un calcio!» o «Grida!», o che avrebbe fatto ella stessa entrambe le cose. Invece si lasciò sfuggire un altro piccolo ansito, poi una risatina che echeggiava l'ebbrezza del liquore di miele, e ripeté la mia stessa domanda: «Che cosa facciamo? Che cosa sta facendo il tuo?»

Glielo dissi.

«Anche il mio.»

«Non è spiacevole.»

«No, decisamente no.»

«Devono essere stati addestrati per queste cose.»

«Ma non per il loro soddisfacimento. Questo, in ogni modo, è di gran lunga troppo giovane.»

«No. Per accrescere il nostro piacere, come ha detto il principe.»

«Potrebbero essere puniti se li respingessimo.»

Ci scambiammo queste impressioni facendole sembrare fredde e spassionate. Ma non lo erano. Stavamo parlando con la voce rauca e con frasi interrotte dai nostri ansiti e movimenti involontari.

« Il tuo è un bambino o una bambina? Non riesco ad arrivare abbastanza in basso per... »

« Nemmeno io. Ma ha importanza? »

« No. La testa è rapata, ma il viso, a tastarlo, sembra poter essere bellissimo. Le ciglia sono tanto lunghe da... ah! sì!... con le ciglia! »

« Sono molte bene addestrati. »

« Oh, squisitamente. Mi domando se abbiano imparato entrambi soltanto a... sì, voglio dire... »

« Scambiamoceli e accertiamolo. »

I due bambini non ebbero niente in contrario a cambiare posto sotto la trapunta e le loro prestazioni non parvero affatto peggiorare. Forse la bocca del mio nuovo bambino era un pochino più calda e più umida, essendosi appena discostata da...

Bene, per non indugiare troppo a lungo su questo episodio, Zyanya ed io divenimmo ben presto frenetici, ci baciammo voracemente, avvinghiandoci e artigliandoci a vicenda, facendo altre cose dalla vita in su mentre i bambini erano ancor più affaccendati in basso. Quando non riuscii più a trattenermi, ci unimmo come giaguari che si accoppiano, e i bambini, sgusciati fuori di tra noi due, strisciarono dappertutto sui nostri corpi, solleticandoci qua con le dita minuscole, là con le minuscole lingue.

Non accadde una sola volta, ma più volte di quanto possa ricordare. Ogni volta che Zyanya ed io ci fermavamo per riposare, i bambini si rannicchiavano per qualche tempo contro i nostri corpi ansimanti e sudati. Poi, molto delicatamente, tornavano a insinuarsi nella posizione giusta e ricominciavano a stuzzicare e ad accarezzare. Passavano avanti e indietro, da Zyanya a me, talora uno alla volta, talora insieme, e così, per qualche tempo, venivo servito sia da loro, *sia* da mia moglie... poi entrambi i bambini ed io ci dedicavamo a lei. La cosa terminò soltanto quando, entrambi, non fummo, semplicemente, più capaci d'altro, e affondammo nel sonno profondo della sazietà. Non riuscimmo mai a scoprire né il sesso, nè l'età, né l'aspetto dei nostri complici. Quando venni destato, molto presto la mattina dopo, se n'erano andati.

A destarmi fu una sorta di raspare alla porta. Cosciente soltanto a mezzo, mi alzai e andai ad aprire. Non vidi altro che l'oscurità antelucana della balconata e il grande pozzo della sala più in là, ma poi un dito mi graffiò la gamba nuda. Trasalii, abbassai gli occhi ed ecco la Coppia di Dame, entrambe le ragazze nude quanto me. Erano carponi — come se stessero camminando su otto zampe; di nuovo il granchio — ed entrambe stavano sorridendo lascive al mio inguine.

« Coso allegro » disse Sinistra.

« Anche suo » disse Destra, accennando con la testa appuntita nella direzione, supposi, della stanza del vecchio.

« Che cosa state facendo qui? » domandai, il più ferocemente che fosse possibile con un bisbiglìo.

Una delle loro otto estremità si alzò e mi mise nella mano un pugnale di Yquìngare. Osservai lo scuro metallo, ancor più scuro in quella penombra, e vi feci scorrere su il pollice. Era davvero duro e affilato.

« Ci siete riuscite! » esclamai, provando un empito di gratitudine, quasi di affetto, per il mostro rannicchiato ai miei piedi.

« Facile » disse Destra.

« Lui messo vesti accanto letto » disse Sinistra.

« Lui messo questo dentro me » disse Destra, toccandomi il tepùli e facendomi di nuovo trasalire. « Coso allegro. »

« Io annoiata » disse Sinistra. « Niente da fare. Soltanto dondolamenti. Toccato vesti, tastato, trovato pugnale. »

« Lei tenuto pugnale mentre io avuto coso allegro » disse Destra. « Io tenuto pugnale mentre avuto lei coso allegro. Lei tenuto pugnale mentre... »

« E ora? » le interruppi.

« Finalmente lui russare. Noi portato pugnale. Ora andare destarlo. Per avere ancora coso allegro. »

Quasi fossero troppo impazienti per poter aspettare, prima ancora ch'io avessi potuto ringraziarle, le due gemelle strisciarono come un granchio lungo la balconata buia. Io invece ringraziai silenziosamente le doti, a quanto pareva rinvigorenti, del latte umano e rientrai nella stanza ad aspettarvi l'aurora.

Parve che la gente della corte di Tzintzuntzanì non fosse mattiniera. Soltanto il Principe della Corona Tzìmtzicha si unì a Zyanya e a me per la colazione. Dissi all'anziano erede al trono che io e il mio seguito potevamo anche ripartire. Sembrava manifesto che suo padre si stava godendo il dono; non avremmo indugiato, costringendolo a interrompere il godimento soltanto per intrattenere ospiti non invitati.

Il principe rispose, blando: « Bene, se ritenete di dover ripartire, non vi tratterremo. A parte una formalità. Una perquisizione delle vostre stesse persone, delle due guardie e degli schiavi, dei vostri oggetti personali, dei fardelli e di qualsiasi altra cosa possiate portar via con voi. Senza alcuna intenzione di arrecarvi offesa, ve lo assicuro. Io stesso devo sottopormi a questa formalità ogni volta che parto per recarmi altrove ».

Feci una spallucciata indifferente, come chi stia per essere accerchiato da un manipolo di guardie armate. Con discrezione e rispetto, ma anche meticolosamente, alcuni uomini tastarono le vesti mie e di Zyanya dappertutto, poi, compìti, ci pregarono di toglierci i sandali per un momento. Nel giardino davanti al palazzo fecero altrettanto con tutti i nostri uomini, ordinarono che tutti i fardelli venissero aperti e palparono persino i cuscini delle portantine. Nel frattempo, altre persone si erano alzate e si stavano aggirando lì attorno; per la massima parte trattavasi dei bambini del palazzo, che stavano a guardare quanto accadeva con occhi vividi e saputi. Sbirciai Zyanya. Stava osservando attentamente quei fanciulli, sforzandosi di capire quali di essi... Quando vide che la sbirciavo sorridendo, le imporporò le gote un rossore più scuro della piccola lama di metallo — privata dell'impugnatura di legno — che mi ero applicato alla nuca, nascosta dai capelli.

Le guardie riferirono a Tzìmtzicha che non stavamo portando via niente di cui non fossimo già stati in possesso all'arrivo. La vigilanza di lui si tramutò subito in cordialità ed egli disse: «Allora, naturalmente, vogliamo che accettiate *qualcosa*, un dono per contraccambiare quello del vostro Uey-Tlatoàni». Mi porse un sacchetto di cuoio che, come constatai in seguito, conteneva un gran numero di perle di cuore d'ostrica della qualità migliore. «E inoltre» egli continuò «qualcosa di ancor più prezioso. Starà comodamente in quella vostra lettiga molto più grande del solito. Non so davvero come potrà farne senza mio padre, poiché è ciò cui tiene di più, ma questo è il suo ordïne.»

E, ciò detto, ci consegnò l'enorme, calva e popputa donna che aveva allattato il vecchio durante il pasto della sera prima.

Era almeno due volte più pesante delle gemelle e, per tutto il viaggio di ritorno, i portatori bestemmiarono contro la loro mala sorte. Ogni lunga corsa circa, l'intera colonna doveva fermarsi e aspettare nervosamente mentre la mammifera, senza alcun pudore, mungeva se stessa per diminuire la pressione del latte. Zyanya continuò a ridere per tutto il tragitto e rise anche quando presentammo il dono ad Ahuìtzotl ed egli ordinò che venissi giustiziato seduta stante con la garrotta. Ma, non appena mi affrettai a dirgli che cos'era riuscito a fare, a quanto pareva, quell'animale da latte per il rinsecchito e decrepito Yquìngare, Ahuìtzol assunse un'espressione contemplativa e annullò l'ordine di strangolarmi; e Zyanya rise ancor di più... finché, in ultimo, anche il Riverito Oratore ed io ci unimmo alla sua ilarità.

Se davvero Ahuìtzotl riuscì ad essere rinvigorito dal latte di donna, ella fu un bottino più prezioso di quanto risultò esserlo il pugnale di micidiale metallo. I nostri fabbri Mexìca lo studiarono attentamente, lo raschiarono in profondità, ne ricavarono limature e infine pervennero alla conclusione che era fatto di una lega di rame e stagno fusi. Ma, per quanto ci si fossero provati, non riuscirono mai ad azzeccare le giuste proporzioni, o la temperatura necessaria, o qualcos'altro, per cui risultò impossibile ottenerne uno uguale.

Tuttavia, poiché nei nostri territori non esisteva stagno tranne quei minuscoli frammenti a forma di scure che adoperavamo come valuta, e poiché essi giungevano, lungo le vie dei traffici, da qualche ignoto paese molto, molto lontano al sud, passando di mano in mano, Ahuìtztl poté almeno ordinare che venissero immediatamente e continuamente confiscati. Lo stagno scomparve, pertanto, dalla circolazione come moneta, e, poiché non riuscimmo a servircene in alcun modo, presumo che lo Uey-Tlatoàni lo avesse semplicemente fatto accumulare in qualche luogo segreto.

In un certo senso, si trattò di una decisione egoistica: se noi Mexìca non potevamo avere il metallo misterioso, nessun altro lo avrebbe avuto. Ma i Purempècha possedevano già un numero di armi sufficiente per dissuadere Tenochtìtlan dal dichiarare loro una nuova guerra, e la requisizione dello stagno impedì loro di farne altre in misura tale da incoraggiarli a dichiarare la guerra a noi. Penso pertanto di poter affermare che la mia missione nel Michihuàcan non fu totalmente priva di risultati.

✠

Quando tornammo dal Michihuàcan, Zyanya ed io eravamo marito e moglie da ormai sette anni circa e credo che i nostri amici ci considerassero una coppia anziana; quanto a noi due, avevamo finito con il pensare che la nostra vita fosse stabile e impervia ad ogni cambiamento o sfacelo, e ci sentivamo tanto felici insieme da essere contenti che così fosse. Gli dei volevano invece altrimenti e Zyanya me lo fece sapere in questo modo:

Ci eravamo recati, un pomeriggio, a far visita alla Prima Signora, al palazzo. Uscendo, vedemmo in un corridoio quella donna, quell'animale da latte che avevamo portato da Tzintzuntzanì. Sospetto che Ahuìtzotl la lasciasse semplicemente vivere a corte come una delle tante serve, ma, in tale occasione, vedendola, dissi qualcosa di spiritoso a proposito delle « balie », aspettandomi di far ridere Zyanya. Invece ella esclamò, in un tono di voce alquanto aspro per lei:

« Zàa, non devi dire facezie volgari a proposito del latte. A proposito del latte delle madri. A proposito delle madri ».

Risposi: «No, se la cosa ti offende. Ma perché dovrebbe?»

Timidamente, ansiosa e apprensiva, ella disse: «A un certo momento verso la fine dell'anno, io... noi saremo.. sarò anch'io un animale da latte».

La fissai. Mi occorse un momento per capire e, prima che avessi potuto rispondere, ella soggiunse: «Lo sospettavo da qualche tempo, ma due giorni fa i medici lo hanno confermato. Ho cercato di pensare al modo di dirtelo con parole dolci e soavi. E invece...» tirò su con il naso, afflitta, «ecco che ti ho parlato con asprezza. Zàa, dove stai andando? *Zàa, non lasciarmi!*»

Mi ero allontanato di corsa e affatto dignitosamente, ma soltanto per procurarmi una portantina del palazzo, affinché ella non dovesse tornare a piedi fino a casa nostra. Zyanya rise e disse: «Ma questo è ridicolo» quando io volli a tutti i costi sollevarla sui cuscini della portantina. «Però significa che sei contento, Zàa?»

«*Contento?*» esclamai. «*Contento!*»

A casa nostra, Turchese parve preoccupata vedendomi aiutare Zyanya, che protestava, a salire la breve rampa di scale. Ma io le gridai: «Stiamo per avere un bambino!» e lei strillò, allora, di gioia. A quello strepito, Sensibile al Solletico sopraggiunse di corsa da qualche posto. Ordinai: «Turchese, Sensibile al Solletico, andate immediatamente a pulire a fondo la stanza dei bambini. Fate tutti i preparativi necessari. Correte fuori ad acquistare tutto ciò che manca. Una culla. Fiori. Mettete fiori dappertutto!»

«Zàa, vuoi tacere?» disse Zyanya, in parte divertita, in parte imbarazzata. «Ci vorranno mesi, ancora. La stanza può aspettare.»

Ma le due schiave si erano già precipitate, ubbidienti ed esuberanti, su per le scale. Ed io aiutai Zyanya, nonostante le proteste, a salire a sua volta, e volli a tutti i costi che si coricasse per riposare dopo la fatica della visita al palazzo. Quindi ridiscesi per congratulare me stesso con una coppa di octli e una fumatina con la picìetl, per mettermi a sedere nella luce del crepuscolo e gioire in solitudine.

A poco a poco, però, l'entusiasmo cedette il posto a una meditazione più seria, e cominciai a rendermi conto delle varie ragioni per cui Zyanya aveva esitato alquanto a parlarmi dell'evento imminente. A suo dire, il parto avrebbe avuto luogo verso la fine dell'anno. Contando all'indietro sulle dita, capii che nostro figlio doveva essere stato concepito durante la notte trascorsa nel palazzo del vecchio Yquìngare. Questo mi fece ridacchiare. Senza alcun dubbio, la cosa doveva avere mortificato Zyanya; certo ella avrebbe preferito che il bambino fosse stato generato in circostanze più normali. Be', pensai, è di gran lunga meglio concepire un figlio nel parossismo del rapimento, come abbiamo fatto noi, che nella torpida acquiescenza al dovere, o al conformismo, o all'inevitabile, come accade a quasi tutti i genitori.

Tuttavia, non riuscii a ridacchiare facendo un'altra riflessione. Il bambino sarebbe potuto essere svantaggiato sin dalla nascita, in quanto non era escluso che ereditasse la mia vista debole. Non avrebbe dovuto, questo sì, incespicare e brancolare per tanti anni come era accaduto a me, prima di scoprire il cristallo per vedere. Ma non potevo non compassionare una creaturina che sarebbe stata costretta a imparare il modo di portare un topazio davanti agli occhi prima ancora di sapersi servire del cucchiaio, e che, senza il topazio, sarebbe stata pateticamente incapace di compiere le prime esplorazioni infantili; una creatura che i compagni di giochi avrebbero chiamato, con crudeltà, Occhio Giallo, o qualcosa di simile...

Se si fosse trattato di una femmina, allora la miopia non avrebbe costituito uno svantaggio così grande. Né i giochi infantili, né le occupazioni di lei nell'età adulta avrebbe richiesto strenue fatiche o la massima acutezza dei sensi. Le femmine non emulavano le une con le altre finché non raggiungevano l'età in cui si contendevano il marito più desiderabile, e allora la vista di mia figlia non sarebbe stata tanto importante quanto il suo aspetto. Ma — altra riflessione sconvolgente — se avesse ereditato da me tanto la vista *quanto* l'aspetto? Un maschio sarebbe stato contento di ereditare la mia statura da testa-che-annuisce. Una femmina ne sarebbe stata desolata e mi avrebbe odiato, e la vista di lei avrebbe destato ripugnanza, probabilmente, persino in me stesso. Immaginai nostra figlia con un aspetto identico a quello dell'enorme donna da latte...

E questo fece scaturire in me una nuova preoccupazione. Per parecchio tempo, prima della notte in cui il bambino era stato concepito, Zyanya era venuta a trovarsi in stretta vicinanza con la mostruosa Coppia di Dame! Tutti sapevano come fossero nati innumerevoli bambini deformi o deficienti quando le loro madri erano state assoggettate a influenze di gran lunga meno raccapriccianti. Peggio ancora, Zyanya aveva parlato di «un certo momento verso la fine dell'anno». E quello era il periodo dei cinque nemontèmtin! I bambini venuti al mondo in quei giorni senza nome e senza vita erano talmente sfortunati da far sì che i genitori venissero incoraggiati, addirittura, a lasciarli morire di denutrizione. Io non ero superstizioso al punto da fare una cosa simile. Ma, d'altro canto, quale fardello, o mostro, o essere malvagio, sarebbe potuto diventare nostro figlio, crescendo...?

Fumai picìetl e bevvi octli finché Turchese entrò, vide in quali condizioni mi ero ridotto, esclamò: «Che vergogna, mio signore padrone!» e chiamò Cantore di Stelle affinché mi aiutasse ad andare a letto.

«Sarò uno sfacelo prima che giunga il momento» dissi a Zyanya la mattina dopo. «Mi domando se tutti i padri siano preda di apprensioni così terribili.»

Ella sorrise e disse: «Non certo tanti quante le madri, credo. Ma una madre sa di non poter fare assolutamente altro che aspettare».

Sospirai e mormorai: «Non vedo alcun'altra possibilità anche per me. Posso soltanto impiegare ogni mio momento per occuparmi di te, e curarti ed evitarti ogni sia pur minimo male ed ogni minima afflizione...»

«Comportati così e sarò *io* uno sfacelo!» gridò lei, come se davvero ne fosse convinta. «Ti prego, tesoro mio, trovati qualche altra occupazione.»

Trafitto e umiliato dalla ripulsa, me ne andai a fare il bagno mattutino. Ma, quando discesi per la colazione, un diversivo si presentò, sotto forma di un visitatore: Cozcatl.

«*Ayyo*, come è possibile che tu lo abbia già saputo?» esclamai. «In ogni modo, sei stato premuroso venendo subito a farci visita.»

Queste mie parole parvero lasciarlo allibito. Disse: «Saputo cosa? In realtà sono venuto per...»

«Ma come, saputo che stiamo per avere un bambino!» esclamai.

Il viso gli si sbiancò per un momento, prima che egli dicesse: «Sono felice per te, Mixtli, e per Zyanya. Invoco gli dei affinché vi benedicano con un figlio favorito dalla natura». Poi farfugliò: «Il fatto è che la coincidenza mi ha sbalordito per un momento. Infatti sono venuto, stamane, a chiederti il permesso di ammogliarmi».

«Stai per prendere moglie? Ma questa è una notizia meravigliosa come la mia!» Scossi la testa. «Pensa un po'... il piccolo Cozcatl è ormai in età di prendere moglie! A volte non mi rendo conto degli anni che sono passati. Ma che cosa significa, chiedere il mio permesso?»

«La donna che mi propongo di prendere in moglie non è libera di sposarsi. Si tratta di una schiava.»

«Ah, così?» Ma ancora non capivo. «Senza dubbio puoi permetterti di comprarne la libertà.»

«Certo che posso» disse lui. «Ma tu sarai disposto a venderla? Voglio sposare Quequelmìqui, e lei vuole sposare me.»

«Cosa?»

« L'ho conosciuta per tramite tuo, e confesso che molte delle mie visite in questa casa sono state in parte un pretesto, affinché lei ed io potessimo trascorrere un po' di tempo insieme. Quasi tutto il corteggiamento tra noi due si è svolto nella tua cucina. »

Ero stupefatto. «Sensibile al Solletico? La nostra piccola cameriera? Ma è appena adolescente!»

Egli mi ricordò, con dolcezza: «Lo era quando l'acquistasti, Mixtli. Sono trascorsi *anni*».

Era vero, pensai. Sensibile al Solletico poteva avere soltanto uno o due anni meno di Cozcatl, e lui ne aveva — vediamo — ne aveva compiuti venti e due. Dissi, magnanimo:

«Hai il mio permesso e le mie congratulazioni e le mie felicitazioni, Cozcatl. Ma tu parli di acquistarla? No di certo! Ella sarà soltanto il primo dei nostri doni di nozze. No, no, non starò nemmeno a sentirti protestare. Insisto. Se tu non le avessi impartito insegnamenti, la ragazza non sarebbe potuta nemmeno essere presa in considerazione come moglie. La ricordo bene quando venne qui la prima volta. Ridacchiante».

«Allora ti ringrazio, Mixtli. E altrettanto grata ti sarà lei» di nuovo egli parve turbato. «Le ho detto, naturalmente, di me. Della mutilazione che ho subìto. Si rende conto che non potremo mai avere figli, come te e Zyanya.»

Soltanto in quel momento capii fino a qual punto il mio brusco annuncio dovesse avere distrutto la sua esultanza. Senza saperlo, e senza volerlo, ero stato crudele. Ma, prima che potessi formulare parole di scusa, egli continuò:

«Quequelmìqui giura di amarmi e di accettarmi così come sono. Ma devo essere sicuro che si renda pienamente conto... della portata della mia mutilazione. Le carezze che ci siamo scambiati in cucina non sono mai arrivate al punto di...»

Stava naufragando nell'imbarazzo e pertanto cercai di aiutarlo. «Vuoi dire che non hai ancora...»

«Non mi ha mai veduto spogliato» balbettò lui. «Ed è vergine, e non sa niente dei rapporti sessuali tra un uomo e una donna.»

Dissi: «Spetterà a Zyanya, in quanto sua padrona, avere con lei un colloquio da donna a donna. Sono certo che Zyanya la illuminerà sugli aspetti più intimi del matrimonio».

«Questa sarà una grande cortesia» disse Cozcatl. «Ma in seguito non vorresti parlarle anche tu, Mixtli? Tu mi conosci da più lungo tempo e... be', più intimamente di Zyanya. Potresti spiegare a Quequelmìqui, in modo più specifico, quali sono le mie limitazioni come marito. Saresti disposto a farmi questo favore?»

Risposi: «Farò del mio meglio, Cozcatl, ma ti avverto. Una

fanciulla vergine e innocente è soggetta a dubbi e trepidazioni quando sta per unirsi con un uomo dagli attributi fisici normali. Se le dicessi apertamente che cosa può aspettarsi da questo matrimonio... e che cosa non può aspettarsi... forse la spaventerei più che mai».

«Mi ama» esclamò Cozcatl, in tono squillante. «Mi si è promessa. So che cos'ha nel cuore.»

«Allora tu sei unico tra gli uomini» dissi, asciutto. «Io so soltanto questo: una donna pensa al matrimonio in termini di fiori e cinguettii di uccelli e farfalle palpitanti. Se parlerò a Sensibile al Solletico in termini di carne, e organi, e tessuti, nel migliore dei casi la deluderò. Nel peggiore dei casi ella potrà, in preda al panico, rifiutarsi di sposare te o chiunque altro. Non mi ringrazieresti di certo per questo.»

«Sì che ti ringrazierei, invece» disse lui. «Quequelmìqui merita qualcosa di più d'una sorpresa orribile la notte delle nozze. Se decidesse di oppormi un rifiuto, preferirei che questo accadesse prima, e non dopo. Oh, la cosa mi distruggerebbe, certo. Se la buona e affettuosa Quequelmìqui non mi volesse, non mi vorrebbe nemmeno alcun'altra donna, mai. In tal caso, mi arruolerei in qualche esercito, per andare a fare la guerra in qualche luogo e perire. Ma, qualsiasi cosa potesse accadere, Mixtli, non me la prenderei con te. No, ti supplico di rendermi questo favore.»

Così, quando se ne fu andato, diedi a Zyanya la notizia e le dissi della richiesta di lui. Ella chiamò Sensibile al Solletico dalla cucina e la ragazza venne, arrossendo e tremando e cincischiando con le dita l'orlo della blusa. L'abbracciammo entrambi e ci congratulammo con lei per essersi assicurata l'affetto di un così bravo giovane. Poi Zyanya le mise maternamente un braccio intorno alla vita e la condusse di sopra mentre io mi mettevo a sedere con i vasetti dei colori e la carta di corteccia. Dopo avere scritto il documento di emancipazione, fumai nervosamente una poquìetl — anzi parecchie — prima che Sensibile al Solletico ridiscendesse.

Prima era arrossita, ora le gote le ardevano come un braciere, e inoltre tremava ancor più visibilmente. Il turbamento poteva forse renderla ancor più graziosa di quanto fosse di solito; in ogni modo, notai davvero per la prima volta che era una ragazza quanto mai attraente. Immagino che non si presti mai molta attenzione a quanto ci circonda quotidianamente in una casa, finché un estraneo non complimenta l'una o l'altra cosa.

Le consegnai il documento ed ella domandò: «Che cos'è questo, padrone mio?»

«Un documento nel quale è detto che la libera donna Quequelmìqui non dovrà più dare del padrone a nessuno. Cerca invece di pensare a me come a un buon amico, poiché Cozcatl mi ha chiesto di spiegarti alcune cose. »

Affrontai subito l'argomento, senza molta delicatezza, temo. «Tutti gli uomini, Sensibile al Solletico, hanno un organo chiamato tepùli... »

Ella mi interruppe, ma senza alzare il capo chino. «So di che cosa si tratta, mio signore. Avevo fratelli nella mia famiglia. La mia signora padrona dice che gli uomini lo mettono entro le donne... qui. » Pudicamente, additò il proprio grembo. «O almeno che lo mettono se lo hanno. Cozcatl mi ha detto come perdette il suo. »

«Perdendo, per conseguenza, la capacità di renderti madre. Egli è inoltre privato di alcuni dei piaceri del matrimonio. Ma non è stato privato del desiderio che *tu* goda di quei piaceri, né della propria capacità di farteli godere. Sebbene non abbia un tepùli che possa unire te e lui, esistono altri modi per compiere l'atto dell'amore. »

Mi voltai in parte, per evitare a entrambi l'imbarazzo causato dal fatto che io potevo vedere i rossori di lei, e cercai di esprimermi nel tono neutro e tediato di un maestro di scuola, ma... ma, quando cominciai a parlare delle tante cose stimolanti e soddisfacenti che possono essere fatte ai seni e alla tipìli di una donna, mediante le dita e la lingua e le labbra, e persino le ciglia, e in particolar modo alla sensibile xacapìli... be', non potei fare a meno di ricordare tutte le sfumature e le raffinatezze che io stesso avevo impiegato e goduto, in tempi recenti e lontani, e la mia voce cominciò a diventare meno ferma. Pertanto mi affrettai a concludere:

«Una donna può trovare queste voluttà soddisfacenti quasi quanto l'atto normale. Molte donne, invero, preferiscono essere soddisfatte in questo modo anziché essere semplicemente impalate. Alcune donne fanno addirittura queste cose con altre donne, e non attribuiscono alcuna importanza all'assenza del tepùli ».

Sensibile al Solletico disse: «Ha l'aria di essere... » ma lo disse con una voce così tremula che io mi voltai a guardarla. Sedeva con il corpo teso fino alla rigidità, con gli occhi e i pugni strettamente chiusi. «È una sensazione... » Tutto il corpo di lei sussultò. «Una sensazione *me-ra-vi-glio-sa...!* » La parola venne protratta a lungo, quasi le fosse strappata. Occorse qualche tempo prima che ella riaprisse le mani strette a pugno, e gli occhi. Li alzò su di me, ed erano come lampade fumose. «Grazie per... per avermi detto queste cose. »

Rammentai come Sensibile al Solletico fosse stata solita ridacchiare senza alcun motivo. Poteva mai darsi che fosse eccitabile anche in altri modi, senza essere toccata, e nemmeno spogliata?

Dissi: «Non posso più impartirti ordini, e questa è una impertinenza alla quale puoi opporre un rifiuto. Ma mi piacerebbe vederti il seno.»

Ella mi fissò con occhi spalancati e innocenti, ed esitò, ma poi alzò adagio la blusa. I seni di lei non erano voluminosi, ma risultarono essere ben formati, e i capezzoli parvero inturgidirsi soltanto perché sfiorati dal mio sguardo; quanto alle areole, erano scure e ampie, quasi troppo ampie perché la bocca di un uomo potesse racchiuderle. Sospirai e, con un cenno, le feci capire che poteva andare. Speravo di sbagliarmi, ma temevo molto che Sensibile al Solletico non *sempre* sarebbe stata soddisfatta da qualcosa di meno della vera copula, e che Cozcatl corresse il pericolo di essere, in ultimo, il più infelice dei mariti.

Salii al piano di sopra e trovai Zyanya in piedi sulla soglia della stanza dei bambini, intenta senza dubbio a studiare aggiunte e miglioramenti. Non parlai dei miei timori per quanto concerneva la saggezza del matrimonio di Cozcatl. Mi limitai a osservare:

«Quando Sensibile al Solletico se ne andrà, verrà a mancarci una cameriera. Turchese non può mandare avanti la casa e badare inoltre a te. Cozcatl ha scelto un momento inopportuno per palesare le sue intenzioni. Il momento meno propizio per noi.»

«Meno propizio!» esclamò Zyanya, allegramente. «Dicesti una volta, Zàa, che se io avessi avuto bisogno di aiuto saremmo riusciti a persuadere Bèu a venire a stabilirsi con noi, qui. Il fatto che Sensibile al Solletico se ne vada è una disgrazia trascurabilissima, grazie agli dei, e inoltre ci fornisce un pretesto. *Non* ci occorrerà un'altra donna in casa. Oh, Zàa, chiediamo a Bèu di venire!»

«Un'idea ispirata» dissi. Non palpitavo precisamente di gioia pensando alla prospettiva di avere tra i piedi l'amareggiata Bèu, specie in un periodo nel quale eravamo così innervositi; ma, qualsiasi cosa Zyanya potesse chiedermi, ero disposto a concedergliela. Dissi pertanto: «Le farò avere un invito così implorante che non potrà rifiutare».

Lo mandai per mezzo dei sette soldati che avevano un tempo marciato con me verso il sud, affinché Luna in Attesa potesse avere la protezione di una scorta se si fosse decisa a venire a Tenochtìtlan. Ed ella venne, senza proteste né riluttanza. Ciò nonostante, le occorse qualche tempo per i preparativi e per affidare la locanda ai servi e agli schiavi. Zyanya ed io, intanto, organizzammo una grandiosa cerimonia nuziale per Cozcatl e

Sensibile al Solletico, che andarono poi a convivere nella casa di lui.

Era ormai pieno inverno quando i sette soldati condussero Bèu Ribè davanti alla porta di casa nostra. Ormai, io ero sinceramente ansioso e lieto di vederla quanto Zyanya. Mia moglie si era ingrossata — in misura allarmante, secondo me — incominciando inoltre a soffrire di dolori, irritazioni e altri sintomi di malessere. Sebbene continuasse permalosamente ad assicurarmi che tutte queste manifestazioni erano naturalissime, io mi crucciavo e continuavo a starle attorno cercando di rendermi utile, il che la rendeva ancor più stizzosa.

Ora gridò: «Oh, Bèu, grazie per essere venuta! Sono grata a Uizye Tao e ad ogni altro dio per il tuo arrivo!» Poi cadde tra le braccia della sorella, come se stesse accogliendo una liberatrice. «Potresti avermi salvato la vita! Qui sono *viziata* a morte!»

I bagagli di Bèu vennero portati nella stanza degli ospiti, preparata per lei, ma ella trascorse quasi tutta quella giornata con Zyanya, nella nostra camera, dalla quale io venni escluso, per tenere il broncio nel resto della casa, crucciandomi e sentendomi respinto. Verso il crepuscolo, Bèu discese sola al pianterreno. Mentre sorbivamo insieme cioccolata disse, nel tono di una cospiratrice:

«Zyanya entrerà presto nella fase della gravidanza che ti costringerà a rinunciare a... ai tuoi diritti di marito. Come farai, allora?»

Fui quasi sul punto di dirle che non era affar suo, ma mi limitai a rispondere: «Immagino che riuscirò a sopravvivere».

Ella insistette: «Sarebbe inopportuno da parte tua ricorrere a un'estranea».

Risentito, balzai in piedi e risposi, in tono sostenuto: «Essere costretto alla continenza può non *piacermi*, ma...»

«Ma non potevi sperar di trovare una sostituta accettabile di Zyanya?« Reclinò il capo, come se davvero si fosse aspettata una risposta. «In tutta Tenochtìtlan non sei riuscito a trovare nessuna donna bella quanto lei? E così mi hai mandata a chiamare nella remota Tecuantèpec?» Sorrise, si alzò a sua volta, mi venne molto vicina e mi sfiorò il petto con i seni. «Somiglio a tal punto a Zyanya che potresti ritenere *me* una sostituta soddisfacente, non è così?» Giocherellò con la fibbia del mio mantello, come se avesse voluto maliziosamente sganciarla. «Ma, Zàa, sebbene Zyanya ed io siamo sorelle, e fisicamente tanto somiglianti, non è detto che non si possa distinguere tra l'una e l'altra. A letto potresti trovarci molto diverse...»

Con fermezza la scostai da me. «Ti auguro un soggiorno piacevole in questa casa, Bèu Ribè. Ma, se anche non riesci a nascondere l'odio nei miei riguardi, vuoi almeno astenerti dal dimostrarlo con una civetteria così maliziosamente insincera? Non possiamo, entrambi, riuscire semplicemente a ignorarci?»

Quando mi allontanai a gran passi, il viso di lei era acceso come se l'avessi sorpresa in qualche atto indecente, ed ella si stava massaggiando le gote come se l'avessi schiaffeggiata per tale ragione.

✠

Señor Vescovo Zumàrraga, è un lusinghiero onore averti di nuovo con noi. Tua Eccellenza è tornata giusto in tempo per sentirmi annunciare — orgogliosamente come l'annunciai tanti anni or sono — la nascita della mia diletta figlia.

Tutte le mie apprensioni, sono lieto di poterlo dire, risultarono infondate. La bambina si dimostrò intelligente prima ancora di essere emersa in questa vita, poiché aspettò prudentemente nell'utero che i morti giorni nemotèmtin fossero trascorsi e venne alla luce il giorno Ce-Malinali, o Una Erba, del primo mese dell'anno Cinque Case. Avevo allora trenta e uno anni, ero cioè piuttosto anziano per mettere su famiglia, ma mi vantai e mi pavoneggiai nello stesso modo assurdo degli uomini molto più giovani di me, quasi fossi stato soltanto io a concepire, a rimanere incinto e a partorire la bambina.

Mentre Bèu rimaneva accanto al letto di Zyanya, il medico e la levatrice vennero a dirmi che era nata una femmina e a rispondere a tutte le mie ansiose domande. Parvero giudicarmi impazzito quando, torcendomi le mani, li esortai: «Ditemi la verità. Posso sopportarla. Si tratta in realtà di due bambine unite in un solo corpo?» No, risposero, non si trattava affatto di due gemelle, ma di un'unica figlia. No, non era straordinariamente grossa. No, non era mostruosa sotto alcun aspetto e sembrava non essere segnata da alcun portento. Quando insistetti con il medico per sapere se la bambina avesse la vista acuta, egli rispose, non senza esasperazione, che i neonati non si distinguono per la vista di un'aquila, e che neppure possono vantarsene, se la posseggono. Dovevo aspettare che mia figlia fosse in grado di parlare e di dirmelo ella stessa.

Mi diedero il cordone ombelicale della bambina, poi tornarono nella stanza per immergere Una Erba nell'acqua fredda, per fasciarla e farle ascoltare l'arringa ammonitrice e istruttiva della levatrice. Discesi al pianterreno e, con le dita malferme, avvolsi l'umido cordone intorno a un fuso di terracotta, quindi, recitando silenziosamente le preghiere e i ringraziamenti agli dei,' lo seppellii sotto le pietre del focolare in cucina. Infine mi affrettai a risalire le scale e aspettai con impazienza di essere fatto entrare e di vedere per la prima volta mia figlia.

Baciai Zyanya, pallida e sorridente, poi, con il topazio, esaminai il minuscolo viso appoggiato alla piega del gomito di lei. Avevo veduto la progenie appena nata di altri genitori, e pertanto non rimasi scosso, ma mi deluse alquanto constatare come la nostra creatura non fosse affatto superiore alle altre. Era rossa e rugosa come un baccello di chili chopìni, e brutta come una vecchia Purèmpe. Mi sforzai di provare l'opportuno empito di affetto nei suoi riguardi, ma senza riuscirvi affatto. Tutti i presenti mi assicurarono che si trattava davvero di mia figlia, di un nuovo frammento del genere umano, ma io sarei stato ugualmente disposto a credere loro se mi avessero confessato che la creatura era una scimmia urlatrice appena venuta al mondo e ancora priva della pelliccia. Gli urli sapeva emetterli, in ogni caso.

Non ho certo bisogno di dire che la bambina apparve di giorno in giorno più umana e che io la contemplai con più apprezzamento e con più affettuoso interesse. La chiamai Cocòton, un nomignolo assai comune per le bambine; significa «la briciola caduta da un grosso pezzo di pane». Non occorse molto tempo prima che Cocòton cominciasse a somigliare alla madre, nonché, per necessità di cose, alla zia, il che equivale a dire che nessuna bambina sarebbe potuta divenire più rapidamente tanto bella. I capelli le crebbero, a riccioli. Le ciglia apparvero, con la stessa abbondanza — in miniatura — delle ciglia simili ad ali di colibrì di Zyanya e di Bèu. Crebbero anche le sopracciglia, inarcate anch'esse come ali e identiche a quelle di Zyanya e di Bèu. La bambina cominciò a sorridere più spesso di quanto strillasse, e il suo sorriso risultò identico a quello di Zyanya, tale da costringere chiunque lo vedesse a rispecchiarlo. Persino Bèu, divenuta così arcigna in quegli ultimi anni, ne era influenzata e non poteva fare a meno di sorridere nello stesso modo radioso di un tempo.

Zyanya ben presto si alzò e ricominciò ad andare e venire per casa, anche se per qualche tempo si dedicò esclusivamente a Cocotòn, la quale pretendeva che il latte umano fosse disponibile molto spesso. La presenza di Bèu faceva sì che fosse superfluo, da parte mia, occuparmi del benessere di Zyanya e della nostra bambina, ed io venivo, il più delle volte, ignorato da entrambe le donne, e anche dalla creaturina, quando, di tanto in tanto, offrivo suggerimenti non richiesti o affettuosità. Ciò nonostante, a volte pretendevo di essere ubbidito, semplicemente come capo della famiglia. Quando Cocòton ebbe quasi due mesi e non le fu più così frequentemente necessaria la disponibilità di colei che le forniva il latte, Zyanya cominciò a dare segni di irrequietudine.

Era rimasta chiusa in casa per mesi, senza mai spingersi più in là, all'aria libera, del nostro giardino pensile, per crogiolarvisi ai raggi di Tonatìu e nelle brezze di Ehècatl. Ora disse che le sarebbe piaciuto andare più lontano, e mi ricordò che presto sarebbe stata celebrata la cerimonia in onore di Xipe Totec nel Cuore dell'Unico Mondo. Voleva assistervi. Io glielo proibii recisamente.

Dissi: «Cocòton è venuta al mondo senza difetti, non mostruosa e con la vista, a quanto pare, normale, grazie al suo tonàli, o al nostro, o alla benevolenza degli dei. Non esponiamola ora ad alcun rischio. Finché si nutre con il latte materno dobbiamo assicurarci che nessun maligno influsso penetri nel tuo latte, qualora tu dovessi essere impaurita o sconvolta da qualche scena impressionante. Non riesco a pensare a niente che possa inorridirti più dei festeggiamenti per Xipe Totec. Andremo in qualsiasi altro luogo tu mi chieda di andare, amor mio, ma non a quella celebrazione».

Oh, sì, Eccellenza, avevo veduto spesso le celebrazioni in onore di Xipe Totec, poiché trattavasi di uno dei più importanti riti religiosi osservati da noi Mexìca, e da molti altri popoli. La cerimonia era impressionante, potrei dire addirittura indimenticabile, ma anche a quei tempi, difficilmente riesco a credere che qualsiasi partecipante ad essa, o spettatore, potesse trovarla *piacevole*. Sebbene molti anni siano ormai trascorsi dall'ultima volta che vidi Xipe Totec morire e tornare alla vita, quasi non sopporto tutt'ora di descrivere come si svolgesse la cerimonia... e la mia ripugnanza non è causata affatto dall'essere io divenuto cristiano e civilizzato. Tuttavia, se Tua Eccellenza è così interessato e insistente...

Xipe Totec era il nostro dio della semina, che aveva luogo nel mese di Tlacaxìpe Ualìztli, vale a dire La Dolce Scorticazione. Era il mese in cui le morte stoppie e gli steli secchi delle messi dell'anno precedente venivano bruciati, o estirpati, o rivoltati, affinché il terreno fosse sgombro e pronto ad accogliere la nuova semina. La morte che fa posto alla vita, come vedi, e come accade anche per i cristiani, quando, ad ogni stagione di semina, il Signor Gesù muore e rinasce. Tua Eccellenza può fare a meno di emettere suoni di protesta. L'empia analogia si ferma qui.

Non starò a descrivere tutti i pubblici preliminari e i contorni: i fiori, le musiche, le danze, i colori, i costumi, le processioni e il tuono del tamburo che strappa il cuore. Sorvolerò su tutto ciò il più misericordiosamente possibile.

Sappi, dunque, che un giovane o una fanciulla venivano scelti in precedenza per impersonare l'onorata parte di Xipe Totec, che significa Il Caro Scorticato. Il sesso di chi impersonava Xipe Totec non contava tanto quanto la necessità che si trattasse di un individuo giunto al massimo dello sviluppo pur essendo ancora vergine. Di solito era uno straniero di nobile nascita, catturato nel corso di qualche guerra ancora bambino e risparmiato al solo scopo di rappresentare il dio quando fosse cresciuto. Non si trattava mai di uno schiavo acquistato a tale scopo, poiché Xipe Totec meritava e richiedeva e otteneva una persona giovane appartenente alla classe più nobile che fosse possibile.

Per alcuni giorni prima della cerimonia, il giovane o la fanciulla venivano ospitati nel tempio di Xipe Totec e trattati il più cortesemente possibile, gustando ogni pacere in fatto di cibi, bevande e divertimenti. Inoltre, una volta sicuramente accertata la loro verginità, la si eliminava prontamente. Al giovane o alla giovane era consentita una illimitata sfrenatezza sessuale — li si incoraggiava a questo, o addirittura li si costringeva, se necessario — poiché trattavasi di un aspetto vitale dell'impersonificazione del dio della fertilità primaverile. Se lo xochimìque era un giovane, poteva fare il nome di tutte le fanciulle o le donne della comunità che avesse desiderato, maritate o no. Se queste donne erano consenzienti, come accadeva nel caso di molte, anche di quelle maritate, venivano condotte da lui. Se lo xochimìqui era una fanciulla, anch'ella poteva nominare e far venire tutti gli uomini che voleva, e aprire le gambe per loro.

A volte, tuttavia, la giovane persona prescelta per l'onore di rappresentare la divinità poteva essere avversa a tale aspetto del cerimoniale. Se era una giovane donna e cercava di rifiutare la possibilità di congiungersi carnalmente, ella veniva deflorata con la forza dall'alto sacerdote di Xipe Totec. Nel caso di un giovane ostinatamente casto, lo si legava ed egli veniva cavalcato da una assistente femminile del tempio. Se, una volta gustato il piacere, la giovane persona continuava ad essere recalcitrante, lei o lui dovevano sopportare ripetute violenze da parte dei sacerdoti o delle donne del tempio, e, quando costoro erano sazi, da parte di qualsiasi appartenente al volgo che lo desiderasse. Ve n'erano sempre in numero più che sufficiente, i devoti smaniosi di accoppiarsi con un dio o con una dea, i semplicemente lussuriosi, i curiosi, le donne senza figli o gli uomini impotenti che speravano nella fecondazione o nel ringiovanimento ad opera della divinità. Sì, Eccellenza, aveva luogo, in quell'occasione, ogni eccesso sessuale che la fantasia di Tua Eccellenza possa raffigurarsi... tranne l'accoppiamento di dio e uomo o di dea e donna. Questi atti, essendo l'opposto stesso della fecondità, sarebbero stati ripugnanti per Xipe Totec.

Il giorno della cerimonia, dopo che la folla presente era stata divertita da molte esibizioni di nani e giocolieri e tocotìne, e via dicendo, Xipe Totec si mostrava pubblicamente. La fanciulla o il giovane vestivano come il dio, con un costume che accomunava le pannocchie secche di grantuco e il verde splendente dei nuovi germogli in una corona a forma di ampio ventaglio, fatta con le penne più vivide, in un fluente mantello e in un paio di sandali dorati. Alla giovane creatura veniva fatto fare svariate volte il giro del Cuore dell'Unico Mondo su un'elegante portantina seguita da uno sfarzoso corteo, con musica assordante, mentre il giovane o la giovane lanciavano semi o pannocchie di granturco sulla folla plaudente e cantilenante. Poi la processione giungeva dinanzi alla bassa piramide di Xipe Totec, in un angolo della plaza, e tutti i rulli di tamburo e i canti e la musica cessavano e la folla taceva mentre la giovane creatura che impersonava il dio veniva deposta ai piedi della scala del tempio.

Là due sacerdoti l'aiutavano a spogliarsi del costume, per capo, finché veniva a trovarsi completamente nuda dinanzi agli occhi di tutti coloro che gremivano la plaza, e alcuni dei quali già conoscevano ogni particolare od ogni intimo orifizio del suo corpo. I sacerdoti le consegnavano un fascio di venti piccoli flauti di canna e la giovane persona cominciava a salire adagio verso l'altare di pietra e il tempio più in alto, dopo aver voltato le spalle alla folla ed essere stata affiancata da due sacerdoti. Su ognuno dei venti gradini suonava un trillo con uno dei flauti, dopodiché lo spezzava. Sull'ultimo gradino poteva forse suonare un poco più a lungo e un poco più malinconicamente con l'ultimo flauto, ma i sacerdoti dai quali era seguita con le consentivano di prolungare indebitamente la musica. Era prescritto che la vita di Xipe Totec cessasse quando cessava l'ultimo trillo del flauto.

La giovane persona veniva allora afferrata dagli altri sacerdoti in attesa sulla sommità della piramide e arrovesciata sul blocco di pietra, dopodiché due sacerdoti vibravano fulmineamente i loro coltelli di ossidiana. Mentre l'uno squarciava il petto e strappava il cuore ancora pulsante, l'altro mozzava la testa dagli occhi ancora ammiccanti e dalle labbra in movimento. In nessuna delle nostre altre cerimonie la vittima sacrificale veniva decapitata, né la cosa rivestiva un significato religioso anche nei riti in onore di Xipe Totec, nel corso dei quali si mozzava la testa allo xochimìqui soltanto per motivi pratici; è più facile, infatti, togliere la pelle a un cadavere quando testa e corpo sono separati.

Lo scorticamento non aveva luogo sotto gli occhi della folla, in quanto le due parti della giovane creatura venivano portate all'interno del tempio. I sacerdoti erano abilissimi nell'eseguire l'operazione. La pelle della testa veniva incisa posteriormente, dalla nuca al cocuzzolo del capo, dopodiché si staccavano dal cranio il cuoio capelluto, la pelle della faccia e le palpebre. Anche la pelle del corpo veniva incisa posteriormente, dall'ano al collo, ma quella delle braccia e delle gambe la si staccava accuratamente senza tagli, per cui veniva a formare una sorta di tubi vuoti. Se lo xochimìqui era stato una giovane donna, l'imbottitura di carne tenera all'interno dei seni e delle natiche veniva lasciata intatta, così da conservarne la rotondità. Se invece lo xochimìqui era stato un giovane, gli si lasciavano penzolanti il tepùli e gli olòltin.

Il più piccoletto tra i sacerdoti di Xipe Totec — e ve n'era sempre uno minuto tra essi — si spogliava rapidamente, poi, nudo, indossava le due parti del costume fatto di pelle umana. La pelle del cadavere essendo ancora umida e scivolosa all'interno, egli non incontrava difficoltà nell'infilare braccia e gambe entro i corrispondenti «tubi». I piedi della vittima erano stati eliminati, poiché avrebbero ostacolato la danza del sacerdote, ma le mani rimanevano all'estremità della pelle delle braccia, per penzolare e sobbalzare contro quelle del sacerdote. La pelle del busto non coincideva, naturalmente, sulla schiena, ma veniva perforata per farvi passare lacci che la tenevano strettamente intorno al corpo del prete. Questi si metteva poi il cuoio capelluto e la pelle del viso della giovane persona defunta, situata in modo da consentirgli di vedere attraverso i tagli degli occhi, e di cantare attraverso le flaccide labbra, e anche questa pelle veniva allacciata sulla nuca. Ogni traccia di sangue all'esterno veniva eliminata mediante spugnature e, quanto all'incisione praticata sulla pelle del petto, la si ricuciva.

Per tutte queste operazioni occorreva meno tempo di quanto ne impieghi io per descriverle a Tua Eccellenza. Sembrava agli spettatori che il defunto Xipe Totec fosse stato appena portato via dalla pietra sacrificale quando egli ricompariva vivo sulla soglia del tempio. Si teneva curvo, fingendo di essere un vecchio, appoggiandosi, per sostenersi, a due femori luccicanti, le sole altre parti del cadavere dello xochimìqui utilizzate nella cerimonia. Mentre i tamburi tuonavano per salutarlo, Il Caro Scorticato si raddrizzava adagio, come un vecchio che stesse ridiventando giovane. Scendeva danzando la gradinata della piramide e si esibiva con capriole, come un invasato, tutto attorno alla plaza, agitando i viscidi femori e servendosene per toccare e benedire con essi chiunque riuscisse a farglisi sufficientemente vicino.

Prima della cerimonia il sacerdote piccoletto si inebriava, invariabilmente, e si rendeva delirante inghiottendo molti dei funghi chiamati carne degli dei. Doveva farlo poiché la sua era la fatica più ardua durante l'ultima fase della cerimonia. Doveva danzare freneticamente e ininterrottamente, tranne nei periodi durante i quali crollava privo di sensi, per cinque giorni e cinque notti di seguito. Naturalmente, le sue danze perdevano a poco a poco il primo e selvaggio abbandono man mano che la pelle da lui indossata cominciava a seccarsi e a stringerglisi attorno. Verso la fine dei cinque giorni, si era talmente ristretta e rinsecchita da diventare davvero soffocante, e inoltre il sole e l'aria la facevano diventare di un nauseante colore giallognolo, ragione per cui veniva denominata l'Indumento d'Oro; per giunta, puzzava così orribilmente che nessuno più, nella plaza, si avvicinava allo Xipe Totec quanto bastava per esserne benedetto con una toccatina dei femori...

Il fatto che Sua Eccellenza si sia di nuovo allontanato sconvolto, mi induce a fare osservare — se la cosa non è irriverente, signori scrivani — come egli abbia il vezzo davvero straordinario di unirsi a noi, sempre, per ascoltare soltanto quelle cose che più lo esasperano o lo disgustano.

Negli anni successivi dovevo esprimere — con profondo rammarico — il mio desiderio di non aver mai negato nulla a Zyanya, di averle consentito di fare e vedere ed esperimentare qualsiasi cosa che avesse destato il suo interessamento, facendole spalancare gli occhi per lo stupore; dovevo pensare che mai una sola volta avrei dovuto conculcare il suo beato entusiasmo per la sia pur più piccola cosa nel mondo intorno a lei. Eppure non posso rimproverarmi se, invariabilmente, le impedii di assistere alla cerimonia di Xipe Totec.

Fosse stato o meno il merito, nessuna influenza negativa venne esercitata sul latte di Zyanya. La piccola Cocòton prosperò grazie ad esso e crebbe e continuò a crescere sempre più graziosa, una miniatura della madre e della zia. Io l'amavo svisceratamente, ma non ero il solo. Quando Zyanya e Bèu condussero un giorno la bambina con loro al mercato, un passante Totonàcatl vide Cocòton sorridergli dallo scialle entro il quale Bèu la portava avvolta, e chiese il permesso di cogliere quel sorriso nell'argilla. Era uno di quegli artisti girovaghi che ricavano da apposite forme un gran numero di statuine di terracotta e poi viaggiano per le campagne vendendole a basso prezzo ai poveri contadini. Lì per lì, eseguì con destrezza una piccola scultura in argilla di Cocòton, e poi, dopo essersene servito ricavandone la forma per riprodurne copie, venne ad offrire a Zyanya l'originale. La somiglianza non era, in realtà, perfetta e inoltre egli aveva posto sul capo della bambina la vistosa acconciatura Totonàca, eppure io riconobbi all'istante l'ampio e contagioso sorriso di mia figlia, al completo di fossette. Non so quante copie della piccola scultura avesse ricavato l'uomo, ma per molto tempo si poterono vedere dappertutto bimbette che si trastullavano con quella bambola. Persino alcuni adulti l'acquistarono, persuasi che rappresentasse il giovane dio ridente Xochipìli, Signore dei Fiori, oppure la lieta dea Xilònen, Giovane Madre del Granturco. Non mi stupirei se esistessero ancora, qua e là, alcune di quelle statuine, intatte a tutt'oggi; ma mi si lacererebbe il cuore se ne ritrovassi una e rivedessi adesso il sorriso di mia figlia e di mia moglie.

Verso il termine del primo anno di vita della bambina, quando le era ormai spuntato il primo dente di latte, denominato pannocchia di granturco, ella venne svezzata nell'immemorabile maniera delle madri Mexìca. Non appena strillava perché voleva essere allattata, le labbra di lei trovavano, sempre e sempre più spesso, non già il soave seno di Zyanya, ma una foglia amara posta su di esso: una delle foglie astringenti, che fanno allappare la bocca, dell'agave sabila. A poco a poco Cocòton, si lasciò persuadere a cibarsi invece con pappe morbide come l'atòli, e in ultimo rinunciò del tutto ai capezzoli. Bèu Ribè disse allora che non era più necessaria nella nostra famiglia, che sarebbe tornata nella locanda e che Turchese poteva facilmente occuparsi della bambina quando Zyanya era stanca o impegnata da altre faccende.

Fornii, una volta di più, una scorta a Bèu: gli stessi sette soldati che avevo finito con il considerare il mio piccolo esercito personale, e inoltre accompagnai lei e loro fino alla strada rialzata.

«Ci auguriamo che tornerai, sorella Luna in Attesa» dissi, sebbene avessimo già dedicato agli addii la maggior parte di quella mattinata, e sebbene Bèu avesse ricevuto molti doni ed entrambe le donne avessero pianto a lungo.

«Verrò ogni qual volta sarò necessaria... o desiderata» rispose lei. «L'essermi allontanata da Tecuantèpec in questa prima occasione dovrebbe facilitarmi la cosa in avvenire. Ma penso che non sarò necessaria spesso, e che mai sarò desiderata. Preferirei non dover ammettere di essermi sbagliata, Zàa, ma la sincerità mi costringe a farlo. *Sei* un buon marito per mia sorella.»

«Non occorre un grande sforzo» dissi io. «Il migliore dei mariti è l'uomo che ha la migliore delle mogli.»

Ella osservò, con un accenno dei suoi modi provocanti di un tempo: «Come lo sai? Ti sei sposato una volta sola. Dimmi, Zàa, non ti senti mai, sia pure fuggevolmente, attratto... da un'altra donna?»

«Oh, sì» risposi, ridendo di me stesso. «Sono un essere umano, e i sentimenti degli uomini possono essere indisciplinati, ed esistono molte altre donne seducenti. Come te, Bèu. Posso essere attratto persino da donne meno belle di Zyanya o di te... non fosse che per la curiosità di sapere come siano gli altri loro attributi sotto le vesti o dietro le fattezze del viso. Ma, in quasi nove anni, i miei desideri non si sono mai spinti fino all'azione, e il giacere al fianco di Zyanya disperde rapidamente ogni pensiero, per cui posso fare a meno di arrossire.»

Mi affretto a dire, reverendi frati, che i miei catechisti cristiani mi hanno impartito insegnamenti diversi: vale a dire che un pensiero impudico può essere peccaminoso quanto la più lasciva fornicazione. Ma allora ero ancora un pagano; lo eravamo tutti. E pertanto le fantasticherie che non invitavo e non attuavo non mi turbavano più di quanto turbassero chiunque altro.

Bèu mi sbirciò in tralice con i suoi splendidi occhi e disse: «Tu sei già un Cavaliere dell'Aquila. Non ti rimane che essere onorato con lo "tzin" aggiunto al tuo nome. Come nobile, non dovrai soffocare nemmeno i tuoi desideri più segreti. Zyanya non potrebbe aver niente da ridire essendo la Prima Moglie tra le tue altre consorti, qualora approvasse queste ultime. Potresti avere tutte le donne che vorresti».

Sorrisi e dissi: «È già così. Non per nulla tua sorella si chiama Sempre».

Bèu annuì, girò sui tacchi e, senza più voltarsi, si incamminò lungo la strada rialzata, scomparendo, in ultimo, alla vista.

C'erano uomini al lavoro, quel giorno, sul tratto vicino all'isola della strada rialzata percorsa da Bèu, e altri ancora lungo la strada stessa fino al forte di Acachinànco, situato nel punto intermedio. Un terzo gruppo di manovali stava faticando sulla terraferma a sud-ovest. Gli operai costruivano le due estremità di un nuovo acquedotto in pietra destinato a portare altra acqua potabile nella città.

Per lungo tempo la popolazione delle tante comunità e dei territori abitati nel distretto del lago era andata aumentando così rapidamente che tutte e tre le nazioni della Triplice Alleanza minacciavano di diventare intollerabilmente gremite. Tenochtì-tlan, naturalmente, si trovava nella situazione peggiore, per il semplice motivo che trattavasi di un'isola nell'impossibilità di espandersi. Ecco perché, dopo l'annessione dello Xoconòchco, un così gran numero di abitanti della città si erano trasferiti laggiù con le famiglie e tutti i loro beni. E quella migrazione volontaria aveva suggerito allo Uey-Tlatoàni l'idea di incoraggiarne altre.

Nel frattempo, era ormai divenuto evidente che la guarnigione di Tapàchtlan avrebbe scoraggiato per sempre ogni altra incursione nemica nello Xoconòchco, e pertanto Motecuzòma il Giovane venne esonerato dal comando laggiù. Come ho già spiegato, Ahuìtzotl aveva i suoi motivi per tenere a distanza il nipote. Ma era altresì abbastanza scaltro per sfruttare al massimo le comprovate capacità organizzative e amministrative di quell'uomo. Mandò Motecuzòma a Teloloàpan, un minuscolo villaggio situato tra Tenochtìtlan e l'oceano meridionale, e gli ordinò di farne un'altra comunità prospera e fortificata sul modello di Tapàchtlan.

A tale scopo vennero assegnati a Motecuzòma un altro numeroso esercito, nonché un numero cospicuo di civili. Si trattava di famiglie e di singoli individui che potevano o meno essere insoddisfatti della vita a Tenochtìtlan e nei dintorni, ma che, quando il Riverito Oratore disse «Andrete», andarono. E allo. ché Motecuzòma assegnò loro cospicue proprietà terriere a Teloloàpan e intorno al villaggio, essi vi si stabilirono tutti, ai suoi ordini, per fare di quel miserabile e minuscolo centro abitato una cittadina di dimensioni rispettabili.

Poi, non appena Teloloàpan ebbe un forte e una guarnigione, e riuscì a rendersi autonoma grazie ai propri raccolti, Motecuzòma il Giovane venne nuovamente esonerato dal comando e inviato a fare la stessa cosa altrove. Ahuìtzotl gli ordinò di recarsi in un piccolo villaggio dopo l'altro: Otzòman, Alahuìtzlan... ho dimenticato tutti i nomi, ma ognuno di quegli abitati era situato lungo gli estremi confini della Triplice Alleanza. Man mano che quelle colonie remote si moltiplicavano e ognuna di esse andava espandendosi, tutte resero possibili tre cose gradite ad Ahuìtzotl. Attrassero, in sempre maggiore numero, la popolazione in eccesso nel nostro distretto del lago — da Texcòco, da Tlàcopan e da altre cittadine lacustri, nonché da Tenochtìtlan. Ci consentirono di avere saldi avamposti sui confini. E, inoltre, l'ininterrotto processo di colonizzazione tenne Motecuzòma al contempo proficuamente impegnato e impedito da ogni possibilità di ordire intrighi contro lo zio...

Ma le emigrazioni e gli allontanamenti potevano soltanto far cessare l'*aumento* della popolazione a Tenochtìtlan; le partenze non erano mai tali da diminuire l'affollamento di coloro che restavano. La massima necessità della città insulare era una maggiore disponibilità di acqua potabile. Un costante afflusso d'acqua era stato reso possibile dal primo Motecuzòma, quando aveva costruito l'acquedotto che attingeva alle sorgenti di Chapultèpec, più di un covone d'anni prima, mentre, al contempo, si costruiva la Grande Diga per proteggere la città dalle inondazioni causate dal vento. Ma non sarebbe stato possibile persuadere l'acqua proveniente dalle sorgenti di Chapultèpec ad aumentare soltanto perché ne occorreva di più. Questa impossibilità era stata dimostrata: in gran numero i nostri sacerdoti e stregoni avevano fatto ricorso a tutti i loro mezzi di persuasione, ma sempre fallendo.

Ahuìtzotl decise allora di trovare una nuova sorgente d'acqua e inviò quegli stessi sacerdoti e stregoni, nonché alcuni degli uomini savi del suo Consiglio Parlante, a esplorare altre regioni della vicina terraferma. Non so con quali mezzi di divinazione essi trovarono una sorgente in precedenza mai scoperta, e il Riverito Oratore cominciò immediatamente a progettare un nuovo acquedotto. Poiché quella nuova sorgente vicino a Coyohuàcan sgorgava assai più impetuosamente delle sorgenti di Chapultèpec, Ahuìtzotl previde persino di costruire fontane zampillanti nel Cuore dell'Unico Mondo.

Ma non tutti erano altrettanto entusiasti e, tra coloro che invitavano alla cautela, vi fu il Riverito Oratore Nezahualpìli di Texcòco, quando Ahuìtzotl lo invitò a ispezionare la nuova sorgente e i lavori in corso per il nuovo acquedotto. Io non udii con le mie orecchie la loro conversazione; non esisteva alcun motivo per cui dovessi essere presente in tale occasione; probabilmente mi trovavo in casa a giocare con la mia figlioletta. Ma posso ricostruire il colloquio tra i due Riveriti Oratori in base a quanto mi venne riferito, molto tempo dopo l'evento, dai loro consiglieri.

Per prima cosa, Nezahualpìli ammonì: « Amico mio, tu e la tua città potreste dover scegliere tra l'avere troppo poca acqua e l'averne troppa » e rammentò ad Ahuìtzotl alcuni fatti storici.

Questa città è attualmente, ed è stata per covoni di anni in passato, un'isola circondata dall'acqua, ma non fu sempre così. Quando i primissimi antenati di noi Mexìca giunsero dall'entroterra per stabilirsi qui definitivamente, arrivarono *a piedi*. Senza alcun dubbio si trattò per loro di una scomoda marcia su viscida melma, ma non dovettero nuotare. L'intera superficie che è attualmente acqua tra qui e la terraferma a ovest, a nord, e a sud, era, a quei tempi, soltanto una palude di fango, e pozzanghere ed erbe acquatiche, e questo luogo era allora l'unico punto asciutto e saldo in quel vasto acquitrino.

Nel corso degli anni durante i quali costruirono qui una città, i primi colonizzatori gettarono altresì sentieri più solidi per potersi portare più comodamente sulla terraferma. Forse quei primi sentieri non furono altro che strisce di terra battuta, appena di poco più alte dell'acquitrino. Ma in ultimo i Mexìca affondarono doppie file di pali, gettarono tra essi pietrisco e su tali fondamenta disposero le pavimentazioni in pietra e i parapetti delle tre strade rialzate che esistono tuttora. Quelle strade rialzate impedirono alle acque superficiali della palude di defluire nel lago, per cui tali acque cominciarono ad alzarsi percettibilmente.

Si trattò di un miglioramento considerevole rispetto alla situazione precedente. L'acqua coprì il fango fetido e le erbe taglienti che facevano sanguinare le gambe, nonché le pozzanghere nelle quali si riproducevano a non finire sciami di zanzare. Naturalmente, se l'acqua avesse continuato a salire, avrebbe potuto, in ultimo, coprire anche quest'isola, e allagare le vie di Tlàcopa e di altre città sulla terraferma. Ma le strade rialzate erano state costruite con varchi a intervalli, sormontati da ponti, e l'isola stessa era trincerata dai molteplici canali per il passaggio delle canoe. Questi canali di scarico consentivano un sufficiente deflusso delle acque nel lago Texcòco sul lato orientale dell'isola, per cui il livello della laguna creata artificialmente non poté alzarsi più di quel tanto.

«O non si è ancora innalzato» disse Nezahualpìli ad Ahuìtzotl. «Ora, però, tu ti proponi di fare giungere nuova acqua dalla terraferma. Essa dovrà pure finire in qualche luogo.»

«Servirà per i consumi della popolazione della città» disse Ahuìtzotl, in tono piccato. «Per bere, fare il bagno, lavare i panni...»

«È pochissima l'acqua che viene *consumata*» osservò Nezahualpìli. «Anche se il tuo popolo beve da mane a sera, deve anche urinare. Ripeto: l'acqua deve finire in qualche posto. E dove mai se non in questa parte del lago chiusa dalla diga? Il livello potrebbe alzarsi più rapidamente di quanto l'acqua possa defluire lungo i vostri canali e attraverso i varchi nelle strade rialzate fino al lago Texcòco più in là.»

Cominciando a gonfiarsi in faccia e a divenire paonazzo, Ahuìtzotl domandò: «Vorresti forse consigliarci di ignorare la sorgente appena scoperta, quel dono degli dei? Vorresti che non facessimo nulla per alleviare la sete di Tenochtìtlan?»

«Potrebbe essere più prudente. Per lo meno, ti consiglio di costruire l'acquedotto in modo tale che l'afflusso dell'acqua possa essere sorvegliato e regolato... e, se necessario, fermato. »

Ahuìtzotl disse, ringhiando: « Man mano che il numero dei tuoi anni cresce, vecchio amico, tu divieni sempre più una pavida, anziana donnetta. Se noi Mexìca avessimo sempre ascoltato coloro i quali dicevano che cosa non poteva essere fatto, non avremmo mai realizzato niente ».

« Hai chiesto il mio parere, vecchio amico, e io te l'ho dato » replicò Nezahualpìli. « Ma la responsabilità ultima è tua e » soggiunse sorridendo « il tuo nome è Mostro d'Acqua. »

L'acquedotto di Ahuìtzotl venne terminato entro un anno circa dopo questo colloquio, e i veggenti di corte si diedero molta pena per scegliere il giorno fausto il più possibile nel quale inaugurarlo e fare scorrere l'acqua per la prima volta. Rammento bene la data, il Tredicesimo Vento, poiché si dimostrò all'altezza del proprio nome.

La folla cominciò a riunirsi molto tempo prima della cerimonia, poiché trattavasi di un evento importante quasi quanto lo era stato l'inaugurazione della Grande Piramide, dodici anni prima. Ma naturalmente non fu possibile lasciar riunire tutte quelle persone sulla strada rialzata di Coyohuàcan, ove dovevano essere celebrate le cerimonie principali. La grande massa del volgo dovette pigiarsi all'estremità sud della città, e urtarsi e sporgersi e aguzzare lo sguardo per riuscire a intravedere Ahuìtzotl, le sue consorti, il Consiglio, gli alti nobili, i sacerdoti, i cavalieri e gli altri personaggi ancora che sarebbero giunti in canoa dal palazzo per occupare i posti loro assegnati sulla strada rialzata tra la città e il forte Acachinànco. Sfortunatamente io dovevo figurare tra quei dignitari, in alta uniforme e tra l'intero stuolo dei Cavalieri dell'Aquila. Zyanya avrebbe voluto essere presente a sua volta, e portare con sé Cocòton, ma, una volta di più, la dissuasi.

« Anche se riuscissi a trovare il modo di farti avvicinare abbastanza per vedere qualcosa » dissi, mentre mi dimenavo, quel mattino, per infilare la corazza imbottita e piumata, « tu saresti investita e inzuppata dal vento e dagli spruzzi del lago. Inoltre, in quella ressa, potresti cadere o svenire, e la bambina verrebbe calpestata. »

« Credo che tu abbia ragione » riconobbe Zyanya, senza assumere un tono troppo deluso. Impulsivamente, strinse a sé la bimbetta. « E Cocòton è troppo carina per essere stretta non da noi, ma da estranei. »

« Niente stringere! » protestò Cocòton, ma con dignità. Poi scivolò fuori delle braccia della madre e barcollò verso il lato opposto della stanza. All'età di due anni, nostra figlia conosceva un numero considerevole di parole, ma non era uno scoiattolo cicalante; di rado si sforzava di pronunciare più di due parole alla volta.

«Quando Briciola era appena nata, mi parve orribile» dissi, mentre continuavo a vestirmi. «Ora mi sembra così bella da non poterlo diventare di più. Può soltanto peggiorare, ed è un peccato. Quando vorremo maritarla sembrerà una scrofa selvatica.»

«Scrofa selvatica» approvò Cocòton da un angolo della stanza.

«Niente affatto» disse Zyanya con fermezza. «Una bambina, se è graziosa, raggiunge il massimo della bellezza infantile all'età di due anni, e continua ad essere bella — con sottili cambiamenti, si capisce — finché raggiunge il massimo della sua bellezza di bambina a sei anni. I maschietti si fermano lì, ma le bambine...»

Grugnii.

«Voglio dire che i maschietti smettono di essere *belli*. Possono continuare a diventare avvenenti, prestanti, virili, ma non belli. O almeno dovrebbero augurarsi di non diventarlo. Quasi tutte le donne non amano gli uomini belli, così come essi non vengono apprezzati dai loro simili.»

Dissi di essere contento, in tal caso, perché ero cresciuto brutto. E, quando ella non mi corresse, assunsi un'espressione di simulata malinconia.

«Poi» continuò lei «le bimbette raggiungono un altro culmine di bellezza intorno ai dodici anni, subito prima del primo mestruo. Durante l'adolescenza sono di solito troppo goffe e malinconiche per poter essere ammirate. Ma in seguito cominciano a rifiorire, e a vent'anni circa — sì, a vent'anni, direi — una fanciulla è più bella di quanto lo sia mai stata prima o potrà esserlo in seguito.»

«Lo so» dissi. «Tu avevi vent'anni quando mi innamorai di te e ti sposai. E non sei invecchiata, da allora, nemmeno di un giorno.»

«Adulatore e bugiardo» esclamò lei, ma con un sorriso. «Ho piccole rughe agli angoli degli occhi, e non ho più i seni sodi come un tempo, e mi si vedono smagliature sul ventre, e...»

«Non importa» protestai. «La tua bellezza a vent'anni ha fatto un'impressione tale sulla mia mente da restarvi incancellabilmente scolpita. Non ti vedrò mai diversa, anche quando, un giorno, la gente mi dirà: "Vecchio sciocco, sta contemplando una vecchiaccia rugosa". Non crederò a queste parole perché non mi sarà possibile.»

Dovetti interrompermi per riflettere un momento, poi dissi, nella lingua di lei: «Rizalazi Zyanya chuüpa chìi, chuüpa chìi

Zyanya», e che era una sorta di gioco di parole per dire, più o meno: «Ricordare Sempre a vent'anni la rende ventenne per sempre».

Ella domandò, con tenerezza: «Zyanya?»

Ed io le assicurai: «Zyanya».

«Sarà bello» disse lei, con un'espressione nebulosa negli occhi, «pensare che fino a quando rimarrò con te, continuerò ad essere sempre una fanciulla ventenne. O anche se a volte dovessimo essere lontani l'uno dall'altra. Ovunque tu potrai trovarti nel mondo, là io sarò sempre una ragazza di vent'anni.» Batté le ciglia finché gli occhi ricominciarono a splenderle, poi sorrise e disse: «Avrei dovuto riconoscerlo prima, Zàa... tu non sei davvero brutto».

«Davvero brutto» disse la mia adorata e affettuosa figlioletta.

Questo ci fece ridere entrambi e spezzò l'incantesimo del momento. Presi lo scudo e dissi: «Devo andare». Zyanya mi salutò con un bacio ed io uscii di casa.

Erano ancora le prime ore del mattino. Le chiatte delle immondizie percorrevano il canale in fondo alla strada di casa nostra, ritirando i mucchi di rifiuti di quella notte. L'eliminazione dei rifiuti della città era il lavoro più umile a Tenochtìtlan e lo svolgevano soltanto i più miserabili tra i derelitti: storpi senza speranze, bevitori inguaribili, e così via. Voltai le spalle a quella vista deprimente e mi incamminai nella direzione opposta, lungo la strada in salita verso la plaza principale; avevo già percorso un certo tratto, quando udii Zyanya chiamarmi per nome.

Mi voltai, portando il topazio davanti a un occhio. Era uscita dalla porta di casa per salutarmi una volta ancora con la mano e per gridarmi qualcosa prima di rientrare. Poté essere stata una frase tipicamente femminile come: «Mi dirai poi com'era vestita la Prima Signora». O qualcosa di tipico da parte di mia moglie: «Sta' attento a non bagnarti troppo». O una frase sgorgata dal cuore: «Ricorda che ti amo». Ma, qualsiasi cosa ella avesse detto, non la udii, poiché si alzò il vento, vi fu un colpo di vento, e trascinò lontano le sue parole.

✠

Poiché la sorgente Coyohuàcan si trovava in un punto della terraferma alquanto più alto del livello delle vie di Tenochtìtlan, l'acquedotto scendeva in pendenza di laggiù. Era alquanto più largo e più profondo delle braccia aperte di un uomo, e lungo quasi due lunghe corse. Arrivava sulla strada rialzata proprio là ove sorgeva il forte Acachinànco, e, in quel punto, piegava a sinistra per seguire parallelamente il parapetto della strada, fino alla città. Una volta raggiunta quest'ultima, l'acqua si suddivideva in canali più piccoli che attraversavano sia Tenochtìtlan, sia Tlaltelòlco, per colmare bacini di raccolta nei punti adatti in ogni quartiere, e per zampillare da numerose nuove fontane costruite nella grande plaza.

Entro determinati limiti, Ahuìtzotl e i suoi costruttori si erano attenuti al prudente consiglio di Nezahualpìli, di fare in modo che l'afflusso dell'acqua fosse regolabile. Nell'angolo in cui l'acquedotto raggiungeva la strada rialzata, e di nuovo nel punto in cui entrava nella città, nel canale di pietra erano state lasciate fenditure verticali, entro le quali si adattavano robuste chiuse di legno foggiate in modo da sposare la curvatura del canale stesso. Bastava semplicemente lasciar cadere quelle chiuse per interrompere l'afflusso dell'acqua, qualora ciò si fosse dimostrato necessario.

Il nuovo acquedotto doveva essere dedicato alla dea degli stagni, dei fiumi e di altre acque, Chalchihuìtlicue dalla faccia di rana, ed ella non pretendeva tanti sacrifici umani come certe altre divinità. Pertanto le offerte, quel giorno, sarebbero state limitate al minimo indispensabile. All'estremità dell'acquedotto, vale a dire alla sorgente, si trovava un altro gruppo di nobili e di sacerdoti, nonché un certo numero di soldati che sorvegliavano i prigionieri. Poiché noi Mexìca, di recente, eravamo stati troppo indaffarati per poterci impegnare sia pure soltanto nelle Guerre Fiorite, quasi tutti quei prigionieri erano comuni banditi incontrati da Motecuzòma il Giovane nel corso dei suoi andirivieni da una località all'altra, catturati e inviati a Tenochtìtlan proprio a tale scopo.

Sulla strada rialzata ove si trovava Ahuìtzotl — insieme a me e ad alcune centinaia di altre persone, tutte intente a cercar di impedire che i vari piumaggi e le penne remiganti volassero via nel vento imperversante da est — si udirono preghiere e canti e invocazioni, e nel frattempo i sacerdoti meno altolocati inghiottirono ranocchie vive e axolòltin e altre creature acquatiche per fare cosa grata a Chalchihuìtlicue. Poi venne acceso il fuoco in un'urna e qualche segreta sostanza sacerdotale fu sparsa su di esso per generare una nuvola di fumo dal colore azzurrognolo. Sebbene le raffiche di vento lacerassero la colonna di fumo, essa salì sufficientemente in alto per servire da segnale all'altro gruppo cerimoniale accanto alla sorgente Coyohuàcan.

Là i sacerdoti scaraventarono il primo prigioniero entro il tratto iniziale del canale dell'acquedotto, gli squartarono il corpo dalla gola all'inguine, e lasciarono che il sangue scorresse dal cadavere. Un altro prigioniero venne gettato nel canale e il sacrificio si ripeté. Quando ogni cadavere precedente cominciava a non perdere più sangue, veniva estratto, affinché altri nuovi e zampillanti corpi potessero prenderne il posto. Non so quanti xochimìque vennero uccisi e dissanguati lassù prima che il loro sangue cominciasse a scorrere vischiosamente davanti agli occhi di Ahuìtzotl e dei suoi sacerdoti, i quali tutti lanciarono un grido di lode a quella vista. Un'altra sostanza venne sparsa sull'urna accesa, e diede luogo a una fumata rossa: il segnale, per i sacerdoti alla sorgente, di porre termine al massacro.

Era giunto per Ahuìtzotl il momento di compiere il sacrificio più importante, e all'uopo gli era stata procurata l'unica vittima adatta: una bimbetta sui quattro anni, che indossava una veste color azzurro-acqua, con gemme verdi e blu cucite dappertutto. Era la figlia di un uccellatore affogato, in seguito al capovolgimento della sua acàli, qualche tempo prima che ella venisse alla luce, e la bambina era nata con la faccia assai simile a quella di una rana... o dea Chalchihuìtlicue. La madre vedova della piccola aveva interpretato quelle coincidenze legate all'acqua come un segno della dea, e offerto spontaneamente la figlia per la cerimonia.

Con l'accompagnamento di numerose altre cantilene e di altri gracchiamenti dei sacerdoti, il Riverito Oratore sollevò la bimbetta e la mise nel canale dinanzi a sé. Altri sacerdoti si tennero pronti accanto al fuoco nell'urna. Ahuìtzotl spinse la bambina supina nel canale e impugnò il coltello di ossidiana che portava alla vita. Il fumo del fuoco nell'urna passò al verde, un altro segnale, e i sacerdoti in attesa all'inizio dell'acquedotto, sulla terraferma, liberarono l'acqua della sorgente. Se lo fecero estraendo una qualche sorta di impedimento, o demolendo un'ultima diga di terra, o facendo rotolare di lato un macigno, o in qualche altro modo, non saprei dirlo.

So che l'acqua, anche se a tutta prima giunse colorata di rosso, non arrivò lentamente come aveva fatto il sangue. Con lo slancio della lunga pendenza della terraferma, arrivò impetuosamente, una immensa lancia liquida, la cui punta era fatta di ribollente spuma rosea. Là ove l'acqua doveva seguire l'angolo dell'acquedotto, sulla strada rialzata, non lo seguì tutta; in parte si impennò in quel punto, riversandosi a cascata oltre il parapetto, simile a un maroso oceanico. Ciò nonostante, la quantità d'acqua che superò la curva fu tale da cogliere Ahuìtzotl di sorpresa. Egli aveva appena squarciato il petto della bambina, afferrandone il cuore, ma senza essere riuscito ancora a troncare i vasi dai quali era trattenuto, quando l'impeto dell'acqua gli strappò dalle mani la piccola creatura che ancora si contorceva. Fu ella stessa a strapparsi così dal proprio cuoricino — Ahuìtzotl rimase in piedi stringendolo nel pugno, con un'aria sbalordita — e a saettare poi verso la città, come una pallottola entro la cerbottana.

Noi tutti sulla strada rialzata restammo ove ci trovavamo, come se fossimo stati scolpiti lì, immobili tranne le acconciature di penne sferzate dal vento e i mantelli e le bandiere. Poi io mi resi conto di trovarmi nell'acqua fino alle caviglie. Come tutti gli altri. E le donne di Ahuìtzotl cominciarono a squittire sgomente. La pavimentazione sotto di noi era inondata dall'acqua, che saliva rapidamente. L'acqua continuava a riversarsi oltre il parapetto dall'angolazione dell'acquedotto, e l'intero forte Acachinànco vibrava a causa dell'impatto.

Ciò nonostante, la maggior parte dell'acqua continuò a scorrere lungo il canale e fino alla città, con un impeto tale che, quando investì il punto di deviazione dei diversi canali più piccoli, si infranse come risacca su una spiaggia. Attraverso il cristallo potei vedere la calca degli spettatori turbinare negli schizzi e nella spuma, mentre cercava disperatamente di disperdersi e di fuggire. Ovunque nella città, a noi invisibili, i nuovi canali dell'acquedotto e i bacini di raccolta, stavano traboccando e inondavano le vie e l'acqua si riversava nei canali navigabili. Le nuove fontane nella plaza zampillavano fino a un'altezza così esuberante che l'acqua non ricadeva nelle vasche, ma andava spargendosi sull'intera estensione del Cuore dell'Unico Mondo.

I sacerdoti di Chalchihuìtlicue proruppero in una babele di preghiere, supplicando la dea di ridurre quell'abbondanza. Ahuìtzotl tuonò loro di tacere, poi prese a sbraitare nomi — "Yocatl! Papaquilìztli!» — i nomi degli uomini che avevano scoperto la nuova sorgente. Coloro che erano presenti, remissivi, sguazzarono nell'acqua ormai alta fino alle ginocchia, e ben sapendo la ragione per la quale erano stati chiamati, ad uno ad uno si reclinarono all'indietro contro il parapetto. Ahuìtzotl e i sacerdoti, senza alcun rituale di parole o di gesti, squarciarono loro il petto, strapparono e lanciarono il loro cuore nell'acqua impetuosa. Otto uomini furono sacrificati con quella reazione disperata, due di essi anziani e augusti membri del Consiglio, ma anche questo non giovò assolutamente a nulla.

Ahuìtzotl urlò allora: «Abbassate la chiusa del canale!» e numerosi Cavalieri della Freccia balzarono avanti verso il parapetto. Afferrarono la chiusa di legno, studiata per far cessare l'afflusso dell'acqua, e la fecero scorrere entro la fenditura nel canale. Ma, nonostante tutta la loro forza e il loro peso, i cavalieri riuscirono ad abbassare la chiusa soltanto fino ad un certo punto. Non appena il margine inferiore ricurvo penetrò nell'acqua, la corrente formidabile lo inclinò e lo bloccò. Per un momento sulla strada rialzata regnò il silenzio, a parte il mugghiare e il gorgogliare dell'acqua, i sospiri o gli ululati del vento da est, i cigolii dell'assediato forte di legno, e l'urlo soffocato della folla che si affrettava a fuggire dall'estremità dell'isola. Tradendo infine la sconfitta, con tutte le piume zuppe e ciondolanti, il Riverito Oratore disse, forte abbastanza perché udissimo tutti:

«Dobbiamo tornare in città per accertare quali danni sono stati arrecati e per fare il possibile allo scopo di placare il panico. Cavalieri della Freccia e del Giaguaro, venite con noi. Requisirete tutte le acàltin dell'isola e vi recherete immediatamente a Coyohuàcan. Quegli stolti, lassù, probabilmente stanno ancora festeggiando. Fate il possibile per fermare o deviare l'acqua alla sorgente. Cavalieri dell'Aquila, restate qui». E additò il punto in cui l'acquedotto si univa alla strada rialzata. «Demolitelo. Lì. *Immediatamente!*»

Vi fu una certa confusione mentre i diversi gruppi da lui designati si districavano l'uno dall'altro. Poi Ahuìtzotl, con le consorti e il suo seguito, i sacerdoti e i nobili, i Cavalieri della Freccia e del Giaguaro... cominciarono tutti a sguazzare verso Tenochtìtlan, il più rapidamente possibile con l'acqua, alta sin quasi alle cosce, che li risucchiava. Noi Cavalieri dell'Aquila contemplammo le pietre massicce e la robusta malta dell'acquedotto. Due o tre cavalieri vibrarono colpi alle pietre con le maquàhime, costringendo noi tutti a schivare le schegge taglienti dell'ossidiana spezzata. I tre osservarono con disgusto le spade rovinate e le scaraventarono nel lago.

Poi un cavaliere anziano avanzò per un tratto sulla strada rialzata e scrutò oltre il parapetto. Ci gridò: «Quanti di voi sanno nuotare?» e quasi tutti alzammo una mano. Egli additò e disse: «Proprio qui, dove l'acquedotto devia, l'impeto dell'acqua che cambia direzione sta facendo vibrare i pilastri. Forse, se riuscissimo a intaccarli, potremmo indebolirli quanto basta per far crollare la struttura in questo punto».

E così facemmo. Io e altri otto cavalieri ci liberammo a fatica delle uniformi fradice e inzaccherate, mentre venivano trovate per noi maquàhuime intatte, poi balzammo, al di là del parapetto, nel lago da quella parte. Come ho già detto, l'acqua a ovest della strada rialzata non era, a quei tempi, profonda in alcun punto. Se fossimo stati costretti a nuotare, vibrare colpi ai pali sarebbe risultato impossibile, ma in quel tratto, l'acqua che saliva arrivava ancora soltanto alle spalle. Anche così, comunque, non fu una bazzecola. I tronchi d'albero che servivano da sostegno erano stati impregnati con capopòtli per resistere alla corrosione, ma questo li rendeva resistenti anche alle nostre lame. La notte era discesa e trascorsa, e il sole splendeva già alto nel cielo quando uno dei massicci pali di sostegno sussultò e fece udire un *crac!* esplosivo. Io mi trovavo in quel momento sott'acqua e l'urto quasi mi stordì, ma emersi alla superficie e udii uno dei cavalieri miei colleghi gridare a noi tutti di risalire sulla strada rialzata.

Vi giungemmo appena in tempo. Il tratto di acquedotto che si scostava ad angolo dalla strada rialzata stava vibrando violentemente. Con uno schianto lacerante cedette sulla curva. Lanciando acqua in tutte le direzioni, quell'estremità della struttura si agitò come la coda ammonitrice di un serpente coacuèchtli. Poi un tratto lungo circa dieci passi si abbassò da un lato mentre i piloni che avevamo indebolito cedevano sotto ad esso, si spezzò con un gemito e piombò giù con uno scroscio formidabile. L'estremità frastagliata del canale continuava a riversare acqua, a cascata, nel lago, ma non ne portava più a Tenochtìtlan. Mentre stavamo a guardare, l'acqua che ancora si trovava sulla strada rialzata cominciò a defluire.

«Torniamo in città» sospirò uno dei cavalieri «e speriamo che qualche casa sia rimasta in piedi per accoglierci.»

La casa. Consentitemi di rimandare soltanto di poco il racconto del mio ritorno a casa.

L'acqua riversatasi a Tenochtìtlan per buona parte del giorno precedente e per tutta la notte aveva inondato alcune parti della città, raggiungendo l'altezza della statura di un uomo. Alcune case a un solo piano, e non costruite in pietra, erano state spazzate via dall'alluvione; e persino altre case poggiate su palafitte avevano finito con il piombare giù dai loro sostegni. Molte persone erano rimaste ferite e altre venti — quasi tutti bambini — avevano perduto la vita affogando, o rimanendo schiacciate, o morendo per altre cause. Ma i danni e le perdite si lamentavano soltanto in quelle parti della città ove i canali secondari e i bacini di raccolta avevano traboccato; e l'acqua era defluita nei canali navigabili non appena noi Cavalieri dell'Aquila avevamo troncato l'acquedotto.

Tuttavia, prima ancora che fosse stato possibile sgombrare le rovine di quella più piccola inondazione, vi fu la seconda e la più formidabile. Noi ci eravamo limitati a interrompere l'acquedotto, ma non avevamo fermato l'acqua, e gli altri Cavalieri inviati da Ahuìtzotl sulla terraferma non riuscirono a bloccare la sorgente lassù. Essa continuò a riversare acqua in quella parte del lago racchiusa tra le strade rialzate ovest e sud. Nel frattempo, il vento continuò ad imperversare da est, impedendo all'acqua in eccesso di riversarsi nel grande lago Texcòco attraverso i varchi nelle strade rialzate e lungo i canali navigabili che intersecavano la città. Per conseguenza, questi canali si riempirono fino all'orlo e traboccarono, e il livello dell'acqua si alzò sull'isola, e Tenochtìtlan divenne un vasto insieme di edifici che si levavano non già da un'isola, ma da un'ininterrotta distesa d'acqua.

Immediatamente dopo il suo ritorno dalla fallita cerimonia dell'inaugurazione, Ahuìtzotl mandò un messaggero a Texcòco, e Nezahualpìli intervenne immediatamente rispondendo all'invocazione di aiuto. Inviò subito un gruppo di operai all'indomabile sorgente Coyohuàcan e, come tutti avevano sperato, escogitò un modo per far cessare l'alluvione. Non mi sono mai recato sul posto, ma so che si trova sul pendio di una collina, e presumo che Nezahualpìli ordinò di scavare un sistema di fossati e di erigere trinceramente tali da deviare l'acqua verso l'altro lato della collina, ove avrebbe potuto scorrere senza danni in un territorio disabitato. Una volta ottenuto tale risultato, una volta domata la sorgente e cessata del tutto l'alluvione, l'acquedotto poté essere riparato e rimesso in funzione. Nezahualpìli progettò chiuse che potevano, a seconda delle necessità dell'abitato, fare scorrere poca o molta acqua nell'acquedotto. E così, ancor oggi, noi continuiamo a dissetarci con quell'acqua dolce.

Ma le operazioni di soccorso organizzate da Nezahualpìli non potevano essere portate a termine in una notte. Mentre lui e i suoi operai si davano da fare, la seconda alluvione continuò a imperversare al massimo, per quattro giorni di seguito. Anche se pochi di noi perirono nell'inondazione, per lo meno i due terzi della città vennero distrutti, e occorsero quattro anni per completare la ricostruzione di Tenochtìtlan. La piena non avrebbe causato tanti danni se l'acqua si fosse limitata a inondare le vie e a rimanervi immobile. Invece, continuò a spostarsi con violenza avanti e indietro, sospinta in un senso dalla forza che la costringeva a cercare un livello uniforme, e nel senso opposto dal maligno vento da est. Quasi tutti gli edifici di Tenochtìtlan si levavano al di sopra del livello stradale grazie a palafitte o a qualche altro tipo di fondamenta, ma ciò aveva il solo scopo di evitare l'umidità del terreno. Quei sostegni non erano mai stati costruiti con l'intento di resistere alle correnti distruttrici che dovettero sopportare e, per la maggior parte, non resistettero. Le case di mattoni cotti al sole si sciolsero, semplicemente, nell'acqua. Le case in pietra, piccole e grandi, crollarono quando i piloni che le sostenevano vennero spazzati via, e si disintegrarono nei blocchi con i quali erano state costruite.

La mia casa rimase intatta, con ogni probabilità perché costruita più di recente, e pertanto più solidamente di quasi tutte le altre. Nel Cuore dell'Unico Mondo rimasero in piedi, inoltre, le piramidi e i templi; soltanto la relativamente fragile mensola dei teschi crollò. Ma, subito al di là della plaza, crollò un intero edificio — il più nuovo e il più magnifico di ogni altro — il palazzo dello Uey-Tlatoàni Ahuìtzotl. Ho già detto come sorgesse a cavallo di uno dei principali canali navigabili della città, per cui la gente che passava poteva ammirarne l'interno. Quando, come tutti gli altri canali, anche questo traboccò, inondò dapprima il pianterreno, poi fece incurvare verso l'esterno i muri perimetrali, dopodiché l'intero grande edificio crollò con uno schianto simile al tuono.

Io non sapevo niente di tutto ciò. Non sapevo nemmeno di essere così fortunato da possedere ancora una casa mia; lo seppi soltanto dopo che l'acqua era defluita completamente. In quella seconda e più grave alluvione, il livello dell'acqua salì meno improvvisamente, dando alla popolazione della città il tempo di sfollare. A parte Ahuìtzotl e gli altri nobili del governo, le guardie del palazzo, alcuni altri reparti di soldati e un certo numero di sacerdoti che ostinatamente continuavano a pregare implorando l'intervento divino, in pratica tutti gli abitanti di Tenochtìtlan fuggirono lungo la strada rialzata nord e trovarono un riparo nelle città di Tepeyàca e Atzacoàlco, sulla terraferma, compresi me, i miei due servi e quel che restava della mia famiglia.

Ma tornerò ora a quel giorno, alle prime ore del mattino in cui giunsi a casa trascinandomi dietro le zuppe insegne di Cavaliere dell'Aquila...

Apparve ovvio, mentre mi avvicinavo, che il quartiere Ixacuàlco era tra quelli più disastrosamente investiti dalla prima onda di piena dell'acquedotto. Vidi il segno ancora bagnato lasciato dall'acqua alta sugli edifici, all'altezza della mia testa, e, qua e là, una casa di mattoni cotti al sole rimasta di sghembo. L'argilla ben compressa della strada ove abitavo era resa scivolosa da una pellicola di fango; vi si trovavano pozzanghere, macerie, e persino alcuni oggetti preziosi, lasciati cadere, a quanto pareva, dalla gente in fuga. In quel momento non si scorgeva anima viva — senza dubbio si trovavano tutti entro le case, non sapendo bene se l'onda di piena si sarebbe ripetuta — ma l'insolita solitudine della strada mi fece sentire a disagio. Ero troppo stanco per mettermi a correre, tuttavia arrancai il più rapidamente possibile, e il cuore mi si aprì quando vidi la casa ancora in piedi e intatta, a parte il deposito di fango sulla scala dell'ingresso.

Turchese spalancò la porta sulla facciata, esclamando:

«*Ayyo!* È il nostro signore padrone! Vadano tutti i ringraziamenti a Chalchihuìtlicue per averti risparmiato!»

Stancamente, ma con convinzione, dissi che avrei voluto vedere quella particolare dea nel Mictlàn.

«Non parlare così!» mi esortò Turchese, con le lacrime che le striavano le rughe della faccia. «Temevamo di aver perduto anche il nostro padrone!»

«Anche?» ansimai, mentre una fascia invisibile mi serrava dolorosamente il petto. L'anziana schiava scoppiò in un pianto violento e non riuscì a rispondere. Lasciai cadere le cose che avevo in mano e l'agguantai per le spalle. «La bambina?» domandai. Ella scosse la testa, ma non riuscii a capire se in segno di diniego o di dolore. La scrollai quasi con ferocia e dissi: «Parla, donna!»

«Si tratta della nostra signora Zyanya» disse un'altra voce alle spalle di lei, quella del nostro servo Cantore di Stelle, apparso sulla soglia torcendosi le mani. «Ho veduto tutto. Ho cercato di fermarla.»

Non lasciai andare Turchese, altrimenti sarei caduto. Riuscii soltanto a dire: «Parla, Cantore di Stelle».

«Sappi, allora, padrone. È stato ieri, al crepuscolo, l'ora in cui sarebbero giunti, di solito, gli uomini che accendono le torce nelle strade. Ma naturalmente non vennero; la strada era una cateratta ribollente. Venne soltanto un uomo... trascinato via dalla corrente, scaraventato contro i pali delle torce e i gradini della casa. Seguitava a tentar di puntare i piedi e di afferrare qualcosa che gli consentisse di fermarsi. Ma, già mentre era ancora lontano da qui, vidi che era stato ormai azzoppato e non avrebbe potuto...»

Con tutta l'asprezza di cui ero capace nello strazio e nella debolezza, dissi: «Cosa ha a che vedere tutto questo con mia moglie? Dove si trova?»

«Si *trovava* a questa finestra sulla facciata» disse lui, additando, e continuò, con esasperante lentezza: «Era rimasta tutto il giorno in casa, crucciandosi e aspettando il tuo ritorno, mio signore. Io ero accanto a lei quando l'uomo apparve, agitando le braccia e dibattendosi, nella strada, e lei gridò che dovevamo salvarlo. Io, naturalmente, non ci tenevo molto ad arrischiarmi in quell'acqua che infuriava, e le dissi: "Mia signora, riesco a riconoscerlo da qui. È soltanto un vecchio derelitto che a volte, in qùesti ultimi tempi, ha lavorato sulle chiatte adibite alla raccolta dei rifiuti nel nostro quartiere. Non merita che qualcuno si esponga al pericolo per lui".»

Cantore di Stelle si interruppe, deglutì, poi continuò, rauco: «Non potrò lagnarmi se il mio signore mi percuoterà, o mi venderà, o mi ucciderà, poiché sarei dovuto andare io a salvare l'uomo. Infatti la mia signora mi scoccò un'occhiata irosa e andò ella stessa. Corse alla porta e discese i gradini, mentre io stavo a guardare da questa finestra, e si protese verso l'acqua vorticosa e afferrò l'uomo».

Si interruppe, deglutì di nuovo, ed io gracidai: «Ebbene? Se erano entrambi salvi...?»

Cantore di Stelle scosse la testa. «È questo che non capisco. Naturalmente, mio signore, i gradini erano bagnati e scivolosi. Ma sembrò che... sembrò che la mia signora avesse parlato a quell'uomo, e cominciato a lasciarlo andare, ma poi... poi l'acqua li travolse... li travolse entrambi, poiché l'uomo si stava avvinghiando a lei. Potei vedere soltanto un fagotto rotolante mentre venivano spazzati via insieme e scomparivano. Ma, a questo punto, *corsi* fuori anch'io e mi gettai nella corrente dietro di loro.»

«Cantore di Stelle per poco non è affogato, mio signore» disse Turchese, piagnucolando. «Ha tentato, sul serio.»

«Non trovai alcuna traccia di loro» continuò lui, con lo strazio nella voce. «Verso il fondo della strada, numerose case di mattoni cotti al sole erano crollate... forse su di essi, pensai. Ma l'oscurità stava cominciando ad essere troppo fitta perché potessi vedere e inoltre fui urtato e fatto quasi svenire da una trave galleggiante. Mi afferrai allo stipite di una casa solida, e rimasi avvinghiato là per tutta la notte.»

«È tornato a casa quando l'acqua si è abbassata, stamane» disse Turchese. «Poi siamo usciti entrambi e abbiamo cercato.»

«Niente?» gracidai.

«Abbiamo trovato soltanto l'uomo» disse Cantore di Stelle. «Semisepolto sotto alcune macerie, come avevo sospettato.»

Turchese disse: «Cocòton non ha ancora saputo di sua madre. Vuole, il mio signore, salire da lei, adesso?»

«E dirle ciò cui non posso credere io stesso?» gemetti. Chiamai a raccolta una qualche estrema riserva di energia per raddrizzare il mio corpo afflosciato e soggiunsi: «No, non salirò. Vieni, Cantore di Stelle, cerchiamo ancora».

Più avanti di casa mia, la strada scendeva dolcemente avvicinandosi al ponte che scavalcava il canale, per cui le case, laggiù, erano state investite, ovviamente, con maggiore violenza dal muro d'acqua. Inoltre, si trattava delle case meno imponenti in quella strada, fatte di legno o di mattoni cotti al sole. Come aveva detto Cantore di Stelle, non esistevano più: erano cumuli di mattoni in parte spezzati e in parte sciolti, cataste di paglia, di assi spezzate, di mobili fracassati. Il servo additò una sorta di mucchio di stracci tra quelle rovine e disse:

«Eccolo, lo sciagurato. Non è affatto una perdita. Tirava avanti vendendo se stesso agli uomini delle chiatte per i rifiuti. Quelli che non potevano permettersi una donna si servivano di lui, ed egli faceva pagare appena un solo fagiolo di cacao».

L'uomo giaceva a faccia in giù, sudici stracci e lunghi capelli grigi impastati di fango. Mi servii di un piede per voltarlo e lo contemplai per l'ultima volta. Chimàli ricambiò il mio sguardo con le orbite vuote e la bocca beante.

Non allora, ma qualche tempo dopo, quando riuscii di nuovo a pensare, ricordai le parole di Cantore di Stelle: che l'uomo, di recente, si era trovato a bordo delle chiatte nel nostro quartiere. Mi domandai: aveva Chimàli soltanto in quegli ultimi tempi scoperto dove abitavo? Era forse venuto in cerca, sperando e ciecamente brancolando, d'una nuova possibilità di fare del male a me o ai miei cari? L'alluvione gli aveva forse offerto l'occasione di infliggermi la ferita più dolorosa possibile, per poi mettersi, in eterno, al di là della mia vendetta? Oppure l'intera tragedia era stata una spaventosa ed esultante congiura degli dei? Essi sembrano divertirsi predisponendo coincidenze di eventi che altrimenti sarebbero improbabili, inesplicabili, assolutamente incredibili.

Non lo avrei saputo mai.

E in quel momento seppi soltanto che mia moglie era scomparsa, che non avrei mai potuto rassegnarmi alla perdita di lei, che dovevo cercare. Dissi a Cantore di Stelle: «Se quest'uomo maledetto si trova qui, deve esservi anche Zyanya. Sposteremo uno per uno questi milioni di mattoni. Comincerò io, mentre tu andrai a cercare altri che ci aiutino. *Va!*»

Cantore di Stelle sgattaiolò via, ed io mi chinai per sollevare e scaraventare da un lato una trave, ma continuai a restare chino e, in ultimo, piombai giù bocconi.

Era il tardo pomeriggio quando ripresi i sensi e mi trovai nel mio letto, con entrambi i servi premurosamente protesi verso di me. La prima cosa che domandai fu: «L'abbiamo trovata?» Quando i due scossero la testa, mestamente negando, ringhiai: «Ti avevo detto di rimuovere ogni mattone!»

«Padrone, non è possibile» piagnucolò Cantore di Stelle. «L'acqua sta salendo di nuovo. Sono tornato là e ti ho trovato appena in tempo, altrimenti giaceresti ora sott'acqua a faccia in giù.»

«Ci stavamo domandando se fosse il caso di farti riavere» disse Turchese, con manifesta ansia. «L'ordine è stato impartito dal Riverito Oratore. L'intera città deve essere sfollata prima che venga a trovarsi completamente sott'acqua.»

E così, quella notte, sedetti insonne sul pendio di una altura, tra una moltitudine di fuggiaschi addormentati. «Passeggiata lunga» aveva commentato Cocòton durante il tragitto. Poiché soltanto le prime persone a fuggire da Tenochtìtlan erano riuscite a trovare un riparo sulla terraferma, gli ultimi arrivati avevano dovuto semplicemente fermarsi ovunque vi fosse spazio per coricarsi, in aperta campagna. «Notte scura» disse mia figlia, giustamente. Noi quattro non avevamo neppure il riparo di un albero, ma Turchese si era ricordata di portare le coperte. Lei e Cantore di Stelle e Cocòton si distesero avvolti nelle loro, e si addormentarono, ma io rimasi seduto, con la coperta sulle spalle, contemplando la mia bambina, la mia Briciola, il prezioso e unico ricordo di Zyanya, e piansi.

Qualche tempo fa, miei signori frati, ho cercato di descrivere Zyanya paragonandola a quella pianta feconda e generosa che è l'agave, ma dell'agave ho dimenticato di dirvi una cosa. Una volta nel corso della sua esistenza, una volta soltanto, spunta da essa uno stelo che sorregge un gran numero di fiori gialli dal profumo soave, e poi l'agave muore.

Feci tutto il possibile, quella notte, per consolarmi con le untuose promesse eternamente sulla bocca dei nostri sacerdoti: che i morti non si affliggono e non soffrono. La morte, dicevano i preti, è semplicemente il risveglio dal sogno di aver vissuto. Sarà forse così. I vostri sacerdoti cristiani dicono press'a poco la stessa cosa. Ma questo poteva consolare ben poco me, che dovevo restare indietro nel sogno, vivo, solo, abbandonato. Pertanto trascorsi quella notte ricordando Zyanya, e il tempo troppo breve vissuto insieme prima che il sogno terminasse.

Continuo a ricordare...

Una volta, mentre stavamo compiendo il viaggio nel Michihuàcan, ella vide un fiore sconosciuto crescere dalla crepa di un dirupo, un po' più in alto delle nostre teste, e lo ammirò e disse che desiderava averlo per piantarlo in casa, e che io avrei potuto facilmente arrampicarmi sin là e coglierlo per lei...

E una volta — oh, non si trattò di alcuna particolare occasione — si destò innamorata del giorno che cominciava, la qual cosa non era inconsueta per Zyanya e compose le parole di una piccola canzone, e poi una melodia per cantarle, e si aggirò per casa canticchiandole sommessamente allo scopo di imprimersele nella memoria, e mi domandò se sarei stato disposto a comprarle uno di quei flauti chiamati acque gorgheggianti, con il quale avrebbe potuto suonare la sua canzone. Risposi che l'avrei accontentata, non appena avessi incontrato un musicante che conoscevo e fossi riuscito a persuaderlo a costruirmene uno. Ma poi dimenticai, e lei — sapendo come avessi altre cose per la mente — non me lo rammentò mai.

E una volta...

Ayya, quante innumerevoli volte...

Oh, lo so bene, Zyanya non dubitò mai del mio amore, ma perché mi lasciai sfuggire le sia pur più piccole occasioni di dimostrarglielo? So che perdonava le mie occasionali e sbadate dimenticanze e le stupide trascuratezze; probabilmente le perdonava subito, cosa che io non sono mai stato capace di fare. Da allora, e per tutti gli anni della mia vita, ho ricordato questa o quella occasione nella quale avrei potuto fare la tale o la tal'altra cosa e non la feci, qualcosa che non mi sarebbe stata possibile mai più. E le cose che preferirei ricordare hanno continuato a eludermi. Se riuscissi a rammentare le parole di quella breve canzone che Zyanya compose quando era più felice, o anche soltanto la melodia, potrei canticchiarla, a volte, tra me e me. O se sapessi che cosa mi gridò dietro, quando il vento portò via le sue parole, l'ultima volta che ci separammo...

Quando noi tutti, gli abitanti fuggiaschi, tornammo infine sull'isola, le rovine si erano estese a tal punto nella città che le macerie ammonticchiate in precedenza nella strada di casa nostra non si distinguevano più da quelle cadute successivamente. Operai e schiavi stavano già procedendo nei lavori di sgombero, accantonavano i blocchi di arenaria che non si erano spezzati e potevano essere riutilizzati, e spianavano il resto come base sulla quale ricostruire. Così il cadavere di Zyanya non fu mai trovato, né si rinvenne alcuna traccia di lei, nemmeno uno dei suoi anelli o dei suoi sandali. Ella scomparve, completamente e irrimediabilmente, come la breve canzone che aveva composto. Ma, miei signori, io so che è sempre qui, in qualche luogo... sebbene due nuove città, una dopo l'altra, siano state costruite, da allora, sopra la tomba non scoperta di lei. Lo so perché ella non aveva con sé il frammento di giada che le avrebbe reso possibile il passaggio nell'aldilà.

Molte volte, a notte alta, ho percorso queste strade, chiamandola sommessamente per nome. Lo facevo a Tenochtìtlan e continuo a farlo in questa Città di Mexìco: un vecchio dorme poco, la notte, ed io ho veduto molte apparizioni, ma nessuna di esse era lei.

Mi sono imbattuto soltanto in spiriti tormentati o malevoli, e non mi sarebbe stato possibile scambiarne alcuno per Zyanya, che fu felice per tutta la vita e morì cercando di compiere un'opera buona. Ho veduto e riconosciuto molti defunti guerrieri Mexìca; la città brulica di questi spiriti dolenti. Ho veduto la Donna Piangente; ella è come un ricciolo di nebbia trascinato dal vento, a forma di femmina; e ne ho udito il gemito luttuoso.

Ma non mi ha atterrito; l'ho compassionata, perché anch'io ho conosciuto il lutto. E, non essendo riuscita a pormi in fuga ululando, è stata lei a sottrarsi con la fuga alle mie parole di consolazione. Una volta mi è parso di avere incontrato due dei vagabondi, Vento Notturno e Il Più Vecchio dei Vecchi Dei, e di avere conversato con essi. Dei, comunque, essi affermarono di essere, e non mi fecero alcun male, ritenendo che avessi già anche troppo sofferto nella vita.

Talora, lungo strade completamente buie e deserte, ho udito quella che sarebbe potuta essere la risata allegra di Zyanya. Si sarebbe potuto trattare di un prodotto della mia immaginazione senile, ma la risata era accompagnata, ogni volta, da un riflesso luminoso nelle tenebre, molto simile alla striatura pallida sui capelli neri di lei. Ma anche questo sarebbe potuto essere un tiro della mia debole vista, poiché, ogni volta, la visione è scomparsa quando, annaspando, ho portato il topazio davanti all'occhio. Eppure so che ella si trova qui, in qualche luogo, e non mi occorre alcuna prova, per quanto possa desiderarla.

Ho riflettuto sulla cosa, e mi pongo interrogativi. Incontro soltanto gli abitatori dolenti e misantropi della notte perché sono io stesso simile ad essi? È possibile che persone di miglior carattere, e dal cuore più lieto, riescano a percepire più prontamente fantasmi meno lugubri. Vi supplico, miei signori frati, se qualcuno di voi, buoni uomini, dovesse incontrare Zyanya, una notte, me lo farà sapere? La riconoscerete subito e un'apparizione di tale bellezza non potrà atterrirvi. Ella vi sembrerà una fanciulla ventenne, come lo sembrava allora, poiché la morte le evitò almeno gli acciacchi e l'avvizzimento della vecchiaia. E riconoscerete quel sorriso, in quanto non potrete resistere alla tentazione di contraccambiarlo. E se ella dovesse parlare...

Ma no, non ne capireste le parole. Abbiate semplicemente la cortesia di dirmi che l'avete veduta. Infatti ella percorre queste strade. Lo so. È qui e vi rimarrà sempre.

IHS

✠

S.C.C.M.

Alla Sacra, Cesarea, Cattolica Maestà,
l'Imperatore Don Carlos, Nostro Signore e Re:

Regale e Temibile Maestà, nostro Supremo Monarca: da questa Città di Mexìco, capitale della Nuova Spagna, in questo giorno di San Paphnutius, Martire, nell'anno di Nostro Signore mille cinquecento e trenta, saluti.

È tipicamente riguardoso da parte del Nostro Comprensivo Sovrano il fatto che Voi commiseriate il Protettore degli Indios della Maestà Vostra e chiediate altri particolari sulle difficoltà e gli ostacoli in cui quotidianamente ci imbattiamo rivestendo la nostra carica.

Sino ad oggi, Sire, era costumanza degli spagnoli cui venivano assegnate proprietà terriere in queste province di appropriarsi altresì dei numerosi Indios già residenti in esse, di marchiarne le gote con la «G» che significa «guerra» e di considerarli prigionieri di guerra, per poi crudelmente trattarli e sfruttarli in quanto tali. Tale consuetudine è stata per lo meno migliorata nel senso che un Indio non può più essere condannato a fatiche da schiavo a meno che, e fino a quando, non venga riconosciuto colpevole di qualche reato dalle autorità secolari o da quelle ecclesiastiche.
Inoltre, la legge della Madre Spagna viene ora più severamente applicata in questa Nuova Spagna, per cui un Indio qui, come un Ebreo costà, ha gli stessi diritti di qualsiasi spagnolo Cristiano e non può essere condannato per un reato senza un regolare processo con i capi di accusa, l'esame delle prove e il riconoscimento della colpevolezza. Ma, naturalmente, la testimonianza di un Indio — come quella di un Ebreo — anche se convertito al Cristianesimo, non può avere lo stesso peso della testimonianza di chi è sempre stato Cristiano. Per conseguenza, se uno spagnolo vuole assicurarsi come schiavo qualche robusto

uomo rosso, o qualche avvenente donna rossa, non deve fare altro, in effetti, che muovere alla persona in questione una qualsiasi accusa scaltramente inventata.

Essendo noi a conoscenza della condanna di molti Indios in seguito ad accuse dubbie nel migliore dei casi, e poiché temevamo per l'anima dei nostri compatrioti che, a quanto pareva, arricchivano se stessi e ingrandivano le loro proprietà con espedienti sofistici indegni di Cristiani, ci siamo sentiti rattristati e indotti ad agire. Avvalendoci dell'ascendente del nostro titolo di Protettore degli Indios, siamo riusciti a persuadere i giudici dell'Audiencia della necessità che tutti gli Indios da marchiare, d'ora in avanti, debbano essere registrati presso il nostro ufficio. Per conseguenza, i ferri da marchio vengono ora tenuti chiusi in un cofano che deve essere aperto con due chiavi, e una delle chiavi trovasi in nostro possesso.

Poiché nessun Indio riconosciuto colpevole può essere marchiato senza la nostra collaborazione, invariabilmente ci siamo rifiutati di collaborare in quei casi che costituivano flagranti abusi della giustizia, e gli Indios in questione sono stati obbligatoriamente riconosciuti innocenti. Tale esercizio della nostra carica di Protettore degli Indios ci ha fatti odiare da molti dei nostri compatrioti, ma noi possiamo sopportare ciò con equanimità, ben sapendo che agiamo per il bene ultimo di tutti gli interessati. Tuttavia, il benessere economico dell'intera Nuova Spagna potrebbe soffrirne (e il Quinto delle sue ricchezze spettante al Re potrebbe diminuire) se noi, in modo troppo adamantino, ostacolassimo il reclutamento della mano d'opera schiava dalla quale dipende la prosperità di queste colonie. Pertanto ora, quando uno spagnolo vuole procurarsi alcuni Indios schiavi, non invoca il braccio secolare; accusa gli Indios in questione di essere convertiti al Cristianesimo colpevoli di qualche *lapsus fidei*. Poiché la nostra missione di Difensore della Fede prevale su ogni altro nostro incarico e dovere, noi non neghiamo, in tali casi, il ferro da marchio.

In cotal modo otteniamo simultaneamente tre risultati che, confidiamo, incontreranno il favore della Maestà Vostra. *Primus*, impediamo efficacemente l'abuso della legge civile. *Secundus*, difendiamo saldamente il dogma della Chiesa per quanto concerne i convertiti ricaduti nell'eresia. *Tertius*, non impediamo il mantenimento di un afflusso costante e adeguato di mano d'opera.

Sia detto per inciso, Maestà, il marchio sulla gota dei colpevoli non è più la disonorante «G», che attesta la vergogna della sconfitta in guerra. Applichiamo le iniziali del proprietario dello schiavo (a meno che il colpevole non sia una donna avvenente e il proprietario non voglia sfigurarla). Oltre che per identificare i legittimi proprietari e i fuggiaschi, il marchio stesso viene applicato altresì a quegli schiavi che sono inguaribilmente ribelli o inadatti al lavoro. Molti di questi intrattabili malcontenti, essendo passati per le mani di vari proprietari, portano ora sulla faccia numerose e sovrapponentisi iniziali che fanno sembrare la loro pelle un manifesto.

V'è una prova commovente della bontà di cuore della quale è capace la Compassionevole Maestà Vostra, in questa stessa e ultima lettera, quando voi, Maestà, dite del nostro cronista Azteco, a proposito della morte della sua donna: « Sebbene appartenga a una razza inferiore, egli sembra essere un uomo dai sentimenti umani, capace di provare la felicità e la sofferenza acutamente quanto noi ». Tale pietà è comprensibile, in quanto il duraturo affetto della Maestà Vostra per la vostra giovane Regina Isabella e per il vostro figlioletto Felipe è una tenera passione notata e molto ammirata da tutti.

Tuttavia, rispettosamente ci permettiamo di consigliare a Vostra Maestà di non sprecare troppa compassione per individui che la Maestà Vostra non può conoscere bene quanto noi, e in particolare per uno che, ripetutamente, se ne dimostra immeritevole. Costui può, ai suoi tempi, aver provato un occasionale sentimento, o avere albergato una occasionale tenerezza umana che non tornerebbe a disdoro di un uomo bianco. Ma la Maestà Vostra avrà notato come, sebbene affermi di essere ora Cristiano, il vecchio rimbambito abbia sproloquiato a lungo a proposito del fatto che la sua defunta compagna continuerebbe a vagabondare su questa terra — e perché? — perché non aveva con sé un certo sassolino verde nel momento della morte! Inoltre, come Vostra Maestà potrà rendersi conto, l'Azteco non rimase abbattuto a lungo a causa del suo lutto. Nelle seguenti pagine del racconto egli torna a imperversare simile a un colosso e a comportarsi nei suoi soliti modi.

Sire, non molto tempo fa udimmo un prete più saggio di noi dire quanto segue: che *nessun* uomo dovrebbe essere immeritatamente lodato finché ancora vive e continua a salpare sui mari imprevedibili della vita. Né lui, né alcun altro, possono sapere se sopravvivrà all'assalto di tutte le tempeste, alle scogliere in agguato, e agli allettamenti del canto delle Sirene, e se riuscirà in ultimo a entrare in un porto sicuro. Può giustamene essere lodato soltanto colui che Dio ha guidato così da fargli terminare i suoi giorni nel porto della Salvezza, in quanto il *Gloria* deve essere intonato solamente alla fine.

Possa il Signore Iddio che ci guida continuare a favorire la Vostra Imperiale Maestà, i cui regali piedi vengono baciati dal cappellano e servo suo,

(*ecce signum*) Zumàrraga

OCTAVA PARS

La mia tragedia personale offuscò, logicamente, ogni altra cosa al mondo, ma non potei non essere consapevole del fatto che anche l'intera nazione Mexìca aveva subìto una tragedia di gran lunga più grande della distruzione della sua capitale. La frenetica, e alquanto atipica da parte di Ahuìtzotl, invocazione rivolta a Nezahualpìli affinché ci aiutasse a fermare l'alluvione, fu l'ultima sua iniziativa come Uey-Tlatoàni. Egli si trovava all'interno del palazzo, quando crollò e, sebbene non fosse rimasto ucciso, probabilmente avrebbe preferito esserlo. Infatti, venne colpito alla testa dalla caduta di una trave e da allora in poi — così mi dissero, poiché non lo rividi mai più in vita — rimase privo di intelligenza come il legno che gli era piombato addosso. Si aggirava qua e là senza meta, farfugliando tra sé e sé frasi inintelligibili, e un servo seguiva colui che era stato un tempo un grande statista e un grande guerriero ovunque andasse, per cambiargli continuamente il perizoma che egli seguitava a insozzare.

La tradizione impediva che Ahuìtzotl venisse privato del titolo di Riverito Oratore fino a quando fosse vissuto, anche se le parole di lui erano soltanto un balbettamento insensato e anche se egli non poteva essere riverito, ormai, più di un vegetale ambulante. Così, non appena la cosa fu possibile, il Consiglio si riunì per scegliere un Reggente che guidasse la nazione durante l'incapacità di Ahuìtzotl. Senza alcun dubbio per vendetta, perché il Riverito Oratore aveva ucciso due dei loro nei momenti di panico sulla strada rialzata, quegli anziani si rifiutarono di prendere sia pure soltanto in considerazione il candidato più eleggibile, il figlio maggiore di lui, Cuautèmoc. Scelsero invece come reggente suo nipote, Motecuzòma il Giovane, perché così affermarono, «Motecuzòma Xocòyotzin ha dimostrato la propria capacità successivamente come sacerdote, come comandante militare e come amministratore coloniale. E inoltre, avendo così lungamente viaggiato, conosce di persona tutti i più remoti territori Mexìca».

Ricordai le parole che mi aveva gridato una volta Ahuìtzotl: «Non porremo su questo trono un vuoto tamburo!» e mi dissi che probabilmente era un bene la follia di lui mentre stava avvenendo proprio questo. Se Ahuìtzotl fosse rimasto ucciso sul colpo, mentre era nel pieno possesso delle proprie facoltà mentali, sarebbe tornato dal più profondo abisso del Mìctlan per occupare il trono con il proprio cadavere pur di non lasciarlo a Motecuzòma. Così come andarono poi le cose, un governante morto sarebbe stato quasi preferibile per i Mexìca. Un cadavere, per lo meno, mantiene sempre la stessa posizione.

Ma in quel periodo io non mi interessavo affatto agli intrighi di corte; mi stavo preparando anch'io ad abdicare per qualche tempo, e per svariate ragioni. In primo luogo, la mia casa era colma di ricordi dolorosi dai quali volevo allontanarmi. Sentivo una stretta al cuore anche quando guardavo la mia adorata figlioletta, perché sul viso di lei scorgevo tante fattezze di Zyanya. Un'altra ragione consisteva nel fatto che ritenevo di avere escogitato il modo per impedire a Cocòton di sentire troppo cocentemente la perdita della madre. E una terza ragione fu la seguente: il mio amico Cozcatl e la moglie di lui, Quequelmìqui, quando vennero a consolarmi e a porgermi le condoglianze, si lasciarono sfuggire la notizia che erano senza un tetto, la loro casa essendo stata una di quelle distrutte dall'inondazione.

«Ma non siamo disperati per questo quanto potremmo esserlo» dichiarò Cozcatl. «A dire il vero cominciavamo a sentirci alquanto stretti e scomodi con l'abitazione e la scuola sotto lo stesso tetto. Ora che siamo costretti a ricostruire, faremo progettare due edifici separati.»

«E nel frattempo» dissi io «questa sarà la vostra casa. Verrete ad abitare qui. Io partirò comunque e pertanto la casa e i servi rimarranno a vostra disposizione. In cambio, vi chiedo un solo favore. Volete fare da padre e da madre a Cocòton durante la mia assenza? Siete disposti a impersonare la parte di Tene e di Tete con una bambina rimasta orfana della mamma?»

Sensibile al Solletico esclamò: «*Ayyo*, che meravigliosa idea!»

Cozcatl disse: «Lo faremo volentieri... anzi no, con gratitudine. Sarà il solo periodo in cui potremo formare una famiglia».

Soggiunsi: «La bambina non vi darà alcun disturbo. Sarà la schiava Turchese a provvedere a tutte le sue necessità. Voi non dovrete darle altro che la sicurezza della vostra presenza... e qualche manifestazione di affetto di tanto in tanto».

«Ma certo che l'ameremo!» esclamò Sensibile al Solletico, con le lacrime agli occhi.

Continuai: «Ho già spiegato a Cocòton — le ho mentito, voglio dire — la ragione dell'assenza di sua madre in questi ultimi giorni. Le ho detto che la sua Tene è andata a fare spese, ad acquistare tutto ciò che sarà necessario a lei e a me per un lungo viaggio che dobbiamo intraprendere. La bambina si è limitata ad annuire e a dire "Viaggio lungo", ma questo significa ben poco per lei, alla sua età. In ogni modo, se continuerete a rammentarle che la sua Tene e il suo Tete stanno viaggiando in luoghi lontani... be', spero che al mio ritorno si sarà abituata a non avere accanto la madre, e che non rimarrà troppo sgomenta quando le dirò che la sua Tene non è tornata insieme a me».

«Ma si abituerebbe a fare a meno anche di te» mi ammonì Cozcatl.

«Presumo di sì» dissi, rassegnato. «Posso soltanto sperare che, al mio ritorno, lei ed io riusciremo a rinnovare la conoscenza. Nel frattempo, se saprò che Cocòton è ben curata e amata...»

«Lo sarà!» esclamò Sensibile al Solletico, mettendomi una mano sul braccio... «Resteremo qui con lei per tutto il tempo che sarà necessario. E non le consentirmo di dimenticarti, Mixtli.»

Se ne andarono per predisporre il trasloco di ciò che avevano ricuperato dalle macerie della loro casa, e, quella sera stessa, io preparai un fardello leggero e compatto. Nelle prime ore del mattino seguente entrai nella stanza della bambina, destai Cocòton e dissi alla bimbetta assonnata:

«La tua Tene mi ha chiesto di salutarti per tutti e due, Piccola Briciola, perché... perché non può allontanarsi dalla colonna dei nostri portatori, altrimenti si disperderebbero e correrebbero via come topolini. Ma eccoti il bacio da parte della mamma. Non è stato esattamente come il suo?» Sorprendente a dirsi, era sembrato identico, per lo meno a me. «E ora, Cocòton, con le piccole dita togliti il bacio della tua Tene dalle labbra e tienilo nella mano, così, in modo che anche Tete possa baciarti. Ecco fatto. Ora prendi il mio bacio e il suo e tienili ben stretti nella manina mentre ti riaddormenterai. Quando ti alzerai, mettili al sicuro in qualche posto e custodiscili bene, in modo da poterceli restituire al nostro ritorno».

«Al ritorno» mi fece eco lei, sonnacchiosamente, e sorrise il sorriso di Zyanya, e chiuse gli occhi di Zyanya.

Al pianterreno, Turchese piagnucolò e Cantore di Stelle si soffiò il naso svariate volte e poi ci salutammo ed io affidai loro il buon andamento della casa precisando che, fino al mio ritorno, dovevano ubbidire a Cozcatl e a Quequelmìqui come se fossero stati il padrone e la padrona. Prima di uscire dalla città mi soffermai nella Casa dei Pochtèca, lasciandovi un messaggio da affidare al primo pochtèca diretto a Tecauntèpec. Esso avvertiva Bèu Ribè — con le parole per immagini meno dolorose che riuscii a trovare — della morte di sua sorella e delle circostanze della fine di lei.

Non mi accadde di pensare che i normali traffici Mexìca erano stati considerevolmente sconvolti e che pertanto quel messaggio non sarebbe giunto tanto presto a destinazione. I chinàmpa di Tenochtìtlan erano rimasti sott'acqua per quattro giorni, proprio nel periodo in cui stavano spuntando il granturco, i fagioli e altre colture. Oltre a distruggere quelle piante, l'acqua aveva invaso i magazzini tenuti rifforniti per le situazioni di emergenza, rovinando tutto ciò che vi si trovava. Così, per molti mesi, i pochtèca Mexìca e i loro portatori dovettero limitarsi a rifornire la città priva di risorse. Questo li tenne costantemente in viaggio, ma senza condurli lontano, ed ecco perché Luna in Attesa seppe della morte di Zyanya soltanto più di un anno dopo che ella era deceduta.

Viaggiai anch'io costantemente in questo periodo, vagabondando, come un seme piumato della pianta del lattice, ovunque i venti potessero sospingermi, o là ove qualche scenario naturale mi invitava a farmi più vicino, oppure ove un sentiero serpeggiava in modo così allettante da darmi l'impressione che dicesse: «Seguimi. Subito al di là della prossima curva v'è una terra dell'oblio e della pace del cuore». Non trovai mai un luogo simile, naturalmente. Un uomo può arrivare fino al termine di tutte le strade che esistono, e fino al termine della sua stessa vita, ma in nessun punto può deporre il fardello del passato e allontanarsi da esso senza mai voltarsi indietro.

Quasi tutte le mie avventure in quel periodo non furono particolarmente significative, né io cercai di commerciare e di appesantirmi con acquisti, e, se esistevano scoperte fortuite da fare — come le zanne gigantesche trovate nella precedente occasione, quando avevo cercato di fuggire dall'afflizione — vi passai accanto senza vederle. La sola avventura memorabile che ebbi, mi toccò del tutto per caso, ed ecco come andarono le cose:

Mi trovavo vicino alla costa occidentale, nella terra di Nauyar Ixù, una delle remote province, o possedimenti, nord-occidentali del Michihuàcan. Mi ero spinto sin laggiù soltanto per vedere un vulcano che attraversava una fase di violenta eruzione da quasi un mese e minacciava di non placarsi mai. Quel vulcano ha nome Tzebòruko, che significa sbuffare con ira, ma stava facendo qualcosa di più di questo: tuonava con furia, come se una guerra in corso stesse traboccando dagli abissi del Mìctlan. Fumo grigio-nerastro scaturiva dal vulcano, iniettato da riflessi di fuoco color giacinto, torreggiando in alto nel cielo, e questo stava accadendo da tanti di quei giorni che i nembi avevano offuscato l'intera volta celeste, calando nel crepuscolo per tutto il giorno la terra di Nauyar Ixù. Da quei nembi scendeva costantemente una cenere soffice, calda, pungente e grigia. Il cratere emetteva il ringhio incessante e iroso della dea dei vulcani Chàntico, nonché colate di lava infuocata e rossa, e quelli che, da lontano, sembravano sassolini lanciati in alto, erano, naturalmente, immensi macigni.

Lo Tzebòruko è situato alla sommità di una valle fluviale, e tutto ciò che esso riversava all'esterno trovava un più facile sbocco lungo il letto di quel fiume. Ma l'acqua era troppo poco profonda per poter raffreddare, indurire e fermare la roccia fusa; si limitava a sibilare, ribollendo all'istante, all'incontro con la lava, e subito evaporava di fronte all'assalto. Ogni successiva ondata di lava ardente e incandescente si riversava impetuosa giù per il fianco della montagna e nella valle, poi scorreva più adagio e, in ultimo, colava lentissima man mano che andava raffreddandosi e oscurandosi. Ma quell'indurimento forniva un letto più liscio alla colata successiva, che arrivava più lontano prima di fermarsi. Così, quando io giunsi sul posto per assistere allo spettacolo, la roccia fusa si era spinta, simile ad una rossa lingua, molto in basso lungo il corso del fiume in ritirata. Il calore della roccia liquefatta e del vapore sibilante era tanto intenso che non potei in alcun punto avvicinarmi alla montagna. Nessuno vi sarebbe riuscito, e nessuno lo desiderava. Quasi tutte le persone che risiedevano da quelle parti stavano tetramente facendo fardelli delle loro suppellettili per trasferirsi altrove. Mi venne detto che le eruzioni precedenti avevano talora devastato l'intera valle del fiume fino alla costa, una distanza di forse ventuno lunghe corse.

E così accadde quella volta. Ho cercato di darvi un'idea della furia dell'eruzione, reverendi scrivani, affinché possiate credermi quando vi narrerò come, in ultimo, essa mi scaraventò fuori dell'Unico Mondo e nell'ignoto.

Non avendo altro da fare, trascorsi alcuni giorni spostandomi adagio lungo il fiume di lava — o il più vicino che fosse possibile tenuto conto del calore insopportabile e dei vapori irrespirabili — mentre implacabilmente essa faceva bollire ed evaporare l'acqua del fiume e ne colmava il letto da una riva all'altra. La lava si spostava come un'ondata di fango e avanzava press'a poco con la lenta andatura di un uomo, per cui quando, ogni sera, mi accampavo in qualche punto situato più in alto e cenavo con le mie provviste, per poi avvolgermi nella coperta o appendere la gìshe tra due alberi, mi destavo, la mattina dopo, constatando che la roccia fusa in movimento mi aveva talmente lasciato indietro da costringermi ad affrettarmi per raggiungerne l'orlo. Ma la montagna Tzebòruko, pur sembrando diventare man mano più piccola alle mie spalle, continuava ad eruttare, per cui io seguitavo ad accompagnare la lava, soltanto per vedere sin dove si *sarebbe* spinta. E, dopo alcuni giorni, essa raggiunse l'oceano occidentale.

La valle del fiume si restringe, in quel punto, tra due altipiani e termina su una lunga e ampia spiaggia a falce di luna che circonda una gran baia d'acqua color turchese. Sulla spiaggia si trovava un raggruppamento di capanne di canne, ma non si vedeva anima viva, lì attorno; ovviamente i pescatori, come le popolazioni nell'entroterra, si erano prudentemente allontanati; ma qualcuno aveva lasciato una piccola acàli marina in secco sulla spiaggia, con tanto di pagaia. Essa mi suggerì l'idea di portarmi al largo nella baia per assistere allo spettacolo, da una distanza sicura, quando la roccia fusa e ribollente si fosse incontrata con il mare. Il fiume poco profondo non aveva potuto opporre resistenza all'avanzata della lava, ma io sapevo che le acque inesauribili dell'oceano l'avrebbero fermata. Sarebbe valsa la pena, pensavo, di assistere all'incontro.

La cosa non accadde fino al giorno seguente e, nel frattempo, io avevo caricato sulla canoa il fardello con il quale viaggiavo e pagaiato al di là dei frangenti, fermandomi proprio al centro della baia. Potei vedere, attraverso il topazio, come la lava diabolicamente infuocata si allargasse e strisciasse sulla spiaggia avanzando, su un vasto fronte, verso la battigia. Nell'entroterra non si vedeva un granché; riuscivo soltanto a intravedere — attraverso il fumo che oscurava ogni cosa e la pioggia di cenere — la vampata rosea e gli occasionali ammiccamenti più luminosi e gialli dello Tzebòruko che continuava a vomitare il contenuto delle viscere del Mìctlan.

Poi la lava ondulata, di un rosso incandescente, sulla spiaggia parve esitare e raccogliere le forze, dopodiché, invece di strisciare più avanti, si lanciò con ferocia nell'oceano. Nel corso dei giorni precedenti lungo il fiume, quando la roccia ardente e l'acqua gelida si erano incontrate, il suono era stato quasi simile a un urlo umano e a un ansito sibilante. Lì sulla costa, il suono fu l'urlo tonante di un dio inaspettatamente ferito, e sconvolto e risentito. Trattavasi di un tumulto formato da due strepiti: un oceano riscaldato fino all'ebollizione così all'improvviso da esplodere in frammenti lungo l'orlo di tutto il suo fronte. Il vapore torreggiò in alto come un dirupo fatto di nuvole, spruzzi bollenti si riversarono su di me, e l'acàli sobbalzò all'indietro così bruscamente che per poco io non caddi in acqua. Mi afferrai alle due sponde e pertanto lasciai cadere in mare la pagaia.

La canoa continuò a filare all'indietro mentre l'oceano indietreggiava dalla terra improvvisamente ostile. Poi il mare si riebbe da quell'apparente stupore e di nuovo si avventò verso la spiaggia. Ma la roccia fusa continuava ad avanzare; il tuono divenne ininterrotto e il vapore si artigliò un varco verso l'alto, quasi tentasse di raggiungere nel cielo il posto delle nubi; poi l'oceano offeso di nuovo indietreggiò. L'intera vasta baia oscillò ancora, verso il largo e verso terra, più volte di quante potessi contarle, poiché ero completamente stordito dai dondolamenti e dai beccheggi della canoa. Ma sapevo che ognuno di quegli indietreggiamenti mi portava più lontano dalla costa in quanto mi riportasse verso di essa ad ogni ritorno. Nelle acque che turbinavano intorno alla corvettante canoa, galleggiavano alla superficie pesci e altre creature marine, quasi sempre a pancia in su.

Per tutto il resto di quella giornata, e mentre il crepuscolo andava oscurandosi sempre più, l'acàli continuò a spostarsi di un'ondata verso riva e di tre ondate verso il largo. All'ultimissima luce del giorno potei constatare che mi trovavo esattamente tra i due promontori all'imboccatura della baia, ma troppo lontano sia dall'uno sia dall'altro per poter superare a nuoto la distanza; vidi inoltre che, al di là delle due lingue di terra, si trovava lo sconfinato e deserto oceano. Non potevo fare niente, tranne due cose. Mi sporsi dalla canoa e tolsi dall'acqua tutti i pesci morti a portata di mano, ammucchiandoli a un'estremità dell'imbarcazione. Poi mi distesi, con la testa appoggiata all'umido fardello, e mi addormentai.

Quando mi destai, la mattina dopo, avrei potuto credere di essermi limitato a sognare tutto quel tumulto se non fosse stato per il fatto che mi trovavo ancora alla deriva su una acàli senza alcuna possibilità di governarla e che la costa era tanto lontana da consentirmi di scorgere soltanto il profilo frastagliato di remote montagne azzurrognole. Ma il sole stava salendo nel cielo limpido, non esistevano né fumo né cenere, non si riusciva a scorgere lo Tzebòruko in eruzione tra i monti lontani e l'oceano era calmo come il lago Xaltòcan in una giornata estiva. Servendomi del topazio, fissai lo sguardo sull'orizzonte della terraferma e cercai di imprimermene il profilo nella mente. Poi chiusi gli occhi per alcuni momenti prima di riaprirli e di cercar di stabilire se vi fosse qualche mutamento rispetto a quanto avevo veduto prima. Dopo aver ripetuto varie volte questo esperimento, riuscii a rendermi conto che le montagne più vicine si stavano spostando, rispetto a quelle più lontane, da sinistra a destra. Ovviamente, dunque, mi trovavo su una corrente oceanica che mi stava portando a nord, ma spaventosamente lontano dalla costa.

Tentai di governare la canoa pagaiando con le mani sul lato verso il largo, ma rinunciai quasi subito. Vi fu un gorgo nell'acqua, prima liscia, di lato all'imbarcazione e qualcosa investì l'acàli con tanta violenza da farla dondolare. Quando guardai oltre il bordo, scorsi un'intaccatura profonda nel duro mogano, e una pinna eretta, simile a uno scudo di guerra triangolare, che fendeva l'acqua lì accanto. La pinna girò due o tre volte intorno alla canoa prima di scomparire con un nuovo gorgo poderoso, e, a partire da quel momento, non feci sporgere nemmeno un dito al di là del legno che mi riparava.

Bene, pensai tra me e me, sono sfuggito a tutti i pericoli del vulcano. Ora posso temere soltanto di essere divorato da mostri marini, di morire di fame, di essere ucciso dalla calura e dalla sete, o di affogare se il mare diventerà tempestoso. Pensai a Quetzalcòatl, il governante dei Toltéca in tempi remoti, che, al pari di me, aveva galleggiato lontano e solo sull'altro oceano all'est, divenendo così il più diletto tra gli dei, l'unico dio adorato da popoli lontani uno dall'altro, da popoli i quali non avevano assolutamente altro in comune. Naturalmente, rammentai a me stesso, vi era stata una turba di suoi sudditi adoranti, sulla sponda, a vederlo partire, e a piangere quando non aveva fatto ritorno, per poi annunciare ad altri popoli che Quetzalcòatl l'uomo doveva, da quel momento in poi, essere riverito come Quetzalcòatl il dio. Non una sola persona aveva invece veduto partire me, né sapeva quanto era accaduto, e neppure se io non fossi tornato mai più, avrebbe sparso la voce facendo sì che venissi innalzato alla divinità. Mi dissi pertanto che, se non avevo alcuna speranza di diventare un dio, tanto valeva fare quanto stava in me per restare un uomo il più a lungo possibile.

Disponevo di venti e tre pesci e tra essi ne scelsi, e ne misi da parte, dieci che appartenevano, a quanto mi risultava, a specie edibili. Ne pulii poi due con il pugnale e li mangiai crudi, o meglio, non proprio crudi; l'acqua ribollente della baia, infatti, li aveva cotti, per lo meno in parte. Quanto agli altri tredici pesci di qualità dubbia, li sventrai, eliminai le lische, poi, tolta dal mio fardello la scodella per mangiare, li spremetti come stracci per estrarre ogni goccia degli umori del loro corpo. Misi sotto il fardello la scodella colma di liquido e gli altri otto pesci rimasti, per sottrarli ai raggi cocenti del sole. In questo modo, l'indomani, potei mangiare altri due pesci ancora relativamente non guasti. Ma il terzo giorno dovetti davvero fare forza su me stesso per mangiarne ancora due — cercando di inghiottirli a pezzetti senza masticare, tanto erano mollicci, viscidi e rivoltanti — e gettai in mare gli ultimi puzzolenti quattro. Per qualche tempo, in seguito, il mio solo nutrimento — in realtà un semplice inumidirmi le labbra dolorosamente screpolate — consistette in un sorso, a lunghi intervalli, del liquido spremuto dai pesci e contenuto nella scodella.

Credo che proprio al terzo giorno in mare anche l'ultima vetta visibile dell'Unico Mondo scomparve al di là dell'orizzonte a est. La corrente mi aveva portato così lontano da non consentirmi più di scorgere la terra, non si vedeva alcunché di fermo in nessun punto, ed era questa la prima esperienza del genere in vita mia. Mi domandai se, in ultimo, la corrente non avrebbe potuto portarmi sulle Isole delle Donne, delle quali avevo sentito parlare dai narratori di leggende, sebbene nessuno avesse mai asserito di esservi stato personalmente. Stando a tali leggende, quelle erano isole abitate esclusivamente da donne che impiegavano tutto il loro tempo tuffandosi alla ricerca di ostriche per estrarre il cuore di perla da quelle che lo avevano. Solamente una volta all'anno le donne dell'isola vedevano uomini, quando un certo numero di questi ultimi giungeva su canoe per barattare tessuti, e altre mercanzie del genere, contro le perle raccolte e — già che si trovavano lì — per accoppiarsi con le donne. Dei bambini che nascevano in seguito da quei fuggevoli amplessi, le donne tenevano soltanto le femmine e affogavano i maschi. O così affermavano le leggende. Mi domandai che cosa sarebbe accaduto se avessi dovuto giungere sulle Isole delle Donne non invitato e inatteso. Sarei stato ucciso immediatamente, o assoggettato a una sorta di stupro in massa a rovescio?

In realtà, non trovai né quelle isole mitiche né alcuna altra isola. Continuai ad andare miseramente alla deriva sulle acque sconfinate. L'oceano mi circondava da ogni lato, ed io ero in preda a un'estrema disperazione in quanto mi sentivo come una formica sul fondo e al centro di una scodella azzurra dalla superficie scivolosa e invalicabile. Le notti non erano tanto snervanti, purché mettessi via il topazio per non vedere la schiacciante profusione di stelle. Nell'oscurità potevo illudermi di essere al sicuro in qualche luogo — un luogo solido — in una foresta della terraferma, o addirittura in casa mia. Potevo illudermi che la canoa dondolante fosse una gìshe di corde intrecciate, e riuscire in questo modo ad addormentarmi.

Durante il giorno, però, non potevo farmi illusioni di sorta e sapevo soltanto di trovarmi esattamente al centro di quella spaventosa vastità azzurra e ardente e senz'ombra. Fortunatamente per il mio equilibrio mentale, v'erano alcune altre cose da vedere alla luce del giorno, oltre alla sconfinata e indifferente distesa d'acqua. Anche alcune di tali altre cose non erano particolarmente consolanti a contemplarsi, ma io mi costrinsi a guardarle con il cristallo, a osservarle quanto più da vicino lo consentivano le circostanze e a pormi interrogativi sulla loro natura.

Di alcune di quelle cose conoscevo il nome, sebbene non le avessi mai vedute prima di allora. C'era il pesce spada, blu e argenteo, più grosso di me, al quale piace sprizzar fuori dell'acqua e danzare per un momento poggiato sulla coda. C'era l'ancor più grosso pesce sega, piatto e bruno, con pinne allungate a entrambi i lati, simili agli ondulati lembi di pelle degli scoiattoli volanti. Riconobbi entrambi questi pesci dai loro terribili becchi, dei quali i guerrieri di alcune tribù sulla costa si servono come di armi. Paventavo il momento in cui uno di quei pesci enormi avrebbe trafitto l'acàli con la sua spada o sega, ma nessuno di essi fece mai questo.

Altre cose che vidi andando alla deriva sull'oceano occidentale mi erano totalmente sconosciute. Vi si trovano innumerevoli piccole creature dalle lunghe pinne, delle quali si servivano come di ali per sprizzare fuori dell'acqua planando in aria e percorrendo distanze prodigiose. Le avrei scambiate per insetti acquatici se una di esse non fosse finita entro la canoa; l'afferrai e la divorai all'istante, e aveva il sapore di un pesce. V'erano altri immensi pesci grigio-azzurri che mi contemplavano con occhi intelligenti e con una sorta di immutabile sorriso, così da sembrare più comprensivi che minacciosi. Molti di essi accompagnavano la mia acàli per lunghi periodi, e mi divertivano eseguendo acrobazie acquatiche espertamente e all'unisono.

Ma i pesci che soprattutto mi colmarono di timore reverenziale e di apprensione furono i più grandi d'ogni altro: immensi pesci grigi i quali venivano di tanto in tanto a crogiolarsi al sole alla superficie del mare — uno o due alla volta, o molto più numerosi — e potevano oziare intorno a me anche per mezza giornata, quasi anelassero a una boccata d'aria pura e a un po' di sole, un comportamento quanto mai insolito da parte di pesci. Insolito all'estremo, inoltre, trattandosi di pesci, era il fatto che le loro dimensioni superavano quelle di qualsiasi altra creatura vivente. Non potrei rimproverarvi, reverendi frati, se non mi credeste, ma ognuno di quei mostri era tanto lungo quanto la plaza fuori di questa finestra e tanto largo e voluminoso da riempirla completamente. Una volta, mentre mi trovavo nello Xoconòchco anni prima di questa esperienza della quale vi sto parlando, mi venne servita una porzione di pesce chiamato yeyemìchi, e il cuoco mi disse che lo yeyemìchi era il pesce più enorme esistente nel mare. Se quella che mangiai allora era davvero una fettina di una di queste Grandi Piramidi che nuotano, e che dovevo vedere in seguito nell'oceano occidentale, be', in tal caso mi rammarico sinceramente, adesso, di non essere andato in cerca dell'uomo eroico — o dell'esercito di uomini — che aveva catturato e portato a riva la creatura, per esprimere la mia ammirazione.

Due qualsiasi di quei formidabili yeyemìchtin, mentre scherzosamente si urtavano, avrebbero potuto stritolare l'acàli e me senza nemmeno accorgersene. Ma non lo fecero, né mi accadde alcun altro disastro del genere, e il sesto o il settimo giorno di quel viaggio involontario — giusto in tempo; avevo leccato, infatti, l'ultima traccia di acqua di pesce rimasta nella scodella; ero smunto e coperto di vesciche e flaccido — una pioggia sopraggiunse, simile a un grigio velo, sull'oceano dietro la mia imbarcazione, e fu sopra di me e mi investì. Ne fui di gran lunga rinfrescato, e riempii la scodella e ne bevvi completamente il contenuto due o tre volte. Ma poi cominciai a preoccuparmi un po', in quanto la pioggia aveva portato con sé un vento che sollevava onde sul mare. La canoa sobbalzava e dondolava qua e là come un semplice pezzo di legno e ben presto dovetti servirmi della scodella per aggottare l'acqua che si riversava dentro dai fianchi. Tuttavia mi incoraggiò il fatto che pioggia e vento erano sopraggiunti alle mie spalle — vale a dire da sud-ovest, ritenni, rammentando ove si era trovato il sole in quel momento — per cui non venivo almeno spinto ancora più al largo.

Non che importasse molto dove sarei colato a picco in ultimo, pensai stancamente, poiché sembrava ormai certo che questa sarebbe stata la mia fine. Infatti, vento e pioggia infierivano ininterrotti, l'oceano continuava a far ballare qua e là l'acàli, ed io non riuscivo a dormire e neppure a riposare, ma dovevo ininterrottamente svuotare l'imbarcazione dell'acqua che vi penetrava. Ero talmente debole che la scodella mi sembrava pesante quanto un'enorme anfora di pietra ogni qual volta l'affondavo, la riempivo e la svuotavo in mare. Pur non riuscendo a dormire, scivolai a poco a poco in una sorta di torpore, per cui non sono in grado di dire quanti giorni e quante notti trascorsero in questo modo, ma evidentemente, durante tutto quel periodo, continuai ad aggottare come se la cosa fosse divenuta un'abitudine irreprimibile. Ricordo però che, verso la fine, i miei movimenti divennero sempre e sempre più lenti, e il livello dell'acqua nella canoa cominciò a salire più rapidamente di quanto io riuscissi ad abbassarlo. Quando infine sentii la chiglia della canoa raschiare sul fondo del mare e mi resi conto che era affondata, in ultimo, potei soltanto meravigliarmi blandamente perché non sentivo l'acqua chiudersi su di me o pesci trastullarmisi tra i capelli.

Dovetti perdere i sensi, allora, poiché, quando rinvenni, la pioggia era cessata, il sole splendeva vivido, ed io mi guardai attorno, stupito. Avevo effettivamente fatto naufragio, ma non in una grande profondità. L'acqua mi arrivava appena alla vita, essendo la canoa colata a picco a breve distanza da una spiaggia ghiaiosa che si estendeva a perdita d'occhio in entrambe le direzioni, senza che vi si scorgesse alcuna traccia di abitazione umana. Ancor debole e flaccido, muovendomi adagio, uscii dall'acàli sommersa, trascinandomi dietro il fardello zuppo, e mi diressi a guado verso la riva. C'erano palme da cocco al di là della spiaggia, ma ero troppo fiacco per arrampicarmi su una di esse, o anche soltanto per scuoterla, o per cercare una qualsiasi altra sorta di cibo. Riuscii a compiere lo sforzo di togliere dal fardello ciò che conteneva per farlo asciugare al sole, ma poi strisciai all'ombra dei palmizi e di nuovo perdetti i sensi.

Mi riebbi nell'oscurità e occorsero alcuni momenti prima che mi rendessi conto di non dondolare più sulla superficie del mare. Non avevo idea di dove mi *trovassi*, ma sembrava che non fossi più solo, poiché, tutto attorno a me, udivo un suono misterioso e snervante. Era un ticchettio che pareva non provenire da alcun punto preciso e al contempo giungere da ogni parte; nessun singolo suono era molto forte, ma, tutti insieme, formavano uno scoppiettio simile a quello di un incendio della boscaglia che avanzasse verso di me. Oppure si sarebbe potuto trattare di un gran numero di persone intente ad avvicinarsi furtivamente; ma non molto furtive, d'altro canto, poiché calpestavano ogni ciottolo della spiaggia e spezzavano ogni ramoscello che vi si trovasse.

Mi drizzai trasalendo e, a quel mio movimento, il ticchettio cessò all'istante; ma, quando mi ridistesi, il crepitio sinistro ricominciò. Ogni volta che mi mossi, durante il resto di quella notte, il suono si interruppe, ma per ricominciare daccapo poco dopo. Non mi ero servito del cristallo per accendere un fuoco mentre ero ancora in me e il sole si trovava alto nel cielo, e pertanto non disponevo adesso di una torcia improvvisata. Non potei fare altro che giacere desto e inquieto, aspettando che qualcosa mi balzasse addosso... finché le prime luci dell'alba mi mostrarono la causa del suono.

A prima vista, mi si accapponò la pelle. L'intera spiaggia, a parte un tratto libero intorno al punto ove giacevo io, era coperta di granchi bruno-verdastri grandi quanto la mia mano, che goffamente sussultavano e strisciavano sulla sabbia o l'uno sull'altro. Erano innumerevoli e di una specie che non avevo mai veduto. I granchi non sono mai creature graziose e allettanti, ma tutti quelli da me veduti in precedenza erano stati per lo meno simmetrici. Questi non lo erano. Le loro due pinze non avevano le stesse dimensioni. L'una era enorme e poco manovrabile, con vivide chiazze rosse e azzurre; l'altra aveva il colore normale dei granchi, ed era sottile come una bacchetta di tamburo per battere instancabilmente, e affatto musicalmente, sulla pinza enorme.

L'alba parve essere per loro il segnale che li invitava a porre termine alla ridicola cerimonia; l'innumerevole orda si diradò man mano che i granchi andavano a seppellirsi entro le loro tane scavate nella sabbia. Io riuscii però a catturarne parecchi ritenendo che mi dovessero qualcosa per avermi tenuto così a lungo desto e ansiosamente tremante nelle tenebre. I loro corpi erano piccoli e contenevano troppo poca carne perché valesse la pena di estrarla dal guscio, ma le grosse pinze-tamburo, che feci arrostire su un fuoco prima di spezzarle e di aprirle, mi offrirono una colazione saporitissima.

Completamente sazio per la prima volta da qualche tempo a quella parte, mi alzai da dove mi ero accosciato accanto al fuoco, per farmi un'idea della situazione in cui mi trovavo. Ero tornato nell'Unico Mondo, e senza dubbio sempre sulla costa occidentale, ma incalcolabilmente più a nord di dove mi ero trovato in precedenza. Come sempre, il mare si stendeva fino all'orizzonte ovest, ma era stranamente meno fragoroso dei mari veduti più al sud: nessun tonante frangente, e neppure la spuma vorticosa della risacca, ma soltanto increspature minuscole che dolcemente lambivano la spiaggia. Nella direzione opposta, verso est, al di là dei palmizi e di altri alberi, si levava una catena di montagne. Sembravano essere formidabilmente alte, ma erano rivestite di piacevoli e verdeggianti foreste, e affatto simile alle laide catene vulcaniche di rocce grigie e nere sulle quali mi ero trovato di recente. Non avevo modo di sapere quanto lontano a nord fossi stato portato prima dalla corrente oceanica, poi dalla burrasca di pioggia e di vento. Sapevo però che se mi fossi limitato a camminare in direzione sud lungo la spiaggia, *prima o poi* sarei tornato nella baia vicina allo Tzebòruko, ritrovandomi, dopo quel punto, in una regione a me familiare. Tenendomi sempre sulla spiaggia, inoltre, non avrei dovuto temere di soffrire la fame e la sete. Potevo sopravvivere esclusivamente grazie ai granchi-tamburini e al liquido contenuto nelle noci di cocco, anche se non avessi trovato altro.

Il guaio era, però, che ne avevo avuto abbastanza del maledetto oceano e non volevo più vedermelo davanti agli occhi. Quei monti nell'entroterra erano sconosciuti per me, e forse abitati da popolazioni selvagge o da animali feroci mai incontrati prima di allora. Ciò nonostante, si trattava pur sempre di montagne, ed io avevo viaggiato su molte altre montagne come quelle, ed ero sempre riuscito a sfamarmi con ciò che offrivano. Ma soprattutto allettante per me, in quel momento, era il fatto che sui monti avrei trovato una varietà di scenari, quali non esistono lungo la costa di qualsiasi mare. Pertanto mi trattenni su quella spiaggia soltanto due o tre giorni, per riposare e rimettermi in forze. Poi rifeci il fardello e mi diressi a est, verso i primi contrafforti della catena montuosa.

Era allora piena estate, una fortuna per me, poiché anche in quella stagione le notti sono fredde alle grandi altezze. I pochi indumenti e l'unica coperta che possedevo erano molto logori, ormai, e la lunga immersione in acqua salata non aveva migliorato di certo la condizione in cui si trovavano. Ma se mi fossi avventurato tra quelle montagne durante l'inverno avrei realmente sofferto, poiché mi venne detto dagli indigeni che la stagione fredda portava geli da intorpidire e nevicate che si accumulavano fino all'altezza della testa di un uomo.

Sì, mi imbattei infine in alcune persone, ma soltanto dopo che mi trovavo sulle montagne da molti giorni e stavo cominciando ormai a domandarmi se l'Unico Mondo fosse stato completamente spopolato dall'eruzione dello Tzebòruko o da qualche altro disastro mentre mi trovavo in mare.

Erano, per giunta, singolarissime le persone nelle quali mi imbattei. Si chiamavano Raràmuri — devono chiamarsi tuttora così, presumo — una parola che significa Rapidi di Piedi, e per una buona ragione, come narrerò. Feci il primo incontro mentre mi trovavo sulla sommità di un dirupo, riposandomi dopo un'ascesa da mozzare il respiro e ammirando un panorama anch'esso tale da mozzare il respiro. Stavo guardando in giù, in un precipizio spaventosamente profondo, le cui pareti a perpendicolo erano piumate da alberi. Sul fondo scorreva un fiume, e quel fiume era alimentato da una cascata che si riversava dall'accidentata cresta di una montagna al lato opposto del precipizio rispetto al punto nel quale mi trovavo io. La cascata doveva cadere — perpendicolarmente — per quasi mezza lunga corsa: una formidabile colonna di acqua bianca alla sommità, un formidabile pennacchio di candida bruma sul fondo. Stavo contemplando questo spettacolo quando udii un richiamo:

«Kuira-bà!»

Trasalii perché si trattava della prima voce umana che udivo da molto tempo, ma sembrava abbastanza amichevole e allegra, per cui ritenni che si trattasse di una parola di saluto. Era stato un uomo giovane a gridare, e sorrise mentre veniva verso di me lungo l'orlo del dirupo. Era bello di viso, come può essere bello un falco, e ben fatto, anche se più basso di me di statura. Vestiva in modo decente, anche se camminava a piedi nudi come me, del resto, i miei sandali essendo andati in pezzi già da tempo. Oltre al perizoma pulito, di pelle di cervo, portava un mantello anch'esso di pelle di cervo, allegramente dipinto e di foggia nuova per me: aveva infatti due maniche lunghe fino ai polsi, per tenere più caldo il corpo.

Mentre l'uomo si avvicinava, ricambiai il saluto pronunciando la stessa parola: «Kuira-bà». Egli indicò la cascata che stavo ammirando, sorrise con fierezza come se ne fosse stato il proprietario, e disse: «Basa-séachic», parole che io interpretai come «Acqua cadente», essendo improbabile che una cascata fosse denominata diversamente. Ripetei la parola e la pronunciai con sentimento per far capire che, secondo me, quell'acqua era davvero meravigliosa e precipitava nel modo più impressionante. Il giovane additò se stesso e disse: «Tes-disòra», ovviamente il suo nome; parole che, come appresi in seguito, significano Stelo di Granturco. Additai me stesso, dissi «Mixtli» e indicai una nuvola nel cielo. Egli annuì, batté la mano sul proprio petto coperto dal mantello, e disse «Raramurìme», poi additò me e disse: «Chichimecàme».

Scossi la testa, recisamente, mi battei la mano sul petto nudo e dissi: «Mexìcatl!», al che egli tornò ad annuire, con indulgenza, come se avessi nominato una delle innumerevoli tribù del popolo cane Chichimèca. Non allora, ma soltanto in seguito, mi resi conto che i Raràmuri non avevano mai sentito parlare di noi Mexìca — della nostra società civilizzata, della nostra cultura e potenza, dei nostri estesi domini —; e credo inoltre che, se anche lo avessero saputo, si sarebbero curati ben poco di noi. I Raràmuri conducono un'esistenza piacevole nella sicurezza delle loro montagne, dispongono di cibo e d'acqua in abbondanza e sono soddisfatti del proprio isolamento, per cui di rado si spingono lontano. Per conseguenza non conoscono altri popoli all'infuori di quelli confinanti, o altre persone tranne un occasionale razziatore, o cacciatore, o semplice vagabondo che si addentri nel loro territorio, come avevo fatto io.

A nord del loro confine risiedono i temuti Yaki, e nessun popolo sano di mente desidera avere stretti rapporti con *essi*. Ricordavo di aver sentito parlare degli Yaki dall'anziano pochtèca scotennato. Tes-disòra, quando in seguito riuscii a capirne il linguaggio, mi disse di più: «Gli Yaki sono più selvaggi delle bestie più selvatiche. Come perizoma portano le capigliature di altri uomini. Scotennano un uomo mentre è ancora vivo, prima di trucidarlo e smembrarlo e divorarlo. Se lo uccidono prima, vedi, ritengono che la sua capigliatura non meriti più di essere conservata e portata. E i capelli di una donna non hanno alcun valore. Qualsiasi donna possano catturare, se ne servono soltanto per divorarla dopo averla violentata fino a spaccarla in due e a renderla inutilizzabile allo scopo».

Sulle montagne a sud dei Raràmuri risiedono tribù più pacifiche, imparentate con essi da linguaggi e costumanze alquanto simili. Lungo il litorale a ovest vi sono tribù di pescatori che non si avventurano quasi mai nell'entroterra. Tutti questi popoli sono — se anche non meritano di essere definiti civilizzati — per lo meno puliti nel corpo e nelle vesti. I soli vicini davvero sciatti e squallidi dei Raràmuri sono le tribù Chichimèca, nei deserti all'est.

Io era abbronzato dal sole quanto qualsiasi Chichimècatl abitatore del deserto, e quasi altrettanto nudo. Agli occhi dei Raràmuri non potevo essere altro che uno di quella meschina razza, anche se forse un Chichimècatl insolitamente intraprendente, visto che mi ero arrampicato sulle alte montagne. Penso però che Tes-disòra avrebbe per lo meno potuto accorgersi, sin dal nostro primo incontro, del fatto che non puzzavo. Grazie all'abbondanza d'acqua su quelle montagne avevo potuto fare il bagno ogni giorno, e, come i Raràmuri, continuai a farlo. Eppure, nonostante la mia evidente raffinatezza, e sebbene insistessi nel dire che appartenevano al popolo dei Mexìca, e nonostante le mie reiterate lodi di quella nazione remota, non riuscii mai a persuadere uno solo dei Raràmuri di non essere un volgare «Chichimecàme» fuggito dal deserto.

Non importa. Chiunque potessero credermi, o qualsiasi cosa pensassero ch'io fingessi di essere, i Raràmuri mi accolsero benevolmente. Ed io mi trattenni tra loro per qualche tempo, semplicemente perché ero incuriosito dal loro sistema di vita e mi piaceva condividerlo. Rimasi con loro abbastanza a lungo per impararne la lingua quanto bastava per riuscire a conversare, per lo meno con l'aiuto di molti gesti da parte mia e da parte loro. Naturalmente, durante quel primo incontro con Tes-disòra, l'*intera* conversazione tra noi si ridusse a una serie di gesti.

Dopo che ci eravamo comunicati i nostri nomi, egli si servì delle mani per indicare un riparo sopra la testa — riferendosi a un villaggio, supposi — e disse «Guagüey-bo» e additò il sud. Poi indicò Tonatìu nel cielo, chiamandolo «Ta-tevarì» o Nonno Fuoco, e mi fece capire che saremmo riusciti ad arrivare al villaggio Guagüey-bo con un viaggio di tre soli. Feci gesti e smorfie di gratitudine per l'invito, poi ci incamminammo in quella direzione. Con mio stupore, Tes-disòra partì a lunghe falcate, ma, quando vide che avevo il fiato corto ed ero stanco e non propenso a correre, rimase indietro e, a partire da quel momento, si adattò al mio passo. Quelle lunghe falcate erano ovviamente il suo modo consueto di attraversare sia le montagne sia i canyon, poiché, sebbene io sia lungo di gambe, impiegammo, al mio passo, cinque giorni, e non tre, per arrivare a Guagüey-bo.

All'inizio della marcia, Tes-disòra mi fece capire di essere uno dei cacciatori del villaggio. A gesti gli domandai come mai, allora, fosse a mani vuote. Dove aveva lasciato le armi? Sorrise e mi fece cenno di smettere di camminare e poi di accovacciarmi silenziosamente tra la vegetazione di sottobosco. Aspettammo là nella foresta soltanto per poco tempo, poi Tes-disòra mi diede di gomito, additò qualcosa, ed io intravidi a malapena una sagoma maculata muoversi tra gli alberi. Prima che avessi potuto portare il topazio davanti a un occhio, Tes-disòra, all'improvviso, balzò su dalla posizione accovacciata e saettò via, come una freccia che io avessi scoccato dall'arco.

Il bosco era tanto fitto che, anche con il topazio per vedere, non riuscii a seguire ogni movimento della «caccia»; tuttavia, vidi quanto bastava per rimanere a bocca aperta e incredulo. La sagoma maculata era quella di una giovane cerbiatta, e la bestia aveva spiccato un balzo per fuggire nello stesso momento in cui Tes-disòra balzava all'inseguimento. La cerbiatta era veloce, ma il giovane correva ancor più velocemente. La femmina di cervo spiccava salti e deviava da un lato e dall'altro, ma il cacciatore sembrava sempre prevenire, in qualche modo, ogni sua disperata mossa. In meno tempo di quanto me ne sia occorso per dirlo, Tes-disòra raggiunse la cerbiatta, si gettò su di essa e le spezzò il collo con le mani.

Mentre cucinavamo il pasto con una coscia dell'animale, espressi, gesticolando, il mio stupore per la rapidità e l'agilità di Tes-disòra. Egli si limitò a gesti di modesto diniego, informandomi di essere tra i meno Rapidi di Piedi e spiegandomi che altri cacciatori erano di gran lunga più veloci nella corsa e che, in ogni caso, una mera cerbiatta non costituiva affatto una sfida in confronto a un cervo maschio adulto. Poi, a sua volta, espresse, gesticolando, stupore a causa del cristallo con il quale avevo acceso il fuoco. Mi fece capire di non aver mai veduto uno strumento così miracolosamente utile in possesso di qualsiasi altro barbaro.

«Mexìcatl!» ripetei varie volte, alzando la voce, irritato. Ma lui si limitò ad annuire e poi smettemmo di parlare, sia con le mani, sia con la bocca, e ci limitammo a servircene per nutrirci avidamente con la tenera carne arrostita.

✠

Guagüey-bo era situato in un altro dei burroni spettacolarmente vasti di quella regione, e si trattava di un villaggio nel senso che ospitava una ventina di famiglie — forse trecento persone complessivamente — ma consisteva in una sola abitazione visibile, una piccola casa ben costruita in legno, nella quale abitava il Si-rìame. Questa parola significa capo, stregone, medico e giudice, ma non si riferisce a quattro persone; in ogni comunità Raràmuri tutte queste cariche vengono assunte da un solo individuo. La casa del Si-rìame e varie altre strutture — alcuni bagni a vapore di argilla, a forma di cupola, parecchie tettoie che servivano da magazzini, una piattaforma di lastre di ardesia per le cerimonie collettive — si trovavano sul fondo del canyon, lungo la riva del fiume d'acqua bianca che scorreva in esso. Tutti gli altri abitanti di Guagüey-bo vivevano in grotte, sia naturali, sia scavate artificialmente nelle pareti che si levavano a entrambi i lati di quell'immenso precipizio.

L'abitudine di vivere entro grotte non significa che i Raràmuri siano primitivi o pigri, ma semplicemente che sono pratici. Volendo, potrebbero avere tutti case linde come quella del Si-rìame. Ma le grotte sono disponibili, o le si scava facilmente, e i loro abitanti le rendono piacevolmente comode. Pareti interne di sassi le suddividono in vari ambienti, e ogni stanza ha un'apertura verso l'esterno che lascia entrare aria e luce. Il pavimento è rivestito da un tappeto di profumati aghi di pino, eliminati e rinnovati quasi ogni giorno. Le aperture verso l'esterno vengono chiuse mediante tende e le pareti di ogni grotta sono decorate con pelli di cervo sulle quali vengono dipinti vividi disegni. Gli abitatori di queste grotte vivono con maggiori agi e comodità di quelli di molte case di città nelle quali sono entrato.

Tes-disòra ed io entrammo nel villaggio con tutta la rapidità consentitaci dal fardello appeso al palo che reggevamo tra noi. Per quanto possa sembrare incredibile, nelle prime ore di quel mattino egli aveva raggiunto e ucciso un cervo adulto, una femmina e un cinghiale di dimensioni ragguardevoli. Una volta sventrati e squartati gli animali, ci eravamo affrettati a portare la carne a Guagüey-bo finché la mattinata rimaneva fresca. Il villaggio era stato abbondantemente rifornito di viveri da tutti i cacciatori e procacciatori di cibo perché, mi spiegò Tes-disòra, stava per cominciare la festa tesgüinàpuri. Silenziosamente mi congratulai con me stesso per la fortuna toccatami finendo tra i Raràmuri mentre erano in vena di ospitalità. Ma in seguito mi resi conto che soltanto per un caso sfortunato avrei potuto incontrare Raràmuri che *non* si stessero godendo qualche festività, o non si preparassero ad essa, o non si riposassero dopo di essa. Le loro cerimonie religiose non sono tetre, ma allegre — la parola tesgüinàpuri può essere tradotta «Ubriachiamoci» — e in complesso i festeggiamenti occupano un buon terzo dell'anno Raràmuri.

Poiché le loro foreste e i fiumi li riforniscono così generosamente di cacciagione e di altri viveri, di pelli, di legna da ardere e acqua, i Raràmuri non devono, come la maggior parte degli altri popoli, faticare per assicurarsi ciò che è indispensabile alla vita. La sola pianta che coltivano è il granturco, ma quasi sempre non a scopi alimentari. Se ne servono per preparare il tesgüino, una bevanda fermentata alquanto più forte dell'octli di noi Mexìca, anche se meno forte del liquore chàpari, ricavato dal miele, dei Purèmpecha. Dalle terre basse a est delle montagne, i Raràmuri ricavano inoltre un masticabile e potente piccolo cactus che chiamano jìpuri — vale a dire «il dio luce», per motivi che spiegherò. Dovendo faticare così poco, e disponendo di tanto tempo libero, questo popolo è giustificato se trascorre un terzo dell'anno allegramente ubriaco di tesgüino o beatamente stordito dal jìpuri, ringraziando con gioia gli dei per la loro generosità.

Mentre ci recavamo al villaggio, avevo imparato da Tes-disòra alcune parole della sua lingua, e lui ed io avevamo cominciato a comunicare più liberamente. Pertanto non parlerò più di gesti e di smorfie e mi limiterò a riferire il contenuto delle conversazioni successive. Dopo che lui ed io avevamo consegnato il carico di cacciagione ad alcune grinzose vecchie intente ad alimentare grandi fuochi accanto al fiume, egli propose che andassimo a ripulirci sudando abbondantemente in uno dei bagni a vapore. Disse inoltre, con premuroso tatto, che dopo il bagno avrebbe potuto procurarmi indumenti puliti se io fossi stato disposto a gettare su uno dei falò i miei vecchi stracci. Ero anche troppo desideroso di fare questo.

Quando ci spogliammo davanti all'ingresso del bagno a vapore di argilla, mi aspettava una piccola sorpresa. Osservando Tes-disòra nudo, vidi che aveva cespuglietti di peli sotto le ascelle, nonché un altro cespuglietto ancor più folto tra le gambe, e commentai in qualche modo quella vista inattesa. Tes-disòra si limitò a fare una spallucciata, additò le proprie pelosità e disse, «Raramurìme», poi additò il mio glabro inguine e disse. «Chichimecàme». Intendeva dire non essere affatto una rarità; tutti i Raràmuri avevano ymàxtli in abbondanza intorno ai genitali e sulle ascelle; i Chichimèca ne erano privi.

«Io non appartengo al popolo Chichimèca» tornai a dire, ma lo dissi distrattamente poiché stavo riflettendo. Unici tra tutti i popoli che conoscevo, soltanto i Raràmuri avevano quei peli superflui. Supposi che il fenomeno fosse causato dal clima estremamente rigido che dovevano sopportare per una parte di ogni anno, anche se non mi spiegavo in qual modo una crescita di peli in *quei* punti potesse utilmente proteggere dal freddo. Un'altra riflessione mi si formò nella mente e domandai a Tes-disòra:

« Anche le vostre donne hanno cespuglietti come questi? »

Egli rise e disse che li avevano, naturalmente. Poi spiegò che lo spuntare della peluria ymàxtli era uno dei primi segni dell'avvicinarsi della virilità e della femminilità. Sia sui maschi, sia sulle femmine, la peluria si tramutava a poco a poco in peli, peli non molto lunghi e che non costituivano in alcun modo un fastidio o un ostacolo, ma peli, innegabilmente. Sebbene mi trovassi soltanto da pochissimo tempo nel villaggio, avevo già notato che molte delle donne Raràmuri, pur essendo molto muscolose, erano anche ben formate e straordinariamente belle di viso. Questo equivale a dire che mi erano sembrate attraenti ancor prima di venire a conoscenza di quella distintiva singolarità, la quale mi indusse a domandarmi: che cosa si sarebbe provato accoppiandosi con una donna la cui tipìli non fosse stata completamente visibile, o appena velata da una lieve peluria, ma oscuramente e seducentemente nascosta da peli simili a quelli che ella aveva sul capo?

« Puoi accertarlo facilmente » disse Tes-disòra, come se avesse indovinato i miei pensieri inespressi. « Durante i giochi tesgüinàpuri non devi fare altro che inseguire una donna e gettarla a terra e constatare come stanno le cose. »

Non appena entrato a Guagüey-bo ero stato fatto oggetto di comprensibili sguardi insospettiti o beffardi da parte degli abitanti del villaggio. Ma non appena mi fui ripulito, pettinato, ed ebbi indossato un perizoma e un mantello con maniche fatte di soffice pelle di cervo, non venni più osservato con disprezzo. Da allora in poi, tranne qualche occasionale risatina quando commettevo un ridicolo errore parlando la loro lingua, i Raràmuri furono con me cortesi e amichevoli. E la mia statura eccezionale, se non altre doti, attrasse alcuni sguardi cogitabondi, e forse anche ammirati, delle fanciulle e delle donne nubili del villaggio. Sembrava che non poche di loro si sarebbero messe a correre volentieri per essere inseguite da me.

Correvano quasi sempre, del resto... *tutti* i Raràmuri, maschi e femmine, vecchi e giovani. Se non erano al di sotto dell'età in cui si muovono i primi passi, o non ancora nell'età del passo vacillante, correvano. In ogni momento della giornata, tranne che negli intervalli di immobilità, quando erano impegnati in qualche lavoro, o imbevuti di tesgüino, o storditi dal dio della luce jìpuri, correvano. E, se non gareggiavano a coppie, o a gruppi, correvano soli, avanti e indietro sul fondo del canyon, o su e giù per le sue oblique pareti. Gli uomini correvano di solito sferrando calci a una palla davanti a loro, una palla di legno duro lavorata con incisioni e accuratamente levigata, grossa come la testa di un uomo. Le donne, invece, correvano in genere inseguendo un piccolo cerchio di vimini intrecciati, ognuna di esse stringendo nella mano un bastoncino con il quale spingeva il cerchio in movimento lanciandolo sempre più avanti, mentre le altre donne facevano a gara per inseguirlo e raggiungerlo per prime e spingerlo a loro volta. Tutto questo movimento frenetico e incessante mi sembrava inutile, ma Tes-disòra spiegò:

«Si tratta in parte di allegra esuberanza e di energia fisica, ma è anche qualcosa di più. È un ininterrotto cerimoniale che ci consente, con la fatica fisica e il sudore versato, di rendere omaggio ai nostri dei Ta-tevarì, e Ka-laumarì e Ma-tinierì».

Mi riusciva difficile immaginare un qualsiasi dio che potesse essere nutrito con il sudore, anziché con il sangue, ma i Raràmuri hanno queste tre divinità menzionate da Tes-disòra: nella vostra lingua i loro nomi sarebbero Nonno Fuoco, Madre Acqua e Fratello Cervo. Forse la religione di quel popolo riconosce altri dei, ma questi sono gli unici tre che io abbia mai udito menzionare. Tenuto conto delle semplici necessità dei Raràmuri abitatori delle foreste, presumo che le tre divinità siano loro sufficienti.

Tes-disòra disse: «Il nostro continuo correre dimostra agli dei dai quali siamo stati creati che continuiamo ad essere vivi e colmi di energie e grati di esserlo. Mantiene inoltre i nostri uomini in grado di resistere alle fatiche della caccia. Trattasi inoltre di un allenamento per i giochi che vedrai — o ai quali ti unirai, spero — durante i festeggiamenti. E anche quei giochi costituiscono di per sé un allenamento».

«Sii così cortese da spiegare» dissi, sentendomi già alquanto stanco a furia di sentir parlare di tante fatiche. «Allenamento per che cosa?»

«Per la *vera* corsa, naturalmente. La ra-rajipùri.» Sorrise vedendo l'espressione sulla mia faccia. «Vedrai. È la grande conclusione di ogni festeggiamento.»

La festa tesgüinàpuri cominciò il giorno dopo, quando l'intera popolazione del villaggio si riunì all'esterno della casa di legno accanto al fiume, in attesa che il Si-rìame uscisse e impartisse l'ordine di iniziare i festeggiamenti. Tutti indossavano le vesti più belle e più pittorescamente colorate che possedessero: la maggior parte degli uomini perizoma e mantelli di pelle di cervo, le donne bluse e gonne anch'esse di pelle di cervo. Alcuni abitanti del villaggio si erano dipinti la faccia con chiazze e linee sinuose di un giallo brillante, e molti altri avevano penne sui capelli, sebbene gli uccelli in quella regione settentrionale non abbiano un piumaggio molto vivido. Numerosi cacciatori veterani di Guagüey-bo stavano già sudando, poiché portavano gli emblemi della loro prodezza: vesti, lunghe fino alle caviglie, di pelli di coguari, o pesanti pelli d'orso, o lo spesso mantello del saltatore di montagna dalle enormi corna.

Il Si-rìame uscì dalla casa, completamente avvolto in lustre pelli di giaguaro, con un bastone sormontato da un pomolo di argento grezzo, ed io rimasi talmente stupito che mi portai all'occhio il topazio per essere sicuro di quel che vedevo. Avendo saputo che il capo del villaggio era per giunta un saggio, uno stregone, un giudice e un medico, mi ero logicamente aspettato di vedere quel luminare vecchio all'estremo e con un viso dall'espressione solenne. Ma, oltre a non essere anziano, né solenne, non si trattava neppure di un uomo. Era una donna, non più anziana di me, e graziosa, e resa ancor più graziosa dal suo caldo sorriso.

« Il vostro Si-rìame è una *femmina*? » esclamai, mentre ella cominciava a intonare le preghiere rituali.

« Perché no? » disse Tes-disòra.

« Non ho mai conosciuto un popolo che non avesse voluto essere governato da un uomo. »

« Il nostro ultimo Si-rìame era un uomo. Ma, quando il Si-rìame muore, ogni altro uomo e ogni altra donna maturi del villaggio sono eleggibili e possono succedergli. Ci riunimmo tutti insieme e masticammo molto jìpuri e andammo in trance. Avemmo visioni, e alcuni di noi si misero a correre come impazziti, e altri furono presi da convulsioni. Ma quella donna fu la sola ad essere benedetta dalla luce del dio. O almeno fu la prima a rientrare in sé e a dirci di aver veduto Nonno Fuoco, Madre Acqua e Fratello Cervo e di aver parlato con essi. Indubbiamente era stata illuminata dalla luce del dio, ed è questo il supremo e unico requisito per meritare la carica di Si-rìame. »

La splendida donna terminò di cantilenare, sorrise di nuovo e alzò le braccia ben tornite in un gesto di benedizione, poi si voltò, rientrò nella casa e la folla l'applaudì con affettuoso rispetto.

« Resta rinchiusa là dentro? » domandai a Tes-disòra.

« Durante i festeggiamenti, sì » disse lui, e ridacchiò. « A volte la nostra gente si comporta male durante una tesgüinàpuri. Gli uomini si battono tra loro, o indulgono ad adulterii, o commettono altre malefatte. La Si-rìame è una donna assennata. Quello che non vede e non ode, non può punire. »

Non so se sarebbe stata considerata una malefatta la cosa che mi proponevo di fare io: inseguire e raggiungere la più allettante delle femmine Raràmuri, e accoppiarmi con lei. Ma accadde poi che non feci precisamente questo... e, lungi dall'essere punito, venni, in un certo qual modo, ricompensato.

Accadde, anzitutto, che, come tutti gli abitanti del villaggio, mi rimpinzai di cacciagione di ogni genere, di polenta atòli di granturco, e che bevvi abbondantemente tesgüino. Poi, quasi troppo satollo per rimettermi in piedi, quasi troppo ubriaco per riuscire a camminare, cercai di unirmi ad alcuni uomini che inseguivano la palla, ma sarei stato superato da loro anche se le mie condizioni mi avessero consentito di gareggiare. Non me ne curai, in ogni modo. Andai a osservare un gruppo di donne che si stavano divertendo con il cerchio e i bastoncini, e una certa ragazza nubile tra esse attrasse il mio sguardo. Intendo dire lo sguardo di un solo occhio; infatti, a meno che non chiudessi l'altro, la vedevo sdoppiata. Andai zigzagando verso di lei e feci goffi gesti, chiedendole, con la voce impastata di allontanarsi dal gruppo affinché potessimo cimentarci in un altro gioco.

Ella sorrise in segno di assenso, ma si sottrasse alla mia mano che cercava di afferrarla. « Devi prima raggiungermi » disse, e si voltò e corse via lungo il canyon.

Sebbene non mi fossi aspettato di eccellere come corridore tra gli uomini Raràmuri, ero certo di poter raggiungere e ghermire ogni femmina esistente al mondo. Ma non vi riuscii con quella, e credo che ella rallentò persino l'andatura per facilitarmi. Forse me la sarei cavata meglio se non mi fossi così rimpinzato di cibo e di liquore, specie di liquore. Con un occhio chiuso è difficile valutare le distanze. Anche se la ragazza si fosse fermata davanti a me, probabilmente l'avrei mancata cercando di ghermirla. Ma, con entrambi gli occhi aperti continuavo a vedere sdoppiata ogni cosa lungo il mio cammino... radici, e rocce e via dicendo... e, cercando di correre tra ognuna di queste doppie cose, invariabilmente inciampavo contro una di esse. Dopo nove o dieci cadute cercai di *superare* con un balzo il successivo doppio ostacolo, un masso alquanto grosso, e vi piombai sopra a pancia in giù, con tanto impeto che rimasi completamente senza fiato.

La ragazza aveva seguitato a sbirciarmi oltre la spalla mentre fingeva di fuggire. Quando caddi, si fermò, tornò indietro rimanendo accanto al mio corpo fiaccato, e disse, con una certa esasperazione nella voce: « A meno che tu non mi raggiunga lealmente, non possiamo giocare alcun altro gioco, non so se mi spiego ».

Non riuscii nemmeno a dirle qualcosa ansimando. Giacevo lì piegato in due, cercavo dolorosamente di aspirare un po' d'aria in me, e mi sentivo assolutamente incapace di giocare qualsiasi altro gioco. Ella si acciglò permalosamente, condividendo, con ogni probabilità, la pessima opinione che avevo di me stesso, ma poi riassunse un'espressione allegra e disse:

«Non ho pensato di domandartelo. Hai masticato il jìpuri insieme agli altri?»

Scossi debolmente la testa.

«Allora tutto si spiega. Non sei di molto inferiore agli altri uomini. Essi hanno il vantaggio di avere accresciuto le loro energie e il loro vigore. Vieni! Mastcherai un po' di jìpuri!»

Ero ancora rannicchiato a forma di palla, ma stavo quasi cominciando a respirare di nuovo, e l'imperioso ordine di lei non ammetteva rifiuti. Le consentii di prendermi per mano, di rimettermi in piedi e di condurmi di nuovo nel centro del villaggio. Sapevo già che cos'è e che cosa fa il jìpuri, poiché piccoli quantitativi di esso venivano importati anche a Tenochtìtlan, ove lo si chiamava peyotl e lo si riservava esclusivamente ai sacerdoti addetti alle divinazioni. Il jìpuri, o peyotl, è un ingannevole piccolo cactus dall'aspetto innocuo. Cresce rasente al terreno, tondo e piatto, di rado diviene più grande del palmo di una mano, ha una sorta di petali o rigonfiamenti ricurvi, per cui somiglia a una minuscola zucca grigio-verdastra. Affinché abbia l'effetto più potente, è preferibile masticarlo appena colto. Ma può essere fatto essiccare per conservarlo indefinitamente, con i petali avvizziti e bruni infilati su cordicelle, e, nel villaggio di Guagüey-bo, molte di quelle cordicelle pendevano dalle travi delle numerose tettoie che servivano da magazzini. Allungai la mano per staccarne una, ma la mia compagna disse:

«Aspetta. Hai *mai* masticato il jìpuri?»

Di nuovo scossi la testa.

«Allora sarai un ma-tuàne, uno che cerca la luce del dio per la prima volta. Questo richiede una cerimonia per purificarti. No, non gemere così. Non ritarderà di molto il nostro... il nostro gioco.» Guardò, intorno a sé, gli abitanti del villaggio che continuavano a mangiare, o a bere, o a danzare o a correre. «Tutti gli altri sono troppo indaffarati per poter partecipare, ma la Si-rìame non è occupata. Dovrebbe essere disposta a purificarti.»

Ci avvicinammo alla modesta casa di legno, e la ragazza diede uno strattone a una cordicella con gusci di lumache appesa accanto alla porta. La donna capo del villaggio, indossando ancora la veste di pelli di giaguaro, sollevò la tenda di pelle di cervo della porta e disse: «Kuira-bà» e ci invitò, con un gesto aggraziato, ad entrare.

«Si-rìame», disse la mia compagna «questi è il Chichimecàme a nome Mixtli venuto a visitare il nostro villaggio. Come puoi constatare, è abbastanza avanti negli anni, ma si dà il caso che sia un pessimo corridore, nonostante la sua età. Non è riuscito a raggiungere *me*, quando ci ha provato. Ho pensato che il jìpuri potrebbe rinvigorirgli le stanche membra, ma dice di non aver mai cercato, prima d'ora, la luce del dio, e perciò...»

Gli occhi della Si-rìame sfavillarono divertiti mentre ella mi vedeva trasalire durante quel discorsetto poco lusinghiero. Mormorai: «Non sono un Chichimèca», ma ella mi ignorò e si rivolse alla ragazza:

«Naturale. Vuoi che il ma-tuàne venga iniziato al più presto possibile. Sarò lieta di provvedere». Mi squadrò con apprezzamento dall'alto in basso, e la luce divertita negli occhi di lei cedette il posto a qualcos'altro. «Per quanti anni possa avere, questo Mixtli sembra essere un uomo stimabile, specie tenuto conto delle sue umili origini. Ed io ti darò un piccolo consiglio, mia cara, che non udirai mai da alcuno dei nostri maschi. Sebbene ci si aspetti giustamente da te che tu ammiri l'abilità di un uomo nella corsa, è la sua gamba in mezzo, per così dire, a meglio dimostrare la virilità. Quel membro può persino rimpicciolirsi per il disuso quando un uomo dedica tutte le sue energie allo sviluppo dei muscoli in altre appendici. Per conseguenza, non essere troppo pronta nel disdegnare un mediocre corridore prima di avere esaminato i suoi altri attributi.»

«Sì, Si-rìame» disse la ragazza, spazientita. «Mi proponevo per l'appunto qualcosa del genere.»

«Potrai farlo dopo la cerimonia. Ora puoi andare, mia cara.»

«Andarmene?» protestò la ragazza. «Ma non c'è niente di segreto nell'iniziazione di un ma-tuàne! L'intero villaggio sta sempre a guardare!»

«Non vogliamo interrompere i festeggiamenti di tesgüinàpuri. E questo Mixtli non conosce le nostre costumanze. Potrebbe essere intimidito se venisse fissato da un'orda di spettatori.»

«Io non sono un'orda! E l'ho portato qui io per la purificazione!»

«Lo riavrai quando tutto sarà stato fatto. Potrai giudicare, allora, se meriterà le tue fatiche. Ho detto che puoi andare, mia cara.» Dopo avere scoccato un'occhiata irosa ad entrambi, la ragazza uscì e la Si-rìame mi disse: «Siedi, ospite Mixtli, mentre ti preparo una pozione d'erbe per schiarire la mente. Non dovresti essere ubriaco masticando il jìpuri.»

Sedetti sul pavimento di terra battuta rivestito da uno strato di aghi di pino. Ella mise a bollire la pozione d'erbe sul focolare in un angolo, poi si avvicinò a me con una piccola giara. «Il succo della sacra pianta urà» spiegò e, servendosi di una piccola piuma come pennello, dipinse circoli e spirali di vivide chiazze gialle sulle mie gote e sulla fronte.

«E ora» disse, dopo avermi dato da bere la pozione bollente e mentre essa, quasi magicamente, mi liberava dallo stordimento dell'ebbrezza, «io non so che cosa significhi il nome Mixtli, ma, poiché sei un ma-tuàne alla ricerca della luce del dio per la prima volta, devi scegliere un nuovo nome.»

Per poco non risi. Già da tempo avevo perduto il conto di tutti i nomi vecchi e nuovi avuti in vita mia. Ma mi limitai a dire: «Mixtli significa la cosa sospesa nel cielo che voi chiamate kurù».

«È un bel nome, ma dovrebbe avere un'aggiunta descrittiva. Ti chiameremo Su-kurù.»

Non risi. Su-kurù significa Nuvola Sacra, ed ella non avrebbe potuto sapere in alcun modo che quello *era già* il mio nome. Mi rammentai che un Si-rìame veniva considerato stregone, tra le altre cose, e supposi che la luce del dio potesse mostrarle verità nascoste ad altre persone.

«E ora, Su-kurù,» disse la donna «devi confessare tutti i peccati che hai commesso in vita tua.»

«Mia signora Si-rìame,» risposi, e senza sarcasmo, «probabilmente non mi basterebbero gli anni che mi restano da vivere per riferirli tutti.»

«Davvero? Sono così numerosi?» Mi osservò pensosamente, poi disse: «Bene, poiché la vera luce del dio risiede esclusivamente in noi Raràmuri, e tocca a noi condividerla, terremo conto soltanto dei peccati che hai commesso da quando ti trovi tra noi. Parlami di quelli.»

«Non ne ho commesso alcuno. O alcuno che io sappia.»

«Oh, non è neccesario che tu li abbia commessi. Desiderare di commetterli è la stessa cosa. Provare ira, o odio, e il desiderio di vendicarsi. Avere pensieri o stati d'animo indegni. A esempio, tu non hai soddisfatto la tua lussuria con quella ragazza, ma ovviamente l'hai inseguita con intenzioni lussuriose.»

«Non tanto con lussuria, mia signora, quanto con curiosità.»

Ella parve interdetta, e pertanto le spiegai degli ymàxtli, dei peli sul corpo che non avevo mai veduto su nessun altro, e degli impulsi che questo aveva destato in me. La donna scoppiò a ridere.

«Come è tipico di un barbaro essere incuriosito da ciò che una persona civilizzata considera del tutto normale! Scommetterei che soltanto pochi anni sono trascorsi da quando voi selvaggi avete smesso di essere affascinati dal fuoco!»

Quando ebbe finito di ridere e di burlarsi di me, si asciugò le lacrime dagli occhi e disse, più comprensiva:

«Sappi allora, Su-kurù, che noi Raràmuri siamo fisicamente e moralmente superiori ai popoli primitivi, e che i nostri corpi rispecchiano le nostre più raffinate sensibilità, come ad esempio l'alta considerazione nella quale teniamo la modestia. Pertanto, è divenuta una caratteristica naturale del nostro fisico avere quei peli che tu trovi tanto insoliti. Il corpo fa sì, in questo modo, che, anche quando siamo spogliati, le parti intime rimangano coperte con discrezione».

Osservai: «Direi che una simile crescita di peli in quelle parti attrae l'attenzione, più che distorgliela. Non è affatto modesta, ma immodestamente provocante».

Seduto com'ero, a gambe incrociate sul pavimento, non potei prontamente nascondere ciò che mi faceva rigonfiare il perizoma, e la Si-rìame difficilmente avrebbe potuto fingere di non vedere. Scosse la testa meravigliata e mormorò, non a me, ma a se stessa:

«Semplici peli tra le gambe... comuni e insignificanti come erba tra i sassi... eppure eccitano uno straniero. E il parlarne in questo modo mi fa sentire bizzarramente conscia dei miei...» Poi soggiunse, con impazienza: «Accetteremo la tua curiosità come un peccato confessato. E ora, presto, dividi con me il jìpuri».

Mi porse un canestro colmo dei piccoli cactus, freschi e verdi, e non secchi. Ne scelsi uno che aveva numerosi lobi intorno all'orlo.

«No, prendi questo con cinque petali» disse lei. «Il jìpuri con molti petali è per il consumo quotidiano, deve essere masticato dai corridori che debbono correre a lungo, o dagli oziosi che desiderano semplicemente restare seduti e godersi visioni. Ma il jìpuri a cinque petali, il più raro e il più difficile a trovarsi, fa sollevare il più vicino alla luce del dio.»

Pertanto mi misi in bocca un frammento del cactus datomi da lei — aveva un sapore lievemente amaro e astringente — ed ella ne scelse un altro per sé, dicendo: «Non masticare in fretta come me, ma-tuàne Su-kurù. Sentirai l'effetto più rapidamente, perché è la prima volta, e invece dovremmo procedere entrambi allo stesso passo».

Era vero. Avevo inghiottito pochissimo succo quando rimasi sbalordito vedendo le pareti della casa dissolversi intorno a me. Divennero trasparenti, poi scomparvero, ed io scorsi tutti gli abitanti del villaggio, all'esterno, variamente impegnati nei giochi e nei banchetti della festa tesgüinàpuri. Non riuscivo a credere di vedere, in realtà, attraverso le pareti, poiché le sagome delle persone erano nettamente definite, né mi stavo servendo del topazio: la troppo limpida visione doveva essere un'illusione causata dal jìpuri. Ma, un momento dopo, non ne fui più tanto certo. Parve che stessi cominciando a galleggiare da dove mi ero messo a sedere, salendo verso e attraverso il tetto — o là ove il tetto si era trovato — per cui tutte le altre persone rimasero in bàsso e diventarono più piccole man mano che io salivo verso le chiome degli alberi. Involontariamente, esclamai: «*Ayya!*» E la Si-rìame, in qualche punto dietro o sotto di me, gridò: «Non troppo in fretta! Aspettami!»

Dico «gridò», ma in realtà non la udii. O meglio, le parole non mi penetrarono nelle orecchie, ma, in qualche modo, nella bocca, ed io potei assaporarle — soavi, deliziose, come cioccolata — riuscendo, ciò nonostante, non so come, a capirle dal sapore. Invero, tutti i miei sensi sembravano improvvisamente scambiarsi le normali funzioni. Mentre andavo galleggiando e sollevandomi *udivo* l'aroma degli alberi e del fumo dei fuochi che saliva tra gli alberi. Quanto al fogliame di questi ultimi, invece di emettere odore di foglie, produceva un trillo metallico; e il fumo causava un suono soffocato come quello di un tamburo percosso morbidamente. Non vedevo, ma *odoravo* i colori intorno a me. Il verde degli alberi non sembrava ai miei occhi un colore, ma era come un fresco e umido profumo nelle narici; un fiore dai rossi petali su un ramo non era rosso, bensì odore di spezie; il cielo non era azzurro, ma una pulita e carnosa fragranza, come quella dei seni di una donna.

E poi mi resi conto che avevo il capo, in effetti, tra i seni di una donna, e ampi seni. Il mio senso del tatto non era stato influenzato dalla droga. La Si-rìame mi aveva raggiunto, aprendo la propria blusa di giaguaro e stringendomi al proprio petto, per cui ora stavamo salendo insieme verso le nubi. Una parte di me, potrei dire, stava salendo più in fretta del resto. Il mio tepùli era già stato eccitato in precedenza, ma ora stava diventando ancor più lungo, più grosso, più duro, e pulsava con una rapidità incalzante, come se vi fosse stato un terremoto senza che io me ne accorgessi. La Si-rìame rise lietamente e io ne assaporai la risata, rinfrescante come gocce di pioggia, e le parole di lei ebbero lo stesso sapore di baci:

«Questa è la più bella beatitudine della luce del dio, Su-kurù, l'ardore e lo splendore che essa aggiunge all'atto del ma-ràkame. Uniamo il nostro fuoco datoci dal dio».

Sciolse la gonna di giaguaro e giacque nuda su di essa, o nuda quanto poteva esserlo una donna dei Raràmuri, poiché, effettivamente, esisteva un triangolo di peli che, dal basso addome di lei, si insinuava tra le cosce. Intravidi la forma di quell'allettante cuscinetto, e ne vidi la trama ricciuta, ma il suo color nero era, come tutte le altre tinte in quel momento, non già un colore, ma un aroma. Mi chinai per fiutarlo e aveva un profumo caldo, umido, muschioso...

Al nostro primo accoppiarci, quell'ymàxtli parve crepitante e fitto contro il mio ventre, quasi che io stessi spingendo la parte inferiore del corpo tra le fronde di una felce lussureggiante. Ma ben presto, tanto rapidamente presero a scorrere i nostri succhi, i peli divennero bagnati e cedevoli, e, se non avessi saputo della loro esistenza, non mi sarei accorto che c'erano. Tuttavia, poiché lo sapevo — poiché sapevo che il mio tepùli stava penetrando qualcosa di più della carne, e veniva trattenuto, per la prima volta, da una tipìli fittamente pelosa — l'atto assunse per me un nuovo sapore. Senza dubbio sembro delirante nel riferire tutto ciò, ma in effetti deliravo. Ero stordito dal trovarmi a una così grande altezza, si trattasse di realtà o di illusione; ero stordito dalla stranezza di sentire le parole e i gemiti e le grida di una donna nella bocca e non nelle orecchie; mi stordiva sentire ogni superficie e curva e gradazione di colore della pelle di lei come fragranze sottilmente distinte. Nel frattempo, ognuna di queste sensazioni, così come ogni nostro movimento e toccamento, tutto veniva arricchito dall'effetto del jìpuri.

Provavo inoltre, presumo, un fremito di pericolo, e il pericolo rende più acuto ogni senso umano, più vivido ogni stato d'animo. Gli uomini, di norma, non volano in alto verso una determinata altezza, il più delle volte cadono dall'alto, e la caduta è spesso fatale. Ma la Si-rìame ed io rimanevamo sospesi, senza alcun pavimento discernibile o alcun altro appoggio sotto di noi. E, non essendo sostenuti, non eravamo nemmeno ostacolati da un qualsiasi appoggio, per cui ci muovevamo liberamente e senza peso come se ci fossimo trovati sott'acqua, ma ancora in grado di respirare. Tale libertà in tutte le dimensioni consentiva alcune piacevoli posizioni, consentiva sviluppi e allacciamenti che altrimenti avrei ritenuto impossibili. A un certo momento la Si-rìame ansimò alcune parole, parole che ebbero lo stesso aroma di felci della sua tipìli: «Ora ti credo. Credo che tu abbia commesso troppi peccati per poterli riferire». Non ho idea di quante volte ella raggiunse l'orgasmo e di quante volte io eiaculai mentre la droga ci manteneva in alto e rapiti, ma, per quanto mi concerne, furono molte di più di quante avessi mai potuto goderne in un intervallo di tempo così breve.

Il tempo sembrava *troppo* breve. Mi resi conto che ora stavo udendo, e non gustando, i suoni quando ella sospirò: «Non preoccuparti, Su-kurù, anche se non riuscirai mai ad eccellere come corridore».

Stavo rivedendo i colori, non li odoravo più; e percepivo gli odori, invece di udirli; e stavo discendendo dalle alte quote sia dell'altezza, sia dell'esaltazione. Non precipitavo, ma scendevo con la stessa lentezza e leggerezza di una piuma. La Si-rìame ed io ci trovavamo di nuovo nella casa di lei, fianco a fianco sullo scompigliato e disfatto giaciglio di pelli di giaguaro e di cervo. Ella giaceva supina, profondamente addormentata, con un sorriso sulla faccia. I capelli di lei formavano una massa arruffata, ma gli ymàxtli sull'inguine non erano più crespi e neri; erano lisci, bagnati e schiariti dal bianco del mio omìcetl. Esisteva altro omìcetl ormai secco nel solco tra i seni massicci di lei, e altro omìcetl ancora in altri punti.

Io mi sentivo analogamente incrostato dalle secrezioni della donna e dal mio sudore asciutto. Avevo inoltre una sete terribile e sentivo villose le superfìci interne della bocca, come se anche *là* fosse cresciuto ymàxtli; in seguito imparai ad aspettarmi invariabilmente questo effetto dopo aver masticato jìpuri. Muovendomi cautamente e silenziosamente per non disturbare la Si-rìame addormentata, mi alzai, mi rivestii, e andai in cerca di acqua da bere fuori della casa. Prima di uscire, contemplai con apprezzamento, per l'ultima volta, attraverso il topazio, la splendida donna rilassata sulle pelli di giaguaro. Era la prima volta, riflettei, che avevo avuto rapporti sessuali con una sovrana. E mi sentii alquanto vanitosamente compiaciuto.

Ma non per molto tempo. Uscii dalla casa e vidi il sole ancora alto e i festeggiamenti tuttora in corso. Quando, dopo aver bevuto a lungo, alzai gli occhi dall'otre, venni a trovarmi di fronte agli occhi accusatori della fanciulla inseguita poco prima. Le sorrisi il più innocentemente possibile, e dissi:

«Vogliamo correre ancora? Ormai posso masticare il jìpuri con te a volontà. Sono stato opportunamente iniziato».

«Puoi far a meno di vantartene» disse lei, a denti stretti. «Mezza giornata e un'intera notte e quasi un altro giorno intero di iniziazione!»

La fissai stupidamente a bocca aperta, poiché mi riusciva difficile convincermi del fatto che un periodo di tempo così lungo era stato compresso in un intervallo così breve, in apparenza. E arrossii mentre la ragazza continuava, in tono di accusa:

«Si accaparra *sempre* lei il primo e il migliore maràkame degli illuminati dal dio. E non è giusto! Non mi importa se mi considerano ribelle e irriverente. Ho già detto altre volte, e torno a ripetere, che ella ha soltanto *finto* di ricevere la luce del dio dal Nonno e dalla Madre e dal Fratello. Ha *mentito* per essere eletta Si-rìame, così da poter rivendicare il diritto di precedenza su ogni ma-tuàne del quale si incapricci».

Questo sminuì alquanto il mio compiacimento per essermi accoppiato con una sovrana: scoprire cioè che la sovrana in questione non era affatto superiore a una qualsiasi donna del volgo andata a cavalcioni della strada. Il mio orgoglio rimase ulteriormente ferito quando, durante il resto del mio soggiono lì, la Si-rìame non chiese di nuovo i miei servigi. Evidentemente voleva *soltanto* «il più e il meglio» che un maschio iniziato poteva dare sotto l'influenza della droga.

Ma, per lo meno, riuscii in ultimo a rabbonire la fanciulla in-furiata, dopo aver dormito e ricuperato energie. Si chiamava, venni a sapere, Vi-rikòta, che significa Terra Sacra, lo stesso no-me della regione a est delle montagne ove vengono raccolti i cactus jìpuri. I festeggiamenti continuarono ancora per molti giorni, ed io persuasi Vi-rikòta a lasciarsi di nuovo inseguire da me, e, poiché ero stato bene attento a non esagerare con i cibi e con il tesgüino, riuscii a raggiungerla quasi lealmente, o almeno così credo.

Staccammo un po' di jìpuri secco da una delle cordicelle e ci recammo insieme in una radura appartata e piacevole delle fo-reste nel canyon. Dovemmo masticare parecchio del meno po-tente cactus per avvicinarci agli effetti dei quali avevo goduto nella casa della Si-rìame, ma, dopo qualche tempo, sentii di nuovo i miei sensi scambiarsi le rispettive funzioni. Questa vol-ta, i colori delle farfalle e dei fiori intorno a noi cominciarono a *cantare*.

Anche Vi-rikòta, naturalmente, aveva un medaglione di ymàxtli tra le gambe — nel suo caso un cuscinetto meno crespo e più soffice — un'altra novità per me, che mi eccitò, consen-tendomi uno straordinario vigore. Ma lei ed io non conseguim-mo mai l'estasi che avevo conosciuto durante l'iniziazione. Non provammo mai l'illusione di salire verso il cielo e sempre fum-mo consapevoli dell'erba soffice sulla quale giacevamo. Inoltre, Vi-rikòta era davvero giovanissima, e piccola anche per la sua età, e una femmina bambina non può realmente aprirsi quanto basta perché il grosso corpo di un uomo riesca ad accostarsi suf-ficientemente per penetrarla fino in fondo con il tepùli. Ma, a parte ogni altra considerazione, il nostro accoppiamento *doveva* essere meno memorabile di quello tra la Si-rìame e me, perché Vi-rikòta ed io non potemmo masticare il *vero* jìpuri luce del dio, quello fresco, verde e a cinque petali.

Ciò nonostante io e la giovane femmina ci trovavamo talmen-te bene insieme che non ci accompagnammo con nessun altro finché durarono i festeggiamenti, e varie volte indulgemmo al maràkame, ed io provai un sincero rammarico separandomi da lei quando la festa tesgüinàpuri terminò. Ci separammo soltanto perché il mio primo anfitrione, Tes-disòra, insistette. «È ormai il momento della corsa *seria*, Su-kurù, e tu devi assistervi. La ra-rajìpuri, la gara tra i migliori corridori del nostro villaggio e quelli di Guacho-chì».

Domandai: «Dove sono? Non ho veduto arrivare stranieri».

«Non ancora. Arriveranno quando noi ce ne saremo andati, e giungeranno di corsa. Guacho-chì si trova lontano da qui, a sud-est».

Mi precisò la distanza servendosi delle misure ràramuri che ho dimenticato; rammento però che, tradotte, equivalevano a più di quindici lunghe corse Mexìca, o a quindici delle vostre leghe spagnole. Ed egli stava parlando della distanza in linea retta, sebbene in realtà ogni corsa in quella regione accidentata dovesse seguire un andamento tortuoso intorno a montagne o entro burroni. Calcolai che, complessivamente, la distanza della gara tra Guagüey-bo e Guacho-chì doveva essere di quasi cinquanta lunghe corse. Ciò nonostante, Tes-disòra disse, con noncuranza:

«Per correre da un villaggio all'altro e tornare indietro, calciando la palla di legno per tutto il tragitto, un abile corridore impiega un giorno e una notte».

«Impossibile!» esclamai. «Cento lunghe corse? Figurarsi, sarebbe come se un uomo corresse dalla città di Tenochtìtlan fino al più lontano villaggio Purèmpe del Kerètaro, senza mai fermarsi.» Scossi la testa con decisione. «E la metà del tragitto nelle tenebre della notte? Calciando, per giunta, una palla? Impossibile!»

Naturalmente, Tes-disòra non sapeva niente di Tenochtìtlan o del Kerètaro, nonché della distanza che li separava. Fece una spallucciata e disse: «Se lo ritieni impossibile, Su-kurù, devi venire con noi e vederlo fare».

«Io? *So di certo* che è impossibile per me!»

«Allora vieni soltanto per un tratto della strada e aspetta di accompagnarci al ritorno. Ho un paio di robusti sandali di pelle di cinghiale che puoi calzare. Poiché non sei un corridore del nostro villaggio, non si tratterà di una frode se non correrai la ra-rajìpuri a piedi nudi come noi.»

«Frode?» mormorai, divertito. «Vuoi dire che esistono regole per questa gara di corsa?»

«Non molte» rispose lui, serissimo. «I nostri corridori partiranno da qui questo pomeriggio, nel preciso istante in cui Nonno Fuoco» e additò il sole «sfiorerà con il proprio orlo la cima di quella montagna laggiù. Il popolo di Guacho-chì ha un mezzo analogo per calcolare esattamente lo stesso momento, e anche i loro corridori partiranno. Noi corriamo verso Guacho-chì, loro corrono verso Guagüey-bo. Ci incontreremo in un punto intermedio, ci grideremo saluti e prese in giro e insulti amichevoli. Quando gli uomini di Guacho-chì giungeranno qui, le nostre donne offriranno loro rinfreschi e cercheranno in tutti i modi di sedurli per trattenerli e altrettanto faranno le loro donne quando arriveremo noi là, ma puoi star certo che non daremo loro retta. Torneremo subito indietro e continueremo a correre finché non saremo giunti di nuovo nei rispettivi villaggi. Nel frattempo, Nonno Fuoco avrà toccato di nuovo quella montagna, o sarà calato dietro ad essa, o si troverà ancora a una certa distanza da essa, e noi potremo determinare così il tempo impiegato nella corsa. Gli uomini di Guacho-chì faranno altrettanto e poi manderemo messaggeri per comunicare i risultati e sapremo così chi avrà vinto.»

Dissi: «Dopo tanto spreco di tempo e di fatiche, spero che il premio dei vincitori sia qualcosa di prezioso».

«Premio? Non c'è nessun premio.»

«Cosa? Fate tutto questo senza conquistare nemmeno un trofeo? Senza ottenere in cambio qualcosa? Senza altro scopo o fine che quello di tornare di nuovo, stancamente, alle vostre stesse case e donne? In nome dei tre dei, *perché*?»

Egli tornò ad alzare le spalle. «Lo facciamo perché è quello che sappiamo fare meglio.»

Non dissi altro poiché sapevo quanto sia futile ragionare di qualsiasi cosa con persone irrazionali. Tuttavia, in seguito, riflettei ulteriormente sulla risposta di Tes-disòra in quell'occasione, e mi dissi che, forse, non era poi così assurda come aveva potuto sembrarmi allora. Credo che non avrei potuto giustificare meglio la mia passione di tutta una vita per l'arte della conoscenza delle parole, se qualcuno avesse voluto sapere il *perché*.

Soltanto sei robusti giovani, quelli ritenuti i migliori corridori di Guagüey-bo, partecipavano alla gara ra-rajìpuri. I sei, dei quali Tes-disòra faceva parte quel giorno, si erano rimpinzati, prima dell'inizio della corsa, del cactus jìpuri che elimina la stanchezza, e ognuno di essi aveva con sé un piccolo otre colmo d'acqua e un sacchetto di polenta pinòli, per dissetarsi e nutrirsi quasi senza rallentare il passo. Inoltre, appese ai perizoma, avevano piccole zucche secche ognuna delle quali conteneva un sassolino, il cui rumore crepitante aveva lo scopo di impedire che si addormentassero camminando.

Gli altri partecipanti alla ra-rajìpuri comprendevano ogni maschio sano di Guagüey-bo, dagli adolescenti agli uomini molto più anziani di me, i quali seguivano i corridori per incoraggiarli e sostenerli moralmente. Già erano partiti in molti, sin dalle prime ore di quel mattino. Si trattava di uomini che potevano correre notevolmente veloci per breve tempo, ma tendevano a indebolirsi sulle grandi distanze. Si piazzavano a intervalli lungo l'itinerario tra i due villaggi. Man mano che i veri concorrenti arrivavano, si affiancavano ad essi per incoraggiarli, con la loro scattante velocità, a sforzarsi al massimo in ciascun tratto.

Altri che non gareggiavano portavano pentolini pieni di braci ardenti, e torce di rami di pino, da accendere una volta discesa l'oscurità per illuminare la strada ai corridori durante la notte. Altri ancora portavano cordicelle con jìpuri secchi, sacchetti di pinòli e otri con acqua. I più giovani e i più anziani non portavano niente; il loro compito consisteva nel gridare e cantilenare continuamente incoraggiamenti. Tutti gli uomini avevano il volto, il petto e il dorso dipinti con puntini e circoli e spirali del pigmento urà, di un giallo brillante. Io venni dipinto soltanto sulla faccia perché, diversamente dagli altri, mi fu consentito di indossare il mantello con maniche.

Mentre Nonno Fuoco tramontava, nel tardo pomeriggio, verso la montagna prescelta, la Si-rìame si affacciò sorridente sulla porta della sua casa, con le pelli di giaguaro, reggendo in una mano il bastone dal pomo d'argento e nell'altra la palla di legno, verniciata in giallo, grande come la testa di un uomo. Là rimase, sbirciando in tralice il sole, mentre i corridori e tutti i loro compagni aspettavano nei pressi, percettibilmente protesi in avanti nell'ansia di partire. Nel momento in cui Nonno Fuoco sfiorò la vetta della montagna, la Si-rìame sorrise il più ampio dei suoi sorrisi e gettò la palla, dalla soglia, tra i nudi piedi dei sei corridori in attesa. Ogni abitante di Guagüey-bo lanciò un grido di esultanza e i sei corridori partirono, scherzosamente passandosi la palla dall'uno all'altro mentre andavano. Gli altri partecipanti li seguirono a rispettosa distanza, e così feci anch'io. La Si-rìame stava ancora sorridendo, l'ultima volta che la vidi, e la piccola Vi-rikòta saltellava su e giù allegramente come la fiammella di una candela morente.

Mi ero aspettato senz'altro che l'intero gruppo degli uomini in corsa mi lasciasse indietro in un attimo, ma avrei dovuto supporre che non avrebbero impiegato tutte le loro energie in una corsa sfrenata sin dall'inizio della gara. Partirono a falcate moderate, con un ritmo che persino io riuscivo a sostenere. Corremmo lungo il fiume del canyon, e gli applausi delle donne, dei bambini e dei vecchi del villaggio si spensero dietro di noi, mentre i nostri urlatori cominciavano a gridare e incitare. Poiché i corridori, logicamente, evitavano di dover calciare la palla in salita ovunque fosse possibile, continuammo lungo il fondo del canyon finché i suoi lati si abbassarono dolcemente quanto bastava per consentirci di salire con facilità fuori di esso e di addentrarci nella foresta in direzione sud.

Sono orgoglioso di poter riferire che rimasi con i corridori per quello che, secondo i miei calcoli, dovette essere un buon terzo della distanza tra Guagüey-bo e Guacho-chì. Forse il merito dovrebbe andare al jìpuri che avevo masticato prima di partire, poiché varie volte mi sorpresi a correre più velocemente di quanto mi sia mai stato possibile in vita mia, prima e dopo quella gara. Erano quelli i momenti in cui giungevamo accanto ai corridori veloci che ci aspettavano e facevamo del nostro meglio per uguagliare il loro scatto. Varie volte, inoltre, passammo accanto ai corridori veloci di Guacho-chì, che rimanevano immobili in attesa dell'arrivo dei loro concorrenti, dalla direzione opposta. Costoro ci gridavano amichevolmente insulti beffardi mentre proseguivamo — «Infingardi!» e «Zoppi!» e così via —, soprattutto a me, poiché ormai ero rimasto in coda al gruppo di Guagüey-bo.

Correre a più non posso tra alberi molto vicini gli uni agli altri e sul fondo di burroni cosparsi di sassi che causavano distorsioni delle caviglie, era un'impresa che non tentavo più da tempi immemorabili, ma me la cavai abbastanza bene finché vi fu luce per vederci. Quando la luminosità del crepuscolo cominciò a scemare, dovetti correre tenendo il topazio davanti a un occhio e questo mi costrinse a rallentare considerevolmente. Man mano che l'oscurità diventava più fitta, scorsi le luci-guida sbocciare davanti a me, là ove i portatori di torce stavano accendendo i loro rami di pino. Ma, naturalmente, nessuno di quegli uomini si sognava di restare indietro e di sprecare la luce per un non corridore, ragion per cui rimasi sempre e sempre più indietro dal gruppo, le cui grida divennero man mano più fioche.

Poi, mentre la piena oscurità si chiudeva intorno a me, vidi un bagliore rosso sul terreno poco più avanti. I cortesi Raràmuri non avevano completamente dimenticato o ignorato il loro compagno straniero Su-kurù. Uno dei portatori di torce, una volta accesa la propria, aveva posato con cautela il pentolino di argilla colmo di braci là ove era certo che io lo scorgessi. Pertanto lì mi fermai e accesi un fuoco da campo, e mi accinsi a trascorrere la notte. Ammetterò che, nonostante il jìpuri, ero tanto stanco che avrei potuto coricarmi e addormentarmi all'istante, ma mi vergognai anche soltanto a pensarvi mentre ogni altro maschio nei dintorni si stava impegnando con tutte le sue forze. Inoltre sarei stato intollerabilmente umiliato, e l'umiliazione sarebbe toccata anche al villaggio che mi ospitava, se i corridori rivali di Guacho-chì, passando di lì, avessero trovato «un uomo di Guagüey-bo» sdraiato e addormentato. Pertanto mangiai parte della pinòli, mandandola giù con un sorso d'acqua, e masticai parte del jìpuri che avevo portato con me, il che mi fece rivivere. Rimasi seduto e desto per tutta la notte, gettando di tanto in tanto un ramo secco sul fuoco per non soffrire il freddo, ma evitando al contempo di scaldarmi troppo per non essere preso dalla sonnolenza.

Avrei veduto due volte i corridori di Guacho-chì prima di rivedere Tes-disòra e gli altri miei amici. Dopo che i due gruppi si fossero incrociati nel punto intermedio della corsa, i corridori rivali sarebbero apparsi da sud-est per passare accanto al mio fuoco da campo esattamente a metà della notte. Avrebbero poi raggiunto Guagüey-bo per tornare indietro da nord-ovest e ripassare accanto a me al mattino. Tes-disòra e i suoi compagni di ritorno non mi avrebbero raggiunto — consentendomi di unirmi di nuovo ad essi e di tornare al villaggio con loro — finché il sole di mezzogiorno non fosse arrivato nel punto più alto del cielo.

Bene, i miei calcoli per quanto concerneva il primo incontro risultarono esatti. Con l'aiuto del topazio osservai le stelle e, stando ad esse, era in effetti il cuore della notte quando vidi dondolanti riflessi di fiamme avvicinarsi da sud-est. Decisi di fingere d'essere uno dei corridori veloci di Guagüey-bo lasciati lungo il percorso, e pertanto balzai in piedi e assunsi un'espressione vigile prima che il primo dei corridori intenti a calciare la palla apparisse, e cominciai a gridare: «Pigracci! Poltroni!». I corridori e i loro portatori di torce non risposero; erano troppo intenti a tenere d'occhio la palla di legno, che aveva ormai perduto tutti i suoi colori e sembrava alquanto scheggiata e logorata. Ma gli altri di Guacho-chì che accompagnavano i concorrenti risposero alle mie prese in giro urlando: «Vecchia donnetta!» e «Riscaldati le stanche ossa!» e altri insulti del genere... ed io mi resi conto che l'aver acceso un fuoco mi faceva apparire assai poco virile agli occhi dei Raràmuri. Ma era ormai troppo tardi per spegnerlo e tutti saettarono davanti a me e ridivennero semplicemente ondeggianti riflessi di fiamme che scomparvero infine a nord-ovest.

Dopo un'altra lunga attesa, il cielo a oriente si schiarì e infine Nonno Fuoco ricomparve e altro tempo ancora trascorse mentre — adagio come qualsiasi decrepito nonno umano — Tonatìu percorreva un terzo del suo cammino nel cielo. Era ormai l'ora di colazione e, secondo i miei calcoli, il momento in cui gli uomini di Guacho-chì sarebbero dovuti ripassare di lì tornando verso il loro villaggio. Mi voltai verso nord-ovest, ove li avevo veduti l'ultima volta. Poiché alla luce del giorno i riflessi delle torce non avrebbero segnalato il loro sopraggiungere, tesi le orecchie per udirli prima che apparissero. Non udii niente. Non vidi niente.

Altro tempo trascorse. Mentalmente rifeci i calcoli per sapere dove avessi sbagliato, ma non riuscii a individuare alcun errore. Il tempo continuò a passare. Mi spremetti la mente, cercando di ricordare se Tes-disòra avesse detto qualcosa a proposito di un itinerario diverso dei corridori al ritorno. Il sole si trovava ormai quasi direttamente sopra di me nel cielo, quando udii un richiamo:

«Kuira-bà!»

Era uno dei Raràmuri, coperto soltanto dal perizoma, con le decorazioni gialle sulla nuda pelle, ma non ricordavo di averlo veduto prima di allora, e pertanto ritenni che fosse uno dei corridori veloci Guacho-chì disposti lungo l'itinerario della gara. Evidentemente anche lui aveva scambiato me per un corridore veloce di Guagüey-bo, poiché, quando ebbi ricambiato il saluto, si avvicinò con un sorriso amichevole, ma ansioso, e disse:

«Ho veduto il tuo fuoco, stanotte, e così ho lasciato il mio posto e sono venuto qui. Dimmi in confidenza, amico, come ha fatto la tua gente a trattenere i nostri corridori nel villaggio? Le vostre donne li aspettavano forse tutte completamente nude, sdraiate e compiacenti?»

«È una visione piacevole a contemplarsi» risposi. «Ma, che io sappia, non corrisponde al vero. Anch'io mi stavo domandando: è possibile che i vostri uomini tornino indietro da qualche altra parte?»

Egli cominciò a dire: «Sarebbe la prima volta che...» quando venne interrotto. Udimmo entrambi un altro grido: «Kuira-bà!», ci voltammo e vedemmo Tes-disòra e i suoi cinque compagni di corsa che si avvicinavano. Barcollavano per lo sfinimento, e la palla che svogliatamente si passavano tra loro era ormai logorata al punto da avere press'a poco le stesse dimensioni del mio pugno.

«Noi...» disse Tes-disòra all'uomo di Guacho-chì, e dovette interrompersi per riprendere fiato. Poi, dolorosamente, ansimò: «... non abbiamo ancora incontrato i vostri corridori... Quale inganno è mai...?»

L'uomo rispose: «Questo vostro corridore veloce ed io ci stavamo per l'appunto domandando a vicenda che cosa potesse essergli accaduto».

Tes-disòra ci fissò entrambi, il petto ansimante. Un altro uomo balbettò, in tono incredulo: «Non sono... ancora... passati *di qui*?»

Mentre l'intero gruppo degli accompagnatori di Guagüey-bo ci raggiungeva, io dissi: «Ho domandato allo straniero se non avrebbero potuto seguire un itinerario diverso. Lui mi ha domandato se le vostre donne non potevano essere riuscite a trattenerli nel villaggio».

Vi fu un generale scuotimento di teste. Poi le teste si mossero più adagio mentre gli uomini si guardavano a vicenda, smarriti.

Qualcuno disse, sommessamente, in tono afflitto: «Il nostro villaggio!»

Qualcun altro, più forte e più ansiosamente, esclamò: «Le nostre donne!»

E lo straniero disse, con la voce tremula: «I nostri uomini migliori!».

Negli occhi di tutti loro v'erano consapevolezza e dolore e angoscia, e le stesse cose si potevano vedere anche negli occhi dell'uomo di Guacho-chì. Poi tutti quegli occhi si volsero, torvamente, a nord-ovest, e, nel breve attimo di immobilità prima che gli uomini si allontanassero da me all'improvviso, correndo tutti velocemente come non mai, qualcuno tra essi pronunciò una sola parola:

«Yaki!»

No, non li seguii a Guagüey-bo. Non tornai mai nel villaggio. Ero un estraneo e sarebbe stato presuntuoso da parte mia unirmi agli uomini Raràmuri per piangere le loro perdite. Sapevo che cosa avrebbero trovato. I predoni Yaki e i corridori di Guacho-chì dovevano essere arrivati a Guagüey-bo quasi contemporaneamente, questi ultimi troppo sfiniti per poter opporre molta resistenza ai selvaggi. Certo, gli uomini di Guacho-chì erano stati scotennati prima di morire. Quanto a ciò che potevano aver subìto la Si-rìame e la giovane Vi-rikòta e le altre donne di Guagüey-bo prima di morire a loro volta, non volevo neppure pensarci. Presumo che i Raràmuri superstiti riuscirono, in ultimo, a ripopolare il villaggio conducendo laggiù parte delle donne di Guacho-chì, ma non lo saprò mai.

E non vidi mai uno Yaki, né allora, né fino ad oggi. Mi sarebbe piaciuto — se vi fossi riuscito senza che lo Yaki scorgesse me — poiché quei selvaggi devono essere i più spaventosi animali umani che esistano, e mirabili a contemplarsi. Nel corso di tutti i miei tanti anni, ho conosciuto un solo uomo che si fosse imbattuto negli Yaki riuscendo a sopravvivere per narrare l'esperienza: quell'anziano della Casa dei Pochtèca, che non aveva più il cuoio capelluto. Né alcuno di voi Spagnoli ha ancora incontrato uno Yaki. I vostri esploratori in queste regioni non si sono ancora spinti così lontano al nord e all'ovest. Credo che riuscirei a compatire anche uno Spagnolo che finisse tra gli Yaki.

Quando gli uomini sconvolti si rimisero a correre, io rimasi immobile e li vidi scomparire nella foresta. Continuai a guardare in direzione nord-ovest per qualche tempo dopo che erano scomparsi, rivolgendo loro silenziose parole di addio. Poi mi accosciai, preparai un pasto con la pinòli e l'acqua che mi restavano, e masticai un po' di jìpuri affinché mi mantenesse desto fino al termine di quella giornata. Gettai terra sulle ultime braci del fuoco da campo, quindi mi rialzai, sbirciai il sole per stabilire la direzione, e mi incamminai verso sud. Era stato piacevole per me il soggiorno con i Raràmuri, e mi affliggeva il fatto che fosse dovuto concludersi in quel modo. Ma avevo buone vesti di pelle di cervo e sandali di pelle di cinghiale, e otri di cuoio nei quali portare cibo e acqua, e una lama di selce appesa alla vita, e continuavo ad essere in possesso del cristallo per vedere e del cristallo per accendere il fuoco. Nulla era stato da me lasciato a Guagüey-bo, tranne i giorni trascorsi laggiù. Ma di essi portavo via con me, e ho conservato, il ricordo.

IHS

✠

S.C.C.M.

Alla Sacra, Cesarea, Cattolica Maestà,
l'Imperatore Don Carlos, Nostro Signore e Sovrano:

Sublime e Augustissima Maestà: da questa Città di Mexìco, capitale della Nuova Spagna, in questo giorno di Sant'Ambrogio, nell'anno di Nostro Signore mille e cinquecento e trenta, saluti.

Nelle nostre ultime lettere, Sire, ci siamo dilungati sulle nostre attività in quanto Protettore degli Indios. Consentiteci ora di parlare della nostra più importante missione quale Vescovo del Mexìco, e del nostro compito di propagare la Vera Fede tra questi Indios. Come la Perspicace Maestà Vostra potrà arguire dalle pagine che seguono della cronaca del nostro Azteco, il suo popolo è sempre stato spregevolmente superstizioso, in quanto ha veduto presagi e portenti non soltanto là ove li vedono gli uomini assennati — nelle eclissi di sole, ad esempio — ma altresì in ogni altra cosa, dalle semplici coincidenze ai più comuni fenomeni della natura. Tale tendenza alla superstizione e alla credulità ha al contempo favorito e ostacolato la nostra incessante campagna per strapparli all'adorazione del demonio e condurli alla Cristianità.

I Conquistadores spagnoli, avanzando per la prima volta fulmineamente in queste terre, compirono un'opera ammirevole distruggendo i templi e gli idoli più importanti delle divinità pagane e mettendo al loro posto croci del Cristo e statue della Vergine. Noi e i nostri colleghi abbiamo confermato e mantenuto tale distruzione erigendo più permanenti edifici Cristiani in quelle località ove in precedenza si erano trovati luoghi di culto di diavoli e diavolesse. Poiché gli Indios ostinatamente preferiscono riunirsi per pregare negli stessi antichi e tradizionali luoghi, vi trovano adesso non già mostri assetati di sangue come i loro Huichilobo e Tlalòque, ma il Cristo Crocifisso e la Madre Sua benedetta.

Tanto per citare pochi tra molti esempi: il Vescovo di Tlaxcàla sta facendo costruire una Chiesa di Nostra Signora sulla sommità della gigantesca piramide-montagna a Cholula, che tanto ricorda la presuntuosa Torre di Babele di Shinar e ove in precedenza si adorava il Serpente Piumato Quetzalcòatl. Qui, nella capitale della Nuova Spagna, la nostra pressoché completata Cattedrale di San Francesco sorge volutamente (per quanto è riuscito a stabilire l'architetto Garcìa Bravo) sullo stesso luogo ove si trovava un tempo la Grande Piramide degli Aztechi. Io credo che le mura della chiesa includano addirittura alcune delle pietre di quel distrutto monumento all'atrocità. Sulla lingua di terra chiamata Tepeyàca, al di là del lago, esattamente a nord di qui, ove gli Indios adoravano di recente una certa Tònantzin, una sorta di Dea Madre, abbiamo invece eretto una chiesa dedicata alla Vergine Madre. Su richiesta del Capitano-Generale Cortés, le è stato dato lo stesso nome della chiesa di Nostra Signora di Guadalupe, situata nella sua provincia dell'Estremadura in Spagna.

A taluni potrebbe sembrare inopportuno che noi situiamo in cotal modo i nostri tabernacoli Cristiani sulle rovine di templi pagani le cui macerie sono tuttora impregnate del sangue di empi sacrifici. Ma, in realtà, ci limitiamo ad emulare i primissimi evangelisti Cristiani, che situarono i loro altari là ove i romani, i greci, i sassoni e via dicendo avevano adorato i loro Giovi e Pan ed Eostre, eccetera affinché tali demoni potessero essere scacciati dalla divina presenza del Cristo Santificato e affinché i luoghi dedicati all'abominio e all'idolatria potessero divenire luoghi di santificazione, ove la popolazione potesse essere più facilmente indotta dai ministri del Vero Dio ad offrire l'adorazione dovuta alla Sua Divinità.

In questa nostra azione, Sire, molto siamo favoriti dalle superstizioni degli Indios. Ma non lo siamo in altre nostre iniziative; poiché, oltre ad essere assai legati dalle loro superstizioni, essi sono ipocriti come i farisei. Molti dei nostri apparenti convertiti, anche quelli che si dichiarano devoti credenti della nostra Fede Cristiana, vivono, ciò nonostante, nel superstizioso terrore dei loro demoni di un tempo. Si ritengono soltanto prudenti nel conservare parte del loro rispetto per Huichilobo e gli altri di quella orda; e fanno questo, spiegano con molta solennità, allo scopo di evitare ogni possibilità che i demoni gelosamente si vendichino per essere stati soppiantati.

Abbiamo accennato al nostro successo, nel corso del primo anno circa da noi trascorso in questa Nuova Spagna, nel reperire e distruggere molte migliaia di idoli che i Conquistadores avevano trascurato. Quando infine non ve ne furono più di visibili, e quando gli Indios giurarono ai nostri Inquisitori che non ne esistevano altri da disseppellire in eventuali nascondigli, noi sospettammo, ciò nonostante, che gli Indios stessi continuassero a venerare segretamente quelle proscritte antiche divinità. Predicammo pertanto ancor più energicamente e invitammo tutti i nostri sacerdoti e missionari a fare altrettanto, imponendo che *nessun* idolo, neppure il meno importante e il più piccolo, nemmeno un amuleto ornamentale, venisse preservato. Dopodiché, a conferma dei nostri sospetti, gli Indios ricominciarono a presentarsi, portando umilmente a noi e ad altri sacerdoti un gran numero di statuette in argilla e terraglia, e alla nostra presenza, rinunciando ad esse e facendole a pezzi.

Molta soddisfazione ricavammo da questa rinnovata scoperta e distruzione di tanti altri profani oggetti finché, dopo qualche tempo, apprendemmo che gli Indios cercavano soltanto di blandirci o di burlarsi di noi. La distinzione è priva di importanza, poiché saremmo rimasti ugualmente offesi dall'impostura in entrambi i casi. Sembra che i nostri severi sermoni avessero fatto nascere una vera e propria industria tra gli artigiani Indios: la frettolosa produzione di quelle statuette, al solo scopo di mostrarle a noi e di infrangerle al nostro cospetto per sottomettersi, soltanto in apparenza, alle nostre ammonizioni.

Al contempo, con ancor più grande sgomento e risentimento, apprendemmo che numerosi *veri* idoli — vale a dire antiche statue, e non contraffazioni — erano *effettivamente* stati nascosti ai nostri frati incaricati delle ricerche. E dove supponete che fossero stati nascosti, Sire? Entro le fondamenta delle chiese, delle cappelle e degli altri monumenti Cristiani costruiti per noi dalla mano d'opera Indios! Gli ingannevoli selvaggi, celando le loro empie immagini in luoghi così sacrosanti, le ritenevano al sicuro dalla scoperta. Peggio, ancora, erano persuasi di potere, in quei luoghi, continuare ad adorare quelle nascoste mostruosità mentre *sarebbe parso* che rendessero omaggio alla Croce o alla Vergine o a quel qualsiasi santo là visibilmente rappresentato.

La nostra ripugnanza a causa di queste sgradite rivelazioni venne appena un poco mitigata dalla soddisfazione di poter dire ai fedeli — e dal piacere di vederli acquattarsi mentre ci ascoltavano — che il demonio, o ogni altro avversario del Vero Dio, soffrono inenarrabili angosce nel trovarsi in prossimità della Croce Cristiana o di ogni altro simbolo della Fede. Successivamente, senza alcuna necessità di essere in altri modi spronati, i muratori Indios che avevano escogitato tali nascondigli, consegnarono rassegnati gli idoli, e molti di più di quanti saremmo riusciti a trovarne senza il loro aiuto.

Essendo così numerose le prove del fatto che ben pochi di

questi Indios si sono destati completamente dal sonno del loro errore — nonostante i più validi sforzi compiuti da noi stessi e da altri — molto temiamo che si debba destarli con la paura, come accadde a Saul davanti a Damasco. O forse potrebbero essere più dolcemente condotti verso una *salvatio omnibus* da qualche piccolo miracolo, come quello che, molto tempo fa, diede un Santo Patrono al principato di Catalogna della Maestà Vostra, nell'Aragona: il ritrovamento miracoloso della nera immagine della Vergine di Monserrat, nemmeno a cento leghe dal luogo ove noi stessi nascemmo. Ma, naturalmente, non possiamo pregare Maria Benedetta affinché compia un nuovo miracolo, o sia pur soltanto una ripetizione di quello con il quale Ella già si è manifestata...

Ringraziamo la Generosa Maestà Vostra per il dono portatoci dall'ultima caravella qui giunta: le molte margotte di rose provenienti dall'Erbario Reale, per completare quelle da noi qui portate sin dall'inizio. Le margotte verranno coscienziosamente suddivise tra i giardini di tutti i nostri vari possedimenti ecclesiastici. Può interessare Vostra Maestà sapere che, sebbene in passato non siano mai cresciute rose in queste terre, quelle piantate da noi hanno prosperato più rigogliosamente di ogni altra che abbiamo mai veduto, anche nei giardini della Castiglia. Il clima, qui, è talmente salubre, come un'eterna primavera, che le rose fioriscono abbondantemente per tutto l'anno, fino ai mesi (è dicembre mentre scriviamo) che, stando al calendario, dovrebbero essere il pieno inverno. E noi siamo fortunati avendo un giardiniere abilissimo nel nostro fedele Juan Diego.

Nonostante il suo nome, Sire, egli è un Indio, come tutti i nostri domestici; e, al pari di *tutti* i nostri domestici, è un Cristiano dall'irreprensibile religiosità e convenzione (diversamente da quelli che abbiamo menzionato nei precedenti paragrafi). Il nome di battesimo gli venne dato, alcuni anni or sono, da un cappellano che accompagnava i Conquistadores, Padre Bartolomé de Olmedo. Era una assai pratica abitudine di Padre Bartolomé battezzare gli Indios non già individualmente, ma a gruppi numerosi, affinché al maggior numero possibile di essi, e al più presto possibile, potesse essere concesso il Sacramento. E naturalmente, per maggior comodità, egli assegnava a ciascun Indio (ve n'erano spesso a centinaia, di entrambi i sessi, in ogni battesimo) il nome del Santo che si dava il caso si festeggiasse quel giorno. Tenuto conto del gran numero di Santi Giovanni nel calendario ecclesiastico, ci sembra adesso, talora, con nostra confusione e persino irritazione, che un Indio Cristiano su due, nella Nuova Spagna, si chiami o Juan o Juana.

Ciò nonostante, amiamo molto il nostro Juan Diego. Egli è abilissimo con i fiori, ha un'indole quanto mai servizievole e docile, ed è sinceramente devoto alla Cristianità e a noi stessi.

Che la Regale Maestà da noi servita possa essere benedetta dall'incessante benevolenza del Signore Iddio da entrambi servito ecco la costante preghiera dell'adorante vicario e legato della Vostra S. C. C. M.

(ecce signum) **Zumàrraga**

NONA PARS

Giungo ora a quel periodo della nostra storia in cui noi Mexìca, dopo avere scalato per molti covoni di anni la montagna della grandezza, ne raggiungemmo infine la vetta, la qual cosa significa che, del tutto involontariamente, cominciammo a discendere sull'opposto pendio.

Mentre tornavo indietro, dopo alcuni altri mesi di vagabondaggi senza meta all'ovest, sostai a Tolòcan, un'amena cittadina sulla vetta di una montagna nelle terre dei Matlatzìnca, una delle più piccole tribù legate alla Triplice Alleanza. Presi una stanza in una locanda e, dopo aver fatto il bagno e aver cenato, mi recai nella piazza del mercato per acquistare nuovi indumenti in vista del ritorno a casa, e un dono per mia figlia. Mentre ero così occupato, un messaggero veloce giunse trotterellando dalla direzione di Tenochtìtlan e attraversò la piazza del mercato di Tolòcan indossando due mantelli. L'uno era bianco, il colore del lutto, in quanto trattasi della tinta che denota l'occidente, da dove partono i defunti. Su di esso l'uomo portava un mantello verde, il colore che significa buone notizie. E pertanto non fu una sorpresa per me quando il governatore di Tolòcan fece il pubblico annuncio: che il Riverito Oratore Ahuìtzotl, intellettualmente morto da due anni, era morto, infine, anche fisicamente; e che il signore reggente, Motecuzòma il Giovane, era stato ufficialmente eletto dal Consiglio all'alto rango di Uey-Tlatoàni dei Mexìca.

La notizia fece nascere in me l'impulso di girare nuovamente sui tacchi, di voltare le spalle a Tenochtìtlan e ripartire, una volta di più, verso orizzonti remoti. Ma non mi regolai in questo modo. Molte volte, in vita mia, ho schernito le autorità e sono stato avventato nelle mie azioni, ma non sempre mi sono comportato come un rinnegato o uno stolto. Continuavo ad essere un Mexìca, e pertanto soggetto allo Uey-Tlatoàni, chiunque egli potesse essere, o per quanto lontano io potessi vagabondare. Non solo, ma ero un Cavaliere dell'Aquila, e avevo giurato fedeltà anche a un Riverito Oratore che, personalmente, non potessi riverire.

Pur senza averlo mai conosciuto, odiavo Motecuzòma Xocoyotzin e diffidavo di lui per il suo tentativo di frustrare l'alleanza del *suo* Riverito Oratore con gli Tzapotèca, anni prima, e per il modo ignobilmente perverso con il quale aveva molestato, allora, la sorella di Zyanya, Bèu. Ma Motecuzòma, probabilmente, non aveva mai sentito parlare di me, non poteva sapere quel che io sapevo di lui, e, per conseguenza, non aveva alcun motivo di ricambiare la mia animosità. Sarei stato sciocco se gli avessi fornito un pretesto per odiarmi rendendo palesi i miei sentimenti, o anche facendomi notare da lui. Se, ad esempio, gli fosse saltato in mente di contare i Cavalieri dell'Aquila presenti alla cerimonia per il suo insediamento sul trono, l'ingiustificata assenza di un Cavaliere a nome Nuvola Scura avrebbe potuto offenderlo.

Pertanto proseguii a est da Tolòcan, scendendo i ripidi pendii che di là conducono al bacino del lago e alle città intorno a esso. Giunto a Tenochtìtlan, mi recai subito a casa mia, ove fui accolto con esultanza dagli schiavi Turchese e Cantore di Stelle, dal mio amico Cozcatl e, con un po' meno di entusiasmo, da sua moglie, la quale disse, con le lacrime agli occhi: «Ora ci costringerai a rinunciare alla nostra adorata, piccola Cocòton».

Risposi: «Lei ed io ti saremo sempre devoti, Quequelmìqui, e tu potrai trovarti con la bambina tutte le volte che vorrai».

«Non sarà la stessa cosa che *averla*.»

Ordinai a Turchese: «Avverti la piccola che suo padre è tornato. Chiedile di venire da me».

Discesero le scale tenendosi per mano. A quattro anni, Cocòton aveva ancora un'età tale da consentirle di aggirarsi nuda per la casa, e ciò mi rese subito evidente il cambiamento intervenuto in lei. Fui lieto di constatare che, come aveva predetto sua madre, continuava ad essere bellissima; invero, la somiglianza del suo viso a quello di Zyanya sembrava ancor più accentuata. Ma ella non era più una bimbetta informe e grassoccia, con tozze membra. Si trattava di un essere riconoscibilmente umano in miniatura, con vere braccia e gambe proporzionate alla sua statura. Ero rimasto lontano da lei per due anni, un intervallo di tempo che un uomo sui trentacinque anni può sperperare spensieratamente. Ma si era trattato della metà della vita di mia figlia, e, in quel frattempo, ella si era trasformata magicamente divenendo un'incantevole bimbetta. A un tratto mi pentii di non essere stato presente e di non aver potuto osservare la sua fioritura; doveva essersi svolta in un modo mirabilmente percettibile, di momento in momento, come lo sbocciare di una ninfea al crepuscolo. Mi rimproverai per essermi privato di questa gioia e giurai silenziosamente che non sarebbe accaduto mai più.

Turchese fece le presentazioni con un gesto ampio e orgoglioso: «La mia padroncina Ce-Malinàli, detta Cocòton. Ed ecco il tuo Tete Mixtli, finalmente tornato. Salutalo con rispetto, come ti è stato insegnato».

Con mio compiaciuto stupore, Cocòton piegò in modo aggraziato un ginocchio per fare il gesto di baciare la terra in mio onore. Non alzò gli occhi da quella posizione di ubbidienza finché non la chiamai per nome. Poi le feci cenno ed ella mi prodigò il suo sorriso a fossette, corse tra le mie braccia, mi diede un timido, umido bacio e disse: «Tete, sono felice che tu sia tornato dalle tue avventure».

Risposi: «Ed io sono felice di trovare ad aspettarmi una signorina così bene educata». A Sensibile al Solletico dissi: «Grazie per aver mantenuto la promessa. Che non le avresti consentito di dimenticarmi.»

Cocòton si sporse dal mio abbraccio per guardarsi attorno, dicendo: «Non ho dimenticato nemmeno la mia Tene. Voglio salutare anche lei».

Gli altri nella stanza smisero di sorridere e, con discrezione, si allontanarono. Io trassi un lungo respiro e mormorai:

«Devo dirti con tristezza, bambina, che gli dei hanno avuto bisogno dell'aiuto di tua madre per certe loro avventure. In un luogo remoto ove io non ho potuto accompagnarla, un luogo dal quale non può fare ritorno. E una simile richiesta da parte degli dei non può essere rifiutata. Pertanto ella non potrà tornare a casa; tu ed io dovremo continuare a vivere senza di lei. Tuttavia, tu non devi ugualmente dimenticare la tua Tene».

«No» disse la bambina, con solennità.

«Ma, tanto per essere certa che tu la ricordassi, Tene ti ha mandato un ricordo.» Le mostrai la collana che avevo acquistato a Tolòcan, venti piccole pietre-lucciola infilate su un sottile filo d'argento. Lasciai che Cocòton se la rigirasse per qualche momento tra le dita, ammirandola e tubando, poi l'allacciai sulla nuca del suo esile collo. Vedere la bimbetta senza altro indosso che la collana di opali mi fece sorridere, ma le donne ebbero esclamazioni di delizia e Turchese andò di corsa a prendere uno specchio tezcatl.

Dissi: «Cocòton, ognuna di queste pietre splende come splendeva tua madre. In occasione di ognuno dei tuoi compleanni ne aggiungeremo un'altra, e più grande. Con tante lucciole scintillanti tutto attorno a te, la loro luce ti rammenterà di non dimenticare la tua Tene Zyanya».

«Sai che non la dimenticherà» disse Cozcatl, e additò Cocòton, intenta ad ammirarsi nello specchio tenuto da Turchese. «Non deve fare altro che questo ogni qual volta desideri contemplare sua madre. E tu, Mixtli, devi soltanto guardare Cocòton.» Quasi imbarazzato da questa ostentazione di sentimentalismo, si schiarì la voce e disse, con un'enfasi destinata a Sensibile al Solletico: «Credo che i genitori *temporanei* faranno bene ad andarsene, adesso».

Era chiaro che Cozcatl non vedeva l'ora di passare dalla mia casa alla sua appena ricostruita, ove avrebbe meglio potuto occuparsi della scuola per i servi. Ma era altrettanto chiaro che Sensibile al Solletico aveva finito con il provare per Cocòton l'affetto materno che può sentire una donna senza figli. La separazione di quel giorno richiese una lotta — quasi letteralmente una lotta fisica — per togliere da mia figlia le braccia della giovane donna che l'allacciavano. Nei giorni successivi, quando Cozcatl e Sensibile al Solletico e i loro portatori fecero ripetuti viaggi per traslocare le loro cose, fu soltanto Cozcatl a impartire tutti gli ordini necessari. Per sua moglie, ognuno di quegli andirivieni era un pretesto per restare «un'ultima volta insieme» con Cocòton.

Anche dopo che Cozcatl e sua moglie si furono sistemati nella nuova casa, ove ella avrebbe dovuto aiutarlo a dirigere la scuola, Sensibile al Solletico continuò a inventare commissioni che la conducevano nel nostro vicinato, fornendole così un pretesto per venire a far visita a mia figlia. Io non avrei potuto, in realtà, lagnarmi. Capivo che, mentre cercavo di conquistarmi l'affetto di Cocòton, Sensibile al Solletico cercava invece di rinunciarvi. Stavo compiendo ogni possibile sforzo per far sì che la bambina accettasse come Tete un uomo che era per lei quasi totalmente un estraneo. Pertanto capivo la sofferenza che doveva costare a Sensibile al Solletico smettere di essere una Tene dopo aver interpretato per due anni quella parte, e la sua necessità di fare ciò gradualmente.

Fui fortunato perché nessuno richiese la mia presenza in quei primi giorni del ritorno a casa, e potei così impiegare tutto quel tempo per rinnovare la conoscenza con mia figlia. Sebbene il Riverito Oratore Ahuìtzotl fosse morto due giorni prima del mio ritorno, il funerale di lui — e l'incoronazione di Motecuzòma — non potevano aver luogo, naturalmente, senza la presenza di ogni altro governante e nobile e notabile di ogni altra nazione dell'Unico Mondo, e molti di costoro dovevano arrivare da lontano. Mentre i partecipanti al funerale andavano riunendosi, la salma di Ahuìtzotl venne conservata mediante continui impacchi di neve portata da messaggeri veloci che andavano a prenderla sulle vette del vulcano.

Giunse, infine, il giorno del funerale, ed io, in tutta la mia pompa di Cavaliere dell'Aquila, venni a trovarmi tra la moltitudine che gremiva la grande plaza per gridare il verso della civetta quando i portatori della portantina condussero il nostro Uey-Tlatoàni nel suo ultimo viaggio sul mondo superiore. L'intera isola parve riecheggiare il protratto «huuu-uu-uuuu!» di lamento e di addio. Il defunto Ahuìtzotl sedeva sulla portantina, ma era ingobbito, le ginocchia contro il petto, le braccia fasciate intorno alle ginocchia per trattenerle in quella posizione. La sua Prima Vedova e le vedove minori ne avevano lavato il corpo con acqua profumata dal trifoglio e da altre erbe aromatiche, profumandolo per giunta con copàli. I sacerdoti lo avevano avvolto con diciassette mantelli, ma tutti di un cotone così fine da non formare alcuna piega voluminosa. Sopra quei panni rituali, Ahuìtzotl portava una maschera e una veste che gli davano l'aspetto di Huitzilopòchtli, dio della guerra e massima divinità di noi Mexìca. Poiché il colore che distingueva Huitzilopòchtli era il blu, blu era anche la veste di Ahuìtzotl e blu la maschera, ma non grazie a semplici colori o tinture. Le fattezze della maschera sulla sua faccia erano ingegnosamente delineate mediante un mosaico di pezzetti di turchese applicati su oro, con ossidiana e madreperla per gli occhi, mentre le labbra erano tratteggiate con eliotropi. Dappertutto sulla veste si trovavano cucite giade di quella varietà tendente più al blu che al verde.

Noi della processione venimmo disposti in ordine di precedenza, e varie volte facemmo il giro del Cuore dell'Unico Mondo, con tamburi che rullavano sommessamente un contrappunto alla nostra nenia funebre. Ahuìtzotl ci precedeva sulla portantina, accompagnato dall'ininterrotto lamento «huu-uu-uuuu» della folla. Accanto alla portantina camminava il suo successore, Motecuzòma, non a passi trionfanti, ma dolorosamente strascicati, come si addiceva alle circostanze. Era a piedi nudi e non indossava alcunché di pretenzioso, soltanto le lacere vesti nere del sacerdote che era stato un tempo. I capelli gli spiovevano intorno alla testa sciolti e spettinati ed egli si era messo polvere di calce negli occhi per far sì che si infiammassero e versassero lacrime ininterrottamente.

Subito dopo venivano tutti i governanti giunti da altre nazioni, e tra essi si trovavano alcuni miei vecchi conoscenti: Nezahualpìli di Texcòco e Kosi Yuela di Uaxyacac e Tzìmtzicha di Michihuàcan, il quale era presente in rappresentanza del padre Yquìngare, ormai troppo vecchio per poter viaggiare. Per lo

619

stesso motivo, l'anziano e cieco Xicotènca di Texcàla aveva inviato il figlio ed erede, Xicotènca il Giovane. Entrambe queste ultime nazioni che ho menzionato, come sapete, erano rivali o nemiche di Tenochtìtlan, ma la morte del governante di qualsiasi nazione imponeva una tregua e obbligava tutti gli altri governanti a partecipare alle pubbliche onoranze funebri del defunto, per quanto in cuor loro potessero esultare a causa della sua dipartita. In ogni modo, sia essi, sia i loro nobili potevano entrare nella città e uscirne sicuri, poiché un assassinio, o qualche altro tradimento, sarebbero stati impensabili ai funerali del capo di una nazione.

Dietro questi dignitari giunti da lontano, sfilava la famiglia di Ahuìtzotl: la sua Prima Signora e i figli di lei, poi le mogli meno legittime con i numerosi rampolli, quindi le ancor più numerose concubine con i considerevolmente più numerosi figli. Il figlio maggiore e riconosciuto di Ahuìtzotl, Cuautèmoc, conduceva, con una catena d'oro, il cagnetto che avrebbe accompagnato il defunto nel suo viaggio verso l'aldilà. Altri figli del Riverito Oratore reggevano i numerosi oggetti che sarebbero occorsi ad Ahuìtzotl, o che egli avrebbe potuto desiderare: le sue varie bandiere, i bastoni, le acconciature di penne e altre insegne della sua carica, compresi gioielli e monili in gran numero; le uniformi da battaglia, le armi e gli scudi; alcuni dei suoi altri oggetti simbolici che, pur non essendo ufficiali, gli erano stati cari — compresa la spaventosa pelle e la testa dell'orso grigio che per tanti anni avevano adornato il trono di lui.

Dietro la famiglia venivano gli anziani del Consiglio, e vari altri savii del Riverito Oratore, stregoni, veggenti e indovini. Li seguivano poi tutti gli alti nobili della corte, nonché i nobili giunti con le delegazioni straniere. Dietro ad essi marciavano i guerrieri della guardia di palazzo di Ahuìtzotl, e veterani che avevano militato con lui quando egli non era ancora divenuto Uey-Tlatoàni, nonché alcuni servi e schiavi di corte prediletti e, naturalmente, le tre compagnie di cavalieri: dell'Aquila, del Giaguaro e della Freccia. Io avevo fatto in modo che Cozcatl e Sensibile al Solletico occupassero un posto in prima fila tra gli spettatori e conducessero con loro Cocòton affinché la bambina potesse vedermi sfilare in uniforme e in quella nobile compagnia. Si udì una nota bizzarra tra i mormoranti «huu-uuu-uuuu» e i rulli di tamburi e le nenie funebri, allorché, quando le passai davanti, la bimbetta lanciò uno strillo di esultanza e di ammirazione, e gridò: «Quello è il mio Tete Mixtli!»

Il corteo funebre doveva attraversare il lago, poiché era stato deciso che Ahuìtzotl riposasse ai piedi del dirupo Chapultèpec, immediatamente sotto il punto in cui le sue ingrandite sembianze figuravano scolpite nella roccia. In pratica ogni acàli, dalle eleganti imbarcazioni private della corte a quelle semplici dei trasportatori di mercanzie, degli uccellatori e dei pescatori, era stata requisita per portare noi del corteo funebre, e pertanto non molti cittadini di Tenochtìtlan poterono seguirci. Tuttavia, quando giungemmo sulla terraferma, trovammo una folla, quasi altrettanto numerosa, di altre persone accorse da Tlacòpan, da Coyohuàcan e da altre città per rendere l'estremo omaggio alla salma. Proseguimmo fino alla tomba già scavata ai piedi del Chapultèpec e là rimanemmo tutti in piedi, sudando e tormentati da pruriti nelle nostre tenute cerimoniali, mentre i sacerdoti cantilenavano le prolisse formule delle quali avrebbe avuto bisogno Ahuìtzotl per attraversare l'inaccessibile territorio situato tra il nostro mondo e l'aldilà.

In questi ultimi anni, ho udito Sua Eccellenza il Vescovo e non pochi altri padri Cristiani tenere prediche contro le nostre barbare costumanze funebri, in occasione della morte di un alto personaggio: ad esempio quella di uccidere un gran numero di mogli e servi di lui, affinché egli possa essere opportunamente servito nell'altro mondo. Queste critiche mi lasciano interdetto. Ammetto che la costumanza dovrebbe essere giustamente condannata, ma mi domando dove l'abbiano conosciuta i padri Cristiani. Ritenevo di conoscere in pratica ogni nazione, e popolazione, e costumanza dell'Unico Mondo, e in nessun luogo ho assistito a una simile sepoltura in massa.

Ahuìtzotl è stato il nobile di più alto rango che io abbia mai veduto seppellire, ma se qualsiasi altro personaggio avesse trascinato con sé nella tomba il proprio seguito, lo avrebbero saputo tutti. E inoltre io ho veduto sepolture in altri paesi: antiche tombe scoperte nelle deserte città dei Maya, e le ancor più antiche cripte del Popolo delle Nubi, a Lyobàan. In nessuno di questi luoghi vidi mai altro che i resti del legittimo occupante. Ogni salma aveva, naturalmente, le insegne della nobiltà e del prestigio: insegne tempestate di pietre preziose e così via. Ma mogli uccise e schiavi? No. Una simile costumanza sarebbe stata peggio che barbara, sarebbe stata stupida. Anche se un signore morente poteva anelare alla compagnia della famiglia e dei servi, non si sarebbe mai sognato di decretarla, poiché sia lui, sia loro, sia tutti gli altri, ben sapevano come le persone di rango inferiore fossero destinate a un aldilà completamente diverso.

La sola creatura che morì sulla tomba di Ahuìtzotl, quel giorno, fu il cagnetto portato sin là dal Principe Cuautèmoc, e questa banale uccisione era giustificata. Il primo ostacolo da superare per giungere nell'aldilà — o così mi era stato detto — consisteva in un nero fiume che scorreva attraverso una nera regione e il defunto vi giungeva sempre nell'ora più tenebrosa di una tenebrosa notte. Poteva attraversarlo soltanto avvinghiandosi a un cane, che avrebbe fiutato la riva opposta, nuotando direttamente verso di essa, e quel cane doveva essere di colore medio. Se fosse stato bianco, si sarebbe rifiutato di nuotare dicendo: «Padrone, sono già pulito per essere rimasto troppo a lungo nell'acqua e non mi bagnerò ancora». Se fosse stato nero, avrebbe rifiutato ugualmente, dicendo: «Padrone, non puoi vedermi in queste tenebre. Se perdessi la presa su di me saresti finito». Così Cuautèmoc aveva procurato un cane color giacinto, rosso-oro com'era rosso-oro la catena dalla quale veniva trattenuto.

Esistevano numerosi altri ostacoli al di là del nero fiume, ma quelli Ahuìtzotl avrebbe dovuto superarli da solo. Sarebbe dovuto passare tra due enormi montagne che, a intervalli imprevedibili e all'improvviso, si spostavano schiacciandosi l'una contro l'altra. Avrebbe dovuto scalare un'altra montagna fatta soltanto di taglienti schegge di ossidiana. Sarebbe stato costretto ad aprirsi un varco attraverso una foresta quasi impenetrabile di aste per bandiere, ove le bandiere sventolanti gli avrebbero impedito di scorgere il sentiero, sbattendogli in faccia per accecarlo e confonderlo; poi avrebbe dovuto attraversare una regione ove pioveva senza posa e ove ogni goccia di pioggia era una punta di freccia. Tra l'uno e l'altro di questi luoghi sarebbe stato costretto a battersi contro serpenti in agguato e alligatori e giaguari, tutti impazienti di divorargli il cuore, o avrebbe dovuto schivarli.

Se e quando fosse riuscito a prevalere, sarebbe giunto infine nel Mìctlan, il cui governante, con la consorte, aspettavano il suo arrivo. Là si sarebbe tolto di bocca il frammento di giada con il quale era stato sepolto, se non era stato così codardo da urlare e da perderlo in qualche punto lungo il cammino. Non appena avesse consegnato la pietra a Mìctlantecùtli e a Mictlancìuatl, quel signore e quella dama gli avrebbero sorriso per dargli il benvenuto, additandogli la direzione dell'aldilà che meritava e ove sarebbe vissuto in eterno, nel lusso e nella beatitudine.

Era l'assai tardo pomeriggio quando i sacerdoti terminarono di recitare le preghiere di istruzioni e di addio, e Ahuìtzotl venne posto in posizione seduta nella tomba, con il cane giallo-rosso accanto a sé, per essere poi ricoperto di terra ben pigiata, sulla quale i muratori lì presenti deposero la disadorna pietra tombale. Faceva buio allorché la nostra flotta di acàli tornò ad ormeggiarsi a Tenochtìtlan e il corteo funebre si formò come prima per recarsi nel Cuore dell'Unico Mondo. La popolazione della città si era ormai allontanata dalla plaza, ma noi del corteo dovemmo restare rispettosamente in fila mentre i sacerdoti recitavano altre preghiere sulla sommità della Grande Piramide illuminata con torce, bruciavano uno speciale incenso sui fuochi intorno alla plaza e infine, cerimoniosamente, scortavano Motecuzòma, vestito di stracci e a piedi nudi, nel tempio di Tezcatlipòca, Specchio che Brucia Senza Fiamma.

Dovrei accennare al fatto che la scelta del tempio di quel dio non aveva alcun particolare significato. Sebbene Tezcatlipòca venisse considerato a Texcòco, e in alcune altre località, il supremo tra gli dei, egli era alquanto meno glorificato a Tenochtìtlan. Si dava il caso, semplicemente, che il suo tempio fosse l'unico nella plaza con un cortile delimitato da muri. Non appena Motecuzòma fu entrato nel cortile, i sacerdoti chiusero la porta alle sue spalle. Per quattro notti e quattro giorni, il Riverito Oratore prescelto sarebbe rimasto lì solo, digiunando e soffrendo la sete e meditando, arso dal sole o bagnato dalla pioggia a seconda di come avessero deciso gli dei, dormendo senza cuscini sulle scabre pietre del cortile, e soltanto a intervalli ben stabiliti recandosi al riparo del tempio per pregare, rivolgendosi a tutti gli dei, uno dopo l'altro, affinché lo guidassero nella carica che avrebbe di lì a poco assunto.

Quanto a noi, tornammo stancamente verso i rispettivi palazzi, o le dimore degli ospiti, o le case, o le caserme, lieti di non doverci nuovamente vestire in pompa magna per sopportare un'altra interminabile cerimonia, destinata a protrarsi per una intera giornata, fino a quando Motecuzòma non fosse uscito dal tempio.

Trascinai i pesanti sandali artigliati su per i gradini di casa mia e, se non fossi stato così esausto, avrei manifestato un certo stupore quando fu Sensibile al Solletico, e non già Turchese, ad aprirmi la porta. Una sola lampada con stoppino ardeva nell'ingresso.

Dissi: «È molto tardi. Senza dubbio Cocòton deve essere stata messa a letto e rimboccata già da un pezzo. Come mai tu e Cozcatl non siete tornati a casa?»

«Cozcatl si è recato a Texcòco per questioni concernenti la scuola. Non appena ha trovato un'acàli libera, dopo il funerale, l'ha noleggiata per farsi portare laggiù. Pertanto ho approfittato volentieri dell'occasione per trascorrere ancora un po' di tempo con mia... con tua figlia. Turchese ti sta preparando il bagno a vapore.»

«Magnifico» dissi. «Bene, consentimi di chiamare Cantore di Stelle affinché ti faccia luce fino a casa tua; quanto a me, mi affretterò ad andare a letto affinché i servi possano srotolare i loro giacigli.»

«Aspetta» disse lei, nervosamente. «Non voglio andarmene.»
Il viso di lei, normalmente color del rame, era arrossito divenendo acceso, come se la lampada dell'ingresso non stesse ardendo alle sue spalle, ma entro di lei. «Cozcatl non può essere di ritorno fino a domani sera al più presto. Vorrei che stanotte tu mi accogliessi nel tuo letto, Mixtli.»

«Perché mai?» dissi io, fingendo di non capire. «C'è qualcosa che non va in famiglia, Sensibile al Solletico?»

«Sì, e tu sai bene di che si tratta!» Il viso le divenne ancor più paonazzo. «Ho venti e sei anni, sono sposata da più di cinque anni, e non ho ancora conosciuto un uomo!»

Dissi: «Cozcatl è tanto uomo quanto tutti quelli che ho conosciuto».

«Per favore, Mixtli, non essere volutamente ottuso» mi esortò lei. «Sai benissimo che cosa io non ho avuto.»

Dissi: «Se questo può attenuare il tuo senso di privazione, ho motivo di credere che il nostro nuovo Riverito Oratore sia quasi gravemente impedito, sotto tale aspetto, quanto lo è tuo marito Cozcatl».

«Questo è difficile a credersi» obiettò lei. «Motecuzòma, non appena divenuto reggente, prese *due* mogli.»

«Allora, presumibilmente, sono quasi insoddisfatte quanto sembri esserlo tu.»

Sensibile al Solletico, spazientita, scosse la testa. «Ovviamente non è così impedito da non rendere incinte le sue mogli. Hanno avuto entrambe un bambino, ed è più di quanto io possa sperare! Se fossi la donna del Riverito Oratore potrei almeno avere un figlio. Ma non sono venuta qui a nome delle consorti di Motecuzòma. Me ne infischio delle mogli di Motecuzòma!»

Scattai: «Me ne infischio anch'io! Ma le lodo perché rimangono nel loro letto coniugale e non assediano il mio!»

«Non essere crudele, Mixtli» disse lei. «Se soltanto tu sapessi che cosa mi è costato. *Cinque anni, Mixtli!* Cinque anni di sottomissione fingendo di essere soddisfatta. Ho pregato e fatto offerte a Xochiquètzal, implorandola di aiutarmi ad essere contenta delle attenzioni di mio marito. Ma è stato inutile. Continuo ad essere tormentata dalla curiosità. Che cosa provano un vero uomo e una donna? La curiosità e la tentazione e l'indecisione, e infine questa umiliazione di chiedere.»

«E così, tra tanti uomini, vieni a chiedere proprio a me di tradire il mio migliore amico. Di far correre a me stesso e alla moglie del mio più grande amico il pericolo della garrotta.»

«Te lo chiedo proprio *perché* gli sei amico. Tu non ti lascerai mai sfuggire maligne insinuazioni, come potrebbe fare qualsiasi altro uomo. E, anche se Cozcatl dovesse in qualche modo venirlo a sapere, ama troppo sia te sia me per denunciarci. » Si interruppe, poi soggiunse: «Se il migliore amico di Cozcatl non farà questo, gli renderà un pessimo servigio. Te lo dico francamente. Se mi rifiuterai, non mi umilierò ulteriormente rivolgendomi a qualche altro nostro conoscente. Assumerò un uomo per una notte. Andrò a tentare qualche sconosciuto in una locanda. Pensa *che cosa* significherebbe questo per Cozcatl!»

Vi pensai, e ricordai come egli avesse detto, una volta, che se Sensibile al Solletico non lo avesse voluto, in qualche modo si sarebbe tolto la vita. Gli avevo creduto allora, e continuavo ad essere convinto che si sarebbe ucciso se avesse saputo del tradimento di lei.

Dissi: «A parte ogni altra considerazione, Sensibile al Solletico, sono talmente sfinito, in questo momento, che non potrei accontentare nessuna donna. Hai aspettato cinque anni. Puoi aspettare finché avrò fatto il bagno e dormito. E hai detto che abbiamo ancora tutto domani. Tornatene a casa, adesso, e rifletti ancora sulla faccenda. Se domani sarai ancora decisa...»

«Lo sarò, Mixtli. E domani tornerò qui. »

Chiamai Cantore di Stelle ed egli accese una torcia, poi si allontanò nella notte con Sensibile al Solletico. Mi ero spogliato, avevo fatto il bagno a vapore e mi trovavo nella vasca per le abluzioni quando udii lo schiavo rientrare in casa. Avrei potuto facilmente addormentarmi nella vasca, ma l'acqua era tanto gelida che mi costrinse a uscirne. Entrai barcollando nella mia stanza, mi lasciai cadere sul letto, tirai la trapunta su di me e mi addormentai senza neppure essermi dato la pena di spegnere la lampada a stoppino accesa da Turchese.

Ma, anche in quel greve sonno, dovetti in parte pregustare e in parte paventare l'impetuoso ritorno dell'impaziente Sensibile al Solletico, poiché spalancai gli occhi non appena la porta della camera da letto venne aperta. L'olio della lampada si era quasi completamente consumato e lo stoppino mandava una luce fioca, ma dalla finestra penetrava il grigiore della prima luce dell'alba e ciò che vidi mi fece drizzare i capelli sulla testa.

Non avevo udito alcun rumore al pianterreno che mi preannunciasse l'inattesa e incredibile apparizione... e *senza dubbio* Turchese o Cantore di Stelle avrebbero lanciato un grido se avessero, l'una o l'altra, veduto quel particolare fantasma. Sebbene la donna fosse vestita per viaggiare, con uno scialle intorno al capo e un pesante mantello di pelli di conigli selvatici, e sebbene la luce fosse fioca, la mano mi tremò quando portai il topazio davanti a un occhio... a trovarsi lì in piedi era Zyanya!

«Zàa» ella alitò in un bisbiglio, ma con percettibile gioia, ed era la voce di Zyanya. «Non stai dormendo, Zàa. »

Ma ero certo di dormire. Stavo vedendo l'impossibile, e questo non mi era mai accaduto, se non nei sogni.

«Volevo soltanto darti un'occhiata. Non avevo l'intenzione di disturbarti» disse lei, sempre bisbigliando; tenendo bassa la voce, supposi, per spaventarmi un po' meno.

Cercai di parlare e non vi riuscii, un'esperienza che avevo già fatto nei sogni.

«Andrò nell'altra stanza» ella disse. Cominciò a togliersi lo scialle e lo fece adagio, come se fosse stanca per aver percorso una inimmaginabilmente lunga, lunga strada. Pensai a tutti gli ostacoli, le montagne che cozzavano l'una contro l'altra, il nero fiume nella nera notte... e rabbrividii.

«Quando ti è giunto il messaggio che annunciava il mio arrivo» ella disse «non mi avrai aspettata, spero, senza dormire.» Queste parole non ebbero alcun senso per me finché lo scialle non scivolò giù rivelando capelli neri senza la caratteristica striatura bianca. Bèu Ribè continuò: «Naturalmente, sarei lusingata potendo pensare che la notizia del mio arrivo ti ha eccitato al punto da renderti insonne. Sarei compiaciuta se tu fossi così ansioso di rivedermi».

Ritrovai la voce, finalmente, e fu aspra. «Non ho ricevuto alcun messaggio! Come osi entrare furtivamente in questo modo in casa mia? Come osi farti passare per...» Ma a questo punto tacqui; non avrei potuto giustamente accusarla di voler somigliare alla defunta sorella.

Ella parve sinceramente colta di sorpresa, e balbettò mentre cercava di spiegare. «Ma ho mandato un ragazzo... gli ho dato un fagiolo di cacao perché mi preannunciasse! Non è venuto allora? Eppure, al pianterreno... Cantore di Stelle mi ha accolta cordialmente. E ho trovato te desto, Zàa...»

Ringhiai: «Cantore di Stelle mi ha già invitato una volta a percuoterlo. Questa volta lo accontenterò».

Seguì un breve silenzio. Stavo aspettando che il mio cuore smettesse di martellare così tumultuosamente, per un misto di stupore, di allarme e di felicità. Bèu sembrava sopraffatta dall'imbarazzo e dal rammarico per la sua intromissione. Infine disse, quasi umilmente per essere lei: «Andrò a dormire nella stanza che occupavo prima. Forse domani... sarai meno irritato a causa della mia presenza qui...» E uscì dalla stanza prima che avessi potuto risponderle.

Per breve tempo, la mattina dopo, ebbi una tregua dalla sensazione di essere assediato dalle donne. Stavo facendo colazione solo, a parte i due schiavi che mi servivano, e cominciai la giornata ringhiando: «Non gradisco molto le sorprese nelle ore dell'alba».

«Sorprese padrone?» domandò Turchese, smarrita.

«Il non annunciato arrivo della signora Bèu.»

Ella disse, e parve ancora più interdetta: «La signora Bèu si trova qui? In casa?»

«Sì» intervenne Cantore di Stelle. «È stata una sorpresa anche per me, padrone. Ma ho supposto che tu avessi semplicemente dimenticato di informarci.»

Risultò che il piccolo messaggero di Bèu non era *mai* venuto ad annunciare alla famiglia l'imminente arrivo di lei. Cantore di Stelle era stato semplicemente destato da rumori davanti alla porta di casa. Turchese aveva continuato a dormire, ma lui si era alzato per fare entrare l'ospite, che gli aveva detto di non disturbarmi.

«Poiché la signora Luna in Attesa è giunta con numerosi portatori» egli disse «ho pensato che fosse aspettata.» Poi spiegò perché non avesse creduto di trovarsi di fronte a un fantasma, scambiandola per Zyanya come era accaduto a me: «La signora ha detto che non dovevo destarti né fare alcun rumore perché, naturalmente, conosceva la strada. I suoi portatori sono venuti con molto bagaglio, padrone. Ho fatto mettere tutti i fardelli e i panieri nella stanza sulla facciata».

Be', potevo per lo meno essere grato del fatto che i servi non avevano assistito al mio turbamento a causa dell'improvvisa apparizione di Bèu, e anche perché Cocòton non era stata destata e spaventata, per cui non dissi altro al riguardo. Continuai a fare colazione tranquillamente, ma non per molto. Cantore di Stelle, a quanto parve timoroso di esporsi alla mia ira per qualsiasi nuova sorpresa, venne ad annunciarmi, con tutte le debite forme, che avevo una nuova visitatrice e che a costei non era stato consentito di varcare la soglia di casa. Sapendo chi doveva essere, sospirai, finii la cioccolata, e mi recai nell'ingresso.

«Nessuno vuole invitarmi anche soltanto ad entrare?» disse Sensibile al Solletico, altezzosamente. «Questo è un luogo molto pubblico, Mixtli, per la cosa che noi due...»

«Per la cosa che dobbiamo dimenticare di aver mai discusso» la interruppi. «È venuta a farmi visita la sorella della mia defunta moglie. Ti ricorderai di Bèu Ribè.»

Sensibile al Solletico parve momentaneamente sconcertata. Poi disse: «Bene, se non qui, potresti venire adesso con me a casa mia».

Risposi: «È impossibile, mia cara. Si tratta della prima visita di Bèu in tre anni. Sarebbe eccessivamente scortese da parte mia lasciarla sola, ed eccessivamente difficile spiegare».

627

«Ma Cozcatl tornerà questa sera!» gemette lei.

«Allora temo che abbiamo perduto l'occasione propizia.»

«Dobbiamo trovarne un'altra!» disse lei, disperata. «Come possiamo, Mixtli, e quando?»

«Probabilmente mai» risposi, non sapendo bene se provare rammarico o sollievo per il fatto che la delicata situazione si era risolta senza costringermi a risolverla io stesso. «D'ora in poi vi saranno semplicemente troppi occhi e troppe orecchie. Non possiamo evitarli tutti. Farai bene a dimenticare...»

«Tu sapevi che sarebbe venuta!» si infuriò Sensibile al Solletico. «Hai soltanto simulato la stanchezza, ieri sera, allo scopo di respingermi finché non avessi avuto un valido pretesto per rifiutare!»

«Credi quello che vuoi» dissi, con una stanchezza che non era affatto simulata. «Ma devo opporti un rifiuto.»

Ella parve afflosciarsi e sgonfiarsi davanti a me. Distogliendo lo sguardo, disse sommessamente: «Mi sei stato amico per molto tempo e lo sei stato ancora più a lungo per mio marito. Ma è una cosa ostile quello che stai facendo adesso, Mixtli. Nei riguardi di entrambi». Poi discese adagio le scale fino alla strada, e adagio si allontanò.

Cocòton stava facendo colazione, quando rientrai. Pertanto cercai Cantore di Stelle, inventai una commissione del tutto inutile che egli avrebbe dovuto fare al mercato e gli dissi di condurre con sé la bambina. Non appena Cocòton ebbe finito di mangiare, uscirono insieme, ed io aspettai, non molto gioiosamente, che Bèu scendesse. Il confronto con Sensibile al Solletico non era stato facile per me, ma era stato per lo meno breve; con Luna in Attesa non sarei potuto essere così sommario. Ella dormì fino a tardi e soltanto a mezzogiorno si fece vedere al pianterreno, con il viso gonfio e increspato dal sonno. Sedetti all'altro lato della tovaglia di fronte a lei e, quando Turchese l'ebbe servita e si fu ritirata in cucina, dissi:

«Mi spiace di averti accolta in modo così brusco, sorella Bèu. Non sono abituato a visite tanto mattiniere, e i miei modi non sono i migliori fino a parecchio tempo dopo l'alba. Inoltre, tra tutte le visite possibili, la tua era la meno attesa. Posso domandarti *perché* sei qui?»

Ella parve incredula, quasi scandalizzata. «Hai bisogno di domandarmelo, Zàa? Tra il Popolo delle Nubi, i legami familiari sono saldi e vincolanti. Ho pensato che avrei potuto aiutare, servire, e anche confortare, il vedovo e la figlia orfana di mia sorella.»

Dissi: «Per quanto concerne il vedovo, ho viaggiato in altri paesi da quando Zyanya morì. E, almeno fino ad oggi, sono riuscito a sopravvivere alla perdita. Per quanto concerne Cocòton, ella è stata ben curata in questi stessi due anni. I miei amici Cozcatl e Quequelmìqui sono stati per lei un Tete e una Tene affettuosi». Poi soggiunsi, asciutto: «Nel corso di due anni la tua sollecitudine non si è mai palesata».

«E chi ha colpa di questo?» domandò lei, con foga. «Perché non hai inviato un messaggero veloce ad annunciarmi la tragedia? Soltanto un anno fa la tua lettera, spiegazzata e insùdiciata, mi è stata data, con noncuranza, da un pochtèca di passaggio. Mia sorella era morta più di un anno prima senza che io neppure lo sapessi! E poi mi è occorso quasi un altro anno per trovare un acquirente della locanda, per provvedere a tutte le pratiche del trasferimento di proprietà e per prepararmi a trasferirmi definitivamente a Tenochtìtlan. In seguito abbiamo saputo che il Riverito Oratore andava indebolendosi e sarebbe morto presto; questo significava che il nostro Bishòsu Kosi Yuela avrebbe preso parte, naturalmente, alle onoranza funebri qui. Pertanto ho aspettato di poter viaggiare nel suo seguito, per maggiore comodità e per essere protetta. Ma mi sono fermata a Coyohuàcan perché non volevo trovarmi nella ressa, qui in città, durante il funerale. Là ho dato al ragazzo un fagiolo di cacao perché venisse ad avvertirti che stavo per arrivare. E soltanto quasi all'alba di stamane sono riuscita a trovare i portatori dei bagagli. Mi scuso per il momento e il modo dell'arrivo, ma...»

Dovette interrompersi per riprendere fiato, ed io, vergognandomi molto di me stesso, dissi sinceramente: «Sono io a dovermi scusare, Bèu. Sei giunta nel migliore momento possibile. I genitori adottivi che avevo procurato a Cocòton sono stati costretti a occuparsi di nuovo dei loro affari. Pertanto la bambina ha soltanto me, ed io sono disperatamente inesperto come padre. Dicendoti che sei la benvenuta qui, non mi limito a pronunciare vuote parole complimentose. Come madre adottiva di mia figlia, tu sei, senza dubbio, la migliore, subito dopo la stessa Zyanya».

«Subito dopo» ripeté lei, senza dimostrarsi molto entusiasta del complimento.

«In primo luogo» dissi «puoi insegnarle a parlare la lingua lòochi scorrevolmente come il nostro nàhuatl. Puoi educarla in modo che diventi una bambina dalle belle maniere come le tante che ho ammirato tra il vostro Popolo delle Nubi. Davvero, tu dovresti essere la sola persona in grado di fare di lei, in tutto e per tutto, una creatura come Zyanya. Dedicherai la tua vita a un'ottima azione. Questo mondo sarà migliore quando vi si troverà un'altra Zyanya.»

«Un'altra Zyanya. Sì.»

Conclusi: «D'ora in avanti, e per sempre, dovrai considerare questa come la tua casa, la bambina la tua pupilla e gli schiavi ai tuoi ordini. Ordinerò sin d'ora che la tua stanza venga completamente vuotata, pulita a fondo e nuovamente arredata secondo i tuoi gusti. Qualsiasi altra cosa ti occorra o tu possa desiderare, sorella Bèu, non avrai che da nominarla, senza chiedere». Ella parve sul punto di dire qualcosa, ma poi cambiò idea. Soggiunsi: «Ma ecco che arriva la Piccola Briciola in persona... di ritorno a casa dal mercato».

La bimbetta entrò nella stanza, radiosa con il leggero mantello di un color giallo solare. Guardò a lungo Bèu Ribè, e reclinò il capo come se stesse sforzandosi di ricordare dove avesse veduto in passato quel viso. Non so se si rese conto di averlo visto spesso negli specchi.

«Non dici nulla?» domandò Bèu, e la voce si incrinò appena. «Ho tanto aspettato questo momento...»

Cocòton disse, timida, esitante, con il respiro corto: «Tene...?»

«Oh, mio tesoro!» esclamò Luna in Attesa, e le lacrime di lei traboccarono mentre si inginocchiava, tendendo le braccia, e la bimbetta correva felice per esservi racchiusa.

«La morte!» tuonò l'alto sacerdote di Huitzilopòchtli, dalla sommità della Grande Piramide. «È stata la morte a porre il mantello di Riverito Oratore sulle tue spalle, Signore Motecuzòma Xocòyotzin, e, a tempo debito, verrà la tua stessa morte, quando dovrai rendere conto agli dei del modo con il quale indossasti il mantello ed esercitasti la più alta tra le cariche.»

Continuò su questo tono, con la consueta indifferenza sacerdotale per la sopportazione di chi lo ascoltava, mentre io e gli altri cavalieri e i tanti nobili Mexìca, e i dignitari stranieri giunti per l'occasione, e i loro nobili, sudavamo e soffrivamo tutti sotto gli elmi e le piume e le pelli e le corazze e gli altri costumi pittoreschi e splendidi. Le numerose migliaia di altri Mexìca pigiati nel Cuore dell'Unico Mondo non indossavano alcunché di più pesante dei mantelli di cotone, e ritengo pertanto che si godettero molto di più la cerimonia dell'insediamento sul trono.

Il sacerdote disse: «Motecuzòma Xocòyotzin, tu devi, a partire da oggi, fare del tuo cuore il cuore di un vecchio: solenne, incapace di frivolezze, severo. Sappi infatti, mio signore, che il trono dello Uey-Tlatoàni non è un cuscino imbottito sul quale impigrire tra gli agi e i piaceri. È il trono della sofferenza, della fatica e del dolore».

Dubito che Motecuzòma sudasse come noi tutti, sebbene indossasse due mantelli, uno nero e uno blu, entrambi ricamati con immagini di teschi e di altri simboli tali da ricordargli che anche il Riverito Oratore deve un giorno morire. Dubito che Motecuzòma abbia *mai* sudato. Naturalmente, mai in vita mia ho accostato anche soltanto un dito alla sua nuda pelle, ma egli sembrava sempre fresco e asciutto.

E il sacerdote continuò: «A partire da questo giorno, mio signore, devi fare di te stesso un albero dalla grande ombra, affinché la moltitudine possa rifugiarsi sotto i tuoi rami e far conto sulla forza del tuo tronco».

Sebbene l'occasione fosse abbastanza solenne e imponente, lo fu forse un po' meno di altre incoronazioni alle quali non ho assistito nel corso della mia vita — quelle di Axayàcatl e di Tixoc e di Ahuptzotl — in quanto Motecuzòma veniva semplicemente confermato nella carica che deteneva già, non ufficialmente, da due anni.

E il sacerdote disse: «Ora, mio signore, devi governare e difendere il tuo popolo, e trattarlo con giustizia. Devi punire i perfidi e correggere i ribelli. Devi essere diligente nel condurre le guerre necessarie. Devi tenere particolarmente presenti le necessità degli dei e dei templi e dei loro sacerdoti, affinché non vengano a mancare di offerte e di sacrifici. Così gli dei saranno lieti di vigilare su te e sul tuo popolo, e tutte le iniziative dei Mexìca si concluderanno in modo proficuo.»

Da dove mi trovavo io, le bandiere di piume che morbidamente sventolavano allineate sulla gradinata della Grande Piramide sembravano convergere alla sommità, come una freccia puntata verso le alte, lontane e minuscole sagome del nostro nuovo Riverito Oratore e dell'anziano sacerdote che, proprio in quel momento, gli mise sul capo la rossa corona di cuoio tempestata di gemme. E infine il prete terminò e fu Motecuzòma a parlare:

«Grande e rispettato sacerdote, le tue parole sarebbero potute essere pronunciate dallo stesso possente Huitzilopòchtli. Mi hanno suggerito molte cose su cui riflettere. Prego gli dei di poter essere degno dei tuoi savi consigli. Ti ringrazio per il fervore e ho caro l'affetto con il quale mi hai parlato. Se devo essere l'uomo che il mio popolo si augurerebbe, è necessario che rammenti in eterno le tue parole di saggezza, i tuoi consigli, i tuoi ammonimenti...»

Per essere pronti a far vibrare le nubi stesse nel cielo al termine del discorso di accettazione di Montecuzòma, le schiere di sacerdoti portarono alla bocca le buccine, i musicanti alzarono le bacchette dei tamburi e i flauti.

E Motecuzòma disse: «Sono lieto di riportare sul trono il nome stimato del mio venerato nonno. Sono fiero di chiamarmi

Motecuzòma il Giovane. E, in onore della nazione che debbo guidare — una nazione ancor più potente di quanto lo fosse ai tempi del primo Motecuzòma — il mio primo decreto è che la carica da me occupata non sia più quella di Riverito Oratore dei Mexìca, ma abbia una denominazione più confacente». Si voltò verso la plaza gremita, tenne alto il bastone del comando, di mogano e oro, e gridò: «A partire da questo momento, mio popolo, sarai governato e guidato verso ancora più grandi mete da Motecuzòma Xocòyotzin, Cem-Anàhuac Uey-Tlatoàni!».

Anche se noi tutti nella plaza fossimo stati indotti al sonno dai discorsi che avevamo appena sopportato per mezza giornata, ci avrebbe destati con un sobbalzo la raffica di suoni che parve far tremare l'intera isola. Fu uno strido simultaneo di flauti e fischietti, uno squillo di buccine, e il tuono incredibile di circa venti dei tamburi che strappano il cuore, rullanti tutti insieme. Ma, se anche i musicanti si fossero a loro volta addormentati, e gli strumenti avessero taciuto, saremmo stati ugualmente destati di soprassalto dall'impatto delle parole conclusive di Motecuzòma.

Gli altri Cavalieri dell'Aquila ed io ci scambiammo occhiate in tralice, ed io vidi i numerosi governanti stranieri sbirciarsi accigliati. Anche il volgo dovette essere scosso dall'annuncio del suo nuovo signore, né alcuno poteva essersi compiaciuto molto per la sua audacia. Tutti i governanti precedenti, nell'intera storia della nostra nazione si erano accontentati di chiamarsi Uey-Tlatoàni dei Mexìca. Ma Motecuzòma aveva appena esteso il proprio dominio fino all'estremo limite dell'orizzonte, in ogni direzione.

Aveva assegnato a se stesso un nuovo titolo: Riverito Oratore dell'Unico Mondo.

✠

Quando mi trascinai a casa, quella sera, di nuovo ansioso di togliermi di dosso i piumaggi e di sentirmi avvolto da una purificatrice nuvola di vapore, ebbi soltanto un saluto distratto da mia figlia in luogo della consueta corsa per gettarsi su di me e abbracciarmi con le braccia e le gambe. Ella sedeva sul pavimento, nuda, in un atteggiamento goffo, con la schiena inarcata all'indietro, tenendo uno specchio tezcatl sopra il capo mentre si sforzava di vedersi il dorso, ed era troppo presa da quel tentativo per prestare molta attenzione al mio ritorno. Trovai Bèu nella stanza adiacente e le domandai che cosa stesse facendo Cocòton.

« È arrivata all'età nella quale si pongono domande. »

« Sugli specchi? »

« Sul suo corpo » disse Bèu, aggiungendo ironica: « Le è stata raccontata una sequela di ignoranti falsità dalla sua Tene Sensibile al Solletico. Lo sai che Cocòton le ha domandato, una volta, perché non ha un piccolo pendaglio davanti, come il bimbetto che è il suo compagno di giochi prediletto nella strada? E lo sai che cosa ha risposto Sensibile al Solletico? Che se Cocòton fosse stata una buona fanciulla nella vita, avrebbe avuto nell'aldilà la ricompensa di rinascere maschio. »

Ero stanco e irritato, non troppo soddisfatto, in quel momento, del fardello del mio corpo, e pertanto mormorai: « Non riuscirò mai a capire perché tutte le donne credono che sia *soddisfacente* nascere maschi ».

« È per l'appunto quello che ho detto a Cocòton » rispose Bèu, compiaciuta. « Che una femmina è di gran lunga superiore. E fatta, per giunta, di gran lunga meglio, non avendo un'escrescenza che penzola tra le gambe. »

« E ora sta cercando, invece, di farsi crescere una coda dietro? » domandai, indicando la bambina che cercava ancora di guardarsi il fondo della schiena servendosi dello specchio.

« No. Oggi si è accorta che ognuno dei suoi compagni di giochi ha il tlacihuìtztli, e mi ha domandato di che si tratta, senza rendersi conto di averlo anche lei. Adesso sta cercando di esaminarselo. »

Forse, reverendi scrivani, come tutti gli Spagnoli giunti di recente, voi ignorate il segno tlacihuìtztli, poiché mi risulta che non appare su alcuno dei bambini bianchi. E, se figurasse sul corpo dei vostri negri, immagino che sarebbe impercettibile. Ma tutti i nostri neonati vengono al mondo con esso. Può essere grande come un piatto, o piccolo come l'unghia del pollice, e sembra non avere alcuno scopo, poiché gradualmente si riduce, sbiadisce e, dopo i dieci anni circa, scompare completamente.

« Ho detto a Cocòton » continuò Bèu « che quando il tlacihuìtztli sarà scomparso del tutto, ella saprà di essere cresciuta e diventata una giovane signora. »

« Una signora di dieci anni? Non metterle in mente idee troppo fantasiose. »

Bèu disse, altezzosamente: « Come alcune delle stupide idee che le hai messo in mente tu, Zàa? »

« *Io?* » esclamai, stupefatto. « Ho risposto a ognuna delle sue domande con tutta la sincerità di cui ero capace. »

« Cocòton mi ha raccontato che un giorno l'hai portata a passeggiare nel nuovo parco di Chapultèpec; lei ti ha domandato perché l'erba è verde e tu hai risposto che lo era affinché non camminassimo per sbaglio sul cielo. »

« Oh » esclamai. « Be', è stata la risposta più onesta che mi è venuta in mente. Tu ne conosci una migliore? »

« L'erba è verde » rispose Bèu, in tono saputo, « perché gli dei hanno deciso che dovesse essere di quel colore. »

Esclamai: « *Ayya*, non ci avevo mai pensato ». Poi dissi: « Hai ragione ». Annuii e soggiunsi: « Al di là di ogni ombra di dubbio ». Ella sorrise, compiaciuta della propria saggezza, e del fatto che io l'avessi riconosciuta. « Ma dimmi una cosa » continuai « perché gli dei hanno scelto proprio il *verde* invece del rosso o del giallo o di qualche altro colore? »

Ah, Tua Eccellenza arriva giusto in tempo per illuminarmi. Fu il terzo giorno della creazione, non è vero? E tu sei in grado di recitare le parole stesse di Nostro Signore. « Ad ogni creatura che striscia sulla terra io ho dato tutte le verdi erbe. » Difficilmente si potrebbe contestarlo. Il fatto che l'erba è verde appare evidente anche a un non-Cristiano, e naturalmente noi Cristiani sappiamo che Dio la creò così. Ma continuo ancora a domandarmi — nonostante tutti gli anni trascorsi dopo la domanda di mia figlia — perché il Nostro Signore Iddio la creò *verde* anziché, ad esempio...?

Motecuzòma? Com'era?

Capisco. A Tua Eccellenza interessa sapere cose importanti; giustamente ti spazientiscono gli argomenti futili come il colore dell'erba, o le piccole care cose che io rammento della mia famigliola di tanto tempo fa. Ciò nonostante, il grande signore Motecuzòma, in qualsiasi dimenticato luogo possa giacere adesso, non è altro che una chiazza sepolta di materia decomposta, forse discernibile soltanto se l'erba diventa un po' più chiara là ove egli giace. A me sembra che al Nostro Signore Iddio stia molto più a cuore di mantenere verde la Sua erba di quanto si curi di mantenere verde il ricordo dei più grandi nobiluomini.

Sì, sì, Eccellenza, porrò termine alle mie inutili cogitazioni. Riporterò indietro la mente per soddisfare la tua curiosità circa l'indole dell'uomo Motecuzòma Xocòyotzin.

Ed egli altro non era se non un uomo, un mero uomo. Come ho già detto, aveva un anno meno di me, e questo significa che era giunto all'età di trenta e cinque anni quando salì sul trono dei Mexìca, o dell'intero Unico Mondo, come lui avrebbe voluto. Era di statura media per un Mexìcatl, ma il suo corpo era esile di struttura ed egli aveva la testa un pochino troppo grossa, per cui questa lieve sproporzione lo faceva sembrare alquanto più basso di com'era in realtà. Aveva la carnagione di un bel color rame chiaro, gli occhi erano gelidamente luminosi, ed egli sarebbe sembrato bello se non fosse stato per il naso lievemente appiattito, che gli apriva un po' troppo le narici.

Alla cerimonia dell'incoronazione, dopo che si era tolto i mantelli nero e blu dell'umiltà, Motecuzòma indossò vesti di insuperata ricchezza, dalle quali fu possibile arguire il gusto cui si sarebbe attenuto in seguito. Ad ogni apparizione in pubblico egli sfoggiava un costume che non era mai due volte uguale in ogni particolare, ma sempre, in fatto di sontuosità, come ora descriverò:

Portava un maxtlatl o di cuoio rosso o di cotone riccamente ricamato i cui lembi arrivavano sin sotto le ginocchia davanti e dietro. Quel perizoma eccessivamente ampio, sospetto, egli poteva averlo adottato per impedire qualsiasi esposizione accidentale della malformazione degli organi genitali cui ho già accennato. I sandali erano dorati, e a volte, se egli doveva soltanto mostrarsi senza camminare troppo, avevano le suole d'oro massiccio. Poteva sfoggiare qualsiasi numero di gioielli, una collana d'oro con un medaglione che gli copriva il petto quasi interamente; un monile infilato nel labbro inferiore, fatto di cristallo, che racchiudeva una piuma di uccello pescatore; orecchini di giada, e un altro monile, da infilare nel setto nasale, di turchese. Sul capo portava o una coroncina o un diadema d'oro, sormontati da alte piume, o da una di quelle grandi acconciature ad arco fatte interamente di penne caudali, lunghe quanto un braccio, del quetzal tototl.

Ma la caratteristica più imponente del suo modo di vestire era il mantello, sempre tanto lungo da giungergli dalle spalle alle caviglie, e sempre composto dalle più belle piume degli uccelli più rari e preziosi, lavorate invariabilmente nel modo più minuzioso e faticoso. Possedeva mantelli di piume tutte scarlatte, o tutte gialle, o tutte blu o verdi, o di una mescolanza dei vari colori. Ma quello che ricordo meglio era il voluminoso mantello composto esclusivamente con le piume iridescenti, scintillanti, multicolori di colibrì. Se ti rammenterò che la piuma più grande di un colibrì è di poco meno minuscola del minuscolo sopracciglio a ciuffo di una falena, Eccellenza, potrai apprezzare il talento di coloro che lavoravano le piume, le fatiche e l'ingegnosità che erano state necessarie per mettere insieme quel mantello, e il suo valore inestimabile in quanto autentica opera d'arte.

Motecuzòma non aveva ostentato questi suoi gusti dispendiosi e lussuosi durante i due anni di reggenza, mentre Ahuìtzotl viveva ancora, o era vivo soltanto a metà. Motecuzòma e le sue due mogli vivevano allora semplicemente, occupando appena alcune stanze d'angolo dell'antico e ormai alquanto trascurato palazzo costruito dal nonno di lui, Motecuzòma il Vecchio. Egli vestiva con modestia, evitava la pompa e le cerimonie e si asteneva dall'esercitare tutti i poteri consentitigli dalla carica di reggente. Non aveva promulgato alcuna nuova legge, né fondato nuove colonie lungo le frontiere, né provocato nuove guérre. Si era occupato soltanto di quegli affari quotidiani del regno dei Mexìca che non richiedevano né decisioni né dichiarazioni di grande momento.

Tuttavia, non appena divenuto Riverito Oratore, e toltisi i tetri mantelli·blu e nero, Motecuzòma si liberò al contempo di ogni umiltà. Credo di poter meglio dare un'idea di quanto avvenne descrivendo il mio primo incontro con quell'uomo, alcuni mesi dopo che era salito sul trono e quando aveva cominciato a convocare tutti i suoi nobili e i suoi cavalieri per parlare con essi ad uno ad uno. L'intenzione ufficialmente espressa fu che desiderava fare la conoscenza di quei suoi subordinati a lui noti soltanto come nomi su un elenco, ma credo che il vero scopo fosse quello di intimorirci e colpirci tutti con l'ostentazione della sua nuova maestosità e magnificenza. In ogni modo, dopo aver parlato con tutti i nobili e i cortigiani e gli uomini savi, con i sacerdoti e i veggenti e gli stregoni, arrivò, in ultimo, alle file dei Cavalieri dell'Aquila, e, a suo tempo, io stesso fui convocato a corte nella mattinata di un certo giorno. Mi presentai, splendente e di nuovo scomodo, con tutta la pompa dei miei piumaggi, e il castaldo, fuori della porta della sala del trono, disse:

«Vuole il mio signore, il Cavaliere dell'Aquila Mixtli, togliersi l'uniforme?»

«No» risposi recisamente. Era già stato abbastanza faticoso indossarla.

«Mio signore» disse lui, e parve nervoso come un coniglio, «lo richiede un ordine del Riverito Oratore in persona. Se non ti dispiace toglierti la testa d'aquila e il mantello e i sandali artigliati, puoi coprire la corazza con questo.»

«Con *uno straccio*?» esclamai, mentre mi consegnava un indumento informe, fattо con quella tela di fibre di agave della quale ci servivamo per i sacchi. «Non sono venuto a presentare suppliche o petizioni, amico! Come osi?»

«Te ne prego, mio signore» mi esortò lui, torcendosi le mani. «Non sei il primo ad adontarsi. Ma d'ora in avanti la consuetudine è che *chiunque* si presenti al Riverito Oratore entri a piedi nudi e vestito come un mendicante. Non oserei introdurti vestito diversamente. Mi costerebbe la vita.»

«Questo è assurdo» brontolai, ma, per risparmiare il povero

coniglio, mi tolsi l'elmo e il mantello, posai lo scudo e mi avvolsi nella tela di sacco.

« E ora, quando entrerai... » prese a dire l'uomo.

« Grazie » lo interruppi, brusco, « ma so come comportarmi alla presenza degli alti personaggi. »

« Vi sono alcune nuove norme protocollari » disse il poveretto. « Ti esorto, mio signore, a non dispiacerti e a non prendertela con me. Io mi limito a renderti partecipe degli ordini impartiti. »

« Sentiamo » dissi, a denti stretti.

« Vi sono tre segni tracciati con il gesso sul pavimento, tra la porta e il trono del Riverito Oratore. Entrando, vedrai il primo segno subito al di là della soglia. Là dovrai chinarti e fare il gesto del tlalqualìztli — il dito dal pavimento alle labbra — dicendo "Signore". Ti porterai quindi fino al secondo segno, di nuovo prosternandoti e dicendo "Mio signore". Quindi arriverai al terzo segno, bacerai la terra e dirai "Mio grande signore". Non ti rialzerai finché lui non ti avrà invitato a farlo e non ti avvicinerai alla sua persona più di quel terzo segno. »

« Ma questo è incredibile » dissi.

Evitando il mio sguardo, il castaldo continuò. « Ti rivolgerai al Riverito Oratore soltanto quando egli ti porrà una domanda diretta che richieda la tua risposta. Non alzare mai, in alcun momento, la voce e limitati a un mormorio discreto. Il colloquio avrà termine quando lo dirà il Riverito Oratore. In quel momento farai il tlalqualìztli ove ti troverai. Poi uscirai camminando all'indietro... »

« Questa è follia. »

« Camminerai *all'indietro*, tenendo sempre il volto e il davanti della tua persona rispettosamente verso il trono, ti chinerai baciando la terra ad ogni segno tracciato con il gesso e continuerai a camminare all'indietro finché non avrai varcato la soglia, trovandoti in questo corridoio. Soltanto allora potrai rivestirti e riassumere il tuo rango... »

« Nonché la mia dignità di uomo » dissi, in tono aspro.

« *Ayya*, ti supplico, mio signore » disse il terrorizzato coniglio. « Non tentare alcun sarcasmo là dentro, alla sua presenza. Non usciresti camminando all'indietro, ma fatto a pezzi. »

Quando mi fui avvicinato al trono nel modo prescritto e umiliante, dicendo, agli opportuni intervalli, « Signore... mio signore... mio grande signore », Motecuzòma mi lasciò prosternato per un lungo momento prima di dire in tono condiscendente, strascicando le parole: « Puoi rialzarti, Cavaliere dell'Aquila Chicòme-Xochtl Tlilèctic-Mixtli ».

Allineati dietro il trono si trovavano gli anziani del Consiglio, la maggior parte di essi, naturalmente, quelli rimasti dai regni precedenti; ma v'erano due o tre facce nuove. Uno dei nuovi era l'appena nominata Donna Serpente, Tlàcotzin. Erano tutti a piedi nudi e, in luogo dei consueti mantelli gialli, emblemi dell'alta carica, indossavano la mia stessa misera tela di sacco e sembravano infelici per questo. Il trono del Riverito Oratore era una sedia icpàli modestamente bassa, che non si trovava neppure su una pedana, ma l'eleganza del costume di lui — specie in contrasto con quello degli altri presenti nella stanza — smentiva ogni finzione di modestia. Egli teneva in grembo numerose carte di corteccia, spiegate in tutta la loro lunghezza, per cui pendevano sino al pavimento a ciascun lato, e aveva appena letto, evidentemente, su una di esse le mie complete generalità. Subito dopo consultò con ostentazione vari riquadri di differenti scritti, poi disse:

«Sembra che mio zio Ahuìtzotl si proponesse di elevarti un giorno al Consiglio Parlante, Cavaliere Mixtli. Io non me lo propongo affatto».

«Ti ringrazio, Signore Oratore» dissi, ed ero sincero. «Non ho mai aspirato a...»

Egli mi interruppe, con una voce tagliente. «Parlerai soltanto quando ti farò capire con una domanda che la tua risposta è richiesta.»

«Sì, mio signore.»

«E anche questa risposta non era richiesta. L'ubbidienza non deve essere espressa, è data per scontata.»

Tornò a studiare le carte, mentre io tacevo, ardendo di rabbia. Avevo giudicato un tempo Ahuìtzotl stupidamente pomposo, con la sua mania di parlare di se stesso al plurale, ma, in retrospettiva, sembrava cordiale ed espansivo se paragonato a questo suo nipote gelidamente distaccato.

«Le carte e i diari dei tuoi viaggi sono eccellenti, Cavaliere Mixtli. Le carte del Texcàla potranno essere utilizzate immediatamente, poiché mi propongo di dichiarare una nuova guerra che farà cessare per sempre la sfida di quei Texaltèca. Ho qui, inoltre, le tue carte delle vie dei traffici meridionali, sino alla regione dei Maya. Tutte superbamente particolareggiate. Un lavoro davvero ottimo.» Si interruppe, poi riportò lo sguardo gelido su di me. «Puoi dire "grazie" quando il tuo Riverito Oratore ti complimenta.»

Doverosamente dissi «Grazie» e Motecuzòma continuò:

«Mi risulta che negli anni trascorsi da quando consegnasti queste carte a mio zio, tu hai compiuto altri viaggi». Aspettò e, quando io non risposi, latrò:

«Parla!»

«Non mi è stata posta una domanda, mio signore.»

Sorridendo senza umorismo, egli disse, molto puntigliosamente: «Anche nel corso di questi viaggi successivi hai disegnato carte?»

«Sì, Signore Oratore, o mentre stavo viaggiando, o immediatamente dopo il ritorno a casa, quando il ricordo delle caratteristiche del paesaggio era ancora fresco nella mia mente.»

«Consegnerai quelle carte qui al palazzo. Me ne avvarrò quando, in seguito, muoverò guerra ad altri paesi, dopo il Texcàla.»

Tacqui; l'ubbidienza era data per scontata. Egli continuò: «Mi risulta, inoltre, che conosci in modo ammirevole molte lingue delle province».

Aspettò di nuovo. Dissi: «Grazie, Signore Oratore».

Ringhiò: «Questo non era un complimento!»

«Hai detto "ammirevole", mio signore.»

Alcuni membri del Consiglio fecero roteare gli occhi, altri li chiusero.

«Falla finita con le insolenze! Quali lingue parli?»

«Del nàhuatl conosco sia il linguaggio colto, sia quello del volgo parlato qui a Tenochtìtlan. Conosco inoltre il più raffinato nàhuatl di Texcòco, e i vari, rozzi dialetti parlati in regioni straniere, come il Texcàla.» Motecuzòma, spazientito, tamburellò con le dita su un ginocchio. «Parlo scorrevolmente il lòochi degli Tzapotèca e, ma non altrettanto scorrevolmente, i vari dialetti dei Porè del Michihuàcan. Riesco a farmi capire nella lingua dei Mixtèca, in vari linguaggi degli Olmèca, nella lingua dei Maya e nei numerosi dialetti derivati dal maya. Conosco alcune parole degli Otomìte e...»

«Basta» disse Motecuzòma, aspro. «Può darsi che possa darti un'occasione di esercitare i tuoi talenti quando muoverò guerra a qualche nazione della quale non conosco il modo di dire "ci arrendiamo". Ma per il momento le tue carte basteranno. Affrettati a consegnarle.»

Non dissi nulla; l'ubbidienza era data per scontata. Alcuni degli uomini anziani del Consiglio stavano pronunciando parole silenziosamente, ma urgentemente rivolte a me, ed io mi domandai il perché finché Motecuzòma urlò, quasi: «Quello era il *congedo*, Cavaliere Mixtli!»

Indietreggiai dalla sala del trono, come richiesto, poi, nel corridoio, mentre mi toglievo di dosso la tela di sacco da mendicante, dissi al castaldo: «Quell'uomo è pazzo. Ma si tratta di un tlahuèle o soltanto di uno xolopìtli?» La lingua nàhuatl ha due parole che significano pazzia. La prima si riferisce, semplicemente, a una follia innocua, la seconda a una pericolosa forma di pazzia furiosa. Entrambi i termini fecero trasalire il castaldo.

«Ti prego, mio signore, abbassa il tono della voce.» Poi egli farfugliò: «Sono disposto ad ammetterlo, ha le sue stranezze. Vuoi saperne una? Consuma un solo pasto al giorno, la sera, ma pretende che gli vengano preparati ventine, e anche centinaia di piatti, tutti diversi, in modo che, quando giunge l'ora di cena, può scegliere qualsiasi cibo gli venga in mente in quel momento. E dei moltissimi cucinati per lui può accadere che ne gusti uno solo, o al massimo ne spilluzzichi altri due o tre».

«E gli altri vengono gettati via?» domandai.

«Oh, no. Ad ogni pasto invita tutti i suoi favoriti, e i signori di più alto rango, quelli che sono raggiungibili dai messaggeri. E quei signori accorrono, a decine o addirittura a centinaia, anche se ciò significa lasciare a mezzo la loro cena e allontanarsi dalla famiglia, e mangiano tutti i cibi rifiutati dallo Uey-Tlatoàni.»

«Strano» mormorai. «Non avrei creduto che a Motecuzòma piacesse molto la compagnia, anche all'ora dei pasti.»

«Non la gradisce, in realtà. Gli altri signori mangiano nella stessa vasta sala da pranzo, ma ogni conversazione è vietata e inoltre non riescono nemmeno a intravedere il Riverito Oratore. Un alto paravento viene collocato intorno all'angolo ove egli siede per cenare, per cui non può essere né visto, né molestato. I signori che invita non si renderebbero conto della sua presenza se non fosse che Motecuzòma, di quando in quando, se gradisce in modo particolare qualche piatto, lo fa portare in giro per la sala, e tutti devono assaggiarlo.»

«Allora non è pazzo» dissi. «Rammenta, è sempre corsa la voce che lo Uey-Tlatoàni Tixoc sarebbe morto di veleno. Quanto tu hai appena descritto può sembrare eccentrico e stravagante, ma non è escluso che sia uno scaltro espediente di Motecuzòma per assicurarsi di non finire nell'aldilà nello stesso modo di suo zio Tixoc.»

Molto tempo prima di incontrarmi con Motecuzòma avevo provato nei suoi riguardi una considerevole antipatia. E se quel giorno mi allontanai dal palazzo albergando un sentimento nuovo per l'uomo, si trattò soltanto di blanda compassione. Sì, compassione. Pareva a me che un governante avrebbe dovuto indurre gli altri a decantare le sue alte doti, invece di vantarle egli stesso; e che gli altri avrebbero dovuto baciare la terra in suo onore soltanto perché lo meritava, e non perché lo esigeva. A parer mio, tutto il protocollo, e i rituali, e la magnificenza di cui Motecuzòma si circondava erano più pretenziosi, e persino patetici, che maestosi. Come gli eccessi di lui in fatto di abbigliamento, si limitavano ad essere l'apparenza della grandezza voluta da un uomo inquieto, insicuro, niente affatto certo di essere grande.

Giunsi a casa e vi trovai Cozcatl venuto a farmi visita e in attesa di riferirmi le ultime notizie sulla sua scuola. Mentre cominciavo a togliermi la tenuta di Cavaliere dell'Aquila, per indossare qualcosa di più comodo, egli si stropicciò le mani, di ottimo umore, e annunciò:

«Il Riverito Oratore Motecuzòma mi ha assunto affinché mi occupi dell'addestramento di tutto il personale del palazzo, servi e schiavi, dal più altolocato dei castaldi all'ultimo sguattero».

Era, questa, una notizia talmente buona che ordinai a Turchese di portarci una caraffa di octli tenuto in fresco, affinché potessimo festeggiare. Giunse di corsa anche Cantore di Stelle, con una poquìetl da accendere per entrambi.

«Però torno adesso dal palazzo» dissi a Cozcatl. «E ho avuto l'impressione che i servi di Motecuzòma siano già bene addestrati — o per lo meno impauriti fino a strisciare nella polvere — né più né meno come i membri del Consiglio ed ogni altra persona della corte.»

«Oh, i suoi servi *servono* abbastanza bene» disse Cozcatl. Succhiò la cannuccia della poquìetl e soffiò fuori un anello di fumo. «Ma egli vuole che divengano perfetti e raffinati, così da essere alla stessa altezza del personale di Nezahualpìli a Texcòco.»

Dissi: «Sembra che l'invidia e la rivalità del nostro Riverito Oratore non si limitino alla servitù perfetta della corte di Texcòco. Potrei anche parlare di animosità. Motecuzòma mi ha detto oggi che si propone di dichiarare una nuova guerra al Texcàla, la qual cosa non è sorprendente. Non ha detto però, ma io l'ho sentito dire altrove, che ha tentato di ordinare a Nezahualpìli di guidare l'attacco, e con truppe Acòlhua come nerbo dell'esercito. Ho saputo inoltre che Nezahualpìli ha declinato con la massima fermezza tale onore, e ne sono lieto: in fin dei conti, egli non è più giovane. Sembra però che Motecuzòma vorrebbe fare come fece Ahuìtzotl ai tempi della nostra guerra, Cozcatl: decimare gli Acòlhua, o addirittura costringere lo stesso Nezahualpìli a cadere in combattimento».

Cozcatl disse: «Può darsi, Mixtli, che il movente di Motecuzòma sia lo stesso di quello di Ahuitzotl, allora».

Bevvi un corroborante sorso di octli e dissi: «Ti riferisci a quello che io temo?»

Cozcatl annuì. «A quella sposa-bambina di Nezahualpìli, il cui nome non viene più menzionato. Essendo la figlia di Ahuìtzotl, ella era cugina di Motecuzòma... e forse qualcosa di più che cugina, per lui. Qualunque possa essere il significato della cosa, Motecuzòma indossò le nere vesti del sacerdozio e del celibato immediatamente dopo l'esecuzione di lei.»

Osservai: «Una coincidenza che invita davvero alle congetture» e vuotai la tazza di octli. Mi rianimò quanto bastava perché aggiungessi: «Bene, già da molto tempo egli ha rinunciato al sacerdozio, e ora ha legalmente due mogli e ne prenderà altre ancora. Speriamo che, in ultimo, dimentichi la sua animosità nei confronti di Nezahualpìli. Speriamo inoltre che non scopra mai la parte avuta da noi due nella rovina della sua cuginetta».

Cozcatl disse, allegramente: «Non preoccuparti. Il buon Nezahualpìli ha sempre taciuto per quanto concerne il nostro coinvolgimento. E Ahuìtzotl non ci ha mai posti in rapporto con quell'episodio. Anche Motecuzòma non ne sa niente, altrimenti non favorirebbe di certo la mia scuola».

Risposi, con sollievo: «Probabilmente hai ragione». Poi risi e soggiunsi: «Sembri impervio alle preoccupazioni, e anche al dolore». Poi additai la sua poquìetl. «Non ti stai scottando seriamente?»

Non si era accorto di avere abbassato la mano, stretta intorno alla cannuccia della pipa accesa e fumante, così da appoggiare la brace ardente della pipa stessa contro la nuda pelle dell'altro braccio. Non appena ebbi richiamato la sua attenzione, spostò di scatto la poquìetl e guardò imbronciato il segno di un rosso vivo rimastogli sulla pelle.

«A volte concentro a tal punto l'attenzione su qualcosa» mormorò «da non accorgermi di inezie come questa.»

«Inezie?» dissi. «Deve farti più male della puntura di una vespa. Ora chiamo Turchese affinché porti un unguento.»

«No, no, non è nulla... non sento quasi niente» egli disse, e si alzò. «Ci rivedremo presto, Mixtli.»

Stava uscendo di casa quando Bèu Ribè entrò dopo aver fatto qualche commissione. Cozcatl la salutò cordialmente, come sempre, ma il sorriso che ella gli rivolse parve alquanto teso e, quando lui se ne fu andato, Bèu mi disse:

«Ho incontrato sua moglie per la strada e ci siamo scambiate qualche parola. Quequelmìqui deve sapere che conosco la storia di Cozcatl, della sua ferita, e del fatto che si sono sposati rassegnandosi ad essa. Ma sembrava radiosamente felice e mi ha guardata con una sorta di sfida negli occhi, quasi avesse voluto provocarmi a dire qualcosa».

Un po' stordito dall'octli, domandai: «Dire qualcosa a quale proposito?»

«A proposito del fatto che è incinta. La cosa salta agli occhi di qualsiasi donna.»

«Devi sbagliarti» esclamai. «Sai bene che è impossibile.»

Ella mi scoccò un'occhiata spazientita. «Potrà essere impossibile, ma non mi sbaglio. Anche una zitella riconosce quello stato. Non potrà trascorrere molto tempo prima che persino il marito se ne accorga. E allora cosa accadrà? »

Non sapevo quale risposta dare a questa domanda, e Bèu uscì dalla stanza senza aspettarla, lasciandomi lì a riflettere. Avrei dovuto capire, quando Sensibile al Solletico era venuta a supplicarmi di renderle possibile l'esperienza che non poteva esserle data dal marito, come in realtà ella volesse da me qualcosa di più duraturo dell'esperienza stessa. Voleva un bambino o una bambina — una Cocòton tutta sua — e chi meglio del padre della stessa Cocòton avrebbe potuto dargliela? Molto probabilmente, Sensibile al Solletico era venuta da me dopo aver mangiato carne di volpe, o erba cihuapàtli, o una di quelle altre sostanze che si supponeva garantissero la fecondazione delle donne. Bene, per poco non *avevo* ceduto alle sue lusinghe. Soltanto l'inaspettato arrivo di Bèu mi aveva fornito un pretesto per rifiutare. Pertanto non ero io il padre, né poteva esserlo Cozcatl, per cui doveva trattarsi di qualcun altro. Sensibile al Solletico mi aveva detto chiaramente che sarebbe ricorsa ad altri espedienti. Dissi a me stesso: «Quando la mandai via di qui, le rimaneva tutto il resto di quella giornata...»

Senza alcun dubbio, la cosa avrebbe dovuto preoccuparmi molto di più, ma stavo allora lavorando duramente per eseguire l'ordine di Motezucòma, quello di consegnare tutte le carte dei miei viaggi. Mi attenni all'ordine stesso, ma concedendomi qualche libertà. Non consegnai al palazzo le carte originali, ma mi concessi il tempo di copiarle tutte, e le consegnai ad una ad una, man mano che venivano completate. Giustificai il ritardo spiegando che molti degli originali erano frammentari, rovinati dal viaggio e in parte eseguiti su carta di corteccia di pessima qualità, o addirittura incisi su foglie di viti, e che pertanto volevo consegnare al mio Signore Oratore disegni nuovi, chiari e duraturi. Il pretesto non era del tutto inventato, ma la ragione vera consisteva nel fatto che le carte originali erano preziose per me come ricordo dei miei vagabondaggi, alcuni dei quali compiuti in compagnia dell'adorata Zyanya, ed io volevo, semplicemente, conservarle.

Inoltre, avrei potuto voler ripercorrere di nuovo quegli itinerari, e forse anche spingermi oltre, senza più fare ritorno, qualora il regno di Motecuzòma avesse reso Tenochtìtlan troppo inospitale per me. Tenendo presente tale possibile emigrazione, omisi alcuni particolari significativi dalle copie delle carte fornite allo Uey-Tlatoàni. Ad esempio, non vi lasciai alcuna indicazione del nero lago ove avevo trovato per caso le gigantesche zanne di cinghiale; se esistevano laggiù altri tesori, avrei potuto un giorno averne bisogno.

Quando non lavoravo, trascorrevo tutto il tempo possibile con mia figlia. Avevo preso la piacevole abitudine di raccontarle una storia ogni pomeriggio e, naturalmente, le narravo episodi che avrebbero particolarmente interessato me alla sua stessa età: episodi ricchi d'azione, di violenza, e avventurosi all'estremo. In effetti, si trattava quasi sempre di veridici resoconti delle mie esperienze. O di una verità lievemente abbellita, o di una verità lievemente diluita, a seconda dei casi. Questi racconti esigevano spesso che ruggissi come un giaguaro infuriato, o squittissi come una scimmia-ragno irritata, o ululassi come un coyote malinconico. E quando alcuni di quei miei suoni sgomentavano Cocòton, mi inorgogliva il talento di cui davo prova narrando una avventura in modo così vivido da dare, a chi mi ascoltava, la sensazione di esserne *partecipe* o quasi. Ma un giorno la bimbetta venne da me alla solita ora in cui la divertivo in quel modo e mi disse, con la massima solennità:

«Possiamo parlare, Tete, come farebbero persone adulte?».

Mi divertì una così grave serietà da parte di una bambina che aveva circa sei anni, ma risposi, altrettanto austeramente: «Certo che possiamo, Piccola Briciola. Che cosa hai in mente?».

«Vorrei dirti che, secondo me, i tuoi racconti non sono i più adatti per una bambina.»

Alquanto stupito, e persino offeso, dissi: «Spiegami quali sono le tue lagnanze a proposito di questi racconti non adatti».

Ella rispose come se stesse placando un bambino petulante ancor più piccolo di lei: «Sono certa che siano *ottimi* racconti. Sono certa che a un *ragazzo* piacerebbe moltissimo ascoltarti. Ai ragazzi *piace* essere spaventati, credo. Il mio amico Chacàlin» e fece un gesto nella direzione della casa di un vicino «a volte imita i suoni degli animali e poi ha tanta paura della *sua stessa voce* che si mette a piangere. Se vuoi, Tete, porterò qui lui ogni pomeriggio, ad ascoltare i racconti al posto mio».

Risposi, forse in un tono di voce un pochino risentito: «Chacàlin ha suo padre per farsi narrare racconti. Racconti senza alcun dubbio appassionanti, le avventure di un mercante di terraglie nella piazza di Tlaltelòlco. Ma, Cocòton, non mi sono mai accorto che tu piangessi mentre ti raccontavo una storia».

«Oh, non piangerei mai. Non davanti a te. Piango di notte, a letto, quando sono sola. Infatti ricordo i giaguari e i serpenti e i banditi, e si presentano tutti ancor più vivi nell'oscurità, e mi inseguono nei sogni.»

«Mia cara bambina!» esclamai, traendola a me. «Perché non me lo hai detto prima?»

«Non sono molto coraggiosa.» Ella affondò il viso contro la mia spalla. «Non con i grossi animali. E, immagino, nemmeno con un grosso padre.»

«D'ora in avanti» le promisi «cercherò di sembrarti più piccolo. E non ti parlerò più di bestie feroci e di banditi in agguato. Cosa preferiresti che ti raccontassi?»

Ella rifletté, poi domandò timidamente: «Tete, non hai mai avuto avventure *comode*?»

Non mi venne in mente alcuna risposta immediata a questa domanda. Non riuscivo nemmeno a immaginare che cosa potesse essere un'«avventura comoda», a meno che non si trattasse di qualcosa di simile a quanto poteva accadere al padre di Chacàlin: vendere ai clienti una brocca screpolata facendola franca. Ma poi ricordai qualcosa e dissi:

«Una volta ho avuto un'avventura *ridicola*. Questa potresti gradirla?»

Cocòton rispose: «*Ayyo*, sì, mi piacerebbe un racconto ridicolo!»

Mi distesi, supino, sul pavimento e flettei le ginocchia. Poi le additai e dissi: «Questo è un vulcano, un vulcano a nome Tzebòruko, che significa sbuffare di rabbia. Ma, te lo prometto, io non sbufferò. Mettiti a sedere qui, proprio sul suo cratere».

Quando ella mi si fu appollaiata sulle rotule delle ginocchia, dissi il tradizionale «Oc ye nechca» e cominciai a raccontarle come il traboccare della lava del vulcano mi avesse colto stupidamente nel bel mezzo della baia oceanica. Nel corso del racconto, mi astenni dall'imitare i rumori della lava che erompeva e il suono del vapore bollente, ma, al momento culminante della storia, gridai a un tratto «*Uiuiòni!*» e agitai le ginocchia, poi le spinsi verso l'alto. «E, *o-o-òmpa!* Ecco che finii in acqua!» Il sobbalzo fece perdere l'equilibrio a Cocòton, per cui, all'*òmpa*, ella scivolò giù per le mie cosce finendomi con un tonfo sul ventre. Questo mi tolse il respiro e la fece ridacchiare di gioia.

Sembrava che avessi trovato un racconto, e un modo di narrarlo, eminentemente adatto a una bimbetta. Ogni pomeriggio, per molto tempo in seguito, dovetti imitare l'Eruzione del Vulcano. Sebbene fossi riuscito a escogitare altri racconti non paurosi, Cocòton, invariabilmente, insisteva affinché le raccontassi, e le dimostrassi, in qual modo lo Tzebòruko mi aveva scaraventato fuori dell'Unico Mondo. Le narrai l'episodio più e più e più volte, sempre con la partecipazione di lei... tremula sulle mie ginocchia mentre indugiavo e tiravo ancora più in lungo la tensione dei preliminari, poi allegra quando la facevo sobbalzare, squittente mentre scivolava, e infine scossa dalle risate mentre mi udiva risucchiare il respiro piombando giù con un tonfo. Il

Vulcano in Eruzione continuò a eruttare ogni giorno finché Cocòton divenne abbastanza grande perché Bèu cominciasse a disapprovarne il comportamento che «non si addiceva a una signorina» e la bambina stessa cominciò a trovare «infantile» quel gioco. Mi dispiacque alquanto vedere mia figlia uscire dall'infanzia, ma stavo cominciando ormai ad essere alquanto stanco di quegli scossoni al ventre.

Inevitabilmente, giunse il giorno in cui Cozcatl tornò a farmi visita: aveva gli occhi orlati di rosso, la voce rauca e le mani di lui, con le dita intrecciate, si torcevano come se stessero lottando l'una contro l'altra.

Gli domandai, con dolcezza: «Hai pianto, amico mio?».

«Senza alcun dubbio, ne ho avuto il motivo» rispose lui, con quella voce ghiaiosa. «Ma anzi, no. Non è vero. Il fatto è...» Districò le dita per fare un gesto di disperazione. «Da qualche tempo a questa parte, sia i miei occhi, sia la lingua, sembrano, in qualche modo, essersi inspessiti... rivestiti da una pellicola.»

«Mi dispiace» dissi. «Hai consultato un medico?»

«No, e non sono venuto a parlare di questo. Mixtli, sei stato tu?»

Evitai ogni ipocrita simulazione di ignoranza. Risposi: «So che cosa vuoi dire. Me ne ha parlato Bèu, qualche tempo fa. Ma no, non sono stato io».

Egli annuì e disse, addolorato: «Ti credo. Ma questo rende la cosa ancor più difficile a sopportarsi. Non saprò mai chi sia stato. Anche se la percuotessi a morte, non credo che ella me lo rivelerebbe. E non sarei capace di percuotere Quequelmìqui».

Riflettei un momento, poi dissi: «Ti rivelerò una cosa. Quequelmìqui *voleva* che fossi io il padre».

Egli tornò ad annuire, come un vecchio paralitico. «Lo avevo immaginato. Era logico che desiderasse una bambina il più possibile somigliante a tua figlia.» Dopo un silenzio, soggiunse: «Se ti fossi prestato, sarebbe stato doloroso per me, ma avrei potuto sopportarlo...»

Con una mano, si accarezzò una chiazza curiosamente pallida sulla gota, una chiazza dal colore quasi argenteo. Mi domandai se non si fosse di nuovo, distrattamente scottato. Poi notai che le dita della mano di lui erano quasi altrettanto esangui sulle punte. Egli continuò: «La mia povera Quequelmìqui. Sarebbe forse riuscita a sopportare il matrimonio con un uomo asessuato, credo. Ma, dopo aver concepito un affetto così materno per tua figlia, non le è più stato possibile accettare una unione infeconda».

Guardò fuori della finestra e parve straziato. La mia bimbetta stava giocando fuori, in istrada, con alcuni piccoli amici.

«Speravo... ho cercato di procurarle un surrogato soddisfacente. Ho organizzato un corso speciale per i figli dei servi che già sono miei allievi, un corso tale da prepararli a divenire domestici perfetti come i loro genitori. Ma la ragione vera era la speranza di riuscire a distrarre mia moglie, facendo in modo che amasse quei bambini. Purtroppo si trattava dei figli di altre persone... ed ella non li conosceva sin dall'infanzia come Cocòton...»

«Ascolta, Cozcatl» dissi. «Questo bambino che ella ha nell'utero non è tuo. Non sarebbe mai potuto esserlo. Ma, a parte il seme, il bambino è *suo*. Ed ella è la tua diletta moglie. Supponi di avere sposato una vedova, già madre di una creaturina. Ti tormenteresti, forse, se fosse stato così?»

«Ha già tentato anche lei questo ragionamento con me» disse Cozcatl, brusco. «Ma in tal caso, vedi, non si sarebbe trattato di un tradimento. Dopo tanti anni di matrimonio felice. Felice per me, almeno.»

Ricordai gli anni durante i quali Zyanya ed io eravamo stati tutto l'uno per l'altra, cercai di immaginare che cosa avrei provato se ella mi fosse stata infedele, e infine dissi: «Ti capisco sinceramente, amico mio. Ma il tradimento peserà su *tua moglie*. È una donna splendida e il bambino sarà bellissimo. Posso quasi assicurarti che ben presto ti sorprenderai ad accettarlo, ad accoglierlo nel cuore. Conosco la tua indole buona e affettuosa, e so che puoi amare un bambino senza padre profondamente quanto io amo mia figlia senza madre».

«Non precisamente senza padre» ringhiò lui.

«È il figlio di tua moglie» insistetti. «Tu sei suo marito. Sei il padre del bambino. Se ella non vuole rivelare il nome del responsabile nemmeno a te, difficilmente lo rivelerà ad altri. E, quanto alle circostanze fisiche, chi altri lo sa? Bèu ed io, sì, ma puoi star certo che non ne parleremo mai. Ghiotto di Sangue è morto da un pezzo, ed è morto anche l'anziano medico di corte che ti curò e ti guarì. Non riesco a pensare a nessun altro che possa...»

«Io ci riesco!» mi interruppe lui, torvo. «L'uomo che *è* il padre. Potrebbe trattarsi di un ubriacone di octli che ha vantato la propria conquista, da mesi, in ogni taverna lungo il lago. Potrebbe persino presentarsi a casa nostra, un giorno, e pretendere...»

Dissi: «È il caso di supporre che Sensibile al Solletico abbia saputo essere discreta e capace di discriminare». Lo dissi anche se, in cuor mio, non potevo esserne certo.

«C'è un'altra cosa» continuò Cozcatl. «Ella ha ora goduto un... un rapporto sessuale naturale. Potrà mai essere ancora soddisfatta delle mie... delle mie prestazioni? Non può essere che vada di nuovo in cerca di un *uomo*?»

Dissi, con severità: «Ti stai tormentando a causa di possibilità che, molto probabilmente, non si avvereranno mai. Quequelmìqui voleva un bambino, ecco tutto, e ora lo avrà. Posso assicurarti che le madri hanno poco tempo per la promiscuità».

«Yya ouiya» sospirò lui, raucamente. «Vorrei che *fossi* tu il padre, Mixtli. Se sapessi che a far questo è stato il mio più vecchio amico... oh, mi ci sarebbe voluto un po' di tempo, ma in ultimo avrei potuto rassegnarmi...»

«Finiscila, Cozcatl!» Mi stava facendo sentire due volte colpevole... perché *ero* stato quasi sul punto di accoppiarmi con sua moglie... e perché *non* mi ero accoppiato con lei.

Ma non volle lasciarsi azzittire. «Vi sono anche altre considerazioni» disse, vagamente. «Ma non importa. Se il bambino che ha in sé fosse tuo, potrei rassegnarmi ad aspettare... potrei essere un padre, almeno per qualche tempo...»

Sembrava essere scivolato in farneticazioni prive di senso. Cercai disperatamente parole che riuscissero a riportarlo in sé. Ma all'improvviso scoppiò a piangere... gli aspri, rauchi, asciutti singhiozzi con i quali piange un uomo; niente di simile al pianto dolce, liquido, quasi musicale, di una donna... e uscì di corsa da casa mia.

Non lo rividi mai più. E il resto è orribile, per cui ne parlerò rapidamente. Quello stesso pomeriggio, Cozcatl si allontanò da casa, dalla scuola, dagli allievi — compresi tutti i servi della corte affidati a lui — andò ad arruolarsi nelle truppe della Triplice Alleanza che si stavano battendo contro i Texcàla e si gettò contro la punta di una lancia nemica.

Quella brusca partenza e la sua morte improvvisa furono causa di molta meraviglia e di dolore tra i tanti amici di Cozcatl, ma si suppose in genere che il movente fosse stato una troppo temeraria lealtà nei confronti del suo protettore, lo Uey-Tlatoàni. Né Sensibile al Solletico, né Bèu, né io, dicemmo mai una sola parola che potesse insinuare dubbi in questa teoria, o nella convinzione, altrettanto diffusa, che la sporgenza sotto la gonna di sua moglie fosse stata causata da lui prima di recarsi così avventatamente a combattere.

Dal canto mio, non dissi nulla ai comuni conoscenti, o anche a Bèu, di un certo sospetto che mi tormentava. Ricordavo alcune frasi incompiute di Cozcatl: «Potrei rassegnarmi ad aspettare... Potrei essere un padre, almeno per qualche tempo...». E ricordavo la scottatura della poquìetl che non aveva sentito, la sua voce impastata, gli occhi orlati di rosso, la chiazza di un pallore argenteo sul viso...

La cerimonia funebre venne celebrata sulla maquàhuitl e sullo scudo di lui, portati a casa dal campo di battaglia. In tale occasione, in compagnia di innumerevoli altri partecipanti al lutto, porsi con freddezza le condoglianze di rito alla vedova, e in seguito evitai deliberatamente di rivederla. Cercai invece il guerriero Mexìcatl che aveva portato le reliquie di Cozcatl ed era stato presente alla loro sepoltura. Gli posi una brusca domanda e, dopo avere spostato il proprio peso da un piede all'altro, esitante per qualche momento, egli rispose:

« Sì, mio signore. Quando il medico del nostro reparto gli strappò la corazza dal petto intorno alla ferita, trovò gonfiori e chiazze squamose su gran parte del suo corpo. Tu hai indovinato, mio signore. Egli era affetto dal tèococolìztli. »

Questa parola significa Essere Divorati dagli Dei. Ovviamente, la malattia è nota anche nell'Antico Mondo dal quale voi venite, poiché i primi Spagnoli qui giunti esclamarono « Lebbra! » quando si imbatterono in certi uomini e in certe donne cui mancavano le dita delle mani o dei piedi, il naso, o — negli ultimi stadi del male — gran parte della faccia addirittura.

Gli dei possono cominciare a divorare i teocòcox, da essi predestinati, all'improvviso o a poco a poco, e possono divorarli adagio o voracemente, o in vari altri modi diversi, ma nessuno dei Divorati da Dio si è mai sentito onorato per essere stato così prescelto. A tutta prima si può provare soltanto insensibilità in alcune parti del corpo, come nel caso di Cozcatl, che non sentì l'ustione all'avambraccio. Può esservi, inoltre, un inspessimento dei tessuti sotto le palpebre, entro il naso e la gola, per cui la vista del malato diminuisce, la voce gli diventa rauca, ed egli deglutisce e respira con difficoltà. La pelle del corpo può diventare secca e staccarsi a croste, oppure può gonfiarsi formando innumerevoli noduli che poi scoppiano e divengono piaghe suppuranti. La malattia è invariabilmente fatale, ma il suo aspetto più orribile consiste nel fatto che di solito impiega moltissimo tempo per divorare completamente la vittima. Le più piccole estremità del corpo — dita, naso, orecchie, tepùli, dita dei piedi — vengono rosicchiate per prime, lasciando soltanto buchi o moncherini viscidi. La pelle della faccia diventa simile a cuoio, grigio-argentea, poi si stacca e pende, per cui quella sulla fronte di una persona può arrivare fino al punto in cui si trovava il naso. Le labbra possono gonfiarsi e il labbro inferiore può divenire tanto greve e pendulo da costringere il malato a tenere sempre la bocca aperta.

Ma anche a questo punto gli dei continuano placidamente il

loro pasto. Può essere questione di mesi o di anni prima che il teocòcox non sia più in grado di vedere o di parlare o camminare, o anche di servirsi dei moncherini delle mani prive di dita. E può, ciò nonostante, continuare a vivere — immobilizzato su un letto, inerte, puzzolente di putrefazione, soffrendo questa abiezione spaventosa — anche per molti anni prima di soffocare, infine, o di essere strozzato dalla malattia. Ma non molti uomini o donne decidono di sopportare una simile mezza-esistenza. Anche se riuscirebbero a sopportarla, le persone a loro più care non riescono a sopportare molto a lungo l'orrore, che rivolta lo stomaco, di provvedere alle loro necessità e alle funzioni corporee. Quasi tutti i Divorati da Dio decidono di vivere soltanto finché sono ancora in qualche modo umani, poi si tolgono la vita con il veleno, o con una garrotta improvvisata, o con un pugnale... oppure escogitano qualche modo per andare incontro alla Morte Fiorita, come fece Cozcatl.

Egli sapeva ciò che lo aspettava, ma amava tanto la sua Quequelmìqui che avrebbe sopportato e sfidato il Dio Divoratore il più a lungo che gli fosse stato possibile... o il più a lungo che fosse stato possibile a *lei*, senza indietreggiare inorridita. Anche dopo essersi reso conto che la moglie lo aveva tradito, Cozcatl sarebbe potuto rimanere per vedere il bambino — per essere padre almeno temporaneamente, come mi disse — se avesse saputo che il bambino stesso era mio. Ma non lo era; Quequelmìqui lo aveva tradito con un estraneo. Egli non desiderava più rinviare l'inevitabile; e così andò a impalarsi su una lancia Texaltèca.

Provai molto di più della semplice sofferenza della perdita, rimanendo orbato del mio amico Cozcatl. In fin dei conti, ero stato responsabile di lui per gran parte della sua vita, sin da quando lo avevo avuto come un piccolo schiavo di nove anni a Texcòco. E già allora, per poco non avevo causato la sua morte coinvolgendolo nella mia campagna di vendetta contro il Signore Gioia. In seguito, egli era rimasto privo della virilità cercando di proteggermi da Chimàli. Era stata la mia richiesta a Sensibile al Solletico di fare da madre a Cocòton a indurre la giovane donna a desiderare così avidamente la vera maternità. Il mio adulterio con lei era stato evitato soltanto di poco dalle circostanze, non già dalla mia rettitudine o dalla lealtà nei confronti di Cozcatl. E, ciò nonostante, non gli avevo reso un servigio. Se avessi *davvero* accolto nel mio letto e fecondato Sensibile al Solletico, Cozcatl sarebbe forse riuscito a vivere ancora per qualche tempo, e anche ad essere felice, prima che il Dio Divoratore lo prendesse...

Ripensandoci, mi sono domandato più volte come potesse, Cozcatl, chiamarmi amico.

La vedova di Cozcatl mandò avanti da sola la scuola e il personale e si occupò degli allievi ancora per alcuni mesi. Poi giunse al termine della gravidanza e partorì il suo maledetto bastardo. E davvero maledetto egli era; nacque morto. Non ricordo nemmeno di aver saputo di quale sesso sarebbe stato. Quando Sensibile al Solletico fu di nuovo in grado di camminare, a sua volta, come Cozcatl, se ne andò da Tenochtìtlan e non tornò mai più. La scuola rimase abbandonata, con gli insegnanti non pagati che minacciavano di andarsene anch'essi. Così Motecuzòma, irritato dalla prospettiva di veder tornare i suoi servi preparati soltanto a mezzo, ordinò la confisca della scuola abbandonata. L'affidò a sacerdoti-insegnanti reclutati in una calmècac, e la scuola continuò ad esistere tanto quanto la città.

⚜

Press'a poco in quel periodo mia figlia Cocòton entrò nel settimo anno e noi tutti smettemmo, naturalmente, di chiamarla Piccola Briciola. Dopo molte deliberazioni, dopo avere varie volte scelto e scartato, decisi di aggiungere al nome di Una Erba datole alla nascita, il nome da adulta di Zyanya-Nochìpa, che significa Sempre Sempre, detto dapprima nella lingua lòochi di sua madre e ripetuto in nàhuatl. Pensai che questo nome, oltre a ricordare sua madre, fosse altresì un abile impiego delle parole. Zyanya-Nochìpa poteva essere interpretato con il significato di «sempre e in eterno», un'enfasi del nome, già bello, della madre di lei. Oppure poteva essere interpretato come «*sempre* Sempre», per far capire che la madre viveva nella persona della figlia.

Con l'aiuto di Bèu, organizzai una grande festa per il compleanno, alla quale sarebbero intervenuti il piccolo vicino Chacàlin, tutti gli altri compagni di giochi di mia figlia e tutti i loro genitori. Prima, però, Bèu ed io accompagnammo la bambina che compiva gli anni affinché il suo nome venisse segnato nel registro dei cittadini arrivati a quell'età. Ma non ci rivolgemmo all'incaricato del censimento della popolazione in genere. Poiché Zyanya-Nochìpa era figlia di un Cavaliere dell'Aquila, ci recammo dal tonalpòqui di corte, che aggiornava il registro dei cittadini più altolocati.

L'anziano archivista borbottò: «È mio dovere e mio privilegio servirmi del libro divinatorio tonàlmatl, e di scegliere, con i miei talenti interpretativi, il nome della bambina. Purtroppo la situazione si è dolorosamente deteriorata, al punto che i genitori possono semplicemente venirmi a *dire* come devono essere chiamati i nuovi cittadini. Questo è già abbastanza indecoroso, signore Cavaliere, ma tu, per giunta, dai come nome alla povera creatura due parole esattamente identiche, anche se appartengono a lingue diverse, e, oltretutto, nessuna delle due significa qualcosa di *concreto*. Non potresti almeno chiamarla Sempre Ingioiellata, o qualcos'altro di simile e di comprensibile?»

«No» risposi con fermezza. «Il nome dev'essere Sempre Sempre.»

Egli disse, esasperato: «Perché non Mai Mai? Come puoi aspettarti che io disegni sul foglio del registro un nome che significa concetti astratti? Come posso disegnare suoni privi di significato?»

«Non sono affatto privi di significato» replicai con foga. «Tuttavia, Signore Tonalpòqui, avevo previsto un'obiezione del genere e pertanto sono stato così presuntuoso da tracciare io stesso le parole per immagini. Sai, ai miei tempi ero scrivano.» Gli porsi il disegno da me eseguito, che raffigurava una mano stretta intorno a una freccia sulla quale era posata una farfalla.

Egli lesse a voce alta le parole che significano mano, freccia e farfalla: «Noma, chichiquìli, papàlotl». «Ah, vedo che conosci il modo utile di dipingere una cosa soltanto per il suo suono. Sì, infatti, i primi suoni delle tre parole formano no-chìpa, Sempre.»

Lo disse con ammirazione, ma il riconoscimento parve costargli fatica. Infine mi resi conto che l'anziano savio temeva di essere defraudato dell'intero compenso, in quanto non gli lasciavo altro da fare che il lavoro di un copista. Pertanto gli versai un quantitativo di polvere d'oro tale da ricompensarlo ampiamente per lo studio, protratto parecchi giorni e parecchie notti, dei libri divinatori. Egli smise allora di borbottare e si mise al lavoro con solerzia. Con l'opportuna cerimoniosità e attenzione, servendosi di cannucci e pennelli molto più numerosi di quelli realmente necessari, dipinse su un foglio del registro i simboli: il singolo trattino per Una e il ciuffo per Erba, poi i simboli che avevo escogitato io stesso per Sempre, ripetuti due volte. Mia figlia ebbe così, ufficialmente il nome di Ce-Malinàli Zyanya-Nochìpa, anche se, familiarmente, sarebbe stata chiamata Nochìpa.

Nel momento in cui Motecuzòma aveva occupato il trono, la sua capitale, Tenochtìtlan, si era ripresa soltanto a mezzo dalle devastazioni della grande inondazione. Migliaia di cittadini continuavano ad abitare pigiati con quei loro parenti che erano così fortunati da avere ancora un tetto, oppure vivevano in tuguri messi insieme alla meglio con le macerie o fatti con foglie di agave portate dalla terraferma, o si rifugiavano, ancor più precariamente, su canoe ormeggiate sotto i varchi delle strade rialzate della città. Occorsero altri due anni prima che la ricostruzione di Tenochtìtlan, mediante edifici adeguati come abitazioni, venisse completata sotto la direzione di Motecuzòma.

Ed egli, mentre era così impegnato, fece costruire inoltre un nuovo e bel palazzo per se stesso, sulla riva del canale lungo il lato sud del Cuore dell'Unico Mondo. Era il più immenso, il più lussuoso, il più elaboratamente decorato e arredato palazzo che fosse mai stato eretto in qualsiasi località di queste regioni, di gran lunga più grandioso persino delle dimore di città e di campagna di Nezahualpìli messe insieme. In effetti, Motecuzòma, deciso a superare Nezahualpìli, si fece costruire anche un elegante palazzo di campagna, alla periferia di quella bella cittadina di montagna a nome Quaunàhuac, che già più volte ho menzionato con ammirazione. Come forse sapete, miei signori frati, se qualcuno di voi si è recato laggiù da quando il vostro Capitano-Generale Cortés si impadronì del palazzo per adibirlo a propria residenza, quei giardini devono essere i più vasti, i più magnifici e i più ricchi di piante variate che possiate avere mai veduto in qualsiasi luogo.

La ricostruzione di Tenochtìtlan avrebbe potuto procedere più rapidamente — e l'intero regno dei Mexìca sarebbe potuto essere più certo della prosperità — se Motecuzòma non si fosse impegnato, sin quasi dal primo momento in cui occupò il trono, in una guerra dopo l'altra, e talora anche in due guerre contemporaneamente. Come ho già detto, lanciò immediatamente un nuovo attacco contro il più volte assediato, ma sempre caparbio, paese dei Texcàla. Questo, però, era soltanto prevedibile. Uno Uey-Tlatoàni appena insediato iniziava quasi sempre il proprio regno flettendo i muscoli, e quel paese era, a causa della sua vicinanza e della sua ostinata inimicizia, la vittima più naturale, per quanto poco valore potesse avere per noi qualora fossimo riusciti a sconfiggerlo.

Al contempo, però, Motecuzòma stava cominciando a creare i giardini della sua dimora di campagna, e aveva sentito parlare da qualche viaggiatore di un albero singolare che cresceva soltanto in una zona limitata dell'Uaxyàcac settentrionale. Il viaggiatore in questione, assai poco immaginosamente, si era limitato a chiamarlo «albero del fiore dipinto di rosso», ma, con la sua descrizione, era riuscito a incuriosire il Riverito Oratore. I fiori di quell'albero, aveva detto l'uomo, erano fatti in modo da sembrare mani umane in miniatura, in quanto i loro petali, o lobi, rossi formavano dita con tanto di pollice contrapposto. Sfortunatamente, a detta del viaggiatore, il solo luogo in cui l'albero crescesse era altresì quello in cui risiedeva una misera tribù di Mixtèca. Il suo capo, o anziano, un vecchio a nome Suchix, aveva riservato a se stesso l'albero dal fiore dipinto di rosso — ne crescevano tre o quattro molto grandi intorno alla sua squallida capanna — e costringeva gli uomini della tribù a cercare e sradicare continuamente ogni alberello uguale che osasse crescere altrove.

«Non solo ha la passione dell'esclusivo possesso» si riferiva che avesse detto il viaggiatore «ma dal fiore a forma di mano si ricava una medicina che guarisce le malattie di cuore resistenti ad ogni altra cura. Il vecchio Suchix guarisce i sofferenti di tutte le circostanti regioni e li costringe a versare somme stravaganti. Ecco perché gli sta tanto a cuore che l'albero rimanga una rarità ed esclusivamente suo.»

Sembra che Motecuzòma avesse sorriso con indulgenza. «Ah, se si tratta soltanto di avidità, gli offrirò più oro di quanto lui e i suoi alberi possano guadagnare in tutta una vita.»

Dopodiché si era affrettato a inviare un messaggero veloce, che parlava il mixtèca, verso l'Uaxyàcac, con un patrimonio in oro e l'ordine di acquistare uno di quegli alberi pagandolo qualsiasi prezzo potesse chiedere Suchix. Ma in quel vecchio capo Mixtècatl non doveva esservi soltanto avarizia; nella sua indole doveva esistere una qualche traccia di orgoglio o di dignità. Il messaggero tornò a Tenochtìtlan con la polvere d'oro non diminuita di un solo granello, e con la notizia che Suchix aveva altezzosamente rifiutato di privarsi anche soltanto di un ramoscello. Motecuzòma inviò allora un reparto di soldati, i quali portavano soltanto ossidiana, e Suchix e tutta la sua tribù furono sterminati, e oggi potete vedere l'albero dei fiori simili a mani crescere in quei giardini alla periferia di Quaunàhuac.

Tuttavia il Riverito Oratore non si occupava esclusivamente degli eventi all'estero. Quando non preparava o non cercava di provocare una nuova guerra, o non la dirigeva da uno dei suoi palazzi, o non se la godeva personalmente conducendo egli stesso un esercito all'attacco, rimaneva a Tenochtìtlan e si crucciava a causa della Grande Piramide. Se questo può sembrarvi inesplicabilmente eccentrico, reverendi scrivani, anche molti di noi, suoi sudditi, trovammo strana la cosa quando egli fu preso da una singolare ossessione a causa di quella che, a suo giudizio, era l'errata posizione dell'edificio. A quanto pare, ad essere sbagliato era il fatto che, nei due giorni dell'anno, in primavera e in autunno, nei quali la lunghezza del giorno e della notte è esattamente identica, la piramide proiettava una esigua ma percettibile ombra da un lato, a mezzogiorno in punto. Stando a Motecuzòma, il tempio non avrebbe dovuto pròiettare alcuna ombra in quei due istanti dell'anno. Il fatto che invece la proiettasse, egli asseriva, poteva significare una sola cosa: la Grande Piramide era stata costruita appena lievemente — forse soltanto della larghezza di un dito o due — spostata rispetto alla giusta posizione in rapporto al cammino percorso nel cielo da Tonatìu.

Bene, la Grande Piramide si trovava placidamente in quel punto da diciannove anni dopo essere stata completata e inaugurata — e da oltre cento anni da quando Motecuzòma il Vecchio ne aveva fatto iniziare la costruzione — e nel corso di tutto questo periodo né il dio sole, né alcun'altra divinità avevano mai lasciato capire di essere dispiaciuti. Soltanto Motecuzòma il Giovane era turbato da quella minima deviazione dal giusto asse. Lo si poteva vedere spesso intento a osservare, stando in piedi, il formidabile edificio con un'aria imbronciata, come se fosse stato sul punto di sferrare un iroso e correttivo calcio ad uno degli angoli mal situati. Naturalmente, il solo modo possibile per rimediare all'errore commesso all'inizio dall'architetto sarebbe consistito nel demolire completamente la Grande Piramide per ricostruirla dalle fondamenta, un'impresa scoraggiante da prendere in considerazione. Ciò nonostante, io credo che Motecuzòma si sarebbe deciso a tentarla se la sua attenzione non fosse stata, per forza di cose, distolta verso altri problemi.

Infatti, press'a poco allora, cominciò a determinarsi tutta una serie di presagi allarmanti: gli strani accadimenti che, tutti ormai ne sono fermamente convinti, preannunciarono la disfatta dei Mexìca, il tracollo di tutte le civiltà fiorite in queste terre, la morte di tutti i nostri dei, la fine dell'Unico Mondo.

Un giorno, verso il termine dell'anno Un Coniglio, un paggio del palazzo corse da me avvertendomi che dovevo presentarmi immediatamente allo Uey-Tlatoàni. Accenno all'anno perché aveva un suo significato minaccioso, come spiegherò in seguito. Motecuzòma non mi invitò a omettere il rituale dei ripetuti baciamenti della terra mentre io entravo e mi avvicinavo al trono, ma tamburellò spazientito con le dita sul ginocchio, quasi desiderasse vedermi avvicinare più in fretta.

Il Riverito Oratore era solo, in quell'occasione, ma io notai altre due aggiunte alla stanza. A ciascun lato del suo trono icpàli, una grande ruota di metallo sospesa mediante catene entro una struttura di legno scolpito. Una delle ruote era d'oro, l'altra d'argento; ciascun disco aveva tre volte il diametro di uno scudo di guerra. Entrambi erano riccamente lavorati con scene dei trionfi di Motecuzòma e con parole per immagini che li spiegavano. Le due ruote avevano un valore incalcolabile, non fosse stato altro che per il peso del loro metallo prezioso, ma il valore di entrambe veniva di gran lunga accresciuto dal lavoro artistico prodigato su di esse. Soltanto qualche tempo dopo appresi che non si trattava di semplici ornamenti. Motecuzòma poteva sporgersi e battere il pugno sull'una o l'altra di esse, il che faceva risuonare una vibrazione cavernosa in tutto il palazzo. Poiché ciascuna ruota emetteva una nota tonante lievemente diversa, il colpo del pugno di lui sull'argento faceva accorrere il primo castaldo, mentre il colpo sull'oro faceva sì che nella sala del trono si precipitasse un intero reparto di guardie armate.

Senza alcun saluto formale, senza alcun fulminante sarcasmo, con assai meno della consueta gelida calma, Motecuzòma disse: «Cavaliere Mixtli, tu conosci bene le regioni e i popoli Maya».

Risposi: «Sì, Signore Oratore».

«Considereresti quei popoli insolitamente eccitabili o instabili?»

«Niente affatto, mio signore. All'opposto, per la maggior parte essi sono flemmatici come altrettanti tapiri o dugonghi.»

Egli disse: «Così sono anche molti sacerdoti, ma ciò non impedisce che abbiano visioni portentose. Che cosa si può dire dei Maya, sotto questo aspetto?»

«Per quanto concerne l'avere visioni? Ecco, mio signore, credo che gli dei potrebbero accordare una visione anche al più pigro dei mortali. Specie se egli si è inebriato con qualcosa come i funghi carne-del-dio. Ma i patetici superstiti dei Maya quasi non si accorgono del mondo reale esistente intorno ad essi, e tanto meno sono consapevoli di qualsiasi evento straordinario. Forse, se il mio signore volesse ulteriormente illuminarmi su ciò di cui stiamo parlando...»

Egli disse: «È giunto un messaggero veloce dei Maya, non so da quale nazione o tribù. Ha attraversato l'intera città di corsa — non certo torpidamente — e si è soffermato soltanto quanto bastava per riferire ansimando il messaggio alle guardie alla porta del mio palazzo. Poi ha ripreso a correre nella direzione di Tlàcopan prima che il messaggio stesso potesse essermi riferito, altrimenti avrei impartito l'ordine che venisse trattenuto per interrogarlo. Sembra che i Maya stiano inviando altri uomini come quello in ogni paese per annunciare una meraviglia che è stata veduta nel sud. Si trova, laggiù, una penisola chiamata Uluümil Kutz, che sporge nell'oceano settentrionale. La conosci? Benissimo. Gli abitanti Maya di quella costa sono rimasti, di recente, meravigliati e atterriti dall'apparizione al largo di due oggetti mai veduti prima d'ora». Non seppe resistere alla tentazione di tenermi in sospeso per una pausa momentanea. «Qualcosa come una casa gigantesca che galleggiasse sul mare. Qualcosa che scivolava sull'acqua con l'aiuto di ampie ali aperte.» Sorrisi, pur non volendolo, ed egli si accigliò, esclamando:

«Stai forse per dirmi che i Maya hanno *effettivamente* visioni da dementi?»

«No, mio signore» risposi, sempre sorridendo. «Ma credo di sapere che cosa hanno veduto. Posso porre una domanda?» Egli fece un brusco cenno di assenso. «Quegli oggetti che hai menzionato... case galleggianti, oggetti alati... erano uniti o separati?»

Motecuzòma si accigliò ancor più tenebrosamente. «Il messaggero se n'è andato prima che potessero essergli chiesti altri particolari. Ha detto che due oggetti erano stati veduti. Presumo che l'uno possa essere stato una casa galleggiante e l'altro un qualcosa di alato. Di qualsiasi cosa possa essersi trattato, il messaggio riferiva che rimasero molto al largo; pertanto è probabile che nessun osservatore possa darne una descrizione molto precisa. Perché continui a mantenere sulle labbra quel maledetto sorriso?»

Cercai di reprimerlo e dissi: «Quelle persone non hanno immaginato gli oggetti, Signore Oratore. Sono semplicemente troppo pigre e non hanno indagato. Se un qualsiasi osservatore avesse avuto lo spirito di iniziativa e il coraggio di avvicinarsi a nuoto, sarebbe riuscito a riconoscere negli oggetti creature marine — uno spettacolo meraviglioso e forse insolito, ma non certo un profondo mistero — e i messaggeri Maya non andrebbero ora a diffondere allarmi ingiustificati».

«Vuoi dire che tu *hai veduto* cose come quelle?» domandò Motecuzòma, osservandomi quasi con timore reverenziale. «Una casa galleggiante?»

«Non una casa, mio signore, ma un pesce letteralmente ed effettivamente *più grande* di qualsiasi casa. I pescatori dell'oceano lo chiamano yeyemìchi.» Gli narrai come una volta fossi andato, impotente, alla deriva sul mare in una canoa e un intero gruppo di quei mostri si fosse avvicinato quanto bastava per mettere in pericolo la mia fragile imbarcazione. «Il Riverito Oratore potrà stentare a crederlo, ma se uno yeyemìchi venisse a cozzare all'esterno di quella finestra laggiù del mio signore, batterebbe la coda sulle rovine del palazzo del defunto Ahuìtzotl, esattamente al lato opposto della grande plaza.»

«Tu dici?» mormorò Motecuzòma, in tono stupito, guardando fuori della finestra. Poi tornò a rivolgersi a me e domandò: «E durante il tuo viaggio in mare incontrasti anche creature acquatiche alate?»

«Sì, mio signore. Volavano a sciami intorno a me e, a tutta prima, le scambiai per insetti oceanici di dimensioni enormi. Ma poi una di esse finì sulla mia canoa e io l'afferrai e la mangiai. Trattavasi incontestabilmente di un pesce, ma, altrettanto incontestabilmente, aveva ali con le quali volava. »

L'atteggiamento irrigidito di Motecuzòma si rilassò un poco, ovviamente per il sollievo. «Soltanto pesci» egli mormorò. «Possano gli stolti Maya essere dannati al Mìctlan! Potrebbero diffondere il panico tra intere popolazioni con i loro fantasiosi racconti. Farò in modo che la verità sia resa nota immediatamente e ovunque. Grazie, Cavaliere Mixtli. Le tue spiegazioni sono state utilissime. Meriti una ricompensa. E sarà questa: invito te e la tua famiglia ad essere tra i pochi eletti che saliranno con me sul Colle Huixàchi per la cerimonia del Nuovo Fuoco, il prossimo mese. »

«Sarò onorato, mio signore» dissi, ed ero sincero. Il Nuovo Fuoco veniva acceso una sola volta nel corso della vita media di un uomo, e gli uomini comuni non assistevano mai da vicino alla cerimonia, poiché sul Colle Huixàchi non potevano trovare posto più di pochi spettatori, oltre ai sacerdoti celebranti.

«Pesci» ripeté Motecuzòma. «Ma tu li vedesti molto al largo sul mare. Se ora si sono avvicinati quanto bastava perché i Maya li vedessero per la prima volta, questo potrebbe essere ugualmente un presagio di qualche importanza. »

Non ho bisogno di sottolineare l'ovvio, reverendi frati; posso soltanto arrossire al ricordo del mio avventato scetticismo. I due oggetti intravisti dai Maya lungo la costa — e che io, con tanta fatuità, avevo ignorato considerandoli un pesce gigantesco e un pesce alato — erano naturalmente velieri spagnoli in navigazione. Ora che conosco la sequenza di quegli eventi di tanto tempo addietro, so che trattavasi dei due vascelli dei vostri esploratori de Solis e Pinzòn, i quali osservarono la costa di Uluúmil Kutz, ma non vi sbarcarono.

Mi ero sbagliato, e si trattava davvero di un presagio.

Quel colloquio con Motecuzòma ebbe luogo verso la fine dell'anno, quando si stavano avvicinando i giorni vuoti nemontèmtin. E, ripeto, trattavasi dell'anno Un Coniglio, in base al vostro calendario l'anno mille cinquecento e sei.

Durante i giorni vuoti senza nome al termine di ogni anno solare, come già vi ho detto, il nostro popolo viveva nel timore che gli dei lo colpissero con qualche disastro; mai però la gente era stata in preda a un'apprensione morbosa come allora. Infatti, Un Coniglio era l'ultimo anno dei cinquanta e due che formano uno xiumolpìli, o covone di anni, e questo ci induceva a paventare il peggior disastro immaginabile: l'annientamento completo del genere umano. Stando ai nostri sacerdoti, e alle nostre credenze e tradizioni, già quattro volte, in precedenza, gli dei avevano liberato il mondo dagli uomini, e sarebbero stati capaci di fare di nuovo la stessa cosa ogni qual volta lo avessero voluto. Del tutto logicamente, noi supponevamo che essi — qualora avessero deciso di sterminarci — avrebbero scelto il momento più opportuno, come quegli ultimi giorni dell'ultimo anno che lega un covone di anni.

E così, durante i cinque giorni tra la fine dell'anno Un Coniglio e l'inizio dell'anno successivo Due Canne — che, se Due Canne fosse arrivato e noi fossimo sopravvissuti per rendercene conto, avrebbe dato l'avvio al seguente covone di cinquanta e due anni — fu tanto il timore quanto l'ubbidienza religiosa a far sì che la maggior parte delle persone si comportasse nel prescritto modo umile e compunto. La gente camminava, quasi alla lettera, in punta di piedi. Ogni rumore veniva evitato, ogni conversazione si svolgeva a bisbigli, ogni risata era proibita. I cani che abbaiavano, i tacchini che gloglottavano, i bimbetti che strillavano, venivano azzittiti per quanto possibile. Ogni focolare e ogni lampada nelle case rimasero spenti, come nei giorni vuoti che terminavano ogni comune anno solare, ma anche tutti gli *altri* fuochi vennero spenti, compresi quelli nei templi, sugli altari, nelle urne poste dinanzi alle statue degli dei. Persino il fuoco sulla cima del Colle Huixàchi, quello che aveva continuato ad ardere nel corso degli ultimi cinquanta e due anni, venne estinto. In tutto il paese non si scorse un solo barlume di luce durante quelle cinque notti.

Ogni famiglia, nobile o umile, infranse tutte le terraglie adoperate per cucinare, per riporre e mangiare; tutti seppellirono, o gettarono nel lago, le pietre metlàtin per macinare il granturco, nonché altri utensili in pietra, o rame, o anche in metalli preziosi; tutti seppellirono i cucchiai e i vassoi di legno, i frullini per la cioccolata, e altre cose del genere. Durante i cinque giorni nessuno cucinò, del resto, e tutti si nutrirono parcamente, servendosi, come piatti, di parte di foglie di agave, adoperando le dita per raccogliere e mangiare il camòtin freddo cotto al forno o la polenta atòli raffreddata, o quei qualsiasi altri cibi cucinati in anticipo. Nessuno viaggiò, né commerciò, né si dedicò ad altre attività; nessuno si scambiò visite o sfoggiò monili o piume, e tutti indossarono soltanto gli indumenti più semplici. Tutti, dallo Uey-Tlatoàni al più umile schiavo tlacòtli, non fecero altro che aspettare e restare il più possibile appartati durante l'attesa.

Anche se in quelle tetre giornate non accadde nulla che fosse degno di nota, la tensione e l'apprensione crebbero, com'era comprensibile, raggiungendo il culmine quando Tonatìu si coricò, la quinta sera. Potemmo soltanto domandarci: sarebbe sorto di nuovo, portando un altro giorno, un altro anno, un altro covone di anni? O meglio, poteva soltanto domandarselo la gente comune; ai sacerdoti spettava il compito di implorare gli dei in tutti i modi possibili. Poco dopo quel tramonto, quando la notte era ormai tenebrosa, un'intera processione di preti — l'alto sacerdote di ogni dio e di ogni dea, importanti o meno importanti, ogni sacerdote vestito, mascherato e dipinto in modo da somigliare alla sua particolare divinità — si incamminò da Tenochtìtlan e lungo la strada rialzata sud verso il Colle Huixàchi. Seguivano il corteo il Riverito Oratore e le persone che egli aveva invitato, ognuno indossava vesti di tela di sacco talmente umili da impedire che chiunque venisse riconosciuto per quello che era, nobile signore, uomo savio, stregone e via dicendo. Tra queste persone mi trovavo anch'io e conducevo per mano mia figlia Nochìpa.

«Tu hai appena nove anni, adesso» le avevo detto «e, molto probabilmente, potrai vedere anche il *prossimo* Nuovo Fuoco, ma potresti non essere invitata ad assistere da vicino alla cerimonia. Sei fortunata, pertanto, potendo essere presente a questa.»

La prospettiva la entusiasmava, in quanto era quella la prima importante celebrazione religiosa alla quale la accompagnassi. Se l'occasione non fosse stata così solenne, ella avrebbe saltellato allegramente al mio fianco. Invece camminava adagio, come si addiceva alle circostanze, vestita umilmente e portando una maschera foggiata da me con una foglia di agave. Mentre seguivamo la processione nell'oscurità attenuata soltanto dalla luce fioca di una sottile falce di luna, ricordai la volta, ormai così lontana nel tempo, in cui ero stato felice e commosso accompagnando mio padre attraverso Xaltòcan per assistere alla cerimonia in onore del dio degli uccellatori, Atlàua.

Nochìpa portava una maschera che le nascondeva il viso completamente perché, in quella notte più precaria di ogni altra, anche tutti gli altri bambini erano mascherati. La credenza — o la speranza — era che gli dei, qualora avessero deciso di cancellare dal mondo gli esseri umani, potessero scambiare i fanciulli mascherati per creature non umane e pertanto li risparmiassero; in tal modo, sarebbero rimasti almeno alcuni giovani superstiti per perpetuare la nostra razza. Gli adulti non tentavano alcuna debole dissimulazione del genere, ma neppure si addormentavano, rassegnati all'inevitabile. Ovunque, nel paese senza luce, il nostro popolo trascorse quella notte sui tetti, e tutti si diedero di gomito e si pizzicarono a vicenda per tenersi desti, lo sguardo fisso nella direzione del Colle Huixàchi, pregando affinché la vampata del Nuovo Fuoco dicesse loro che gli dei avevano rinviato, una volta di più, il disastro ultimo.

Il colle, chiamato nella nostra lingua Huixàchtlan, è situato sul promontorio tra i laghi Texcòco e Xochimìlco, subito a sud della cittadina di Ixtapalàpan. Il suo nome era dovuto ai folti di cespugli huixàchi che, in quella stagione alla svolta dell'anno, stavano appena cominciando a dischiudere i loro minuscoli fiori gialli la cui fragranza è sproporzionalmente intensa e soave. Il colle non si distingueva in alcun altro modo, in quanto era un semplice foruncolo in confronto alle più lontane montagne. Ma, sporgendo bruscamente dal territorio pianeggiante intorno ai laghi, era la sola cima sufficientemente alta e sufficientemente vicina a tutte le comunità lacustri per essere visibile a ognuno dei loro abitanti — sino a Texcòco a est, e a Xaltòcan a nord — e, per tale motivo, era stato prescelto, in tempi lontani della nostra storia, come il luogo per la cerimonia del Nuovo Fuoco.

Mentre salivamo su per il sentiero che conduce dolcemente a spirale fino alla cima, io rimasi abbastanza vicino a Motecuzòma per udirlo mormorare, in tono preoccupato, ad uno dei suoi consiglieri: «Le chiquacèntetl *si alzeranno* stanotte, non è vero?»

L'uomo savio, un astronomo anziano, ma dalla vista ancora acuta, alzò le spalle e rispose: «Si sono sempre alzate, mio signore. Nulla, nei miei studi, indica che possa non essere sempre così».

Chiquacèntetl significa un gruppo di sei. Motecuzòma si stava riferendo alla piccola e serrata costellazione di sei fioche stelle la cui ascesa nel cielo eravamo venuti a vedere o a sperar di vedere. L'astronomo, il cui compito era quello di calcolare e prevedere i movimenti delle stelle, sembrava abbastanza fiducioso per disperdere i timori di chiunque. D'altro canto, il vecchio era notoriamente irreligioso, e schietto nell'esprimere i propri pareri. Aveva fatto infuriare non pochi sacerdoti dichiarando recisamente, come fece in quello stesso momento: «Nessun dio, tra tutti gli dei che noi conosciamo, si è mai dimostrato così potente da modificare l'ordinato cammino dei corpi celesti».

«Se sono stati gli dei a metterli lassù, vecchio miscredente» scattò uno dei veggenti «gli stessi dei possono altresì spostarli a loro piacimento. È semplicemente accaduto che, da quando, nel corso della nostra vita, abbiamo osservato il cielo, non sono stati propensi a farlo. In ogni modo, non si tratta tanto di accertare se le chiquacèntetl saliranno nel cielo, ma se il gruppo di sei stelle verrà a trovarsi nel punto esatto della sua ascesa nel cielo in coincidenza con l'esatto momento intermedio della notte, no?»

«La qual cosa non dipende tanto dagli dei» osservò, asciutto, l'astronomo «quanto dal senso del tempo del sacerdote che fa squillare la tromba di mezzanotte, ed io sono pronto a scommettere che egli sarà ubriaco già molto prima. Ma, a proposito, amico stregone, se tu continui a fondare le tue profezie sul cosiddetto gruppo di sei stelle, non mi stupiscono più i tuoi tanti errori. Infatti noi astronomi sappiamo, già da molto tempo, che si tratta di un chicòntetl, di un gruppo di sette stelle.»

«Osi confutare i libri della divinazione?» farfugliò il veggente. «Dicono tutti, e sempre hanno detto, chiquacèntetl.»

«Così come la maggior parte delle persone parla di un gruppo di sei. Occorre un cielo limpido e ci vogliono occhi limpidi per vederla, ma esiste effettivamente una settima fioca stella in quel gruppo.»

«Non la finirai mai con le tue irriverenti denigrazioni?» ringhiò l'altro. «Stai semplicemente cercando di confondermi, di gettare il dubbio sulle mie previsioni, di diffamare la mia venerabile professione!»

«Soltanto con i fatti, venerabile stregone» disse l'astronomo. «Soltanto con i fatti.»

Motecuzòma ridacchiò del battibecco, quasi non lo preoccupasse più l'esito della notte, poi i tre uomini si allontanarono fuori portata del mio udito mentre raggiungevamo la sommità del Colle Huixàchi.

Numerosi giovani sacerdoti ci avevano preceduto lassù, predisponendo ogni cosa. V'era una pila ordinata di torce di pino non ancora accese, oltre a una piramide torreggiante di legna da ardere e di ceppi che sarebbe stata il falò-segnale. Esistevano lì anche altri combustibili: una bacchetta per accendere il fuoco con il relativo blocco, esca di filo bruciacchiato, corteccia ridotta in minuti frammenti e cotone imbevuto d'olio. Lo xochimìqui prescelto per quella notte, un giovane guerriero snello di membra, fatto prigioniero di recente fra le truppe Texcàla, giaceva già, nudo e inarcato, sulla pietra sacrificale. Poiché era essenziale che giacesse immobile durante la cerimonia, gli era stata somministrata una bevanda contenente qualche droga sacerdotale. Pertanto egli giaceva completamente rilassato, con gli occhi chiusi, le membra inerti e persino il respiro quasi impercettibile.

L'unica luce proveniva dalle stelle e dalla sottile falce di luna in alto, e il chiaro di luna riflesso faceva risplendere il lago sotto di noi. Ma i nostri occhi si erano ormai abituati all'oscurità, e riuscivamo a scorgere le pieghe e i contorni del territorio intorno al colle, le città e le cittadine che sembravano morte e deserte, ma ove la popolazione aspettava, in realtà, completamente desta e quasi udibilmente pulsante di apprensione. Sull'orizzonte a est si trovava un banco di nubi, per cui occorse qualche tempo prima che le attese e implorate stelle lo superassero, divenendo visibili. Ma infine apparvero: il fioco gruppo e, dopo di esso, la vivida stella rossa che sempre lo segue. Aspettammo mentre, adagio, salivano nel cielo, e continuammo ad aspettare con il respiro corto, ma non svanirono durante il loro tragitto, né volarono via, né deviarono dalla traiettoria consueta. Infine, un sospiro collettivo di sollievo si levò dal colle gremito quando il sacerdote che calcolava il tempo trasse un belato dalla sua buccina per indicare il momento intermedio della notte. Numerose persone alitarono: «Si trovano esattamente nel posto giusto, e nel momento giusto» e il più alto sacerdote, tra tutti i presenti, l'alto sacerdote di Huitzilopòchtli, ordinò, con un urlo formidabile: «*Che il Nuovo Fuoco sia acceso!*»

Un sacerdote mise il blocco per accenderlo sul petto del prostrato xochimìqui e, con cautela, vi sparse sopra l'esca. Un secondo sacerdote, al lato opposto della pietra sacrificale, si chinò su di esso con il bastoncino e cominciò a farlo frullare tra i palmi delle mani. Tutti noi spettatori aspettammo ansiosamente; gli dei avrebbero ancora potuto negarci la scintilla della vita. Ma poi dall'esca si levò un filo di fumo. Un momento ancora e fu possibile scorgere il bagliore di una scintilla esitante. Il sacerdote, tenendo fermo il blocco con una mano, si servì dell'altra per alimentare — con ciuffi di cotone imbevuto d'olio e piccoli frammenti di corteccia secca — il bagliore simile a una lucciola e riuscì ad ottenere una piccola, baluginante, ma viva fiammella. Essa parve ridestare in parte lo xochimìqui; il giovane aprì gli occhi quanto bastava per contemplare il Nuovo Fuoco destato sul suo petto. Ma non lo contemplò a lungo.

Uno dei sacerdoti spostò da un lato, sempre con cautela, il blocco contenente il fuoco. L'altro impugnò un coltello e squarciò con tanta destrezza che il giovane quasi non ebbe un guizzo. Una volta aperto il torace, lo stesso prete vi affondò una mano, strappò via il cuore pulsante e lo sollevò, mentre l'altro poneva il blocco avvampante al posto del cuore, nella beante ferita, e poi, rapidamente, ma con destrezza, posava su di esso altri e più grandi batuffoli di cotone e frammenti di corteccia. Allorché una ben visibile lingua di fiamma si alzò dal petto della vittima, che debolmente si muoveva, il secondo sacerdote posò il cuore, adagio, nel bel mezzo del fuoco. La fiamma cessò momentaneamente, soffocata dal sangue del cuore, ma poi tornò a levarsi con vigore e il cuore scottato sfrigolò udibilmente.

Un gridò scaturì da tutti i presenti: «*Il Nuovo Fuoco è acceso!*» e la folla, immobile fino a quel momento, cominciò ad agitarsi. Uno dopo l'altro, in ordine di precedenza a seconda del rango, i sacerdoti afferrarono torce dalla pila e le accostarono al petto, che rapidamente andava arrostendo, dello xochimìqui per accenderle sul Nuovo Fuoco, poi le portarono via di corsa. Il primo si servì della torcia per accendere la piramide di legname in attesa, affinché ogni lontano sguardo fisso sul Colle Huixàchi potesse vedere la grande vampata e rendersi conto che ogni pericolo era cessato, che tutto continuava ad andare bene nell'Unico Mondo. Mi parve di poter udire gli applausi e le risate e gli allegri singhiozzi scaturiti dagli osservatori sui tetti tutto attorno ai laghi. Poi i sacerdoti corsero giù per il sentiero del colle, con le fiamme delle torce guizzanti dietro ad essi, simili a capigliature che bruciassero. Ai piedi del colle aspettavano altri sacerdoti ancora, giunti dalle comunità vicine e lontane. Afferrarono le torce e si dispersero per portare frammenti del Nuovo Fuoco nei templi delle città, delle cittadine e dei villaggi.

«Togliti la maschera, Nochìpa» dissi a mia figlia. «Ora puoi farlo senza pericolo. Toglila, per poter vedere meglio.»

Lei ed io restammo sul fianco nord del colle, e contemplammo i minuscoli lampi e le scintille di luce che esplodevano sotto di noi, allontanandosi in tutte le direzioni. Vi furono poi altre esplosioni silenziose. La cittadina meno lontana, Ixtapalàpan, fu la prima nella quale venne riacceso il fuoco del tempio principale, poi venne la volta della cittadina di Mexicaltzìnco. E in ogni tempio aspettavano numerosi abitanti dei vari luoghi, per affondare le loro torce nel fuoco sacro e correre a riaccendere i focolari, freddi da tempo, delle loro famiglie e quelli dei vicini. Per cui, ogni torcia che si allontanava con una scia luminosa dal Colle Huixàchi, si riduceva dapprima a un mero puntino di luce in lontananza, poi sbocciava nel fuoco di un tempio e infine esplodeva come un fascio di scintille che saettassero lontano e ogni scintilla lasciava dietro di sé una scia luminosa. La cosa si ripeté ancora e ancora, a Coyohuàcan, nella grande Tenochtìtlan, nelle comunità lontane e sempre più separate, finché l'intera vasta conca dei territori dei laghi tornò rapidamente alla luce e alla vita. Era uno spettacolo rallegrante, commovente, esaltante a vedersi ed io feci tutto il possibile per imprimermelo tra i ricordi più felici, poiché non potevo sperare di vedere ancora una scena simile.

Quasi mi avesse letto nei pensieri, mia figlia disse, sommessamente: «Oh, spero proprio di vivere fino ad essere vecchia. Vorrei tanto poter contemplare ancora una volta questa meraviglia, Padre».

Quando Nochìpa ed io tornammo, infine, accanto al grande fuoco, quattro uomini si trovavano accovacciati vicino ad esso, intenti a consultarsi seriamente: il Riverito Oratore Motecuzòma, l'alto sacerdote di Huitzilopòchtli, il veggente e l'astronomo dei quali ho parlato prima. Stavano scambiandosi pareri sulle parole che lo Uey-Tlatoàni avrebbe pronunciato il giorno dopo, allo scopo di annunciare ciò che il Nuovo Fuoco aveva promesso per gli anni a venire. Il veggente, chino su alcuni diagrammi da lui tracciati sul terreno con un bastone, aveva evidentemente appena fatto una profezia alla quale l'astronomo era contrario, poiché quest'ultimo stava dicendo, in tono di scherno:

« Non più siccità, non più sofferenze, ci aspetta un fruttuoso covone di anni. Molto consolante, amico stregone. Ma non vedi apparire nei cieli alcun imminente presagio? »

Il veggente scattò: « I cieli sono affar tuo. Disegna le mappe celesti ed io vedrò di interpretare quel che le mappe hanno da dire ».

L'astronomo sbuffò: « Potresti trovare maggiori motivi di ispirazione se, di tanto in tanto, contemplassi *anche tu* le stelle anziché gli stupidi circoli e angoli che disegni ». Additò i segni tracciati sul terreno. « Non leggi alcuna imminente yqualòca, allora? »

La parola significa eclisse. Il veggente, il sacerdote, il Riverito Oratore ripeterono insieme, tutti e tre, con la voce malferma: « Una eclisse? »

« Di sole » disse l'astronomo. « Anche questo vecchio impostore riuscirebbe a prevederla se, una volta tanto, esaminasse la storia trascorsa, anziché fingere di conoscere il futuro. »

Il veggente deglutì, ammutolito. Motecuzòma gli scoccò un'occhiata irosa. L'astronomo continuò:

« Risulta agli atti, Signore Oratore, che i Maya del sud videro una yqualòca dare un avido morso a Tonatìu il sole nell'anno Decima Casa. Il mese prossimo, il giorno Settima Lucertola, saranno trascorsi esattamente diciotto anni solari e undici giorni da quando ciò avvenne. E, stando ai dati raccolti da me e dai miei predecessori, nei paesi al nord e al sud, tale oscuramento del sole si determina con regolarità *in qualche punto* dell'Unico Mondo, a intervalli della stessa durata. Posso fiduciosamente predire che Tonatìu verrà nuovamente eclissato da un'ombra il giorno Settima Lucertola. Sfortunatamente, non essendo uno stregone, non posso dire fino a qual punto estesa sarà questa yqualòca, né in quali regioni sarà visibile. Ma coloro che la vedranno potranno considerarla un presagio funesto, venendo essa così presto dopo il Nuovo Fuoco. Ti consiglierei, mio signore, di informare in anticipo tutti i popoli, allo scopo di diminuirne i timori ».

« Hai ragione » approvò Motecuzòma. « Invierò messaggeri veloci in tutti i paesi. Anche in quelli dei nostri nemici, affinché non interpretino il presagio come un indizio del fatto che la nostra potenza va indebolendosi. Grazie, Signore Astronomo.

Quanto a te... » Si rivolse, gelido, al tremante veggente. «Il più savio e il più esperto degli indovini è soggetto ad errori, e questo può essere perdonato. Ma un indovino totalmente inetto costituisce un vero pericolo per la nazione, e ciò è intollerabile. Al nostro ritorno in città, presentati alla guardia del mio palazzo per essere giustiziato.»

La mattina del giorno seguente, Due Canne, il primo del nuovo anno Due Canne, il grande mercato di Tlaltelòlco, come ogni altro mercato dell'Unico Mondo, era gremito di persone che acquistavano nuovi utensili e attrezzi con i quali sostituire quelli distrutti. Sebbene la gente avesse dormito pochissimo dopo l'accensione del Nuovo Fuoco, tutti erano allegri e loquaci, rincuorati sia dal fatto che ostentavano di nuovo le loro più belle vesti e i gioielli, sia dal fatto che gli dei avevano ritenuto opportuno consentire loro di continuare a vivere.

A mezzogiorno, dalla sommità della Grande Piramide, lo Uey-Tlatoàni pronunciò il tradizionale discorso al suo popolo. In parte, annunciò quanto aveva predetto il veggente defunto — bel tempo, messi abbondanti, e così via — ma prudentemente diluì tale miele troppo dolce con l'avvertimento che gli dei avrebbero continuato a prodigare i loro benefici solamente fino a quando fossero stati soddisfatti dei Mexìca. Pertanto, disse Motecuzòma, tutti gli uomini dovevano lavorare duramente, tutte le donne dovevano essere parsimoniose, tutte le guerre dovevano essere combattute con energia e, nelle occasioni cerimoniali, era necessario fare le opportune offerte e compiere i sacrifici richiesti. Essenzialmente, venne detto al popolo che la vita sarebbe continuata come sempre. Non vi fu alcunché di nuovo o di rivelatore nel discorso di Motecuzòma, a parte il fatto che egli annunciò — con la stessa noncuranza come se l'avesse predisposta per il pubblico divertimento — l'imminente eclisse di sole.

Mentre lo Uey-Tlatoàni stava parlando dalla cima della piramide, i suoi messaggeri veloci già correvano fuori di Tenochtìtlan, diretti verso tutti i punti dell'orizzonte. Portavano a governanti e governatori, nonché agli anziani di ogni comunità, la notizia dell'eclisse imminente e dovevano sottolineare il fatto che gli dei avevano reso i nostri astronomi partecipi in precedenza dell'evento, per cui esso non avrebbe preannunciato alcuna notizia, buona o cattiva, e non doveva causare inquietudini di sorta. Ma un conto è dire alla gente di non attribuire importanza a un fenomeno pauroso, e tutt'altro conto è assistervi.

Persino io, che ero stato uno dei primi a sapere dell'imminente yqualòca, non potei osservarla con sbadigliante compostezza quando si determinò. Ma dovetti fingere di seguirla con calma e scientifica obiettività, poiché Nochìpa e Bèu Ribè ed entrambi i servi si trovavano con me sul nostro giardino pensile, quel giorno della Settima Lucertola, e spettava a me dare a tutti loro un esempio di impavidità.

Non so quale aspetto assunse l'eclisse in altre parti dell'Unico Mondo, ma qui a Tenochtìtlan parve che Tonatìu fosse stato totalmente inghiottito. Con ogni probabilità si trattò di pochi momenti appena, ma a noi parvero un'eternità. Quel giorno il cielo era molto nuvoloso, per cui il sole, anche nei momenti della massima luminosità, non era altro che un pallido disco simile a quello della luna, e pertanto potevamo fissarlo direttamente. Potemmo vedere il primo morso affondare nel suo orlo, quasi esso fosse stato una tortilla, e poi vedemmo il rosicchiamento procedere sulla faccia del dio. Il giorno si oscurò, il tepore primaverile si dileguò e un gelido vento invernale soffiò sul mondo. Gli uccelli volavano dappertutto, intorno al tetto di casa nostra, completamente disorientati, e inoltre potemmo udire gli ululati dei cani dei vicini.

L'intaccatura morsicata a Tonatìu divenne sempre e sempre più grande, finché, in ultimo, l'intera faccia del dio venne inghiottita e diventò scura e bruna quanto la faccia di un indigeno Chiapa. Per un attimo, il sole fu ancor più scuro delle nubi circostanti, come se noi, dal giorno, stessimo contemplando, attraverso un piccolo foro, la notte. Poi le nubi, il cielo, il mondo intero, furono pervasi dalla stessa tenebra della notte, e Tonatìu scomparve completamente ai nostri occhi.

Le sole luci consolanti visibili dal tetto di casa nostra erano i pochi baluginii dei fuochi che ardevano davanti ai templi, e un chiarore roseo sulla superficie inferiore del fumo sospeso sopra il Popocatèpetl. Gli uccelli smisero di volare qua e là, a parte un pigliamosche dalla testa scarlatta, che scese palpitante tra Bèu e me, si appollaiò su uno dei cespugli del giardino pensile, infilò la testa sotto un'ala e, apparentemente, si addormentò. Nei lunghi momenti durante i quali il giorno divenne notte, mi augurai, quasi, di poter nascondere a mia volta la testa. Da altre case lungo la strada udivo giungere strilli e gemiti e preghiere. Ma Bèu e Nochìpa tacquero, e Cantore di Stelle e Turchese si limitarono a piagnucolare sommessamente, per cui posso presumere che il mio atteggiamento coraggioso ebbe un qualche effetto rassicurante.

Poi un'esile falce di luce tornò ad apparire nel cielo e adagio si ampliò e divenne più luminosa. L'arco dell'avida yqualòca scivolò via con riluttanza, lasciando che Tonatìu emergesse dalle sue labbra. La falce si ampliò, il segmento inghiottito diminuì e, in ultimo, Tonatìu tornò ad essere un disco, intero, e il mondo fu di nuovo immerso nella luce del giorno. L'uccello sul ramo accanto a me alzò la testa, si guardò attorno con uno stupore quasi comico e volò via. Le mie donne e i miei servi volsero verso di me facce pallide e tremuli sorrisi.

« Questo è tutto » dissi in tono autorevole. « L'eclisse è finita. » E scendemmo in fila le scale per tornare a dedicarci alle nostre diverse attività.

A torto o a ragione, non poche persone asserirono in seguito che il Riverito Oratore aveva mentito deliberatamente affermando che l'eclisse non sarebbe stata affatto un presagio funesto. Infatti, appena pochi giorni dopo, l'intera regione del lago venne scossa da un terremoto. Si trattò di un semplice tremore in confronto allo zyuüu sperimentato un tempo da Zyanya e da me, e la mia casa, pur avendo vacillato come le altre, rimase saldamente in piedi come in piedi era rimasta durante la grande inondazione. Ma, sebbene io lo avessi giudicato una bazzecola, il terremoto fu uno dei peggiori mai avutisi da quelle parti, e numerosi edifici crollarono a Tenochtìtlan, a Tlàcopan, a Texcòco, nonché in più piccole comunità, e, crollando, uccisero chi vi abitava. Credo che perirono circa duemila persone, e l'ira dei superstiti nei confronti di Motecuzòma fu talmente clamorosa che egli non poté ignorarla. Non intendo dire con questo che pagò le spese delle riparazioni. No, si limitò a invitare l'intera popolazione nel Cuore dell'Unico Mondo per assistere alla pubblica uccisione, mediante la garrotta, dell'astronomo dal quale era stata predetta l'eclisse.

Ma con ciò non cessarono i presagi, se di presagi si trattava. Ed io asserii recisamente che alcuni di essi non lo erano. Ad esempio, in quel singolo anno Due Canne si videro cadere dal cielo notturno più stelle di quante ne fossero mai state vedute in tutti gli anni, tutti gli anni messi insieme, da quando i nostri astronomi avevano cominciato a tener conto di tali fenomeni. Nel corso di quei diciotto mesi, ogni qual volta cadde una stella tutti coloro i quali la videro, vennero, o mandarono un messaggero, al palazzo per riferire la cosa. Motecuzòma non si rese conto dell'aritmetica, ovviamente errata, che ciò implicava e poiché l'orgoglio non gli consentiva di esporsi al rischio di essere nuovamente accusato di aver tratto in inganno i suoi sudditi, fece pubblici annunci di quell'apparente diluvio di stelle, man mano che il conteggio cresceva in modo allarmante.

A me e ad altri, la ragione di quell'ammontare senza precedenti di stelle cadenti appariva evidente: da quando vi era stata l'eclisse, i cieli venivano osservati da un numero assai più grande di persone, e da persone più apprensive, e ognuna di esse non vedeva l'ora di poter annunciare qualsiasi cosa innaturale che vi scorgesse. In ogni notte di ogni anno, un uomo che rimanga all'aperto con gli occhi rivolti al cielo, vede, nell'intervallo di tempo che occorre per fumare una poquìetl, due o tre delle stelle più fragili perdere la loro presa sulla volta celeste e precipitare morenti verso la terra lasciandosi dietro una scia di scintille. Ma se un gran numero di osservatori vede e riferisce soltanto quelle due o tre, i rapporti messi insieme possono far sembrare che ogni notte faccia costantemente e minacciosamente piovere stelle. Ed ecco perché il nostro popolo ricorda quell'anno Due Canne. Se davvero fosse stato così, il cielo sarebbe rimasto privo di ogni stella e nero prima dello scadere di quell'anno e per sempre.

Questo poco proficuo gioco di collezionare stelle cadenti sarebbe potuto continuare con la stessa ostinazione se non fosse stato che l'anno seguente, Tre Coltelli, il nostro popolo venne distratto da un diverso genere di presagio, e da un presagio che coinvolgeva direttamente Motecuzòma. La sorella nubile di lui, Pàpantzin, la signora Uccello Mattiniero, scelse proprio quel momento per morire. Non vi fu alcunché di straordinario nella morte di lei, a parte il fatto che morì piuttosto giovane, in quanto la sua fine venne causata da una tipica e non inconsueta malattia femminile. Ad essere minaccioso fu il fatto che, appena due o tre giorni dopo la sua sepoltura, numerosi cittadini di Tenochtìtlan asserirono di aver veduto la donna aggirarsi di notte, torcendosi le mani e gemendo un avvertimento. Stando ai rapporti di coloro i quali la incontrarono — e che andarono moltiplicandosi ogni notte — la signora Pàpan era uscita dalla tomba per portare un messaggio. E il messaggio diceva che, dall'aldilà, ella aveva veduto immensi eserciti conquistatori avanzare verso Tenochtìtlan dal sud.

In cuor mio pervenni alla conclusione che coloro i quali diffondevano queste voci avevano veduto soltanto il familiare e tedioso e solito spirito della Donna Piangente, che *sempre* gemeva e si torceva le mani, male interpretando, per errore, o volutamente, le sue consuete lagnanze. Ma Motecuzòma non poteva sconfessare così facilmente il preteso fantasma della propria sorella. Riuscì a tacitare le dilaganti dicerie soltanto ordinando che la tomba di Pàpan venisse aperta, e di notte, allo scopo di dimostrare come ella vi giacesse tranquilla e non stesse vagando per la città.

Io non mi trovai tra coloro che presero parte a quell'escursione notturna, ma la storia raccapricciante di ciò che accadde in tale occasione divenne ben nota in tutte le nostre regioni. Motecuzòma si recò alla tomba con un certo numero dei suoi sacerdoti e con alcuni cortigiani, quali testimoni. I preti scavarono la terra che riempiva la fossa e portarono alla superficie il cadavere avvolto in uno splendido drappo funebre, mentre Motecuzòma aspettava, innervosito e agitato, lì accanto. I sacerdoti svolsero le bende che fasciavano la testa della defunta per avere la certezza del riconoscimento. Non la trovarono in stato di avanzata putrefazione e constatarono che trattavasi senza alcun dubbio della signora Uccello Mattiniero e che ella era certamente morta.

Poi, si narra, Motecuzòma lanciò un urlo di terrore, e persino gli impassibili sacerdoti indietreggiarono, quando le palpebre della donna si aprirono adagio e una luce ultraterrena, verdebiancastra, splendette là ove si erano trovati i globi oculari. Stando a quanto venne narrato, lo sguardo di lei fissò direttamente il fratello, che, nella morsa dell'orrore, le rivolse un lungo, ma incoerente, discorso. Taluni dissero che si era trattato di scuse per aver turbato il suo riposo. Altri sostennero che era stata una confessione di colpevolezza, e aggiunsero, in seguito, che la malattia della quale era morta la sorella in teoria nubile di Motecuzòma era consistita in una gravidanza fatalmente abortita.

Pettegolezzi a parte, tutti i testimoni presenti asserirono che il Riverito Oratore girò sui tacchi, in ultimo, e si allontanò di corsa dalla tomba aperta. Fuggì troppo presto per vedere uno dei fosforescenti occhi verde-biancastri del cadavere cominciare a muoversi, districarsi dall'orbita e strisciare giù per la gota infossata. Non era alcunché di innaturale, ma soltanto un petlazolcòatl, uno di quei lunghi e schifosi millepiedi dalle zampe frangiate che, simili alle lucciole, sono singolarmente e vividamente luminosi nell'oscurità. Due di quelle creature si erano evidentemente insinuate entro il cadavere attraverso le porte più facili a rosicchiarsi, raggomitolandosi ognuna in un'orbita, per vivere piacevolmente e nutrirsi comodamente nella testa della dama. Quella notte, disturbati dal movimento, adagio e ciecamente, strisciarono fuori da dove si erano trovati gli occhi, poi, insinuandosi tra le labbra, scomparvero di nuovo.

Non risulta che Pàpantzin tornò ad apparire in pubblico, ma corsero voci concernenti altri strani eventi, causando tanta trepidazione che il Consiglio nominò speciali indagatori per accertare la verità. Tuttavia, a quanto rammento, non una di quelle dicerie poté essere confermata e le si ignorò quasi tutte come invenzioni di individui che volevano attrarre l'attenzione su di sé, o come allucinazioni di forti bevitori.

Poi, quando quell'anno frenetico ebbe termine, e furono trascorsi i suoi giorni vuoti, e cominciò l'anno successivo, Quattro

Case, giunse inaspettatamente da Texcòco il Riverito Oratore Nezahualpìli. Si disse che era venuto a Tenochtìtlan al solo scopo di godersi la nostra festa de l'Albero Viene Sollevato, avendone veduto già per troppi anni la versione di Texcòco. La verità è che si trovava lì per consultarsi segretamente con Motecuzòma. Ma i due governanti non si trovavano chiusi insieme da più che una piccola parte d'una mattinata quando ordinarono che una terza persona si unisse a loro. E, con mio vivo stupore, mandarono a chiamare me.

Con la prevista veste di tela di sacco, entrai nella sala del trono, ancor più umilmente di quanto fosse richiesto dal protocollo, poiché quel mattino vi si trovavano ben due Riveriti Oratori. Rimasi lievemente scosso constatando che Nezahualpìli era diventato quasi calvo e che i pochi capelli rimastigli erano grigi. Quando, infine, mi raddrizzai davanti alla pedana e ai due troni icpàltin affiancati tra i gong d'oro e d'argento, lo Uey-Tlatoàni di Texcòco mi riconobbe per la prima volta. Disse, quasi con esultanza:

«Il mio ex cortigiano Testa che Annuisce! Il mio ex scrivano e disegnatore di immagini Talpa! Il mio un tempo eroico soldato Nuvola Scura!»

«Nuvola Scura, davvero!» grugnì Motecuzòma. Fu il solo saluto che mi rivolse, e guardandomi in cagnesco. «Conosci questo miserabile, allora, mio signore e amico?»

«*Ayyo*, in un certo periodo fummo molto vicini» disse Nezahualpìli, con un ampio sorriso. «Quando tu hai parlato di un Cavaliere dell'Aquila a nome Mixtli, non ho pensato a lui; ma avrei dovuto sapere che sarebbe salito di titolo in titolo.» Poi, rivolto a me, disse: «Ti saluto e mi congratulo, Cavaliere dell'ordine dell'Aquila».

Farfugliai, spero, la risposta opportuna. Ero assorto nel pensare con letizia che stavo indossando la lunga veste di tela di sacco, poiché sentivo le ginocchia cozzare lievemente l'una contro l'altra.

Motecuzòma domandò a Nezahualpìli: «Questo Mixtli è stato *sempre* un bugiardo?»

«Non è *mai* stato un bugiardo, signore mio amico, posso assicurartelo. Mixtli ha sempre detto la verità, così come lui la vedeva. Sfortunatamente, la sua vista non si è sempre piacevolmente accordata con quella di altre persone.»

«Non accade nemmeno a quella di un bugiardo» ringhiò Motecuzòma, tra i denti. A me disse, quasi urlando: «Hai fatto credere a noi tutti che non vi fosse niente da temere da...»

Nezahualpìli lo interruppe, dicendo, suasivo: «Consentimi, mio signore e amico. Mixtli?»

«Sì, Signore Oratore?» dissi, rauco, senza sapere ancora in quale guaio mi trovassi, ma ben consapevole di essere nei pasticci.

«Poco più di due anni fa, i Maya inviarono messaggeri veloci in tutti questi paesi per dare notizia di strani oggetti — case galleggianti, dissero — avvistati al largo delle coste della penisola chiamata Uluümil Kutz. Te ne rammenti?»

«Vividamente, mio signore» risposi. «In base alla mia interpretazione del messaggio, avevano veduto soltanto un certo grosso pesce, e un certo pesce volante.»

«Sì, questa fu la spiegazione rassicurante comunicata dal tuo Riverito Oratore Motecuzòma, e alla quale tutti credettero, con considerevole sollievo.»

«E con *mio* considerevole imbarazzo» disse Motecuzòma, torvo.

Nezahualpìli fece un gesto conciliante nella sua direzione e continuò, rivolto a me: «Risulta che alcuni dei Maya i quali videro le apparizioni ne eseguirono disegni, giovane Mixtli, ma solamente ora uno di essi è entrato in mio possesso. Continueresti ad affermare che questo oggetto qui raffigurato è un pesce?».

Mi porse un piccolo quadrato di lacera carta di corteccia ed io lo osservai attentamente. Vi figurava un tipico disegno Maya, talmente piccolo e brutto, in quanto allo stile, che potei soltanto supporre che cosa intendesse rappresentare, in effetti. Ciò nonostante, dovetti dire: «Lo ammetto, miei signori, somiglia più a una casa di quanto somigli al pesce formidabile con il quale lo confusi».

«O al pesce volante?» domandò Nezahualpìli.

«No, mio signore. Le ali di quel pesce si aprono lateralmente. A quanto riesco ad arguire, questo oggetto sembra portare le ali erette perpendicolarmente sul dorso. O sul tetto.»

Egli additò. «E quei puntini rotondi disposti in fila tra le ali in alto e il tetto sotto ad esse? Come li interpreti?»

Risposi, a disagio: «È impossibile essere sicuri basandosi su questo rozzo disegno, ma mi azzardo a supporre che i puntini vogliano rappresentare teste di uomini».

Turbato, alzai gli occhi dalla carta di corteccia, fissando prima un oratore, poi l'altro. «Miei signori, ritiro la mia precedente interpretazione. Posso giustificarmi soltanto dicendo di aver avuto informazioni inadeguate. Se mi fosse stato possibile vedere allora questo disegno, avrei detto che i Maya erano giustamente spaventati e che avevano ragione a porci tutti sull'avviso. Avrei detto che la penisola Uluümil Kutz era stata visitata da immense canoe, mosse in qualche modo da ali, e piene di uomini. Non saprei dire a quale popolo appartengano gli uomini, né da dove vengano; posso affermare soltanto che sono stranieri e ovviamente posseggono molte cognizioni. Se sono in grado di costruire canoe da guerra come queste, possono fare la guerra... e forse una guerra più spaventosa di qualsiasi altra abbiamo mai conosciuto.»

«Ecco!» esclamò Nezahualpìli, in tono soddisfatto. «Pur correndo il rischio di dispiacere al suo Signore Oratore, Mixtli non esita a dire la verità, così come lui la vede... quando la vede. I miei veggenti e indovini hanno letto lo stesso portento vedendo quel disegno Maya.»

«Se i presagi fossero stati interpretati correttamente e prima» borbottò Motecuzòma «avrei avuto più di due anni di tempo durante i quali fortificare le coste della penisola di Uluümil Kutz.»

«A quale scopo?» domandò Nezahualpìli. «Se gli stranieri decideranno di colpire laggiù, lascia che siano i sacrificabili Maya a sopportare l'impeto dell'attacco. Ma se, come sembra, possono invaderci dal mare sconfinato, esistono sconfinate coste sulle quali potrebbero sbarcare, a est o a nord, a ovest o a sud. Nemmeno tutti i guerrieri di tutte le nostre nazioni potrebbero adeguatamente difendere ogni vulnerabile costa. Faresti meglio a concentrare le tue difese lungo una cerchia più ristretta e più vicina alla tua patria.»

«Io?» esclamò Motecuzòma. «E tu?»

«Ah, io sarò morto» rispose Nezahualpìli, sbadigliando e stiracchiandosi voluttuosamente. «I veggenti me lo assicurano, e ne sono lieto, poiché questo mi giustifica se trascorrerò gli ultimi miei anni in pace e riposando. Da questo momento, e fino alla mia morte, non farò più guerre. E nemmeno muoverà guerra mio figlio Fiore Nero, quando salirà sul trono.»

Rimanevo scomodamente in piedi davanti alla pedana, a quanto pareva inosservato e dimenticato; ma non mi era stato fatto alcun cenno di congedo.

Motecuzòma fissò Nezahualpìli e si rabbuiò in viso. «Vuoi togliere Texcòco e la tua nazione Acòlhua dalla Triplice Alleanza? Signore e amico, troppo mi spiacerebbe pronunciare le parole tradimento e viltà.»

«Allora non pronunciarle» scattò Nezahualpìli. «Intendo dire che noi riserveremo... che *dobbiamo* riservare ogni guerra per la prevista invasione. E dicendo *noi* mi riferisco a *tutte* le nazioni di questi territori. Non dobbiamo più sperperare guerrieri e risorse battendoci gli uni contro gli altri. Le faide e le rivalità devono cessare, e tutte le nostre energie, tutti i nostri eserciti vanno messi in comune per respingere gli invasori. Così la penso io, alla luce dei presagi e di come li hanno interpretati i miei savi.

In questo modo impiegherò i giorni che mi rimangono da vivere, e Fiore Nero farà la stessa cosa dopo di me... operando per una tregua e per la solidarietà tra tutte le nostre nazioni, affinché esse possano presentare un fronte unito quando giungeranno gli stranieri. »

« Sì, tutto questo va benissimo per te e per il tuo mansueto e disciplinato Principe della Corona » disse Motecuzòma, offensivo. « Ma noi siamo i Mexìca! Da quando conseguimmo la supremazia nell'Unico Mondo, nessun estraneo ha mai posto piede in questo regno senza il nostro consenso. E così continuerà ad essere, anche se dovessimo batterci soli contro tutte le nazioni conosciute e sconosciute, anche se *tutti* i nostri alleati dovessero abbandonarci, o volgersi contro di noi. »

Mi dispiacque un poco constatare che il Signore Nezahualpìli non si risentiva per quella scoperta manifestazione di disprezzo. Disse, quasi malinconicamente:

« Allora ti narrerò una leggenda, signore e amico. Forse è stata dimenticata da voi Mexìca, ma è tutt'ora possibile leggerla nei nostri archivi a Texcòco. Stando ad essa, quando i vostri antenati aztechi si avventurarono per la prima volta fuori del loro territorio settentrionale di Aztlan e compirono la marcia, protrattasi per anni, che si concluse qui, non sapevano in quali ostacoli si sarebbero potuti imbattere. Per quello che risultava a loro, avrebbero potuto trovare terre talmente inaccessibili, o popoli talmente ostili da indurli a ritenere preferibile tornare sui loro passi e rifugiarsi di nuovo nell'Aztlan. Tenendo presente tale possibilità, adattarono precauzioni per una rapida e sicura ritirata. In otto o nove delle località ove sostarono tra l'Aztlan e questa regione del lago, riunirono e nascosero ingenti riserve di armi e di provviste. Qualora fossero stati costretti a tornare là da dove erano venuti, avrebbero potuto farlo tranquillamente, ben nutriti e bene armati. Oppure sarebbe stato loro possibile attestarsi e difendersi in una qualsiasi di quelle posizioni predisposte ».

Motecuzòma rimase a bocca aperta; ovviamente, non aveva mai saputo nulla di tutto questo. Non ne sapevo niente nemmeno io. Nezahualpìli concluse:

« O almeno, così dice la leggenda. Sfortunatamente, non precisa dove si trovino quelle otto o nove località. Ti suggerisco rispettosamente, mio signore e amico, di mandare esploratori a nord, nelle regioni deserte, per tentare di scoprirle. Di fare questo o di predisporre un'altra serie di depositi. Se preferisci non allearti sin d'ora con tutte le altre nazioni, giungerà il momento in cui nessuna di esse lo vorrà, e tu potrai aver bisogno di quella linea di ritirata. Noi Acòlhua preferiamo circondarci di amici ».

Motecuzòma rimase a lungo silenzioso, ingobbito sul trono come se stesse rannicchiandosi per difendersi da un temporale imminente. Poi si riscosse, raddrizzò le spalle e disse: «Supponiamo che gli stranieri non giungano mai. Ti saresti abbandonato all'inerzia senza conseguire altro risultato tranne quello di farti mettere i piedi addosso da qualsiasi *amico* si ritenga abbastanza forte».

Nezahualpìli scosse la testa e disse: «Gli stranieri verranno».

«Sembri esserne molto sicuro.»

«Tanto sicuro da essere disposto a una scommessa» disse Nezahualpìli, improvvisamente gioviale. «Ti sfido, mio signore e amico. Giochiamo una partita di tlachtli nel cortile delle cerimonie. Non a squadre, soltanto te e me. Chi avrà la meglio su tre tempi, diciamo. Se perderò, considererò la mia sconfitta un presagio che contraddice tutti gli altri. Ritirerò tutti i miei tetri avvertimenti e metterò a tua disposizione tutte le armi e gli eserciti e le risorse degli Acòlhua. Se perderai tu...»

«Ebbene?»

«Mi concederai soltanto questo: esonererai me e i miei Acòlhua da ogni futuro impegno, affinché io possa trascorrere i miei ultimi giorni dedicandomi ad attività più pacifiche e piacevoli.»

Motecuzòma disse immediatamente: «Accetto. Colui che prevarrà in tre tempi». E sorrise perfidamente.

Sembrava logico che sorridesse, poiché non era il solo a giudicare pazzo Nezahualpìli per averlo così sfidato. Naturalmente, nessun altro tranne me — e mi era stata fatta giurare la segretezza — sapeva, allora, che cosa avesse puntato il Riverito Oratore di Texcòco sull'esito della sfida. Agli occhi dei cittadini di Tenochtìtlan e delle persone di passaggio nella città, la gara sarebbe stata semplicemente uno dei tanti divertimenti organizzati per loro, o un altro onore reso a Tlaloc nel corso della celebrazione di l'Albero Viene Sollevato. Ma non era un segreto il fatto che Motecuzòma era di almeno vent'anni più giovane di Nezahualpìli e che il tlachtli è un gioco brutale il quale può essere giocato meglio da uomini giovani, forti e robusti.

Tutto intorno e al di là delle mura del cortile delle cerimonie, il Cuore dell'Unico Mondo era gremito di gente, sia nobili sia uomini del volgo, pigiati spalla contro spalla, anche se non uno su cento di essi poteva sperare di riuscire a vedere qualcosa della partita. Ma quando un particolare aspetto del gioco induceva gli spettatori privilegiati all'interno del cortile a gridare un «*ayyo!*» di lode, o a gemere «*ayya*», o ad alitare uno «*huuu-uu-uuu*» di speranza, la folla all'esterno nella piazza echeggiava l'applauso, o il lamento o l'incoraggiamento, senza neppur sapere perché.

Le gradinate di pietra intorno alle pareti interne di marmo del cortile erano gremite dai più alti nobili di Tenochtìtlan e da quelli di Texcòco giunti con Nezahualpìli. Forse per compensarmi, o corrompermi, affinché mantenessi il segreto, i due Riveriti Oratori mi avevano assegnato uno dei preziosi posti su di esse. Pur essendo un Cavaliere dell'Aquila, io ero la persona di più basso rango in quell'augusta compagnia, eccezion fatta per Nochìpa, alla quale avevo trovato un posto tenendola in grembo.

«Osserva e rammenta, figlia» le dissi all'orecchio. «Questa è una cosa che non è mai stata veduta. I due uomini più importanti e potenti di tutto l'Unico Mondo si affrontano, e in pubblico. Guarda e ricorda per tutta la vita. Non assisterai mai più ad alcunché di simile.»

«Ma, babbo» disse lei «il giocatore che porta il casco blu è *un vecchio.*» Si servì del mento per indicare, con discrezione, Nezahualpìli, che si trovava al centro del cortile, un po' discosto da Motecuzòma e dall'alto sacerdote di Tlaloc, il sacerdote incaricato delle cerimonie per tutto quel mese.

Risposi: «Be', il giocatore con il casco protettivo verde ha press'a poco la mia stessa età e pertanto anche lui non è un giovanotto».

«Sembra che tu favorisca il vecchio.»

«Spero che lo applaudirai quando lo applaudirò io. Ho puntato una piccola fortuna sulla sua vittoria.»

Nochìpa si voltò di lato sul mio grembo e si reclinò all'indietro per guardarmi in faccia. «Oh, che sciocchezza, padre. Perché?»

Risposi: «A dire il vero non lo so». Ed era effettivamente così. «Ora sta ferma. Pesi già abbastanza anche quando non ti dimeni.»

Sebbene mia figlia fosse appena entrata nel dodicesimo anno di età e avesse già avuto il primo mestruo, per cui vestiva come una donna e stava cominciando ad avere curve leggiadramente femminili, non somigliava — e di questo ringraziavo gli dei — a suo padre per la statura, altrimenti non avrei potuto sopportare di sedere tra lei e il duro gradino di pietra.

Il sacerdote di Tlaloc recitò speciali preghiere e invocazioni e bruciò incenso — tediosamente a lungo — prima di lanciare in alto la palla, dichiarando così iniziato il primo tempo della partita. Non tenterò, miei signori scrivani, di descrivere ogni balzo e ogni rimbalzo della palla, poiché so che ignorate le complicate regole del tlachtli e non potreste nemmeno cominciare ad apprezzare gli aspetti più raffinati della partita. Il sacerdote sgattaiolò fuori del cortile, simile a un nero scarafaggio, lasciandovi soltanto Nezahualpìli e Motecuzòma, nonché i due «custodi delle mete» a entrambe le estremità, ma costoro rimanevano immobili e inosservati, tranne quando l'andamento della partita richiedeva che spostassero l'uno o l'altro giogo di meta.

Questi ultimi, i bassi archi spostabili attraverso i quali i giocatori dovevano tentar di lanciare la palla, non erano i semplici semicerchi di pietra dei normali campi di gioco. I gioghi di meta, così come le pareti verticali del cortile, erano fatti del più bel marmo e, al pari degli anelli di meta vincente, situati in alto nei punti centrali delle pareti, risultavano essere riccamente scolpiti e levigati e brillantemente colorati. Anche la palla era stata appositamente intrecciata per quella gara, con strisce dell'òli più elastico, e le strisce che si sovrapponevano erano colorate ora in blu, ora in verde.

Ognuno dei Riveriti Oratori portava, intorno al capo e alle orecchie, una fascia di cuoio imbottito, fermata da cinghie che passavano sul cocuzzolo della testa e sotto il mento; erano inoltre protetti da massicci dischi di cuoio sui gomiti e sulle ginocchia; e indossavano un perizoma strettamente avvolto e voluminosamente imbottito, intorno al quale passava, all'altezza dei fianchi, una cintura di cuoio. Le protezioni del capo avevano, come ho già accennato, i due colori di Tlaloc — il blu per Nezahualpìli e il verde per Motecuzòma — ma, anche senza quella differenziazione, e anche senza il mio topazio, persino io non avrei stentato affatto a distinguere i due avversari. Tra le protezioni e le imbottiture, il corpo di Motecuzòma appariva robusto e liscio e muscoloso. Quello di Nezahualpìli era scarno e scheletrico ed esile. Motecuzòma si muoveva con disinvoltura, elasticamente, come se fosse stato fatto egli stesso di òli, e la palla fu sua subito dopo che il sacerdote l'ebbe lanciata. Nezahualpìli si muoveva invece rigidamente e goffamente; era una cosa pietosa vederlo inseguire l'avversario in fuga, come se egli avesse cercato di raggiungere un'ombra. Un gomito aguzzo mi affondò nella schiena; mi voltai e vidi il Signore Cuitlàhuac, il fratello minore di Motecuzòma, e il comandante di tutti gli eserciti Mexìca. Egli mi sorrise sarcastico: era uno dei tanti con i quali avevo scommesso una cospicua somma in oro.

Motecuzòma correva, spiccava balzi, sembrava galleggiare nell'aria e volare. Nezahualpìli arrancava e ansimava, il cranio calvo luccicante di sudore sotto le cinghie del casco protettivo. La palla veniva lanciata, rimbalzava, guizzava avanti e indietro — ma sempre da Motecuzòma a Motecuzòma. Da un'estremità del cortile, egli la lanciava con il fianco violentemente verso la parete ove Nezahualpìli rimaneva in piedi indeciso, e Nezahualpìli non era mai abbastanza rapido per intercettarla, ragion per cui la palla rimbalzava ad angolo da quella parte verso il lato opposto del cortile, e, in qualche modo, impossibilmente, Motecuzòma si trovava là per colpirla di nuovo con il gomito, un ginocchio, o una natica. Lanciava la palla, come una freccia, attraverso questo giogo di meta, come un giavellotto attraverso quell'altro, come una pallottola di cerbottana attraverso il successivo, e la palla passava sotto ogni basso arco senza mai toccare un lato o l'altro del marmo, ogni volta segnando una meta contro Nezahualpìli, e ogni volta strappando un'ovazione a tutti gli spettatori, tranne me, Nochìpa e i cortigiani del Riverito Oratore degli Acòlhua.

Il primo tempo venne vinto da Motecuzòma. Egli corse a balzi fuori del cortile come un giovane daino, affatto stanco e ancora in possesso di tutte le sue energie, verso i massaggiatori che lo strofinarono e gli fecero bere una sorsata rinvigorente di cioccolata; poi rimase in piedi, altezzoso, già pronto per il tempo successivo, mentre l'affaticato e madido di sudore Nezahualpìli era appena giunto accanto al sedile per riposare, tra i suoi massaggiatori. Nochìpa si voltò e mi domandò: «Diventeremo poveri, padre?» E il Signore Cuitlàhuac la udì e sghignazzò sonoramente. Ma non rise più quando la partita ricominciò.

Molto tempo dopo, veterani giocatori ci tlachtli stavano ancora discutendo a proposito di varie e contraddittorie spiegazioni relative a ciò che era accaduto. Taluni sostenevano che era semplicemente occorso il primo tempo per sgranchire le giunture e i riflessi di Nezahualpìli. Altri affermavano che Motecuzòma aveva avventatamente giocato il primo tempo in modo tanto strenuo da stancarsi prematuramente. Esistevano poi molte altre teorie, ma io avevo la mia. Conoscevo da tempo Nezahualpìli e troppe volte avevo veduto un simile patetico vecchio traballante e curvo, un vecchio dello stesso colore di un fagiolo di cacao. Credo che, il giorno della gara di tlachtli, assistetti all'ultima simulazione, da parte di Nezahualpìli, di quella decrepitezza quando, con scherno, egli cedette il primo tempo a Motecuzòma.

Ma nessuna teoria, la mia compresa, può realmente spiegare la meraviglia che si determinò allora. Motecuzòma e Nezahualpìli si affrontarono per il secondo tempo, e Motecuzòma, avendo vinto il primo, mise in gioco la palla. Con il ginocchio la lanciò alta nell'aria. Ma quella fu l'ultima volta che la toccò.

Naturalmente, dopo quanto era accaduto prima, gli occhi di quasi tutti i presenti rimanevano fissi su Motecuzòma, aspettandosi di vederlo scattare via immediatamente per trovarsi sotto la palla prima che l'anziano avversario fosse riuscito a muoversi.

Ma Nochìpa, non so per quale motivo, osservava invece Nezahualpìli, e fu il suo strillo di gioia a far balzare in piedi tutti gli altri spettatori, che gridarono e ruggirono contemporaneamente come un vulcano in eruzione. La palla stava oscillando allegramente entro il cerchio di marmo situato in alto sulla parete nord del cortile, quasi volesse indugiarvi quanto bastava per essere ammirata; poi cadde dall'altro lato rispetto a Nezahualpìli, che l'aveva lanciata lassù con un colpo di gomito.

L'esultanza esplose sulle gradinate intorno al cortile e continuò e continuò. Motecuzòma corse ad abbracciare il suo avversario per congratularsi con lui, mentre i custodi delle mete e i massaggiatori turbinavano qua e là, in preda alla frenesia. Il sacerdote di Tlaloc entrò danzando e saltellando nel cortile; agitò le braccia e parlò, inudito nello strepito, probabilmente proclamando che quello era stato un segno di favore da parte di Tlaloc. Gli spettatori plaudenti saltellavano ai loro posti. Il muggito di «AYYO!» divenne ancor più forte, forte da sfondare i timpani, quando la folla nell'immensa plaza al di là del cortile venne a sapere che cos'era accaduto. Avrete ormai arguito reverendi frati, che Nezahualpìli era riuscito a vincere il secondo tempo. L'essere riuscito a far passare la palla attraverso quell'anello verticale sulla parete gli avrebbe assicurato la vittoria anche se Motecuzòma avesse già segnato molte mete.

Ma dovete rendervi conto che la palla lanciata in quel modo attraverso il cerchio faceva fremere gli spettatori tanto quanto l'uomo che riusciva a compiere l'impresa. Si trattava, infatti, di un evento così raro, così incredibilmente raro, che davvero non so dirvi fino a *qual punto* lo fosse. Immaginate di avere una dura palla di òli, grossa come la vostra testa, e un cerchio di pietra il cui diametro è appena lievemente maggiore del diametro della palla, un cerchio situato verticalmente e due volte la vostra statura più in alto di voi. Provatevi a infilare la palla in quel foro senza servirvi delle mani, servendovi soltanto dei fianchi, delle ginocchia, dei gomiti o delle natiche. Un uomo potrebbe continuare per giorni e giorni, senza mai fare altro, senza essere interrotto e distratto in nessun momento, e non riuscirvi mai. Nel rapido movimento e nella confusione di una partita, poi, l'impresa era qualcosa di miracoloso.

Mentre la folla entro il cortile e fuori di esso continuava ad applaudire freneticamente, Nezahualpìli sorseggiò cioccolata e sorrise modestamente, e Motecuzòma, quanto a lui, sorrise con approvazione. Poteva permettersi di sorridere poiché gli bastava prevalere nell'ultimo tempo per vincere la gara; e inoltre la palla infilata nel cerchio — sia pure ad opera del suo avversario — gli garantiva che il giorno di quella vittoria sarebbe stato ricordato in eterno, sia negli archivi del gioco, sia nella storia di Tenochtìtlan.

Venne ricordato, infatti, e lo si ricorda tuttora, ma non gioiosamente. Quando il tumulto cessò, infine, i due giocatori tornarono ad affrontarsi, e toccò a Nezahualpìli mettere in gioco la palla. Con il ginocchio egli la lanciò in aria, ad angolo, e, continuando lo stesso movimento fluente, corse là ove sapeva che sarebbe caduta, e là, di nuovo con precisione, e di nuovo con il ginocchio, la fece passare attraverso il cerchio di pietra in alto. La cosa accadde così fulmineamente che, ritengo, Motecuzòma non ebbe affatto il tempo di muoversi. Persino Nezahualpìli parve non credere a ciò che aveva compiuto. Infilare la palla nel cerchio due volte di seguito era più di una meraviglia, era più di un primato mai raggiunto in tutti gli annali del gioco, era un conseguimento che lasciava davvero sbalorditi.

Non un suono si levò dalle file degli spettatori. Quasi non ci muovemmo, e neppure muovemmo gli occhi, fissi con meraviglia su quel Riverito Oratore. Poi, tra i presenti, cominciò un mormorio circospetto. Alcuni nobili bisbigliarono parole fiduciose: dissero che Tlaloc aveva dimostrato di essere tanto soddisfatto di noi da partecipare ai giochi egli stesso. Altri ringhiarono sospetti: Nezahualpìli aveva gettato sui giochi l'incantesimo di una magia diabolica. I nobili di Texcòco contestarono questa accusa, ma non ad alta voce. Sembrava che nessuno volesse parlare a voce alta. Persino Cuitlàhuac non borbottò percettibilmente consegnandomi una pesante borsa di cuoio piena di polvere d'oro. E Nochìpa mi osservò con un'espressione solenne, quasi mi sospettasse di essere segretamente capace di leggere nel futuro l'esito delle cose.

Sì, vinsi una grande quantità d'oro, quel giorno, grazie al mio intuito, o a un residuo di lealtà, o a quel qualsiasi motivo indefinibile che mi aveva indotto a scommettere sul mio signore di un tempo. Ma sarei disposto a dare tutto quell'oro, se ancora lo possedessi — e darei anche di più, *ayya*, mille migliaia di volte di più se lo avessi — per *non* avere vinto quel giorno.

Oh, no, signori scrivani, non soltanto perché la vittoria di Nezahualpìli convalidò le sue previsioni relative a una futura invasione dal mare. Ero già persuaso che essa fosse probabile; il rozzo disegno Maya mi aveva convinto. No, la ragione per cui amaramente mi rammarico della vittoria di Nezahualpìli nella gara consiste nel fatto che essa causò una tragedia più immediata, una tragedia per me e per ciò che era mio.

Venni a trovarmi di nuovo in grave pericolo quasi non appena Motecuzòma, furente, si allontanò a gran passi dal cortile. In qualche modo, infatti, quando la gente sgombrò il cortile e la plaza, quel giorno, sapeva ormai che la gara non aveva coinvolto soltanto i due Riveriti Oratori... ma che era stata una prova di forza tra i loro rispettivi veggenti e indovini. Tutti si erano resi conto che la vittoria di Nezahualpìli rendeva più credibili le sue luttuose profezie, e tutti sapevano quali fossero tali profezie. Probabilmente le aveva rese note uno dei cortigiani di lui, cercando di tacitare le voci secondo cui il suo signore avrebbe vinto la gara con la stregoneria. Io so soltanto con certezza, comunque, che la verità trapelò, e non per colpa mia.

«Se non sei stato tu a parlare» disse Motecuzòma, gelidamente infuriato, «se non hai fatto niente per meritare il castigo, allora è chiaro che non ti sto punendo.»

Nezahualpìli era appena partito da Tenochtìtlan e due guardie del palazzo mi avevano condotto, quasi a forza, dinanzi al trono, e dal Riverito Oratore mi era stato appena detto che cosa mi aspettava.

«Ma il mio signore ordina che io guidi una spedizione militare» protestai, ignorando completamente il protocollo della sala del trono. «Se questo non è un castigo è un esilio, e io non ho fatto nulla per...»

Egli mi interruppe: «L'ordine che ti impartisco, Cavaliere dell'Aquila Mixtli, ha il carattere di un esperimento. Tutti i presagi indicano che un'orda di invasori, se giungerà, giungerà dal sud. È pertanto opportuno che rafforziamo le nostre difese meridionali. Se la tua spedizione avrà successo, invierò altri cavalieri alla testa di altre colonne di emigranti in quelle regioni».

«Ma mio signore» insistetti «io non so assolutamente nulla per quanto concerne la fondazione e la fortificazione di una colonia.»

Egli disse: «Nemmeno io ne sapevo niente quando mi venne ordinato di fare esattamente questo nello Xoconochco, molti anni or sono». Mi sarebbe stato impossibile contraddirlo; io stesso ero stato in parte responsabile della cosa. Motecuzòma continuò: «Condurrai con te una quarantina di famiglie, approssimativamente duecento persone tra uomini, donne e fanciulli. Sono contadini per i quali non esistono, semplicemente, terreni disponibili da coltivare qui, nel centro dell'Unico Mondo. Farai stabilire i tuoi emigranti in una regione vergine al sud, e ti accerterai che costruiscano un villaggio decente e ne apprestino le difese. Ecco il luogo che ho scelto».

La carta che mi mostrò era una di quelle disegnate da me stesso, ma il punto che additò in essa risultava privo di particolari, perché non vi ero mai stato.

Dissi: «Mio Signore Oratore, questo luogo si trova entro i

confini del popolo Teohuacàn. Essi potrebbero risentirsi a loro volta venendo invasi da un'orda di stranieri».

Con un sorriso affatto divertito, egli rispose: «Il tuo vecchio amico Nezahualpìli ci ha consigliato di stringere amicizia con tutti i nostri vicini, non è forse così? Uno dei tuoi compiti sarà quello di persuadere i Teohuacàna che giungi tra loro come un buon amico e un fermo difensore del loro paese, oltre che del nostro».

«Sì, mio signore» dissi malinconicamente.

«Il Riverito Oratore Chimalpopòca di Tlàcopan ti fornirà cortesemente una scorta militare. Tu comanderai un distaccamento di quaranta dei suoi soldati Tecpanèca.»

«Non saranno nemmeno Mexìca?» farfugliai, sgomento. «Mio Signore Motecuzòma, è certo che un distaccamento di Tecpanèca non ubbidirà agli ordini di un cavaliere Mexìcatl!»

Lo sapeva bene quanto me; ma questo faceva parte della sua perfidia, parte del castigo a causa della mia amicizia con Nezahualpìli. Blando, egli continuò:

«I guerrieri proteggeranno la colonna durante il viaggio fino al Teohuacàn, e rimarranno per presidiare la fortezza che tu dovrai costruire laggiù. Anche tu rimarrai là, Cavaliere Mixtli, finché tutte le famiglie non saranno ben sistemate e in grado di provvedere a se stesse. Chiamerai quella colonia semplicemente Yanquìtlan, Il Nuovo Luogo.»

Mi azzardai a domandare: «Posso almeno reclutare alcuni valorosi veterani Mexìca, mio signore, come miei sottufficiali?» Egli mi avrebbe opposto, probabilmente, un immediato no, ma io soggiunsi: «Alcuni uomini anziani che conosco e che già da tempo si trovano in congedo per aver superato il limite di età.»

Sbuffò sprezzante e disse: «Se può farti sentire più *al sicuro* reclutare altri guerrieri, dovrai pagarli di tasca tua».

«D'accordo, mio signore» mi affrettai a rispondere. Ansioso di andarmene prima che potesse cambiare idea, mi prosternai per baciare la terra, mormorando nel frattempo: «Ha altri ordini da impartirmi il Signore Oratore?»

«Sì, che tu parta immediatamente e proceda con la massima rapidità possibile verso il sud. I guerrieri Tecpanèca e le famiglie della colonna si stanno riunendo adesso a Ixtapalàpan. Le voglio nella nuova comunità di Yanquìtlan in tempo per le semine primaverili. Che ciò sia fatto.»

«Partirò subito» dissi, e indietreggiai a piedi nudi verso la porta.

Anche se fu pura vendicatività a indurre Motecuzòma a scegliere me come suo pioniere in fatto di colonizzazione, non avrei potuto lagnarmi troppo, in quanto proprio io per primo avevo suggerito l'idea di colonizzare in questo modo... ad Ahuìtzotl, molti anni prima. Inoltre, per essere sincero, di recente avevo finito con l'annoiarmi alquanto della vita di un uomo ozioso e ricco; frequentavo da qualche tempo la Casa dei Pochtèca, nella speranza di sentir parlare di qualche rara occasione commerciale, tale da indurmi ad andare in altri paesi. Pertanto, avrei gradito il compito di guidare la colonna di emigranti se Motecuzòma non avesse preteso ch'io *restassi* nella nuova colonia fino a quando essa fosse stata saldamente stabilita. Per quanto potevo prevedere, sarei dovuto rimanere rinchiuso a Yanquìtlan per un anno intero, se non per due o più. Quando ero stato più giovane, quando le strade mi sembravano illimitate e i giorni innumerevoli, non mi sarebbe rincresciuto poi molto di sottrarre un tale periodo alla mia vita. Ma avevo adesso quaranta e due anni e non sopportavo l'idea di trascorrere sia pure uno solo degli anni che mi restavano da vivere legato a un compito noioso in un noioso villaggio agricolo, mentre, forse, orizzonti più luminosi avrebbero potuto invitarmi da ogni parte.

Ciò nonostante, mi preparai per la spedizione con tutto l'entusiasmo e la capacità organizzativa possibili. Per prima cosa, convocai le donne e i servi della mia famiglia, e dissi loro della missione.

«Sono abbastanza egoista per non volermi privare delle persone che amo durante questo anno e più, e inoltre ritengo che tale periodo possa essere sfruttato vantaggiosamente. Nochìpa, figlia mia, tu non hai viaggiato più lontano da Tenochtìtlan della terraferma al di là delle strade rialzate, e per giunta soltanto di rado. Questo viaggio sarà faticoso, ma, se vorrai accompagnarmi, credo che ti avvantaggerà visitare e conoscere altri paesi.»

«E tu credi davvero di dovermelo *chiedere*?» esclamò lei con gioia, battendo le mani. Poi ridivenne seria quanto bastava per dire: «Ma i miei studi, padre, nella Casa per l'Apprendimento delle Buone Maniere?»

«Ti limiterai a dire alle tue signore insegnanti che parti per altri paesi e che — tuo padre lo garantisce — imparerai di più viaggiando di quanto tu possa mai imparare entro quattro pareti.» Mi rivolsi poi a Bèu Ribè: «Gradirei che venissi anche tu, Luna in Attesa, se vuoi».

«Sì» ella rispose subito, con gli occhi splendenti. «Sono lieta,

Zàa, che tu non voglia più viaggiare solo. Se posso essere... »

« Puoi. Una fanciulla dell'età di Nochìpa non dovrebbe restare priva delle cure di una donna più avanti negli anni. »

« Oh » fece lei, e la luminosità le si spense negli occhi.

« Un distaccamento di soldati e contadini della classe più umile può essere una compagnia rozza. Vorrei che tu rimanessi sempre al fianco di Nochìpa, e ne dividessi ogni notte il giaciglio. »

« Il giaciglio » ripeté Bèu.

Ai servi dissi: « Rimarrete voi, Turchese e Cantore di Stelle, per occuparvi e aver cura della casa, e per sorvegliare i nostri beni ». Essi dissero che potevano e volevano farlo, e promisero che avremmo trovato ogni cosa perfettamente in ordine al nostro ritorno, per quanto a lungo potesse protrarsi l'assenza. Io risposi che non ne dubitavo affatto. « E ora ho un incarico da affidarti, Cantore di Stelle. »

Lo mandai a convocare i sette anziani soldati che avevano formato il mio piccolo esercito durante altre spedizioni. Mi rattristai, ma non mi stupii molto, quando egli tornò dicendomi che tre di essi erano morti dall'ultima volta che avevo richiesto i loro servigi.

I superstiti quattro che vennero erano già stati parecchio avanti negli anni quando li avevo conosciuti per la prima volta come amici di Ghiotto di Sangue; non potevano di certo essere ringiovaniti, ma vennero senza alcuna esitazione. Si presentarono a me coraggiosamente, sforzandosi di camminare molto eretti e a passi decisi, per distogliere la mia attenzione dalla loro muscolatura flaccida e dalle giunture ingrossate. Vennero con alte voci tonanti e con risate di aspettativa, affinché le rughe e le pieghe delle loro facce potessero essere scambiate semplicemente per le increspature dell'allegria. Non li offesi sottolineando quella simulazione di gioventù e di buon umore; il fatto che fossero accorsi così volentieri era per me una prova sufficiente della loro capacità; li avrei assunti anche se fossero venuti zoppicanti e appoggiati a bastoni. Spiegai a tutti il carattere della missione, poi mi rivolsi direttamente al più anziano, Qualànqui, il cui nome significava Irascibile con Tutti.

« I nostri soldati Tecpanèca e i duecento civili stanno aspettando a Ixtapalàpan. Recati laggiù, amico Irascibile, e accertati che siano pronti a marciare quando lo saremo noi. Sospetto che li troverai impreparati sotto molti aspetti; non si tratta di viaggiatori incalliti. Quanto a voi altri, uomini, andate ad acquistare tutto l'equipaggiamento e le provviste di cui avremo bisogno *noi* — vale a dire voi quattro, me stesso, mia figlia e la signora mia sorella. »

Mi preoccupava più il fatto che gli emigranti riuscissero a portare a termine la lunga marcia di quanto temessi una possibile accoglienza ostile nel Teohuacàn. Come i contadini che avrei scortato, i Teohuacàna erano gente che lavorava i campi, poco numerosa e non certo nota per la sua bellicosità. Prevedevo senz'altro che avrebbero persino accolto volentieri i miei coloni, come persone nuove con le quali fare conoscenza e unire in matrimonio i loro figli.

Parlando del Teohuacàn e dei Teohuacàna mi servo, naturalmente, dei nomi dati loro nella lingua nàhuatl. I Teohuacàna erano in realtà un ramo dei Mixtèca, o Tya Nuü, e chiamavano se stessi e il loro paese Tya Nya. La regione non era mai stata attaccata da noi Mexìca e assoggettata a un tributo, perché, a parte i prodotti agricoli, vi si trovavano ben poche ricchezze naturali. Queste ultime consistevano in sorgenti minerali calde, delle quali non ci si poteva impadronire, e, d'altro canto, i Tya Nya erano dispostissimi a venderci vasi e fiasche contenenti l'acqua di quelle sorgenti. L'acqua stessa aveva un odore e un sapore spaventosi, ma era richiestissima come tonico. E poiché i medici consigliavano spesso ai loro pazienti di recarsi nel Tya Nya e di immergersi in quelle calde, ma fetide, acque, gli indigeni ne avevano inoltre tratto profitto costruendo alcune locande alquanto lussuose nelle vicinanze delle sorgenti. In breve, non mi apettavo molte difficoltà in una nazione di contadini e di locandieri.

Irascibile con Tutti tornò da me il giorno dopo e riferì: «Avevi ragione, Cavaliere Mixtli. Quella banda di rustici bifolchi ha portato tutte le pietre da macina delle cucine e tutte le statuette degli dei preferiti invece di un ugual peso di sementi e di farina di pinòli per le razioni durante il viaggio. Vi sono state molte proteste, ma li ho costretti a disfarsi di tutti gli oggetti che possono essere sostituiti facilmente».

«E com'è quella gente di per sé, Qualànqui? Credi che riuscirà a formare una comunità autosufficiente?»

«Credo di sì. Sono tutti contadini, ma vi sono uomini, tra loro, che posseggono inoltre le capacità di muratori, di fabbricatori di mattoni, di falegnami, e così via. Si lagnano di una sola cosa. Non hanno sacerdoti.»

Dissi in tono aspro: «Non ho mai sentito parlare di una comunità che si sia stabilita, o sia sempre esistita, in qualsiasi luogo senza che una moltitudine di preti sembrasse spuntare dal terreno, pretendendo di essere nutrita e temuta e rispettata». Ciò nonostante, comunicai la cosa al palazzo e agli emigranti vennero aggregati sei o sette tlamacàzque novizi di vari dei di secondaria importanza, sacerdoti talmente giovani e novellini che le loro nere vesti quasi non avevano neppure cominciato ad essere incrostate di sangue e sudiciume.

Nochìpa, Bèu ed io percorremmo la strada rialzata il giorno

prima della prevista partenza, e trascorremmo la notte a Ixtapalàpan affinché io potessi far schierare la colonna alle prime luci
dell'alba e presentarmi, e assicurarmi che i fardelli fossero
equamente suddivisi tra tutti gli uomini abili, le donne e i fanciulli più grandicelli, e fare in modo che la partenza avesse luogo al più presto. I miei quattro sottufficiali ordinarono sbraitando l'attenti alle truppe Tecpanèca ed io le passai attentamente
in rivista, servendomi del topazio. Questo causò alcuni ridacchiamenti furtivi tra le file e, a partire da quel momento, i soldati mi chiamarono tra loro — io non avrei dovuto esserne a conoscenza — Mixteloxìxtli, una commistione alquanto abile del
mio nome con altre parole. Grosso modo, si potrebbe tradurre la
parola come Occhio di Orina Mixtli.

Gli altri della colonna mi chiamavano, probabilmente, con nomi ancor meno lusinghieri, poiché si lagnavano di molte cose, e
una delle più importanti consisteva nel fatto che non avevano mai
avuto l'intenzione di emigrare. Motecuzòma aveva omesso di dirmi che non si trattava di volontari, ma di «popolazione in eccesso» radunata dalle sue truppe. I contadini pertanto ritenevano,
non senza qualche giustificazione, di essere stati ingiustamente
banditi in regioni deserte. E i soldati erano quasi altrettanto scontenti. Non apprezzavano affatto quel loro compito di bambinaie,
né ci tenevano a compiere una lunga marcia dalla loro Tlàcopan
avendo come destinazione non già un onorato campo di battaglia,
ma un servizio di guarnigione per un periodo indefinito. Se non
avessi portato con me i quattro veterani per mantenere l'ordine
tra le truppe, temo che il Comandante Occhio di Orina avrebbe
dovuto tener testa a un ammutinamento o a diserzioni.

Ah, be'. Per la maggior parte del tempo desiderai di poter di-
sertare io stesso. I soldati, per lo meno, sapevano marciare. I civili rimanevano indietro, si disperdevano, avevano piaghe ai piedi e zoppicavano, brontolavano e piagnucolavano. Mai che si
fermassero in due contemporaneamente per i loro bisogni corporali; le donne pretendevano soste per allattare i bambini; i sacerdoti di questo o di quel dio dovevano fermarsi a ore fisse della
giornata per recitare una preghiera rituale. Se ordinavo un vivace passo di marcia, i più pigri protestavano dicendo che li am-
mazzavo a furia di farli correre. Se rallentavo per accontentare
loro, gli altri si lagnavano perché sarebbero morti di vecchiaia
prima del termine del viaggio.

La sola cosa a rendere piacevole per me quella marcia era
mia figlia Nochìpa. Come sua madre Zyanya al primo viaggio
lontano da casa, Nochìpa si lasciava sfuggire esclamazioni gio-
iose ad ogni panorama rivelato da ogni nuova curva del sentiero.
Non esisteva paesaggio tanto comune da impedire che qualcosa

in esso le rallegrasse gli occhi e il cuore. Stavamo seguendo la principale via dei traffici verso sud-est, ed essa offre davvero la bellezza di grandi scenari naturali, ma era sin troppo familiare a me, a Bèu e ai miei sottufficiali, e gli emigranti, quanto a loro, sembravano incapaci di commentare con esclamazioni qualsiasi cosa tranne le loro infelicità. Ma, anche se avessimo attraversato le morte e deserte distese del Mìctlan, Nochìpa avrebbe trovato tutto nuovo e meraviglioso.

A volte si metteva improvvisamente a cantare, come fanno gli uccelli, senza alcun motivo apparente a parte il fatto che si tratta di creature alate e felici di esserlo. (Come mia sorella Tzitzitlìni, Nochìpa aveva vinto molti premi a scuola per il suo talento nel canto e nella danza.) Quando cantava, anche i più odiosi malcontenti del nostro gruppo smettevano temporaneamente di brontolare per ascoltarla. Inoltre, quando la marcia della giornata non l'aveva stancata troppo, Nochìpa illuminava le notti tenebrose danzando per noi dopo il pasto serale, uno dei miei veterani sapeva suonare il flauto di argilla e ne aveva portato uno con sé. Le sere in cui Nochìpa danzava, gli emigranti si coricavano sulla dura terra con meno lamentele del solito.

A parte il modo con il quale Nochìpa rallegrò il lungo e tedioso viaggio, rammento un solo episodio che mi parve fuori del comune. Una notte, al campo, mi allontanai per un certo tratto dalla luce del fuoco per orinare contro un albero. Passando per caso di lì qualche tempo dopo, scorsi Bèu — ella non mi vide — intenta a fare una cosa singolare. Si trovava inginocchiata alla base di quello stesso albero e stava raschiando via un po' del fango formato dalla mia orina. Pensai che stesse forse preparando un empiastro calmante per le vesciche a un piede o la caviglia infiammata di qualcuno del gruppo. Non mi avvicinai, né in seguito feci commenti al riguardo.

Ma dovrei dirvi, signori scrivani, che tra il nostro popolo si trovavano certe donne, di solito molto anziane — voi le chiamate streghe — le quali conoscevano alcune arti segrete. Una di esse consisteva nel foggiare la piccola e rozza immagine di un uomo, servendosi del fango di un posto ove egli avesse orinato di recente, per poi assoggettare quella statuetta a determinate indegnità allo scopo di far soffrire l'uomo in questione di dolori inesplicabili, o di una malattia, o di pazzia, o lussuria, o perdita della memoria, o anche della perdita di tutto ciò che possedeva, fino a ridurlo in miseria. Tuttavia, non avevo alcun motivo di sospettare che Luna in Attesa fosse stata una strega per tutta la vita a mia insaputa. Considerai l'episodio di quella notte una mera coincidenza e me ne dimenticai completamente fino a molto tempo dopo.

A circa venti giorni di marcia da Tenochtìtlan — sarebbero stati appena dodici giorni per un viaggiatore esperto e non ostacolato — giungemmo nel villaggio di Huajuàpan, che io conoscevo da tempo. E, dopo avere trascorso lì la notte, voltammo decisamente a nord-est, seguendo una meno importante via dei traffici, nuova per tutti noi. Il sentiero ci condusse lungo amene vallate rese verdeggianti dalla prima vegetazione primaverile, serpeggiando, tra basse e belle montagne azzurre, verso la città capitale del Tya Nya, denominata anch'essa Tya Nya, o Teohuacàn. Ma non condussi la colonna così lontano. Dopo aver percorso quel sentiero per quattro giorni, venìmmo a trovarci in una vasta valle e davanti al guado di un fiume ampio ma poco profondo. Mi inginocchiai e raccolsi acqua nel palmo della mano. La odorai, poi l'assaggiai.

Irascibile con Tutti venne a mettersi in piedi accanto a me e domandò: «Che cosa te ne pare?»

«Be', non sgorga da una delle tipiche sorgenti di Teohuacàn» risposi. «L'acqua non è né amara, né maleodorante, né calda. Sarà ottima da bere e per irrigare. Quanto alla terra qui attorno sembra grassa e non vedo abitazioni né orti. Credo che sia questo il luogo adatto per la nostra Yanquìtlan. Dillo a tutti!»

Qualànqui si voltò e sbraitò in modo che tutti lo udissero: «Deponete i fardelli! Siamo arrivati!»

Dissi: «Lasciamoli riposare per il resto di questa giornata. Domani cominceremo...»

«Domani» mi interruppe uno dei sacerdoti, avvicinatosi all'improvviso al mio fianco, «e il giorno seguente, e quell'altro giorno ancora, li dedicheremo alla consacrazione di questo luogo. Con il tuo consenso, si intende.»

Risposi: «Questa è la prima comunità che io abbia mai fondato, giovane Signore Sacerdote, e non conosco le formalità. In ogni modo, faremo senz'altro tutto ciò che è richiesto dagli dei».

Sì, pronunciai queste parole, senza rendermi conto che potevano essere interpretate come la concessione, da parte mia, di una illimitata licenza religiosa; senza prevedere come sarebbero potute essere interpretate, in seguito, dai sacerdoti e dal popolo; senza sospettare, nemmeno remotamente, che, per tutta la vita, mi sarei pentito di quella frase noncurante.

Il rito iniziale, la consacrazione del luogo, occupò tre interi giorni di preghiere e invocazioni e incenso bruciato e via dicendo. Alcuni dei riti impegnavano soltanto i sacerdoti, ma altri richiedevano la partecipazione di tutti noi. Non me ne curai, poiché tanto i soldati quanto i coloni vennero rianimati dai giorni di riposo e di distrazioni. Persino Nochìpa e Bèu furono ovviamente liete di trovare nelle cerimonie un pretesto per indossare vesti più ricche e femminili e ornamentali di quelle indossate per così lungo tempo durante il viaggio.

E ciò costituì una nuova distrazione per alcuni dei coloni... e anche per me, in quanto trovavo divertente osservare la cosa. Quasi tutti gli uomini della colonna avevano moglie e famiglia, ma v'erano tre o quattro vedovi con figli, ed essi approfittarono dei giorni della consacrazione per corteggiare Bèu, uno dopo l'altro. Non mancavano inoltre, tra i maschi della colonna, ragazzi e giovani abbastanza avanti negli anni per tentare goffi approcci con Nochìpa. Non avrei potuto biasimare né i giovani né gli adulti, poiché Nochìpa e Bèu erano infinitamente più belle e raffinate e desiderabili delle altre donne e fanciulle della colonna, contadine tozze, dai lineamenti volgari e dai piedi piatti.

Bèu Ribè, quando credeva che io non la stessi osservando, respingeva altezzosamente gli uomini i quali venivano a chiederle di essere la loro compagna in una delle danze cerimoniali, o che inventavano qualche altro pretesto per avvicinarla. Ma a sua volta, quando sapeva che mi trovavo nei pressi, lasciava aspettare in piedi lo zotico, civettando e stuzzicandolo oltraggiosamente, con un sorriso e occhi così provocanti da far sì che il poveretto cominciasse a sudare. Ovviamente, stava soltanto cercando di provocarmi, costringendomi a rendermi conto di nuovo che continuava ad essere una donna attraente. Ma non era necessario che me lo ricordasse: Luna in Attesa possedeva, infatti, la stessa bellezza di viso e di corpo della sorella Zyanya; ma io, diversamente dai contadini che la corteggiavano, ero assuefatto da tempo alle sue maliziose astuzie, consistenti nel provocare per poi respingere. Mi limitavo a sorridere e ad annuire, come un fratello benevolo che approvasse il suo comportamento, e gli occhi di lei, prima colmi di passione, divenivano gelidi, la voce soave assumeva toni taglienti, e il corteggiatore, improvvisamente respinto, si ritirava in preda alla confusione.

Nochìpa non indulgeva ad alcuna astuzia di questo genere; era casta come tutte le sue danze. Su ogni giovane che l'avvicinasse ella volgeva uno sguardo talmente sorpreso, quasi sbalordito, che ben presto — dopo aver farfugliato soltanto poche timide parole — il corteggiatore sembrava sgomentarsi sotto gli occhi di lei e si ritirava rosso in faccia, sferrando calci al terreno. Quella di Nochìpa era un'innocenza che si autoproclamava inviolabile, una innocenza tale da far sì, a quanto pareva, che ogni adoratore si sentisse imbarazzato e in preda alla vergogna come se avesse oscenamente esposto le proprie parti intime. Io mi tenevo in disparte e mi sentivo orgoglioso di mia figlia in due modi diversi: orgoglioso perché constatavo che era tanto bella da attrarre molti uomini; e orgoglioso perché sapevo che avrebbe aspettato l'unico uomo di suo gusto. Molte volte, in seguito, ho desiderato che gli dei mi avessero fulminato in quell'istante, per castigarmi di quel compiaciuto orgoglio. Ma gli dei conoscono castighi più crudeli.

La terza sera, quando i sacerdoti, sfiniti, annunciarono che il luogo era ormai consacrato e che avremmo potuto dedicarci alla fatica terrena di fondare una nuova comunità in quel territorio reso ormai, presumibilmente, ospitale e sicuro, dissi a Irascibile con Tutti:

« Domani faremo cominciare a tagliare dalle contadine rami per costruire le capanne ed erba per coprirle con un tetto, mentre gli uomini dissoderanno i campi per le semine lungo il fiume. Motecuzòma ha ordinato che seminassero al più presto possibile e alla gente, mentre sarà intenta a questi lavori, basteranno fragili ripari. In seguito, ma prima che comincino le piogge, tracceremo le strade e delimiteremo gli appezzamenti per le abitazioni definitive. Nel frattempo, però, i soldati non hanno niente da fare; e, ormai, la notizia del nostro arrivo deve essere giunta nella capitale. Credo che dovremmo affrettarci a far visita allo Uey-Tlatoàni, o comunque i Teohuacàna chiamino il loro governante, per rendere note le nostre intenzioni. Condurremo con noi i soldati. Sono abbastanza numerosi per impedire che veniamo fatti prigionieri o respinti, ma al contempo non lo sono abbastanza per far temere che siamo giunti con intenzioni bellicose ».

Qualànqui annuì e disse: « Farò sapere alle famiglie dei contadini che i giorni di festa terminano domani, e preparerò i Tecpanèca alla marcia ».

Mentre si allontanava, mi rivolsi a Bèu e dissi: « Tua sorella mia moglie mi aiutò una volta, con il suo fascino, a persuadere un altro governante straniero, un uomo di gran lunga più formidabile di quanti possano esisterne in questa regione. Se giungerò alla corte di Teohuacàn analogamente accompagnato da una bella donna, anche questa missione potrebbe apparire più amichevole che ostile. Potrei chiederti, Luna in Attesa...? »

« Di venire con te, Zàa? » ella disse, avidamente. « Come tua consorte? »

« In base a tutte le apparenze. Non è necessario rivelare che tu sei semplicemente come una sorella per me. Tenuto conto della nostra età, non dovremmo causare commenti quando chiederemo stanze separate. »

Ella mi sorprese scattando irosamente: « *La nostra età!* » Ma fu altrettanto rapida nel calmarsi, e mormorò: « Certo. Non riveleremo nulla. Colei che tu consideri soltanto una sorella è ai tuoi ordini ».

«Grazie» dissi.

«Tuttavia, signore fratello, in base al tuo ordine precedente io sarei dovuta restare sempre al fianco di Nochìpa, per proteggerla da questa gente rozza. Se verrò con te, che cosa sarà di lei?»

«Già, che cosa sarà di me?» domandò mia figlia, tirandomi il mantello dall'altro lato. «Verrò anch'io, padre?»

«No, tu rimarrai qui, bambina» risposi. «Non prevedo, in realtà, complicazioni lungo la strada o nella capitale, ma un rischio del genere esiste sempre. Qui tu sarai al sicuro tra tanta gente. Grazie, inoltre, alla presenza dei sacerdoti, che anche uomini ostili esiterebbero ad attaccare, per timori religiosi. Questi bifolchi dovranno faticare così duramente che non avranno il tempo di molestarti, e la sera saranno tanto stanchi che anche i giovani non se la sentiranno più di tentare di farti la corte. In ogni modo, figlia, ho notato che tu sei in grado di scoraggiarli efficacemente. Sì, ti troverai più al sicuro qui, Nochìpa, che sulla strada, e noi non rimarremo assenti a lungo.»

Ma ella parve così delusa che aggiunsi: «Quando tornerò, avremo tutto il tempo di visitare liberamente questo paese. Ti prometto che lo percorreremo in lungo e in largo. Soltanto tu ed io, Nochìpa, viaggiando leggeri e lontano».

Ella tornò ad essere allegra e disse: «Sì, così sarà ancora meglio. Soltanto tu ed io. Rimarrò qui volentieri, padre. E la sera, quando la gente sarà sfinita dalle fatiche, forse riuscirò a farle dimenticare la stanchezza. Potrò danzare per tutti».

Anche senza il peso morto della colonna di contadini occorsero altri cinque giorni a me, a Bèu e alla nostra scorta di quaranta e quattro uomini per arrivare nella cittadina di Teohuacàn, o Tya Nya. Rammento questo e rammento che fummo molto cortesemente accolti dal signore governante, sebbene non riesca più a ricordare il nome di lui e quello della sua consorte, e nemmeno per quanti giorni continuammo ad essere loro ospiti nell'edificio alquanto sgangherato che chiamavano palazzo. Ricordo però che egli disse:

«La terra che tu hai occupato, Cavaliere dell'Aquila Mixtli, è uno dei nostri territori più ameni e più fertili». Ma si affrettò a soggiungere: «Tuttavia, non possiamo togliere persone da altre fattorie e da altre occupazioni perché vadano a lavorarlo. I tuoi coloni sono i benvenuti e la loro presenza ci è gradita. Ogni nazione trae profitto dall'apporto di sangue nuovo nel suo corpo».

Disse molto di più, sempre su questo stesso tono, e mi diede doni in cambio di quelli che gli avevo portato da parte di Motecuzòma. Rammento inoltre che ci vennero offerti spesso generosi banchetti — anche ai miei uomini, oltre che a Bèu e a me —

e che costringemmo noi stessi a bere la repellente acqua minerale della quale i Teohuacàna sono così orgogliosi; facemmo persino schioccare le labbra, fingendo di apprezzarla. E ricordo che non vi furono sopracciglia percettibilmente inarcate quando chiesi stanze separate per Bèu e per me; sebbene vi sia, nella mia mente, la vaga reminiscenza di averla veduta entrare nella mia stanza una di quelle notti. Disse qualcosa, mi supplicò in qualche modo... ed io risposi in tono aspro... e lei continuò a supplicare. Credo che la schiaffeggiai... ma ora non riesco a ricordare...

No, miei signori scrivani, non guardatemi in quel modo. Non è che la memoria abbia cominciato a venirmi meno improvvisamente *in questo momento*. Tutti questi particolari hanno continuato ad essere oscuri per me, in tutti gli anni trascorsi da allora. Ciò a causa del fatto che accadde qualcos'altro, poco dopo, e quest'altra cosa mi ustionò a tal punto la mente da bruciarvi il ricordo degli eventi precedenti. Rammento che ci separammo dai nostri anfitrioni a Tya Nya con molte reciproche espressioni di cordialità, che la popolazione della cittadina si allineò lungo le strade per applaudirci, e che soltanto Bèu non sembrava molto felice del successo della nostra missione. Credo infine che ci occorsero altri cinque giorni per tornare indietro...

Era il crepuscolo quando giungemmo al fiume, sulla riva opposta a Yanquìtlan. Parve che durante la nostra assenza non fosse stato costruito un granché. Anche servendomi del topazio per vedere, riuscii a scorgere soltanto poche capanne erette nella località del villaggio. Ma era ancora in corso una sorta di festeggiamento, e molti fuochi ardevano alti e luminosi, sebbene la notte non fosse ancora discesa. Non cominciammo immediatamente a guadare il fiume, ma rimanemmo in ascolto delle grida e delle risate all'altro lato dell'acqua, perché erano i suoni più allegri che avessimo mai udito emettere da quella gente rozza. Poi un uomo, uno dei contadini più anziani, emerse inaspettatamente dal fiume davanti a noi. Vide i nostri soldati lì fermi, e si fece avanti, sguazzando nell'acqua poco profonda e salutandomi rispettosamente:

«Mixpantzìnco! Dò il benvenuto alla tua augusta presenza, Cavaliere dell'Aquila. Temevamo che avreste potuto perdervi l'*intera* cerimonia».

«Quale cerimonia?» domandai. «Non conosco alcuna cerimonia nel corso della quale i celebranti siano tenuti ad andare a nuotare.»

L'uomo rise e disse: «Oh, questa è stata un'idea mia. Ero talmente riscaldato dalle danze e dalle baldorie che ho dovuto rinfrescarmi. Ma ho già avuto la mia parte di benedizioni con l'osso». Non riuscii a parlare. E lui dovette scambiare il mio silenzio per incomprensione, poiché spiegò: «Tu stesso dicesti ai sacerdoti di fare tutto ciò che fosse richiesto dagli dei. Senza dubbio sai che il mese di Tlacaxìpe Ualìztli era già molto avanti quando ci lasciaste, e che il dio non era stato ancora invocato affinché benedicesse il dissodamento della terra per le semine».

«No» dissi, o gemetti. Non che non credessi a quanto diceva; conoscevo la data. Stavo soltanto cercando di respingere il pensiero che mi stringeva il cuore come un pugno chiuso. L'uomo continuò, quasi fosse orgoglioso di poter essere il primo a dirmelo:

«Qualcuno voleva aspettare il tuo ritorno, Signore Cavaliere, ma i sacerdoti dovettero affrettare i preparativi e i riti preliminari. Tu sai che non avevamo ghiottonerie per festeggiare la prescelta, né strumenti per suonare l'opportuna musica. Ma abbiamo cantato a voce alta e bruciato molto copàli. Inoltre, non essendovi alcun tempio per gli accoppiamenti richiesti, i sacerdoti hanno santificato un tratto di terreno erboso riparato da cespugli, e non sono mancati i volontari, molti dei quali hanno fatto ritorno per accoppiarsi più volte. Poiché tutti si sono dichiarati d'accordo nel senso che il nostro comandante doveva essere onorato, anche in sua assenza, la scelta della fanciulla simbolica è stata unanime. E ora tu hai fatto ritorno in tempo per vedere il dio rappresentato nella persona di...»

Tacque bruscamente a questo punto, poiché io avevo vibrato la maquàhuitl affondandogliela nel collo fino all'osso posteriore. Bèu lanciò un gridolino acuto e i soldati dietro di lei sbarrarono gli occhi e allungarono il collo. L'uomo rimase in piedi barcollante per un momento, con un'aria allibita, annuendo appena, silenziosamente aprendo e chiudendo la bocca e le più larghe labbra rosse sotto il mento. Poi la testa gli si reclinò all'indietro, la ferita si aprì sbadigliando, il sangue zampillò ed egli stramazzò ai miei piedi.

Bèu disse, allibita: «Zàa, *perché*? Per quale ragione hai fatto questo?»

«Taci donna!» scattò Irascibile con Tutti. Poi mi afferrò la parte superiore del braccio, impedendomi magari di stramazzare a mia volta, e disse: «Mixtli, possiamo forse arrivare ancora in tempo per impedire la conclusione ultima...»

Scossi la testa. «Lo hai udito. Era stato benedetto con l'osso. *Tutto* è stato fatto, come richiede quel dio.»

Qualànqui sospirò e disse, rauco: «Mi dispiace».

Uno dei veterani suoi camerati mi afferrò per l'altro braccio e disse: «Siamo tutti spiacenti, giovane Mixtli. Preferiresti aspettare qui mentre noi... mentre attraverseremo il fiume?»

Risposi: «No, comando ancora io. Ordinerò io che cosa deve essere fatto a Yanquìtlan».

Il vecchio annuì, poi alzò la voce e urlò ai soldati raggruppati sul sentiero: «Voi uomini! Rompete le righe e allargatevi. Formate uno schieramento d'attacco e scendete nel fiume. Muovetevi!»

«Dimmi che cosa è accaduto!» gridò Bèu, torcendosi le mani. «Dimmi che cosa stiamo per fare!»

«Niente» risposi, e la mia voce parve un gracidio. «Tu non farai niente, Bèu.» Inghiottii l'inciampo che avevo nella gola, battei le palpebre liberandomi gli occhi dalle lacrime, e feci del mio meglio per rimanere eretto e saldo. «Tu non farai altro che restare qui, su questo lato del fiume. Qualsiasi cosa tu possa udire all'altro lato, e per quanto a lungo possa continuare, non muoverti di qui finché non verrò io a cercarti.»

«Restare qui sola? Con quello?» E additò il cadavere.

Risposi: «Non temere quell'uomo. Sii lieta per lui. Nel primo empito d'ira sono stato troppo frettoloso. Gli ho dato una morte rapida».

Irascibile con Tutti urlò: «Uomini! Avanzate in linea di attacco attraverso il fiume! Non fate alcun rumore a partire da questo momento. Circondate il villaggio. Non lasciate fuggire nessuno, ma accerchiateli tutti e aspettate gli ordini. Vieni, Mixtli, se credi di dover venire».

«So che devo» risposi, e fui il primo a entrare nell'acqua.

Nochìpa aveva parlato di danzare per la popolazione di Yanquìtlan, e questo ella stava facendo. Ma non si trattava di una delle danze contegnose e pudiche che io l'avevo veduta eseguire. Nel crepuscolo viola, nel misto di luce crepuscolare e di riflessi dei fuochi, potei vedere che era completamente nuda, che danzava senza alcuna grazia, ma allargando volgarmente e oscenamente le gambe, mentre agitava qualcosa di simile a due bianche bacchette sopra il capo, servendosi di quando in quando di una di esse per toccare qualcuno che le saltellava accanto.

Pur non volendolo, portai davanti a un occhio il topazio per vederla meglio. La sola cosa che la coprisse era la collana di opali donatale da me quando era sui quattro anni e alla quale avevo aggiunto una nuova pietra in occasione di ognuno dei suoi compleanni — i suoi pochissimi compleanni — dopo di allora. I capelli, di solito intrecciati, le spiovevano sul viso sciolti e intricati. I seni erano ancora sodi e piccoli rilievi, e le natiche continuavano ad essere ben fatte, ma tra le cosce, là ove la sua tipìli di fanciulla sarebbe dovuta essere quasi invisibile, si trovava uno squarcio nella pelle, e attraverso ad esso sporgeva un ballonzolante tepùli maschile e un dondolante sacchetto di olòltin. Le bianche bacchette che ella agitava erano i suoi femori, ma le mani che li impugnavano erano quelle di un uomo, mentre le mani di Nochìpa, troncate a mezzo, penzolavano dai polsi di lui, inerti.

Un applauso si levò dalla gente quando entrai nella cerchia di coloro che danzavano intorno alla cosa danzante che era stata mia figlia. Era stata una bambina, e uno splendore, e avevano fatto di lei una carogna. Quella effigie di Nochìpa venne, danzando, verso di me, con un osso lucente proteso, quasi avesse voluto toccarmi con esso e benedirmi prima ch'io la stringessi in un abbraccio affettuoso e paterno. La cosa oscena si avvicinò quanto bastava perché io potessi guardarla negli occhi che non erano gli occhi di Nochìpa. Poi i piedi saltellanti esitarono, smisero di danzare, si fermarono subito al di là della mia portata, bloccati dal mio sguardo d'odio e di ripugnanza. E quando si fermarono, anche la turba esultante smise di piroettare e saltellare e gridare gioiosamente, e tutti, immobili, fissarono a disagio me e i soldati che avevano accerchiato lo spiazzo. Aspettai finché non si poté udire altro che lo scoppiettio dei fuochi della celebrazione. Poi dissi, senza rivolgermi a qualcuno in particolare:

«Afferrate quella laida creatura... ma afferratela con dolcezza, poiché è tutto ciò che resta di una fanciulla un tempo viva».

Il piccolo sacerdote con la pelle di Nochìpa rimase immobile, battendo le palpebre incredulo, e poi due dei miei guerrieri lo afferrarono. Gli altri cinque o sei sacerdoti della colonna si aprirono un varco a spallate tra la ressa, protestando irosamente perché avevo interrotto la cerimonia. Li ignorai e dissi agli uomini che tenevano l'impersonatore della divinità:

«Il viso di lei è separato dal corpo. Toglieteglielo... con la massima delicatezza... portatelo reverentemente fino a quel fuoco laggiù, recitate una breve preghiera per colei che lo rese bello, e bruciatelo. Portatemi gli opali che ella aveva al collo».

Mi voltai dall'altra parte mentre questo veniva fatto. Gli altri sacerdoti ricominciarono a protestare ancor di più indignati, finché Irascibile con Tutti ringhiò così furiosamente che divennero silenziosi e umili come la folla immobile.

«È stato fatto, Cavaliere Mixtli» disse uno dei miei uomini. Mi consegnò la collana; alcune delle pietre-lucciole erano rosse del sangue di Nochìpa. Tornai a voltarmi verso il prete prigioniero. Egli non portava più i capelli e le fattezze di mia figlia, ma soltanto la sua faccia, e quella faccia guizzava di paura.

Dissi: «Stendetelo a terra supino, proprio qui, stando bene attenti a non toccare rudemente le carni di mia figlia. Impalategli al terreno le mani e i piedi».

Era, come tutti i sacerdoti della colonna, un uomo giovane. E urlò come un ragazzo quando il primo paletto appuntito gli trapassò il palmo sinistro. Strillò complessivamente quattro volte. Gli altri sacerdoti e la gente di Yanquìtlan si agitavano e mormoravano, giustamente apprensivi per quanto concerneva il loro fato, ma tutti i miei soldati tenevano pronte le armi, e nessuno dei contadini osava essere il primo a tentar di fuggire. Abbassai gli occhi sulla figura grottesca che si contorceva a terra contro i quattro paletti con i quali gli erano state immobilizzate le estremità delle braccia e delle gambe aperte. I seni giovanili di Nochìpa puntavano fieramente i loro rossicci capezzoli verso il cielo, ma i genitali maschili che sporgevano tra le gambe larghe erano diventati flaccidi e grinzosi.

« Preparate acqua di calce » dissi. « Impiegate molta calce e spargete il liquido concentrato sulla pelle. Continuate a bagnare la pelle per tutta la notte, finché non sarà bene impregnata. Poi aspetteremo che il sole salga. »

Irascibile con Tutti annuì in segno di approvazione. « E gli altri? Aspettiamo i tuoi ordini, Cavaliere Mixtli. »

Uno dei sacerdoti, spronato dal terrore, si gettò tra noi e si inginocchiò davanti a me, le mani imbrattate di sangue strette sul mio mantello, e disse: « Cavaliere Comandante, questa cerimonia è stata celebrata con il tuo consenso. Qualsiasi altro uomo, qui, avrebbe esultato vedendo suo figlio o sua figlia prescelti per impersonare la divinità, ma soltanto tua figlia risultò possedere tutte le doti necessarie. Una volta che fosse stata scelta dal popolo, e che la scelta fosse stata approvata dai sacerdoti del popolo, *tu non avresti potuto rifiutare* di consegnarla per la cerimonia ».

Gli scoccai un'occhiata. Abbassò gli occhi, poi balbettò: « Per lo meno... a Tenochtìtlan... non avresti potuto rifiutare ». Diede un altro strattone al mantello e disse, implorante: « Era vergine, come richiesto, ma sufficientemente matura per prestarsi in quanto donna, e lo ha fatto. Mi dicesti tu stesso, Cavaliere Comandante: faremo senz'altro tutto ciò che è richiesto dagli dei. E così ora la Morte Fiorita della fanciulla ha benedetto il tuo popolo e la nuova colònia, assicurando la fertilità di questa terra. Non avresti potuto impedire tale benedizione. Credimi, Cavaliere Comandante, intendevamo soltanto *onorare*... Xipe Totec e tua figlia... e te! »

Gli sferrai un colpo che lo scaraventò da un lato e dissi a Qualànqui: « Tu conosci gli *onori* tradizionalmente accordati alla prescelta Xipe Totec? »

« Li conosco, amico Mixtli. »

« Allora sai quali cose sono state fatte all'innocente e immacolata Nochìpa. Fate le stesse cose a tutta questa lordura. Fatele in qualsiasi modo vi piaccia. Disponi di un numero sufficiente di soldati. Lascia che si soddisfino; e non hanno alcuna necessità di affrettarsi. Lascia che diano prova di inventiva, e con calma. Ma, quando tutto sarà stato fatto, voglio che nessuno — *niente* — rimanga vivo a Yanquìtlan. »

Fu l'ultimo ordine che impartii lì. Irascibile con Tutti assunse da quel momento il comando. Si voltò, latrò altri ordini precisi e la folla ululò come se già stesse soffrendo... Ma i soldati agirono avidamente per eseguire gli ordini. Alcuni di essi isolarono tutti gli adulti formando un gruppo separato e li tennero a bada minacciandoli con le armi. Gli altri deposero le armi, si denudarono e si misero all'opera — o allo spasso — e quando uno di essi era stanco, cedeva il posto a un altro rimasto di guardia.

Stetti a guardare, per tutta la notte, poiché i grandi falò mantennero la notte illuminata fino all'alba. Tuttavia non vedevo, in realtà, quello che stava accadendo davanti ai miei occhi, non ne gioivo, e non traevo alcuna soddisfazione dalla rappresaglia. Non ascoltavo affatto gli urli, i muggiti, i gemiti e gli altri e più liquidi suoni causati dallo stupro e dalla carneficina in massa. Vedevo e udivo soltanto Nochìpa intenta a danzare, aggraziata, alla luce dei fuochi, e a cantare melodiosamente, mentre danzava, con l'accompagnamento di un singolo flauto.

Ecco ciò che Qualànqui aveva ordinato, e ciò che effettivamente accadde: tutti i bambini più piccoli, i poppanti e i bimbetti che cominciavano appena a camminare vennero afferrati dai soldati e fatti a pezzi — non rapidamente, ma come si potrebbe sbucciare, molto adagio, e tagliare un frutto per mangiarlo — mentre i genitori stavano a guardare e piangevano e minacciavano e bestemmiavano. Poi gli altri fanciulli, tutti quelli giudicati abbastanza grandicelli per poter essere utilizzati sessualmente, vennero violentati dai Tecpanèca, mentre i fratelli e le sorelle maggiori, i padri e le madri erano costretti a stare a guardare.

Quando questi fanciulli furono talmente lacerati da non poter più dare alcun piacere, i soldati li scaraventarono da una parte lasciandoli morire. Subito dopo afferrarono i più grandi, le fanciulle e i ragazzi adolescenti, e infine le donne e gli uomini più giovani — ho già accennato al fatto che i sacerdoti erano tutti giovani — e ne approfittarono nello stesso modo. Il prete impalato al terreno stava a guardare e gemeva, e di quando in quando sbirciava timorosamente i propri vulnerabili organi sessuali esposti. Ma, anche nella loro sbavante furia, i Tecpanèca si resero conto che costui non doveva essere toccato, e non lo toccarono.

Di tanto in tanto, gli uomini più anziani raggruppati da un lato tentavano freneticamente di liberarsi, quando vedevano mogli, sorelle, fratelli, figlie e figli violentati in quel modo. Ma la cerchia dei soldati continuava a tenerli prigionieri e nemmeno consentiva loro di voltare le spalle allo spettacolo. Infine, quando ogni lembo di carne utilizzabile era stato utilizzato fino a non poter più servire, quando tutti giacevano morti o desideravano e cercavano di morire, i Tecpanèca si dedicarono ai più anziani. Sebbene ormai alquanto privi sia di appetiti, sia di capacità, i soldati riuscirono a violentare tutte le donne mature e persino le due o tre anziane nonne che avevano resistito e compiuto il viaggio.

Il giorno dopo, quando tutto ebbe termine, il sole era alto nel cielo e Irascibile con Tutti ordinò di lasciare liberi gli uomini circondati. Essi, i mariti, i padri e gli zii delle vittime, si aggirarono qua e là, gettandosi piangenti su questo o quell'altro corpo inerte, fracassato, nudo e imbrattato di sangue, saliva e omìcetl. Alcuni di quei corpi erano ancora vivi e vissero ancora abbastanza per vedere i soldati — a un nuovo ordine di Qualànqui — afferrare i mariti e i padri e gli zii. Ciò che i Tecpanèca fecero a quegli uomini con i loro coltelli di ossidiana e con le membra che amputarono, costrinse ognuno di essi ad abusare sessualmente di se stesso mentre giaceva sanguinando a morte.

Nel frattempo, il prete impalato aveva taciuto, sperando forse di essere stato dimenticato. Ma, mentre il sole andava alzandosi, si rese conto di dover morire nel modo più laido di tutti gli altri, poiché quel che restava di Nochìpa cominciò a esigere la vendetta. La pelle, satura d'acqua di calce, a poco a poco e tormentosamente si restrinse man mano che andava asciugandosi. Quelli che erano stati i seni di Nochìpa a poco a poco si appiattirono mentre la pelle stringeva il proprio abbraccio intorno al corpo del sacerdote. Egli cominciò ad ansimare e ad avere il respiro stentoreo. Forse avrebbe voluto esprimere il terrore con un urlo, ma doveva tesoreggiare quel po' d'aria che riusciva ad aspirare, soltanto per vivere ancora un poco.

Tuttavia la pelle continuò inesorabilmente a contrarsi e cominciò a impedire il movimento del sangue nel corpo di lui. Quelli che erano stati il collo e i polsi e le caviglie di Nochìpa restrinsero le loro aperture come lente garrotte. La faccia, le mani e i piedi dell'uomo cominciarono a gonfiarsi e ad oscurarsi, divenendo di un laido colore violaceo. Attraverso le labbra dilatate scaturiva il suono «ugh... ugh... uhg... », ma anche quello, a poco a poco, venne soffocato. Nel frattempo, quella che era stata la piccola tipìli di Nochìpa si chiuse, ancor più verginalmente stretta, intorno alle radici dei genitali del prete. Il sacchetto degli olòltin si gonfiò, divenendo grande e teso come una palla del tlachtli, e il tepùli ingorgato diventò più lungo e più grosso del mio avambraccio.

I soldati si aggirarono qua e là, esaminando ogni corpo, per accertarsi che tutti fossero sicuramente morti o morenti. I Tecpanèca si guardarono bene dal finire misericordiosamente le vittime ancora vive; si assicurarono soltanto che, a suo tempo, sarebbero morte... per non lasciare, come io avevo ordinato, alcuna creatura vivente a Yanquìtlan. Niente altro ormai ci tratteneva lì, se non il desiderio di assistere alla morte di quell'unico sacerdote rimasto.

Pertanto io e i miei quattro veterani gli restammo attorno osservandone i lievi fremiti agonici e il movimento sempre meno percettibile del petto mentre la pelle, inesorabilmente sempre più stretta, gli assottigliava il torso e le membra e gli faceva ulteriormente gonfiare le estremità. Le mani e i piedi di lui sembravano adesso neri petti con molte nere mammelle, la testa era una nera zucca priva di fattezze. Egli trovò respiro a sufficienza per emettere un ultimo, alto grido quando il suo rigido tepùli non riuscì più ad arginare la pressione e si lacerò, spargendo ovunque nero sangue e riducendosi a brandelli.

L'uomo era ancora vagamente vivo, ma finito, e noi potevamo considerarci vendicati. Irascibile con Tutti ordinò ai Tecpanèca di prepararsi a marciare, mentre gli altri tre veterani riattraversavano a guado il fiume con me fino al punto in cui aspettava Bèu Ribè. Silenziosamente, le mostrai gli opali imbrattati di sangue. Non so quanto altro ella avesse veduto, e udito, o supposto, e non so quale aspetto avessi io in quel momento. Ma ella mi contemplò con occhi colmi di orrore, di compassione, di rimprovero, di sofferenza — ma soprattutto di orrore — e per un attimo evitò la mano che le tendevo.

«Vieni, Luna in Attesa» dissi con una voce gelida. «Ti ricondurrò a casa.»

I H S

✠

S. C. C. M.

Alla Sacra e Cesarea Maestà Cattolica,
l'Imperatore Don Carlos, Nostro Signore e Re:

Perspicacissimo e Oracolare Principe: dalla Città di Mexìco, capitale della Nuova Spagna, due giorni dopo la Festa della Purificazione, in quest'anno di Nostro Signore mille cinquecento trenta, saluti.

Sovrano Sire, possiamo soltanto esprimere ammirazione per la profondità e l'audacia delle cogitazioni del nostro Signore nel campo dell'agiologia speculativa, e sincero rispetto reverenziale per la brillante congettura esposta nell'ultima lettera della Maestà Vostra. Vale a dire, che la più diletta divinità degli Indios, Quetzalcòatl, cui così di frequente si allude nel racconto del nostro Azteco, possa essere stata, in realtà, *l'Apostolo Tommaso*, venuto a visitare queste terre quindici secoli or sono allo scopo di portare il Vangelo tra questi pagani.

Naturalmente, anche come Vescovo del Mexìco, non possiamo dare l'imprimatur episcopale a un'ipotesi così straordinariamente audace, Sire, prima che essa venga presa in considerazione dai più alti ranghi della gerarchia ecclesiastica. Possiamo, tuttavia, attestare che esiste tutta una serie di prove indiziarie le quali confermano l'innovatrice teoria della Maestà Vostra.

Primus. Il cosiddetto Serpente Piumato è stato l'unico essere soprannaturale riconosciuto da ogni singola nazione e da ogni diversa religione che risultino fino ad ora essere esistite in tutta la Nuova Spagna, il nome di lui essendo variamente reso come Quetzalcòatl tra coloro che parlano il nàhuatl, come Kukulkàn tra gli Indios di lingua maya, come Gukumatz tra i popoli situati ancor più a sud, eccetera.

Secundus. Tutti questi popoli concordano nella tradizione secondo cui Quetzalcòatl fu dapprima un re o imperatore umano, mortale, incarnato, che visse e camminò sulla terra durante lo spazio di una vita prima della sua trasmutazione in una divinità incorporea e immortale. Poiché il calendario degli Indios è inu-

700

tile fino all'esasperazione, e poiché non esistono più i libri della loro storia, sia pure mitica, potrà non essere mai possibile datare il preteso regno terreno di Quetzalcòatl. Pertanto, egli potrebbe senz'altro essere stato coevo di San Tommaso.

Tertius. Tutti questi popoli analogamente concordano nell'asserire che Quetzalcòatl non fu tanto un governante — o un tiranno come lo sono stati quasi tutti i loro capi — quanto un maestro ẽ un predicatore, nonché — sia detto non di sfuggita — un uomo celibe per convinzione religiosa. Gli viene attribuita l'invenzione, o l'adozione, di molte cose, costumanze, credenze, eccetera, che esistono tuttora.

Quartus. Tra le innumerevoli divinità di queste regioni, Quetzalcòatl fu uno dei pochissimi dei che non chiese mai, né incoraggiò sacrifici umani. Le offerte fattegli furono sempre innocue: uccelli, farfalle, fiori, e così via.

Quintus. La Chiesa ritiene essere una realtà storica il fatto che San Tommaso viaggiò fino all'India, in Oriente, e convertì laggiù al Cristianesimo molti popoli pagani. Pertanto, come fa rilevare la Maestà Vostra: « Non può forse essere ragionevole la supposizione che l'Apostolo possa aver fatto altrettanto nelle allora sconosciute Indie dell'Occidente? » Un materialista reprobo potrebbe fare osservare che il santificato Tommaso aveva il vantaggio di un itinerario per via di terra dalla Terra Santa alle Indie Orientali, mentre avrebbe incontrato qualche difficoltà nell'attraversare il Mare Oceano quindici secoli prima che esistessero i vascelli e gli strumenti per orientarsi durante la navigazione di cui dispongono gli odierni esploratori. Tuttavia, qualsiasi cavillo sulle capacità di uno dei Dodici Discepoli sarebbe tanto poco giudizioso quanto lo fu il dubbio espresso una volta dallo stesso Tommaso e rimproveratogli dal Cristo risorto.

Sextus et mirabile dictu. Un soldato semplice spagnolo a nome Diaz, che impiega le ore libere dal servizio esplorando man mano le antiche rovine di questa zona, ha visitato, di recente, la città abbandonata di Tolan, o Tula. Essa è riverita dagli Aztechi essendo stata un tempo la capitale del popolo leggendario chiamato i Toltéchi e del loro governante, il monarca destinato in seguito a divenire una divinità, Quetzalcòatl. Fra le radici di un albero che spuntava da qualche crepa nelle antiche mura di pietra, Diaz trovò uno scrigno di onice lavorato, di fattura indigena, ma risalente a tempi impossibili a determinarsi, e lo scrigno stesso conteneva un certo numero di bianche cialde di pane delicato, completamente diverso da tutto ciò che viene cotto da questi Indios. Diaz le riconobbe subito, e noi stessi, quando ci vennero portate, dovemmo constatare che trattavasi di Ostie. In qual modo quelle cialde sacramentali fossero finite là, e in un cofanetto di fattura indigena, per quanti secoli vi fossero rimaste nascoste e come mai non si fossero essiccate e sbriciolate scomparendo già da molto tempo, nessuno è in grado di supporlo. Può mai darsi che l'Erudita Maestà Vostra abbia fornito la risposta? Non potrebbero, le Ostie della Comunione, essere state lasciate là, come una prova, dall'evangelista San Tommaso?

Stiamo oggi stesso riferendo tutto ciò in una comunicazione nella quale attribuiamo il giusto merito all'ispirato contributo di Vostra Maestà, e ansiosamente aspetteremo il parere di quei teologi di Roma, di gran lunga più sapienti di noi.

Possa, Nostro Signore Iddio, continuare ad arridere alle iniziative dell'imperiale Maestà Vostra e a favorirle; a Voi, Sire, è dovuta, e data, una sconfinata ammirazione da parte di tutti i vostri sudditi, e ancor più dal cappellano e servo della Vostra S. C. C. M.

(*ecce signum*) Zumàrraga

DECIMA PARS

Per lo stesso motivo che mi impedisce di ben ricordare gli eventi dai quali venne immediatamente preceduta la distruzione di Yanquìtlan, non rammento con chiarezza ciò che accadde subito dopo. Io e Bèu e la nostra scorta tornammo di nuovo al nord, verso Tenochtìtlan, e presumo che il viaggio si svolse senza eventi degni di nota, poiché di esso ricordo ben poco, tranne due conversazioni.

La prima si svolse con Bèu Ribè. Ella piangeva, camminando, piangeva quasi ininterrottamente da quando io le avevo detto della morte di Nochìpa. Ma un giorno, in qualche punto lungo la via del ritorno, smise a un tratto di piangere e di camminare, si guardò attorno come chi venga destato dal sonno, e parlò rivolta a me:

«Dicesti che mi avresti condotta a casa. Ma stiamo andando a nord».

Risposi: «Certo. In quale altra direzione dovremmo andare?»

«Perché non a sud? A sud verso Tecuantèpec?»

«Non hai più una casa, laggiù» dissi. «Non hai una famiglia e probabilmente neppure amici. Sono trascorsi... quanti?... otto anni da quando te ne andasti di là.»

«E che cosa ho a Tenochtìtlan?»

Un tetto sotto il quale dormire, avrei potuto farle osservare, ma sapevo a che cosa si riferisse in realtà. Pertanto mi limitai a rispondere: «Hai quello che ho io, Luna in Attesa. Ricordi».

«Ricordi non molto piacevoli, Zàa.»

«Questo lo so anche troppo bene» risposi, incomprensivo. «Sono gli stessi che ho io. E continueremo ad averli ovunque possiamo recarci, o in qualsiasi luogo possiamo considerare come la nostra casa. Per lo meno, a Tenochtìtlan potrai affliggerti e piangere sotto un comodo tetto; ma nessuno ti sta trascinando là con la forza. Puoi venire con noi o andare per la tua strada, come preferisci.»

Proseguii e non mi voltai, e pertanto non so quanto tempo ella impiegò per decidere. Ma in seguito, quando distolsi lo sguardo da ciò che vedevo nella mente, Bèu stava camminando di nuovo al mio fianco.

L'altra conversazione si svolse tra me e Irascibile con Tutti. Per molti giorni gli uomini mi avevano rispettosamente lasciato a quei cupi silenzi, ma a un certo momento egli mi raggiunse e disse:

«Perdona se mi intrometto nel tuo dolore, amico Mixtli. Ma ci stiamo avvicinando alla meta, e vi sono cose che dovresti sapere. Si tratta di alcune questioni che noi quattro veterani abbiamo discusso, presumendo di risolverle tra noi. Abbiamo inventato una fandonia e ordinato alle truppe Tecpanèca di dire la stessa cosa. La fandonia è questa: mentre noi tutti — tu e noi e i soldati — ci trovavamo, per quell'ambasceria, alla corte di Teohuacàn, mentre, cioè per forza di cose, eravamo assenti con valide ragioni, la colonia è stata attaccata da banditi e saccheggiata e annientata con un massacro generale. Una volta tornati a Yanquìtlan noi, naturalmente, infuriati abbiamo cercato i colpevoli, ma senza trovarne traccia. Senza trovare una sola delle loro frecce, le cui piume ci avrebbero detto da quale nazione provenissero gli assalitori. Questa incertezza per quanto concerne l'identità dei banditi impedirà a Motecuzòma di dichiarare guerra, immediatamente, agli innocenti Teohuacàna».

Annuii e risposi: «Riferirò esattamente questo. È una storia convincente, Qualànqui».

Egli tossicchiò e disse: «Purtroppo non lo è abbastanza perché possa essere *tu* a riferirla, Mixtli. Non personalmente a Motecuzòma. Se anche egli credesse ad ogni parola, ti considererebbe ugualmente responsabile del fallimento della missione. Ordinerebbe di strozzarti con la ghirlanda di fiori, oppure, se per caso si trovasse in una buona disposizione di spirito, ti offrirebbe un'altra possibilità. Ti ordinerebbe, cioè, di guidare un'altra colonna di emigranti, diretta, probabilmente, verso lo stesso innominabile luogo».

Scossi la testa. «Non potrei e non vorrei.»

«Lo so» disse Irascibile con Tutti. «E, a parte questo, la verità finirà, prima o poi, per trapelare. Uno di questi soldati Tecpanèca, una volta tornato sano e salvo a Tlàcopan, si vanterà di certo della parte da lui avuta nel massacro. Dirà come violentò e uccise sei fanciulli e un sacerdote, o che so io. La cosa verrebbe risaputa da Motecuzòma; risulterebbe che tu hai mentito; e certamente ti toccherebbe la garrotta, se non di peggio. Ritengo preferibile che tu lasci mentire noi veterani, che siamo semplici mercenari, ignorati da Motecuzòma, e pertanto corriamo meno pericoli. Ritengo, inoltre, che dovresti prendere in considerazione la possibilità di non tornare affatto a Tenochtìtlan — almeno non per qualche tempo — in quanto il tuo futuro laggiù sembra riservarti soltanto o la pena capitale, o un nuovo esilio a Yanquìtlan. »

Tornai ad annuire. « Hai ragione. Ho continuato ad affliggermi, per tutti questi giorni e sentieri tenebrosi dietro di me, senza pensare ai giorni che mi aspettano. Un antico adagio dice, non è vero? che siamo nati per soffrire e sopportare. E un uomo deve pensare al modo di rendere possibile la sopportazione, non è forse così? Grazie, Qualànqui, buon amico e savio consigliere. Mediterò sul tuo consiglio. »

Quando giungemmo a Quaunàhuac e prendemmo alloggio per quella notte in una locanda, feci disporre a parte una tovaglia per me e Bèu e i miei quattro vecchi camerati. Una volta cenato, tolsi, di sotto la fascia del perizoma, il sacchetto di cuoio pieno di polvere d'oro, lo gettai sulla tovaglia e dissi:

« Questo è il compenso per i vostri servigi, amici miei ».

« È di gran lunga troppo » disse Irascibile con Tutti.

« Non potrebbe mai essere troppo, tenuto conto di quello che avete fatto. Ho quest'altra borsa contenente frammenti di rame e fagioli di cacao, ed è sufficiente per ciò che farò adesso. »

« Per ciò che farai? » echeggiò le mie parole uno dei veterani.

« Questa sera rinuncio al comando, ed ecco gli ultimi ordini che vi impartisco. Amici sottufficiali, voi proseguirete da qui lungo le rive occidentali dei laghi per ricondurre le truppe Tecpanèca a Tlàcopan. Di là seguirete la strada rialzata fino a Tenochtìtlan e scorterete la signora Bèu a casa mia, prima di presentarvi al Riverito Oratore. Gli riferirete la vostra ben congegnata versione dei fatti, ma aggiungerete che io ho inflitto a me stesso il castigo per il fallimento della spedizione. Direte che sono andato volontariamente in esilio. »

« Così sarà fatto, Comandante Mixtli » disse Irascibile con Tutti, e gli altri tre uomini mormorarono parole di assenso.

Soltanto Bèu pose la domanda: « Dove andrai, Zàa? »

« In cerca di una leggenda » risposi, e riferii loro quanto Nezahualpìli aveva riferito non molto tempo prima a Motecuzòma alla mia presenza, concludendo: « Ripercorrerò quella lunga marcia che fecero i nostri antenati quando ancora chiamavano se stessi gli Azteca. Mi recherò al nord seguendo il loro cammino per quanto mi sarà possibile ricostruirlo e rintracciarlo... fino alla loro terra di origine, Aztlan, ammesso che questo luogo esista ancora o sia mai esistito. E se quei girovaghi seppellirono davvero depositi di armi e viveri a intervalli, troverò anche quelli e segnerò sulla carta la loro posizione. Tale carta potrebbe essere di grande valore militare per Motecuzòma. Cerca di persuaderlo di questo quando ti presenterai a lui, Qualànqui.» E sorrisi mestamente. «Egli potrebbe accogliermi con fiori, anziché con una ghirlanda fiorita, al mio ritorno.»

«Se tornerai» osservò Bèu.

Di questo non potei sorridere. Dissi: «Sembra che il mio tonàli mi costringa sempre a tornare, ma ogni volta un po' più solo». Mi interruppi, poi soggiunsi a denti stretti: «Un giorno in qualche luogo, incontrerò un dio, e gli domanderò: "Perché gli dei non mi fulminano mai, sebbene tanto abbia fatto per meritarne l'ira? Perché colpiscono, invece, ogni innocente che sia stato al mio fianco?".»

I quattro anziani uomini parvero lievemente a disagio dovendo ascoltare il mio lamento amareggiato, e sembrarono sollevati allorché Bèu disse: «Vecchi amici, sareste così cortesi da lasciarci soli, affinché Zàa ed io possiamo scambiare qualche parola in privato?»

Si alzarono, facendo il gesto simbolico di onorarci baciando la terra, quando si furono ritirati nelle loro stanze, io dissi, in tono brusco: «Se stai per chiedermi di venire con me, Bèu, non farlo».

Ella non me lo chiese. Tacque considerevolmente a lungo, gli occhi bassi sulle proprie dita intrecciate, che nervosamente guizzavano. Infine disse, e le sue prime parole parvero del tutto fuori di luogo: «Quando compii i sette anni, venni chiamata Luna in Attesa. Solevo un tempo domandarmi perché. Ma poi lo capii, e lo so ormai da molti anni e credo che Luna in Attesa abbia aspettato abbastanza a lungo». Alzò gli splendidi occhi verso i miei, e, in qualche modo, li rese supplichevoli, tanto per cambiare, anziché beffardi, e, in qualche modo, riuscì persino ad arrossire come una vergine. «Sposiamoci ora, finalmente, Zàa.»

Sicché si *trattava* di questo, dissi a me stesso, ricordando di nuovo come ella avesse furtivamente raccolto il fango formato da me. A tutta prima, ma soltanto per breve tempo, mi ero domandato se avesse foggiato una mia immagine allo scopo di maledirmi e di invocare su di me una disgrazia, e se per questo fossi stato privato di Nochìpa. Ma tale sospetto era stato soltanto fuggevole e avevo finito con il vergognarmene. Sapevo che Bèu aveva amato teneramente mia figlia, e il suo pianto era stato la prova di una sofferenza sincera quanto il mio dolore senza lacrime. Pertanto avevo dimenticato la statuetta di fango... ma ora le parole di lei rivelavano che ella l'aveva davvero foggiata, e il perché. Non per rattristarmi la vita, ma semplicemente per fiaccare la mia volontà, affinché non respingessi quella proposta in apparenza impulsiva, ma in realtà, e in modo trasparente, meditata da lungo tempo. Non risposi immediatamente; aspettai mentre ella esponeva le sue argomentazioni attentamente studiate. Disse anzitutto:

«Un momento fa, Zàa, hai fatto osservare di essere sempre e sempre più solo. È così anche per me, sai. Siamo entrambi soli, ormai. Non ci rimane più nessuno, tranne noi stessi».

Poi soggiunse: «Era accettabile che vivessi con te quando si sapeva che facevo da custode e da compagna a tua figlia, orfana della madre. Ma ora che Nochìpa... ora che non sono più la zia ospitata in casa, sarebbe sconveniente che un vedovo e una donna nubile vivessero sotto lo stesso tetto».

Disse ancora, con un nuovo rossore: «So che nessuna donna potrà mai sostituire la nostra diletta Nochìpa. Ma potrebbe esservi... non sono poi troppo vecchia...»

E, a questo punto, lasciò che la sua voce si perdesse nel nulla, con una abilissima simulazione di modestia e di incapacità di dire di più. Aspettai, e continuai a fissarla negli occhi finché il viso acceso di lei parve ardere come rame portato all'incandescenza, poi dissi:

«Avresti potuto evitare incantesimi e raggiri, Bèu. Avevo l'intenzione di chiederti proprio la stessa cosa questa sera. Poiché sembri essere disposta, ci sposeremo domani, non appena riuscirò a destare un sacerdote».

«Cosa?» esclamò lei, fiocamente.

«Come mi hai ricordato, sono ormai completamente solo. Sono inoltre un uomo che possiede un patrimonio considerevole, e, se morissi senza eredi, le mie ricchezze finirebbero nella tesoreria della nazione. Preferirei che non andassero a Motecuzòma. Pertanto, domani, il sacerdote compilerà un documento che affermi il tuo diritto ad ereditare, oltre al documento a riprova del nostro matrimonio.»

Bèu si mise in piedi adagio, mi guardò dall'alto e balbettò: «Non è questo che... non ho mai pensato a... Zàa, stavo cercando di dirti...»

«E io ho rovinato la messa in scena» dissi, sorridendole. «Tutte le lusinghe e le persuasioni erano inutili. Ma tu non devi considerarle sprecate, Bèu. Quello di questa sera può essere stato un utile allenamento per qualche futuro impiego, quando sarai forse una vedova ricca, ma sola.»

«Finiscila, Zàa!» esclamò lei. «Ti rifiuti di ascoltare quanto sto sinceramente cercando di dirti. È già abbastanza difficile per me, poiché non spetta a una donna dire certe cose...»

«Per favore, Bèu, basta!» la interruppi, trasalendo. «Abbiamo vissuto troppo a lungo insieme, siamo da troppo tempo abituati alla nostra reciproca avversione. Dire, così tardivamente, parole soavi metterebbe a dura prova entrambi, e probabilmente lascerebbe allibiti tutti gli dei. Ma per lo meno, da domani in poi, il fatto che ci detestiamo a vicenda potrà essere formalmente consacrato e reso indistinguibile dalla situazione di quasi tutte le altre coppie sposate... »

« Sei crudele! » ella mi interruppe a sua volta. « Sei immune da ogni tenero sentimento, e noncurante della mano che si tende verso di te. »

« Ho sentito troppo spesso il duro dorso della tua tenera mano, Bèu. E non sto forse per sentirlo di nuovo? Non stai per scoppiare a ridere, adesso, e per dirmi che la tua proposta di matrimonio è stata soltanto un'altra beffa? »

« No » rispose lei. « Dicevo sul serio. E tu? »

« Anch'io » risposi, e levai la coppa di octli. « Possano gli dei avere pietà di entrambi. »

« Una proposta eloquente » ella disse. « Ma l'accetto, Zàa. Ti sposerò domani. » E corse nella sua stanza.

Rimasi seduto, sorseggiando malinconicamente l'octli e osservando gli altri avventori della locanda, quasi tutti pochtèca di ritorno a Tenochtìtlan, intenti a festeggiare i loro proficui viaggi, conclusisi senza disavventure, con una solenne ubriacatura; incoraggiati, in questo, dalle numerose donne disponibili nella locanda. Il proprietario, sapendo già che avevo chiesto una stanza separata per Bèu, e avendola veduta ritirarsi sola, si avvicinò e domandò:

« Il Signore Cavaliere gradirebbe un dolce con il quale concludere il pasto? Una delle nostre incantevoli maàtime? »

Grugnii: « Poche di loro sembrano incantevoli ».

« Ah, ma l'aspetto non è tutto. Il mio signore deve saperlo, dato che la sua bellissima compagna sembra essere fredda con lui. Il fascino può consistere in attributi diversi dal viso e dalle forme del corpo. Osserva, ad esempio, quella donna laggiù. »

Additò quella che doveva essere, senza dubbio, la donna meno appetibile della locanda. Tanto le fattezze quanto i seni le penzolavano come argilla bagnata. I capelli, a furia di essere troppe volte scoloriti e nuovamente tinti, sembravano erbacce seccate al sole e divenute fieno. Feci una smorfia, ma il locandiere rise e disse:

« Lo so, lo so, contemplare quella donna significa desiderare, invece, un ragazzo. A prima vista la si scambierebbe per una nonna, eppure io so con certezza che non ha nemmeno trent'anni. E, lo crederesti, mio Signore Cavaliere? *Ogni uomo* che abbia provato una volta Quequelyèhua, la *richiede*, invariabilmente, quando torna qui. Chiunque sia stato con lei la frequenta con regolarità, e non vuole saperne di alcun'altra maàtitl. Personalmente, non l'ho mai messa alla prova, ma mi risulta da fonte sicura che ella conosce alcuni modi straordinari per deliziare un uomo».

Portai il topazio davanti a un occhio e rivolsi un nuovo e più attento sguardo alla sciattona dai capelli arruffati e dagli occhi cisposi. Sarei stato disposto a scommettere che ella era tutta una pustola ambulante della malattia nanàua, e che l'effemminato locandiere lo sapeva e gioiva malignamente cercando di affibbiarla agli ingenui i quali non sospettavano di niente.

«Al buio, mio signore, tutte le donne sembrano uguali, no? Be', è così anche per i ragazzi, naturalmente. Per conseguenza, a contare sono altre considerazioni, non è vero? L'abilissima Quequelyèhua ha già, probabilmente, un'intera fila di clienti stanotte, ma un Cavaliere dell'Aquila può pretendere la precedenza rispetto a un semplice pochtèca. Devo chiamare Quequelyèhua per te, mio signore?»

«Quequelyèhua» ripetei, poiché quel nome evocava un ricordo. «Conoscevo un tempo una bella fanciulla chiamata Quequelmìqui.»

«Sensibile al Solletico?» disse il locandiere, e ridacchiò. «A giudicare dal nome, doveva essere anche lei una divertente compagna di letto. Ma questa dovrebbe superarla di gran lunga. Quequelyèhua, la Solleticatrice.»

Sentendomi alquanto nauseato, dissi: «Ti sono grato per la raccomandazione, ma no, grazie». Bevvi una lunga sorsata di octli. «Quella ragazza magra, seduta silenziosa là nell'angolo, che mi dici di lei?»

«Pioggia Nebulosa?» rispose il locandiere, con indifferenza. «La chiamano così perché piange continuamente durante... ehm... l'atto. È una nuova arrivata, ma abbastanza abile, mi dicono.»

«Mandala nella mia stanza. Non appena sarò abbastanza ubriaco per andarvi io stesso.»

«Ai tuoi ordini, Signore Cavaliere dell'Aquila. Sono imparziale per quanto concerne le preferenze altrui, ma accade che sia talora anche blandamente curioso. Posso sapere perché il mio signore sceglie Pioggia Nebulosa?»

Risposi: «Semplicemente perché non mi ricorda alcun'altra donna che abbia conosciuto».

La cerimonia nuziale fu comune, semplice e tranquilla, almeno finché non si concluse. I quattro veterani ci fecero da testimoni. Il locandiere preparò tamàltin per il pasto rituale. Alcuni mattinieri frequentatori della locanda vennero invitati alle nostre nozze. Poiché Quaunàhuac è il centro più importante del popolo Tlahuìca, mi ero rivolto a un sacerdote della principale divinità di Tlahuìca, il buon dio Quetzalcòatl. E il prete, notando che la coppia in piedi dinanzi a lui aveva superato alquanto la prima gioventù, omise con tatto, dalla funzione, i soliti dolenti avvertimenti alla femmina presumibilmente innocente, e le consuete esortazioni alla cautela rivolte al maschio presumibilmente libidinoso. Pertanto il suo discorsetto fu misericordiosamente breve e blando.

Ma anche questo rito frettoloso commosse alquanto Bèu Ribè, o, per lo meno, ella finse di commuoversi. Versò alcune virginee lacrime, e, tra le lacrime, sorrise tremuli sorrisi. Devo ammettere che tale esibizione ne esaltò la già straordinaria bellezza, la quale, come non ho mai negato, era quasi pari alla sublime venustà della defunta sorella di lei, e quasi indistinguibile da essa. Bèu vestiva nel modo più allettante e, quando la guardai senza la nitidezza consentita dal topazio, parve ancora giovanile come la mia per sempre ventenne Zyanya. Per questo motivo mi ero servito più volte della ragazza Pioggia Nebulosa, quella notte. Non volevo correre il rischio che Bèu mi inducesse a desiderarla, sia pure soltanto fisicamente, e a tale scopo avevo svuotato me stesso di ogni possibilità di essere eccitato contro la mia volontà.

Il sacerdote fece infine oscillare il fumigante incensiere del copàli intorno a noi per l'ultima volta. Stette poi a guardare mentre ci scambiavamo un boccone di fumante tamàli, quindi annodò un lembo del mio mantello con un lembo della gonna di Luna in Attesa e ci augurò la migliore delle fortune nella nostra nuova vita a due.

«Grazie, Signore Sacerdote» dissi, porgendogli il compenso. «Grazie soprattutto per gli auguri.» Sciolsi il nodo che mi legava a Bèu. «Potrò aver bisogno dell'aiuto degli dei là ove sono ora diretto.» Mi misi in spalla il fardello per il viaggio e dissi arrivederci a Bèu.

«Arrivederci?» ripeté lei, con una sorta di squittio. «Ma, Zàa, questo è il giorno delle nostre nozze.»

Risposi: «Ti avevo detto che ti avrei lasciata. I miei uomini ti accompagneranno a casa sana e salva».

«Ma... ma credevo... credevo che, senza dubbio, ti saresti trattenuto qui ancora una notte. Per la...» Sbirciò intorno a sé gli invitati che guardavano e ascoltavano. Si imporporò in viso e alzò la voce: «Zàa, sono tua moglie, adesso!»

La corressi: «Sei sposata con me, come hai chiesto, e sarai la mia vedova e la mia erede. Mia moglie era Zyanya».

«*Zyanya è morta da dieci anni!*»

«La sua morte non ha troncato il legame che ci univa. Non posso avere alcun'altra moglie.»

«Ipocrita!» ella infuriò contro di me. «Non hai rispettato il celibato in questi dieci anni. Hai avuto altre donne. Perché non vuoi quella che hai appena sposato? Perché non vuoi possedere me?»

A parte il proprietario della locanda, che sorrideva lascivo, quasi tutte le altre persone nella stanza sembravano sulle spine e a disagio. Anche il sacerdote, che trovò il coraggio di dire: «Mio signore, la consuetudine vuole, in fin dei conti, che i voti di fedeltà vengano suggellati con un atto di... be', sì, conoscendosi a vicenda intimamente...»

Dissi: «Questo interessamento ti onora, Signore Sacerdote. Ma conosco già questa donna di gran lunga troppo intimamente».

Bèu balbettò: «Quale orribile menzogna! Non abbiamo mai una sola volta...»

«Né mai lo faremo. Luna in Attesa, ti conosco troppo bene sotto altri aspetti. So inoltre che il momento più vulnerabile nella vita di un uomo è quello in cui egli si accoppia con una donna. Non correrò il rischio di giungere a quel momento perché tu mi respinga sdegnosamente, o scoppi in una delle tue risate beffarde, o mi umilii con qualcun altro dei modi che hai praticato e perfezionato per così lungo tempo.»

Ella gridò: «E che cosa mi stai facendo tu, in questo momento?»

«Esattamente la stessa cosa» riconobbi. «Ma questa volta, mia cara, sono stato io il primo. Ora si sta facendo tardi, comunque, e devo partire.»

Quando me ne andai, Bèu si stava asciugando gli occhi con il lembo spiegazzato della gonna che era stato il nodo nuziale.

✠

Non era necessario ch'io cominciassi a ripercorrere la lunga marcia dei miei antenati dal suo punto di arrivo a Tenochtìtlan, né da una qualsiasi delle località da essi precedentemente abitate nella regione del lago, in quanto quei luoghi non potevano custodire alcun segreto non ancora scoperto degli Aztechi. Ma, stando alle antiche leggende, una delle ultime soste degli Aztechi, prima della scoperta del bacino lacustre, aveva avuto luogo in qualche punto a nord dei laghi: in una località denominata

Atlitalàcan. Pertanto, da Quaunàhuac mi spinsi a nord-ovest, quindi a nord, quindi a nord-est, girando intorno ai territori della Triplice Alleanza e tenendomene ben lontano, finché non venni a trovarmi nella regione scarsamente popolata al di là di Oxitìpan, la cittadina di frontiera con una guarnigione di truppe Mexìca situata più a nord. In quel territorio a me sconosciuto, con rari e minuscoli villaggi e con pochissimi viaggiatori tra gli uni e gli altri, cominciai a cercare Atlitalàcan domandando dove si trovasse. Ma le sole risposte che ottenni furono sguardi inespressivi e indifferenti alzate di spalle, poiché mi ostacolavano due difficoltà.

L'una consisteva nel fatto che non avevo idea di che cosa fosse Atlitalàcan, né di che cosa fosse stata. Sarebbe potuta essere una comunità già esistente quando vi erano giunti gli Aztechi, e successivamente scomparsa. Oppure si sarebbe potuto trattare, semplicemente, di un luogo adatto per accamparvisi — un boschetto o un prato — cui gli Aztechi avessero dato quel nome soltanto temporaneamente. L'altra difficoltà consisteva nell'essere io entrato nella parte sud della regione degli Otomì, o, per essere più preciso, nella regione in cui si erano trasferiti a malincuore gli Otomì dopo essere stati a poco a poco scacciati dai territori del lago dall'arrivo di successive ondate di Culhua, Acòlhua, Aztechi e altri invasori di lingua nàhuatl. Pertanto, in quell'amorfa regione di confine mi trovavo di fronte a un problema linguistico. Alcune delle persone che avvicinavo parlavano passabilmente il nàhuatl, o il porè dei loro altri vicini all'ovest. Ma altre parlavano soltanto l'otomìta, che io non conoscevo affatto bene, e molte altre ancora si esprimevano in un miscuglio bastardo delle tre lingue. E, anche se le insistenti domande da me rivolte agli abitanti dei villaggi, ai contadini e ai viandanti mi consentirono in ultimo di imparare un numero sufficiente di parole dell'otomìta e di riuscire a spiegare che cosa cercassi, continuai a non trovare alcun indigeno in grado di dirmi dove si trovasse la perduta Atlitalàcan.

Dovevo trovarla per mio conto, e la trovai. Fortunatamente, il nome stesso del luogo costituiva un indizio — Atlitalàcan significa «dove l'acqua sgorga» — ed io giunsi un giorno in un lindo e piccolo villaggio chiamato D'ntado Dehè che, nella lingua otomìta, significa all'incirca la stessa cosa. Il villaggio era sorto in quel punto perché una sorgente d'acqua dolce vi scaturiva gorgogliando dalle rocce, ed essa era l'unica sorgente in una regione arida considerevolmente estesa. Sembrava essere, quello, un probabile luogo di sosta per gli Aztechi, in quanto un antico sentiero giungeva nel villaggio dal nord e continuava da esso verso sud, approssimativamente diretto verso il lago Tzumpànco.

La scarsa popolazione di D'ntado Dehè mi guardò, naturalmente, di traverso, ma un'anziana vedova era di gran lunga troppo povera per indulgere ai sospetti e mi affittò per alcuni giorni il quasi vuoto ripostiglio delle provviste sotto il tetto della sua capanna di fango comprendente un'unica stanza. Nel corso di quei giorni cercai, sorridendo, di ingraziarmi i taciturni Otomì e di indurli a conversare con me. Non essendovi riuscito, vagabondai alla periferia del villaggio, seguendo spirali man mano più ampie, alla ricerca di quei depositi d'armi e d'altro che i miei antenati potevano avere nascosto, sebbene sospettassi che cercare così a caso sarebbe stato inutile. Se gli Aztechi avevano davvero nascosto provviste e armi lungo la loro linea di marcia, dovevano essersi accertati che i depositi stessi non potessero essere trovati dagli abitanti del posto o da successivi passanti. Dovevano avere indicato i nascondigli mediante qualche oscuro segno riconoscibile soltanto da loro. E nessuno dei discendenti Mexìca, me compreso, aveva la più pallida idea di quali potessero essere quei segni.

Tuttavia, tagliai un palo lungo e robusto, ne assottigliai una estremità e, con esso, sondai in profondità ogni caratteristica del terreno che, concepibilmente, poteva non essere esistita lì, sin dalla creazione del mondo: collinette sospettosamente isolate, folti di cespugli stranamente mai diradati, le macerie di antichi edifici. Non so se il mio comportamento destò negli abitanti del villaggio divertito interesse, o compassione per lo straniero pazzo, o semplice curiosità, ma in ultimo, essi mi invitarono a mettermi a sedere e a spiegarmi con due dei loro più venerabili anziani.

Questi vecchi risposero alle mie domande con il minor numero possibile di semplici parole. No, dissero, non avevano mai sentito nominare una località chiamata Atlitalàcan, ma se il nome significava la stessa cosa di D'ntado Dehè, allora, senza dubbio, si trattava dello stesso luogo. Infatti, sì, stando ai padri dei padri dei loro padri, molto, molto tempo prima una rude, lacera e pidocchiosa tribù di stranieri si era stabilita intorno alla sorgente, restandovi per alcuni anni, prima di ripartire e di scomparire verso sud. Quando, con delicatezza, mi informai a proposito della possibile esistenza di scavi e depositi sotterranei, i due vecchi scossero la testa. Dissero n'yéhina che significa no, e pronunciarono una frase che dovettero ripetere svariate volte affinché, faticosamente, riuscissi a capirne il senso:

« Gli Aztechi vennero qui, ma non portarono niente con loro, e niente lasciarono quando decisero di andarsene ».

Di lì a non molti giorni mi ero lasciato indietro le regioni ove si parlava anche soltanto una parvenza di nàhuatl o di porè, sia pure imbastarditi, per addentrarmi nel territorio abitato esclusivamente da Otomì che parlavano soltanto l'otomìta. Non viaggiai seguendo una direzione prestabilita e immutabile, poiché ciò mi avrebbe imposto di arrampicarmi su per colline prive di sentieri, di scalare dirupi formidabili e di aprirmi faticosamente un varco attraverso folti di cactus, cosa che, ne ero certo, gli Aztechi in migrazione non avevano mai fatto. Invece, come senza dubbio si erano regolati loro, seguii le strade, quando esistevano, e i più numerosi e assai frequentati sentieri. Questo rese tortuoso il mio cammino, ma, ciò nonostante, continuai sempre ad andare verso nord.

Mi trovavo ancora sull'alto pianoro tra le formidabili catene montuose invisibili all'est e all'ovest, ma, mentre procedevo, il pianoro cominciò a scendere percettibilmente dinanzi a me. Ogni giorno mi abbassavo un po' di più rispetto alle altezze ove l'aria era fredda e frizzante, e le giornate della tarda primavera divennero più tiepide, talora sgradevolmente calde, ma le notti erano miti e profumate. Ciò costituiva un vantaggio, in quanto non esistevano locande nella regione Otomì e i villaggi o le fattorie ove potevo chiedere alloggio distavano molto gli uni dagli altri. Così, quasi ogni notte dormivo all'aperto e, anche senza il topazio per vedere, riuscivo a scorgere la stella fissa Tlacpac sospesa in alto sull'orizzonte settentrionale verso il quale ricominciavo ad arrancare all'alba.

L'assenza di locande e di altri luoghi in cui poter mangiare non mi costava troppi sacrifici. La povertà della gente in quella regione rendeva le selvagge creature meno pavide di quanto lo fossero in luoghi più popolosi; conigli selvatici e scoiattoli terricoli si drizzavano a sedere audacemente tra l'erba per guardarmi passare; un occasionale uccello corridore mi accompagnava talora restandomi al fianco; e, di notte, un armadillo o un opossum potevano addirittura venire a curiosare intorno al mio fuoco da campo. Sebbene non avessi alcun'altra arma all'infuori della maquàhuitl, non certo fatta per dare la caccia agli animali di piccola taglia, di solito non dovevo fare altro che vibrare un colpo di taglio con essa per procurarmi un pasto di carne fresca. Quanto alle verdure con cui accompagnarlo, cresceva lì attorno un gran numero di erbe.

Il nome di quella nazione settentrionale, Otomì, è la forma abbreviata di una parola assai più lunga e meno pronunciabile che significa qualcosa come «gli uomini le cui frecce abbattono uccelli in volo», sebbene io ritenga che molto tempo deve essere trascorso da quando la caccia era la loro principale occupazione. Esistono numerose tribù di Otomì, ma si dedicano tutte all'agricoltura: coltivano minuscoli campi di granturco, di xitòmatin, e di altri vegetali; oppure raccolgono frutta sugli alberi e cactus; o, ancora, fanno scorrere la dolce linfa delle agavi. I loro campi e i loro frutteti producevano tanto che essi potevano disporre di un grande eccesso di verdura e frutta fresca da mandare a Tlaltelòlco e in altri mercati, e noi Mexìca chiamavamo la loro regione Atòctli, la Terra Fertile. Tuttavia, ecco un indizio di quanto disprezzavamo quel popolo: classificavamo il nostro liquore octli secondo tre gradi di qualità, chiamati rispettivamente buona, comune e Otomì.

I villaggi Otomì hanno quasi tutti nomi impronunciabili — come il più grande, N't Tahì, quello che i vostri esploratori delle regioni settentrionali denominano adesso Zelalla. E in nessuna di quelle località dai nomi biascicati trovai un deposito nascosto o una qualsiasi altra traccia del passaggio degli Aztechi. Soltanto in qualche raro villaggio l'anziano narratore locale di leggende riusciva, mettendo a dura prova la memoria, a ricordare una tradizione secondo la quale, sì, innumerevoli covoni di anni prima, una colonna vagabonda di nomadi dai piedi indolenziti era passata nelle vicinanze, o aveva sostato qualche tempo per riposare. E ognuno di questi vecchi mi diceva: «Non portarono niente con loro, e niente lasciarono andandosene.» Era scoraggiante. Ma d'altro canto, pur essendo un diretto discendente di quei nomadi, anch'io non portavo niente con me. Soltanto una volta, nel corso del viaggio attraverso i territori Otomì, potei forse *lasciare* un piccolo qualcosa...

Gli uomini Otomì sono bassi di statura, tozzi, grassocci e, come quasi tutti i contadini, scontrosi e arcigni di carattere. Le donne Otomì sono anch'esse piccolette, ma snelle di corpo, e di gran lunga più vivaci dei loro tetri uomini. Arriverò al punto di dire che le donne sono graziose — dalle ginocchia in su — e questo, me ne rendo conto, è un curioso genere di complimento. Intendo dire che hanno facce attraenti, spalle, braccia, seni, la vita, i fianchi, le natiche e le cosce, tutto ben modellato, ma, sotto le ginocchia, i loro polpacci sono deludentemente privi di curve e asciutti. Terminano, affusolati, con piedi minuscoli, il che fa assumere a quelle donne qualcosa di simile all'aspetto di girini equilibrati sulla coda.

Un'altra singolarità degli Otomì consiste nel fatto che essi migliorano il loro aspetto — o così credono — con l'arte che chiamano n'detade, vale a dire dipingendosi con colori *permanenti*. Si colorano i denti di nero o di rosso, o a colori alterni, nero e rosso. Si adornano il corpo con disegni di un colore azzurro, iniettato nella pelle mediante spine, per cui i disegni stessi durano indefinitamente. Taluni si limitano a una piccola decorazione sulla fronte o su una gota, ma altri continuano a praticare il n'detade tanto frequentemente quanto riescono a sopportare il dolore, sulla pelle di tutto il corpo. Sembra sempre che rimangano nascosti dietro la tela di qualche straordinario ragno i cui filamenti siano azzurri.

Gli uomini Otomì, almeno a parere mio, non vengono né migliorati, né peggiorati da questi ornamenti. Per qualche tempo mi parve una vergogna che molte donne, altrimenti belle, dovessero velare la loro avvenenza dietro quelle ragnatele di ghirigori e di disegni che non avrebbero potuto eliminare. Tuttavia, man mano che mi abituavo a vedere sempre più lo n'detade, cominciai a considerarlo, lo confesso, una sottile seduzione. Quel velo faceva sembrare le donne, in una certa misura, inavvicinabili, costituiva una sfida, ed era perciò provocante...

All'estremo nord del territorio Otomì si trovava un villaggio sul fiume chiamato M'boshte, e vi abitava tra gli altri una giovane donna a nome R'zoöno H'donwe, che significa Fiore della Luna. E, davvero, ella sembrava fiorita: ogni sua parte visibile lussureggiava di petali e foglie e fronde, tutto tracciato in azzurro. Dietro quel giardino artificiale, la donna era bella di viso e di corpo, tranne si intende quei deludenti polpacci. Sin dal primo momento in cui la vidi, provai il desiderio di toglierle di dosso le vesti per vedere quanto di lei fosse coperto da petali di fiori e poi per aprirmi un varco, attraverso i petali, fino alla femmina sottostante.

Fiore della Luna era a sua volta attratta da me, e, sospetto, esattamente nello stesso modo: l'impulso di godersi una stranezza, poiché la mia statura e la mia robustezza, inconsuete anche tra i Mexìca, facevano di me quasi un gigante tra gli Otomì. Ella mi fece capire che, in quel momento, non era legata ad alcun altro maschio, essendo rimasta vedova di recente poiché il marito aveva trovato la morte nello R'donte Sh'mboi, il Fiume Lavagna, che scorreva accanto al villaggio. Poiché l'acqua di quel fiume non era più profonda di un palmo e scorreva in un letto tanto stretto da consentirmi di superarlo con un balzo, le feci osservare che suo marito doveva essere stato un uomo *molto* piccolo riuscendo ad affogarvi. Ella rise e mi fece capire che l'uomo era caduto spaccandosi il cranio sul fondo di ardesia del fiume.

Così, l'unica notte che passai a M'boshte la trascorsi con Fiore della Luna. Non posso dir nulla per quanto concerne le altre femmine Otomì, ma quella era decorata su ogni superficie esposta della pelle, dappertutto, tranne le labbra, le palpebre, le punte della dita e i capezzoli. Rammento di aver pensato che doveva aver sofferto indicibilmente mentre l'artista locale, a furia di punture di spine, le disegnava fiori fino ai margini delle tenere membrane della tipìli. Infatti, nel corso di quella notte, potei vedere ogni suo fiore. L'atto della copula si chiama, nella lingua otomìta, agui n'degue, e cominciava — o per lo meno Fiore della Luna preferiva che cominciasse — esaminando, percorrendo con le dita, accarezzando e, sì gustando, ogni singolo petalo di ogni fiore esistente in quel giardino che era il suo corpo. Mi parve quasi di essere un cervo intento a brucare un soave e rigoglioso prato, e mi dissi che i cervi dovevano essere animali davvero felici.

Quando mi accinsi a ripartire, la mattina dopo, Fiore della Luna mi fece capire che sperava io l'avessi resa incinta, il suo defunto marito non essendone mai stato capace. Sorrisi, ritenendo si trattasse di un complimento. Ma poi ella mi spiegò a gesti per quale motivo si augurava di mettere al mondo un figlio o una figlia. Io ero un uomo grande e grosso e, per conseguenza, anche il bambino sarebbe dovuto crescere alto e robusto come me; in tal caso avrebbe avuto una straordinaria superficie di pelle da abbellire con un numero prodigioso di disegni n'detade e sarebbe divenuto una rarità tale da far sì che M'boshte venisse invidiato da ogni altro villaggio Otomì. Sospirai e ripresi il cammino.

Fino a quando seguii il corso dello R'donte Sh'mboi, il territorio circostante continuò a verdeggiare di erbe e di foglie e ad essere variegato dal rosso, dal giallo e dall'azzurro di innumerevoli fiori. Tuttavia, tre o quattro giorni dopo, il Fiume Lavagna piegò a ovest, lontano dalla direzione che dovevo seguire, verso nord, e condusse con sé tutta la fresca e colorata vegetazione. Davanti a me si trovavano ancora alcuni alberi mìzquitin, di un verde-grigio, alcune macchie verde-argento di yucca, e un fitto sottobosco di vari cespugli verde-polvere. Ma io sapevo che alberi e cespugli si sarebbero a poco a poco diradati e distanziati, fino a cedere il posto a un deserto cotto dal sole e quasi arido.

Per un momento mi fermai, in preda alla tentazione di seguire il fiume e di restare nella temperata regione Otomì, ma non avevo alcun pretesto per fare questo. Il solo movente del mio viaggio era la decisione di ripercorrere il cammino seguito dagli Azteca e, per quanto ne sapevo, essi erano venuti da qualche punto più a nord, da quel deserto, o dall'altro lato di quel deserto, se esisteva qualcosa al di là di esso. Pertanto colmai l'otre con l'acqua del fiume, mi riempii per l'ultima volta i polmoni con quell'aria fresca e mi diressi a nord. Voltai le spalle alle regioni vive. E mi addentrai nelle terre deserte, nelle terre arse, nelle terre delle ossa calcinate.

Il deserto è una solitudine tormentata dagli dei, quando gli dei non lo ignorano del tutto.

La dea della terra Coatlìque e la sua famiglia non fanno nulla per aggiungere qualcosa di interessante alla distesa monotona e quasi uniformemente piana di sabbia grigio-giallastra, di ghiaia grigio-rossiccia e di macigni grigio-nerastri. Coatlìque non si degna di sconvolgere questo territorio con terremoti. Chàntico non vi fa scaturire vulcani, né Temazcaltòci vi fa zampillare acqua bollente e vapore. Il dio delle montagne Tepeyòlotl rimane ben lontano da lì. Riuscivo, con l'aiuto del topazio, a distinguere i bassi profili di monti remoti a est e a ovest, monti frastagliati, dal colore grigio-biancastro del granito. Ma rimasero infinitamente lontani; non si avvicinarono mai più di così a me, né io mi avvicinai ad essi.

Ogni mattina, il dio sole Tonatìu balzava su irosamente dal suo letto, senza la consueta cerimonia dell'alba durante la quale è solito scegliere le proprie vivide lance e frecce per la giornata. Ogni sera piombava nel letto senza indossare lo splendente mantello di piume e senza distendere le colorate e fiorite trapunte. Nel periodo di tempo tra il suo brusco levarsi e il coricarsi altrettanto brusco nelle benedette e fresche tenebre della notte, Tonatìu era semplicemente una chiazza giallo-bianca più luminosa nel cielo giallo-bianco, un disco ardente, imbronciato, che risucchiava completamente il respiro da quella terra, aprendosi bruciando un varco nel cielo riarso, adagio e faticosamente come arrancavo io sulle riarse sabbie sottostanti.

Il dio della pioggia, Tlaloc, si occupava ancor meno del deserto, sebbene quella fosse la stagione delle piogge. I suoi cumuli di nubi si ammonticchiavano spesso, ma soltanto sopra le montagne di granito, remote a est e a ovest. Le nubi si gonfiavano, vorticavano e torreggiavano alte all'orizzonte, poi venivano oscurate dal temporale, e gli spiriti tlalòque agitavano i loro balenanti bastoni biforcuti, causando un tambureggiare che arrivava a me come un mormorio fioco. Ma il cielo in alto e più avanti continuava ad essere eternamente di quell'immutabile giallo-bianco. Né le nubi, né i tlalòque si avventuravano nella calura da forno del deserto. Riversavano le loro piogge soltanto come lontani veli grigio-azzurri sulle lontane montagne grigio-bianche. E la dea dell'acqua corrente, Chalchihuìtlicuè, non si faceva mai vedere, mai.

Il dio del vento, Ehècatl, soffiava di quando in quando, ma aveva le labbra riarse e bruciate quanto il suolo del deserto, l'alito altrettanto ardente e asciutto, e di rado causava un suono, in quanto non trovava praticamente nulla contro cui imperversare. A volte, però, soffiava con tanto impeto da fischiare. Allora la sabbia si muoveva, si sollevava e sferzava la terra a nembi abrasivi quanto la polvere di ossidiana di cui si servono gli scultori per logorare la roccia compatta.

Gli dei delle creature viventi hanno poco a che vedere in quel territorio ardente, aspro e arido; meno di tutti gli altri Mixcòatl, il dio dei cacciatori. Naturalmente, vedevo e udivo di quando in quando i coyote, poiché quelle bestie sembrano in grado di trovare ovunque qualcosa per sopravvivere. V'erano inoltre alcuni conigli selvatici, posti lì, probabilmente soltanto per consentire ai coyote di resistere. C'erano scriccioli e gufi non molto più grossi degli scriccioli, che vivevano entro fori scavati nei cactus, e sempre vedevo uno o due avvoltoi divoratori di carogne ruotare in alto sopra di me. Ma ogni altro abitante del deserto sembrava appartenere al regno dei rettili o degli insetti, poiché viveva sottoterra o sotto le rocce — i velenosi serpenti a sonagli, lucertole simili a fruste, altre lucertole tutte verruche e corna, scorpioni lunghi quasi quanto la mia mano.

Il deserto, inoltre, conteneva ben poco che potesse interessare i nostri dei delle cose che crescono. Riconosco che anche là, in autunno, il cactus nopàli offre i suoi soavi e rossi frutti tònaltin, e il gigantesco cactus quinàmetl i dolci frutti violetti pitaàya all'estremità delle sue braccia alzate, ma quasi tutti i cactus del deserto non producono altro che aculei e spine e uncini e punte ricurve. In quanto agli alberi non si vede altro che qualche raro e contorto mizquitl, nonché lo yucca dalle foglie simili a lance, e il quaumàtlatl che è curiosamente colorato di un chiaro e luminoso verde in ogni sua parte: foglie, rami, ramoscelli e persino il tronco. I cespugli comprendono l'utile chiyàctic, la cui linfa è così simile a un olio da consentire fuochi da campo che attecchiscono molto facilmente, e il quauxelolòni, dal legno più duro del rame, quasi impossibile da tagliare e tanto pesante che affonderebbe nell'acqua, se esistesse acqua nei pressi.

Soltanto una dea gentile osa passeggiare in quell'arcigno deserto, per protendersi tra le zanne e gli artigli delle piante nonmi-toccate e addolcirne la perfida natura con la sua carezza. Mi riferisco a Xochiquètzal, dea dell'amore e dei fiori, la dea più amata dalla mia da tempo defunta sorella Tzitzitlìni. Ogni primavera, per breve tempo, la dea abbellisce ogni più maligno cespuglio e cactus. Per tutto il resto dell'anno, potrebbe sembrare al comune viaggiatore che Xochiquètzal abbia abbandonato il deserto a una morta bruttura. Ma io, come avevo fatto durante la mia miope fanciullezza, osservavo ugualmente da vicino cose che non avrebbero attratto l'attenzione di persone dalla vista normale. E nel deserto trovavo fiori in ogni stagione, sui lunghi e sottili rampicanti che strisciavano alla superficie. Avevano fiori in miniatura, quasi invisibili a meno che non li si cercasse, ma fiori, comunque, ed io sapevo così che Xochiquètzal era presente.

Sebbene una dea possa frequentare il deserto con disinvoltura e impunità, non si tratta di un ambiente piacevole per gli esseri umani. Tutto ciò che consente agli uomini di vivere scarseggia, là, o è assente. Un uomo che tentasse di attraversare il deserto, ignorandone la natura e impreparato ad esso, morirebbe ben presto... e la sua non sarebbe una morte né rapida né facile. Ma io, sebbene mi avventurassi per la prima volta in quelle solitudini, non ero del tutto ignorante e impreparato. Ai tempi della scuola, quando noi ragazzi venivamo preparati ad essere soldati, il Cuachic Ghiotto di Sangue aveva voluto a tutti i costi istruirci anche sul modo di sopravvivere nel deserto.

Ad esempio, io non rimasi mai senz'acqua, grazie ai suoi insegnamenti. La fonte d'acqua più a portata di mano è il cactus comitl, che proprio per questo si chiama comitl, o giara. Ne sceglievo uno abbastanza grande, disponevo intorno ad esso una cerchia di rami secchi, vi appiccavo il fuoco e aspettavo che il calore delle fiamme scacciasse verso l'interno l'umidità del comitl. Dovevo poi semplicemente tagliare l'estremità del cactus, schiacciarne la polpa interna e spremerne l'acqua entro l'otre di cuoio. Inoltre, ogni sera, tagliavo uno dei cactus più alti, dal fusto eretto e lo ponevo con le estremità appoggiate a sassi, in modo che si incurvasse nel mezzo. La mattina dopo, tutto l'umidore in esso contenuto si era raccolto in quel punto, e bastava allora che vi praticassi un'incisione lasciando scorrere l'acqua nell'otre.

Di rado avevo carne da cuocere sul fuoco da campo serale, tranne qualche occasionale lucertola, sufficiente per circa due bocconi, e, una volta, un coniglio selvatico ancora scalciante quando avevo scacciato l'avvoltoio che lo stava dilaniando. Ma la carne non è indispensabile per il sostentamento della vita. Per tutto l'anno, l'albero mizquitl è festonato da baccelli di semi, nuovi e verdi, oltre a quelli bruni e avvizziti dell'anno precedente. I baccelli verdi possono essere cotti in acqua bollente finché diventano teneri e poi schiacciati e ridotti a una polpa edibile. I semi secchi all'interno dei baccelli bruni possono essere schiacciati tra due sassi fino a diventare una farina. Questa farina ruvida può essere conservata come pinòli e, quando non si dispone di cibi più freschi, la si usa mescolata con acqua e bollita.

Insomma, sopravvissi, e viaggiai in quel deserto spaventoso per un anno intero. Ma posso fare a meno di continuare a descriverlo, poiché ogni lunga corsa era indistinguibile da tutte le altre. Mi limiterò ad aggiungere — nel caso che voi, reverendi frati, non riusciate ancora a raffigurarvi tanta vastità e solitudine — che avevo arrancato nel deserto per almeno un mese prima di imbattermi in un altro essere umano.

Da lontano, poiché la sagoma aveva lo stesso color polvere del deserto, la scambiai per un monticello di sabbia dalla forma strana, ma, avvicinandomi, mi resi conto che si trattava di una figura umana seduta. Alquanto gioiosamente, poiché ero rimasto solo per così lungo tempo, lanciai un grido di richiamo, ma non mi giunse risposta alcuna. Mentre continuavo ad avvicinarmi, gridai di nuovo, e di nuovo non ottenni risposta, sebbene oramai fossi abbastanza vicino per vedere che la bocca di quella creatura era aperta abbastanza per urlare.

Infine venni a trovarmi accanto ad essa, una donna nuda seduta sulla sabbia e rivestita da un velo di sabbia. Se anche aveva a un certo momento urlato, ora non urlava più, poiché era morta, con gli occhi spalancati e la bocca aperta. Sedeva con le gambe distese dinanzi a sé e divaricate, con le mani premute di piatto sul terreno, come se fosse morta tentando strenuamente di rimettersi in piedi. Ne toccai le spalle coperte di polvere; la carne era cedevole e non ancora gelida. La donna non poteva essere morta da molto tempo. Puzzava di non lavato, come senza dubbio puzzavo anch'io, e i suoi lunghi capelli erano talmente pieni di pulci della sabbia che si sarebbero mossi se non fossero stati così impastati di sudore. Ciò nonostante, dopo un buon bagno, ella sarebbe apparsa bella di viso e di corpo, ed era più giovane di me, senza segni di malattie o di ferite, per cui la causa della morte mi lasciò interdetto.

Nei mesi trascorsi, avevo preso l'abitudine di parlare da solo, non avendo compagnia, e pertanto dissi a me stesso, in tono desolato: « Questo deserto è senz'altro abbandonato dagli dei... o lo sono io. Ho la fortuna di incontrare quella che è forse la sola altra persona esistente in tanta solitudine, e per giunta di imbattermi in una donna, che sarebbe stata ideale come compagna di viaggio, ma la disgrazia vuole che sia cadavere. Se fossi arrivato un giorno prima, sarebbe stata forse lieta di dividere con me il viaggio e la coperta e di accettare le mie premure. Poiché è morta, la sola cortesia che possa renderle consiste nel seppellirla prima che giungano gli avvoltoi ».

Mi liberai del fardello e dell'otre dell'acqua e cominciai a scavare con la maquàhuitl la sabbia lì accanto. Ma mi sembrava di sentire su di me gli occhi della donna carichi di rimprovero e pertanto decisi che forse era il caso di distenderla in una posizione di riposo mentre avrei scavato la fossa. Pertanto lasciai cadere la spada e afferrai le spalle della donna allo scopo di distenderla supina... ma mi aspettava una sorpresa. Ella resistette alla pressione delle mie mani, ostinandosi a restare nella posizione seduta, come se fosse stata una bambola di pezza cucita in modo da rimanere piegata in due. Non riuscivo a capire la riluttanza di quel corpo; i muscoli non si erano ancora irrigiditi, come accertai sollevando una delle braccia di lei e trovando l'arto flessibilissimo. Di nuovo cercai di muoverla e la testa le ciondolò su una spalla, ma il busto rimase immobile. Un'idea pazzesca mi balenò nella mente. La gente del deserto, quando moriva, affondava forse radici che la inchiodavano sul posto? Gli esseri umani si tramutavano forse, a poco a poco, in quei giganteschi cactus quinàmentin che avevano molto spesso forme di uomini?

Feci un passo indietro per osservare di nuovo il cadavere incomprensibilmente ostinato e di nuovo vi fu una sorpresa per me mentre sentivo un colpo pungente tra le scapole. Mi voltai di scatto e venni a trovarmi entro un semicerchio di frecce, tutte puntate contro di me. Ogni freccia poggiava sulla corda tesa di un arco, ogni arco era tenuto da un uomo irosamente accigliato e ogni uomo non indossava che un sudicio perizoma di lacero cuoio, una crosta di sporcizia e alcune penne tra capelli impastati. Gli uomini erano nove. Effettivamente, mi aveva distratto la strana scoperta, ed essi dovevano aver fatto in modo da avvicinarmi silenziosamente, eppure avrei dovuto odorarli molto prima che mi fossero addosso, poiché il loro fetore era come quello della morta moltiplicato per nove.

« I Chichimèca! » dissi a me stesso, o forse lo dissi a voce alta. Dissi comunque agli uomini: « Ho trovato poco fa questa disgraziata donna. Stavo cercando di rendermi utile ».

Siccome pronunciai queste parole in fretta e furia, sperando che potessero trattenere le frecce, le dissi nella mia madre lingua, il nàhuatl. Ma accompagnai le parole con gesti tali da essere comprensibili anche per dei selvaggi; e, nonostante quel momento di tensione, pensai che se fossi vissuto quanto bastava per dire qualcos'altro, avrei dovuto imparare ancora un'altra lingua straniera. Tuttavia, con mio stupore, uno degli uomini, quello che mi aveva pungolato con la freccia, un uomo all'incirca della mia età, e quasi della mia stessa statura, disse in un nàhuatl facilmente comprensibile:

« La donna è mia moglie ».

Mi schiarii la voce e dissi in tono dolente, come si suole parlare comunicando una brutta notizia: « Mi spiace di dover dire che *era* tua moglie. A quanto pare, è morta poco tempo fa ». Le frecce dei Chichimècatl — tutte e nove le frecce — rimasero puntate contro di me, all'altezza della vita. Mi affrettai ad aggiungere: « Non sono stato io a causarne la morte. L'ho trovata così. E non avrei avuto alcuna intenzione di molestarla, anche se l'avessi trovata in vita».

L'uomo scoppiò in una risata aspra, affatto divertito.

«In effetti» continuai «stavo per renderle il favore di seppellirla, prima che gli avvoltoi potessero dilaniarla.» E additai il punto in cui si trovava la maquàhuitl.

L'uomo guardò il solco che avevo cominciato a scavare, poi un avvoltoio già volteggiante in alto; quindi tornò a fissare me e la sua espressione truce si raddolcì alquanto. Disse: «Questo è stato cortese da parte tua, straniero». E abbassò la freccia e allentò la corda dell'arco.

Gli altri otto Chichimèca fecero altrettanto e infilarono le frecce nei loro capelli arruffati. Uno degli uomini andò a prendere la mia maquàhuitl per esaminarla con apprezzamento; un altro prese a frugare nel contenuto del fardello. Forse stavo per essere derubato del poco che possedevo; ma, per lo meno, sembrava che non sarei stato ucciso immediatamente per aver violato i loro confini. Allo scopo di mantenere l'atmosfera di amabilità, dissi al marito appena rimasto vedovo:

«Posso rendermi conto del tuo dolore. Tua moglie era giovane e bella. Di che cosa è morta?»

«È morta per essere stata una cattiva moglie» rispose lui, tetro. Poi soggiunse: «L'ha morsicata un serpente a sonagli».

Non riuscii a mettere in rapporto le due asserzioni. Potei soltanto dire: «Strano. Non ha affatto l'aria di aver sofferto».

«No, si è ripresa dal veleno» grugnì lui «ma non prima di aver confessato alla Divoratrice di Sozzure, e avendo me al fianco. La sola cattiva azione che abbia confessato a Tlazoltèotl è stata di essersi giaciuta con un uomo di un'altra tribù. Poi ha avuto la disgrazia di non morire del morso del serpente.»

L'uomo scosse la testa con aria tetra. Altrettanto feci io. Egli continuò:

«Abbiamo aspettato che ricuperasse la salute, poiché sarebbe stato disdicevole giustiziare una donna malata. Quando si è ristabilita e ha ricuperato le forze, l'abbiamo portata qui. Stamane. Per morire».

Contemplai il cadavere, domandandomi quale tipo di esecuzione potesse aver lasciato la vittima senza segno alcuno, tranne gli occhi sbarrati e la bocca che urlava silenziosamente.

«Ora siamo venuti a toglierla di qui» concluse il vedovo. «Non è facile trovare nel deserto un buon posto per giustiziare e pertanto non profaneremo questo lasciandovi la carogna ad attrarre avvoltoi e coyote. È stato gentile da parte tua, straniero, esserti reso conto di questo.» Amichevolmente, mi mise una mano sulla spalla. «Ma penseremo noi a toglierla di qui, e poi, forse, vorrai condividere il nostro pasto serale, all'accampamento. »

« Volentieri » risposi, e il mio stomaco vuoto rumoreggiò. Ma quello che accadde subito dopo, per poco non mi guastò l'appetito.

L'uomo si avvicinò al punto nel quale sedeva sua moglie e la spostò in un modo che a me non era venuto in mente. Io avevo cercato di coricarla. Lui l'afferrò sotto le ascelle e la sollevò. Anche così, ella continuò a muoversi con riluttanza e il marito dovette, visibilmente, esercitare un certo sforzo. Vi fu un orrido suono risucchiante e lacerante, un po' come se il deretano della donna avesse affondato radici nel terreno. Poi ella si staccò dal piolo sul quale era stata impalata.

Capii allora perché l'uomo aveva detto che non era facile trovare un buon posto per giustiziare. Doveva esservi un albero delle dimensioni giuste, un albero che crescesse perpendicolarmente dal suolo, senza l'ostacolo di radici affioranti. Il piolo in questione era stato un alberello mizquitl, del diametro del mio avambraccio, tagliato all'altezza del ginocchio e poi appuntito, lasciando però su tutto il resto della sua lunghezza la ruvida corteccia. Mi domandai se il marito tradito avesse messo a sedere con delicatezza la moglie sulla punta del palo e soltanto adagio l'avesse poi lasciata affondare per tutta la sua lunghezza rivestita di corteccia, o se le avesse dato una lievemente più misericordiosa e rapida spinta all'ingiù. Me lo domandai, ma non posi la domanda.

I nove uomini, dopo avermi condotto al loro accampamento, mi accolsero bene laggiù, e mi trattarono cortesemente finché rimasi con loro. Avevano esaminato con somma attenzione il contenuto del mio fardello, ma non rubarono nulla, nemmeno la mia piccola riserva di valuta consistente in frammenti di rame. Tuttavia, credo che sarei potuto essere stato trattato diversamente se avessi avuto con me oggetti di valore o se avessi guidato una colonna di portatori. Si trattava, in fin dei conti, dei Chichimèca.

Questo nome veniva pronunciato tra noi Mexìca con disprezzo, o derisione, od odio, così come voi spagnoli parlate di « barbari » o di « selvaggi ». Avevamo fatto derivare il nome da chichìne, una delle nostre parole che significano cane. Quando dicevamo Chichimèca ci riferivamo in genere per l'appunto a quel popolo cane tra il quale io ero ora giunto: le tribù senza una dimora, sudicie e sempre vagabonde, del deserto, non lontano a nord della regione Otomì. (Ecco perché, circa dieci anni prima, mi ero tanto indignato quando i Rapidi di Piedi Raràmuri mi avevano scambiato per un Chichimècatl.) Quelli del vicino nord erano già sufficientemente disprezzati da noi Mexìca, ma era un'opinione assai diffusa che ne esistessero altri, ancor peggiori. Più a nord del popolo cane si riteneva vivessero più feroci tribù del deserto, da noi denominate i Tèochichimèca, che è come dire «l'ancor più orribile popolo cane». E, nelle estreme regioni settentrionali del deserto, si pensava risiedessero tribù ancor più spaventose che noi chiamavamo gli Zàcachichimèca cane.

Tuttavia devo dichiarare, dopo avere percorso in quasi tutta la loro estensione quelle regioni desertiche, che non trovai alcuna delle tribù superiore o inferiore all'altra. Tutti i Chichimèca erano ignoranti, insensibili, e spesso disumanamente crudeli, ma era stato il crudele deserto a renderli tali. Vivevano tutti in uno squallore che disgusterebbe un uomo civile o un Cristiano, e si cibavano di cose che nauserebbero lo stomaco di un uomo di città. Non avevano case né mestieri né arti poiché dovevano vagabondare senza posa in cerca dello scarso sostentamento che riuscivano a trovare nel deserto. Sebbene le tribù Chichimèca tra le quali venni a trovarmi parlassero tutte un corretto nàhuatl, o qualche dialetto di questa lingua, esse non avevano alcuna conoscenza delle parole, né qualsiasi altra forma di cultura, e alcune delle loro abitudini e costumanze erano davvero ripugnanti. Ma, anche se avrebbero inorridito qualsiasi comunità civile tra la quale potessero tentar di recarsi, devo dire che i Chichimèca si erano adattati mirabilmente alla vita nello spietato deserto, ed io conosco ben pochi uomini civili capaci di fare altrettanto.

Quel primo accampamento da me visitato, la sola dimora che chi vi si trovava conoscesse, era semplicemente un lembo di deserto sul quale i Chichimèca avevano deciso di sostare perché sapevano come sotto la superficie del terreno filtrasse acqua accessibile scavando fino a una certa profondità in quel particolare tratto di sabbia. Il solo aspetto dell'accampamento che ricordasse una casa consisteva nei fuochi per cucinare delle diciassette o diciotto famiglie che formavano la tribù. A parte le pentole e i rudimentali utensili di cucina, non esistevano mobili di sorta. Accanto ad ogni fuoco si trovavano le armi da guerra e da caccia e gli attrezzi della famiglia: un arco e alcune frecce, un giavellotto e il suo atlatl, un coltello per scuoiare, un'accetta per tagliare la carne, e così via. Soltanto alcuni di quegli oggetti avevano la punta o la lama di ossidiana, tale pietra essendo rara nel deserto. Quasi tutte le armi erano fatte con il legno quauxelolòni, duro come il rame, ingegnosamente lavorato e affilato con il fuoco.

Naturalmente, non esisteva alcuna casa solidamente costruita e ve n'erano appena due temporanee: rozze, piccole capanne costruite appoggiando alla meglio insieme pezzi di legno secchi. In ogni capanna, mi fu detto, giaceva una donna incinta in attesa di sgravarsi, motivo per il quale l'accampamento era più permanente del solito e sarebbe rimasto lì parecchi giorni, invece di costituire la consueta sosta di una sola notte, per dormire. Il resto della tribù disprezzava ogni riparo. Uomini e donne e bambini, anche i più piccoli, dormivano per terra, come avevo fatto io di recente; ma, in luogo di una morbida coperta, come la mia, foderata con pelli di coniglio, si servivano soltanto di sudicie e lacere pelli di cervo. Pelli di animali altrettanto malconce costituivano i pochi indumenti che indossavano: perizoma gli uomini; bluse senza maniche, informi e lunghe fino alle ginocchia le donne; assolutamente niente i bambini, anche quelli già sviluppati.

Ma la cosa più schifosa dell'accampamento era il suo odore, che anche il circostante e sconfinato spazio d'aria aperta non riusciva a disperdere, e l'odore era quello del popolo cane, ognuno dei cui componenti risultava essere di gran lunga più sudicio di qualsiasi cane. Veniva fatto di dubitare che una persona potesse insudiciarsi fino a quel punto nel deserto, poiché la sabbia è pulita come la neve. Ma quegli individui erano resi sozzi soprattutto dal loro stesso sudiciume, dalle loro secrezioni, dalla loro negligenza. Lasciavano che il sudore si incrostasse sul loro corpo, per cui esso rivestiva gli altri umori e la forfora di cui l'organismo si libera di solito in modo impercettibile. Ogni loro ruga e ogni loro piega era un deposito di scura sporcizia: nocche, polsi, collo, pieghe dei gomiti e delle ginocchia. I capelli di quegli individui pendevano come stuoie intrecciate, non sciolti, e pidocchi e cimici strisciavano entro l'unto impasto. Gli indumenti, così come la pelle stessa, erano permeati dagli ulteriori odori del fumo di legna, del sangue secco e dei rancidi grassi animali. Il fetore complessivo stordiva da far barcollare e, anche se, in ultimo, io smisi di sentirlo, per molto tempo considerai i Chichimèca il popolo più sudicio che avessi mai conosciuto, e il più *noncurante* della propria sporcizia.

Avevano tutti nomi estremamente semplici — come Zoquitl e Nacatl e Chachàpa, che significano Fango e Carne e Acquazzone — nomi alquanto pietosamente inadatti alla loro esistenza stentata; ma, d'altro canto, sceglievano forse quei nomi spronati da pii desideri. Carne era il nome dell'uomo appena divenuto vedovo, che mi aveva invitato a visitare l'accampamento. Lui ed io sedemmo davanti a un fuoco acceso da numerosi altri maschi scapoli e separato dai fuochi delle altre famiglie. Carne e i suoi compagni sapevano già che io ero un Mexìcatl, ma mi sentivo a disagio non sapendo bene come riferirmi alla loro nazionalità. Così, mentre uno degli uomini si serviva di una foglia di yucca a mo' di mestolo per distribuire a ognuno di noi una sorta di indefinibile stufato su un segmento ricurvo di foglia di agave, dissi:

«Come probabilmente tu sai, Carne, noi Mexìca siamo soliti parlare di tutti gli abitanti del deserto chiamandoli Chichimèca. Ma, senza dubbio, voi attribuirete altri nomi a voi stessi».

Egli indicò gli sparsi fuochi da campo e rispose: «Noi, qui, siamo la tribù Tecuèxe. Ve ne sono molte altre nel deserto: i Pame, i Janàmbre, gli Hualahuìse, molte altre... ma sì, siamo tutti Chichimèca dato che tutti siamo popoli di pelle rossa». In cuor mio pensai che lui e gli altri della tribù avevano più che altro in comune il colore grigio del sudiciume. Carne inghiottì un boccone di stufato e soggiunse: «Anche tu sei un Chichimècatl. Non diverso da noi».

Mi ero risentito sentendomi chiamare così dai Raràmuri. Ma era ancor più oltraggioso che un selvaggio stesso del deserto sostenesse di essere imparentato con un civilizzato Mexìcatl. Tuttavia egli lo disse con tanta noncuranza che, me ne resi conto, l'asserzione non aveva alcunché di presuntuoso. Era vero che, sotto la loro sporcizia, Carne e gli altri Tecuèxe avevano una carnagione color rame simile alla mia e a quella di ogni altra persona a me nota. Tribù e singoli individui della nostra razza potevano variare, dal più chiaro oro rosso al bruno carico del cacao, ma, generalmente parlando, «rossi di pelle» era la descrizione più precisa. E allora capii: quei nomadi sudici, seminudi, ignoranti credevano, ovviamente, che il nome Chichimèca derivasse non già da chichìne, cane, ma dalla parola chichìltic, che significa rosso. Per chiunque decidesse di credere *questo*, Chichimèca non era un nome spregiativo; descriveva ogni essere umano di ogni deserto, di ogni giungla, di ogni città civilizzata dell'Unico Mondo.

Continuai a riempirmi lo stomaco grato — lo stufato era reso granuloso dalla sabbia, ma aveva, ciò nonostante, un buon sapore — e meditai sui legami esistenti tra i vari popoli. Ovviamente i Chichimèca dovevano essere stati migliorati, un tempo, da qualche contatto con la civiltà. Carne aveva accennato all'imprudente confessione della moglie a Tlazoltèotl, sul suo giaciglio di inferma, e pertanto mi era già noto il fatto che i Chichimèca conoscevano quella dea. Appresi, in seguito, che adoravano, inoltre, quasi tutti i nostri dei. Ma nel loro isolamento e nella loro ignoranza, ne avevano inventato uno nuovo soltanto per se stessi. Erano ridicolmente persuasi che le stelle fossero farfalle fatte di ossidiana e che l'ammiccare della luce delle stelle fosse soltanto un riflesso del chiaro di luna proveniente da quelle ali palpitanti di pietra lucida. Pertanto avevano concepito una dea — Itzpapàlotl, Farfalla di Ossidiana — che essi consideravano la suprema tra le divinità. Be', nelle notti del deserto, le stelle *sono* spettacolarmente luminose, e davvero sembrano aleggiare, simili a farfalle, subito al di là della portata di mano.

Ma, anche se i Chichimèca hanno qualcosa in comune con popoli più civili, e anche se interpretano il nome stesso Chichimèca in modo da far loro credere che tutti i popoli di pelle rossa siano in qualche modo lontanamente imparentati, non si vergognano affatto di vivere a spese di quei parenti, remoti o prossimi. La prima sera in cui cenai con la tribù Tecuèxe, lo stufato conteneva pezzetti di tenera carne bianca che si staccavano da ossa delicate nelle quali non riuscii a riconoscere le ossa di lucertole o conigli o di qualsiasi altra creatura da me veduta nel deserto. Pertanto domandai:

« Carne, che cos'è questa carne che stiamo mangiando? »

Egli grugnì: « Bambino ».

« Bambino di cosa? »

Ripeté: « Bambino » e fece una spallucciata. « Cibo per i tempi duri. » Si rese conto che ancora non capivo, e pertanto spiegò: « A volte ci allontaniamo dal deserto per saccheggiare un villaggio Otomì, e prendiamo, tra le altre cose, i loro bambini piccoli. Oppure possiamo batterci con un'altra tribù Chichimèca in pieno deserto. Quando la tribù sconfitta si ritira, deve abbandonare i bambini che sono troppo piccoli per poter correre. Poiché prigionieri così minuscoli non potrebbero essere utili in alcun altro modo a coloro che li hanno catturati, vengono sventrati ed essiccati al sole, oppure affumicati su un fuoco mizquitl, in modo che durino a lungo senza marcire. Pesano poco, e pertanto ognuna delle nostre donne può portarne tre o quattro penzolanti da una corda che le cinge la vita. Li conserviamo per cucinarli e mangiarli — quando come è accaduto oggi — Farfalla di Ossidiana dimentica di mandare cacciagione per le nostre frecce ».

Posso vedere dalle vostre facce, reverendi scrivani, che giudicate la cosa riprovevole. Ma devo confessare che io mi abituai a mangiare *quasi* qualsiasi cosa fosse edibile, con tanta soddisfazione e poca ripugnanza quanto qualsiasi Chichimècatl, poiché, durante quel viaggio nel deserto non conobbi altre leggi più perentorie di quelle della fame e della sete. Ciò nonostante, non rinunciai del tutto ai modi e alle discriminazioni della civiltà. Esistevano altre eccentricità dei Chichimèca, in fatto di dieta, che, anche le situazioni più terribili, non avrebbero potuto indurmi ad accettare.

Seguii Carne e i suoi compagni finché i loro vagabondaggi li portarono più o meno verso nord, la stessa direzione che seguivo io. Poi, quando i Tecuèxe decisero di andare a est, Carne mi accompagnò cortesemente fino all'accampamento di un'altra tribù, gli Tzacatèca e mi presentò a un amico con il quale aveva combattuto più volte, un uomo a nome Fogliame. Così seguii gli Tzacatèca finché anch'essi si diressero a nord, poi, quando le nostre strade si divisero, Fogliame mi presentò a sua volta a un altro amico, a nome Banchetto, della tribù Hua. In questo modo venni passato dall'uno all'altro gruppo di Chichimèca — ai Tobòso, agli Iritìla, ai Mapimì — e in questo modo vissi nel deserto per tutte le stagioni di un intero anno, ed ecco come potei osservare alcune costumanze davvero disgustose dei Chichimèca.

Nella tarda estate e all'inizio d'autunno, maturavano i frutti dei vari cactus del deserto. Ho già accennato al torreggiante cactus quinàmetl, che somiglia a un immenso uomo verde dalle molte braccia alzate. Dà il frutto chiamato pitaàya, che è senz'altro gustoso e nutriente, ma soprattutto pregiato, ritengo, perché tanto difficile a cogliersi. Poiché nessuno può arrampicarsi su un quinàmetl irto di spine, i frutti possono essere staccati soltanto con l'aiuto di lunghe aste, o lanciando sassi. Il pitaàya è comunque una ghiottoneria prediletta degli abitatori del deserto, tanto apprezzata che essi mangiano il frutto *due volte.*

Un uomo o una donna Chichimècatl inghiottiscono ognuno di questi frutti, tondeggianti e viola, intero, polpa e succo e neri semi tutto insieme, poi aspettano quello che essi chiamano lo ynic ome pixquitl, o «secondo raccolto». Ciò significa, semplicemente, che chi mangia il frutto lo digerisce ed espelle i residui, tra i quali si trovano i non digeriti semi pitaàya. Non appena un individuo si è vuotato gli intestini, esamina i propri escrementi frugandoli con un dito, raccoglie questi semi simili a noci e li mangia una seconda volta, voluttuosamente schiacciandoli e masticandoli per estrarne tutto il sapore e tutti i succhi nutritivi. Se un uomo o una donna trovano tracce di altri escrementi ovunque nel deserto in quella stagione — si tratti delle feci di un animale, o di un avvoltoio o di un altro essere umano — si precipitano a esaminarli e a frugarli nello stesso modo, sperando di trovarvi semi pitaàya ignorati, per impadronirsene e mangiarli.

V'è un'altra abitudine di questo popolo che io trovai ancor più repellente, ma per descriverla devo spiegare una cosa. Quando viaggiavo nel deserto da quasi un anno, ormai, e giunse la primavera — mi trovavo allora con la tribù degli Iritìla — vidi che Tlaloc *accondiscende* a versare parte della sua pioggia sul deserto. Fa piovere, infatti, per circa un mese di venti giorni. In alcuni di quei giorni piove talmente a dirotto che i canali da tempo asciutti si trasformano in torrenti impetuosi e infuriati. Ma la generosità di Tlaloc non si protrae per più di quel mese, e l'acqua viene ben presto risucchiata dalla sabbia. Pertanto, solamente in quella ventina di giorni di piogge il deserto diviene per breve tempo pittoresco, con fiori sui cactus e sui cespugli altrimenti stenti. In quel periodo, inoltre, nei luoghi in cui il terreno rimane umido abbastanza a lungo, spunta qualcosa che non avevo mai veduto: un fungo chiamato chichinàcatl. Consiste di un esile gambo sormontato da una cappella rosso-sangue sfigurata da verruche bianche.

Le donne Iritìla raccoglievano avidamente questi funghi, ma non li utilizzavano mai nei pasti che cucinavano, e la cosa mi parve strana. Nel corso di quella stessa breve e piovosa primavera, il capo degli Iritìla smise di orinare sul terreno come gli altri uomini. In questo periodo, una delle sue mogli portava sempre e dappertutto uno speciale vaso di argilla. Ogni qual volta il capo sentiva la necessità di liberarsi, ella reggeva il vaso e lui vi orinava dentro. E si determinò anche un'altra strana circostanza nel corso di quella stagione: ogni giorno, numerosi uomini Iritìla erano troppo ubriachi per poter andare a caccia o in cerca di cibo, ed io non riuscivo a immaginare come avessero potuto procurarsi, o preparare, una bevanda dalle proprietà inebrianti. Occorse qualche tempo prima che riuscissi a mettere in rapporto tutti questi strani eventi.

Non si trattava, in realtà, di un gran mistero. I funghi venivano messi in disparte affinché li mangiasse soltanto il capo della tribù. Essi causano in chi li ingerisce una sorta di ubriachezza e, al contempo, di deliziosa allucinazione, un po' come l'effetto che si ottiene masticando peyotl. Ma l'effetto inebriante del chichinàcatl diminuisce soltanto di poco quando il fungo viene mangiato e digerito; la magica sostanza che contiene, qualunque essa sia, passa nel corpo umano e ne esce attraverso la vescica. Il capo, mentre si trovava in uno stato costante di lieto torpore, orinava spesso nel vaso, e la sua orina inebriava quasi potentemente come i funghi.

Il primo vaso colmo venne passato tra i suoi consiglieri e stregoni. Ognuno di essi bevve avide sorsate e ben presto barcollò qua e là o giacque in preda a un'ebbra beatitudine. Il secondo vaso colmo toccò ai più intimi amici del capo, il terzo ai più prodi guerrieri, e via dicendo. Prima che fossero trascorsi molti giorni, il vaso stava circolando tra gli uomini meno importanti o più anziani della tribù, e infine circolò anche tra le femmine. In ultimo, tutti gli Iritìla si erano goduti almeno un breve periodo di respiro dall'opaca esistenza che sopportavano per tutto il resto dell'anno. Il vaso venne ospitalmente offerto anche allo straniero giunto nella tribù, ma io, rispettosamente, lo rifiutai, e nessuno parve offeso o dispiaciuto perché non avevo gradito una parte della preziosa orina.

Nonostante le numerose e flagranti depravazioni dei Chichimèca, devo dire, per essere giusto, che quel popolo del deserto non è del tutto spregevole e detestabile. In primo luogo, mi resi conto a poco a poco che essi non sono sporchi e infestati da parassiti e puzzolenti perché *vogliono* esserlo. Per diciassette mesi dell'anno, ogni goccia d'acqua che può essere strappata al deserto — se non viene immediatamente e avidamente lambita da una lingua assetata — deve essere tesoreggiata in vista del giorno in cui non si troverà nemmeno un cactus miseramente umido, e i giorni così sono molti. Per diciassette mesi dell'anno l'acqua deve servire per l'interno, e non per l'esterno, del corpo. La breve e fuggevole stagione primaverile è l'unico periodo in cui il deserto fornisce acqua da sprecare per il lusso di lavarsi. Al pari di me, ogni appartenente alla tribù Iritìla approfittò dell'occasione per fare il bagno e lavarsi il più a fondo e il più frequentemente possibile. E, liberato dal sudiciume, un Chichimècatl sembra umano quanto ogni persona civile.

Rammento una scena bellissima alla quale assistetti. Era un pomeriggio tardi ed io mi ero pigramente allontanato di un certo tratto dal luogo ove gli Iritìla avevano appena deciso di accamparsi per la notte; mi imbattei in una giovane donna che stava ovviamente facendo il suo primo bagno quell'anno. Si trovava in piedi nel bel mezzo di una piccola e poco profonda pozza d'acqua piovana raccoltasi in una conca rocciosa, ed era sola; senza dubbio voleva godersi quell'acqua pura prima che la trovassero anche altri e si affrettassero a sguazzare in essa, sporcandola. Io non mi feci vedere, ma osservai attraverso il topazio mentre ella si copriva di schiuma con la radice simile a sapone di una pianta amòli e poi, ripetutamente, si sciacquava, ma adagio, con calma, assaporando quell'inconsueto piacere.

Tlaloc stava preparando un temporale a est, dietro di lei, ed erigeva un cumulo di nubi scure come una parete di ardesia. A tutta prima la ragazza rimase quasi invisibile contro di essa, tanto era scurita dalla sporcizia accumulatasi nel corso di un anno. Ma, mentre si insaponava e sciacquava via strato dopo strato il sudiciume, il colore normale della pelle di lei apparve, sempre e sempre più chiaro. Tonatìu stava tramontando a occidente e i suoi raggi di luce accentuavano l'oro ramato della fanciulla. In quel vasto scenario, che si estendeva piatto e deserto fino alla parete di scure nuvole sull'orizzonte, la giovane donna era la sola cosa splendente. Le curve del suo corpo nudo venivano delineate dalla brillantezza della pellicola d'acqua, i capelli puliti luccicavano e l'acqua che ella continuava a spruzzare su di sé si suddivideva in gocce fulgide come pietre preziose. Contro il cielo che minacciava tempesta, la ragazza sembrava radiosa, nell'ultima luce del sole, come un piccolo frammento d'ambra lucente posto su un grande e opaco lastrone di ardesia.

Molto tempo era trascorso dall'ultima volta che mi ero giaciuto con una donna, e quella fanciulla, pulita e avvenente, costituiva una tentazione formidabile. Ma ricordai un'altra donna — impalata su un alberello — e non mi avvicinai alla pozza d'acqua finché la ragazza, in ultimo, non ne fu uscita con riluttanza.

Durante tutti i miei vagabondaggi con le varie tribù Chichimèca, ero stato bene attento a non impegolarmi con le loro donne, a non violare alcuna delle loro poche leggi e a non offenderli in alcun altro modo. Per conseguenza ero stato trattato dagli appartenenti ad ogni tribù come un compagno di vagabondaggi e come un loro pari. Mai mi avevano derubato o maltrattato e sempre mi era stata data la mia parte dei pochi viveri che essi riuscivano a strappare al deserto, tranne le occasionali leccornie da me rifiutate, come l'orina che procurava beatitudine. L'unico favore che io avessi mai chiesto era consistito in informazioni: quel che avrebbero potuto sapere degli antichi Azteca, del loro viaggio di tanto tempo prima, e della diceria secondo la quale avrebbero seppellito armi ed altro durante l'emigrazione.

Mi venne detto da Carne dei Tecuèxe, da Fogliame degli Tzacatèca e da Banchetto degli Hua: «Sì, è noto che quella tribù attraversò alcuni dei nostri territori. Non sappiamo altro di loro se non che, come noi, come tutti i Chichimèca, portavano poco con sé, e nulla lasciarono dietro di sé».

Era sempre la stessa scoraggiante risposta che avevo continuato a udire sin dall'inizio della ricerca, e che seguitai a udire, ugualmente scoraggiante, quando posi la domanda ai· Tobòso, agli Iritìla e ad ogni altra tribù con la quale viaggiai, sia pure per il più breve periodo di tempo o il più breve tratto di cammino. Soltanto durante la seconda estate in quel deserto maledetto, quando ero ormai indicibilmente stanco sia di esso, sia dei miei antenati Azteca, la domanda ottenne una risposta lievemente diversa.

Mi ero unito alla tribù chiamata Mapimì il cui habitat era la più calda, la più arida, la più desolata regione desertica tra tutte quelle da me attraversate. Si trovava così incalcolabilmente a nord delle regioni fertili, ch'io avrei giurato non potesse *esistere* altro deserto più avanti. Esistevano, invece, dissero i Mapimì, distese sconfinate di deserto, e ancor più terribili di quante ne avessi mai vedute. Questa notizia era logicamente disastrosa per me e altrettanto disastrose mi parvero le prime parole dell'uomo al quale, stancamente, posi la solita domanda sugli Azteca.

«Sì, Mixtli,» egli disse «esistette un tempo questa tribù, e fece un viaggio come quello che tu descrivi. Ma gli Azteca non avevano niente con sé... »

« E » conclusi io, in vece sua, e in tono amareggiato, « non lasciarono niente quando se ne andarono. »

« Tranne noi » disse lui.

Occorse un momento prima che queste parole penetrassero la mia delusione, ma poi lo fissai a bocca aperta, ammutolito.

Egli mi rivolse un sorriso sdentato. Era Patzcatl, il capo dei Mapimì, un uomo vecchissimo, raggrinzito e rattrappito dal sole, e il nome di lui era ancor più assurdo di quelli di quasi tutti gli altri Chichimèca, in quanto Patzcatl significa Succo. Disse:

« Tu hai parlato del viaggio degli Azteca da qualche ignota terra chiamata Aztlan. E hai parlato della loro meta ultima, la grande città da essi fondata molto più a sud di qui. Noi Mapimì, e altri Chichimèca, durante tutti i covoni di anni trascorsi da quando dimoriamo in questi deserti, abbiamo sentito parlare della città e della sua grandiosità, ma nessuno di noi si è mai avvicinato ad essa quanto bastava anche soltanto per intravederla. E dunque rifletti, Mixtli. Non ti sembra straordinario il fatto che noi barbari, così lontani dalla tua Tenochtìtlan, e così all'oscuro per quanto la concerne, parliamo, ciò nonostante, lo stesso nàhuatl che parlate voi laggiù? »

Riflettei e dissi: « Sì, capo Succo. Sono rimasto sorpreso e lieto constatando che potevo conversare con tante tribù diverse, ma non ho mai pensato di domandarmi come ciò potesse essere possibile. Hai tu una teoria per spiegarlo? »

« Più di una teoria » rispose lui, con un certo orgoglio. « Sono vecchio e discendo da una lunga teoria di padri, i quali tutti vissero fino ad una assai tarda età. Ma io e loro non sempre siamo stati vecchi, e in gioventù eravamo curiosi. Ponevamo tutti quanti domande e ricordavamo le risposte. Così ognuno di noi imparò e ripeté ai propri figli quello che è stato tramandato sulle origini del nostro popolo. »

« Ti sarei grato se volessi rivelare anche a me quello che sai, venerabile capo. »

« Sappilo, allora » disse il vecchio Succo. « Le leggende dicono che *sette* diverse tribù — tra le quali i tuoi Azteca — partirono molto tempo fa da Aztlan, Il Luogo dei Nivei Aironi, cercando un luogo più piacevole in cui vivere. Le tribù erano tutte imparentate, parlavano la stessa lingua, riconoscevano gli stessi dei e osservavano le stesse costumanze, e per molto tempo viaggiarono amichevolmente insieme. Ma, come è logico aspettarsi tra tante persone e nel corso di un così lungo viaggio, nacquero attriti e dissensi. Durante il cammino, molti rinunciarono alla marcia: famiglie, interi clan calpùli, persino intere tribù. Alcuni litigarono e se ne andarono, altri si fermarono per la pura stanchezza, altri ancora si affezionarono a qualche luogo nel quale vennero a trovarsi e decisero di non proseguire. È impossibile ora dire sin dove giunse ognuna delle tribù. Nel corso dei covoni di anni trascorsi da allora, anche le tribù che rinunciarono alla marcia si sono spesso divise e disperse. Ma è noto che i tuoi Azteca proseguirono sin dove sorge adesso Tenochtìtlan, e che forse anche altre tribù arrivarono così lontano. Ma noi non facevamo parte di queste, noi che siamo ora i Chichimèca. Ecco perché dico: quando i tuoi Azteca attraversarono i territori deserti non lasciarono depositi per futuri impieghi, non lasciarono traccia alcuna, non lasciarono dietro di sé altri che noi. »

Le sue parole sembravano anche troppo credibili, ed erano sconcertanti quanto l'asserzione del mio precedente compagno, Carne: che il termine Chichimèca si riferiva a tutti i popoli con la pelle del nostro colore. Ne conseguiva che, invece di trovare qualcosa di forse prezioso, come i pretesi depositi nascosti, avevo trovato soltanto un'orrida feccia, ansiosa di rivendicare consanguineità in quanto miei cugini. Affrettandomi a escludere dalla mente questa possibilità spaventosa, dissi con un sospiro:

« Mi piacerebbe ugualmente scoprire dove si trova Aztlan ».

Il capo Succo annuì, ma disse: « È lontana da qui. Come ti ho detto, le sette tribù percorsero una lunga strada dalla loro terra di origine prima di cominciare a separarsi ».

Guardai verso nord, verso quello che, a quanto mi avevano detto era un deserto ancor più spaventoso e sconfinato, e gemetti: « *Ayya*, allora devo continuare in questa orribile e maledetta solitudine... »

Il vecchio sbirciò nella stessa direzione. Parve blandamente interdetto e domandò: « Perché? »

Probabilmente parvi interdetto anch'io, a causa di una domanda così stupida da parte di un uomo che avevo giudicato alquanto intelligente. Risposi: « Gli Azteca vennero dal nord. In quale altro luogo dovrei andare? »

« Il nord non è un luogo » spiegò lui, come se fossi stato io il tardo di mente. « È una direzione, e una direzione imprecisa, per giunta. Tu sei già giunto troppo a nord. »

Gridai: « Aztlan si trova *dietro* di me? »

Il vecchio ridacchiò del mio sgomento. « Dietro, di lato, e al di là. »

Dissi, spazientito: « E parli di direzioni imprecise! »

Sempre ridendo, egli continuò: « Restando nel deserto per tutto il cammino, ti sei spostato sempre in una direzione ovest e nord, ma non sufficientemente a ovest. Se non fossi stato fuorviato dall'idea del *nord*, avresti potuto trovare Aztlan già da un pezzo, senza neppure sfidare il deserto, senza mai abbandonare le regioni fertili ».

Mi lasciai sfuggire una sorta di suono strozzato. Il capo continuò:

« Stando ai padri dei miei padri, la *nostra* Aztlan si trovava in qualche punto a sud-ovest di questo deserto, sulla sponda del mare, sulla costa del grande mare, e senza dubbio non vi è mai stata più di un'Aztlan. Ma, partendo di là, i nostri antenati — e i tuoi — vagabondarono a lungo e tortuosamente durante i covoni di anni. È possibilissimo che l'ultima marcia degli Azteca, come è ricordata nelle vostre leggende Mexìca, li *abbia* portati direttamente dal nord in quella che è ora Tenochtìtlan. Ciò nonostante, Aztlan dovrebbe trovarsi quasi direttamente a nord-ovest da qui ».

« Sicché devo tornare di nuovo indietro... a sud-ovest rispetto a qui... » mormorai, rammaricandomi a causa di tutti gli squallidi mesi e le tediose lunghe corse e la sporcizia e i disagi inutilmente subiti.

Il vecchio Succo alzò le spalle. « Non dico che devi. Ma se *vuoi* continuare, ti sconsiglio si spingerti ancora più a nord. Aztlan non si trova laggiù. Al nord v'è soltanto altro deserto, un deserto più terribile, un deserto spietato nel quale anche noi incalliti Mapimì non possiamo vivere. Solamente gli Yaki riescono a fare brevi incursioni in quel deserto, e vi riescono soltanto perché sono ancor più crudeli del deserto stesso. »

Dissi, con mestizia, ricordando: « So come sono gli Yaki. Tornerò indietro, capo Succo, seguendo il tuo consiglio ».

« Recati laggiù. » Fece un gesto a sud del punto in cui Tonatìu si stava gettando senza gonna sul suo giaciglio senza trapunta, dietro le indistinte montagne grigio-bianche che mi avevano sempre seguito — mantenendo però la distanza — durante tutto il mio cammino nel deserto. « Se vuoi trovare Aztlan devi recarti verso quelle montagne, su quelle montagne, attraverso quelle montagne. Al di là di quelle montagne devi andare. »

✠

E fu quello che feci: mi recai a sud-ovest, fino alle montagne, e su di esse, e attraverso ad esse, e al di là di esse. Avevo veduto quella remota e pallida catena montuosa per più di un anno, e mi aspettavo senz'altro di dover scalare pareti a picco di granito. Ma, mentre mi avvicinavo, vidi che era stata soltanto la distanza a farle sembrare così aspre. I contrafforti che si sollevavano dal deserto erano rivestiti soltanto dalla tipica, rada e polverosa boscaglia desertica, ma la vegetazione divenne più fitta e più verdeggiante man mano che procedevo. Quanto alle vere alte montagne, quando le raggiunsi, le trovai ricche di verdi foreste e ospitali come quelle della regione Raràmuri. Invero, mentre mi addentravo tra i monti, trovai villaggi di caverne i cui abitanti somigliavano ai Raràmuri — persino per quanto concerneva i peli del corpo — e parlavano una lingua assai simile, e mi dissero di essere, in effetti, imparentati con i Raràmuri, la cui regione, asserirono, si trovava considerevolmente più a nord sulla stessa catena di montagne.

E così, quando discesi finalmente da quelle altezze, all'altro lato della catena montuosa, venni a trovarmi su una spiaggia situata a sud della spiaggia ove ero sbarcato dopo il mio involontario viaggio in mare, più di dieci anni prima. La costa si chiama Sinalobòla, come appresi dalla tribù di pescatori i cui villaggi trovai disseminati su di essa. Questi pescatori, i Kaìta, non vedevano con occhi ostili il mio passaggio sulle loro spiagge, ma non erano neppure accoglienti; si limitavano ad essere indifferenti; e le donne puzzavano di pesce. Pertanto, non indugiai in alcuno dei villaggi mentre proseguivo a sud lungo Sinalobòla, confidando nell'asserzione del vecchio capo Succo, secondo cui Aztlan era situata in qualche punto sulla «costa del grande mare».

Per quasi tutto il tragitto rimasi sulle sabbie pianeggianti della costa, avendo l'oceano alla mia destra. A volte dovevo spingermi nell'entroterra per aggirare una vasta laguna o una palude costiera, o un intrigo impenetrabile di mangrovie, e altre volte dovevo aspettare, sulla riva di un fiume brulicante di alligatori, il passaggio di un barcaiolo Kaìta disposto a portarmi a malincuore sulla riva opposta. Ma procedetti, in genere, rapidamente, senza imbattermi in ostacoli e senza che accadesse nulla di importante. La brezza fresca dell'oceano mitigava la calura del sole durante il giorno e, dopo il tramonto, la sabbia conservava quella stessa calura, per cui potevo dormirvi molto comodamente.

Per molto tempo dopo essermi lasciato indietro la regione dei Kaìta, senza trovare altri villaggi ove poter acquistare pesci con cui cibarmi, riuscii a nutrirmi ugualmente bene con quei bizzarri granchi-tamburini dai quali ero stato spaventato quando li avevo veduti per la prima volta, anni prima. Inoltre i movimenti di marea dell'oceano mi consentirono di scoprire un altro cibo marino che raccomando per il suo sapore superbo. Notai come ogni qual volta l'acqua indietreggiava, le distese di fango o di sabbia non fossero del tutto immobili. Qua e là, piccoli zampilli e pennacchi d'acqua sprizzavano dal fondo del mare rimasto scoperto. Spinto dalla curiosità mi inoltrai su una di quelle distese, aspettai che uno dei piccoli zampilli sprizzasse accanto a me, e scavai con le mani per accertare che cosa lo avesse causato. Trovai una conchiglia ovoidale, liscia e azzurra, un mollusco grande quanto il mio palmo. Suppongo che lo zampillo fosse il suo modo di liberarsi dalla sabbia che aveva nella gola, o da quel qualsiasi organo che corrisponde alla gola nei molluschi. In ogni modo, sguazzai qua e là, raccolsi un buon numero di conchiglie e le portai a riva con l'intenzione di mangiarne crudo il contenuto.

Ma poi ebbi un'idea. Scavai una piccola fossa nella sabbia asciutta e vi misi i molluschi, avvolgendo dapprima ogni conchiglia con alghe di mare bagnate per impedire che la sabbia stessa penetrasse all'interno. Sopra le conchiglie accesi un fuoco di fronde di palma secche, lo lasciai ardere per qualche tempo, poi eliminai la cenere e dissotterrai i molluschi. Le conchiglie avevano funzionato come bagni a vapore in miniatura, cuocendo i molluschi nei loro stessi salsi succhi. Aprii le conchiglie, li mangiai — erano caldi, teneri, deliziosi — poi sorbii il liquido rimasto nella metà inferiore, e vi assicuro: di rado ho gustato un pasto migliore, anche se preparato nelle cucine di un palazzo.

Mentre proseguivo lungo quella costa interminabile, tuttavia, le maree non lasciarono più allo scoperto distese piatte e accessibili sulle quali potessi aggirarmi in cerca di molluschi. Le maree si limitarono ad alzare o abbassare il livello dell'acqua in paludi sconfinate che ostacolavano il mio cammino. Vi si trovavano folti di vegetazione di sottobosco quasi simili a una giungla, tra mangrovie festonate di muschio che crescevano fastidiosamente alte sulle loro multiple radici. Con la bassa marea, il fondo delle paludi era un pantano di viscida melma e di pozze d'acqua stagnante. Con l'alta marea esso veniva ricoperto da immensi strati di torbida acqua salata. E, sempre, le paludi erano afose, umide, vischiose, fetide e infestate da voraci zanzare. Cercai di portarmi ad est e di aggirarle, ma esse sembravano estendersi nell'entroterra fino alle catene di montagne. Pertanto le attraversai come meglio potevo, balzando, ovunque era possibile, dall'uno all'altro affioramento di terra un po' più asciutto, oppure procedendo a guado, quanto mai scomodamente, nell'acqua fetida e nel fango.

Non ricordo più per quanti giorni arrancai adagio attraverso quella regione, la più orribile, la più disgustosa e sgradevole che avessi mai veduto. Mi nutrivo soprattutto di germogli di palma, crescione mexìxin e altre piante che sapevo essere edibili. Ogni sera dormivo scegliendo un albero la cui biforcazione fosse alta abbastanza per mettermi fuor di portata degli alligatori di passaggio e delle invadenti e striscianti nebbie notturne. Imbottivo la biforcazione con tutto il grigio muschio paxtli che riuscivo a trovare e poi mi incuneavo su di essa. Non mi stupivo troppo non incontrando altri esseri umani, poiché nessuno, se non gli individui più torpidi e inerti, avrebbe potuto vivere in luoghi così perniciosamente selvaggi. Ignoravo a quale nazione appartenessero, o se qualcuno si fosse mai dato la pena di rivendicarli. Sapevo di trovarmi ormai molto a sud della costa Sinalobòla dei Kaìta e ritenevo di avvicinarmi alla terra di Nauyar Ixù, ma non sarei potuto esserne certo fino a quando non avessi udito qualcuno pronunciare parole in qualche lingua.

E poi, un pomeriggio, nelle profondità di quella orribile palude, incontrai un altro essere umano. Un giovane in perizoma si trovava in piedi accanto a una schiumosa pozzanghera d'acqua, scrutando in essa e tenendo pronta a mezz'aria una rozza lancia munita di tre punte d'osso. Rimasi talmente sorpreso scorgendolo, e la mia contentezza fu tale, che feci una cosa inscusabile. Lo chiamai a gran voce, proprio nel momento in cui egli affondava la lancia nell'acqua. Il giovane alzò la testa di scatto, mi fissò irosamente e rispose con un ringhio:

«Me l'hai fatta mancare!»

Rimasi allibito — non già dal tono rude delle parole, in quanto egli aveva tutte le ragioni per risentirsi avendo mancato il bersaglio — ma dal fatto che non aveva parlato, come mi sarei aspettato, in qualche dialetto dei Porè.

«Scusami» gridai, meno forte. Egli si limitò a riportare lo sguardo sull'acqua, liberando la lancia dalla melma del fondo, mentre io mi avvicinavo silenziosamente e con discrezione. Mentre gli giungevo accanto, affondò di nuovo la lancia e questa volta la tirò su con una ranocchia che guizzava impalata da una delle punte.

«Parli il nàhuatl» osservai. Egli grugnì e lasciò cadere la rana su un mucchietto di altre ranocchie entro un cesto di vimini intrecciati. Domandandomi se avessi trovato il discendente di qualche antenato del capo Succo rimasto nella patria di origine, gli dissi: «Sei un Chichimècatl?» Sarei rimasto sorpreso, naturalmente, se la sua risposta fosse stata affermativa, ma quello che disse mi stupì ancor di più.

«Sono un Aztecatl.» Si protese di nuovo verso la pozza schiumosa, puntò la lancia e soggiunse: «Ho da fare».

«E hai un modo quanto mai scortese di accogliere uno straniero» dissi io. La sua scontrosità aveva fatto dileguare la meraviglia e lo stupore che altrimenti avrei provato in seguito alla scoperta di quello che sembrava essere un vivo e respirante discendente degli Azteca.

«La cortesia sarebbe sprecata con uno straniero così sconsiderato da venire qui» grugnì lui, senza nemmeno degnarsi di guardarmi. L'acqua sudicia schizzò mentre infilzava un'altra rana. «Chi, se non uno sciocco, visiterebbe questa fetida fogna del mondo?»

Ribattei: «Ogni stolto che vi abita non ha alcun motivo di offendere chi si limita a visitarla».

«Hai ragione» disse lui, indifferente, lasciando cadere la rana nel cesto. «Perché rimani qui a farti offendere da un altro stolto? Vattene.»

Risposi, concisamente: «Ho viaggiato per due anni e per migliaia di lunghe corse, cercando un luogo chiamato Aztlan. Forse tu puoi dirmi...»

«Lo hai trovato» egli mi interruppe con indifferenza.

«Qui?» esclamai, completamente sbalordito.

«Subito da quella parte» grugnì il giovane, additando con il pollice oltre la spalla, sempre senza sognarsi di distogliere lo sguardo dalla putrida pozza delle rane. «Segui il sentiero fino alla laguna, poi grida affinché una canoa ti porti dall'altra parte.»

Gli voltai le spalle e guardai, e c'era davvero un sentiero che passava tra la putrida vegetazione. Lo seguii, senza quasi trovare il coraggio di credere...

Ma poi ricordai di non avere ringraziato il giovane. Girai di nuovo sui tacchi e tornai là ove egli teneva puntata la lancia nella direzione della pozza. «Grazie» dissi, e gli feci lo sgambetto e lui piombò con un gran tonfo nell'acqua maleodorante. Quando riaffiorò alla superficie, con la testa festonata da viscide erbe, gli scaraventai addosso il cesto pieno di rane. Lasciandolo lì a sputacchiare, a imprecare e ad artigliare la sponda scivolosa in cerca di una presa. Mi voltai di nuovo e mi diressi verso Il Luogo dei Nivei Aironi, la da tempo perduta, la leggendaria Aztlan.

Non so davvero che cosa mi fossi aspettato o avessi sperato di trovare. Forse una più antica, e meno elaborata, versione di Tenochtìtlan? Una città di piramidi e templi e torri, anche se meno moderna nello stile? Proprio non lo so, ma quello che trovai fu miserevole.

Seguii il sentiero asciutto che serpeggiava attraverso la palude, e gli alberi intorno a me divennero sempre e sempre più distanziati, e il fango a ciascun lato finì con l'essere sempre più sommerso dall'acqua. Infine, le radici delle mangrovie penzolanti all'ingiù cedettero il posto a canneti che crescevano all'insù attraverso un velo d'acqua. Là il sentiero terminava ed io venni a trovarmi sulla sponda di un lago colorato di rosso-sangue dal sole al tramonto. Era una vasta distesa d'acqua salmastra, ma non molto profonda a giudicare dalle canne che ne perforavano la superficie e dai candidi aironi ritti ovunque. Direttamente di fronte a me si trovava un'isola, lontana forse due tiri d'arco al di là dell'acqua, ed io mi servii del topazio per vedere con chiarezza il luogo cui quegli aironi avevano dato il nome.

Aztlan era un'isola in un lago, come lo è Mexìco-Tenochtìtlan, ma, a quanto pareva, ogni somiglianza finiva lì. Si trattava di una bassa zolla di terra asciutta, resa non molto più alta dalla città costruita su di essa, poiché non esisteva un solo edificio·visibile che avesse più di un piano. Non si vedeva una sola alta piramide, né un solo tempio imponente abbastanza per fare spicco. Sul rosso che il tramonto proiettava sull'isola si sovrapponeva il fumo azzurro dei fuochi serali. Dal lago circostante, numerose canoe stavano facendo ritorno all'isola, ed io chiamai a gran voce la più vicina.

L'uomo a bordo stava spingendo la canoa con un palo, il lago essendo troppo poco profondo per richiedere l'impiego di una pagaia. Egli fece scivolare la canoa tra i canneti, verso il punto ove mi trovavo io, poi mi scrutò sospettosamente, grugnì una bestemmia e disse: «Tu non sei il... sei uno straniero».

E tu sei un altro villano Aztecatl, pensai io, ma non lo dissi a voce alta. Balzai sulla canoa prima che l'uomo avesse potuto allontanarsi e dissi: «Se sei venuto per l'infilza-rane, dice di avere un gran da fare, e credo che sia vero. Conducimi per favore all'isola».

A parte il ripetere la bestemmia, egli non protestò, non tradì alcuna curiosità e non disse una sola altra parola mentre spingeva l'imbarcazione sull'acqua. Mi fece scendere sull'isola, poi si allontanò lungo uno dei tanti canali che, come scoprii in quel momento, tagliavano l'isola stessa, la sua sola altra somiglianza con Tenochtìtlan. Passeggiai per qualche tempo lungo le strade. A parte una ampia che seguiva la sponda dell'isola facendone il giro completo, ne esistevano soltanto altre quattro, due disposte nel senso della lunghezza e due in quello della larghezza, tutte pavimentate in modo primitivo con gusci d'ostriche e di altri molluschi triturati. Le case e le capanne che si pigiavano, muro contro muro, lungo le strade e i canali, sebbene, presumo, costruite in legno, erano rivestite da una sorta di intonacatura bianca fatta anch'essa con conchiglie di molluschi triturate.

L'isola aveva una forma ovale ed era molto larga, all'incirca delle stesse dimensioni di Tenochtìtlan senza il quartiere settentrionale di Tlaltelòlco. Probabilmente comprendeva inoltre altrettanti edifici, ma, poiché erano a un solo piano, non contenevano di certo la stessa brulicante popolazione di Tenochtìtlan. Dal centro dell'isola potei vedere il resto del lago circostante e constatai che il lago era circondato in ogni direzione dalla stessa torbida palude attraverso la quale ero arrivato. Gli Azteca, per lo meno, non erano così degenerati da risiedere in quella squallida palude, ma in pratica era come se così fosse stato. Le circostanti acque del lago non impedivano alle nebbie notturne, ai miasmi e alle zanzare dello sconfinato acquitrino di invadere l'isola. Aztlan era un habitat assolutamente malsano, ed io fui lieto del fatto che i miei antenati avessero avuto il buon senso di abbandonarlo.

Ritenevo che gli abitanti attuali fossero i discendenti di coloro che erano stati troppo ottusi e pigri per andare alla ricerca di un luogo migliore in cui vivere. E, a quanto potevo constatare, nel corso di tutte le generazioni trascorse, essi non avevano acquisito più intraprendenza o spirito di iniziativa. Sembravano sconfitti e abbattuti dal loro squallido ambiente, colmi di risentimento contro ciò che li circondava, ma anche malinconicamente rassegnati. La gente per le strade mi sbirciava rendendosi conto che ero un nuovo arrivato, e un nuovo venuto doveva senza dubbio essere una rarità, lì, ma non un solo passante fece commenti con altri sulla mia presenza. Nessuno mi salutò, ne cortesemente mi domandò se fossi affamato, come senza dubbio dovevo aver l'aria di essere, e neppure inveì contro di me, come si potrebbe fare con uno sgradito intruso.

La notte discese, le vie cominciarono a svuotarsi della gente e l'oscurità venne attenuata soltanto dai saltuari bagliori delle fiamme nei focolari e delle lampade a olio di cocco la cui fioca luce filtrava fuori delle case. Avevo veduto abbastanza della città, e comunque avrei potuto ormai vedere ben poco, la qual cosa significava che mi sarebbe potuto capitare di cadere da un momento all'altro in un canale. Pertanto fermai un ritardario che stava cercando di sgattaiolarmi accanto inosservato e gli domandai dove avrei potuto trovare il palazzo del Riverito Oratore della città.

«Il palazzo?» ripeté l'uomo, con l'aria di non capire. «Il Riverito Oratore?»

Avrei dovuto immaginare che qualsiasi cosa somigliante a un palazzo sarebbe stata inconcepibile per quegli abitanti di capanne. E avrei dovuto ricordare che nessun Riverito Oratore degli Azteca aveva assunto tale titolo prima che fossero trascorsi molti anni da quando essi erano divenuti Mexìca. Modificai la domanda.

« Cerco il vostro governante. Dove risiede? »

« Ah, il Tlatocapìli » disse l'uomo, e Tlatocapìli non significa niente di più importante di capo tribale, come il capo di qualsiasi barbara feccia del deserto. Il passante mi indicò frettolosamente la strada, poi disse: « Ora sono in ritardo per la cena », e scomparve nella notte. Per essere gente isolata nel bel mezzo del nulla, senza una *qualsiasi* attività che li tenesse occupati, gli Azteca sembravano stupidamente smaniosi di fingersi indaffarati e spronati dalla fretta.

Sebbene gli Azteca di Aztlan parlassero il nàhuatl, si servivano di molte parole che, ritengo, noi Mexìca avevamo abbandonato da tempo, e di altre ovviamente adottate da tribù vicine, poiché riconobbi alcuni termini kaìta e porè, sia pure modificati. D'altro canto, gli Azteca non capivano molte delle parole nàhuatl di cui mi servivo io, parole che suppongo fossero entrate in uso dopo la migrazione, suggerite da cose e circostanze del mondo esterno, di quel mondo del quale quei pigri non sapevano niente. In fin dei conti, la nostra lingua continua ancor oggi a cambiare per adattarsi alle situazioni nuove. Appena in anni recenti sono entrate a farne parte, ad esempio, parole come cahuàyo per cavallo, Crixtanòiotl per Cristianità, Caxtiltèca per Castigliani e Spagnoli in genere, pitzòme per porci...

Il « palazzo » della città era, per lo meno, una casa costruita in modo decente, rivestita con una luccicante intonacatura di conchiglie, e comprendente parecchie stanze. Venne ad aprirmi una giovane donna la quale disse di essere la moglie del Tlatocapìli. Non mi invitò a entrare, ma domandò nervosamente che cosa volessi.

« Voglio parlare con il Tlatocapìli » risposi, con l'ultimo residuo della mia pazienza. « Vengo da lontano, appositamente per incontrarmi con lui. »

« Davvero? » ella disse, mordendosi il labbro. « Poche persone vengono a parlargli, e mio marito ne riceve ancor meno. In ogni modo, non è ancora tornato a casa. »

« Posso entrare e aspettarlo? » domandai, stizzosamente.

Ella rifletté, poi si scostò dicendo, incerta: « Immagino di sì. Ma sarà affamato e, prima di ogni altra cosa, vorrà mangiare. » Fui sul punto di dire che anche a me non sarebbe dispiaciuto qualcosa del genere, ma ella continuò: « Voleva cosce di rana, per questa sera, e così ha dovuto recarsi sulla terraferma, in quanto il lago è troppo salato per le rane. E deve averne trovate poche, poiché tarda molto a tornare ».

Per poco non uscii di nuovo da quella casa, ma poi pensai: può la punizione per aver gettato in acqua il Tlatocapìli essere peggiore del trascorrere la notte cercando di evitarlo a furia di vagabondare su questa schifosa isola, tra le pestilenziali zanza-re? La seguii attraversando una stanza ove numerosi bambini e persone molto anziane stavano consumando un pasto di piante di palude. Mi guardarono tutti spalancando gli occhi, ma non mi invitarono a prendere posto intorno alla tovaglia. La donna mi condusse in una stanza deserta ove, con gratitudine, sedetti su una rozza sedia icpàli. Le domandai:

«Come ci si rivolge al Tlatocapìli?»

«Si chiama Tlilèctic-Mixtli.»

Per poco non caddi dalla bassa sedia, tanto la coincidenza era stupefacente. Se anche lui era Nuvola Scura, come avrei dovuto dire che mi chiamavo io? Senza dubbio, un uomo che avevo fat-to cadere in una pozza d'acqua mi avrebbe scambiato per un impudente dileggiatore se mi fossi presentato con il *suo* nome. Proprio in quel momento, nell'altra stanza, si udì lo strepito del-l'arrivo di lui e la moglie timorosa corse a dare il benvenuto al suo signore e padrone. Feci scivolare il coltello dietro la fascia del perizoma, in modo che non fosse visibile, e tenni la mano de-stra accanto ad esso.

Udii il mormorio della voce femminile, poi quella tonante del marito: «Un visitatore venuto per me? Vada al Mìctlan! Sto mo-rendo di fame! Cucina queste rane, donna! Ho dovuto catturarle due volte, le dannate creature!» Sua moglie mormorò di nuovo umilmente, qualcosa, e lui tuonò, ancora più forte: «Cosa? *Uno straniero?*»

Con uno strattone selvaggio scostò la tenda sulla porta della stanza nella quale sedevo. Era davvero lo stesso giovane; aveva ancora alcune erbe della palude sui capelli ed era incrostato di fango dalla vita in giù. Mi fissò irosamente per un attimo, poi sbraitò: «*Tu!*»

Mi chinai dalla sedia per baciare la terra, ma feci il gesto con la mano sinistra, e avevo ancora la destra sull'impugnatura del coltello quando, educatamente, mi misi in piedi. Poi, con mio grande stupore, il giovane scoppiò in una risata cordiale e si lan-ciò avanti per cingermi con le braccia in una stretta fraterna. Sua moglie e parecchi dei marmocchi e dei parenti anziani fece-ro capolino alla porta, gli occhi spalancati per lo stupore.

«Benvenuto, straniero!» gridò lui, e rise ancora. «Per le gam-be storte della dea Coyolxàuqui, sono contento di rivederti. Guarda un po' come mi hai conciato, amico! Quando infine sono riuscito a tirarmi fuori da quella buca, tutte le canoe erano già scomparse. Ho dovuto tornare a casa attraversando il lago a guado.»

Domandai, cauto: «E hai trovato la cosa divertente?»

Egli rise ancora. «Per il gelido buco dell'asciutta tipìli della dea della luna, sì! Sì, davvero! Nel corso di tutta la mia esistenza in questo squallido e uggioso luogo di acque morte, questo è stato il primo episodio non comune e non prevedibile. Ti ringrazio per avermi fatto accadere una cosa insolita, finalmente, in un simile abisso di monotonia. Qual è il tuo nome, straniero? »

« Mi chiamo, ehm, Tepetzàlan » dissi, prendendo a prestito, per l'occasione, il nome di mio padre.

« Valle? » esclamò lui. « Sei la più alta valle che abbia mai veduto. Bene, Tepetzàlan, non temere alcuna rappresaglia per come mi hai trattato. Per le flaccide tette della dea, è un piacere incontrare finalmente un uomo che ha i coglioni sotto il perizoma. Se gli uomini della mia tribù li hanno, li mostrano soltanto alle loro donne. » Si voltò per latrare alla moglie: « Ci sono rane a sufficienza per il mio amico e me. Preparale mentre io mi tolgo di dosso con il vapore parte di questa melma. Amico Tepetzàlan, forse gradiresti anche tu un bagno rinvigorente? »

Mentre ci spogliavamo nel bagno a vapore dietro la casa — e notai che egli era privo di peli come me — il Tlatocapìli disse: « Presumo che tu sia uno dei nostri cugini venuto dal lontano deserto. Nessuno dei popoli più vicini a noi parla la nostra lingua ».

« Uno dei vostri cugini, ritengo » risposi. « Ma non venuto dal deserto. Conosci l'esistenza della nazione Mexìca? Della grande città Tenochtìtlan? »

« No » rispose lui, noncurante, come la sua ignoranza non fosse affatto vergognosa. Disse persino: « Tra i vari miserabili villaggi da queste parti, Aztlan è l'unica città ». Non risi, ed egli continuò: « Ci vantiamo della nostra autosufficienza, qui, e pertanto di rado viaggiamo o ci impegnamo in traffici con altre tribù. Conosciamo soltanto i nostri più immediati vicini, anche se non ci piace frequentarli. A nord di queste paludi, ad esempio, si trovano i Kaìta. Poiché tu sei venuto da quella parte, devi aver constatato che sono un popolo miserabile. Nelle paludi a sud di qui esiste soltanto l'unico e insignificante villaggio di Yakorèke ».

Fui lieto di saperlo. Se Yakorèke era la comunità più vicina a sud, allora io mi trovavo meno lontano dalla patria di quanto avessi creduto. Yakorèke era un avamposto dei territori Nauyar Ixù, assoggettati alla nazione Purempècha. Da qualsiasi punto dei Nauyar Ixù, arrivare nel Michihuàcan non era un viaggio impossibilmente lungo, e, al di là di quel paese, si trovavano i territori della Triplice Alleanza.

Il giovane continuò: « A est di queste paludi si levano le alte montagne ove dimorano popoli chiamati i Cora e gli Huichol. Al di là delle montagne si estende un deserto ove alcuni dei nostri parenti poveri vivono da tempo in esilio. Soltanto molto di rado qualcuno di loro riesce a trovare la strada per arrivare sin qui, nella patria degli antenati».

Dissi: «Conosco i vostri parenti poveri nel deserto. Ma, ripeto, non sono uno di loro. E so, inoltre, che non tutti i vostri lontani parenti sono poveri. Di quelli che se ne andarono di qui tanto tempo fa, in cerca di fortuna nel mondo esterno, alcuni la trovarono, la fortuna, e tale da superare le tue capacità di immaginazione».

«Godo a saperlo» disse lui, in tono indifferente. «Il nonno di mia moglie ne sarà ancor più soddisfatto. Egli è il Rammentatore della Storia di Aztlan.»

Questa frase mi fece capire che, naturalmente, gli Azteca non conoscevano affatto la scrittura per immagini. Noi Mexìca l'avevamo escogitata solamente molto tempo dopo la migrazione. Pertanto essi non potevano possedere libri di storia né altri archivi. Se facevano conto su un vecchio quale depositario della loro storia, allora egli poteva essere soltanto l'ultimo di una lunga serie di vecchi i quali avevano tramandato la storia degli Azteca nel corso delle epoche, l'uno all'altro.

Mixtli il mio omonimo continuò: "Gli dei sanno che questa fessura nelle natiche del mondo non è un luogo allegro in cui vivere. Ma noi continuiamo a restarvi perché vi si trova tutto ciò che ci occorre per tirare avanti. Le maree ci portano pesci senza che neppure dobbiamo andarli a cercare. Le noci di cocco ci danno dolce cibo e olio per le lampade, e il loro liquido, fermentato, è una bevanda gradevolissima e inebriante. Un altro tipo di palma ci dà fibre con le quali tessere stoffe, un altro ancora farina, un quarto produce il frutto coyacapùli. Non abbiamo bisogno di commerciare con altre tribù, e le paludi impediscono che veniamo molestati da esse...»

Continuò con la sua elencazione non molto entusiastica dei vantaggi naturali della spaventosa Aztlan, ma io avevo smesso di ascoltarlo. Provavo un lieve stordimento mentre capivo quanto *estremamente* remota fosse la mia parentela con il «cugino» dallo stesso nome. Era possibile che noi due Mixtli ci mettessimo a sedere e riuscissimo a ricostruire la nostra ascendenza fino a un comune antenato, ma il nostro divergente destino ci aveva allontanati di gran lunga di più della distanza geografica. Eravamo separati da una disparità incommensurabile di educazione e di mentalità. Quel cugino Mixtli sarebbe potuto vivere nella Aztlan dei tempi antichi dalla quale i suoi antenati si erano rifiutati di andarsene, poiché Aztlan continuava ad essere come era stata allora: la dimora di infingardi incapaci di avventure. Ignorando la scrittura per immagini, ignoravano perciò tutto ciò che essa poteva insegnare: l'aritmetica, la geografia, l'architettura, il commercio, le conquiste. Sapevano ancora meno dei loro barbari cugini che disprezzavano, i Chichimèca del deserto, i quali, almeno, si erano avventurati per un certo tratto al di là degli angusti orizzonti di Aztlan.

Siccome i miei antenati avevano abbandonato quell'estremità posteriore del nulla, e trovato un luogo ove fioriva l'arte della conoscenza delle parole, io potevo accedere alle biblioteche della conoscenza e dell'esperienza accumulate dagli Azteca-Mexìca in tutti i successivi covoni di anni, per non parlare delle arti più belle e delle scienze di civiltà ancor più antiche. Culturalmente e intellettualmente, io superavo quel mio cugino Mixtli quanto un dio avrebbe potuto superare me. Tuttavia, decisi che mi sarei astenuto dall'ostentare tale superiorità. Egli non aveva alcuna colpa se, a causa del letargo dei suoi antenati, era stato privato dei vantaggi toccati a me. Lo compativo, e avrei fatto tutto il possibile per indurlo ad andarsene dalla sua arretrata Aztlan e a recarsi nell'illuminato mondo moderno.

Il nonno di sua moglie, Canaùtli, l'anziano storico, sedette con noi mentre cenavamo. Il vecchio era una delle persone che avevo veduto prima cibarsi delle poco allettanti erbe di palude, ed egli stette a guardare alquanto malinconicamente mentre noi due Mixtli gustavamo la porzione di delicate cosce di rana. Credo che il vecchio Canaùtli prestò più attenzione ai nostri schiocchi e leccamenti di labbra che alla mia conversazione. Per quanto fossi affamato, riuscii, tra un boccone e l'altro, a dirgli sommariamente che cosa era stato degli Azteca allontanatisi da Aztlan: come fossero stati chiamati dapprima Technòca, poi Mexìca, per divenire, in ultimo, i massimi dominatori dell'Unico Mondo. Il vecchio e il giovane scuotevano di tanto in tanto la testa con silenziosa ammirazione — o forse con incredulità — mentre io riferivo un conseguimento, un progresso e un trionfo militare dopo l'altro.

Il Tlatocapìli mi interruppe una volta, momorando: «Per i sei frammenti della dea, se i Mexìca sono diventati così potenti, forse dovremmo cambiare il nome di Aztlan». Meditativo, si provò a escogitare due o tre nuovi nomi: «Luogo dei Mexìca, Prima Patria dei Mexìca...»

Continuai con una breve biografia dell'attuale Uey-Tlatoàni dei Mexìca, Motecuzòma, poi con una lirica descrizione della sua capitale, Tenochtìtlan. L'anziano nonno sospirò e chiuse gli occhi, come per vederla meglio nell'immaginazione.

Dissi: «I Mexìca non avrebbero potuto compiere tanti progressi, e così rapidi, se non si fossero avvalsi dell'arte della conoscenza delle parole». Poi osservai, esplicitamente: «Anche tu, Tlatocapìli Mixtli, potresti fare di Aztlan una città più grandiosa... e portare il tuo popolo alla stessa altezza dei cugini Mexìca... se imparassi il modo di preservare la parola parlata in immagini durature».

Egli fece una spallucciata e disse: «Non abbiamo ancora sofferto essendo ignoranti».

Ciò nonostante, il suo interessamento parve ravvivarsi quando gli mostrai — servendomi di un esile ossicino di rana per tracciare segni sulla dura terra battuta del pavimento — con quanta semplicità il suo nome poteva essere permanentemente inciso.

«Sì, quella è la forma di un nuvola» ammise. «Ma come puoi fare in modo che signifìchi Nuvola *Scura*?»

«Semplicemente colorandola con un colore scuro, grigia o nera. Una singola immagine si presta a infinite e utili varianti. Dipingi questa figura in blu-verde, ad esempio, e avrai il nome Nuvola di Giada.»

«Ah, così?» fece lui. E poi: «Che cos'è la giada?» E l'abisso tornò a spalancarsi tra noi. Egli non aveva mai veduto il minerale ritenuto sacro da tutti i popoli civili, e neppure ne aveva sentito parlare.

Bofonchiai qualcosa a proposito del fatto che era ormai tardi e che avrei detto di più l'indomani. Mio cugino mi offrì un giaciglio per quella notte, purché non mi fosse dispiaciuto dormire in una stanza piena di altri miei probabili parenti di sesso maschile. Lo ringraziai, accettai e conclusi spiegando come ero arrivato ad Aztlan: ripercorrendo, cioè, all'indietro, l'itinerario della marcia dei miei antenati, nel tentativo di accertare la verità di una leggenda. Mi rivolsi al vecchio Canaùtli e dissi:

«Forse tu puoi saperlo, venerabile Rammentatore della Storia. Quando gli Azteca se ne andarono da qui, portarono forse con sé provviste sufficienti per bastare loro qualora fossero stati costretti a tornare indietro?»

Non mi rispose. Il venerabile Rammentatore si era addormentato.

Ma il giorno dopo disse: «I tuoi antenati non portarono quasi niente con sé, quando se ne andarono.»

Avevo fatto colazione con l'intera «famiglia del palazzo»: minuscoli pesci e funghi, cotti insieme alla griglia, e una sorta di bollente pozione d'erbe. Poi il mio omonimo era uscito per occuparsi dei propri doveri civili, lasciandomi a conversare con l'anziano storico. Ma questa volta, diversamente dalla sera prima, fu quasi sempre Canaùtli a parlare.

«Se tutti i nostri Rammentatori hanno detto il vero, coloro che se ne andarono portarono con sé soltanto ciò che riuscirono ad affardellare in fretta e furia, e soltanto scarse razioni per la marcia. Presero inoltre l'immagine del loro malvagio nuovo dio: una statua di legno appena — grossolanamente e frettolosamente — scolpita, a causa della frenesia della partenza. Ma questo accadde innumerevoli covoni di anni fa. Immagino che il tuo popolo abbia scolpito molte altre e più belle statue, in seguito. Noi di Aztlan abbiamo una diversa alta divinità, e soltanto una sua statua. Oh, naturalmente riconosciamo tutti gli altri dei, e ci rivolgiamo ad essi quando è necessario. Tlazoltèotl, ad esempio, ci monda di tutti i nostri peccati; Atlàua riempie le reti dei nostri uccellatori, e così via. Ma un solo dio regna supremo. Vieni, cugino, lascia che te lo mostri. »

Mi condusse fuori della casa e lungo le strade di conchiglie della città. Mentre camminavamo, i suoi neri occhietti da uccello mi sbirciavano di quando in quando in tralice, dai loro nidi di rughe, con sguardi scaltri e divertiti, poi egli disse:

« Tepetzàlan, sei stato cortese, o almeno discreto. Non hai espresso la tua opinione di noi, gli Azteca rimasti. Ma consentimi di supporla. Scommetterei che tu ci consideri la feccia trattenutasi ad Aztlan quando i più degni se ne andarono ».

Era vero, la pensavo proprio così. Avrei potuto, tuttavia, dire qualcosa per addolcire la pillola, ma egli continuò:

« Tu credi che i nostri antenati fossero troppo pigri o indolenti o pavidi per alzare gli occhi verso qualche allettante visione di gloria. E che, temendo il pericolo, si lasciarono sfuggire l'occasione. Mentre i tuoi antenati, all'opposto, si allontanarono audacemente da questo luogo nella certezza di essere destinati a dominare tutti gli altri popoli del mondo ».

« Be'... » mormorai.

« Ecco il nostro tempio. » Canaùtli si fermò davanti all'ingresso di un basso edificio, intonacato, come tutti gli altri, con il solito rivestimento di conchiglie triturate, ma vi figuravano, intere, molte belle conchiglie di strombo e di altre creature marine. « Il nostro unico e umile tempio, ma se vuoi entrare... »

Entrai, poi osservai con il topazio ciò che vi si trovava e dissi: « Quella è Coyolxaùqui." Quindi soggiunsi, sinceramente ammirato: « È una superba opera d'arte ».

« La riconosci? » Il vecchio parve un pochino sorpreso. « Avrei creduto che fosse stata ormai dimenticata da voi Mexìca ».

« Confesso, o venerabile, che ella è considerata adesso soltanto una dea minore tra le tante nostre divinità. Ma la leggenda è una delle più antiche e viene ricordata tuttora. »

Per farla corta, reverendi frati, la leggenda era la seguente. Coyolxaùqui, il cui nome significa Adorna di Campanelle, era una delle divine figlie dell'alta dea Coatlìque. E quella dea Coatlìque, sebbene già svariate volte madre, rimase di nuovo gravida quando, un giorno, una piuma discese su di lei dai cieli. (Come la piuma avesse potuto fecondare una femmina non so, ma queste cose accadevano in molte delle antiche storie. Sembra, del resto, che anche la dea-figlia Coyolxaùqui si mostrò scettica quando sua madre glielo disse.) Coyolxaùqui, comunque, riunì i fratelli e le sorelle e disse: «Nostra madre ha disonorato se stessa e noi suoi figli. Dobbiamo metterla a morte per questo».

Tuttavia, il bambino nell'utero di Coatlìque era il dio della guerra Huitzilopòchtli. Egli udì queste parole e balzò all'istante fuori della madre, già adulto e già armato con una maquàhuitl di ossidiana. Uccise l'intrigante sorella Coyolxaùqui, la fece a pezzi e lanciò in cielo le sue parti smembrate, ove il loro sangue rimase appiccicato alla luna. Nello stesso modo lanciò in cielo tutte le sue altre sorelle e tutti i fratelli, ove da allora sono stelle indistinguibili dagli altri astri. Quell'appena nato dio della guerra Huitzilopòchtli, naturalmente, divenne per sempre il massimo dio di noi Mexìca, e a Coyolxaùqui noi non accordammo alcuna importanza. Non scolpimmo statue di lei né erigemmo templi in suo onore, né le dedicammo giorni festivi.

«Per noi» disse il vecchio storico di Aztlan «Coyolxaùqui è sempre stata la dea della luna, e sempre lo sarà, e come tale noi l'adoriamo.»

Non capivo, e lo dissi: «Perché adorare la luna, venerabile Canaùtli? Te lo chiedo con tutto il rispetto. La luna non arreca alcun beneficio al genere umano, tranne per la luce che diffonde di notte, sempre fioca anche quando è più luminosa».

«A causa delle maree» rispose il vecchio. «E quelle *ci arrecano* benefici. Questo nostro lago, alla sua estremità occidentale, è separato dall'oceano soltanto da una bassa barriera di scogli. Quando la marea sale, riversa in esso pesci e granchi e molluschi, i quali vi restano con la bassa marea. Catturare tali creature per la nostra alimentazione è di gran lunga più facile nel lago poco profondo di quanto lo sarebbe nel profondo mare esterno. E noi siamo grati di essere così prodigalmente e puntualmente riforniti.»

«Ma la luna?» osservai, perplesso. «Credete forse che sia la *luna* a causare, in qualche modo, le *maree*?»

«A causarle? Non lo so. Ma la luna, certamente, le preannuncia. Quando è ridotta alla falce più sottile, e, di nuovo, quando è completamente rotonda, sappiamo che, in un determinabile momento successivo, la marea giungerà alla massima altezza e più generoso sarà il suo apporto di cibo. Ovviamente, la dea della luna ha *qualcosa* a che vedere in questo.»

«Così sembrerebbe» dissi io, e contemplai più rispettosamente la statua di Coyolxaùqui.

Non si trattava di una vera e propria statua. Era un disco di pietra perfettamente rotondo come la luna piena e quasi immenso quanto la grande Pietra del Sole a Tenochtìtlan. Coyolxaùqui vi figurava scolpita in altorilievo, con l'aspetto che aveva avuto dopo essere stata smembrata da Huitzilopòchtli. Il busto di lei occupava il centro della pietra — della luna — con i seni scoperti, flaccidi e penzolanti. La testa decapitata era visibile di profilo più in alto rispetto al centro della luna; portava un'acconciatura di piume e sulla gota aveva inciso il simbolo della campanella cui era dovuto il suo nome. Le braccia e le gambe troncate si trovavano distribuite intorno a lei, adorne di braccialetti ai polsi e alle caviglie. Non esisteva, naturalmente, sulla pietra alcuno scritto per immagini, ma vi restavano ancora tracce dei colori originari: un celeste pallido come sfondo, un giallo chiaro sulle varie parti della dea. Domandai quanto fosse antica la pietra.

«Soltanto la dea lo sa» rispose Canaùtli. «Si trova qui da molto tempo prima che i tuoi antenati se ne andassero, vale a dire da tempi immemorabili.»

«Come le rendete omaggio?» domandai, guardandomi attorno nel tempio che non conteneva altro se non un forte odore di pesce. «Non vedo alcuna traccia di sacrifici.»

«Vuoi dire che non vedi tracce di sangue» egli disse. «I tuoi antenati volevano anche sangue, e per questo se ne andarono di qui. Coyolxaùqui non ha mai richiesto sacrifici umani. Noi le offriamo soltanto creature inferiori, creature del mare e della notte. Gufi e aironi che volano di notte e le grandi falene verdi della luna. E inoltre vi sono piccoli pesci, dalla carne talmente oleosa che può essere essiccata e può ardere come una candela. Gli adoranti li accendono qui quando sentono la necessità di comunicare con la dea.»

Mentre dal tempio puzzolente di pesce tornavamo nella strada, il vecchio riprese a parlare. «Sappi ora, cugino Tepetzàlan, ciò che noi Rammentatori abbiamo rammentato. In tempi molto remoti, noi Azteca non eravamo confinati in questa sola città. Questa era la capitale di un territorio considerevole, estendendosi dalla costa alle alte montagne. Gli Azteca comprendevano numerose tribù, ciascuna formata da molti clan calpùltin, e tutte governate da un unico Tlatocapìli che non era — come il mio nipote di acquisto — capo soltanto di nome. Erano un forte popolo, gli Azteca, ma anche un popolo pacifico, soddisfatto di ciò che possedeva e persuaso di essere ben protetto dalla dea.»

«Finché alcuni di essi dimostrarono di avere più ambizione» osservai.

«Finché alcuni di essi dimostrarono debolezza!» disse lui, aspro. «I racconti narrano come alcuni Azteca, cacciando sulle alte montagne, incontrarono un giorno una persona straniera giunta da terre remote. Quella persona rise sprezzante quando venne a sapere del semplice modo di vivere del nostro popolo e della sua religione senza pretese. Disse: "Tra tutte le innumerevoli divinità che esistono avete scelto di adorare la più debole, la dea che, così meritatamente, fu umiliata e uccisa? Perché non adorate colui che la fece a pezzi, il forte e feroce e virile dio Huitzilopòchtli?"».

Mi domandai: chi poteva essere stato quello straniero? Forse uno dei Toltéca dei tempi antichi? No, se un Toltècatl avesse voluto distogliere gli Azteca dal loro culto di Coyolxaùqui avrebbe proposto il benefico dio Quetzalcòatl per sostituirla.

Canaùtli continuò: «Quelli furono i primi del nostro popolo ad essere maleficamente influenzati dalla persona straniera, e così cominciarono a cambiare. La persona aveva detto: "Adorate Huitzilopòchtli", ed essi lo adorarono. La persona aveva detto: "Date sangue per nutrire Huitzilopòchtli", ed essi lo diedero. Stando ai nostri Rammentatori, quelli furono i primi sacrifici umani mai compiuti da qualsiasi popolo che non fosse selvaggio. Le cerimonie vennero tenute in segreto, nelle sette grandi caverne delle montagne, ed essi badarono bene a versare soltanto il sangue di orfani sacrificabili e di vecchi. La persona straniera disse: "Huitzilopòchtli è il dio della guerra. Lasciate che vi guidi per conquistare paesi più ricchi". E, in sempre maggior numero, la nostra gente ascoltò e ubbidì, offrendo sempre e sempre più sacrifici. La persona straniera esortava: "Nutrite Huitzilopòchtli, rendetelo ancor più forte, ed egli conquisterà per voi una vita migliore di quella che possiate mai avere sognato". E i miscredenti divennero più numerosi, più insoddisfatti del loro precedente sistema di vita, più avidi di spargimenti di sangue...»

Smise di parlare e tacque per un momento. Io guardai, intorno a noi, gli uomini e le donne che ci passavano accanto nella strada. I resti degli Azteca. Basterebbe vestirli un po' meglio, pensai, e potrebbero essere i cittadini Mexìca di qualsiasi strada di Tenochtìtlan. Anzi no, bisognerebbe vestirli meglio ma anche dar loro una spina dorsale più solida.

Canaùtli riprese a parlare: «Quando il Tlatocapìli venne a sapere che cosa stava accadendo in quelle regioni marginali del paese, capì *chi* sarebbero state le prime vittime del nuovo dio della guerra. Sarebbero stati gli Azteca ancora soddisfatti della loro non bellicosa dea Coyolxaùqui, e pacifici. E perché no? Quale più disponibile e più facile prima conquista vi sarebbe potuta essere per i seguaci di Huitzilopòchtli? Bene, il Tlatoca-pìli non aveva un esercito, ma disponeva di un gruppo di devote e fedeli guardie di città. Lui e loro salirono sulle montagne e si gettarono sui miscredenti e li colsero di sorpresa e ne uccisero molti. Tutti gli altri vennero disarmati di ogni arma che possedessero. Ed egli mise la maledizione del bando su tutti i traditori, uomini e donne. Disse: "Sicché desiderate seguire il vostro nuovo, laido dio? Allora prendete lui e prendete le vostre famiglie e i vostri figli e seguite il vostro dio lontano da qui. Avete tempo fino a domani per andarvene, altrimenti sarete giustiziati". E all'alba essi partirono, in un numero che non è ora più ricordato».

Dopo un silenzio, il vecchio soggiunse: «Sono lieto di sapere da te che non si attribuiscono più il nome di Azteca».

Tacqui, sbalordito, finché non pensai di domandare: «E che cosa fu dello straniero che causò il loro esilio?»

«Oh, ella si trovò tra i primi ad essere uccisi, naturalmente.»

«*Ella!*»

«Non ho detto che la persona straniera era una donna? Sì, tutti i nostri Rammentatori hanno rammentato che si trattava di una Yaki fuggiasca.»

«Ma questo è incredibile!» esclamai. «Che cosa avrebbe potuto sapere una donna Yaki di Huitzilopòchtli o di Coyolxaùqui, o di qualsiasi altro dio azteco?»

«Quando giunse qui, aveva molto viaggiato e, senza dubbio, molto udito. Certamente, aveva imparato la nostra lingua. Alcuni dei nostri Rammentatori hanno supposto che potesse essere anche una strega.»

«Ciò nonostante» insistetti «perché avrebbe dovuto predicare il culto di Huitzilopòchtli, che non era un suo dio?»

«Ah, al riguardo, possiamo soltanto fare congetture. Ma è noto che gli Yaki vivono soprattutto dando la caccia ai cervi, e che il loro più grande dio è il dio il quale provvede quei cervi, il dio chiamato da *noi* Mixcòatl. Ogni qual volta i cacciatori Yaki si accorgono che i branchi diminuiscono, celebrano una particolare cerimonia. Afferrano una delle loro donne meno utili e la legano come protrebbero legare un cervo catturato vivo, poi danzano come potrebbero danzare dopo una caccia fruttuosa. Quindi sventrano e smembrano e divorano la donna come divorerebbero un cervo. Secondo le loro credenze ingenue e selvagge, tale cerimonia persuade il loro dio della caccia a rendere di nuovo più numerosi i branchi di cervi. In ogni modo, è noto che gli Yaki si comportavano così in passato. Forse oggi non sono più tanto feroci.»

«Credo invece che lo siano» dissi. «Ma non vedo come potrebbero aver causato ciò che è accaduto qui.»

«La donna Yaki aveva dovuto fuggire dal suo popolo per sottrarsi al fato di quel sacrificio. Ripeto, è soltanto una congettura, ma i nostri Rammentatori hanno sempre supposto che ella ardesse dal desiderio di vedere gli uomini soffrire nello stesso modo. Tutti gli uomini. Li odiava indiscriminatamente. E trovò qui l'occasione propizia. Le nostre credenze poterono forse suggerirle l'idea, poiché, non dimenticarlo, Huitzilopòchtli aveva ucciso e smembrato Coyolxaùqui senza più rimorsi di uno Yaki. Così, quella donna, fingendo di ammirare ed esaltare Huitzilopòchtli, sperava di far sì che i nostri uomini si battessero gli uni contro gli altri, uccidendo e versando il sangue e le viscere gli uni degli altri, come sarebbe potuto essere versato il suo sangue.»

Ero talmente sbigottito che riuscii soltanto a bisbigliare: «Una donna? Fu una *femmina* insignificante e senza nome a concepire l'idea dei sacrifici umani? Della cerimonia oggi celebrata ovunque?»

«Qui non è celebrata» mi rammentò Canaùtli. «E la nostra supposizione può essere completamente sbagliata. In fin dei conti, tutto questo accadde molto, molto tempo fa. Eppure, sembra essere un'idea della vendetta tipicamente femminile, no? Ed evidentemente riuscì, poiché *tu* hai accennato al fatto che, nel mondo esterno, gli uomini non hanno smesso di massacrare i loro simili, in nome dell'uno o dell'altro dio, durante tutti i covoni di anni trascorsi da allora.»

Tacqui. Non sapevo che cosa dire.

«Sicché, come vedi» continuò il vecchio «quegli Azteca che se ne andarono da Aztlan non erano i migliori e i più coraggiosi. Erano i peggiori e gli indesiderati e se ne andarono perché furono scacciati con la forza.»

Continuai a tacere, ed egli concluse:

«Dici che stai cercando i depositi nascosti forse dai tuoi antenati durante il loro cammino da qui. Rinuncia alla ricerca, cugino. È futile. Anche se a quella gente fosse stato consentito di andarsene da qui con oggetti utili o di valore, non li avrebbero nascosti in vista di una possibile ritirata lungo la stessa strada. Sapevano che non sarebbero potuti tornare mai più».

Non mi trattenni per molti altri giorni ad Aztlan, anche se mio cugino, l'altro Mixtli, avrebbe voluto che mi fermassi per mesi. Egli aveva deciso che voleva imparare la conoscenza delle parole e la scrittura per immagini, e cercò di compensarmi, affinché gliela insegnassi, assegnandomi una capanna tutta per me, e una delle sue sorelle più giovani che mi tenesse compagnia. Non era in alcun modo paragonabile a una sorella nota un tempo come Tzitzitlìni, ma sembrava essere una compagna abbastanza compiacente e godibile. Ciò nonostante, dovetti dire al fratello che la conoscenza delle parole non può essere imparata in fretta come, ad esempio, il modo di trafiggere le rane. Gli insegnai il modo di rappresentare oggetti materiali disegnandone immagini semplificate, e poi dissi:

«Per imparare a servirti di queste immagini in modo da costruire con esse un linguaggio scritto, ti servirà un maestro specializzato in questo insegnamento, e io non lo sono. Alcuni dei migliori si trovano a Tenochtìtlan, e ti consiglio di recarti laggiù. Ti ho detto dove si trova».

Egli grugnì, con un'ombra della scontrosità di un tempo. «Per le rigide membra della dea, tu vuoi semplicemente andartene. Ed io non posso. Non posso abbandonare il mio popolo senza un capo con il semplice pretesto del mio improvviso capriccio di istruirmi un po'.»

«C'è un pretesto molto migliore» dissi io. «I Mexìca hanno esteso in lungo e in largo i loro domini, ma non posseggono ancora una colonia su questa sponda settentrionale dell'oceano occidentale. Lo Uey-Tlatoàni sarebbe deliziato di sapere che ha cugini già stabiliti qui: Se tu dovessi presentarti a Motecuzòma, con un dono confacente, potresti essere nominato governatore di un'importante, nuova provincia della Triplice Alleanza, una provincia di gran lunga più degna di essere governata di quanto non lo sia adesso.»

«Quale dono confacente?» domandò lui, ironico. «Un po' di pesce? Qualche rana? Una delle mie sorelle?»

Fingendo di averci pensato soltanto in quel momento, dissi: «Perché non la pietra di Coyolxaùqui?»

Egli parve vacillare tanto era scandalizzato. «La nostra sola e unica immagine sacra?»

«Motecuzòma potrà non stimare la dea, ma apprezza le belle opere d'arte.»

Il Tlatocapìli balbettò: «Donare la Pietra della Luna? Figurarsi! Verrei più odiato e insultato della maledetta strega Yaki della quale parla nonno Canaùtli!»

«È tutto l'opposto» dissi io. «Ella causò la discordia degli Azteca. Tu otterresti invece la loro riconciliazione... e molto di più. A parere mio, la pietra sarebbe un prezzo esiguo da pagare contro tutti i vantaggi del riunirsi con la nazione più potente nel mondo conosciuto. Pensaci, in ogni modo.»

Ed ecco perché, quando mi congedai da mio cugino Mixtli, dalla sua graziosa sorella e dagli altri componenti della famiglia, egli stava borbottando: «Non potrei far rotolare la Pietra della Luna sin laggiù da solo. Devo persuadere altri...»

Non avevo più alcun valido motivo per esplorare; avrei vagabondato soltanto per amore dei vagabondaggi. Era tempo che tornassi in patria; e Canaùtli mi disse che avrei guadagnato giorni viaggiando nell'entroterra, ove le paludi a un certo punto terminavano, e attraversando poi le montagne dei Cora e degli Huichol. Ma non parlerò del viaggio su quelle montagne (erano semplicemente monti come tutti gli altri), né dei vari popoli che incontrai lassù (erano semplicemente altre popolazioni di montanari). E, a dire il vero, ricordo assai poco di quel viaggio di ritorno, in quanto ero troppo intento a meditare sulle tante cose già vedute e imparate... o disimparate. Ad esempio:

La parola Chichimèca non significa necessariamente «barbari», sebbene essi siano proprio questo. La parola potrebbe anche significare «uomini rossi», l'intera razza umana alla quale io ed ogni altro appartenevamo. Noi Mexìca potevamo vantarci degli anni e degli strati di civiltà e di cultura che avevamo accumulato, ma, a parte questo, non eravamo superiori a quei barbari. I Chichimèca erano incontestabilmente nostri cugini. E noi stessi — noi fieri e altezzosi Mexìca — avevamo un tempo bevuto la nostra orina, mangiato i nostri escrementi.

Le storie che vantavamo di un retaggio senza pari erano malinconicamente o ridicolmente false. I nostri antenati non avevano lasciato Axtlan per un'audace ed eroica ricerca della grandezza. Erano stati soltanto gonzi, tratti in inganno da una donna o pazza, o capace di arti magiche, o semplicemente malvagia. E, per giunta, ella faceva parte dei più disumani esseri umani di cui si conoscesse l'esistenza! Ma, anche se quella leggendaria donna Yaki non era mai esistita, restava il fatto che i nostri antenati erano divenuti tanto bestiali e odiosi da far sì che il loro stesso popolo non riuscisse più a tollerarne la presenza. I nostri antenati avevano lasciato Aztlan incalzati da punte di lancia, allontanandosene furtivamente con la protezione della notte, nella vergogna e nell'ignominia. Quasi tutti i loro discendenti continuavano ad essere fuori-casta respinti da ogni società decente, rassegnati al loro perpetuo esilio nell'arido deserto. Soltanto pochi erano riusciti, in qualche modo, a giungere nella regione dei laghi, una regione civilizzata, e ad impadronirsi dei vantaggi della civiltà. Soltanto in seguito a questa grande fortuna loro... noi... io... e tutti gli altri Mexìca non continuavamo a condurre un'esistenza senza scopo, vagabondando nel deserto, con fetidi indumenti di cuoio, mantenendoci in vita grazie a carne di bambini essiccata al sole, o grazie a qualcosa di peggio.

Per molto tempo, mentre procedevo adagio in direzione est, cogitai su queste consapevolezze umilianti e sconvolgenti. Per gran parte di tale periodo di tempo, riuscii soltanto a considerare malinconicamente noi Mexìca come il frutto di un albero radicato nella melma di una palude e nutrito da escrementi umani. Ma poi, a poco a poco, pervenni a una nuova consapevolezza. Gli uomini non sono piante. Non sono immobilizzati da radici e non dipendono da esse. Gli uomini si muovono e possono allontanarsi di molto dai loro inizi, recarsi lontano, se questo li soddisfa... e salire in alto se ne sono capaci e posseggono la necessaria ambizione. I Mexìca si erano vantati per lungo tempo del loro retaggio, ed io, all'improvviso, avevo dovuto vergognarmene. Ma entrambi gli atteggiamenti erano altrettanto sciocchi: sui nostri antenati non ricadeva né la colpa, né il merito per quello che noi eravamo adesso.

Avevamo anelato a qualcosa di meglio della vita in una palude ed eravamo riusciti nel nostro intento. Dopo l'isola di Aztlan avevamo trovato un'altra isola non più promettente, riuscendo a fare di essa la città più splendida che mai fosse stata veduta, la capitale di un regno insuperato, il centro di una civiltà man mano più estesa in territori che, senza la nostra influenza, sarebbero stati ancora miseri. Quali che potessero essere state le nostre origini, o le forze che ci avevano indotto ad agire, *eravamo* riusciti a salire fino ad altezze mai raggiunte da alcun altro popolo. E non dovevamo discutere o spiegare o giustificare i nostri inizi, il nostro arduo viaggio attraverso le generazioni, l'arrivo sul pinnacolo che infine occupavamo. Per imporre il rispetto ad ogni altro popolo, dovevamo dire, semplicemente che *eravamo i Mexìca!*

Mi ersi in tutta la mia statura e raddrizzai le spalle e alzai la testa e fieramente mi voltai nella direzione del Cuore e del Centro dell'Unico Mondo.

✠

Ma constatai che non riuscivo più a mantenere quel passo deciso e orgoglioso. Nel corso di tutto quel viaggio ero andato ricostruendo e disseppellendo e rimettendo insieme la trascorsa storia di antiche terre e di antichi popoli. Quanto più mi avvicinavo alla patria, tanto più mi sembrava che tutto quel remoto passato avesse permeato la mia mente, i miei muscoli e le mie ossa.

Sentivo di reggere sulle spalle ogni covone degli anni trascorsi dagli inizi della storia e non mi limitavo, credo, a immaginare, semplicemente, quel fardello. Tutto stava ad attestare che esso pesava effettivamente su di me. Camminavo più adagio e meno eretto di quanto fossi abituato a fare, affrontando le colline più alte ansimavo forte e, quando faticavo su per pendii molto ripidi, il cuore mi martellava le costole lagnandosi irosamente.

A causa della sensazione di essere appesantito da tutte le epoche del mondo, deviai dal mio cammino mentre mi avvicinavo a Tenochtìtlan. La città era troppo moderna per il mio stato d'animo. Decisi di recarmi prima in un luogo più antico, un luogo che non avevo ancora visitato, sebbene non si trovi lontano a oriente da dove ero nato. Volevo vedere il primo luogo che fosse stato abitato in tutta quella regione, il luogo della civiltà più antica mai fiorita lì. Girai attorno al bacino lacustre — dapprima a nord e poi a sud-est, ma sempre nell'entroterra — e giunsi infine nella città di Teotihuàcan che ricordava epoche trascorse, Il Luogo Ove Si Riunivano Gli Dei.

È impossibile stabilire quanti covoni di covoni di anni essa ricordi nel suo silenzio sognante. Teotihuàcan è ormai una rovina, anche se una rovina maestosa, ed è sempre stata una rovina durante tutta la storia conosciuta di tutti i popoli che risiedono ora nella regione. La pavimentazione dei suoi ampi viali venne sepolta molto tempo fa dalla polvere trascinata dal vento e dalla vegetazione. I suoi innumerevoli templi non sono altro che macerie le quali ne profilano le prime fondamenta. Le piramidi torreggiano ancora sulla pianura, ma hanno le sommità troncate, mentre le loro linee rette sono scomparse e gli aguzzi spigoli si sono arrotondati sotto le percosse di incalcolabili anni e intemperie. I colori che un tempo dovettero rendere splendente la città sono scomparsi — la luminosità delle candide intonacature di gesso, i fulgori dell'oro battuto, il lustro di molte diverse vernici — e tutte le rovine sono ora dell'uniforme bruno e grigio spenti della pietra sottostante. Secondo la tradizione Mexìca, la città venne costruita dagli dei, per essere il loro luogo di riunione mentre studiavano i piani per creare il resto del mondo. Di qui il nome che le abbiamo dato. Ma, stando al mio signore Insegnante di Storia, questa leggenda è soltanto un'idea romanticamente erronea; la città venne effettivamente costruita da uomini. Eppure, questo non può certo sminuire la miracolosità, poiché quegli uomini dovettero essere da tempo scomparsi Toltéca, Maestri Artigiani che costruivano magnificamente.

Vedere Teotihuàcan come la vidi io la prima volta — in un tramonto colorato in modo stravagante, con le piramidi che balzavano su dalla piana e contemplavano quella luce come se fossero nuovamente rivestite del più ricco oro rosso, luminose contro lo sfondo di remote montagne viola e di un cielo intensamente blu — è uno spettacolo così travolgente da far credere davvero che la città sia stata opera degli dei, o che, se furono uomini a crearla, si sia trattato di una razza divina di uomini.

Entrai a Teotihuàcan dal lato nord e mi inoltrai con cautela tra i blocchi di pietra rotolati intorno alla base della piramide che, secondo i nostri sapienti Mexìca, era stata dedicata alla luna. Questa piramide ha perduto almeno un terzo della sua altezza, la sommità essendo stata distrutta, e la gradinata ascende fino ad un caos di pietre diroccate, lassù. La Piramide della Luna è circondata da colonne ancora in piedi o abbattute e da mura di edifici che un tempo dovevano raggiungere l'altezza di due o tre piani. Uno di tali edifici lo chiamavano il Palazzo delle Farfalle, a causa del gran numero di quelle gaie creature dipinto negli affreschi tuttora visibili sulle mura interne.

Ma non indugiai lì. Mi portai a sud seguendo il viale centrale della città, che è lungo e largo quanto il fondo di una valle abbastanza vasta, ma più pianeggiante. Noi gli davamo il nome di In Micaòtli, il Viale dei Morti, e, sebbene sia invaso da cespugli tra i quali strisciano serpenti e balzano conigli selvatici, consente ancora una piacevole passeggiata. Esteso per più di un lunga corsa, è delimitato, a entrambi i lati, da rovine di templi fino al punto intermedio. Là, la fila di templi sulla sinistra viene interrotta dalla mole incredibilmente immensa della icpac tlamanacàli, che i nostri sapienti avevano deciso essere la Piramide del Sole.

Se dirò che l'intera città di Teotihuàcan è imponente, ma che la Piramide del Sole fa sembrare insignificante tutto il resto, riuscirò forse a darvi un'idea delle sue dimensioni e della sua maestosità. È senz'altro una mezza volta più grande, in tutte le dimensioni, di com'era la Grande Piramide di Tenochtìtlan, e quest'ultima era la più grandiosa ch'io avessi veduto fino ad allora. In realtà, nessuno può dire quanto sia effettivamente grande la Piramide del Sole perché gran parte della sua base si trova sepolta sotto il terriccio depositato dai venti e dalle piogge durante le ere trascorse da quando Teotihuàcan venne abbandonata. Ma quel che rimane visibile e misurabile è imponente. Al livello del terreno, ognuno dei quattro lati è lungo due cento e trenta passi da un angolo all'altro, e l'edificio svetta quanto venti case comuni sovrapposte l'una all'altra.

L'intera superficie della piramide è scabra e disuguale, perché i lisci lastroni di ardesia con i quali era un tempo rivestita si sono staccati tutti dai supporti sporgenti di pietra che li sostenevano. E, molto tempo prima che i lastroni scivolassero in basso, tramutandosi in un caos di frammenti sul terreno, dovevano aver già perduto, immagino, il rivestimento originario di candido gesso e di dipinti colorati. La piramide ha quattro sbalzi da ognuno dei quali sale con una inclinazione diversa, senza alcun motivo a parte il fatto che la raffinatezza del progetto inganna lo sguardo e la fa, in qualche modo, sembrare ancor più alta di quanto sia. Vi sono così tre ampie terrazze intorno ai quattro lati, e, alla sommità, una piattaforma quadrata sulla quale doveva in passato trovarsi un tempio. Ma doveva trattarsi di un tempio piccolissimo e del tutto inadeguato per cerimonie di sacrifici umani. La gradinata che sale sul lato anteriore è ormai talmente distrutta e franata che gli scalini sono a malapena discernibili.

La Piramide del Sole è orientata ad ovest, verso il tramonto, e questo lato aveva ancora un color fiamma e oro quando io giunsi. Ma, nello stesso momento, le ombre man mano più lunghe dei templi in rovina al lato opposto del viale cominciarono a salire sul lato anteriore della piramide, come denti frastagliati che la mordessero. Cominciai a salire rapidamente su quel che restava della gradinata, tenendomi sempre nella luce color giacinto del sole, subito più in alto dell'ombra invadente dei denti.

Giunsi sulla piattaforma alla sommità nello stesso momento in cui l'ultimo raggio di sole si sollevava dalla piramide, e sedetti pesantemente, ansimando per respirare. Una farfalla del crepuscolo giunse palpitante da qualche parte e si posò sulla piattaforma, amichevolmente vicina a me. Era una farfalla molto grande e completamente nera, e mosse dolcemente le ali come se anch'essa stesse ansimando a causa dell'ascesa. Tutta Teotihuàcan era ormai immersa nel crepuscolo e, di lì a non molto, una nebbia pallida cominciò ad alzarsi dal suolo. La piramide sulla quale sedevo, nonostante la sua massiccia mole, parve galleggiare separata dal terreno. La città, poco prima di un rosso e di un giallo fiammeggianti, era diventata di un azzurro e di un argento smorzati. Sembrava serena e sonnacchiosa. Dimostrava la sua grande età. Più antica del tempo stesso, ma tanto salda da continuare a esistere ancora anche quando tutto il tempo fosse trascorso.

La scrutai da un'estremità all'altra — trovandosi a quell'altezza era possibile — e, servendomi del topazio, potei vedere gli innumerevoli avvallamenti e incavi nel terreno invaso dalle erbacce che si stendeva in lontananza a entrambi i lati del Viale dei Monti: i luoghi ove si erano trovate più abitazioni di quante ve ne fossero a Tenochtìtlan. Poi scorsi qualcos'altro che mi meravigliò: piccoli fuochi lontani stavano sbocciando. Era forse la città dei morti che tornava alla vita? Ma infine mi resi conto che si trattava di torce accese, una lunga e duplice fila di torce in avvicinamento dal sud. Fuggevolmente, mi irritò il non avere più la città tutta per me. Ma sapevo che spesso giungevano lì pellegrini, soli o a turbe — da Tenochtìtlan, da Texcòco e da altri luoghi — per fare offerte o recitare preghiere lì ove un tempo si erano riuniti gli dei. Esisteva persino un campo predisposto per ospitare questi visitatori; un prato vasto, rettangolare, infossato, all'estremità sud del viale principale. Si riteneva che fosse stato, in origine, la piazza del mercato di Teotihuàcan, e che, sotto l'erba, dovessero trovarsi mura di cinta e una plaza pavimentata in pietra.

La notte era ormai completamente buia quando la processione illuminata dalle torce giunse in quel campo, e, per qualche tempo, io stetti a guardare mentre i portatori delle torce si fermavano disponendosi in circolo e altri si muovevano qua e là dandosi da fare per predisporre l'accampamento. Poi, essendo ormai certo che nessuno dei pellegrini si sarebbe inoltrato ulteriormente nella città prima del mattino successivo, mi spostai sulla piattaforma e mi voltai a est per contemplare la luna che spuntava. Era piena, perfettamente rotonda e benevolmente bella, come la pietra di Coyolxaùqui ad Aztlan. Quando fu molto alta sopra il profilo ondulato delle remote montagne, tornai a voltarmi per vedere Teotihuàcan illuminata dalla sua luce. Una dolce brezza notturna aveva disperso la nebbia rasente il terreno e i molti edifici venivano nitidamente delineati in ogni particolare dal chiaro di luna bianco-azzurrognolo e proiettavano ombre densamente nere sul terreno azzurro.

Quasi tutte le strade e le giornate della mia vita erano state frenetiche e dense di eventi, con ben pochi intervalli sereni, ed io prevedevo che sarebbero continuate ad essere così fino alla fine. Ma sedetti serenamente lì per breve tempo e tesoreggiai quella pace. Mi sentii persino indotto a creare l'unica poesia della mia vita. Non concerneva la realtà o la storia; venne ispirata esclusivamente dalla bellezza lunare, dal silenzio e dalla tranquillità di quel luogo e di quel momento. Quando ebbi formulato mentalmente la poesia, mi misi in piedi sulla sommità della torreggiante Piramide del Sole, e la recitai a voce alta alla città deserta:

> Un tempo, quando nulla tranne la notte esisteva,
> Si riunirono, in un'era dimenticata...
> Tutti gli dei più potenti...
> Per creare l'alba del giorno e la luce.
> Qui...
> A Teotihuàcan.

«Molto bella» disse una voce che non era la mia, ed io trasalii a tal punto che, per poco, non rotolai già dalla piramide. La voce recitò di nuovo, a me, la poesia, adagio e con gusto, ed io riconobbi la voce stessa. Ho udito il mio piccolo parto poetico recitato da altre persone in occasioni successive, e anche in tempi recenti; mai più, però, dal Signore Motecuzòma Xocòyotl, Cem-Anàhuac Uey-Tlatoàni, Riverito Oratore dell'Unico Mondo.

«Molto bella» egli ripeté. «Tanto più in quanto i Cavalieri dell'Aquila non si fanno notare per il loro estro poetico.»

«E nemmeno, a volte, per la loro cavalleria» dissi in tono afflitto, sapendo che anch'egli mi aveva riconosciuto.

«Puoi fare a meno di essere apprensivo, Cavaliere Mixtli» disse lui, senza alcuna emotività percettibile. «I tuoi anziani sottufficiali si sono addossati tutta la colpa per la fallita colonia di Yanquìtlan. E sono stati giustiziati come meritavano. Non rimane alcun debito da pagare. E, prima di recarsi alla ghirlanda fiorita mi dissero dell'esplorazione che ti proponevi. Come te la sei cavata?»

«Non meglio che a Yanquìtlan, mio signore» risposi, reprimendo un sospiro mentre pensavo agli amici morti per me. «Ho potuto soltanto accertare che i favoleggiati depositi degli Azteca non esistono e non sono mai esistiti.» Gli feci un resoconto, conciso il più possibile, del viaggio e della scoperta della leggendaria Aztlan, e conclusi con la frase che avevo udito ripetere ovunque in varie lingue. Motecuzòma annuì con aria tetra e la ripeté fissando le tenebre della notte come se avesse potuto vedere dinanzi a sé tutti i territori dei suoi dominii: pronunciò le parole nel tono sinistro di un epitaffio:

«Gli Azteca giunsero qui, ma non avevano nulla con sé, e nulla lasciarono andandosene».

Dopo un silenzio piuttosto lungo e inquietante, dissi: «Per più di due anni non ho avuto notizie di Tenochtìtlan né della Triplice Alleanza. Come stanno andando le cose laggiù, Signore Oratore?»

«Male all'incirca come tu descrivi la situazione della desolata Aztlan. Le guerre che combattiamo non ci arrecano alcun vantaggio. I nostri territori non sono aumentati di un palmo rispetto a come tu li conoscevi. Nel frattempo, i presagi si moltiplicano, sempre più misteriosi, minacciando futuri disastri.»

Si degnò di narrarmi brevemente gli ultimi avvenimenti. Non aveva mai smesso di attaccare e di cercar di domare la vicina nazione dei Texcàla, caparbi nel difendere la loro indipendenza, ed era riuscito soltanto a riportare una inconsueta serie di insuccessi. I Texaltèca continuavano ad essere indipendenti e ostili come non mai nei confronti di Tenochtìtlan. La sola recente azione che Motecuzòma potesse considerare sia pur soltanto moderatamente riuscita era consistita in una mera incursione di rappresaglia. Gli abitanti di una cittadina a nome Tlaxiàco, situata in qualche punto nella regione dei Mixtèca, avevano intercettato e tenuto per sé i ricchi tributi destinati a Tenochtìtlan e inviati dalle città più al sud. Motecuzòma aveva guidato personalmente laggiù le sue truppe e tramutato la cittadina di Tlaxiàco in una pozza di sangue.

« Ma gli affari di Stato non sono risultati tanto scoraggianti quanto i fenomeni della natura » egli continuò. « Un mattino, circa un anno e mezzo fa, l'intero lago di Texcòco divenne all'improvviso turbolento come un mare tempestoso. Per un giorno e una notte si agitò, coperto di spuma, allagando alcuni dei territori più bassi. E senza alcun motivo: non vi erano stati né un temporale, né forti venti, né un terremoto che potessero spiegare quel sollevarsi dell'acqua. Poi, lo scorso anno, e altrettanto inspiegabilmente, il tempio di Huitzilopòchtli si incendiò e bruciò, rimanendo quasi distrutto. Successivamente è stato ricostruito e il dio non ha dato segni di risentimento. Ma quell'incendio sulla sommità della Grande Piramide venne veduto ovunque intorno al lago e fece nascere lo spavento nel cuore di chiunque lo vide. »

« È davvero quanto mai strano » riconobbi. « Come potrebbe un tempio di pietra incendiarsi anche se un pazzo vi accostasse una torcia? La pietra non brucia. »

« Ma il sangue coagulato sì » disse Motecuzòma « e l'interno del tempio era rivestito ovunque da una spessa crosta di sangue. Il fetore indugiò sulla città per giorni e giorni, in seguito. Ma questi accadimenti, qualsiasi cosa potessero significare, appartengono ormai al passato. Ora giunge *questa* maledetta cosa. »

Additò il cielo ed io alzai il topazio per scrutare in alto, grugnendo involontariamente quando vidi ciò che egli aveva indicato. Non avevo mai veduto niente di simile; e probabilmente non avrei mai notato la cosa se il mio debole sguardo non fosse stato diretto verso di essa; ma la riconobbi per quella che noi chiamavamo una stella fumante. Voi Spagnoli la chiamate stella pelosa, o cometa. Era davvero molto graziosa — simile a un luminoso ciuffo di piumino situato tra le stelle normali — ma naturalmente io sapevo che doveva essere contemplata con sgomento, in quanto certa preannunciatrice di sciagure.

« Gli astronomi di corte l'hanno veduta per la prima volta un mese fa » disse Motecuzòma « quando era troppo piccola per poter essere scorta da occhi non addestrati. Da allora è apparsa ogni notte nello stesso punto del cielo, ma divenendo sempre più grande e luminosa. Molti dei nostri sudditi non si azzardano più a uscire fuori delle loro case, la notte, e anche i più audaci si accertano che i loro figli non escano, per essere protetti da quella malefica luce.»

Dissi: «E così la stella fumante ha indotto il mio signore a cercare una comunione spirituale con gli dei di questa città?»

Egli sospirò e rispose: «No. O non del tutto. L'apparizione della stella è abbastanza preoccupante, ma ancora non ti ho parlato dell'evento più recente e del presagio più funesto. Tu sai, naturalmente, che il massimo dio di questa città di Teotihuàcan era il Serpente Piumato; e sai come da lungo tempo si sia ritenuto che un giorno lui e i suoi Toltéca sarebbero tornati a rivendicare questi territori».

«Conosco le antiche leggende, Signore Oratore. Quetzalcòatl costruì una sorta di zattera magica e andò alla deriva sul mare orientale, giurando che un giorno sarebbe tornato.»

«E rammenti, Cavaliere Mixtli, che circa tre anni or sono tu ed io e il Signore Oratore Nezahualpìli di Texcòco discutemmo a proposito del disegno su un pezzo di carta di corteccia portato dalle terre dei Maya?»

«Sì, mio signore» risposi a disagio, poiché non gradivo troppo che me lo si rammentasse. «Una casa di grandi dimensioni galleggiante sul mare.»

«Sul mare *orientale*» precisò lui. «Nel disegno, la casa galleggiante sembrava avere abitatori. Tu e Nezahualpìli li definiste uomini. Stranieri. Forestieri.»

«Ricordo, mio signore. Sbagliammo, definendoli stranieri? Vuoi forse dire che il disegno rappresentava il ritorno di Quetzalcòatl? Quetzalcòatl che riconduceva i suoi Toltéca dalla terra dei morti?»

«Non lo so» rispose lui, con inconsueta umiltà. «Ma ho appena ricevuto un rapporto secondo il quale una di quelle case galleggianti è apparsa di nuovo al largo della costa Maya, e si è capovolta in mare, come una casa che precipiti da un lato nel terremoto, e due dei suoi occupanti sono stati sospinti a riva dalle onde, quasi morti. Se ve n'erano altri, su quella casa, devono essere affogati. Ma i due superstiti si sono ripresi, dopo qualche tempo, e ora si trovano in un villaggio a nome Tihò. Il suo capo, un uomo che si chiama Ah Tutàl, ha inviato un messaggero veloce per domandarmi che cosa deve fare di essi, in quanto asserisce che sono dei, e non è assuefatto ad ospitare dei. In ogni modo, non dei vivi e visibili e palpabili.»

Avevo ascoltato con crescente stupore. A questo punto proruppi: «Ebbene, mio signore? Sono *davvero* dei?»

«Non lo so» egli ripeté. «Il messaggio era tipico dell'inettitudine Maya... tanto isterico e incoerente che non so neppure se quei due siano maschi o femmine... o un maschio e una femmina, come la Coppia del Signore e della Signora. Tuttavia la descrizione, per quello che può valere, non si riferiva ad alcun uomo o ad alcuna donna come quelli che io conosco. Disumanamente bianchi di pelle, enormemente pelosi sulla faccia e sul corpo, essi parlano un linguaggio incomprensibile anche per i più savi tra i savi uomini da quelle parti. Senza dubbio, due dei *avrebbero* un aspetto diverso dal nostro e parlerebbero diversamente da noi, non è forse così? »

Vi pensai su e infine risposi: «Suppongo che gli dei possano assumere qualsiasi aspetto vogliono. E possono parlare qualsiasi lingua umana, se davvero vogliono comunicare. Una cosa trovo difficile a credersi: che gli dei possano consentire alla loro casa viaggiante di capovolgersi e di farli quasi affogare come qualsiasi maldestro barcaiolo. Ma che cosa hai consigliato di fare a quel capo, Signore Oratore? »

« Anzitutto, di tacere finché non avremmo potuto accertare quali esseri essi siano. In secondo luogo, di fornire loro i cibi migliori e le migliori bevande, tutti gli agi possibili e la compagnia del sesso opposto, se la desiderano, affinché possano trattenersi soddisfatti a Tihò. In terzo luogo, e quel che più conta, di *tenerli* là, ben rinchiusi, non veduti da più occhi di quelli che già li hanno visti, facendo sì che la loro esistenza sia il meno nota possibile. Gli apatici Maya possono non lasciarsi indebitamente turbare da quanto è accaduto. Ma se la notizia si diffondesse tra i nostri popoli più capaci di discernimento e più sensibili, essa potrebbe causare tumulti, ed io non voglio alcunché di simile. »

« Sono stato a Tihò » dissi. « È qualcosa di più di un villaggio, è una cittadina di dimensioni rispettabili, e i suoi abitanti sono il popolo Xiu, considerevolmente superiore a quasi tutti gli altri Maya superstiti. Prevedo che ti ubbidiranno, Signore Oratore. Che manterranno segreta la cosa. »

Nel chiaro di luna, potei vedere Motecuzòma voltarsi dalla mia parte e inclinare di scatto la testa verso di me, mentre diceva: « Tu parli le lingue Maya ».

« Quel dialetto Xiu, sì, mio signore. Passabilmente. »

« E ti impadronisci facilmente di altre lingue esotiche. »

Prima che avessi potuto dire qualcosa, continuò, ma parve parlare a se stesso. « Sono venuto a Teotihuàcan, la città di Quetzalcòatl, nella speranza che egli, o qualche altro dio, potessero darmi un segno. Una qualche indicazione sul modo migliore per affrontare questo evento. E che cosa trovo a Teotihuàcan? » Rise, anche se la sua ilarità parve forzata, e di nuovo si rivolse a me. « Riusciresti a espiare molte colpe del passato, Cavaliere Mixtli, se volontariamente tu facessi una cosa che trascende le capacità di altri uomini, anche dei massimi sacerdoti degli uomini. Se accettassi di essere l'emissario dei Mexìca — di tutto il genere umano — il nostro emissario presso gli dei. »

Pronunciò queste ultime parole in tono faceto, come se, naturalmente, non vi credesse, sebbene sapessimo entrambi che non erano del tutto incredibili. L'idea era tale da mozzare il fiato: che io potessi essere il primo uomo ad avere mai conversato — non arringato, come facevano i sacerdoti, né conferito mediante qualche mezzo mistico — ma realmente *conversato* con esseri che forse non erano umani, che forse erano qualcosa di eminentemente più grande della semplice umanità. Che potessi pronunciare parole rivolte a... sì... *a dei* e udire parole pronunciate da essi...

Ma in quel momento non riuscii a parlare affatto, e Motecuzòma rise di nuovo, del mio mutismo. Balzò in piedi, ritto sulla sommità della piramide, si chinò per battermi una mano sulla spalla, e disse allegramente: «Sei troppo indebolito dalla stanchezza per dire sì o no, Cavaliere Mixtli? Bene, i miei servi dovrebbero ormai aver cucinato un buon pasto. Vieni ad essere mio ospite, e lascia che nutra la tua risolutezza».

Così, con cautela, scendemmo lungo un lato illuminato dalla luna della Piramide del Sole, una discesa difficile quasi quanto l'ascesa, e ci incamminammo a sud, lungo il Viale dei Morti, verso l'accampamento dominato dalla terza e dalla più piccola delle piramidi di Teotihuàcan; là ardevano fuochi, si stava cucinando, e giacigli protetti da zanzariere venivano preparati dalle centinaia di servi, sacerdoti, cavalieri e altri cortigiani che avevano accompagnato Motecuzòma. Ci venne incontro quello stesso alto sacerdote che, ricordai, aveva celebrato la cerimonia del Nuovo Fuoco circa cinque anni prima. Mi rivolse appena un'occhiata fuggevole e prese a dire, con pomposa sicumera:

«Signore Oratore, per le supplice di domani agli antichi dei di questo luogo, propongo anzitutto un rituale di... »

«Non darti alcuna pena» lo interruppe Motecuzòma. «Non v'è più alcuna necessità di pretenziose supplice. Torneremo a Tenochtìtlan non appena ci saremo destati, domattina. »

«Ma, mio signore» protestò il prete. «Dopo aver percorso tanta strada sin qui, con tutto il tuo seguito e gli augusti ospiti... »

«A volte gli dei offrono spontaneamente la loro benedizione, prima ancora che sia stata chiesta» disse Motecuzòma, rivolgendo a me un non equivoco sguardo. «Naturalmente, non potremo mai sapere con certezza se sia stata data sul serio o soltanto come uno scherzo beffardo. »

Poi, lui ed io sedemmo per mangiare, tra una cerchia di guardie del palazzo e di altri cavalieri, molti dei quali mi riconobbero e mi salutarono. Sebbene io fossi indecorosamente lacero, sudicio e fuori posto tra quelle persone vistosamente piumate e adornate di monili, lo Uey-Tlatoàni mi invitò a sedere al posto d'onore, sui cuscini alla sua destra. Mentre mangiavamo, e mentre io tentavo eroicamente di moderare la mia voracità, il Signore Oratore parlò a lungo della imminente missione che avrei svolto «presso gli dei». Mi suggerì domande che avrei dovuto porre ad essi una volta impadronitomi della loro lingua, ed elencò le *loro* domande alle quali avrei dovuto prudentemente evitare di rispondere. Aspettai che un boccone di quaglia arrostita lo costringesse a tacere, poi osai dire:

«Mio signore, mi azzarderei a fare una richiesta. Posso riposare, almeno per breve tempo, a casa mia prima di mettermi ancora una volta in viaggio? L'ultima volta partii nel pieno rigoglio della virilità, ma confesso che ora sento di essere tornato stanco come se già fossi vecchio, nell'età del mai».

«Ah, sì» disse il Riverito Oratore, comprensivo. «Non è affatto necessario che ti scusi. È il destino di ogni uomo. Arriviamo tutti, in ultimo, alla ueyquin ayquic.»

Giudicando dalle vostre espressioni, reverendi scrivani, arguisco che non capite il significato di ueyquin ayquic, «l'età del mai». No, no signori, non significa un determinato numero di anni d'età. Giunge presto per certe persone, tardi per altre. Tenuto conto del fatto che io avevo allora quaranta e cinque anni, vale a dire che mi trovavo più in là dell'età di mezzo, ero riuscito a eludere la presa dell'ueyquin ayquic più a lungo della maggior parte degli uomini. Essa è l'età in cui un individuo comincia a bofonchiare tra sé e sé: «*Ayya*, le montagne non mi sono *mai* sembrate così ripide, prima d'ora» oppure: «*Ayya*, non mi sono *mai* sentito la schiena così indolenzita» o ancora: «*Ayya* non mi ero *mai* trovato un capello grigio...»

Questa è l'età del mai.

Motecuzòma continuò: «Ma senz'altro, Cavaliere Mixtli, concediti il tempo che ti occorre per riposare prima di recarti al sud. E questa volta non andrai a piedi, o solo. Un emissario ufficiale dei Mexìca deve presentarsi fastosamente, specie se ha il compito di conferire con due dei. Ti assegnerò una maestosa portantina, e portatori robusti, e una scorta armata, e tu indosserai la tua più ricca uniforme di Cavaliere dell'Aquila».

Mentre ci accingevamo a coricarci, alla luce fioca sia della luna sul punto di tramontare, sia dei languenti fuochi da campo, Motecuzòma chiamò uno dei suoi messaggeri veloci. Impartì ordini all'uomo, che immediatamente si diresse a Tenochtìtlan per portare a casa mia la notizia delll'imminente arrivo del padrone. Il Riverito Oratore era stato premuroso e bene intenzionato regolandosi in questo modo, poiché voleva che i miei servi e mia moglie Bèu Ribè avessero il tempo di preparare le opportune accoglienze. In realtà, la conseguenza di tali accoglienze fu quella di uccidere, quasi, me e di far sì che per poco io non uccidessi Bèu.

L'indomani a mezzogiorno percorsi le vie di Tenochtìtlan. Siccome ero malconcio quanto qualsiasi mendicante lebbroso, e quasi impudicamente nudo come un qualsiasi Huaxtécatl fiero dei propri genitali, la gente che incontravo o girava alla larga intorno a me, oppure, ostentatamente, si avvolgeva nel mantello per evitare anche soltanto di sfiorarmi. Ma quando giunsi nel quartiere di Ixacuàlco, ove si trovava casa mia, cominciai a imbattermi in vicini che mi ricordavano e che mi salutarono abbastanza civilmente. Poi vidi la casa e la padrona di casa ritta sulla soglia, in cima ai gradini; mi servii del topazio per osservarla, e poco mancò che stramazzassi, in quel momento, poiché ad aspettarmi là era Zyanya.

Si teneva ritta nella vivida luce del giorno, indossando soltanto una blusa e una gonna, con il bel capo nudo — e la meravigliosa striatura bianca, unica al mondo, era chiaramente visibile sui suoi sciolti capelli neri. Lo sconvolgimento dell'illusione fu come una mazzata che avesse alterato tutti i miei sensi e i miei organi. Improvvisamente, parve che stessi guardando all'insù trovandomi sott'acqua, dal centro di un vortice; le case e la gente nella strada si muovevano circolarmente intorno a me. La gola mi si strinse e il respiro non volle né uscire né entrare. Il cuore mi diede un balzo, dapprima di gioia, poi di frenetica protesta a causa della tensione; martellò ancor più forte di quanto avesse fatto di recente, durante le scalate più faticose. Vacillai e mi afferrai, per non cadere, al più vicino dei sostegni delle torce.

«Zàa!» ella gridò, afferrandomi. Non l'avevo veduta sopraggiungere di corsa. «Sei ferito? Sei malato?»

«Sei davvero Zyanya?» riuscii a dire, con una voce esile, forzata attraverso la gola stretta. La strada si era oscurata e non la vedevo più, ma riuscivo ancora a scorgere la luminosità di quella striatura sui capelli.

«Mio caro!» fu la sola risposta di lei. «Mio caro... buon... Zàa...» e mi tenne stretto contro il suo soffice e caldo seno.

Dissi quello che, alla mia mente confusa, sembrava ovvio: «Allora non sei tu a trovarti qui, sono io a trovarmi là». E risi per la pura felicità di essere morto. «Mi hai aspettato tutto questo tempo... sul più vicino confine del remoto aldilà...»

«No, no, tu non sei morto» tubò lei. «Sei soltanto stanco. E io sono stata irriflessiva. Avrei dovuto rimandare a dopo la sorpresa.»

«La sorpresa?» dissi. La vista mi si stava schiarendo e stabilizzando, ed io alzai gli occhi dal seno al viso di lei. Era il viso di Zyanya, e bello più di quanto possa essere bella qualsiasi donna, ma non si trattava più della Zyanya ventenne che ricordavo. Il viso era invecchiato quanto il mio, e i morti non invecchiano. In qualche luogo, Zyanya continuava ad essere giovane, e Cozcatl ancora più giovane, e il vecchio Ghiotto di Sangue era sempre lussuriosamente senza età, e mia figlia Nochìpa sarebbe rimasta in eterno una bambina di dodici anni. Soltanto io, Nuvola Scura, rimanevo in questo mondo, a sopportare una ancor più tenebrosa e annebbiata età del mai.

Bèu Ribè dovette scorgermi negli occhi qualcosa di spaventoso. Mi lasciò andare e, circospetta, indietreggiò. Il martellare selvaggio del mio cuore e gli altri sintomi dello sconvolgimento erano cessati; mi sentivo soltanto gelido dappertutto.

Mi tenni molto eretto e dissi, torvo:

«Questa volta hai simulato deliberatamente. Questa volta lo hai fatto apposta».

Continuando adagio a indietreggiare, ella disse, con la voce tremula: «Pensavo... speravo di farti piacere. Mi son detta che, se avessi riveduto tua moglie com'era quando l'amavi...» Quando la sua voce si ridusse a un bisbiglio, ella si schiarì la gola per aggiungere: «Zàa, tu sai che i capelli erano la sola differenza visibile tra noi».

Dissi tra i denti: «La sola differenza!» e mi tolsi dalla spalla l'otre di cuoio vuoto dell'acqua.

Bèu continuò, disperatamente: «Così, ieri sera, quando il messaggero ci ha detto del tuo ritorno, ho preparato acqua di calce, e mi sono sbiancata soltanto questa ciocca. Ho pensato che tu avresti potuto... accettarmi... almeno per qualche tempo...»

«Sarei potuto morire!» dissi digrignando i denti. «E sarei morto volentieri. Ma non per te! Te lo assicuro, questo sarà l'ultimo dei trucchi maledetti, l'ultima delle stregonerie e delle indegnità che hai accumulato su di me.»

Avevo nella mano destra le cinghie dell'otre di cuoio. Con un movimento scattante della mano sinistra le afferrai il polso e glielo torsi, facendola stramazzare.

Assurdamente, ella gridò: «Zàa, hai anche tu bianco nei capelli, adesso!»

I nostri vicini e alcune altre persone lungo la strada avevano sorriso vedendo mia moglie correre ad abbracciare il viaggiatore tornato a casa. Ma smisero di sorridere compiaciuti quando cominciai a frustarla. Credo proprio che sarei arrivato al punto di ucciderla se avessi avuto la forza e la resistenza necessarie. Ma ero logorato, come ella stessa aveva fatto osservare, e non ero più giovane, e anche questo ella aveva fatto osservare.

Ciò nonostante, le cinghie di cuoio le fecero a brandelli le vesti leggere, e poi dispersero i brandelli, per cui ella rimase lì nuda, tranne alcuni ultimi stracci intorno al collo. Il suo corpo color miele, che sarebbe potuto essere il corpo di Zyanya, era segnato da striature di un vivido scarlatto, ma non avevo avuto forza bastante per lacerarle la pelle e fare sprizzare il sangue. Quando non riuscii più a frustarla, Bèu era svenuta per il dolore. La lasciai distesa e nuda, sotto gli occhi di chiunque avesse voluto guardarla, e barcollai verso i gradini di casa mia. Io stesso di nuovo mezzo morto.

L'anziana Turchese, ora ancor più invecchiata, sbirciava timorosamente dalla porta. Non avevo più voce per parlare; soltanto con un gesto la invitai a occuparsi della padrona. Poi, in qualche modo, riuscii a salire le scale fino al primo piano della casa. Soltanto una camera da letto era stata preparata: quella ove avevamo dormito Zyanya ed io. Sul letto si ammonticchiavano soffici trapunte, la più alta ripiegata in modo allettante a entrambi i lati. Bestemmiai, barcollai verso la stanza degli ospiti, con uno sforzo enorme srotolai le coperte che vi si trovavano e mi lasciai cadere inerte su di esse a faccia in giù. Scivolai nel sonno come, un giorno, scivolerò nella morte e tra le braccia di Zyanya.

Dormii fino a mezzogiorno dell'indomani, e l'anziana Turchese aspettava ansiosa fuori della porta, quando mi destai. La porta dell'altra camera era chiusa e non un suono si udiva dietro ad essa. Non domandai in quali condizioni fosse Bèu. Ordinai a Turchese di scaldare acqua per riempire la vasca e pietre per il bagno a vapore, nonché di prepararmi indumenti puliti e di incominciare a cucinare senza smettere finché non glielo avessi detto io. Quando, infine, ne ebbi avuto abbastanza di abluzioni alternate da bagni a vapore, e mi fui vestito, discesi al pianterreno e mangiai e bevvi, tutto solo, quanto sarebbe bastato per tre uomini.

Mentre Turchese portava il secondo vassoio e forse la terza caraffa di cioccolata, le dissi: «Mi occorreranno tutti gli ornamenti e la corazza e tutto il resto della tenuta da Cavaliere dell'Aquila. Quando avrai terminato di servirmi, valli a prendere, per favore, ove sono stati messi e accertati che prendano aria, che ogni piuma sia ben lisciata e che tutto sia perfettamente in ordine. Ma intanto mandami Cantore di Stelle».

Con una tremula voce da vecchia ella disse: «Mi rincresce di dovertelo dire, padrone, ma Cantore di Stelle è morto per una infreddatura l'inverno scorso».

Dissi che la notizia mi addolorava. «Allora dovrai essere tu a farmi questa commissione, Turchese, prima di occuparti del resto. Andrai al palazzo...»

Ella indietreggiò e balbettò: «Io, padrone? Al palazzo? Oh, ma le guardie non mi lasceranno nemmeno avvicinare alla grande porta!»

«Di' che sono io a mandarti e ti faranno passare» esclamai, spazientito. «Devi riferire un messaggio allo Uey-Tlatoàni, e a nessun altro.»

Di nuovo ella balbettò: «Allo Uey...!»

«Taci, donna! Dovrai dirgli questo. Imparalo bene a mente. Soltanto questo: "All'emissario del Signore Oratore non occorre altro riposo. Nuvola Scura è pronto a partire per la sua missione non appena il Riverito Oratore avrà preparato la scorta".»

E così, senza rivedere Luna in Attesa, partii per incontrarmi con gli dei in attesa.

I H S

✠

S. C. C. M.

Alla Sacra, Cesarea, Cattolica Maestà,
l'Imperatore Don Carlos, Nostro Sovrano e Re:

Eminentissima Maestà, Preminente tra i Prìncipi: da questa Città di Mexìco, capitale della Nuova Spagna, in questa vigilia di Corpus Christi, nell'anno di Nostro Signore mille cinquecento trenta e uno, saluti.

Scriviamo quanto segue con afflizione e ira e contrizione. Nell'ultima nostra lettera esprimemmo la nostra esultanza per la savia osservazione del nostro Sovrano concernente la possibile — anzi l'apparentemente inconfutabile — somiglianza tra la divinità degli Indios chiamata Quetzalcòatl e il nostro Cristiano San Tommaso. Ahimè, dobbiamo ora, con afflizione e imbarazzo, comunicare alcune cattive nuove.

Ci affrettiamo a dire che nessun dubbio è stato gettato sulla brillante teoria *per sé* della Benevolentissima Maestà Vostra. Ma dobbiamo riconoscere che il vostro devoto cappellano è stato eccessivamente impetuoso nel citare conferme a sostegno di tale ipotesi.

A sembrarci una prova *certa* della supposizione del nostro Sovrano fu l'altrimenti inspiegabile presenza qui dell'Ostia, nascosta in quello scrigno dell'artigianato indigeno nell'antica città di Tula. Abbiamo appreso soltanto di recente, ascoltando il racconto del nostro Azteco — come la Maestà Vostra potrà rendersi conto leggendo le pagine trascritte qui accluse — che fummo tratti in inganno da quello che è soltanto un gesto superstizioso degli Indios, attuato appena relativamente pochi anni or sono. Ed essi vennero istigati a compierlo da un prete Spagnolo evidentemente mancato, o apostata, che, in precedenza, aveva osato un innominabile e profano ladrocinio. Per conseguenza abbiamo, non senza rincrescimento, scritto confessando la nostra credulità e pregandola di ignorare la falsa prova addotta. Poiché tutti gli altri apparenti nessi tra San Tommaso e il mitico Serpente Piumato sono puramente indiziari, ci si può aspettare che la Congregatio, almeno fino a quando non si conosceranno prove più sostenibili, lascerà cadere l'ipotesi di Vostra Maestà secondo cui la divinità degli Indios sarebbe potuta essere, in realtà, l'Apostolo Tommaso il quale avrebbe compiuto un viaggio Evangelico in questo Nuovo Mondo.

Ci affligge dovervi dare notizie così scoraggianti, ma sosteniamo che la colpa non fu del nostro zelo nel rendere ancor più manifesto l'acume dell'Ammiratissima Maestà Vostra. *La colpa è stata esclusivamente di questo scimmione di un Azteco!*

Egli sapeva che eravamo entrati in possesso di quello scrigno contenente il Sacramento, conservato fresco e intatto, a nostro giudizio, per forse quindici secoli. Era consapevole della meraviglia e dell'entusiasmo che il ritrovamento aveva causato in noi e in ogni altro Cristiano in questi territori. L'Indio avrebbe potuto dirci allora in qual modo l'oggetto era venuto a trovarsi ove Dìaz lo aveva scoperto. Avrebbe potuto evitarci il prematuro entusiasmo a causa della scoperta stessa, le molte funzioni religiose con le quali la si festeggiò e il grande rispetto di cui demmo prova per quella reliquia apparentemente divina. Soprattutto, avrebbe potuto impedirci di renderci ridicoli riferendo così frettolosamente ed erroneamente la cosa a Roma.

E invece no. Lo spregevole Azteco stette a osservare tutta l'agitazione e il giubilo, senza dubbio con furtiva e maliziosa contentezza, e non disse una parola per avvertirci dei nostri gioiosi equivoci. Soltanto troppo tardi e durante lo svolgimento cronologico del suo racconto, e per giunta casualmente, egli accenna all'origine di queste Ostie per la comunione, e al modo con il quale furono nascoste a Tula. Ci sentiamo sufficientemente umiliati sapendo che i nostri superiori a Roma si divertiranno, o ci disprezzeranno, per essere noi caduti nella trappola di una mistificazione. Ma ci sentiamo incommensurabilmente più rammaricati perché, nella fretta di informare la Congregatio, abbiamo dato l'impressione di attribuire una analoga credulità al nostro Rispettatissimo Imperatore e Re, sebbene così ci siamo comportati con ogni buona attenzione di riconoscere alla Maestà Vostra il giusto merito di quello che *sarebbe* dovuto essere un motivo di esultanza tra i Cristiani, ovunque.

Preghiamo e confidiamo che vogliate incolpare del comune imbarazzo il vero responsabile: l'ingannevole e traditore Indio, il cui silenzio, come è ormai evidente, può quasi essere offensivo quanto alcune delle sue asserzioni. (Nelle pagine che seguono, se riuscirete a crederlo anche quando le leggerete, Sire, egli si serve della nobile lingua castigliana come di un pretesto per pronunciare parole che, senza dubbio, non sono mai state deliberatamente inflitte alle orecchie di qualsiasi altro Vescovo, ovunque!) Forse il nostro Sovrano si renderà ora conto che, quando questo individuo, così impudentemente, si fa beffe del Vicario della Maestà Vostra, senza alcun dubbio egli, per conseguenza, si fa beffe anche di Vostra Maestà, e non certo inintenzionalmente. Forse, Sire, riconoscerete infine che già da gran tempo è trascorso il giorno in cui avremmo potuto fare a meno di ricorrere a questo depravato e anziano barbaro, la cui sgradita presenza e le cui immorali rivelazioni sopportiamo ormai da oltre un anno e mezzo.

Vi preghiamo, Maestà, di perdonare la brevità e l'acrimonia e il tono scortesemente brusco di questa comunicazione. Siamo, in questo momento, troppo esasperati e turbati per poter scrivere più a lungo o con la mansuetudine che si addice alla nostra sacra carica.

Possano tutte le bontà e le virtuosità che emanano splendenti dalla Radiosa Maestà Vostra continuare a illuminare il mondo. Questa è la preghiera del devoto (anche se castigato) cappellano di S.C.C.M.

(ecce signum) Zumàrraga

UNDECIMA PARS

Ayyo! Dopo averci trascurato così a lungo. Tua Eccellenza torna ad unirsi a noi. Ma credo di poterne indovinare il motivo. Sto ora per parlare di quegli dei appena giunti, e gli dei rivestono, ovviamente, interesse per un uomo di Dio. Siamo onorati dalla tua presenza, mio Signore Vescovo. E, per non sprecare troppo del tempo prezioso di Tua Eccellenza, affretterò il mio racconto fino all'incontro con quegli dei. Mi limiterò a una sola digressione, per parlare dell'incontro, lungo la strada, con un essere più insignificante e meno importante, poiché quell'essere doveva dimostrare, in seguito, che non era affatto insignificante.

Partii da Tenochtìtlan il giorno seguente a quello del mio arrivo nella città, e me ne andai con grande pompa. Poiché la paurosa stella fumante non era visibile durante il giorno, una gran folla gremiva le strade e tutti contemplarono con gli occhi spalancati la parata della mia partenza. Portavo l'elmo dal becco feroce e la corazza piumata di un Cavaliere dell'Aquila e reggevo lo scudo con i simboli, tracciati mediante piume, del mio nome. Tuttavia, non appena ebbi percorso la strada rialzata, affidai tutto ciò allo schiavo che portava la bandiera del mio rango e gli altri emblemi. Indossai vesti più comode per il viaggio, e non portai più l'uniforme se non giungendo nell'una o nell'altra importante comunità lungo il nostro itinerario, ove volevo far colpo, con la mia importanza, sul capo locale.

Lo Uey-Tlatoàni mi aveva procurato una portantina dorata e adornata di pietre preziose sulla quale viaggiavo ogni qual volta mi stancavo di camminare, e un'altra portantina carica di doni che dovevo offrire al capo Xiu Ah Tutàl, oltre ad altri doni da presentare agli dei, ammesso che dei fossero risultati essere e che non avessero disprezzato simili offerte. Oltre agli uomini che sostenevano le portantine e ai portatori delle provviste per il viaggio, ero accompagnato da un reparto delle più alte, più robuste e imponenti guardie del palazzo, tutte formidabilmente armate e magnificamente vestite.

Non ho bisogno di dire che né banditi, né altri scellerati osarono attaccare un simile corteo. E non è necessario che stia a descrivere l'ospitalità con la quale fummo accolti ad ogni sosta lungo il cammino. Riferirò soltanto che cosa accadde quando trascorremmo una notte a Coàtzacoàlcos, quella cittadina sede di mercato sulla costa settentrionale della più sottile lingua di terra tra i due mari.

Io e il mio gruppo giungemmo quasi al tramonto in uno di quelli che, a quanto parve, erano i più attivi giorni di mercato, e pertanto non ci recammo fino al centro dell'abitato per esservi alloggiati come ospiti illustri. Ci limitammo ad accamparci in un campo alla periferia, ove altre colonne giunte tardivamente facevano altrettanto. Quella che si fermò accanto a noi era la colonna di un mercante di schiavi che conduceva al mercato un numero considerevole di uomini, donne e bambini. Dopo che il nostro gruppo ebbe cenato, mi avvicinai all'accampamento degli schiavi, con la mezza idea di poter forse trovare un sostituto accettabile del mio defunto servo Cantore di Stelle, e di riuscire forse, per giunta, a concludere un buon affare acquistando uno degli uomini prima che venissero posti in vendita, l'indomani, nella piazza del mercato della cittadina.

Il pochtècatl mi disse di avere acquistato il suo branco umano, uno schiavo o due alla volta, presso tribù Olmèca dell'entroterra come i Coatlicàmac e i Cupìlco. La sua fila di schiavi di sesso maschile era, letteralmente, una fila; gli uomini viaggiavano e riposavano e mangiavano, e persino dormivano, tutti legati gli uni agli altri mediante una lunga cordicella che passava attraverso il setto nasale forato di ognuno di essi. Le donne e le fanciulle, invece, venivano lasciate libere per i vari lavori: preparare gli accampamenti, accendere i fuochi, cucinare, andare ad attingere acqua, a fare legna, e via dicendo. Mentre mi aggiravo qua e là, osservando pigramente le mercanzie, una ragazza giovane, che reggeva una zucca colma d'acqua e un mestolo, mi avvicinò timidamente e domandò, in tono soave:

«Gradirebbe, il mio signore Cavaliere dell'Aquila, qualche rinvigorente sorsata d'acqua fresca? Al lato opposto del campo v'è un limpido fiume che scorre verso il mare, ed io ho attinto quest'acqua già abbastanza tempo fa perché tutte le impurità si siano depositate».

La osservai al di là della zucca mentre bevevo. Era ovviamente una ragazza delle campagne nell'interno, bassa di statura e snella, non molto pulita, con una blusa di misera tela di sacco che le arrivava alle ginocchia. Ma non era né volgare, né scura di carnagione, in un certo qual modo morbida, da adolescente non ancora ben formata, era anzi molto graziosa. Non masticava tzictli come tutte le altre femmine di quella regione, e, ovviamente, non era ignorante come ci si sarebbe potuto aspettare.

«Ti sei rivolta a me nel nàhuatl» dissi. «Come mai lo parli?»

La ragazza assunse un'espressione afflitta e mormorò: «Si viaggia molto, venendo ripetutamente comprate e vendute. È per lo meno una sorta di educazione. La mia madre lingua è il coatlìcamac, mio signore, ma ho imparato alcuni dialetti maya, e la lingua nàhuatl dei mercanti».

Le domandai come si chiamasse.

Rispose: «Ce-Malinàli».

«Una Erba?» dissi. «È semplicemente una data del calendario, e soltanto un mezzo nome.»

«Sì» sospirò lei, tragicamente. «Anche i figli di schiavi di genitori schiavi ricevono il nome del settimo compleanno, ma io non l'ho mai avuto. Sono meno di una schiava nata da schiavi, Signore Cavaliere. Sono rimasta orfana sin dalla nascita.»

Spiegò. La sua ignota madre era stata una qualche prostituta Coatlìcamatl, resa incinta da chissà quale dei tanti uomini che l'avevano cavalcata. La donna aveva partorito nel solco di un campo, un giorno, mentre stava lavorando in campagna, con la stessa noncuranza con la quale avrebbe defecato, lasciando là la neonata, con la stessa indifferenza che se si fosse trattato dei propri escrementi. Qualche altra donna con maggior cuore, o forse senza figli, aveva trovato la bambina abbandonata prima che perisse e aveva deciso di portarla a casa sua e di nutrirla.

«Ma chi fosse quella generosa salvatrice non lo ricordo più» disse Ce-Malinàli. «Ero ancora una bimbetta quando mi vendette — contro un po' di granturco per mangiare — e da allora sono passata di proprietario in proprietario.» Assunse l'espressione di chi ha a lungo sofferto, ma anche perseverato. «So soltanto che nacqui il giorno Una Erba dell'anno Cinque Case.»

Esclamai: «Ma guarda, è lo stesso giorno e lo stesso anno della nascita di mia figlia a Tenochtìtlan. Anche lei fu Ce-Malinàli finché divenne Zyanya-Nochìpa, all'età di sette anni. Sei piccola per la tua età, bambina, ma hai esattamente la stessa età di lei...»

La ragazza mi interruppe, eccitata: «Allora, forse, potresti essere disposto ad acquistarmi, Signore Cavaliere, per essere la cameriera personale e la compagna della tua giovane figliola!»

«Ayya!» mi afflissi. «L'altra Ce-Malinàli... è morta... quasi tre anni fa...»

«Allora acquistami perché ti faccia da serva in casa» ella mi esortò. «O perché mi occupi di te come avrebbe fatto una figlia.

Conducimi con te quando tornerai a Tenochtìtlan. Farò qualsiasi genere di lavoro oppure...» pudicamente abbassò le palpebre «renderò qualsiasi servigio *non filiale* che il mio signore potrebbe desiderare.» Stavo bevendo di nuovo dal mestolo, in quel momento, e spruzzai acqua dalla bocca. Ella si affrettò ad aggiungere: «Oppure potrai vendermi a Tenochtìtlan, se per caso, mio signore, sei oltre l'età di questi desideri».

Scattai: «Impudente, piccola megera, le donne che desidero non devo comprarle!»

Le mie parole non la sgomentarono; disse, audacemente: «Ed io non voglio essere comprata soltanto per il mio corpo. Signore Cavaliere, posseggo altre doti — lo so — e anelo alla possibilità di avvalermene». Mi afferrò il braccio per rendere ancor più incalzante la sua supplica. «Voglio andare dove possa essere apprezzata non soltanto perché sono una giovane femmina. Voglio tentare la sorte in qualche grande città. Ho ambizioni, mio signore, ho sogni. Ma non potranno avverarsi se dovrò essere condannata a essere schiava per sempre in queste squallide province.»

Dissi: «Una schiava è una schiava, anche a Tenochtìtlan».

«Non sempre, non necessariamente per sempre» insistette lei. «In una città di uomini civilizzati, le mie capacità, la mia intelligenza e le mie aspirazioni potrebbero forse essere riconosciute. Forse qualche signore potrebbe innalzarmi alla condizione di concubina, o addirittura fare di me una donna libera. Certi signori non liberano forse i loro schiavi, se dimostrano di meritarlo?»

Risposi affermativamente; io stesso mi ero regolato in questo modo, una volta.

«Oh sì» disse lei, come se mi avesse strappato una concessione. Mi strinse il braccio e la sua voce divenne carezzevole: «Tu non hai bisogno di una concubina, Signore Cavaliere. Sei un uomo abbastanza vigoroso e bello per non doverti comprare le donne. Ma vi sono altri — uomini anziani o brutti — che devono comprarle e le comprano. Potresti vendermi, ricavandone un utile, a uno di costoro a Tenochtìtlan».

Presumo che avrei dovuto compassionare la bambina. Anch'io ero stato un tempo giovane e traboccante di ambizioni, anch'io avevo anelato a tentare la sfida della città più grande di ogni altra. Ma v'era un qualcosa di così violento e intenso nel modo con il quale Ce-Malinàli cercava di assicurarsi il mio favore, che non riuscivo a trovarla simpatica. Dissi: «Sembra che tu abbia un'opinione molto alta di te stessa, ragazza, e una pessima opinione degli uomini».

Ella fece una spallucciata: «Gli uomini si sono sempre serviti

777

delle donne per il loro piacere. Perché una donna non dovrebbe servirsi degli uomini allo scopo di progredire? Sebbene non sia stata ancora sfruttata spesso, sono divenuta molto abile in questo. Se un talento di questo genere può essermi utile per sottrarmi alla schiavitù... be'... ho sentito dire che la concubina di un grande signore può avere più privilegi e più potere della consorte legittima. E anche il Riverito Oratore dei Mexìca fa incetta di concubine. Non è forse così? »

Risi. « Sgualdrinella, le tue ambizioni sono davvero grandi. »

Ella rispose, aspra: « So di poter offrire qualcosa di più del buco che ho tra le gambe e che è ancora stretto e tenero in modo invitante. Un uomo può acquistare una cagna techìchi e ottenere la stessa cosa! »

Liberai il braccio dalla sua stretta. « Sappi una cosa, ragazza: a volte gli uomini tengono una cagna soltanto per avere una compagna affettuosa. Io non scorgo in te alcuna capacità di affetto. Una techìchi può anche fornire un pasto nutriente. Tu non sei abbastanza pulita o appetitosa per essere cucinata. Sei loquace, per essere una ragazzetta della tua età e delle tue umili origini. Ma non sei altro che una marmocchia del selvaggio entroterra, senza niente di più da offrire all'infuori di vuote vanterie, di una malcelata avidità, e di un concetto patetico della tua importanza. Ammetti che non ti *piace* nemmeno servirti del tuo vantato stretto buco, la sola cosa di te che abbia un valore. Se superi sotto qualsiasi aspetto una delle tante altre schiave, vi riesci soltanto per la tua vanagloriosa presunzione. »

Ella rispose furente: « Posso andare là al fiume, lavarmi e ripulirmi... rendermi appetitosa... e allora non mi respingeresti! Con belle vesti posso passare per una signora raffinata! Posso fingere affetto, e anche farti credere che sia sincero! » Si interruppe, poi soggiunse, beffarda: « Quale altra donna si è mai comportata diversamente con te, mio signore, quando aspirava ad essere qualcosa di più di un ricettacolo per il tuo tepùli? »

Sentii le dita guizzarmi, smaniose di punire la sua impertinenza, ma quella sudicia schiava era un po' troppo cresciuta per essere sculacciata come una bambina, e al contempo ancora troppo giovane per poter essere frustata come un'adulta. Pertanto mi limitai a metterle le mani sulle spalle, stringendo però abbastanza forte per farle male, e dissi tra i denti:

« È vero, che ho conosciuto altre femmine come te: venali e ingannevoli e perfide. Ma ne ho conosciute anche altre che non lo erano. Una di esse fu mia figlia, nata con lo stesso nome che porti tu; e, se fosse vissuta, ne avrebbe fatto un nome di cui essere fieri ». Non riuscii a reprimere l'ira crescente, e la mia voce salì insieme ad essa: « Perché lei è morta, e tu vivi? »

Scrollai Ce-Malinàli con tanta ferocia che ella lasciò cadere la zucca dell'acqua. Si spaccò con un tonfo sordo, lanciando schizzi, ma io non prestai alcuna attenzione a questo presagio di sventura. Urlai tanto forte che teste si voltarono ovunque nell'accampamento, e il mercante di schiavi accorse, supplicandomi di non maltrattargli la mercanzia. Credo che in quel momento mi venne concessa, fuggevolmente, la prescienza di un veggente, consentendomi di intravedere il futuro, poiché ecco che cosa le gridai:

«Tu renderai questo nome abietto e osceno e spregevole, e tutti sputeranno, pronunciandolo!»

Vedo che Tua Eccellenza si spazientisce perché mi soffermo su un incontro che può sembrare insignificante. Ma l'episodio, per quanto fuggevole, non fu privo di importanza. Chi era quella ragazza, e chi divenne nella sua sbocciata femminilità, e quale fu l'esito ultimo delle sue precoci ambizioni... tutte queste cose hanno una rilevanza estrema. Se non fosse per quella bambina, Tua Eccellenza potrebbe non essere, adesso, il nostro ottimo Vescovo del Mexìco.

Avevo già dimenticato io stesso la ragazza quando mi addormentai, quella sera, sotto la nefasta stella fumante che rimaneva sospesa in alto nel nero cielo. Il giorno dopo, io e il mio gruppo proseguimmo al di là di Coàtzacoàlcos, e ci mantenemmo sulla costa attraversando le città di Xicalànca e Kimpèch, per giungere infine nel luogo ove aspettavano i presunti dei, la cittadina denominata Tihò, capitale della tribù Xiu del popolo Maya, sull'estremità settentrionale della penisola di Uluümil Kutz. Al nostro arrivo, vestivo con tutto lo splendore dell'uniforme di Cavaliere dell'Aquila e, naturalmente, venimmo accolti con rispetto dalla guardia del corpo del capo Xiu, Ah Tutàl, e scortati lungo le vie della città tutta bianca, formando un solenne corteo, fino al palazzo di lui. Non si trattava di un gran palazzo, poiché non ci si può aspettare molta grandiosità tra i superstiti Maya. Ma gli edifici a un solo piano di mattoni cotti al sole, con tetti di paglia, erano, come tutto il resto della cittadina, vividamente imbiancati a calce, e disposti, così da formare un quadrato, intorno a uno spazioso cortile interno.

Ah Tutàl, un gentiluomo dagli occhi superbamente strabici, all'incirca della mia stessa età, rimase debitamente colpito dalla magnificenza dei doni inviatigli da Motecuzòma, ed io fui festeggiato come si conveniva con un banchetto di benvenuto; mangiando, lui ed io parlammo di argomenti come la sua salute e la mia, e quella di tutti i nostri vari parenti e amici. Questi banali discorsi non ci interessavano minimamente; essi avevano il solo scopo di determinare fino a qual punto conoscessi il dialetto locale della lingua maya. Una volta accertata, più o meno, la mia padronanza dello xiu, passammo alla ragione della visita.

«Signore Madre» gli dissi, poiché quel titolo ridicolo è il modo opportuno di rivolgersi al capo di qualsiasi comunità da quelle parti, «dimmi: sono realmente dei gli stranieri giunti di recente?»

«Cavaliere Ek Muyal» rispose la Madre, servendosi della versione maya del mio nome, «quando avvertii il tuo Riverito Oratore, ero certo che lo fossero. Ma ora...» E assunse un'espressione di incertezza.

Domandai: «Non potrebbe, uno di loro, essere il da tempo scomparso dio Quetzalcòatl, che promise di tornare; il dio che in queste regioni voi chiamate Kukukkàn?»

«No. O, in ogni modo, nessuno dei due stranieri ha l'aspetto di un serpente piumato.» Poi egli sospirò, alzò le spalle e disse: «In assenza di qualsiasi aspetto meraviglioso, come si riconosce un dio? L'aspetto di questi due è passabilmente umano, sebbene siano entrambi molto più pelosi e più grossi del normale. Sono più alti e più robusti di te».

Osservai: «Stando alla tradizione, altri dei hanno più volte assunto l'aspetto umano per visitare il mondo dei mortali. È comprensibile che costoro abbiano scelto corpi tali da intimidire».

Ah Tutàl continuò: «Ce n'erano quattro nella canoa stranamente costruita che venne gettata dalle onde sulla spiaggia a nord di qui. Ma, dopo averli portati con lettighe a Tigò, scoprimmo che due di essi erano morti. Possono, gli dei, morire?»

«Morti...» cogitai a voce alta. «Non potrebbe darsi che fossero *non ancora vivi*? Forse erano corpi di ricambio che i due vivi amano portare con sé, per insinuarvisi dentro quando vogliono cambiare.»

«A questo non avevo mai pensato» disse Ah Tutàl, a disagio. «Senza dubbio le loro abitudini sono stranissime, come i loro appetiti; e inoltre, la lingua che parlano è per noi incomprensibile. Dei che si fossero dati la pena di assumere l'aspetto umano non si sarebbero dati, altresì, la pena di parlare un linguaggio umano?»

«Esistono molti linguaggi umani, Signore Madre. Essi possono aver deciso di parlarne uno che non è comprensibile in questa regione, ma che io potrei essere in grado di capire grazie ai miei viaggi altrove.»

«Signore Cavaliere» disse il capo, lievemente stizzito, «tu trovi tanti argomenti quanto un sacerdote. Ma sapresti spiegarmi la ragione per la quale i due esseri si rifiutano di fare il *bagno*?»

Ci pensai sopra. «Nell'acqua, vuoi dire?»

Egli mi scoccò un'occhiata, quasi stesse domandandosi se Motecuzòma avesse inviato un idiota quale suo emissario. Rispose, pronunciando le sillabe con attenta precisione: «Sì, nell'acqua. Che altro potrei aver voluto dire, parlando di bagno?»

Tossicchiai educatamente e dissi: «Come puoi sapere se gli dei non hanno l'abitudine di fare il bagno nell'aria pura, o nell'ancor più pura luce del sole?»

«Lo so perché *puzzano*!» esclamò Ah Tutàl, trionfante e disgustato al contempo. «I loro corpi sanno di cattivi odori e di sudore e di fiato fetido e di sporcizia incrostata. Non solo, ma come se questo non bastasse, essi sembrano contenti di vuotarsi la vescica e le viscere fuori della finestra posteriore delle loro stanze, contenti di lasciare che la lordura si accumuli là fuori, contenti di vivere in quel fetore spaventoso. I due esseri sembrano non conoscere la pulizia, così come non conoscono la libertà e i buoni cibi che serviamo loro.»

Domandai: «Che cosa intendi dicendo che non conoscono la libertà?»

Ah Tutàl additò attraverso una delle sbilenche finestre della sua sala del trono, indicando un altro basso edificio al lato opposto del cortile. «Si trovano là dentro. Rimangono là dentro.»

Esclamai: «Senza dubbio non vorrai tenere prigionieri due dei?»

«No, no, no! Sono loro a volerlo. Ti ho detto che si comportano nel modo più eccentrico. Non sono più usciti da quando giunsero qui e vennero loro assegnati quegli alloggi.»

Dissi: «Scusa la domanda, Signore Madre. Ma furono forse trattati in modo rude, quando arrivarono?»

Ah Tutàl parve offeso e disse, con una voce gelida: «Sin dal primissimo momento sono stati trattati con cordialità, premurosità, persino rispetto. Come ho detto, due erano morti quando giunsero qui... o almeno persuasero i nostri più abili medici di essere morti. E così, naturalmente, in armonia con le nostre civilizzate costumanze, rendemmo ai defunti ogni preghiera e onoranza funebre, compresa la cerimonia di cuocere e mangiare le loro parti e i loro organi migliori. Fu allora che i due dei viventi si rifugiarono nel loro alloggio e, da quel momento, vi sono sempre rimasti scontrosamente rinchiusi.»

Azzardai una supposizione: «Forse li irritò il fatto che aveste così frettolosamente eliminato i loro corpi di ricambio».

Ah Tutàl alzò le mani al cielo, in preda all'esasperazione e disse: «Be', la prigionia che si sono imposti avrebbe ormai fatto morire di fame i corpi che *stanno* portando, se io non avessi mandato da loro con regolarità servi a portare cibi e bevande. Ciò nonostante, i due mangiano con frugalità soltanto frutta e verdura e cereali, mai carne, nemmeno le ghiottonerie come il tapiro e il dugongo. Cavaliere Ek Muyal, ho tentato continuamente di accertare le loro preferenze in tutte le cose, ma confesso di avere le idee confuse. C'è la questione delle donne, ad esempio...»

Lo interruppi: «Allora si servono delle donne come noi mortali?»

«Sì, sì, sì» fece lui, spazientito. «Stando alle donne stesse, sono umani e maschi in ogni loro particolare, tranne la loro eccessiva pelosità. E io credo che ogni dio munito degli stessi organi di un uomo debba impiegare quegli organi come un uomo. Se ci pensi su, Signore Cavaliere, non esistono molti altri modi per impiegarli, anche da parte di un dio.»

«Hai ragione, naturalmente, Signore Madre. Continua.»

«Ho seguitato a mandar loro donne e fanciulle, due alla volta, ma gli stranieri non le hanno mai trattenute per più di due o tre notti consecutive. Continuano a metterle fuori del loro alloggio... affinché io ne mandi altre, presumo, e così faccio. Nessuna delle nostre donne sembra essere capace di soddisfarli per lungo tempo. Se sperano in qualche particolare, o singolare, *tipo* di donna, e cercano di farlo capire, non ho modo di sapere di quali donne possa trattarsi, né saprei dove procurarmele. Una notte ho provato a mandare due graziosi ragazzi, ma gli ospiti hanno protestato spaventosamente e percosso i ragazzi, per poi scacciarli. Ormai non esistono più molte donne disponibili a Tihò, o nelle circostanti campagne, che io possa mettere alla prova con essi. Hanno già avuto le mogli e le figlie di quasi ogni Xiu, tranne me stesso e altri nobili. Inoltre, sto correndo il rischio della ribellione di *tutte* le nostre donne, in quanto devo ricorrere alla forza bruta per indurre anche le più umili schiave a entrare in quella tana puzzolente. Le donne dicono che la cosa più innaturale e peggiore degli stranieri consiste nel fatto dell'avere anche le loro *parti intime* coperte di peli; inoltre, i due forestieri hanno l'inguine ancor più puzzolente del loro fiato, o delle ascelle. Oh, so bene che il tuo Riverito Oratore dice di considerarmi quanto mai privilegiato e onorato perché ospito due dei, o qualsiasi altra cosa essi possano essere. Ma vorrei che Motecuzòma fosse qui e mettesse alla prova la propria abilità nel custodire due ospiti così pestiferi. Ti dirò una cosa, Cavaliere Ek Muyal: sto cominciando a trovare l'onore più che altro un cimento e una seccatura! È per quanto tempo ancora dovrebbe continuare? Non li voglio più qui, eppure non oso scacciarli. Ringrazio tutti gli dei per aver deciso di ospitarli al lato opposto del cortile del palazzo; ma anche così, a seconda dei capricci del dio dei venti, mi giungono folate di quegli esseri sgraditi e per poco non mi fanno perdere i sensi. Tra un giorno o due il fetore sarà tale che nessun vento riuscirà più a trascinarlo lontano. E in questo momento alcuni dei miei cortigiani sono orribilmente afflitti da una malattia che i nostri medici dicono di non aver mai veduto. Personalmente, credo che stiamo cominciando ad essere avvelenati tutti quanti dal fetore di quei sudici stranieri. E sospetto fortemente la ragione per cui Motecuzòma mi ha mandato tanti e ricchi doni. Egli spera di persuadermi a *tenere ancora* quei due, e a tenerli ben sottovento dalla sua pulita città. Dirò, per giunta...»

«Il tuo è stato davvero un grande cimento, Signore Madre» mi affrettai a dire, per interrompere la sua elencazione di guai. «Va a tuo merito l'aver sopportato così a lungo una simile responsabilità. Ma, ora che mi trovo qui, potrò darti qualche utile suggerimento. Anzitutto, prima di essere presentato ufficialmente a quegli esseri, gradirei la possibilità di ascoltare come parlano, a loro insaputa.»

«Questo è facile» disse Ah Tutàl, burbero. «Non devi fare altro che attraversare il cortile e piazzarti a un lato della loro finestra, in modo che non possano vederti. Durante il giorno non fanno *altro*, là dentro, che cicalare senza posa come scimmie. Soltanto ti avverto: turati il naso.»

Sorrisi con indulgenza, chiedendogli il consenso di allontanarmi, poiché presumevo che il Signore Madre stesse esagerando sotto questo aspetto, nonché in alcuni dei suoi altri atteggiamenti stizzosi per quanto concerneva gli stranieri. Ma mi sbagliavo. Quando mi avvicinai al loro alloggio, il fetore nauseante mi fece quasi vomitare il pasto appena consumato. Sbuffai per liberarmi il naso, poi lo tenni stretto tra due dita mentre mi affrettavo ad addossarmi al muro dell'edificio. Si udivano due voci mormorare all'interno, ed io mi avvicinai ulteriormente all'apertura della porta, così da riuscire a distinguere parole intelligibili. Naturalmente, Eccellenza, a quei tempi i suoni della lingua spagnola non significavano niente per me, come potei subito constatare ascoltandoli. Ma mi rendevo conto che quel momento rivestiva un'importanza storica, e rimasi immobile, in preda a una sorta di timore reverenziale, per udire e rammentare, come rammento ancor oggi, le parole enfatiche della sconosciuta e nuova creatura che sarebbe potuta benissimo essere un dio:

«Lo giuro su Santiago, sono stufo di fottere tope senza peli».

E l'altra voce disse...

Ayya.
Mi hai spaventato, Eccellenza. Balzi su con una tale agilità per essere un uomo già molto avanti nell'età dal mai! Francamente, invidio la tua...

Con tutto il rispetto, Eccellenza, sono spiacente di non poter ritirare le parole, o scusarmi per esse, in quanto non sono parole mie. Me le impressi nella mente, quel giorno, soltanto come potrebbe fare un pappagallo: ripetendone i suoni. Un pappagallo potrebbe innocentemente gracchiare questi suoni anche nella tua cattedrale, Eccellenza, perché non può sapere che cosa significano. Anche il più intelligente dei pappagalli non potrebbe saperlo, perché le femmine dei pappagalli non posseggono quella che voi opportunamente chiamate...

Benissimo, Eccellenza, non insisterò oltre e mi asterrò dal ripetere i suoni esatti emessi dall'altro straniero. Ma egli disse, in sostanza, che a sua volta sentiva la mancanza dei servigi di un'abile prostituta castigliana, abbondantemente pelosa nelle sue parti intime, e li desiderava. Ma più di questo non potei resistere di ascoltare senza essere costretto al vomito dal fetore, la qual cosa avrebbe rivelato la mia presenza. Mi affrettai a tornare nella sala del trono, aspirando energicamente aria pura, e là dissi al capo Ah Tutàl:
«Senza dubbio non hai esagerato per quanto concerne la loro fragranza, Signore Madre. Devo vederli e cercar di parlare con essi, ma preferirei senz'altro che ciò avvenisse all'aperto».
«Posso far mettere qualche droga nel loro prossimo pasto e toglierli dalla loro tana mentre domiranno.»
«Non è necessario» dissi. «Le mie guardie possono trascinarli subito fuori di là.»
«Ricorreresti alla forza contro due dei?»
«Se evocheranno il fulmine e ci uccederanno tutti» dissi «sapremo almeno che sono *davvero* dei.»
Non fecero alcunché di simile. Pur dibattendosi e gridando mentre venivano trascinati a forza fuori del loro alloggio e nell'aperto cortile, i due stranieri non parvero affatto sconvolti quanto le mie guardie, che quasi non riuscirono a reprimere i conati di vomito. E allorché i miei robusti uomini mollarono la presa, i due non balzarono irosamente qua e là, né emisero suoni minacciosi, né causarono stregonerie riconoscibili. Caddero in ginocchio davanti a me, cominciarono a farfugliare pietosamente e fecero strani gesti con le mani, dapprima giungendole davanti alla faccia, poi muovendole con gesti sempre uguali. Ora, naturalmente, so che stavano recitando, con le mani giunte, una

preghiera nella lingua latina dei Cristiani, facendo poi, freneticamente, il segno della Croce Cristiana, dalla fronte al cuore e
alle spalle.

Inoltre, non mi occorse molto per intuire che erano rimasti
chiusi nella sicurezza del loro alloggio perché atterriti dalla bene intenzionata eliminazione dei cadaveri dei loro due compagni
da parte degli Xiu. E se gli stranieri erano stati terrorizzati dagli Xiu, che sono gente dall'aspetto mansueto, vestita con semplicità, potei senz'altro capire che si spaventassero quasi a morte trovandosi all'improvviso di fronte a me e ai miei Mexìca: uomini robusti e torvi in faccia, ovviamente guerrieri, minacciosamente in tenuta da battaglia, con elmi e piume e spade di ossidiana.

Per qualche tempo mi limitai a fissarli attraverso il topazio, e
questo li fece tremare in modo ancora più abietto. Sebbene sia
ormai assuefatto e rassegnato all'aspetto poco gradevole degli
uomini bianchi, non lo ero allora, per cui mi affascinò, e al contempo mi ripugnò, il colore bianco-calce della loro faccia, in
quanto nel nostro Unico Mondo, il bianco era il colore della
morte e del lutto. Nessun essere umano *aveva* quel colore. Nessun essere umano *aveva* quel colore, tranne i rari scherzi di natura tlacaztàli. I due stranieri avevano, per lo meno, occhi umanamente castani e capelli neri o castano scuri, ma questi ultimi
erano insolitamente ricciuti, e i capelli sul capo sembravano
unirsi a una crescita altrettanto folta sulle gote, sopra il labbro
superiore, sul mento e sulla gola. Il resto di loro rimaneva nascosto da quella che sembrava essere una esagerata quantità di indumenti. Ho ormai fatto l'abitudine alle camicie e ai farsetti, ai
calzoni, ai guanti, agli stivali e così via, ma continuo a considerarli eccessivamente goffi, tali da limitare i movimenti e probabilmente scomodi in confronto al normale, semplice e non ingombrante modo di vestire dei nostri uomini, un semplice perizoma e un mantello.

«Spogliateli» ordinai alle mie guardie, che borbottarono e mi
scoccarono occhiate irose prima di ubbidire. I due stranieri di
nuovo si dibatterono e squittirono, ancor più forte di prima, come se fossero stati scorticati vivi anziché liberati da stoffe e
cuoio. Saremmo dovuti essere noi, piuttosto, a lamentarci, poiché ogni strato di vestiario rimosso sprigionava una nuova e più
spaventosa ondata di fetore. E allorché vennero loro sfilati gli
stivali — *ayya ayya!* — tutti coloro che si trovavano nel cortile
del palazzo, me compreso, indietreggiarono così in fretta e tanto
in là, che i due stranieri rimasero nudi e rattrappiti al centro di
una cerchia di curiosi estremamente ampia e lontana.

Ho parlato in precedenza, altezzosamente, della sporcizia e

dello squallore degli abitatori Chichimèca del deserto, ma ho spiegato che il loro sudiciume era una conseguenza delle circostanze in cui vivevano, e ho detto che essi facevano il bagno e si pettinavano e si spidocchiavano ogni qual volta potevano. I Chichimèca erano giardini fioriti in confronto agli uomini bianchi, i quali sembravano *preferire* la loro ripugnanza, e *temere* la pulizia come un indizio di debolezza ed effeminatezza. Naturalmente parlo soltanto dei soldati bianchi, Eccellenza, i quali tutti, dai più umili soldati semplici al loro comandante Cortés, condividevano questa volgare eccentricità. Non conosco molto bene le abitudini in fatto di pulizia delle persone più colte giunte successivamente, come Tua Eccellenza, ma ho potuto notare sin dall'inizio che tutti questi gentiluomini impiegano abbondantemente profumi e pomate per dare la beneodorante *impressione* di fare il bagno frequentemente.

I due stranieri non erano giganti, come avrebbe potuto farmi credere la descrizione di Ah Tutàl. Soltanto uno dei due era effettivamente più alto di me, sebbene l'altro avesse press'a poco la mia stessa corporatura e questo significa che superavano davvero in robustezza il maschio medio di queste terre. Ma si tenevano ingobbiti e tremavano, come se si fossero aspettati le sferzate della frusta, e proteggevano i loro genitali con le mani a coppa, come due vergini che paventassero lo stupro, per cui la robustezza dei loro corpi sembrava meno imponente. Anzi, avevano entrambi un aspetto miseramente esile, la pelle del corpo essendo ancor più bianca di quella della faccia.

Dissi a Ah Tutàl: «Non riuscirò mai ad avvicinarmi abbastanza, Signore Madre, per interrogarli finché non saranno lavati. Poiché non intendono lavarsi per proprio conto, bisognerà costringerli».

Egli rispose: «Avendone ormai percepito il fetore mentre sono spogliati, Cavaliere Ek Muyal, devo rifiutare il prestito delle mie vasche e dei miei bagni a vapore. Sarei costretto a distruggerli e a ricostruirli».

«Sono perfettamente d'accordo» dissi. «Limitati a ordinare ai tuoi schiavi di portare acqua e sapone e di lavarli qui, seduta stante.»

Sebbene gli schiavi del capo si servissero di acqua tiepida, di soffice cenere come sapone e di soffici spugne, i due stranieri si dibatterono e strillarono, come se venissero unti prima di essere infilzati nello spiedo, o scottati come si fa con i cinghiali per ammorbidirli e facilitare la raschiatura delle setole. Mentre il baccano era in corso, parlai con numerose fanciulle e donne Tihò che avevano trascorso una notte o più notti con i forestieri. Tutte quelle femmine avevano imparato alcune parole della loro lingua e me le elencarono, ma si trattava soltanto di parole nuove che si riferivano alla tipìli, al tepùli e all'atto sessuale: parole non molto utili per un interrogatorio ufficiale. Le donne mi confidarono, inoltre, che il membro degli stranieri era proporzionato ai loro grossi corpi, e pertanto mirabilmente immenso nell'erezione, se paragonato agli organi più familiari degli uomini Xiu. Qualsiasi donna sarebbe stata deliziata venendo servita da un tepùli così massiccio, se esso non fosse stato reso talmente rancido dall'accumulo di caglio per tutta una vita che si vomitava soltanto a vederlo o a sentirne l'odòre. Come fece osservare una fanciulla: «Soltanto una femmina di avvoltoi potrebbe *godersi* davvero l'accoppiamento con creature simili».

Ciò nonostante, le donne riferirono di avere doverosamente fatto del loro meglio per offrire ogni sorta di ospitalità femminile e dichiararono di essere rimaste interdette e causa della pudica e disapprovante ripulsa, da parte degli stranieri, di alcune delle intimità da esse offerte. Ovviamente, dissero, i forestieri conoscevano un solo modo e una sola posizione per prendere o dare piacere, e, timidamente e ostinatamente come ragazzi, si erano rifiutati di tentare qualsiasi variante.

Anche se tutte le altre prove avessero proclamato che gli stranieri erano dei, la testimonianza delle donne Xiu mi avrebbe reso dubbioso. In base a quanto sapevo io, gli dei non erano affatto pudibondi per quanto concerneva i modi di soddisfare la loro lussuria. Pertanto sospettai sin dall'inizio che i forestieri fossero qualcos'altro, e non dei, anche se soltanto molto tempo dopo venni a sapere che si trattava di buoni Cristiani. La loro ignoranza e inesperienza in fatto di varianti sessuali rispecchiava, semplicemente, l'adesione alla moralità e alla normalità Cristiane, ed io non ho mai conosciuto alcuno Spagnolo che si discostasse da queste severe limitazioni, anche durante l'atto turbolento della violenza carnale. Posso affermare, in tutta sincerità, di non aver mai veduto un solo soldato spagnolo violentare una delle nostre donne tranne che nell'unico orifizio e nell'unica posizione che la religione Cristiana consente.

Anche quando i due forestieri vennero ritenuti puliti il più che fosse possibile senza farli bollire per un giorno o due, essi continuarono a non essere una compagnia precisamente piacevole. Gli schiavi potevano fare ben poco, con acqua e sapone, per migliorare, ad esempio, i loro denti color verde-muschio e il loro alito fetido. Comunque, i due ricevettero mantelli puliti, e i loro puzzolenti e quasi striscianti vestiti vennero portati via per essere bruciati. Le mie guardie condussero i due stranieri nell'angolo del cortile ove Ah Tutàl ed io occupavamo basse sedie e li costrinsero, spingendoli in giù, ad accosciarsi a terra di fronte a noi.

Ah Tutàl aveva premurosamente fatto preparare uno di quei vasi perforati per fumare, riempiendolo con il suo più profumato picìetl e con varie altre erbe aromatiche. Accese la miscela e ognuno di noi spinse una cannuccia in uno dei fori del vaso e aspirò e soffiò fuori grandi sbuffi di fumo olezzante, per formare uno schermo olfattivo tra noi e coloro che dovevamo interrogare. Quando vidi che i due stavano tremando, pensai a una sensazione di freddo perché i loro corpi si stavano asciugando, o forse alla sensazione sconvolgente e intollerabile dell'essere puliti. Soltanto in seguito appresi che tremavano perché terrorizzati vedendo, per la prima volta, «uomini respirare fuoco».

Bene, se a loro non piaceva il nostro aspetto, a me non piacque molto l'aspetto che avevano quei due. Le loro facce erano ancor più pallide dopo aver perduto i numerosi strati di sporcizia, e quel po' di pelle che si vedeva sopra la barba non era liscia come la nostra. Quella di uno dei due sembrava bucherellata dappertutto come un frammento di roccia vulcanica. La faccia dell'altro risultava deturpata da foruncoli, e bollicine e pustole aperte. Quando fui riuscito a impadronirmi della loro lingua quanto bastava per formulare una domanda delicata al riguardo, si limitarono a scrollare le spalle con indifferenza e a dire che quasi tutti gli appartenenti alla loro razza, maschi e femmine, si ammalavano, a un certo momento della vita, di «vaiolo». Alcuni morivano in seguito alla malattia, ma quasi tutti gli altri non subivano conseguenze peggiori di quella deturpazione della faccia. E poiché erano in tanti ad essere analogamente deturpati, non ritenevano che ciò sminuisse la loro bellezza. Poteva darsi che la pensassero così; ma, secondo me, si trattava di una deturpazione orribile. O almeno così mi sembrava allora. Oggi che tanti del mio stesso popolo hanno la faccia bucherellata come lava pietrificata, cerco di non trasalire quando li vedo.

Di solito incominciavo a imparare una lingua straniera additando oggetti vicini e incoraggiando chi la parlava a dire i nomi con i quali conosceva quegli oggetti. Una fanciulla schiava aveva appena servito tazze di cioccolata a me e ad Ah Tutàl, ed io la fermai, la trattenni e le sollevai di scatto la gonna per mostrare le sue parti intime. Le indicai con un dito e pronunciai... pronunciai quella che ora so essere una parola Spagnola quanto mai volgare e oscena. I due forestieri parvero molto sorpresi e lievemente imbarazzati. Io puntai il mio stesso inguine e pronunciai un'altra parola che ora so di non dover dire in pubblico.

Ma questa volta toccò a me rimanere sorpreso. I due balzarono in piedi, con gli occhi inorriditi dallo sgomento. Poi mi resi conto della ragione del loro panico e non potei fare a meno di ridere. Ovviamente pensavano che, se avevo potuto ordinare di lavarli a fondo, avrei potuto altrettanto facilmente impartite l'ordine di castrarli perché si erano approfittati delle donne del posto. Sempre ridendo, scossi la testa e feci altri gesti concilianti. Di nuovo additai l'inguine della fanciulla e il mio, dicendo «tipìli» e «tepùli». Poi mi additai il naso e dissi «yacatl». I due emisero sospiri di comprensione e si scambiarono un cenno di sollievo. Uno di loro, con il dito tremante, additò il proprio naso e disse «narìz». Poi, entrambi, si rimisero a sedere ed io cominciai a imparare l'ultima nuova lingua che avrei mai conosciuto.

Quella prima seduta terminò soltanto quando l'oscurità era già discesa da un pezzo e i due si stavano appisolando tra una parola e l'altra. Senza dubbio, le loro energie erano state minate dalle abluzioni, le prime abluzioni della loro vita, per cui lasciai che rientrassero nell'alloggio ad essi assegnato e andassero a dormire. Ma li feci destare di buon'ora la mattina dopo e, dopo averli fiutati, posi loro la scelta tra lavare se stessi o essere di nuovo sfregati con la forza. Sebbene sembrassero stupiti e sgomenti dal fatto che una persona potesse subire *due volte* nella vita una simile ignominia, decisero di lavarsi essi stessi. Si lavarono tutte le mattine, da allora in poi, e impararono a farlo abbastanza bene perché io riuscissi a sopportare di starmene seduto per tutto il giorno accanto a loro senza troppo soffrire. Così, le nostre sedute si protrassero dalla mattina alla sera; ci scambiavamo parole persino consumando i pasti portatici dai servi del palazzo. Potrei anche accennare al fatto che gli ospiti cominciarono, in ultimo, a mangiare anche la carne, quando fui in grado di spiegare da quali animali provenisse.

A volte per premiare la collaborazione dei miei maestri, a volte per spronarli quando si stancavano e cominciavano a lamentarsi, offrivo loro una o due rinvigorenti tazze di octli. Avevo portato, tra «i doni per gli dei» di Motecuzòma, numerose anfore di octli della migliore qualità, e questo fu il solo dei tanti doni di lui che essi ricevettero. Assaggiando l'octli per la prima volta, fecero smorfie e lo definirono «birra acida», di qualsiasi cosa potesse trattarsi. Ma ben presto finirono con l'apprezzarlo e, una sera, feci deliberatamente l'esperimento di consentire che ne bevessero a volontà. Mi interessò constatare che si ubriacarono disgustosamente, come avrebbe potuto fare uno qualsiasi di noi.

Man mano che i giorni trascorrevano e che imparavo un sempre maggior numero di parole, venni a sapere parecchie cose, e la più importante fu questa: gli stranieri non erano dei, ma uomini, uomini comuni, per quanto straordinario potesse essere il loro aspetto. Non sostenevano di essere dei e nemmeno una qualsiasi sorta di spiriti incaricati di preparare la strada per l'arrivo di padroni divini. Parvero sinceramente allibiti, e persino un po' scandalizzati, quando accennai velatamente all'attesa, da parte del nostro popolo, di dei che un giorno sarebbero tornati nell'Unico Mondo. Mi assicurarono, molto seriamente, che nessun dio aveva più camminato sulla terra da oltre mille cinquecento anni, e ne parlarono come se si fosse trattato dell'*unico* dio. Quanto a loro, sostennero, erano soltanto uomini mortali, devoti, in questa vita e nell'altra, a quel dio. Fino a quando fossero vissuti sulla terra, dissero, sarebbero stati inoltre ubbidienti sudditi di un Re, che era a sua volta un uomo, ma un uomo nobilissimo, l'equivalente, mi parve ovvio, di un Riverito Oratore.

Come ti dirò in seguito, Eccellenza, non tutti gli appartenenti al nostro popolo erano disposti ad accettare l'asserzione degli stranieri — o la mia — che trattavasi di meri uomini. Ma, dopo averli frequentati per qualche tempo, io non ne dubitavo affatto, e, con il tempo, risultò, naturalmente, che avevo ragione. Pertanto, Eccellenza, d'ora in avanti parlerò di loro non come di stranieri, o alieni, o forestieri, o esseri misteriosi, ma come di uomini.

L'uomo con i foruncoli e con le pustole era Gonzalo Guerrero, di mestiere falegname. L'uomo con la faccia bucherellata era Jerònimo de Aguilar, uno scrivano di professione come questi reverendi frati. Può essere persino che qualcuno di voi lo abbia conosciuto, a un certo momento, poiché egli mi disse che la sua prima ambizione era stata quella di divenire sacerdote del suo dio, e che aveva studiato per qualche tempo in una camécac, o comunque voi possiate chiamare le vostre scuole per preti.

Entrambi erano venuti, dissero, da una terra situata a est, molto al di là dell'orizzonte dell'oceano. Io questo lo avevo già supposto, naturalmente, e non fui ulteriormente illuminato quando mi dissero che quella terra si chiamava Cuba, e che Cuba era soltanto la colonia di un'altra terra molto più vasta e ancor più lontana ad est, chiamata Spagna, o Castiglia, dalla quale il loro Re governava tutti i suoi remoti dominii spagnoli. Quella Spagna o Castiglia, dissero, era un paese nel quale tutti gli uomini e le donne avevano la pelle bianca, tranne pochi individui inferiori, chiamati Mori, la cui pelle era completamente nera. Avrei trovato quest'ultima asserzione talmente incredibile da farmi sospettare di ogni altra cosa dettami da loro. Ma riflettei e pensai che nei nostri territori nasceva di quando in quando uno scherzo di natura, il bianco tlacaztàli. Perché, in un paese tutto di uomini bianchi, gli scherzi di natura non sarebbero dovuti essere neri?

Aguilar e Guerrero spiegarono di essere finiti sulla nostra costa per pura disgrazia. Facevano parte di un gruppo formato da alcune centinaia di persone tra uomini e donne, un gruppo partito da Cuba con dodici delle grandi case galleggianti — navi, le chiamavano loro — agli ordini di un certo capitano Diego de Nicuesa, che doveva condurre quella gente a popolare un'altra colonia spagnola della quale sarebbe stato il governatore, un luogo denominato Castilla de Oro, in qualche punto lontano a sud-est rispetto a noi. Ma alla spedizione era toccata una sventura che essi tendevano ad attribuire all'arrivo della nefasta « cometa pelosa ».

Una violenta tempesta aveva disperso le navi, e quella sulla quale si trovavano loro era stata, in ultimo, scaraventata contro aguzzi scogli, sfondandosi, capovolgendosi e affondando. Soltanto Aguilar e Guerrero, con altri due uomini, erano riusciti a fuggire dalla nave che colava a picco su una sorta di grande canoa esistente a bordo per situazioni del genere. Con grande loro stupore, la canoa non galleggiava da molto tempo quando l'oceano l'aveva gettata sulla spiaggia di questa regione. Gli altri due uomini erano affogati nella turbolenza dei frangenti, e Aguilar e Guerrero sarebbero potuti morire a loro volta se gli « uomini rossi » non fossero accorsi per portarli in salvo.

Entrambi espressero gratitudine per essere stati salvati, accolti con ospitalità, ben nutriti e divertiti. Ma sarebbero stati ancor più grati, dissero, se gli uomini rossi avessero voluto ricondurli sulla spiaggia ove si trovava la loro canoa. Guerrero, il carpentiere, era certo di poter riparare qualsiasi danno essa avesse subìto e di poter costruire remi per spingerla. Lui e Aguilar erano inoltre sicuri, se il loro dio avesse concesso bel tempo, di poter remare verso est e far ritorno a Cuba.

« Devo lasciarli andare? » domandò Ah Tutàl, al quale traducevo le conversazioni man mano che procedevano.

Dissi: « Se riuscissero a trovare il luogo chiamato Cuba partendo da qui, non sarebbe loro difficile tornare di nuovo di là a Uluümil Kutz. E tu hai udito: la loro Cuba sembra brulicare di uomini bianchi ansiosi di fondare nuove colonie ovunque possano arrivare. Vuoi vederli giungere qui a sciami, Signore Madre? »

« No » disse lui, preoccupato. « Ma potrebbero portare un medico capace di guarire la strana malattia che va diffondendosi tra noi. I nostri medici hanno tentato ogni rimedio ad essi noto, eppure ogni giorno è più grande il numero delle persone che si ammalano, e già tre di esse sono morte. »

«Forse questi stessi due uomini sanno qualcosa al riguardo» gli feci osservare. «Andiamo a dare un'occhiata a uno dei malati.»

Così Ah Tutàl condusse me e Aguilar in una capanna della cittadina, ove un medico stava borbottando e stropicciandosi il mento e fissando accigliato il giaciglio sul quale si agitava una fanciulla in preda alla febbre, con il viso luccicante di sudore e gli occhi vitrei e ciechi. La bianca faccia di Aguilar divenne alquanto rosea quando egli riconobbe nella ragazza una della femmine recatesi nell'alloggio suo e di Guerrero.

Disse adagio, affinché io potessi capire: «Sono spiacente di dovervi dire che ha il vaiolo. Vedete? L'eruzione le sta cominciando sulla fronte».

Tradussi queste parole al medico, che parve professionalmente diffidente, ma disse: «Domandagli che cosa fa il suo popolo per guarire la malattia».

Posi la domanda e Aguilar fece una spallucciata e rispose: «Prega».

«Evidentemente è un popolo arretrato» grugnì il medico, ma soggiunse: «Domandagli quale dio pregano».

Aguilar rispose: «Oh bella, pregano *il* Signore Iddio!»

Questo non giovava affatto, ma mi venne in mente di domandargli: «Pregate quel dio in qualche modo che potremmo imitare?»

Cercò di spiegare, ma la spiegazione era troppo complessa per il poco che conoscevo della sua lingua. Pertanto egli fece capire che avrebbe potuto più facilmente darci una dimostrazione, e noi tre — Ah Tutàl, il medico ed io — ci affrettammo a seguirlo fino al cortile del palazzo. Egli corse nel suo alloggio, mentre noi aspettavamo a una certa distanza, e tornò indietro con qualcosa in ciascuna mano.

Uno degli oggetti era un piccolo scrigno il cui coperchio chiudeva ermeticamente. Aguilar lo aprì per mostrarne il contenuto: un numero considerevole di piccoli dischi che sembravano essere stati ritagliati da spessa carta bianca. Egli tentò una nuova spegazione, dalla quale riuscii a dedurre che aveva illecitamente tenuto, o rubato, lo scrigno come ricordo del periodo da lui trascorso nella scuola dei preti. Riuscii inoltre a capire che i dischi erano uno speciale tipo di pane, il più sacro e il più potente di tutti i cibi, poiché la persona che ne inghiottiva uno acquisiva parte della forza di quell'onnipotente Signore Iddio.

L'altro oggetto era una collana di molte piccole perline irregolarmente inframmezzate a numerose perline più grandi. Tutte le perline erano di una sostanza azzurra che non avevo mai veduto prima di allora: azzurra e dura come turchesi, ma trasparente come acqua blu. Aguilar iniziò una nuova e complicata spiegazione, della quale capii soltanto che ogni perlina rappresentava una preghiera. Naturalmente rammentai la costumanza di porre un frammento di giada nella bocca dei morti e pensai che le perline-preghiere potessero essere analogamente e vantaggiosamente impiegate dai non ancora defunti. Pertanto interruppi Aguilar domandandogli, in tono incalzante:

«Mettete le preghiere nella bocca, allora?»

«No, no» egli rispose. «Vengono tenute in mano.» Poi lanciò un grido di protesta mentre io gli strappavo scrigno e collana.

«Tieni, Signore Dottore» dissi al medico. Spezzai la collana, gli diedi due delle perline e tradussi il poco che avevo capito della spiegazione di Aguilar: «Prendi le mani della fanciulla e stringile entrambe intorno a una di queste perline-preghiere...»

«No, no!» gemette Aguilar. «Qualsiasi cosa tu possa fare è sbagliata. La preghiera è qualcosa di più che limitarsi a...»

«Taci!» scattai nella sua lingua. «Non abbiamo tempo per altro.»

Tolsi alcuni dei piccoli frammenti di pane, simili a carta, dallo scrigno e me ne misi uno in bocca. *Sapeva* di carta e mi si sciolse sulla lingua senza che dovessi masticarlo. Non sentii alcun immediato empito di forza divina, ma mi resi per lo meno conto che il pane poteva essere somministrato alla ragazza anche se ella era soltanto semi-cosciente.

«No, no!» tornò a gridare Aguilar, quando io mi misi in bocca il frammento di pane. «Questo è impensabile! *Tu* non puoi ricevere il Sacramento!»

Mi fissò con la stessa espressione inorridita che vedo adesso sulla faccia di Tua Eccellenza. Sono spiacente per il mio comportamento impulsivo e scandaloso. Ma dovete ricordare che io ero allora soltanto un ignorante pagano, e mi premeva soprattutto affrettarmi a salvare la vita della fanciulla. Misi nella mano del medico alcuni dei piccoli dischi e gli dissi:

«Questo è buon cibo, cibo magico e facile a mangiarsi. Puoi metterglielo a forza nella bocca senza correre il pericolo di soffocarla».

Lui partì di corsa, o tanto di corsa quanto glielo consentiva la sua dignità...

Press'a poco come ha appena fatto Sua Eccellenza.

Battei amichevolmente la mano sulla spalla di Aguilar e dissi: «Perdonami se mi sono sostituito a te. Ma, se la ragazza guarirà, il merito sarà tuo, e questa gente ti onorerà molto. Ora cerchiamo Guerrero, mettiamoci a sedere e parliamo ancora del *vostro* popolo».

Continuavano ad essere molte le cose che volevo sapere da Jerònimo de Aguilar e da Gonzalo Guerrero. E poiché ormai potevamo conversare riuscendo a capirci abbastanza bene, anche se con qualche lentezza ed esitazione, essi erano altrettanto curiosi per quanto concerneva gli aspetti di queste terre. Mi ponevano certe domande che io fingevo di non capire: «Chi è il vostro Re? Comanda grandi eserciti? Possiede molte ricchezze in oro?» E altre domande che non capivo davvero: «Chi sono i vostri Duchi e Conti e Marchesi? Chi è il Papa della vostra Chiesa?» E altre domande ancora alle quali, ritengo, nessuno saprebbe rispondere: «Perché le vostre donne non hanno peli qui sotto?» Pertanto evitavo di rispondere ponendo domande mie, ed essi rispondevano a tutte senza alcuna percettibile esitazione, senza sospettosità né astuzia.

Sarei potuto restare con loro per almeno un anno, migliorando la mia conoscenza della lingua Spagnola e pensando costantemente a nuove domande da porre. Ma presi la decisione precipitosa di lasciarli quando, due o tre giorni dopo che avevamo visitato la ragazza malata, il medico venne da me e, silenziosamente, mi fece cenno. Lo seguii in quella stessa capanna e abbassai gli occhi sul viso della fanciulla morta, un viso laidamente gonfio in modo da essere irriconoscibile, e di uno spaventoso color violaceo.

«Tutti i suoi vasi sanguigni sono scoppiati gonfiandole i tessuti» disse il medico «compresi quelli entro il naso e la bocca. È morta in preda alle sofferenze dei vani tentativi di respirare.» Soggiunse, sprezzante: «Il cibo divino che tu mi hai dato non ha operato alcuna magia.»

Domandai: «E quanti pazienti hai guarito, Signore Medico, senza ricorrere a quella magia?»

«Nessuno» sospirò lui, e la sua pomposità si sgonfiò. «Né alcuno dei miei colleghi ha salvato un solo paziente. Alcuni muoiono così soffocati. Altri dopo uno zampillo di sangue dal naso e dalla bocca. Altri ancora in preda alle farneticazioni del delirio. Temo che moriranno tutti e soffrendo molto.»

Mentre contemplavo lo sfacelo di quella che era stata una fanciulla molto graziosa, osservai: «Questa stessa ragazza mi ha detto che soltanto una femmina di avvoltoi avrebbe potuto trarre piacere dagli uomini bianchi. La sua deve essere stata una vera premonizione. Gli avvoltoi si ingozzeranno ora del suo cadavere, e la morte di lei è stata causata, in qualche modo, dagli uomini bianchi.»

Quando tornai al palazzo e diedi la notizia ad Ah Tutàl, egli disse, con enfasi: «Non voglio più qui gli stranieri malati e impuri!» Non riuscii a capire se i suoi occhi strabici guardavano irosamente me, o al di là di me, ma erano, senza alcun dubbio, furenti. «Devo lasciarli partire sulla loro canoa» egli soggiunse «o li condurrai tu a Tenochtìtlan?»

«Né una cosa né l'altra» risposi. «E neppure li ucciderai, Signore Madre, per lo meno fino a quando non sarai stato autorizzato da Motecuzòma. Ti suggerirei di liberarti di loro facendoli schiavi. Donali a capi di tribù molto lontane da qui. I capi dovrebbero sentirsi onorati e lusingati da un simile dono. Nemmeno il Riverito Oratore dei Mexìca possiede uno schiavo bianco.»

«Um... sì...» mormorò cogitabondo Ah Tutàl. «Vi sono due capi che odio particolarmente e dei quali diffido. Non mi affliggerei se gli uomini bianchi dovessero causare la loro rovina.» Mi osservò con un'espressione meno irosa. «Ma tu sei stato mandato sin qui, Cavaliere Ek Muyal, in cerca degli stranieri. Che cosa dirà Motecuzòma quando tornerai a mani vuote?»

«Non proprio a mani vuote» risposi. «Porterò almeno lo scrigno del buon cibo e le piccole preghiere azzurre, e ho saputo molte cose da riferire a Motecuzòma.» Un pensiero improvviso mi si affacciò nella mente. «Ah, sì, Signore Madre, potrebbe esservi un'altra cosa da mostrargli. Se una qualsiasi delle vostre femmine che si sono giaciute con gli uomini bianchi dovesse risultare incinta, e se non cadranno tutte vittime del vaiolo... be', se nasceranno bambini, *mandali* a Tenochtìtlan. Il Riverito Oratore potrà esporli nel serraglio della città. Dovrebbero essere mostri unici tra tutti i mostri.»

La notizia del mio ritorno a Tenochtìtlan dovette precedermi di parecchi giorni, e Motecuzòma doveva senza dubbio fremere per l'impazienza di sapere quali notizie — o quali visitatori — avrei potuto portare. Ma era sempre lo stesso Motecuzòma, e non venni introdotto immediatamente alla sua presenza. Dovetti sostare nel corridoio fuori della sala del trono, togliermi il costume di Cavaliere dell'Aquila, indossare la tela di sacco di un supplicante, poi attenermi al prescritto rituale adulatorio di baciare ripetutamente la terra nella sala ove egli sedeva tra il gong d'oro e quello d'argento. Nonostante quell'accoglienza fredda e non affrettata, tuttavia, egli era ovviamente deciso ad essere il primo ad ascoltare il mio rapporto — e forse l'unico — poiché i membri del Consiglio non si trovavano lì. Mi consentì di fare a meno della formalità di parlare soltanto rispondendo alle domande, ed io gli dissi tutto quello che ho già detto a voi, reverendi frati, nonché alcune altre cose apprese dai vostri due compatrioti:

«A quanto posso calcolare, Signore Oratore, le prime case galleggianti, denominate navi, salparono circa venti anni or sono, da quella remota terra di Spagna, per esplorare l'oceano a ovest di essa. Non raggiunsero allora la nostra costa perché, a quanto pare, esiste un gran numero di isole, grandi e piccole, tra qui e la Spagna. V'erano popoli già residenti su quelle isole e, a giudicare dalle descrizioni, presumo che fossero alquanto simili ai barbari Chichimèca delle nostre regioni settentrionali. Alcuni di quegli isolani si batterono per scacciare gli uomini bianchi, altri, più mansueti, consentirono l'invasione, ma ormai sono stati tutti assoggettati a quegli Spagnoli e al loro Re. Durante gli scorsi vent'anni, quindi, gli uomini bianchi sono stati impegnati nel fondare colonie su quelle isole, nel saccheggiare le risorse, e nel commercio tra le isole stesse e la loro patria spagnola. Soltanto poche delle loro navi, passando da un'isola all'altra, o pigramente esplorando, o spinte lontano dai venti, hanno fino ad ora appena avvistato queste terre. Potremmo sperare che le isole tengano impegnati gli uomini bianchi ancora per molti anni, ma mi consento di dubitarne. Anche la più grande delle isole è soltanto un'isola, e pertanto limitata in fatto di ricchezze che valga la pena di prendere e di terre che valga la pena di popolare. Inoltre, gli Spagnoli sembrano essere insaziabili, sia in fatto di curiosità, sia in fatto di rapacità. Stanno già cercando, al di là delle isole, nuove scoperte e nuove possibilità. Prima o poi, le loro esplorazioni li condurranno in queste terre. Sarà come aveva predetto il Riverito Oratore Nezahualpìli: un'invasione, alla quale faremo bene a prepararci».

«Prepararci!» sbuffò Motecuzòma, probabilmente punto dal ricordo di Nezahualpìli che aveva comprovato la profezia vincendo la gara di tlachtli. «Quel vecchio idiota si *prepara* rimanendo inerte e passivo. Non vuole neppure aiutarmi a far guerra agli insopportabili Texaltèca.»

Non gli rammentai l'altra cosa detta da Nezahualpìli: che tutti i nostri popoli avrebbero dovuto accantonare le antiche inimicizie e unirsi contro l'imminente invasione.

«Invasione, hai detto» continuò Motecuzòma. «Hai detto inoltre che quei due stranieri giunsero senz'armi, e totalmente indifesi. Questo farebbe pensare, semmai, a un'invasione insolitamente pacifica.»

Dissi: «Quali armi poterono colare a picco insieme alla loro nave allagata non me lo hanno confidato. E può anche essere che non abbiano affatto bisogno di armi — non di armi come quelle che conosciamo noi — se possono diffondere una malattia che uccide e alla quale essi sembrano essere indifferenti con noncuranza.»

«Sì, questa sarebbe un'arma davvero potente» riconobbe Motecuzòma. «Un'arma sino ad ora riservata agli dei. Eppure tu insisti nel dire che essi non sono dei.» Cogitabondo, osservò il piccolo scrigno e il suo contenuto. «Hanno con sé un cibo dato da qualche dio.» Poi tastò alcune delle perline azzurre. «Hanno con sé preghiere rese palpabili e fatte di una pietra misteriosa. Ma tu insisti nel dire che non si tratta di dei.»

«Insisto, mio signore. Si ubriacano come gli uomini, si giacciono con le donne come fanno gli uomini...»

«*Ayyo!*» mi interruppe lui, trionfante. «Esattamente le ragioni per le quali il dio Quetzalcòatl se ne andò da qui. Stando a tutti i racconti, egli soccombette una volta alla tentazione di ubriacarsi e commise alcuni peccati sessuali, dopodiché, in preda alla vergogna, rinunciò al proprio regno dei Toltéca.»

«Ma inoltre, stando a tutti i racconti» osservai in tono asciutto «ai tempi di Quetzalcòatl queste terre erano ovunque profumate dai fiori, e ogni vento vi spirava con soavi fragranze. L'aroma dei due uomini che ho incontrato soffocherebbe anche il dio dei venti.» Insistetti con pazienza: «Gli Spagnoli sono soltanto uomini, mio signore. Differiscono da noi solamente perché hanno la pelle bianca e sono pelosi e forse, in media, più alti e robusti di noi.»

«Le statue dei Toltéca e Tolàn sono *molto* più grandi di chiunque di noi» osservò Motecuzòma, cocciuto, «e i colori con i quali furono dipinte non sono più percettibili. Per quello che ne sappiamo, i Toltéca potevano essere bianchi di pelle.» Emisi un suono sospiro di esasperazione, ma egli non badò affatto a me. «Incaricherò i nostri storici di esaminare attentamente ogni antico archivio. Accerteremo l'aspetto che *avevano* i Toltéca. Nel frattempo ordinerò ai nostri più alti sacerdoti di mettere questo buon cibo in uno scrigno finemente lavorato, di portarlo con reverenza a Tolàn e di collocarlo a portata di mano di quei Toltéca scolpiti...»

«Signore Oratore» dissi «conversando con quei due uomini bianchi ho menzionato più volte il nome dei Toltéca. Non significava assolutamente niente per loro.»

Egli alzò di scatto lo sguardo dal pane e dalle perline del dio, e mi rivolse un sorriso davvero trionfante. «Per l'appunto! Quel nome non può rivestire alcun significato per un autentico Toltécatl! Noi li chiamiamo i Maestri Artigiani *perché non sappiamo come si chiamassero*!»

Aveva ragione, naturalmente, e mi sentii in preda all'imbarazzo. Non mi venne in mente alcuna risposta e riuscii soltanto a farfugliare: «Dubito che si chiamassero Spagnoli. Questa parola — come tutta la loro lingua — non ha assolutamente nulla in comune con tutte le lingue che io ho sentito parlare ovunque in questi territori ».

« Cavaliere dell'Aquila Mixtli », disse lui « quegli uomini bianchi potrebbero essere, come tu dici, esseri umani, meri uomini... *e ciò nonostante discendere dai Toltéca*, da coloro che scomparvero tanto tempo fa. Il Re dei quali ci hai detto potrebbe essere l'autoesiliatosi dio Quetzalcòatl. Può darsi che egli sia ora pronto a tornare, come promise, e stia semplicemente aspettando, al di là del mare, di sentirsi dire dai suoi sudditi Toltéca che noi siamo consenzienti e ne vogliamo il ritorno. »

« Ma *siamo* consenzienti, mio signore? » domandai impudentemente. « Sei tu consenziente? Il ritorno di Quetzalcòatl farebbe cadere ogni persona attualmente al governo, dai Riveriti Oratori ai più umili capi tribali. Egli governerebbe supremo. »

Motecuzòma assunse un'espressione di pia umiltà. « Un dio di ritorno sarebbe grato, senza dubbio, a coloro che hanno conservato, e persino ingrandito, i suoi dominii; e, senza alcun dubbio, manifesterebbe la propria gratitudine. Se dovesse concedermi anche soltanto di aver voce nel suo Consiglio, mi sentirei più altamente onorato di quanto lo sia mai stato ogni mortale. »

Dissi: « Signore Oratore, ho sbagliato altre volte. Posso sbagliare adesso supponendo che gli uomini bianchi non siano dei né vengano a preannunciare alcun dio. Ma non potresti sbagliare anche tu, ancor più gravemente, supponendo che lo siano? »

« Supponendo? Io non suppongo! » esclamò lui, severamente. « Non dico, sì, giunge un dio, o no, un dio non giunge, come presumi tu, con tanta impertinenza, di fare! » Balzò in piedi, tenendosi eretto e quasi urlò: « Sono il Riverito Oratore dell'Unico Mondo, e non dico questo o quello, sì o no, dei o uomini, prima di aver ponderato e osservato e aspettato per essere *certo*! »

Ritenni che, alzandosi in piedi, mi avesse congedato. Indietreggiai dal trono, baciando ripetutamente la terra come prescritto; poi uscii dalla sala, mi strappai di dosso la tela di sacco e tornai a casa.

Per quanto concerneva l'interrogativo — dei o uomini? — Motecuzòma aveva detto di voler aspettare fino a quando fosse stato certo, e così fece. Aspettò, ma aspettò troppo a lungo, e anche quando la cosa non poteva più rivestire alcuna importanza, continuò a non essere realmente sicuro. E, avendo egli aspettato nell'incertezza, morì in ultimo nell'onta, e l'ultimo ordine che cercò di impartire al suo popolo cominciò in modo incerto: « Mixchìa... » Io lo so. Ero presente... e udii quell'ultima parola pronunciata in vita sua da Motecuzòma: « Aspettate...! »

✠

Luna in Attesa non fece nulla, questa volta, per turbare il mio ritorno a casa. Aveva ormai un po' di grigio naturale nei capelli, ma si era tinta o tagliata quel che poteva restare dell'offensiva ciocca bianca. Ma, sebbene avesse rinunciato al tentativo di fare di se stessa un simulacro della sorella defunta, Bèu era divenuta, ciò nonostante, una persona completamente diversa da quella che io avevo conosciuto per quasi un covone di anni, dal momento in cui ci eravamo incontrati per la prima volta nella capanna di sua madre a Tecuantèpec. Nel corso di tutti questi anni, ogni qual volta ci eravamo trovati insieme, sembrava che avessimo litigato, che ci fossimo azzuffati, o, nel migliore dei casi, che fossimo riusciti a mantenere soltanto un'incerta tregua tra noi. Ora, però, ella sembrava aver deciso che, a partire da questo momento, avremmo recitato la parte di una coppia anziana, da molto tempo e amichevolmente sposata. Non so se ciò fosse la conseguenza del fatto che l'avevo così severamente punita, o se ella si proponesse di assicurarsi l'ammirazione dei vicini, o se si fosse rassegnata all'età del mai, dicendo a se stessa: « Mai più aperta animosità tra noi due ».

Il suo nuovo atteggiamento, comunque, mi rese più facile sistemarmi e adattarmi a vivere di nuovo in una casa e in città. Sempre in passato, anche ai tempi in cui mia moglie Zyanya o mia figlia Nochìpa vivevano ancora, ogni volta che ero tornato a casa, lo avevo fatto nell'aspettativa di ripartire di nuovo, prima o poi, per qualche nuova avventura. Ma quest'ultimo ritorno mi fece sentire che mi ritrovavo a casa per restarvi fino all'ultimo dei miei giorni. Se fossi stato più giovane, mi sarei ribellato a una simile prospettiva, e ben presto avrei trovato qualche pretesto per ripartire, per viaggiare, per esplorare. Oppure, se fossi stato un uomo più povero, avrei *dovuto* darmi da fare, non fosse altro che per guadagnarmi da vivere. O, su Bèu fosse stata ancora la donna bisbetica di un tempo, avrei approfittato di *qualsiasi* pretesto per andarmene, anche quello di comandare un reparto in qualche guerra. Ma, per la prima volta, non ebbi alcuna ragione e alcuna necessità di continuare a percorrere e a esplorare tutte le strade e tutti i giorni. Riuscii persino a persuadere me stesso che *meritavo* il lungo riposo e la vita comoda consentitimi dalla mia ricchezza e da mia moglie. Così, a poco a poco, mi adagiai in abitudini che, pur non essendo pretenziose o ricche di ricompense, mi tenevano per lo meno occupato e non troppo annoiato. Questo non sarebbe stato possibile senza il cambiamento intervenuto in Bèu.

Quando dico che era cambiata, mi riferisco soltanto al fatto che riusciva a nascondere l'antipatia e il disprezzo provati nei miei riguardi per tutta una vita. Non mi diede mai motivo di ritenere che questi sentimenti si fossero spenti, ma smise di darli a vedere e questa piccola finzione fu sufficiente per me. Smise di essere orgogliosa e arrogante, divenne blanda e docile come quasi tutte le altre mogli. In un certo senso, mi mancò alquanto la donna intraprendente che era stata, ma questo piccolo rammarico venne compensato di gran lunga dal sollievo per non dover venire alle prese con la sua caparbietà di un tempo. E quando Bèu soffocò la propria decisa personalità e assunse la quasi invisibilità di una donna tutta deferenza e sollecitudine, mi fu possibile trattarla con altrettanta cortesia.

La sua dedizione ai doveri di una moglie non incluse il benché minimo accenno al fatto che avrei potuto infine servirmi di lei per l'unico servigio di una sposa del quale mi ero sempre astenuto dall'avvalermi. Non propose mai che consumassimo il nostro matrimonio secondo la prassi consueta; non ostentò mai più la propria femminilità, né mai mi tentò a metterla alla prova; non si lagnò mai perché dormivamo in stanze separate. E sono lieto di questo. Il rifiuto da parte mia di profferte del genere avrebbe turbato la nuova serenità della nostra vita e due; ma, d'altro canto, io non avrei pututo, semplicemente, indurmi ad abbracciarla come una moglie. La malinconica realtà consisteva nel fatto che Bèu Ribè era anziana quanto me, e lo dimostrava. Della sua bellezza, un tempo pari a quella di Zyanya, restava ben poco, tranne gli splendidi occhi, ed io li vedevo di rado. Nella sua nuova parte di donna sottomessa, Bèu cercava sempre di tenerli modestamente bassi, così come non alzava mai la voce.

Un tempo quei suoi occhi mi avevano fissato balenando vividamente, un tempo la sua voce era stata aspra, o sprezzante, o beffarda. Ma, in quel nuovo camuffamento, ella parlava soltanto in tono sommesso e di rado. Allorché uscivo di casa, al mattino, poteva domandare: «Quando gradiresti trovare pronto il pasto, mio signore, e che cosa ti farebbe piacere mangiare?» Quando uscivo di casa la sera poteva ammonirmi: «Le notti si stanno facendo gelide, mio signore, e corri il pericolo di una infreddatura non mettendoti un mantello più pesante».

Ho accennato al mio tran-tran quotidiano. Si trattava di questo: uscivo di casa al mattino e la sera per passare il tempo nei soli due modi pensabili per me.

Ogni mattina mi recavo alla Casa dei Pochtèca e trascorrevo là la maggior parte della giornata, parlando e ascoltando e sorseggiando la densa cioccolata versata dai servi. I tre anziani che mi avevano interrogato in quella stessa casa, mezzo covone di anni prima, erano naturalmente morti da un pezzo. Ma li sostituivano numerosi altri uomini identici a loro: anziani, grassi, calvi, pieni di sé, e certi della propria importanza quali elementi indispensabili dell'organizzazione dei pochtèca. A parte il fatto che io non ero ancora né calvo né grasso, e che non mi *sentivo* vecchio, sarei potuto essere scambiato, credo, per uno di loro, in quanto facevo ben poco tranne crogiolarmi nel ricordo delle avventure di un tempo e nell'attuale prosperità.

Di tanto in tanto, l'arrivo della colonna di un mercante mi offriva la possibilità di fare un'offerta per il suo carico, o per quella qualsiasi parte di esso che mi piacesse. E, prima del termine della giornata, riuscivo di solito a coinvolgere nelle trattative un altro pochtèca, finendo per rivendergli, con un utile, le mercanzie. Vi riuscivo senza mai posare la tazza di cioccolata, e senza neppure aver visto quanto avevo acquistato e venduto. Di quando in quando si presentava nell'edificio un giovane che aspirava a divenire mercante, intento a compiere i preparativi per il suo primo viaggio. Mi intrattenevo allora con lui quanto occorreva per offrirgli il vantaggio di tutte le mie esperienze lungo lo stesso itinerario, o per tutto il tempo durante il quale egli ascoltava senza spazientirsi e senza addurre il pretesto di avere cose urgenti da sbrigare.

Ma, quasi sempre, si trovavano lì ben poche persone tranne me e vari pochtèca a riposo, uomini che non avrebbero saputo in quale altro luogo recarsi. Pertanto ci tenevamo compagnia scambiandoci racconti anziché mercanzie. Io li ascoltavo narrare episodi dei tempi in cui avevano avuto meno anni e meno ricchezze, ma ambizioni sconfinate; dei giorni in cui essi stessi viaggiavano, in cui sfidavano rischi e pericoli. I nostri racconti sarebbero stati abbastanza interessanti anche disadorni — ed io non sentivo alcuna necessità di esagerare i miei — ma siccome tutti i vecchi cercavano di superarsi a vicenda con l'unicità e la varietà delle loro esperienze, nonché per i pericoli che avevano affrontato e superato, trappole mortali evitate per un pelo e gli acquisti importanti resi possibili dalla loro scaltrezza... be', sì, mi accorsi che alcuni dei presenti cominciavano a ricamare le loro avventure dopo averle raccontate per la decima o dodicesima volta...

La sera uscivo di casa per cercare non già compagnia, ma solitudine, per poter ricordare e soffrire e anelare inosservato. Naturalmente, non avrei protestato se tale solitudine fosse stata interrotta dall'incontro che bramavo da tempo. Tuttavia, come ho già detto, questo non è ancora accaduto. Pertanto, solamente con malinconica speranza, e non con sicura aspettativa, percorrevo le vie di Tenochtìtlan, quasi deserte durante la notte, da una estremità all'altra dell'isola, ricordando come qui fosse accaduta la tal cosa e là la tal altra.

A nord si trovava la strada rialzata di Tepeyàca, lungo la quale avevo portato in braccio la mia bimbetta, fuggendo dalla città allagata per trovare la salvezza sulla terraferma. Nochìpa sapeva appena pronunciare, allora, frasi di due parole, ma alcune di esse esprimevano molte cose. E in quell'occasione ella aveva mormorato: « Notte scura ».

A sud si trovava la strada rialzata diretta a Coyohuàcan e a tutti i territori più in là, la strada rialzata che avevo percorso con Cozcatl e Ghiotto di Sangue per la mia primissima spedizione commerciale. Nello splendore dell'alba di quella giornata, il formidabile vulcano Popocatèpetl ci aveva guardati passare, con l'aria di dire: « Voi ve ne andate, gente mia, ma io resto... »

Nel mezzo si trovavano le due vaste plazas dell'isola. In quella più a sud, il cuore dell'Unico Mondo, svettava la Grande Piramide, dall'aspetto così massiccio e solido ed eterno da far supporre a chi la contemplava che essa si fosse trovata lì sin da quando il Popocatèpetl aveva torreggiato sul remoto orizzonte. Riusciva difficile persino a me credere di essere più vecchio della piramide completata, convincermi che era stata soltanto un blocco informe e incompiuto quando l'avevo veduta per la prima volta. Nella plaza più a nord, l'esteso mercato di Tlaltelòlco, avevo camminato per la prima volta tenendo ben stretta la mano di mio padre. Là egli aveva generosamente sborsato un prezzo stravagante per farmi gustare la neve insaporita, dicendo al venditore: « Rammento i Tempi Duri... » In quell'occasione mi ero incontrato per la prima volta con l'uomo color cacao, colui che così esattamente aveva predetto la mia futura esistenza.

Questo ricordo mi turbava lievemente, poiché mi rammentava che tutto il futuro predettomi da lui si trovava già nel passato. Cose cui un tempo avevo anelato erano divenute ricordi. Mi stavo avvicinando al covone completo dei miei anni, e non erano molti uomini a vivere più di quei cinquanta e due. Dunque non *esisteva* più alcun futuro per me? Quando dicevo a me stesso che stavo finalmente e giustamente godendomi la vita oziosa per meritarmi la quale avevo faticato così a lungo, forse mi rifiutavo semplicemente di ammettere che avevo vissuto più a lungo della mia utilità, più a lungo di tutte le persone che avessi amato, o che mai mi avessero amato. Mi stavo forse limitando a occupare spazio in questo mondo, in attesa di essere chiamato in qualche mondo diverso?

No! Mi rifiutavo di credere questo e, per avere una conferma, alzavo gli occhi verso il firmamento notturno. Di nuovo una stella fumante si trovava sospesa lassù, così come una stella fumante si era trovata sospesa sul mio incontro con Motecuzòma a Teotihuàcan, e poi sull'incontro con la ragazza Ce-Malinàli, e ancora sull'incontro con i visitatori bianchi giunti dalla Spagna. I nostri astronomi non riuscivano a mettersi d'accordo e a decidere se si trattasse della stessa cometa che tornava con una forma diversa e una diversa luminosità in un diverso lembo di cielo, o se ogni volta essa fosse una cometa nuova. Ma, dopo quella che mi aveva accompagnato nel mio ultimo viaggio al sud, *una qualche* stella fumante era apparsa di nuovo nel cielo notturno in entrambi i due anni successivi, ogni volta divenendo visibile per quasi un mese di notti. Persino i di solito imperturbabili astronomi avevano dovuto riconoscere che si trattava di un presagio, in quanto tre comete in tre anni sfidavano ogni altra spiegazione. Pertanto, qualcosa stava per accadere in questo mondo e, si trattasse di eventi buoni o cattivi, sarebbe dovuta valere la pena di aspettarli. Avrei potuto, o meno, avere una parte qualsiasi in tali eventi, ma in ogni caso, non intendevo ancora andarmene dalla terra dei vivi.

Varie cose accaddero nel corso di quegli anni, e ogni volta io mi domandai: è quasi ciò che preannunciavano le stelle fumanti? Gli accadimenti erano tutti rimarchevoli sotto l'uno o l'altro aspetto, e alcuni di essi deplorevoli, ma nessuno pareva *proprio* così importante da giustificare l'invio, da parte degli dei, di avvertimenti tanto minacciosi.

Ad esempio, io ero tornato da pochi mesi appena dall'incontro con gli Spagnoli quando, da Uluümil Kutz giunse la notizia che la misteriosa malattia del vaiolo era dilagata, come un'onda oceanica, sull'intera penisola. Tra gli Xiu, gli Tzotxil, i Quichè, e tutte le altre tribù discendenti dai Maya, qualcosa come tre persone ogni dieci erano morte — tra esse anche il mio anfitrione, il Signore Madre Ah Tutàl — e quasi tutti i superstiti avrebbero vissuto il resto della loro esistenza sfigurati dai segni del vaiolo.

Per quanto Motecuzòma potesse essere incerto riguardo alla natura e alle intenzioni di quei visitatori provenienti dalla Spagna — dei o uomini — egli non ci teneva affatto ad esporsi ad una qualsiasi malattia divina. Per una volta tanto, agì prontamente e con decisione, vietando nel modo più assoluto qualsiasi commercio con i territori Maya. Ai nostri pochtèca venne proibito di recarsi laggiù, e le guardie lungo la nostra frontiera settentrionale ricevettero l'ordine di respingere qualsiasi prodotto e qualsiasi mercanzia di là provenienti. Poi, il resto dell'Unico Mondo aspettò, in preda all'apprensione, per alcuni altri mesi. Ma il vaiolo venne arginato con successo, limitandolo alle sole tribù Maya e non afflisse — non per il momento — alcun altro popolo.

Trascorsero ancora alcuni mesi e un giorno Motecuzòma mandò un messaggero a convocarmi al palazzo, e, una volta di più, io mi domandai: significa forse, questo, che la profezia della stella fumante si è avverata? Ma quando, come sempre, entrai, con la tela di sacco da supplicante, nella sala del trono, il Riverito Oratore parve soltanto irritato e non già in preda alla paura, o allo stupore o a qualche altra delle più forti emozioni. Numerosi membri del Consiglio, in piedi qua e là nella sala, sembravano alquanto divertiti. Dal canto mio, dovetti sembrare interdetto quando egli disse:

«Questo pazzo afferma di chiamarsi Tlilèctic-Mixtli.»

Mi resi conto, allora, che non stava parlando *di* me, ma rivolto a me, e che additava uno straniero dall'aria imbronciata e mal vestito, saldamente tenuto nella stretta di due guardie del palazzo. Alzai il topazio per osservarlo, mi resi conto che l'uomo non era affatto uno sconosciuto, sorrisi allora prima a lui, poi a Motecuzòma, e dissi:

«Tlilèctic-Mixtli è il suo nome, mio signore. Il nome Nuvola Scura non è affatto inconsueto tra...»

«Lo conosci!» mi interruppe, o meglio mi accusò, Motecuzòma. «Si tratta forse di qualche tuo parente?»

«Forse è imparentato anche con te, Signore Oratore, e forse è altrettanto nobile.»

Egli si infuriò. «Osi paragonarmi a questo sudicio e stupido accattone? Quando le guardie della corte lo hanno fermato, chiedeva di essere ricevuto in udienza da me e si faceva passare per un dignitario di passaggio. Ma guardalo! Quell'uomo è pazzo!»

Dissi: «No, mio signore. Là da dove viene egli è davvero un tuo pari, a parte il fatto che gli Azteca non si servono del titolo Uey-Tlatoàni».

«Cosa?» esclamò Motecuzòma, sorpreso.

«Quell'uomo è il Tlatocapìli Tlilèctic-Mixtli di Aztlan.»

«Di dove?» gridò Motecuzòma, stupefatto.

Rivolsi di nuovo un sorriso al mio omonimo. «Hai portato la Pietra della Luna, allora?»

Egli fece un brusco e iroso cenno del capo e disse: «Comincio ad augurarmi di non averlo fatto. Ma la Pietra di Coyolxaùqui si trova laggiù nella plaza, sorvegliata dagli uomini che sono sopravvissuti alla fatica di aiutarmi a farla rotolare e a caricarla su zattere e a trascinarla...»

Una delle guardie che lo teneva farfugliò in modo udibile:

«Quella maledetta, enorme pietra ha smosso mezza pavimentazione della città, da qui alla strada rialzata di Tepeyàca».

Il nuovo arrivato riprese a parlare: «Quegli uomini superstiti ed io siamo mezzi morti di stanchezza e di fame. Speravamo in un benvenuto, qui. Ci saremmo accontentati di una comune ospitalità. E invece a me è stato dato del bugiardo solamente per aver pronunciato *il mio nome*!»

Tornai a voltarmi verso Motecuzòma, che ancora stava guardando incredulo. Dissi: «Come puoi constatare, Signore Oratore, il Signore di Aztlan è in grado di dire il proprio nome. E inoltre il suo rango, la sua origine e qualsiasi altra cosa tu possa voler sapere da lui. Troverai il nàhuatl degli Azteca un pochino antiquato, ma facilmente comprensibile».

Motecuzòma si riprese, trasalendo, dallo stupore, si scusò e salutò. «Converseremo con tuo comodo, Signore di Aztlan, quando avrai cenato e ti sarai riposato» e impartì ordini alle guardie e ai consiglieri affinché i visitatori venissero sfamati e vestiti e alloggiati come si addiceva ad alti dignitari. Mi fece cenno di restare quando tutti gli altri uscirono dalla sala del trono, poi disse:

«Stento quasi a crederlo. È stata un'esperienza sconvolgente come se mi fossi incontrato con il mio leggendario nonno Motecuzòma. O come se avessi veduto una figura scolpita nella pietra scendere dal fregio di un tempio. Pensa un po'! Un autentico Aztecatl tornato alla vita!» Tuttavia, la sua innata sospettosità riprese rapidamente il sopravvento, ed egli domandò: «Ma che cosa sta facendo *qui*?»

«Porta un dono, mio signore, come gli suggerii io quando riscoprii Aztlan. Se vorrai scendere nella plaza per vederlo, credo che lo riterrai degno di molte pietre di pavimentazione spezzate.»

«Lo farò» egli disse, ma soggiunse, sempre sospettosamente: «Deve volere qualcosa in cambio.»

Dissi: «Credo inoltre che la Pietra della Luna valga il conferimento di qualche titolo altisonante al suo donatore. E di alcuni mantelli di piume e di alcuni monili, affinché egli possa vestire come si addice al suo nuovo rango. E forse vale anche la concessione di alcuni guerrieri Mexìca».

«Guerrieri?»

Spiegai a Motecuzòma l'idea già precedentemente esposta al Tlatocapìli di Aztlan: che un rinnovato legame di parentela tra noi Mexìca e quegli Azteca avrebbe dato alla Triplice Alleanza ciò che ancora essa non aveva: una forte guarnigione sulla costa nord-occidentale.

Egli osservò, cauto: «Tenendo presenti tutti i presagi, questo può non essere il momento più opportuno per disperdere le nostre forze; ma rifletterò sulla proposta. E una cosa è certa: anche se più giovane di te e di me, il nostro antenato merita un titolo più importante di quello di Tlatocapìli. Gli consentirò per lo meno di apporre lo -tzin al suo nome. »

Così, uscii dal palazzo, quel giorno, sentendomi alquanto soddisfatto perché un Mixtli, anche se non si trattava di me stesso, aveva conseguito il nome nobile di Mixtzin. Risultò, poi, che Motecuzòma accolse tutti i miei suggerimenti. Il visitatore ripartì dalla nostra città con il titolo altisonante di Azteca Tlani-Tlatoàni, o Minore Oratore degli Azteca. Condusse inoltre con sé un considerevole reparto di soldati e un certo numero di famiglie di coloni, scelte per la loro abilità nel costruire e fortificare.

Ebbi la possibilità di un solo e breve colloquio con il mio omonimo, mentre egli si trovava a Tenochtìtlan. Mi ringraziò con esuberanza per aver fatto in modo che fosse bene accolto e reso nobile e considerato un appartenente alla Triplice Alleanza, poi soggiunse:

« Lo -tzin aggiunto al mio nome fa sì che esso si applichi anche a tutti gli appartenenti alla mia famiglia e ai miei discendenti, sia pure quelli indiretti, di un lignaggio divergente. Devi tornare ad Aztlan, Fratello, e ti aspetterà una piccola sorpresa. Vi troverai qualcosa di più di una nuova e migliorata città. »

Sul momento, supposi che egli si riferisse a una cerimonia per fare di me qualche sorta di signore onorario degli Azteca. Ma non sono più tornato a Aztlan e non so come sia divenuta la città negli anni successivi al ritorno di Mixtzin. Quanto alla magnifica Pietra della Luna, Motecuzòma titubò, come sempre, incapace di decidere ove potesse essere meglio esposta nel cuore dell'Unico Mondo. Così, l'ultima volta che ricordo di averla veduta, la Pietra della Luna si trovava ancora, di piatto, sulla pavimentazione della plaza, e attualmente è sepolta e perduta come la Pietra del Sole.

Il fatto è che accadde qualcos'altro per cui io e la maggior parte delle altre persone dimenticammo ben presto l'arrivo degli Azteca con la Pietra della Luna e i loro progetti di fare di Aztlan una grande città sulla costa. Giunse un messaggero dall'altro lato del lago, da Texcòco, indossando il bianco mantello del lutto. La notizia non fu inattesa e sconvolgente, essendo ormai, il Riverito Oratore Nezahualpìli, un uomo vecchissimo; eppure mi desolò sapere che il mio primo mecenate e protettore era morto.

Sarei potuto andare a Texcòco con gli altri Cavalieri dell'Aquila, in compagnia di tutti gli altri nobili e cortigiani Mexìca che dovevano attraversare il lago per partecipare al funerale di Nezahualpìli e che, o si sarebbero trattenuti laggiù, o avrebbero compiuto una seconda volta il viaggio, qualche tempo dopo, per assistere all'incoronazione del Principe della Corona, Ixtlil-Xochitl, quale nuovo Riverito Oratore della nazione Acòlhua. Decisi invece di andare senza pompa e cerimonia, con una semplice veste da lutto, come privato cittadino. Andai quale amico di famiglia e fui accolto dal mio ex compagno di studi, il Principe Huexotl, che mi ricevette cordialmente, come aveva fatto trenta e tre anni prima, e mi salutò con il mio nome di allora: «Benvenuto, Testa che Annuisce!» Non potei fare a meno di notare che il mio vecchio amico Salice *era* vecchio. Cercai di non tradire con l'espressione il mio stato d'animo quando vidi i capelli brizzolati e il viso rugoso di lui; lo ricordavo come uno snello e giovane principe intento a passeggiare, con il suo cervo prediletto, in un verdeggiante giardino. Ma poi pensai, malinconicamente: non è più anziano di me.

Lo Uey-Tlatoàni Nezahualpìli venne seppellito nei giardini del suo palazzo di città, non nella più vasta dimora di campagna vicina al Colle Texcotzìnco. Per conseguenza, i limitati prati del palazzo traboccarono, letteralmente, di tutti coloro che erano venuti a dire addio all'uomo tanto amato e rispettato. V'erano monarchi e grandi signori e dame delle nazioni della Triplice Alleanza e di altri paesi, amici o no. Anche gli emissari delle regioni più lontane che non riuscirono a giungere in tempo per il funerale di Nezahualpìli erano comunque in viaggio verso Texcòco in quello stesso momento e si stavano affrettando per essere presenti e poter salutare il figlio di lui quale nuovo Riverito Oratore. Ma tra tutti coloro che *sarebbero dovuti* essere presenti accanto alla tomba, il più vistosamente assente fu Motecuzòma, che si era fatto rappresentare dalla sua Donna Serpente Talàcotzin e dal fratello Cuitlàhuac, comandante in capo degli eserciti Mexìca.

Il Principe Salice ed io rimanemmo l'uno accanto all'altro durante la sepoltura, non lontani dal fratellastro di lui, Ixtlil-Xochitl, erede del trono degli Acòlhua. Egli continuava a giustificare alquanto il proprio nome di Fiore Nero, in quanto aveva sempre le nere sopracciglia unite che gli davano un'aria accigliata. Ma era rimasto quasi completamente calvo, ed io pensai: deve avere quasi dieci anni più dell'età di suo padre quando entrai per la prima volta nella scuola di Texcòco. Dopo la sepoltura, la folla si recò nei saloni da ballo del palazzo per banchettare e cantilenare e affliggersi a voce alta e rievocare le imprese e i meriti del defunto Nezahualpìli. Ma Salice ed io, dopo esserci impadroniti di numerose anfore di octli di prima qualità, ci rifugiammo nell'intimità dell'appartamento del Principe e, a poco a poco, ci ubriacammo mentre rievocavamo i bei tempi e ci prospettavamo i giorni a venire.

Ricordo di aver detto, a un certo momento: «Ho udito molti mormorii a proposito della villana assenza di Motecuzòma, oggi. Egli non ha mai perdonato l'isolamento di tuo padre in questi ultimi anni, e in particolare il rifiuto di aiutarlo a condurre piccole guerre».

Il Principe alzò le spalle. «La villania di Motecuzòma non gli farà ottenere concessioni dal mio fratellastro. Fiore Nero è figlio di nostro padre e ritiene — come lui — che l'Unico Mondo verrà un giorno invaso da stranieri, e che la nostra sola possibilità di salvezza consiste nell'unità. Egli continuerà pertanto la politica di nostro padre: quella secondo cui noi Acòlhua dobbiamo conservare tutte le energie per una guerra che non sarà di certo insignificante.»

«Sì, questa è forse la via giusta» dissi. «Ma Motecuzòma non amerà tuo fratello più di quanto abbia amato tuo padre.»

Ricordo di aver guardato, in seguito, fuori della finestra, esclamando: «Ma dove è volato via il tempo? È già notte fonda... e io sono completamente sbronzo.»

«Occupa quella stanza degli ospiti» disse il Principe. «Dovremo essere presenti, domani, e ascoltare tutti i poeti del palazzo che leggeranno gli elogi funebri.»

«Se dormo adesso, domattina avrò un orrendo mal di capo» dissi. «Con il tuo permesso, andrò prima a fare una passeggiata in città e lascerò che Vento Notturno dissipi un po' di vapori dalla mia mente.»

Il mio modo di camminare era probabilmente uno spettacolo, ma non incontrai nessuno che potesse vedermi. Quella notte le vie erano ancor più deserte del solito, poiché ogni abitante di Texcòco stava piangendo in casa propria il defunto. E i sacerdoti avevano ovviamente sparso limatura di rame sulle torce di pino agli angoli delle strade, poiché le loro fiamme ardevano azzurre e la luce che diffondevano era fioca e lugubre. Nel mio annebbiamento, ebbi, in qualche modo, l'impressione di ripetere una passeggiata già fatta tanto tempo prima. L'impressione si intensificò quando scorsi davanti a me una panchina di pietra sotto un albero tapachìni dai fiori rossi. Mi lasciai cadere su di essa con gratitudine e vi rimasi seduto per qualche tempo, gradendo la pioggia di petali scarlatti staccati dal vento. Poi mi accorsi che, a entrambi i miei fianchi, sedeva qualcun altro.

Mi voltai a sinistra, scrutai attraverso il topazio e scorsi quello stesso raggrinzito e lacero uomo color cacao già tante altre volte incontrato nella vita. Mi voltai a destra e vidi l'uomo meglio vestito, ma impolverato e stanco, nel quale mi ero imbattuto meno spesso in passato. Credo che avrei dovuto trasalire e lasciarmi sfuggire un gran grido, invece mi limitai a ridacchiare, ebbro, consapevole del fatto che si trattava di illusioni create da tutto l'octli ingurgitato. Sempre ridacchiando, mi rivolsi a entrambi:

«Venerabili signori, non dovreste trovarvi sottoterra insieme a coloro che impersonate?»

L'uomo color cacao sorrise, mostrando i pochi denti rimastigli. «Vi è stato un tempo in cui ci credevi dei. Supponevi che io fossi Huehuetèotl, il Più Vecchio dei Vecchi Dei, venerato in queste terre molto prima di tutti gli altri.»

«E che io fossi il dio Yoàli Ehècatl» disse l'uomo impolverato. «Il Vento Notturno, che può rapire gli incauti i quali si aggirano di notte, o premiarli, a seconda dei suoi capricci.»

Annuii, decidendo di assecondarli anche se si trattava soltanto di allucinazioni. «È vero, miei signori. Un tempo ero giovane e credulone. Ma poi venni a sapere che Nezahualpìli si divertiva a girovagare per il mondo camuffato.»

«E questo ti indusse a non credere negli dei?» domandò l'uomo color cacao.

Ebbi un singulto e dissi: «Mi esprimerò in questo modo: non ne ho mai incontrato altri all'infuori di voi due».

L'uomo impolverato mormorò, oscuramente: «Può essere che i veri dei appaiano soltanto quando stanno per scomparire».

Dissi: «Fareste meglio a scomparire, allora, e ad andare ove dovreste essere. Nezahualpìli non può sentirsi molto soddisfatto percorrendo la lugubre strada per il Mìctlan mentre due sue impersonificazioni continuano a trovarsi sulla terra».

L'uomo color cacao rise. «Forse non sopportiamo di abbandonare *te*, vecchio amico. Seguiamo da tanto di quel tempo le tue sorti, nelle tante *tue* impersonificazioni: come Mixtli, come Talpa, come Testa che Annuisce, come Portalo!, come Zàa Nayàzù, come Ek Muyal, come Su-kurù...»

Lo interruppi: «Ricordi i miei nomi meglio di me».

«Allora ricorda tu i nostri!» disse lui, in tono alquanto aspro. «Io sono Huehuetèotl, e questi è Yoàli Ehècatl.»

«Come mere apparizioni» borbottai «siete maledettamente ostinati e insistenti. Non mi ubriacavo in questo modo da un pezzo. L'ultima volta deve essere stata sette o otto anni fa. E rammento... dissi allora che un giorno, in qualche luogo, mi sarei incontrato con un dio e gli avrei domandato... sì, gli avrei domandato questo: perché gli dei mi lascino vivere così a lungo, mentre hanno stroncato ogni altra persona che mai mi sia stata vicina? La mia cara sorella, la mia diletta moglie, la mia figlioletta tanto adorata, e un così gran numero di intimi amici, e persino amori fuggevoli...»

«È facile rispondere a questa domanda» disse la lacera apparizione che sosteneva di essere il più Vecchio dei Vecchi Dei. «Quelle persone erano, in un certo qual modo, i martelli e gli scalpelli impiegati per scolpire te, e si spezzarono e vennero gettati via. Ma non te. Tu hai sopportato tutti i colpi e gli scalpellamenti e i raschiamenti.»

Annuii con la solennità dell'ubriachezza e dissi: «Questa è una risposta da ebbri, se mai ne ho udita una».

L'apparizione impolverata che si faceva chiamare Vento Notturno disse: «Tu più di ogni altro, Mixtli, sai che una statua o un monumento non escono già scolpiti dalle cave di arenaria. Devono essere foggiati con strumenti, levigati mediante polvere di ossidiana e induriti esponendoli agli elementi. Soltanto dopo essere stati scolpiti e resi duri e levigati si prestano ad essere utilizzati.»

«Utilizzati?» dissi aspro. «Al termine sempre più fioco delle mie strade e dei miei giorni, di quale utilità potrei mai essere?»

Vento Notturno rispose: «Ho menzionato un monumento. Esso non fa altro che restare eretto, ma questa non sempre è una cosa facile a farsi».

«E non diventerà più facile» disse il più Vecchio dei Vecchi Dei. «In questa stessa notte, il tuo Riverito Oratore Motecuzòma ha commesso un errore irreparabile, e ne commetterà altri. Sta per giungere una tempesta di fuoco e di sangue, Mixtli. Tu sei stato foggiato e indurito per un solo scopo. Per sopravvivere ad essa.»

Ebbi un nuovo singulto e domandai: «Perché proprio io?»

Il Più Vecchio dei Vecchi Dei disse: «Molto tempo fa, ti trovasti, un giorno, sul pendio di un monte non lontano da qui, indeciso se compiere l'ascesa. Ti dissi che nessun uomo ha mai vissuto alcuna vita tranne quella scelta da lui stesso. Tu decidesti di salire. E gli dei decisero di aiutarti».

Risi un'orribile risata.

«Oh, non avresti potuto apprezzarne le premure» ammise lui «non più di quanto la pietra riconosca i benefici arrecatile dal martello e dallo scalpello. Ma ti aiutarono e come. E tu contraccambierai adesso i loro favori.»

«Sopravvivrai alla tempesta» disse Vento Notturno.

Il Più Vecchio continuò: «Gli dei ti aiutarono a divenire un conoscitore delle parole. Poi ti aiutarono a viaggiare in molti luoghi, a vedere, imparare e avere molte esperienze. Ecco perché, più di ogni altro uomo, tu sai com'era l'Unico Mondo».

«Era?» gli feci eco.

Il Più Vecchio dei Vecchi Dei fece un gesto ampio con lo scarno braccio. «Tutto questo scomparirà alla vista e al tatto e ad ogni altro senso umano. Esisterà soltanto nella memoria. Tu sei stato incaricato di ricordare.»

«Sopporterai» disse Vento Notturno.

Il Più Vecchio dei Vecchi Dei mi afferrò la spalla e disse, con infinita malinconia: «Un giorno, quando tutto ciò che è esistito sarà scomparso... per non essere riveduto mai più... gli uomini rimuoveranno le ceneri di queste terre e si porranno interrogativi. Tu hai i ricordi e le parole per narrare della magnificenza dell'Unico Mondo, affinché non sia dimenticata. Tu, Mixtli! Quando tutti gli altri monumenti di tutte queste terre saranno crollati, quando anche la Grande Piramide crollerà, tu non crollerai.»

«Rimarrai in piedi» disse Vento Notturno.

Risi di nuovo, schernendo l'idea assurda che la poderosa Grande Piramide potesse mai crollare. Poi, sempre cercando di assecondare i due fantasmi che ammonivano, dissi: «Miei signori, io non sono fatto di pietra. Sono soltanto un uomo, e l'uomo è il più fragile dei monumenti».

Ma non udii né una risposta né un rimprovero. Le apparizioni erano scomparse con la stessa rapidità con cui si erano mostrate, ed io stavo parlando a me stesso.

A una certa distanza dietro la panchina sulla quale sedevo, la torcia all'angolo della strada baluginò con imbronciate fiammelle azzurre. In quella luce luttuosa, i rossi petali dei fiori tapachìni che si posavano su di me assumevano uno scuro color cremisi, come un piovigginare di gocce di sangue. Rabbrividii, provando una sensazione sperimentata una sola volta in passato — quando ero venuto a trovarmi per la prima volta al margine della notte e al margine delle tenebre — la sensazione di essere assolutamente solo al mondo, e desolato, e abbandonato. Il luogo ove sedevo non era altro che un'isola minuscola di fioca luce azzurrognola, e tutto attorno non esisteva altro che tenebre e vuoto e il gemito sommesso del vento notturno. E il vento gemeva: «Ricorda...»

✠

Quando venni destato dall'uomo addetto all'illuminazione notturna, che faceva i suoi giri all'alba, risi del mio sconveniente comportamento di ubriaco e del mio ancor più stupido sogno. Tornai zoppicando al palazzo, rigido per aver dormito sulla fredda panchina di pietra, aspettandomi di trovare l'intera corte ancora addormentata. Ma regnava là una grande eccitazione, tutti erano alzati e correvano frenetici qua e là, mentre numerosi soldati Mexìca armati sorvegliavano, inesplicabimente, le varie porte dell'edificio. Quando trovai il Principe Salice, ed egli mi riferì, torvo, la notizia, cominciai a domandarmi se l'incontro notturno fosse stato davvero un sogno. Risultava, infatti, che Motecuzòma aveva fatto una cosa vile e inaudita.

Come ho già detto, una tradizione inviolabile voleva che cerimonie solenni come il funerale di un grande monarca non venissero turbate da assassinii o da altri tradimenti. Come ho inoltre già detto, l'esercito Acòlhua era stato quasi completamente sciolto dal defunto Nezahualpìli, e le poche truppe simboliche ancora sotto le armi non erano in grado di respingere invasori. Ho già detto, altresì, che Motecuzòma aveva inviato al funerale la sua Donna Serpente e il comandante in càpo degli eserciti, Cuitlàhuac. Ma non ho detto, perché lo ignoravo, che Cuitlàhuac era giunto con una acàli da guerra e sessanta guerrieri Mexìca scelti, da lui fatti sbarcare segretamente alla periferia di Texcòco. Nel corso di quella notte, mentre, in preda alla confusione dell'ebbrezza, io stavo conversando con le mie allucinazioni, o con me stesso, Cuitlàhuac e le sue truppe avevano posto in rotta le guardie del palazzo, si erano impadroniti dell'edificio, e la Donna Serpente aveva convocato chiunque vi si trovasse per ascoltare un proclama. Il Principe della Corona Fiore Nero *non* sarebbe stato incoronato quale successore del padre. Motecuzòma, in quanto massimo reggitore della Triplice Alleanza, aveva decretato che la corona di Texcòco andasse invece al meno importante principe Catàma, Pannocchia di Granturco, il figlio ventenne di una delle concubine di Nezahualpìli che, non incidentalmente, era la sorella minore di Motecuzòma.

Una simile violenza non aveva precedenti, ed era riprovevole; ma era altresì inarrestabile. Per quanto ammirevole, in teoria, potesse essere stata la politica pacifista di Nezahualpìli, essa aveva lasciato il suo popolo disastrosamente impreparato ad opporsi all'intromissione dei Mexìca negli affari dello Stato. Il Principe della Corona Fiore Nero si oppose con furente indignazione, ma non poté fare niente di più. Il comandante Cuitlàhuac era un brav'uomo, pur essendo il fratello di Motecuzòma, e sebbene ne eseguisse gli ordini. Fece le condoglianze al principe deposto e gli consigliò di recarsi nascostamente altrove prima che a Motecuzòma venisse in mente la pratica idea di farlo imprigionare o giustiziare.

Così, Fiore Nero partì quel giorno stesso, accompagnato dai propri cortigiani, dai servi personali e dalle guardie del corpo, nonché da numerosi altri nobili ugualmente infuriati da quanto

812

era avvenuto; giurarono tutti, a gran voce, che si sarebbero vendicati per essere stati traditi dal loro alleato di tutta una vita.

Gli altri Texcòco poterono soltanto ribollire d'ira impotente, e prepararsi ad assistere all'incoronazione del nipote di Motecuzòma quale Cacàmatzin, Uey-Tlatoàni degli Acòlhua.

Io non mi trattenni per quella cerimonia. Ero un Mexìcatl e nessun Mexìcatl poteva essere molto amato a Texcòco in quel momento; io stesso, d'altronde, non mi sentivo molto fiero di essere un Mexìcatl. Persino il mio ex compagno di studi Salice mi sbirciava pensosamente, domandandosi, con ogni probabilità, se avessi pronunciato una velata minaccia dicendogli: «Motecuzòma non amerà tuo fratello più di quanto abbia amato tuo padre». Pertanto me ne andai di lì e tornai a Tenochtìtlan, ove i sacerdoti stavano predisponendo con giubilo riti speciali quasi in ogni tempio per celebrare «lo scaltro stratagemma del nostro Riverito Oratore». E le natiche di Cacàmatzin avevano appena riscaldato il trono di Texcòco quando egli annunciò il capovolgimento della politica di suo padre: una nuova chiamata alle armi delle truppe Acòlhua per aiutare lo zio Motecuzòma a organizzare una ennesima offensiva contro l'eternamente assediata nazione di Texcàla.

Ma anche quella guerra fallì, soprattutto perché il nuovo e giovane e bellicoso alleato di Motecuzòma, pur essendo stato scelto personalmente da lui, e sebbene suo parente per sangue, non gli fu di grande aiuto. Cacàma non era né amato, né temuto dai propri sudditi, e la sua richiesta di soldati volontari venne completamente ignorata. Anche quando a quell'invito egli fece seguire un severo ordine di coscrizione, soltanto relativamente pochi uomini si presentarono, e anche quelli con riluttanza, dimostrandosi notevolmente svogliati in battaglia. Altri Acòlhua che, in una situazione diversa, avrebbero avidamente impugnato le armi, dichiararono di essere invecchiati o di essersi ammalati durante gli anni di pace di Nezahualpìli, oppure dissero di essere padri di un gran numero di figli che non potevano abbandonare. La verità era che continuavano ad essere fedeli al Principe della Corona, colui che sarebbe dovuto essere il loro Riverito Oratore.

Andandosene da Texcòco, Fiore Nero si era recato in un'altra delle dimore di campagna della famiglia reale, in qualche punto tra le montagne molto a nord-est, e aveva cominciato a farne una guarnigione fortificata. Oltre ai nobili recatisi volontariamente in esilio con lui insieme alle loro famiglie, molti altri Acòlhua si unirono ad essi: cavalieri e guerrieri che un tempo avevano militato con il padre di Fiore Nero. Altri uomini ancora, che non potevano abbandonare definitivamente le famiglie o le loro occupazioni nei dominii di Cacàma, si recavano di nascosto, a intervalli, nella ridotta tra i monti, per allenarsi e addestrarsi con le altre truppe. Tutte queste circostanze mi erano allora ignote, così come rimanevano ignote alla maggior parte delle persone. Era un segreto ben custodito il fatto che Fiore Nero si stava preparando, adagio ma con cura, a strappare il trono all'usurpatore, anche se ciò lo avesse costretto a battersi contro l'intera Triplice Alleanza.

Nel frattempo, l'indole di Motecuzòma, già velonosa anche nei momenti migliori, peggiorò ulteriormente. Egli sospettava di essere calato di molto nella stima degli altri monarchi con quel suo prepotente intervento negli affari interni di Texcòco. Si sentiva umilito dal recente insuccesso del tentativo di soggiogare i Texcàla. E, per giunta, non era molto soddisfatto del nipote Cacàma. Poi, come se non avesse già avuto preoccupazioni e motivi di irritazione a sufficienza, altre e ancora più preoccupanti cose cominciarono ad accadere.

Si sarebbe detto, quasi, che la morte di Nezahualpìli fosse stata il segnale per l'avverarsi delle sue più fosche predizioni. Nel mese di L'Albero Viene Sollevato, successivo al funerale di lui, giunse, dalle regioni dei Maya, un messaggero veloce con la notizia preoccupante che gli strani uomini bianchi erano di nuovo tornati sull'Uluümil Kutz, e non solamente due, questa volta, ma un centinaio. Giunti su tre navi, avevano gettato le ancore al largo della cittadina portuale di Kimpèch, sulla sponda occidentale della penisola, per poi arrivare a remi sulla spiaggia con le loro grandi canoe. La popolazione di Kimpèch, quella che era sopravvissuta alla decimazione del vaiolo, aveva lasciato con rassegnazione che sbarcassero, senza protestare e senza opporsi. Ma poi gli uomini bianchi erano audacemente entrati in un tempio e, senza sia pure un gesto per chiedere il permesso, avevano cominciato a spogliarlo dei suoi ornamenti in oro. A questo punto la popolazione locale si era opposta con la forza.

O aveva tentato di farlo, disse il messaggero veloce, poiché le armi dei guerrieri di Kimpèch si frantumavano sui *corpi di metallo* degli uomini bianchi, e questi ultimi, lanciato un grido di guerra, «Santiago!», si erano difesi con i loro bastoni, i quali avevano dimostrato di non essere semplici lance o mazze. Infatti sputavano tuoni e lampi, come il dio Chak quando è più furente, e molti Maya erano caduti morti a grande distanza dai bastoni sputa-fuoco. Naturalmente, noi tutti sappiamo adesso che il messaggero veloce stava cercando di descrivere le corazze d'acciaio e gli archibugi che uccidono da lontano dei vostri soldati, ma in quel momento le notizie di lui parvero pazzesche.

Tuttavia egli portava due oggetti che comprovavano le sue folli asserzioni. L'uno era un conteggio dei morti, su carta di corteccia: più di cento tra uomini e donne e fanciulli di Kimpèch uccisi; quaranta e due stranieri caduti: un indizio del fatto che la popolazione di Kimpèch si era battuta coraggiosamente contro quelle nuove e terribili armi. In ogni modo, la difesa aveva respinto gli invasori. Gli uomini bianchi si erano ritirati sulle loro canoe, e quindi sulle navi, che, aperte le ali, avevano finito con lo scomparire di nuovo al di là dell'orizzonte. L'altro oggetto portato dal messaggero veloce era la faccia di uno degli uomini bianchi periti, scorticata dal cranio, al completo di capelli e barba, quindi tesa ed essiccata su un cerchio di salice. Ebbi, in seguito, il modo di vederla io stesso e somigliava molto alle facce degli uomini che avevo conosciuto — almeno per la pelle color calce — ma i capelli sullo scalpo e i peli sulla faccia avevano un colore ancor più bizzarro: erano gialli come l'oro.

Motecuzòma ricompensò il messaggero veloce per avergli portato quel trofeo, ma si dice che, una volta partito l'uomo, bestemmiò a lungo a causa della stupidità dei Maya — « Pensate un po', avere attaccato visitatori che potrebbero essere dei! » — e poi, sommamente agitato, si rinchiuse con il proprio Consiglio, con i sacerdoti, i veggenti e gli stregoni. Ma io non venni convocato per prendere parte alla riunione e, se essa pervenne a decisioni, non ne fui informato.

Tuttavia, poco più di un anno dopo, nell'anno Tredicesimo Coniglio, quello in cui compivo il mio covone di anni, gli uomini bianchi giunsero ancora da oltre l'orizzonte, e questa volta Motecuzòma mi convocò per una udienza privata.

« Tanto per cambiare » egli disse « questo rapporto non è stato portato da un Maya dalla fronte obliqua e dal cervello limitato. Ci è stato fatto da un gruppo di nostri stessi pochtèca, i quali stavano per caso esercitando i loro commerci lungo la costa del mare orientale. Si trovavano a Xicalànca quando giunsero sei di quelle navi, ed ebbero il buon senso di non lasciarsi prendere dal panico e di non consentire che il panico travolgesse la popolazione della cittadina. »

Ricordavo bene Xicalànca: quel centro abitato così mirabilmente posto tra l'oceano azzurro e la verde laguna, nella regione Olmèca.

« Pertanto non vi fu alcun combattimento » continuò Motecuzòma « sebbene i bianchi, questa volta, raggiungessero il numero di duecento e quaranta e la gente del posto fosse atterrita. I nostri fedeli pochtèca riuscirono a dominare la situazione, fecero sì che tutti conservassero la calma, e addirittura persuasero il

Tabascoöb a salutare i nuovi arrivati. Così gli uomini bianchi non causarono guai di sorta, non devastarono templi, non rubarono nulla, non molestarono neppure alcuna donna e ripartirono dopo avere trascorso la giornata visitando la cittadina e gustando i cibi locali. Naturalmente, nessuno fu in grado di comunicare nella loro lingua, ma i nostri mercanti riuscirono, a segni, a proporre qualche baratto. Gli uomini bianchi non erano sbarcati con un granché da dare in cambio. Ma, contro alcuni calami pieni di polvere d'oro, diedero *queste*! ».

E Motecuzòma, con lo stesso gesto di uno stregone che, per la strada, fa apparire dolciumi destinati a una folla di bambini, tolse all'improvviso, di sotto il mantello, numerose collane di perline. Sebbene fossero fatte di materiali diversi, e di vari colori, erano identiche per il numero delle perline, separate a intervalli da perline più grosse. Si trattava di collane di preghiere come quella che io avevo tolto a Jerònimo de Aguilar sette anni prima. Motecuzòma mi rivolse un sorriso di rivalsa, quasi si aspettasse che io mi umiliassi tutto a un tratto e ammettessi: « Avevi ragione, mio signore, gli stranieri *sono* dei. »

Dissi, invece: « Ovviamente, Signore Oratore, tutti gli uomini bianchi adorano nello stesso modo, e ciò sta ad attestare che vengono tutti dallo stesso luogo di origine. Ma questo lo avevamo già supposto. E non ci dice niente di nuovo per quanto li concerne. »

« Che cosa te ne pare allora di *questo*? » E, da dietro il trono, con la stessa aria di trionfo, egli tolse quella che sembrava essere una pentola di argento brunito. « Uno dei visitatori si è tolto questo oggetto dalla testa e lo ha barattato contro oro. »

Esaminai l'oggetto. Non si trattava di una pentola, poiché la sua forma arrotondata gli avrebbe impedito di restare diritto. Era fatto di metallo, ma di un metallo più grigio dell'argento e non altrettanto lucido — era acciaio, naturalmente — e dal lato aperto pendevano cinghie di cuoio, evidentemente per fermarlo sotto il mento di chi lo portava.

Dissi: « È un elmo, come, ne sono certo, il Riverito Oratore ha già accertato. Ed è, per giunta, un tipo di elmo quanto mai pratico. Nessuna maquàhuitl riuscirebbe a spaccare la testa di un uomo che portasse uno di questi elmi. Sarebbe una buona cosa se anche i nostri guerrieri potessero essere equipaggiati con... »

« Ti sfugge la cosa più importante! » mi interruppe lui, spazientito. « Questo oggetto ha esattamente la stessa forma di quello che il dio Quetzalcòatl portava abitualmente sulla *sua* riverita testa. »

Dissi, scettico, ma rispettosamente: « Come possiamo mai sapere questo, mio signore? »

Con un altro movimento scattante, egli mostrò l'ultima delle sue trionfanti sorprese. «Ecco! Guarda qui, ostinato e vecchio miscredente! Lo ha mandato mio nipote Cacàma dagli archivi di Texcòco.»

Era un testo di storia su pelle di cerbiatto, e riferiva l'abdicazione e la partenza di colui che governava i Toltéca, il Serpente Piumato. Motecuzòma indicò, con un dito lievemente tremante, una delle immagini. Mostrava Quetzalcòatl, intento a salutare a gesti, ritto sulla sua zattera, già allontanantesi sul mare.

«È vestito come vestiamo noi» disse Motecuzòma, e anche la sua voce suonò tremula, «ma porta sul capo qualcosa che doveva essere la corona dei Toltéca. Paragonala con l'elmo che hai in mano in questo momento!»

«La somiglianza tra i due oggetti è incontestabile» dissi, e lui grugnì di soddisfazione. Tuttavia continuai, cauto: «Eppure, mio signore, dobbiamo tener presente che tutti i Toltéca scomparvero molto tempo prima che uno qualsiasi degli Acòlhua imparasse a disegnare. Per conseguenza, l'artista dal quale è stato eseguito questo disegno, non può mai aver *veduto* come vestissero i Toltécatl, e non parliamo poi di Quetzalcòatl. Ammetto che l'aspetto del copricapo da lui raffigurato è mirabilmente simile all'elmo dell'uomo bianco. Tuttavia io so bene come gli scrivani narratori di leggende possano indulgere all'immaginazione nelle loro opere, e oso ricordare al mio signore che esiste una cosa detta coincidenza».

«*Ayya!*» Motecuzòma fece in modo che l'esclamazione suonasse come un conato di nausea. «*Niente* potrà mai convincerti? Ascolta, vi sono anche altre prove. Come promisi molto tempo fa, ho affidato a tutti gli storici di tutta la Triplice Alleanza il compito di accertare qualsiasi cosa potessero sugli scomparsi Toltéca. Non senza stupore — e lo confessano — hanno ritrovato molte antiche leggende, fino ad oggi dimenticate e perdute. E sta' a sentire quanto segue: secondo queste leggende riscoperte di recente, i Toltéca avevano una carnagione insolitamente chiara, ed erano stranamente pelosi, e i loro uomini consideravano un indizio di virilità favorire la crescita di peli sulla faccia.» Si sporse in avanti, per meglio fissarmi con ira. «In parole semplici, Cavaliere Miztli, i Toltéca erano uomini bianchi e barbuti, esattamente come gli stranieri che ci fanno visite sempre più frequenti. *Cosa ne dici di questo?*»

Avrei potuto dire che le nostre storie erano talmente ricche di leggende, e di varianti di leggende, e di rielaborazioni di leggende, che anche un bambino sarebbe riuscito a trovarne una tale da comprovare qualsiasi più azzardata convinzione o nuova teoria. Avrei potuto dire che anche lo storico più zelante non era certo propenso a deludere un Riverito Oratore che, infatuato di un'idea irrazionale, pretendeva di averne la conferma. Ma non dissi né l'una né l'altra di queste cose. Mi limitai a dire, con circospezione:

«Chiunque possano essere gli uomini bianchi, mio signore, tu hai giustamente fatto rilevare che le loro visite stanno diventando sempre più frequenti. Inoltre essi giungono ogni volta in sempre maggior numero. E, infine, ogni loro sbarco ha avuto luogo sempre più a ovest — Tihò, poi Kimpèch, ora Xicalànca — sempre più vicino ai nostri territori. Che cosa arguisce da questo il mio signore?»

Egli si dimenò sul trono, quasi stesse inconsciamente sospettando che vi sedeva soltanto in modo precario, poi, dopo aver cogitato per qualche momento, rispose:

«Quando non è stata loro opposta resistenza, non hanno fatto del male a nessuno, né arrecato danni. Dal fatto che viaggiano sempre su navi, sembra manifesto che preferiscono trovarsi sul mare o vicino al mare. Tu stesso dicesti che giungono da isole. Chiunque essi siano — i Toltéca di ritorno, o i veri dei dei Toltéca — non sembrano affatto propensi a spingersi nell'entroterra, verso la regione che un tempo fu loro.» Si strinse nelle spalle. «Se desiderano tornare nell'Unico Mondo, ma vogliono stabilirsi soltanto sulle coste... be'...» Di nuovo si strinse nelle spalle. «Perché noi e loro non dovremmo essere in grado di vivere come vicini e amici?» Si interruppe, ma io non dissi nulla, e lui domandò allora, con asprezza: «Non sei d'accordo?»

Risposi: «In base alla mia esperienza, Signore Oratore, non si può mai realmente sapere se un futuro vicino sarà un tesoro o un cimento, fino a quando quel vicino non si sia stabilito definitivamente, dopodiché è troppo tardi per pentirsi. Potrei paragonare la cosa a un matrimonio impetuoso. Si può soltanto sperare.»

Meno di un anno dopo, i vicini arrivarono per restare. Fu nella primavera dell'anno Una Canna che giunse un altro messaggero veloce, e di nuovo dalla regione degli Olmèca, ma questa volta latore di un rapporto allarmante all'estremo, e Motecuzòma mi mandò a chiamare nello stesso momento in cui convocava il Consiglio per dargli la notizia. Il messaggero veloce Cupìlcatl aveva portato carte di corteccia nelle quali la triste storia era documentata con parole per immagini. Ma, mentre le esaminavamo, ci riferì inoltre quanto era accaduto, con voce rotta e frasi straziate. Nel giorno Sei Fiori, le navi si erano nuovamente avvicinate, con le loro ampie ali, a quella costa, e non erano poche, ma un'intera e spaventosa *flotta*, formata da ben *undici* di esse. In base al vostro calendario, signori scrivani, quello sarebbe stato il venticinquesimo giorno di marzo, o il vostro Giorno di Capodanno dell'anno mille e cinquecento e diciannove.

Le undici navi avevano gettato le ancore al largo della foce del Fiume dei Tabascoöb, molto più a ovest che in occasione della loro precedente visita, riversando poi sulle spiagge innumerevoli *centinaia* di uomini bianchi. Tutti armati e rivestiti di metallo, quegli uomini avevano sciamato a terra gridando «Santiago!» — a quanto pareva, il nome del loro dio della guerra — e venendo con la manifesta intenzione di fare qualcosa di più che limitarsi ad ammirare i paesaggi e a gustare i cibi locali. Pertanto la popolazione aveva immediatamente riunito i guerrieri — i Cupìlco, i Coatzacuàli, i Coatlìcamac, e altri ancora di quella regione — circa cinque mila uomini complessivamente. Molte battaglie erano state combattute in un periodo di dieci giorni, ma inutilmente, essendo le armi degli uomini bianchi invincibili.

Essi avevano lance e spade e scudi e protezioni per il corpo fatte di metallo, un metallo sul quale le maquàhuime di ossidiana si frantumavano al primo colpo. Possedevano archi spregevolmente piccoli e tenuti goffamente di sbieco, ma che, in qualche modo, scoccavano corte frecce con una precisione incredibile. Possedevano i bastoni che sputavano lampo e tuono e aprivano un foro quasi trascurabile, ma mortale, nelle vittime. Avevano tubi di metallo su grosse ruote, che somigliavano ancor più a un furente dio dei temporali, poiché eruttavano lampi ancor più luminosi, tuoni ancor più forti, e una pioggia di frastagliati frammenti di metallo, tali da falciare molti uomini contemporaneamente, come steli di granturco abbattuti dalla grandine. Cosa meravigliosissima e più incredibile e terrificante di ogni altra, disse il messaggero, alcuni dei guerrieri bianchi erano uomini-bestie: avevano corpi come quello di un cervo gigantesco privo di corna, con quattro gambe munite di zoccoli, con le quali potevano galoppare veloci quanto i cervi, mentre braccia umane maneggiavano lancia o spada con effetti letali; e la loro solo vista faceva sì che anche gli uomini più coraggiosi si disperdessero in preda al terrore.

Voi sorridete, reverendi frati. Ma, a quei tempi, né le parole incalzanti del messaggero, né i rozzi disegni Cupìlco riuscirono a darci un'idea coerente di soldati montati su animali più grandi di qualsiasi bestia esistente in queste terre. Ci risultarono altrettanto incomprensibili quelli che il messaggero veloce chiamava cani-leone, bestie capaci di raggiungere un uomo in corsa, di stanarlo, fiutando, dal suo nascondiglio e di dilaniarlo terribilmente quanto possono fare una spada o un giaguaro. Ora, naturalmente, conosciamo tutti molto bene i vostri cavalli e i vostri cani per la caccia al cervo, e la loro utilità nella caccia o in battaglia.

Quando le forze riunite dagli Olmèca ebbero perduto ottocento uomini uccisi, e quasi altrettanti feriti gravemente, disse il messaggero, avendo ucciso nel frattempo appena quattordici degli invasori bianchi, il Tabascoöb ordinò a tutti di sottrarsi alla battaglia. Inviò nobili come emissari, con le bandiere della tregua, di rete dorata, ed essi si avvicinarono alle case di tela che gli uomini bianchi avevano eretto sulla spiaggia dell'oceano. I nobili rimasero stupiti constatando che potevano comunicare senza ricorrere ai gesti, poiché uno degli uomini bianchi parlava un dialetto comprensibile della lingua Maya. Gli inviati chiesero quali condizioni di resa avrebbero imposto gli uomini bianchi, affinché potesse essere dichiarata la pace. Uno degli uomini bianchi, evidentemente il loro capo, pronunciò alcune parole inintelligibili, e l'uomo che parlava il dialetto Maya le tradusse.

Reverendi scrivani, non posso testimoniare per quanto concerne l'esattezza di quelle parole, poiché mi limito a ripetervi quanto riferì, quel giorno, il messaggero veloce Cupìlcatl, e lui, naturalmente, le aveva udite soltanto dopo che erano passate per numerose bocche e per le varie lingue parlate dai vari interessati. Ma le parole furono queste:

« Dite al vostro popolo che noi non siamo venuti per fare guerra. Siamo venuti in cerca di una cura per il male che ci affligge. Noi uomini bianchi soffriamo di una malattia del cuore per la quale l'unico rimedio è l'oro ».

A queste parole, la Donna Serpente Tlàcotzin alzò gli occhi verso Motecuzòma e disse, in tono di voce che voleva essere incoraggiante: « Questa può essere una cosa preziosa a sapersi, Signore Oratore. Gli stranieri non sono invulnerabili a *tutto*. Essi sono affetti da una curiosa malattia che non ha mai colpito alcuno dei popoli di queste terre ».

Motecuzòma annuì, esitante, incerto. Tutti i vecchi del suo Consiglio seguirono l'esempio di lui e analogamente annuirono, come se volessero riservarsi un giudizio. Soltanto un vecchio, in quella sala, fu così villano da esprimere un parere, e quel vecchio, naturalmente, ero io.

« Mi permetto di dissentire, Signore Donna Serpente » dissi. « Ho conosciuto numerosi appartenenti al nostro stesso popolo con sintomi di quella malattia. Si chiama avidità. »

Sia Tlàcotzin, sia Motecuzòma, mi scoccarono occhiate risentite, ed io non dissi altro. Il messaggero veloce venne invitato a continuare il racconto, che era ormai quasi giunto alla conclusione.

Il Tabascoöb, egli disse, si era assicurato la pace ammonticchiando sulla sabbia ogni frammento d'oro che aveva potuto far portare immediatamente sul posto, vasi e catene e immagini di dei e monili e ornamenti di oro battuto, persino polvere d'oro e pepite e pezzi di metallo grezzo e non ancor lavorato. Colui che era, ovviamente, il comandante degli uomini bianchi aveva domandato, quasi con noncuranza, dove si procurasse la gente quell'oro che curava il cuore. Il Tabascoöb si era affrettato a rispondere che lo si trovava in molti luoghi dell'Unico Mondo, ma che la maggior parte di esso veniva versato al monarca Motecuzòma dei Mexìca, ragion per cui il più grande deposito d'oro si trovava nella città che era la sua capitale. Gli uomini bianchi erano sembrati interessatissimi da tale risposta e avevano domandato dove si trovasse quella città. La spiegazione del Tabascoöb era stata che le loro case galleggianti avrebbero potuto avvicinarsi ad essa galleggiando più avanti lungo la costa, a ovest, e poi a nord-ovest.

Motecuzòma ringhiò: «Simpatici e utili vicini, quelli che abbiamo».

Il Tabascoöb aveva inoltre fatto dono, al comandante degli uomini bianchi, di venti bellissime giovani donne da dividere tra lui e i suoi vice-comandanti. Diciannove delle fanciulle erano state scelte, dallo stesso Tabascoöb, tra le più desiderabili di tutte le vergini esistenti negli immediati dintorni. Esse non parvero troppo liete di recarsi nell'accampamento degli stranieri. Ma la ventesima fanciulla si era altruisticamente e volontariamente offerta affinché il dono arrivasse al totale di venti, un numero rituale, tale da poter influenzare gli dei, inducendoli a non inviare agli Olmèca altri visitatori come quelli. E così, concluse il Cupìlcatl, gli uomini bianchi avevano caricato il bottino di oro e di giovani femmine sulle loro grandi canoe, quindi sulle case galleggianti, incommensurabilmente più vaste, e come tutta la popolazione fervidamente sperava, le case galleggianti avevano spiegato le loro ali, dirigendosi a ovest, il giorno Tredici Fiori, e tenendosi vicine alla linea costiera.

Motecuzòma ringhiò qualcos'altro, mentre gli anziani del suo Consiglio conferivano mormorando e mentre il castaldo del palazzo faceva uscire il messaggero veloce dalla sala.

«Mio Signore Oratore,» disse uno degli anziani, in tono diffidente, «questo è l'anno Una Canna.»

«Grazie» rispose Motecuzòma, sarcastico. «Ecco una notizia che mi era già nota.»

Un altro vecchio intervenne: «Ma forse la possibile importanza della cosa è sfuggita all'attenzione del mio signore. Stando ad almeno una leggenda, Una Canna fu l'anno in cui Quetzalcòatl nacque nella sua forma umana per divenire lo Uey-Tlatoà-ni dei Toltéca. »

E un altro membro del Consiglio disse: «Una Canna, natural-mente, fu inoltre l'anno in cui Quetzalcòatl raggiunse il suo co-vone dei cinquanta e due anni. E, sempre stando alla leggenda, proprio in *quell*'anno Una Canna il nemico di lui, il dio Tezca-tlipòca lo indusse con un'astuzia a ubriacarsi, per cui, senza averne l'intenzione, egli peccò abominevolmente».

E un altro ancora disse: «Il grave peccato che egli commise, mentre era inebriato, consistette nell'accoppiarsi con la sua stes-sa figlia. Quando si destò accanto a lei, al mattino, il rimorso lo indusse a rinunciare al trono e a partire solo, sulla propria zatte-ra, al di là del mare orientale».

Un altro consigliere intervenne: «Ma, nel momento stesso in cui si allontanava, giurò che sarebbe tornato. Vedi, dunque, mio signore? Il Serpente Piumato nacque nell'anno Una Canna, e scomparve quando era di nuovo l'anno Una Canna. Certo, que-sta è soltanto una leggenda, e altre leggende concernenti Quet-zalcòatl citano date diverse, e tutte le leggende si riferiscono a innumerevoli covoni di anni fa. Ma, poiché ci troviamo ora in un nuovo anno Una Canna, non potrebbe essere logico domandar-si...? »

Quest'ultimo vecchio lasciò l'interrogativo in sospeso nel si-lenzio, perché il viso di Motecuzòma era divenuto pallido come quello di un qualsiasi uomo bianco. Egli sembrava sconvolto fi-no ad essere ridotto al mutismo. Forse perché l'accenno alla coincidenza delle date era stato fatto così immediatamente do-po quanto aveva riferito il messaggero: che gli uomini giunti dall'orizzonte del mare orientale stavano, a quanto pareva, cer-cando la sua stessa città. O forse era impallidito a causa dell'al-lusione a un'analogia tra lui stesso e Quetzalcòatl, che aveva ri-nunciato al trono per l'onta del proprio peccato. Motecuzòma aveva ormai avuto numerosi figli di diverse età dalle sue tante mogli e concubine, e, per qualche tempo, erano corse voci scur-rili a proposito di relazioni sessuali tra lui e due o tre sue figlie. Il Riverito Oratore aveva un numero sufficiente di problemi su cui riflettere in quel momento, ma il castaldo del palazzo rien-trò nella sala del trono, baciando la terra e chiedendo il permes-so di annunciare l'arrivo di altri messaggeri.

Trattavasi di una delegazione di quattro uomini giunti dalla regione Totonàca, sulla costa orientale, e venuti ad annunciare l'avvistamento, *laggiù*, di quelle undici navi gremite di uomini bianchi. L'ingresso dei messaggeri Totonàca, così immediata-mente dopo quello del messaggero Cupìlcatl, costituiva un'altra preoccupante coincidenza, ma non una coincidenza inesplicabile. Circa venti giorni erano trascorsi tra la partenza delle navi dalle terre Olmèca e il loro arrivo sulla costa Totonàca, ma quest'ultima regione si trovava quasi direttamente a est di Tenochtìtlan e la collegavano ad essa vie di traffici assai frequentate. L'uomo della regione Olmèca aveva percorso un itinerario assai più lungo e più arduo. Pertanto, il quasi simultaneo arrivo dei due diversi rapporti non era straordinario, ma non per questo rese più tranquilli tutti noi che ci trovavamo nella sala del trono.

I Totonàca erano un popolo ignorante e non padroneggiavano l'arte della conoscenza delle parole, ragion per cui non avevano inviato alcuna descrizione scritta degli eventi. I quattro messaggeri erano *rammentatori* di parole e riferirono un rapporto imparato a memoria del loro sovrano, il Signore Patzìnca, così come egli lo aveva tenuto a loro, sillaba per sillaba. Dovrei far rilevare, a questo punto, che i rammentatori di parole erano utili quasi quanto i resoconti scritti, sotto un aspetto: potevano ripetere quanto avevano mandato a mente più e più volte, tutte le volte che si rendessero necessarie, senza omettere o mal situare una sola parola. Ma avevano i loro limiti, essendo impervi alle domande. Se veniva loro chiesto di chiarire qualche punto oscuro del messaggio, non erano in grado di farlo, e potevano soltanto ripetere l'oscura frase. E non riuscivano neppure a integrare un messaggio aggiungendo i loro pareri e le loro impressioni, in quanto la loro assoluta obiettività lo impediva.

«Nel giorno Ottavo Alligatore, mio Signore Oratore» cominciò uno dei Totonàca, e continuò riferendo il messaggio inviato da Patzìnca. Nel giorno Ottavo Alligatore, le undici navi si erano all'improvviso materializzate sull'oceano, venendo a fermarsi davanti alla baia di Chàlchihuacuécan. Si trattava di una località che una volta avevo visitato anch'io, Il Luogo delle Abbondanti Belle Cose, ma non feci alcun commento, poiché sapevo bene come non si dovesse interrompere un rammentatore di parole. L'uomo continuò riferendo che, l'indomani, il giorno Nono Vento, i bianchi e barbuti stranieri avevano cominciato a sbarcare nella sabbia grandi croci di legno ed anche ampie bandiere, e a celebrare quella che sembrava essere una sorta di cerimonia, in quanto aveva implicato molti canti e gesti, e gli uomini si erano ripetutamente inginocchiati e rialzati, e si trovavano con loro numerosi sacerdoti, perché vestiti di nero da capo a piedi, proprio come quelli delle nostre terre. Questi erano stati gli eventi svoltisi il giorno Nono Vento. Il giorno seguente...

Uno degli anziani del Consiglio disse, pensoso: «Nono Vento. Stando ad almeno una leggenda, il nome completo di Quetzalcòatl era Nono Vento Serpente Piumato. Questo significa che egli nacque il giorno Nono Vento».

Motecuzòma trasalì lievemente, forse perché la cosa gli parve portentosa, o forse perché l'informatore avrebbe dovuto sapere che era un grave sbaglio interrompere un rammentatore di parole. Quest'ultimo, infatti, non poteva continuare dal punto in cui era stato interrotto, ma doveva ricominciare daccapo, sin dal principio.

« Nel giorno Ottavo Alligatore... »

L'uomo cantilenò fino al punto al quale era arrivato prima e continuò riferendo come non vi fosse stata ancora alcuna battaglia, né sulla spiaggia, né altrove. Questo sembrava comprensibile. I Totonàca, oltre a essere ignoranti, erano un popolo servile e piagnucoloso. Per anni, sottomessi alla Triplice Alleanza, avevano versato regolarmente, anche se con querule lagnanze, il loro tributo annuo di frutta, bel legname, vaniglia e cacao per fare la cioccolata, picìetl per fumare, e altri prodotti delle Terre Calde.

Gli abitanti del Luogo delle Abbondanti Belle Cose, disse il messaggero, non si erano opposti allo sbarco degli stranieri, ma avevano avvertito il loro Signore Patzìnca nalla capitale di Tzempoàlan. Patzìnca, a sua volta, aveva inviato nobili con molti doni per i barbuti stranieri bianchi, nonché con l'invito di fargli visita nella sua corte. Così cinque di essi, presumibilmente quelli di più alto rango, erano giunti per essere suoi ospiti, conducendo con sé una donna sbarcata insieme a loro. Non era né bianca né barbuta, disse il messaggero, ma una femmina di qualche nazione delle regioni Olmèca. Nel palazzo di Tzempoàlan, i visitatori avevano offerto doni a Patzìnca: una sedia costruita in modo curioso, molte perline di molti colori, un cappello fatto di un qualche tessuto rosso, spesso e peloso. I visitatori avevano poi reso noto che venivano come inviati di un sovrano a nome Re Carlos e di un dio chiamato Nostro Signore e di una dea chiamata Nostra Signora.

Sì, reverendi scrivani, lo so, lo so. Mi limito a ripetere quello che riferì l'ignorante Totonàcatl.

I visitatori avevano poi posto a Patzìnca innumerevoli domande sulla situazione nelle sue terre. A quale dio lui e il suo popolo rendevano omaggio? Esisteva molto oro in quel luogo? E lui era un imperatore, un re, o semplicemente un viceré? Patzìnca, anche se notevolmente perplesso a causa di tanti termini non familiari impiegati per porre tali domande, aveva risposto come meglio poteva. Tra gli innumerevoli dei esistenti, egli e il suo popolo riconoscevano Tezcatlipòca come il supremo. Quanto a lui, governava l'intera regione Totonàca, ma era sottomesso alle tre potenti nazioni situate nell'entroterra, e la più formidabile delle quali era la nazione dei Mexìca, governata dal Riverito Oratore Motecuzòma. In quello stesso momento, aveva confidato Patzìnca, cinque funzionari della tesoreria dei Mexìca si trovavano a Tzempoàlan per controllare l'elenco annuo delle mercanzie che i Totonàca dovevano consegnare come tributo...

« Mi piacerebbe sapere » esclamò a un tratto un anziano del Consiglio « come si svolse questo interrogatorio. Abbiamo udito che uno degli uomini bianchi parla la lingua maya. Ma nessuno dei Totonàca parla altro che la propria lingua e il nostro nàhuatl. »

Il rammentatore di parole parve momentaneamente turbato. Si schiarì la voce e ricominciò di nuovo da principio: « Nel giorno Ottavo Alligatore, mio Signore Oratore... »

Motecuzòma fissò esasperato lo sventurato anziano che aveva interrotto, e disse, tra i denti: « Ora potrai perire di vecchiaia prima che il bifolco arrivi alla spiegazione ».

Il Totonàcatl tornò a schiarirsi la voce. « Nel giorno Ottavo Alligatore... » e noi tutti aspettammo, irrequieti e innervositi, mentre ripeteva il racconto e arrivava a qualcosa di nuovo. Ma, quando vi arrivò, disse cose talmente interessanti da farci sembrare quasi che fosse valsa la pena di aspettare.

I cinque altezzosi Mexìca funzionari dei tributi, aveva detto Patzìnca agli uomini bianchi, erano furenti con lui a causa dell'invito rivolto agli stranieri senza chiedere prima il permesso del Riverito Oratore Motecuzòma. Per conseguenza avevano aggiunto alla richiesta di tributi dieci giovani adolescenti Totonàca e dieci fanciulle vergini Totonàca, che dovevano andare, insieme alla vaniglia, al cacao e alle altre mercanzie, a Tenochtìtlan, per esservi sacrificati quando gli dei Mexìca avessero richiesto vittime.

Saputo ciò, il capo degli uomini bianchi aveva espresso con vari suoni la più grande ripugnanza, rimproverando poi Patzìnca e dicendogli che non doveva fare alcunché di simile, ma dare invece l'ordine di catturare e imprigionare i cinque funzionari Mexìca. Essendosi, il Signore Patzìnca, dichiarato inorridito e riluttante a mettere le mani sui funzionari di Motecuzòma, il capo bianco aveva promesso che i suoi soldati bianchi sarebbero intervenuti a difesa dei Totonàca contro qualsiasi rappresaglia. Per cui Patzìnca, sia pur sudando freddo per l'apprensione, si era affrettato a impartire l'ordine, e i cinque della tesoreria erano stati veduti l'ultima volta — dai rammentatori di parole, prima della partenza per Tenochtìtlan — chiusi in una piccola gabbia di sbarre di legno legate con liane, pigiati tutti e cinque l'uno contro l'altro come pollame diretto al mercato, i loro mantelli di piume deplorevolmente gualciti, per non parlare dello stato d'animo in cui si trovavano.

«Questo è offensivo!» gridò Motecuzòma, dimenticando di dominarsi. «Gli stranieri possono essere giustificati se non conoscono le nostre leggi tributarie. Ma quello scervellato di Patzìnca...!» Balzò in piedi dal trono e agitò il pugno chiuso nella direzione del Totonàcatl che aveva parlato. «Cinque funzionari della mia tesoreria trattati in questo modo, e tu osi venire a riferirlo *a me*! Per gli dei, ti farò gettare vivo ai grandi gatti del serraglio, a meno che le tue altre parole non spieghino e non giustifichino il folle tradimento di Patzìnca!»

L'uomo deglutì e gli occhi parvero sul punto di schizzargli fuori delle orbite, ma si limitò a ricominciare: «Il giorno Ottavo Alligatore, mio Signore Oratore...»

«*Ayya ouiya*, TACI!» ruggì Motecuzòma. Ricadde sul trono e, in preda alla disperazione, si coprì la faccia con le mani. «Ritiro la minaccia. Qualsiasi gatto sarebbe troppo fiero per divorare un'immondizia come te!»

Un anziano del Consiglio, diplomaticamente, sbloccò la situazione facendo cenno di parlare a uno degli altri messaggeri. L'uomo cominciò subito a farfugliare rapidamente, e con un miscuglio di lingue. Apparve chiaro che era stato presente per lo meno ad uno dei colloqui tra il suo monarca e i visitatori stranieri, e ora andava ripetendo ogni singola parola pronunciata tra essi. Apparve chiaro, inoltre, che il capo bianco parlava lo spagnolo, dopodiché un altro dei visitatori traduceva le frasi in maya, dopodiché un altro ancora traduceva il maya nel nàhuatl, affinché Patzìnca potesse capire; successivamente, le risposte di Patzìnca venivano riferite al capo degli uomini bianchi passando per la stessa trafila di traduzioni.

«È un bene che tu sia qui, Mixtli» mi disse Motecuzòma. «Il nàhuatl è mal pronunciato; ma, con un numero sufficiente di ripetizioni, riusciremo forse a capirci qualcosa. Nel frattempo, le altre lingue... puoi spiegarci che cosa dicono?»

Mi sarebbe piaciuto potermi esibire con una traduzione immediata e scorrevole, ma, a essere sincero, in tutto quel tumulto di parole, capivo poco di più di tutti i presenti. L'accento del messaggero Totonàcatl costituiva di per sé un ostacolo considerevole. Ma anche il suo monarca non parlava molto bene il nàhuatl, in quanto trattavasi di una lingua che egli aveva imparato conversando con chi era più in alto di lui. Inoltre, il dialetto maya impiegato per la traduzione intermedia era quello delle tribù Xiu e, sebbene io conoscessi abbastanza tale lingua, non si poteva dire altrettanto dell'interprete presumibilmente bianco. Infine, io, allora, naturalmente, conoscevo tutt'altro che bene lo spagnolo. E inoltre, erano state adoperate molte parole spagnole — come «emperador» e «virrey», delle quali non esisteva alcun equivalente in alcuna delle nostre lingue, per cui esse venivano semplicemente e malamente imitate in modo pappagallesco, senza essere tradotte, sia nello xiu che nel nàhuatl recitati dal messaggero. Non senza imbarazzo, dovetti confessare a Motecuzòma:

«Forse anch'io, mio signore, ascoltando un numero sufficiente di ripetizioni, potrei riuscire a ricavarne qualcosa di pertinente. Ma per il momento posso dirti soltanto che la parola pronunciata più spesso dagli uomini bianchi nella loro lingua è "cortés".»

Motecuzòma disse, tetramente: «Una sola parola».

«Significa cortese, Signore Oratore, o gentile, bene educato, benevolo.»

Motecuzòma si rasserenò un poco e disse: «Bene, per lo meno le prospettive non sono troppo nefaste se gli stranieri parlano di gentilezza e cortesia».

Mi astenni dal far rilevare che non si erano certo comportati con gentilezza sferrando i loro attacchi nei territori Olmèca.

Dopo aver cogitato cupamente, Motecuzòma disse a me e a suo fratello, il comandante degli eserciti Cuitlàhuac, di condurre altrove i messaggeri, di ascoltare quel che avevano da dire e di far loro ripetere il messaggio tutte le volte che si fossero rese necessarie, fino a quando fossimo riusciti a ricavare dai loro sproloqui un rapporto coerente su quanto era avvenuto nella regione Totonàca. Pertanto li conducemmo a casa mia, ove Bèu continuò a servire a noi tutti cibi e bevande mentre impiegavamo svariati giorni ascoltandoli. Il primo messaggero recitò, più e più volte, il rapporto affidatogli dal Signore Patzìnca; gli altri tre ripeterono, ancora e ancora, il garbuglio di parole imparato a mente durante i colloqui a più voci tra Patzìnca e gli stranieri. Cuitlàhuac concentrò la propria attenzione sulle frasi in nàhuatl, io su quelle in xiu e in spagnolo, finché non sentimmo entrambi uno stordimento delle orecchie e del cervello. Riuscimmo comunque, in ultimo, a estrarre da quel fiume di parole una sorta di essenza, che io trascrissi in parole per immagini.

Ecco come Cuitlàhuac ed io ricostruimmo la situazione. Gli uomini bianchi avevano detto di essere scandalizzati dal fatto che i Totonàca, o qualsiasi altro popolo, dovessero temere il dominio di un governante «straniero» a nome Motecuzòma, o essergli soggetti. Si erano offerti di impiegare le loro armi uniche e i loro invincibili guerrieri bianchi per «liberare» i Totonàca o qualsiasi altro popolo volesse sottrarsi al dispotismo di Motecuzòma a condizione che questi stessi popoli si impegnassero ad essere fedeli ad un ancor più straniero Re Carlos di Spagna. Sapevamo che alcune nazioni potevano essere disposte a collaborare per la sconfitta dei Mexìca, in quanto nessuno era mai stato *lieto* di versare tributi a Tenochtìtlan, e di recente Motecuzòma aveva reso i Mexìca ancor meno benvoluti in tutto l'Unico Mondo. Tuttavia gli uomini bianchi avevano subordinato a un'altra condizione la loro proposta di liberare gli oppressi, e un alleato, accettandola, si sarebbe impegnato a un ulteriore atto di ribellione che era spaventoso a contemplarsi.

Nostro Signore e Nostra Signora, avevano detto gli uomini bianchi, erano gelosi di tutte le divinità rivali, e si sentivano rivoltati dalla pratica dei sacrifici umani. Tutti i popoli desiderosi di liberarsi dal dominio dei Mexìca sarebbero dovuti divenire, altresì, adoratori del nuovo dio e della nuova dea. Avrebbero rinunciato alle offerte di sangue, distrutto tutte le statue e tutti i templi dei loro antichi dei, eretto in loro vece croci che rappresentavano Nostro Signore e immagini di Nostra Signora: oggetti che gli uomini bianchi erano disposti a fornire. Cuitlàhuac ed io riconoscevamo che i Totonàca od ogni altro popolo a noi ostile avrebbero potuto ritenere assai vantaggioso deporre Motecuzòma e liberarsi dei suoi Mexìca ovunque invadenti, a favore di un remoto e invisibile Re Carlos. Ma eravamo certi, altresì, che nessun popolo sarebbe stato altrettanto disposto a sconfessare gli antichi dei, incommensurabilmente più minacciosi di *qualsiasi* despota terreno, rischiando, come conseguenza, un terremoto che avrebbe distrutto essi stessi e l'intero Unico Mondo. Persino il facilmente influenzabile Patzìnca dei Totonàca, potevamo arguire dalle parole dei suoi messaggeri, era atterrito da tale prospettiva.

Questo fu il resoconto, e queste furono le conclusioni tratte da esso, che Cuitlàhuac ed io portammo al palazzo. Motecuzòma si mise in grembo il mio libro di carta di corteccia e cominciò a leggerlo, tetramente voltandone una piega dopo l'altra, mentre io ne ripetevo a voce alta il contenuto a beneficio degli anziani del Consiglio, anch'essi riuniti nella sala del trono. Ma anche questa riunione, come la precedente, venne interrotta dal castaldo del palazzo, il quale annunciò nuovi arrivati che imploravano un'udienza immediata.

Erano i cinque funzionari della tesoreria trovatisi a Tzempoàlan nel momento dell'arrivo laggiù degli uomini bianchi. Come tutti i funzionari che viaggiavano nei paesi che ci dovevano tributi, indossavano i loro più ricchi mantelli, le acconciature di piume e le insegne del loro rango — per far colpo sui popoli soggetti e intimorirli — ma ora entrarono nella sala del trono con l'aspetto di uccelli che fossero stati scaraventati da una tempesta di vento attraverso svariati cespugli di rovi. Giunsero scarmigliati e sudici, smunti e ansimanti, in parte perché, dissero, erano venuti da Tzempoàlan affrettandosi il più possibile, ma soprattutto perché avevano trascorso molti giorni e molte notti rinchiusi nella maledetta gabbia-prigione di Patzìnca, ove non v'era spazio per sdraiarsi né esistevano impianti igienici.

«Quale pazzia sta infuriando laggiù?» domandò Motecuzòma.

Uno dei cinque sospirò stancamente e disse: «*Ayya*, mio signore, è indescrivibile.»

«Assurdo!» scattò Motecuzòma. «Qualsiasi cosa cui si sopravviva può essere descritta. Come siete riusciti a fuggire?»

«Non siamo fuggiti, Signore Oratore. Il capo degli stranieri bianchi ci ha aperto di nascosto la gabbia.»

Battemmo tutti le palpebre, e Motecuzòma esclamò: «*Di nascosto?*»

«Sì, mio signore. L'uomo bianco il cui nome è Cortés.»

«Si *chiama* Cortés?» Motecuzòma fece seguire a questa esclamazione un'occhiata penetrante scoccata a me, ma io non potei fare altro che stringermi nelle spalle, poiché ero disorientato quanto lui. Le conversazioni imparate a mente dai rammentatori di parole non mi avevano consentito in alcun modo di arguire che la parola fosse un nome.

Il nuovo arrivato continuò pazientemente, stancamente: «L'uomo bianco Cortés si avvicinò furtivo alla nostra gabbia nel cuore della notte, quando nessun Totonàca si trovava nei pressi; ed era accompagnato soltanto da due interpreti. Aprì la porta della gabbia con le sue stesse mani. Per il tramite degli interpreti ci disse che si chiamava Cortés, invitò noi tutti a fuggire per salvarci la vita, e ci pregò di portare i suoi omaggi al nostro Riverito Oratore. L'uomo bianco Cortés vuole farti sapere, mio signore, che i Totonàca sono in vena di ribellione, e che Patzìnca ci ha imprigionati nonostante l'incalzante avvertimento da parte sua che gli inviati del potente Motecuzòma non sarebbero dovuti essere così avventatamente maltrattati. Cortés vuole farti sapere, mio signore, che molto ha udito parlare del potente Motecuzòma, che è un devoto ammiratore del potente Motecuzòma, e che volentieri rischia la furia del traditore Patzìnca rimandandoci così, illesi, da te, a riprova della sua considerazione. Vuole inoltre farti sapere che eserciterà tutte le sue capacità di persuasione per impedire una rivolta dei Totonàca contro di te. In cambio dei suoi sforzi per mantenere la pace, Signore Oratore, l'uomo bianco Cortés chiede soltanto che tu lo inviti a Tenochtìtlan, consentendogli di rendere omaggio personalmente al più grande governante di queste terre».

829

«Bene» disse Motecuzòma, sorridendo e sedendo più eretto sul trono, mentre, inconsapevolmente, si pavoneggiava in quel traboccare di adulazioni. «Lo straniero bianco si chiama opportunamente Cortese.»

Ma la sua Donna Serpente, Tlàcotzin, si rivolse all'uomo che aveva appena parlato: «E tu *credi* a ciò che lo straniero bianco ti ha detto?»

«Signore Donna Serpente, posso riferire soltanto ciò che so. Fummo imprigionati da guardie Totonàca e liberati dall'uomo Cortés.»

Tlàcotzin tornò a voltarsi verso Motecuzòma. «Ci è stato detto dagli stessi messaggeri di Patzìnca che egli mise le mani su questi funzionari solamente quando così gli era stato ordinato di fare dal capo degli uomini bianchi.»

Motecuzòma mormorò, incerto: «Patzìnca potrebbe aver mentito, per qualche tortuoso motivo».

«Conosco i Totonàca» disse Tlàcotzin, sprezzante. «Nessuno di essi, Patzìnca compreso, ha il coraggio di ribellarsi o l'astuzia necessaria per simulare. Non senza l'intervento di qualcun altro.»

«Se mi è consentito parlare, Signore Fratello» disse Cuitlàhuac «Tu non hai ancora terminato di leggere il resoconto preparato dal Cavaliere Mixtli e da me. Le parole riferite in esso sono le effettive parole pronunciate tra il Signore Patzìnca e l'uomo Cortés. Esse non si accordano affatto con il messaggio appena ricevuto da quello stesso Cortés... Non può esservi dubbio che egli abbia astutamente indotto Patzìnca al tradimento, per poi mentire spudoratamente a questi funzionari.»

«Ma tutto questo non ha senso» obiettò Motecuzòma. «Perché avrebbe dovuto incitare Patzìnca al tradimento di imprigionare questi uomini, e poi smentirsi liberandoli egli stesso?»

«Sperava di fare in modo che incolpassimo del tradimento i Totonàca» intervenne di nuovo la Donna Serpente. «Ora che i funzionari sono tornati tra noi, Patzìnca deve essere in preda alla frenesia della paura e certo starà riunendo l'esercito per difendersi dalle nostre rappresaglie. Una volta riunito l'esercito per organizzare la difesa, l'uomo Cortés potrebbe, altrettanto facilmente, incitare Patzìnca a servirsene invece per attaccare.»

Cuitlàhuac soggiunse: «E questo *concorda* con le nostre conclusioni. Mixtli, non è forse vero?»

«Sì, miei signori» dissi, rivolgendomi a tutti. «Il capo degli uomini bianchi, Cortés, vuole ovviamente *qualcosa* da noi Mexìca, e si servirà anche della forza per ottenerla, se necessario. La minaccia è implicita nel messaggio portato da questi funzionari che egli ha scaltramente liberato. Il prezzo che egli impone per tenere sotto controllo i Tòtonàca consiste nell'essere invitato qui. Se l'invito gli sarà negato, si servirà dei Totonàca e forse anche di altri popoli — perché lo aiutino ad aprirsi un varco sin qui combattendo. »

« Allora questo possiamo evitarlo facilmente » disse Motecuzòma « invitandolo come egli richiede. In fin dei conti, egli si limita a dire che vuole renderci omaggio, ed è opportuno che lo faccia. Se verrà senza eserciti, ma soltanto con una scorta dei suoi sottoposti di più alto grado, non potrà senza dubbio causare alcun male qui. Io ritengo che voglia chiederci di essere autorizzato a stabilire una colonia della sua gente sulla costa. Sappiamo già che questi stranieri sono, per indole, abitatori di isole e navigatori. Se vogliono semplicemente l'assegnazione di qualche lembo di territorio sulla riva del mare... »

« Esito a contraddire il mio Riverito Oratore » disse una voce rauca. « Ma gli uomini bianchi vogliono qualcosa di più di un punto di appoggio sulla spiaggia. » A parlare fu un altro dei funzionari appena tornati. « Prima di essere liberati a Tzempoàlan, scorgemmo il bagliore di grandi incendi nella direzione dell'oceano e un messaggero giunse di corsa dalla baia ove gli uomini bianchi avevano fermato le loro undici case galleggianti; in ultimo venimmo a sapere che cos'era accaduto. Per ordine dell'uomo Cortés, i suoi soldati avevano asportato e strappato ogni cosa utile da dieci delle loro navi, per poi incendiarle e ridurle in cenere. Una sola nave è rimasta, a quanto pare per servire da imbarcazione-corriere tra qui e quel qualsiasi luogo dal quale gli uomini bianchi sono venuti. »

Motecuzòma disse, irritato: « Tutto ciò è sempre e sempre più assurdo. Perché avrebbero dovuto distruggere deliberatamente i loro unici mezzi di trasporto? Stai forse cercando di dirmi che gli stranieri sono tutti pazzi? »

« Non lo so, Signore Oratore » rispose l'uomo dalla voce rauca. « So soltanto questo. Le centinaia di guerrieri bianchi si trovano ora bloccati su quella costa e non hanno modo alcuno di tornare là da dove sono venuti. Il capo Cortés non potrà ormai essere persuaso o costretto ad andarsene perché, in seguito alla sua stessa azione, non gli è possibile. Ha le spalle al mare, e non credo che si limiterà a restare laggiù. Può soltanto avanzare, dall'oceano all'entroterra. Io credo che la previsione del Cavaliere dell'Aquila Mixtli sia esatta: egli marcerà in questa direzione. Verso Tenochtìtlan. »

Apparentemente turbato e incerto quanto l'infelice Patzìnca a Tzempoàlan, il nostro Riverito Oratore si rifiutò di prendere una decisione immediata o di ordinare una qualsiasi immediata azione. Ordinò che tutti uscissero dalla sala del trono, lasciandolo solo. «Devo riflettere profondamente su tutto ciò» disse «e studiare attentamente il rapporto compilato da mio fratello e dal Cavaliere Mixtli. Mi metterò in comunione con gli dei. Quando avrò deciso che cosa si dovrebbe fare, comunicherò le mie decisioni. Per il momento mi occorre solitudine.»

Così, i cinque malconci funzionari andarono a riposarsi, il Consiglio degli anziani si sciolse, ed io me ne tornai a casa. Sebbene Luna in Attesa ed io scambiassimo di rado molte parole, e anche in quelle occasioni ci limitassimo a parlare di banali questioni domestiche, questa volta sentii la necessità di qualcuno con cui parlare. Riferii a Bèu tutto ciò che era accaduto sulla costa e a corte, e tutti i preoccupanti timori che tali avvenimenti stavano causando.

Ella disse, sommessamente: «Motecuzòma teme che questa sia la fine del nostro mondo. Lo credi anche tu, Zàa?»

Scossi la testa, non impegnativamente. «Non sono un indovino lungimirante. È tutto l'opposto. Ma la fine dell'Unico Mondo è stata predetta più volte. E così il ritorno di Quetzalcòatl, con o senza i suoi seguaci Toltèca. Se questo Cortés è soltanto un nuovo e diverso saccheggiatore, possiamo batterci contro di lui, e probabilmente sconfiggerlo. Ma se la sua venuta è, in qualche modo, l'avverarsi di tutte le antiche profezie... be', allora sarà come la grande inondazione di vent'anni fa, contro la quale nessuno di noi riuscì a resistere. Io non potei, ed ero allora nel pieno vigore della virilità. Anche il forte e impavido Oratore Ahuìtzotl non poté fare nulla. Ora sono vecchio e ripongo poca fiducia nell'Oratore Motecuzòma.»

Bèu mi osservò pensosamente, poi disse: «Stai pensando che forse dovremmo prendere tutto ciò che possediamo e fuggire verso qualche rifugio più sicuro? Anche se vi saranno calamità qui al nord, la mia città natale di Tecuantèpec non dovrebbe correre alcun pericolo».

«*Avevo* pensato a questo» dissi. «Ma sono coinvolto da tanto tempo nelle sorti dei Mexìca che mi sentirei un disertore se me ne andassi in queste circostanze. E potrà essere perverso da parte mia, ma se questa è una qualche sorta di fine, vorrei poter dire, una volta giunto nel Mìctlan, di aver veduto tutto.»

Motecuzòma avrebbe potuto continuare a esitare e a temporeggiare a lungo, se non fosse stato per ciò che accadde quella notte stessa. Si trattò di un ennesimo presagio, e a tal punto allarmante da indurre per lo meno lo Uey-Tlatoàni a mandarmi a chiamare. Un paggio del palazzo giunse, egli stesso molto turbato, e mi trascinò giù dal giaciglio affinché lo accompagnassi subito al palazzo.

Mentre mi vestivo, udii un certo subbuglio fuori nella strada, e borbottai: «Che cosa è accaduto, adesso?»

«Te lo mostrerò, Cavaliere Mixtli,» rispose il giovane messaggero «non appena saremo fuori di qui.»

Quando fummo usciti, additò il cielo e disse, con una voce soffocata: «Guarda là». Sebbene fosse notte alta, molto tempo dopo la mezzanotte, non eravamo i soli a osservare l'apparizione. La strada brulicava di persone uscite dalle case circostanti, tutte sommariamente vestite con quei qualsiasi indumenti trovati a portata di mano, tutte con la faccia rivolta in alto, e tutte intente a mormorare con inquietudine, tranne quando chiamavano altri vicini affinché si destassero. Portai il topazio davanti a un occhio e guardai il cielo, a tutta prima meravigliandomi come tutti gli altri. Ma poi mi tornò in mente un ricordo di molto tempo prima, ed esso diminuì alquanto la spaventosità dello spettacolo, almeno per me. Il paggio mi sbirciò in tralice, aspettandosi forse che mi lasciassi sfuggire qualche esclamazione di sgomento, ma io mi limitai a sospirare e a dire:

«Non ci mancava che questo».

Al palazzo, un castaldo semi-svestito si affrettò ad accompagnarmi, su per le scale, al piano superiore; poi, su per un'altra rampa di gradini, sul tetto del grande edificio. Motecuzòma sedeva su una panchina nel suo giardino pensile, ed io credo che stesse rabbrividendo, sebbene la notte primaverile non fosse fredda e lo avvolgessero, per giunta, numerosi mantelli frettolosamente gettatigli sulle spalle. Senza distogliere lo sguardo dal cielo, egli mi disse:

«Dopo la cerimonia del Nuovo Fuoco vi fu l'eclisse di sole. Poi le stelle cadenti. Poi le stelle fumanti. Tutti questi fenomeni degli scorsi anni furono presagi abbastanza nefasti, ma per lo meno sapevamo che cos'erano. Questa è un'apparizione mai veduta prima».

Dissi: «Mi consento di correggerti, Signore Oratore... Soltanto per poter attenuare, in qualche misura, le tue apprensioni. Se vorrai destare i tuoi storici, mio signore, e incaricarli di cercare negli archivi, essi potranno accertare che questo fenomeno *si è già* determinato. Nell'anno Un Coniglio del precedente covone di anni, durante il regno del tuo omonimo nonno».

Egli mi fissò come se avessi confessato all'improvviso di essere una sorta di stregone. «Sessanta e sei anni or sono? Molto tempo prima che tu nascessi. Come puoi saperlo?»

«Ricordo di aver sentito parlare da mio padre di luci come queste, mio signore. Egli sosteneva che erano gli dei intenti a passeggiare a gran passi nel cielo, ma che solamente i loro mantelli restavano visibili, colorati tutti dalle stesse tinte fredde.»

E infatti, tale era l'aspetto che avevano le luci quella notte: come sottili tendaggi di tessuto sospesi in un punto alla sommità del cielo e ricadenti fino al profilo delle montagne sull'orizzonte, oscillanti e smossi come in una dolce brezza. Ma non soffiava alcuna brezza percettibile, e i lunghi tendaggi di luce non producevano alcun suono frusciante muovendosi. Si limitavano a splendere freddamente, bianchi o color verde pallido o azzurro pallido. Mentre i tendaggi dolcemente ondeggiavano, quelle tinte, sottilmente, cambiavano posto e talora si fondevano. Era uno spettacolo meraviglioso, ma anche uno spettacolo tale da far muovere nello stesso modo i capelli di un uomo.

Molto tempo dopo, accennai per caso allo spettacolo di quella notte parlando con uno dei marinai spagnoli, e gli dissi che noi Mexìca lo avevamo interpretato come il preannuncio di eventi terribili. Egli rise e mi diede del selvaggio superstizioso. «Anche noi vedemmo le luci, quella notte» disse «e restammo blandamente stupiti scorgendole così a sud. Io so comunque che non significano un bel niente, poiché le ho vedute molte altre notti mentre navigavo sui freddi oceani settentrionali. È uno spettacolo frequente in quei mari resi gelidi da Borea, il vento del nord. Da questo deriva il nome con cui le chiamiamo, l'Aurora Boreale.»

Tuttavia, quella notte io sapevo soltanto che le pallide e belle e terrificanti luci venivano vedute nell'Unico Mondo per la prima volta dopo sessanta e sei anni, e dissi a Motecuzòma: «Stando a mio padre, furono il portento che preannunciò allora il ritorno dei Tempi Duri».

«Ah, sì.» Egli annuì cupamente. «Ho letto la storia di quegli anni di fame. Ma credo che tutti i trascorsi Tempi Duri risulteranno trascurabili in confronto a quanto ora ci aspetta.» Poi tacque per qualche tempo ed io pensai che fosse semplicemente avvilito, ma a un tratto lo udii dire: «Cavaliere Mixtli, desidero che tu intraprenda un altro viaggio».

Protestai, il più educatamente possibile: «Mio signore, sono un uomo ormai anziano».

«Ti assegnerò di nuovo portatori e scorte, e non è accidentato il sentiero da qui alla costa dei Totonàca.»

Protestai più energicamente. «Il primo incontro ufficiale tra i Mexìca e gli Spagnoli bianchi, mio signore, dovrebbe essere affidato a personaggi non meno altolocati dei nobili del tuo Consiglio.»

«Sono quasi tutti più anziani di te, e meno in grado di viaggiare. Nessuno di essi è abile come te nel compilare resoconti con parole per immagini, né conosce come te la lingua degli stranieri. Quel che più conta, Mixtli, tu sei alquanto abile nel raffigurare le persone con il loro vero aspetto. Ecco qualcosa che ancora non abbiamo avuto, da quando gli stranieri giunsero per la prima volta nella regione dei Maya... un loro buon ritratto. »

Dissi: « Se il mio signore non richiede altro, posso ancora disegnare a memoria le facce dei due con i quali mi incontrai a Tihò, e riuscire a farne un ritratto passabilmente somigliante ».

« No » rispose Motecuzòma. « Dicesti tu stesso che erano soltanto comuni artigiani. Io voglio vedere la faccia del loro capo, l'uomo Cortés. »

Mi azzardai a domandare: « Il mio signore è pervenuto, allora, alla conclusione che Cortés è un uomo? »

Egli sorrise ironicamente. « Hai sempre disdegnato l'idea che potesse essere un dio. Ma vi è stato un così gran numero di presagi, vi sono state così numerose coincidenze... Se anche egli non è Quetzalcòatl, se anche i suoi guerrieri non sono i Toltéca tornati in queste terre, potrebbe darsi ugualmente che siano stati mandati dagli dei. Forse come un qualche castigo. »

Lo scrutai in viso; sembrava alquanto cadaverico nel bagliore verdastro del cielo. Mi domandai se, parlando di castigo, pensasse al fatto che aveva strappato il trono di Texcòco al Principe della Corona Fiore Nero, o se avesse in mente altre intime e segrete colpe.

Ma ad un tratto egli balzò in piedi e disse nel suo più consueto e aspro tono di voce: « Questo aspetto della cosa non deve interessarti. Limitati a portarmi un ritratto di Cortés, e parole per immagini che enumerino le sue truppe, descrivano le loro armi misteriose, spieghino il modo che hanno gli stranieri di combattere e dicano ogni altra cosa la quale possa aiutarci a conoscerli meglio ».

Tentai un'ultima obiezione. « Chiunque possa essere o possa rappresentare l'uomo Cortés, mio signore, ritengo che non sia uno stolto. È improbabile che possa consentire a uno scrivano e a una spia di aggirarsi a proprio piacere nel suo accampamento, contando i guerrieri e le loro armi. »

« Non andrai solo, ma con molti nobili riccamente vestiti a seconda del loro rango, e voi tutti vi rivolgerete all'uomo Cortés come a un vostro pari. Questo lo lusingherà. Inoltre sarete seguiti da una colonna di portatori di ricchi doni. Ciò placherà i sospetti di lui per quanto concerne le vostre vere intenzioni. Sarete gli alti emissari del Riverito Oratore dei Mexìca e dell'Unico Mondo, inviati a salutare come si conviene gli emissari di quel Re Carlos di Spagna. » Si interruppe e mi sbirciò. « Ognuno di voi sarà un autentico e pienamente accreditato Signore della nobiltà Mexìca.»

Quando tornai a casa, vi trovai Bèu a sua volta desta. Dopo aver contemplato per qualche tempo le luci del cielo notturno, stava preparando cioccolata per il mio ritorno. La salutai con una esuberanza notevolmente maggiore del consueto. «È stata una notte fuori del comune, mia Signora Luna in Attesa.»

Ovviamente ella scambiò queste parole per una tenerezza e parve al contempo stupita e deliziata poiché nel corso di tutta la nostra vita coniugale, credo, non ero mai stato complimentoso con lei.

«Oh, Zàa» disse, e arrossì di piacere. «Il cuore mi darebbe un balzo anche se tu dovessi chiamarmi soltanto ”moglie”. Ma... *mia signora!* Perché questo improvviso affetto? Qualcosa è forse...?»

«No, no, no» mi affrettai a interromperla. Per troppi anni mi aveva soddisfatto il comportamento chiuso e sorvegliato di Bèu e non volevo che, all'improvviso, ella si abbandonasse ai sentimentalismi smaccati. «Mi sono espresso con il prescritto formalismo. ”Signora” è il titolo che ti spetta d'ora in avanti. Stanotte il Riverito Oratore ha conferito lo -tzin al mio nome, e questo significa che anche tu ne hai diritto.»

«Oh» fece lei, come se avesse preferito qualche altro genere di riconoscimento. Ma tornò subito all'atteggiamento freddo e impassibile di prima. «Presumo che la cosa ti abbia fatto piacere, Zàa.»

Risi, alquanto ironicamente. «In gioventù sognavo di compiere grandi imprese, di accumulare un'enorme ricchezza e di diventare nobile. Ma solamente adesso, dopo il mio covone di anni, sono Mixtzin, il Signore Mixtli dei Mexìca, e forse soltanto per breve tempo, Bèu... Forse soltanto fino a quando *esisteranno* Signori, fino a quando esisteranno i Mexìca...»

Del gruppo facevano parte quattro nobili, oltre a me, e, poiché essi erano nati con il titolo, non gradivano molto il fatto che Motecuzòma avesse nominato me, un venuto su dal niente, capo della spedizione e della missione che dovevamo compiere.

«Dovete prodigare stima, cortesie e adulazioni all'uomo Cortés» disse il Riverito Oratore, impartendoci gli ordini, «nonché a chiunque altro del suo gruppo che vi risulti essere di alto rango. Ad ogni possibile occasione offrirete loro banchetti. Tra i vostri portatori si trovano abili cuochi, ed essi dispongono in abbondanza delle nostre più prelibate ghiottonerie. I portatori trasportano inoltre molti doni, che voi dovrete offrire con magnificenza e gravità, dicendo come Motecuzòma li abbia mandati quale pegno di amicizia e pace tra i nostri popoli.» Si interruppe per poi bofonchiare: «Tra gli altri oggetti preziosi, l'oro dovrebbe essere in quantità sufficiente per guarire tutti loro disturbi al cuore».

Questo era senz'altro vero, pensai. Oltre a medaglioni e diademi e maschere e monili d'oro massiccio — gli oggetti più mirabilmente lavorati tratti dalla sua collezione personale, nonché da quelle dei precedenti Riveriti Oratori — Motecuzòma mandava persino i due massicci dischi, l'uno d'oro e l'altro d'argento, che avevano fiancheggiato il suo trono servendogli come gong. V'erano, inoltre, splendidi mantelli e acconciature di piume, smeraldi squisitamente incisi, ambre, turchesi e altre pietre preziose, compresa una quantità stravagante delle nostre sacre giade.

«Ma, più di ogni altra cosa, fate questo» continuò Motecuzòma. «Dissuadete gli uomini bianchi dal venire qui, o anche soltanto dal desiderio di venire qui. Se cercano solamente tesori, i nostri doni dovrebbero essere sufficienti a far sì che vadano a cercarne altri nelle nazioni lungo la costa. Ma, se non sarà così, dite loro che la strada di Tenochtìtlan è ardua e pericolosa e che non riuscirebbero mai a sopravvivere al viaggio. Se anche questo espediente dovesse fallire, dite allora che il vostro Uey-Tlatoàni è troppo occupato per poterli ricevere... o troppo anziano e malato... o troppo indegno per meritare la visita di personaggi così illustri. Dite loro *qualsiasi* cosa, purché si disinteressino di Tenochtìtlan.»

Quando percorremmo la strada rialzata a sud e voltammo poi a est, io guidavo la più lunga e più ricca e più pesantemente carica colonna che qualsiasi pochtècatl avesse mai preceduto. Rasentammo a sud la regione ostile dei Texcàla, e passammo per Cholòlan. Là e in altre città, cittadine e villaggi lungo il nostro itinerario, l'ansiosa popolazione ci assediò con domande sui «mostri bianchi» dei quali tutti conoscevano la preoccupante vicinanza, e sui nostri piani per tenerli dove si trovavano. Dopo aver aggirato i contrafforti del formidabile vulcano Citlaltèpetl, cominciammo a scendere attraverso l'ultima regione montuosa verso le Terre Calde. Il mattino del giorno che ci avrebbe portati sulla costa, i nobili miei compagni indossarono le loro splendide acconciature, i mantelli di piume e gli altri ornamenti, ma io non li imitai.

Avevo deciso di aggiungere alcune raffinatezze ai nostri piani e alle istruzioni impartiteci. In primo luogo, erano trascorsi otto anni da quando avevo imparato il poco spagnolo che conoscevo e che certo non era migliorato non venendo esercitato. Volevo recarmi inosservato tra gli Spagnoli, sentirli parlare la loro lingua, assorbirla e riuscire, se possibile, a parlarla un po' più scorrevolmente prima di partecipare ad uno qualsiasi degli incontri ufficiali tra noi e loro. Inoltre, dovevo spiare e prendere nota di molte cose, e questo avrei potuto farlo assai meglio se fossi rimasto invisibile.

«Pertanto» dissi agli altri nobili «da questo punto al luogo dell'incontro procederò a piedi nudi, non indosserò altro che un perizoma e porterò uno dei fardelli più leggeri. Guiderete voi la colonna, saluterete gli stranieri e, una volta accampati, consentirete ai nostri portatori di disperdersi e riposarsi a loro piacimento. Uno di essi, infatti, sarò io, e voglio essere libero di vagabondare. Voi offrirete banchetti e avrete colloqui con gli uomini bianchi. Di quando in quando io verrò a conferire in privato, una volta discesa l'oscurità. Quando avremo raccolto insieme tutte le informazioni richieste dal Riverito Oratore, vi avvertirò e ci congederemo.»

✠

Mi fa piacere che tu ti sia di nuovo unito a noi, Signore Vescovo, poiché so che desideri sentir parlare del primo vero confronto tra la nostra civiltà e la vostra. Naturalmente, Tua Eccellenza si renderà conto del fatto che molte delle cose da me vedute allora erano talmente nuove ed esotiche da lasciarmi sconcertato, e che molte delle cose da me udite erano come un cicaleccio di scimmie. Ma non starò a prolungare questo racconto riferendo le mie ingenue, e non di rado errate, prime impressioni. Non parlerò stupidamente, come avevano fatto alcuni primi nostri osservatori, dicendo, ad esempio, che i soldati spagnoli portavano le quattro zampe di animali. Le cose che vidi le riferirò alla luce della mia successiva e più chiara comprensione. Le cose che udii le riferirò come potei interpretarle in seguito, quando la mia conoscenza della vostra lingua divenne migliore.

Facendomi passare per un portatore, potevo soltanto di rado e di nascosto servirmi del topazio per osservare le cose. Comunque, ecco quelle che vidi per prime. Come ci era stato detto di aspettarci, esisteva nella baia una sola nave. Rimaneva alquanto lontana dalla riva, ma *era*, ovviamente, grande quanto una bella casa. A quanto pareva, aveva ripiegato le ali, poiché dal suo tetto si levavano soltanto alcuni alti pali, oltre a un intrico di cordami. Qua e là nel baia pali analoghi sporgevano dall'acqua, là ove le altre navi erano affondate mentre bruciavano. Sulla spiaggia della baia gli uomini bianchi avevano eretto tre segnali per ricordare il luogo in cui erano sbarcati la prima volta. Vi si trovava una grossissima croce fatta con travi massicce ricavate da una delle navi distrutte. Vi si trovava un alto pennone in cima al quale sventolava un'enorme bandiera, dei colori del sangue e dell'oro, i colori della Spagna. E vi si trovava un altro pennone meno alto, con una bandiera più piccola, l'insegna personale di Cortés, blu e bianca, con una rossa croce al centro.

Nel Luogo delle Abbondanti Belle Cose, denominato dagli uomini bianchi Villa Rica de la Vera Cruz, era sorto un vero e proprio villaggio. Alcune delle abitazioni erano soltanto di tela, sostenute da pali, ma altre consistevano di canne, con tetti di paglia; le tipiche capanne costiere, costruite per i visitatori dai loro sottomessi anfitrioni Totonàca. Quel giorno, tuttavia, non si vedevano molti uomini bianchi — né i loro animali né i lavoratori Totonàca che avevano assunto — poiché quasi tutti, venimmo a sapere, stavano lavorando in una località molto più a nord, ove Cortés aveva ordinato la costruzione di una più definitiva Villa Rica de la Vera Cruz, con solide case di legno, pietra e mattoni cotti al sole.

L'avvicinarsi della nostra colonna era stato, naturalmente, notato dalle sentinelle, e riferito agli Spagnoli. Per conseguenza, un gruppetto di essi aspettava di accoglierci. La colonna si fermò a rispettosa distanza e i nostri quattro Signori come io avevo raccomandato loro in privato, accesero incensieri contenenti incenso copàli e cominciarono a farli oscillare sulle catenelle, creando spirali di fumo azzurrognolo nell'aria intorno a loro. Gli uomini bianchi supposero, allora e per molto tempo in seguito — lo credono ancor oggi, per quanto ne so — che spargere fumo profumato fosse il nostro modo di salutare stranieri illustri. In realtà, in quel modo, tentavamo soltanto di creare un velo difensivo tra noi e il fetore intollerabile dei nuovi arrivati che non si lavavano mai.

Due di essi si fecero avanti per accogliere i nostri Signori. Ritenni che avessero entrambi l'età di circa trenta e cinque anni. Vestivano bene, con quelli che ora so essere stati cappelli e mantelli di velluto, farsetti dalle lunghe maniche e rigonfi calzoni al ginocchio fatti di merino, e alti stivaloni di cuoio. Uno degli uomini era più alto di me, e robusto e muscoloso, con un aspetto davvero imponente. Aveva folti capelli e una folta barba color oro che fiammeggiavano al sole. Gli occhi erano vividi e azzurri e, sebbene la pelle fosse, naturalmente, pallida, le fattezze sembravano ben marcate ed energiche. I Totonàca locali gli avevano già attribuito il nome del loro dio sole, Tezcatlipòca, per il suo aspetto solare. Noi nuovi arrivati, inutile dirlo, lo scambiammo per il capo degli uomini bianchi, ma venimmo ben presto a sapere che egli era soltanto il comandante in seconda e si chiamava Pedro de Alvarado.

L'altro uomo era alquanto più basso di statura e assai meno imponente, con le gambe arcuate e uno sporgente petto da tacchino, simile alla prua di una canoa. Aveva la pelle molto più bianca di quella dell'altro, sebbene i capelli e la barba fossero neri. Gli occhi erano incolori e gelidi e remoti come un cielo invernale con grigie nubi. Questo individuo poco imponente era, ci disse egli stesso in tono pomposo, il Capitano Don Hernan Cortés di Medellin, nell'Extremadura, più recentemente di Santiago de Cuba, e si trovava nell'Unico Mondo quale rappresentante di Sua Maestà Don Carlos, Imperatore del Sacro Romano Impero e Re di Spagna.

Sul momento, come ho detto, riuscimmo a capire ben poco di quel titolo prolisso e della presentazione, sebbene ci fosse stata ripetuta nelle lingue xiu e nàhuatl da due interpreti. Anche questi ultimi erano venuti verso di noi, camminando pochi passi più indietro di Cortés e Alvarado. L'uno era un bianco con la faccia butterata dal vaiolo, vestito nella stessa maniera dei soldati semplici spagnoli. L'altro era una giovane donna di una delle nostre nazioni, con una blusa gialla e una gonna da fanciulla, ma i capelli innaturalmente castano-rossastri, vistosi quasi come quelli di Alvarado. Tra le tante femmine indigene offerte agli Spagnoli dal Tabascoöb di Cupìlco e, più di recente, da Patzìnca dei Totonàca, costei era la più ammirata dai soldati spagnoli, perché i suoi capelli rossi erano, essi dicevano, « come quelli delle sgualdrine di Santiago de Cuba ».

Ma io mi resi conto che i capelli erano stati artificiosamente resi rossi mediante una pozione di semi di achìyotl, così come riuscii a riconoscere sia l'uomo, sia la ragazza. Egli era quel Jerònimo de Aguilar, ospite riluttante degli Xiu negli ultimi otto anni. Prima di sbarcare nelle terre degli Olmèca, e poi lì, Cortés si era soffermato a Tihò e aveva trovato e tratto in salvo l'uomo. Il naufrago compagno di Aguilar Guerrero, dopo aver contagiato con il proprio vaiolo l'intera regione dei Maya, era morto egli stesso ucciso dalla malattia. La ragazza dai capelli rossi, sebbene avesse ormai circa venti e tre anni, continuava ad essere piccoletta, era sempre graziosa, sempre la schiava Ce-Malinàli da me incontrata a Coatzacoàlcos, mentre mi dirigevo a Tihò, otto anni prima.

Quando Cortés parlava in spagnolo, era Aguilar a tradurre le parole nel faticoso xiu imparato durante la prigionia, ed era Ce-Malinàli a tradurre dallo xiu nel nostro nàhuatl, mentre, quando erano i Signori nostri emissari a parlare, accadeva tutto l'opposto. Non mi occorse molto tempo per rendermi conto che le parole sia dei dignitari Mexìca, sia di quelli Spagnoli, venivano spesso rese imperfettamente, e non sempre soltanto a causa dell'ingombrante sistema a tre lingue. Tuttavia non dissi nulla, nessuno degli interpreti mi notò tra i portatori ed io decisi che, ancora per qualche tempo, non avrebbero dovuto riconoscermi.

Rimasi lì mentre i Signori Mexìca cerimoniosamente presentavano i doni portati a nome di Motecuzòma. Un bagliore di avidità illuminò persino gli occhi spenti di Cortés, mentre un portatore dopo l'altro deponeva il proprio fardello e lo apriva: il grande gong d'oro e il grande gong d'argento, i mantelli e le acconciature di piume, le pietre preziose e i monili. Cortés disse ad Alvarado: «Chiama il gioielliere fiammingo», e li raggiunse un altro uomo bianco, evidentemente venuto con gli Spagnoli al solo scopo di valutare i tesori che avrebbero potuto trovare nelle nostre terre. Qualsiasi cosa possa essere un fiammingo, l'uomo parlava lo spagnolo, e, sebbene le sue parole non fossero state tradotte per noi, riuscii ad afferrare il senso di quasi tutto ciò che disse.

Dichiarò che gli oggetti d'oro e d'argento avevano un grande valore e giudicò altrettanto preziosi gli opali, le turchesi e le perle. Gli smeraldi, i giacinti, i topazi e le ametiste, disse, valevano ancor di più — soprattutto gli smeraldi — anche se li avrebbe preferiti sfaccettati e non incisi con fiori, animali e così via in miniatura. Quanto alle acconciature e ai mantelli di piume, osservò, avrebbero potuto valere qualcosa come curiosità da esporre nei musei. Le tante giade lavorate come gemme le scartò con disprezzo, sebbene Ce-Malinàli tentasse di spiegargli che il loro aspetto religioso ne faceva doni da rispettare più di ogni altro.

Il gioielliere la ignorò con un'alzata di spalle e disse, rivolto a Cortés: «Non sono le giade del Catai, e nemmeno passabili giade false. Sono soltanto ciottoli lavorati di serpentina verde, Capitano, e valgono poco di più delle nostre perline di vetro colorato.»

Io non sapevo allora che cosa fosse il vetro, e ancor oggi non so che cosa siano le giade del Catai, ma avevo sempre saputo che le nostre giade possedevano soltanto un valore rituale. Al giorno d'oggi, naturalmente, non hanno più nemmeno quello; sono soltanto trastulli per i bambini e dentaruoli per gli infanti. Ma allora significavano ancora qualcosa per noi, e mi adirò il modo con il quale gli uomini bianchi accoglievano i nostri doni, attribuendo un prezzo ad ogni cosa, come se noi non fossimo stati altro che mercanti importuni e cercassimo di appioppare loro mercanzie di nessun valore.

Ma ancor più disperante fu un'altra cosa: gli Spagnoli, pur attribuendo così altezzosamente un prezzo ad ogni oggetto da noi donato, ovviamente non apprezzavano affatto le opere d'arte, ma soltanto il valore del metallo che la formava. Infatti strapparono tutte le gemme dalle incastonature d'oro e d'argento, misero da parte le pietre in sacchetti, poi spezzarono o piegarono o schiacciarono l'oro e l'argento finemente lavorati entro grandi contenitori di pietra e accesero fuochi sotto ad essi e, schiacciando congegni di cuoio, attizzarono quei fuochi fino a un calore intenso, facendo così fondere i metalli. Nel frattempo, il gioielliere e i suoi aiutanti scavarono piccole fosse rettangolari nella sabbia umida della spiaggia e in esse versarono i metalli fusi affinché si raffreddassero e indurissero. Così, quello che era rimasto dei tesori portati da noi — compresi gli enormi e insostituibili e bellissimi dischi d'oro e d'argento che erano serviti come gong a Motecuzòma — divenne soltanto una serie di lingotti d'oro e d'argento, insignificanti e brutti come mattoni cotti al sole.

Lasciando i Signori miei colleghi a comportarsi come più nobilmente avrebbero potuto, trascorsi parecchi giorni aggirandomi tra la massa dei soldati semplici. Contai i soldati e le loro armi e i cavalli impastoiati e i cani per la caccia al cervo, e altre cose delle quali non riuscii allora a indovinare lo scopo: cose come depositi di pesanti palle di metallo e di basse sedie stranamente incurvate, fatte di cuoio. Badai bene a non attrarre l'attenzione venendo considerato un mero ozioso. Come gli uomini Totonàca che gli Spagnoli avevano costretto ai lavori forzati, mi accertai di trasportare sempre qualcosa, come un'asse di legno o un otre colmo d'acqua, e finsi di doverli portare in qualche posto. Poiché esisteva un incessante andirivieni di soldati spagnoli e di portatori Totonàca tra l'accampamento di Vera Cruz e la cittadina di Vera Cruz in costruzione, e poiché allora (come d'altronde anche adesso) gli Spagnoli asserivano di «non riuscire a distinguere i dannati Indios gli uni dagli altri», passai inosservato come uno stelo delle tante erbe che crescevano sulle dune di quella spiaggia. Qualsiasi carico io fingessi di trasportare, non mi impediva di servirmi furtivamente del topazio, di annotare le persone e le cose che contavo, e di tracciare rapidamente parole per immagini che le descrivevano.

Avrei potuto augurarmi di reggere un incensiere anziché una tavola di legno o qualche altra cosa quando mi trovavo tra gli Spagnoli. Ma devo ammettere che non tutti puzzavano orribilmente come ricordavo. Sebbene non si dimostrassero ancora affatto propensi a lavarsi o a fare il bagno a vapore, dopo una giornata di faticoso lavoro si spogliavano, rivelando parte della loro pelle stupefacentemente pallida e restando soltanto con la loro sudicia biancheria intima, per poi entrare a guado nella risacca. Nessuno di loro sapeva nuotare, potei arguire, ma si spruzzavano quanto bastava per togliersi di dosso il sudore della giornata. Questo non faceva sì che profumassero come fiori, soprattutto in quanto si rimettevano subito i loro altri crostosi e rancidi indumenti, ma la sciacquatura li rendeva, per lo meno, non proprio così fetidi come l'alito di un avvoltoio.

Mentre andavo e venivo lungo la costa e trascorrevo le notti o nell'accampamento di Vera Cruz o nella cittadina di Vera Cruz, tenevo bene aperti gli occhi e altrettanto bene aperte le orecchie. Anche se udii di rado qualche informazione importante — quasi tutte le conversazioni dei soldati si riducevano a borbottamenti a causa della inconsueta assenza di peli sul corpo delle donne «indie» in confronto alle piacevoli ascelle e agli inguini pelosi delle loro donne all'altro lato dell'oceano — riuscii a ricuperare e a migliorare la mia conoscenza della lingua spagnola. Ma non volevo ancora essere udito da qualcuno dei soldati quando mi esercitavo ripetendo tra me e me le loro parole e le loro frasi.

Per garantirmi ancor meglio contro la possibilità di essere smascherato come un impostore, non parlavo nemmeno con i Totonàca, e pertanto non potei rivolgermi a nessuno affinché mi spiegasse una cosa curiosa che vedevo ripetutamente e mi lasciava interdetto. Lungo la costa, e in particolare nella capitale, Tzempoàlan, si trovano molte piramidi costruite in onore di Tezcatlipòca e di altri dei. V'è persino una piramide che non è quadrata, bensì una torre conica con terrazze rotonde e man mano più piccole; è dedicata al dio dei venti Ehècatl, ed è stata così costruita affinché i venti possano soffiare liberamente intorno ad essa senza dover deviare ad angolo intorno agli spigoli.

Ogni piramide dei Totonàca ha un tempio sulla sommità, ma tutti quei templi erano stati scandalosamente modificati. Non uno solo di essi conteneva più la statua di Tezcatlipòca, o di Ehècatl o di qualsiasi altro dio. Tutti erano stati raschiati e ripuliti dell'accumulo di sangue coagulato. Tutti erano stati ridipinti all'interno con una mano di bianca calce. E in ognuno di essi si trovava soltanto una nuda croce di legno e una singola, piccola statua, anch'essa di legno, alquanto rozzamente scolpita. Rappresentava una giovane donna, con la mano destra alzata in un gesto vagamente ammonitore. Aveva i capelli dipinti di nero, la veste e gli occhi dipinti di azzurro, e la pelle di un bianco-roseo come quella degli Spagnoli. Particolare quanto mai bizzarro, la donna portava una corona dorata circolare, tanto grande da non poggiarle in nessun punto sul capo, ma inserita sulla nuca sotto i capelli.

Mi apparve chiaro che gli Spagnoli, pur non avendo cercato, né provocato, una qualsiasi battaglia con i Totonàca, *avevano* minacciato e intimidito e spaventato quel popolo, inducendolo a sostituire tutti i suoi potenti e antichi dei con quella singola, pallida e placida femmina. Ritenni si trattasse della dea Nostra Signora di cui avevo sentito parlare, ma non riuscii a capire che cosa avesse potuto indurre i Totonàca ad accettarla e a ritenerla in qualche modo superiore agli dei di un tempo. In realtà, a giudicare dalla sua espressione insulsa, non capivo come mai anche gli Spagnoli scorgessero in quella Nostra Signora attributi divini degni della loro venerazione.

Ma poi i miei vagabondaggi mi condussero un giorno in una conca erbosa, lontana di un certo tratto dal mare, ed era gremita di Totonàca che, in piedi, stavano ascoltando, con un'aria di attenta stupidità, mentre venivano arringati da uno dei sacerdoti spagnoli giunti con i soldati. Questi preti, potrei anche far rilevare, non sembrano tanto estranei e innaturali quanto gli uomini d'arme. Soltanto il taglio dei loro capelli era diverso, ma, per il resto, le nere vesti che indossavano somigliavano molto a quelle dei nostri sacerdoti; inoltre essi puzzavano in un modo assai simile a loro. Quello che stava predicando là, lo faceva con l'aiuto dei due interpreti, Aguilar e Ce-Malinàli, dei quali evidentemente si serviva ogni qual volta non occorrevano a Cortés. I Totonàca sembravano ascoltare flemmaticamente il suo discorso, sebbene io sapessi che non riuscivano a capire due parole su dieci, sia pure della traduzione in nàhuatl di Ce-Malinàli.

Tra molte altre cose, il sacerdote spiegò che Nostra Signora non era esattamente una dea, che trattavasi di una femmina umana chiamata Vergine Maria, la quale era, in qualche modo, rimasta vergine pur copulando con lo Spirito Santo del Signore Iddio, quest'ultimo un *vero* dio, e dando in seguito alla luce il Signore Gesù Cristo, il Figlio di Dio cui era stato così possibile venire nel mondo in forma umana. Bene, niente di tutto ciò era troppo difficile a capirsi. Nella nostra stessa religione esistevano molti dei accoppiatisi con donne umane e molte dee le quali erano state straordinariamente licenziose sia con gli dei sia con gli uomini, e avevano prolificamente generato figli, pur conservando in qualche modo intatta la loro reputazione e continuando ad essere chiamate Vergini.

Ti prego, Eccellenza, sto riferendo come apparvero *allora* le cose alla mia mente ancora ignorante.

Seguii inoltre la spiegazione, data dal prete, dell'atto del Battesimo e di come potessimo tutti, quel giorno stesso, essere battezzati, sebbene di norma lo fossero soltanto i bambini subito dopo la nascita: mediante l'immersione in un'acqua che per sempre li impegnava ad adorare e a servire il Signore Iddio, in cambio di ricompense che sarebbero state concesse durante questa vita e nell'altra. Riuscii a scorgere ben poche differenze rispetto alle credenze e alle abitudini di quasi tutti i nostri popoli, sebbene essi praticassero l'immersione avendo in mente altri dei.

Naturalmente il sacerdote non cercò, con quel solo discorso, di esporci tutti i particolari della fede Cristiana, con tutte le sue complicazioni e contraddizioni. E sebbene io, unico tra tanti ascoltatori quel giorno, riuscissi a capire le parole pronunciate in spagnolo, nella lingua xiu e in nàhuatl, fraintesi, ciò nonostante, molte delle cose che credevo di aver compreso. Ad esempio, poiché il prete parlava con tanta familiarità di Maria Vergine, e poiché avevo già veduto le statue di lei con la pelle chiara e gli occhi azzurri, supposi che Nostra Signora fosse una donna spagnola la quale avrebbe attraversato presto l'oceano per venire a farci visita in persona, portando forse con sé il proprio figlioletto Gesù. Ritenni inoltre che il prete parlasse di un suo compatriota quando disse che quel giorno era la festa di San Juan de Damasco e che avremmo avuto tutti l'onore di essere chiamati con il nome di quel santo al momento del battesimo.

Subito dopo, lui e gli interpreti invitarono tutti coloro che volevano abbracciare il Cristianesimo a inginocchiarsi, e in pratica tutti i Totonàca lì presenti si inginocchiarono, anche se, indubbiamente, quasi tutti quegli ottusi individui non avevano la benché minima idea di quanto stava accadendo, e forse pensavano addirittura che stesse per aver luogo un massacro rituale. Soltanto alcuni vecchi e alcuni bimbetti se ne andarono. I vecchi, se anche avevano capito qualcosa, probabilmente non ritennero affatto vantaggioso gravarsi del peso di un ennesimo dio negli ultimi giorni della vita. E i bimbetti, probabilmente, preferivano andare a divertirsi con giochi più allegri.

Il mare non distava molto, ma il sacerdote non condusse sin là tutte quelle persone per un'immersione cerimoniale. Si limitò ad andare avanti e indietro lungo le file dei Totonàca inginocchiati, spruzzandoli con acqua mediante la bacchetta che aveva in una mano e facendo loro assaggiare qualcosa con l'altra. Stetti a guardare e quando nessuno dei battezzati cadde morto o subì altri effetti spaventosi, decisi di restare e di farmi battezzare a mia volta. A quanto pareva, la cosa non mi avrebbe causato alcun male e forse avrei potuto ricavarne qualche vantaggio ancora oscuro nelle trattative che sarebbero seguite con gli uomini bianchi. Pertanto ricevetti alcune gocce d'acqua sulla testa e, sulla lingua, dal palmo del sacerdote, alcuni grani di sale... niente di più: comunissimo sale... e alcune parole farfugliate in quello che so ora essere il vostro linguaggio religioso, il latino.

Concludendo, il prete cantilenò per noi tutti un altro breve discorso in quel latino e ci disse che, a partire da quel momento, tutti noi maschi ci chiamavamo Juan Damasceno, mentre tutte le donne avevano il nuovo nome di Juana Damascena, e la cerimonia ebbe termine. A quanto riesco a ricordare, si trattò del primo nuovo nome che avessi avuto dopo quello di Occhio di Orina, e fu anche l'ultimo fino ad oggi. Direi che sia un nome migliore di Occhio di Orina, ma, devo confessarlo, di rado ho pensato a me stesso come a Juan Damasceno. In ogni modo, presumo che questo nome durerà più di me perché così figuro su tutti gli elenchi della popolazione e sugli altri documenti ufficiali del governo della Nuova Spagna, e l'ultima annotazione di tutte dirà senza dubbio: Juan Damasceno, defunto.

Durante una delle mie segrete conferenze notturne con gli altri Signori Mexìca, nella schioccante casa di tela che era stata eretta come loro alloggio, essi mi dissero:

« Motecuzòma si è domandato a lungo se questi uomini bianchi potessero essere dei, o i Toltéca seguaci di dei, e pertanto ci siamo decisi a fare una prova. Abbiamo offerto un sacrificio al capo Cortés, proponendogli di uccidere in suo onore uno xochimìqui, magari qualche disponibile signore dei Totonàca. Egli si è molto risentito a causa della proposta. Ha detto: "Sapete benissimo che il benevolo Quetzalcòatl non pretese mai, né mai consentì, sacrifici umani in suo onore. Perché dovrei consentirli io?". Così, ora, non sappiamo che cosa pensare. Come potrebbe, questo straniero, sapere certe cose del Serpente Piumato, a meno che...? »

Sbuffai. « La giovane Ce-Malinàli potrebbe avergli riferito tutte le leggende concernenti Quetzalcòatl. In fin dei conti, ella è nata in qualche punto di questa costa, dalla quale partì il dio. »

« Per favore, Mixtzin, non chiamarla con quel nome comune » disse uno dei Signori, e parve innervosito. « Ella pretende, con grande insistenza, che ci si rivolga a lei come a Malìntzin. »

Osservai, divertito: « È arrivata molto in alto, allora, dalla prima volta che la incontrai in un mercato di schiavi ».

« No » disse l'inviato mio collega. « In realtà era nobile prima di essere fatta schiava. Era la figlia di un Signore e di una Dama dei Coatlìcamac. Quando suo padre morì e la madre si risposò, il nuovo marito, gelosamente e proditoriamente, la vendette schiava.»

«Oh, davvero» dissi, asciutto. «Anche la sua immaginazione è migliorata da quando la conobbi. Ma, sin da allora, disse di essere disposta a qualsiasi cosa pur di realizzare le proprie ambizioni. Consiglio a voi tutti di essere quanto mai guardinghi pronunciando parole che possono essere udite dalla *Dama* Malinàli.»

Proprio il giorno successivo, credo, Cortés organizzò per i Signori Inviati una dimostrazione delle sue meravigliose armi e della prodezza dei suoi uomini d'arme, ed io, naturalmente, fui presente, confuso tra la folla dei nostri portatori e dei Totonàca locali, riunitisi per assistervi a loro volta. Questi uomini del volgo rimasero atterriti da ciò che videro; trattennero varie volte il respiro, e mormorarono «*Ayya!*» e invocarono spesso i loro dei. Gli inviati Mexìca mantennero impassibile il volto, come se non fossero affatto colpiti, e, quanto a me, ero troppo assorto nell'imprimermi nella mente i vari eventi per poter lanciare esclamazioni. Ciò nonostante, gli altri inviati ed io stesso trasalimmo varie volte, udendo gli improvvisi tuoni, e rimanemmo stupiti quanto il popolino.

Cortés aveva fatto costruire dai suoi uomini una finta casa con i pezzi di legno gettati dal mare sulla spiaggia e con alcuni resti del fasciame delle navi, una casa situata così lontano che riuscivamo appena a intravederla dal punto in cui ci trovavamo. Sulla spiaggia davanti a noi egli fece piazzare uno dei massicci tubi di metallo giallo che poggiavano su alte ruote...

No, chiamerò le cose con il loro vero nome. Il tubo montato su ruote era un cannone di ottone la cui canna puntava verso la lontana casa di legno. Dieci o dodici soldati condussero cavalli in fila sulla sabbia umida e compatta tra il cannone e la battigia. I cavalli portavano alcuni degli oggetti il cui scopo non ero precedentemente riuscito a capire; le sedie di cuoio che erano selle su cui cavalcare, redini di cuoio per guidare gli animali, gualdrappe di tessuto imbottito, assai simili alle corazze da combattimento dei nostri uomini. Altri soldati rimasero dietro i cavalli, con i giganteschi cani per la caccia al cervo che facevano forza sui guinzagli di cuoio dai quali erano trattenuti.

Tutti i soldati erano in piena tenuta di guerra, e avevano un aspetto assai bellicoso, con gli splendenti elmi d'acciaio sul capo e gli splendenti corsaletti d'acciaio sopra i giustacuore di cuoio. Portavano al fianco spade infilate nel fodero, ma quando montarono in sella vennero loro consegnate lunghe armi simili alle nostre lance, tranne il fatto che le loro estremità di acciaio, oltre ad essere appuntite, avevano sporgenze a entrambi i lati per deviare i colpi di ogni nemico contro il quale essi si fossero lanciati.

Cortés sorrise con l'orgoglio di un proprietario mentre i suoi guerrieri prendevano posizione. Era fiancheggiato dai due interpreti e anche Ce-Malinàli sorrideva con l'aria di superiorità blandamente annoiata di chi assiste a cose già vedute. Per il suo tramite e per il tramite di Aguilar, Cortés disse ai nostri Signori Mexìca: «I vostri eserciti amano i tamburi. Ho udito i loro tamburi. Vogliamo iniziare questo spettacolo con un rullo di tamburo?»

Prima che qualcuno avesse potuto rispondere, gridò: «Per Santiago... ora!» I tre soldati intorno al cannone fecero qualcosa che causò lo sprizzare di una fiammella dietro il tubo, poi si udì un unico colpo di tamburo, forte quanto qualsiasi strepito mai causato dal nostro tamburo che strappa il cuore. Il cannone di ottone sobbalzò — e altrettanto feci io — e dalla sua bocca uscirono un fumo simile a nembi di tempesta, un tuono che rivaleggiava con quelli di Tlaloc, e un lampo più luminoso di tutte le saette biforcute del talòque. Poi, dopo il trasalimento di stupore, scorsi un piccolo oggetto scaraventato lontano nell'aria. Era, naturalmente, una palla di cannone, di ferro, e colpì la casa lontana e la sfasciò completamente in ogni suo singolo pezzo di legno.

L'improvviso schianto, simile a tuono, del cannone venne protratto, come accade spesso a quello di Tlaloc, da un rombo di tuono meno forte. Erano i tonfi che causavano gli zoccoli ferrati dei cavalli, battendo sulla sabbia liscia, poiché i cavalleggeri avevano lanciato le loro montature a un galoppo sfrenato nel momento stesso del colpo di cannone. Si allontanarono lungo la spiaggia, affiancati, veloci quanto può correre qualsiasi cervo che non incontri ostacoli, e i grossi cani, liberati nello stesso istante, ne uguagliarono facilmente la velocità. I cavalleggeri stavano convergendo sulle rovine della casa e potemmo scorgere i bagliori delle loro lance, mentre fingevano di falciare ogni superstite della demolizione. Poi voltarono le cavalcature e tornarono indietro tonanti lungo la spiaggia verso di noi. I cani non li seguirono immediatamente e, sebbene le orecchie mi stessero ronzando, udii in lontananza quegli animali per la caccia al cervo emettere famelici suoni ringhianti e mi parve di udire, inoltre, uomini che urlavano. Quando i cani tornarono indietro, le loro spaventose mascelle erano insanguinate. O alcuni Totonàca avevano deciso di nascondersi nei pressi della casa simulata, per assistere allo spettacolo, o Cortés aveva deliberatamente e crudelmente fatto in modo che si trovassero là.

Nel frattempo, i cavalleggeri che andavano avvicinandosi non si tenevano più affiancati. Facevano zigzagare i loro cavalli avanti e indietro gli uni tra gli altri, con movimenti intricati e intersecantisi, per dimostrarci quale perfetto controllo degli animali riuscissero a mantenere anche a quella velocità a rotta di collo. Inoltre, l'uomo gigantesco e rosso-barbuto, Alvarado, si esibì da solo in modo ancor più stupefacente. Lanciato in pieno al galoppo, balzò giù dalla sella, e reggendosi ad essa con una sola mano, *corse* accanto al suo tonante animale uguagliandone facilmente la velocità; poi, in qualche modo, senza rallentare, dal suolo, con un volteggio, balzò di nuovo sul sedile di cuoio. Sarebbe stata un'impresa di ammirevole agilità anche da parte dei Rapidi di Piedi Raràmuri, ma Alvarado riuscì a compierla indossando una corazza d'acciaio e di cuoio che doveva pesare almeno quanto lui.

Quando i cavalleggeri ebbero terminato di dimostrare la rapidità e la saldezza dei loro massicci animali, numerosi soldati appiedati si schierarono sulla spiaggia. Alcuni erano armati con gli archibugi di metallo, lunghi quanto essi erano alti, e muniti delle bacchette metalliche sulle quali quelle armi devono essere appoggiate per prendere la mira. Altri reggevano le corte balestre montate diagonalmente su massicci sostegni tenuti appoggiati alla spalla. Numerosi mattoni cotti al sole vennero portati da alcuni Totonàca e collocati verticalmente, un buon tiro di freccia lontano dai soldati. Poi gli uomini bianchi si inginocchiarono e ora fecero scoccare le frecce dalle balestre, ora spararono con gli archibugi... La precisione di tiro degli arcieri era lodevole, in quanto essi colpivano forse due mattoni su cinque; tuttavia non sembravano essere molto rapidi con le loro mani. Dopo aver scoccato una freccia, non potevano semplicemente riportare indietro la corda della balestra con mano, ma dovevano tenderla mediante un piccolo tornichetto.

Gli archibugi erano armi più formidabili; soltanto il colpo che essi causavano e i nembi di fumo e i lampi di fuoco che producevano sarebbero stati sufficienti per sgomentare qualsiasi nemico che si fosse trovato di fronte ad essi per la prima volta. Ma causavano più che paura; lanciavano piccole pallottole di metallo, talmente veloci da rimanere invisibili. E se le corte frecce delle balestre si limitavano a rimanere conficcate nei mattoni che colpivano, le pallottole metalliche degli archibugi investivano i mattoni con tanta violenza da farli scoppiare, riducendoli in frammenti e polvere. Ciò nonostante, io presi nota del fatto che le pallottole non arrivavano più lontano di quanto potessero volare le nostre frecce e che ogni uomo, servendosi dell'archibugio, impiegava tanto di quel tempo per prepararlo al colpo successivo da consentire a uno qualsiasi dei nostri arcieri di bersagliarlo, intanto, con sei o sette frecce.

Quando la dimostrazione terminò, avevo altri disegni su carta di corteccia da mostrare a Motecuzòma, e un gran numero di cose da riferirgli per giunta. Mi mancava soltanto il ritratto della faccia di Cortés che egli aveva richiesto. Molti anni prima, a Texcòco, avevo giurato di non dipingere mai più altri ritratti, poiché essi sembravano sempre attrarre qualche disastro sulla persona che io raffiguravo, ma non mi rammaricavo affatto della possibilità di causare guai a uno qualsiasi degli uomini bianchi. Perciò, la sera dopo, quando gli emissari Mexìca sedettero per l'ultima riunione con Cortés e i suoi vice-comandanti e i suoi sacerdoti, noi Signori eravamo in cinque. Nessuno degli Spagnoli parve accorgersi del fatto che il nostro numero era stato aumentato da un nuovo venuto, o curarsene, e né Aguilar né Ce-Malinàli mi riconobbero nei lussuosi paludamenti, più di quanto mi avessero riconosciuto quando mi ero fatto passare per un portatore.

Cenammo tutti insieme ed io mi asterrò dal fare commenti sul modo di mangiare degli uomini bianchi. I cibi erano stati preparati da noi e sapevamo pertanto come fossero tutti di primissima qualità. Gli Spagnoli avevano contribuito con una bevanda chiamata vino, versata da grandi otri di cuoio. Parte di quel vino era chiaro e asprigno, parte scuro e dolce, ma io lo assaggiai appena, poiché sembrava essere inebriante come l'octli. Mentre i quattro inviati miei colleghi sostenevano la conversazione, di qualsiasi argomento si potesse parlare, io sedetti silenzioso cercando, il più furtivamente possibile di cogliere le sembianze di Cortés con i miei gessi e la carta di corteccia. Vedendolo da vicino per la prima volta, potei constatare che i peli della barba di lui erano alquanto più radi di quelli dei suoi compagni. Essa non riusciva a nascondere sufficientemente una laida cicatrice increspata che egli aveva sotto il labbro inferiore, e un mento sfuggente quasi come quello dei Maya. Inclusi anche questi particolari nel ritratto. Poi mi accorsi che tutti i presenti avevano smesso di parlare, distolsi lo sguardo dal ritratto e sorpresi i grigi occhi di Cortés fissi su di me.

Egli disse: «Sicché vengo tramandato ai posteri? Vediamo». Si espresse in spagnolo, naturalmente, ma sarebbe bastata la sua mano tesa per far capire l'ordine e pertanto gli porsi la carta di corteccia.

«Be', non lo definirei lusinghiero» disse lui «ma è riconoscibile.» Lo mostrò ad Alvarado e agli altri Spagnoli e molti di loro ridacchiarono e annuirono. «Quanto all'artista» soggiunse Cortés, sempre fissandomi, «osservate la *sua* faccia, camerati. Perdiana, se gli si strappassero di dosso tutte le piume che porta e lo si rendesse un po' più chiaro di carnagione incipriandolo, potrebbe passare per un hidalgo, persino per un Grande di Spagna. Qualora doveste incontrarlo alla Corte di Castiglia — un uomo della sua natura e con quella faccia rugosa — vi togliereste il cappello facendo un profondo inchino.» Mi restituì il ritratto e gli interpreti tradussero la sua frase successiva, una domanda: «Perché mi è stato fatto questo ritratto?»

Uno dei Signori miei compagni, dopo aver riflettuto rapidamente, disse: «Poiché il nostro Riverito Oratore Motecuzòma, purtroppo, non potrà avere il modo di conoscerti, mio Signore Capitano, ha chiesto che gli portassimo le tue sembianze per ricordare che ti trattenesti brevemente su queste terre».

Cortés sorrise con le labbra, ma non con gli occhi smorti, e disse: «Eppure io *mi incontrerò* con il vostro imperatore. Sono deciso a questo. Noi tutti abbiamo ammirato a tal punto i tesori da lui inviatici in dono che siamo ansiosissimi di vedere le altre meraviglie senz'altro esistenti nella sua capitale. Non mi sognerei mai di andarmene prima che io e i miei uomini abbiamo potuto banchettare con lo sguardo in quella che — ci è stato detto — è la città più opulenta di questi territori».

Dopo che tale scambio di frasi era stato tradotto e ritradotto, un altro dei miei compagni assunse un'espressione luttuosa e disse: «*Ayya*, sarebbe un peccato se il signore bianco dovesse compiere un viaggio così lungo e pericoloso per rimanere soltanto deluso. Non volevamo confessarlo, ma il Riverito Oratore ha spogliato e saccheggiato la sua città per poter inviare quei doni. Essendo stato informato che i visitatori bianchi apprezzavano l'oro, ha mandato tutto quello che possedeva. Insieme a tutti gli altri oggetti di un qualche valore. La città è ormai misera e squallida. Non merita che i visitatori si rechino a vederla».

Ce-Malinàli, traducendo questa risposta ad Aguilar nella lingua xiu, si espresse come segue: «Il Riverito Oratore Motecuzòma ha mandato i trascurabili doni nella speranza che il Capitano Cortés se ne sarebbe accontentato e avrebbe deciso di ripartire immediatamente. Ma, in realtà, essi costituiscono soltanto una minima parte degli inestimabili tesori esistenti a Tenochtìtlan. Motecuzòma vuole dissuadere il Capitano dal vedere la vera ricchezza che abbonda nella sua capitale».

Mentre Aguilar stava traducendo queste parole in spagnolo per Cortés, io parlai per la prima volta, ma sommessamente, rivolgendomi a Ce-Malinàli, e nella sua madrelingua dei Coatlìcamac, affinché soltanto lei ed io potessimo capire:

«Il tuo compito è quello di dire che è stato detto, non di inventare menzogne».

«Ma è stato *lui* a mentire!» ella proruppe, additando il mio compagno. Poi arrossì, rendendosi conto di essere stata smascherata nella sua duplicità, e di averla per giunta confessata.

Dissi: «Conosco la sua ragione per mentire. Mi interesserebbe conoscere la tua».

Ce-Malinàli mi fissò e spalancò gli occhi, riconoscendomi. «Tu!» alitò, con un misto di paura, d'odio e di sgomento in quell'unica sillaba.

Il nostro breve colloquio era sfuggito agli altri, e Aguilar ancora non mi aveva riconosciuto. Quando Cortés riprese a parlare e Ce-Malinàli tradusse, la voce di lei fu appena di poco tremula:

«Saremmo lieti se il vostro imperatore volesse invitarci ufficialmente a visitare la sua magnifica città. Ma ditegli, miei signori ambasciatori, che non insistiamo per avere accoglienze ufficiali. Verremmo nella capitale con o senza l'invito. *Assicurategli* che verremo».

I miei quattro compagni cominciarono a protestare tutti insieme, ma Cortés li interruppe bruscamente, dicendo:

«Sentite, vi abbiamo spiegato con cura il carattere della nostra missione: come il nostro imperatore, il Re Carlos, ci abbia inviati qui con precisissime istruzioni di rendere omaggio al vostro monarca e inoltre di chiedere il suo assenso all'introduzione della Santa Cristiana Fede in queste terre. Abbiamo inoltre accuratamente spiegato la natura di tale Fede, del Signore Iddio, di Gesù e della Vergine Maria, che desiderano soltanto veder vivere con fraterno amore tutti i popoli. Ci siamo per giunta presi la briga di darvi una dimostrazione delle insuperabili armi di cui disponiamo. Mi sembra che nulla abbiamo trascurato per chiarirvi ogni cosa. Ma, prima della vostra partenza, c'è qualcos'altro che volete sapere da noi? C'è qualche domanda che desiderate porci?».

I miei quattro compagni parvero infastiditi e indignati, ma non parlarono. Pertanto mi schiarii la voce e mi rivolsi direttamente a Cortés, e nella sua stessa lingua: «Ho io una domanda, mio signore».

Gli uomini bianchi parvero tutti sorpresi sentendosi rivolgere la parola in spagnolo, e Ce-Malinàli si irrigidì, senza dubbio temendo che io stessi per accusarla... o forse volessi chiedere di prendere il suo posto come interprete.

«Sono curioso di sapere...» cominciai, fingendo umiltà e incertezza. «Potreste forse dirmi...?»

«Sì?» mi incoraggiò Cortés.

Sempre mostrandomi timido ed esitante, continuai: «Ho saputo che i tuoi uomini... un gran numero dei tuoi uomini... parlano delle nostre donne dicendo che... be'... che sono incomplete sotto un certo aspetto... »

Si udirono tintinnii metallici e scricchiolii di cuoio mentre tutti gli uomini bianchi si protendevano in avanti, concentrando la loro attenzione su di me: «Sì? Sì? »

Lo domandai come se davvero ci avessi tenuto a saperlo, e posi la domanda cortesemente, con solennità e senza il benché minimo tono di scurrilità o di scherno: «Hanno le vostre donne... Ha la Vergine Maria una pelosità che cela le sue parti intime? »

Vi furono altri tintinnii e scricchiolii delle corazze; credo che anche le loro bocche e le loro palpebre, aprendosi, per poco non cigolarono, mentre tutti si raddrizzavano e mi contemplavano con gli occhi spalancati, un po' come sta facendo Tua Eccellenza in questo momento. Udii mormorii scandalizzati di «Locura! » e «Blasfemia! » e «Ultraje! »

Soltanto uno di essi, l'enorme Alvarado dalla barba color fiamma, rise clamorosamente. Egli si voltò verso i sacerdoti che cenavano con noi, batté le grosse mani sulle spalle di due di loro e, tra uno scoppio di risa e l'altro, domandò: «Padre Bartolomé, Padre Merced, vi era mai stata posta, prima d'ora, una domanda simile? E in seminario vi hanno insegnato la risposta pertinente? Avevate mai *pensato* a questo prima d'oggi? Eh? »

I sacerdoti non fecero commenti, si limitarono a fissarmi irosamente, a digrignare i denti e a farsi il segno della croce per scacciare il demonio. Cortés non aveva mai distolto lo sguardo da me. Sempre fissandomi con i suoi occhi di falco, disse: «No, tu non sei né un hidalgo né un Grande di Spagna né un gentiluomo di corte. Ma meriti di essere ricordato. Sì, mi ricorderò di te».

La mattina dopo, mentre il nostro gruppo stava preparando i fardelli per la partenza, Ce-Malinàli venne e imperiosamente mi fece cenno, lasciando capire che desiderava parlare in privato con me. Me la presi calma prima di raggiungerla. Quando mi fui avvicinato, dissi:

«Questo colloquio dovrebbe essere interessante. Parla, Una Erba».

«Sii così cortese da non rivolgerti a me con il mio ripudiato nome di schiava. Mi chiamerai Malìntzin, o Doña Marina». Poi spiegò: «Sono stata battezzata con il nome della Santa Margarita Marina. Questo non significa niente per te, s'intende, ma ti consiglierei di trattarmi con l'opportuno rispetto, poiché il Capitano Cortés mi tiene in grande considerazione, ed è fulmineo nel punire l'insolenza».

Risposi, gelido: «Allora ti consiglierei di dormire molto vicina al tuo Capitano Cortés, poiché, a una sola parola da parte mia, uno qualsiasi di questi Toltéca qui attorno ti affonderà volentieri una lama tra le costole alla prima disattenzione. Stai parlando con insolenza, in questo momento, al Signore Mixtli, che si è *meritato* lo -tzin apposto al suo nome. Schiava, tu puoi trarre in inganno gli uomini bianchi con le tue simulazioni di nobiltà. Puoi attrarli tingendoti i capelli come una maàtitl. Ma la tua gente ti vede esattamente quale sei: una bagascia dai capelli rossi che non ha venduto soltanto il proprio corpo all'invasore Cortés».

Questo riuscì a scuoterla e la indusse a dire, in tono difensivo: «Non dormo con il Capitano Cortés. Sono soltanto la sua interprete. Quando fummo donate dal Tabascoöb, io venni assegnata a quell'uomo». Indicò uno dei vice-comandanti che aveva cenato con noi. «Si chiama Alonso.»

«Te lo stai godendo?» domandai, asciutto. «A quanto ricordo del nostro precedente incontro, dicesti di odiare gli uomini e l'impiego che essi fanno delle donne.»

«Posso simulare *qualsiasi cosa*» disse lei. «Qualsiasi cosa che sia utile al mio scopo.»

«E qual è questo tuo scopo? Sono certo che la traduzione falsata udita da me non sia stata la prima. Perché inciti Cortés a recarsi a Tenochtìtlan?»

«Perché voglio andare laggiù. Te lo dissi, anni fa, quando ci incontrammo per la prima volta. Non appena arrivata a Tenochtìtlan non mi importerà di quello che potrà accadere agli uomini bianchi. Forse sarò ricompensata per averli portati là, ove Motecuzòma può schiacciarli come insetti. In ogni modo, sarò dove ho sempre voluto trovarmi, e verrò notata e conosciuta, e non mi occorrerà molto per divenire una nobildonna di fatto, oltre che di nome.»

«D'altro canto» le feci rivelare «se, per un qualche tiro del caso, gli uomini bianchi *non* venissero schiacciati, tu saresti ricompensata ancor meglio.»

Ella fece un gesto di indifferenza. «Voglio soltanto chiederti... supplicarti, se lo preferisci, Signore Mixtli... di non fare niente per impedire la possibilità che mi si offre. Concedimi soltanto il tempo di dimostrare la mia utilità per Cortés, affinché egli non debba privarsi del mio aiuto e dei miei consigli. Consentimi soltanto di arrivare a Tecnochtìtlan. Può importare poco a te, o al tuo Riverito Oratore, o a chiunque altro, ma importa molto a me.»

Feci una spallucciata e dissi: «Non devio dal mio cammino soltanto per schiacciare cimici. Non ostacolerò le tue ambizioni, schiava, a meno che, e fino a quando, non contrastino con gli interessi che devo tutelare».

Mentre Motecuzòma studiava il ritratto di Cortés e gli altri disegni che gli avevo consegnato, enumerai le persone e le cose da me contate:

«Compreso il comandante e i suoi numerosi ufficiali, vi sono cinque cento e otto combattenti. Quasi tutti sono armati con le spade e le lance di metallo, ma tredici di essi hanno inoltre gli archibugi che sparano fuoco, e trenta e due le balestre, e mi azzardo a supporre che anche tutti gli altri siano in grado di servirsi di queste armi speciali. Vi sono, inoltre, cento uomini che erano evidentemente i barcaioli delle dieci navi incendiate».

Motecuzòma porse, al di sopra della propria spalla, il fascio di carte di corteccia. Gli anziani del Consiglio, allineati dietro di lui, cominciarono a passarsele avanti e indietro.

Continuai: «Vi sono quattro sacerdoti bianchi. E numerose donne della nostra razza, donate agli uomini bianchi dal Tabascoöb di Cupìlco e da Patzìnca dei Totonàca. Vi sono sedici cavalli da sella e dodici giganteschi cani da caccia. Vi sono poi dieci cannoni che sparano lontano e quattro cannoni più piccoli. Come già ci era stato detto, Signore Oratore, rimane soltanto una nave ancora a galla nella baia, e a bordo di essa si trovano barcaioli, ma non ho potuto contarli».

Due anziani del Consiglio, due medici, stavano scrutando solennemente il mio ritratto di Cortés e conferivano tra loro con mormorii professionali.

Conclusi: «Oltre alle persone che ho menzionato, in pratica l'intera popolazione Totonàca sembra essere agli ordini di Cortés, e gli uomini lavorano come portatori, falegnami, muratori e così via... quando i sacerdoti bianchi non insegnano loro il modo di adorare la croce e l'immagine della Signora».

Uno dei due medici disse: «Signore Oratore, se mi è consentito fare un commento...». Motecuzòma lo autorizzò con un cenno del capo. «Il mio collega ed io abbiamo esaminato attentamente questo disegno della faccia dell'uomo Cortés, e gli altri disegni che lo mostrano intero.»

Motecuzòma disse, spazientito: «E immagino che, in quanto medici, vogliate dichiarare ufficialmente che si tratta di un uomo».

«Non soltanto questo, mio signore. Vi sono altri segni diagnostici. È impossibile dirlo con certezza, non avendo modo di visitarlo di persona. Ma sembra molto verosimile, a giudicare dalle deboli fattezze, dai capelli radi e dal corpo non ben proporzionato, che egli sia nato da una madre affetta dalla vergognosa malattia nanàua. Abbiamo veduto spesso le stesse caratteristiche nella progenie della classe inferiore delle maàtime.»

«Davvero?» esclamò Motecuzòma, rallegrandosi visibilmente. «Se le cose stanno in questo modo e la nanàua gli ha toccato il cervello, ciò potrebbe spiegare alcune delle sue azioni. Soltanto un pazzo avrebbe incendiato quelle navi, distruggendo così la sua sola possibilità di ritirata e di salvezza. E se un uomo consumato dalla nanàua è il *capo* degli stranieri, gli altri devono essere feccia dall'intelletto ancora più debole. Inoltre tu, Mixtzin, ci dici che le loro armi non sono così invincibilmente terribili come altri le hanno descritte. Sai, comincio a pensare che possiamo avere di gran lunga esagerato il pericolo costituito da questi visitatori.»

Motecuzòma divenne a un tratto più allegro di quanto lo avessi veduto da molto tempo, ma quella sua rapida transizione dalla tetraggine all'esultanza non mi indusse ad imitarlo. Fino a quel momento egli era stato dominato da un timore reverenziale nei confronti degli uomini bianchi, considerandoli dei, o messaggeri di dei, così da imporci di rispettarli, di propiziarceli, forse addirittura di sottometterci ad essi completamente. Ma ora, dopo avere ascoltato il mio rapporto e il parere dei medici, era altrettanto pronto a non attribuire alcuna importanza agli uomini bianchi, quasi non meritassero la nostra attenzione e la nostra preoccupazione. Tale atteggiamento mi sembrava pericoloso quanto l'altro, ma non potevo dirlo esplicitamente. Dissi invece:

«Forse Cortés è malato al punto della follia, Signore Oratore, ma un pazzo può essere ancor più minaccioso di un uomo sano di mente. Appena pochi mesi fa, quella feccia sconfisse facilmente circa cinquemila guerrieri nelle regioni degli Olmèca».

«Ma i difensori Olmèca non disponevano del nostro vantaggio.» Non fu Motecuzòma a parlare, ma il fratello di lui, il comandante degli eserciti, Cuitlàhuac. «Attaccarono gli uomini bianchi con l'antica tattica del combattimento ravvicinato. Invece, grazie a te, Signore Mixtli, noi sappiamo ora qualcosa delle capacità del nemico. Distribuirò alla maggior parte delle mie truppe archi e frecce. Potremo tenerci fuor di portata delle loro armi di metallo, potremo evitare le scariche delle loro poco maneggevoli armi che sputano fuoco e potremo far piovere su di essi un diluvio di frecce più rapidamente di quanto essi possano rispondere con i proiettili.»

Motecuzòma osservò, indulgente: «È logico che un capo militare parli di guerra. Ma io non vedo assolutamente alcuna necessità di battersi. Ci limiteremo a inviare al Signore Patzìnca l'ordine di fare sospendere ogni aiuto dei Totonàca agli uomini bianchi, e ogni rifornimento di viveri, di donne e d'altro. Gli intrusi si stancheranno presto di cibarsi soltanto dei pesci che riusciranno a catturare, di bere soltanto succo di noci di cocco, e di sopportare la calura della piena estate nelle Terre Calde».

Fu la Donna Serpente, Tlàcotzin, a contestare tale tesi. «Patzìnca non sembra affatto propenso a rifiutare qualsiasi cosa agli uomini bianchi, Riverito Oratore. I Totonàca non hanno mai esultato essendo nostri sudditi e dovendoci tributi. Potrebbero preferire questi nuovi dominatori.»

Uno degli inviati venuti con me sulla costa disse:

«Inoltre, gli uomini bianchi parlano di altri uomini bianchi, innumerevoli volte più numerosi, che vivono là da dove sono giunti costoro. Se ci battessimo contro questo gruppo e lo sconfiggessimo, o se lo costringessimo ad arrendersi per fame, come potremmo sapere quando verranno gli altri, o quanti saranno, o quali armi ancor più potenti potranno portare?»

La nuova allegria di Motecuzòma si era già alquanto dileguata. Gli occhi di lui sfrecciavano irrequieti qua e là, come se, inconsapevolmente, egli stesse cercando una via di scampo: non so se dagli uomini bianchi o dalla necessità di prendere una ferma decisione. Ma il suo sguardo si posò, in ultimo, su di me, ed egli disse: «Mixtzin, la tua irrequietudine tradisce impazienza. Che cosa vorresti dire?»

Risposi senza esitazione: «Bruciamo la sola nave rimasta degli uomini bianchi».

Alcuni dei presenti nella sala del trono esclamarono: «Cosa?» o «Vergogna!». Altri pronunciarono frasi come: «Attaccare i visitatori senza essere stati provocati?» o «Aprire le ostilità senza avere inviato i segnali della dichiarazione di guerra?». Motecuzòma li tacitò con un gesto violento e domandò, rivolto soltanto a me: «Perché mai?»

«Prima che ripartissimo dalla costa, mio signore, quella nave veniva caricata con l'oro fuso e con gli altri doni inviati da te. Presto si dirigerà, con le sue ali, verso il luogo chiamato Cuba, o verso il luogo chiamato Spagna, o forse andrà a riferire direttamente a quel Re Carlos. Gli uomini bianchi erano avidi d'oro, e i doni del mio signore, anziché saziarli, hanno soltanto aguzzato il loro appetito. Quella nave, se le sarà consentito di partire, con la prova che l'oro si trova qui, sarà la nostra condanna e più nulla potrà salvarci dall'inondazione di un numero sempre e sempre più grande di uomini bianchi avidi d'oro. Ma la nave stessa è fatta di legno. Manda soltanto pochi abili guerrieri Mexìca là nella baia, mio signore, di notte e con canoe. Fingendo di pescare alla luce di torce, potranno avvicinarsi quanto basta per incendiarla.»

«E poi?» Motecuzòma si morse il labbro. «Cortés e i suoi uomini rimarrebbero completamente isolati dalla loro patria. Marcerebbero *senza dubbio* sin qui... e di certo non con intenzioni amichevoli, dopo una simile azione ostile da parte nostra.»

«Riverito Oratore», dissi, stancamente, «verranno in ogni caso, qualsiasi cosa possiamo fare, o astenerci dal fare. E verranno con i mansueti Totonàca che mostreranno loro la strada, porteranno le provviste necessarie per il viaggio, e si accerteranno che sopravvivano all'attraversamento delle montagne e agli incontri con altri popoli lungo il cammino. Ma anche questo possiamo impedirlo. Ho studiato attentamente il terreno. Esistono soltanto poche vie possibili per portarsi dalla costa agli altipiani, e passano tutte attraverso strette e ripide gole. In quei luoghi angusti, i cavalli e gli archibugi e i cannoni degli uomini bianchi saranno quasi del tutto inutili e le loro corazze di metallo non potranno difenderli. Pochi abili guerrieri Mexìca, appostati su quei passi, senza altre armi all'infuori di macigni, potrebbero ridurre in poltiglia tutti loro, dal primo all'ultimo.»

Vi fu un nuovo coro di esclamazioni inorridite dalla mia proposta che i Mexìca attaccassero furtivamente, come selvaggi. Ma io continuai, parlando ancor più forte:

«Dobbiamo fermare questa invasione, con qualsiasi laido mezzo si renda più opportuno, o non ci rimarrà alcuna speranza di evitarne altre. L'uomo Cortés, essendo forse pazzo, ci ha facilitato il compito. Ha già bruciato dieci delle sue navi, lasciandone a noi soltanto una da distruggere. Se quella nave non tornerà mai dal Re Carlos, se nessun uomo bianco rimarrà vivo e in grado di costruire sia pur soltanto una zattera per fuggire, quel Re non saprà mai come sia finita la sua spedizione. Potrà credere che abbia viaggiato a non finire senza mai incontrare terra, o che sia scomparsa in qualche mare sconvolto da eterne tempeste, o che sia stata distrutta da un popolo formidabilmente potente. Possiamo sperare che egli non correrà mai il rischio di far partire altre spedizioni».

Seguì un lungo silenzio nella sala del trono. Nessuno voleva essere il primo a fare commenti, ed io mi sforzai di non tradire l'irrequietudine. Infine, fu Cuitlàhuac a dire: «Sembra un consiglio pratico, Signore Fratello».

«Sembra mostruoso» borbottò Motecuzòma. «Dapprima distruggere la nave degli stranieri, poi indurli ad avanzare nell'entroterra e infine sorprenderli indifesi con un attacco proditorio. Tutto ciò richiederà lunghe meditazioni e numerose consultazioni degli dei.»

«Signore Oratore!» dissi in tono incalzante, disperatamente. «La nave degli uomini bianchi potrebbe aprire le ali in questo stesso momento.»

«E ciò significherebbe» rispose lui, sordo a ogni ragione, «che gli dei vogliono farla partire. Sii così cortese da non agitarmi le mani sotto il naso in quel modo.»

In realtà le mie mani avrebbero voluto strozzarlo, ma le costrinsi a un semplice gesto di rassegnata rinuncia alla mia proposta.

Egli cogitò a voce alta: «Se Re Carlos non avesse più notizie dei suoi uomini e dovesse presumerli in difficoltà, non esiterebbe forse a inviare soccorritori o rinforzi. Forse innumerevoli navi con innumerevoli uomini bianchi. A giudicare dalla noncuranza con la quale Cortés ha incendiato dieci navi, sembrerebbe che Re Carlos ne abbia molte di riserva. Può darsi che Cortés sia soltanto la punta di una lancia già scagliata. Potrebbe essere la soluzione più assennata da parte nostra trattare prudentemente e pacificamente con Cortés, per lo meno fino a quando non saremo riusciti a stabilire fino a qual punto massiccia è la lancia dietro di lui». Motecuzòma si alzò, facendoci capire che eravamo congedati, e disse, mentre ci accingevamo ad andarcene: «Rifletterò su tutto ciò che è stato detto. Nel frattempo, invierò quimìchime nelle regioni dei Totonàca e in tutte le terre tra noi e loro, affinché mi tengano informato su ciò che fanno gli uomini bianchi».

Quimìchime significa topi, ma è anche il termine con il quale ci riferivamo alle spie. Gli schiavi di Motecuzòma comprendevano uomini di ogni nazione dell'Unico Mondo, ed egli si serviva spesso dei più fidati affinché spiassero per lui nei loro paesi, in quanto potevano infiltrarsi tra la loro gente e recarsi ovunque rimanendo del tutto anonimi. Naturalmente, io stesso avevo agito di recente come spia nella regione dei Totonàca, e svolto un'attività analoga anche in altre occasioni — persino in luoghi ove non sarei potuto passare per uno del posto — ma ero solo. Intere turbe di topi, come quelle che poteva mandare Motecuzòma, avrebbero agito in territori molto più estesi e portato un maggior numero di informazioni.

Motecuzòma riconvocò il Consiglio, e me stesso, al ritorno del primo quimìchi, per riferirci che l'ultima casa galleggiante degli uomini bianchi aveva effettivamente aperto grandi ali, dirigendosi a est e scomparendo al di là del mare. Sebbene sgomento venendo a saperlo, ascoltai il resto del rapporto, in quanto il topo aveva svolto un buon lavoro, osservando, ascoltando, e udendo persino numerose conversazioni tradotte.

La nave era partita con tutti i barcaioli occorrenti a bordo, nonché con un uomo distaccato dalle forze militari di Cortés, avente presumibilmente il compito di consegnare l'oro e gli altri doni e di presentare il rapporto ufficiale di Cortés al suo Re Carlos. Si trattava di quell'Alonso che aveva avuto come amante Ce-Malinàli, ma, naturalmente, partendo, non gli era stato possibile condurre con sé quella donna preziosa. La non percettibilmente addolorata Malìntzin — come tutti ormai la chiamavano — era subito divenuta la concubina, nonché l'interprete, di Cortés.

Con il suo aiuto, Cortés aveva tenuto un discorso ai Totonàca, dicendo che la nave sarebbe tornata con il decreto del Re per promuoverlo di grado. Ma egli intendeva anticipare la promozione e, sin da quel momento, assumeva il grado, anziché di mero Capitano, di Capitano-Generale. Sempre anticipando gli ordini del suo Sovrano, attribuiva un nuovo nome a Cem-Anàhuac, L'Unico Mondo. La regione costiera che già occupava, così si era espresso, e tutti i paesi che avrebbe scoperto in avvenire, sarebbero stati chiamati sin d'ora Capitanato Generale della Nuova Spagna. Naturalmente, questi termini spagnoli significavano ben poco per noi allora, specie così come li aveva riferiti il quimìchi con il suo accento totonàcatl. Ma sembrava abbastanza chiaro che Cortés — fosse egli deplorevolmente pazzo o incredibilmente audace, o, come io sospettavo, spronato dalla sua ambiziosa amante — si stava attribuendo regioni sconfinate e innumerevoli popoli che non aveva neppure ancora veduto, e tanto meno conquistato combattendo o con altri mezzi. Le regioni sulle quali egli affermava il proprio dominio comprendevano le nostre, e le popolazioni delle quali asseriva di essere sovrano includevano noi, i Mexìca.

Quasi mandando bava dalla bocca per l'offesa, Cuitlàhuac disse: «Se questa non è una dichiarazione di guerra, Riverito Fratello, non ne ho mai udite».

Motecuzòma osservò, incerto: «Non ha ancora mandato doni di guerra, o altri segnali di un'intenzione del genere».

«Vuoi forse aspettare che ti scarichi nell'orecchio uno di quei cannoni-tuono?» domandò con impertinenza Cuitlàhuac. «Ovviamente, ignora la nostra costumanza di dare debiti avvertimenti. Forse gli uomini bianchi lo fanno soltanto con parole di sfida e presuntuose, come quelle da lui pronunciate. Insegnamo dunque le buone maniere a quel villano rifatto. Mandiamogli i nostri doni di guerra, le armi e le bandiere simboliche. Poi portiamoci sulla costa e ricacciamo in mare quell'insopportabile spaccone!»

«Calmati, fratello» disse Motecuzòma. «Per il momento egli non ha infastidito nessuno in questi luoghi, tranne gli insignificanti Totonàca, e anche con essi si è limitato soltanto a chiacchiere. Per quanto mi concerne, Cortés può restare su quella spiaggia in eterno, e pavoneggiarsi e assumere atteggiamenti e fare vento da tutte e due le parti. Nel frattempo, finché non agirà sul serio, aspetteremo.»

I H S

✠

S. C. C. M.

*Alla Sacra, Cesarea, Cattolica Maestà,
l'Imperatore Don Carlos, Nostro Sovrano e Re:*

Stimata Maestà, nostro Regale Protettore: da questa Città di
Mexìco, capitale della Nuova Spagna, in questa vigilia della Festa della Trasfigurazione, nell'anno di Nostro Signore mille e
cinquecento e trenta e uno, saluti.

Poiché non abbiamo ricevuto dalla Trascendente Maestà Vostra ordine alcuno di desistere dalla compilazione di questa cronaca, e poiché con le pagine che seguono, essa ci sembra ora finalmente completa, e poiché anche lo stesso Azteco narratore
dichiara di non avere altro da dire, alleghiamo qui la parte ultima e conclusiva.

Gran parte della relazione dell'Indio sulla Conquista e su ciò
che ad essa seguì già familiare alla Onnileggente Maestà Vostra, grazie ai resoconti inviati, nel corso di quegli anni, dal Capitano-Generale Cortés e degli altri ufficiali i quali fecero la
cronaca degli eventi cui parteciparono. Tuttavia, se non altro, il
resoconto del nostro Azteco confuta alquanto la vanteria tediosamente ripetuta dal Capitano-Generale e secondo la quale soltanto «lui e un pugno di prodi soldati castigliani» conquistarono, senza alcun altro aiuto, tutto questo continente.

Al di là di ogni dubbio, ora che noi e voi, Sire, possiamo contemplare per intero questa storia, essa non è affatto ciò che la
Maestà Vostra dovette raffigurarsi quando il suo regale decreto
ne ordinò l'inizio. E non è certo necessario che riconfermiamo la
nostra insoddisfazione a causa di ciò che essa è risultata essere.
Ciò nonostante, se essa ha potuto sia pur minimamente informare il nostro Sovrano o essere stata, in una qualsiasi misura,
istruttiva grazie alla sua abbondanza di bizzarre minuzie e di
misteri, cercheremo di persuadere noi stessi che la nostra pazienza e sopportazione e le ardue fatiche dei nostri frati scrivani
non siano state del tutto uno sperpero. Preghiamo affinché la

861

Maestà Vostra, imitando il benevolo Re del Cielo, tenga conto non già del banale valore dei volumi accumulatisi, ma della sincerità con la quale noi ci accingemmo a questa fatica e dello spirito con il quale la offriamo, e che possa considerare essa e noi con benevola indulgenza.

Inoltre vorremmo domandare, prima di porre tramite all'impiego qui dell'Azteco, se la Maestà Vostra non desidera per caso che richiediamo da lui ulteriori informazioni o una qualche aggiunta al suo già voluminoso resoconto. In tal caso, faremo in modo che egli continui ad essere a nostra disposizione. Ma, se non volete ulteriormente servirvi dell'Indio, Sire, gradireste stabilire che cosa deve essere ora fatto di lui, o forse la Maestà Vostra preferirebbe che lo consegnassimo, semplicemente, a Dio affinché venga decretato ciò che gli spetta?

Nel frattempo, e sempre, che la Santa Grazia di Dio possa ininterrottamente indugiare nell'anima della Vostra Encomiabile Maestà, questa è l'ininterrotta preghiera del servo devoto della Vostra S.C.C.M.

(*ecce signum*) Zumàrraga

ULTIMA PARS

Come vi ho detto, reverendi scrivani, il nome del nostro undicesimo mese, Ochpanìztli, significava Spazzare la Strada. Quell'anno, il nome assunse un nuovo e sinistro significato, poiché proprio allora, verso il termine di quel mese, quando cominciarono a scrosciare gli acquazzoni della stagione delle piogge, Cortés iniziò la minacciata marcia nell'entroterra. Lasciati i barcaioli e alcuni dei suoi soldati come guarnigione nella cittadina di Villa Rica de la Vera Cruz, Cortés si diresse a ovest, verso le montagne, con circa quattro cento e cinquanta soldati bianchi e circa mille e trecento guerrieri Totonàca, tutti armati e in tenuta da combattimento. Un altro migliaio di uomini Totonàca serviva da tamémime per portare le armi di ricambio, i cannoni montati e i loro pesanti proiettili, le razioni da viaggio e così via. Tra questi portatori si trovavano numerosi topi di Motecuzòma, che si mettevano in comunicazione con altri quimìchime piazzati lungo la strada, tenendo così Tenochtìtlan informata sulla formazione della colonna e sul suo avvicinarsi.

Cortés precedeva tutti gli altri, dissero, con la splendente corazza di metallo e in sella alla cavalla che, ironicamente, ma affettuosamente, chiamava La Mula. L'altra sua compagna di sesso femminile, Malìntzin, portava la bandiera di lui e fieramente camminava di lato, in testa alla colonna. Soltanto pochi altri ufficiali avevano portato le loro donne, poiché anche i più umili soldati semplici bianchi prevedevano di ricevere in dono, o di prendersi, altre donne lungo il cammino. Ma erano stati portati tutti i cavalli e tutti i cani, sebbene i quimìchime riferissero che le cavalcature diventavano lente e goffe e riottose quando si trovavano sui sentieri di montagna. Inoltre, a quelle altezze, Tlaloc stava prolungando la sua stagione delle piogge, e gli acquazzoni erano gelidi, sospinti dal vento, talora misti a nevischio. I viaggiatori, zuppi e gelati, appesantiti dalle corazze, non si godevano di certo la marcia.

«*Ayyo!*» esclamò Motecuzòma, molto soddisfatto. «Trovano l'interno del paese non tanto ospitale come le Terre Calde. Ora manderò i miei stregoni affinché rendano loro la vita ancor più difficile.»

Cuitlàhuac disse, torvo: «È meglio che tu mi consenta di condurre là guerrieri, così da rendere loro la vita *impossibile*».

Motecuzòma rispose di nuovo no. «Preferisco conservare un'illusione di amicizia finché la finzione può servire ai nostri fini. Lascia che gli stregoni scaglino maledizioni su quella colonna e l'affliggano finché gli stranieri decideranno essi stessi di tornare indietro, senza sapere che si tratta di opera nostra. Lasciali riferire al loro Re che questa terra è malsana e impenetrabile, senza però fargli un rapporto negativo su di noi.»

Così, gli stregoni di corte si recarono a est, camuffati come comuni viaggiatori. Orbene, gli stregoni sono capaci di compiere moltre strane e mirabili cose, sottratte ai poteri della gente comune, ma gli ostacoli che posero sul cammino di Cortés risultarono miseramente inutili. Anzitutto, sul sentiero davanti alla colonna in marcia, tesero, tra i tronchi degli alberi, alcune sottili cordicelle e vi appesero carte azzurre sulle quali erano tracciati disegni misteriosi. Sebbene si supponesse che queste barriere fossero invalicabili da tutti tranne gli stregoni stessi, la cavalla Mula, in testa alla colonna, le spezzò senza alcuna difficoltà, e probabilmente né colui che la cavalcava, Cortés, né alcun altro, si accorse mai degli ostacoli. Gli stregoni fecero sapere a Motecuzòma non già che avevano fallito, ma che i *cavalli* possedevano qualche potere magico capace di rendere inutile quel particolare stratagemma.

Successivamente, gli stregoni si incontrarono in segreto con i quimìchime che viaggiavano insospettati insieme alla colonna e ordinarono a quei topi di mettere nelle razioni degli uomini bianchi un po' di linfa di ceiba e frutti tònaltin. La linfa dell'albero ceiba, quando viene ingerita da una persona, la rende talmente famelica da indurla a divorare voracemente qualsiasi cosa su cui riesca a mettere le mani e i denti, finché, in pochi giorni appena, essa diventa tanto obesa da non potersi più muovere. O almeno, così dicono gli stregoni; io non ho mai assistito a tale fenomeno. Ma è dimostrato che il frutto tonal causa fastidi, anche se di natura meno spettacolare. Il tonal è quella che voi chiamate pera spinosa, il frutto del cactus nopàli, e gli Spagnoli appena giunti non sapevano sbucciarlo con cura prima di affondarvi i denti. Pertanto, secondo quanto prevedevano gli stregoni, gli uomini bianchi sarebbero stati tormentati in modo intollerabile quando le minuscole e invisibili, ma dolorosissime spine, si fossero conficcate in modo irremovibile nelle loro dita e labbra e lingue. Il tonal ha inoltre un secondo effetto. Chiunque ne mangi la rossa polpa emette un'orina ancor più rossa, e un uomo, constatando di urinare quello che sembra essere sangue, rimane terrorizzato dalla certezza di essere affetto da una malattia mortale.

Se anche la linfa di ceiba fece ingrassare alcuni uomini bianchi, non li rese obesi al punto da rimanere immobilizzati. E se anche gli uomini bianchi imprecarono contro le spine dei tònaltin, o rimasero sgomenti urinando quello che sembrava essere sangue, nemmeno questo li fermò. Forse le loro barbe costituivano una certa protezione contro le punture e inoltre, per quello che ne so io, essi urinavano *sempre* rosso. Ma è molto più probabile che la donna Malìntzin, sapendo con quale facilità i suoi nuovi compagni potessero essere avvelenati, avesse sorvegliato attentamente quel che mangiavano, mostrando loro come sbucciare i tònaltin e spiegando che cosa avrebbero potuto aspettarsi in seguito. In ogni modo, gli uomini bianchi continuarono a procedere inesorabilmente verso ovest.

Quando i topi di Motecuzòma portarono la notizia dell'insuccesso degli stregoni, portarono anche un altro e più preoccupante rapporto. La colonna di Cortés stava attraversando i territori di numerose piccole tribù sulle montagne, tribù come i Tepeyahuàca, gli Xica, e altre ancora le quali non avevano mai docilmente versato tributi alla Triplice Alleanza. In ogni villaggio, i soldati Totonàca in marcia gridavano: «Venite! Unitevi a noi! Schieratevi con Cortés! Egli ci guida affinché possiamo liberarci dal detestato Motecuzòma!». E quelle tribù fornivano volentieri numerosi guerrieri. Così, sebbene ormai numerosi uomini bianchi venissero trasportati su lettighe perché feritisi cadendo dai loro incespicanti cavalli, e sebbene numerosi Totonàca delle pianure avessero rinunciato alla marcia una volta ammalatisi a causa dell'aria rarefatta di quelle altezze, la colonna di Cortés non si riduceva, ma andava crescendo di numero.

«Hai udito, Riverito Fratello!» tempestò Cuitlàhuac, rivolto a Motecuzòma. «Quelle creature osano addirittura vantarsi e affermare che stanno venendo qui ad affrontare *te personalmente*! Abbiamo ormai ogni pretesto per gettarci contro gli uomini bianchi, e questo è il momento di attaccare. Come ha predetto il Signore Mixtli, sono quasi indifesi su quelle montagne. Non dobbiamo temere né i loro animali, né le loro armi. Non puoi più dire *aspettiamo*!»

«Invece dico aspettiamo» rispose Motecuzòma, imperturbabile, «e ho le mie buone ragioni. Aspettando, risparmieremo molte vite.»

Cuitlàhuac ringhiò, letteralmente: «Dimmi: quando mai, nell'intero corso della storia, è stata *salvata* una sola vita?»

Motecuzòma parve irritato e rispose: «Bene, allora, intendo dire che non verrà inutilmente abbreviata la vita di alcun soldato Mexìca. Sappi questo, fratello: gli stranieri si stanno ora avvicinando al confine orientale del Texcàla, la nazione che ha, fino ad ora, respinto persino i più feroci attacchi di noi Mexìca. Quel paese non sarà più disposto a gradire un nemico di colore diverso, proveniente da una direzione diversa. Lascia che siano i *Texaltèca* a battersi contro gli invasori, e noi Mexìca ne approfitteremo sotto almeno due aspetti. Gli uomini bianchi e i loro Totonàca rimarranno senza dubbio sconfitti, ma io ritengo inoltre che i Texaltèca subiranno perdite tanto gravi da consentirci di attaccarli immediatamente dopo, per sconfiggerli, infine, una volta per sempre. E se, nel corso delle operazioni, dovessimo trovare uomini bianchi superstiti, potremmo soccorrerli e ospitarli. In tal caso ad essi sembrerebbe che ci siamo battuti al solo scopo di salvare loro. Ci saremmo assicurati, in tal caso, la gratitudine degli Spagnoli e quella di Re Carlos. Chi è in grado di dire quali ulteriori vantaggi potrebbero venircene? Pertanto continueremo ad aspettare».

Se Motecuzòma avesse confidato allo Uey-Tlatoàni del Texcàla, Xicotènca, quello che avevamo saputo delle capacità combattive e dei limiti degli uomini bianchi, i Texaltèca, saggiamente, li avrebbero attaccati in qualche punto tra le alte montagne così numerose nel loro paese. Invece, il figlio di Xicotènca, che comandava gli eserciti, Xicotènca il Giovane, decise di opporre resistenza in uno dei pochi luoghi pianeggianti del vasto Texcàla. Attenendosi alla tattica tradizionale, schierò le proprie truppe accingendosi a battersi in una delle consuete battaglie nelle quali entrambi gli avversari contrapponevano le loro forze, si scambiavano le prescritte formalità e si lanciavano gli uni contro gli altri per opporre forza umana a forza umana. A Xicotènca erano forse potute pervenire voci secondo le quali il nuovo avversario possedeva qualcosa di più della forza umana, ma non poteva sapere che quel nemico se ne infischiava delle tradizioni del nostro Unico Mondo e delle regole di guerra alle quali ci attenevamo.

Come ci venne riferito in seguito a Tenochtìtlan, Cortés uscì da un bosco al margine di quella pianura, guidando i suoi quattro cento e cinquanta soldati bianchi e gli ormai circa tre mila guerrieri dei Totonàca e di altre tribù, e venne a trovarsi di fronte, schierata sul lato opposto, una muraglia compatta di Texaltèca, almeno dieci mila; stando ad alcuni rapporti, erano trenta mila. Anche se Cortés avesse avuto la mente obnubilata dalla malattia, come si sosteneva, si sarebbe reso conto di quanto erano formidabili i suoi avversari. Indossavano le corazze imbottite, gialle e bianche. Sventolavano le loro tante bandiere di piume con l'aquila d'oro ad ali spiegate del Texcàla, o con l'emblema di Xicotènca, l'airone bianco. Minacciosamente facevano rullare i tamburi di guerra e soffiavano nei flauti emettendo lo stridulo fischio di guerra. Sulle lance e sulle maquàhuime balenavano i vividi riflessi della lucida e nera ossidiana assetata di sangue.

Cortés dovette augurarsi, allora, di avere alleati più validi dei Totonàca, con le loro armi fatte quasi esclusivamente di rostri di pesci spada e di ossa affilate, con i loro poco maneggevoli scudi che altro non erano se non carapaci di tartarughe marine. Ma, se anche Cortés si preoccupò, rimase calmo quanto bastava per tenere nascosta la sua arma più inconsueta. I Texaltèca videro soltanto lui e quegli uomini del suo esercito che erano appiedati. Tutti i cavalli, compresa la sua Mula, si trovavano ancora nel bosco e, a un ordine di lui, vi restarono, invisibili ai difensori del Texcàla.

Come imponeva la tradizione, numerosi Signori Texaltèca si fecero avanti dalle loro file, attraversarono la verde pianura tra i due schieramenti e cerimoniosamente offrirono le armi simboliche, i mantelli di piume e gli scudi, per dichiarare che esisteva lo stato di guerra. Cortés, deliberatamente, protrasse la cerimonia chiedendo che gli venisse chiarito il suo significato. E dovrei, a questo punto, far rilevare che Aguilar era ormai di rado necessario come interprete; la donna Malìntzin aveva deciso di imparare lo spagnolo ed era riuscita a fare rapidi progressi; in fin dei conti, il letto è il posto migliore per imparare qualsiasi lingua. Così, dopo avere ascoltato la dichiarazione Texaltèca, Cortés ne fece una sua, srotolando una pergamena e leggendola mentre Malìntzin traduceva le sue parole ai Signori in attesa. Posso ripeterla a memoria, poiché egli lesse lo stesso proclama dinanzi a ogni villaggio, cittadina, città e nazione che si opponessero al suo passaggio. Chiese anzitutto che lo si lasciasse avanzare, senza ostacolarlo, e poi disse:

«Ma se non ubbidirete, allora, con l'aiuto di Dio, avanzerò ricorrendo alla forza. Vi farò guerra con estrema violenza. Vi legherò al giogo dell'ubbidienza alla nostra Santa Chiesa e al nostro Re Carlos. Prenderò le vostre mogli e i vostri figli e li renderò schiavi, o li venderò, a seconda di come piacerà a Sua Maestà. Mi impadronirò di ciò che vi appartiene e vi farò tutto il male in mio potere, considerandovi sudditi ribelli che perfidamente rifiutano di sottomettersi al loro legittimo sovrano. Per conseguenza, tutto il successivo spargimento di sangue e ogni altra calamità, saranno attribuiti a voi, e non a Sua Maestà, o a me, o ai gentiluomini che militano ai miei ordini ».

È facile immaginare che i Signori Texaltèca non furono molto soddisfatti di sentirsi considerare sudditi di uno straniero né di sentirsi dire che difendendo la loro frontiera disubbidivano a uno straniero. Semmai, quelle parole altezzose acuirono il loro desiderio di una battaglia sanguinosa e di spargere più sangue che fosse possibile. Pertanto non risposero, ma voltarono le spalle e, a gran passi, ripercorsero il lungo tratto fino alla linea lungo la quale i loro guerrieri lanciavano grida di guerra sempre più forti e facevano fischiare i loro flauti e rullare i loro tamburi.

Ma quello scambio di formalità aveva dato agli uomini di Cortés tutto il tempo di riunirsi, di mettere in posizione i loro cannoni dalle grandi bocche, e i quattro più piccoli, e di caricarli non già con le palle che frantumavano case, ma con frammenti frastagliati di metallo, pezzi di vetro, ghiaia e così via. Gli archibugi vennero preparati, montati sui loro sostegni e puntati, e inoltre si approntarono le balestre. Cortés impartì rapidamente ordini, Malìntzin li ripeté ai guerrieri alleati, poi si affrettò ad andare a mettersi al sicuro, più indietro nella direzione dalla quale erano giunti. Cortés e i suoi uomini rimasero in piedi o inginocchiati, mentre altri, al riparo nei boschi, montarono a cavallo. Poi aspettarono tutti pazientemente, mentre il grande e compatto schieramento giallo e bianco all'improvviso si lanciava avanti e un nugolo di frecce saettava in alto attraverso lo spazio intermedio e lo schieramento stesso si risolveva in una corsa di migliaia di guerrieri che percuotevano gli scudi, ruggivano come giaguari, stridevano come aquile.

Né Cortés né alcun altro dei suoi uomini avanzarono per affrontarli come voleva la tradizione. Egli si limitò a gridare: « *Per Santiago!* » e il tuono dei cannoni fece sì che le urla e gli strepiti di guerra dei Texaltèca sembrassero lo stridere dei grilli nel temporale. Tutti i guerrieri della prima fila lanciata all'attacco vennero dilaniati e ridotti a frammenti d'ossa, brandelli di carne e schizzi di sangue. Gli uomini della fila successiva caddero, semplicemente, ma caddero morti, e senza alcuna ragione immediatamente manifesta, in quanto le pallottole degli archibugi e le corte frecce delle balestre scomparvero entro le loro spesse corazze imbottite. Poi si udì una diversa sorta di tuono, mentre i cavalleggeri uscivano dal bosco lanciati al galoppo e i cani per la caccia e i cervi correvano con loro. I soldati bianchi cavalcavano con le lance tenute orizzontalmente, infilzavano le prede come i *chili* vengono infilzati su uno spago, e quando le loro lance non poterono trapassare altri corpi, essi le lasciarono cadere, sguainarono le spade d'acciaio e vibrarono fendenti amputando mani e braccia e persino teste che volavano in aria. Inoltre i cani balzavano e laceravano e dilaniavano, e le corazze di cotone non proteggevano in alcun modo contro le loro zanne. I Texaltèca vennero comprensibilmente colti di sorpresa. Scossi, sgomenti e terrorizzati, perdettero l'impeto e la volontà di vincere; si dispersero, corsero qua e là, disperatamente servendosi delle loro armi di tanto inferiori, ma con scarsi risultati. Varie volte i loro cavalieri e i cuàchictin tornarono a raggrupparli, a schierarli e a guidarli in rinnovati attacchi. Ma ogni volta i cannoni, gli archibugi e le balestre, nuovamente preparati, scatenarono i terribili proiettili che squarciavano e perforavano, ancora e ancora contro le file dei Texaltèca, causando un'indicibile carneficina...

Ma non è necessario che riferisca ogni particolare di questa unilaterale battaglia; ciò che accadde quel giorno è ben noto. In ogni modo, posso parlarne soltanto in base a quanto mi venne narrato in seguito dai superstiti, anche se io stesso assistetti poi ad analoghi massacri. I Texaltèca fuggirono dal campo di battaglia, inseguiti dai guerrieri Totonàca di Cortés, che clamorosamente e vilmente esultavano per quella possibilità di partecipare a una battaglia nella quale dovevano soltanto infierire contro uomini in fuga. I Texaltèca lasciarono forse un terzo di tutte le loro forze sul campo, quel giorno, dopo avere inflitto al nemico soltanto perdite trascurabili. Un cavallo ucciso, credo, alcuni Spagnoli raggiunti dalle prime frecce e alcuni altri più gravemente feriti da colpi di maquàhuime, ma che non morirono né rimasero a lungo fuori combattimento. Quando i Texaltèca si furono sottratti con la fuga al combattimento, Cortés e i suoi uomini si accamparono proprio lì, nel campo di battaglia, per curarsi le poche ferite e festeggiare la vittoria.

Tenuto conto delle spaventose perdite subìte, va a merito del Texcàla il fatto che il paese non si fosse arreso immediatamente a Cortés. Ma i Texaltèca erano un popolo coraggioso, fiero e spavaldo. Sfortunatamente, riponevano una fiducia incrollabile nell'infallibilità dei loro veggenti e stregoni. Pertanto, a quei savi ricorse il comandante degli eserciti, Xicotènca, la sera stessa della sconfitta, ponendo la seguente domanda:

« Sono, questi stranieri, realmente dei, come si dice? Sono davvero invincibili? Esiste un qualche modo per sottrarsi alle loro armi che sputano fuoco? Dovrei fare uccidere altri prodi uomini combattendo ancora? »

I veggenti, dopo aver deliberato mediante i mezzi magici di cui si servivano, dissero quanto segue:

«No, non sono dei. Sono uomini. Ma il loro possesso di armi che sputano fiamma dimostra come abbiano, in qualche modo, imparato a servirsi dell'ardente potere del sole. Fino a quando il sole splende, dispongono della superiorità di queste armi. Ma quando il sole tramonta, nello stesso modo tramonta la forza che esso dà loro. Durante la notte non saranno altro che uomini comuni, in grado di servirsi soltanto delle armi comuni. Risulteranno vulnerabili come tutti gli altri uomini, e inoltre saranno stanchi a causa delle fatiche di questa giornata. Se vuoi sconfiggerli, devi attaccarli di notte. Stanotte. Questa stessa notte. Altrimenti, quando si leverà il sole, sorgeranno anch'essi e spazzeranno via i tuoi eserciti dal campo come vengono falciate le erbacce».

«Attaccare di notte?» mormorò Xicotènca. «È contro ogni costumanza. Vìola tutte le tradizioni di un leale combattimento. Tranne che nelle situazioni di assedio, nessun esercito ha mai combattuto durante la notte.»

I savi annuirono. «Per l'appunto. Gli stranieri non staranno in guardia, e non si aspetteranno alcun attacco. Fate l'inaspettato.»

I veggenti Texaltèca sbagliarono in modo calamitoso, come spesso sbagliano i veggenti, ovunque. Infatti, evidentemente, gli eserciti degli uomini bianchi devono combattere spesso di notte gli uni contro gli altri, e pertanto hanno l'abitudine di adottare precauzioni contro sorprese del genere. Cortés aveva piazzato sentinelle a distanza tutto attorno all'accampamento, uomini che restavano desti e all'erta mentre tutti i loro camerati dormivano in piena tenuta da battaglia, con le corazze, e le armi, già cariche, a portata di mano. Anche nelle tenebre, le sentinelle di Cortés scorsero facilmente l'avanzare dei primi esploratori Texaltèca che strisciavano sul ventre su terreno scoperto.

Non lanciarono alcun grido di allarme, ma tornarono furtive all'accampamento e, silenziosamente, destarono Cortés e tutti i suoi uomini. Nessun soldato si sollevò più che in posizione seduta o inginocchiata; nessuno fece il minimo rumore. Così, gli esploratori di Xicotènca andarono a riferirgli che l'intero accampamento sembrava indifeso, in quanto tutti gli uomini dormivano ignari. Quel che restava dell'esercito Texaltèca avanzò in massa, carponi, finché i guerrieri non vennero a trovarsi alla periferia dell'accampamento. Poi si alzarono per lanciarsi sul nemico addormentato, ma non ebbero neppure il modo di fare udire il loro grido di guerra. Non appena furono in piedi e divennero facili bersagli, la notte esplose con lampi e tuoni, si udì il sibilo dei proiettili... e l'esercito di Xicotènca venne spazzato via come si falciano le erbacce.

La mattina dopo, pur versando lacrime dagli occhi ciechi, Xicotènca il Vecchio inviò una ambasceria formata dai suoi più grandi nobili, con le bandiere quadrate, di rete d'oro, della tregua, per trattare con Cortés le condizioni di resa del Texcàla. Con vivo stupore degli inviati, Cortés non ostentò affatto i modi di un conquistatore, e li accolse con grande cordialità e apparente affetto. Per il tramite della sua Malìntzin, lodò il valore dei guerrieri Texaltèca. Si rammaricò per il fatto che essi, avendo frainteso le sue intenzioni, si fossero ritenuti in obbligo di difendersi. Infatti, disse, non voleva la resa del Texcàla e non l'avrebbe accettata. Era venuto nel loro paese sperando soltanto di essergli amico e di poterlo aiutare.

«So» disse, essendo stato senza dubbio bene informato da Malìntzin, «che per secoli avete subìto la tirannia dei Mexìca di Motecuzòma. Io ho liberato dalla schiavitù i Totonàca e alcune tribù. Ora intendo liberare anche voi dalla costante minaccia. Chiedo soltanto che il vostro popolo si unisca a me in questa santa e degna crociata e che voi mi forniate il maggior numero possibile di guerrieri per accrescere le mie forze.»

«Ma» esclamarono i nobili, esterrefatti, «abbiamo saputo che tu chiedi a tutti i popoli di giurare sottomissione al tuo monarca straniero e alla tua religione e che vuoi sostituire tutti i nostri venerabili dei con altri nuovi da adorare.»

Cortés fece un gesto ampio, come per smentire tutto ciò. La resistenza dei Texaltèca gli aveva per lo meno insegnato a trattarli con scaltra circospezione.

«Chiedo alleanza, non sottomissione» disse. «Quando da tutte queste terre sarà stato eliminato il perfido potere dei Mexìca, saremo lieti di esporvi i benefici del Cristianesimo e i vantaggi di un accordo con il nostro Re Carlos. Potrete allora valutare voi stessi se sia il caso di accettarli. Ma anzitutto ciò che più conta. Chiedete al vostro stimato sovrano se vorrà onorarci stringendoci la mano in segno di amicizia e fare causa comune con noi.»

All'anziano Xicotènca era stata appena riferita questa proposta dai suoi nobili quando a Tenochtìtlan ne fummo informati dai nostri topi. Apparve chiaro a noi tutti, riuniti nel palazzo, che Motecuzòma era scosso, sbigottito, infuriato dall'esito catastrofico delle sue previsioni e sconvolto sin quasi al panico dalla consapevolezza delle conseguenze che l'irrimediabile errore da lui commesso avrebbe potuto comportare. Era già abbastanza grave che i Texaltèca *non* avessero fermato in vece nostra gli invasori e non fossero neppure riusciti a ostacolarli. Era abbastanza grave che il Texcàla non si fosse offerto indifeso alla nostra conquista. Ma molto più serio era il fatto che gli stranieri non fossero minimamente scoraggiati o indeboliti; essi continuavano ad avanzare, continuavano a minacciarci. E, peggio ancora, gli uomini bianchi avrebbero ora ricevuto l'apporto della potenza e dell'odio dei nostri più antichi, più feroci e spietati nemici.

Dopo essersi ripreso, Motecuzòma pervenne a una decisione che era almeno un po' più energica della semplice «attesa». Fece venire il suo più intelligente messaggero veloce, gli riferì un messaggio e gli ordinò di correre immediatamente a ripeterlo a Cortés. Naturalmente, si trattava di un messaggio prolisso, espresso in un linguaggio complimentoso, ma essenzialmente diceva:

«Stimato Capitano-Generale Cortés, non fidarti degli sleali Texaltèca, disposti a dirti qualsiasi menzogna pur di assicurarsi la tua fiducia, ma soltanto per tradirti poi vergognosamente. Come potrai accertare tu stesso con facilità informandoti, la nazione Texcàla è un'isola circondata completamente e isolata dalle vicine nazioni che essa si è rese nemiche. Se degnerai i Texaltèca della tua amicizia sarai, al pari di loro, disprezzato ed evitato e respinto da tutte le altre nazioni. Ascolta il nostro consiglio. Abbandona gli indegni Texaltèca e unisciti invece alla possente Triplice Alleanza dei Mexìca, degli Acòlhua e dei Tecpanèca. Ti invitiamo a visitare la città nostra alleata di Cholòlan, situata a breve distanza più a sud di dove tu sei. Là sarai accolto con una grandiosa cerimonia di benvenuto, quale si addice a un ospite così illustre. Non appena avrai potuto riposarti, verrai scortato a Tenochtìtlan, come desideravi, ove io, lo Uey-Tlatoàni Motecuzòma Xocoyotzin, ansiosamente aspetto di abbracciare il mio amico e di rendergli ogni possibile onore».

Può essere che Motecuzòma intedesse esattamente ciò che diceva e fosse cioè disposto a capitolare fino al punto di concedere udienza agli uomini bianchi, riflettendo intanto su ciò che sarebbe dovuto essere fatto in seguito. Non lo so. Egli non confidò i suoi piani a me né ad alcun membro del Consiglio. So comunque una cosa: se fossi stato Cortés, avrei riso di un simile invito, specie con la scaltra Malìntzin pronta a interpretarmelo in modo più chiaro e succinto:

«Detestato nemico: rinuncia, per favore, agli alleati che ti sei appena assicurato, getta via le ulteriori forze che hai acquisito e fa a Motecuzòma il piacere di cacciarti stupidamente in una trappola dalla quale non uscirai mai più».

Ma, con mio stupore, poiché non conoscevo allora l'audacia di quell'uomo, Cortés rimandò indietro il messaggero veloce accettando l'invito e si recò *effettivamente* al sud per una visita di cortesia a Cholòlan; là venne accolto come un ospite importantissimo e gradito. Gli si fecero incontro, alla periferia della città, i due uomini che la governavano, il Signore di Ciò che È in Alto e il Signore di Ciò che È in Basso, e quasi tutta la popolazione civile, ma non un solo uomo armato. Quei due Signori, Tlaquìach e Tlachìac non avevano riunito i loro guerrieri, né si vedevano armi; tutto sembrava essere come aveva promesso Motecuzòma, pacifico e ospitale.

Ciò nonostante, Cortés, logicamente, non aveva ascoltato tutti i suggerimenti di Motecuzòma; si era guardato bene dal liberarsi dei propri alleati prima di recarsi a Cholòlan. Nel frattempo, il vecchio Xicotènca, dello sconfitto Texcàla, aveva accettato la proposta di Cortés di fare causa comune, affidando al suo comando ben dieci mila guerrieri Texaltèca — per non parlare di altri doni: numerose delle più avvenenti e nobili femmine Texaltèca da dividere tra gli ufficiali di Cortés, e persino un numeroso seguito di cameriere per servire personalmente la *Dama Una Erba*, o Malìntzin, o Doña Marina. Così Cortés arrivò a Cholòlan alla testa di quell'esercito di Texaltèca, e dei tre mila uomini reclutati tra i Totonàca e altre tribù, nonché, naturalmente, delle centinaia dei suoi soldati bianchi, con i cavalli e i cani e la sua Malìntzin e le altre donne che viaggiavano con la colonna.

Dopo aver salutato Cortés come si conveniva, i due Signori di Cholòlan osservarono timorosamente la moltitudine dei compagni di lui e umilmente gli dissero, per il tramite di Malìntzin: «Ubbidendo all'ordine del nostro Riverito Oratore Motecuzòma, questa città è disarmata e nessun guerriero la difende. Può ospitare Tua Signoria, le tue truppe personali e i tuoi servi, e sono state date disposizioni affinché voi tutti siate sistemati con ogni agio, ma non v'è semplicemente posto per i tuoi innumerevoli alleati. Inoltre, se ci consenti di menzionarlo, i Texaltèca sono i nostri nemici giurati, e ci sentiremmo quanto mai a disagio se dovessimo lasciarli entrare nella città... »

Pertanto Cortés, compiacente, impartì ordini affinché il suo più grande esercito di guerrieri indigeni rimanesse fuori della città, ma accampandosi tutto attorno ad essa, in modo da circondarla completamente. Cortés si sentiva senza dubbio sufficientemente al sicuro con tutte quelle migliaia di uomini così vicini e pronti ad accorrere qualora egli avesse avuto bisogno di aiuto. Pertanto, solamente lui e gli altri uomini bianchi entrarono a Cholòlan, marciando fieramente come nobili, o in sella ai loro cavalli, con torreggiante maestosità, mentre il popolino applaudiva e gettava fiori sul loro cammino.

Come era stato promesso, agli uomini bianchi vennero assegnati alloggi lussuosi — ove ogni semplice soldato bianco era trattato ossequiosamente quasi fosse stato un Cavaliere — ed ebbero servi e paggi, e donne per i loro letti, la notte. Tutti a Cholòlan, erano stati informati delle abitudini personali di quegli uomini e pertanto nessuno — nemmeno le donne costrette ad accoppiarsi con essi — fece mai commenti sul loro spaventoso fetore, e sul modo con il quale mangiavano, quasi fossero stati avvoltoi, né mai criticò il fatto che non si toglievano in nessuna occasione i sudici vestiti e gli stivali, che rifiutavano di fare il bagno e addirittura trascuravano di lavarsi le mani dopo essersi svuotati gli intestini e prima di sedere per i pasti. Durante quattordici giorni, gli uomini bianchi condussero il genere di esistenza che eroici guerrieri potrebbero sperar di trovare nel migliore degli aldilà. Furono loro offerti banchetti, ebbero octli in abbondanza, poterono ubriacarsi quanto volevano e abbandonarsi a qualsiasi sfrenatezza, si godettero le donne loro assegnate e vennero divertiti con musiche, canti e danze. E, dopo quei quattordici giorni, gli uomini bianchi uscirono e massacrarono ogni uomo, ogni donna e ogni bambino della città di Cholòlan.

Ricevemmo la notizia a Tenochtìtlan, probabilmente prima ancora che il fumo degli archibugi si fosse dissipato nella città, grazie ai nostri topi che andavano e venivano tra le file degli uomini di Cortés. Stando ad essi, il massacro era stato compiuto per istigazione della donna Malìntzin. Ella entrò una notte nella stanza del suo padrone — ospite del palazzo di Cholòlan — ove egli stava bevendo octli e sollazzandosi con numerose femmine. Allontanate queste ultime alzando la voce, Malìntzin avvertì Cortés di una congiura in corso. L'aveva scoperta, disse, conversando con le donne del mercato, dalle quali era stata ingenuamente scambiata per una prigioniera di guerra ansiosa di liberarsi dai bianchi che l'avevano catturata. Cortés e i suoi uomini venivano ospitati così prodigalmente, disse Malìntzin, per una sola ragione, per tranquillizzarli e fiaccarli mentre Motecuzòma, segretamente, mandava un esercito di venti mila guerrieri Mexìca a circondare Cholòlan. A un determinato segnale, ella soggiunse, i reparti Mexìca si sarebbero gettati sulle truppe indigene accampate intorno alla città, mentre la popolazione maschile all'interno dell'abitato si sarebbe armata per sterminare gli impreparati uomini bianchi. Accorrendo per rivelare il piano, disse inoltre Malìntzin, ella aveva veduto gli uomini della città incominciare già a raggrupparsi sotto le bandiere nella plaza centrale.

Cortés si precipitò fuori del palazzo con i suoi ufficiali, anch'essi lì alloggiati, e le loro grida di «Santiago!» fecero accorrere da altri alloggi i soldati, i quali respinsero le loro donne, posarono le coppe e afferrarono le armi. Come aveva detto Malìntzin, trovarono la plaza gremita di persone, molte delle quali con bandiere di piume, e tutte con vesti cerimoniali che poterono sembrare, forse, tenute da battaglia. Quelle persone lì riunite non ebbero il tempo di lanciare un grido di guerra, o di sfidare al combattimento — o di spiegare altrimenti la loro presenza — poiché gli uomini bianchi scaricarono all'istante le armi e, tanto fitta era la folla, le prime sventagliate di pallottole, di frecce e di altri proiettili falciarono tutti come erbacce.

Quando il fumo si dissipò un poco, gli uomini bianchi si resero forse conto che nella plaza si trovavano donne e fanciulli, oltre agli uomini, e forse si domandarono se la loro azione precipitosa fosse stata giustificata. Ma lo strepito fece accorrere i Texaltèca e i loro altri alleati, che dagli accampamenti sciamarono nella città. Furono questi ultimi, più perfidamente degli uomini bianchi, a imperversare nell'abitato e a massacrarne la popolazione senza pietà né discriminazioni, uccidendo persino i Signori Tlaquìach e Tlachìac. Alcuni uomini di Cholòlan corsero a prendere armi con le quali difendersi, ma erano talmente inferiori di numero e accerchiati che poterono soltanto battersi in un'azione ritardatrice mentre indietreggiavano su per le pareti inclinate della piramide di Cholòlan, grande come una montagna. Opposero l'ultima resistenza sulla sua sommità e, in ultimo, finirono con il trovarsi asserragliati all'interno del grande tempio di Quetzalcòatl. Per cui gli assedianti si limitarono ad ammonticchiare legna intorno al tempio, dopodiché appiccarono il fuoco e ridussero in cenere gli assediati.

Quasi dodici anni sono trascorsi, reverendi frati, da quando quel tempio venne incendiato e raso al suolo e le sue macerie furono disperse. Rimasero soltanto alberi e cespugli, lassù, ed ecco perché tanti di voi non sono più riusciti a credere in seguito, che la montagna *non* sia una montagna, ma una piramide eretta in tempi lontani da uomini. Naturalmente io so che essa è ora sormontata da qualcosa di più di cespugli o alberi. La sommità ove Quetzalcòatl e i suoi adoratori furono quella notte travolti è stata coronata, di recente, da una chiesa cristiana.

Quando Cortés arrivò a Cholòlan, la città era abitata da circa ottomila persone. Quando egli ripartì, era deserta. Ripeto che Motecuzòma non mi aveva confidato alcuno dei suoi piani. Per quanto ne so, poté effettivamente spostare di nascosto truppe verso quella città, e forse ordinò alla popolazione di sollevarsi nel momento in cui la trappola fosse scattata. Ma mi permetto di dubitarne. Il massacro ebbe luogo il primo giorno del nostro quindicesimo mese, chiamato Panquètzalìztli, che significa Il Fiorire delle Bandiere Piumate, e che veniva ovunque celebrato con cerimonie durante le quali la gente sventolava per l'appunto le bandiere.

Può darsi che la donna Malìntzin non avesse mai, prima di allora, partecipato a uno di quei festeggiamenti. Forse credette sinceramente, o erroneamente suppose, che la popolazione si stesse ammassando con bandiere di battaglia. Oppure inventò la «congiura», forse perché gelosa e risentita a causa delle attenzione prodigate da Cortés alle donne del posto. Comunque fosse stata indotta ad agire da un malinteso o dalla perfidia, ella riuscì a far sì che Cortés tramutasse Cholòlan in un deserto. E, se anche egli se ne rammaricò, non so se se ne rammaricò a lungo, in quanto l'episodio favorì il suo successo più ancora della sconfitta dei Texaltèca. Ho già detto di essere stato a Cholòlan e di aver trovato la gente laggiù assai meno che simpatica. Non mi importava affatto che la città continuasse ad esistere, e lo sterminio della sua popolazione non mi addolorò, a parte il fatto che l'episodio contribuiva ad accrescere la già grande fama di terribilità di Cortés. Infatti, quando la notizia del massacro a Cholòlan venne diffusa dai messaggeri veloci in tutto l'Unico Mondo, i capi e i condottieri militari di molte altre comunità cominciarono a riflettere sul corso degli eventi fino a quel giorno, in termini senza alcun dubbio come i seguenti:

«Dapprima gli uomini bianchi hanno tolto a Motecuzòma i Totonàca. Quindi hanno conquistato il Texcàla, impresa nella quale né Motecuzòma né alcuno dei suoi predecessori sono mai riusciti. Infine hanno eliminato gli alleati di Motecuzòma e Cholòlan, infischiandosene dell'ira e della vendicatività di lui. Comincia a sembrare che gli uomini bianchi siano più potenti anche dei da lungo tempo potentissimi Mexìca. Potrebbe essere opportuno, da parte nostra, schierarci con i più forti... finché possiamo ancora farlo spontaneamente».

Un potente nobile si regolò in questo modo senza alcuna esitazione: il Principe della Corona Ixtlil-Xochitl, legittimo sovrano degli Acòlhua. Motecuzòma dovette pentirsi amaramente di avere spodestato quel principe, tre anni prima, quando si rese conto che Fiore Nero non si era limitato a trascorrere quegli anni cogitando imbronciato nel suo rifugio tra le montagne, ma che aveva riunito guerrieri intorno a sé, preparandosi a rivendicare il trono di Texcòco. A Fiore Nero, la venuta di Cortés dovette sembrare un dono tempestivamente inviato dagli dei per favorire la sua causa. Egli calò dalla propria ridotta verso la devastata città di Cholòlan, mentre Cortés stava raggruppando la moltitudine dei suoi uomini e si preparava a proseguire la marcia verso ovest. Quando si incontrarono, Fiore Nero disse senza dubbio a Cortés come fosse stato maltrattato da Motecuzòma, e

Cortés, presumibilmente, gli promise di aiutarlo a vendicarsi. In ogni modo, la successiva brutta notizia pervenutaci a Tenochtìtlan fu che l'esercito di Cortés era stato rafforzato dal vendicativo Principe Fiore Nero e dalle sue svariate migliaia di guerrieri Acòlhua, superbamente addestrati.

Ovviamente, l'impulsivo e forse inutile massacro a Cholòlan era stato un colpo maestro per Cortés, ed egli doveva ringraziare la sua donna Malìntzin, quali che fossero potuti essere i moventi di lei per provocarlo. Ella aveva dimostrato una assoluta dedizione alla sua causa e l'ansia di aiutarlo a conseguire il suo destino, anche se ciò significava calpestare i cadaveri di uomini, donne e bambini di compatrioti. Da allora in poi, Cortés, pur continuando a far conto su di lei come interprete, l'apprezzò ancor più in quanto sua massima consigliera in fatto di strategia, fidatissima collaboratrice e fedelissima alleata. Può anche darsi che avesse finito con l'amare quella donna; nessuno lo seppe mai. Malìntzin aveva raggiunto le sue due ambiziose mete; si era resa indispensabile al proprio signore; e ora sarebbe andata a Tenochtìtlan, la meta da tempo sognata, con il titolo e tutti i diritti di una dama.

Orbene, può darsi che tutti gli avvenimenti da me riferiti si sarebbero svolti ugualmente anche se la piccola orfana Ce-Malinàli non fosse mai stata partorita dalla bagascia schiava del Coatlìcamac. Ed io posso avere un motivo personale per considerare con tanto disprezzo l'abietta dedizione di lei al proprio padrone e la sua vergognosa slealtà nei confronti del proprio popolo. Forse covavo un particolare odio nei suoi riguardi perché non riuscivo a dimenticare che aveva lo stesso nome di nascita della mia defunta ed era della stessa età che avrebbe avuto Nochìpa, per cui mi sembrava che il suo spregevole modo di agire si riflettesse, in qualche modo, sulla *mia* Ce-Malinàli, innocente e indifesa.

Ma, a parte i sentimenti personali, mi *ero* incontrato due volte con Malìntzin, prima che ella divenisse l'arma più perfida di Cortés, e ogni volta avrei potuto impedire questo. Quando ci eravamo conosciuti nel mercato degli schiavi, avrei potuto comprarla, ed ella si sarebbe accontentata di vivere nella grande città di Tenochtìtlan e di far parte della famiglia di un Cavaliere dell'Aquila dei Mexìca. Quando l'avevo riveduta nella regione Totònaca, ella era sempre schiava, apparteneva a un ufficiale privo di ogni importanza, e costituiva un semplice anello nella catena per interpretare le conversazioni. La sua scomparsa avrebbe causato soltanto un minimo di subbuglio ed io avrei potuto facilmente farla scomparire. Di conseguenza, per ben due volte mi sarebbe stato possibile modificare il corso della sua vita, forse anche il corso della storia, e non lo avevo fatto. Ma il fatto che ella avesse istigato il massacro di Cholòlan mi costringeva ora a rendermi conto della minaccia; sapevo che, prima o poi, l'avrei riveduta — a Tenochtìtlan, verso la quale ella aveva viaggiato per tutta la vita — e giurai a me stesso di fare in modo che la sua esistenza si concludesse laggiù.

Nel frattempo, immediatamente dopo aver ricevuto la notizia del massacro di Cholòlan, Motecuzòma aveva dato prova ancora una volta della sua irresolutezza inviando laggiù un'altra delegazione di nobili, guidata, questa, dalla sua Donna Serpente Tlàcotzin, Alto Tesoriere dei Mexìca, secondo soltanto allo stesso Motecuzòma. Tlàcotzin e i suoi nobili compagni precedevano una colonna di portatori nuovamente carichi d'oro e di molte altre ricchezze le quali non avevano lo scopo di consentire il ripopolamento della sfortunata città, ma soltanto quello di blandire Cortés.

Con questa mossa, ritengo, Motecuzòma rivelò l'estrema ipocrisia della quale era capace. O la popolazione di Cholòlan era stata del tutto innocente e non aveva meritato di essere annientata, oppure, se davvero si era accinta a ribellarsi a Cortés, aveva potuto soltanto ubbidire agli ordini segreti di Motecuzòma. Ma il Riverito Oratore, nel messaggio inviato a Cortés per il tramite di Tlàcotzin, incolpava i suoi alleati Cholòlan di avere ordito il dubbio «complotto» esclusivamente di loro iniziativa; asseriva di non averne mai saputo niente; li definiva «traditori nei confronti dell'uno e l'altro di noi due»; lodava Cortés per avere completamente e fulmineamente annientato i ribelli; ed esprimeva la speranza che il disgraziato evento non mettesse in pericolo la prevista amicizia tra gli uomini bianchi e la Triplice Alleanza.

Fu opportuno, credo, affidare il messaggio di Motecuzòma alla Donna Serpente, in quanto trattavasi di un capolavoro di contorsioni da rettile. Esso così continuava: «Ciò nonostante, se la perfidia di Cholòlan ha dissuaso il Capitano-Generale dall'avventurarsi oltre in regioni così pericolose e tra popolazioni così imprevedibili, noi capiremo la sua decisione di tornare indietro, pur rammaricandoci sinceramente di non aver potuto incontrarci faccia a faccia con il prode Capitano-Generale Cortés. Pertanto, poiché egli non verrà a farci visita nella nostra capitale, noi dei Mexìca gli chiediamo di accettare questi doni quale modesto sostitùto del nostro amichevole abbraccio e lo invitiamo a dividerli con il Re Carlos quando avrà fatto ritorno nel suo paese natìo.»

Seppi, in seguito, che Cortés a stento era riuscito a trattenere le risa quando questo messaggio trasparentemente ingannevole,

e ispirato da un pio desiderio, gli era stato tradotto da Malìntzin, e che egli aveva cogitato a voce alta: «Non vedo l'ora di incontrarmi faccia a faccia con un uomo che ha due facce». Ma
poi aveva risposto a Tlàcotzin:

«Ringrazio il tuo padrone per tanta premura, e per questi doni di ammenda, che accetto con gratitudine in nome di Sua
Maestà Re Carlos. Tuttavia» e a questo punto sbadigliò, come
ebbe a riferire Tlàcotzin, «le recenti complicazioni qui a Cholòlan non ci hanno preoccupato affatto.» Poi rise. «In base alla
valutazione di noi combattenti spagnoli, esse non sono state altro che una morsicatura di pulce, da grattare. Tu, mio signore,
non devi temere che abbiamo modificato la nostra decisione di
continuare con le esplorazioni. Seguiteremo a viaggiare verso
ovest. O potremo deviare qua e là, per visitare altre città, o nazioni disposte a schierarsi con le truppe al nostro seguito. Ma in
ultimo, questo è certo, il nostro viaggio ci porterà a Tenochtìtlan. Puoi promettere solennemente al tuo sovrano che ci incontreremo.» Rise di nuovo. «Faccia a faccia.»

Naturalmente, Motecuzòma aveva previsto che gli invasori
potessero non lasciarsi dissuadere e pertanto si era premurato di
suggerire alla sua Donna Serpente una nuova contorsione. «In
tal caso» disse Tlàcotzin «il nostro Riverito Oratore sarebbe lieto se il Capitano-Generale non ritardasse ulteriormente il suo arrivo.» Intendendo che Motecuzòma non *voleva* vederlo vagare a
suo piacimento tra i malcontenti popoli tributari, e forse assicu-
rarsene l'aiuto. «Il Riverito Oratore fa rilevare che in queste ar-
retrate e primitive province periferiche tu potresti soltanto avere l'impressione di trovarti tra genti barbare e non civilizzate.
Egli desidera che tu veda lo splendore e la magnificenza della
sua capitale, per poterti rendere conto del vero valore e delle
reali capacità del nostro popolo. Ti esorta a venire subito e direttamente a Tenochtìtlan. Ti guiderò io stesso in là, mio signore. E, poiché sono Tlàcotzin, e vengo subito dopo il sovrano dei
Mexìca, la mia presenza ti garantirà contro gli inganni o le imboscate di qualsiasi altro popolo.»

Cortés, con un ampio gesto, indicò le truppe schierate e in attesa tutto attorno a Cholòlan. «Non mi preoccupo eccessivamente per gli inganni e le imboscate, amico Tlàcotzin» disse significativamente. «Ma accetto l'invito del tuo signore nella capitale, e la tua cortese offerta di guidarci. Siamo pronti a met-
terci in cammino quando lo sarai tu.»

Era vero che Cortés aveva poco da temere in fatto di attacchi
aperti o furtivi, e che non doveva più continuare ad assicurarsi
nuovi guerrieri. I nostri topi calcolarono che, alla partenza da
Cholòlan, le truppe di cui disponeva ammontassero a circa ven-

timila uomini; v'erano inoltre circa ottomila portatori per l'equipaggiamento e i viveri dell'esercito. La colonna si estendeva per oltre due lunghe corse, e impiegava un quarto di giornata per lasciarsi indietro un qualsiasi determinato punto. Sia detto di sfuggita, ogni guerriero e ogni portatore avevano un'insegna la quale li proclamava appartenenti all'esercito di Cortés. Siccome gli Spagnoli continuavano a lagnarsi di «non riuscire a distinguere l'uno dall'altro i dannati Indios» e di non poter riconoscere, nella confusione della battaglia, amici e nemici, Cortés aveva ordinato a tutte le truppe indigene di adottare la stessa acconciatura: un'alta corona di erba mazàtla. Quando quell'esercito di venti e ottomila uomini cominciò ad avanzare nella direzione di Tenochtìtlan, riferirono i topi, esso somigliò, veduto da lontano, a un'immensa e ondulata radura erbosa magicamente in movimento.

Motecuzòma aveva probabilmente pensato di dire alla sua Donna Serpente che conducesse Cortés qua e là, senza meta e nella regione montuosa, fino a quando gli invasori fossero stati o disperatamente stanchi o irrimediabilmente smarriti e potessero essere abbandonati; ma, naturalmente, v'erano molti uomini tra gli Acòlhua e i Texaltèca, e le altre truppe, che ben presto si sarebbero resi conto dell'espediente. In ogni modo, a quanto parve, Motecuzòma ordinò *effettivamente* a Tlàcotzin, di non facilitare in alcun modo il viaggio, sempre, senza dubbio, nella speranza che Cortés, scoraggiato, potesse rinunciare alla spedizione. Tlàcotzin condusse la colonna a ovest, senza seguire alcuna delle più facili vie dei traffici lungo le vallate più basse: la guidò verso l'alto passo tra i vulcani Ixtaccìuatl e Popocatèpetl.

Come ho già detto, v'è neve a quelle altezze, anche nei giorni più caldi dell'estate. Quando la colonna passò di là, stava cominciando l'inverno. Se *era* probabile che qualcosa riuscisse a scoraggiare gli uomini bianchi, trattavasi del gelo che intorpidisce, dei venti ferocemente taglienti e dei grandi cumuli di neve che dovettero così affrontare. Ancor oggi, non so come sia il clima della vostra natia Spagna, ma Cortés e i suoi soldati avevano tutti trascorso anni a Cuba, un'isola che, a quanto mi risulta, è torrida e umida quanto tutte le nostre Terre Calde costiere. Pertanto, gli uomini bianchi, così come i loro alleati i Totonàca, non erano preparati, né attrezzati, per resistere ai freddi penetranti del gelido sentiero scelto da Tlàcotzin. Egli riferì in seguito, con soddisfazione, che gli invasori avevano sofferto terribilmente.

Sì, soffrirono, e si lamentarono, e quattro uomini bianchi perirono, così come due dei loro cavalli e parecchi cani per la caccia al cervo, e forse un centinaio dei Totonàca, ma tutti gli altri persistettero. In effetti, dieci degli Spagnoli, per dar prova del loro coraggio e della loro prodezza, deviarono brevemente dall'itinerario, con la dichiarata intenzione di scalare fino alla vetta il Popocatèpetl, per osservarne il cratere che fumava incenso. Non arrivarono sin lassù, ma d'altro canto non molti del nostro popolo vi sono mai riusciti, o si sono dati la pena di tentare. Gli scalatori tornarono a unirsi alla colonna, illividiti e irrigiditi dal gelo, e in seguito alcuni di loro perdettero qualche dito delle mani e dei piedi. Ma vennero molto ammirati dai loro camerati per aver compiuto il tentativo, e persino la Donna Serpente dovette a malincuore riconoscere che gli uomini bianchi, per quanto temerari, possedevano un coraggio e un'energia indomabili.

Tlàcotzin ci descrisse inoltre le loro espressioni molto umane di stupore, e timore reverenziale, ed esultanza, quando infine giunsero sul lato occidentale del passo e vennero a trovarsi sui pendii della montagna che dominano l'immenso bacino lacustre e la nevicata aprì per qualche momento il suo sipario, consentendo una visuale non ostacolata. In basso e più avanti si trovavano le collegate e multicolorate distese d'acqua, situate nella loro sconfinata conca di fogliame lussureggiante, di pulite e ordinate città e di diritte strade tra esse. Veduto così all'improvviso, dopo le ostili altezze che avevano appena attraversato, il vasto paesaggio sottostante non poteva non sembrare un giardino: piacevole e verdeggiante, con ogni sfumatura di verde, da quello delle fitte foreste a quello dei lindi frutteti, dei vari chinàmpa diversamente colorati e dei campi coltivati. Poterono contemplare, anche se soltanto in miniatura, le numerose città e cittadine lungo i diversi laghi, e le piccole comunità insulari che punteggiavano l'acqua. Distavano ancora almeno venti lunghe corse da Tenochtìtlan, ma la città bianco-argentea doveva splendere come una stella. Essi avevano viaggiato per mesi, dalle uniformi spiagge lungo la costa, valicando o aggirando innumerevoli montagne, attraversando burroni rocciosi e aspre vallate, e vedendo nel frattempo soltanto cittadine e villaggi insignificanti, per affrontare infine il passo formidabilmente squallido tra i vulcani. Poi, all'improvviso, i viaggiatori guardarono in basso e contemplarono una scena che — come ebbero a dire essi stessi — «sembrava un sogno... una meraviglia saltata fuori dai vecchi libri di fiabe».

Scendendo dai vulcani, i viaggiatori entrarono, naturalmente, nei dominii della Triplice Alleanza, e passarono per le regioni Acòlhua, ove si fece loro incontro, per salutarli, lo Uey-Tlatoàni Cacàmatzin, uscito da Texòco con uno stuolo imponente di signori e nobili e cortigiani e guardie. Anche se Cacàma, per ordine dello zio, tenne un cordiale discorso di benvenuto ai nuovi arrivati, credo che dovette sentirsi a disagio, venendo fissato irosamente dal detronizzato fratellastro Fiore Nero, che in quel momento si trovava di fronte a lui con un formidabile esercito di scontenti guerrieri Acòlhua ai propri ordini. Il confronto tra i due avrebbe potuto dar luogo seduta stante a una battaglia se, sia Motecuzòma, sia Cortés, non avessero severamente proibito qualsiasi contesa tale da turbare il loro incontro di grande importanza. Così, per il momento, tutto rimase esteriormente amichevole, e Cacàma condusse l'intera colonna a Texcòco per alloggiare le truppe e offrire rinfreschi e divertimenti prima che tutti proseguissero per Tenochtìtlan.

Tuttavia, non v'è dubbio che Cacàma provò un grande imbarazzo e si infuriò quando i suoi stessi sudditi gremirono le vie di Texcòco per accogliere il ritorno di Fiore Nero con applausi e grida di esultanza. Questo era già abbastanza offensivo di per sé, ma non occorse molto tempo prima che Cacàma dovesse sopportare l'insulto ancor peggiore della diserzione in massa. Durante il paio di giorni trascorsi dai viaggiatori in quella città, forse duemila uomini di Texcòco tirarono fuori le corazze da battaglia e le armi da tempo inutilizzate e, quando i visitatori ripartirono, si misero in marcia con essi, un nuovo apporto di volontari alle truppe di Fiore Nero. Da quel giorno in poi, la nazione Acòlhua fu disastrosamente divisa. Una metà della popolazione rimase sottomessa a Cacàma, che *era* il Riverito Oratore, e come tale riconosciuto dagli altri governanti della Triplice Alleanza. L'altra metà si dichiarò fedele a Fiore Nero, che *sarebbe dovuto* essere il Riverito Oratore, per quanto si potesse deplorarlo per aver legato le proprie sorti agli stranieri, gli uomini bianchi.

Da Texcòco, la Donna Serpente Tlàcotzin condusse Cortés e la sua moltitudine intorno alla riva sud del lago. Gli uomini bianchi si stupirono a causa del «grande mare interno», e ancor più si meravigliarono per il sempre più evidente splendore di Tenochtìtlan, che era visibile da numerosi punti lungo il loro cammino e sembrava crescere in dimensioni e magnificenza man mano al loro avvicinarsi. Tlàcotzin condusse l'intera compagnia nel proprio vasto palazzo, situato nella cittadina di Ixtapalàpan, sul promontorio, e là tutti alloggiarono mentre lucidavano le spade, le corazze e i cannoni, mentre striglavano i cavalli, mentre pulivano, come più era possibile, le malconce uniformi, così da sembrare opportunamente imponenti compiendo l'ultima marcia sulla strada rialzata che conduceva alla capitale.

Nel frattempo, Tlàcotzin informò Cortés del fatto che la città, essendo costruita su un'isola, e già densamente popolata, non poteva ospitare nemmeno la sia pur più piccola parte delle migliaia dei suoi alleati. La Donna Serpente lasciò inoltre capire con chiarezza che Cortés non avrebbe dovuto avere così poco tatto da condurre con sé a Tenochtìtlan un ospite sgradito come Fiore Nero, né un'orda di truppe che, sebbene della nostra stessa razza, venivano da nazioni notoriamente ostili.

Cortés, avendo già veduto la città, per lo meno da lontano, difficilmente avrebbe potuto contestarne le limitazioni in fatto di disponibilità di alloggi, e inoltre era abbastanza disposto ad essere diplomatico nella scelta di coloro che lo avrebbero accompagnato. Ma impose alcune condizioni. Tlàcotzin doveva fare in modo che le sue truppe venissero distribuite e acquartierate lungo la sponda della terraferma, formando un arco estendentesi dalla strada rialzata sud alla strada rialzata più settentrionale, e sorvegliando così, in effetti, ogni via d'accesso alla città-isola e ogni via di uscita da essa. Egli avrebbe condotto con sé a Tenochtìtlan, oltre a quasi tutti i suoi Spagnoli, soltanto un numero simbolico di guerrieri delle tribù Acòlhua, Texaltèca e Totonàca. Inoltre doveva essergli garantito che questi guerrieri sarebbero potuti entrare nell'isola e uscirne in ogni momento, del tutto liberamente, affinché egli potesse servirsene come corrieri per mantenere i contatti con le truppe sulla terraferma.

Tlàcotzin accettò queste condizioni. Propose che parte delle truppe locali restasse ove già si trovavano, a Ixtapàlapan, vale a dire sulla strada rialzata meridionale; altre truppe potevano essere accampate intorno a Tlàcopan, vicino alla strada rialzata occidentale, e altre ancora a Tepeyàca, nei pressi della strada rialzata settentrionale. Pertanto Cortés scelse i soldati che avrebbe tenuto con sé come corrieri, fece partire le altre migliaia con le guide fornite da Tlàcotzin e ordinò a vari suoi ufficiali e soldati bianchi di assumere il comando di ognuno dei distaccamenti. Quando messaggeri veloci tornarono indietro da ognuno di essi, riferendo che si trovavano sul posto prescelto e si stavano accampando per essere disponibili fino a quando fosse stato necessario, Cortés disse a Tlàcotzin di essere pronto e la Donna Serpente avvertì Montecuzòma: gli emissari di Re Carlos e del Signore Iddio sarebbero entrati a Tenochtìtlan il giorno dopo.

✠

Era questo il giorno Due Case del nostro anno di Una Canna vale a dire l'inizio del vostro mese di novembre del vostro anno con il numero mille cinquecento e diciannove.

La strada rialzata sud aveva veduto ai suoi tempi molti cortei, mai però uno che causasse tanto inconsueto strepito. Gli

Spagnoli non avevano con sé strumenti musicali, non cantavano, né cantilenavano, né accompagnavano il loro passo di marcia con qualsiasi altra musica. Ma si udiva il cozzare, tintinnare e vibrare di tutte le armi che portavano, delle corazze d'acciaio che indossavano e dei finimenti dei loro cavalli. Sebbene il corteo procedesse a un'andatura cerimoniosamente lenta, gli zoccoli dei cavalli colpivano pesantemente le pietre di pavimentazione e le grandi ruote dei cannoni rombavano rumorosamente; per cui la strada rialzata vibrava in tutta la sua lunghezza, e l'intera superficie del lago, simile a una pelle di tamburo, amplificava il suono, e il rumore veniva echeggiato da tutte le lontane montagne.

Cortés precedeva tutti gli altri, naturalmente, in sella alla sua Mula, facendo sventolare su un'alta asta la bandiera della Spagna color sangue e oro, e Malìntzin, fieramente, camminava accanto al cavallo, con il vessillo personale del suo padrone. Dietro di loro venivano la Donna Serpente e gli altri signori Mexìca recatisi a Cholòlan. Seguivano i soldati spagnoli a cavallo, tenendo verticalmente le lance con vessilli sulle punte. Quindi sfilavano i circa cinquanta guerrieri scelti della nostra razza. Dietro ad essi marciavano i soldati spagnoli appiedati, con le balestre e gli archibugi in posizione di parata, le spade sguainate e le lance appoggiate con noncuranza a una spalla. In coda a questo gruppo ordinato, che marciava con un ritmo cadenzato e militaresco, veniva una turba di cittadini di Ixtapalàpan e di altre cittadine del promontorio, semplicemente curiosi di assistere allo spettacolo senza precedenti di soldati stranieri che entravano, senza essere in alcun modo ostacolati, nella città di Tenochtìtlan, fino a quel giorno inattaccabile.

A metà della strada rialzata, all'altezza del forte Acachinànco, si fecero incontro al corteo i primi ad accoglierlo ufficialmente: il Riverito Oratore Cacàmatzin di Texcòco, e molti nobili Tecpanèca di Tlàcopan, la terza città della Triplice Alleanza. Questi signori splendidamente vestiti precedettero il corteo, umili come schiavi, spazzando la strada rialzata con scope e spargendovi petali di fiori, fino al punto in cui essa si univa all'isola. Nel frattempo, Motecuzòma era uscito dal palazzo sulla sua più elegante portantina. Lo accompagnava uno stuolo numeroso e imponente dei suoi Cavalieri dell'Aquila, del Giaguaro e della Freccia, nonché tutti i signori e le dame della corte, compresi il qui presente Signore Mixtli e la mia dama Bèu.

Tutto era stato disposto in modo che il nostro corteo giungesse sul margine dell'isola — all'ingresso della città — contemporaneamente a quello degli stranieri. Là i due cortei si fermarono, a una ventina di passi l'uno dall'altro, e Cortés balzò giù dal cavallo, consegnando la bandiera a Malìntzin. Nello stesso momento, la portantina con tenda di Motecuzòma venne deposta al suolo dai portatori. Quando egli discese di tra le tendine ricamate, rimanemmo tutti sorpresi dal suo modo di vestire. Naturalmente egli portava il più vistoso dei suoi lunghi mantelli, quello fatto esclusivamente di baluginanti piume di colibrì, nonché una corona a ventaglio di piume di quetzal tototl, nonché molti medaglioni e monili della massima ricchezza. Ma non aveva i sandali dorati; era a piedi nudi, e nessuno di noi Mexìca rimase molto soddisfatto vedendo il Riverito Oratore dell'Unico Mondo manifestare questa umiltà, sia pure simbolica.

Lui e Cortés si fecero avanti dai rispettivi seguiti e, adagio, si diressero l'uno verso l'altro nell'intermedio spazio libero. Motecuzòma fece il profondo inchino per baciare la terra, e Cortés rispose con quello che so ora essere il saluto militare spagnolo. Com'era opportuno, Cortés offrì il primo dono, sporgendosi in avanti per mettere intorno al collo dell'Oratore un filo profumato di quelle che parvero essere perle inframezzate da fulgide gemme, un oggetto privo di valore, fatto di madreperla e vetro, risultò essere in seguito. Motecuzòma, a sua volta, mise al collo di Cortés una doppia collana fatta delle più rare conchiglie marine e festonata con alcune centinaia di ciondoli d'oro massiccio finemente lavorati a forma di vari animali. Il Riverito Oratore pronunciò poi un lungo e fiorito discorso di benvenuto. Malìntzin, con una delle bandiere straniere in ciascuna mano, audacemente si fece avanti per mettersi al fianco del padrone e tradurre le parole di Motecuzòma, quindi quelle di Cortés, il cui numero risultò essere assai minore.

Motecuzòma tornò sulla portantina, Cortés risalì a cavallo e il corteo di noi Mexìca precedette quello degli Spagnoli attraverso la città. Gli uomini in cammino presero a marciare un po' meno ordinatamente, urtando uno contro l'altro e pestandosi i piedi, mentre contemplavano intorno a sé, con gli occhi spalancati, la gente ben vestita lungo le strade, i begli edifici, i giardini pensili. Nel Cuore dell'Unico Mondo, i cavalli stentarono a mantenere l'equilibrio sulla lucida pavimentazione in marmo di quell'immensa plaza; Cortés e gli altri cavalieri dovettero smontare e condurli per le briglie. Passammo accanto alla Grande Piramide e voltammo a destra, verso l'antico palazzo di Axayàcatl, ove un lussuoso banchetto era stato preparato per tutte quelle centinaia di visitatori e per le centinaia di noi che li avevamo accolti. Dovevano esservi, parimenti, altrettante centinaia di cibi diversi, serviti su migliaia di vassoi di lacca intarsiati in oro. Mentre prendevamo posto intorno alle tovaglie, Motecuzòma condusse Cortés sulla pedana predisposta per loro, dicendo:

«Questo era il palazzo di mio padre, uno dei miei predecessori come Uey-Tlatoàni. È stato scrupolosamente pulito arredato e decorato per essere degno di ospiti così illustri. Contiene appartamenti di varie stanze per te, per la tua dama» pronunciò quest'ultima parola con un certo disgusto «e per i tuoi più alti ufficiali. Vi sono inoltre vasti e confacenti alloggi per tutti gli altri del tuo seguito. C'è qui un numero sufficiente di schiavi per servirvi e cucinare per voi e provvedere ad ogni vostra necessità. Il palazzo sarà la tua residenza fino a quando ti tratterrai in questi luoghi».

Io credo che qualsiasi altro uomo, tranne Cortés, in una situazione così equivoca, avrebbe rifiutato tale offerta. Cortés sapeva di essere ospite lì soltanto perché lo aveva voluto lui stesso, sapeva di essere considerato, più probabilmente, uno sgradito aggressore. Decidendo di risiedere in quel palazzo, sia pure con trecento dei suoi soldati sotto lo stesso tetto, il Capitano-Generale si sarebbe trovato in una situazione di gran lunga più pericolosa di quella nel palazzo di Cholòlan. Qui, si sarebbe trovato continuamente sotto gli occhi di Motecuzòma, e alla portata di Motecuzòma, qualora la mano del suo anfitrione, mal volentieri tesa in amicizia, avesse deciso di afferrare o stringere. Gli Spagnoli sarebbero stati prigionieri — senza catene, ma prigionieri — nella stessa città-fortezza di Motecuzòma; la città appollaiata su un'isola, l'isola circondata da un lago, il lago circondato da tutte le città, da tutti i popoli e gli eserciti della Triplice Alleanza. Finché Cortés fosse rimasto nella città, i suoi alleati non si sarebbero trovati a portata di voce, e, anche se egli avesse potuto chiamarli, i rinforzi avrebbero forse incontrato difficoltà per accorrere al suo fianco. Cortés doveva aver notato, infatti, percorrendo la strada rialzata sud, che i numerosi passaggi per le canoe sormontati da un ponte sarebbero potuti facilmente essere interrotti, rendendola intransitabile. E doveva aver supposto che anche le altre strade rialzate della città fossero costruite nello stesso modo, come infatti erano, naturalmente.

Il Capitano-Generale avrebbe potuto dire con tatto a Motecuzòma che preferiva risiedere sulla terraferma e di là venire nella città quando ciò fosse stato reso necessario dai loro colloqui. Ma non disse alcunché di simile. Ringraziò Motecuzòma per l'ospitale offerta e l'accettò, come se il palazzo gli fosse né più né meno dovuto e come se egli non avesse voluto prendere sia pur soltanto in considerazione l'eventualità di pericoli occupandolo. Sebbene io non provi alcun affetto per Cortés, e non ammiri affatto la sua astuzia e i suoi inganni, devo ammettere che, di fronte al pericolo, egli agì sempre senza esitazioni, con un'audacia che sfidava quanto altri uomini definiscono buon senso. Forse sentivo che io e lui avevamo temperamenti molto simili poiché, nel corso della mia vita, ho anch'io corso spesso audaci rischi che gli uomini « ragionevoli » avrebbero evitato, considerandoli pazzeschi.

Ciò nonostante, Cortés non affidò esclusivamente al caso la propria sopravvivenza. Prima di trascorrere la prima notte nel palazzo con i suoi uomini, ordinò a questi ultimi di issare sul tetto quattro dei cannoni — noncurante se le manovre necessarie distrussero quasi completamente il giardino pensile appena creato lassù per il suo diletto — e li fece piazzare in modo che puntassero verso ogni via di accesso all'edificio. Inoltre, quella notte e ogni altra notte, soldati armati con archibugi carichi andarono ininterrottamente avanti e indietro sul tetto a terrazza e intorno al palazzo al pianterreno.

Nei giorni che seguirono, Motecuzòma condusse personalmente gli ospiti a visitare la città, accompagnato dalla Donna Serpente o da altri membri del Consiglio, da un certo numero di sacerdoti della corte — le sue espressioni erano di estrema disapprovazione — e da me. Io facevo sempre parte del gruppo, in seguito alle insistenze di Motecuzòma, poiché lo avevo messo in guardia sulla scaltra tendenza di Malìntzin a tradurre erroneamente. Cortés si ricordò di me, come aveva detto, ma apparentemente senza alcun rancore. Sorrise il suo sottile sorriso, quando venimmo presentati, e accettò abbastanza amabilmente la mia compagnia, e si espresse avvalendosi tanto di me, come interprete, quanto della sua donna. Anch'ella mi riconobbe, naturalmente, ma con manifesto odio, e non mi rivolse mai la parola. Quando il suo padrone decideva di servirsi di me, ella mi fissava irosamente, come se stesse aspettando soltanto il momento propizio per farmi mettere a morte. Be', non a torto, pensavo. Era quanto io mi proponevo di fare con lei.

In quelle passeggiate nella città, Cortés era sempre accompagnato dal suo comandante in seconda, il grosso Pedro Alvarado dai capelli color fiamma, da quasi tutti i suoi altri ufficiali, nonché, naturalmente, da Malìntzin, e da due o tre dei suoi sacerdoti, che sembravano bisbetici come i nostri. Di solito eravamo seguiti, inoltre, da un gruppo di soldati semplici, anche se altri gruppi di quegli uomini potevano girovagare nell'isola per loro conto, mentre i guerrieri indigeni della loro stessa compagnia preferivano non allontanarsi dalla sicurezza dei loro alloggi al palazzo.

Come ho detto, questi guerrieri portavano adesso la nuova acconciatura ordinata da Cortés; sembrava un ciuffo di alta e flessibile erba che crescesse nel cocuzzolo della loro testa. Ma anche i soldati spagnoli, dall'ultima volta che li avevo veduti, sfoggiavano un nuovo ornamento sugli elmi. Ognuno di essi portava una curiosa fascia, color cuoio chiaro, intorno alla cupola dell'elmo di acciaio, subito sopra l'orlo a flangia. Non era particolarmente decorativa, né serviva ad alcuno scopo apparente, per cui, in ultimo, mi informai al riguardo e uno degli Spagnoli, ridendo, mi spiegò di che si trattava.

Durante la mischia a Cholòlan, mentre i Texàlteca stavano indiscriminatamente massacrando in massa gli abitanti della città, gli Spagnoli avevano preferito andare in cerca delle femmine con le quali si erano divertiti durante i quattordici giorni di baldoria; quasi tutte queste donne o fanciulle erano state trovate ancora nei loro alloggi, tremanti di paura. Persuasi che quelle femmine si fossero accoppiate con loro per fiaccarli, gli Spagnoli vollero vendicarsi in un modo unico. Afferrarono le donne e le fanciulle, le spogliarono denudandole completamente, abusarono un'ultima volta di alcune di esse. Poi, nonostante le loro grida e le loro suppliche, i soldati le immobilizzarono e, con affilati coltelli d'acciaio, incisero e staccarono dall'inguine di ogni femmina un lembo di pelle grande quanto una mano, contenente l'apertura ovale della tipìli. Lasciarono lì, a dissanguarsi a morte, le donne così mutilate e private del sesso, e se ne andarono. Presero i lembi di pelle ancor caldi, simili a borse, e ne tesero gli orli intorno ai pomi delle loro selle. Quando quei tessuti si furono essiccati, ma continuarono ad essere duttili, li forzarono sui loro elmi, ciascuno con la piccola perla xacapìli — vale a dire la raggrinzita cartilagine che *era stata* una tenera xacapìli — sul lato anteriore. Non so se i soldati ostentassero quei trofei come un macabro scherzo, o per ammonire altre femmine traditrici.

Tutti gli Spagnoli commentarono con approvazione la vastità, la popolosità, lo splendore e la pulizia di Tenochtìtlan, paragonandola ad altre città che avevano visitato. I nomi di queste altre città non significavano niente per me, ma sono forse noti a voi, reverendi frati. Gli ospiti dissero, ad esempio, che Tenochtìtlan era più estesa di Valladolid, più popolata di Siviglia, affermarono che i suoi edifici erano *quasi* magnifici quanto quelli della Santa Roma, che i suoi canali ricordavano Amsterdam o Venezia, che l'aria e l'acqua erano più pure di quelle di *qualsiasi* altra città. Le nostre guide si astennero dal far rilevare che gli effluvi degli Spagnoli diminuivano in misura considerevole tale purezza. Sì, i nuovi arrivati rimasero assai colpiti dall'architettura, dalle decorazioni e dall'ordine della nostra città, ma sapete che cosa li colpì soprattutto? Che cosa li indusse alle più sonore esclamazioni di meraviglia e di stupore?

I nostri impianti igienici.

Era chiaro che molti di quegli uomini avevano viaggiato in lungo e in largo nel loro Antico Mondo, ma era altrettanto chiaro che in nessun altro luogo avevano veduto locali chiusi in cui le persone potessero provvedere ai loro bisogni corporali. Li stupì moltissimo trovare questi stanzini nel palazzo che occupavano, ma rimasero meravigliati fino al mutismo quando li conducemmo a vedere la piazza del mercato di Tlatelòlco e là trovarono *latrine pubbliche* predisposte anche per la gente comune: i venditori e gli acquirenti. Non appena gli Spagnoli le videro, ognuno di essi, compreso lo stesso Cortés, *dovettero* semplicemente entrarvi e liberarsi. Altrettanto fece Malìntzin, in quanto impianti del genere non esistevano nella sua retrograda regione natia, il non civilizzato Coatlìcamac, così come, evidentemente, non esistono nella Santa Roma della Spagna. Fino a quando Cortés e i suoi uomini rimasero nell'isola, ma anche fino a quando esistette la piazza del mercato, quelle pubbliche latrine continuarono ad essere le attrattive più ammirate e più frequentemente visitate che l'intera città di Tenochtìtlan potesse offrire.

Mentre gli Spagnoli rimanevano incantati dalle nostre latrine con acqua corrente, i medici Mexìca imprecavano contro quegli stessi impianti igienici, poiché ardentemente desideravano procurarsi un campione dell'urina di Cortés. E, se gli Spagnoli si comportavano come bambini con un giocattolo nuovo, quei medici si stavano comportando invece come topi quimìchime, in quanto seguivano continuamente Cortés, o facevano capolino all'improvviso da ogni angolo. Cortés non poté fare a meno di notare quegli anziani individui che lo spiavano e lo sbirciavano ovunque egli potesse recarsi in pubblico. Infine egli domandò chi fossero, e Motecuzòma, segretamente divertito dalle loro manovre, rispose soltanto che si trattava di medici i quali vigilavano sulla salute del loro più onorato ospite. Cortés fece una spallucciata e non disse altro, anche se, sospetto, cominciò ad essere del parere che tutti i nostri medici fossero più pateticamente malati di qualsiasi paziente potessero visitare. Naturalmente, ciò cui i medici miravano, ma senza essere sottilmente abili al riguardo, era il tentativo di avere una conferma delle loro precedenti deduzioni, che cioè l'uomo bianco Cortés fosse realmente affetto dalla malattia nanàua. Cercavano di misurare con gli occhi la significativa curvatura dei femori di lui, cercavano di avvicinarsi abbastanza per udire se respirasse con il caratteristico suono nasale, o di vedere se sui suoi incisivi si trovassero le intaccature rivelatrici.

Io stesso cominciai a trovarli imbarazzanti e fastidiosi, avendoli continuamente tra i piedi durante le nostre passeggiate nella città, o vedendoli inaspettatamente saltar fuori nei luoghi più impensati. Quando, un giorno, inciampai letteralmente contro un anziano medico accovacciato per osservare le gambe di Cortés, irosamente mi appartai con lui e gli dissi: «Se anche non osi chiedere di essere autorizzato a visitare l'eminente uomo bianco, senza dubbio riuscirai a escogitare un pretesto per visitare la sua donna, che è una di noi».

«Non servirebbe a niente, Mixtzin» rispose il medico, in tono afflitto. «Ella non può essere stata contagiata dai loro rapporti. La nanàua può essere trasmessa a un compagno sessuale soltanto nei suoi primi stadi, vistosamente evidenti. Se, come sospettiamo, l'uomo è nato da una madre malata, allora egli non può essere pericoloso per qualsiasi donna, anche se potrebbe farle concepire un bambino malato. Noi tutti siamo logicamente ansiosi di accertare se abbiamo giustamente diagnosticato la malattia di lui, ma non riusciamo ad accertarlo. Se soltanto egli non fosse così affascinato dagli impianti igienici, potremmo esaminarne l'urina per vedere se contiene tracce di chiatòzli...»

Dissi, esasperato: «Continuo a trovarvi dappertutto *tranne* che accosciati sotto di lui nelle latrine. Ti suggerirei, Signore Medico, di andare a ordinare al castaldo del loro palazzo che faccia smantellare l'impianto igienico riservato a quell'uomo, gli dica che è otturato, gli fornisca provvisoriamente un vaso e ordini alla schiava addetta alle pulizie di portarlo...»

«*Ayyo*, è un'idea brillante» esclamò il medico, interrompendomi, e si allontanò in gran fretta. Non venimmo più molestati durante le escursioni, ma non seppi mai se i medici avessero trovato qualche prova precisa del fatto che Cortés era affetto da quella malattia vergognosa.

Devo riferire che quei primi Spagnoli non ammirarono *tutto* di Tenochtìtlan. Non approvarono, e persino deplorarono, alcune delle cose che li conducemmo a vedere. Ad esempio, indietreggiarono di scatto vedendo la mensola dei teschi nel cuore dell'Unico Mondo. Parvero trovare disgustoso il fatto che noi volessimo conservare quelle reliquie di tante famose persone recatesi alla Morte Fiorita in quella plaza. Ma ho udito i vostri narratori spagnoli parlare di un eroe spagnolo di tanto tempo fa, El Cid, la cui morte venne tenuta segreta ai suoi nemici, mentre il cadavere ormai irrigidito di lui veniva incurvato a forza, in modo da poter essere posto in sella su un cavallo affinché guidasse l'esercito e gli facesse vincere l'ultima battaglia. Poiché voi Spagnoli avete tanto caro questo episodio, non riesco a capire come mai Cortés e i suoi compagni trovarono i teschi di importanti personaggi da noi esposti tanto più raccapriccianti dell'impiego fatto di El Cid dopo la sua morte.

Ma le cose che più ripugnavano agli uomini bianchi erano i nostri templi, con le prove in essi contenute dei molti sacrifici, sia recenti, sia di un lontano passato. Per far sì che gli ospiti potessero ammirare il più bel panorama possibile della città, Montecuzòma li condusse sulla sommità della Grande Piramide che, quando non si svolgevano cerimonie sacrificali, veniva sempre tenuta ben pulita e splendente all'esterno. Gli Spagnoli salirono su per la gradinata delimitata da bandiere, ammirando la grazia e l'immensità dell'edificio, i vividi dipinti e le decorazioni in oro battuto, poi ammirarono, tutto attorno, la visuale della città e del lago, sempre più vasta man mano che salivano. Anche i due templi in cima alla piramide erano splendenti all'esterno, ma internamente nessuno li aveva mai puliti. Poiché un accumulo di sangue significava un accumulo di venerazione, le statue, le pareti, i soffitti, i pavimenti, tutto era rivestito da uno spesso strato di sangue coagulato.

Gli Spagnoli entrarono nel tempio di Tlaloc, e all'istante, si precipitarono fuori con esclamazioni inorridite, conati di vomito e facce che esprimevano nausea. Fu quella la prima e l'unica volta in cui vidi gli uomini bianchi indietreggiare da un cattivo odore, o anche percepirlo, ma, in verità il fetore di quel luogo *era* peggiore del loro. Quando furono riusciti a dominare la nausea dei loro stomachi sconvolti, Cortés e Alvarado e il sacerdote Bartolomé entrarono di nuovo nel tempio e furono presi dalla furia allorché scoprirono che il vuoto interno della statua di Tlaloc era riempito, fino al livello della quadrata e beante bocca, di cuori umani ormai putrefatti con i quali il dio era stato nutrito. Cortés si adirò a tal punto che sguainò la spada e vibrò con essa un colpo formidabile alla statua. Riuscì soltanto a staccare un frammento di sangue secco dalla faccia di pietra di Tlaloc, ma si trattò di un insulto che fece boccheggiare Motecuzòma e i *suoi* sacerdoti per la costernazione. Tuttavia, Tlaloc non reagì come un fulmine devastatore, e Cortés dominò in qualche modo, la propria furia. Disse a Motecuzòma:

«Questo vostro idolo non è un dio. È una cosa malefica che noi chiamiamo demonio. Deve essere abbattuto e portato via e gettato nelle eterne tenebre. Consentimi di porre qui, al suo posto, la croce di Nostro Signore e un'immagine di Nostra Signora. Constaterai che questo demone non oserà protestare, e da ciò potrai renderti conto che è un essere inferiore, e che teme la Vera Fede, per cui voi tutti farete bene ad abiurare esseri così perfidi e ad accogliere le nostre vere e buone divinità».

Motecuzòma rispose, in tono sostenuto, che l'idea era impensabile, ma gli Spagnoli di nuovo vennero presi da convulsioni quando entrarono nell'adiacente tempio di Huitzilopòchtli; la cosa si ripeté, poi, allorché videro gli analoghi templi sulla più piccola piramide di Tlaltelòlco. Ogni volta Cortés espresse ripugnanza più energicamente e in termini sempre meno controllati.

«I Totonàca» disse «hanno eliminato dal loro paese questi laidi idoli, impegnandosi ad adorare Nostro Signore e la Sua Vergine Madre. Il mostruoso tempio-montagna di Cholòlan è stato raso al suolo. In questo stesso momento, alcuni dei miei frati stanno istruendo Re Xicotènca e la sua corte nelle benedizioni del Cristianesimo. Posso assicurarti che in nessuno di quei luoghi le antiche e demoniache divinità sono state rimpiante, sia pure con un piagnucolio. E posso giurarti solennemente che non lo saranno neppure le *vostre*, quando ve ne libererete!»

Motecuzòma rispose, ed io tradussi, facendo del mio meglio per comunicare il tono gelido delle sue parole: «Capitano-Generale, tu sei qui mio ospite, e un ospite dalle buone maniere non deride la fede religiosa del suo anfitrione, non più di quanto ne schernirebbe i gusti in fatto di vesti o di donne. Inoltre, sebbene tu sia mio ospite, la grande maggioranza del mio popolo non sopporta di dover essere troppo ospitale nei tuoi riguardi. Se tenterai di eliminare i nostri dei, i sacerdoti si solleveranno contro di te, e, in fatto di religione, i sacerdoti possono annullare i miei stessi ordini. Il popolo ascolterà i sacerdoti, non me, e tu potrai ritenerti fortunato se, insieme ai tuoi uomini, sarai semplicemente scacciato vivo da Tenochtìtlan».

Persino l'insolente Cortés si rese conto che gli veniva aspramente ricordata la sua debole situazione; si astenne dall'insistere oltre, e mormorò parole di scusa. Al che Motecuzòma si raddolcì un poco a sua volta e disse:

«Tuttavia, cerco di essere un uomo giusto e un anfitrione generoso. Mi rendo conto che voi Cristiani non avete un luogo, qui, in cui adorare i vostri dei, e non mi oppongo a che lo abbiate. Ordinerò che il piccolo Tempio dell'Aquila, nella grande plaza, venga sgombrato dalle statue, dalle pietre dell'altare e da tutto ciò che può essere offensivo per la vostra fede. I tuoi sacerdoti potranno portarvi tutto ciò che loro necessita, e il tempio sarà il *vostro* tempio finché lo vorrete».

I nostri sacerdoti non approvarono, naturalmente, nemmeno questa piccola concessione agli stranieri, ma si limitarono a borbottare quando i preti bianchi presero possesso del piccolo tempio. Da allora in poi, in effetti, il Tempio dell'Aquila venne frequentato più di quanto fosse mai accaduto. I preti Cristiani sembravano celebrarvi Messe e altre funzioni ininterrottamente, dalla mattina alla sera, sia che fossero presenti o meno i soldati bianchi, poiché non poche persone del nostro stesso popolo, attratte dalla semplice curiosità, cominciarono ad assistere a quei riti. Ho detto del nostro popolo; in realtà, si trattava principalmente delle consorti degli uomini bianchi e dei guerrieri alleati di altre nazioni. Ma i preti bianchi si servirono di Malìntzin per tradurre le loro prediche ed esultarono quando molti di quei partecipanti pagani accettarono — sempre e soltanto incuriositi dalla novità della cosa — il sale e le spruzzatine e il nuovo nome del battesimo. In ogni modo, la temporanea concessione di quel tempio da parte di Motecuzòma dissuase temporaneamente Cortés dall'eliminazione violenta dei nostri antichi dei, come quella che era avvenuta per opera sua in altri luoghi.

Gli Spagnoli si trovavano a Tenochtìtlan da poco più di un mese, quando accadde qualcosa che avrebbe potuto scacciarli per sempre dalla città, e porbabilmente dall'intero Unico Mondo. Giunse, da parte del Signore Patzìnca dei Totonàca, un messaggero veloce; e, se egli si fosse presentato a Motecuzòma, come avrebbe fatto in passato, il soggiorno degli uomini bianchi sarebbe potuto terminare seduta stante. Il messaggero si presentò invece all'esercito Totonàca accampato sulla terraferma e venne accompagnato nella città da uno di quei guerrieri affinché ripetesse il proprio rapporto privatamente a Cortés. Egli riferì che gravi disordini si erano determinati sulla costa.

Ecco come stavano le cose: un esattore Mexìcatl di tributi, a nome Cuaupopòca, compiendo il consueto giro annuo nelle varie nazioni tributarie, accompagnato da un reparto di guerrieri Mexìca, prelevò il consueto tributo annuo degli Huaxtèca, anch'essi stabiliti sulla costa, ma più a nord dei Totonàca. Poi, in testa a una colonna di portatori Huaxtèca, arruolati per portare il loro stesso tributo a Tenochtìtlan, Cuaupopòca proseguì a sud ed entrò nella regione Totonàca, come aveva fatto ogni anno, da molti anni a quella parte. Ma, una volta giunto nella capitale, Tzempoàlan, si scandalizzò e si indignò constatando che i Totonàca non erano preparati al suo arrivo. Non esisteva alcun deposito di mercanzie pronte per essere portate via; non esistevano uomini del posto in attesa per fungere da portatori; e il Signore Patzìnca non disponeva nemmeno della consueta lista compilata per far sapere a Cuaupopòca in che cosa consisteva il tributo.

Essendo giunto dalle regioni interne situate al nord, Cuaupopòca non aveva saputo nulla della disavventura toccata ai funzionari della tesoreria mexìca che sempre lo precedevano, e ignorava completamente gli eventi successivi. Motecuzòma avrebbe potuto facilmente farlo avvertire, ma se n'era astenuto. Ed io non saprò mai se il Riverito Oratore, nell'incalzare dei tanti altri eventi, avesse semplicemente dimenticato di informarlo, o se avesse deciso di consentire che l'esattore dei tributi procedesse come sempre, soltanto per vedere che cosa *sarebbe* accaduto. Bene, Cuaupopòca cercò di fare il suo dovere. Pretese il tributo da Patzìnca, che fu servile, come sempre, ma si rifiutò di ubbidire, sostenendo di non essere più sottoposto alla Triplice Alleanza. Aveva nuovi padroni, uomini bianchi, che risiedevano in un villaggio fortificato, più avanti lungo la spiaggia. Patzìnca suggerì piagnucolosamente a Cuaupopòca di rivolgersi all'ufficiale bianco al comando laggiù, un certo Juan de Escalante.

Furente e disorientato, ma deciso, Cuaupopòca condusse i suoi uomini a Villa Rica della Vera Cruz, ma soltanto per esservi accolto con scherni in una lingua incomprensibile, ma in termini ovviamente offensivi. Così lui, un mero esattore di tributi, fece ciò che il potente Motecuzòma non aveva ancora mai fatto: protestò per essere trattato così sdegnosamente, e protestò in un modo strenuo, violento e decisivo. Cuaupopòca poté forse commettere uno sbaglio, ma lo commise grandiosamente, nel modo virile che ci si doveva aspettare dai Mexìca. Patzìnca ed Escalante commisero uno sbaglio ancor più grande provocandolo, poiché avrebbero dovuto essere consapevoli della loro vulnerabilità. In pratica, l'intero esercito dei Totonàca era partito con Cortés, insieme a quelle che erano praticamente tutte le forze di cui disponeva lo Spagnolo. Tzempoàlan era difesa soltanto da pochi uomini, e Vera Cruz non disponeva di una difesa molto migliore, in quanto la maggior parte della sua guarnigione consisteva di barcaioli rimasti lì semplicemente perché non esistevano navi che richiedessero i loro servigi.

Cuaupopòca, ripeto, era soltanto un modesto funzionario Mexìca. Io sono forse la sola persona a ricordarne ancora il nome, sebbene molti continuino a ricordare il fato al quale lo aveva condotto il suo tonàli. L'uomo era diligente nel suo compito di farsi consegnare i tributi e, per la prima volta in una lunga carriera, veniva a trovarsi di fronte alla sfida di una nazione soggetta; inoltre doveva essere di indole focosa, come lasciava intendere il suo nome — che significava Aquila Iraconda — e non intendeva rinunciare a compiere il proprio dovere. Impartì un ordine perentorio al reparto di guerrieri Mexìca, ed essi si impegnarono avidamente nell'azione perché erano guerrieri, tediati da un viaggio monotono nel corso del quale si erano limitati a fare da scorta. Colsero con esultanza l'occasione di combattere e non vennero respinti a lungo dai pochi archibugi e dalle poche balestre con cui furono bersagliati dalle palizzate del villaggio degli uomini bianchi.

Uccisero Escalante e i pochi soldati di mestiere lasciati da Cortés ai suoi ordini. Gli altri uomini nel villaggio, barcaioli tutt'altro che bellicosi, si arresero immediatamente. Cuaupopòca dispose guardie là e intorno al palazzo di Patzìnca, poi ordinò agli altri suoi uomini di spogliare completamente la regione circostante. Per quell'anno, annunciò ai terrorizzati Totonàca, il loro tributo non sarebbe consistito in una frazione dei loro beni e prodotti, ma in *tutto* ciò che possedevano. Pertanto non era stata un'impresa da poco, per il messaggero veloce di Patzìnca, fuggire dal palazzo sorvegliato, passare inosservato tra gli scatenati guerrieri di Cuaupopòca, e portare a Cortés la pessima notizia.

Senza dubbio Cortés capì quanto più pericolosa fosse divenuta a un tratto la sua situazione, e quanto incerto si prospettasse il suo avvenire, ma non perdette tempo in cogitazioni. Si recò immediatamente al palazzo di Motecuzòma, e non certo in uno stato d'animo sottomesso o pavido. Condusse con sé il rosso gigante Alvarado, Malìntzin e un certo numero di uomini pesantemente armati, poi entrarono tutti tempestosamente, ignorando i castaldi e corsero, senza cerimonie, direttamente nella sala del trono di Motecuzòma. Cortés si infuriò, o finse di infuriarsi, mentre riferiva al Riverito Oratore una versione modificata del rapporto appena ricevuto. A suo dire, una banda girovaga di banditi Mexìca aveva aggredito, senza essere stata provocata in alcun modo, i suoi uomini che risiedevano pacificamente sulla spiaggia, massacrandoli. Trattavasi di una grave violazione della tregua e dell'amicizia promesse da Motecuzòma, e che cosa intendeva fare, al riguardo, il Riverito Oratore?

Motecuzòma sapeva della presenza in quella regione di una colonna di portatori di tributi, per cui, ascoltando la versione di Cortés, suppose senza dubbio che essa fosse rimasta coinvolta in una schermaglia e *avesse* effettivamente causato qualche perdita tra gli uomini bianchi. Ma avrebbe potuto fare a meno di affrettarsi ad essere conciliante con Cortés; gli sarebbe stato possibile temporeggiare quanto bastava per accertare quale fosse la vera situazione. E la verità era questa: la sola e unica colonia degli uomini bianchi nelle nostre terre si era arresa alle truppe Mexìca di Cuaupopòca; l'unico più docile alleato degli uomini bianchi, il Signore Patzìnca, stava tremando nel suo palazzo, prigioniero dei Mexìca. Nel frattempo, quasi tutti gli uomini bianchi si trovavano nell'isola di Motecuzòma e sarebbero potuti essere eliminati facilmente; e le altre truppe bianche e indigene di Cortés potevano essere facilmente tenute lontane dall'isola mentre gli eserciti della Triplice Alleanza si sarebbero riuniti sulla terraferma per polverizzarle. Grazie a Cuaupopòca, Motecuzòma aveva in pugno, indifesi, gli Spagnoli e tutti i loro sostenitori. Doveva soltanto stringere e serrare il pugno fino a fare scorrere il sangue tra le dita.

Ma non lo fece. Espresse a Cortés il proprio sgomento e il proprio rincrescimento. Inviò un reparto delle sue guardie di palazzo a presentare scuse a Tzempàlan e a Vera Cruz, a esonerare Cuaupopòca dalla sua carica e a farlo portare, in stato di arresto, con i suoi sottufficiali, a Tenochtìltlan.

Peggio ancora, quando il degno di lode Cuaupopòca e i suoi quattro altrettanto lodevoli cuàchictin, «vecchie aquile» dell'esercito Mexìca, si inginocchiarono prosternandosi davanti al trono, Motecuzòma sedette flaccidamente afflosciato sul trono stesso, avendo al fianco gli austeramente impettiti Cortés e Alvarado, e, in un tono di voce per nulla imperioso, disse ai prigionieri:

«Avete superato i limiti dell'autorità conferitavi. Avete posto ın grave imbarazzo il vostro Signore Oratore e compromesso l'onore della nazione Mexìca. Avete violato la promessa di tregua da me fatta a questi illustri visitatori e a tutti i loro subordinati. Potete dire qualcosa a vostra difesa?»

Cuaupopòca si dimostrò ligio al dovere fino all'ultimo, sebbene fosse manifestamente più uomo, più nobile, più Mexìcatl dell'individuo seduto sul trono, al quale disse, rispettosamente: «La responsabilità è stata tutta mia, Signore Oratore. Ed io ho agito come ritenevo che più fosse giusto. Nessun uomo può fare di più.»

Motecuzòma rispose, in tono monotono: «Mi hai dolorosamente danneggiato. Ma le vittime e i danni che tu hai causato hanno ancor più dolorosamente offeso questi nostri ospiti. Pertanto...» E, incredibile a dirsi, il Riverito Oratore dell'Unico Mondo disse: «Pertanto, deferirò il giudizio al Capitano-Generale Cortés, e lascerò a lui di stabilire qual è il castigo che meriti.»

Cortés aveva evidentemente già riflettuto sulla questione, poiché impose una punizione che, doveva esserne certo, avrebbe dissuaso ogni altro individuo dal tentativo di opporglisi; trattavasi inoltre di una punizione il cui scopo era quello di schernire le nostre tradizioni e disprezzare i nostri dei. Ordinò che i cinque venissero messi a morte, ma non con la Morte Fiorita. Nessun cuore sarebbe stato dato in pasto a un qualsiasi dio, nessun sangue sarebbe stato versato per onorare una qualsiasi divinità, non un brandello di carne o un qualsiasi organo dei condannati sarebbe stato impiegato per la sia pur minima offerta sacrificale.

Cortés fece portare dai suoi soldati un tratto di catena; era la più spessa catena ch'io avessi mai veduto, come aggrovigliati boa costrittori fatti di ferro; appresi, in seguito, che trattavasi di un segmento di quella che viene denominata catena dell'ancora ed è impiegata per ormeggiare le grandi navi. Occorse uno sforzo considerevole da parte dei soldati, e senza dubbio la cosa causò grandi sofferenze a Cuaupopòca e ai suoi quattro sottufficiali, ma gli anelli giganteschi della catena vennero infilati a forza sulla testa dei condannati, in modo che un anello pendesse dal collo di ognuno di essi. I cinque furono condotti nel Cuore dell'Unico Mondo, ove un grosso palo era stato eretto al centro della plaza... proprio laggiù, di fronte a dove sorge adesso la cattedrale e dove il Señor Vescovo ha ora fatto costruire la gogna per esporre al pubblico ludibrio i peccatori. La catena fu inchiodata intorno alla sommità del massiccio palo, per cui i cinque uomini vennero a trovarsi disposti circolarmente, di spalle al palo, bloccati per il collo. Poi una catasta di legna, precedentemente imbevuta di chapopòtli, venne ammonticchiata intorno ad essi, alta fino alle loro ginocchia, e incendiata.

Questa nuova punizione — un'esecuzione deliberatamente senza spargimento di sangue — non era mai stata veduta nei nostri paesi, per cui quasi tutti gli abitanti di Tenochtìtlan accorsero ad assistervi. Io vi assistetti al fianco del sacerdote Bartolomé, ed egli mi confidò che il castigo del rogo è comunissimo in Spagna e particolarmente adatto per giustiziare i nemici della Santa Chiesa, poiché la Chiesa stessa ha sempre vietato ai suoi ecclesiastici di spargere il sangue, sia pure dei peggiori peccatori. È un peccato, reverendi scrivani, che la vostra Chiesa sia in questo modo impedita dal ricorrere ad esecuzioni più misericordiose. Infatti, ai miei tempi, ho veduto molti modi di uccidere e di soffrire, ma nessun supplizio, credo, fu mai più terribile di quello subìto quel giorno da Cuaupopòca e i suoi sottufficiali.

Sopportarono eroicamente per qualche tempo, mentre le fiamme cominciavano a lambire le loro gambe. Al di sopra dei massicci collari di ferro costituiti dagli anelli della catena, le facce dei condannati erano calme e rassegnate. Essi non si trovavano avvinti al palo in altri modi, eppure non scalciarono con le gambe, né agitarono le braccia, né si dibatterono in altri modi indecorosi. Tuttavia, quando le fiamme raggiunsero gli inguini e consumarono i perizòma e cominciarono a bruciare quello che si trovava sotto, il tormento stravolse le facce. Poi il fuoco non dovette più essere alimentato dalla legna e dal chapopòtli; raggiunse gli olii naturali della pelle e i tessuti grassi sotto la pelle. Gli uomini, invece di essere bruciati, cominciarono a bruciare essi stessi, e le fiamme guizzarono tanto alte che non riuscimmo quasi più a scorgere le facce. Vedemmo però i lampi più luminosi dei capelli che scomparivano in una vampata, e udimmo gli uomini che cominciavano a urlare.

Dopo qualche momento, gli urli si ridussero a un esile e acuto e stridulo lamento, appena udibile al di sopra degli scoppiettii delle fiamme, e ancor più sgradevole a udirsi di quanto lo fossero stati gli urli. Quando noi spettatori riuscivamo a intravedere gli uomini al di là del falò, essi erano neri e grinzosi dappertutto, ma, al di sotto di quella carne carbonizzata, continuavano a vivere e uno o più di loro seguitavano con quell'inumano lamento. Le fiamme, in ultimo, penetrarono sotto la pelle e la carne per rosicchiare i muscoli e questo fece sì che i muscoli stessi si tendessero in modi bizzarri, per cui i corpi degli uomini cominciarono a contorcersi. Le braccia si piegarono all'altezza dei gomiti; le mani dalle dita consumate si portarono davanti alle facce, o là ove le facce si erano trovate. Quel che rimaneva delle gambe adagio si flettè all'altezza delle ginocchia e dei fianchi; le gambe si sollevarono dal terreno e andarono a premere contro il ventre degli uomini.

Mentre essi penzolavano in quel modo e friggevano, si rattrapirono, per giunta, finché smisero di sembrare uomini, sia nelle dimensioni, sia nell'aspetto. Soltanto le loro teste, tutte croste e prive di fattezze, sembravano ancora appartenere ad adulti. Per il resto essi parevano bambini, neri e carbonizzati, nella stessa posizione in cui dormono così spesso i bambini. Eppure, sebbene fosse difficile credere che esisteva ancora vita entro quei miseri oggetti, lo stridulo lamento continuava, finché le teste dei cinque uomini non scoppiarono. La legna imbevuta di chapopòtli produce un calore intenso, e un simile calore deve far bollire e schiumare il cervello e produrre vapore finché il cranio non riesce più a contenerlo. Vi fu uno schianto improvviso, come una pentola d'argilla che vada in pezzi. Lo schianto si ripeté altre quattro volte, poi non si udì più alcun suono tranne le sfrigolio delle ultime gocce che dai corpi cadevano sul fuoco, e il soffice sgretolarsi della legna che formava uno strato di braci.

Molto tempo trascorse prima che la catena dell'ancora fosse fredda abbastanza per consentire ai soldati di Cortés di staccarla dal palo annerito e di lasciar cadere le cinque piccole cose sulle braci a consumarsi completamente riducendosi in cenere; i soldati portarono via la catena per riporla in vista di futuri impieghi, sebbene, da allora, non vi sia più stata alcuna esecuzione del genere. Questa ebbe luogo undici anni fa. Ma proprio lo scorso anno, quando Cortés tornò dal viaggio in Spagna, ove Re Carlos lo avevo promosso dal grado di Capitano-Generale e reso nobile come Marqués del Valle, fu lo stesso Cortés a disegnare l'emblema della sua nuova nobiltà. Quello che voi chiamate stemma è ora visibile ovunque: trattasi di uno scudo decorato con vari simboli, e lo scudo è circondato da una catena e gli anelli della catena servono da collare a cinque teste umane. Cortés avrebbe potuto decidere di commemorare altri suoi trionfi, ma egli sa bene che la fine di quel coraggioso Cuaupopòca segnò l'inizio della Conquista dell'Unico Mondo.

Poiché l'esecuzione era stata voluta e diretta dagli stranieri bianchi, che non avrebbero dovuto avere alcuna autorità al riguardo, essa causò molta irrequietudine e molta trepidazione nel nostro popolo. Ma l'accadimento successivo fu ancor più inaspettato e incredibile e tale da lasciare perplessi: il pubblico annuncio da parte di Motecuzòma che egli lasciava il proprio palazzo per andare a vivere temporaneamente tra gli uomini bianchi.

I cittadini di Tenochtìtlan gremirono il Cuore dell'Unico Mondo, osservando con facce di pietra, il giorno in cui il Riverito Oratore, attraversò placidamente la plaza, sottobraccio a Cortés, senza essere in alcun modo visibilmente costretto, ed entrò nel palazzo di suo padre Axayàcatl, il palazzo occupato dagl' stranieri di passaggio. Nei giorni che seguirono, vi fu un incessante andirivieni da un lato all'altro della plaza, mentre soldati spagnoli aiutavano i portatori e gli schiavi di Motecuzòma a trasferire l'intera corte da un palazzo all'altro: le mogli e i figli e i servi di Motecuzòma, il loro guardaroba e i mobili di tutte le stanze, il contenuto della sala del trono, intere biblioteche e registri di tesori, nonché tutto ciò che era necessario per continuare a sbrigare gli affari della corte.

Il nostro popolo non riuscì a capire perché il suo Riverito Oratore volesse divenire ospite dei propri ospiti, o, in effetti, prigioniero dei propri prigionieri. Ma io credo di conoscere la ragione. Molto tempo prima avevo udito definire Motecuzòma «un tamburo vuoto», e nel corso degli anni mi era accaduto di udire quel tamburo emettere forti suoni, ma, in quasi tutte quelle occasioni, avevo saputo come quei suoni venissero causati da tonfi di mani e di eventi e di circostanze che Motecuzòma non poteva controllare in alcun modo... o che poteva soltanto fingere di dominare, o che egli, soltanto apaticamente, cercava di dominare. Se mai vi era stata una qualche speranza che potesse un giorno manovrare, per così dire, le bacchette, quella speranza svanì quando il Riverito Oratore affidò a Cortés il compito di giudicare Cuaupopòca.

Infatti il comandante dei nostri eserciti, di lì a non molto, accertò che cosa Cuaupopòca era in realtà riuscito a conseguire — un vantaggio tale da mettere alla nostra mercé gli uomini bianchi e tutti i loro alleati; — e Cuitlàhuac non si avvalse di parole fraterne nel dire in qual modo Motecuzòma avesse frettolosamente e debolmente e disonorevolmente rinunciato all'occasione più propizia per salvare l'Unico Mondo. Questa rivelazione del suo più recente e peggiore errore fece dileguare ogni energia, o volontà o grandezza ancora esistenti nel Riverito Oratore. Egli divenne davvero un vuoto tamburo, troppo flaccido anche per emettere un suono quando veniva percosso. Nel frattempo, mentre Motecuzòma naufragava nel letargo e nell'indebolimento, Cortés diveniva sempre più autoritario e audace. In fin dei conti, aveva dimostrato di detenere il potere di vita e di morte persino nella stessa fortezza dei Mexìca. Era riuscito a salvare dalla quasi estinzione la sua base di Vera Cruz e l'alleato Patzìnca, per non parlare di se stesso e di tutti i suoi uomini. Pertanto non esitò a rivolgere a Motecuzòma la richiesta oltraggiosa di rassegnarsi volontariamente al suo stesso rapimento.

«Non sono prigioniero. Potete constatarlo» disse Motecuzòma, la prima volta in cui convocò il Consiglio e me e alcuni altri Signori nella sua nuova sala del trono. «Vi è spazio in abbondanza, qui, per la mia intera corte, vi sono comode stanze per noi tutti, ed io dispongo di tutto ciò che mi consente di continuare a dirigere gli interessi della nazione... nei quali — ve lo assicuro — gli uomini bianchi non intervengono in alcun modo. La vostra stessa presenza, in questo momento, è la prova del fatto che i miei consiglieri e sacerdoti e messaggeri possono liberamente avvicinarmi, come liberamente io posso avvalermi di loro, senza la presenza di alcun estraneo. Né gli stranieri interferiranno nelle nostre tradizioni religiose, nemmeno in quelle che richiedono sacrifici umani. In breve, noi continueremo a vivere esattamente come sempre. Mi sono fatto rilasciare queste garanzie dal Capitano-Generale, prima di accettare il cambio di residenza.»

«Ma perché accettarlo?» domandò Donna Serpente, con lo strazio nella voce. «Non è stata una decisione opportuna, mio signore. Non era necessaria.»

«Non necessaria, forse, ma opportuna» rispose Motecuzòma. «Da quando gli uomini bianchi sono entrati nel mio regno, il popolo o i nostri alleati hanno per ben due volte attentato alle loro vite e ai loro beni — dapprima a Cholòlan, e, più dì recente, sulla costa. Cortés non incolpa me, in quanto tali tentativi sono stati compiuti o sfidando, o ignorando la mia promessa di tregua. Ma episodi del genere potrebbero ripetersi. Io stesso ho avvertito Cortés che molti, nel nostro propolo, non tollerano la presenza degli uomini bianchi. Ogni intensificazione di tale risentimento potrebbe indurre il nostro popolo a dimenticare l'ubbidienza che mi deve e a ribellarsi di nuovo, dando luogo a pericolosi disordini.»

«Se Cortés si preoccupa a causa del risentimento del nostro popolo nei suoi riguardi» osservò un anziano del Consiglio «può facilmente placare la preoccupazione. Può tornarsene in patria.»

Motecuzòma disse: «È per l'appunto quanto gli ho detto, ma, naturalmente, la cosa risulta impossibile. Non ha modo di ripartire fino a quando — come prevede — il suo Re Carlos gli manderà altre navi. Nel frattempo, se lui ed io risiederemo nello stesso palazzo, ciò dimostrerà due cose: io confido che Cortés non mi farà alcun male, e confido inoltre che il mio popolo non lo provocherà inducendolo a fare del male a qualcuno. Il popolo, per conseguenza, dovrebbe essere meno propenso a ribellarsi. Per questo motivo Cortés ha richiesto che io fossi suo ospite qui.»

«Suo prigioniero» disse Cuitlàhuac, quasi con scherno.

«*Non* sono prigioniero» tornò ad insistere Motecuzòma. «Continuo ad essere il vostro Uey-Tlatoàni, continuo ad essere il reggitore di questa nazione e il cardine della Triplice Alleanza. Ho accettato questo compromesso di secondaria importanza per garantire il mantenimento della pace tra noi e gli uomini bianchi finché non se ne andranno.»

Intervenni: «Scusami, riverito Oratore. Sembri fiduciosamente credere che se ne andranno. Come lo sai? Quando accadrà?»

Egli mi scoccò un'occhiataccia che non avevo chiesto. «Se ne andranno quando avranno le navi su cui imbarcarsi. E so che se ne andranno perché ho promesso che potranno portare con sé ciò per cui sono venuti.»

Seguì un breve silenzio, poi qualcuno disse: «Oro».

«Sì. Molto oro. I soldati bianchi, aiutando i miei portatori durante il trasferimento nella nuova residenza, hanno frugato minuziosamente il mio palazzo. Sono riusciti a scoprire le camere del tesoro, sebbene io avessi adottato la precauzione di farne murare le porte, e...»

Venne interrotto da grida di afflizione di quasi tutti i presenti, e Cuitlàhuac domandò: «Vuoi consegnare agli stranieri il tesoro della nazione?»

«Soltanto l'oro» rispose Motecuzòma, in tono difensivo. «E le gemme più preziose. Sono le sole cose che ad essi premano. Non si curano affatto delle piume, dei coloranti, delle giade, dei semi di fiori rari, e così via. Noi conserveremo tutto ciò, e queste ricchezze basteranno a sostenere la nazione mentre lavoreremo e combatteremo e aumenteremo le imposizioni di tributi per ricostituire i fondi della tesoreria.»

«Ma consegnare l'oro e le gemme!» si lamentò qualcuno.

«Sappiate questo» continuò Motecuzòma. «Gli uomini bianchi potrebbero pretendere l'oro e per giunta la ricchezza di ogni singolo nobile quale prezzo della loro partenza. Potrebbero farne un pretesto di guerra e fare intervenire i loro alleati dell'entroterra affinché li aiutino a spogliarci di tutto. Preferisco evitare una simile tragedia offrendo l'oro e le gemme come un apparente gesto di generosità. »

La Donna Serpente disse, a denti stretti: «Anche come Alto Tesoriere della nazione, *apparentemente* il custode del tesoro che il mio signore sta per consegnare, devo riconoscerlo: sarebbe un prezzo modesto da pagare per liberarci degli stranieri. Ma rammento al mio signore: ogni altra volta, quando hanno avuto oro, essi sono stati soltanto indotti a pretenderne di più. »

«Non ne ho altro da dare, e credo di averli persuasi di tale verità. A parte l'oro in circolazione come valuta, o appartenente a privati cittadini, *non* ne esiste altro nel territorio Mexìca. Il nostro tesoro in oro è stato raccolto nel corso di covoni e covoni di anni. È quanto hanno accumulato tutti i Riveriti Oratori del passato. Occorrerebbero intere vite per estrarne sia pur soltanto un'altra piccola parte dalle miniere dei nostri paesi. Ho inoltre fatto dipendere il dono da una condizione. Essi non avranno l'oro finché non se ne andranno da qui, e dovranno portarlo immediatamente al loro Re Carlos, come mio dono personale destinato a lui... il dono *di tutto il nostro tesoro*. Cortés è soddisfatto, lo sono io stesso, e lo sarà anche Re Carlos. Una volta partiti, gli uomini bianchi non torneranno mai più. »

Nessuno di noi disse qualcosa per contestare tale asserzione... se non dopo che eravamo stati congedati e — varcata la soglia del portone del palazzo, nel Muro del Serpente — stavamo attraversando la plaza.

Qualcuno osservò: «Questo è intollerabile. Il Cem-Anàhuac Uey-Tlatoàni tenuto prigioniero da quei sudici e fetidi barbari! »

Qualcun altro disse: «No. Motecuzòma ha ragione. Non è *lui* ad essere prigioniero. I prigionieri siamo noi tutti. Fino a quando egli rimarrà umilmente in ostaggio, nessun Mexìcatl oserà sia pur soltanto sputare addosso a un uomo bianco. »

Una nuova voce disse: «Motecuzòma ha consegnato se stesso e la fiera indipendenza dei Mexìca e la maggior parte del nostro tesoro. Se le navi degli uomini bianchi tarderanno a giungere, chi può dire che altro cederà? »

E poi qualcuno espresse il pensiero che era nella mente di tutti noi: «In tutta la storia dei Mexìca, nessun Uey-Tlatoàni è mai stato deposto mentre era ancora in vita. Nemmeno Ahuìtzotl quando era totalmente incapace di governare ».

«Ma venne nominato un reggente per agire a suo nome, e la reggenza funzionò abbastanza bene fino alla successione. »

«Cortés potrebbe mettersi in mente, da un momento all'altro, di ucci̇dere Motecuzòma. Chi può conoscere la volubilità degli uomini bianchi? Oppure Motecuzòma potrebbe morire a furia di odiare se stesso. Ha tutta l'aria di essere alla fine.»

«Già, il trono potrebbe rimanere vacante all'improvviso. Se adottassimo provvedimenti in vista di tale eventualità, avremmo un governante provvisorio pronto a sostituirlo... nel caso che il comportamento di Motecuzòma divenisse tale da *costringerci* a deporlo per ordine del Consiglio.»

«La cosa dovrebbe essere decisa e organizzata in segreto. Evitiamo l'umiliazione a Motecuzòma fino a quando — e se — non vi sarà alcun'altra alternativa. Inoltre non dobbiamo fornire a Cortés la benché minima ragione di sospettare che il suo prezioso ostaggio può essere reso, all'improvviso, privo di valore per lui.»

La Donna Serpente si rivolse a Cuitlàhuac, che fino a quel momento non aveva parlato, e disse, servendosi del titolo nobiliare che gli spettava «Cuitlàhuatzin, come fratello del Riverito Oratore, tu saresti, di norma, il primo candidato preso in considerazione quale suo successore alla morte di lui. Accetteresti il titolo e le responsabilità di reggente se, nel corso di un conclave ufficiale, decidessimo di creare tale carica?»

Cuitlàhuac proseguì per qualche altro passo, meditando accigliato. Infine disse: «Mi affliggerebbe dover usurpare il potere di mio fratello mentre è ancora in vita. Ma in verità, miei signori, temo che egli viva, ormai, soltanto a mezzo, e che abbia già abdicato a quasi tutti i suoi poteri. Sì, se e quando il Consiglio potrà decidere che la sopravvivenza della nostra nazione dipende da questo, governerò come mi verrà richiesto, con qualsiasi carica».

In effetti, non si presentò alcuna necessità immediata di rovesciare Motecuzòma, o di adottare qualsiasi altra drastica iniziativa. Invero, per un periodo di tempo considerevole, parve che Motecuzòma avesse avuto ragione a consigliarci di mantenere, semplicemente, la calma e di aspettare. Infatti, gli Spagnoli si trattennero a Tenochtìtlan per tutto quell'inverno e, se non fossero stati così manifestamente bianchi, quasi non ci saremmo accorti della loro presenza. Sarebbero potuti essere gente di campagna della nostra stessa razza, venuta nella grande città a trascorrervi un periodo di vacanza, visitando i monumenti e spassandosela pacificamente. Si comportavano persino in modo irreprensibile durante le nostre cerimonie religiose. Gli Spagnoli osservavano interessati, e talora divertiti, alcune di esse, quelle che richiedevano soltanto musica, canti e danze. Quando i riti implicavano il sacrificio di xochimìque, gli Spagnoli rimanevano con discrezione nel loro palazzo. Noi abitanti della città, dal canto nostro, tolleravamo gli uomini bianchi, trattandoli cortesemente, ma con distacco. Così, nel corso di tutto quell'inverno, non vi furono attriti tra noi noi e loro, né deplorevoli incidenti, e neppure si videro o vennero riferiti altri presagi.

Motecuzòma e i suoi cortigiani e consiglieri sembravano essersi adattati con disinvoltura alla nuova residenza e il Riverito Oratore governava la nazione senza essere apparentemente influenzato dal cambiamento di sede. Come sia lui, sia ogni altro Uey-Tlatoàni, avevano sempre fatto, egli convocava regolarmente il Consiglio, riceveva emissari giunti dalle lontane province Mexìca, dagli altri paesi della Triplice Alleanza e da nazioni straniere; concedeva udienza ai privati che gli presentavano suppliche o lagnanze. Uno di coloro che si recavano da lui più di frequente era suo nipote Cacàma, senza dubbio innervosito, e a ragione, perché sentiva vacillare il proprio trono a Texcòco. Ma forse anche Cortés stava invitando i suoi alleati e subordinati ad « essere calmi e ad aspettare ». In ogni modo, nessuno di essi — nemmeno il Principe Fiore Nero, impaziente di salire sul trono degli Acòlhua— fece qualcosa di avventato o di ribelle. Per tutto quell'inverno, la vita del nostro mondo parve continuare, secondo la promessa di Motecuzòma, esattamente come sempre.

Dico « parve » perché io, personalmente, ebbi sempre e sempre meno a che fare con le questioni di Stato. La mia presenza a corte veniva richiesta di rado, tranne quando Motecuzòma desiderava il parere di tutti i nobili residenti nella città. Anche il mio meno nobile compito quale interprete si rese necessario più di rado, e in ultimo terminò del tutto, poiché Motecuzòma aveva deciso, apparentemente, che, se doveva fidarsi dell'uomo Cortés, tanto valeva si fidasse altresì della donna Malìntzin. Loro tre venivano veduti trascorrere molto tempo insieme. Ciò difficilmente sarebbe potuto essere evitato, poiché vivevano tutti sotto lo stesso tetto, per quanto vasto fosse il palazzo. Ma in realtà Cortés e Motecuzòma avevano finito con l'apprezzare la reciproca compagnia. Parlavano spesso di storia, delle condizioni dei loro due paesi, di religioni e di sistemi di vita. Come diversivo un po' meno solenne, Motecuzòma insegnò a Cortés il gioco d'azzardo patòli e, dal canto mio, sperai che il Riverito Oratore puntasse somme ingenti e vincesse, ricuperando così almeno una parte del grande tesoro da lui promesso agli uomini bianchi.

Dal canto suo, Cortés consentì a Motecuzòma una distrazione diversa. Fece venire dalla costa un certo numero dei suoi barcaioli — gli artigiani che voi chiamate maestri d'ascia — ed essi portarono con sé i necessari attrezzi metallici e tutto il loro equipaggiamento, fecero abbattere dai boscaioli alcuni begli alberi dal tronco diritto e, quasi magicamente, ricavarono da quei tronchi assi e travi e costolature e pali. In un periodo di tempo sorprendentemente breve costruirono una copia, grande la metà, di una delle loro navi oceaniche e la vararono nel lago Texcòco: la prima imbarcazione mai vista sulle nostre acque munita delle ali denominate vele. Con i barcaioli che svolgevano il difficile compito di governarla, Cortés condusse Motecuzòma — talora accompagnato da appartenenti alla sua famiglia e alla corte — a fare frequenti gite su tutti e cinque i laghi collegati l'uno all'altro.

Io non mi rammaricai affatto di essere stato a poco a poco esonerato dai doveri a corte o con gli uomini bianchi. Ero lieto di riprendere la mia vita di un tempo, un'esistenza di ozio e di riposo, e di nuovo ricominciai a trascorrere parte del tempo nella Casa dei Pochtèca, anche se non più tanto come in passato. Mia moglie non faceva domande, ma io sentivo di dover rimanere più spesso in casa e in sua compagnia, poiché ella sembrava indebolita e si stancava facilmente. Luna in Attesa aveva sempre occupato le ore libere dedicandosi alle piccole arti come i lavori di ricamo, ma ora notai che cominciava a tenere il lavoro molto vicino agli occhi. Inoltre, talora prendeva una pentola o qualche altra cosa in cucina, ma soltanto per lasciarla cadere e romperla. Quando mi informai, premuroso, sulla sua salute, ella si limitò a rispondere:

«Invecchio, Zàa».

«Abbiamo quasi esattamente la stessa età» le rammentai.

Questa frase parve offenderla, come se a un tratto mi fossi messo a saltellare e a danzare per dimostrarle la mia relativa vivacità. Bèu disse, in tono alquanto aspro per lei: «È una delle maledizioni delle donne. A qualsiasi età sono più anziane degli uomini». Poi si rasserenò, e sorrise, e cercò, debolmente, di scherzare: «Ecco perché le donne trattano i loro uomini come bambini. Perché essi sembrano non invecchiare mai... e nemmeno crescere».

Così, con noncuranza, ignorò la mia domanda e soltanto molto tempo dopo mi resi conto che, in realtà, stava manifestando i primi sintomi della malattia dalla quale doveva essere condotta, a poco a poco, sul letto di inferma che occupa ormai da anni. Bèu non si lagnò mai di sentirsi male, non chiese alcuna premura da parte mia. Ma io ero ugualmente premuroso e, sebbene parlassimo così poco, sentivo che mi era grata. Quando la nostra anziana serva Turchese morì, acquistai due donne più giovani... affinché l'una sbrigasse le faccende di casa e l'altra si dedicasse esclusivamente alle necessità e ai desideri di Bèu. E siccome per tanti anni ero stato abituato a chiamare Turchese ogni qual volta dovevo impartire ordini concernenti l'andamento della casa, non riuscii a togliermi l'abitudine. Chiamavo entrambe le donne indifferentemente Turchese ed esse finirono con il farci a loro volta l'abitudine, e ormai io non riesco neppur più a ricordare quali fossero i loro veri nomi.

Forse avevo finito inconsciamente con l'adottare la stessa noncuranza degli uomini bianchi nei confronti dei giusti nomi e del modo corretto di esprimersi. Durante il quasi mezzo anno del soggiorno degli Spagnoli a Tenochtìtlan, nessuno di loro fece un qualsiasi tentativo per imparare la nostra lingua nàhuatl, o anche soltanto i rudimenti della pronuncia. La sola persona della nostra razza con la quale avessero rapporti realmente stretti era Malìntzin, ma persino il compagno di lei, Cortés, pronunciava invariabilmente male quel nome falso, chiamandola Malinche. A poco a poco, anche noi tutti facemmo altrettanto, o per una sorta di compìta imitazione degli Spagnoli o, malignamente, in segno di disprezzo nei confronti della donna. Infatti Malìntzin digrignava invariabilmente i denti quando veniva chiamata Malinche — in quanto tale pronuncia le negava lo -tzin della nobiltà — ma difficilmente ella avrebbe potuto lagnarsi di non essere rispettata senza dare l'impressione di criticare la pronuncia sbagliata del suo padrone.

In ogni modo, Cortés e gli altri Spagnoli erano imparziali; sbagliavano anche i nomi di quasi tutti gli altri. Poiché il suono dolce « sc » del nàhuatl non esiste nella vostra lingua spagnola, noi Mexìca venimmo chiamati per molto tempo o Mes-sica, o Mec-sìca. Ma voi Spagnoli avete preferito restituirci, di recente, il nostro più antico nome, trovandolo più facile chiamarci Aztechi. Siccome Cortés e i suoi uomini trovavano difficile a pronunciarsi il nome di Motecuzòma, lo tramutarono in Montezuma, e ritennero sinceramente, credo, di non essere scortesi in quanto, siccome il nuovo nome includeva il loro termine per « montagna », se ne poteva ugualmente dedurre che esso implicasse grandezza e importanza. Il nome del dio della guerra, Huitzilopòchtli, li sconfiggeva ancor più, e poiché essi odiavano, del resto, quel dio, lo chiamarono Huichilobos, includendovi il nome spagnolo delle bestie chiamate « lupi ».

✠

Bene, l'inverno trascorse, e venne la primavera e insieme ad essa giunsero altri uomini bianchi. Motecuzòma ebbe la notizia prima di Cortés, ma soltanto di poco e miracolosamente. Uno

dei suoi topi quimìchime, tuttora destinato alla regione Totonàca, essendo divenuto irrequieto a furia di annoiarsi, si spinse
molto più a sud di dove sarebbe dovuto essere. Ecco come riuscì
a scorgere una flotta delle navi dalle ampie ali che navigava a
breve distanza dalla costa e procedeva adagio in direzione nord,
soffermandosi nelle baie, nelle insenature e nelle foci dei fiumi,
« come se stessero cercando di vedere i loro compatrioti » disse il
quimìchi, dopo essersi affrettato a tornare a Tenochtìtlan, con
una carta di corteccia sulla quale aveva tracciato una figura che
enumerava le navi della flotta.

Io ed altri Signori e l'intero Consiglio eravamo presenti nella
sala del trono quando Motecuzòma, mandò un paggio a chiamare il non ancora informato Cortés. Il Riverito Oratore, cogliendo
al balzo l'occasione per dimostrare di essere al corrente di tutto
ciò che accadeva altrove, gli diede la notizia, per il tramite della
mia traduzione, in questo modo:

« Capitano-Generale, il vostro Re Carlos ha ricevuto il messaggio portato dalla nave e il tuo primo rapporto su queste terre
e i nostri primi doni che tu gli mandasti, ed è molto soddisfatto
di te ».

Cortés parve opportunamente colpito e sorpreso. « Come può
il Don Señor Montezuma sapere questo? » domandò. Sempre
fingendosi onnisciente, Motecuzòma rispose: « Lo so perché il
tuo Re Carlos sta mandando una flotta due volte più grande della tua — ben *venti* navi — allo scopo di riportare te e i tuoi uomini in patria ».

« Davvero? » disse Cortés, evitando cortesemente di tradire
scetticismo. « E dove potrebbero trovarsi? »

« Si avvicinano » rispose Motecuzòma, misteriosamente.
« Forse tu ignori che i miei veggenti possono vedere sia nel futuro, sia al di là dell'orizzonte. Hanno tracciato per me questo disegno mentre le navi si trovavano ancora nel bel mezzo dell'o-
ceano. » Consegnò a Cortés la carta di corteccia. « Te lo mostro
ora perché le navi potrebbero giungere presto in vista della tua
guarnigione. »

« Stupefacente » disse Cortés, esaminando la carta di corteccia. Poi mormorò tra sé e sé: « Sì... galeoni, navi trasporto, navi
rifornimento... se il dannato disegno è approssimativamente
esatto. » Si accigliò. « Ma... *venti* navi? »

Motecuzòma disse, mellifluo: « Sebbene siamo stati tutti onorati dalla vostra visita, ed io personalmente abbia apprezzato la
tua compagnia, mi fa piacere che i tuoi fratelli siano giunti e
che tu non sia più isolato in una terra straniera. » Soggiunse, in
tono alquanto insistente: « *Sono* venuti per riportarvi in patria,
non è vero? »

907

«Così sembrerebbe» rispose Cortés, anche se parve lievemente confuso.

«Io ordinerò ora che vengano tolti i sigilli dalle camere del tesoro nel mio palazzo» disse Motecuzòma, e l'imminenza dell'impoverimento della sua nazione parve renderlo quasi felice.

Ma in quel momento il castaldo del palazzo e alcuni altri uomini si affacciarono, baciando la terra, sulla soglia della sala del trono. Dicendo che Motecuzòma aveva ricevuto soltanto poco prima di Cortés la notizia dell'arrivo delle navi, parlavo alla lettera. Infatti, i nuovi venuti erano due messaggeri veloci inviati dal Signore Patzìnca, ed essi erano stati condotti lì in gran fretta, dalla terraferma, da cavalieri Totonàca ai quali avevano fatto rapporto. Cortés si guardò attorno, a disagio, nella sala; apparve chiaro che avrebbe preferito appartarsi con i due uomini e interrogarli in privato; ma mi invitò a comunicare a tutti i presenti qualsiasi cosa i messaggeri avessero da dire.

Colui che parlò per primo portava un messaggio dettato da Patzìnca: «Venti delle navi alate, le più grandi mai vedute, sono arrivate nella baia della più piccola Villa Rica de la Vera Cruz. Da quelle navi sono sbarcati mille e tre cento soldati bianchi armati e con corazze. Ottanta di essi hanno archibugi e cento e venti balestre, oltre alle spade e alle lance. E vi sono novanta e sei cavalli e venti cannoni».

Motecuzòma fissò sospettosamente Cortés e disse: «Sembra un vero e proprio esercito per la guerra, amico mio, soltanto allo scopo di riportarti in patria».

«Sì, è vero» rispose Cortès, ed egli stesso non parve affatto lieto della notizia. Poi si rivolse a me: «Non hanno altro da riferire?»

Toccò allora all'altro messaggero veloce parlare, ma risultò che egli era uno dei tediosi rammentatori di parole. Spifferò ogni parola che aveva udito pronunciare in occasione del primo incontro di Patzìnca con i nuovi uomini bianchi, ma si trattava di un farfugliare scimmiesco nelle lingue totònaca e spagnola, del tutto incomprensibile tenuto conto del fatto che nessun interprete era stato presente e aveva tradotto i discorsi. Feci una spallucciata e dissi: «Capitano-Generale, non riesco a capire altro che due nomi frequentemente ripetuti. Il tuo e un altro che sembra essere Narvàez».

«Narvàez qui?» esclamò Cortés, e aggiunse un'imprecazione spagnola molto volgare.

Montecuzòma riprese a parlare: «Farò togliere dal tesoro l'oro e le gemme, non appena la tua colonna di portatori...»

«Scusami» disse Cortés, riavendosi dall'evidente stupore. «Ti consiglio di tenere il tesoro nascosto e al sicuro, fino a quando avrò potuto accertare le intenzioni di questi nuovi arrivati. »

Motecuzòma osservò: «Ma si tratta senza alcun dubbio di tuoi compatrioti».

«Sì, Don Montezuma. Ma tu mi hai detto che anche i tuoi compatrioti diventano a volte banditi. Nello stesso modo, noi Spagnoli dobbiamo guardarci da alcuni dei nostri naviganti. Tu mi stai incaricando di portare a Re Carlos il dono più ricco che mai sia stato inviato da un monarca straniero. Non vorrei correre il pericolo di doverlo cedere a quei banditi del mare che noi chiamiamo pirati. Con il tuo consenso, mi recherò immediatamente sulla costa a indagare per sapere chi siano quegli uomini. »

«Ma senz'altro» disse il Riverito Oratore, che non sarebbe potuto essere più felice se i due gruppi di uomini bianchi avessero deciso di scannarsi a vicenda per annientarsi reciprocamente.

«Dovrò viaggiare rapidamente, a marce forzate» continuò Cortés, decidendo a voce alta per quanto concerneva i propri piani. «Condurrò con me soltanto i soldati spagnoli e i guerrieri scelti alleati. Gli uomini del Principe Fiore Nero sono i migliori... »

«Sì» disse Motecuzòma, con fervida approvazione. «Bene, molto bene.» Ma smise di sorridere udendo le parole successive del Capitano-Generale.

«Lascerò Pedro de Alvarado, l'uomo rosso-barbuto che il tuo popolo chiama Tonatìu, a salvaguardare i miei interessi qui.» Poi si affrettò a correggere questa asserzione. «Voglio dire, naturalmente, a contribuire alla difesa della tua città, nel caso che i pirati dovessero sopraffarmi e spingersi sin qui combattendo. Poiché posso lasciare con Pedro soltanto un numero limitato dei nostri camerati, dovrò rafforzarli facendo venire truppe indigene dalla terraferma. »

Ecco come, quando Cortés si allontanò verso est con il grosso delle truppe bianche e con tutti gli Acòlhua di Fiore Nero, Alvarado rimase al comando di un'ottantina di soldati spagnoli e di quattrocento Texaltèca, tutti acquartierati nel palazzo. Fu l'estremo insulto. Risiedendo lì per tutto l'inverno, Motecuzòma era venuto a trovarsi in una situazione già abbastanza singolare. Ma la primavera lo sorprese in una situazione ancor più umiliante, essendo egli costretto a vivere non soltanto con gli stranieri bianchi, ma anche con quell'orda di guerrieri scontrosi, torvi e per nulla rispettosi, che erano veri e propri invasori. Se il Riverito Oratore era parso fuggevolmente riscuotersi e ridivenire vigile e pronto alla prospettiva della liberazione dagli Spagnoli, egli tornò ad affondare in una cupa e impotente disperazione quando divenne al contempo anfitrione e prigioniero di coloro che, per tutta la vita, erano stati i suoi nemici, di coloro che più egli aborriva e che più lo aborrivano. Esisteva una sola circostanza consolante, anche se dubito che Motecuzòma se ne lasciasse molto consolare: i Texaltèca erano notevolmente più puliti nelle loro abitudini, e assai mèno maleodoranti, di un pari numero di uomini bianchi.

La Donna Serpente disse: «Questo è intollerabile!», parole che stavo udendo sempre e sempre più spesso e da un numero sempre e sempre più grande di scontenti sudditi di Motecuzòma.

La Donna Serpente le pronunciò durante una riunione segreta del Consiglio, alla quale erano stati invitati a prendere parte molti altri cavalieri e sacerdoti e savii e nobili Mexìca, tra i quali io stesso. Motecuzòma non era presente e non ne sapeva nulla.

Il comandante degli eserciti, Cuitlàhuac, disse irosamente: «Noi Mexìca soltanto di rado siamo riusciti a penetrare oltre i confini del Texàla. Non ci siamo *mai* aperti un varco combattendo fino alla sua capitale». La voce di lui salì di tono pronunciando le parole che seguirono, fino a divenire un vero e proprio urlo. «E ora i detestabili Texaltèca si trovano *qui*... nell'imprendibile città di Tenochtìtlan, il Cuore dell'Unico Mondo... nel palazzo del monarca guerriero Axayàcatl, che senza dubbio deve tentare, in questo momento, di aprirsi un varco con le unghie fuori dell'aldilà, per tornare sulla terra a vendicare l'offesa. I Texaltèca non ci hanno invasi con la forza — si trovano qui perché *invitati*, ma non da *noi* — e in quel palazzo vivono fianco a fianco, in condizioni di parità, *con il nostro* RIVERITO ORATORE!»

«Riverito Oratore soltanto di nome» ringhiò l'alto sacerdote di Huitzilopòchtli. «Io vi dico che il nostro dio della guerra lo disconosce!»

«Sarebbe tempo che noi tutti lo disconoscessimo» disse il Signore Cuautèmoc, figlio del defunto Ahuìtzotl. «E, se tergiversiamo adesso, potrà non giungere mai un altro momento. L'uomo Alvarado splende forse come Tonatìu, ma quale sostituto di Cortés è meno brillante. Dobbiamo colpire lui, prima che il più forte Cortés torni indietro.»

«Sei certo, allora, che Cortés tornerà?» domandai, poiché non avevo più partecipato alle riunioni del Consiglio, ufficiali o segrete, dopo la partenza del Capitano-Generale, circa dieci giorni prima, e non ero informato sulle ultime notizie.

Cuautèmoc mi disse:

«È tutto quanto mai strano ciò di cui veniamo informati dai

nostri quimichìme sulla costa. Cortés non ha accolto precisamente come fratelli i suoi compatrioti appena giunti. Si è gettato su di essi, li ha attaccati durante la notte, e li ha colti impreparati. Sebbene contro una superiorità numerica di forse tre a uno, le sue truppe sono riuscite a prevalere. Strano a dirsi, con poche perdite da entrambe le parti, poiché Cortés aveva ordinato di non uccidere più di quanto fosse necessario e di limitarsi a fare prigionieri e disarmare i nuovi venuti, come se stesse combattendo una Guerra Fiorita. E, da allora, lui e il bianco capo della nuova spedizione sono impegnati in lunghe discussioni e trattative. Non riusciamo a capire tutti questi avvenimenti, ma dobbiamo presumere che Cortés stia trattando affinché quelle truppe passino ai suoi ordini, dopodiché verrà qui alla testa di tutti quegli altri uomini con le loro armi».

Potrete capire, signori scrivani, perché noi tutti rimanemmo disorientati dalla fulminea svolta degli eventi in quei giorni. Avevamo supposto che i nuovi arrivati fossero stati mandati da Re Carlos, su richiesta dello stesso Cortés, pertanto, il fatto che egli li avesse attaccati senza provocazione costituiva un mistero che non riuscivamo a penetrare. Soltanto molto tempo dopo venni a conoscenza di un numero sufficiente di informazioni frammentarie e, mettendole insieme, riuscii a rendermi conto della vera portata dell'inganno di Cortés... sia nei confronti del mio popolo che del vostro.

Sin dal primo momento del suo arrivo in queste terre, Cortés si era fatto passare per l'inviato del vostro Re Carlos, mentre io so adesso che non lo era affatto. Il vostro Re Carlos non aveva mai inviato qui Cortés, né per l'esaltazione di Sua Maestà, né per rendere più potente la Spagna, né per diffondere la fede Cristiana, né per alcun'altra ragione. Quando Hernàn Cortés pose piede per la prima volta nell'Unico Mondo, il vostro Re Carlos non lo aveva mai sentito nominare!

Ancor oggi, persino Sua Eccellenza il Vescovo parla con disprezzo di «quel simulatore di Cortés», delle sue umili origini, del suo grado da venuto su dal niente e delle sue presuntuose ambizioni. In base a quanto hanno detto il Vescovo Zumàrraga e altri, so ora che Cortés venne inizialmente inviato qui non già dal suo Re o dalla sua Chiesa, ma da un'autorità di gran lunga meno suprema, dal governatore di quell'isola-colonia denominata Cuba. E Cortés venne inviato con l'ordine di non far nulla di più avventuroso che esplorare le nostre coste, tracciarne carte, forse tentare qualche piccolo e proficuo commercio con le perline di vetro e altri gingilli.

Ma anch'io posso capire che Cortés abbia intravisto possibilità di gran lunga più grandi dopo aver sconfitto così facilmente le truppe Olmèca del Tabascoöb, e ancor più dopo che il vile popolo Totonàca gli si era sottomesso senza nemmeno battersi. Proprio allora Cortés dovette decidere di divenire il Conquistador en Jefe, il conquistatore di tutto l'Unico Mondo. Ho sentito dire che alcuni degli ufficiali ai suoi ordini, temendo l'ira del governatore, si opposero ai suoi progetti grandiosi, e per questo motivo egli ordinò ai propri seguaci meno pavidi di bruciare le navi. Bloccati su queste coste, anche gli oppositori non potevano fare altro che rassegnarsi ai piani di Cortés.

Così come la storia mi è stata narrata, soltanto un contrattempo minacciò fuggevolmente di impedire il successo di Cortés. Egli inviò l'unica nave rimastagli e il suo ufficiale Alonso — l'uomo che per primo aveva posseduto Malìntzin — a consegnare il primo carico di tesori estorti nelle nostre terre. Alonso doveva navigare furtivamente al di là di Cuba e attraversare l'oceano fino alla Spagna per abbacinare, laggiù, Re Carlos con i ricchi doni, affinché il sovrano desse la sua regale benedizione all'impresa di Cortés, insieme alla concessione di un alto grado tale da rendere legittima la scorreria a fini di conquista. Ma in qualche modo, non so come, il governatore venne informato del passaggio furtivo della nave al largo dell'isola, e suppose che Cortés stesse facendo *qualcosa* sfidando i suoi ordini. Pertanto riunì le venti navi con la moltitudine di uomini e le affidò al comando di Pàmfilo de Narvàez affinché inseguisse e catturasse il fuorilegge Cortés, lo privasse di ogni autorità, concludesse la pace con i popoli da lui offesi o maltrattati, e riportasse a Cuba Cortés in catene.

Tuttavia, stando ai nostri topi informatori, il fuorilegge era riuscito a prevalere su colui che doveva dargli la caccia. E così, mentre Alonso, presumibilmente, deponeva doni in oro e prospettive dorate dinanzi al vostro Re Carlos, in Spagna, Cortés stava facendo la stessa cosa a Vera Cruz — mostrava, cioè, a Narvàez esempi delle ricchezze di questi paesi, persuadendolo del fatto che essi erano stati quasi conquistati, convincendolo a unirsi a lui nel portare a termine la conquista, e assicurandogli che non avevano alcun motivo di temere l'ira di un semplice governatore coloniale. Presto infatti avrebbero consegnato — non già al loro insignificante diretto superiore, ma all'onnipotente Re Carlos — un'intera nuova colonia, più grande come estensione e più ricca della Madre Spagna e di tutte le sue altre colonie messe insieme. Anche se noi capi e anziani dei Mexìca fossimo stati a conoscenza di tutte queste cose il giorno in cui ci riunimmo segretamente, non credo che avremmo potuto fare più di quanto facemmo. Dichiarare cioè, mediante una votazione ufficiale, Motecuzòma Xocòyotzin «temporaneamente incapace» e nominare il fratello di lui Cuitlàhuatzin reggente affinché governasse in sua vece, approvando inoltre la prima decisione che egli prese in tale carica: quella di eliminare rapidamente tutti gli estranei dai quali era allora infestata Tenochtìtlan.

«Tra due giorni» egli disse «si celebreranno le cerimonie in onore della sorella del dio della pioggia, Iztocìuatl. Poiché ella è soltanto la dea del sale, si tratterebbe, normalmente, di un evento di secondaria importanza e interesserebbe appena alcuni sacerdoti, ma questo gli uomini bianchi non possono saperlo. Né possono saperlo i Texaltèca, che mai prima d'ora hanno assistito a celebrazioni religiose in questa città.» Si concesse una risatina maliziosa. «Per tale motivo possiamo essere lieti del fatto che Cortés abbia deciso di lasciare qui i nostri nemici, e non gli Acòlhua, che conoscono bene le festività religiose. Infatti io mi recherò ora al palazzo e, dopo avere avvertito mio fratello di non tradire alcuno stupore, dirò a quell'ufficiale, Tonatìu Alvarado, una vistosa menzogna. Sottolineerò con lui l'*importanza* della nostra cerimonia in onore di Iztocìuatl e gli chiederò di consentire che tutta la popolazione si riunisca nella grande plaza per tutto quel giorno e quella notte, allo scopo di adorare la dea e di divertirsi.»

«Sì!» esclamò la Donna Serpente. «Nel frattempo noi avvertiremo ogni Cavaliere in grado di combattere e ogni guerriero raggiungibile, fino all'ultimo yaoquìzqui in grado di portare le armi. Quando gli stranieri vedranno una turba di gente intenta ad agitare innocuamente armi in quella che sembrerà essere semplicemente una danza rituale, accompagnata da musica e canti, si limiteranno a stare a guardare con la solita divertita sopportazione. Ma, a un segnale...»

«Aspetta» disse Cuautèmoc. «Mio cugino Motecuzòma non tradirà l'inganno, in quanto indovinerà la nostra buona ragione, ma stiamo dimenticando quella maledetta donna, Malìntzin. Cortés l'ha lasciata qui perché faccia da interprete a Tonatìu durante la sua assenza. Ed ella si è accertata di imparare il più possibile delle nostre costumanze. Quando vedrà la plaza gremita di persone, ma non di sacerdoti, si renderà conto che non si tratta del consueto omaggio alla dea del sale. Senza dubbio darà l'allarme ai suoi padroni bianchi.»

«Lasciate la donna a me» dissi. Era l'occasione che avevo aspettato, e non si sarebbe limitata a procurarmi una soddisfazione personale. «Mi rincresce di essere un po' troppo anziano per battermi nella plaza, ma *posso* ancora eliminare una delle nostre più pericolose nemiche. Procedi pure con i tuoi piani, Signore Reggente. Malìntzin non assisterà alla cerimonia, e non potrà sospettare di niente, né rivelare niente. Sarà morta.»

Il piano per la notte di Iztocìuatl era il seguente. Sarebbe stato preceduto da un'intera giornata di canti e danze e combattimenti simulati nel Cuore dell'Unico Mondo, sempre con l'intervento delle donne, delle fanciulle e dei bambini della città. Soltanto quando il crepuscolo avesse cominciato a scendere, gli uomini si sarebbero insinuati nella plaza a gruppetti di due o di tre, prendendo il posto delle donne e dei bambini, che, a loro volta, a gruppetti di due o di tre, si sarebbero allontanati. Una volta calata completamente l'oscurità, e quando la scena fosse stata illuminata dalle torce e dai fuochi nelle urne, quasi tutti gli stranieri, ormai stanchi, avrebbero deciso di ritirarsi nei loro alloggi, o per lo meno, nella luce fioca e baluginante, non avrebbero notato che tutti i partecipanti alla cerimonia erano divenuti robusti e di sesso maschile. Quei danzatori cantilenanti e gesticolanti si sarebbero disposti a poco a poco in file e in colonne, per zigzagare poi, dal centro della plaza verso il portone del palazzo di Axayàcatl, nel Muro del Serpente.

Il più pericoloso ostacolo che si opponesse all'attacco consisteva nella minaccia dei quattro cannoni sul tetto a terrazza di quel palazzo. Uno solo, o alcuni di essi, avrebbero potuto spazzare quasi tutta l'aperta plaza con le loro terribili schegge; non potevano però essere puntati verso il basso altrettanto facilmente. Pertanto, l'intenzione di Cuitìlahuac era quella di far giungere tutti i suoi uomini pigiati il più possibile contro le mura stesse del palazzo prima che gli uomini bianchi potessero rendersi conto di essere attaccati. Poi al suo segnale, l'intero stuolo Mexìca avrebbe fatto irruzione al di là degli uomini di guardia all'ingresso per andare a battersi nelle sale e nei cortili, nei corridoi e nelle stanze interne, ove il maggior numero delle loro maquàhuime di ossidiana avrebbe dovuto sopraffare le più robuste, ma meno numerose spade d'acciaio degli avversari e i meno maneggevoli archibugi. Nel frattempo, altri Mexìca avrebbero smontato e rimosso i ponti di legno che sormontavano i passaggi per le canoe lungo le tre strade rialzate dell'isola, e questi stessi uomini, armati con archi e frecce, avrebbero respinto qualsiasi tentativo delle truppe di Alvarado sulla terraferma di attraversare a nuoto, o in altri modi, quei varchi.

Io studiai altrettanto accuratamente i miei piani. Mi recai dal medico che da lungo tempo curava la mia famiglia, un uomo del quale potevo fidarmi, ed egli, senza trasalire a causa della mia richiesta, mi diede una pozione sulla quale, giurò, potevo far conto. Io ero, naturalmente, ben noto ai servi della corte di Motecuzòma e a coloro che lavoravano nelle cucine, ed essi erano talmente scontenti del loro attuale servizio che non incontrai difficoltà nell'ottenere il loro assenso a impiegare la pozione nel modo esatto e all'ora esatta da me specificati. Dissi poi a Bèu che la volevo lontana dalla città durante la cerimonia in onore di Iztocìuatl, anche se non le spiegai il perché: che cioè vi sarebbe stata una rivolta e che — temevo — i combattimenti avrebbero potuto estendersi in tutta l'isola. Tanto meno le dissi di aspettarmi — a causa della parte da me avuta nella faccenda — dato che gli uomini bianchi, avendone la possibilità, si sarebbero scatenati, con la loro furia più vendicativa, su di me e sulla mia famiglia.

Bèu era, come ho già detto, debole e malaticcia, e non si dimostrò certo entusiasta dell'idea di allontanarsi da casa. Ma non ignorava le riunioni segrete alle quali avevo partecipato, sapeva pertanto che *qualcosa* stava per accadere, e ubbidì senza protestare. Si sarebbe recata a far visita a un'amica che abitava sulla terraferma, a Tepeyàca. Tenuto conto della sua debolezza, le consentii di restare a casa nostra e di riposarsi fino a poco tempo prima che i ponti venissero smantellati. Soltanto nel pomeriggio la feci partire su una piccola portantina, avendo a entrambi i lati le due Turchesi.

Io rimasi in casa, solo. La casa distava abbastanza dal Cuore dell'Unico Mondo per impedirmi di udire le musiche e gli altri strepiti dei simulati festeggiamenti, ma potevo immaginare il piano che veniva attuato con l'infittirsi del crepuscolo: le strade rialzate interrotte, i guerrieri armati che cominciavano a sostituire le donne nella plaza. Non mi sentii particolarmente esultante abbandonandomi a quelle fantasticherie, in quanto il mio contributo era consistito nell'uccidere di soppiatto per la prima volta in vita mia. Andai a prendere in cucina una caraffa di octli e una tazza, nella speranza che il forte liquore potesse placare i rimorsi della coscienza. Poi, mentre calava l'oscurità del crepuscolo, mi misi a sedere nella stanza sulla facciata, al pianterreno, senza accendere alcuna lampada, cercando di stordirmi a furia di bere, e aspettando quelli che potevano essere i prossimi eventi.

Udii lo scalpiccio di molti passi nella strada, poi forti colpi alla porta di casa mia. Quando aprii, mi trovai di fronte a quattro guardie del palazzo che reggevano i quattro angoli di un giaciglio di canne intrecciate sul quale si trovava un corpo esile, coperto da un telo di cotone bianco.

«Perdona il disturbo, Signore Mixtli» disse uno degli uomini, in un tono di voce che non era affatto ansioso del perdono. «Ci è stato ordinato di invitarti a guardare il volto di questa donna morta.»

«Non è necessario» risposi, alquanto sorpreso dal fatto che Alvarado, o Motecuzòma, avessero potuto supporre così rapidamente chi era l'assassino. «Posso riconoscere la sciacalla sgualdrina senza doverla guardare.»

«Invece la guarderai in faccia» disse la guardia, severamente.

Sollevai il telo dal viso della morta, portandomi al contempo il topazio davanti a un occhio, e non è escluso che mi fossi lasciato sfuggire, involontariamente, una qualche sorda esclamazione, perché si trattava di una fanciulla che non potei riconoscere, non avendola mai veduta prima di allora.

«Si chiama Laura» disse Malìntzin «o meglio così si chiamava.» Non avevo notato che ai piedi dei gradini si trovava una portantina. I portatori la deposero, Malìntzin ne discese, e le guardie che reggevano il giaciglio si spostarono per farle posto e consentirle di salire fino a me. Ella soggiunse: «Parleremo in casa», poi, rivolta alle quattro guardie: «Aspettate là sotto finché uscirò o chiamerò. Se dovessi chiamare, lasciate cadere il fardello e accorrete immediatamente».

Spalancai la porta per farla entrare, poi la richiusi in faccia alle guardie. Annaspai qua e là nel corridoio sempre più buio, cercando una lampada, ma ella disse: «Lascia pure la casa immersa nell'oscurità. Non ci fa molto piacere guardarci a vicenda, non è forse così?» Pertanto la condussi nella stanza sulla facciata e occupammo due sedie poste l'una di fronte all'altra. Ella era una sagoma piccola e rannicchiata su se stessa, nel crepuscolo, ma la sua minaccia si profilava grande. Versai e bevvi un'altra abbondante dose di octli. Se prima avevo cercato lo stordimento, le nuove circostanze facevano sembrare preferibili o la paralisi o il delirio della follia.

«Laura era una delle fanciulle Texaltèca donatemi per essere le mie ancelle personali» disse Malìntzin. «Oggi toccava a lei assaggiare i cibi servitimi. È una precauzione che ho adottato da qualche tempo, ma ignota agli altri servi e a chiunque occupi il palazzo. Pertanto non devi rimproverarti troppo aspramente se hai fallito, Signore Mixtli, anche se potresti dedicare qualche momento di rimorso all'innocente, giovane Laura.»

«È una cosa che vado deplorando da anni» dissi con ebbra gravità. «Sono sempre gli incolpevoli a morire... i buoni, gli utili, i degni, gli innocenti. Ma i malvagi — e questo è ancor più deplorevole — continuano tutti a ingombrare il mondo, molto più a lungo di quanto meritino. Naturalmente non occorre una grande saggezza per fare un'osservazione del genere. Del resto, tanto varrebbe che io protestassi perché le grandinate di Tlaloc distruggono il nutriente granturco e mai uno sgradevole rovo.»

Stavo, in effetti, parlando a vanvera, dissertavo sull'ovvio, ma questo perché una parte non ancora inebriata della mia mente era freneticamente alle prese con qualcosa di molto diverso. Il tentativo di togliere la vita a Malìntzin — e senza dubbio la sua intenzione di ricambiare la cortesia — aveva fino ad ora impedito alla giovane donna di accorgersi che nel Cuore dell'Unico Mondo stava accadendo qualcosa di insolito. Ma, se ella mi avesse ucciso subito, per poi fare ritorno laggiù immediatamente, se ne sarebbe accorta e avrebbe ancora potuto avvertire in tempo i suoi padroni. A parte il fatto che non ci tenevo a morire senza alcuno scopo, com'era accaduto alla sfortunata Laura, avevo giurato di fare in modo che Malìntzin non ostacolasse in alcun modo il piano di Cuitlàhuac. Dovevo continuare a farla parlare, o gongolare... o, se necessario, dovevo farmi ascoltare da lei supplicando vigliaccamente per aver salva la vita... fino a quando la notte fosse stata completamente buia e un clamore percettibile fosse giunto fino a noi dalla plaza. In quel momento le sue quattro guardie sarebbero forse andate precipitosamente a vedere che cosa stesse accadendo. In ogni modo, si fossero allontanate o meno, non avrebbero ancora per molto preso ordini da Malìntzin. *Purché* io fossi riuscito a trattenerla lì con me, a tenerla occupata, soltanto per breve tempo.

« Le tempeste di grandine di Tlaloc distruggono anche le farfalle » continuai a farfugliare « mai però, credo, una sola pestifera mosca. »

Ella disse, in tono tagliente: « Finiscila di parlare come se tu fossi senile, o come se ti stessi rivolgendo a una bambina. Sono la donna che hai tentato di avvelenare. E ora mi trovo qui... »

Pur di parare le previste e successive parole di lei, sarei stato disposto a dire qualsiasi cosa. Dissi: « Continuo a pensare a te, immagino, come a una bambina che sta appena tramutandosi in donna... nello stesso modo con il quale penso alla mia povera figliola Nochìpa... »

« Ma io sono abbastanza avanti negli anni per meritare di essere uccisa » disse lei. « Signore Mixtli, se il mio potere è tale da indurti a ritenerlo pericoloso, potresti anche considerarne la possibile utilità. Perché tentare di porvi termine, mentre potresti volgerlo a tuo vantaggio? »

La fissai battendo le palpebre, come un allocco; tuttavia non la interruppi per domandarle che cosa intendesse dire; lasciai che continuasse a parlare finché voleva.

Ella disse: « La tua situazione nei confronti dei Mexìca è identica alla mia nei confronti degli uomini bianchi. Non sei un membro riconosciuto ufficialmente dei loro consessi, ma, ciò nonostante, rappresenti una voce che essi ascoltano e seguono. Noi due non ci stimeremo mai, ma possiamo aiutarci a vicenda. Tu ed io sappiamo entrambi che le cose non saranno mai più le stesse nell'Unico Mondo, ma nessuno è in grado di dire a chi apparterrà il futuro. Se il popolo di questi paesi prevarrà, tu potrai essere il mio saldo alleato. Se prevarranno gli uomini bianchi, potrò essere io la tua alleata».

Dissi, ironicamente, e con un singulto: «Mi proponi di accordarci per tradire reciprocamente le due opposte parti che ognuno di noi due ha scelto? Perché non ci limitiamo semplicemente a scambiarci le vesti e a passare al lato opposto?»

«Sappi una cosa. Non devo fare altro che chiamare le mie guardie e sarai un uomo morto. Ma tu non sei un nessuno come Laura. La tua fine metterebbe in pericolo la tregua che entrambi i nostri padroni hanno cercato di preservare. Hernàn potrebbe addirittura sentirsi in obbligo di consegnarmi per il castigo, così come Motecuzòma consegnò Cuapopòca. Come minimo, perderei parte dell'ascendente che ho già conquistato. D'altro canto, se non ti facessi eliminare, dovrei sempre guardarmi dai tuoi *prossimi* tentativi di togliermi la vita. Questo mi distrarrebbe, impedendomi di concentrarmi sulla tutela dei miei interessi.»

Risi e dissi con un'ammirazione quasi sincera: «Hai il sangue freddo di un iguana». La cosa mi parve esilarante e continuai a ridere clamorosamente che per poco non caddi dalla sedia bassa.

Ella aspettò finché non mi fui calmato, poi continuò come se non fosse stata interrotta. «Concludiamo dunque un patto segreto tra noi. Un patto, se non di alleanza, per lo meno di neutralità. E suggelliamolo in modo tale che nessuno di noi due possa mai violarlo.»

«Come potremmo suggellarlo, Malìntzin? Abbiamo dimostrato entrambi di essere traditori e indegni di fiducia.»

«Andremo a letto insieme» rispose lei, e questo mi fece trasalire a tal punto che davvero scivolai giù dalla sedia. Ella aspettò che mi rialzassi; ma, quando rimasi stupidamente seduto sul pavimento, domandò: «Sei ubriaco, Mixtzin?»

«Devo esserlo» risposi. «Sto udendo cose impossibili. Mi è sembrato di sentirti proporre che noi due...»

«È vero. Ti ho proposto di giacere insieme stanotte. Gli uomini bianchi sono più gelosi delle loro donne di quanto lo siano persino gli uomini della nostra razza. Hernàn ti ucciderebbe per aver fatto questo, e ucciderebbe me per essermi piegata alle tue voglie. Le quattro guardie qui fuori saranno sempre disponibili per testimoniare... che io ho trascorso molto tempo qui con te, al buio, e che sono uscita da casa tua sorridente, e non infuriata o in lacrime. Non è mirabilmente semplice? Non è un legame indissolubile? Nessuno di noi due potrà mai più osare di nuocere all'altro o di offenderlo, altrimenti verrebbe pronunciata la parola che condannerebbe entrambi. »

Pur correndo il rischio di adirarla e di farla andar via intempestivamente, dissi: «A cinquanta e quattro anni non sono sessualmente senile, ma non mi getto più su una qualsiasi femmina che si offra. Non è che sia divenuto incapace, sono soltanto più selettivo». Intendevo esprimermi con nobile dignità, ma i miei frequenti singulti, tra una parola e l'altra, e il fatto che continuassi a parlare rimanendo seduto sul pavimento, sminuirono alquanto l'effetto. «Come hai fatto rilevare tu stessa, non ci stimiamo neppure. E ti saresti potuta servire di parole più forti. Il termine ripugnanza definirebbe meglio quello che proviamo l'uno nei riguardi dell'altra. »

Ella disse: «Non desidero niente di diverso tra noi. Propongo soltanto qualcosa che ci farà comodo. Quanto alle tue sensibilità discriminatrici, fa quasi buio, qui dentro. Puoi immaginare in me qualsiasi donna tu possa desiderare».

Devo rassegnarmi anche a questo, domandai a me stesso, confusamente, pur di trattenerla qui e lontana dalla plaza? A voce alta, protestai: «Sono vecchio abbastanza per poter essere tuo padre».

«Fingi di esserlo, allora» dissi lei, indifferente, «se l'incesto è di tuo gusto.» Poi ridacchiò. «Per quello che ne so, potresti essere davvero mio padre. E, quanto a me, posso immaginare *qualsiasi cosa.*»

«Allora immaginerai» dissi io. «Immagineremo entrambi che il nostro illecito accoppiamento abbia avuto luogo, anche se non sarà così. Passeremo il tempo semplicemente conversando, e le guardie testimonieranno che siamo rimasti qui per un periodo di tempo abbastanza lungo e compromettente. Gradiresti un sorso di octli? »

Andai, barcollando, in cucina e, dopo aver rotto parecchie cose al buio là dentro, tornai indietro, sempre barcollante, con un'altra tazza. Mentre le versavo l'octli, Malìntzin cogitò a voce alta: «Ricordo... dicesti che tua figlia ed io avevamo lo stesso nome di nascita e gli stessi anni. Che eravamo della stessa età». Bevvi un'altra lunga sorsata di octli. Ella sorseggiò dalla sua tazza, poi reclinò il capo, interrogativa, da un lato. «Tu e quella tua figliola, vi divertivate mai a... giocare insieme? »

«Sì» risposi con la voce impastata. «Ma non come credo che tu stia pensando. »

«Non stavo pensando a niente» disse lei, tutta innocenza. «Ci limitiamo a conversare, come hai proposto tu. A quali giochi giocavate?»

« Ce n'era uno che chiamavamo i Singulti del Vulcano... l'E-
ruzione del Vulcano, voglio dire. »

« Non lo conosco, questo gioco. »

« Era soltanto una cosa stupida. Lo inventammo noi stessi. Io
mi sdraiavo sul pavimento. Così. » Non riuscii precisamente a
sdraiarmi; caddi supino, con un tonfo. « E flettevo le ginocchia,
così, vedi, per imitare il picco del vulcano. Nochìpa si appollaia-
va lì. »

« In questo modo? » disse lei, appollaiandosi sulle mie ginocchia. Era piccoletta e leggera, e, nella stanza buia, sarebbe potuta essere qualsiasi donna.

« Sì » risposi. « Poi muovevo le ginocchia... il vulcano che si
desta, capisci... e la facevo saltellare... »

Ella si lasciò sfuggire uno squittio sommesso di sorpresa e scivolò giù, finendo con un tonfo sul mio ventre. La gonna le si sollevò nel movimento e, quando tesi le braccia per sostenerla, mi
resi conto che non portava niente sotto.

Ella domandò, a voce bassa: « E poi il vulcano eruttava? »

Da molto tempo non possedevo una donna, ed era piacevole
averne di nuovo una, e l'ubriachezza non influì sulle mie capacità. Eiaculai così potentemente e così spesso che, ritengo, parte
del mio senno si riversò insieme all'omìcetl. La prima volta
avrei potuto giurare di essere stato effettivamente scosso dalle
vibrazioni e dai rombi dell'eruzione di un vulcano. Se anche lei
provò la stessa cosa, non disse nulla. Ma, dopo la seconda volta,
ansimò: « È diverso... quasi piacevole. Sei così pulito... e hai un
così buon odore ». E, dopo la terza volta, quando ebbe ripreso
fiato, disse: « Se tu non rivelassi... la tua età... nessuno riuscirebbe... a supporla ». Infine giacemmo entrambi spossati, ansimanti, allacciati, e soltanto a poco a poco io mi resi conto che la
stanza si era illuminata. Provai una sorta di scombussolamento,
una sorta di incredulità, riconoscendo nel volto accanto al mio il
volto di Malìntzin. Il lungo amplesso era stato più che piacevole, ma io parvi emergerne in uno stato d'animo di disperazione,
o forse anche di alienazione mentale. Mi domandai: che cosa sto
facendo qui con *lei*? Questa è la donna che ho detestato con tanta veemenza e così a lungo da essere ora colpevole dell'assassinio di una innocente sconosciuta...

Ma, quali che potessero essere gli altri pensieri e le altre emozioni dilaganti in me in quel momento di rinnovata consapevolezza e di almeno parziale liberazione dall'ebbrezza dell'alcool,
la semplice curiosità fu l'impulso più immediato. Non riuscivo a
spiegarmi come mai vi fosse di nuovo luce nella stanza; senza

dubbio non eravamo rimasti lì tutta la notte. Voltai la testa verso la sorgente della luce e, anche senza l'aiuto del topazio, potei vedere che Bèu si trovava sulla soglia della stanza con una lampada accesa in mano. Non sapevo da quanto tempo ci stesse osservando. Ella vacillò mentre rimaneva lì in piedi e disse, non irosamente, bensì malinconicamente:

«Puoi fare... questo... mentre i tuoi amici vengono massacrati?»

Malìntzin si limitò a voltarsi languidamente per osservare Luna in Attesa. Non mi stupì molto il fatto che una donna come lei non si curasse di essere sorpresa in una simile situazione, ma mi sarei aspettato una qualche esclamazione di sgomento a causa della notizia che i suoi amici venivano massacrati. Invece ella sorrise e disse:

«*Ayyo!* Bene. Abbiamo una testimone ancor più credibile delle guardie, Mixtzin. Il nostro patto ci legherà ancor più di quanto avessi potuto sperare».

Si alzò senza curarsi di coprire il proprio corpo umidamente lucente. Io afferrai il mantello che mi ero tolto, ma, anche nella confusione della vergogna, dell'imbarazzo e dell'indugiante ubriachezza, ebbi abbastanza presenza di spirito per dire: «Malìntzin, credo che tu abbia sprecato il tuo tempo e i tuoi favori. Nessun patto potrà più servirti, ormai».

«Ed io credo invece che sia *tu* a sbagliare, Mixtzin» disse lei, senza mai smettere di sorridere. «Domandalo a questa vecchia, qui. Ella parlava della morte dei *tuoi* amici.»

Di colpo mi drizzai a sedere e balbettai: «Bèu?»

«Sì» sospirò lei. «Sono stata mandata indietro dai nostri uomini sulla strada rialzata. Pure scusandosi, hanno detto di non poter correre il rischio che qualcuno comunicasse con gli stranieri sulla sponda del lago. Sono allora tornata indietro dalla parte della plaza per vedere le danze. E poi... è stato orribile...»

Chiuse gli occhi, si appoggiò allo stipite della porta e continuò, come se fosse stordita: «Vi sono stati lampi e tuoni sul tetto del palazzo, e i danzatori — come in seguito a una spaventosa magia — si sono tramutati in brandelli di carne. Subito dopo gli uomini bianchi e i loro guerrieri si sono riversati fuori del palazzo con altri lampi e tuoni e fulgori di metallo. Una delle loro spade può tagliare una donna in due all'altezza della vita, Zàa, lo sapevi? E la testa di un bimbetto rotola proprio come una palla del tlachtli, Zàa, lo sapevi? Ne ho veduto rotolare una propria ai miei piedi. Quando qualcosa mi ha trafitto la mano, sono fuggita...»

Vidi allora che aveva sangue dappertutto sulla blusa. Le scorreva giù per il braccio, dalla mano che reggeva alta la lampada. Balzai fulmineamente in piedi nello stesso momento in cui ella perdeva i sensi e cadeva. Afferrai la lampada prima che potesse incendiare la stuoia del pavimento. Poi presi Bèu tra le braccia per portarla di sopra e a letto. Malìntzin, raccattando con calma le proprie vesti, disse:

«Non ti soffermi nemmeno quanto basta per ringraziarmi? Hai me e le guardie come testimoni del fatto che ti trovavi in casa e non eri coinvolto in alcuna ribellione».

La fissai gelido. «Lo sapevi. Lo hai sempre saputo.»

«Naturalmente Pedro mi ha ordinato di tenermi lontana dal pericolo, e così ho deciso di venire qui. Volevi impedirmi di osservare i preparativi della tua gente nella plaza.» Rise. «Ed io invece volevo accertarmi che tu non osservassi alcuno dei nostri: lo spostamento di tutti e quattro i cannoni sul lato del tetto a terrazza che dà sulla plaza, ad esempio. Ma devi ammetterlo, Mixtzin, non è stata una serata noiosa. E tra noi esiste ormai un patto, non è forse così?» Rise di nuovo, realmente divertita. «Non potrai mai alzare la mano contro di me. Non più, ormai.»

Non capii del tutto quello che intendeva con tali parole finché Luna in Attesa non ebbe ripreso i sensi e fu in grado di spiegarmelo. Questo accadde dopo che il medico era venuto e le aveva curato la mano, dilaniata da quello che doveva essere stato uno dei frammenti sparati dai cannoni degli Spagnoli. Quando il medico se ne fu andato, rimasi seduto accanto al letto. Bèu vi giaceva senza guardarmi, il viso più smunto e pallido di prima; una lacrima le striò la gota e, per molto tempo, non dicemmo niente. Infine riuscii a mormorare, rauco, che ero spiacente. Sempre senza guardarmi, ella disse:

«Non sei mai stato un marito per me, Zàa, e non hai mai consentito che io fossi tua moglie. Pertanto non è neppure il caso di parlare della tua fedeltà o infedeltà nei miei riguardi. Ma il fatto che tu rimanga fedele a un qualche... a un qualche tuo principio... questo è tutt'altra cosa. Sarebbe stato abietto da parte tua esserti semplicemente accoppiato con quella donna di cui si servono gli uomini bianchi. Ma non lo hai fatto. No, in realtà. Io ero presente e lo so».

Luna in Attesa voltò la testa, allora, e mi osservò con uno sguardo che colmava l'abisso di indifferenza dal quale eravamo stati per così lungo tempo divisi. Per la prima volta dopo gli anni della nostra gioventù sentii emanare da lei un sentimento che, lo sapevo, non era né finzione né affettazione. Poiché trattavasi di un sentimento sincero, vorrei soltanto che potesse essere stato più cordiale. Infatti ella mi fissò come avrebbe potuto fissare uno dei mostri umani nel serraglio, e disse:

«Quello che hai fatto... credo che non esista neppure una parola per esprimerlo. Mentre tu eri... mentre ti trovavi entro di lei... facevi scorrere le mani dappertutto sul suo corpo nudo, e mormoravi tenerezze. "Zyanya, tesoro mio" dicevi, e "Nochìpa, mia diletta" dicevi, e "Zyanya, mia carissima" dicevi, e, *ancora*, "Nochìpa!" esclamavi». Ella deglutì, come per impedire a se stessa di mettersi a un tratto a vomitare. «Poiché i due nomi significano la stessa cosa, non so se tu ti sia giaciuto con mia sorella, o con tua figlia, o con entrambe, oppure ora con l'una e ora con l'altra. Ma di una cosa sono certa: entrambe le donne chiamate Sempre — tua moglie e tua figlia — morirono molti anni fa. Zàa, tu ti stavi accoppiando con defunte!»

Mi addolora, reverendi frati, vedervi voltare la testa dall'altra parte, esattamente come la voltò Bèu Ribè, da me, dopo aver pronunciato queste parole quella notte.

Ah, be'. Può darsi che, cercando di fare un resoconto sincero della mia vita e del mondo nel quale vivevo, io riveli a volte di me stesso più di quanto abbiano mai saputo le persone a me più care, forse più di quanto io stesso potrei voler sapere. Ma non ritirerò, né modificherò qualsiasi cosa abbia potuto dire, né vi chiederò di cancellare una sola parola dai vostri fogli. Lasciate tutto com'è. Un giorno questa cronaca potrà servire come la mia confessione alla cortese dea Divoratrice di Sozzure, poiché i sacerdoti Cristiani preferiscono confessioni più brevi di quanto potrebbe esserla la mia, e impongono penitenze più lunghe della poca vita che mi rimane per farle, e inoltre non sono così tolleranti delle debolezze umane come lo era la paziente e clemente Tlazoltèotl.

Ma ho voluto parlarvi dell'alleanza di quella notte con Malìntzin soltanto allo scopo di spiegare perché ella vive ancor oggi, sebbene, dopo quell'episodio, io l'avessi odiata come non mai. L'odio contro di lei venne reso ancor più incandescente dalla ripugnanza nei miei riguardi che avevo letto negli occhi di Bèu e dalla ripugnanza di me stesso che provai per conseguenza. Tuttavia, non feci alcun altro tentativo di uccidere Malìntzin, sebbene mi si fossero presentate altre occasioni, e in nessun modo tentai di ostacolare le ambizioni di lei. Nel frattempo, come poi risultò, anch'ella non ebbe alcun motivo di fare del male a me. Poiché, negli anni successivi, mentre lei saliva sempre più in alto nella nuova nobiltà di questa Nuova Spagna, io divenivo così poco importante da non attrarre la sua attenzione.

Ho detto che Cortés poteva anche essere innamorato della donna; infatti la tenne con sé ancora per alcuni anni. Non cercò di nasconderla nemmeno quando la moglie da tempo abbandonata, Doña Catalina, arrivò inaspettatamente da Cuba. Quando

Doña Catalina morì pochi mesi dopo, alcuni ne attribuirono la fine al mal di cuore, altri a cause meno romantiche, ma lo stesso Cortés volle un'inchiesta ufficiale che lo assolse da ogni responsabilità per la morte della moglie. Non molto tempo dopo, Malìntzin diede a Cortés un figlio, Martin; il bambino ha ora circa otto anni, e, mi risulta, andrà in Spagna a frequentarvi le scuole.

Cortés allontanò da sé Malìntzin soltanto dopo esser stato ricevuto alla corte di Re Carlos, dalla quale tornò con il titolo di Marqués del Valle e con l'appena sposata Marquesa Juana sottobraccio. Poi si accertò che la ripudiata Malìntzin non mancasse di nulla. In nome della Corona le assegnò una vasta estensione di terre e la fece sposare, con il rito cristiano, a un certo Juan Jaramillo, capitano di una nave. Sfortunatamente, il servizievole capitano scomparve, di lì a non molto, in mare. Così, oggi, Malìntzin è nota a voi, reverendi scrivani — e a Sua Eccellenza il Vescovo, che la tratta con i modi più deferenti — come Doña Señora Marina, Viuda de Jaramillo, proprietaria dell'imponente tenuta insulare di Tacamichàpa, vicino alla cittadina di Espìritu Santo. Questa cittadina si chiamava in passato Coàtzacoàlcos e l'isola concessa a Malìntzin dalla Corona è situata nel fiume ove l'ex fanciulla schiava Una Erba attinse un giorno l'acqua che mi diede da bere.

Doña Marina vive perché io le consento di vivere, e le consento di vivere perché, fuggevolmente, una notte, fu... be' fu qualcuna che amavo...

O gli Spagnoli erano stati stupidamente troppo bramosi di scatenare la devastazione nel Cuore dell'Unico Mondo, oppure avevano deliberatamente deciso di rendere il loro attacco il più possibile perfido, punitivo e tale da non poter essere dimenticato. Infatti, non era ancora notte piena quando avevano fulminato con i loro cannoni, e poi caricato con le lance, le spade e gli archibugi la folla. Erano riusciti a uccidere, o a ferire orribilmente, più di mille delle donne, delle fanciulle e dei bambini che stavano danzando. Ma in quel momento, nella prima oscurità, soltanto relativamente pochi dei nostri guerrieri Mexìca si trovavano tra la folla, per cui nemmeno venti di essi erano caduti e tra le vittime non si trovava uno solo dei Cavalieri comandanti o dei nobili che avevano organizzato la rivolta. Poi gli Spagnoli non andarono nemmeno in cerca dei massimi responsabili, per punirli; gli uomini bianchi, dopo l'esplosiva sortita dal palazzo, non fecero altro che rinchiudervisi nuovamente, non osando farsi vedere nella città infuriata.

Per scusarmi di non essere riuscito a eliminare Malìntzin non mi rivolsi al comandante degli eserciti Cuitlàhuac, che supponevo dovesse essere in preda alla furia e alla delusione. Cercai, invece, il Signore Cuautèmoc, sperando di trovarlo più comprensivo nei confronti della mia incapacità. Lo avevo conosciuto sin da ragazzo, quando veniva a casa mia con sua madre, la Prima Signora, ai tempi in cui suo padre Ahuìtzotl e mia moglie Zyanya vivevano ancora. Cuautèmoctzin era allora il Principe della Corona, erede del trono Mexìca e soltanto la sfortuna gli aveva impedito di divenire Uey-Tlatoàni prima che Motecuzòma si insinuasse in quella carica. Poiché Cuautèmoc sapeva che cosa significasse la delusione, speravo di trovarlo più clemente con me, colpevole di non aver saputo impedire a Malìntzin di avvertire gli uomini bianchi.

«Nessuno può attribuirti alcuna colpa, Mixtzin» egli disse, quando gli ebbi riferito in qual modo ella fosse riuscita a sottrarsi al veleno. «Avresti reso all'Unico Mondo un servigio eliminando quella traditrice, ma non ha importanza se la cosa non ti è stata possibile. »

Interdetto, dissi: « Non ha importanza? Perché no? »

« Perché non è stata lei a tradirci » rispose Cuautèmoc. « Non ne ha avuto bisogno. » Fece una smorfia come se stesse soffrendo. « È stato il mio eminente cugino. Il Riverito Oratore Motecuzòma. »

« Cosa? » esclamai.

« Cuitlàhuac, come ricorderai, si recò dall'ufficiale Tonatìu Alvarado, e chiese e ottenne il permesso di tenere la cerimonia in onore di Iztocìuatl. Non appena Cuitlàhuac fu uscito dal palazzo, Motecuzòma disse ad Alvarado di guardarsi da un tradimento. »

« Perché? »

Cuautèmoc si strinse nelle spalle. « Orgoglio ferito? Vendicativa dispettosità? A Motecuzòma difficilmente poteva far piacere che la rivolta fosse stata organizzata da suoi sottoposti, preparata a sua insaputa e attuata senza la sua approvazione o partecipazione. Quale che possa essere stata la ragione vera, egli si giustifica dicendo che non approva alcuna violazione della tregua con Cortés. »

Ringhiai una parola oscena, con la quale non ci si riferisce, in genere, ai Riveriti Oratori. « Che cos'è la nostra violazione della tregua, in confronto al fatto che egli ha istigato il massacro di un migliaio tra donne e bambini del suo stesso popolo? »

« Supponiamo caritatevolmente che egli si aspettasse soltanto il divieto dei festeggiamenti da parte di Alvarado e non prevedesse una dispersione così violenta dei partecipanti alla celebrazione. »

« Dispersione violenta » grugnii. « Questo è un modo nuovo

per dire massacro indiscriminato. Mia moglie, una semplice spettatrice, è rimasta ferita. Una delle sue due schiave è stata uccisa, e l'altra è fuggita, terrorizzata, per andare a nascondersi chissà dove. »

« Se non altro » disse Cuautèmoc, con un sospiro, « l'incidente ha unito tutto il nostro popolo nel risentimento. Prima la gente si limitava a mormorare e a borbottare, mentre alcuni diffidavano di Motecuzòma e altri lo sostenevano. Ora sono tutti decisi a farlo a pezzi, insieme a chiunque altro si trovi in quel palazzo. »

« Bene » dissi « allora regoliamoci in questo modo. Abbiamo ancora quasi tutti i nostri guerrieri. Solleviamo anche la popolazione della città — persino i vecchi come me — e attacchiamo il palazzo. »

« Questo sarebbe un suicidio collettivo. Gli stranieri si sono ormai barricati all'interno, dietro i loro cannoni, dietro gli archibugi e le balestre che essi puntano da ogni finestra. Non potremmo avvicinarci all'edificio senza essere annientati. Dobbiamo impegnarli in un corpo a corpo, come era stato previsto inizialmente, e dobbiamo aspettare che l'occasione si ripresenti. »

« Aspettare! » esclamai, pronunciando un'altra bestemmia.

« Ma, mentre aspettiamo, Cuitlàhuac sta facendo affluire sull'isola altri guerrieri. Forse avrai notato un aumento del traffico di canoe e chiatte tra qui e la terraferma, apparentemente per il trasporto di fiori, verdure e così via. Nascosti sotto quei carichi si trovano uomini e armi, truppe Acòlhua di Cacàma provenienti da Texcòco, truppe Tecpanèca, provenienti da Tlàcopan. Nel frattempo, man mano che noi ci rafforziamo, i nostri nemici possono indebolirsi. Durante il massacro, tutti i loro servi e schiavi hanno abbandonato il palazzo. Ora, naturalmente, non un solo mercante o portatore Mexìcatl farà loro avere viveri o altro. Lasceremo che gli uomini bianchi e i loro amici — Motecuzòma, Malìntzin, tutti quanti — rimangano entro il fortino e soffrano per qualche tempo. »

Domandai: « Cuitlàhuac spera di costringerli alla resa per fame? »

« No. Subiranno privazioni, ma le cucine e le dispense sono sufficientemente fornite per nutrirli fino all'arrivo di Cortés. Quando egli tornerà non deve trovarci apertamente in guerra, intenti ad assediare il palazzo, perché in tal caso gli basterebbe organizzare un assedio analogo intorno all'intera isola per affamare noi come noi affameremmo loro. »

« Ma perché lasciarlo arrivare sin qui? » domandai. « Sappiamo che sta tornando. Andiamogli incontro e affrontiamolo allo scoperto. »

« Hai dimenticato con quale facilità vinse la battaglia del

Texcàla? E ora dispone di molti più uomini e cavalli e armi. No, non lo affronteremo sul campo. Cuitlàhuac si propone di lasciar giungere sin qui Cortés senza opporglisi, facendogli trovare tutta la sua gente illesa nel palazzo, con la tregua apparentemente ripristinata. Ma, quando avremo lui e *tutti* gli uomini bianchi entro i nostri confini, *allora* attaccheremo — anche se dovrà trattarsi di un attacco suicida — e li elimineremo completamente da quest'isola e dall'intera regione dei laghi. »

✠

Forse gli dei decisero che era giunto il momento di concedere a Tenochtìtlan un cambiamento per il meglio del suo tonàli collettivo, poiché quest'ultimo piano riuscì con appena alcune imprevedibili complicazioni.

Quando venimmo a sapere che Cortés e la sua moltitudine di uomini si stavano avvicinando, tutti, nella città, per ordine del reggente Cuitlàhuac, assunsero con decisione un aspetto esteriore di imperturbata normalità, anche le vedove e gli orfani e gli altri parenti degli innocenti massacrati. I ponti vennero ricostruiti su tutte e tre le strade rialzate, e viaggiatori e portatori camminarono e trotterellarono lungo quelle arterie. Le canoe e le chiatte che ingombravano i canali della città e le acque del lago intorno all'isola ricominciarono a trasportare carichi innocenti. Le migliaia di combattenti Acòlhua e Tecpanèca, che in precedenza avevamo traghettato inosservati proprio sotto il naso degli alleati di Cortés sulla terraferma, erano stati, da allora, tenuti nascosti. Otto di essi, in effetti, abitavano in casa mia, annoiati e impazienti di agire. Le vie di Tenochtìtlan erano gremite come sempre, e il mercato di Tlatelòlco continuava ad essere movimentato, pittoresco e rumoroso. La sola parte quasi deserta della città era il Cuore dell'Unico Mondo, con la pavimentazione in marmo ancora imbrattata di sangue e la sua vasta distesa attraversata soltanto dai sacerdoti dei templi, che continuavano a celebrare le funzioni quotidiane, con preghiere, canti, incenso bruciato e il suono delle buccine per segnalare il trascorrere del tempo all'alba, a mezzogiorno e così via.

Cortés giunse con circospezione, temendo animosità, in quanto aveva saputo, naturalmente, della notte del massacro, e non voleva esporre nemmeno il suo formidabile esercito al pericolo di un'imboscata. Dopo aver rasentato Texcòco a prudente distanza, percorse, come la prima volta, la sponda sud del lago, ma non scelse la strada rialzata sud per entrare a Tenochtìtlan; i suoi uomini sarebbero stati vulnerabili a un attacco di guerrieri su canoe se fossero venuti a trovarsi disseminati sullo scoperto tratto di quella lunga arteria. Egli proseguì intorno al lago e risalì la sponda occidentale, lasciando indietro il principe Fiore Nero e i suoi guerrieri, e piazzando a intervalli i grossi cannoni, tutti puntati, oltre l'acqua, contro la città, con i relativi serventi. Arrivò fino a Tlàcopan, perché la strada rialzata che parte di laggiù è la più breve delle tre. Anzitutto, lui e i suoi cento o più cavalleggeri la percorsero al galoppo, quasi si aspettassero di essere disarcionati. Poi lo seguirono i soldati appiedati, percorrendo di corsa, a compagnie di circa cento uomini per volta.

Una volta giunto sull'isola, Cortés dovette respirare più liberamente. Non vi erano state imboscate o altri ostacoli per impedire il suo ritorno. Anche se la popolazione per le vie della città non lo accolse con un benvenuto tumultuoso, nemmeno lo insultò; tutti si limitarono a salutare con semplici cenni del capo, come se non fosse mai partito. Ed egli dovette sentirsi potente in modo rassicurante, essendo accompagnato da un migliaio e mezzo di suoi compatrioti, per non parlare dell'appoggio di migliaia di guerrieri alleati accampati lungo un arco sulla terraferma. Forse addirittura si illuse, ritenendo che noi Mexìca ci fossimo infine rassegnati a riconoscere la sua supremazia. Così, dalla strada rialzata, lui e le sue truppe marciarono attraverso la città come conquistatori ormai vittoriosi.

Cortés non tradì alcuna sorpresa trovando la plaza centrale così deserta; pensò forse che fosse stata sgombrata per facilitargli il passaggio. In ogni modo, il grosso delle sue forze si fermò lì e, con molto strepito e un gran trambusto e zaffate di fetori, i soldati cominciarono a impastoiare i cavalli, a srotolare le coperte, ad accendere fuochi da campo, e a sistemarsi in ogni altro modo, come in previsione di una lunga sosta. Tutti i Texaltèca rimasti a Tenochtìtlan sgombrarono il palazzo di Axayàcatl e si accamparono a loro volta nella plaza. Motecuzòma e un gruppo di suoi fedeli cortigiani uscirono a loro volta dal palazzo, per la prima volta dopo la notte di Iztocìuatl, andando a salutare Cortés, ma, sdegnosamente, egli li ignorò. Insieme al suo nuovo compagno d'armi reclutato di recente, Narvàez, passò accanto a loro senza degnarli di uno sguardo ed entrò nel palazzo.

Immagino che, per prima cosa, sbraitarono ordinando cibi e bevande, e mi piacerebbe aver veduto la faccia di Cortés quando venne servito non già da schiavi, ma dai soldati di Alvarado, e quando essi gli portarono soltanto fagioli secchi e muffiti, polenta atòli e quelle poche altre provviste rimaste. Mi piacerebbe, inoltre, aver potuto ascoltare la prima conversazione di Cortés con Alvarado, quando quell'ufficiale simile al sole gli descrisse come avesse eroicamente domato la «sollevazione» di donne e bambini inermi, trascurando però di eliminare più che un pugno di guerrieri Mexìca, i quali potevano costituire ancora una minaccia.

Cortés e il suo accresciuto esercito erano giunti sull'isola nel pomeriggio. Evidentemente lui e Narvàez e Alvarado continuarono a conferire fino al cader della notte, ma su che cosa discussero, o su quali piani si accordarono, nessuno lo seppe mai. Io so soltanto che, a un certo momento, Cortés inviò una compagnia di suoi soldati all'altro lato della plaza, nel palazzo di Motecuzòma, ove, con lance e sbarre di ferro e arieti gli uomini sfondarono le pareti mediante le quali Motecuzòma aveva tentato di nascondere e di chiudere le camere del tesoro. Poi, simili a formiche indaffarate tra un vaso di miele e il loro formicaio, i soldati andarono avanti e indietro, trasferendo l'oro e le gemme del tesoro nel salone da pranzo del palazzo di Cortés. Per questo occorse ai soldati quasi tutta la notte, in quanto v'era molto da saccheggiare, e non in forma facilmente trasportabile, per motivi che dovrei forse chiarire.

Essendo il nostro popolo persuaso che l'oro fosse il sacro escremento degli dei, i nostri tesorieri non si limitavano ad accumularlo nella sua forma grezza di polvere o pepite, e neppure lo fondevano formando insignificanti lingotti o monete di conio, come fate voi Spagnoli. Prima di entrare nella tesoreria, l'oro passava per le mani esperte dei nostri orafi, che ne accrescevano il valore e la bellezza trasformandolo in statuette, monili tempestati di gemme, medaglioni, coroncine, ornamenti in filigrana, caraffe, coppe e vassoi... ogni sorta di opere d'arte, lavorate per rendere omaggio agli dei. E così Cortés, pur sorridendo di soddisfazione vedendo l'immensa e sempre più alta catasta di tesori che i suoi uomini stavano ammonticchiando nel salone, quasi colmando quell'ambiente spazioso, dovette altresì accigliarsi nell'osservare la varietà di forme, inadatte ad essere trasportate sia da cavalli, sia da portatori.

Mentre Cortés trascorreva in questo modo la prima notte dopo il suo ritorno nell'isola, la città tutto attorno a lui rimase tranquilla, come se nessuno prestasse la benché minima attenzione a quanto stava accadendo. Egli si coricò qualche tempo prima dell'alba, prendendo con sé Malìntzin e, nel modo più sprezzante, fece sapere che Motecuzòma e i suoi più alti consiglieri dovevano tenersi pronti ad essere a disposizione quando si fosse destato e li avesse chiamati. Così, il pateticamente remissivo Motecuzòma inviò messaggeri, nelle prime ore della mattina seguente, a convocare il Consiglio e altre persone, me compreso. Non disponeva più di paggi del palazzo da inviare; fu uno dei figli minori di lui a presentarsi a casa mia, e parve alquanto provato e malconcio dopo il lungo isolamento nel palazzo. Tutti noi cospiratori ci eravamo aspettati un messaggio del genere e avevamo deciso di riunirci nella dimora di Cuitlàhuac. Una volta lì, guardammo con un'aria di aspettativa il reggente e comandante degli eserciti, poi uno degli anziani del Consiglio gli domandò:

«Ebbene, ubbidiamo alla convocazione o la ignoriamo?»

«Ubbidiamo» disse Cuitlàhuac. «Cortés crede ancora di averci in pugno indifesi disponendo del nostro compiacente sovrano. Non togliamogli questa illusione.»

«Perché no?» domandò l'alto sacerdote di Huitzilopòchtli. «Siamo pronti ad attaccare. Cortés non può pigiare tutto il suo esercito nel palazzo di Axayàcatl e barricarvisi come fece Tonatìu Alvarado.»

«Non ne ha affatto bisogno» disse Cuitlàhuac. «Se gli diamo il sia pur minimo motivo di allarmarsi, egli può rapidamente tramutare l'intero Cuore dell'Unico Mondo in un fortilizio inavvicinabile quanto lo era il palazzo. Dobbiamo placarlo e indurlo a illudersi di essere al sicuro ancora per breve tempo. Ci recheremo tutti al palazzo come ci è stato ordinato e ci comporteremo come se noi e tutti i Mexìca continuassimo ad essere i duttili e passivi pupazzi di Motecuzòma.»

La Donna Serpente fece rilevare: «Cortés può fare sbarrare le porte, quando saremo entrati, e avere così in ostaggio anche noi».

«Me ne rendo conto» disse Cuitlàhuac. «Ma tutti i miei cavalieri e cuàchictin hanno già ricevuto gli ordini; non sarà necessaria la mia presenza. Uno degli ordini impartiti è che procedano con le varie finte e tutti gli altri movimenti, nonostante i rischi per me o per chiunque altro si trovi nel palazzo all'ora stabilita. Se tu, Tlàcotzin, o chiunque altro di voi, preferite non esporvi a tali rischi... vi autorizzo sin d'ora a tornare nelle vostre case.»

Naturalmente, non uno di noi preferì ritirarsi. Accompagnammo tutti Cuitlàhuac nel Cuore dell'Unico Mondo e, schizzinosamente, ci inoltrammo nel gremito e fetido accampamento di uomini e cavalli, tra i fuochi delle cucine, le armi accatastate e altri equipaggiamenti. Rimasi sorpreso vedendo raggruppati in un settore separato dagli uomini bianchi, come se si fosse trattato di essere inferiori, i componenti di un reparto di uomini *neri*. Mi era stato detto dell'esistenza di quelle creature, ma fino ad allora non le avevo mai vedute.

Incuriosito, mi separai brevemente dai miei compagni per andare ad osservare più da vicino simili stranezze. Quegli uomini portavano gli stessi elmi e le stesse uniformi degli Spagnoli, ma fisicamente somigliavano ad essi assai meno di me. Non erano precisamente *neri*, ma piuttosto di una sorta di nero che sfumava nel marrone, come le parti più profonde del legno dell'ebano. Avevano il naso singolarmente appiattito e largo, labbra sporgenti, in verità somigliavano molto alle gigantesche teste di pietra che avevo veduto una volta nella regione Olmèca... e le loro barbe erano soltanto una sorta di arricciolata peluria nera, quasi invisibile finché non mi fui avvicinato molto. Ma poi, quando fui molto vicino, mi resi conto, altresì, che uno di quei negri aveva la faccia coperta di foruncoli infiammati e di pustole in suppurazione, come quelle che avevo veduto tanto tempo prima sull'uomo bianco Guerrero, e allora mi affrettai a raggiungere gli altri nobili.

Le sentinelle bianche davanti al passaggio nel Muro dei Serpenti che conduceva al palazzo di Axayàcatl ci tastarono dappertutto in cerca di armi nascoste, prima di lasciarci entrare. Attraversammo il salone da pranzo ove era sorta al coperto una montagna di oggetti preziosi accatastati alla rinfusa, il cui oro e le cui gemme splendevano con vividi fulgori anche nella penombra. Numerosi soldati, che probabilmente dovevano sorvegliare il tesoro, stavano tastando vari monili e li contemplavano sorridendo e quasi sbavando su di essi. Salimmo al piano di sopra ed entrammo nella sala del trono, ove aspettavano Cortés, Alvarado e molti altri Spagnoli, compreso un uomo mai veduto, privo di un occhio, che era Narvàez. Motecuzòma sembrava alquanto circondato e assediato, essendo stata la donna Malìntzin l'unica altra rappresentante della sua stessa razza fino al nostro arrivo. Baciammo tutti la terra dinanzi a lui, ed egli ci fece un freddo cenno di saluto mentre continuava a conversare con gli uomini bianchi.

« Non *lo so* quali fossero le intenzioni del popolo. So soltanto che si proponeva di celebrare una cerimonia. Per il tramite della tua Malìntzin dissi ad Alvarado che, secondo me, sarebbe stato più prudente non consentire una riunione del genere così vicino a questa guarnigione, e che forse avrebbe dovuto impartire l'ordine di sgombrare la płaza. » Motecuzòma sospirò tragicamente. « Be', tu sai il modo calamitoso con il quale la sgombrò. »

« Sì » disse Cortés, a denti stretti. Gli occhi spenti di lui si volsero gelidi verso Alvarado, che si torceva le dita e sembrava aver trascorso una notte assai penosa. « Avrebbe potuto rovinare tutta la mia... » Cortés tossicchiò e disse invece: « Avrebbe potuto inimicarci per sempre il tuo popolo. A lasciarmi interdetto, Don Montezuma, è il fatto che questo non sia avvenuto. Come mai non è stato così? Se io fossi uno dei tuoi sudditi e avessi subìto simili maltrattamenti, avrei bersagliato con sterco gli stranieri al loro arrivo. Nessuno, in questa città, sembra dimostrare il benché minimo odio, e questo non mi ha l'aria di essere naturale. V'è un detto spagnolo: "Posso evitare il torrente turbolento, ma Dio mi scampi dalle acque chete".»

«Questo accade perché tutti incolpano me» disse Motecuzòma in tono afflitto. «Mi credono così pazzo da aver ordinato di sterminare il mio stesso popolo — tutte quelle donne e quei fanciulli — e da essermi vilmente servito dei tuoi uomini come mie armi.» Aveva davvero gli occhi pieni di lacrime. «Così, tutti i miei domestici se ne sono andati in preda al disgusto, e nemmeno un mercante di vermi fritti si è avvicinato, da allora, a questo palazzo.»

«Sì, è una situazione penosissima» riconobbe Cortés. «Dobbiamo porvi rimedio.» Voltò la faccia verso Cuitlàhuac e, facendomi cenno di tradurre, gli disse: «Tu sei il comandante degli eserciti. Non starò a fare supposizioni sullo scopo probabile di quei pretesi festeggiamenti religiosi. Sono anche disposto a scusarmi umilmente per l'impetuosità del mio luogotenente. Ma intendo rammentarti che la tregua esiste tuttora. Secondo me spettava al capo militare la responsabilità di accertarsi che i miei uomini non venissero segregati nell'isolamento, privati di viveri e di contatti umani con i loro anfitrioni».

Cuitlàhuac disse: «Io comando soltanto combattenti, Signore Capitano-Generale. Se la popolazione civile preferisce evitare questo luogo, non ho alcuna autorità per imporre che si comporti diversamente. Tale potere lo ha soltanto il Riverito Oratore. Furono i tuoi uomini a rinchiudersi qui, e il Riverito Oratore con essi».

Cortés tornò a voltarsi verso Motecuzòma. «Allora spetta a te, Don Montezuma, placare il tuo popolo e persuaderlo a rifornirci e a servirci come in passato.»

«In qual modo potrei, se nessuno vuole avvicinarmi?» disse Motecuzòma, quasi piagnucolando. «E, se io mi recassi tra loro, potrei andare verso la morte!»

«Ti forniremo una scorta...» prese a dire Cortés, ma venne interrotto da un soldato che entrò di corsa e gli disse, in spagnolo:

«Mio capitano, gli indigeni stanno cominciando a riunirsi nella plaza. Uomini e donne si affollano nell'accampamento e avanzano verso il palazzo. Dobbiamo scacciarli? Respingerli?»

«Lasciateli venire» disse Cortés, e poi, rivolto a Narvàez:

«Recati là fuori e assumi il comando. L'ordine è: non aprire il fuoco. Nessuno deve fare una sola mossa, a meno che non dia *io* disposizioni. Ora salirò sul tetto, da dove potrò osservare ciò che accade. Vieni, Pedro! Vieni, Don Montezuma!» E, ciò detto, afferrò la mano del Riverito Oratore e lo costrinse a scendere dal trono.

Noi tutti che ci trovavamo in quella sala li seguimmo, correndo su per le scale fino al tetto a terrazza, ed io udii Malìntzin ripetere ansimante gli ordini impartiti da Cortés a Motecuzòma:

«Il tuo popolo si sta riunendo nella plaza. Tu ti rivolgerai ad esso. Farai pace con la tua gente. Incolpa di ogni male e di ogni calamità noi Spagnoli, se vuoi. Di' loro *qualsiasi* cosa che possa contribuire a mantenere la calma nella città.»

Il tetto a terrazza era stato tramutato in giardino pensile subito prima dell'arrivo degli uomini bianchi, ma nessuno lo aveva più curato dopo di allora, e per giunta vi era stato un lungo inverno. Là ove le ruote dei pesanti cannoni non avevano aperto solchi nella terra, essa era un'arida distesa di zolle secche, di steli avvizziti, di cespugli dai rami nudi, di fiori marciti e di foglie morte. Si trattava del podio più squallido e desolato che si potesse immaginare per l'ultimo discorso di Motecuzòma.

Ci avvicinammo tutti al parapetto del lato verso la plaza e, allineandoci contro di esso, contemplammo, in basso, il Cuore dell'Unico Mondo. Gli Spagnoli, circa un migliaio, erano facilmente riconoscibili grazie ai fulgori delle loro corazze, mentre rimanevano immobili in piedi o si spostavano incerti tra un numero almeno doppio di Mexìca che si riversavano nella plaza e convergevano sotto di noi.

«Il caporale aveva ragione» disse Alvarado. «Non sono armati.»

Cortés esclamò, pungente: «Proprio il genere di avversari che tu preferisci, eh, Alvarado?» e la faccia dello Spagnolo divenne rossa quasi quanto la sua barba. A tutti i presenti, Cortés disse: «Indietreggiamo in modo da non essere visti. Lasciamo che il popolo veda soltanto il suo monarca e i suoi nobili».

Lui e Malìntzin e gli altri indietreggiarono fino al centro del tetto a terrazza. Motecuzòma si schiarì la voce nervosamente, poi dovette gridare tre volte, ogni volta più forte, prima che la folla lo udisse al di sopra dei suoi stessi mormorii e degli strepiti dell'accampamento. Alcuni dei puntini neri che erano teste divennero color carne, mentre le facce venivano alzate, poi le facce rivolte verso l'alto cominciarono ad essere sempre e sempre più numerose. Infine tutti i Mexìca guardarono in alto, e anche molte facce bianche si voltarono verso di noi, e il rumoreggiare della folla cessò.

«Mio popolo...» cominciò Motecuzòma, con la voce rauca. Tornò a schiarirsi la gola e ripeté, più forte, più chiaramente: «Mio popolo...»

«Il *tuo popolo*!» giunse un rombo concertato e ostile dal basso, poi vi fu un clamore confuso di grida irose: «Il popolo che hai tradito!», «Sono gli uomini bianchi il tuo popolo!», «Tu non sei il nostro Oratore!», «Non sei più riverito!». La cosa fece trasalire persino me, sebbene me la fossi aspettata, sapendo come tutto fosse stato organizzato da Cuitlàhuac, e come gli uomini nella folla fossero tutti guerrieri soltanto temporaneamente disarmati per quel che doveva sembrare uno sfogo spontaneo e collettivo di deplorazione.

Dovrei dire che gli uomini erano disarmati, ma soltanto per quanto concerneva le armi vere e proprie; infatti, in quel momento, tutti tirarono fuori sassi e pezzi di mattoni cotti al sole — gli uomini di sotto i mantelli, le donne di sotto le gonne — e, sempre urlando imprecazioni, cominciarono a lanciarli verso l'alto. Quasi tutti i sassi delle donne non arrivarono fino al tetto e causarono tonfi contro la facciata del palazzo sotto di noi, ma altri di quei proiettili improvvisati piombarono sul tetto a terrazza in un numero sufficiente per costringere noi tutti a chinarci e a schivarli. Il sacerdote di Huitzilopochtli si lasciò sfuggire un'imprecazione tutt'altro che sacerdotale quando uno dei sassi lo colpì alla spalla. Anche numerosi Spagnoli dietro di noi bestemmiarono mentre altri sassi cadevano tra loro. Il solo uomo — devo dirlo — il solo uomo che non si mosse fu Motecuzòma.

Egli rimase dove si trovava, sempre eretto, alzò le braccia in un gesto conciliante, e urlò, per vincere il clamore: «Aspettate!» Lo disse in nàhuatl: «Mixchìa...!» e poi un sasso lo colpì in pieno sulla fronte, ed egli barcollò all'indietro e stramazzò privo di sensi.

Cortés riassunse all'istante il comando. Scattò, rivolto a me: «Occupati di lui! Placa la sofferenza!». Poi afferrò Cuitlàhuac per il mantello, additò e disse: «Fa' quello che puoi. Di' qualsiasi cosa. Quella folla tumultuante deve essere calmata». Malìntzin tradusse a Cuitlàhuac, ed egli si trovava accanto al parapetto e stava urlando quando io e due ufficiali spagnoli portammo il corpo inerte di Motecuzòma al piano sottostante e di nuovo nella sala del trono. Deponemmo lì su una panca l'uomo svenuto, e i due ufficiali uscirono di corsa, presumibilmente per andare a chiamare uno dei medici militari.

In piedi, abbassai gli occhi verso la faccia di Motecuzòma, molto distesa e serena nonostante il bernoccolo azzurrognolo che gli si stava gonfiando sulla fronte. Pensai, in quel momento, a molte cose: agli eventi e agli accadimenti delle nostre due contemporanee esistenze. Ricordai come egli avesse slealmente sfidato il proprio Riverito Oratore Ahuìtzotl durante la campagna nell'Uaxyàcac... il suo misero e ignobile tentativo di violentare la sorella di mia moglie, laggiù... le tante minacce di lui contro di me nel corso degli anni... e la volta in cui mi aveva mandato sprezzante a Yanquìtlan, ove mia figlia Nochìpa era morta... e le sue deboli esitazioni da quando i primi uomini bianchi erano apparsi sulle nostre coste... e il tradimento, da parte sua, del tentativo di uomini più coraggiosi di liberare la nostra città da quegli stessi uomini bianchi. Sì, avevo molte ragioni per fare quello che feci, alcune di esse immediate e urgenti. Ma, presumo, più che per ogni altra, lo uccisi allo scopo di vendicare il suo insulto di tanto tempo prima a Bèu Ribè, che era stata la sorella di Zyanya, ed era adesso, nominalmente, mia moglie.

Tutte queste reminiscenze mi balenarono nella mente in un attimo appena. Alzai gli occhi dalla faccia di lui e mi guardai attorno nella sala, cercando un'arma. Due guerrieri Texaltèca erano stati lasciati lì di guardia. Feci cenno ad uno di essi e, quando si avvicinò, fissandomi accigliato, gli chiesi il pugnale che portava alla vita. Il cipiglio di lui si intensificò, poiché non sapeva bene chi fossi e ignorava il mio rango e le mie intenzioni, ma quando tramutai la richiesta in un ordine perentorio e imperioso, mi consegnò la lama di ossidiana. La puntai accuratamente, poiché avevo assistito a un numero sufficiente di sacrifici per sapere con esattezza dove si trova il cuore nel petto di un uomo, poi affondai il pugnale per tutta la lunghezza della lama, e il torace di Motecuzòma smise di sollevarsi e di abbassarsi adagio. Lasciai il pugnale nella ferita, per cui soltanto pochissimo sangue sgorgò intorno ad esso. Il Texaltèca di guardia mi fissò sbarrando gli occhi, con inorridito stupore, poi lui e il suo compagno si affrettarono a fuggire dalla sala.

Avevo avuto appena il tempo necessario. Udii il clamore della folla nella plaza ridursi e tramutarsi in un vocio sempe iroso, ma meno forte. Poi tutte le persone che si erano trovate sul tetto a terrazza discesero rumorosamente le scale, percorsero il corridoio ed entrarono nella sala del trono. Stavano conversando eccitate, o preoccupate, nelle loro diverse lingue, ma tacquero all'improvviso quando si affacciarono sulla soglia e videro e compresero e valutarono l'enormità del mio gesto. Si avvicinarono adagio, Signori Spagnoli e Mexìca insieme, e, ammutoliti, fissarono il cadavere di Motecuzòma, e il pugnale che sporgeva in parte dal petto di lui, e me, che rimanevo imperturbabile accanto al corpo esamine. Cortés volse gli occhi smorti dalla mia parte e disse, minacciosamente calmo:

«Che... cosa... hai... fatto?»

Risposi: «Come tu mi hai ordinato, mio signore. Ho placato la sua sofferenza».

«Al diavolo la tua faccia tosta, figlio di puttana» disse lui, ma sempre calmo con furia contenuta. «Già in un'altra occasione ho udito i tuoi lazzi.»

Scossi la testa placidamente. «Poiché Motecuzòma non soffre più, Capitano-Generale, forse tutti noi potremo ora non soffrire. Te compreso.»

Egli mi conficcò un dito irrigidito nel petto, poi lo puntò verso la plaza. «Si sta preparando una guerra, laggiù! Chi dominerà, adesso, quella canaglia?»

«Non Motecuzòma, vivo o morto. Ma vi è qui il successore di lui, suo fratello Cuitlàhuac, un uomo dal pugno più fermo, e un uomo ancora rispettato da quella canaglia.»

Cortés si voltò a guardare, dubbioso, il comandante degli eserciti, ed io indovinai a che cosa stava pensando. Cuitlàhuac avrebbe forse potuto dominare i Mexìca, ma lui non dominava ancora in alcun modo Cuitlàhuac. Quasi gli avesse letto a sua volta nei pensieri, Malìntzin disse:

«Possiamo mettere alla prova il nuovo monarca, Señor Hernàn. Torniamo tutti sul tetto, mostriamo alla folla il cadavere di Motecuzòma, lasciamo che Cuitlàhuac proclami la propria successione e stiamo a vedere se il popolo ubbidirà al suo primo ordine... quello di tornare a rifornirci e a servirci nel suo palazzo».

«Un'idea scaltra, Malinche» approvò Cortés. «Impartiscigli esattamente queste istruzioni. Digli inoltre che deve chiarire in modo inequivocabile che Motecuzòma è morto» estrasse il pugnale dal cadavere, e mi fulminò con un'occhiata «... che Motecuzòma è morto per mano di uno del suo stesso popolo.»

Pertanto tornammo sul tetto e noi restammo indietro mentre Cuitlàhuac reggeva sulle braccia il corpo del fratello, si avvicinava al parapetto e chiedeva di essere ascoltato. Quando mostrò il cadavere e diede la notizia, il suono che salì dalla plaza fu un mormorio apparentemente di approvazione. Poi accadde un'altra cosa: una pioggerella cominciò a cadere dal cielo, come se Tlaloc, il solo Tlaloc, e nessun altro essere tranne Tlaloc, avesse pianto la fine delle strade e dei giorni e del potere di Motecuzòma. Cuitlàhuac parlò a voce abbastanza alta per essere udito dal popolo riunito là sotto, ma in tono persuasivamente placido. Malìntzin tradusse per Cortés e gli assicurò : «Il nuovo sovrano parla come gli è stato detto».

Infine, Cuitlàhuac si voltò verso di noi e fece un cenno con la testa. Ci unimmo tutti a lui lungo il parapetto, mentre due o tre sacerdoti lo liberavano dal peso del cadavere di Motecuzòma. La gente che era rimasta gremita in modo così compatto davanti alla facciata del palazzo si stava separando e tornava indietro attraverso l'accampamento. Alcuni dei soldati spagnoli continuavano ad avere un'aria incerta e tenevano le mani sulle armi, per cui Cortés gridò: «Lasciateli andare e venire liberamente, ragazzi! Porteranno cibarie fresche!». I soldati stavano applaudendo quando noi tutti scendemmo per l'ultima volta dal tetto.

Di nuovo nella sala del trono, Cuitlàhuac fissò Cortés e disse: «Dobbiamo parlare». Cortès approvò: «Dobbiamo parlare» e chiamò Malìntzin, come se non si fidasse della mia traduzione senza la presenza della sua interprete. Cuitlàhuac disse:

«Il fatto ch'io abbia annunciato al popolo di essere il nuovo Uey-Tlatoàni, non mi rende tale. Esistono formalità da osservare, e in pubblico. Le cerimonie della successione incominceranno questo stesso pomeriggio, fino a quando vi sarà ancora luce. Poiché le tue truppe hanno occupato il Cuore dell'Unico Mondo, io e i sacerdoti e il Consiglio» fece un gesto con il braccio per includere ognuno di noi Mexìca presenti nella sala «ci recheremo alla piramide di Tlaltelòlco».

Cortés disse: «Oh, ma certo non adesso. La pioggia si sta tramutando in un acquazzone. Aspetta una giornata più clemente mio signore. Invito il nuovo Riverito Oratore ad essere ospite mio in questo palazzo, come lo era Montezuma.»

Cuitlàhuac rispose, con fermezza: «Se rimanessi qui, non sarei ancora il Riverito Oratore, e pertanto non ti servirei come *ospite*. Che cosa preferisci?»

Cortés si acciglio; non era assuefatto a udire un Riverito Oratore esprimersi da Riverito Oratore. Cuitlàhuac continuò:

«Anche dopo essere stato confermato ufficialmente dai sacerdoti e dal Consiglio, dovrò conquistarmi la fiducia se potessi annunciare esattamente *quando* il Capitano-Generale e il suo seguito si propongono di andarsene da questo luogo».

«Ecco...» prese a dire Cortés, strascicando le parole per far capire che egli stesso non ci aveva ancora pensato, né aveva alcuna fretta di pensarci. «Promisi a tuo fratello che sarei ripartito quando fossi stato pronto ad accettare il tesoro da lui donatomi. Ho ora il tesoro. Ma mi occorrerà qualche tempo per fonderlo, così da poterlo trasportare fino alla costa.»

«Per questo potrebbero occorrere anni» disse Cuitlàhuac. «I nostri orafi di rado hanno lavorato con più di piccole quantità d'oro alla volta. Non troverai alcun impianto nella città per profanare... per fondere tutte queste innumerevoli opere d'arte.»

«Ed io non devo imporre un'ospitalità di anni ai miei anfitrioni» disse Cortés. «Pertanto farò trasportare il tesoro sulla terraferma e saranno i miei stessi fabbri a fonderlo.»

Villanamente voltò le spalle a Cuitlàhuac per parlare con Alvarado e disse, in spagnolo: «Pedro, fai venire qui alcuni dei nostri artificieri. Vediamo... possono abbattere queste porte massicce e tutte le altre porte fino all'uscita dal palazzo. Ordina che vengano costruite due robuste slitte per trasportare tutto quell'oro. Ordina inoltre ai sellai di preparare i finimenti per un numero di cavalli bastante a trainare le slitte».

Tornò a rivolgersi a Cuitlàhuac: «Nel frattempo, Signore Oratore, chiedo che tu consenta a me e ai miei uomini di restare nella città per almeno un periodo di tempo ragionevole. Quasi tutti i miei attuali compagni, come tu sai, non si trovavano con me nel corso della mia visita precedente, e sono logicamente ansiosissimi di ammirare i monumenti della vostra grande città».

«Per un periodo di tempo ragionevole, allora» ripeté Cuitlàhuac, annuendo. «Informerò in questo senso il popolo, e inviterò tutti ad essere tolleranti, persino affabili, se lo vorranno. Ora io e i miei nobili ci congediamo; inizieremo i preparativi del funerale di mio fratello e della mia incoronazione. Quanto prima avremo adempiuto a queste formalità, tanto più presto potrò essere davvero tuo ospite.»

Quando noi tutti che eravamo stati convocati da Motecuzòma uscimmo dal palazzo, i soldati-carpentieri spagnoli stavano esaminando il cumulo del tesoro nel salone al pianterreno, per valutarne la mole e il peso. Noi, attraverso il Muro del Serpente, passammo nella plaza e ci soffermammo per osservare l'attività che vi si svolgeva. Gli uomini bianchi stavano sbrigando i loro vari lavori nell'accampamento, e sembravano essere scomodamente zuppi, poiché la pioggia era divenuta torrenziale. In pari numero i nostri uomini si muovevano tra gli Spagnoli, indaffarati o fingendosi indaffarati, tutti completamente nudi tranne i perizoma, per cui l'acquazzone non causava ad essi un gran fastidio. Fino a quel momento il piano di Cuitlàhuac veniva attuato così come egli ce lo aveva esposto tranne l'imprevista, ma per nulla deplorevole, dipartita di Motecuzòma.

Tutto ciò che ho riferito, reverendi scrivani, era stato predisposto da Cuitlàhuac in ogni minimo particolare, molto prima che noi giungessimo alla presenza di Cortés. Per ordine suo la folla di uomini e donne Mexìca si era riunita a tumultuare davanti al palazzo. Per ordine suo tutti si erano poi dispersi andando a prendere cibi e bevande per gli uomini bianchi. Ma — e nessuno degli Spagnoli lo aveva notato nella confusione — soltanto *le donne* si erano allontanante dalla plaza in seguito a tale ordine. E al loro ritorno non erano più entrate nell'accampamento, ma avevano semplicemente consegnato vassoi e anfore e ceste agli uomini rimastivi. Pertanto, non rimaneva più alcuna donna nella zona di pericolo, tranne Malìntzin e le sue ancelle Texcaltèca, della cui salvezza non ci curavamo minimamente. E i nostri uomini continuavano ad andare e venire, entro il palazzo e fuori, avanti e indietro nell'accampamento, distribuendo carne e granturco e altro, portando legna per i fuochi dei soldati, cucinando nelle cucine del palazzo, sbrigando ogni sorta di lavoro che potesse giustificare la loro presenza sul posto... e che avrebbe continuato a giustificarla fino al momento in cui la mezzanotte fosse stata segnalata dalle buccine del tempio.

«Mezzanotte è l'ora in cui colpiremo» ci rammentò Cuitlàhuac. «A quell'ora, Cortés e tutti gli altri si saranno ormai abituati ai continui andirivieni e all'apparente servilismo dei nostri uomini quasi nudi e ovviamente disarmati. Nel frattempo, facciamo in modo che Cortés oda la musica e scorga il fumo dell'incenso di quella che sembrerà essere una cerimonia di giubilo prima della mia incoronazione. Trovate e riunite ogni possibile sacerdote. Sono già stati avvertiti di aspettare le nostre istruzioni, ma può darsi che dobbiate spronarli in quanto essi, come gli uomini bianchi, recalcitreranno dinanzi alla prospettiva di essere lavati da questo acquazzone. Riunite i sacerdoti sulla piramide di Tlaltelòlco. Fate in modo che celebrino il rito più chiassoso e più illuminato mai veduto. Riunite laggiù, inoltre, tutte le donne e i fanciulli dell'isola, nonché ogni uomo esonerato dal combattimento. Formeranno una persuasiva moltitudine di celbranti, e là dovrebbero essere al sicuro.»

«Signore reggente» domandò un anziano del Consiglio. «Anzi, voglio dire, Signore Oratore. Se gli stranieri devono morire tutti a mezzanotte, perché mai hai insistito affinché Cortés precisasse la data della sua partenza?»

Cuitlàhuac fulminò il vecchio con un'occhiata; avrei potuto scommettere che l'uomo non sarebbe rimasto ancora a lungo membro del Consiglio. «Cortés non è sciocco come te, mio signore. Egli sa, senza dubbio, che desidero liberarmi di lui. Se non avessi parlato in tono sostenuto e con insistenza, avrebbe avuto motivo di sospettare che volessimo scacciarlo con la forza. Ora posso sperare che si senta sicuro nella mia riluttante rassegnazione alla sua presenza. Spero con fervore che non abbia alcun motivo di pensarla diversamente tra questo momento e la mezzanotte.»

Questo non accadde. Ma Cortés, sebbene, evidentemente, non nutrisse alcun timore per quanto concerneva la sua sicurezza e quella dei compagni, era ansiosissimo, a quanto pareva, di portare il tesoro del quale si era impadronito lontano dai legittimi proprietari... o forse decise che le strade bagnate dalla pioggia avrebbero facilitato il traino delle slitte. Comunque sia, benché costretti a lavorare sotto rovesci d'acqua, i suoi soldati-carpentieri riuscirono a mettere insieme martellando le due rozze chiatte terrestri non molto tempo dopo che era discesa l'oscurità. Altri soldati, allora, aiutati dai nostri molti uomini che ancora si stavano rendendo utili agli Spagnoli, portarono gli oggetti in oro e le gemme fuori del palazzo, distribuendo il carico in ugual misura sulle due slitte. Nel frattempo, altri soldati ancora si servirono di un complicato intrico di finimenti di cuoio per attaccare quattro cavalli a ciascuna slitta. Mancava qualche tempo a mezzanotte quando Cortés diede l'ordine di partenza alle slitte e i cavalli fecero forza contro i finimenti, come portatori umani che si piegano contro le cinghie, e le slitte scivolarono molto scorrevolmente sulla bagnata pavimentazione in marmo del Cuore dell'Unico Mondo.

Benché il grosso dell'esercito bianco fosse rimasto nella plaza, una considerevole scorta di soldati armati seguì i carichi preceduti dai tre Spagnoli di più alto grado: Cortés, Narvàez e Alvarado. Trasportare quell'immenso tesoro era un compito arduo, lo ammetto, ma difficilmente richiedeva l'intervento personale di tutti e tre i comandanti. Partirono insieme, sospetto, perché nessuno di loro si fidava di affidare agli altri tutte quelle ricchezze senza sorvegliarli personalmente, sia pure per breve tempo. Anche Malìntzin accompagnò il suo padrone, probabilmente soltanto per godersi una gita distensiva dopo il lungo periodo di tempo trascorso nel palazzo. Le slitte scivolarono in direzione ovest attraverso la plaza e poi lungo la strada di Tlàcopan. Nessuno degli uomini bianchi si insospettì minimamente trovando deserta la città fuori della plaza, in quanto poterono udire i rulli dei tamburi e le musiche provenienti dall'estremità settentrionale dell'isola e videro, da quella parte, le nuvole basse colorate di rosso dai bagliori dei fuochi nelle urne e dalla luce delle torce.

Come la nostra precedente e inaspettata possibilità di eliminare Motecuzòma quale presumibile ostacolo ai nostri piani, l'allontanamento inaspettatamente improvviso del tesoro da parte di Cortés fu un'altra circostanza imprevista e indusse Cuitlàhuac ad attaccare prima di quanto si fosse proposto. Al pari della dipartita di Motecuzòma, la precipitosa partenza di Cortés agì a vantaggio di Cuitlàhuac. Quando il tesoro cominciò a slittare sulla strada di Tlàcopan, risultò ovvio che avrebbe percorso la via più breve verso la terraferma, e Cuitlàhuac poté richiamare i guerrieri lasciati a difesa delle altre due strade rialzate, che vennero a potenziare la sua forza d'urto. Poi egli impartì l'ordine a tutti i suoi cavalieri e cuàchictin: «Non aspettate le trombe di mezzanotte. Colpite *subito!*»

Devo far rilevare che mi trovavo in casa con Luna in Attesa durante lo svolgersi di questi avvenimenti che sto riferendo, in quanto ero uno degli uomini caritatevolmente definiti da Cuitlàhuac «esonerati dal combattimento»: uomini troppo anziani o inabili per battersi. Pertanto non assistetti personalmente a quanto accadde nell'isola o sulla terraferma e nessun singolo testimone si sarebbe potuto trovare dappertutto, del resto. Ma fui presente in seguito, quando i vari comandanti fecero il loro rapporto, e pertanto posso descrivervi più o meno esattamente, signori frati, tutti gli eventi di quella che, da allora, Cortés ha sempre chiamato «la notte triste.»

All'ordine di attaccare, la prima mossa venne compiuta da alcuni di quei nostri uomini che erano rimasti nel Cuore dell'Unico Mondo sin dal momento della sassaiola contro Motecuzòma. Essi avevano il compito di liberare e disperdere i cavalli degli Spagnoli e dovevano essere uomini coraggiosi, poiché mai, in alcuna guerra, i nostri guerrieri avevano dovuto affrontare creature diverse dagli esseri umani. Benché alcuni cavalli facessero parte della colonna del tesoro, ne rimaneva un'ottantina circa, tutti legati nell'angolo della plaza ove sorgeva il tempio trasformato in una cappella cristiana. I nostri uomini sciolsero le cinghie di cuoio che trattenevano i cavalli per la testa, poi tolsero rami accesi da un vicino fuoco da campo e corsero, agitandoli, tra gli animali ormai liberi. I cavalli, presi dal panico, si lanciarono in tutte le direzioni, galoppando nell'accampamento, sferrando calci agli archibugi accatastati, calpestando parecchi degli archibugieri e seminando un caos di fughe, urla e imprecazioni tra gli uomini bianchi.

La massa dei nostri guerrieri armati si riversò allora nella piazza. Ognuno di essi era armato con due maquàhuime e lanciò l'arma in più a uno degli uomini che si trovavano già da tempo nel Cuore dell'Unico Mondo. Nessuno dei nostri guerrieri portava la corazza imbottita, perché non proteggeva un granché nel combattimento corpo a corpo e sarebbe stata soltanto di impaccio una volta inzuppatasi di pioggia; i nostri uomini si batterono, pertanto, indossando solamente i perizoma. La plaza era rimasta appena fiocamente illuminata per tutta la notte, in quanto i fuochi delle cucine avevano dovuto essere riparati dalla pioggia mediante scudi e altri oggetti posti sopra di essi. Inoltre, i cavalli in corsa avevano disperso la maggior parte di questi fuochi e sconcertato a tal punto i soldati che essi furono colti del tutto di sorpresa quando i nostri guerrieri quasi nudi balzarono fuori delle tenebre, alcuni vibrando fendenti e stoccate ogni qual volta intravedevano pelle bianca o una faccia barbuta o un corpo protetto da corazze d'acciaio, altri aprendosi un varco all'interno del palazzo così di recente abbandonato da Cortés.

I serventi spagnoli dei cannoni sul tetto a terrazza del palazzo udirono il tumulto sottostante, ma riuscirono a vedere ben poco di quanto stava accadendo; e, in ogni modo, non avrebbero potuto colpire l'accampamento dei loro camerati. Un'altra circostanza a nostro favore consistette nel fatto che i pochi Spagnoli nella plaza i quali riuscirono a mettere le mani su un archibugio lo trovarono troppo bagnato per sputare lampi e tuoni e morte. Un certo numero di soldati all'interno del palazzo riuscì a servirsi degli archibugi una volta, ma non ebbe il tempo di ricaricarli prima del dilagare dei nostri sciamanti guerrieri. Pertanto tutti gli uomini bianchi e tutti i Texaltèca all'interno del palazzo vennero uccisi o fatti prigionieri, mentre i nostri soldati subirono poche perdite. Ma i Mexìca che si battevano all'esterno del Cuore dell'Unico Mondo non furono altrettanto rapidamente, o completamente, vittoriosi. In fin dei conti, gli Spagnoli e i loro alleati Texaltèca erano uomini coraggiosi e soldati bene addestrati. Dopo essersi riavuti dal primo smarrimento della sorpresa, opposero una resistenza accanita. I Texaltèca avevano armi pari alle nostre, e gli uomini bianchi, sebbene privi degli archibugi, possedevano spade e lance di gran lunga superiori alle nostre.

Benché non fossi presente, posso immaginare la scena: dovette sembrare una guerra che si svolgesse nel nostro mìctlan o nel vostro inferno. La vasta piazza era a malapena illuminata dai fuochi da campo rimasti e dalle braci che, di quando in quando, sprizzavano scintille mentre venivano calpestate da cavalli o da uomini. La pioggia continuava a cadere formando veli che impedivano ad ogni gruppo di combattenti di vedere come se la stessero cavando, altrove, i loro compagni. L'intera distesa della pavimentazione rimaneva ingombra da intrichi di coperte, dal contenuto degli zaini degli Spagnoli sparso dappertutto, da avanzi del rancio serale, da molti cadaveri e dal sangue che rendeva il marmo ancor più scivoloso. I lampi delle spade d'acciaio, dei piccoli scudi rotondi e delle pallide e bianche facce contrastavano con i corpi nudi, ma meno visibili, dei nostri guerrieri dalla pelle color del rame. Singoli duelli stavano avendo luogo in alto e in basso sulle gradinate della Grande Piramide, all'interno e all'esterno dei tanti templi e sotto lo sguardo impassibile degli innumerevoli occhi ciechi sulla mensola dei teschi. Rendendo la battaglia ancor più irreale, i cavalli terrorizzati continuavano a turbinare, a impennarsi, a galoppare e a scalciare. Il Muro dei Serpenti era di gran lunga troppo alto perché potessero saltarlo, ma, di quando in quando, uno degli animali trovava fortuitamente i varchi dai quali si accedeva ai viali e fuggiva nelle vie della città.

A un certo momento, numerosi uomini bianchi girarono sui tacchi e si ritirarono in un angolo della plaza, mentre una fila dei loro camerati, impugnando le spade, impediva ai nostri uomini di inseguirli e questo apparente ripiegamento risultò essere un'abile finta. Gli Spagnoli, durante la ritirata, avevano tutti afferrato archibugi e, nel breve intervallo in cui non dovettero sostenere il nostro attacco, caricarono le armi con polvere asciutta che avevano nelle giberne. All'improvviso, gli uomini armati di spada ripiegarono, gli archibugieri si fecero avanti, tutti insieme scaricarono i loro letali proiettili contro la schiera incalzante dei nostri guerrieri e molti di questi ultimi caddero morti o feriti a causa di questo solo colpo di tuono. Ma gli archibugi non poterono essere ricaricati prima che altri dei nostri uomini si lanciassero avanti. A partire da quel momento, la battaglia continuò, combattuta con armi di pietra contro armi di acciaio.

Io non so che cosa rese Cortés consapevole del fatto che qualcosa stava accadendo all'esercito da lui lasciato senza capi. Forse uno dei cavalli imbizzarriti galoppò verso di lui lungo le vie della città, o forse lo avvertì un soldato allontanatosi dalla battaglia, o forse egli si rese conto per la prima volta della situazione grazie al tuono degli archibugi che avevano sparato tutti insieme. So, comunque, che lui e il suo seguito avevano raggiunto la strada rialzata di Tlàcopan quando si resero conto di come si erano messe le cose. Gli occorse un momento appena per decidere il da farsi, e, anche se nessuno in seguito riferì quanto egli disse, questa fu la sua decisione: «Non possiamo abbandonare qui il tesoro. Affrettiamoci a portarlo al sicuro sulla terraferma e poi torniamo indietro».

Nel frattempo, gli spari dei tanti archibugi erano stati uditi anche sulle sponde più vicine tutto attorno ai laghi, sia dalle truppe accampate di Cortés, sia dai nostri alleati in attesa. Cuitlàhuac aveva impartito, alle nostre forze sulla terraferma, l'ordine di aspettare le trombe di mezzanotte, ma, grazie al loro buon senso, esse si erano mosse immediatamente, non appena udito lo strepito della battaglia. I distaccamenti di Cortés, d'altro canto, non avevano ricevuto ordini. Dovevano essersi messi all'erta udendo il frastuono improvviso, ma non sapevano che cosa fare. Analogamente, gli uomini bianchi serventi dei cannoni piazzati sulle sponde del lago avevano già caricato e puntato i pezzi, ma difficilmente avrebbero potuto lanciare i loro proiettili sulla città ove si trovavano il Capitano-Generale insieme a quasi tutte le altre truppe spagnole. Pertanto presumo che tutti i reparti di Cortés sulla terraferma si limitassero a restare inerti e indecisi e a guardare allibiti nella direzione dell'isola, a malapena visibile attraverso la pioggia, quando furono attaccati alle spalle.

Intorno a tutto l'arco occidentale della sponda del lago, gli eserciti della Triplice Alleanza entrarono in azione. Sebbene molti dei loro più prodi guerrieri si trovassero a Tenochtìtlan per battersi al fianco dei Mexìca, rimanevano ancora, sulla terraferma, moltitudini di abili combattenti. Sin da regioni lontane al sud come le terre Xochimìlca e Chalca, truppe si erano segretamente spostate al nord, ammassandosi in attesa di quel momento, e ora si avventarono sui reparti Acòlhua del Principe Fiore Nero accampati sul promontorio intorno a Ixtapalàpan. I Tecpanèca attaccarono invece i Texaltèca accampati intorno a Tlàcopan.

All'incirca nello stesso momento, gli Spagnoli assediati nel Cuore dell'Unico Mondo presero la decisione ragionevole di fuggire. Uno dei loro ufficiali afferrò un cavallo mentre galoppava nell'accampamento, balzò in sella e cominciò a urlare in spagnolo. Non sono in grado di riferire le parole esatte di lui, ma, in sostanza, l'ordine dell'ufficiale fu: «Serriamo i ranghi e seguiamo Cortés!». Gli uomini bianchi superstiti ebbero così almeno una meta, si aprirono un varco combattendo da tutti gli angoli della piazza ove erano stati dispersi e riuscirono a raggrupparsi in una formazione compatta, irta di affilate lame di acciaio. Come un ispido piccolo di cinghiale può arrotolarsi a forma di palla pungente e sfidare anche i coyote a divorarlo, così quel gruppo di Spagnoli respinse i ripetuti attacchi dei nostri uomini.

Sempre eseguendo gli ordini urlati da quell'unico uomo a cavallo, la serrata formazione irta di spade e di lance indietreggiò verso il varco occidentale nel Muro del Serpente. Molti altri Spagnoli, nel corso di quella lenta ritirata, riuscirono a catturare e a montare cavalli. Quando tutti questi uomini bianchi e questi Texaltèca vennero a trovarsi fuori della plaza, sul viale di Tlàcopan, i soldati a cavallo formarono una retroguardia. Le spade che essi vibravano e gli zoccoli dei destrieri trattennero i nostri guerrieri lanciati all'inseguimento quanto bastava perché gli uomini appiedati fuggissero nella direzione seguita da Cortés.

Quest'ultimo dovette incontrarli mentre tornava verso il centro della città, poiché, naturalmente, lui e la sua colonna del tesoro erano arrivati, sulla strada rialzata, soltanto fino al primo passaggio per le canoe, ove avevano constatato che il ponte di legno sul varco era stato smantellato e che non sarebbe stato loro possibile passare. Pertanto Cortés tornò solo, a cavallo, verso l'isola, e là trovò i resti disorganizzati e decimati del suo esercito, i soldati zuppi di pioggia e di sangue, che imprecavano contro il nemico e gemevano a causa delle ferite, ma stavano tutti fuggendo per salvarsi. E udì, non lontane dietro di loro, le grida di guerra dei nostri guerrieri che ancora tentavano di aprirsi un varco, combattendo, oltre la retroguardia degli uomini a cavallo.

Conosco Cortés e so che non perdette tempo per farsi dare una spiegazione particolareggiata di quanto era accaduto. Egli dovette ordinare agli uomini di opporre una ferma resistenza in quel punto, ove la strada rialzata si collegava all'isola, per tenere a bada il nemico il più a lungo possibile. Infatti tornò indietro immediatamente al galoppo, lungo la strada rialzata, sin dove aspettavano Alvarado e Narvàez e gli altri soldati, e urlò di gettare l'intero tesoro nel lago per sgombrare le slitte e spingere poi queste ultime sul varco, a mo' di ponte. Credo che tutti, da Alvarado al più umile soldato semplice, protestarono con un coro di grida e, immagino, Cortés dovette tacitarli con un ordine come questo: « Ubbidite! O siamo tutti morti! »

Pertanto essi ubbidirono, o, almeno, la maggior parte ubbidì. Con la protezione delle tenebre, prima di aiutare a vuotare le slitte, molti dei soldati vuotarono i loro zaini e poi pigiarono in essi, e sotto i farsetti, e persino entro le ampie sommità degli stivaloni, ogni oggetto in oro abbastanza piccolo per poter essere rubato. Ma la maggior parte del tesoro scomparve là, nelle acque del lago, e i cavalli vennero staccati, e gli uomini spinsero le slitte sul varco della strada rialzata.

Nel frattempo, il resto dell'esercito si stava avvicinando dalla città lungo la strada rialzata, non del tutto volontariamente, in quanto veniva spinto indietro mentre si batteva contro i nostri guerrieri che avanzavano. Quando la ritirata raggiunse il punto ove aspettavano Cortés e gli altri, tutti si fermarono momentaneamente e le prime file degli Spagnoli e dei Mexìca vennero a trovarsi l'una contro l'altra, in un corpo a corpo, senza che né l'una né l'altra indietreggiasse. Questo perché, sebbene la strada rialzata fosse larga abbastanza per consentire il passaggio di venti uomini affiancati, non altrettanti uomini potevano battersi efficacemente stando gomito a gomito. Forse non più di dodici dei primi nostri guerrieri potevano impegnare i primi dodici avversari, e il peso del nostro vantaggio numerico, nelle file successive, non serviva a nulla.

Poi gli Spagnoli, a un tratto, parvero cedere e indietreggiarono. Ma, così facendo, tirarono indietro il ponte improvvisato con le slitte, lasciando i nostri combattenti della prima fila a oscillare in precario equilibrio sull'orlo del varco spalancatosi improvvisamente. Una delle slitte e parecchi dei nostri uomini, nonché numerosi Spagnoli, precipitarono nel lago. Ma gli uomini bianchi, all'altro lato, ebbero ben poco tempo per riprendere fiato. I nostri guerrieri non erano pesantemente vestiti e si trattava di abili nuotatori. Cominciarono a gettarsi deliberatamente in acqua, ad attraversare il varco a nuoto e ad arrampicarsi su per i piloni sotto il punto ove si trovavano gli uomini bianchi. Al contempo, una pioggia di frecce cadde sugli Spagnoli da entrambi i lati. Cuitlàhuac non aveva trascurato nulla: canoe gremite di guerrieri si trovavano ormai sul lago e stavano convergendo verso la strada rialzata. A Cortés non rimase altra alternativa che quella di ritirarsi di nuovo combattendo. Essendo i cavalli i bersagli più grandi, più preziosi e più vulnerabili, egli ordinò a un certo numero di uomini di costringere gli animali a gettarsi in acqua e di avvinghiarsi poi ad essi mentre avrebbero nuotato verso la terraferma. Di sua iniziativa, anche Malìntzin si gettò nel lago e venne trainata fino a riva da uno dei cavalli.

Poi Cortés e gli uomini superstiti fecero del loro meglio per ritirarsi in buon ordine. Coloro che avevano ancora balestre e archibugi in grado di sparare, scaricarono a caso le loro armi nell'oscurità, a entrambi i lati della strada rialzata, sperando di colpire qualcuna delle canoe con gli attaccanti. Gli altri Spagnoli, ora maneggiando le spade, ora trainando l'unica slitta rimasta, continuarono a sottrarsi ai sempre e sempre più numerosi guerrieri che riuscivano ad attraversare il primo varco della strada rialzata. Esistevano altri due passaggi per le canoe tra Cortés e la terraferma a Tlàcopan. La slitta gli servì per far varcare a lui e ai suoi uomini il primo, ma poi dovettero abbandonare il ponte improvvisato perché esso venne attraversato dagli inseguitori. Al varco successivo, gli uomini bianchi poterono soltanto battersi e indietreggiare e, in ultimo, precipitare nel lago.

In realtà, così vicino alla sponda, l'acqua era tanto bassa che anche un uomo incapace di nuotare avrebbe potuto arrivare a terra con una serie di balzi, tenendo la testa al di sopra della superficie. Ma gli uomini bianchi portavano pesanti corazze e molti di essi erano inoltre appesantiti da oro ancor più pesante, per cui, una volta finiti in acqua, si dibatterono disperatamente per restare a galla. Cortés e gli altri camerati, venendo dopo di loro, non esitarono a salire su di essi nel tentativo di raggiungere a balzi la sponda. Così, molti degli uomini caduti in acqua affondarono, e quelli più in basso, presumo, furono calpestati e conficcati in profondità nella melma del fondo. Man mano che un numero sempre più grande di Spagnoli cadeva e affogava, i cadaveri si ammonticchiarono quanto bastava per formare un ponte di carne, e in questo modo riuscirono a passare gli ultimi Spagnoli superstiti.

Uno solo di essi riuscì a compiere la traversata senza lasciarsi prendere dal panico, con un'acrobazia ammirata a tal punto dai nostri guerrieri che essi parlano, ancor oggi, del « salto di Tonatìu ». Quando Pedro de Alvarado venne sospinto fino all'orlo della strada rialzata, egli era armato soltanto con una lancia. Voltò le spalle agli attaccanti, conficcò la lancia nel cumulo dei suoi uomini che stavano affogando in acqua e spiccò un balzo formidabile. Sebbene fosse coperto da una pesante corazza, probabilmente ferito, e senza dubbio sfinito, superò con un *volteggio* il varco tra l'orlo della strada rialzata fino alla lontana e opposta sponda del lago... e alla salvezza.

Infatti, le nostre forze lanciate all'inseguimento si fermarono lì. Avevano scacciato gli ultimi stranieri da Tenochtìtlan al territorio Tecpanèca, ove presumevano che i superstiti sarebbero stati uccisi o fatti prigionieri. I nostri guerrieri tornarono indietro lungo la strada rialzata — ove i barcaioli stavano già portando indietro e rimontando i ponti mancanti — e, nel frattempo, svolsero il compito di Legatori e Spacciatori. Raccolsero i loro compagni caduti e anche quegli uomini bianchi feriti che sarebbero potuti sopravvivere per poter servire poi come sacrifici, quindi, con le lame, finirono misericordiosamente e rapidamente gli altri Spagnoli ormai quasi in punto di morte.

Cortés e i superstiti che lo accompagnavano, trovarono una tregua dalla battaglia, e la possibilità di riposare a Tlàcopan. I Tecpanèca laggiù non erano abili combattenti come i Texaltèca lasciatevi da Cortés, ma avevano attaccato con il vantaggio della sorpresa, e inoltre conoscevano bene il terreno. Pertanto, quando Cortés giunse in quella città, i Tecpanèca avevano già scacciato i suoi alleati Texaltèca da Tlàcopan verso nord, fino ad Azcapotzàlco e li stavano ancora inseguendo. Cortés e i suoi compagni ebbero così un periodo di tregua in cui medicare le ferite, valutare la situazione e decidere il da farsi.

Tra i superstiti, Cortés poteva almeno ancora disporre dei suoi più alti ufficiali, Narvàez e Alvarado e altri — nonché della sua Malìntzin — ma l'esercito di lui non era più un esercito. Egli aveva marciato trionfalmente verso Tenochtìtlan con qualcosa come mille cinquecento uomini bianchi. Adesso era appena fuggito da Tenochtìtlan con meno di quattrocento uomini e circa trenta cavalli, alcuni dei quali, usciti dalla plaza, avevano attraversato a nuoto tutto il lago dell'isola. Cortés ignorava ove si trovassero i suoi alleati indigeni o come se la stessero cavando. Il fatto è che anch'essi erano in rotta dinanzi agli eserciti vendicatori della Triplice Alleanza. A parte i Texaltèca, che in quel momento venivano sospinti al nord, lontano da lui, tutte le sue altre forze acquartierate lungo la sponda del lago, a sud, venivano in quel momento incalzate anch'esse verso nord, verso il luogo ove egli si trovava esausto e demoralizzato nella sconfitta.

Si dice che Cortés fece proprio questo. Rimase inerte e seduto, come se non avesse voluto rialzarsi mai più. Sedette addossato a uno tra «i più vetusti tra i vetusti» cipressi, e pianse. Non so se piangesse·a causa della schiacciante sconfitta subìta o del tesoro perduto. Ma una recinzione è stata eretta di recente intorno all'albero ove Cortés pianse, per tramutarlo in un ricordo della «notte triste». Noi Mexìca, se continuassimo a tramandare la nostra storia, avremmo potuto attribuire un nome diverso a quell'episodio — la Notte dell'Ultima Vittoria dei Mexìca, forse — ma siete voi Spagnoli a scrivere la storia, ormai, e pertanto suppongo che quella notte piovosa e sanguinosa, in base al calendario il tredicesimo giorno del mese di giugno dell'anno mille e cinquecento e venti, sarà ricordata in eterno come «La Noche Triste».

✠

Sotto molti aspetti, quella fu una notte men che felice anche per l'Unico Mondo. La circostanza più deplorevole consistette nel fatto che tutti i nostri eserciti non continuarono a inseguire Cortés e gli uomini bianchi superstiti e i loro sostenitori indigeni fino ad aver massacrato anche l'ultimo uomo. Invece, come già ho detto, i guerrieri di Tenochtìtlan ritennero che a ciò avrebbero provveduto i loro alleati sulla terraferma, per cui tornarono sull'isola per dedicare il resto della notte alla celebrazione di quella che sembrava essere una vittoria totale. I sacerdoti della nostra città e quasi tutta la popolazione continuavano ad essere impegnati nella simulata cerimonia per distrarre il nemico sulla piramide di Tlatelòlco, e furono anche troppo lieti di trasferirsi in massa nel Cuore dell'Unico Mondo e di tenervi una vera cerimonia di ringraziamento sulla Grande Piramide. Persino Bèu ed io, udendo le grida di esultanza dei guerrieri di ritorno, uscimmo da casa nostra per parteciparvi. E lo stesso Tlaloc, come per meglio osservare la gioia del suo popolo, sollevò la cortina di pioggia.

In tempi normali, non avremmo osato celebrare alcun rito nella plaza centrale prima che ogni pietra e ogni statua e ogni ornamento fossero stati ripuliti a fondo da ogni granello di polvere, da ogni possibile profanazione, affinché il Cuore dell'Unico Mondo splendesse luminosamente per l'approvazione e l'ammirazione degli dei. Ma, quella notte, le torce e i fuochi nelle urne rivelarono che la vasta plaza era tutta un grande cumulo di rifiuti. Ovunque giacevano cadaveri o parti di cadaveri, sia bianchi, sia dalla pelle color rame, oltre a una quantità di visceri, grigio-rosei o grigio-azzurrognoli, e dei quali non si poteva pertanto arguire l'origine. Dappertutto si trovavano armi spezzate o abbandonate, escrementi di cavalli spaventati o di uomini che involontariamente avevano defecato morendo, rancide coperte e capi di vestiario e altri effetti degli Spagnoli. Ma i sacerdoti non si lagnarono affatto a causa della laida cornice della cerimonia, e i celebranti gremirono la piazza senza tradire troppo disgusto a causa delle cose repellenti che calpestavano o contro le quali incespicavano. Confidavamo tutti che gli dei non si sarebbero risentiti, in questa occasione, a causa del sudicio stato in cui si trovava la plaza, in quanto coloro che noi vi avevamo sconfitto erano i loro nemici, oltre ad essere i nostri.

So che vi ha sempre sgomentato, reverendi frati, udirmi descrivere il sacrificio di essere umani, anche dei pagani disprezzati dalla vostra Chiesa, e pertanto non mi dilungherò sul sacrificio dei vostri compatrioti cristiani, che ebbe inizio quando il sole Tonatìu cominciò a sorgere. Mi limiterò a dire, anche se questo vi indurrà a giudicarci un popolo molto stupido, che sacrificammo anche la quarantina di cavalli abbandonati dai soldati... perché, vedete, non potevamo essere certi che non fossero anch'*essi* cristiani, in qualche modo. Potrei aggiungere, inoltre, che i cavalli andarono alla Morte Fiorita molto più nobilmente degli Spagnoli, i quali si dibatterono mentre venivano spogliati, e imprecarono mentre li si trascinava su per la gradinata, e piansero come bambini allorché furono arrovesciati sulla pietra sacrificale. I nostri guerrieri riconobbero alcuni degli uomini bianchi che si erano battuti con estremo coraggio contro di loro, e pertanto, dopo la morte, tagliarono loro le cosce per lessarle e...

Ma forse avrete un'aria meno nauseata, signori frati, se vi dirò che quasi tutti i cadaveri vennero dati in pasto, senza tante cerimonie, agli animali del serraglio...

Benissimo, signori, tornerò agli eventi meno festosi di quella notte. Mentre noi stavamo ringraziando gli dei per averci liberato dagli stranieri, eravamo ignari del fatto che i nostri eserciti sulla terraferma non li avevano annientati. Cortés stava ancora cogitando infelice a Tlàcopan, quando venne riscosso dal rumoroso avvicinarsi dei suoi altri reparti in fuga — e gli Acòlhua e i Totonàca, o quel che restava di essi — inseguiti verso nord dagli Xochimìlca e dai Chalca. Cortés e i suoi ufficiali, con Malìntzin che, senza dubbio, gridava più forte di quanto avesse mai dovuto gridare in vita sua, riuscirono a fermarne la precipitosa rotta e a riportare una qualche sembianza di ordine. Poi Cortés e i suoi uomini bianchi, alcuni a cavallo, altri a piedi, alcuni zoppicanti, altri trasportati su lettighe, guidarono le truppe indigene riorganizzate ancora più a nord, prima che venissero raggiunte dagli inseguitori. E questi ultimi, ritenendo, con ogni probabilità, che i fuggiaschi sarebbero stati affrontati da altre forze della Triplice Alleanza, più avanti, o forse troppo impazienti di dare inizio ai festeggiamenti della vittoria, lasciarono andare i fuggiaschi.

A un certo momento verso l'alba, all'estremità settentrionale del lago Tzumpànco, Cortés si rese conto di seguire da vicino i nostri alleati Tecpanèca. Ed essi, ancora lanciati all'inseguimento degli alleati *di lui*, i Texaltèca, rimasero sorpresi e sgomenti constatando di trovarsi tra due forze nemiche. Dopo aver deciso che qualcosa doveva essere fallito nel grande piano di battaglia, anche i Tecpanèca rinunciarono all'inseguimento, si dispersero di lato al sentiero e tornarono a Tlàcopan. Cortés, in ultimo, raggiunse i Texaltèca, e tutto il suo esercito fu di nuovo riunito, anche se di gran lunga ridotto di numero e molto demoralizzato. Eppure Cortés poté provare un certo sollievo per il fatto che i suoi migliori combattenti indigeni, i Texaltèca — poiché si trattava *davvero* delle truppe migliori — avevano subìto le minori perdite. Posso immaginare che cosa gli passò allora per la mente:

« Se andrò a Texcàla, l'anziano re Xicotènca potrà constatare che ho salvato quasi tutti i guerrieri da lui concessi. Pertanto non potrà adirarsi troppo con me, né considerarmi totalmente fallito, e forse riuscirò a persuaderlo a ospitarci tutti laggiù ».

Sia stato questo o meno il ragionamento di lui, Cortés guidò effettivamente le sue misere truppe intorno all'estremità settentrionale delle regioni del lago, verso il Texcàla. Molti altri uomini morirono a causa delle ferite nel corso di quella lunga marcia, e tutti soffrirono molto, in quanto seguirono un itinerario prudentemente tortuoso, evitando ogni zona popolata e venendo a trovarsi, per conseguenza, nell'impossibilità di chiedere, o pretendere, viveri. Furono costretti a nutrirsi con gli animali e le piante edibili che riuscirono a trovare e, per lo meno una volta, dovettero uccidere e mangiare alcuni dei loro preziosi cavalli e cani per la caccia al cervo.

Una volta soltanto, nel corso di quella lunga marcia, furono nuovamente impegnati in combattimento. Vennero sorpresi sui primi contrafforti delle montagne a est, da reparti di guerrieri Acòlhua provenienti da Texcòco e ancora fedeli alla Triplice Alleanza. Ma questi Acòlhua difettavano sia di comandanti capaci, sia di incentivi a battersi, per cui la battaglia si svolse quasi senza spargimento di sangue, come una Guerra dei Fiori. Quando gli Acòlhua si furono impossessati di un certo numero di prigionieri — tutti Totonàca, credo — si ritirarono e tornarono a Texcòco per i loro festeggiamenti della « vittoria ». Così, quel che restava dell'esercito di Cortés non venne ulteriormente e troppo gravemente ridotto tra il momento della fuga, nella Notte Triste, e quello dell'arrivo, dodici giorni dopo, nel Texcàla. Il monarca di questa nazione, di recente convertito al Cristianesimo, l'anziano e cieco Xicotènca, diede effettivamente il benvenuto a Cortés e lo autorizzò ad acquartierare le sue truppe e a trattenersi finché avesse voluto. Tutti gli eventi che ho appena riferito, e che erano tutti a nostro svantaggio, rimanevano ignoti per noi a Tenochtìtlan quando, nell'alba radiosa dopo la Notte Triste, facemmo salire il primo xochimìqui spagnolo verso la pietra sacrificale alla sommità della Grande Piramide.

Altre cose accaddero durante la Notte Triste che, se anche non tristi, furono per lo meno tali da lasciare interdetti. Come ho già detto, la nazione Mexìca aveva perduto il suo Riverito Oratore Motecuzòma. Ma anche il Riverito Oratore di Tlàcopan, Totoquihuàtztli, morì in quella città durante la battaglia notturna svoltasi laggiù. E il Riverito Oratore Cacàma di Texcòco, che si era battuto con i guerrieri Acòlhua da lui ceduti a Tenochtìtlan, venne trovato tra i morti quando i nostri schiavi si accinsero al macabro lavoro di sgombrare il Cuore dell'Unico Mondo dai resti di quella notte. Nessuno pianse molto la perdita sia di Motecuzòma, sia del nipote di lui Cacàma, ma fu una coincidenza preoccupante il fatto che *tutti e tre* i sovrani della Triplice Alleanza fossero deceduti in un pomeriggio e in una notte. Naturalmente, Cuitlàhuac aveva già occupato il trono vacante dei Mexìca, anche se non poté mai godersi tutto il fasto e tutte le celebrazioni di una cerimonia ufficiale dell'incoronazione. E il popolo di Tlàcopan scelse, per sostituire il suo ucciso Uey-Tlatoàni, il fratello di lui Tétlapanquètzal.

La scelta del nuovo Riverito Oratore di Texcòco fu meno facile. Il pretendente legittimo era il Principe Fiore Nero, che sarebbe già dovuto essere di diritto il sovrano, e quasi tutto il popolo Acòlhua lo avrebbe gradito sul trono se egli non si fosse alleato con gli odiati uomini bianchi. Pertanto il Consiglio di Texcòco, dopo essersi consultato con i nuovi Riveriti Oratori di Tenochtìtlan e di Tlàcopan, decise di scegliere una nullità tale da riuscire accettabile a tutte le fazioni e da potere, al contempo, essere sostituita da quel qualsiasi capo che, in ultimo, si fosse affermato come il più forte tra i divisi Acòlhua. Il nome di quest'uomo insignificante era Cohuanàchoc, e, se non erro, si trattava di un nipote del defunto Nezahualpìli. Proprio a causa delle incertezze di quella nazione, dei contrasti interni e della debolezza del suo capo, i guerrieri Acòlhua attaccarono con così scarso vigore le forze in fuga di Cortés, mentre avrebbero potuto distruggerle completamente. E mai più gli Acòlhua diedero prova della ferocia in guerra che io avevo ammirato quando Nezahualpìli aveva guidato loro — e me — contro i Texaltèca, tanti anni prima.

Un altro evento curioso della Notte Triste consistette nel fatto che, a un certo momento, nel corso di quella notte stessa, il cadavere di Motecuzòma scomparve dalla sala del trono ove giaceva e non fu più veduto. Ho udito fare molte supposizioni riguardo a ciò che gli accadde: secondo taluni era stato perfidamente smembrato e fatto a piccoli pezzi sparsi da nostri guerrieri quando avevano fatto irruzione nel palazzo; secondo altri, le mogli e i figli ne avevano portato via il corpo per dargli una sepoltura più rispettosa; secondo altri ancora, i sacerdoti a lui fedeli avevano imbalsamato il cadavere, per poi nasconderlo, ed esso verrà magicamente riportato alla vita, un giorno, quando voi uomini bianchi ve ne sarete andati e i Mexìca torneranno a regnare. Io credo invece che il cadavere di Motecuzòma si sia confuso con quelli dei cavalieri Texaltèca uccisi nel palazzo e, non riconosciuto, sia finito dove finirono gli altri: in pasto agli animali del serraglio. Ma una sola cosa è certa. Motecuzòma lasciò questo mondo con la stessa vaga irresolutezza con cui vi aveva vissuto; ecco perché il luogo ove riposano i suoi resti è ignoto, così come nessuno sa dove si trovi il tesoro scomparso nel corso di quella stessa notte.

Ah, sì, il tesoro: quello che viene ora chiamato «il tesoro perduto degli Aztechi». Cominciavo a domandarmi quando vi sareste informati al riguardo. Negli anni successivi, Cortés mi chiamò più volte perché aiutassi Malìntzin a far da interprete mentre lui interrogava molte persone, ognuna delle quali varie volte e con vari interessanti e persuasivi modi; non di rado interrogò anche me per accertare che cosa potessi sapere io del tesoro, anche se non mi assoggettò ad alcuno dei sistemi persuasivi. Molti altri Spagnoli, a parte Cortés, hanno ripetutamente chiesto a me e ad altri cortigiani di dire loro: in che cosa consisteva il tesoro? E quanto valeva? E, soprattutto, dove si trovava? Non riuscireste a credere quali e quanti allettamenti mi vengono offerti ancor oggi; mi limiterò a dire che alcune delle indagatrici più insistenti e più generose sono altolocate doñas spagnole.

Ho già detto a voi, reverendi frati, in che cosa consisteva il tesoro. Quanto al suo valore, non so come voi potreste valutare quelle innumerevoli opere d'arte. Anche considerando sia pur soltanto la massa dell'oro e delle gemme non mi è possibile calcolare il valore nella vostra valuta di maravedìes e reales. Ma, a quanto mi è stato detto della grande ricchezza del vostro Re Carlos e del vostro Papa Clemente, nonché di altri alti personaggi del vostro Vecchio Mondo, credo di poter dichiarare che qualsiasi uomo il quale possedesse « il perduto tesoro degli Azte-chi » sarebbe di gran lunga il più ricco fra tutti gli uomini ricchi di quel vostro mondo.

Ma dove si trova il tesoro? Ecco, l'antica strada rialzata esiste tuttora tra Tenochtìtlan e Tlàcopan o Tàcuba, come voi preferi-te chiamarla. Sebbene sia adesso più breve di un tempo, il pas-saggio per le canoe situato a ovest esiste ancora, ed è là che mol-ti soldati spagnoli affondarono a causa del peso dell'oro nei loro zaini e farsetti e stivali. Naturalmente, negli scorsi undici anni devono essersi conficcati molto di più nella melma del fondo del lago ed essere stati ulteriormente seppelliti dai sedimenti depo-sitatisi in tutto questo periodo. Ma qualsiasi uomo sufficiente-mente avido e sufficientemente energico per tuffarsi e scavare là sotto, dovrebbe trovare molte ossa calcinate e, tra esse, molti diademi d'oro tempestati di gemme, e medaglioni e statuette e così via. Forse non abbastanza per arricchirlo quanto Re Carlos, o il Papa Clemente, ma certo tanto perché non debba mai più sentirsi avido.

Sfortunatamente per ogni cercatore di tesori *davvero* avido, la maggior parte del bottino venne gettata nel lago, per ordine di Cortés, davanti al primo passaggio delle acàli aperto nella strada rialzata, il più vicino alla città. Il Riverito Oratore Cui-tlàhuac avrebbe potuto mandare tuffatori a ricuperare il tesoro, in seguito, e forse lo fece, ma ho le mie ragioni per dubitarne. In ogni modo, Cuitlàhuac morì prima che Cortés potesse interro-garlo, o cortesemente, o con sistemi persuasivi. E se tuffatori Mexìca ricuperarono nel lago il tesoro della loro nazione, an-ch'essi o sono morti o trattasi di uomini leali e capaci di un'ec-cezionale reticenza.

Io credo che il grosso del tesoro si trovi tuttora là ove Cortés lo fece gettare in quella Notte Triste. Ma quando, in seguito, Tenochtìtlan venne rasa al suolo, e, successivamente, quando le macerie furono sgombrate per ricostruire la città nello stile spa-gnolo, ciò che restava di Tenochtìtlan venne semplicemente so-spinto ai lati dell'isola in parte per la comodità dei vostri co-struttori, in parte per aumentare la superficie dell'isola stessa. Così la strada rialzata di Tlàcopan venne accorciata da questa ulteriore superficie, e il più vicino passaggio per le canoe si tro-va attualmente sottoterra. Se non sbaglio nei miei calcoli riguar-do al punto in cui si trova adesso il tesoro, esso giace in profon-dità sotto le fondamenta di qualcuno degli eleganti e signorili edifici situati lungo il vostro viale denominato la Calzada Tàcu-ba.

Nonostante vi abbia detto molte cose della Notte Triste, non ho menzionato l'unico evento che, di per sé soltanto, determinò il futuro dell'Unico Mondo. Si trattò della morte di un solo uomo. Non era un personaggio importante. Se anche aveva un nome, io non l'ho mai saputo. Forse, in tutta la sua vita, non fece niente di lodevole e neppure di riprovevole, a parte il fatto che le sue strade e i suoi giorni terminarono qui, e io non so se morì coraggiosamente o vilmente. Ma quando, il giorno seguente, si procedette alla pulizia del Cuore dell'Unico Mondo, il suo cadavere venne trovato, squarciato da una maquàhuitl, e gli schiavi strepitarono molto, quando lo trovarono, perché egli non era né un uomo bianco, né un uomo della nostra razza, e gli schiavi stessi non avevano mai veduto, prima di allora, una simile creatura. Io sì. Era uno di quegli uomini incredibilmente neri giunti da Cuba con Narvàez, quello stesso la cui faccia deturpata mi aveva indotto a indietreggiare vedendola.

Ora sorrido — mestamente e con disprezzo, ma sorrido — quando vedo le spavalderie e la boria di Hernàn Cortés, di Pedro de Alvarado e di Beltràn de Guzmàn e di tutti gli altri veterani Spagnoli che esaltano se stessi autoproclamandosi «Los Conquistadores». Oh, compirono alcune coraggiose e audaci azioni, non posso negarlo. Il fatto che Cortés abbia incendiato le sue stesse navi, dopo essere giunto per la prima volta su queste terre, rimane un esempio forse insuperato in fatto di spavalda audacia, sia pure da una qualsiasi delle capricciose azioni degli dei. E anche altri fattori contribuirono alla fine dell'Unico Mondo non meno degli altri il fatto deplorevole che l'Unico Mondo si rivolse contro se stesso: nazione contro nazione, vicino contro vicino, e, in ultimo, persino fratello contro fratello. Ma, se un singolo e unico essere umano merita di essere onorato e ricordato con il titolo di El Conquistador, costui è il negro senza nome che diffuse a Tenochtìtlan il morbo del vaiolo.

Egli avrebbe potuto contagiare con la malattia i soldati di Narvàez durante il loro viaggio sin qui da Cuba. Se ne guardò bene. Avrebbe potuto dare la malattia ad essi, e anche alle truppe di Cortés, durante la loro marcia sin qui dalla costa. Se ne guardò bene. Avrebbe potuto morire egli stesso della malattia prima di arrivare qui. E invece no. Visse quanto bastava per arrivare a Tenochtìtlan e per diffondere il male tra noi. Forse fu uno dei tanti capricci degli dei consentirgli di fare questo, e noi non avremmo potuto evitarlo in alcun modo. Tuttavia, vorrei che il negro non fosse stato ucciso allora. Vorrei che si fosse trovato tra i suoi compagni sfuggiti alla morte, in quanto, in tal caso, li avrebbe prima o poi contagiati. Ma no. Tenochtìtlan venne devastata dal vaiolo, e la malattia si diffuse ovunque nella regione dei laghi, in ogni comunità della Triplice Alleanza, ma non raggiunse mai il Texcàla e non causò difficoltà, laggiù, ai nostri nemici.

In effetti, i primi abitanti della nostra città cominciarono ad ammalarsi quando ancora non avevamo saputo che Cortés e i suoi compagni avevano trovato un rifugio nel Texcàla. Voi, reverendi scrivani, conoscete senza dubbio i sintomi e gli stadi della malattia. In ogni modo, già da tempo vi ho detto di aver veduto, molti anni fa, una fanciulla Xiu morire di vaiolo nella remota cittadina di Tihò. Pertanto ora devo soltanto aggiungere che la nostra gente morì nello stesso modo: strozzata dai tessuti gonfi nel naso e nella gola... o in qualche modo ugualmente orribile: dibattendosi e urlando in preda a un violento delirio, finché la mente non riusciva più a sopportare il tormento, o vomitando sangue finché il corpo ne rimaneva completamente privo e finché si spegneva più simile a un vuoto baccello che a un essere umano. Naturalmente, io riconobbi subito la malattia e dissi ai nostri medici:

« È un male comune tra gli uomini bianchi, ed essi vi attribuiscono scarsa importanza perché ne muoiono soltanto di rado. Lo chiamano vaiolo ».

« Se tra loro ha scarsa importanza » osservò un medico con aria lugubre « spero che non debba averne di più tra noi. Che cosa fanno gli uomini bianchi per non morirne? »

« Non esiste alcun rimedio. O così mi hanno detto. Tranne che pregare. »

Pertanto, da allora in poi, i nostri templi divennero gremiti di sacerdoti e di adoranti che facevano offerte e sacrifici a Patècatl, la dea della guarigione, nonché ad ogni altro dio. Anche il tempio ceduto da Motecuzòma agli Spagnoli divenne gremito... da quelli del nostro popolo che si erano fatti battezzare e che a un tratto, devotamente, *sperarono* di essere stati fatti davvero cristiani... sperarono, cioè, di essere considerati, dal dio cristiano del vaiolo, alla stessa stregua di uomini bianchi, e per conseguenza risparmiati. Accendevano candele, si facevano il segno della croce e biascicavano quel che riuscivano a ricordare dei riti nei quali erano stati appena superficialmente istruiti e ai quali avevano prestato attenzione ancor più superficialmente.

Ma nulla poté impedire il diffondersi della malattia e le morti che essa causò. Le nostre preghiere furono futili e i nostri medici impotenti come erano state futili e impotenti le preghiere dei Maya. Di lì a non molto, cominciammo ad essere minacciati anche dalla fame, perché il contagio non poté essere tenuto segreto e le popolazioni della terraferma temettero di avvicinarci per cui vennero interrotti i rifornimenti degli acàltin, così necessari alla nostra isola. Ma non occorse molto tempo prima che la malattia comparisse anche nelle comunità della terraferma, e, quando apparve chiaro che noi tutti della Triplice Alleanza ci trovavamo nella stessa critica situazione, i barcaioli ricominciarono a trasportare viveri... o meglio, dovrei dire, ricominciarono quei barcaioli non ancora colpiti dal male. Poiché il morbo sembrava essere selettivo, per quanto concerneva le sue vittime, soltanto sotto un aspetto particolarmente crudele. Io non ne fui mai contagiato, né si ammalò Bèu, né si ammalarono tutti i nostri coetanei. Il vaiolo sembrava ignorare le persone della nostra età, o quelle già ammalate di qualcos'altro, o quelle che erano sempre state deboli di costituzione. Colpiva invece i giovani, i forti e i vigorosi, senza sprecare la propria perfidia per chi, a causa di altre ragioni, non aveva ancora molto da vivere.

L'essere noi stati contagiati dal vaiolo è una delle ragioni per le quali dubito che Cuitlàhuac abbia mai fatto qualcosa allo scopo di recuperare il tesoro gettato nel lago. La malattia ci aggredì così rapidamente, dopo la partenza degli uomini bianchi — pochi giorni appena dopo che avevamo sgombrato i loro rifiuti, e prima ancora di esserci ripresi dalla dura prova della lunga occupazione e di aver potuto continuare la nostra vita civica da tempo interrotta —, che, ne sono certo, il Riverito Oratore non pensò affatto, per il momento, a recuperare oro e gemme. E in seguito, quando il morbo divenne un flagello, ebbe altri motivi per trascurare tale compito. Vedete, per lungo tempo restammo tagliati fuori da ogni notizia del mondo situato al di là della regione dei laghi. Mercanti e messaggeri di altre nazioni si rifiutavano di entrare nel nostro paese contaminato, e Cuitlàhuac vietò anche ai nostri pochtèca e viaggiatori di recarsi altrove, diffondendo forse il contagio. Ben quattro mesi, ritengo, erano trascorsi dopo la Notte Triste, quando uno dei nostri topi quimìchime nel Texcàla trovò il coraggio di venire tra noi di laggiù a riferirci che cosa era accaduto nel frattempo.

«Sappi dunque, Riverito Oratore» disse, rivolto a Cuitlàhuac, ma anche agli altri — me compreso — ansiosi di ascoltarlo «che Cortés e il suo esercito hanno trascorso qualche tempo semplicemente riposando e nutrendosi famelici, guarendo dalle ferite e in genere recuperando la salute. Ma non lo hanno fatto per prepararsi a proseguire verso la costa e imbarcarsi sulle navi e andarsene da queste terre. Hanno recuperato le forze in vista di un solo scopo: essere in grado di sferrare un nuovo attacco a Tenochtìtlan. Ora che sono di nuovo robusti e attivi, essi e i loro anfritrioni Texaltèca stanno viaggiando in tutte le regioni a est di qui per reclutare altri guerrieri tra le tribù non troppo amiche dei Mexìca.»

La Donna Serpente interruppe il topo per dire, in tono incalzante, al Riverito Oratore: «Speravamo di averli definitamente scoraggiati. Poiché non è così, dobbiamo ora fare quello che si sarebbe dovuto fare già da molto tempo. Dobbiamo riunire tutte le nostre forze e marciare contro di essi. Uccidere ognuno degli uomini bianchi, ognuno dei loro alleati e sostenitori, ognuno dei nostri tributari dissidenti che hanno aiutato Cortés. E dobbiamo farlo *subito*, prima che egli sia forte abbastanza per fare a *noi* esattamente la stessa cosa!»

Cuitlàhuac domandò, debolmente: «Quali forze proponi di riunire, Tlàcotzin? Non esiste quasi più un guerriero, in tutti gli eserciti della Triplice Alleanza, che abbia forza a sufficienza in entrambe le braccia per sollevare la propria spada».

«Scusami, Signore Oratore, ma v'è altro da dire» intervenne il quimìchi. «Cortés ha mandato inoltre molti dei suoi uomini sulla costa, e là essi e i loro Totonàca hanno smantellato non poche delle navi all'ancora. Con fatiche e sforzi inconcepibili, hanno trasportato tutte quelle molte e pesanti parti di legno e di metallo lungo l'accidentato sentiero dal mare, attraverso le montagne, fino al Texcàla. Laggiù, in questo stesso momento, i barcaioli di Cortés stanno rimettendo insieme i pezzi, così da costruire navi più piccole. Come fecero, tu lo ricorderai, quando costruirono qui la piccola nave per il divertimento del defunto Motecuzòma. Ma ora ne stanno costruendo molte.»

«Sulla terra asciutta?» esclamò Cuitlàhuac, incredulo. «Non esiste acqua, in tutta la nazione Texcàla, profonda abbastanza per consentire di galleggiare a qualcosa di più grande di una acàli da pesca. Sembra una pazzia.»

Il quimìchi si strinse, delicatamente, nelle spalle. «Cortés può essere stato fatto impazzire dall'umiliazione che ha subìto qui di recente. Ma faccio osservare, con il dovuto rispetto, Riverito Oratore, che sto riferendo veridicamente quanto ho veduto, e che *io* sono sano di mente. O lo ero, finché non decisi che queste attività sembravano abbastanza minacciose per indurmi a rischiare la vita allo scopo di riferirvele.»

Cuitlàhuac sorrise. «Sano di mente o no, tu hai agito da Mexìcatl coraggioso e leale ed io ti sono grato. Sarai ben ricompensato... e poi otterrai una ricompensa ancor più grande: il mio permesso di allontanarti da questa città contagiata dalla pestilenza non appena potrai.»

Ecco come venimmo a conoscenza delle iniziative di Cortés e di almeno alcune delle sue intenzioni. Ho udito molte persone — che non si trovavano qui allora — criticare la nostra apparente apatia o stupidità, o la nostra illusoria sensazione di sicurezza, in quanto rimanemmo isolati e non facemmo nulla per impedire a Cortés di radunare altre truppe. Ma se non facemmo nulla, questo accadde perché *non potevamo* agire. Da Tzumpànco, nel nord, a Xochimìlco, nel sud; da Tlàcopan, all'ovest, a Texcòco, all'est, ogni uomo e ogni donna fisicamente abili che non curavano gli infermi erano essi stessi malati, o morenti, o già morti. In una simile situazione di debolezza potevamo soltanto aspettare e sperare di riprenderci in qualche misura prima dell'arrivo di Cortés. Poiché a questo riguardo non ci facevamo illusioni, sapevamo che sarebbe tornato. E, proprio durante quella tetra estate di attesa, Cuitlàhuac disse, alla presenza mia e di suo cugino Cuautèmoc:

«Preferirei che il tesoro della nazione rimanesse in eterno sul fondo del lago Texcòco, o sprofondasse fino ai neri abissi del Mìctlan, anziché consentire agli uomini bianchi di averlo di nuovo nelle loro mani».

Dubito che in seguito egli potesse aver cambiato idea, poiché quasi non ne ebbe il tempo. Prima del termine della stagione delle piogge si ammalò di vaiolo, vomitò tutto il suo sangue e morì. Povero Cuitlàhuac, era divenuto il nostro Riverito Oratore senza le opportune cerimonie dell'insediamento, e al termine del suo breve regno, non venne neppure onorato con il funerale che si addiceva al suo rango.

Ormai, nemmeno al più nobile dei nobili poteva essere accordata una funzione funebre con tamburi e accompagnatori piangenti e addobbi sontuosi... o anche il lusso della sepoltura nella terra. I morti erano semplicemente troppi, erano troppe le persone che si spegnevano ogni giorno. Non esistevano più luoghi disponibili in cui seppellirle, né uomini che potessero scavare le fosse, né tempo sufficiente per scavare tutte le fosse che sarebbero state necessarie. Ogni comunità sceglieva invece qualche luogo deserto in cui portare i propri morti e, senza cerimonie, là li accatastava e li bruciava, riducendoli in cenere, ma anche questo sistema di eliminazione in massa non era cosa semplice nei giorni di acquazzoni della stagione delle piogge. Il luogo prescelto da Tenochtìtlan per bruciare i cadaveri era un punto disabitato sulla terraferma, dietro l'altura di Chapultèpec, e il più movimentato traffico tra la nostra isola e la sponda divenne quello delle chiatte. Manovrate da uomini indifferenti alla malattia, esse fecero la spola avanti e indietro, tutto il giorno, un giorno dopo l'altro. Il cadavere di Cuitlàhuac fu soltanto uno delle centinaia di salme traghettate il giorno in cui egli morì.

Fu il vaiolo a sconfiggere noi Mexìca e alcuni altri popoli. Altre nazioni ancora vennero sconfitte, o sono ancor oggi devastate da altre malattie mai conosciute prima d'ora in queste terre; alcune di esse potrebbero persino indurre noi Mexìca a ritenerci quasi grati per essere stati colpiti soltanto dal vaiolo.

C'è la malattia che voi chiamate peste e che causa alle vittime dolorosissimi bubboni neri sul collo, nell'inguine e sotto le ascelle, per cui chi ne è affetto continua ad arrovesciare la testa all'indietro e a tendere braccia e gambe, quasi fosse lieto di potersele staccare dal corpo pur di liberarsi della sofferenza. Nel frattempo, tutti gli umori del suo organismo — la saliva, l'urina, le feci, e persino il sudore e l'alito — hanno un fetore talmente pestilenziale che né medici incalliti né parenti affettuosi sopportano di restare accanto al malato, finché, in ultimo, i bubboni scoppiano con uno zampillo di nauseabondo liquido nero e l'appestato misericordiosamente muore.

V'è la malattia da voi denominata colera, le cui vittime vengono tormentate da crampi in ogni muscolo del corpo, ora qua e là, ora tutti contemporaneamente. Il malato si sente a un certo momento strappar via le braccia o le gambe da contorsioni strazianti, poi si inarca tutto, come se volesse spaccarsi in due, poi l'intero suo corpo viene preso da convulsioni simili a nodi di tortura. Inoltre, è sempre tormentato da una sete inestinguibile. Sebbene inghiottisca torrenti d'acqua, continua a vomitarla e, involontariamente, urina e defeca. Poiché non riesce a trattenere in se stesso alcun umore, si inaridisce e si raggrinzisce per cui, quando finalmente muore, sembra un baccello di semi secco.

Esistono poi le altre malattie che voi chiamate morbillo e varicella; uccidono in modo meno orrido, ma altrettanto sicuramente. Il loro unico sintomo visibile è un'eruzione prurigginosa sulla faccia e sul busto; ma, invisibilmente, questi mali invadono il cervello, per cui la vittima dapprima perde conoscenza, e poi scivola nella morte.

Non vi sto dicendo niente che già non sappiate, signori frati, ma avete mai pensato a quanto segue? Le malattie spaventose portate dai vostri compatrioti si sono spesso diffuse davanti a loro più rapidamente di quanto essi stessi potessero marciare. Alcuni dei popoli che essi si accingevano a conquistare finirono con l'essere vinti e distrutti prima ancora di sapere che erano oggetto di conquista. Quei popoli perirono senza aver mai combattuto contro i loro conquistatori, senza mai essersi arresi, senza neppure aver mai veduto gli uomini dai quali erano stati uccisi. È possibilissimo che esistano ancora popoli isolati in angoli remoti di queste terre — tribù come quelle dei Raràmuri e degli Zyù Huave, ad esempio — che neppure sospettano l'esistenza di esseri come gli uomini bianchi. Ciò nonostante, può darsi che anch'essi, in questo stesso momento, stiano morendo orribilmente di vaiolo o di peste, e muoiano senza sapere di essere stati *uccisi*, senza sapere perché o da chi.

Voi ci avete portato la religione Cristiana, e ci assicurate che il Signore Iddio ci premierà con il Paradiso quando moriremo, ma dite anche che, se non Lo accetteremo, saremo dannati all'inferno dopo la morte. Perché, allora, il Signore Iddio ci ha mandato anche le malattie che uccidono e condannano all'inferno tanti innocenti quando ancora non hanno potuto incontrare i Suoi missionari e aver saputo della Sua religione? I Cristiani vengono costantemente invitati a lodare il Signore Iddio e tutte le Sue opere, le quali devono comprendere l'opera da Lui svolta qui. Se soltanto, reverendi frati, poteste spiegarci perché il Signore Iddio ha deciso di mandare la sua dolce e nuova religione dopo le nuove malattie crudelmente sterminatrici, noi che siamo riusciti a sopravvivere ad esse potremmo più gioiosamente unirci ai vostri inni di lode, all'infinita saggezza e bontà, alla compassione e alla misericordia, all'amore paterno del Signore Iddio per tutti i Suoi figli, ovunque si trovino.

Con un voto unanime, il Consiglio scelse, come nuovo Uey-Tlatoàni dei Mexìca, il Signore Cuautèmoc. È interessante domandarsi quanto sarebbero potuti essere diversi il nostro destino e la nostra storia se Cuautèmoc fosse divenuto Riverito Oratore, come avrebbe dovuto, dopo la morte di suo padre Ahuìtzol, diciotto anni prima. Interessante domandarselo, ma inutile, naturalmente. «Se» è una parola brevissima nella nostra lingua — tla — come lo è nella vostra, ma ho finito con il persuadermi che sia la parola più tragica di ogni altra.

Il pedaggio di vittime imposto dal vaiolo cominciò a diminuire quando cessarono la calura e le piogge dell'estate, e infine, ai primi freddi invernali, la malattia allentò completamente la sua presa sulle regioni dei laghi. Ma lasciò la Triplice Alleanza debole in tutte le accezioni del termine. L'intera nostra popolazione era scoraggiata; piangevamo gli innumerevoli morti; compassionavamo coloro che erano sopravvissuti rimanendo però spaventosamente sfigurati per tutto il resto della loro esistenza; eravamo logorati dal lungo protrarsi della calamità; ci sentivamo individualmente e collettivamente svuotati di energia umana. La nostra popolazione era stato ridotta forse della metà e quelli che restavano comprendevano principalmente persone anziane o inferme. Essendo periti soprattutto gli uomini più giovani, per non parlare delle donne e dei bambini, i nostri eserciti avevano finito con l'essere considerevolmente *più* che dimezzati. Nessun comandante ragionevole avrebbe osato ordinare azioni aggressive contro gli stranieri che andavano ammassandosi, e l'utilità delle truppe, sia pur soltanto per la difesa, era dubbia.

Proprio allora, mentre la Triplice Alleanza era più debole di quanto fosse mai stata, Cortés marciò, una volta ancora, contro di essa. Non vantava più un qualsiasi grande vantaggio in fatto di armi superiori, poiché disponeva di meno di quattrocento soldati bianchi, per quanti archibugi e quante balestre potessero ancora avere. Tutti i cannoni da lui abbandonati durante la Notte Triste — i quattro sul tetto a terrazza del palazzo di Axayàcatl e la trentina circa da lui piazzati lungo le sponde — li avevamo gettati nel lago. Ma disponeva ancora di oltre venti cavalli, di un certo numero di cani per la caccia al cervo e di tutti i precedenti guerrieri indigeni nonché di quelli riuniti più di recente: i Texaltèca, i Totonàca e altre tribù minori, gli Acòlhua che ancora seguivano il Principe Fiore Nero. Complessivamente, Cortés disponeva di qualcosa come centomila uomini. In tutte le città e regioni della Triplice Alleanza — anche contando località remote come Tolòcan e Quaunàhuac, che in realtà non facevano parte dell'Alleanza, ma ci davano il loro appoggio — non saremmo riusciti a riunire più di un terzo di questo numero di combattenti.

Così, quando le lunghe colonne di Cortés partirono dal Texcàla verso la più vicina capitale della Triplice Alleanza, vale a dire Texcòco, la conquistarono ben presto. Potrei parlare a lungo della disperata difesa di quella città indebolita, del numero delle perdite che i suoi difensori inflissero e subirono, nonché delle tattiche che in ultimo la sconfissero... ma che cosa può importare? Una sola cosa va detta, che i saccheggiatori la occuparono. I saccheggiatori comprendevano gli Acòlhua del Principe Fiore Nero, ed essi si batterono contro i loro fratelli, i guerrieri Acòlhua fedeli al nuovo Riverito Oratore Cohuanàcoch — o, per meglio dire — fedeli alla loro città di Texcòco. Accadde così che, in quella battaglia, non pochi vibrarono una lama contro altri Acòlhua che erano davvero i loro fratelli.

Per lo meno, non tutti i guerrieri di Texcòco rimasero uccisi e forse duemila di essi fuggirono prima di essere intrappolati nella città. Le truppe di Cortés avevano attaccato quest'ultima dalla parte di terra, per cui ai difensori, quando non avevano più potuto opporre resistenza, era stato possibile ripiegare adagio sulla sponda del lago. Là si erano impadroniti di ogni acàli di pescatori e uccellatori, di ogni acàli per passeggeri e da carico, comprese anche le eleganti acàltin della corte, per allontanarsi sul lago. I loro avversari, essendo rimasti senza imbarcazioni con le quali inseguirli, poterono soltanto scoccare una nuvola di frecce, ma le frecce causarono pochi danni. Così i guerrieri Acòlhua attraversarono il lago e si unirono alle nostre forze a Tenochtìtlan, ove, a causa della morte recente di tante persone, esistevano locali a sufficienza per alloggiarli.

Cortés doveva sapere, grazie alle sue conversàzioni con Motecuzòma, se non da altra fonte, che Texcòco era la più salda città fortificata della Triplice Alleanza, dopo Tenochtìtlan. E, avendola conquistata con tanta facilità, confidava che occupare tutte le altre nostre e più piccole città e cittadine lungo il lago sarebbe stato ancora più facile. Pertanto non impegnò tutto il suo esercito in questa azione, né la guidò personalmente. Con grande confusione delle nostre spie, rimandò un'intera metà delle sue truppe nel Texcàla. L'altra metà la divise in distaccamenti, ognuno dei quali comandato da uno dei suoi ufficiali: Alvarado, Narvàez, Montejo, Guzmàn. Alcuni distaccamenti si allontanarono da Texcòco diretti a nord, altri diretti a sud, e cominciarono così a circondare il lago, attaccando lungo il cammino, separatamente o simultaneamente, le varie piccole comunità. Sebbene il nostro Riverito Oratore Cuantèmoc impiegasse la flottiglia di canoe portata dagli Acòlhua fuggiaschi per mandare quegli stessi guerrieri e i nostri Mexìca in aiuto dei centri assediati, le battaglie erano tante, e così distanziate da impedirgli di mandare in ognuna di esse un numero di uomini sufficiente a influire sull'esito. Ogni località attaccata dai distaccamento al comando degli Spagnoli venne occupata. I nostri guerrieri non poterono fare altro che sgombrare dalle cittadine i difensori locali rimasti in vita e portarli a Tenochtìtlan affinché rafforzassero le nostre difese per il giorno in cui fosse giunta la nostra volta.

Presumibilmente Cortés, servendosi di messaggeri, diresse la strategia generale dei vari ufficiali e dei loro distaccamenti; tuttavia lui, e Malìntzin, rimasero nella lussuosa residenza del palazzo di Texcòco, ove io stesso avevo abitato un tempo. Là egli tenne altresì lo sfortunato Riverito Oratore Cohuanàcoch, quale suo anfitrione, od ospite, o prigioniero. Dovrei infatti ricordare qui che il Principe della Corona Fiore Nero, invecchiato a furia di aspettare di poter essere lo Uey-Tlatoàni degli Acòlhua, non riuscì mai a ottenere quel titolo.

Infatti, anche dopo la conquista della capitale degli Acòlhua, nella quale le truppe di Fiore Nero avevano avuto una non piccola parte, Cortés decretò che l'inoffensivo e non contestato Cohuanàcoch doveva restare sul trono. Cortés sapeva che tutti gli Acòlhua, tranne i guerrieri per così lungo tempo rimasti fedeli a Fiore Nero, avevano finito con l'odiare il Principe della Corona, in precedenza tanto rispettato, come un traditore del suo popolo e uno strumento degli uomini bianchi. Egli non voleva esporsi al rischio di provocare una futura rivolta dell'intera nazione concedendo al traditore quel trono per il quale aveva tradito. Anche quando Fiore Nero si abbassò al rito del battesimo, avendo come padrino lo stesso Cortés, e, con flagrante ossequiosità, assunse il nome cristiano di Fernando *Cortés* Ixtlil-Xochitl, il padrino venne meno alla propria decisione soltanto quanto bastava per nominarlo Signore di tre province insignificanti delle regioni Acòlhua. Al che Don Fernando Fiore Nero lasciò intravedere un ultimo barlume del suo temperamento un tempo focoso, protestando irosamente:

« Mi *dai* ciò che già mi appartiene? Le terre che sono *sempre* appartenute ai miei antenati? »

Ma non dovette sopportare a lungo lo scontento e l'umiliazione. Si allontanò tempestosamente da Texcòco per assumere la carica in una di quelle province retrograde e vi arrivò proprio mentre vi stava arrivando anche il contagio del vaiolo; entro un mese o due era morto.

Venimmo a sapere ben presto che gli eserciti invasori del Capitano-Generale stavano indugiando a Texcòco per ragioni diverse dal semplice desiderio di godersi un periodo di riposo nel lusso. Il nostro quimìchime giunse a Tenochtìtlan per riferire non già altre assurdità, ma la notizia che la metà dell'esercito di Cortés prima allontanatasi stava facendo ritorno a Texcòco e trasportava in spalla, o faceva rotolare su tronchi d'albero, i tanti e diversi scafi e pali e altre parti diverse delle tredici « navi » parzialmente costruite all'asciutto nel Texcàla. Cortés si era trattenuto per trovarsi a Texcòco al loro arrivo e per assistere al montaggio e al varo delle navi stesse nel nostro lago.

Non si trattava, naturalmente, di vascelli formidabili come le navi oceaniche dalle quali erano state ricavate. Somigliavano, piuttosto, alle nostre chiatte dal fondo piatto, ma avevano fiancate più alte e quelle vele simili ad ali che, lo scoprimmo con sgomento, le rendevano di gran lunga più veloci delle nostre più grandi acàltin con molte pagaie, e di gran lunga più agili di quelle più piccole. Oltre ai barcaioli che provvedevano ai movimenti dei vascelli, ognuno di questi ultimi aveva a bordo venti soldati spagnoli che rimanevano al riparo delle alte fiancate, ritti su appositi sostegni. In tal modo godevano del significativo vantaggio di una posizione dominante in ogni battaglia sull'acqua contro le nostre canoe, ed erano inoltre così alti da poter scaricare le loro armi al di là delle strade rialzate.

Il giorno in cui fecero il loro primo viaggio di prova da Texcòco al centro del lago, lo stesso Cortés si trovava a bordo della prima nave, da lui denominata *La Capitana*. Numerose delle nostre più grandi canoe di guerra uscirono, spinte con le pagaie, da Tenochtìtlan e si portarono al di là della Grande Diga per impegnare le navi nella più aperta distesa del lago. Su ogni canoa si trovavano sessanta guerrieri, tutti armati con un arco e molte frecce, con un atlatl e parecchi giavellotti, Ma, sulle acque mosse, le più pesanti imbarcazioni degli uomini bianchi costituivano piattaforme più stabili dalle quali scaricare le armi, per cui archibugi e balestre risultarono avere una precisione letalmente maggiore degli archi dei nostri uomini. Inoltre, i soldati nemici dovevano esporre soltanto la testa e le braccia, per cui le nostre frecce o colpivano soltanto gli alti fianchi delle navi, oppure saettavano innocue sopra di essi. All'opposto, i Mexìca, sulle basse e aperte canoe rimanevano esposti ai dardi e alle mortali pallottole, e pertanto caddero in gran numero morti o feriti. Così i timonieri delle canoe cercarono disperatamente di tenerle a distanza più sicura, vale a dire troppo lontano perché i giavellotti potessero essere scagliati. Di lì a non molto, tutte le nostre canoe di guerra rientrarono ignominiosamente, e le navi nemiche disdegnarono di inseguirle. Per qualche tempo danzarono quasi allegramente, seguendo rotte zigzaganti che si intersecavano, come per dimostrarci che erano *padroni* del lago, poi fecero ritorno a Texcòco. Ma salparono di nuovo l'indomani, e ogni giorno in seguito, e fecero qualcosa di più che danzare.

Nel frattempo, gli ufficiali di Cortés e i loro distaccamenti avevano fatto il giro completo del distretto del lago, distruggendo o conquistando e occupando ogni comunità incontrata sul loro cammino, per poi riunirsi in ultimo e formare due considerevoli eserciti sui promontori che sporgevano nel lago subito a nord e a sud della nostra isola. Non dovevano fare altro, ormai, che distruggere od occupare le più grandi e più numerose città situate sulla sponda occidentale del lago, dopodiché avrebbero circondato completamente Tenochtìtlan.

Si accinsero a far questo quasi con comodo. Mentre l'altra metà dell'esercito di Cortés si riposava a Texcòco, dopo l'incredibile fatica del trasporto per via di terra di quelle navi da battaglia, le navi stesse andarono e vennero sull'intera distesa del lago Texcòco, a est della Grande Diga, spazzando via ogni altra imbarcazione. Speronarono e capovolsero, oppure catturarono, ogni singola canoa su quelle acque, o ne uccisero gli occupanti. E non si trattava di canoe di guerra; erano soltanto le acàltin dei pescatori, degli uccellatori e degli uomini che pacificamente trasportavano mercanzie da una località all'altra. Ben presto, le navi da battaglia alate dominarono tutta quella parte del lago. Non un solo pescatore osò allontanarsi dalla sponda, nemmeno per catturare nelle reti quanto bastava alla sua famiglia. Soltanto nella nostra estremità del lago, al di qua della Grande Diga, il traffico sull'acqua poteva continuare a svolgersi normalmente, ma anch'esso non durò a lungo.

Cortés portò infine fuori di Texcòco il suo riposato esercito di riserva, suddividendolo in due parti uguali che, separatamente, girarono intorno al lago per unirsi ai due altri eserciti al nord e al sud rispetto a noi. E, mentre questi movimenti erano in corso, le navi da battaglia superarono la Grande Diga. I loro soldati non dovettero far altro che prenderla tutta sotto il tiro degli archibugi e delle balestre, uccidendo o ponendo in fuga i disarmati operai della diga, i quali avrebbero potuto abbassare le chiuse che ci proteggevano dalle piene per impedire loro il passaggio. Poi le navi si infilarono in quei varchi e vennero a trovarsi in acque Mexìca. Anche se Cuautèmoc inviò immediatamente guerrieri a schierarsi spalla contro spalla lungo le strade rialzate nord e sud, essi non poterono impedire a lungo l'avanzata delle navi, che puntarono direttamente verso i passaggi per le canoe. Mentre alcuni dei soldati bianchi eliminavano i difensori con una grandinata di pallottole di metallo e con nugoli di frecce delle balestre, altri uomini si sporsero dalle fiancate per rimuovere e far cadere in acqua i ponti di legno che varcavano i passaggi stessi. Così le navi da battaglia superarono gli ultimi ostacoli e, come avevano fatto nel lago esterno, eliminarono anche nelle nostre acque ogni traffico: canoe di guerra, acàltin da carico, tutto.

«Gli uomini bianchi dominano le strade rialzate ed anche i canali» disse la Donna Serpente. «Quando assediano le altre città sulla terraferma, non possiamo mandare uomini a rafforzarne le difese. Quel che è ancora peggio, non possiamo più fare arrivare nulla qui dalla terraferma. Né rinforzi, né altre armi. E neppure viveri. »

« I magazzini su quest'isola contengono quanto basta per consentire di resistere per qualche tempo» disse Cuautèmoc, poi soggiunse, in tono amaro: «Possiamo ringraziare il vaiolo se vi è qui un minor numero di persone da sfamare di quelle che sarebbero potute esservi. E inoltre abbiamo i raccolti dei chinàmpa. »

La Donna Serpente disse: «I magazzini contengono soltanto granturco, e i chinàmpa producono soltanto verdure scelte. Pomodori, chili, coriandoli, e così via. La nostra sarebbe una dieta bizzarra... tortillas e polenta dei poveri con contorni di lusso».

«Rammenterai con tenerezza questa dieta bizzarra» ribatté Cuantèmoc «quando avrai nel ventre, invece, soltanto acciaio spagnolo. »

Mentre le navi tenevano i nostri guerrieri immobilizzati sull'isola, le fanterie di Cortés ripresero la marcia intorno alla curva occidentale della terraferma e, una dopo l'altra, le città situate laggiù furono costrette ad arrendersi. La prima a cadere fu Tepeyàca, la nostra più prossima vicina sul promontorio nord, poi venne la volta delle cittadine di Ixtapalàpan e di Mexicaltzìnco, sul promontorio sud. Quindi caddero Tenayùca a nord-ovest e Azcapotzàlco. Infine Coyohuàcan a sud-ovest. Il cerchio si stava chiudendo e noi a Tenochtìtlan non avemmo più bisogno delle spie quimìchime per dirci che cosa stava accadendo. Man mano che i nostri alleati sulla terraferma cadevano o si arrendevano, molti dei loro guerrieri riuscivano a salvarsi e a fuggire sulla nostra isola con il favore della notte, giungendo su acàltin e riuscendo a eludere il pattugliamento delle navi, oppure percorrendo furtivamente le strade rialzate e attraversando a nuoto i passaggi, o, ancora, superando a nuoto l'intera lunga distanza.

A volte Cortés, in sella alla sua cavalla Mula dirigeva l'implacabile avanzata delle sue forze di terra. In altri giorni si trovava a bordo della nave *La Capitana* e, mediante bandiere da segnalazione, ordinava i movimenti degli altri vascelli e l'impiego delle armi, uccidendo o scacciando qualsiasi guerriero si mostrasse sulla sponda della terraferma o sulle interrotte strade rialzate della nostra isola. Per tenere a bada quelle tormentose navi, noi a Tenochtìtlan escogitammo la sola difesa possibile. Ogni pezzo di legno esistente sull'isola, e che si prestasse ad essere utilizzato, venne reso appuntito ad una estremità, poi tuffatori portarono sott'acqua quei pali acuminati e li conficcarono saldamente, inclinati ad angolo verso l'esterno, in modo che la punta venisse a trovarsi appena sotto la superficie delle acque poco profonde tutto attorno all'isola. Se non avessimo fatto questo, le navi da battaglia nemiche sarebbero potute penetrare nei canali stessi e fino al centro della città. Questa difesa risultò efficace quando uno dei vascelli si avvicinò, un giorno, a quanto parve con l'intenzione di distruggere uno dei nostri chinàmpa coltivato a verdure, e rimase impalato su uno o più degli ostacoli. I nostri guerrieri lo bersagliarono immediatamente con nugoli di frecce e forse uccisero alcuni degli uomini a bordo prima che essi riuscissero a liberare lo scafo e a portarlo verso la terraferma per le riparazioni. Dopo quella volta, i barcaioli spagnoli, non avendo modo di sapere fino a quale distanza dalla riva fossero stati conficcati i nostri pali acuminati, si tennero a distanza.

Poi le fanterie di Cortés cominciarono a trovare i cannoni che i nostri uomini avevano gettato nel lago durante la Notte Triste — in quanto oggetti così pesanti non potevano essere scaraventati lontano — e li ricuperarono. L'essere rimasti sott'acqua non aveva, come potevamo sperare, rovinato quei maledetti strumenti di morte. Bastò ripulirli del fango, farli asciugare e ricaricarli perché sparassero di nuovo. Man mano che venivano ricuperati, Cortés fece montare i primi tredici sulle navi da battaglia, uno su ciascun vascello, e le navi presero posizione al largo delle città ove stavano combattendo le sue truppe, dopodiché i cannoni cominciarono a scaricare la loro pioggia di proiettili, che accompagnati da lampi e tuoni, uccidevano gli uomini. Nell'impossibilità di continuare a difendersi, essendo attaccate contemporaneamente di fronte e da un lato, le città dovettero arrendersi e, quando anche l'ultima cedette — Tlàcopan, capitale dei Tecpanèca, terzo bastione della Triplice Alleanza — le due braccia accerchianti delle forze di terra di Cortés si incontrarono e si congiunsero. Le sue navi da battaglia non erano più necessarie per appoggiare le truppe sulla terraferma, ma, sin dal giorno dopo, esse ricominciarono a incrociare sul lago e a sparare con cannoni. Noi sull'isola potemmo vederle e, per qualche tempo, non riuscimmo a capirne le intenzioni poiché i tiri non erano diretti né contro di noi, né contro alcun bersaglio apparente sulla terraferma. Poi, quando udimmo e scorgemmo l'impatto distruttivo di una palla di cannone, ci rendemmo conto di quel che accadeva. I grossi proiettili investirono dapprima l'antico acquedotto di Chapultèpec, poi quello fatto costruire da Ahuìtzotl, l'acquedotto di Coyohuàcan, e li demolirono entrambi.

La Donna Serpente disse: «Gli acquedotti erano l'ultimo nostro collegamento con la terraferma. Ora siamo indifesi come una canoa alla deriva senza pagaie su un mare tempestoso gremito di mostri malefici. Siamo circondati, non protetti, completamente esposti. Ogni altra vicina nazione che si sia spontaneamente alleata con gli uomini bianchi è stata invasa da essi e fa ora ciò che vogliono. A parte i guerrieri rifugiatisi qui restiamo soltanto noi — noi soli, i Mexìca — contro l'intero Unico Mondo».

«Questo è opportuno» disse Cuautèmoc, calmo. «Se il nostro tonàli vuole che non siamo in ultimo vittoriosi, allora l'Unico Mondo deve ricordare in eterno... che i Mexìca furono gli ultimi ad essere sconfitti.»

«Ma, Signore Oratore» lo esortò la Donna Serpente «gli acquedotti erano altresì il nostro ultimo collegamento con la vita. Avremmo potuto combattere per qualche tempo senza viveri freschi, ma per quanto tempo ancora potremo batterci senza acqua potabile?»

«Tlàcotzin» rispose il Riverito Oratore, con la stessa dolcezza di un buon maestro che si rivolge all'allievo tardo di mente, «vi fu un'altra occasione — molto tempo fa — in cui i Mexìca vennero a trovarsi soli, in questo stesso luogo, indesiderati e detestati da tutti gli altri popoli. Avevano soltanto erbe da mangiare, soltanto l'acqua salmastra del lago da bere. In circostanze così orribilmente disperate, si sarebbero potuti arrendere ai nemici dai quali erano circondati, per disperdersi ed essere assorbiti e dimenticati dalla storia. Ma non si arresero. Resistettero e restarono e costruirono tutto questo.» Con un gesto ampio della mano, indicò tutto lo splendore di Tenochtìtlan. «Quale che possa essere la fine, la storia *non può* ormai dimenticarli. I Mexìca resistettero. I Mexìca resistono. I Mexìca resisteranno fino a quando non potranno più opporsi al nemico.»

Dopo gli acquedotti, fu la nostra città a divenire il bersaglio dei cannoni, quelli sulla terraferma e quelli sulle navi che costantemente giravano intorno all'isola. Le palle di ferro provenienti da Chapultèpec erano le più distruttive e spaventose, in quanto gli uomini bianchi avevano issato alcuni dei loro cannoni sino alla cresta di quell'altura e di là potevano far percorrere ai proiettili un alto arco, per cui essi cadevano quasi perpendicolarmente, simili a enormi gocce di pioggia fatte di ferro, su Tenochtìtlan. Una delle primissime a piombare sulla città, potrei aggiungere, demolì il tempio di Huitzilopòchtli, in cima alla Grande Piramide. Al che i nostri sacerdoti gridarono «Ahimè!» e «È un presagio terribile!», e cominciarono a celebrare cerimonie nelle quali si accomunavano preghiere abiette per implorare il perdono del dio della guerra e preghiere disperate per ottenerne l'intercessione a nostro favore. I cannoni, pur continuando a tuonare per alcuni giorni, spararono soltanto a intervalli, per cui quello parve essere un attacco saltuario in confronto a ciò che io sapevo sarebbe potuto essere fatto da simili armi. Cortés, credo, sperava di costringerci ad ammettere che eravamo bloccati e indifesi e destinati ad essere inevitabilmente sconfitti, per far sì che ci arrendessimo senza combattere, come egli si sarebbe potuto aspettare da qualsiasi popolo ragionevole in circostanze analoghe. Non ritengo che stesse dando prova di un qualsiasi misericordioso rimorso dinanzi alla prospettiva di doverci massacrare; voleva soltanto occupare la città intatta, per poter offrire al suo Re Carlos la colonia della Nuova Spagna al completo di una capitale più bella di qualsiasi città della Vecchia Spagna.

Ma Cortés è, ed era, un uomo impaziente. Non perdette molti giorni in attesa che noi adottassimo la ragionevole decisione di arrenderci. Fece costruire dai suoi carpentieri leggeri e mobili ponti di legno e, servendosene per sormontare i varchi in tutte le strade rialzate, fece investire da ingenti reparti di suoi uomini la città con un attacco improvviso da tre direzioni contemporaneamente. Tuttavia, i nostri guerrieri non erano ancora indeboliti dalla fame e le tre colonne degli Spagnoli e dei loro alleati vennero fermate come se si fossero trovate di fronte a un compatto muro di pietra eretto tutto attorno all'isola. Molti di loro morirono e gli altri si ritirarono, anche se non rapidamente come quando erano venuti, poiché trasportavano numerosi feriti.

Cortés aspettò alcuni giorni, poi ritentò nello stesso modo, ma con risultati ancor più disastrosi. Questa volta, quando il nemico si riversò sull'isola, le nostre canoe di guerra avanzarono sfreccianti e i loro guerrieri si arrampicarono sulle strade rialzate dietro le prime ondate di attaccanti. Rimossero i ponti portatili ed ebbero così buona parte delle forze di assalto bloccate *con noi* nella città. Gli Spagnoli rimasti in trappola si batterono per la vita; ma i loro alleati indigeni sapevano che cosa li aspettasse e continuarono a battersi finché non furono uccisi, anziché catturati. Quella notte, tutta la nostra isola venne illuminata dalle torce delle celebrazioni, dai fuochi nelle urne, dagli incensi che ardevano e dai fuochi sugli altari — la Grande Piramide, in particolare, risultò essere in piena luce — affinché Cortés e gli altri uomini bianchi potessero vedere, se si fossero avvicinati abbastanza, e se avessero voluto guardare, che cosa accadeva ai loro circa quaranta camerati da noi catturati vivi.

Ed evidentemente Cortés assistette a quel sacrificio in massa, o a quanto bastava di esso, perché venisse preso dalla furia della rappresaglia. Decise di sterminarci tutti, nella città, anche se, per ottenere tale risultato, sarebbe stato costretto a ridurre in polvere gran parte della capitale che avrebbe voluto salvare. Sospese i tentativi di invasione, ma assoggettò la nostra Tenochtìtlan a un perfido e ininterrotto cannoneggiamento, poiché le palle di cannone venivano scaricate con tutta la rapidità e regolarità che, presumo, erano possibili senza far fondere i pezzi a causa del troppo protratto sforzo. I proiettili piombavano su di noi dalla terraferma e sibilavano sull'acqua dalle navi che ci circondavano. Gli edifici della città cominciarono a crollare e molti del nostro popolo perirono. Una singola palla di cannone poteva demolire una parte cospicua di qualsiasi edificio, anche se costruito in modo massiccio come la Grande Piramide... e molti edifici vennero distrutti, e in ultimo anche la piramide, un tempo mirabilmente liscia, parve un mucchio di pasta di pane rosicchiata e mordicchiata da topi giganteschi. Una sola palla di cannone poteva demolire un intero muro delle case saldamente costruite in pietra, mentre le case di mattoni cotti al sole si sbriciolavano, semplicemente, riducendosi in polvere.

La pioggia di ferro continuò per almeno due mesi, un giorno dopo l'altro, cessando soltanto di notte. Ma, anche durante le notti, i cannonieri mandavano a piombare tra noi tre o quattro proiettili a intervalli imprevedibilmente irregolari, tanto per assicurarsi che il nostro sonno venisse reso intermittente, se non impossibile, e per fare in modo che non avessimo alcuna possibilità di riposare indisturbati. Dopo qualche tempo, i proiettili di ferro degli uomini bianchi si esaurirono ed essi dovettero cercare e impiegare pietre arrotondate. Queste ultime erano lievemente meno distruttive per gli edifici della nostra città, ma spesso si frantumavano all'urto, e i loro frammenti risultavano ancor più distruttivi per la carne umana.

Ma coloro che morirono in questo modo morirono, almeno, rapidamente. Gli altri di noi sembravano condannati a una più lenta e dolorosa morte per inedia. Infatti, le scorte esistenti nei granai dovevano durare il più a lungo possibile e i funzionari incaricati della distribuzione assegnavano razioni di granturco il più possibile ridotte compatibilmente con il mantenimento della vita. Per qualche tempo potemmo divorare anche i cani e il pollame dell'isola e ci dividemmo i pesci catturati dagli uomini che si recavano furtivamente di notte, con reti, sulle strade rialzate, o nei nostri chinàmpa, per far penzolare lenze tra le radici. Ma, in ultimo, tutti i cani e tutto il pollame scomparvero, e anche i pesci cominciarono a evitare di avvicinarsi all'isola. Allora ci dividemmo e mangiammo tutte le creature — tranne quelle assolutamente inedibili — del pubblico serraglio, anche gli esemplari più rari e meravigliosi, dei quali i custodi non sapevano indursi a cibarsi. I rimanenti animali vennero tenuti in vita — invero, in condizioni di salute migliori di quelle dei loro custodi — dando ad essi in pasto i cadaveri dei nostri schiavi che morivano di fame.

Poi dovemmo adattarci a catturare grossi topi di chiavica e topolini e lucertole. I nostri fanciulli, quei pochi sopravvissuti al vaiolo, divennero abilissimi nel catturare con lacci quasi ogni uccello così temerario da posarsi sulla nostra isola. In ultimo, recidemmo i fiori dei nostri giardini pensili, spogliammo gli alberi delle foglie e ne ricavammo intrugli cuocendole. Verso la fine, cercavamo, negli stessi giardini, insetti che potessero essere mangiati, staccavamo la corteccia degli alberi, masticavamo le coperte di pelo di coniglio e nascondevamo indumenti e le pagine dei libri fatti di pelle di cerbiatti per quel qualsiasi nutrimento che potesse esserne estratto. Alcune persone, cercando di illudere il loro stomaco e di fargli credere di aver mangiato, lo riempivano inghiottendo la calce trovata tra le macerie delle case demolite.

I pesci non si erano allontanati dalle nostre acque perché temessero di essere catturati, ma perché le acque stesse, intorno all'isola, erano divenute schifosamente contaminate. Sebbene fosse ormai incominciata la stagione delle piogge, gli acquazzoni imperversavano soltanto per una parte di ogni pomeriggio. Noi ci servivamo di ogni pentola e di ogni possibile recipiente per raccogliere l'acqua piovana, e appendevamo panni, per poi torcerli, quando erano zuppi, ma, nonostante tutti i nostri sforzi, di rado esisteva più che un rivoletto d'acqua potabile per ogni bocca assetata. E così, dopo un'iniziale ripugnanza, ci abituammo a bere l'acqua salmastra del lago. Tuttavia, poiché non esisteva più alcuna possibilità di raccogliere e portar via i rifiuti e gli escrementi umani dell'isola, tutti questi scarichi finivano nei canali e, da essi, nel lago. Inoltre, poiché soltanto gli schiavi venivano dati in pasto agli animali del serraglio, non avevamo modo di eliminare i nostri altri morti se non affidandoli allo stesso lago. Cuautèmoc ordinò che i cadaveri venissero spinti lontano dall'isola soltanto sul suo lato occidentale, in quanto il lago a est era una più ampia distesa d'acqua, più o meno costantemente rinnovata dal vento predominante da est; egli sperava, pertanto, che l'acqua da quel lato potesse essere mantenuta meno contaminata. Ma le acque di scolo e i cadaveri in decomposizione inquinarono inevitabilmente l'acqua su ogni lato dell'isola. Poiché eravamo costretti a berla ugualmente quando la sete ci tormentava, la filtravamo attraverso tessuti e poi la facevamo bollire. Ciò nonostante, ci faceva torcere le viscere con spasmi di coliche e dissenterie. Molti dei nostri vecchi e dei nostri bimbi più piccoli morirono per aver bevuto quell'acqua putrida.

Una notte, quando non riuscì più a sopportare di vedere tanto soffrire il suo popolo, Cuautèmoc ordinò all'intera popolazione della città di riunirsi nel Cuore dell'Unico Mondo durante la sosta dei cannoneggiamenti di quella notte, ed io credo che fossero presenti tutti coloro i quali erano in grado di camminare. Ci raggruppammo intorno alle buche ove si erano trovati prima i lastroni di marmo della pavimentazione della plaza, circondati dalle frastagliate macerie di quello che era stato prima il Muro dei Serpenti, mentre il Riverito Oratore si rivolgeva a noi da metà altezza di ciò che rimaneva della demolita gradinata sulla Grande Piramide.

«Se Tenochtìtlan deve resistere ancora per breve tempo, è necessario che non sia più una città, ma un forte, e un forte deve essere difeso da chi è in grado di combattere. Sono orgoglioso della lealtà e della capacità di sopportazione di cui ha dato prova tutto il mio popolo, ma è giunto il momento in cui devo chiedervi, con rincrescimento, di rinunciare a tale fedeltà. Rimane un solo magazzino non aperto, uno soltanto...»

La folla riunita nella plaza non applaudì e neppure avanzò pretese vociando. Si limitò a mormorare, ma quel suono era come il brontolio affamato di uno stomaco enorme.

«Quando farò togliere i sigilli da quel magazzino» continuò Cuautèmoc «il granturco verrà diviso in ugual misura tra tutti coloro che lo chiederanno. Ebbene, esso può assicurare ad ogni abitante di questa città un ultimo e frugalissimo pasto. Oppure basterebbe per sfamare un po' di più i nostri guerrieri, dando loro la forza di combattere fino alla fine, quando tale fine potrà giungere e comunque potrà essere. Non vi impartirò alcun ordine, popolo mio. Mi limiterò a chiedervi di fare voi stessi la scelta e di prendere la decisione. »

Il popolo lì riunito serbò un assoluto silenzio.

Il Riverito Oratore continuò: «Questa notte ho fatto rimontare i ponti sulla strada rialzata nord, che può essere percorsa. Il nemico aspetta diffidente all'estremità opposta, domandandosi perché ciò sia stato fatto. L'ho fatto per consentire a tutti quelli di voi che sono in grado di andarsene, e vogliono andarsene, di poterlo fare. Non so che cosa troverete laggiù a Tepeyàca, se cibo e sollievo... o una Morte Fiorita. Ma esorto coloro i quali non sono più in grado di battersi: approfittate di questa occasione per andarvene da Tenochtìtlan. Non si tratterà di una diserzione né di un riconoscimento della sconfitta, né dovrete vergognarvi partendo. All'opposto, consentirete alla nostra città di sfidare il nemico ancora per qualche tempo. E non dirò altro».

Nessuno se ne andò in fretta o anche soltanto volentieri; partirono tutti in lacrime e addolorati, ma si resero conto della praticità dell'esortazione di Cuautèmoc, e, in quella sola notte, la città si svuotò degli abitanti più anziani e dei più giovani, dei malati, degli storpi e degli invalidi, dei sacerdoti e degli inservienti dei templi, di tutti coloro che non sarebbero più potuti essere utili per combattere. Reggendo fagotti o sostenendo fardelli assicurati con cinghie che passavano intorno alla fronte e contenevano gli oggetti più preziosi riuniti frettolosamente, i fuggiaschi si incamminarono a nord, lungo le vie di tutti e quattro i quartieri di Tenochtìtlan, convergendo nella piazza del mercato di Tlaltelòlco, per poi formare una colonna lungo la strada rialzata. All'estremità nord non li accolsero scoppi di tuoni e lampi. Come venni a sapere in seguito, gli uomini bianchi, laggiù, si limitarono ad assistere con indifferenza al loro arrivo, e i Texaltèca che occupavano quella posizione ritennero gli individui incespicanti ed emaciati, in cerca di un rifugio, troppo scarni anche perché potesse valere la pena di sacrificarli per celebrare la vittoria; mentre la popolazione di Tepeyàca, sebbene essa stessa prigioniera dell'esercito occupante, diede il benvenuto ai profughi, con cibo, acqua potabile e rifugi.

A Tenochtìtlan rimasero Cuautèmoc, gli altri nobili della sua corte e del Consiglio, le mogli e i figli del Riverito Oratore, alcuni altri nobili, numerosi medici e chirurghi, tutti i cavalieri e guerrieri ancora in grado di combattere... e alcuni vecchi coc-

972

ciuti — tra i quali io — talmente in buona salute prima dell'inizio dell'assedio da non esserne stati gravemente fiaccati, e ancora in grado di battersi, se necessario. Rimasero, inoltre, le donne giovani e in buona salute, potenzialmente utili... nonché una donna anziana che, nonostante tutte le mie esortazioni, si rifiutò di abbandonare il letto di inferma che occupava da qualche tempo.

«Darò meno fastidio giacendo qui» disse Bèu «che se dovessi essere trasportata su una lettiga da persona a malapena in grado di camminare. Inoltre, da molto tempo non mi va più di mangiare molto, e posso altrettanto facilmente non toccare più cibo. Restando qui, potrò porre termine più rapidamente a questa malattia insopportabilmente lunga. E del resto, Zàa, tu stesso ignorasti una volta la possibilità di partire e metterti al sicuro. Dicesti che poteva essere una follia, ma volevi vedere come tutto si sarebbe concluso.» Sorrise debolmente. «E ora, dopo tutte le tue stoltezze che ho dovuto sopportare, vorresti rifiutare di lasciarmi condividere quella che sarà probabilmente l'ultima?»

Cortés dedusse giustamente, dall'improvviso sgombero di Tenochtìtlan e dall'aspetto scheletrico di coloro dai quali era stata sfollata, che anche gli altri abitanti dovessero essere molto indeboliti. Pertanto, il giorno dopo, sferrò un nuovo attacco frontale contro la città, anche se esso non fu proprio impetuoso come i precedenti. La giornata incominciò con il bombardamento più massiccio dal quale fossimo mai stati bersagliati; egli dovette portare i cannoni molto vicini al punto di fusione. Senza dubbio, sperava che saremmo rimasti al riparo ancora per molto tempo dopo la fine della devastatrice pioggia di proiettili. Ma anche allora, quando i cannoni sulla sponda smisero di sparare, egli tenne le navi da battaglia in prossimità dell'estremità settentrionale dell'isola, a continuare tiri di sbarramento su quella metà di Tenochtìtlan, mentre le sue fanterie avanzavano lungo la strada rialzata sud.

Non ci trovarono a tremare nei rifugi. Anzi, quel che trovarono indusse le prime file degli uomini bianchi a fermarsi così all'improvviso che le file successive andarono a pigiarsi alquanto in disordine contro di esse. Infatti, avevamo piazzato in ciascun luogo ove gli invasori sarebbero potuti giungere sull'isola uno degli uomini più grassi tra noi — be', per lo meno grassoccio in confronto agli altri — e gli Spagnoli lo trovarono semplicemente intento a passeggiare e a ruttare soddisfatto mentre rosicchiava una coscia di cane o di coniglio o qualcosa di simile. Se i soldati avessero potuto osservarla da vicino si sarebbero resi conto che quella carne era di uno spaventoso colore verdastro, essendo stata tenuta in disparte per così lungo tempo in attesa di tale ostentazione.

Ma non la videro abbastanza da vicino. Il grassone scomparve rapidamente mentre una schiera di uomini di gran lunga più snelli saltava fuori all'improvviso dagli edifici demoliti e dalle macerie circostanti, scagliando giavellotti. Anche se molti degli invasori vennero abbattuti in quel momento, alcuni avanzarono ugualmente, ma soltanto per trovarsi di fronte a guerrieri armati di maquàhuime, e altri indietreggiarono e vennero bersagliati da nugoli di frecce. Tutti coloro che riuscirono a sopravvivere a quella sorprendente e salda difesa, ripiegarono ancor più lontano, fino alla terraferma. Riferirono, ne sono certo, l'apparizione dell'uomo in carne e intento a ingozzarsi — facendo ridere Cortés, ne sono altrettanto sicuro, di quella patetica bravata da parte nostra — ma riferirono altresì, molto seriamente, che le macerie fornivano ai difensori posizioni molto più salde di quelle delle quali avrebbero potuto disporre se la città fosse rimasta intatta.

«Benissimo» disse il Capitano-Generale, stando a un rapporto successivo. «Avevo sperato di salvarne almeno una parte, per stupire i nostri compatrioti che verranno in seguito come colonizzatori. Ma la raderemo al suolo... raderemo al suolo ogni pietra e ogni trave... finché nemmeno uno scorpione riuscirà più a trovare un nascondiglio dal quale gettarsi su di noi.»

Naturalmente, fu proprio quello che fece, ed ecco come lo fece. Mentre i cannoni delle navi continuavano a martellare la metà settentrionale della città, Cortés fece spostare parecchi dei cannoni lungo la sponda sulle strade rialzate sud e ovest; li seguivano le truppe, in parte a cavallo e in parte appiedate, accompagnate dai cani per la caccia al cervo; e queste ultime erano, a loro volta, seguite da molti altri uomini muniti soltanto di mazze e scuri e piedi di porco e arieti. Dapprima vennero impiegati i cannoni, affinché facessero saltare in aria tutto ciò che era possibile e uccidessero ogni nostro guerriero nascosto, o per lo meno lo costringessero a restare al riparo. Poi i soldati avanzarono nella zona della devastazione e quando i nostri uomini balzarono in piedi per battersi, furono travolti dai cavalleggeri o sopraffatti dai soldati appiedati. I nostri guerrieri si batterono coraggiosamente, ma erano indeboliti dalla fame e semistorditi dal cannoneggiamento appena subìto, per cui morirono, invariabilmente, o dovettero indietreggiare sempre più verso il centro della città.

Alcuni di essi cercarono di restare non veduti nei nascondigli mentre l'avanzata nemica li lasciava indietro, sperando di potere in seguito, quando il nemico non fosse più stato all'erta, lanciare un ultimo giavellotto o colpire un'ultima volta con la maquàhuitl prima di essere massacrati. Ma nessuno riuscì in tale intento, poiché, sempre, vennero tutti rapidamente stanati; per questo i soldati nemici avevano portato i cani. Quelle enormi bestie per la caccia al cervo riuscivano invariabilmente a fiutare un uomo, comunque fosse nascosto, e, se non lo sbranavano essi stessi, ne rivelavano la posizione ai soldati. Poi, man mano che dal terreno venivano eliminati i difensori e il pericolo, si facevano avanti i gruppi addetti alla demolizione, con i loro attrezzi, e spianavano tutto ciò che restava. Abbatterono case e torri e templi e monumenti, e incendiarono tutto ciò che potesse bruciare. Quando ebbero terminato, non rimase altro che terreno piatto e deserto.

Questo il primo giorno. L'indomani, i cannoni poterono avanzare senza incontrare ostacoli in quel settore così spianato e demolire un'altra parte della città, per essere seguiti dai soldati e dai cani e infine dai demolitori. In questo modo, un giorno dopo l'altro, la città si ridusse sempre più, come se fosse affetta dalla malattia dell'Essere Divorati dagli Dei. Noi, nelle parti ancora intatte di Tenochtìtlan, potevamo salire sui tetti e osservare come la demolizione avanzasse e si avvicinasse sempre più.

Rammento il giorno in cui i demolitori giunsero nel Cuore dell'Unico Mondo. Anzitutto si divertirono lanciando frecce incendiarie contro quelle enormi bandiere di piume che, sebbene malinconicamente lacere, ancora ondeggiavano maestosamente in alto; e le bandiere, ad una ad una, scomparvero nelle vampate delle fiamme. Ma molti altri giorni si resero necessari per distruggere quella città entro una città — i templi, il cortile del talchtli, la mensola dei teschi, i palazzi e gli edifici della corte. Sebbene la Grande Piramide fosse già una rosicchiata rovina e non potesse costituire un fortilizio od offrire un nascondiglio tale da preoccupare Cortés, egli dovette pensare che, semplicemente perché si trattava del simbolo più magnifico e caratteristico di Tenochtìtlan, doveva essere demolita. Non fu facile distruggerla, anche quando vi sciamarono centinaia di uomini, con robusti attrezzi di acciaio, ma infine cedette, strato per strato, rivelando le più antiche piramidi al suo interno, ognuna delle quali più piccola e costruita più rozzamente, e anch'esse furono demolite. Cortés ordinò ai suoi uomini di lavorare con maggiore attenzione e cautela quando cominciarono a smantellare il palazzo di Motecuzòma Xocòyotl, poiché ovviamente si aspettava di trovare il tesoro della nazione nuovamente nascosto nelle camere dalle spesse mura. Quando non lo trovò, lasciò che i lavori di demolizione continuassero con furia vendicativa.

Ricordo inoltre come venne incendiato il grande serraglio, subito al di là del distrutto Muro dei Serpenti, poiché quel giorno stavo osservando la scena dal tetto di una casa abbastanza vicina per consentirmi di udire i muggiti e i ruggiti e gli ululati e le strida degli animali mentre bruciavano vivi. È vero che le bestie del serraglio erano state ridotte di numero, in quanto noi avevamo dovuto divorarne molte, ma restavano ancora animali e rettili e uccelli meravigliosi. Alcuni di essi potrebbero ora essere insostituibili, qualora voi Spagnoli doveste decidere di costruire un analogo serraglio. Ad esempio, a quei tempi, nella sala degli animali si trovava un giaguaro completamente bianco, una rarità che noi Mexìca non avevamo mai veduto prima di allora e che nessuno potrebbe vedere mai più.

Cuautèmoc, ben conoscendo lo stato di debolezza in cui si trovavano i suoi guerrieri, aveva stabilito che essi dovessero semplicemente ritirarsi opponendo resistenza, ritardando il più possibile l'avanzata nemica e uccidendo nel frattempo il maggior numero possibile di invasori. Ma i nostri combattenti Mexìca erano talmente infuriati dalla profanazione del Cuore dell'Unico Mondo che andarono al di là degli ordini ricevuti; la loro ira si tradusse in un empito di energia e varie volte essi balzarono fuori dalle macerie intorno alla plaza lanciando grida di guerra e battendo le armi sugli scudi per impegnarsi in azioni offensive anziché difensive. Persino le nostre donne erano esasperate e prendevano parte ai combattimenti, lanciando già dai tetti nidi di vespe brulicanti di quegli insetti e pietre e altre cose meno menzionabili sui devastatori.

I nostri guerrieri riuscirono effettivamente a uccidere alcuni dei soldati e dei demolitori nemici e forse rallentarono alquanto la distruzione. Ma in queste azioni morì un numero molto più grande di nostri uomini, che ogni volta vennero respinti. Ciò nonostante, per scoraggiarli ulteriormente, Cortés fece spostare i cannoni ancora più a nord, distruggendo altre zone della città, e soldati, cani e gruppi di demolitori seguirono i cannoni, spianando quel che rimaneva. Ecco perché trascurarono di abbattere la Casa dei Canti, nella quale ci troviamo adesso, e alcuni altri edifici privi di importanza in questa metà meridionale dell'isola.

Ma non furono molte le costruzioni a restare in piedi, ovunque e quelle poche sporgevano dalla terra bruciata come gli ultimi scarsi e distanziati denti dalle gengive di un vecchio, e la mia casa non si trovava tra esse. Dovrei congratularmi con me stesso, credo, perché, quando la casa crollò io non mi trovavo lì. Ormai, la popolazione superstite della città si era rifugiata tutta nel quartiere Tlaltelòlco, e proprio al suo centro, per restare lontana il più possibile dallo sbarramento incessante di palle di cannone e di frecce incendiarie delle navi da battaglia. I guerrieri e i superstiti più robusti vivevano all'aperto nella piazza del mercato, mentre le donne e i più deboli si pigiavano nelle case già gremite dagli abitanti del quartiere che vi si erano rifugiati. Cuautèmoc e la sua corte occupavano l'antico palazzo apparte- nuto un tempo a Moquìhuix, l'ultimo a governare Tlaltelòlco quando trattavasi ancora di una città indipendente. In quanto nobile, anche a me era stata assegnata una piccola stanza del palazzo, ove alloggiavo con Bèu. Sebbene fino all'ultimo ella fosse stata contraria ad allontanarsi di casa nostra, l'avevo por- tata via io stesso reggendola sulle braccia. Così, insieme a Cuautèmoc e a molti altri, stetti a guardare dalla cima della pi- ramide di Tlaltelòlco il giorno in cui i demolitori di Cortés en- trarono nel quartiere di Ixacuàlco ove avevo abitato. A causa del fumo delle cannonate e dei nembi di polvere che si alzavano dalle macerie, non riuscii a vedere nulla quando la mia casa crollò. Ma allorché i nemici se ne andarono, al termine della giornata, il quartiere di Ixacuàlco era, come la maggior parte della metà meridionale dell'isola, un deserto.

Io non so se Cortés venne mai informato, in seguito, del fatto che ogni ricco pochtècatl della nostra città aveva in casa sua — come me — una segreta camera del tesoro. Ovviamente egli al- lora lo ignorava poiché i suoi gruppi di demolitori abbattevano ogni casa indiscriminatamente e, nel fumo e nella polvere di ogni crollo, nessuno vide mai i plichi bene avvolti contenenti oro e gemme o le balle di piume, coloranti e così via, che rimasero poi ancor più invisibilmente sepolti dalle macerie e vennero in seguito rimossi durante i lavori di sgombro e di ampliamento dell'isola. Naturalmente, anche se Cortés fosse riuscito a ricupe- rare tutte le ricchezze dei pochtèca, esse sarebbero ammontate ad assai meno del tesoro tuttora perduto, ma avrebbero costitui- to, ciò nonostante, un dono tale da stupire e deliziare Re Carlos. Pertanto osservai le devastazioni di quel giorno con una certa ironica soddisfazione anche se, al termine della giornata, ero un vecchio più povero di quanto lo fossi stato fanciullo, quando avevo veduto Tenochtìtlan per la prima volta.

D'altronde, era così per ogni altro Mexìcatl ancora in vita, compreso persino il nostro Riverito Oratore. La fine sopraggiun- se non molto tempo dopo, e, quando venne, fu rapida. Eravamo rimasti per innumerevoli giorni privi di qualsiasi cosa che potes- se essere sia pur remotamente considerata cibo, per cui non riu- scivamo più a muoverci e nemmeno a parlare gli uni con gli al- tri, essendo indeboliti fino all'apatia. Cortés e il suo esercito, im- placabili e numerosi e voraci come quelle formiche che spoglia- no intere foreste, giunsero infine nella piazza del mercato di

Tlaltelòlco e cominciarono a demolire la piramide, per cui noi superstiti dovemmo pigiarci a tal punto nel poco spazio rimasto in cui nascondersi, da non poter nemmeno più, quasi, restare comodamente in piedi. Ciò nonostante Cuautèmoc sarebbe rimasto lì, se necessario, anche ritto su un piede solo, ma io, la Donna Serpente e alcuni altri consiglieri, dopo esserci consultati tra noi, ci recammo da lui e dicemmo:

«Signore Oratore, se sarai catturato dagli stranieri, l'intera nazione Mexìca cadrà con te. Ma, se fuggirai, il governo continuerà ad esistere ovunque potrai andare. Anche se ogni altra persona su quest'isola sarà uccisa o fatta prigioniera, Cortés non avrà distrutto i Mexìca».

«Fuggire» disse lui, con una voce spenta. «Ma dove? E per fare che?»

«Per andare in esilio, soltanto con la tua famiglia e alcuni dei più alti nobili. È vero che non abbiamo più alleati sicuri nelle regioni circostanti, ma vi sono paesi più lontani ove potrai trovare sostenitori. Molto tempo potrà trascorrere prima che tu possa sperare di fare ritorno forte e trionfante, ma, per quanto lungo sia il periodo dell'attesa, i Mexìca continueranno a non essere sconfitti.»

«Quali più lontani paesi?» domandò Cuautèmoc, senza alcun entusiasmo.

Gli altri nobili sbirciarono me, ed io dissi: «Aztlan, ad esempio, Riverito Oratore. Torna ai nostri stessi inizi».

Mi fissò come se fossi impazzito. Ma gli ricordai che, in tempi relativamente recenti, avevamo rinnovato i legami con i cugini del nostro luogo di origine e gli diedi una carta disegnata da me per indicargli la strada. Soggiunsi: «Puoi aspettarti una cordiale accoglienza, Signore Cuautèmoc. Quando il loro Oratore Tlilèctic-Mixtli ripartì da qui, Motecuzòma gli assegnò un reparto di nostri guerrieri e gli affidò un certo numero di famiglie Mexìca abili in tutte le nostre moderne arti per costruire città. Forse constaterai che esse hanno già fatto di Aztlan una Tenochtìtlan in miniatura. Come minimo, gli Azteca potranno essere i semi dai quali crescerà — come già accadde un tempo — un'intera, nuova e possente nazione».

Occorse ancora una lunga opera di persuasione per indurre Cuautèmoc ad accettare, ma non starò a riferire ogni cosa nei particolari, poiché il piano fallì. Sono ancora persuaso che sarebbe potuto riuscire; era ben concepito e fu ben attuato; ma gli dei decretarono che doveva fallire. Al crepuscolo, quando le navi da battaglia interruppero i tiri di sbarramento e cominciarono a dirigersi verso la terraferma, numerosi dei nostri uomini accompagnarono Cuautèmoc e gli altri da lui prescelti giù alla sponda dell'isola. Salirono tutti su canoe e, a un segnale, tutte le imbarcazioni si allontanarono pagaiando sul lago, tutte contemporaneamente, ma ognuna in una direzione diversa, il più velocemente possibile, per far credere a una improvvisa fuga in massa verso la salvezza. L'acàli sulla quale si trovavano Cuautèmoc e la sua ridotta corte, puntò verso la piccola baia tra Tenayùca e Azcapotzàlco. Poiché esistevano poche abitazioni in quel luogo, si poteva presumere che esso non fosse sorvegliato da uno degli accampamenti o dalle sentinelle di Cortés, e che Cuautèmoc potesse addentrarsi facilmente di là nell'interno e proseguire poi a nord-ovest verso Aztlan.

Ma le navi da battaglia, veduto l'improvviso allontanarsi delle acàli dall'isola, invertirono la rotta e cominciarono a manovrare tra esse per stabilire se *davvero* si trattasse di gente in fuga. E la sfortuna volle che uno dei capitani delle navi fosse così astuto da notare come uno degli occupanti di una delle canoe sembrasse troppo riccamente vestito per pòter essere un semplice guerriero. Quella nave lanciò rampini di ferro, imprigionò la canoa contro il proprio fianco; poi il Riverito Oratore fu fatto salire a bordo e portato direttamente alla presenza del Capitano-Generale Cortés.

Io non fui presente a quell'incontro, ma seppi in seguito che Cuautèmoc parlò, per il tramite dell'interprete Malìntzin, dicendo: « Non mi sono arreso. Soltanto nell'interesse del mio popolo ho tentato di sottrarmi a te. Ma tu mi hai giustamente catturato ». Additò il pugnale alla cintola di Cortés. « Poiché sono stato fatto prigioniero in guerra, merito — e richiedo — la morte di un guerriero. Ti esorto a uccidermi subito, qui dove mi trovo. »

Magnanimo nella vittoria — o per lo meno untuoso — Cortés rispose: « No, tu non ti sei arreso e non hai ceduto la tua autorità. Rifiuto di ucciderti e insisto affinché continui a guidare il tuo popolo. Infatti abbiamo molto lavoro da svolgere e ti prego di aiutarmi a portarlo a termine. Ricostruiamo insieme la tua città, rendendola ancor più grandiosa, mio stimato Signore Cuautèmoc ».

Cortés, probabilmente, pronunciò il nome « Guautèmoc », come sempre continuò a fare in seguito. Mi sembra di avervi detto molto tempo fa, reverendi frati, che il nome Cuautèmoc significa Aquila Calante, ma, presumo, era inevitabile, e persino opportuno che, a partire da quel giorno — in base al calendario Mexìca il giorno Un Serpente dell'anno Tre Case; e in base al vostro tredici di agosto dell'anno mille e cinquecento venti e uno — il nome del nostro ultimo Riverito Oratore venisse tradotto in spagnolo come Aquila Cadente.

Per qualche tempo dopo la resa di Tenochtìtlan la vita non cambiò molto nella maggior parte dell'Unico Mondo. Al di là dei territori della Triplice Alleanza, nessun'altra località di questi paesi era stata così devastata, ed esistevano, probabilmente, molte regioni ove la gente non sapeva ancora di non risiedere più nell'Unico Mondo, ma in un paese chiamato Nuova Spagna. Le popolazioni, sebbene crudelmente devastate dalle nuove malattie, vedevano di rado uno Spagnolo o un Cristiano, per cui non venivano loro imposte nuove leggi o nuove divinità ed esse continuavano con i loro consueti sistemi di vita — coltivando la terra, andando a caccia, pescando — come avevano sempre fatto durante tutti i precedenti covoni di anni.

Ma qui nelle regioni del lago la vita era molto cambiata, divenendo dura e difficile, né le condizioni sono migliorate da allora, e dubito che possano mai migliorare. Sin dal giorno successivo alla cattura di Cuautèmoc, Cortés dedicò tutte le sue cure e le sue energie alla ricostruzione della città, ma dovrei dire, piuttosto, le *nostre* energie. Decretò infatti che, essendo esclusivamente colpa di noi ribelli Mexìca se Tenochtìtlan era stata distrutta, dovevamo essere noi a ricostruirla come Città del Messico. Anche se a disegnare i progetti erano i suoi architetti e a dirigere i lavori i suoi genieri, i soldati più brutali maneggiavano le fruste per far sì che il lavoro andasse avanti e toccava al nostro popolo lavorare e fornire il materiale da costruzione; e, se volevamo mangiare dopo tanta fatica, dovevamo essere sempre noi a procurare i viveri. Così i cavatori di Xaltòcan lavorarono come non avevano mai sgobbato in vita loro, e i boscaioli spogliarono tutte le alture intorno al lago per procurare travi e assi, e i nostri ex guerrieri e pochtèca divennero procacciatori e portatori di tutti quei generi alimentari e quei prodotti che potevano essere estorti nelle regioni circostanti, e le nostre donne — quando non erano apertamente molestate dai soldati bianchi, o anche violentate sotto gli occhi di chiunque fosse disposto a guardare — furono costrette a lavorare come portatrici o messaggere e persino i bambini più piccoli dovettero lavorare mescolando la calce.

Naturalmente, le prime cose alle quali si provvide furono le più importanti. Vennero riparati gli acquedotti demoliti, poi si gettarono le fondamenta di quella che è ora la vostra cattedrale, mentre, proprio di fronte ad essa, furono erette la gogna e le forche. Si trattò delle prime strutture funzionanti nella nuova Città del Messico; infatti vennero assai utilizzate per indurci a incessanti e coscienziose fatiche. Coloro che si dimostravano fiacchi in qualsiasi lavoro venivano impiccati, oppure marchiati con le parole «prigioniero di guerra» su una gota e quindi esposti nella gogna affinché gli stranieri li bersagliassero con sassi ed escrementi di cavallo, o, ancora, stroncati dalle fruste dei sorveglianti. Ma anche coloro che lavoravano duramente morivano con la stessa facilità dei pigri, ad esempio perché costretti a sollevare sassi tanto pesanti da procurarsi lesioni interne.

Io fui di gran lunga più fortunato della maggioranza, poiché Cortés mi assunse come interprete. Con tutti gli ordini e le istruzioni che bisognava trasmettere dagli architetti ai costruttori, con tutte le nuove leggi e i proclami e gli editti e le prediche da tradurre alla gente, il lavoro era più di quello che la sola Malìntzin riuscisse a sbrigare, e l'uomo Aguilar che, entro certi limiti, avrebbe potuto aiutarla, era morto già da un pezzo in qualche battaglia. Così Cortés assunse me e mi assegnò persino un modesto stipendio in moneta spagnola, alloggiandomi inoltre, insieme a Bèu, nella splendida residenza — l'ex dimora di campagna di Motecuzòma vicino a Quaunàhuac — della quale si era impossessato per sé, per Malìntzin, e per i suoi più alti ufficiali con le loro concubine, e ove teneva inoltre sotto gli occhi Cuautèmoc con la sua famiglia e i suoi cortigiani.

Forse dovrei scusarmi — anche se non saprei con chi — per aver accettato di collaborare con gli uomini bianchi invece di morire sfidandoli. Ma, poiché tutte le battaglie erano ormai terminate, senza che io perissi nella guerra, il mio tonàli sembrava impormi di lottare per non perire, almeno per qualche tempo ancora. Una volta mi era stato ordinato: «Resisti! Sopporta! Ricorda!» e questo ero deciso a fare.

Per qualche mese, la maggior parte dei miei compiti di interprete consistette nel tradurre le incessanti e insistenti richieste di Cortés per sapere dove fosse finito lo scomparso tesoro dei Mexìca. Se fossi stato un uomo più giovane, in grado di dedicarmi a qualche altra attività per mantenere me stesso e mia moglie sempre malata, avrei rinunciato seduta stante a quell'umiliante occupazione. Dovevo sedere accanto a Cortés e ai suoi ufficiali, come se fossi stato uno di loro, mentre essi maltrattavano e insultavano i nobili miei colleghi dando loro dei «maledetti, bugiardi, avidi, traditori, spilorci Indios!». Mi vergognai soprattutto di me stesso quando dovetti prendere parte ai ripetuti interrogatori dello Uey-Tlatoàni Cuautèmoc, al quale Cortés non si rivolgeva più con untuosità, e tanto meno con il benché minimo rispetto. Alle reiterate domande di Cortés, Cuautèmoc non poteva, o non voleva, rispondere che con una smentita.

«A quanto mi risulta, Capitano-Generale, il mio predecessore Cuitlàhuac lasciò il tesoro nel lago, ove tu lo facesti gettare.»

Al che Cortés ringhiava: «Ho fatto immergere i miei migliori nuotatori e i tuoi. Non trovano altro che *fango!*»

E Cuautèmoc poteva, o voleva, rispondere soltanto: «Il fango è soffice. I tuoi cannoni hanno fatto tremare l'intero lago Texcòco. Ogni oggetto pesante come l'oro non può che essere affondato profondamente nella melma!»

Mi vergognai come non mai il giorno in cui dovetti assistere alla «persuasione» di Cuautèmoc e dei due vecchi del suo Consiglio che lo avevano accompagnato a quella seduta degli interrogatori. Dopo la reiterata traduzione delle stesse parole pronunciate già tante altre volte in passato, la furia di Cortés esplose. Egli ordinò ai suoi soldati di andare a riempire con braci accese, nelle cucine, tre grandi vasi, e costrinse i tre Signori dei Mexìca a sedersi con i piedi appoggiati sulle braci ardenti, mentre poneva loro, di nuovo, le identiche domande, ed essi, digrignando i denti per vincere la sofferenza, davano le identiche risposte. Infine, Cortés alzò le mani in un gesto di disgusto e uscì a gran passi dalla stanza. I tre si alzarono con cautela e discesero dai vasi e cominciarono ad andare, a passi circospetti, verso i loro alloggi, i due vecchi e il più giovane facendo del loro meglio per sostenersi a vicenda mentre zoppicavano con i piedi coperti di vesciche e anneriti, ed io udii uno dei vecchi gemere:

«*Ayya*, Signore Oratore, perché non hai detto loro qualcos'altro? *Qualsiasi cosa?* Soffro in modo intollerabile!»

«Taci!» scattò Cuautèmoc. «Credi forse che *io*, in questo momento, stia passeggiando in un piacevole giardino?»

Sebbene odiassi Cortés e me stesso e quella nostra collaborazione, mi astenevo da ogni atto o frase che potessero dispiacergli e mettere in pericolo la mia comoda posizione, in quanto di lì a un anno o due, vi sarebbero stati molti altri Mexìca ben contenti di sostituirmi come collaboratori di Cortés, e capaci di farlo. In numero sempre e sempre più grande, Mexìca e persone di altre nazioni — sia nella Triplice Alleanza sia fuori di essa — si stavano affrettando a imparare lo spagnolo e a chiedere di essere battezzati come Cristiani. Non lo facevano tanto per servilismo quanto per ambizione, o, ancor più, per necessità. Cortés aveva, sin dall'inizio, promulgato una legge in base alla quale nessun «Indio» avrebbe potuto occupare una qualsiasi posizione superiore a quella di manovale se non si fosse convertito al Cristianesimo e non avesse dimostrato di saper parlare scorrevolmente la lingua dei conquistatori.

Io ero già riconosciuto dagli Spagnoli come Don Juan Damasceno, mentre Malìntzin era Doña Marina e le concubine degli altri Spagnoli si chiamavano Doña Luisa e Doña Maria Immaculada e via dicendo, e alcuni nobili stavano soccombendo alla tentazione dei vantaggi di essere Cristiani e di parlare lo spagnolo; l'ex Donna Serpente, ad esempio, divenne Don Juan Tlàcotl Velasquez. Ma, come ci si poteva aspettare, quasi tutti gli altri ex pìpiltin, da Cuautèmoc in giù, disdegnarono la religione e la lingua e i nomi degli uomini bianchi. Tuttavia, il loro atteggiamento, per quanto ammirevole, risultò essere un errore, poiché non lasciò ad essi *altro* che l'orgoglio. Furono le persone delle classi più umili, e della più bassa tra le classi medie, e persino gli schiavi dell'infima classe tlacòtli, ad assediare i cappellani e i frati missionari per essere istruiti nel Cristianesimo e per farsi battezzare con nomi spagnoli. Furono costoro che, pur di imparare la lingua spagnola, offrirono avidamente le loro stesse sorelle e figlie come compenso ai soldati spagnoli abbastanza istruiti e intelligenti per insegnarla.

In questo modo, proprio i mediocri e la feccia della società, non possedendo alcun orgoglio innato da gettar via, si liberarono del lavoro da schiavi e divennero i sorveglianti degli schiavi, di coloro che in passato erano stati i loro superiori, i loro capi, persino i loro proprietari. Questi venuti su dal niente, «imitatori dei bianchi», come altri di noi li chiamavano, ottennero in ultimo posti nell'amministrazione sempre più complessa della città e divennero capi delle cittadine circostanti e persino di numerose trascurabili province. Sarebbe potuto essere considerato degno di lode il fatto che un nessuno avesse saputo innalzarsi nella scala sociale; il guaio è che non riesco a ricordare una sola di queste persone la quale avesse posto a frutto la propria autorità per il bene di qualcun altro, a parte se stessa.

Ognuno di questi individui diveniva a un tratto superiore a tutti coloro che erano stati suoi pari o suoi superiori, e l'ambizione di lui non andava più in là di tanto. Sia che ottenesse la carica di governatore di una provincia o semplicemente quella di sorvegliante in qualche lavoro di costruzione in corso, egli diveniva un despota per tutti i suoi sottoposti. Il sorvegliante era capace di denunciare come ozioso o come ubriacone chiunque non lo adulasse o non lo corrompesse con doni. E poteva far condannare il poveretto a qualsiasi cosa, dal marchio sulla gota all'impiccagione. Quanto al governatore, poteva umiliare ex nobili o dame, assegnandoli alla raccolta dei rifiuti o facendone degli spazzini, mentre costringeva le loro figlie a sottomettersi a quelli che voi Spagnoli chiamate «i diritti del señorìo». Tuttavia, per essere giusto, devo dire che la nuova nobiltà dei Cristiani di lingua spagnola si comportò nello stesso modo nei confronti di *tutti* i suoi compatrioti. Così come umiliavano e tormentavano le ex classi superiori, analogamente maltrattavano le classi inferiori dalle quali essi stessi provenivano. Rendevano tutti — tranne i loro superiori, s'intende — di gran lunga più infelici di quanto lo fosse stato anche il più misero schiavo negli anni trascorsi. E, sebbene il capovolgimento totale della società non avesse toccato me materialmente, io ero turbato dalla consapevolezza del fatto che, come ebbi a dire a Bèu: «Questi imitatori dei bianchi sono coloro che scriveranno la nostra storia!»

Benché avessi una mia comoda posizione nella nuova società della Nuova Spagna, in quegli anni, posso, almeno in parte, giustificare la mia riluttanza a rinunciarvi dicendo che, talora, potevo avvalermene per aiutare altri, oltre a me stesso. Per lo meno di quando in quando, e se Malìntzin, o uno degli altri interpreti assunti di recente non erano presenti e non potevano tradirmi, ero in grado di tradurre in modo tale da rendere più persuasiva la supplica di qualche postulante che chiedeva un favore, o di mitigare il castigo di qualche ladruncolo. Nel frattempo, poiché Bèu ed io avevamo diritto al vitto e all'alloggio gratuiti, riuscivo a mettere da parte i miei stipendi in previsione del giorno in cui — o per mia colpa, o per un visibile peggioramento delle condizioni di Bèu — sarei potuto essere privato dell'impiego e scacciato dal palazzo di Quaunàhuac.

In realtà, rinunciai all'impiego di mia iniziativa, ed ecco come andarono le cose. Al terzo anno dopo la Conquista, quell'uomo impaziente che era Cortés si stava spazientendo a causa della sua esistenza non più avventurosa in quanto amministratore di innumerevoli minuzie e arbitro di beghe insignificanti. Gran parte di Città del Messico era stata ormai ricostruita e gli altri lavori in corso si trovavano ormai molto avanti. Allora come adesso, circa mille altri uomini bianchi arrivavano ogni anno nella Nuova Spagna e quasi tutti, insieme alle loro donne bianche, si stabilivano nella regione dei laghi o negli immediati dintorni, creando le loro Piccole Spagne con i terreni migliori e impadronendosi dei nostri uomini più robusti come «prigionieri di guerra» per lavorare le loro tenute. Tutti i nuovi arrivati consolidarono così rapidamente e saldamente la loro posizione come grandi feudatari, che una sollevazione contro di essi divenne impensabile. La Triplice Alleanza era divenuta irreversibilmente la Nuova Spagna e stava funzionando, presumevo, bene come Cuba o come qualsiasi altra colonia spagnola — con la popolazione indigena sottomessa e rassegnata, anche se non particolarmente felice o soddisfatta della propria sottomissione — e Cortés sembrava fiducioso che i suoi ufficiali e gli imitatori dei bianchi da lui nominati sarebbero riusciti a mantenerla in quelle condizioni. Quanto a lui, voleva nuove terre da conquistare, o, più precisamente, voleva visitare altre terre che già considerava sue.

« Capitano-Generale » gli dissi « tu conosci già la regione tra la costa est e questi luoghi. Le regioni situate tra qui e la costa ovest non sono molto diverse e al nord si trovano, più che altro, deserti i quali non meritano di essere veduti. Ma al sud... *ayyo*, al sud rispetto a noi vi sono maestose catene di montagne e pianure verdeggianti e foreste imponenti e, più a sud di tutto ciò, la giungla, che è spaventosa e priva di sentieri e infinitamente pericolosa, ma talmente colma di meraviglie che nessun uomo dovrebbe vivere la propria esistenza senza esservisi avventurato. »

« Andremo al sud, allora! » esclamò lui, come se stesse impartendo, in quello stesso momento, l'ordine a un esercito di mettersi in marcia. « Tu sei stato là? Conosci quelle regioni? Parli quelle lingue? » Risposi sì e sì e sì, al che lui impartì un ordine anche a me: « Ci guiderai laggiù ».

« Capitano-Generale » dissi « ho cinquanta e otto anni. Questo è un viaggio per uomini giovani, forti e resistenti. »

« Avrai una portantina e portatori... e anche alcuni interessanti compagni » disse Cortés, e si allontanò bruscamente per andare a scegliere i soldati che avrebbero preso parte alla spedizione, impedendomi di parlargli della scarsa praticità delle portantine sui ripidi pendii delle montagne o nell'intrico della giungla.

Ma non recalcitrai dinanzi alla prospettiva di partire. Sarebbe stato piacevole compiere un ultimo lungo viaggio in questo mondo, prima del viaggio *ultimo* e più lungo nell'altro. Bèu si sarebbe forse sentita sola durante la mia assenza, ma l'avrei affidata a mani capaci. I servi del palazzo conoscevano le sue condizioni, la curavano con tenerezza e bene, ed erano discreti; la stessa Bèu avrebbe dovuto soltanto badare a non attrarre l'attenzione di qualcuno degli spagnoli lì residenti. Quanto a me, sebbene fossi ormai vecchio in base al calendario, non mi sentivo irrimediabilmente decrepito. Se ero riuscito a sopravvivere all'assedio di Tenochtìtlan, supponevo che avrei potuto resistere anche alle fatiche della spedizione di Cortés. Con un po' di fortuna, avrei potuto farlo *smarrire* laggiù, o condurlo tra persone talmente disgustate dalla vista degli uomini bianchi da massacrarci *tutti*, e in tal caso sarei morto utilmente.

Mi lasciava un po' interdetto l'accenno di Cortés a « compagni interessanti » per me e, nella giornata autunnale della partenza, rimasi francamente stupefatto quando vidi di chi si trattava: i tre Riveriti Oratori delle tre nazioni della Triplice Alleanza. Mi domandai se Cortés avesse voluto condurli con sé perché temeva che essi potessero complottare contro di lui durante la sua assenza, o perché voleva far colpo sulle popolazioni delle regioni al sud con la vista di così augusti personaggi che, umilmente, facevano parte del suo seguito.

Senza dubbio erano uno spettacolo a vedersi, poiché le loro fastose portantine risultavano essere tanto spesso così poco maneggevoli in molti luoghi che quei personaggi dovevano scendere e proseguire a piedi e inoltre perché Cuautèmoc era rimasto definitivamente storpiato dal sistema persuasivo dell'interrogatorio di Cortés. Così, in un gran numero di località lungo il nostro itinerario, la gente del posto si godette lo spettacolo del Riverito Oratore dei Mexìca che zoppicava e penzolava tra le spalle degli altri due dai quali era sorretto: da un lato il Riverito Oratore Tétlapanquètzal di Tlàcopan, e dall'altro il Riverito Oratore Cohuanàchoc di Texcòco.

Ma nessuno dei tre si lagnò mai, anche se dovettero rendersi conto, dopo qualche tempo, che deliberatamente stavo conducendo Cortés e i suoi cavalleggeri e soldati appiedati lungo sentieri difficili e in regioni che non conoscevo. Lo facevo soltanto in parte con l'intenzione di evitare che quello fosse un viaggio di piacere per gli Spagnoli e con la speranza che potessero non tornarne mai. Lo facevo altresì perché quello *sarebbe stato* il mio ultimo viaggio e avevo deciso che tanto valeva vedere qualcosa di nuovo. Così, dopo averli condotti tra le più aspre montagne dell'Uaxyàcac, poi nelle inospitali e aride regioni dell'istmo tra il mare settentrionale e quello meridionale, li guidai a est, nel paludoso interno della regione Cupìlco. E là, infine, stanco degli uomini bianchi, stanco di collaborare con essi, me ne andai e li abbandonai.

Dovrei aggiungere che, ovviamente per assicurarsi della veridicità delle mie traduzioni durante il viaggio, Cortés aveva condotto con sé un'altra interprete. Tanto per cambiare non si trattava di Malìntzin, in quanto in quel periodo ella allattava ancora suo figlio Martin Cortés, ed io quasi mi rammaricavo a causa della sua assenza, poiché la giovane donna era per lo meno piacevole a guardarsi. A sostituirla fu una femmina dalla faccia, la voce e il carattere di una zanzara. Era una di quei nessuno della classe più umile divenuti un'imitazione dei bianchi imparando a parlare lo spagnolo, e aveva adottato il nome cristiano di Florencia. Tuttavia, siccome la sola altra lingua che conoscesse era il nàhuatl, non serviva ad altro, in quelle regioni remote, che a soddisfare ogni notte tutti i soldati spagnoli i quali non fossero riusciti, con doni e con l'allettamento della curiosità ad attrarre, nei loro giacigli, più giovani e più desiderabili bagasce locali.

Una sera, agli inizi della stagione primaverile, dopo avere trascorso la giornata sguazzando attraverso una palude particolarmente orribile e fetida, ci accampammo su un tratto di terreno asciutto, tra un boschetto di alberi ceiba e amatl. Avevamo consumato il pasto serale e ci stavamo riposando intorno ai vari fuochi da campo, quando Cortés venne ad accosciarsi accanto a me, mi mise cameratescamente un braccio sulle spalle e disse:

«Guarda da quella parte, Juan Damasceno. Ecco una cosa di cui meravigliarsi». Alzai il topazio e guardai nella direzione indicatami: vidi i tre Riveriti Oratori seduti insieme, lontano dagli altri uomini. Li avevo veduti isolarsi in quel modo molte altre volte nel corso del viaggio, presumibilmente per parlare di quegli argomenti che restano da discutere a sovrani senza più nulla su cui regnare. Cortés soggiunse: «Questo è uno spettacolo alquanto raro nel Vecchio Mondo, credimi... tre re pacificamente seduti insieme... e anche qui potrà non essere veduto mai più. Ne vorrei un ricordo. Disegnami un loro ritratto, Juan Damasceno, così come si trovano adesso, con le facce voltate le une verso le altre mentre conversano seriamente».

Sembrava una richiesta innocua. Invero, da parte di Hernàn Cortés, sembrava altresì insolito che egli ravvisasse un momento degno di essere ricordato. Pertanto lo accontentai volentieri. Staccai una striscia di corteccia da uno degli alberi amatl e, sulla sua liscia superficie interna, tracciai, con un ramo appuntito e carbonizzato tolto dal fuoco, il miglior ritratto possibile con mezzi così primitivi. I tre Riveriti Oratori erano tutti riconoscibili, e inoltre riuscii a cogliere la solennità delle loro espressioni, per cui, chiunque avesse osservato il disegno sarebbe riuscito a indovinare che stavano parlando di cose importanti. Soltanto la mattina dopo ebbi motivo di pentirmi per essere venuto meno al mio giuramento di molto tempo prima, di non disegnare mai più ritratti per non portare sfortuna a coloro che ritraevo.

«Oggi non marceremo, ragazzi» annunciò Cortés, quando ci alzammo. «Abbiamo infatti lo sgradito dovere di convocare una corte marziale.»

I suoi soldati parvero stupiti e smarriti quanto me e i Riveriti Oratori.

«Doña Florencia» continuò Cortés, con un gesto nella direzione della donna che sorrideva «si è data la pena di ascoltare le conversazioni tra i nostri illustri ospiti e i capi dei villaggi attraverso i quali siamo passati. Testimonierà che questi re hanno complottato con i popoli di queste parti per organizzare una sollevazione in massa contro di noi. Ho qui, inoltre, grazie a Don Juan Damasceno» e agitò in aria il pezzo di corteccia «un disegno che costituisce la prova incontestabile della loro congiura.»

I tre Oratori si erano limitati a guardare con disgusto la spregevole Florencia, ma lo sguardo che rivolsero a me fu colmo di tristezza e delusione. Balzai avanti e gridai: «Questo non è vero!»

All'istante, Cortés sguainò la spada e me ne appoggiò la punta sulla gola. «Credo» disse «che in questa occasione la tua testimonianza e le tue traduzioni potrebbero non essere del tutto imparziali. Pertanto Doña Florencia fungerà da interprete, e tu... tacerai.»

Così, sei dei suoi ufficiali formarono il tribunale, e Cortés presentò le accuse, e la sua teste, Florencia, fornì le false prove. Forse Cortés le aveva dato l'imbeccata in precedenza, ma non credo che questo fosse stato necessario. Le persone della bassa levatura come lei — risentite perché il mondo le ignora e non si cura della loro esistenza — sono pronte ad approfittare di qualsiasi occasione per essere riconosciute, non fosse altro che a causa della loro smisurata perfidia. Così Florencia aveva colto quell'occasione per farsi notare: diffamando i più nobili di lei, con manifesta impunità, e alla presenza di ascoltatori apparentemente attenti che fingevano di crederle. Attingendo alla rabbia di un'intera esistenza a causa della propria nullità, ella riversò un torrente di menzogne, di invenzioni e di accuse destinate a fare apparire i tre nobili creature ancor più spregevoli di lei stessa.

Io non potei dire niente — soltanto ora posso parlare — e i tre Riveriti Oratori *non vollero* dire niente. Sprezzanti come erano nei riguardi della zanzara che si atteggiava ad avvoltoio, non confutarono quelle false accuse, né si difesero, né tradirono in alcun modo, con l'espressione, che cosa pensassero del processo fasullo. Florencia avrebbe probabilmente continuato per giorni e giorni, inventando persino prove per dimostrare che i tre erano demoni venuti dall'inferno, se fosse stata abbastanza intelligente per riuscirvi. Ma il tribunale si stancò, infine, di ascoltare le sue farneticazioni, le ordinò bruscamente di smettere, e altrettanto sommariamente dichiarò i tre Signori colpevoli di aver cospirato per ribellarsi contro la Nuova Spagna.

Senza protestare e senza lagnarsi, limitandosi a scambiare l'uno con l'altro ironici addii, i tre uomini si lasciarono mettere in fila sotto un massiccio albero ceiba, e gli Spagnoli lanciarono corde intorno a un comodo ramo, dopodiché i tre vennero issati e impiccati tutti insieme. In quel momento, quando i Riveriti Oratori Cuautèmoc e Tètlapanquètzal e Cohuanàchoc morirono, scomparve al contempo l'ultima residua traccia dell'esistenza della Triplice Alleanza. Io non conosco la data esatta di quell'anno, poiché nel corso della spedizione non avevo tenuto alcun diario. Forse voi, reverendi scrivani, riuscirete a calcolarla, poiché, una volta terminata l'esecuzione, Cortés gridò, allegramente:

«E ora andiamo a caccia, ragazzi, e uccidiamo un po' di cacciagione e cuciniamo un banchetto. Oggi è Martedì Grasso, l'ultimo giorno di Carnevale!»

Festeggiarono per tutta la notte, per cui non incontrai alcuna difficoltà sgattaiolando lontano dall'accampamento senza essere osservato e incamminandomi nella direzione dalla quale eravamo venuti. In un periodo di tempo più breve di quello che avevamo impiegato all'andata, tornai nel palazzo di Quaunàhuac e di Cortés. Le sentinelle erano abituate ai miei andirivieni e accettarono con indifferenza la mia asserzione di essere stato fatto tornare prima del resto della spedizione. Mi recai nella stanza di Bèu e le riferii tutto ciò che era accaduto.

«Sono ormai un fuoricasta» dissi. «Ma Cortés, credo, ignora che io ho moglie e che tu risiedi qui. E, anche se dovesse venire a saperlo, è improbabile che possa infliggere a te il mio meritato castigo. Devo fuggire, e potrò meglio nascondermi tra le folle di Tenochtìtlan. Forse riuscirò a trovare una capanna libera nel quartiere dei manovali. Non vorrei mai che tu vivessi in un simile squallore, Luna in Attesa, mentre puoi rimanere qui negli agi...»

«Siamo *entrambi* fuoricasta, ormai» mi interruppe lei, con una voce rauca e velata, ma decisa. «Potrei anche arrivare a piedi fino alla città, Zàa, se tu mi accompagnerai.»

Ragionai e supplicai, ma ella non volle lasciarsi dissuadere. Pertanto preparai un fagotto con le nostre cose, che non erano molte, chiamai due schiavi affinché la portassero con una lettiga e attraversammo la cerchia di montagne tornando nella regione dei laghi; poi, di là, percorremmo la strada rialzata sud fino a Tenochtìtlan, ove siamo sempre rimasti.

✠

Ti dò una volta di più il ben tornato, Eccellenza, dopo che sei rimasto assente così a lungo. Vieni per ascoltare la conclusione del mio racconto? Bene, ho già detto tutto, tranne pochissime cose.

Cortés tornò, con il suo seguito, circa un anno dopo che io lo avevo lasciato, e la sua prima preoccupazione fu quella di far circolare la falsa notizia dell'insurrezione dei tre Riveriti Oratori, di mostrare il mio disegno quale prova della loro congiura e di proclamare quanto fosse stato giusto impiccarli per quel tradimento. Fu un duro colpo per tutti i popoli di quella che era stata la Triplice Alleanza, in quanto io non avevo dato la notizia ad alcuno, tranne Bèu. Tutti si afflissero, naturalmente, e vennero tenute tardive funzioni funebri a ricordo dei tre sovrani. Tutti, inoltre, inutile dirlo, protestarono minacciosamente, ma a bassa voce, gli uni con gli altri; tuttavia non rimase altra scelta se non fingere di credere alla versione data da Cortés dell'episodio. Egli non aveva riportato con sé, potrei far rilevare, la perfida Florencia affinché confermasse la notizia. Non avrebbe mai corso il rischio che ella potesse tentar di conseguire un nuovo fuggevole riconoscimento smentendo le proprie menzogne. Dove e come eliminò la creatura nessuno lo seppe mai, o si interessò quanto bastava per accertarlo.

Senza dubbio Cortés era stato infuriato dal mio abbandono della spedizione, ma quell'ira doveva essersi dileguata nel corso dell'anno successivo, poiché egli non ordinò mai che mi si desse la caccia, non che io sappia, almeno. Nessuno dei suoi uomini venne mai ad accertare dove abitassi; nessuno dei suoi cani fu mandato a fiutarmi. A Bèu e a me venne concesso di vivere come potevamo.

Nel frattempo, la piazza del mercato di Tlaltelòlco era stata ricostruita, anche se molto più piccola di un tempo. Io vi andai per vedere che cosa venisse acquistato e venduto, e da chi, e a quali prezzi. La piazza era gremita come in passato, anche se almeno la metà della folla era formata da uomini bianchi e dalle loro donne. Notai che quasi tutto lo scambio di merci tra la mia gente aveva luogo mediante baratti — «Io ti darò questo cappone in cambio di quel vaso di terracotta» —, ma che gli acquirenti spagnoli pagavano in valuta: ducados e reales e maravedìes. E, sebbene acquistassero soprattutto generi alimentari, acquistavano altresì un gran numero di cose meno indispensabili e semplicemente decorative. Ascoltandoli parlare potei capire che acquistavano «bizzarri oggetti dell'artigianato indigeno» allo scopo di tenerli per quel che valevano «come curiosità», o di mandarli in patria, ai loro parenti, come «ricordi della Nuova Spagna».

Come tu sai, Eccellenza, molte bandiere hanno sventolato su questa città negli anni trascorsi da quando essa venne ricostruita come Città del Messico. Vi sono stati lo stendardo personale di Cortés, blu e bianco, con una croce rossa; e la bandiera della Spagna, color sangue e oro; e quella con l'immagine di Maria Vergine, dipinta mediante colori che presumo siano realistici; e quella con l'aquila a due teste, che significa impero; e altre ancora il cui significato mi è ignoto. Al mercato, quel giorno, vidi molti artigiani che ossequiosamente offrivano in vendita copie in miniatura di queste stesse bandiere, fatte più o meno bene; eppure, anche le più belle non sembravano destare alcun fervore tra gli Spagnoli intenti a curiosare. Notai inoltre che nessuno dei mercanti offriva analoghe copie del *nostro* fiero simbolo della nazione Mexìca. Forse temevano di poter essere accusati di albergare simpatie contrarie alla pace e all'ordine pubblico.

Bene, io non avevo alcun timore del genere. O piuttosto, ero già punibile per reati più gravi e pertanto non mi preoccupavo molto di quelli insignificanti. Tornai nella nostra misera, piccola capanna ed eseguii un disegno, poi mi inginocchiai accanto al giaciglio di Bèu per avvicinarlo agli occhi di lei.

«Luna in Attesa» domandai «riesci a vederlo abbastanza chiaramente per copiarlo?» Ella scrutò attenta mentre additavo i vari elementi del disegno. «Vedi, è un'aquila, con le ali aperte per spiccare il volo, ed è appollaiata su un cactus nopàli, e ha nel becco il simbolo della guerra, i nastri annodati... »

«Sì» rispose lei. «Sì, riesco a distinguere meglio i particolari, ora che me li hai spiegati. Ma copiarlo, Zàa? Che cosa vuoi dire?»

«Se acquisterò il materiale necessario, potresti copiarlo ricamandolo con fili colorati su un rettangolino di tessuto? Non è necessario che sia squisito come i ricami che eseguivi un tempo. Soltanto un po' di marrone per l'aquila, un po' di verde per il nopàli, forse un po' di rosso e di giallo per i nastri.»

«Credo di poterci riuscire. Ma perché?»

«Se riuscirai a fare un numero sufficiente di copie, potrò venderle al mercato. Agli uomini bianchi e alle loro donne. Sembra che apprezzino queste curiosità, e le pagano in moneta.»

Ella disse: «Ne farò una e tu starai a guardarmi, così potrai correggermi se sbaglierò. Quando sarò riuscita a farne una giusta e potrò tastarla con la punta delle dita, me ne servirò come modello per farne molte altre».

Così fece, infatti, e molto bene, per giunta; ed io presentai domanda per avere un posto nella piazza del mercato, e mi venne assegnato un piccolo spazio e su di esso distesi un telo e vi disposi le copie dell'antico emblema dei Mexìca. Nessun rappresentante dell'autorità venne a molestarmi o a farmi togliere la mercanzia; molte persone si avvicinarono invece per acquistare. Erano quasi sempre Spagnoli, ma anche qualcuno della mia razza mi offrì questo o quest'altro come baratto, perché tutti avevano creduto di non rivedere mai più quel memento di chi e di che cosa eravamo stati.

Sin dall'inizio, molti Spagnoli si lagnarono a causa del disegno: «Non è molto somigliante questo serpente che l'aquila sta divorando». Cercai di spiegare che non voleva essere un serpente e che l'aquila non lo divorava affatto. Ma sembravano incapaci di capire che trattavasi di parole per immagini, che i nastri annodati significavano fuoco e fumo, e pertanto guerra. E la guerra, spiegavo, aveva costituito gran parte della storia Mexìca, mentre nessun rettile vi aveva mai figurato. Gli Spagnoli si limitavano a dire: «Figurerebbe meglio con un serpente».

Se era questo che volevano, questo avrebbero avuto. Eseguii un disegno modificato e aiutai Luna in Attesa a ricavarne un nuovo ricamo del quale ella si servì in seguito come modello. Quando, inevitabilmente, altri venditori al mercato copiarono l'emblema, lo copiarono con il serpente. Nessuna delle imitazioni era ben fatta come i ricami di Bèu e pertanto il mio commercio non ne soffrì molto. Piuttosto, mi divertì la pedissequa imitazione di quelle copie, mi divertì il fatto di avere avviato un'intera nuova industria, mi divertì il fatto che dovesse essere *questo* il mio contributo conclusivo all'Unico Mondo. Ero stato molte cose in vita mia, persino, per breve tempo, il Signore Mixtli, un uomo di alto rango e ricco e rispettabile. Sarei scoppiato a ridere, allora, se qualcuno mi avesse detto: «Terminerai le tue strade e i tuoi giorni come un volgare mercante, vendendo ad altezzosi stranieri piccole copie su tessuto dell'emblema Mexìca... e per giunta uno svilito travestimento di quell'emblema». Avrei riso, e pertanto *ridevo* mentre me ne stavo seduto, un giorno dopo l'altro, nella piazza del mercato, e coloro che si fermavano a fare acquisti da me mi scambiavano per un vecchio gioviale e allegro.

Ma le cose non finirono affatto qui, poiché giunse il momento in cui Bèu rimase completamente cieca, e anche le dita di lei si paralizzarono ed ella non poté più ricamare, per cui dovette chiudere la mia piccola impresa commerciale. Da allora abbiamo tirato avanti grazie alle monete messe da parte, sebbene Luna in Attesa innumerevoli volte abbia irosamente espresso il desiderio di morire e di essere liberata dalla sua nera prigione di noia e immobilità e infelicità. Dopo un certo periodo di inattività, senza fare altro che esistere, avrei potuto augurarmi io stesso il sollievo della morte. Ma, proprio allora, i frati di Tua Eccellenza mi trovarono e mi condussero qui, e tu mi chiedesti di parlare dei tempi trascorsi, e questo è stato un diversivo sufficiente per indurmi a voler continuare a vivere. Sebbene il mio lavoro qui abbia significato una prigionia ancor più squallida e solitaria per Bèu, ella ha sopportato affinché io avessi qualcuno accanto al quale tornare, nelle sere in cui faccio ritorno provvisoriamente da lei. Quando infine tornerò là definitivamente, forse farò in modo che né lei né io dobbiamo restare ancora a lungo nella capanna. Non abbiamo alcun lavoro da svolgere, né alcun pretesto per restare nel mondo dei vivi. E potrei anche accennare al fatto che il nostro ultimo contributo all'Unico Mondo ormai non mi diverte più. Recati oggi stesso nella piazza del mercato di Tlaltelòlco e vedrai l'emblema Mexìca tuttora in vendita, sempre al completo di serpente. Ma, quel che è peggio — ed ecco perché la cosa non mi diverte più — udrai laggiù i narratori di leggende inserire quel serpente inventato e superfluo nelle nostre più venerabili tradizioni:

«Ascoltatemi e sappiate. Quando il nostro popolo giunse per la prima volta qui, in questa regione dei laghi, quando eravamo ancora gli Azteca, il nostro grande dio Huitzlilopòchtli ordinò ai sacerdoti di cercare un luogo ove si trovasse un nopàli, e su di esso un'aquila appollaiata, intenta a *divorare un serpente...*»

Bene, Eccellenza, basta con la storia. Non posso eliminarne le meschine, piccole falsità, non più di quanto possa modificare le sue di gran lunga più deplorevoli realtà. Ma la storia che ho narrato è quella dei tempi nei quali ho vissuto, e in essa ho avuto una sia pur piccola parte, e l'ho raccontata veridicamente. Bacio la terra a questo proposito, che è come dire: lo giuro.

✠

Orbene, può darsi che qua e là nel mio racconto io abbia lasciato un varco sul quale Tua Eccellenza gradirebbe forse gettare un ponte, o può darsi che Tua Eccellenza desideri pormi domande, o desideri altri particolari concernenti l'uno o altro episodio. Ti esorto però a rimandare per qualche tempo e a concedermi un periodo di tregua in questo compito. Chiedo a Tua Eccellenza il permesso di congedarmi ora da te, e dai reverendi scrivani e da questa stanza di quella che fu un tempo la Casa dei Canti. Non già perché sia stanco di parlare, o perché sospetti che vi siate stancati di udirmi parlare. Chiedo il permesso di andarmene perché ieri sera, quando sono tornato nella mia capanna e mi sono messo a sedere accanto al giaciglio di mia moglie, è accaduto qualcosa di stupefacente. Luna in Attesa ha detto che mi amava! Ha detto di avermi sempre amato e di amarmi tuttora. Poiché Bèu, in tutta la sua vita, non aveva mai detto una cosa simile, credo che possa avvicinarsi la fine della sua lunga agonia, e ritengo di doverle essere accanto quando verrà. Per quanto possiamo essere derelitti, lei ed io non abbiamo altro che noi due... Ieri sera, Bèu ha detto di avermi sempre amato, sin dal nostro primo incontro, tanto, tanto tempo fa, a Tecuantèpec, nella più verde gioventù. Ma mi perdette per la prima volta, e mi perdette per sempre, ha detto, quando io decisi di andare in cerca del colorante violetto, quando lei e sua sorella Zyanya scelsero i ramoscelli per stabilire chi di loro due mi avrebbe accompagnato. Mi perdette allora, ha detto, ma non smise mai di amarmi, e non conobbe mai un altro uomo da poter amare. Quando mi ha fatto questa rivelazione stupefacente, ieri sera, una riflessione indegna si è affacciata nella mia mente. Ho pensato: se fossi stata tu, Bèu, a venire con me, e a sposarmi subito dopo, avrei adesso Zyanya ancora al mio fianco. Ma questa riflessione è stata scacciata da un'altra: avrei forse voluto che Zyanya soffrisse tanto quanto hai sofferto tu, Bèu? E ho compassionato il povero relitto umano che giaceva lì, dicendo di amarmi. La sua voce era così triste che mi sono sforzato di prendere la cosa alla leggera. Le ho fatto osservare che aveva scelto alcuni modi bizzarri per manifestarmi il suo amore e le ho detto di averla veduta ricorrere all'arte magica, foggiare con il fango una mia immagine, come fanno le streghe quando vogliono invocare la mala sorte su un uomo. Bèu ha detto, e la sua voce è divenuta ancora più triste, di non aver mai desiderato che mi accadesse qualcosa di male; da molto tempo, e invano, aspettava di dormire nel mio stesso letto, e aveva foggiato l'immagine per poter dormire con essa e indurmi forse, mediante un incantesimo, a finire tra le sue braccia e ad amarla. Ho taciuto, allora, sedendo accanto al suo giaciglio, e ho ripensato a tante cose del passato, e ho capito quanto incapace di discernimento e insensibile ero stato in tutti quegli anni, da quando lei ed io ci conoscemmo; mi sono reso conto di essere stato più cieco e più incapace di quanto lo sia ora Bèu nella sua completa cecità. Non spetta alla donna dichiarare di essere innamorata di un uomo, e Bèu aveva sempre rispettato questa tradizionale inibizione, tacendo un anno dopo l'altro, mascherando i propri sentimenti con un'impertinenza scambiata ostinatamente e invariabilmente da me per scherno o derisione. Soltanto alcune volte era venuta meno al suo ritegno tutto femminile... e ho ricordato come un giorno mi avesse detto, malinconicamente: «Mi sono sempre domandata perché mi sia stato dato il nome di Luna in Attesa»... e come io mi fossi sempre rifiutato di riconoscere anche quei momenti, mentre non avrei dovuto fare altro che aprirle le braccia... È vero, amavo Zyanya, l'ho sempre amata, e sempre l'amerò. Ma il mio amore non sarebbe stato sminuito se in seguito avessi amato anche Bèu. *Ayya*, gli anni che ho gettato via! E sono stato io a privare me stesso; non posso incolpare nessun altro. A ferire ancor più il mio cuore è il modo sgarbato con il quale sono sempre venuto meno a Luna in Attesa, la quale ha aspettato così a lungo, finché ormai è troppo tardi per ricuperare sia pur soltanto un momento ultimo di tutti quegli anni sprecati. La ricompenserei se mi fosse possibile, ma non posso. L'avrei accolta nel mio letto, stanotte, mi sarei giaciuto con lei nell'atto dell'amore, e forse vi sarei anche potuto riuscire, ma quel che rimane di Bèu non sarebbe stato capace. Pertanto, ho fatto la sola cosa possibile, vale a dire parlare, e ho parlato sinceramente, dicendo: «Bèu, mia cara moglie, ti amo anch'io». Ella non ha potuto rispondere, poiché le lacrime sono sgorgate, soffocando quel filo di voce che le restava, ma ha messo la mano nella mia. L'ho stretta teneramente, e sono rimasto seduto lì, continuando a stringerla, e avrei anche intrecciato le dita con le sue, ma non mi è stato possibile fare nemmeno questo, poiché ella non ha più dita. Come probabilmente avrete già indovinato, miei signori, la causa della sua lunga morte è stata l'Essere Divorati dagli Dei, ed io ho già descritto quale morte sia questa, per cui preferirei non dirvi che cosa gli dei hanno lasciato di non ancor divorato della donna che fu un tempo bellissima come Zyanya. Mi sono limitato a sederle accanto, e abbiamo taciuto entrambi. Non so che cosa ella stesse pensando, ma io ricordavo gli anni vissuti insieme, eppure mai insieme, e quale sperpero erano stati... dell'uno e dell'altra, e dell'amore, lo sperpero più imperdonabile che possa esistere. Amore e tempo, queste sono le due uniche cose, nel mondo intero e in tutta la vita, che non è possibile comprare, ma che possono soltanto essere vissute. Questa notte, Bèu ed io ci siamo infine dichiarati il nostro amore... ma così tardi, troppo tardi. Tutto è passato e non può più essere fatto tornare indietro. Pertanto, sedendo accanto a lei, ho ricordato gli anni perduti... e, al di là di essi, altri anni ancora. Ho ricordato la notte in cui mio padre mi portò sulle spalle attraverso l'isola di Xaltòcan, sotto «i più vetusti tra i vetusti» cipressi, e come passassi dal chiaro di luna all'ombra di luna e poi di nuovo al chiarore lunare. Non potevo saperlo, allora, ma stavo pregustando quella che sarebbe stata la mia vita... un alternarsi di luci e di ombre, di variegati giorni e di notti, di tempi buoni e cattivi. Dopo quella notte, ho sopportato la mia parte di stenti e di sofferenze, forse più che la mia parte. Ma l'avere io imperdonabilmente ignorato Bèu Ribè è una prova sufficiente del fatto che ho causato pene e sofferenze anche agli altri. Eppure è futile rammaricarsi o lagnarsi del proprio tonàli. Ed io credo che, tutto sommato, la mia vita sia stata più spesso buona che cattiva. Gli dei mi hanno favorito con molte fortune e con qualche possibilità di compiere imprese meritevoli. Se dovessi lamentarmi di un qualsiasi aspetto della mia esistenza, si tratterebbe soltanto del fatto che gli dei mi hanno rifiutato l'unica e migliore fortuna ultima: non hanno voluto che le mie strade e i miei giorni terminassero una volta compiute quelle poche degne azioni. Questo sarebbe accaduto molto tempo fa, e invece io vivo ancora. Naturalmente, posso credere, se voglio, che gli dei abbiano le loro buone ragioni anche per questo. A meno che non decida di ricordare quella notte lontana come un sogno da ebbro, riesco a credere che due degli dei mi abbiano persino rivelato i loro moventi. Dissero che il mio tonàli non era di essere felice o triste, ricco o povero, attivo od ozioso, placido o irascibile, intelligente o stupido, colmo di gioia o desolato... sebbene io sia stato tutte queste cose in un momento o nell'altro. Stando agli dei, il mio tonàli voleva, semplicemente, che osassi accettare ogni sfida e cogliere ogni occasione per vivere la vita quanto più pienamente è possibile a un uomo. Così facendo, ho partecipato a molti eventi, grandi e piccoli, storici o no. Ma gli dei dissero inoltre — ammesso che fossero dei, e dicessero la verità —... dissero che il mio vero scopo in tali eventi era soltanto quello di ricordarli, e di riferirli a coloro che sarebbero venuti dopo di me, affinché non potessero essere dimenticati. Bene, io ho ora fatto questo. A parte qualche piccolo particolare che Tua Eccellenza potrebbe voler conoscere, non mi viene in mente altro da riferire. Come ho avvertito sin dall'inizio, non mi sarebbe stato possibile parlare d'altro che della mia vita, ed essa è ormai tutta nel passato. Se un futuro esiste, non posso prevederlo, e credo che non vorrei neppure esserne capace. Rammento le parole tante volte udite nel corso della mia ricerca di Aztlan, le parole ripetute da Motecuzòma la notte in cui ci trovavamo sulla sommità della piramide di Teotihuàcan nel chiaro di luna, le parole che egli ripeté come se stesse pronunciando un epitaffio: «Gli Azteca vennero qui, ma non portarono niente con sé, e niente lasciarono quando ripartirono». Gli Azteca, i Mexìca... come preferite... noi veniamo dispersi, adesso, e assorbiti, e presto saremo scomparsi tutti, e ben poco rimarrà che possa ricordarci. E anche tutte le altre nazioni, invase dai vostri soldati che impongono nuove leggi, dai vostri signori proprietari terrieri che pretendono il lavoro degli schiavi, dai vostri frati missionari che portano nuovi dei, queste nazioni scompariranno a loro volta, o cambieranno in modo irriconoscibile, o decadranno nella decrepitezza. Cortés, in questo stesso momento, sta insediando i suoi colonizzatori nelle regioni lungo l'oceano meridionale. Alvarado sta combattendo per sconfiggere le tribù della giungla nel Quautemàlan. Montejo combatte per domare i più civilizzati Maya di Uluümil Kutz. Guzmàn sta facendo guerra per battere gli spavaldi Purempècha del Michihuàcan. Per lo meno quei popoli, come noi Mexìca, riusciranno a consolarsi, consapevoli di essersi battuti fino all'ultimo. Compatisco molto di più quelle nazioni — persino il nostro antico nemico, il Texcàla — che ora così amaramente si pentono di quanto hanno fatto per aiutare voi uomini bianchi a rendere più rapida la conquista dell'Unico Mondo. Ho detto, un momento fa, di non poter prevedere il futuro, ma, in un certo senso, l'ho già *veduto*. Ho veduto il figlio di Malìntzin, Martìn, e il numero sempre più grande di altri ragazzetti e ragazzette, dello stesso colore della cioccolata annacquata. *Questo* potrebbe essere il futuro: non che tutti i nostri popoli dell'Unico Mondo saranno sterminati, ma che verranno diluiti e ridotti a una insipida debolezza e somiglianza e indegnità. Posso sbagliarmi; ne dubito, ma posso sperare di essere in errore. Può darsi che esistano popoli, in qualche località di queste terre, talmente remoti o talmente invincibili da essere lasciati in pace, per cui si moltiplicheranno, e poi... aquin ixnéntla? *Ayyo*, vorrei quasi poter vivere quanto basta per vedere che cosa accadrà allora! I miei antenati non si vergognavano di chiamarsi Il Popolo delle Erbacce, poiché le erbacce possono essere sgradevoli a vedersi e indesiderate, ma son ferocemente resistenti ed è quasi impossibile sradicarle. La civiltà del Popolo delle Erbacce è stata falciata soltanto dopo che aveva prosperato ed era fiorita. I fiori sono belli e fragranti e desiderabili, ma avvizziscono. Forse, in qualche punto nell'Unico Mondo, esiste, o esisterà, un altro Popolo delle Erbacce, e forse il suo tonàli sarà quello di fiorire in futuro, e forse voi uomini bianchi non riuscirete a falciarlo, e forse quel popolo riuscirà a raggiungere la nostra eminenza di un tempo. Potrebbe anche accadere che, quando quel popolo marcerà, marcino con esso anche alcuni dei miei stessi discendenti. Non tengo conto del seme che posso avere sparso nelle lontane terre meridionali; la gente, laggiù, è rimasta in preda alla degenerazione per così lungo tempo che non riuscirà mai ad essere altro, nemmeno dopo che io abbia potuto infondere in essa sangue mexìca. Ma nel nord... be', tra i tanti luoghi nei quali sono stato v'è anche Aztlan. E, già molto tempo fa, io mi resi conto del significato dell'invito rivoltomi da quel Minore Oratore che si chiamava anch'egli Tlilèctic-Mixtli. Mi disse: «Devi tornare di nuovo ad Aztlan, fratello, per una piccola sorpresa», ma soltanto in seguito ricordai di essermi giaciuto per molte notti con una sua sorella, e capii quella che doveva essere la sorpresa dalla quale ero aspettato. Mi sono domandato molte volte: un maschio o una femmina? Ma di una cosa son certo: mio figlio o mia figlia non rimarranno torpidaménte, o timorosamente, ad Aztlan, qualora una nuova migrazione dovesse partire di laggiù. Ed io auguro a quella giovane erbaccia ogni successo... Ma sto divagando di nuovo, e Tua Eccellenza si spazientisce. Se ho il tuo permesso, allora, Signore Vescovo, ora mi congederò. Andrò a tenere compagnia a Bèu e continuerò a dirle che l'amo; voglio infatti che queste siano le ultime parole da lei udite ogni notte prima di addormentarsi, e prima di scivolare nell'ultimo sonno. E quando si addormenterà per sempre, io mi alzerò e uscirò nella notte e percorrerò le strade deserte.

✠

EXPLICIT

La cronaca narrata da un anziano Indio maschio della tribù comunemente denominata Aztechi, così come è stata trascritta *verbatim ab origine* da

Frate Gaspar de Gayana, J.
Frate Toribio Vega de Aranjuez
Frate Jeronimo Munoz G.
Frate Domingo Villebas e Ybarra
Alonso de Molina, *interpres*

Festività Di San Giacomo, Apostolo
25 *luglio*, A.D. 1531

I H S

✠

S. C. C. M.

Alla Sacra, Cesarea, Cattolica Maestà,
l'imperatore Don Carlos, Nostro Sovrano e Re:

Autorevolissima Maestà: da questa Città di Mexìco, capitale della Nuova Spagna, in questo giorno dei Santi Innocenti, nell'anno di Nostro Signore mille e cinque cento trenta e uno, saluti.

Vi prego di perdonare il lungo intervallo di tempo trascorso dopo la nostra ultima comunicazione, Sire. Come attesterà il Capitano Sanchez Santoveña, la sua caravella-corriere molto venne ritardata prima di giungere qui, a causa di venti avversi al largo delle Azzorre e di un lungo periodo di bonaccia alle tetre latitudini del Mare dei Sargassi. Per conseguenza, soltanto ora abbiamo ricevuto la lettera della Magnanima Maestà Vostra che ci ordina di disporre — « a titolo di ricompensa per i servigi resi alla Corona » — affinché al nostro cronista Azteco vengano concesse « per lui stesso e per la sua donna, una comoda casa su un confacente appezzamento di terreno, e una pensione sufficiente a mantenerli finché rimarrà loro da vivere ».

Ci spiace di dover rispondere, Sire, che questo non è più possibile. L'Indio è morto, e, se la sua invalida vedova vive ancora, non abbiamo idea di dove possa trovarsi.

Poiché ci eravamo in precedenza informati riguardo ai desideri della Maestà Vostra per quanto concerneva l'Azteco e ciò che si sarebbe dovuto fare di lui una volta terminato il suo compito qui, e poiché l'unica risposta consistette in un silenzio ambiguamente lungo, potremo forse essere giustificati se supponemmo che la Vostra Devota Maestà condividesse il convincimento di questo ecclesiastico, più volte ribadito durante la nostra campagna contro le streghe di Navarra, che « ignorare l'eresia significa incoraggiare l'eresia ».

Dopo avere aspettato per un periodo di tempo ragionevole una qualsiasi direttiva da parte Vostra, Sire, o una qualsiasi manifestazione dei vostri desideri per quanto concerneva il modo

1000

opportuno di risolvere la questione, abbiamo adottato il provvedimento che ritenevamo eminentemente giustificato. Abbiamo mosso all'Azteco un'accusa ufficiale di eresia, ed egli è stato tratto in arresto per essere processato. Naturalmente, se la lettera della Clemente Maestà Vostra fosse pervenuta prima, essa avrebbe costituito un tacito perdono da parte del Sovrano, dei reati commessi da quell'uomo, e l'accusa sarebbe stata lasciata cadere. Tuttavia, Vostra Maestà potrebbe riflettere... non può essere stato un indizio della volontà di Dio il fatto che i venti del Mare C ceano abbiano ritardato la caravella?

In ogni caso, ricorderemo il giuramento del nostro stesso Sovrano, pronunciato una volta alla nostra presenza, che cioè la Maestà Vostra era «pronta a rinunciare ai suoi dominî, agli amici, al sangue, alla vita e all'anima stessa pur di distruggere l'eresia». Pertanto confidiamo che Vostra Maestà, banditrice di tale Crociata, approverà il fatto che noi abbiamo aiutato il Signore a liberare il mondo da un altro servo dell'Avversario.

Una Corte di Inquisizione si riunì nella nostra cancelleria il Giorno di San Martino. Il protocollo e tutte le formalità furono attentamente e severamente osservati. Erano presenti, oltre a noi stessi, in quanto Inquisitore Apostolico della Maestà Vostra, il nostro vicario generale, come presidente del tribunale, il nostro primo connestabile, il nostro notaio apostolico, e, naturalmente, l'imputato. Il processo si protrasse soltanto per la mattinata di quel giorno, in quanto noi eravamo al contempo il querelante e il pubblico accusatore, e l'imputato era l'unico teste chiamato a deporre, e le sole prove addotte furono una scelta di citazioni tratte dalla cronaca narrata dall'imputato stesso e trascritta dai nostri frati.

Stando alla sua stessa ammissione, l'Azteco si era convertito al Cristianesimo soltanto fortuitamente, essendo presente per caso al battesimo collettivo celebrato da Padre Bartolomè de Olmedo molti anni or sono, e aveva lasciato che il Padre lo battezzasse con la stessa noncuranza con la quale, per tutta la vita, si era abbandonato ad ogni tentazione di peccare. Ma, quale che potesse essere stato l'atteggiamento di lui in quel momento — frivolo, curioso o scettico — esso non avrebbe potuto in alcun modo abrogare il Sacramento del Battesimo. L'Indio chiamato Mixtli (nonché con innumerevoli altri nomi) morì nel momento in cui Padre Bartolomè lo asperse e venne mondato di tutti i suoi peccati e del peccato originale e rinacque senza colpa, con il *nome indelebile* di Juan Damasceno.

Tuttavia, negli anni successivi a tale conversione e alla professata conferma della fede, Juan Damasceno commise molte e diverse iniquità, particolarmente facendo commenti beffardi e diffamanti a proposito della Santa Chiesa, commenti da lui o astutamente, o sfacciatamente espressi narrando la «storia Azteca». Pertanto Juan Damasceno venne accusato e processato come eretico della terza categoria, vale a dire come uno che, dopo avere abbracciato la fede e abiurato tutti i suoi precedenti peccati, è ricaduto successivamente in un nefando errore.

Per ragioni politiche, omettemmo di contestare a Juan Damasceno alcuni dei peccati corporali che egli aveva confessato, senza la benché minima contrizione, di aver commesso dopo la conversione. Se, ad esempio, riconosciamo (in base alle esistenti leggi non scritte) che egli era «ammogliato» al momento della da lui riconosciuta fornicazione con la donna allora chiamata Malinche, ovviamente si rese colpevole del peccato mortale di adulterio. Tuttavia, ritenemmo che sarebbe stato imprudente da parte nostra citare in giudizio l'attualmente rispettabile e stimata Doña Marina vedova de Jaramillo, affinché testimoniasse al riguardo. D'altro canto, lo scopo di una Inquisizione non è tanto quello di esaminare le particolari colpe di un imputato, quanto quello di accertare la sua incorreggibile tendenza o predisposizione al *fomes peccati*, vale a dire ad accendere «l'esca del peccato». Pertanto ci accontentammo di accusare Juan Damasceno non di una qualsiasi delle sue immoralità carnali, ma soltanto dei suoi *lapsi fidei*, che erano sufficientemente numerosi.

Le prove furono addotte più che altro come una litania, con il notaio apostolico che leggeva uno dei passi scelti dalla trascrizione delle parole stesse dell'imputato, e con il pubblico accusatore che rispondeva con l'appropriata accusa, ad esempio «Profanazione della santità della Santa Chiesa». Il notaio passava poi a una nuova citazione e il pubblico accusatore diceva: «Disprezzo e assenza di rispetto nei confronti del clero». Il notaio riprendeva a leggere e la pubblica accusa sosteneva: «Promulgazione di dottrine contrarie ai Sacri Canoni della Chiesa».

E così via, fino ad esaurire l'intero elenco dei capi di accusa: che l'imputato era l'autore di un libro osceno, blasfemo e pernicioso, che aveva inveito contro la fede cristiana, che aveva incoraggiato l'apostasia, che aveva incitato alla sedizione e al reato di lesa maestà, che aveva gettato il ridicolo sulla condizione monastica, e pronunciato parole le quali mai dovrebbero essere pronunciate o ascoltate da un pio Cristiano e da un leale suddito della Corona.

Questi essendo tutti gravissimi errori di fede, all'imputato venne concessa ogni possibilità di ritrattare e abiurare le sue colpe, anche se, naturalmente, nessuna ritrattazione sarebbe potuta essere accettata dal tribunale, in quanto ogni eretica frase di lui era stata annotata e conservata per iscritto, comprovando così ognuna delle accuse mossegli, e per il fatto che la parola scritta è incancellabile. In ogni modo, quando il notaio gli rilesse, ad uno ad uno, i passi scelti del suo racconto, ad esempio la frase idolatra «Un giorno questa cronaca potrà servire come mia confessione alla cortese dea Divoratrice di Sozzure», e quando gli venne domandato, dopo ognuna di tali citazioni, «Don Juan Damasceno, sono effettivamente queste le tue parole?», egli ammise, con prontezza e indifferenza, che lo erano. Non chiese in alcun modo di difendersi o di mitigare le proprie colpe e quando, con la più grande solennità, venne avvertito dal Presidente del tribunale del castigo terribile cui sarebbe andato incontro se fosse stato riconosciuto colpevole, Juan Damasceno si limitò a un'unica domanda:

«Questo significherà che non andrò nel Paradiso cristiano?»

Gli fu risposto che il suo sarebbe stato davvero il peggiore dei castighi: poiché, senza alcun dubbio, non sarebbe andato in Paradiso. Al che il sorriso di lui fece correre un fremito di orrore nell'anima di tutti i presenti.

Noi, in quanto Inquisitore Apostolico, fummo costretti a informarlo dei suoi diritti: che sebbene una ripulsa accettabile dei suoi peccati fosse impossibile, poteva ancora confessare e manifestare contrizione, per essere poi accolto come penitente e riconciliato con la Chiesa, e assoggettato soltanto alla minore pena prescritta dalla legge canonica e civile, ovvero la condanna a trascorrere quanto gli restava di vivere ai lavori forzati in una delle prigioni di Vostra Maestà. Pronunciammo inoltre la consueta invocazione: «Tu ci vedi sinceramente afflitti dalla tua colpevole caparbietà. Preghiamo affinché il Cielo ti conceda lo spirito di pentimento e di contrizione. Non addolorarci persistendo nell'errore e nell'eresia; evitaci la sofferenza di essere costretti a invocare le giuste, ma severe leggi dell'Inquisizione».

Ma Juan Damasceno continuò a dissentire, non cedette ad alcuno dei nostri tentativi di persuasione e di lusinga, e continuò vagamente a sorridere e a mormorare qualcosa a proposito del fatto che il suo destino era stato decretato dal «tonàli» pagano, una sufficiente eresia di per sé. Ragion per cui il connestabile ricondusse l'imputato nella sua cella, mentre il tribunale valutava la sentenza, che, naturalmente, era di colpevolezza, e dichiarava Juan Damasceno reo di ostinata eresia.

Come è prescritto dalla legge canonica, la domenica successiva la sentenza venne ufficialmente e pubblicamente resa nota. Juan Damasceno fu fatto uscire dalla cella e condotto al centro della grande plaza, ove a tutti i Cristiani della città era stato ordinato di essere presenti e di prestare attenzione. Ragion per cui si trovava là una gran folla, che comprendeva, oltre agli Spagnoli e agli Indios delle nostre numerose congregazioni, anche gli *oidores* dell'Audiencia, gli altri funzionari secolari della Justicia Ordinaria e il vicario generale incaricato dell'autodafé. Juan Damasceno giunse indossando il sanbenito, l'indumento di tela di sacco dei condannati a morte e portando sul capo la coroza, la corona di paglia dell'infamia; lo accompagnava Fray Gaspar de Gayana, reggendo una grande croce.

Un podio era stato eretto nella plaza appositamente per noi dell'Inquisizione, e, di lassù, il Segretario del Santo Uffizio lesse a voce alta alla folla il resoconto ufficiale dei reati e delle accuse, del giudizio e del verdetto del Tribunale, e tutto ciò venne ripetuto nella lingua nàhuatl dal nostro interprete Molinas, per la comprensione dei tanti Indios presenti. Dopodiché noi, in quanto Inquisitore Apostolico, predicammo il *sermo generalis* della condanna, consegnando il peccatore condannato al braccio secolare per il castigo *debita animadversione*, e raccomandando, come si usa, a quelle autorità, di esercitare misericordia nell'applicare il castigo:

«Ci sentiamo in obbligo di dichiarare che Don Juan Damasceno è un ostinato eretico, e tale lo consideriamo. Ci sentiamo in dovere di consegnarlo, e pertanto lo consegnamo, al braccio secolare della Justicia Ordinaria di questa città, che preghiamo e incarichiamo di trattare umanamente il condannato».

Poi ci rivolgemmo direttamente a Juan Damasceno, con l'ultima esortazione d'obbligo affinché rinunciasse alla sua ostinazione, e confessasse, e abiurasse le eresie, il quale pentimento gli avrebbe per lo meno meritato la misericordia di una rapida esecuzione con la garrotta prima che il suo corpo venisse dato alle fiamme. Ma egli rimase ostinato come sempre, sorrise e si limitò a dire: «Eccellenza, quando ero ancora un bimbetto giurai a me stesso che, qualora fossi stato prescelto per la Morte Fiorita, anche su un altare straniero, non avrei sminuito la dignità della mia dipartita».

Queste furono le ultime parole di lui, Sire, e devo dire, a suo merito, che non si dibatté, né supplicò, né gridò quando i connestabili si servirono, come sempre, della catena dell'ancora per immobilizzarlo al palo di fronte al nostro podio e accatastarono fascine alte intorno al suo corpo e il vicario generale vi accostò la torcia. Poiché Dio lo consentiva e i peccati dell'uomo lo meritavano, le fiamme consumarono il suo corpo, e di quelle ustioni piacque al Signore che l'Azteco morisse.

Ci firmiamo il leale Difensore della fede del Nostro Grazioso Sovrano, impegnandoci con costanza al servizio di Dio per la salvezza delle anime e delle nazioni.

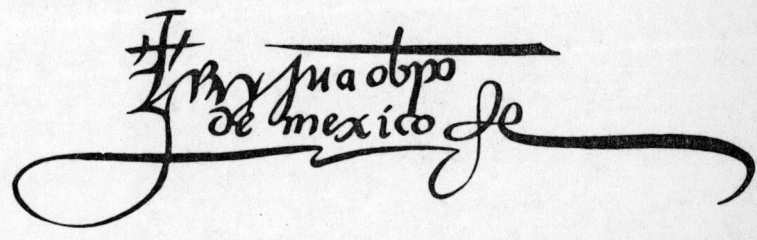

Vescovo del Mexìco
Inquisitore Apostolico
Protettore degli Indios

IN OTIN IHUAN IN TONÀLTIN NICAN TZONQUÌCA

QUI TERMINANO LE STRADE E I GIORNI

SOMMARIO

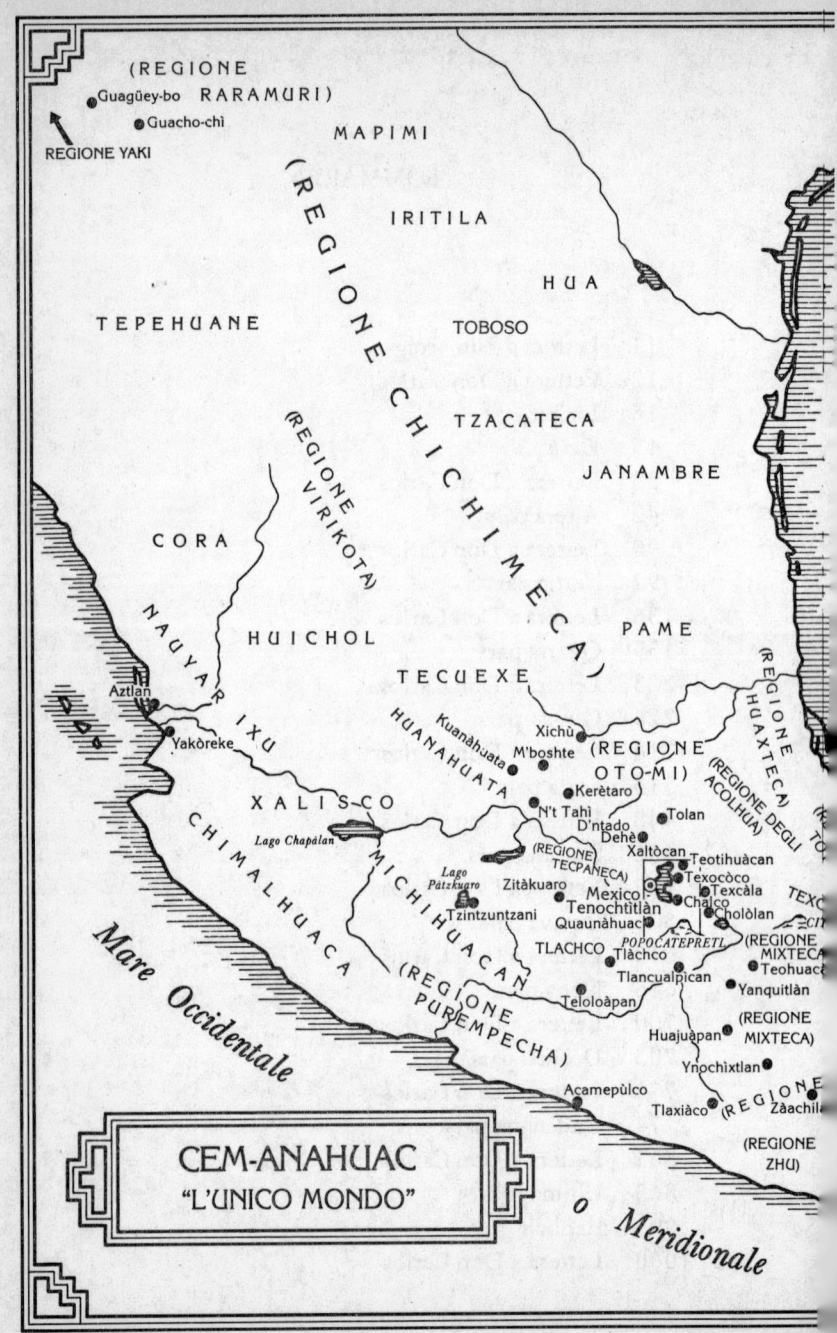

(REGIONE
Guagüey-bo RARAMURI)
Guacho-chì

REGIONE YAKI

MAPIMI

IRITILA

HUA

TEPEHUANE

TOBOSO

(REGIONE CHICHIMECA)

(REGIONE VIRIKOTA)

TZACATECA

JANAMBRE

CORA

PAME

NAUYAR IXU

HUICHOL

TECUEXE

Aztlan

HUANAHUATA

Kuanàhuata

Xichù

(REGIONE OTO-MI)

Yakòreke

M'boshte

Kerètaro

N't Tahì

D'ntado

Tolan

XALISCO

Lago Chapálan

Lago Pátzkuaro

Zitàkuaro

Dehè

Xaltòcan

(REGIONE TECPANECA)

Teotihuàcan

Texcòco

Texcàla

CHIMALHUACA

MICHIHUACAN

Tzintzuntzani

Mexico
Tenochtìtlàn

Chalco

Cholòlan

(REGIONE ACOLHUA)

(REGIONE HUAXTECA)

(REGIONE HUAXTECA DEGLI)

Quaunàhuac

POPOCATEPRETL

(REGIONE MIXTECA)

Teohuac

(REGIONE PUREMPECHA)

TLACHCO
Tlàchco

Tlancualpican

Yanquitlàn

Teloloàpan

Huajuàpan

(REGIONE MIXTECA)

Acamepùlco

Ynochìxtlan

Tlaxiàco

(REGIONE ZHU)

Zàachila

(REGIONE ZHU)

Mare Occidentale

o Meridionale

CEM-ANAHUAC
"L'UNICO MONDO"

BUR

Periodico settimanale: 31 maggio 2005

Direttore responsabile: Rosaria Carpinelli

Registr. Trib. di Milano n. 68 del 1°-3-74

Spedizione in abbonamento postale TR edit.

Aut. N. 51804 del 30-7-46 della Direzione PP.TT. di Milano

Finito di stampare nel maggio 2005 presso

il Nuovo Istituto Italiano d'Arti Grafiche – Bergamo

Printed in Italy